红闺春梦

（清）竹秋氏 著

上

天津出版传媒集团

天津古籍出版社

图书在版编目（ＣＩＰ）数据

红闺春梦 /（清）竹秋氏著. -- 天津：天津古籍出版社，2016.6
ISBN 978-7-5528-0387-7

Ⅰ．①红… Ⅱ．①竹… Ⅲ．①古典小说－中国－清代 Ⅳ．①I242.47

中国版本图书馆CIP数据核字（2016）第026473号

红闺春梦：全2册

（清）竹秋氏/著

出版人/张玮

天津古籍出版社出版
（天津市西康路35号　邮编300051）
http://www.tjabc.net

天津新华印刷三厂印刷
全国新华书店发行
开本 880×1230 毫米 1/32　印张 25.5　字数 734 千字
2016 年 6 月第 1 版　2016 年 6 月第 1 次印刷
ISBN 978-7-5528-0387-7　　定价：47.00元

目 录

上 册

第 一 回	千里关山欺二竖	六朝金粉擅双珠……………（ 1 ）
第 二 回	偕友寻芳桃叶渡	论诗共醉菊花天……………（ 6 ）
第 三 回	乐春游曲词听丽口	行酒令笑骂出深心…………（ 12 ）
第 四 回	捏虚词密现丧心计	痛远别合谱断肠诗…………（ 20 ）
第 五 回	报前仇风波起邢水	赋佳句月夜宴平山…………（ 31 ）
第 六 回	嬉春阁双美弹棋	捷秋闱三元及第……………（ 43 ）
第 七 回	游旧迹薏菲遇众恶	宴新令花月集群芳…………（ 52 ）
第 八 回	拔穷途路逢美二郎	平海寇羽报连三捷…………（ 63 ）
第 九 回	闹闹场害人反害己	护名葩全始复全终…………（ 74 ）
第 十 回	狐假虎威狐谋终逊	石出水落石性常坚…………（ 85 ）
第 十 一 回	庆寿筵醉绾同心结	闹喜酒争补洞房诗…………（ 96 ）
第 十 二 回	陈大令判联碧玉环	祝词林访旧红文巷…………（105）
第 十 三 回	序寿文老眼无花	论星数挥毫起草……………（115）
第 十 四 回	甘老术妙著青囊	冯郎金尽遭白眼……………（122）
第 十 五 回	智以绐贪犹烦撮合	散而复聚顿解相思…………（133）
第 十 六 回	见彼美陡起不良心	借世交巧作进身计…………（146）
第 十 七 回	糊涂虫受赃枉断	陈铁面执法雪冤……………（157）
第 十 八 回	沐皇恩双开孔雀屏	联夜宴小试鸳鸯令…………（169）
第 十 九 回	看新娘众公子解囊	憎秃妇两亲母争锋…………（179）
第 二 十 回	众家宴阔叙别离情	半山亭珍重抛凄泪…………（189）

第二十一回	闹家庭偏伤爱日情	浪闺闼共耻中风莘…………（197）
第二十二回	盗财帛奴仆齐心	施火劫天公有眼…………（207）
第二十三回	朝南海悔过禅关	游西湖宣淫佛寺…………（218）
第二十四回	设机局骗人还自害	叹报应怜旧复多情…………（230）
第二十五回	断休咎论相定终身	恨迂各闺门争闲气…………（241）
第二十六回	赏花灯隐春遇艳	题画扇雅谑评歌…………（250）
第二十七回	美兰姑屈身酬知己	老甘誓抵掌快论文…………（260）
第二十八回	个中人凄吟忆昔词	局外友识透钟情意…………（269）
第二十九回	莽公子大闹隐春园	俏优伶避投江相府…………（276）
第 三 十 回	柳五官借势脱樊笼	王学政藏娇纳金屋…………（283）
第三十一回	众学士争咏合欢词	酷夫人寻闹新姨宅…………（293）
第三十二回	锁空房金蝉脱壳	明大义宝镜重圆…………（306）
第三十三回	告终养一棹返金陵	放封疆众官辞玉阙…………（315）
第三十四回	将无作有炫术惑愚	认假成真贪财中计…………（323）
第三十五回	严公子入手作远飏	刘御史痛心得奇疾…………（331）
第三十六回	附茑萝韩娃得所	拘礼法祝老却婚…………（342）
第三十七回	听密语伤心惊恶梦	悟往事矢念得真经…………（352）
第三十八回	破痴情譬言解惑念	寻旧友避雨遇狂且…………（363）
第三十九回	报前仇鲁知县枉法	破诡计冯太守行权…………（372）
第 四 十 回	责负心冤魂寻凤恨	喜同志美少结新盟…………（380）

下 册

第四十一回	自解囊深宵助困	被肶箧客邸追赃…………（389）
第四十二回	少年得志奉旨完姻	侠士酬恩奋身却盗…………（402）
第四十三回	讦阴私设谋等蜂虿	得贵子佳兆叶熊罴…………（412）
第四十四回	嘱遗言睆秀了尘缘	闻凶信洛珠悲老母…………（422）
第四十五回	慕淑媛一语结朱陈	答知己双征联棣萼…………（434）
第四十六回	特荐贤解官因荐友	乐同志退隐约同侪…………（442）
第四十七回	题红刻翠万卉争妍	醉月飞觞群芳雅会…………（451）
第四十八回	为月老伶俜相匹配	述风流莺燕互喧嗔…………（463）

第四十九回	执觞政令主首当权	严酒律王郎偏受罚	(473)
第 五 十 回	补卫官家丁欣出仕	访名妓措大闹争风	(483)
第五十一回	彼嗔此怪雨瞎风盲	忍泣吞声珠沉玉碎	(495)
第五十二回	毕世丰叙词夺情理	贾子诚纳贿了官司	(508)
第五十三回	章三保得财甘息讼	毕讼师受谢乐调妻	(518)
第五十四回	送殡官仕宦破官箴	激义忿老儒寄柬帖	(529)
第五十五回	云在田执法如山	王起荣因嫌撤任	(537)
第五十六回	江相国返仙归地府	云制军治水论河源	(547)
第五十七回	斗尖叉群联芍药诗	绍箕裘再兆芙蓉镜	(558)
第五十八回	丛桂庄披图评十美	红香院添颇仿三毫	(567)
第五十九回	江汉槎满丧朝北阙	陈宝焜初任治南昌	(577)
第 六 十 回	惩教匪德庇间阎	纵罪囚贿通狱吏	(586)
第六十一回	左袒刘江臬司密访	善说项陈县令诉冤	(596)
第六十二回	飞弹章贤制军奏事	得私书新御史劾奸	(607)
第六十三回	黜奸相朝野同欢	放外官叔侄返里	(619)
第六十四回	唱骊歌绘芳园饯别	催羯鼓留春馆猜花	(629)
第六十五回	抱衾裯俏婢擅专房	论家事私心先固宠	(638)
第六十六回	争鼠牙雀角起微嫌	解鹤绶貂蝉归故里	(652)
第六十七回	俏细君遇旧说风情	痴丫头有心窥露破	(668)
第六十八回	戒春怀小施夏楚	惊秋令大放冬华	(681)
第六十九回	对月伤怀无心诉苦	因人成事有意联欢	(693)
第 七 十 回	巧华荣移花接木	小书痴入泮采芹	(703)
第七十一回	闹新闻兼理旧案	宽重法姑置轻刑	(711)
第七十二回	俏细君深幸产麟儿	薄命妾增光空凤诰	(718)
第七十三回	红雯示梦托孤儿	洛珠婉言求幼女	(727)
第七十四回	小琴官独占花魁	美玉儿细谈根底	(734)
第七十五回	云制军奉命再巡工	冯太守贪功重黜职	(741)
第七十六回	祝伯青典试赴洪都	江子骞陈情归白下	(751)
第七十七回	云在田复任两江	徐龄官标名六艳	(760)
第七十八回	两翻轩一座听清歌	半村亭诸伶求妙句	(769)

第七十九回　沈兰姑训子成名　　陈宝书童年登第…………（781）
第八　十　回　演梨园绣闼庆生辰　　开家宴留春献祥瑞…………（792）
附　　　录
《红闺春梦》考………………………………………赵苕狂(799)

第 一 回

千里关山欺二竖　六朝金粉擅双珠

暇日无事,遍阅诸家说部,如《西厢》《还魂》《长生》《琵琶》等书,写得淋漓尽致,无非发挥一个"情"字,言言合理,洞中人心。古今来多少英雄,总不能于情脱略;即人生五伦之乐,皆可言情。出身事君,鱼水之情;居家事亲,色笑之情。昆弟联棣萼之情,夫妇笃燕好之情,朋友有投赠之情。推之于日月、四时、虫鱼、花鸟,目见之而成色,耳遇之而成声,皆足怡我性、悦我情。吁!此得乎情之正者也。或不然,秦楼楚馆,随时狭邪;白首争盟,黄金买笑;间或得一知己,两两情浓,生死不易。若者虽非情之正,亦情之钟也。其余如朝暮阳台,沉酣云雨,则谓之淫。

所谓情者,非人人共喻之情,惟尔我独得之情。宣诸口而不能,蕴于心而不泯,刻骨相思,切身痛痒者,斯谓之情。然而非什百庸众之流所能梦及,何也?缘情以文生,文以情副,故才人魁首始识情真,仕女班头方臻情妙。或以余言为诳者,盍观昔之薛涛工咏,琴操通禅。怜人小小,湖前墓石犹存;不语真真,画里音容宛在。何莫非心似珠圆,身同玉洁者哉!寄语多情,可信余言之不谬矣。

闲话休提,单言正传。却说我朝鼎盛之时,金陵出了两个名妓:慧珠、洛珠。本系同胞所生,原籍苏州人氏,却也是个好出身。他父亲姓聂,名泰森,娶妻王氏,单生了慧珠姊妹二人。泰森在苏州开爿药铺,生意十分茂盛。到了中年,身边大大余积了几文,一时宦兴顿生,收了药铺,携赀赴部,捐了个巡检,不到半年,铨发了广东河泊所,是第一个好缺。泰森欢喜非常,急急赶回苏州,带了妻女赴任去了。不料喜极悲生,一则泰森年过半百,不经劳苦;二则广东近于烟瘴,到任未交一年,忽然得了个奇疾,一命呜呼。可怜王氏举目无亲,虽然有点积蓄,泰森一味要好,冀图拉拢,在日时全数结交人了。只得勉强㧟挡,盘了丈夫棺柩,带了两个幼女,悲悲切切,一路归家。

不止一日,已到苏州。要知世上人多半是势利的,泰森赴任时候,他等都十分热闹,今日棺柩回家,连吊慰的都少了。王氏择日将夫安葬已毕,想起自己终是个女流,又无自己亲戚可靠,何能眼睁睁的坐吃山空?只得央人将本身住屋与几亩薄田卖去,带了女儿,来投同胞弟王仁。

这王仁在金陵开了个果铺,倒也过得去。谁知福无双至,祸不单行,泰森到广东时,王仁已经病故,王仁又无家小,所以无人送信。王氏到了金陵,偏又落空,急得要死。却也没法,只得赁了一间房子,在秦淮河边暂且住下,终日悲苦,想着丈夫,又想着兄弟;所喜两个女儿业已成人,生得十分跳脱,心性又灵巧,寻了些针黹,贴补过活。

一日,王氏坐在房内,看着慧珠替人家刺绣,洛珠站在旁边。一对女儿如粉妆玉琢,容光互映。王氏忽然低头,叹了口气,想道:"如此两个女儿,偏偏他父亲早死,将来逐高就低,不知许配个甚么人家?若此时还在广东,怕没有大家子弟前来争聘?"又转想道:"丈夫辛苦半生,未能安享,大不该捐这个穷官去做,把性命都做掉了。到金陵来指望靠着兄弟,那里想到兄弟又死了!三个无脚蟹女流,落魄异乡,将来不知如何结局?"想到此处,不由得扑簌簌落下泪来。

洛珠一眼看见,忙忙走过,用手伏在王氏肩头,笑道:"母亲,好端端的,为何又寻起苦恼来?你看大姐姐绣的个交颈鸳鸯,比翼双栖,同活的一般。"慧珠听得妹子说话,抬起头来,看见王氏泪痕满面,又听妹子说"交颈鸳鸯,如活的一般",不觉触动自己心思,眼圈儿一红,也流下泪来。洛珠见姊姊又哭了,怔怔的,不知何故,自己心里觉得一酸,也哭起来了。王氏正在悲伤之际,又见两个女儿如此,欲要劝劝他们,无奈喉间悲咽,不能说话,心中愈急,那眼泪愈来得涌,索性放声大哭。

母女三人正哭得难解难分,却惊动了间壁邻舍宋二娘,走了过来。这宋二娘是个寡妇,专靠做穿媒说事打合过日子,生得伶牙俐齿,女眷们多喜欢他,外面送他个绰号,叫做"说不煞的宋家",又叫做"寡妇嘴"。那日听得王氏家中哭得惊天动地,怕有甚么事了,忙忙的走过来。一抬头,见他母女三人相对而哭,笑道:"咦!奇怪得很,人家无事,说了玩,笑了玩,也有闹了玩,却没有见过你娘儿们,坐在家里哭了玩。如果欢喜哭,现在三山街上刘大人家老太太死了,前日找了多少人去举哀,我把你们举荐了去,还可以将眼泪换钱用,强如在家白白的把哭多糟蹋掉了。"王氏听了,

第一回　千里关山欺二竖　六朝金粉擅双珠

忍不住"扑嗤"的笑了一声。二珠也笑了起来,一面让宋二娘坐下。

二娘道:"聂奶奶,我与你做了几个月邻居,不是听见叹气,就听见哭泣。你们的景况我也稍知,纵然日夜愁烦,于事何济？都要想个一定主意。况你家两个姐儿,要算数一数二的人材,没事望望,也是欢喜的。"

王氏叹了一声道:"二娘,你不问我,我也不说。终日愁苦,就是为的他两个宝贝。我今年半百外了,死亦死得值,这般日子,也无甚贪恋处。所虑他姊妹两个,又未曾许配人家,不怕你笑,高门大族,是不要我们家女儿的；过于不成个人家,我又不忍草草了结他们终身。"二珠听见说到他们身上,托故进房去了。

二娘点点头,把王氏看了一眼,迷迷笑道:"我倒有个从权的法儿,只怕你老人家不愿意。"王氏道:"说也何妨？大家商量商量。"二娘把自己座头挪了一挪,靠着王氏肩下,低低的笑着说道:"若论这句话,我也不该说,承你老人家意思,一定问我,好比'粉牌上写字——抹掉了重来'。"王氏笑道:"正文一句没有说,倒啰啰嗦嗦的讲了一起的闲话,真真不愧了那个诨名儿！"

二娘道:"好歹你要我说的,说错了你不能怪我。我走过多少大家小户,好的、丑的,都比不上你家两位姐儿。以现在时势而论,你不要怪,旧家是不愿与你结亲；若是将就些,不独你不肯,就是我也可惜你两位姐儿的人品。这些话还是后文,目下的日子,我见你们很不容易支持,单靠做针黹,一日到晚,不过那几个钱,终非长久之计。你家姐儿既生成这样好相貌,不如从个先生学学弹唱,一二年中,传说开去,引动了一班大老官,要一千是一千,要一万是一万。好在陪人谈谈唱唱,又不做那些没行止的事。南京城里是这般邪气,越是如此,声名越重,或者碰着了合式的王孙公子,郎才女貌,一样做个平头亲儿,将你接了去,后半世不愁了,你家姐儿,将来做太太、做夫人,多料不定。况且你们是异乡人,没有人知道底子的,后来衣锦还乡,一床锦被盖得密密的,那里有人晓得？还有句说话,你老人家可晓得？如今世上的人,是笑穷不笑贱的。这是我一团好意,不要认做唐突你老人家！"王氏摇摇头道:"我虽非名门大族,也是个清白人家；亡夫在日,也做过小官。岂不被人说我们穷的志气都失了？倒不如饿死了,还算干干净净的。"二娘听了,冷笑一声道:"我说你不愿意,又逼着我说,倒教我没趣。"说着,讪讪的走了出去。王氏只说声:"好走。"将门关上。

母女三人吃了晚饭,收拾已毕,忽听得窗外淅淅沥沥的下起雨来。王氏点了灯去看门户,见灶下柴一根也没得,再看看米,也只够一日吃,心中好不烦恼,偏生天又落起雨来。进房对二珠道:"前日那针蕭上钱可有没付过的?"慧珠道:"连下月的都付完了。"王氏道:"这便怎处?柴、米两样,一时俱没了,又无处挪借;就是这几件衣服,已近深秋,天气一日冷似一日,万万脱不下来!这个日子,怎么挨得下去?适才宋家里的话未尝无理,想一想,我们如今除了这着,也没有别的路走。最难是面光光的,怎样转得过来?我做娘的,断不能逼你们干这件事!"说罢,深深的叹了一口气,掉了几点泪来。慧珠道:"宋二娘的话,我也听着的,虽然不近情理,却是为我们的话。女儿们不懂得甚么,母亲是有年纪的人,且将二娘的话斟酌斟酌,可行则行,不可行就罢。难道母亲还给女儿们苦吃么?"王氏听女儿话已活动,心中欢喜。

次日,到宋二娘家,不好陡然开口,只得先托他借贷。二娘却说了多少难字。王氏明知道他不行,随后慢慢引到昨日话上来,托他找个先生,却暂时没得束脩送的,并允定二娘,日后重重酬谢。二娘拍手道:"我说你老人家'乡下人吃橄榄——回了味'了!这件事却容易。斜对门有位郭先生,他名字叫个郭桓,是你们苏州人,先前倒是个大嫖客,如今玩完了,教几个女孩子,很过得去。人是极好的,他本是个大处出身,只要学生合式,不讲究钱钞的;而且一肚子好笔墨,本地人都不肯把他当教师看待。明日我去说声就是了。他有几个女学生,都是我说进去的。"王氏谢了又谢,方回家来。果然二娘对郭先生一说即行。

次日,将二珠带去,见了先生。郭桓看他姊妹大有出息,十分愿意,连束脩都不要,言定日后一起酬师。王氏格外欢喜。从此,每日二珠早去晚回,间有缺乏,二娘反倒肯代王氏挪借点儿。一则二珠心地灵巧,加以郭桓尽力教导,不到半年,二珠声名大半城皆知;兼之二娘逢人说项,称赞得天上人间,有一无二。有几个慕名来的,先走了二娘的路,方许见面。二娘又把二珠声价说得重重的,这些人见了面,果然名不虚传,倒也情愿,竟以一见为荣。王氏身边年来很聚了若干,在桃叶渡口买了一所大大房子,门前有一片空地,连二娘多接过来同住,烦他各事帮衬,倒也相安。

慧珠今年长成十九岁了,生得面艳芙蓉,腰柔杨柳;兼之琴棋书画件件皆精,说不出那一种秀洁的丰神,令人见之可爱可敬。却性喜简默,不轻易与人一言。洛珠比慧珠小一岁,生得肌丰似玉,骨重如金,于笔墨上却不甚留意,音律弦索独步金陵;又蔼然春风,令人喜悦,每到兴酣时,随口诙谐,总成妙谑。

他们同学时,有两个女孩子,一名蒋小凤,本地人;一名赵小怜,苏州人。皆是色艺绝佳,与二珠甚为契合。小凤到扬州去了,小怜回苏州去了。外面有一句口号道:"要看美人图,金陵看二珠;要看真活宝,世上有二小。"一时公子王孙、骚人词客,或接心交,或联密友,车马填门,无时得暇。这二珠的声名越传越广,却引动了一位多情多义的才子,做出了许多绝顶的事来。

未知后事如何,且看下回分解。

第 二 回

偕友寻芳桃叶渡　论诗共醉菊花天

却说金陵城内有一位致仕的乡宦,姓祝名封,字颂三,本是巨族,由科第出身,做过一任山东按察使。因与上司不合,告病回家。夫人江氏,是现任兵部尚书江丙谦的胞妹。膝前一子一女,公子十九岁,取名登云,字伯青;小姐十八岁,名琼珍,小字瑶君。皆生得如花解语,比玉生香。

伯青十七岁上已入泮宫,是一名饱学秀才,合城尽知。因为祝公有此佳儿,必谋佳妇,不肯草草结姻,所以伯青年已弱冠,尚未有室。生成是一个豪迈任性的人,全以仕进为念,一味看山玩水,啸月吟风。尝说道:"人生百年,如驹光过隙,最难者是少年时候。譬如人过到一百岁,是为上寿;十岁以内,孩提无知,不能算的;十岁以外,至二十以外,正是少年,至多不过二十年。除此,则中年占去二三十年,晚年又占去二三十年,合之百岁光阴,最妙者是少年,而最短者亦是少年。古人云'人生难得是青春',语真不谬。何况天生我辈稍有才貌,更不可忽此少年,以负天公独厚之意。若说到'功名'二字,三十而外,谋之未为晚也。"祝公亦偶有所闻,心中却不愿意,无如儿子天性若此,更兼膝前只有一子,却也无可如何;又知道儿子胸襟是旷达的,平时识见迥不犹人,断不肯糟蹋自己。好在已入了学,也不算白衣人了,想他都该有一定成见,牢不可破,索性装点痴聋,随他去了。所以伯青格外潇洒自如,由得自己。他却克尽为子之道,凡事禀明而行。祝公夫妇无有不依的。平生有两个好友:一个姓陈名眉寿,字小儒,浙江人,他父亲做过江宁知府,现在寄寓金陵,是前两科的举人,比伯青长三岁,娶妻方氏;一个姓王名兰,字者香,与伯青同学,小一岁,聘的是现任通政司洪鼎才的女儿,尚未过门。都是才高北斗,学富西园;兼之放荡不羁,全没有半点纨绔气习,更与伯青臭味相投。祝府住在广艺街,陈府住在三山街,王者香住在武定桥,相去不甚过远,不是你来就是我往,日日相聚。

一日伯青起身,吃过早点,闲步庭前。此时正是深秋天气,菊花大开,

第二回　偕友寻芳桃叶渡　论诗共醉菊花天

庭内庭外摆列了百余种名菊，高高下下，五色缤纷，觉得秋天一片高爽之气，令人神清体畅。细细的赏玩了一回，高兴起来，着服侍的小童连儿，吩咐厨房预备几样精致的肴品，意在约陈、王二人过来，持螯赏菊。

连儿还未转身，只见管门的祝安进来，说道："王少爷过来了。"伯青抬头看时，王兰已至庭前。伯青忙起身相迎。王兰笑道："伯青兄，有此好菊花，却躲在家里，一人赏玩，连朋友都不招呼一声，还要我作不速之客。论理该罚不该罚？"伯青笑道："你这油嘴，其实可恶！见了面，无论是非曲直，都要硬派人个不是。你几时见我背着你作过乐的么？我刚要打发人来请你，你等不及，自己撞上门来，反说我不好。可有此情理？"连儿在旁插嘴道："王少爷不要错怪了，我家少爷已经吩咐厨房备菜，还要去请陈少爷哩。"王兰摇着头道："我不信，你们主仆是彼此回护的。"伯青道："就算我不好，如今请你，可以没事了。"王兰对着连儿说："可去知会厨子，把顶肥大的螃蟹买他一担，好好的煮来；不然，我吃得不畅快，还要不依你家主人！"伯青笑道："我倒不惜一担蟹，只怕你吃伤了，要去买使君子，那就不妙！"连儿笑嘻嘻的走了。

伯青又着祝安去请陈小儒，两人说说笑笑。少顷，小儒亦到。连儿将桌椅在菊花旁边排开，主宾三人欢呼畅饮。王兰道："伯青，你可知我今日来寻你们何故？"伯青道："不过来撞白食罢了。"小儒道："者香这白食出了名，将来只怕是条官衔！"王兰道："小儒兄，你不要帮着他，一味刻薄我，只恐我这句话说出来，你就乐得受不得，那时求着我，我也不睬你。"伯青道："且慢夸口，如果说出来，配我们求你，说不得我同小儒就求你一求；若是不配，罚你跪在菊花前，作十首菊花诗，才饶你！"王兰道："这也使得。"自己斟了一杯酒，一饮而尽，向小儒道："你常在外面走动，可知如今南京城内出了两名色艺兼优的名妓么？"小儒道："头一句话就错了。若论如今妓女，要论貌，还可；若论到才，不过记得几句唐诗、胡乱写几个东倒西歪的字，就轰动一方，说是个名妓。者香却也不俗，何以也以耳代目？真真令我不解！"王兰听了，把双手一扬，在桌上拍了一下，道："何如！我常说，'风流偶傥'这四个字是不能与俗子说的。"小儒道："我倒不俗，真真你俗入骨髓了！"伯青道："你们且慢斗口，者香说完了，大家评一评。还有一说，好在说的是本城，我们去考试他一回，真伪即分。"王兰道："伯青兄还算是解人。"小儒道："你说罢，我等得不耐烦了。"

王兰道："日前我同一个学中朋友闲步湖上，那朋友偶说道：'如今有两个名妓，叫做聂慧珠、聂洛珠，你可瞻仰过么？'我耳内也听见有人说过，一时高兴，同了这朋友去。起初我也同你们意思一样，不过稍通文墨，那里当得起'名妓'二字？不料会见二珠，谈了片刻，不是我自堕志气的话，我王者香平时也算个小有名的人，到了他姊妹面前，觉得自形龌龊，非独内才兼具，而且外貌双优，令人可敬可爱；偏生此等人沦落风尘，又觉可惜。一时心中敬、爱、惜三字颠倒上下，反一句话说不出来，倒被那洛珠嘲笑一句，说我像个息夫人。我坐了片时，只得走了出来。因想如此名花，岂能独赏？故来奉邀二位同去，始信小弟之赏识未虚。不料你们反不相信，未免辜负了我的来意。"

伯青听了，不禁站起来道："者香，你这话是真的？"王兰将头扭过一旁，道："我哄你那一样？"伯青哈哈大笑道："真是我们辜负你了！罚我先敬一杯。"忙自己斟杯酒，恭恭敬敬送过来，道："明日即去一游，我在寒舍奉候二位。"小儒道："我到底不教他骗了去，等明日去过了，我再赔礼不迟。"三人又说笑一回，见日已将暮，进点饮食，各人自散。

次日一早，王兰约陈眉寿同至伯青家。三人吃过午饭，吩咐备马伺候，命连儿随着，向桃叶渡来。忽见王兰指着那边道："伯青兄，前面就是聂家了。"祝登云随着他的指处一望，见远远一带短篱，斜倚着数株疏柳，内中高下各色名菊开得正好，隐约见两扇朱扉，半开半合。伯青敲着脚镫道："果然不俗！吾见其居，如见其人矣。"小儒也点头叹赏。

说着，到了篱边，早有伺候的人过来接了马，向里面道："有贵客来了！"见门内走出个中年妇人来，就是宋二娘——因王氏不大认识本地人，请二娘一手经理，接得的才接，接不得的就回他去了，免得缠扰。二娘见了，满面堆下笑来，道："原来是祝少老爷！今日是那一阵风儿，送到我们这个小地方来？怪不得喜鹊清早叫到这会儿！"王兰笑道："原来是你这个寒嘴家！我昨日倒没有见着你。"二娘笑了笑，让三人进了朱扉。祝、陈二人是初到，细细打量一番：见门内大大院落，上面一顺五间，明窗净几；院内堆了些怪石，也栽了些菊花；旁边一条夹道，走过了，又是一个小院落，其中曲曲折折的，却有好几间房子。

第二回　偕友寻芳桃叶渡　论诗共醉菊花天

　　二娘请三人正间坐下，有人送上茶来。伯青四下观看，尽挂的是名人字画，无半点尘氛。只觉得一阵香风过处，珮环声来，见里面走出两个人来，慧珠在前，洛珠在后。伯青一眼看见，前一个神清似水，步软无尘，那一种秀色可餐的态度，令人睹之心畅神驰；后一个比他稍丰，却生得肤凝玉洁，体弱花娇，露出一团和蔼之气，令人可亲。三人一齐站了起来。二珠并立中堂，盈盈下拜道："今夕何夕，得见风雅，愚姊妹三生之幸也！"伯青听他们出言不俗，尤为心赏，一面回礼道："久慕芳名，恨相见之晚，请坐了。"二珠在下首并坐。二娘至外边张罗去了。

　　王兰指着慧珠道："这是慧娘，那是他令妹洛娘。"伯青道："久仰！敢问二卿是何雅字？"慧珠道："小字畹秀，妹子叫柔云。"小儒道："不愧！不愧！"二珠也问了祝、陈二人姓字。见祝登云骨肉停匀，眉宇开朗，身上穿了几件素雅衣裳，越显得亭亭玉立，压倒群流；再看陈眉寿，比他们魁梧些，生得朗若朝霞，灿如云日，自有一种端方大雅的体度。王兰是见过的，与他们较起来，身材窈窕，体态翩翩，是个清高的气象。二珠暗暗赞道："若三人，真绝世佳公子也！"慧珠道："诸位请内房坐罢。"大众起身，随了慧珠到他自己卧室内。见是三间房子，一隔两半，一间起坐，陈设整洁，窗前一张小楠木桌子，排列文房四宝；又到内间坐下，直觉兰麝薰心，不饮自醉。伯青与慧珠说到诗词，慧珠知道伯青是个有名之士，越发说得辞明义畅，举止不凡。伯青惟有点头痛赞而已。慧珠又转请教，伯青也畅论了一番，彼此格外心许。那边陈小儒、王兰同着洛珠说笑。

　　忽见宋二娘走进来，笑着道："天色不早了，诸位少爷可能赏个脸儿？在这里便晚饭罢。但是没有适口东西，不嫌简亵就是了。"伯青道："初次到此，那有破费你家的？"王兰道："那倒不要紧，他家不是俗恶路儿。"二娘道："好呀！还是王少爷晓得。"说着，上来了数名垂髫小婢，抬开桌椅，两个老妈妈在外间，一样一样将酒肴传进里面。众人让小儒上坐，伯青在左，王兰在右，二珠下面坐了。二娘道："诸位少爷，随意多用一盏，我家姑娘们是不会劝酒的。"王兰道："理会得，不用你照应。你也吃一盏儿去。"二娘笑嘻嘻的退了出去。众人畅饮深谈，无非说些你爱我慕的话。

　　少顷筵终，散坐品茗。见院外一派灯光，各府家人已掌灯在外伺候。小儒掀起外褂，看了看表，道："快交子初了，我们散罢。"伯青在怀内取出一扎票子,约有十数张,见二娘站在旁边,交与他手里,道:"不成个意思,再补你罢。"二娘道:"啊呀!原是诚心敬意请三位少爷的,怎领起赏来?若说不收,又道是我们不承抬举,改日再请来坐坐罢。"弯弯腰,道了声谢,方退出去。二珠亦道了谢。众人起身,慧珠低低向伯青说:"暇时尚祈过我谈谈。"伯青点头,彼此横波一笑。二珠直送到朱扉外始回。

三人走过短篱,上了骑,家人掌灯前行。伯青一路犹啧啧称赞慧珠不已。到了分路各散。此后,或伯青约陈、王二人同去,或自己独去;有时坐坐即行,还有时彻夜清谈。皆是正正经经,坐怀不乱,连戏言都少的,竟与慧珠成了莫逆。王兰也与洛珠结了知己。王氏同二娘见女儿与伯青合式,又晓得他是个贵公子,脾气又好,又肯用钱;陈小儒是不在帐的;王兰也算是个阔手儿。所以连王氏、二娘都把他三人当着衣食父母尊敬。

时光迅速,转眼腊尽春回,正是二月天气,花明柳媚,春色怡人。伯青动了游湖之兴,带了连儿,一径向桃叶渡来。到了篱前下骑,伯青是来惯的,不用通报,走进朱扉,早有小婢看见,道:"祝少爷来了!"打起门帘。伯青方走到外间,慧珠笑盈盈的迎了出来,邀至里间,道:"今日因何不同他们来?"伯青道:"一时乘兴过访,不及去约他们。畹秀近日可有慧作么?"慧珠笑道:"前日湖上有近作一首,原等你来改正改正,再录到稿本上去。"转身到外间桌上,取了一张小花笺进来,递与伯青,接着看道:

湖上春游二月天,湖光如练柳如眠。

有人打桨湖边去,冲破湖中一抹烟。

伯青看完,大赞道:"真似唐宋名家风韵。佩服!佩服!看到《湖上》诗,正提起我的话来了。如此春光,不可辜负。我今日特来约你游湖,说个日子,约定了,再去知会陈、王二人,那一天我们大可在湖上乐一日。"慧珠也高兴道:"就是后日清明罢。"

正说着,洛珠走了进来,道:"好呀!瞒着我,约日子游湖!到临时,我会自去的。"伯青笑道:"可能瞒你?我们既约者香,能不约你么?若当真你自己走了去,者香更欢喜。他难道送上门的买卖反不情愿?"洛珠脸一红,笑着啐了口,道:"你今日到畹姐姐这里来,也是自家送上门的!"慧珠笑道:"你们只管说,不要扯上我,我是说不过你这张嘴的。"洛珠拍着手道:"罢哟!还没有怎样,倒打折膀臂朝怀里弯!"

第二回　偕友寻芳桃叶渡　论诗共醉菊花天

三人说笑了一回，伯青在慧珠处吃了饭，方回家去。写了两个帖儿，着连儿去请小儒、者香，清明携二珠湖上一游。二人皆允定，临时到伯青处会齐。伯青先一日即吩咐厨房，预备了一席精致的肴馔；又吩咐连儿，将茶铛、竹炉临时多要带去。此日吃了晚饭，在祝公夫妇房内略坐了一坐，又与琼珍小姐说了几句话，才回书房安歇。

次日起身，不多一刻，陈、王二人已至。小儒道："昨蒙见召，我原想不来，恐又拂了贤弟雅意。想我们游湖的日子甚多，不拘那一天皆可，何必定在清明这时候？今日湖上游人必多，反不雅静，不如平时倒清闲自在。"伯青未及回答，王兰道："罢罢罢！这些迂腐老儒的话，我却不爱听！一年只有一个清明，逢场作戏，正是我辈寻乐之处。伯青兄如无此约，我也要来约的。你如果怕事，就请不要去！"小儒笑道："者香的话，不问人受得住受不住，我又不曾说不去——果然不愿去，又来做甚么呢？我不过防备的话，倒引出你的兜搭来了！"

只见连儿来道："马已备好了。"三人出门上骑，一路扬鞭，奔桃叶渡。将到篱边，连儿回明："先去湖上看定游船，把酒席送上去，再来请少爷们。"伯青点点头，连儿去了。三人下骑，缓步走进门来。

未知去与不去，且看下回分解。

第 三 回

乐春游曲词听丽口　行酒令笑骂出深心

却说慧珠、洛珠因伯青约他们清明游湖,此日清晨起身。梳洗已毕,见伯青等走了进来。二珠笑脸相迎的道:"你们好早呀!"王兰道:"我们虽早,你们也不迟。"众人坐了,小婢送上茶来。

伯青见慧珠穿了件三镶藕色珍珠皮外褂,内着葱绿小毛衬衫,系条淡红百褶银鼠裙,微露绿绫窄窄弓鞋;头上梳个家乡新式髻子,穿插着几枝碧桃,戴着月白素嵌棉女帽,愈显得淡雅如凌波仙子,迥出尘凡。再见洛珠穿件桃红嵌云小毛外褂,内着素绫衬衫,下系松绿百褶灰鼠裙,白绢高底鞋儿;头上戴着玄色杂嵌女帽,当门插了一排红桃花,衬着几片鲜柳叶儿,觉得肤里玉映,润若朝霞。少顷,摆上早点,伯青三人也吃了些。

只见连儿进来道:"船已看定一只,凉篷子,离此一箭多路,泊在码头上。"王兰道:"我们先走了去罢,几步路,可不用骑牲口,让他们乘舆去罢。"伯青说:"也好。"向慧珠道:"我们先下船去,你们收拾收拾,随后同来。"王兰道:"别的也不用收拾,女眷们第一要紧是小解。像我们是极便当的。"洛珠啐了一口,道:"偏你婆婆妈妈的事照应得清楚,拼着一日不喝茶,我们也是便的。你到底不在行!"说得众人大笑起来。伯青等先去了。

二珠带了四名小婢,到了河边下轿,见伯青三人站在船头等候。早有水手搭起扶篙,缓缓走过跳板,同进舱中坐下。水手摇开船头,奔西水关来。众人见河中游船往来甚众,皆是篷窗大开,男女杂坐,急管繁弦,甚为热闹。连儿将竹炉升起火来,船头煮茶。少停,送上几碗茶来,大家品着茗。再看两岸河楼上,倚着无数妇女,老幼不等。有用扇子遮脸露半面望人的,有手托着腮凝眸不语的,有两三人交头接耳谈心的。走过处,那妇女们多俯首嘻嘻的望他们笑;还有岸上游人,三个一堆,五个一丛,跟他们这只船走,口中唧唧哝哝,不知议论些甚。最怪的是一起迎面进城的船,忽然扳过梢来,随着他们而行。听得连儿在船头骂道:"这些杂种,多望着我,想是要招我做女婿!我还不知你家女儿可麻不麻,可秃不秃呢!"

第三回　乐春游曲词听丽口　行酒令笑骂出深心

引得众人笑了。伯青忍笑喝住道："不许多讲！我们走得，他们也走得，安知不是同路的？偏你好多嘴！"忽见洛珠向王兰道："不好！我觉得脸上有点麻木，像是肿了。你看可是不是？"王兰道："这是甚么话？好好的人脸，怎么肿起来？"洛珠道："怕是毒呀！"伯青、小儒大为诧异，连慧珠都不解，齐说道："奇！你那里有毒？"洛珠道："是眼毒呢。"众人回味一想，大笑起来。不多时，船出了西水关，只见浓阴密翳，山隐烟岚，有多少人立在土岗上放起纸鸢，高高下下，倒也好看，令人心地一畅。命连儿将酒摆在舱中，大众慢慢的小饮。暂且勿提。

单言一人——其人系此书中一个要紧的人物，不得不细说一遍。此人姓刘名蕴，字仁香，住于城内三山街。他父亲刘先达，现任吏部尚书，协理体仁阁事务。先做过外任八省封疆，积聚了宦囊百万有余，南京要推他首富。刘蕴今年二十六岁，人品却也生得清秀，与陈眉寿同科举，赖着他老子之力，进京会试，点了翰林，不到二年，升了山西道监察御史。外貌虽佳，内才却平平，尤喜侈张己富，势压乡邻。娶妻曹氏，是做户部侍郎曹大生的小姐，倒也标致；惟性悍戾异常，刘蕴十分畏惧他。在京中买了三个姨娘回来，曹小姐大为不乐，禁住刘蕴，不许靠一靠儿，他只得背着妻子在外面挟妓取乐。前年祖母病故，随着刘先达丁艰回来。如今先达服阕，进京供职，刘蕴不愿同去，又告假一年。当初他老子在家，尚不敢公然为虐；此时只要瞒了妻子，在外面除了挟妓之外，一味穿插衙门，替人讨情说事，做那些赚钱的买卖；偏又不肯用钱，虽然是一个富豪公子，比穷人的算盘还打算得精，外边送他个美名，叫做"狗屙阴的"。刘御史今日亦因清明，雇了只船，同他府中一个蜜骗田文海，带了些二等妓女出城游湖。他坐在窗前，东张西望的看人家妇女。

却说伯青等人饮了一回酒，船摇到莫愁湖中，日已当午，在柳荫下小泊。一群水手登岸，坐在树根下吃饭。小儒道："我们这哑酒也无味，久闻柔云的清歌是南京第一，何妨请教！况城外的游人也少了些。"王兰拍手道："好得很！我吹他唱。"在窗前取支笛子，和了和。柔云却不过众人，只得顿开歌喉，唱了一套《游园》，顿挫抑扬，字字中节，觉得流水行云一时遏住，连那树上的鸟，吱吱嚓嚓的也乱鸣起来。唱罢，众人痛赞了一回。伯青斟了杯酒，送到洛珠面前，道："柔云，辛苦了！请干此杯。"洛珠起身，也回敬伯青。

　　刚刚送到面前,见上流一只快船,三支桨,荡得飞快,转身不及,一头碰着凉篷子的尾梢,船身晃了两晃,"豁喇喇"一声,船中器皿碰折了多少。洛珠未曾立稳,一跄,几乎翻下水去,多亏篷窗挡住。洛珠吓得面如土色,坐在舱板上,说不出话来。众人大惊,围拢来争问若何。岸上一群水手,齐跳上船头,用篙将来船钩住,骂道:"你这个棺材!宽河大水,却碰到人家船上来,损坏的东西,是要赔的!"来船水手不肯认错,两边喧嚷不已。洛珠喘口气,道:"我这心尚跳上跳下的。方才若不是窗子挡住,好歹要吃几口水的。这来船实在冒失得很!"王兰笑道:"你起初想便当,茶都不肯吃,这会儿倒要吃水,却不值得!"洛珠瞅了一眼,道:"我吓得要死,你反来取笑人!天有眼睛的,停一会,把你弄下水去,也让我说笑。"王兰道:"我欢喜吃茶,不用吃水,不比你不肯吃茶的。"引得众人尽笑起来。

　　将要发作来船,只见舱中走出一个华服少年来,后面立着数名家丁。那人满口京腔道:"别要闹,碰掉了东西值得甚么?赔给你们就是了!我船上水手原不小心,你这船横躺在河里,也很不懂事!"又吆喝两边水手,不许乱骂。凉篷子上水手见来人甚阔,不敢开口了。

　　陈小儒起初背着身子,听得有人说话,掉过脸来。那人拍着手道:"我道是谁,原来是陈年兄!自家人,更闹得讨人笑话。"小儒见是刘蕴,也只得起身招呼。刘蕴趁势跨过船来,走进舱中,向众人作揖。伯青、王兰回了礼,让来人上坐。二珠躲避不及,上前请叫了声。刘蕴笑嘻嘻的望他点点头,回身与祝、王二人彼此通了姓名。伯青才知道是刘蕴,闻得人说他不是个好人,心中不大愿意,因与小儒认识,勉强同他寒暄了几句。小儒亦不适意,见他已经走了过来,自己平时是个有涵养的,不便当面冷落他。

　　何以刘蕴也走到这条路上来?先在城内时,看见他们同两个标致妓女坐在一处,问明田文海,方知道是聂氏双珠。他耳中早已闻名,也去过两次,二娘晓得他不是用钱的人,脾气又不好,不曾招他,用好言支掉了。他今日见了二珠,骨软筋酥,涎垂不已。出了城,又听得洛珠唱曲,分外神驰。虽然认得小儒,不好冒冒失失的走过去,想定了主意,嘱咐本船水手,赶上他的船,碰他一下,势必争闹,他却趁机排解,走了过来。吩咐他家人

第三回　乐春游曲词听丽口　行酒令笑骂出深心

取了一吊大钱给水手,道:"碰坏你们的东西,我想一吊钱也够了,给你们自家去买罢。"众水手欢喜,谢了赏。小儒暗暗称奇道:"刘蕴平时一钱如命的人,今日为何阔起来?而且心气和平,真真难得!"

刘蕴向小儒道:"你们今日乐得很,又带了南京城里数一数二的红人儿,小弟无心遇着这好机会,可不算三生有幸?若不见弃,小弟奉陪谈谈;否则,我即告辞。"口里说着,身子却不动。小儒不好回答他,望着祝、王二人。伯青道:"我们已是杯盘狼藉之时,怎好有屈仁香兄?改日奉请的为是。"刘蕴忙道:"这却何妨?陈年兄是至好,二公虽是初见,然久仰大名,一晤如故的。兄等不见外,小弟择日还要奉屈诸君到鸡鸣埭、雨花台各处逛逛,畅游他一天。我们聚在一处,是难得的。"说罢,哈哈大笑。吩咐他家人道:"你等过船去,将上等酒肴搬几样过来,再请田师爷同来坐坐。你说这边船上都是我的至好,不要紧的。再开一桌饭,与那些女相公们吃,打发他们先回去罢,明日到府中领开发。"家人答应着去了。刘蕴对众人道:"小弟也带了几个人,此时见着二珠姊妹,视他们如粪土,所以不叫他们过船给诸位请安,倒还遮着点丑。"小儒道:"刘年兄赏识,是不错的,未免太谦了。"少顷,他家人搬过几色菜来,将桌上残肴撤去,重新整顿,送上酒来。众人见他涎着脸不肯走,也不好十分拒绝他,只得让他上坐。刘蕴执意不行,在小儒对面坐了。

忽见一人走进舱来,年约四十上下,生得獐头鼠目,八字微须,穿着一身新艳衣服,装出斯斯文文的样子。与众人见了礼,刘蕴教他在肩下坐了,对众人道:"这是小弟友人田文海兄,人是极有趣的。"又与他说了众人姓名。田文海鞠躬道:"满座皆是贵公子,文海何人,得附骥尾?与我大有荣施。"众人见他出言俗恶,尤觉可厌,多在鼻子里哼了声,似应非应的。二珠一肚子不愿意,因刘蕴势焰熏天,不能得罪的,勉强起身,敬了刘蕴的酒。刘蕴大为快乐,眯着一双眼,逗他们说话。慧珠本来不喜多话;洛珠是极口快的,心中却厌烦他,也冷冷的。

刘蕴见满座不欢,要想个主意乐乐,对小儒道:"小弟有个新鲜令儿,大家何不一行?较哑酒热闹些。"小儒道:"也好。倒要请教是何新令?"刘蕴满满的吃了一盅令酒道:"是个拆字令。要说一个字,加一小竖,成个字;加一大竖,又成个字;撤掉了,再加二竖,改成一个字。要前后说得联

络有趣,又要叶韵。不会说的以及说错了的,罚酒三杯、说笑话一个。就从我说起。"想了想,向众人道:"小弟有僭了。"说道:

  一个二字写中间,加一小竖便成土,加一大竖便成干;不是有二分土气,就有二分没相干;不如加上二竖,却是个蛙,在井中把天观。

众人只得说声:"好!此令倒也新鲜。"刘蕴洋洋得意,斟杯酒送在伯青面前,道:"轮到伯青兄说了。"

伯青接酒,没奈何,说:"我也是个二字,却从仁香兄前令上脱胎来的,不免抄袭。"道:

  一个二字写当中,加一大竖便是土,加一小竖便是工;我看不用二分土,也不用二分工;不如加上两竖,把口门儿封。

刘蕴明知说的自己,也只得随着众人道声好。

伯青之下,该慧珠说了。慧珠道:"我不会说,吃酒罢。"一连吃了两杯。伯青抢着代了一杯。刘蕴道:"有个笑话呢。"慧珠道:"我更不善说,还有三杯酒,代了罢。"刘蕴道:"酒令严如军令,那却不能!"洛珠接口道:"我代说罢。"刘蕴笑道:"也好,人不笑是不算的!"洛珠也不理他,道:"秋日桂花大开,一班士子们,闻得有一古寺内桂树又大,花又开得多,远近游人往来不绝。这些士子们高兴,同去赏玩。果然树可参天,花香扑鼻。内中有一个士子,拣那低处折了一枝闻香,不料和尚大为发话道:'先生们只许看,不许动手。若你也折,我也折,一日到晚,上万的人,小寺这几株树早经都折完了!'士子们听了动起气来,把和尚臭骂一顿。气犹未平,见旁边一个尿桶,提起来浇了一树,恨恨的道:'你这秃子,不过留与那些大老官们闻香,好骗他的钱!我与你糟蹋掉了,偏不叫你刘仁香,却叫你留人臭呢!'"说得大家狂笑起来。刘蕴好生不悦,反忍下去,笑道:"贱名出自美人之口,虽臭犹香,只怕我不配。"

却挨到陈小儒说了,小儒接口道:

  一个日字写得圆,添一大竖便成由,添一小竖便成田;我看也不曰由自己,也不曰乐园田;不如添上两竖,是非曲直在人言。

众人齐赞了声"好"。

轮到田文海说了,文海道:"晚生才疏学浅,不能说,也吃三杯酒,说个笑话罢。"一口气吃了两杯,第三杯酒送到刘蕴面前,捻着鼻子道:"请大老

第三回　乐春游曲词听丽口　行酒令笑骂出深心

爷代一杯。难道他人有情有义的代一杯儿,我料你也不好意思。"扭扭捻捻的福了一福,引得众人笑得忍不住。刘蕴笑道:"别肉麻,我带了你这粲头相公,可不讨人家笑话!"头一仰,将酒吃了。慧珠听田文海打趣他,两颊一红,沉下脸来,转过身子,伏在篷窗上看湖景去了。

又听田文海说笑话道:"正月十五大放花灯。一起乡下人进城游玩,见各处的灯,飞禽、走兽、人物,多彩色鲜明,又像活的一般。乡下人当成真的,道:'世上那里有这些活宝贝?奇怪!奇怪!却肚皮亮亮的,能点灯。'又问值多少钱。旁人与他开心道:'十吊大钱一张。'乡下人吐着舌头道:'好贵!好贵!'正看得高兴,忽然一阵大雨,各家措手不及,将灯全行打坏,多露出架子来。乡下人道:'呸!我当是活的,原来是篾片做的!可怜我们乡下人,一年苦到头,种田养鸡鸭,都没有这样大的利息。'"田文海说到此处,却一口气说了下去道:"真正乡下的鸡鸭,篾片不如了!"

众人听了,哄然大笑。洛珠笑得把酒喷了一桌,忍不住眼泪都掉了下来,前仰后合的,却如带雨梨花、经风杨柳,愈显得姣媚。刘蕴道:"不要笑坏了!"又高高的念了两句道:"有美一人,清扬婉兮。"洛珠正低着头抹身上的酒,接口道:"不见子都,乃见狂且。"小儒笑道:"柔云这张嘴,比刀还快,我等真要退避三舍!"

令又挨到王兰,也微想了一想,道:

> 写一个三字适相当,加一大竖便为主,加一小竖便为王;我看你也做不得三分主,也做不得三齐王;不如加上两竖,人说曰做不长。

众人笑了一笑。

却派到洛珠,洛珠道:"我说的不大好,诸位包荒些。"刚要说,又笑了起来,勉强忍住笑,道:

> 写一个王字君知否?添一小竖便成五,添一大竖便成丑;我看你全不像王老五,也不像王老丑;不如添上两竖,倒像个田老九!

伯青道:"妙极了!却又说得自然。"

田文海道:"洛姑娘怎么明骂起我来了?"洛珠道:"真正奇了!我是凑着字说的,天下那里只有你一个姓田的?况也不是行九!既然我说错的,罚我吃盅酒,说个笑话。何如?"刘蕴道:"很好!你的笑话是不坏的。"洛珠道:"有个人,穷的没有法子,心里想道:'不如到京里做太监去,又尊贵,又好弄钱。'到了京中,拜在老太监门下,求他各事照应。老太监将他派在大内里执事。一日,内里传旨进膳,这人道:'万岁要吃中饭。'老太监喝道:'不要乱道!万岁要用御膳。'一日,又传旨大宴诸官,这人又道:'万岁要摆宴呢。'老太监又道:'说错了,万岁要摆御宴。嗣后你要记着,譬如大内里花园,叫御花园;护卫的兵丁,叫御林军。'这人方才明白,道:'怪不得皇帝面前东西都要叫御字的,从今我也是个老手了!'有一次,从御花园门首经过,踏了一脚屎,要想骂他几句,又怕是皇帝屙的,只得道:'若不看你是御史,我就要骂你了!'"

众人哈哈大笑。慧珠瞅着洛珠道:"你太觉高兴了!"洛珠只图说得畅快,那里还顾忌旁人!伯青等明知刻薄太甚,也不好阻他,而且实在好笑,大家希图一笑,将此话掩了过去。

谁知刘蕴听了,怒从心起,脸都气白了。欲要寻闹,又转想道:"他们一起的人太多,必不容我发作;又碍着小儒的面子;再者我是自己来的,并非他们请我。"回头见田文海闭着眼、摇着头,道:"岂有此理?言之太甚了!"暗地将田文海袖子一扯,站起来,假作笑容道:"有趣,有趣!本当多坐一会儿,还要尽兴乐一乐,无如小弟尚要进城有事,改日再奉陪罢。"他的家人进舱,将残肴收去。刘蕴遂与众人作辞。

众人见他神色不妙,不便深留,大众送到船头,一拱而散。复回船来,齐埋怨洛珠道:"刘蕴原不是个好人,他既涎着脸入席,索性敷衍他半日,他没趣,会自走的,你偏要刻薄他!这种人是要记仇的,窃恐从此要起风波。"小儒道:"本说清明不可游湖,偏生遇着他,真教人无味!"洛珠冷笑道:"拼死无大灾!是我得罪他,不过他倚官仗势,设法收拾我,不累及别人,不劳诸位与我担忧。"王兰接口道:"柔云这话很是。如果刘蕴收拾你,我王者香也不依他!"众人见他二人如此说法,不好再说,反将别的话支开去了。伯青道:"我们也饿了。"命连儿摆上饭来,一面吩咐水手返棹进城。饭罢,众人谈谈说说,船已到了原处,开发了船价,大众登岸,取路各散。

单说刘蕴回到自己船内,气得说:"受不得!"田文海笑道:"大老爷,何苦因此小事气伤贵体?难道收拾几个婊子还费事不成?若说碍着他们,倒也不难。"就在刘蕴耳旁低低说了几句,道:"只要……如此如此,教他死而无怨!"刘蕴听了,回嗔作喜道:"在理,你这话很使得。合城的人都奉承我,反被这两个骚货取笑,岂不是可笑吗?我起初也罢了,他们越说越不成样儿。若说碍他们面子,这话更扯淡!小儒我是不怪他,那祝伯青与王者香冷冷的样子,好像有他妈十七八品,我还巴结他么?况且我背地里瞧,慧珠是姓祝的人,洛珠是姓王的人,小儒没相干的。"说着,船已抵岸。刘蕴与田文海回到府内,在曹氏跟前一字不提,暗中叫几名家丁,嘱咐他们照样去办,"……不许走漏消息,要紧!"

再说那伯青回来,心中终觉不快,想道:"刘蕴今日受了洛珠的骂,他不是个好惹的人,必然不肯干休,只怕这几日内,他家定要出事。果真出了事,教我怎样出头去庇护他?"又恐慧珠吃苦,思前虑后,一连数天,懒得出来。

这日,王兰约了小儒,又来约伯青,去访二珠。伯青也记挂慧珠,一同乘马,到了篱边。听得里面高高的喉咙,有两三人说话,却不甚明白。才进了门,只见二娘在那边招手。众人会意,随着他们,由正面五间旁边个小门穿过去,是洛珠的卧室。

不知二娘说出甚么话来,且看下回分解。

第 四 回

捏虚词密现丧心计　痛远别合谱断肠诗

却说小儒、伯青、王兰三人来访二珠，见宋二娘望着他们招手，随了二娘到洛珠这边来。原来洛珠的卧室是一顺五间，后面一个小院落，栽了些花草；上首大大的曲折形式三间，一间起坐，旁边两间是洛珠卧房，装潢得十分齐整。

众人进了房，见慧珠姊妹二人仓皇失措的坐在床沿上，呆呆的望着外面，见了三人，也不起身。伯青诧异道："你屋里出了甚么大事，惊慌得这个样儿？外面那些人是那里来的？听他声音，像似要淘气的。"二娘拍手道："祝少爷，再不要提了！今早忽然来了两三个人，却多不认识他。走进门，就问他姊妹。恰好他两人在里面。我见他神色不善，回他被人家接去了。来人不等我说完，拍着桌子骂道：'好大模样的红姑娘！躲在家里，不出来招呼，难道我们不给钱的么？就是真出去了，我们在这里等一天，都要守着他们，见一见红人儿，明日好成仙去。若是躲着，我们知道了，是不依的！'我也没法，只得请他们坐了，小心陪着他们。无奈七嘴八言的，令人难受。"伯青蹙着眉道："这怕是——"回头见洛珠脸上一红一白，望着伯青，更形惭愧。伯青自悔多言，即改口道："这怕是你家无心得罪人了。"二娘道："我的少老爷！做这样买卖，还敢得罪人？只愁趋奉不及。就是不招接的人，也是好言好语回复他，还要留茶留饭。我前后仔细想，实在没有得罪人的处。"小儒道："那些人如果来寻乐的，断不会淘气，大抵有因而来。你再去试探他，只要骗出门，即没事了。"

正说着，猛听得外厢天崩地裂一声，好似桌子推翻，连板壁都打倒了。二娘急急跑了出去。少停，见一个小婢喘吁吁的奔进来道："不好了！来人把桌椅全行打坏，大姑娘房内春得稀烂。现在抓住宋二奶奶，打了几下，还要他交出姑娘们来，才肯干休，口口声声的要打进来，说：'看见三个人走进去，分明将姑娘藏在内里，骗着我们。'"吓得二珠哭了起来。慧珠分外害怕，找绳子要自尽。伯青、王兰多慌起来，一起劝慰二珠，自己心中

第四回　捏虚词密现丧心计　痛远别合谱断肠诗

也想走出去。

小儒却有点主见，道："不要乱，甚么大事？他还敢糟蹋我们么？倒是畹秀、柔云被他等看见却不便。你家可有后门？"洛珠颤颤的道："我……我这屋后，有……有个后门。"小儒道："那就好了，我们三人陪着你姊妹由后门走出去，悄悄的到我家里住几天，避一避风头，就没有事了。"王兰道："很用得！"也不由二珠做主，逼着他们，将随身要物带了几件。洛珠起身，将帐子掀开，露出两扇小小的门——原来这门在里面，是个暗门，以备不虞的。

众人走出了后门，正是秦淮河边，恰好见连儿同着马夫在空地上放马。伯青唤了他过来，道："你去叫两顶轿子，不要耽误，快些去！"连儿见主人与二珠立在空地上，神色仓皇，不知何故，也不敢问，急急的转身去了。伯青又将三名马夫叫在身旁，犹防来人寻至相闹。不多时，连儿押着两乘轿子来了。小儒道："抬到我宅里去，重重有赏！"二珠坐轿，三人乘骑，一路如飞奔三山街而来。

到了府前，众人下马，轿子一直抬至火巷内才住。小儒领着二珠同众人，由火巷一个小门进去，转了好几处弯弯曲曲的回廊，见一排五间亭子，两边向水，一面倚着假山，题曰"春吟小榭"，亭外牡丹盛开，绿栏低护。走过迎面一座红栏小石桥，即至亭中，是小儒平时读书的所在，亭中颇为幽雅。内里一间，用楠木落地罩隔开，倚壁一榻，衾枕华好。

小儒让众人坐了，伺候的小奴双福送上茶来。慧珠道："我这会心中才定，尚觉有点突突的。那些人进门就闹起来，决非无故而至。慢慢的访问，都要明白。想我们这种人是极无味的，吞声下气的去奉承人，稍有不到，人人得欺；若是个良家女儿，正眼也不敢觑一觑。"说着，流下泪来。洛珠提起心事，又想到适才光景，不由得一阵心酸。小儒、王兰一旁叹息。伯青凄然道："畹秀之言，足见心地。我见那些行户人家乐此不倦，以是为荣者不可胜数。想他等另具一副肝肠。何况古今来多少才人，亦曾堕落风尘，只要出淤泥而不染，日后都有好结局。畹秀、柔云有何患焉？"二珠听了，皆点头称是，拭了泪痕。

慧珠起身向小儒道："我们理应去谒见夫人，烦你引道。"小儒道："那倒可以不必，我代你说声罢。"洛珠道："甚么话？礼节不可缺的！"祝、王亦云:"谒见为是。"小儒不再推托,嘱咐双福:"着厨房在例菜内添两色油炸鸭子、清炖鲫鱼,再加样麻菇笋丝素汤儿,开一坛好老酒,就摆在这亭子上。"王兰道:"我们是要回去的。"小儒笑道:"耆香忽然客气起来!我是代畹秀、柔云压惊,借此聚聚。你纵然要去,难道也阻我请人么?"王兰道:"既如此说法,我做陪客,不走了。"小儒道:"我料你也舍不得走!"大众都笑了。

小儒领着二珠,来见他妻子方夫人。若说这方夫人,是极贤淑的,而且才貌双佳,与小儒同庚,生了二子一女。小儒深得内助之力,夫妇又极伉俪。这日正坐在窗前调引儿女玩笑,抬头见小儒进来,起身相迎;又见小儒背后随着两个闺娃,容光焕映,清若芙蕖,问道:"此系何人?"小儒笑道:"就是我平时极口称赞的聂家姊妹,今日特地领来见你,可信我言不谬赞。"二珠上前叩见。夫人忙用手挽起,道:"名不虚传,不愧'国色'二字!"又叫他们坐了,问道:"今日因甚事儿到我府里来?"小儒将前后情节细说一遍。方夫人叹道:"世有名花,当知爱惜;若辈杀风景,可知其俗入骨髓,不足计较。我府中房屋甚大,就在这里多住几日,外人也不敢奈何你们。晚间在我房里歇,与我谈谈,倒不寂寞。"二珠道了谢,齐说道:"蒙夫人错爱,不鄙贱质,又许时聆训诲,真万幸也!"方夫人听他们出言彬雅,尤为欢喜。

坐了坐,小儒同他们出来。王兰道:"你们见过小儒兄的嫂夫人了?还是被打出来的,还是被撵出来的?多分小儒也挨了一顿骂!不然,何以都怔怔的?"洛珠笑道:"你可是活见鬼!见那个怔怔的?夫人极宽厚,见了很疼我们,还叫我们晚间到上房去宿,陪夫人闲话。娶了这位夫人,真是前世修来的!"王兰笑道:"晚间到上房陪夫人,是极好的事,岂不要把小儒撵出来让你们?先问声小儒,可愿意不愿意?"小儒笑道:"放屁!你惯会说瞎话!我平时一个月就有二十余天宿在书房。只怕你日后娶了弟媳,有事撵你都不肯走的,好歹你不过仗着一副涎脸儿!"

大家说笑多时,见双福摆上酒来。他们常聚的,不谦让,挨次而坐。慧珠终觉放心不下他母亲,不知道那些人可去没有去,央着双福去探个信儿。小儒道:"我也想到此处,你可速去,访明白了来回话。"双福答应着去了。

第四回　捏虚词密现丧心计　痛远别合谱断肠诗

单说二娘从后面走出来，见桌椅全打损，来人跳来跳去的骂。二娘忍气赔笑道："爷们不要动气，姑娘今日真不在家，已经打发人接去了，让爷们稍守片刻。如果躲在屋里不见人，这又何苦呢？难道打坏多少东西不肉痛的么？就见一见爷们，也不把他们吞了下去。爷们是知情达理，可知我这话是不欺人的。"

二娘正在分辩，内中一人身材高大，貌极恶陋，睁着眼道："放你娘的屁！我亲眼见三个人走进去，不是你家孤老是谁？那三个人衣服华美，人又少年，你巴结他，将这些巧话来搪塞我们！"说着，把二娘一掌。二娘立脚不稳，一跄几乎跌翻，不觉红涨了脸，道："这是甚么话？姑娘既不在家，暂时变也变不出，爷们把东西打坏了，不算数，还要打骂我！爷们也是些正经人，动手动脚的，都不成说话。我又是个老年妇人，难道还与人打降不成？真是没有见过的事！"冷笑了声，转身即走。这人听了，跳起来，抢步上前，把二娘推倒，不分皂白，拳打脚踢。二娘打得在地上乱滚，唤叫地方救命。吓得众人劝又不是，帮又不是，多噤住了。来人又奔进慧珠房内，索性打个罄尽，出来指着二娘道："你这老虔婆，倒会撒泼！停一会，教你看手段！你们这些乌龟家，还了得！"忿忿而去。小婢等人将二娘扶起，椅子上坐了。二娘顿足捶胸，既哭且骂。

王氏起先躲在自己房内，此时听得人去了，方敢出来。见二娘衣裙破损，头面打伤，脸上红一块白一块，额角上几个老大疙瘩，心中着实不忍。搀他进房，用水洗了头面，整顿衣发，婉婉的宽解，又劝他吃些饮食。二娘叹口气道："聂奶奶，这碗牢饭我也懈得吃了！赔尽无数小心，费尽无数唇舌，一日到晚，刻刻提心在口，还要受人糟蹋。我长到四十多岁，这样真是头一遭！明日正把牢门关起来，人还能吃我讹头么？有紫金子赚，我都不愿了！"又指着外面骂道："这一起瘟杂种！打了你家老娘，明日要挨千刀剐、万刀剐呢！"说了骂，骂了说，好半会方住。回头问小婢道："姑娘们呢？人去了，可以出来了。难道我打成这个样子，他们不知道么？还要商酌个主见，寻个地方避一避再说，怕这些瘟杂种要重来的。我吃苦也罢了，他们大风多吹不起，还能经这样大浪么？神天保佑！方才是没有闹进去，果真看见他们，还不肯干休呢！"又叹口气道："聂奶奶，不是我说，你家两位千金，性情实在古怪，接不得的人不说，接得的人若不与他们合式，想同他说句话儿,就像登天!大姑娘是冷冷的,令人难耐;二姑娘那一张枭嘴薄唇,说出几句刻薄话儿,益发令人存身不住,难免暗地里不得罪人。全仗着我敷衍人——也敷衍不了许多,天下能有几个像祝少爷那一班人,又肯用钱,又顺着他们脾气?我亲见他姊妹不高兴,无数的钉子给祝少爷碰,祝少爷反笑嘻嘻的,七答八答,逗着他们说。陈少爷、王少爷也是这样。你想一想,这种有钱有势的贵公子,反来恭维他们,难得不难得?所以把他们姊妹脾气让坏了,以为世上人多是这样的。"王氏点头道:"二奶奶真说得不错。就是我家这几年,也很亏他提拔,实在他的钱用得不少。最难是连戏言都不说与一句。这样脾气,我家慧珠才合式。常想托出人来说,把慧姑给了祝少爷,洛姑给了王少爷,后半世你我日子也靠得住,他们不是薄情的人。"二娘摇首道:"暂时不得成功。可知道祝、王二人正室还没有娶,他们读书明礼的人,断不肯先纳妾的。将来我看你家两个姐儿,都是他们的人,此时却不好提。"只见小婢走来道:"那些人闹的时候,两位姑娘出了后门,随陈少爷回府去了,说过几日才回来。"二娘道:"好极了!我正想送他们出去避几天,在陈少爷府里,是放心的。"

  大家正说着,忽见两个人,似公差打扮,一老一少,昂昂的走进来,问道:"可是聂家么?"王氏应了声。老年的道:"你可是聂王氏?这位可是宋氏?"二娘见问得蹊跷,忙起身让座道:"二位下问,有何见谕?我正是宋氏,人人皆知,瞒不起的。请问二位上姓?"老年的道:"我叫刘亮。"指着少年道:"他叫周明。敝衙门是上元县,无事也不能惊动。有件公事在这里,望一望就明白了。"在袜筒内摸出一张纸来,递与宋二娘。王氏识得几个字,走过来看道:

  特授江宁府上元县正堂毛,为恃势行凶、乞正风化事:

    本月初九日,据文生柴士图、包友礼、文童闻南金、民人王义等禀称"生等向住桃叶渡地方。忽然前岁搬来聂王氏母女三人,本籍苏州,买民人王义之宅居住,与生等近在四邻,并声称投亲来此。居未数月,即延请曲师,教伊二女弹唱;又密结著名女棍宋氏,联为心腹,勾引游人;并有当地无耻缙绅子弟时为往来,以作靠背。生等忝列胶庠,知关风化,即着王义辞房,嘱伊另迁。而聂王氏等阳奉阴违,延宕不去。近日更无忌惮,甚至喝雉呼卢,彻夜不已。盗火堪虞,千人一

第四回　捏虚词密现丧心计　痛远别合谱断肠诗

见。生等万难坐视，时虑祸延。乃约王义同往，婉为启导，冀彼有所感悔，而能知止。讵料聂王氏等迁怒多事，侈口谩骂，稍与争辩，即喝令家奴数十名，将生等捽地痛打，反栽无故诬良。嗣为旁观劝解，始释。伏思禁城之内胆敢横行，其意不过有所倚恃。不知诱引子弟，法无可逃；殴辱斯文，更无可逭。若不严逐根究，将来之行为，非生等所敢拟议"云云。为此，即仰该差飞提聂王氏、宋氏及聂氏二女一并到案，讯明重办，毋得稍有徇庇，致干未便。切切！

　　　　　　　　　　　　　　年　月　日　本县行

王氏看完，吓得面如土色，满身发抖起来。幸亏二娘还有主意，走进房内，好半会，取出两个梅红纸包，递与来差道："些须菲敬，请收了，买杯酒吃。俗话道：'千差万差，来人不差。'至于这件事，是非曲直，自有公论，躲不了的。只求二位头翁稍停一半日，容我们稍为料理；况两个姐儿亦是在案要紧人证，今日被祝大人叫去，也要接回来，一同赴审。最好笑是原告一个多认不得，就是房主人王义，连魂灵都没有来一遭。这种无影无形的事，从那里说起？"

　　两个差人见二娘很懂事务，说话又明亮，将银包握一握，约有十两光景，颇为欢喜。刘亮把扇子在桌上拍了一下，道："宋奶奶，我看你是个明白人，又会办事，蒙你的情，看得起我们。有一句话，不得不告诉一声，可知道这件事当真是这一起人告你的么？你说连认都认不得，我也晓得你认不得。你家暗中得罪个人，这人却不好说，所以化出这些人来出首的。"周明侧着头道："刘老爷，你不要说罢，紧防说出牵搭来，我是不管的。"刘亮道："兄弟，宋奶奶是个懂事的人，纵有牵搭，我也要说的，卖货要卖于识者。"二娘叫人摆酒饭请他。刘亮一面吃着饭，说道："宋奶奶，你道是那个？就是那三山街上的刘御史。昨日面会本官，谈明白了，今早约这班人，连名具禀，即刻批出来，点了堂签。你想可快不快？宋奶奶，我伙计们有个主见，你们商议着。我们说，你家姑娘未曾提到，可以捱得一时半刻，多却不能，因为原告的脚力太大。最好你也去寻条路，内里说声，那就缓下来了；事过，亦要到别处让让风头。这些话，要晓得是我们报效你的。"二娘听了，千恩万谢，又封出几两银子，打发来差去了。二娘跌足道："那日游湖回来，听得说得罪了刘御史，我就知道不妙。果然弄出事来，是自家去寻的晦气！"只见双福来问信。二娘一五一十对他说了，并嘱慧珠，求求诸位少爷设个法儿。

双福回来，细细对众人说了一遍。慧珠、洛珠听了，如万箭攒心，忍着一包眼泪，起身向小儒福了福，道："我姊妹二人蒙诸君等契合，不以卑贱见弃。今不幸老母遭此横祸，要求你代母亲、二娘解脱，我们至死不忘大德！伯青是有父母在堂，不便为此事出头，所以不去央他。"说着，哭了起来，意欲弯腰下拜。小儒忙扶住，慨然道："畹秀、柔云但请放心，交友原共患难的，你我虽隔以形骸，究竟此心不隔；况这毛县令是先父的门生，我去说个情儿，想他也不好十分推却。你们切不可伤心，自己保重要紧，此事交在我陈小儒身上就是了。"二珠闻言，感激不尽，谢了又谢。伯青、王兰也作揖道谢。慧珠又催小儒就去，恐仍有变动。小儒吩咐双福传话："备轿，拜县里去。"小儒到后面穿了公服，方夫人也说去的为是。少顷，伺候已齐，小儒辞别众人，乘轿直向县里来。

到了衙前，先去投了帖。他们是通家世交，即刻请见。两人见礼，彼此问好。毛知县道："许久不晤世弟了。"小儒起身道："屡欲趋阶请安，无如俗事繁多，不能如愿。小弟今日之行，因有事恳求世兄，未免冒昧。"遂将聂家如何受屈之处从头细说，又说道："二珠已为祝、王二人赏识，不久即备位小星。尚祈破格体恤，以全祝、王二人面目。他们属在治下，不便来谒，转委小弟缓颊。"说毕，又深深打了一躬。

毛知县哈哈大笑，手捻长髯道："世弟过于钟情了！若论祝颂三的公子与王茂才，愚兄也素仰其才。既然聂家姊妹做了他的侧室，世弟又来讨情，我断不能难为他。今早，刘仁香太史来嘱托我切实究治，并暗暗伤着诸位。此时说穿了，只好含糊了事。但是这聂家，世弟须知会他，往别处去走走；不然，刘太史未必就肯干休，那时闹到别处去，我就不能庇护了，而且也不好看像。"小儒道："蒙世兄格外施恩，小弟也知感激。若说暂避，不用世兄费心，小弟却理会得，何能使世兄作难？"又说了一回闲话，起身告辞。毛知县直送到暖阁外始回。

小儒到了自己府内，先将知县准情开脱的话告诉他们。二珠听了，转悲为喜，感谢不已。伯青、王兰也十分欢喜。小儒换了便服，重新入座，大家方才畅饮。

第四回　捏虚词密现丧心计　痛远别合谱断肠诗

只见双福进来道："聂奶奶同宋二娘在外求见。"小儒说："叫他们里面来。"不多一会，双福领了他们到亭子上。二人抢步上前，叩谢了众人。小儒叫他们坐了，道："你们的事，已经吹散了，可以放心罢。"二娘道："若不是诸位少爷大力，我们是冲定了家！将才差人来，取了一张改过切结去，并限三日内搬回原籍。我想南京城里是无人不知的，就是官府不押逐，我们也难住了。已与聂奶奶议定，暂回苏州，不到一年半载，仍是要来的。刘蕴这杂种进了京，就没有对头了。我们一则过来叩谢，二则还求少爷格外成全我们，城里尚有点首尾，非八九个日子不能清楚，意欲暂在少爷府里小住几天，料理各事。外面是万不能住的，再有点风波，就牵搭了。总之，蒙少老爷天高地厚之恩，碎身难报，惟有祷告少老爷连中三元，位极人臣。"小儒道："这事不难。你们今日收拾收拾，就搬到我府里来；况你家姑娘也不放心你在外面住呢。"二娘起身，重道了谢，又往后堂见了方夫人。

二珠见其事已结，喜出望外，心中万分感激小儒。又闻得要回苏州，又乐去悲来，难得遇着伯青一个知己，想此番一别，地北天南，不知日后可能相聚？不由得扑簌簌掉下泪来。洛珠也是一样心事。王兰背着脸，长吁短叹。

伯青起初也难过，落后一想，反释然道："俗云：'天下那有不散的筵席？'自古有离有合，况他们回苏州，亦是正理。离此不过数日程途，音问可以常通。他日仍聚在一处，也未可定。纵然日夜悲思，试问可能将他们留下？若再凄凄惶惶的，他们分外悲苦。畹秀又是个钟情的人，倒反要生出别的事来。"想定主意，扯了慧珠，坐在亭外石栏上，委委婉婉的开导他。慧珠听了，点头道："我知道你的意思，不过叫我打开心肠，将你我情节看淡了，日后都要相会的。糟蹋了自己身子，你倒不放心。"伯青道："闻卿之言，愁思顿解，不负你我两心相印一番！"那边洛珠、王兰也聚在一处私语，颦眉泪眼，难舍难分。小儒道："我已备了一席，为畹秀、柔云饯行，大家须尽兴痛饮。此一别，至速也要一年半载。"见双福进来，将四壁纱灯点齐，摆上酒肴，一主四宾，序齿入座。烹治十分精洁，无如众人各有心事，难于下咽。

小儒道："既得春回，又将夏至，适逢畹秀、柔云回里，我们大众意在联吟一诗，曰《送春词》，要暗合临歧赠别之意。诸君以为如何？"伯青、王兰

道:"弟等亦有此意,即从小儒兄起。"小儒也不推逊,叫人取过笔砚,先写《送春词》三字,复写起句,与众人看道:

    春来春去倍伤神,

伯青赞道:"一起便合凄然远别之意,兼之恰如题分。"便接写道:

    记得寻春又送春。满院落红飞似雨,

王兰道:"接句更觉出色。"遂续着写道:

    一堤嫩绿软成茵。最怜南浦将行客,

慧珠眼圈儿一红,道:"说到我们本意了。"接写道:

    不解东风惯荡尘。莺燕有心仍恋旧,

洛珠接口道:

    烟云过眼总无因。钟声远寺催将断,

慧珠听了,落下泪来。小儒道:"柔云音调,何其悲也!"遂续道:

    鸟语空庭听未真。应候惟知有桃李,

伯青道:"用一顿句作开合,音韵更响。"接道:

    耐寒终不及松筠。楼头少妇愁凭槛,

王兰道:"接句可为畹秀、柔云作一影子,下一句又归到本题了。"续道:

    洞口渔郎漫问津。金粉当年思故迹,

慧珠道:

    林泉小隐许存身。无多别泪休轻洒,

伯青点点头,道:

    不尽离情懒欲申。

小儒道:"再续两韵,也好结了。"忙接道:

    怕见峰峦横北郭,

王兰接着写道:

    任他蜂蝶闹西邻。

伯青道:"写到本题而住最妙。"接写道:

    飘零柳絮纷纷去,

慧珠道:

    冷淡梨花处处新。寄语韶华须暂驻,

洛珠道:"尾句我结了罢。"

第四回　捏虚词密现丧心计　痛远别合谱断肠诗

天涯犹有未归人！

小儒拍桌大赞道："柔云此句，精神并到，不脱不粘，令人读之黯然魂销。拜服！拜服！"慧珠将此句念了几遍，更觉伤心，道："从此天涯归人无几！"

小儒用纸誊清，注了各人名字在下，从头念了一遍，道："十二韵一气呵成，若出自一人之口。联句得此，真不易也！"众人也传看了一会。外面已交三鼓，撤席散坐。又谈了半会，伯青、王兰作辞回家。从此每日清晨即来，半夜方回。二珠有时进去陪方夫人谈谈，方夫人大为怜爱他们。

一连半月有余，二娘将外面各事理清，在码头上雇定了船，择于明日起程。当晚小儒又备席，与他们送行，说明了畅饮一夜，明早好送他姊妹登舟。王兰同洛珠絮絮叨叨，说个不了，时哭时叹，连酒都不吃。伯青与慧珠坐在席上，你望着我，我望着你，默默无言，相对饮泣。小儒也觉难处，想出些话来宽慰他们。慧珠向伯青道："我们这一别，未卜何日方能聚首？只怕你要再见我时，我多分要愁死了！"说着又哭，勉强又说道："我有句话，屡欲同你说，又恐你不愿意，今日却不得不说了。老太爷、老太太只生了你一个，满指望你扬名显亲，替父母争光。无如你却不以功名为念。老太太又疼爱你，不好一定强着你，为人子者，当体贴父母怀抱才是。你具此奇才，何愁不步青云？我劝你从此把那在外面疏财任侠性情改一改，静静的用起功夫来，秋天乡试，倘然中得一名举人，老太爷、老太太固属欢喜，我在苏州也欢喜，免得人议论你贪着花柳，误了功名，那声名是不好当的。你果真同我好，可听我这一句话儿……"

伯青听了，泪如雨落，哽咽了半会，道："畹秀金石之言，已铭肺腑。我非不知父母望子心切，以为'功名'二字，三十而外得之不晚，深恐此身为微名羁绊，负了少年。今日既如此说法，但放宽心，我准备秋风一战，当有以慰我畹卿也。"小儒道："畹秀此话说得正大，全没有儿女情态，不枉你们两情相许，真要愧煞我辈须眉了！"那边洛珠也劝王兰秋天下场，不可耽误功名。王兰亦诺诺应许。两边又说了许多悲切的话，不觉天明。

二娘早已起身，同着王氏收拾齐备，进来叩谢众人。二娘道："明年春初，可以到南京来。诸位少爷没事，可请到苏州逛逛去；不然，也要时常通个信息，不要忘怀了两个姐儿。诸位少爷想也不忍心的。"又引得二珠哭了起来，好容易被小儒劝住。二娘又同着二珠到后堂叩辞夫人。方夫人反觉恋恋难舍,赠了他姊妹许多东西,又嘱咐:"早去早回,停一两个月就可来的;况这件事,有我家老爷住在南京,都可庇护着的。"二珠答应,辞了出来。

外面舆马业已齐备,慧珠、洛珠见势不可留,先向小儒作谢,叮嘱他:"没事劝劝伯青、王兰,不要想念我们,当以功名为念。"小儒见此光景,也自伤心,惟有点头而已。二珠转身,与祝、王二人作辞,各人扯住了手,面面相觑,不发一言。好半会,一齐放声痛哭。王氏、二娘在旁,也眼泪鼻涕闹个不清。见天色不早,上前劝住他们,催促动身。二珠没奈何,随着出来,众人相送。可怜二珠一步一回头,恨不得由亭子上走到大门外,有十里路长才遂意。到了门外,二娘换他们进轿。二娘等人各上了小轿,大家说声"珍重",如飞的去了。伯青、王兰立在门前,望不见他们一起轿子,尚呆呆的不动。小儒扯了他们进来,再四劝慰了半日,各自回家。

伯青回到府内,不言不笑,好似痴的一般,又怕人知道,背地里出了无数眼泪。王兰在家亦然。倒是小儒,闲日到两家来走走,又将二珠临行劝他们立志功名的话说了几回。二人无奈,除却与小儒盘桓,逐日用起功来。祝公夫妇大为欢喜,难得儿子回心转意,巴干功名。

一日,伯青正在书房纳闷,见连儿进来道:"老爷请少爷后堂说话,京里舅太爷有信来了。"

不知信中何事,且看下回分解。

第 五 回

报前仇风波起邗水　赋佳句月夜宴平山

却说祝伯青连日闷坐书房，一心想着慧珠，"如今该到苏州了，不知可平安否？他也该寄封信来。"只见连儿来说，京中舅父来信，父亲在后堂等着说话。忙起身，到了后面。见祝公拿着一封书信在那里看，旁坐一少年，约有二十余岁，翩翩鸾凤，骨秀神清，觉眉目间一团威猛气象，睹之令人可亲可畏，身上衣履却不甚华美。心中暗暗称异，不识何人。少年见了伯青，立起身来，彼此招呼。祝公道："你舅父有信在此，你去看了。"伯青双手接过，从头细看，方知舅父升了协办大学士，赐上书房行走；秋间舅母带着表弟汉槎回里乡试，兼扫祖墓。又知这少年姓云名从龙，字在田，河南固始县人，是个不第秀才，去岁纳监入都，秋风又罢。

要论这云从龙，文武全才，为人极有肝胆，敢作敢为。因屡蹶文场，名心已淡，家世赤贫，孑然独立，流落京师，卖文糊口。这日江公朝回，在轿子内看见从龙一表非凡，大为赏识，将他请进府中，盘桓了几日，知他是个饱学，更加器重。恰恰从龙欲往金陵投亲，江公修了封书，寄与他妹丈，嘱他善视从龙，其人虽暂困风尘，将来必成大器。祝公见从龙人材出众，亦为欢喜，道："云兄的令亲，可曾探望过么？"从龙欠身道："晚生连年颠沛，所行辄阻。昨日抵岸，即访问舍亲居址，已知前半月挈眷赴任去了。蒙江老大爷盛意，嘱咐此行倘不得意，命来谒见老大人，定蒙矜顾。"祝公点点头。见伯青看完了信，道："这位云在田兄，因投亲不遇，你舅父嘱我照应，毋使失所。可命祝安将云少爷行李铺设外书房内，无事你们互相砥砺砥砺。"又向从龙道："暂屈寒舍小住几日，我自有处置。恐有简亵之处，尚祈包涵。"从龙起身道："晚生耻困穷途，得老大人青顾，实出万幸！老大人就是我云从龙再生父母了！"转身与伯青见礼。

伯青将从龙邀至书房，先取出自己衣服，与他更换，更显得潇洒出尘。彼此说了多少仰慕的话。祝公又送出一席酒，与从龙洗尘。只见祝安取了行李来，在伯青榻旁设一小榻。两人谈谈说说，终日讲究些考据学问，分外投机，倒把想念慧珠的心肠解去大半。

一日，祝公见祝安拿着帖子来，回说："新任盐运司李大人来拜。"这位李运司名文俊，江西人，是部选出来的，祝公是他会试的房师。今日赴省，见过盐台，特来谒见老师。祝公换了衣冠，出厅相见，问在京诸人的光景，李文俊一一答了，又请出世弟来见礼。祝公想起从龙，道："年兄甫经到任，幕中必乏人数。有敝友云在田兄，人极明干，极能办事的。现住在我这里，托我谋个馆地。我想在年兄那里倒还合式。"李文俊在京，亦闻云从龙之名，又听得江炳谦说过此人是当今奇士，忙答道："门生在京，即知其人，今蒙老师赏荐，好极了！但是门生还要到苏州去谒抚宪，俟回扬州时，再打发人到老师处来请他罢。"祝公点头称是。请出从龙与文俊相见，留他吃了顿饭方去。少顷，李文俊送关书来。祝公吩咐祝安，代从龙添补衣履等物。从龙心中着实感激，专候文俊信至。

伯青又邀了小儒、王兰过来，彼此一见，互相倾倒。大众陪着从龙到各处名胜地方游玩，路过桃叶渡，见聂家旧宅已在目前。伯青坐在马上，叹口气道："其室则迩，其人甚远！"说着，眼圈儿红了。王兰、小儒各各叹息。惟有从龙不解，细问他们，方才明白，也叹息了数声。

伯青忽然想起，慧珠屡说他同学时有个蒋小凤，住在扬州，也是色艺兼全。难得从龙到扬州去，何妨托言送他进馆，好去访这蒋小凤是何如人物？想定主意，对王兰说了。王兰也欣然同往。伯青回家禀明父母。祝公夫妇见他时常不乐，恐他生出病来，借此叫伯青到他世兄任上散散心，只嘱咐："早些回来，休误了乡试。"伯青欢喜，无事惟与从龙讲究些诗文，不觉过了一月有余。

这日，已是六月初旬，见祝安送进一封信来，是李文俊请云从龙到馆的。祝公治酒与从龙饯行，从龙说了多少感激的话，彼此谦逊一番。明早，祝安在城外封了一号大船，从龙与祝公作辞。伯青带着连儿，又去约了王兰，一齐下船开行。

走了一日半，早抵扬州钞关门码头。伯青恐住在文俊衙门内不便出入，又因王兰同来，先着连儿在城里僻静地方觅定客寓。连儿去了多时，已看定柳巷内连升客店。三人上岸，到了寓内，却也十分宽大，包定后面五间房子。店东闻得姓云的是新运司里的师老爷，又知伯青、王兰是两个

第五回　报前仇风波起邘水　赋佳句月夜宴平山

贵公子，格外巴结，亲自进来张罗了一回，晚间又送了一席酒。

次日，从龙同伯青更换衣冠，坐了轿，来拜运司。投了帖，文俊连忙请见，问了祝公好，又彼此问好。文俊道："世弟既至扬州，因何不到衙门里来住？难道愚兄供应不起么？世弟未免见外了。"伯青欠身道："小弟若一人到此，理宜朝夕侍教；无如有敝友同来，诸多未便，尚望世兄原谅。"文俊见他执意，也就罢了。又谈了半会，伯青告辞回寓。来日，文俊答拜伯青，又请了几天酒，将云从龙派在帐房内，兼司往来书札，每年送脩金二百四十两。从龙本意只求栖身，今见李文俊如此优待，没有不愿意的；而且宾东又极相得。

单说伯青一连数日皆被文俊请去，至晚方回。这日早起无事，与王兰吃了饭，唤过连儿，道："你去问声店主人，可知有个蒋小凤？家住在那里？"王兰笑道："想我们到扬州来，专为这件事的，我疑惑你忘却了。"伯青道："怎么会忘却？无奈被李世兄缠住了，谁耐烦天天去吃他的酒！"少顷，连儿来道："蒋小凤就住在前面一条官巷黑漆大门内，离此不远。"伯青、王兰换了几件衣服，带着连儿，来寻小凤。

到了巷口，见迎面一座大门，连儿去问了声，果是蒋家。二人缓步走进门内，早有伺候的人引至明间内坐下，献上茶来。只听得一阵笑声聒耳，走出四五个相公来，多是粉白黛绿，妍媸不一。见祝、王二人衣服华美，人物轩昂，争着问姓问名。伯青、王兰一一答了。内中有个未曾梳头的相公，约十四五岁，倒也生得秀媚，名叫四喜，取了支水烟袋，走过来敬伯青的烟。伯青勉强吸了几筒。又去敬了王兰，将烟袋放下，一转身坐在伯青身旁，伸手接过纨扇来看。伯青道："你家小凤可在家么？"四喜瞧了一眼，道："你与小凤姐姐相好么？"伯青笑道："我慕名来奉访的，面尚未见，怎说到相好二字？"四喜扭着头说："我不信！"又在伯青大襟上解下表来看。

旁边一个相公，名叫文燕，生得两道弯弯的修眉、一对盈盈的水眼，肌肤倒也白皙。走过来拧了四喜一下，道："小孩子讨厌，不要把人家东西弄损了。"说着，将表夺过，代伯青仍扣在大襟上。四喜冷笑了声走了开去。伯青抬眼，见他容貌倒也罢了，穿件白罗小褂，内里透出鲜红兜肚，胸前两乳高高的凸了出来；裙下金莲，约有五寸以外。伯青不禁笑了一声。文燕格外得意,抿着嘴笑嘻嘻的,正要同伯青说话,只见里厢走出个侍儿,风致嫣然道:"请二位少爷后面凤相公房里坐罢。"二人趁势起身,众妓扫兴各散。

伯青等随着那侍儿走过穿堂,见是大大三间,上首房门上挂了一条月白色门帘,两边高高挂起,房中图书四壁,颇为幽雅。小凤早已迎至门首,让二人入内坐下。伯青见小凤穿了件藕色宫衫外褂,内衬白纻罗衫,下系玉色罗裙,露出淡红缣丝宽镶底衣,一对莲钩,宛如新月,真是花貌如仙,玉容似雪,腮边两个微涡,不言自笑。伯青暗赞道:"不愧与二珠齐名,可谓瑜、亮并生了!"乃道:"尚未请教香篆。"小凤道:"贱字芳君。"也问了二人姓字乡贯,笑盈盈道:"聂家两位姐姐,想是认识的?"王兰道:"同居一城,如何不认识?他家现在因出了件事,回苏州去了。"小凤道:"我也接着信的,常见他们来字,提及二位是当世的才子。不要问了,你等钟情之处,我也谅知一二。"说着,又咯咯的笑了。伯青听了,反不好意思起来,笑道:"聂家姊妹,常去过访谈谈是有的,我倒不明白何以为情?何以为钟情?"小凤道:"情之一字,你我心印而已;一人有一人之情,非身处其境者不知。你今日问我何以为情,你却是你,我原非他,我亦难于譬喻。"王兰拍手道:"芳君能领略到情妙之地,也算得个情中之魁首了!"

三人正在说笑,只见那侍儿进来道:"外面有位刘老爷,说是南京下来的,要见见姑娘。"小凤道:"甚么刘老爷?谁耐烦见人?你去回掉了他就是了。"侍儿道:"外边早经回过,姑娘不在家。他定见不肯走,坐在那里发话。"王兰道:"芳君不可为我们恼了人,你若不去见他,料想是不肯走的。"小凤没奈何道:"玉梅,你好好伺候着二位少爷,我还有话问他们呢。"说罢,飘然而去。

王兰细看玉梅,颇为可人,问道:"你今年十几岁了?"玉梅道:"十六岁。"王兰道:"你可识得字么?"玉梅道:"姑娘闲着,教我认字,无如我的记性不好,时常忘记了,倒反惹姑娘训责。"王兰又道:"你家姑娘平日与甚等人来往?"玉梅道:"来往的不过词客骚人,一班名士;若是纨绔子弟,任他挥金如土,他正眼也不觑。"伯青点头道:"果然名下无虚,颇有聂氏姊妹风格。有名的四个人,我已见着三个了,可惜赵小怜远在苏州,不能一见!遥想慧珠姊妹,是日日相聚的。"玉梅道:"我听得姑娘说,赵姑娘春天来

第五回　报前仇风波起邗水　赋佳句月夜宴平山

信,说六月中旬要到扬州来呢。"伯青喜道:"小怜若来,可得聂家实在消息了!"

说着,忽闻窗外一阵脚步声响,听来人高高的声音道:"我道是谁,原来是伯青、者香二位兄台!躲着不见我,干甚么呢?"说着,跨步进房。却见是刘蕴与田文海两个人。小凤也随了进来。

祝、王二人无奈,起身让座,道:"幸会,幸会!仁香兄何以也到扬州来?"刘蕴哈哈大笑道:"此言太欺人了!这种好地方,二兄来得,小弟倒来不得?我来了好几天,早已知道二兄在此。李都转与小弟会试同年,日前省中匆匆一晤,今日特地来答拜他。言及二兄亦在此地,今早至贵寓奉访,说是出来了。我料定必在此地,恰恰被我寻着了。"回头对玉梅道:"你去知照,备席酒来,我的东道,请祝、王二位少老爷的。"伯青、王兰一齐站起来,道:"弟等尚有点小事,不能奉陪,明日再聚罢。"刘蕴忙用手拦住,道:"没有的话!小弟不来,二兄不走;我来了,你们反要走,不是嫌恶小弟么?纵有天大的事,都不能走的!"田文海也带着挽留。祝、王二人不得脱身,勉强坐下,想定主见,坐一坐就走。

少停,摆上酒来。刘蕴叫换了围桌,让伯青、王兰上坐,小凤旁坐。刘蕴又叫了四喜、文燕进来,四喜坐在刘蕴身旁,文燕坐在田文海肩下。小凤起身敬了酒,大家谈谈说说。伯青又欲告辞,刘蕴作色道:"伯青兄,难道小弟不配同兄等吃酒么?好歹都要终了席,他日再不奉屈就是了。"伯青见他动气,不好再推托,忙道:"既是仁香兄高兴,小弟不走了。"刘蕴始回嗔作喜道:"好呀!我们自家兄弟,以后要通脱些才好,不要学那拘拘泥泥的。"

大众又吃了一巡酒,刘蕴与四喜絮絮叨叨,闹个不清。祝、王二人低头闷坐。小凤也不愿意,掉转身来,同伯青说话。王兰把椅子挪了挪,坐拢来,聚在一处谈心。刘蕴也不顾他们,握着四喜手道:"你给我做个干女儿罢,我明日裁两套衣料、打两样首饰给你,算个见面礼。"四喜听了,一头滚在刘蕴怀里,笑嘻嘻道:"干爷,你不要哄我!"刘蕴捧着他的脸道:"乖乖!你见我骗过谁的?"又斟了盅酒,与四喜一递一口吃。

那边田文海把文燕搂在怀内,道:"他们多认了相好,我同你也结个交情罢。"文燕瞧着文海,道:"我是不配。"一眼看见文海无名指上一个金戒指,取下来道:"送我罢,就算交情礼了。"在自己指头上套了,与文海看道:"刚刚合手,比打了给我的还巧。"文海心内着实肉疼,也没有法,只得笑道:"我送你这点东西,算个甚么?"说着,一手伸到文燕胸前,摸他的两乳,却十分饱满;又低下头来嗅文燕的脸。文燕用手勾住文海颈项,把嘴靠到嘴唇边,对面咂嘴咂舌的玩耍。文海此时身子早经酥了半边。玉梅站在旁边,看不下去,忿忿的走了出去。

伯青见日已将暮,低低向王兰道:"我们走罢。"二人正欲起身,只见玉梅又进来道:"外面有位姓云的,说来找祝少爷的。"伯青知是从龙,忙道:"请云老爷里面来罢!"玉梅答应去了。少顷,果见从龙进来。众人让座。从龙又与刘蕴通了姓字。玉梅添了副杯箸在伯青对面,又将四围壁灯点齐。从龙道:"我到寓里找你闲话,说你同者香到这里来了。因想离寓甚近,不如走过来看你。"伯青道:"原想坐坐就回去的,因刘仁香兄留弟小饮,耽搁住了。"小凤见从龙人品风流,语言爽朗,心内赞叹不已,起身与从龙把盏。从龙亦爱小凤秀曼,两地暗中已成心许。刘蕴又叫玉梅开了灯,与田文海对面睡下,吸烟去了。四喜、文燕也挤在榻前说笑。席上只有他们四个人,倒觉清静。小凤在壁上取下支玉箫,品了一曲,伯青等人击节称赏。

忽闻外厢一片喧嚷之声,似有无数的人打了进来。吓得伯青、王兰站了起来,小凤连忙躲入内间,刘蕴、文海也跟着他进去,从龙却端坐不动。只见房外走入四五个彪躯大汉,头上高高的盘着发辫,上身赤膊,一个个薄底快鞋,青布裹腿,貌甚凶恶。进了房喊道:"了不得!了不得!这是甚么地方,三个两个公然聚饮?兄弟们打他一顿,送到县里去!"说着,为首的抢步来抓伯青、王兰。伯青几乎吓得哭出声来,身子一偏,意在要走。早被那人把袖子抓住,举起拳头要打下来。

从龙徐徐立起,上前挡住来人的手,道:"你们这班人,是甚么意见?难道吃酒是犯法的么?就是犯法,也要说个明白,怎好动起武来?"那人瞪着眼,喝道:"放你的屁!还讲不犯法?白日挟妓饮酒,你可知道不知道?"舍了伯青,就来抓从龙。从龙不觉大怒道:"你们这些该死的光棍!清平世界,敢于行凶,叫你这些狗头认认我的手段!"说着,左手接住来人膀臂,右手在来人胁下一送,那人直跌到窗前。众人大喊道:"反了!反了!甚

第五回　报前仇风波起邗水　赋佳句月夜宴平山

么狗肏的,敢打起我们大哥来?"一拥争先,来打从龙。他却不慌不忙,来一个跌一个,一口气打翻七八个,其余多在门外假张声势的乱喊,一个不敢进房。伯青、王兰从未见过这种光景,不住的抖。

　　从龙将为首大汉夹胸一把擒起,用两个指头在他肩窝上一戳,那人没命的乱叫起来。房外众人见从龙如此神勇,早软了一半,齐说道:"有理说理,不可动手!"从龙哈哈大笑道:"早知有理说理,也不吃这一顿打了!"指着那人喝道:"我们与你毫无嫌隙,是谁嘱托你们来的?好好的直讲,饶你狗命;不然打一顿,还要送官究治!"那人哀告道:"老爷息怒,放下小的,好直说,实在胸前疼得受不得了。"从龙笑道:"谅你也走不脱!"手一松,把那人丢下,道:"快点讲!"那人道:"老爷们初到此地,又是衙门内的人,而且又无仇隙,我们何苦寻这是非?只因有位刘御史,说与祝、王二位老爷有仇,叫我们来糟蹋他们的,给我等三十两银子,说闹出祸来,有他抵挡。老爷若不信,就是与老爷同席的那个人,约定这时候先后进门的。总是小的该死,不合听信他的话。只求老爷高手,饶了我们罢!"说着,叩头不已。

　　从龙听了,勃然大怒,一脚跨进内间,指着刘蕴大骂道:"我与你初会,你叫人寻我事,不怕你三头六臂,你访问访问,姓云的可是好惹的人?"刘蕴在里面听得众人说出实话,早急得要死;又见从龙恶狠狠的进来,他已知道从龙的手段,吓得面上失色,支吾道:"这……这是那里说……说起?我与仁兄初交,何能如此?不……不……不可相信这班小……小人的话。"田文海躺在榻上,动也不敢动。

　　小凤恐从龙打了刘蕴,牵累自家,忙上前解劝。伯青、王兰亦怕从龙闹出大事,同进来拦住。那些人早已一溜烟跑掉了。从龙难屈众人情面,恨恨的道:"刘蕴,你小心些!下次若犯在我手内,定然打死你,替万人除害!"刘蕴羞愧满面,忍着气,带了田文海,急急的走出。也不回寓,叫家人收拾行李,雇只船,连夜回南京去了。

　　这里蒋家的人进来,将残肴收过,众人重新入座。王兰道:"不意刘蕴这畜生犹记前恨,暗地叫人寻事。我们若非在田兄在座,我与伯青是吃定亏的了!"又把在南京的事对众人讲了一遍。从龙恨道:"早知如此,便宜他了!打他个半死,警戒他下次!"小凤笑道:"你打了他,他要寻我家淘气的。"从龙道:"有我在此,怕他做甚么?连这班光棍,以后都不敢到你家来了！"

伯青早命连儿开发了一切。蒋家的人上来谢道："姓刘的跑了，怎好领少爷的赏？"伯青道："他虽溜走了，是因我闹起来的，难道叫你家吃亏么？"小凤又叮嘱他三人，无事常来走走。伯青等起身回寓。从龙又在伯青寓内坐了一会，方回衙门。自是，伯青闲日一到蒋家，必先约了从龙同行。小凤早与从龙结为相识，亦是文字因缘，毫无苟且。那班光棍闻得姓云的时常与他家往来，连影儿也不敢上蒋家的门。

这日，伯青正约了从龙来闲话，见玉梅外面进来，与众人问了好。伯青叫他坐下，道："这样烈日，热地上走了来，不怕受暑么？"玉梅道："苏州赵姑娘今早到了，聂家两位姑娘还有信托他带来，所以姑娘叫我亲自来请少爷的。"伯青听了，喜动颜色，道："你先回去，我片刻即来！"又叫连儿挤了碗瓜水给他。吃毕，玉梅方起身去了。伯青等三人更换长衣，向蒋家而来。

到了门前，早有伺候的人入内通报。伯青等走过穿堂，只见小凤同了小怜迎至庭前。众人见小怜年齿甚稚，生得冰肌玉骨，望之若仙，不禁赞好。小凤道："这就是赵家爱卿妹妹。"小怜进前拜见。小凤将各人姓字对小怜说了，邀入房内。伯青问小怜几时起程，小怜一一答过，微笑道："畹秀姐姐命致意祝家姐夫。"伯青脸一红，道："没有的话！爱卿不要听旁人乱说。"小凤道："难道你柔云姐姐该不该问声王家姐夫么？不怕人家多心？"王兰笑道："岂有此理？你乱打趣人，倒是爱卿问声云家姐夫是正理。"小凤瞅了王兰一眼，众人一笑而已。

小怜在身旁取出慧珠的信，递与伯青。伯青双手接过，见了来信，早觉凄然，急忙拆开。王兰、从龙也围了拢来同看。上面写着在苏州的光景，"目下杜门谢客，笔墨自娱，大约今冬明春，仍然要到南京。"又勉励伯青用功，不可误了秋闱；又附写陈小儒日前之事。内有洛珠致王兰的一信，也不过是在苏平安与勉励的话。

慧珠信后附了七律一首，伯青念道：

　　　　记得秦淮谦聚时，满湖风月酒盈卮。
　　　　人从别后书难寄，梦里归来路转迟。
　　　　吊影自怜千里隔，论情只许两心知。
　　　　秋风惟盼琼枝折，先慰闺中儿女痴。

第五回　报前仇风波起邗水　赋佳句月夜宴平山

伯青念完,不禁涔涔泪下,把手中的信湿透了一半。王兰、从龙各各叹息,小凤、小怜也觉伤心。大众静坐,默默无言。

好半会儿,伯青拭泪长叹道:"此时我心内如万刃攒刺,也不知从那一处想起,惟有准备秋风一战,倘能如愿,以慰我畹秀罢。"从龙点首道:"此言不错,就是者香,亦不要负了柔云的仰望。"伯青又细问慧珠近日光景。小怜道:"他家到了苏州,在阊门外寻了一所房子住下。因在本乡本地,不便走动,他们不便常到我家来,无事找了我去谈谈。连日他们的著作着实不少呢!"见玉梅送进些瓜藕等物,与众人解暑,众人又闲话了一回。

从龙道:"后日是六月十九,观音诞日,城外士女如云,游船甚众。我们也出城去逛逛。爱卿初到此地,也好见识各处景致。"众人称是。伯青见日已平西,起身回寓,大众亦散。

十九日清晨,从龙到连升寓来邀伯青、王兰,又命人雇定游船,泊在小凤家屋后。三人到了蒋家,见小凤、小怜早已收拾完备,开了后门,众人下船,摇向水关而来。出了关口,只觉笙歌聒耳,兰麝薰心,各船中男女杂坐,笑语喧阗,又见两岸游人、车马络绎不绝。从龙命船户缓缓的向平山堂开行。小凤倚在窗前四处眺望,见树木参差,园亭错杂,有整齐如新的,也有凋败不堪的。一路赏玩,船已到了虹桥。忽觉阵阵荷风,令人神爽。小凤要到黄园去看荷花,众人舍舟登岸。

进了园门,走过春波桥,上了朝南厅,见一片白荷花,开得高高下下,十分有趣,真如凌波仙子,缟袂临风。当中一座牌楼,上书"香海慈云"四个大字。众人游赏了好半会,重又下船。经过了桃花庵、小金山、尺五楼等处,已至平山。泊了船,众人上岸,早有当家和尚迎接入内,陪着各处游玩。又汲了第五泉水烹茶,邀请伯青等在平远楼下吃点心。

时日已正午,伯青叫连儿开发香仪,与和尚作别下船。开到一株大柳树下泊定,摆上酒来,众人脱了大衣,入席欢呼畅饮。见大路上男女各持香帛,往观音山进香。有些老年妇人,手捻数珠,一路上念着佛。还有许多乡村少妇,打扮得红红绿绿,也杂在人众中行走。最可笑是一双扁鱼大脚,故意走得扭扭捏捏,见有人望着他,却又装出无数丑态;后面又随了一起乞丐,向进香的叫化,十分热闹。小怜道:"扬州繁华,甲于天下。我见皆是人造而成,那里及得山水名胜之区,怡情乐性!当年小杜的诗有两句道:'春风十里扬州路,卷上珠帘总不如。'又云:'十年一觉扬州梦,赢得青楼薄幸名。'李青莲亦云:'烟花三月下扬州。'我每读到这数句诗,叹普天之下,当以扬州为首屈一指。今日始信古人著作,亦仅言其繁华而已,余无他长。近人有句云:'青山也厌扬州俗,多少峰峦不过江。'诚确论也。"王兰点首道:"所论极是,可知爱卿胸中独具只见。"

从龙道:"我们这哑酒也吃得无味,猜枚行令又无甚意思,何妨大家以即景作诗一首,怀咏广陵旧迹,以志今日之乐?"伯青等称善,命连儿设了笔砚。伯青在纸上写了"广陵杂咏"四字,道:"最妙不拘体格,听其各便;若拘一定的法则,反不能各擅所长了。"于是众人散坐,都吟哦起来。

小怜摇着纨扇,伏在篷窗前,望岸上景致,一面揣摹腹稿。停了半会,回身至桌上,取笔写成,送与众人。伯青接过来看,是七绝二首。念道:

　　绕岸波光影动摇,游人多在木兰桡。
　　试看廿四桥头柳,犹是当年旧舞腰。

　　处处笙歌处处楼,繁华今古说扬州。
　　遥怜小杜魂销日,十里珠帘尽上钩。

众人大赞道:"此二绝俯唱遥吟,真可压卷!"

小凤见小怜先缴了卷,连忙也写了出来。从龙接过,看是五律一首。念道:

　　绿杨城郭在,今古感兴亡。
　　草木荒隋苑,园林倚蜀冈。
　　芳春开月观,细雨暗雷塘。
　　独上梅花岭,忠魂吊夕阳。

从龙大赞道:"感慨沉着,真捷作也!"

王兰也坐在旁边注目凝想,见他两人已成,自己亦写了出来,却是七古一章。众人看道:

　　东风指点扬州路,犹是当年繁华处。
　　宫殿欹斜锁晚烟,亭台冷落迷朝雾。
　　五陵子弟富且豪,鹤背腰缠十万助。
　　可知人力胜天工,名园一旦春如故。

第五回　报前仇风波起邗水　赋佳句月夜宴平山

　　珠帘处处隐青楼，妆成二八花应妒。
　　争把黄金作缠头，那管朝朝与暮暮！
　　一曲歌声遏白云，千条绛蜡开红树。
　　可怜美景难久留，韶光不肯为人住。
　　旧时王谢今蓬蒿，纷纷兴败如飞絮。
　　不计沧桑几变更，但见春来与秋去。

伯青拍案叫好道："者香此作，慷慨悲歌，有回首当年之叹。佩服！佩服！"
又见从龙也写就了，是七律一首。众人看道：

　　犹传佳话说隋家，画舫笙歌到处夸。
　　萤苑无人空腐草，虹桥有柳惯栖鸦。
　　南朝古寺烟中尽，北固青山郭外遮。
　　回首绿杨堤上望，至今遗恨玉钩斜。

伯青痛赞道："一唱三叹，音悲韵远！小弟能不倒地百拜？而况诸君珠玉在前，瓦缶敢鸣其后？只好想个巧避的法子，填词一首，姑备一格罢。"提笔书成，送与众人看，是一阕《采桑子》。小凤接过念道：

　　珠帘十里春如海，人艳花娇，声啭莺娇，一曲当筵谱六幺。
　　阿侬家住荷香里，水绕红桥，路隔蓝桥，不许东风背地瞧。

王兰赞道："伯青这词调情致缠绵，并为芳君、爱卿写照，一意两合，定推此作为巨擘。我当贺一大杯！"说着，举杯一饮而尽。众人亦随声赞好，各饮了一杯。

　　见天外夕阳已没，船上前后点齐五色明角灯，缓缓由旧路开回。满河灯月交辉，笙箫迭奏，倒也有趣。进了水门关，游船渐渐稀少，仍到蒋家后门口，众人上岸，送小凤、小怜回家，又坐了一会，伯青方才回寓。来日，伯青、王兰轮流作东，在城外一连乐了数日。

　　六月将尽，倒是从龙催着伯青回去，因录遗在即。伯青、王兰亦恐家中悬望，择定次日动身，约了从龙到蒋家来，说与小凤他们要回去的话。小凤道："你们早早回去是正理，我们聚的日期长呢！"又吩咐外面备酒，代伯青等饯行。伯青道："今秋倘能如愿，我定发信去接慧珠姊妹。芳君、爱卿场后也可到南京来，住在一处热闹些。"小怜点首道："我离南京五六年了，常想去看看昔日的景致。你果然去接睕秀姐姐，我一定到南京来。"少顷，摆上酒来，众人在席间又彼此叮嘱了一番，依依不舍，直饮至三更以后方散。

次日大早，伯青命连儿雇船，自己坐轿到李文俊处告辞。回来，同王兰下船。从龙定要送出江口，伯青力辞了数次，方回城去。在路行了两日，已抵南京。王兰早登岸进城，连儿先回去备马来接，伯青自己在后押着行李。伯青到了府前，祝安过来接了马，道："老爷正欲打发人去请少爷，京中舅太太回来了。"伯青点点头，一径到了上房，见祝公请安。琼珍小姐给哥哥问了好。祝公命伯青坐在一旁，细问云从龙在扬州的光景，伯青一一禀明。

不知祝公还说出甚么话来，且看下回分解。

第 六 回

嬉春阁双美弹棋　捷秋闱三元及第

　　却说祝公听得李文俊优待云从龙，心内欢喜，好得从龙已得其所。又对伯青道："你舅母由都中带着表弟、表妹回来，到了好几日了。因从前旧宅倒败不堪，意在另寻一所房屋，现在暂住我们东宅内。今日你母亲也在那边，理该过去走走，舅母很惦记着你呢。"

　　伯青答应退出，由上房左首耳门走出，穿过明巷，进了园门，从假山后一座小六角门出来，即是东宅。绕过了穿堂，见江老夫人正与祝老夫人对坐闲话，旁坐着一双儿女。

　　原来这汉槎公子字子骞，今年十八岁。生得温尔如玉，满腹经纶。因随任在京读书，小试不便，去岁纳了监，回来乡试的。这位小姐名素馨，小字梨云，今年十七岁，尚待字闺中。亦生得倾国倾城，如花似玉。

　　早有管家婆见伯青进来，说道："祝少爷进来了。"汉槎起身，降阶迎接，表兄弟问了好。伯青抢行几步，见舅母叩头请安。江老夫人命汉槎搀住伯青。又转身见他母亲请安，又与表弟、表妹见礼，在下首坐了。江老夫人见外甥生得一表非凡，十分喜悦。平时觉得自己的儿子人材出众，今日两人比较起来，汉槎反逊伯青几分。对祝老夫人道："姑太太好福气！外甥品学兼优，将来定然飞黄腾达。"祝老夫人笑道："舅太太不要夸奖他，孩子虽然有点小聪明，无如脾气不大好。"

　　伯青抬眼见表妹坐在舅母肩下，如珠彩月光，风华端丽，不禁暗暗称赞；尤可怪者，那眉目之间，竟有一二分与慧珠相像！又想道："表妹既具此外貌，不卜内才若何？果然才貌兼佳，也算世间数一数二的女子。我祝登云有妻若此，平生之愿足矣！"不由得心内胡思乱想，痴痴的坐着不动。祝老夫人只当他在舅母面前拘束得慌，道："你们表兄弟多年不会了，可到外边谈谈去罢。"伯青起身辞坐，邀着汉槎到自己书房内。两人皆是有名的少年才子，说得十分契合。

　　次日，伯青同汉槎来看小儒，恰好王兰也在他家，彼此见了礼。小儒道："你两人往扬州，定是日寻乐境，惬意于温柔乡中。我悔不同你们一起去走走，也不致有向隅之叹。"王兰道："你本是位道学先生，不比我辈，所以不敢邀你同往。"小儒笑道："你们背着我作乐，我倒不怪你，你反栽我一句，该打不该打？"伯青将在扬州如何访着蒋小凤，随后如何又遇见赵小怜，在平山堂如何联吟，把众人的诗词从头念与小儒听；又将刘蕴如何与他们为难，幸亏云在田在座的话细细说了一遍。

小儒点首道："怪不得那日刘蕴从扬州回来，我问可见着你们，他含含糊糊的答应，又说见着，又说没有见着。过了数日，他忽然来辞行，说要进京供职。我彼时大为诧异，想刘蕴不过借着自己是个甲榜，在家好欺压人，他那里一定要做官？况他老子在京，遥想不如在南京放荡。今日你说了，我才明白。他怕你们回来，见着了下不去，又怕旁人知道要笑话，他倒不如进京去的为是。但是这个人进了京，又不知京里的相公那个要倒运呢？"众人谈谈笑笑，日已近午，小儒留他们吃了饭去。

过了一日，伯青约小儒、王兰陪汉槎各处游玩，至晚方散。临别时，小儒道："我们以此聚为度，场后再会罢。你们也该抱抱佛脚才是。"伯青道："临时抱佛脚的事，我是做不惯，中与不中，各有命在，又何用强求？"自是，王兰终日在家检点应试物件，不能出来。小儒恐耽误了他们的工夫，竟是杜门不出。倒把伯青拘住了，只好日间与汉槎盘桓，晚间勉强将旧日的经史温习。已到七月中旬，伯青等人考过遗才，皆有了名次，专候下场，各自预备。不提。

单言祝府后园丹桂大开，伯青饭罢，同着汉槎到园中去看桂花。甫进园门，觉得阵阵香风扑鼻透脑。二人携手绕过假山，见半池碧水，无数游鱼，当中一座白石小桥，桥东有数十株桂树，大可数围，开得甚为茂盛。过了桥，其香愈烈。树丛中五间亭子，署名"秋声馆"。二人走入亭内小憩。汉槎见亭后四五株枫树，亭左两亩田大，一片菊畦，皆编着红竹短篱。篱前一丛翠竹，中间一条曲径，竹外隐隐有人走动。伯青起身，同汉槎即由菊畦边绕过，走出竹径，迎面一所屋宇，题曰"嬉春阁"，两边堆砌着假山，高高下下，尽是牡丹。遥想春天大放时候，如锦城一般。

见服侍琼珍的秋霞同素馨的大丫头锦筝坐在阶沿上说笑，伯青问道："小姐在里面么？"秋霞起身答应。伯青道："此时又不是春天，缘何在这冷

第六回　嬉春阁双美弹棋　捷秋闱三元及第

淡地方游玩?"秋霞道:"小姐与江小姐下棋呢。恐秋声馆那边有人来看花,不便久坐,不如这里僻静。"锦筝要进去通报,伯青摇摇手,携着汉槎,悄悄的站在窗外,听得棋子琅然。恰好糊的是绿纱,可以看到里面,见上坐素馨,对坐琼珍,两人低头凝想。忽听素馨道:"姐姐这一角是全丢了,你应这一着也没用的。"琼珍道:"你说没用,我当有用的看。你不要管我,你只顾杀你的。"又下了几着,素馨道:"呀哟!这一块棋竟被你打通了!"琼珍略略的笑道:"你才知道那一着没用的棋,不注意在那一角,却注意在这一块上。此名声东击西之法。"素馨也笑了起来,用手把棋子推乱,道:"算我输了,不同你下了。"

伯青、汉槎齐走进屋内,道:"我只道你们下棋,原来在这里磨镜子!"素馨见是伯青,立起身来。琼珍笑道:"哥哥猛然在人背后说话,倒被你吓了一跳!今日母亲请舅母过来闲话,我约了妹妹到这僻静地方下棋,料定没有人来,偏生哥哥同表弟找了来,反笑我们磨镜子,哥哥也不怕表妹见恼?你们到底几时来的?"伯青与汉槎一同坐下,道:"你丢一角、他争一块的时候,我们早在窗外,因见你们棋兴甚浓,未敢惊动。此时不妨再对着一局,待我们观阵,何如?"素馨道:"姐姐的棋胜我十倍,再来还是我输。不如不下的为妙。"伯青道:"各事我皆明白一二,惟于此道不甚了了,倒要请教你们精于此道的,若何方能入彀?若何方能臻于精妙?既至精妙之地,可能如古人超锋入胜的手段?"

琼珍未及回答,素馨笑道:"听表兄所言,已知于棋理膈膜,并非饰词。琴棋书画、诗文等类,自古有之,而今人皆远逊古人,是古人厚而今人薄。譬之于物,厚则持久,薄则易损。即如弹琴一层,古人志在高山,志在流水,沨沨移人,入于神化,可以感人之喜怒,可以动物之性情。今人不过袭得几套腔调,于百声之内得似一二声,即自命能手;而况古人谱制,久失其传,今之所弹,乃古人极易之谱,即此一节,可知今不如古多多矣!又如书法,古诸大家,各立一帜,自始至终,不出范围,是以右军片纸只字皆作珍宝;若今人临池数日,即思怪异欺人,兼之漫不经心,涂鸦任意,以致有率尔操觚之消。又如画家,古人于不求形似之处而得神似,犹之读书不求甚解而自解一般。古人于落笔之先,即思如何下笔,如何渲染,立定意见,而后一气挥成,于花鸟则绘色绘声,于山水则分远分近,自臻其妙;今则惟事涂抹，不求其似，只求其工，纵有一二名手，亦落小家支派，安得如古人尺幅千里、胸有成竹之妙？若论到作诗一道，尤判今古。古重浑厚，专精魄力；今夸纤巧，惟尚词华。夸纤巧则对仗工稳而已，一览无余；重浑厚则结构出自天然，耐人寻想。如陶之恬淡、韩之磅礴、青莲之高超、杜甫之沉着、香山之平易、小杜之风流，皆非今人所能梦见。而且古人语语率真，对景言情。今之人则不然，天涯之叹，不过百里；十日之别，动辄沾巾；未老而每语扶筇，已衰而犹言靡丽，皆由世风日下，蹈于油腔滑调之弊。又如文章词赋，其说亦然。尤不取者，今之时文，不过谋科第计耳。世有一种酸腐之儒，斤斤以时文自命，不知纵具绝顶的手段，多至百年，少至数十年，其格又变，前次之文即弃而不用。文名曰'时'，诚不谬也！惟有棋之一道，则今胜于古。何也？古人立心忠厚，以是为消遣之计，犹之长枪大戟，十日所见。今人则立心刻核，正不能取，于偏取之；平不能入，于险入之。角胜争奇，彼一我百，世道日衰，杀伐之机日甚。在小妹管见，各事今不及古，惟棋乃古不及今。"

伯青听了，不住的点头，道："表妹此论，言畅理明，洞切时弊，拜服！拜服！"却又暗自喜道："表妹可谓外貌内才，一时双绝。"忽又如初见时候，胡思乱想起来，坐在椅上，低头不语。琼珍道："妹妹只一席话，把哥哥说入魔了。我猜他心内，多分又要学不如古人的事，又要学那胜于古人的事，一时拿不定主见。在我看，哥哥是个聪明盖世的人，单单棋理不精，未免缺憾。"伯青道："贤妹何妨收乃兄做个门生，教导棋理？断不致有忝门墙！"琼珍摇手道："不收！不收！若论这样门生，可以不用费心；我就怕教会你这徒弟，是要打师傅的！"引得众人大笑。

只见素馨的小丫头四儿来道："老太太请两位小姐用点心呢。"琼珍、素馨起身回后，伯青同汉槎也回书房。恰好小儒来答拜，汉槎二人迎请入内，谈谈说说，日色偏西。伯青留住小儒小饮，又邀了王兰过来。

席间言及江老夫人要另觅一所宽大住房。小儒道："我现在住的房子，也算宽大的，明年春初会试，意在携眷入都，空下这所房子，若寻人看管，诸多不便。如子骞兄合式，赁买皆可，我断不计较。"汉槎听了，大喜道："果真小儒兄肯住宅让与小弟居住，不必请命家慈，是定见合式的。"王兰道："即此一言为定。但是子骞明年方能进宅，不知令堂太夫人可愿意不

第六回　嬉春阁双美弹棋　捷秋闱三元及第

愿意？"伯青道："这却不妨。好在现有房子住着，我家的东边宅子原是空的，一时也不要。定于明年进宅就是了。"时已三鼓，小儒、王兰各作辞回家。伯青、汉槎送出他们，回转上房，把小儒的房子话对江老夫人说了，江老夫人颇为欢喜。

光阴迅速，这日已是八月初五日，各处士子纷纷到齐，多报名备卷。伯青等也报了名。晚间祝公备了一席，代汉槎预贺，命伯青作陪。酒过数巡，祝公举杯向汉槎道："贤侄满饮此杯，今科必定解元！"汉槎出席称谢，立饮而尽，道："与大哥同喜。"祝公亦命伯青饮了一杯，道："我年半百以外，只生汝兄妹二人。继绍书香，光耀门庭，皆在汝一人身上。若论汝平时的道理，今科可望；无如汝一味不以功名为念，要学那名士风流。试问古今知名之士，有几人能从布衣得名？汝若博得一第，即为汝授室，再将汝妹许了人家，我可交代儿女首尾。"伯青唯唯听训。席散，伯青、汉槎退出。过了一日，已是初七，他表兄弟收拾入场。三场闲话，无庸交代。

单说江老夫人见过伯青之后，大为怜爱，想道："这孩子气宇非凡，将来必出人头地，若把素馨许了他，倒是一对好夫妻。"这日正是中秋佳节，江老夫人请祝老夫人过来赏月，谈起"他们今日已经三场，明早即可出场。这两个孩子也辛苦了。外甥今年稳稳的是一名举人"。又道："我有句不识进退的话，常要对姑太太说，又不好启齿。料想姑太太是自家人，不嫌我冒失。你我两家既是至戚，何妨再结门新亲？意在把素馨许配外甥。未知姑太太可肯俯允？"祝老夫人道："我屡想当面求亲，因登云没有出息，怕舅太太不行。既然舅太太先说了，我断无不肯的！若依我意见，我们非独亲上加亲，再做一个环门亲。侄女儿既许登云，我也把琼珍许了内侄，一时两家儿女，皆可了结终身。"江老夫人大为欢喜，就在席上彼此换了杯，两位老夫人说说笑笑，分外亲密。散后，祝老夫人对祝公说了，祝公亦喜，说："邀陈小儒为媒，择日下聘。他们倘侥幸中了举，明岁春闱后再议迎娶。"

次日大早，伯青、汉槎出场回家，至上房见过父母，将三场文字呈与祝公品评。祝公看毕，点首道："你两人文字极各时论，大可望中。"两人坐了一会辞出，到书房歇息。已知父母代他们结了婚姻，欢喜非常。伯青得了素馨这个佳偶，尤觉心满意足。少停，小儒同王兰来探望他们。小儒要了他们文字看了一遍,道:"今科你三人定是同年!"伯青等又谦让一番。

见祝安进来道:"老爷出来了,与陈少爷说话呢。"小儒忙起身侍立。早见祝公走入书房,小儒、王兰一同抢步上前请安。祝公问起王兰场中文字,又赞了几句道:"小儿、小女皆蒙江舅太太美意,许结婚姻,敢烦二位年兄作个冰人,改日登门奉请。"小儒道:"承老伯父呼唤,小侄等理应效劳。待伯青兄大喜之期,只求许尽量吃喜酒就是了。"祝公微笑。又留二人小酌,至更鼓方散。祝公择定九月十六日下聘,备了全柬,请过陈、王二人。里面两位小姐已知下聘在即,又住在一个门内,许多不便,连房门都不敢出。

闲话休提,早至九月初旬,正是放榜之期,各家盼望甚殷。伯青清早起身,与汉槎闷坐书房,专候榜信,暗忖道:"中与不中,我倒不以为意,争奈堂上期望甚切,若得一科第,可开父母之怀抱。"又想到:"王兰的妇翁洪鼎材是个极势利人,他每说要王兰中了举,方许女儿过门;即如汉槎,如今是至亲了,他能中名举人,父母也觉欢喜。"一时百种事情多堆上心来,背着手,在中间踱来踱去。汉槎坐在旁边,也不言不语的乱想。

渐渐日已近午,忽听外面一棒锣声,人声喧嚷,连儿忙忙的进来道:"恭喜江少爷报到了,高中十五名魁元!"汉槎欢喜非常,急忙起身入内,见母亲道喜,开发报人。琼珍小姐早已得信,心中一忧一喜:喜的是自己丈夫中举,忧的是哥哥尚无消息;最难是忧喜皆不能形于颜色。伯青见汉槎已中,又见他匆匆向后,一团高兴,连头也不掉,径自去了。叹口气,坐下道:"文章自古无凭据,惟愿朱衣暗点头。中与不中,倒也罢了,就是这两样的蹊径,令人难受。"

又见祝安来说:"方才见一起报子过去,我跟去打听,知道王少爷已中了第二名亚元。"伯青听了,格外难过,一腔的心事,却说不出来。叫连儿到街上访信,本省中的人数,可曾报完了?如已报完,就没有指望了。又想到:"慧珠姊妹盼之甚切,偏偏洛珠指望得着,慧珠又是个好胜的人,却碰见我这时运不济的,岂不要急坏了他?稍停两日,须要写信去宽慰他才好。"

正在纳闷,猛听外边一阵天崩地裂的声音,似有数十面锣,敲得甚急。伯青很吓了一跳,见连儿飞跑而至,道:"解……解元是我……我家的!"伯

第六回　嬉春阁双美弹棋　捷秋闱三元及第

青失笑道："怎么解元是你家的？可不是胡说！你访的人数可报完了没有？"连儿气喘吁吁，不能回答。背后祝安跟了进来，道："恭喜少爷，高中头名解元！报子已到了。"伯青闻得，心才放下，也自欢喜，进内叩见父母。琼珍在旁与哥哥道喜。祝安率领男妇人等上来叩贺。祝公手捻长髯，向祝老夫人道："登云竟能中元，真令人意想不到！儿婿又能同科，皆赖祖宗功德所致。"祝老夫人也十分畅意。外面合城文武官绅都来道喜。

次日，伯青同汉槎分头去谒房师。祝公又请了几日酒，一连忙了数日。扬州李文俊打发人过江来，与老师、世弟道喜；云从龙也附禀在内。王兰那边无人照应，约了小儒过去料理。众人又赴了"鹿鸣宴"。

早到九月十六，清早，小儒、王兰二人公服过来道贺，两家彩礼极其华美。祝府由正宅送到东宅，江府亦由东宅送过正宅。两府家丁皆有重赏。备了盛席，厚待陈、王二位媒宾。直至更阑席散，各回府第。江老夫人命汉槎申信都中，禀明他父亲。两家专待春闱之后，再议迎娶。

各事既已停妥，伯青约了小儒、王兰过来，商议发信苏州，一则使慧珠姊妹得知喜信；二则刘蕴已去，仍接他们到南京来，以免两地牵挂。王兰久有此意，极力怂恿。反是小儒不愿，道："你们明春多要会试，连我也要去的。他姊妹们到了南京，仍是无人照应。不如在苏州，是他的故土，人地相宜，倒可放心。只要写封你们中举的喜信就罢了。"伯青倒要依允，无如王兰执意不行，道："小儒兄各事都从谨慎里看，然而此举没有甚么关碍之处；而且对头刘蕴又去了，理当接了他姊妹来。就是我们年里这几个月，也很有多少时作乐；倘然明春侥幸南宫，一时即难以回家，不知到何时再聚首呢？"伯青称是，小儒亦不便多说。伯青提笔，恳恳切切的写了封信，嘱咐他们见字即来南京。王兰也仿佛其意，写了一信。一齐封好，叫祝安雇个专差，连夜往苏州而去。暂且不提。

单说刘蕴自从在扬州受了云从龙的怄气，回到南京，越想越气；又怕伯青等回来，说开此事，惹人笑话。前后思想，只得托言进京供职，既可避避他们，还想寻点机会，好报复前仇。仍把他妻子曹氏丢在家中，服侍他母亲，带了他第二个小老婆与数名家丁，由王营起程。在路非止一日，已抵京城。先去见了他父亲刘先达，就在吏部衙门住下。次日，又见过他丈人曹大生，到部里报了名，又往各处拜见同年，整整忙乱了数日，方得清闲。每日他应办的公事,也不过草草塞责而已。暇时带着两名家丁,城里城外的相公家以及窑子里,无一处不到。

偏偏有个姓周的御史上了个奏折,说:"广东粤海关务历年侵蚀倍于正款,上既害国,下又病民,请派员前往清查,以杜积弊。"目下交户部议复,并保荐妥员赴彼勘理。刘蕴得了此信,去见他丈人讨此差事,请曹大生保举他做清查委员。部属各官又畏刘先达的声势,只得联名保奏:"山西道监察御史刘蕴清廉洁己,可充此职。"过了两日,果然着刘蕴到广东清查关务,又派户部两名小司员一同前往。刘蕴好不欢喜,择日出京。一路上俨然大钦差模样,沿途要夫要马,作福作威。

将至广东,管理关务的官儿早已得信,又知是吏部尚书刘先达的公子,不敢怠慢,故备了程仪十万两,打发亲信家丁接出本境,送上程仪。刘蕴本是个贪得无厌的人,此次来不过想打捞几文,头一注就是十万,好不快活!对来人道:"回去上复你本官,我姓刘的却可认交情办事,但是你本官也不可把交情太看轻了!"来人连声答应,退出,赶紧回去销差。又预备了公馆伺候。

不日刘蕴到了关前,大小官员纷纷迎接,却多有馈送。管关的官复又大大送了若干。刘蕴前后计算,得了百万有余。先暗暗的寄回京中,要商酌一个妥善章程,回京复命。那管关的官平白地去了这许多银子,不过官出于民、民出于土,只得在各商贾店铺身上开销,添设新例,加增税赋。广东本来系滨海烟瘴地方,人极强戾,平时过关投税,是遵朝廷的法度,已经出于无奈;此时忽又加增,人心如何肯服?大众会议,聚积了千余人,闹到管关官的衙门。关官飞风报知刘蕴,即派那两个小司员前往弹压。谁知这两个司员话说硬了,激恼为首的数人,一时兴起,拔出刀来,将两司员斫杀。一不做,二不休,索性把管关官也杀了,把仓库打开,抢掠一空,关道衙门拆得片瓦不存。这班人明知不得了局,又招集了一起亡命,当夜把广、韶二府袭开,踞住城池,声势颇大,各处百姓莫不惊惶。刘蕴吓得要死,带着几个家丁,换了贫民衣服,连夜逃回京城。省中督抚告变的文书随后亦同雪片而来。

刘蕴到了京,先悄悄见他父亲,告诉这一番事情;又说祸是由他而起,要求父亲设法遮盖。刘先达狠狠的骂了他一场,却也没法,只得请了曹大

第六回　嬉春阁双美弹棋　捷秋闱三元及第

生过来商议，把这个罪名推在管关官身上，说他办理不善，增税苛民，以致激成戕官夺地之乱。旨下，着两淮盐运司李文俊由任所招募勇丁数千，速赴广东安抚，并代理关务。因李文俊做过广州府，深得彼地民心；又着荆州将军带兵就近赴粤，与本省督抚会剿。刘蕴只去了监察御史，仍以编修供职。他倒一点事没得，却安享这百万资财。

李文俊奉到廷寄，不敢停留，即刻传示，招募勇丁。不数日，已招得三千人数，择吉登程；又知道云从龙是个文武兼优的人，带了他同往。从龙亦因自己久踬文场，无心科第，如能由武功进身，倒是男儿出色之处，颇为欢喜。先一日，到蒋小凤家说知此事。小凤很不放心，又因他是出兵的事，不敢悲苦，吩咐备酒，代从龙饯行。

小凤满斟了一杯酒出席，双手送到从龙面前，道："愿在田此去旗开得胜，马到成功，早早班师，卸甲封侯。"说到此处，不由得目眶一红，使劲忍住眼泪，又低低道："沿途风霜，自家保重罢！"那声音颤颤的，掉转头去，入了座。从龙也觉凄然动容，立起一饮而尽。小怜也进前敬酒。

从龙回敬了小怜，又斟了一杯，送到小凤面前，道："我云从龙虽属不才，却蒙芳君不以轻薄见弃，谬许知音。我有句话，今日不得不说：日前因刘蕴惹下祸根，那班人未必肯善自甘心，因我与你家往来，他也不敢怎样。如今我远到广东，恐他们又要另起风波，以修前怨。好在祝伯青、王者香他二人中举，必然发信去接畹秀姊妹。你与爱卿倒不如也搬往南京，你与畹秀，又闻是幼年相契的姊妹，住在一处，彼此可得照应；而况祝、王二人亦是多情的人，我看你们往南京这一条路，胜在扬州十倍。"小凤道："我久有此意，扬州本不欲久居，如今你又去远了，我更无甚眷恋。等你起程后，我同爱卿姊妹定到南京；就是人地生疏，遥想伯青是要照看我们的。"从龙点首称是。因来日黎明起程，不敢久留，更鼓后即起身作辞，与小凤又说了多少叮嘱的话，方回衙门。

次早，李文俊即命从龙管带这三千人，到了城外，升炮起行。合城文武直送出境外。李文俊在路，自必趱赶着众军前进。这里蒋小凤见从龙已去，与小怜料理行装一切，又雇了一号大船，打着"前任山东按察司祝府"的旗牌，一路向南京进发。

未知小凤等到了南京，又做出甚么事来，且看下回分解。

第 七 回

游旧迹萋菲遇众恶　宴新令花月集群芳

却说王氏与宋二娘带着慧珠、洛珠,由南京回到苏州,在阊门外寻了一处房子住下。因苏州是他们故乡,有几家亲友,一时掉不转脸来做那买卖,诡言在他兄弟王家耽搁了数年,才回来的。众亲友见王氏不比从前艰苦,多来与他亲热;又见他两个女儿生得美貌,争来说亲。王氏多用好言回复。后来人家稍有风闻他们在南京的故事,也不便说破了他,只不来说亲了,王氏倒落得耳畔清净。惟有慧珠姊妹,一心只记挂着祝、王二人,背地里眼泪不知流去多少。王氏同二娘竭力从中解劝。恰喜赵小怜与他家咫尺,常时接了小怜过来。小怜是苏州有名头的相公,时有人家接了他去,又不能常来,慧珠暇时,只得同洛珠唱和破闷。

到了八月,头场日期,他姊妹每晚焚香祷告,但愿祝、王二人今科成名,也不枉结识他们一场。挨至九月中旬,叫人到书坊内买了一本《题名录》来,揭开一看,第一名解元祝登云,第二名亚元王兰。把两个人乐得眉采飞舞,合掌当空,答谢天地,又念了几声佛。王氏、二娘也各欢喜。过几日,接到伯青来接他们的信,又说小凤、小怜也要到南京来,又知道刘蕴这对头进京了。忙走过来,同他母亲及二娘商议。王氏也不愿意住在苏州,因数月以来,一点生色多没得。二娘自然格外愿意。看定日期,收拾动身。

洛珠道:"我们到苏州许久的日子,连大门边多没有出,实在闷得很。各处名胜,还是幼年去过的,多记不清了,不知近来若何。好在后日我们动身了,明日何妨至各处游玩一天,下一次不知那一年到苏州来呢!"慧珠被他说得高兴。

次日大早,梳洗已毕,雇了三乘轿子,请二娘陪着他们,至各处游玩,留王氏在家料理行装。他们所游的,不过虎丘山、狮子岭等出名的地方,足足游了大半日。又要到玄妙观去,轿子直抬到观门口下轿,两个小女婢扶着他姊妹二人,二娘紧随在后。走入观门,见两边买卖铺面十分整齐,

第七回　游旧迹婺菲遇众恶　宴新令花月集群芳

往来游人滔滔不断。此时将交冬令，各省的人多到苏州来贩买画片，这玄妙观两廊下，壁间地上铺设得花红柳绿，热闹非常。

众人进了大殿，各处瞻仰神像，又在旁厢内歇息了一会，将要起身回去。见撞进几个人来，为首的是个少年人，一脸的邪气，穿着靴子，身上衣服极其华丽。背后随的几个人，也打扮得齐齐整整，一排儿站在慧珠姊妹面前，嘻嘻的望着他们笑。慧珠、洛珠只羞得脸耳通红，掉转头来对二娘道："我们回去罢。"他说着，抽身欲行。恰恰的那两扇门被众人拦住，走不出去。二娘发话道："人家内眷们坐在屋内，你们这班男子也挤了进来，又挡住去路，是甚么意思？"为首的人大笑道："好笑！好笑！这玄妙观是人人游玩之地，女眷们来得，我辈官客也来得。若说怕生人，除非在自己屋内，不要出来。我久仰芳名，无缘一见，今日不意得睹仙容，真三生之幸！若论我，也算苏州有名的人色，不致玷辱你们；而况你们的行止，我已稍知一二。"说罢，又哈哈大笑。背后那几个人同声赞好。慧珠姊妹闻得来人这一番话，心内又忿又愧，不禁落下泪来。

二娘听他们语言不逊，又含着讥刺，大怒道："放屁！好大胆狂生，敢对良家宅眷胡言乱语！还不快快滚出去！若叫了地方来，说你青天白日，戏弄良家内眷，只怕你要讨不好看！"为首的人听了这话，气得暴跳如雷，道："该死的虔婆！你去访问，我少老爷不轻易同人说话的，今日也算给你们体面，倒反挺撞起我少老爷来！可恶！可恶！"意在叫背后的人打他们。

当家道士闻得此话，连忙跑出来，跪在那人面前，道："祝少老爷，祝少大人，切不可动怒，诸事要看小道的狗面。闹出事来，小道是吃不起的！"又央着背后的人帮同劝解。众人见道士如此，只得上前做好做歹的道："少爷还要成全道士为是。若论这班骚货，非独要打，还要重办！"那姓祝的屈不过众人与道士情面，用手扶起道士，道："便宜他们了！"犹自恨恨不绝。

慧珠听得道士称他祝少老爷，心内分外气苦，想这个人偏生也姓祝！何以伯青那种温存，这人十分暴戾？可惜辱没这个"祝"字了！不由得泪如雨下。二娘尚欲再说几句，因见慧珠哽咽得满脸绯红，那样子着实可怜；又见道士畏惧来人如虎，定然是个大有势力的公子，也不敢多说；又想到自己明日要动身的人，何必又去惹这些是非？忍了一口气，乘势带着他姊妹出来上轿,一溜烟的去了。这里道士忙泡茶,摆上精致点心,请众人吃了,方才散去。

原来这为首的姓祝名道生,浙江嘉兴人。他丈人尤鼐,现在江南盐法道,从前做过一任苏州二府,置下了多少田产;又无子息,所以将女婿留在苏州,并未随任。这尤鼐是刘先达的门生,祝道生仗着他丈人势力,今科中了名副榜,得意扬扬,格外肆行无忌。这几个随着他的人,都是道生的心腹,助桀为虐。合城的人,没有一个不怕他。他也打听得聂家姊妹是个绝色,曾央人去求过亲。后来被人说破,心内时时想见他们一见,恰恰今日在玄妙观巧遇。内有一人认得他们,所以道生访明白了,大胆闯进来调戏他姊妹。谁知倒受了一顿抢白,心内着实生气,要寻个事端去收拾他们。过了一日,再去打听,知聂家已到南京,也只好罢了。

且说二娘与慧珠等回到家中,将在玄妙观里的话对王氏讲了。王氏也替他们担忧,幸喜无恙归来,托天庇佑。慧珠、洛珠到了后面房内,大放悲声,都怪自己不该抛头露面去游玩,反惹出这场羞辱,"倘或传说到南京,岂非一世的话柄?显见离了他们,即生枝节。"想到此处,尤觉伤心。二娘再三劝说,方收住了泪。晚饭多没有吃,竟自睡了。次日,慧珠觉得身子不快,依王氏要耽搁一天。二娘怕那姓祝的来寻闹,用了乘软轿与慧珠坐,众人下了船,即刻开行。沿途丹林红叶,深秋气象,颇为有趣。

走了四日,已抵南京。宋二娘对王氏道:"我们仍到陈少爷家暂住几日,再觅房子。那方夫人是极仁慈的,我们临行时,夫人还嘱咐他姊妹早到南京,料想此去定不致讨厌。"洛珠接口道:"使得。我与姐姐蒙夫人厚待,如疼儿女一般,就是住在别处,也该先去请夫人的安。不如到他那里,倒省却多少周折。"二娘央船户叫了几名脚子,担着行李箱笼,众人坐轿,一径向三山街来。

到了陈府下轿,直入门内。恰好双福在头门口玩耍,见了众人,道:"你们又来了!"二娘笑吟吟的道:"双二爷,少爷在家么?"双福道:"在书房与王少爷下棋呢。"领了众人至春吟小榭,抢一步进去道:"聂奶奶与他家两个姐儿到了。"小儒、王兰立起看时,见二娘同众人进了书房,上前给两人请了安。王兰见洛珠丰姿如故,好不欢喜,近前执手问好,四目相视,又涔涔欲泪。

第七回　游旧迹妻菲遇众恶　宴新令花月集群芳

　　小儒邀众人坐下，双福送上茶来。小儒道："你们几时起程的？为何今日才至？伯青、者香一日要念几次呢！畹秀、柔云好狠心，也不怕把人望坏了！"洛珠正与王兰依依话别，听得陈小儒说这番话，回过头来笑道："小儒平时是个长厚人，今日也会说几句巧话，真所谓三日不见，便当刮目相看！小儒如今口辩之学大有长进，明春定要中进士的！"小儒大笑道："柔云这张利口，久不领教！你道我有长进，我看你格外长进了！"

　　慧珠与洛珠要入内叩见方夫人，小儒领他们到后堂。方夫人见了二娘，很为欢喜，道："好呀！这时候才来，把我多望够了！想你们在苏州过的比这里好？"慧珠道："蒙夫人错爱，刻骨不忘。身子虽在苏州，这心却如在夫人左右侍奉一般。"又说了多少别后的话，才退出来。

　　小儒吩咐备酒，与他们洗尘。又叫请了伯青过来。不一会，伯青已至，进门早见二娘同王氏在那里看着众人搬运行李物件，已知慧珠等到了，只喜得心痒难挠，忙忙的走入书房。一抬眼，见慧珠坐在窗前，容颜虽然如旧，觉得消瘦了多少，越显出楚楚可怜的样子。不由得心窝里一酸，直到头顶上，那眼泪忍都忍不住，也不同人招呼，抢行一步近前，两只手握住慧珠的腻腕，痴呆呆的望着他，一句话也说不出。挣了好半刻，挣出两个字来道："你好！"慧珠见伯青进来的时候，心内不由悲喜交集了，早哭得如泪人一般，听得伯青问他的好，也只能点点头。大众见他两人这等模样，无不叹息，反把王兰同洛珠引得哭起来。

　　小儒走到两人面前，劝住了他们坐下，伯青方慢慢的道："自从你姊妹去后，我心内犹如失去了一件紧要东西，一日之中，十二时辰，竟没有一个时辰放得下呢！就是中举那几日，不过一时儿欢喜。总之，喜处总不能多过愁处。今日见了你们，我这心内尚疑是梦。我有一肚子话要和你说，怎么此时一句多说不出？"说着，又哽噎住了。慧珠颤颤的声音道："我心中也同你所说的一样。自从到了苏州，多亏爱卿妹妹时来探望我们，爱卿去了，愈觉寂寞。好容易挨至九月内，得了你与者香中举的信，方解去了几分愁苦；又接到你的信，其时恨不能胁生双翼，飞至南京；及至到了南京，又懒于见你，生恐一肚皮的话不知从那头说起。"两人谈一回，哭一回，又笑一回，絮絮叨叨，若痴若狂。旁边的人也不知赔去了多少眼泪，王兰、洛珠更不必说了。

只见双福进来道："外面有个姓蒋的,带着两个女子,说由扬州而至,要见祝、王二位少爷。"王兰知道是小凤、小怜来了,心内欢喜,道:"请他们进来就是了。"对小儒道:"这来的即是常说的那蒋芳君、赵爱卿了。"

原来小凤、小怜到了南京,去访祝府住落,方知道聂家姊妹亦至,寓在三山街陈府,今日祝、王二人也在那里,所以一径直至三山街来。行李等物仍在船中,待见过了慧珠等人,再议住处。

少停,双福引着他二人到了书房。小儒是初次谋面,细细的打量一番,只觉得玉色花香,一时都逊。小凤是细骨珊珊,小怜是柔情脉脉。小儒暗地赞叹不已。众人迎至窗前,小凤、小怜各各问好,又与小儒请了安,挨次坐下。

小凤道:"畹秀姐姐几时到此地的?我们好几年不见了,姐姐还是这般样儿。"慧珠道:"也是才到的。你不见我们行李才下肩么?"又问小凤连年光景。洛珠与小怜也寒暄了几句。此时慧珠心内好不畅快,既见了伯青等人,又喜幼年同学的姊妹一时聚首,说说笑笑,十分高兴。又领着小凤、小怜至后堂去见方夫人。方夫人见小凤、小怜亦皆绝色,叹道:"金陵山川秀气,都被你四人夺尽,怎不教人又羡又妒?连玉梅那丫头多觉不俗。"谈了半会,方退出来。

外面酒席已备。小儒又将汉槎约了过来,座中众人无不心满意足,痛饮欢呼。王兰道:"我们代子骞做个媒罢,他与爱卿年龄最幼,又不喜多说多话,倒是一对温存性儿。"洛珠接口道:"妙极!"一手把小怜扯到汉槎肩下坐了,又斟杯酒送到他们面前。汉槎初见小怜,即有爱慕之意,今见众人说了出来,反不好意思,脸一红,低头不语。小怜见他淡淡的,也不好同他说话,惟有对面偷觑而已。过了半会,趁众人谈笑正浓之际,方慢慢的说起话来。王兰望着洛珠,对他们努努嘴。洛珠点头微笑道:"今日满座皆乐,就是小儒一人冷清些。他本是个道学人,我猜他没有甚么过不去。"小儒笑道:"柔云又来取笑我了!你本会说,偏偏又碰见个者香,也是一张利口,倒是天生——"说到此处忍住了。洛珠脸一红,道:"天生甚么?你话要说清了,休要讨我罚你的酒!"

小凤说起从龙随征的话,伯青道:"在田志本不凡,有此际遇,正是他云程得路之时。我倒替他欢喜。"慧珠亦说游玄妙观遇见个姓祝的。王兰

第七回　游旧迹婺菲遇众恶　宴新令花月集群芳

笑道："幸亏他姓祝，不然，畹秀还要作气呢！到底看姓祝这一点情分，而且有那一个祝道生，更显得这一个祝伯青出色。"慧珠瞅了一眼，道："明明一句好话，到了你嘴里都有蛆嚼，真正象牙不会出在那件东西口内！"说得众人大笑。伯青道："若说这尤鼐，还与我家世交呢！他的伯伯与家父同年。他到盐法道任的时候还来拜过几次，随后家父闻得他是个贪婪的官儿，所以如今与他疏远。"众人直饮到三更以后方散。慧珠等四人至后堂陪方夫人歇宿。

来日，小儒叫了一起有名头的小福庆班子，来唱一天戏，请众人看戏饮酒。就在春吟小榭石桥外搭起平台，上面用五色彩棚遮满戏房，在假山石后用锦幛拉起隔间，地上全用红氍毹铺平。外面一席在春吟小榭，是小儒、伯青、王兰、汉槎四人；对面锦云亭满挂珠帘，里面也是一席，是方夫人与慧珠、洛珠、小凤、小怜等五人。内外皆张挂灯彩。

少停，席面摆齐，众人入了座，见唱小旦的美官梳了头，送上戏目来。伯青等见他生得颇为秀媚，装成如好女子一般。伯青点了一出《叫画》，王兰点的是《花婆》，汉槎点的是《访素》，小儒点的是《山门》。美官又把戏目送进帘子里面，方夫人点了出《看状》，慧珠、洛珠点的是《絮阁》《偷诗》，小凤点的是《卸甲》，小怜点的是《佳期》。于巳初开锣，唱至二更才住。内外皆有重赏。小儒又叫了美官来与诸人把盏，到半夜始散。伯青等人轮流复席，一连聚宴了数日。

慧珠家前次的房主人王义，闻得他们重至南京，又见祝、王二府的公子皆是新贵，况且刘蕴又进京去了，恐聂家记他的前仇，托人来说情，愿仍将旧宅与聂家居住。因慧珠爱那房子幽雅，一口应许了他。择个吉日，辞别小儒，与小凤、小怜搬到新宅里。慧珠、洛珠住在外面，小凤、小怜住在里面。王义格外巴结，装潢得焕然一新，门前空地仍用红竹夹成篱落。一时闹动城内城外，尽知聂家二珠复至此地，又新添了两个有名的相公，争馈缠头，你夸我赛，门前车马填巷盈街，把王氏与二娘喜的受不得。还有一等稍次的，不能接交他四人，只好与玉梅谈谈，连玉梅这名字也闹得人人尽知。凡小儒等人一到他家，众人即避了开去，知道他们是有交情的，而且又是本城的绅缙。慧珠等见人来的多了，很为厌烦，每托病不出。这班人即受点委曲，也只好忍耐，晓得好个难缠的刘御史尚不能奈何他们，只得柔声下气去奉承,多把银钱馈送王氏、二娘。或有时博得一颦一笑,得睹音容,就扬扬得意,夸耀于人,犹如身膺九锡一般。

　　时光迅速,已届残年,那过年的俗例无庸细说。到了新正初旬,小儒等要收拾进京会试。先两日,小儒去约了慧珠姊妹、小凤、小怜,来日宴会;又吩咐备了无数的花灯,预庆元宵。即日,伯青、王兰、汉槎早早的就过来了,随后慧珠等亦至。酒席摆在来春阁内。

　　这来春阁四面皆是梅花,因年内立春有日,现在春梅业已大放,梅梢上又高高低低挂着各色花鸟、人物等灯,做得工巧异常。又把阁上窗棂全行挂起。众人入座。酒至数巡,慧珠起身,先与众人把盏,然后斟一大杯,递在伯青手内,道:"指日长安得意,走马看花,我姊妹们在南京专候佳音。但是'状元归去马如飞'的话你须切记,不可为春花留恋、纵辔迟迟就是了。"说毕,又福了一福。伯青忙离座回礼,立着一饮而尽,道:"金石之言,当铭肺腑。"小儒鼓掌大笑道:"可儿,可儿!畹秀这一席话,又祝赞,又规诫,所谓一笔双钩的法则。伯青若把这个意思运用于文法之内,怕不是今科第一人么?"众人皆同声大笑。

　　又饮了一会酒,小儒叫双福取出几个行令的筹筒与骰盆一个,道:"日前在朋友家赴宴,见过这个令,名曰'玉连环'。这大筒内是分门类的筹子;这几个小筒内,各归一类,筒外刻着名目。若花木门,全是花木之名;若鸟兽门,全是鸟兽之名。我照样做办了一副,何妨今日试演他一试?"王兰道:"有趣,有趣!我擅专做个令官,先来掣筹。"说着,饮了一杯令酒,伸手在大筒内掣出一筹,看是"虫鸟门",筹上几行小字道:"凡掣得此筹者,即照筹上门类,于小筒内每人抽取一根,是何名目;用骰子四粒,摆成古诗一句,要带着筹上名目字眼。说不出者,罚酒三杯。"王兰摇头道:"此令倒有些难行。我既做了令官,说不得也要诌他一个。"将虫鸟门的小筒取过,放在桌中,其余一概收过。

　　王兰把筹子和了一和,抽出一枝,看是"燕子"。想了半会,在骰盆内摆了一个四、一个六、两个三,道:"清秋燕子故飞飞。"众人赞好。小儒抽了一根,是"鹤"字,也想了想,在盆内摆了两个六、一个幺、一个五,道:"天寒有鹤守梅花。"大众一口称赞。小怜也抽了一支,看是"杜鹃",即在盆中摆了两个四、一个幺、一个三,道:"杜鹃枝上月三更。"伯青拍桌大赞道:

第七回　游旧迹妾菲遇众恶　宴新令花月集群芳

"爱卿另具风韵,每每得句,出自天然,真敏慧绝世之才也!"自己也在筒内抽了一根,是"鱼"字,在盆内摆成一个幺、一个二、一个三、一个四,道:"明月小桥人钓鱼。"大众赞好。洛珠伸手抽出一支,是"鹭"字,微想了片刻,摆了三个三,一个六在盆内,道:"一行白鹭上青天。"王兰点首道:"这三个三,恰像一行白鹭。"小凤方要抽筹,见王兰又抽了一根,是"雁"字,即在盆内摆成三个幺、一个三,道:"数点秋声雁带来。"众人叫好。小凤恐又被别人来抽,忙取出一支,是"鸡"字,想了想,摆成三个四、一个幺,道:"绛帻鸡人报晓筹。"小儒拍手道:"好个绛帻鸡人！真匪夷所思!"慧珠也抽了一根,是"蜻蜓",遂在盆内摆了一个四、三个三,道:"红蜻蜓弱不禁风。"大众赞妙。

　　汉槎见众人都已抽过,乃伸手抽了一支出来,看了看,满脸通红道:"笑话!"欲要插进去重抽,被王兰在手内夺过,看是个"龟"字,合座哄然大笑。洛珠笑道:"难得你抽着个'龟'字筹,就不该说一句龟话么?"汉槎格外不好意思道:"我罚酒罢。"王兰道:"你不是不能说,却是偷懒。要吃罚酒,就吃他十杯!"小怜见众人取笑汉槎,忿忿的道:"就是十杯,我代吃一半!"说着,即去斟酒。汉槎忙把骰盆取过,道:"我说,我说,不用你代酒。"在盆内摆了三个六、一个三,道:"何以泥中曳尾龟?"王兰道:"这个三,活像个龟尾子。"汉槎道:"行令是件雅事,何必将这个东西也写在筹上？未免不类。"王兰道:"大约每筒内都有一根笑话。这也是你的运气不好,偏偏碰着龟!"说得众人多狂笑起来。小儒又抽了一支,是"鲸"字,也摆了一个幺、三个四在盆内,道:"骰面虽与芳君相似,而诗句则异,大约不算雷同。"乃念道:"日浴鲸波万顷金。"众人称好。

　　双福又进来道:"外面来说,何大人的船已抵码头了。"这来的是内阁学士何炳,芜湖人。请假回乡祭祖,沿途耽搁,今日方到南京。是陈小儒中举的房师。小儒忙叫人取了衣冠,穿好,向众人道:"我去去即来奉陪。敝业师既至此地,万不能不去见他一见。"说着,匆匆去了。众人见主人已去,只得收了令,散坐盘桓。

　　少顷,日色西沉,陈府的家丁进来,将阁内以及院外梅树上各灯点齐,映着淡濛新月,灯影花香,大有可观,照耀得如白昼相似。众人重复入席,换了暖酒。王兰道:"这个姓何的多分是个谬品,把小儒留住了这半日,尚不放他回来。你想老师与门生说话拘束,又有何意味?我们何妨再把此令一行?不然,呆呆的守候他,也没趣。"洛珠道:"这一次我来做个令官罢!"又将众筹筒取过,也饮了一杯令酒,先在大筒抽出一支,看是"词赋门",下面有字道:"凡掣得此筹者,用击鼓催花行法,花在谁手,即说曲牌名两个,再说《毛诗》二句,收尾用唐诗一句;准用虚字联络,但要上下贯串。不能者,罚出座敬普席一杯。"洛珠道:"偏生我行令,啰啰嗦嗦,太累赘!换一条罢。"王兰止住道:"过易了,反不见心思,倒是这条令好。"即令人在阁外击起鼓来,又折了一朵梅花,由洛珠手内传起。到了小凤手内,鼓声已住。小凤想了想,道:

《少年心》《定西番》;"击鼓其镗,踊跃用兵";好自"金鞍宝剑去邀勋"。

伯青赞道:"说得好!未免芳君心在在田那边,不由得文生于情。"

院外鼓声又作,此次花到了伯青已住。伯青遂道:

《玉楼人》《寻芳草》;"有女同车,颜如舜华";不愧"名花倾国两相欢"。

众人赞好。

花又到了王兰,想了想,道:

《虞美人》《握金钗》;"手如柔荑,肤如凝脂";最爱"佳人朝插镜中看"。

小凤道:"者香这条令,联络无痕,当推第一了。"

鼓声复作,花传到汉槎顿止,凝思了半会,乃道:

《忆江南》《三姝媚》;"窈窕淑女,寤寐求之";反觉"冰簟银床梦不成"。

王兰笑道:"爱卿待你不薄,何以又忆到江南?"汉槎瞧了王兰一眼,道:"偏是我说出来的,你们都要取笑,分明有心欺我了!"

众人正在说笑,花又传到小怜手内止住。小怜接口道:

《忆王孙》《长相思》;"一日不见,如三秋兮";正是"西风吹妾妾忧夫"。

伯青拍手叫好道:"爱卿此作,又上于者香了!二十一字,贯穿得情致缠绵,毫无牵强,佩服!佩服!"

第七回　游旧迹妻菲遇众恶　宴新令花月集群芳

花又到了洛珠手内,洛珠道:

《芳草渡》《踏莎行》;"出其东门,有女如云";见些"大妇登临小妇随"。

众人同声称赞。

院外击鼓的人见花传到慧珠手内,将好收令,鼓声即止。慧珠道:

《端正好》《上行杯》;"我送舅氏,曰至渭阳";只见"人自伤心水自流"。

王兰道:"楚峡哀猿,令人肠断。妙则妙矣,未免过于萧瑟。"叫人取过一张纸来,誊写清楚。

众人正在传看,小儒业已回来,脱了公服入座,把众人行的令看了数遍,道:"罚我来迟,先吃一盅,也照样说一个作结。何如?"众人称是。小儒举酒,一吸而尽,道:"《桃源忆故人》《归田乐》;——"说到此处,竟接不下去,大笑道:"我是个主人,应该敬普席一杯。"拿了壶出席,到各人面前敬了酒。将欲归座,蓦然触机,道:"有了!"

《桃源忆故人》《归田乐》;"绥我眉寿,黄耉无疆";正是"龙马精神海鹤姿"。

说毕,复笑道:"这普席的酒,敬得冤不冤?"伯青道:"果然冤枉!小儒兄这条令,又端庄,又兴会,正好煞尾。不如我们也回敬一杯,以贺此令。"众人挨次与小儒把盏。

时已二鼓,大众散坐。小儒道:"我们准于十一日起身,子骞可禀明令堂太夫人,十一日后,可以择吉进宅了。"又向慧珠道:"伯青春闱得意,暂时却不敢回来,大约秋间方可告假省亲。者香得意,亦复如是。我看南京这地方小人颇多,尤其你们更易受人欺侮。莫如我们动身后,你姊妹能去的所在才去,差不多的所即不去,倒可免多少是非。"洛珠接口道:"小儒这话说得不错,你们起了程,我们也可杜门谢客。难道前次闹出那些事来还不怕么?"伯青、王兰齐声称是。众人作辞各散。子骞回家,禀知江老夫人,择于元宵日进宅。小儒连日同方夫人收拾一切,所有细软全带了进京。

早到十一日清早,小儒叫家丁押着行李等物,方夫人坐了大轿,乳娘带官官、小姐先行下船。少刻,伯青等人齐至。用了早点,外面马已备好,众人乘骑出城。各家亲友纷纷候送,众人立意辞住。出城到了船前,早见慧珠等四人已在船中,正陪着方夫人闲谈,见众人已至,迎出外舱。大众又彼此叮嘱了一番。船户进来说要开行,慧珠等起身作辞,各洒泪依恋不舍。伯青硬着头皮,催他们上了轿,见去得远了,方鸣锣开船。一路顺风,抵了袁浦。起旱至王营,雇了七八辆骡车上路,晓行夜宿,直奔都中。

不知众人进京会试若何,且看下回分解。

第 八 回

拔穷途路逢美二郎　平海寇羽报连三捷

　　话说陈小儒挈着家眷，同伯青等人入都会试。在路非止一日，已交山东济宁州地界。天色将暮，寻了客店住下。因有女眷，包了后面五间房子，安顿行装。伯青等在外间歇宿。沿途辛苦，早早的进点饮食睡了。次早，忽然落起雨来，不能开车。一连雨阻了二三日。

　　这日午后转了北风，方才开霁。小儒等吃了饭，身上觉得甚冷，换了狐裘貂冠，到店门外闲眺。见东首一带空地上大大围了个人圈，忙踱步过来。向人丛中望去，是一个唱曲叫化的人，身上甚为褴褛，站在空地上，北风又大，冻的脸上青紫二色，听他唱得多颤抖抖的。小儒细细把那人上下望了几眼，见他生得颇有骨格，形容虽然憔悴，那眉目间尚隐隐带着一团秀丽之气。唱了好半会方住，向着人众作了一揖，道："小子路过贵地，脱了盘川，不得已干此忍辱的勾当，实因饥寒交迫。望诸位仁人君子可怜异乡难民，慨赠少许，没齿不忘。"小儒听他声音似江南的口气，出言倒还不俗，心内早动怜念的意思。立了许久，那北风越觉大了，众人虽着重裘，都有些支持不住。回至店中，小儒叫过双福，吩咐："去把那个唱曲的人唤来，有话问他。"

　　双福去了片刻，领了那人进来。上前见众人，意在叩头。小儒止住，叫他一旁坐下，又取了火来，与他烤着。问道："你是那里人？为何流落此地？姓甚名谁？"那人已问过双福，知道是一班进京会试的贵公子，未及回答，那眼泪不禁扑簌簌滚了下来，道："蒙诸位少老爷下问，难民说也惭愧。我姓冯名宝，字楚卿，江南常州府人。先父名炳，曾做过宛平知县。难民随侍署内，因自己不学无术，幼年背母，专喜眠花宿柳。又生得有点仪容，人多叫我做美二郎。去年先父病故任所，我一发肆无忌惮，任意挥霍，不到半年，把先父所积宦囊弄得罄尽。如今世上的人全是势利的，有钱的日子，人人奉承我，引诱着我去玩耍；此时见我手内完了，连影儿多不见一个。我家内尚有薄田数亩，可以糊口，一时怄气，也不去通知他们，独自出京,到了此地。不料染了一场大病,几至不起,随身行囊、衣履典当一空,进退不能,只得胡乱唱几支曲儿,借以谋食。说起来真是玷辱祖宗,一死犹迟。既承少老爷们过问,不得不据实奉禀。"小儒听他说先人做过官的,也是一位贵公子,不禁叹道:"我看你气概不俗,未必就此了局。我们是会试去的,不能停留,意在将你带往京中,你的衣食自有安置。等我们他日出京,再带你回江南,似为妥当。即此赠你若干盘费,助你回家,我看你就回了江南,也无甚好处。倒不如同至京中,倘然寻着点机会,大可重新扬眉吐气,再整门楣。这是我们的意思,未知你心内何如?"伯青等亦说回京的为是。

二郎见众人美意谆谆,立起身来道:"承诸位少老爷不以下贱相待,又极力成全,就是我冯宝的重生父母、再造爷娘。我现在贫无立足之地,行将填于沟壑,我岂不想再至都中,以图进步?无奈力不从心。今既得蒙携带,安有不愿之理?只是我冯宝与诸位少老爷萍水相逢,怎好牵累?"小儒道:"你我皆是宦家之后,你不过暂时落魄。从今日起,你我须兄弟相称,切不可如此称呼,反教我们不安了。"二郎立意不行。众人又谦了一回,二郎方肯改口。因他今年才十七岁,呼众人为兄。小儒等又吩咐众家丁皆称二郎为冯大爷,"不许怠慢。若有敢提及前事者,定见不依!"众家丁见主人如此优待姓冯的,那个还敢违拗!二郎格外不安,心内感激不尽。小儒又叫人代二郎备了铺盖衣履,又吩咐店家雇了一辆小骡车,与他乘坐。晚间,众人围炉闲话,二郎也读了几年书,颇有点谈吐。众人又问他京中出名的相公有几人。这是二郎生平乐道之事,道:"京中相公虽多,皆是二等货。我出京的时候,新来了一个相公,年十六岁,是苏州人,名唤金梅仙,字小瓃,生得温存秀丽,绝无半点优伶习气。闻得他脾气最傲,不肯乱结交人。也是好人家子弟,为衣食所逼,才进京唱戏的。他于琴棋书画件件皆精,城内王公大臣,没有一个不深为契重。他却最重的是名宿才人,你若专倚着富贵去结识他,连正眼也不望一下儿。"伯青听了,不禁起舞道:"不愧是个有名的相公!若一味滥结交人,纵然貌比潘、宋,又何足取?我们此次到了京,倒要去访他一访。"又谈说了半晌,各自歇息。自是,二郎每晚住了客店,即寻些今古的见闻,向众人问难。二郎本是个聪明人,众人又不薄视于他,所问必答;又与他讲究些作诗词的道理,二郎的学问倒长进

第八回　拔穷途路逢美二郎　平海寇羽报连三捷

得多了。次日黎明，众人饱餐开车，同着二郎，一路直向都中。暂且不提。

单说李文俊与云从龙带着数千招募的勇丁沿途趱赶，这日早抵广东边界，就近地方大小官员前来迎接。文俊不敢耽延，到处皆穿城而过，已至广州。荆州将军先到了半月，合同粤中督抚、本标兵弁，离城五里扎下大营。文俊头站报到营中，将军与督抚带着队伍相迎，彼此见了礼。新来的勇丁扎在营左，文俊同众官上了大帐。因文俊是个钦差官，坐了首座。合营兵弁上来参见。云从龙亦上帐参见众官，侍立于文俊椅后。文俊道："职道初至此地，不知贼势近日若何？诸位大人见过几次阵了？"将军道："小弟来了半月有余，与制军、抚军二位大人先后开过三四次兵，或胜或负。贼众深沟高垒，死踞城池，防守又严。看其光景，一时难下。大人既奉特旨而来，定有老谋深断，以破贼众。弟等愿听指挥。"文俊欠身，连称"不敢"，心内一时也想不出个破贼的计策，道："俟明日开他一仗，观其虚实，再作计较。"

从龙见众官皆是可可否否的话，文俊亦随波逐流，毫无定见，不禁走了几步，到了帐前，打躬道："诸位大人在上，据生员愚见，这起贼众均系本地土民，深知地道，何处可以藏兵，何处可以踞守。我师远路而来，一时不得清楚，这一着就被他占先了。莫若用缓兵之计，将营盘暂退数里，寻访当地老年之人，问明地道形势，乘其不备，而后一鼓可擒。若挫动其锋，然后再为安抚。兵法云：'攻心为上，攻城次之。'彼既畏威，又令怀德，断无不成功之理。"众官见他相貌清奇，语言侃朗，所说又言言合理，早有几分欢喜，齐问文俊："这是何人？"文俊把从龙来历一一说明。将军道："云生所言很是。"又向督抚道："就着他附近探访，便宜行事。如可成功，我等当联名保奏。"先给了从龙五品牌札。从龙谢了众官，退下。帐上摆了酒，与文俊洗尘，又赏了从龙一席。次日，发令退兵十里，傍山屯扎。城内贼众先听得又来了一支兵，大为惊惶；后来又闻官兵退去十里，不知是何意见，悄悄的打发人去探听。

这边云从龙领了军，回到本营，与文俊商议办事。文俊道："你先在帐上，只图说得畅快，一力担当，我倒替你可虑。"从龙仰面大笑道："李大人未免胆太怯了！非是我云从龙夸张大口，这些幺魔小丑，如在掌握之中，包管此举定可成功。好在不成之咎，是我一人责任。"文俊点首道："你平时经济，我也尽知，不比徒侈大言之辈。我亦但愿你成功。"从龙又与文俊要了五百名精壮勇丁，预备调用。

　　来日大早，从龙穿了五品服式，在自己帐内点名。这五百人一齐上来叩见。从龙一一点卯已毕，又挑选了十名精细头目，唤至案前，吩咐道："尔等可扮着民人模样，到城外密探城内消息。若得了实信，回来重重有赏。"十人答应下来。从龙退帐，更换便衣，到文俊那边闲话。少顷，众官来答拜。文俊问从龙道："昨日虽然退了兵，究竟如何办法，方可成功？"从龙将派人探贼众的话回了一遍，众官称善。又议论一回，方散。

　　过了两日，探事的人回来说："贼众见我兵未交一仗，无故退去，甚为惊疑，连日城上防守尤谨。"从龙赏了来人，吩咐再去探听。又到大营，回明众官，仍要退兵五里，以观动静。将军又传令退下五里驻扎。从龙暗地教人诈称粮草未到，难以开兵；一俟粮草到齐，即行围城攻打。这谣言早传到城中，贼营探事的也回了贼首。为首的贼姓周名锦春，排行第三，潮州府人。本是个亡命出身，因他眇了一目，马上马下武艺又精，人多称他为周三瞎虎，这班贼推他为王。他驻守广州，叫他哥子混名周二笑佛守住韶州。这日正坐在堂上议事，闻得此信，好生欢喜，与众贼计议道："我说李文俊的兵既到此地，何以一仗不交，即两次退了十五里，其中必有缘故；谁知他的粮草未齐，兵心不固，难以见阵。若等他粮草充足，来围了此城，虽然不惧他，到底费了周折。莫若今夜点人去冲他一阵，教他晓得我们的利害，不敢前来围城，慢慢再寻条计策，去破他营。"众贼一齐答应。周瞎虎亲自挑选了三千人，传令二更悄悄出城，偷劫官兵营盘；又吩咐城内的人，如闻对营喧嚷，即开城接应。调拨已定，到了初更时分，众人饱食一顿，周瞎虎轻装软束，坐了快马，领着三千人一拥出城，人尽衔枚，马尽摘铃。

　　这边贼众出了城。那边从龙见退兵五里后，即与文俊商议道："我们这个谣言传到城内，贼众必然想算计我们。第一防他劫寨，今夜不可不准备。"教文俊去通知了众官，安排停当。又令将五百人在城外附近埋伏，"如果有贼兵出城，你们可充作他的回兵，赚开城门，放火为号，自有人来接应你们。"五百人接令而去。

　　将交二鼓，周瞎虎带着众贼已至官兵营前，一齐呐喊，冲入营内，寻人砍杀。官兵早已分作两队，伏于左右，让出一座空营。闻得贼众果然来劫

第八回　拔穷途路逢美二郎　平海寇羽报连三捷

营盘,号炮一响,四面的兵合拢来,把座大营围得水泄不通,一齐反杀进来。周瞎虎见是空营,明知有了准备,喝令贼众速退;来不及了,官兵早层层围困。贼众只得拼命的往外冲踏。

城内众贼听得远远喧嚷之声,只道他们的人劫了营,忙调齐全队出来接应,只留了数百个老弱的贼守城。那知从龙派的这五百人伏在暗处,见一起一起的贼兵出了城,又停了半会,反将灯火点齐,到了城前,一片声叫开城,道:"大王已得官兵营寨,现在追杀了下去,大约这一会官兵多该杀绝了。三大王恐城内空虚,防有他变,命我们回来帮同守城的。"城上贼黑夜难分真假,又听来人说官兵已被杀退,无不欢喜;城中又没有大头领,这班人那里有甚么见识?忙放下吊桥,开了城门。五百人一拥而进,把开城的先砍倒了几个,登时放起火来,大呼道:"李大人全队在此,降者免死!你家的周瞎虎已为我兵擒住了!"这班老弱贼兵,倒有大半不能动手,也不知官兵来了多少,被他骗进了城;又听说二大王就擒,这一惊如半空中起了个霹雳,那里还敢交锋?走慢一步的,已经被官兵杀了好些,争先开了后城,各自逃命。一半逃往韶州,报信于周二笑佛去了。

单说周三瞎虎本来鞍马娴熟,他却不惧,一口刀,一骑马,横冲直撞;无奈官兵多了,暂时杀不出去。官兵又因夹杂着自家人,不好开放枪炮。云从龙正在指点兵勇围困,见为首一贼甚为骁勇,反被他伤了些官兵。心中大怒,身上整顿了一整顿,叫人取过平时用惯的一杆钩镰枪,飞骑直迎上去,喝道:"瞎贼囚!休得猖獗,云老爷来了!"周瞎虎见对面来了一骑马,也不问皂白,劈头就是一刀。从龙用枪隔开。瞎虎又是一刀,向腰里砍来。从龙把枪杆往下一沉挡住,那马已冲了过去。瞎虎单手浪打,浮萍式一刀,从背后劈来。从龙身子朝前一伏,双手举枪架过,左膝一磕,马转过头来,刚刚瞎虎转身。从龙不许他再还手,一声吆喝,一枪刺来,瞎虎举刀架住。从龙趁劲一滚,枪头直滚到他肩窝,用力一点,瞎虎坐不住,跌下了马。从龙也跳下马来捉他。瞎虎左手连刀压在自己身下,右手却在上面,忙在腰内拔出洋枪打来。从龙说声"不好",头一低,那枪子"刷"的一声,从头上打过去。从龙单手用尽平生气力,一枪杆把瞎虎的头打破,不能动了。背后跳过几个官兵,将瞎虎捺住,平抬到那边去了。

众官在高处,看见从龙如此奋勇,已将贼首捉住,好生欢喜,向文俊道:

"大人用的人足见干练,可嘉!可嘉!"文俊也觉得意非常,口内却谦逊了一句。

贼众见瞎虎被擒,人人胆落,一齐抛戈,伏地乞命。从龙即止住官兵勿杀,道:"尔等皆是好百姓,为周贼所胁。既然悔过自新,免尔等一死,准其降顺。"贼众欢呼叩谢。从龙命他们暂扎一处。回头见城内火光四起,知官兵已得广州,城内二起接应的贼也该到了,令官军一字站定。果然又来了无数贼兵,不等他动手,一排鸟枪打了过去,随后一排短刀,一齐冲过去,乱砍乱剁。这起接应的贼吓得手忙脚乱,摸不着头脑,也不晓得头一起兵胜败如何,一个唿哨,四散逃走。从龙带着众兵追赶,又生擒了多少贼过来。

天色已明,从龙请众官入城。督抚同将军很褒奖了几句,邀着文俊,率领各营偏裨员弁一同进城。先行出示,安抚居民,盘查遗贼,叫人把瞎虎推上帐来,已经没气了,命枭首示众。一面众官联衔报捷,折中以云从龙为首功。九通大炮,赍本官打着红旗,星夜进京去了。这里众官即命云从龙办理善后一切,足足忙了十余日,方才完结。都中批折已回,天颜大为喜悦,本省督抚及将军等官各升一级,并赏赐诸般物件。两淮盐运使李文俊运筹有度,以广东布政使升用。五品顶戴文生云从龙打仗奋勇,忠而忘身,钦赐七品小京官,并加五品衔。其余随营员弁皆有升赏。众官设了香案,望北谢恩讫。从龙换了服式,上帐谢荐。众官因他升了清要之职,虽在营效力,乃半以客礼相待。帐中备席,代李文俊、云从龙庆喜贺功。

席间又商议进攻韶州。从龙道:"闻得韶州首贼即瞎虎之兄,名叫周二笑佛。此贼据闻大有谋略,非他兄弟粗鲁可比。我们此番兵至韶州,他必然死守不战,以老我师。不如先颁告示,谕令来降,内中有怕死的,定然离心,那时再趁机而发,可获全胜。诸位大人意见若何?"众官皆以为然。文俊即着从龙作了一道晓谕告示,抄写了数十张,命人到韶州城外四处传贴。一面择吉起兵,缓缓向韶州进发。

那周二笑佛见逃兵回来,说广州已失,兄弟业已就擒,着实吃了一惊。晓得官兵不久必来攻打韶州,预先四门安排滚木檑石,多派人守城,每夜亲自各处巡查。又拨了数千人,扎在离城五六里山谷之内,与城中遥为犄角之势。一则彼此可以接应,二则使官兵不敢围城。

忽见探事的揭了一张告示来。周二笑佛不认得字,叫帐前伺候的人

第八回　拔穷途路逢美二郎　平海寇羽报连三捷

念与他听。上面不过是些安抚的话,又说"尔等本是良民,误为贼首掳胁,恐他日天兵到此,玉石俱焚,悔之不及;况尔等各有家室,亟宜改过从善,仍作好百姓,前罪一概不究"等云。这一起人本有大半是不得已从贼的,听了这一番话,早暗自懊悔,心内各怀去志。周二笑佛听罢,大怒道:"他敢巧语花言,惑我军心,都怪我兄弟性急,中了他计,所以由他说的嘴。不是我夸口,紧守此城,不与他交战,要想夺这座韶州,倒不容易!等官兵来的日久了,自然大意,那时略施小计,杀他个片甲不还,才知道我周二笑佛的手段!"又向众贼道:"官兵来时,我自有破他的法子,尔等不必害怕。"众贼只得答应。

过了一日,官兵已至,扎了大营。云从龙见贼兵一半扎在城外,依山傍岭,与城内遥作声势,也暗暗叫好。回明众官,毋须围城,也不用开仗。回到自己营内,在督标中唤过一名极有胆识的步兵,名叫马德,命他扮着贼兵,在附近访问消息,道:"他城外既有贼扎营,都该有时进城。你趁着那个空子,如能偷进城去,将他城内虚实探来,算你的第一功。"马德领了令下来,脱去号衣,多带干粮,探事去了。

原来周二笑佛派的这一半兵驻守城外,五日一调换,城外的贼进来守城,城内的贼出去守营。已交调换日期,马德随着他们混进城中,扮着个乞丐,四处叫化。因他是本地人,无人盘问。一连访了半月有余,城内动静,他已尽知。心内想道:"若仅访得这些消息,也不足为奇。必须寻着点机会,才不愧冒险来这一场。"

一日,叫化到城前,见一起贼兵,约有十数人,坐在地上,交头接耳的谈心。忽听有一人叹口气道:"兄弟们,我们等性命不知怎样呢?广州已失,三大王又死,现在剩了这韶州孤城一座,迟早都不能保的。将来你我不知死在刀上,还是死在枪上?何况我们本不情愿干这不要头的事,是被他们掳了来,没法的。前日官兵那一张告示,说我们有父母、妻子,在家不顾,却做这叛逆的事,将来家破身亡,悔之无及。那些话细想起来,一字不错。此刻我们去又不能,走又不好,眼见得是死定的了。"那些人各各嗟叹不已。马德听了,走近几步,向众人乞化。那些人道:"你这个人实在不识时务!如今兵临城下,你该早早出城逃生,你又无拘无束,到处都可叫化,不比我们是走不脱的。"马德笑道:"小人是不怕死的,我又无家小,倘若官兵破了城,我即去投降,还可望碰点造化。我辈中有几个出城去投降了官兵,倒得了好处。那领兵来的李大人是个极好的官。昨日我到城外叫化,遇见他们,劝我也去投顺。我因城内有几个好朋友,不忍他们陷在此地,特地来送信的。等到调换开城日期,我就出去了。"那些人被马德说了,活动起来,道:"你们投降官兵是准的,我们去了,恐怕不准。"马德摇头道:"不妨,不妨。我那个朋友说起这话,李大人已经吩咐他手下兵丁:'如有城内出来投降的人,你们不可伤害他,好好的领来见我,他们既然归顺,就是好子民了。不遵者依军法从事。'"那些人道:"原来这姓李的是个好官!可惜我们不得去见他。"

马德听众人口气是要投顺,大着胆向众人道:"诸位真心归顺官兵,我倒可以领你们去。不瞒诸位说,我不是个叫化,乃督标下一名步兵,我叫马德。李大人命我改扮进城,访消息的。既然诸位情愿弃暗投明,包管多有好处,仗在我身上。"那些人听了马德的话,半信半疑,怕是贼首命来试探他们的,面面相觑,难以回答。马德又把身旁腰牌解下来给众人看,那些人方才相信,邀马德到城下帐棚内,商议如何始能脱这虎口。马德道:"诸位须要立点功劳去投顺,分外体面。我倒有条计策,我今夜先出城去,约定来日三更,以号炮为令,你们在城内先放起火来,乱他的军心;然后开城迎接官兵;再把你们平时共过心腹的多约几人,一齐办事,可保诸位得个大大功名。"众人应允。马德又问了众人姓名。等到夜静,悄悄的用布系出东城。

马德火速回到本营,把一切细情禀明。从龙大喜,重赏了马德,又领他去见众官,当时给了六品顶戴,俟功成再行升赏。次日传了密令,挑选一万精兵,命马德当先,于三更时分齐至东门,升炮为号,城中自有接应。晚间,众兵各自饱餐结束,初更起队,在城外四处埋伏已定。云从龙亲自督队,听得城上已打三更,在怀内取出云炮,放到空中。

城内那一起人,自马德去后,又纠合了多少愿投顺的,约有五百余人,聚集东门城内。到了三更,忽闻半空云炮声响,每人一口短刀、一支火把,齐声呐喊,放火的放火,开城的开城,城内如海沸江翻一般。从龙听得城中喧嚷,又见火起,知已发作,忙领着众军蜂拥到城前。见城门大开,吊桥平坠,从龙当先,众军随后,一拥而入。那枪炮声如滚锅相似。守东门的

第八回　拔穷途路逢美二郎　平海寇羽报连三捷

贼,起初听城下喧嚷,只道自家人争斗,方欲下城弹压,忽见民房火发,一起人到了面前,举刀就斫。守贼措手不及,连忙跳下城坡。又见城门大开,官兵已入,晓得事情不妙,飞奔报信与周二笑佛去了。

笑佛正在私衙,派人各处巡夜,猛见守东门的贼气喘吁吁跑来,道:"城内已有奸细,将东门开了,放进无数官兵。请大王速去!"周二笑佛这一吓非同小可,也不及坐马,取了件兵器,带着随身亲兵百余人,直奔东门。才转了一条街,迎面云从龙已至。从龙一路放着火,杀着人,声声说"投降者免死!"见对面来了一起贼,领头一人身材高大,定是贼首无疑。从龙也是步行,蹿进一步,身边拔出洋枪,劈面打过。火光中人声鼎沸,那里听得清枪声?正打在笑佛胸前,枪子穿心直过。笑佛"哎哟"一声,朝后便倒。众贼见贼首着了枪,一声呐喊,转身四散逃命。落后的贼兵砍倒几个。从龙割了周二笑佛的首级,提在手中,高高举起,大声呼道:"汝等贼首已诛,如投顺者,即是好百姓,免死!"众贼心胆已裂,又见四围官兵,无处逃走,一齐抛戈,伏地乞命。从龙止住手下的人,命众贼起来,勿得害怕。后面众官督率全队已到。从龙请着众官就在周二笑佛署内住下。先将笑佛的首级呈上报功,众官齐声痛赞。从龙又将内应的一起人与后降的一起众贼领上来叩见。众官慰劳了几句,先行记名,候量功予赏。所有一起降贼,分派各队补用;又发令四门添兵防守;又分了一队兵扎在城外,以防那山谷内一股贼。堂上摆了庆功筵席,众官亲与从龙把盏。夜间,即联衔拜折,入都报捷。次早,赍本官起身。众官又盘查贼赃,清理善后,再议剿灭城外的贼。

不数日,批折已回,督抚、将军均赏穿黄马褂;李文俊升任广西巡抚,仍留营会剿;云从龙擢升内阁侍读,并加四品顶戴;步岛马德,以把总归标补用,并赏加五品顶翎;内应的一起人,均着赏给五品牌札、银牌十面;其余员弁,各推升三级。众官谢了恩,合营上来谢保道喜,无不欢悦。

城外那一股贼,已知韶州失守、笑佛被杀,合营惊惶。大众商议道:"官兵声势甚大,不到两月,广、韶二府全行克复,何况我等这数千人?既无地可守,又无兵粮接济,官兵料清了城内各事,定然来攻打我们。若说各散,又恐受过害的百姓不肯相饶。倒不如投降官兵,求他放我们回家务农,也省得抛妻撇子,横死他乡。"众贼商议定了,拣了几个胆大的,赍着降书,到城内投顺。众官允许了,将他们分派各营看管,俟回兵之日,交地方官押送回家。众官喜的是贼乱已平,又拜了肃清的奏折,专候旨下,如何交代。又命各处牧令确查被贼扰害过的地方,以便抚恤。

过了几日,奏折批回,督抚、将军各赏赐重物,仍回各该管地方;李文俊、云从龙来京听候升用;马德以守备补用;江南招募勇丁,各给功牌、银两,令其回籍;内应的一起人,分派各标,记名补用;投顺各贼,准其回家务农,前情一概不究。所有扰害等地,恩免三年钱粮。贼首周二笑佛、周三瞎虎首级,交地方官传示各处。众官谢了恩,又颁发了各处誊黄,将军带着驻防兵丁回归荆州。文俊、从龙也收拾进京复命。督抚与各地方官直送出境外。正是奏凯还朝,人人得意。按下不提。

单说慧珠等众人,自从小儒等会试去后,杜门谢客。南京城内的人,见他们不肯出来,也只得罢了。有几位与他们合脾气的,尚许时来谈谈,暇时不过下棋联咏,消遣而已。谁知三月初旬,上海新来了一个出色有名的相公,姓林,名唤小黛,字翠颦,苏州人。生得如花似玉,倾国倾城,腹中渊博非常。闻得金陵是六朝金粉旧地,同着寡母穆氏到了南京,就在慧珠家左首不远,赁了房屋住下。一时传说开去,合城皆知。适值慧珠等谢客之时,忽然来了此人,格外轰动,说小黛究竟如何人物。那边林小黛也觉得除了自己,天下别无高似他的。常闻人夸奖慧珠等人,也想见见他们。

这日合当凑巧,有几个人约小黛城外游春,回来路过慧珠门首。内中有一人,指与小黛看道:"这就是平时所说聂慧珠家了。"小黛即要进去。众人拗强不过,只得先进去说明。慧珠听了,急忙叫玉梅来请小黛,自己同蒋小凤等人迎至堂前。彼此睹了面,倒像那里会见过的,把平时胸中一团傲睨之气都消掉了。见过礼,邀入房内坐下,各叙了些仰慕的话,然后互谈衷曲,颇为投机。慧珠又留住小黛吃了晚饭。临行时,各自恋恋不舍。小黛回到家中,犹自称述慧珠等人不已,觉得自己万不及一。慧珠这边亦痛赞小黛,暇时即邀了过来闲话。五人又结了异姓姊妹,分外亲密。慧珠又说到祝、王等人,是当时才子。小黛叹口气道:"若论姐姐们所说话,祝、王等公子,小妹虽未谋面,今闻其言,如见其人,乃今世有一无二的名流。姐姐们何等福分,得伴才人!如小妹年来所遇不淑,走过数省地方,要求一知己,竟不可得,非小妹命薄而何?"慧珠等又从旁解劝了几句。

第八回　拔穷途路逢美二郎　平海寇羽报连三捷

又说祝、王等人"待天下人皆是一般样子,就是我们,虽说数年相识,毫无苟且,不过文字之交而已"。小黛听了,分外羡慕不已,恨不能此时即与他们一会。可见天下也有这般知情识趣的人。由此,每日倒有大半天在慧珠那边,不是论诗分韵,即是下棋弹琴。

小黛的母亲穆氏,本是个极贪的人,满指望女儿到了南京,做个摇钱宝树。见女儿终日与聂家姊妹往来稠密,全不以接客为然,心内着实不快。借着别的话,狠狠说了小黛几次。小黛明知故犯,置之不理;说烦了,反与他母亲闹过数场。穆氏也无可如何,每想设个计策,把女儿与聂家离开了。过了数日,已交京中会试场期,慧珠等人朝夕盼望佳音。

未卜小儒等此次科名有指望否,且看下回分解。

第 九 回

闹闹场害人反害己　护名葩全始复全终

　　话说陈小儒等人到了京中，小儒先去寻下一所房屋，将家眷安顿。把外面收拾了一进，让二郎同王兰居住，汉槎至他父亲衙门内住下。伯青也只得住在那边。次日，小儒到各处拜见年家世谊，王兰亦去见了他丈人洪鼎材。刘蕴也假意来拜了几次。因刘先达春初大拜了，刘蕴仍复职御史。伯青因他先来拜会，也只得答拜了他一次。又去料理报名、复试、磨勘等事。京中那些人，见二郎裘马翩翩，又闻得二郎说回过常州，此次携赀来京捐职的，那些人重新与二郎亲热起来。二郎面子上不好冷落，暗地与他们日渐疏远。那些人过了几时，见二郎非比从前，也不来缠他了。伯青等发了家信，又闻从龙立了战绩，得了功名，不久即班师回京，无不代他欢喜。将这番话写了信，寄与小凤，又附寄慧珠等人的信，不过说是众人在京平安，劝他们亦要随时保重，无论中与不中，秋间即可相见等话。众人各事料理清楚，在京专候会试。暇时同到各处逛逛，又去园子里听了几天戏。

　　一日，伯青忽然想起二郎说的那金梅仙，要去访他。先问明梅仙住落，约了二郎等人，套车向梅仙屋里来。恰好梅仙近日养病在家，不曾去唱戏，见跟的人进来说，外面有几位会试的公子，要与他谈谈。内中只认得一个姓冯的，他诨名叫美二郎。梅仙常听得人说，姓冯的是个大撒手，闹穷了回常州去的，倒要见见他，是个甚等人物。叫人出来说："我家相公有病，不能见风，请里面套房里坐罢，要望诸位少爷勿怪。"伯青忙道："这也何妨？"众人下了车，随着跟梅仙的人走入门内，见屋宇、陈设无一不精。上首房内有一个小六角门，垂着暖帘。跟的人先去打起门帘，道："诸位少爷到了。"众人步进外间，抬头见梅仙迎至门前，头上戴着顶镶金毡笠，身上穿的是浅玉色素绉皮袍，外面罩件紫绒白狐披风，穿了双嵌云玄缎皮快靴，一只手扶在门档上，那一种捧心西子、带雨海棠的模样，早令人又爱又怜。众人皆暗暗赞赏不已。梅仙笑吟吟的道："远方的客到了我家，论理

第九回　闹闹场害人反害己　护名葩全始复全终

早该迎接；无奈被这病累久了，一点风儿多不能受，未免不恭。请诸位爷要恕罪。"说着，邀众人至套房内，意在给大众请安。伯青一把拉住道："顷闻玉体欠安，就不该进来吵闹才是。若再行礼，我们更不安了！你请坐罢，我们好说话。"将梅仙扶到榻前一张小机上，按他坐下。外面送上茶来。

梅仙一一问了众人姓字，向二郎道："久仰爷是个大朋友，今日会了面，果然那美二郎的名字真不虚传！"王兰拍手道："二郎名字，到处皆知，可羡，可羡！"二郎笑道："小癯，别要听人家闲话，那是旁人糟蹋我的。"众人同梅仙清谈，听他吐属温雅，婉而多风；梅仙亦知来的是一班有名才子，分外敬重，吩咐备了几样精致便肴，定要留众人吃了饭去。小儒等见他谆谆，也不好过于推却；又晓得他是个高傲的脾气，轻易不肯恭维人，只得扰了他，准备再补情。饭罢，又坐了半会方散，一路夸说梅仙不已。数日后，闻得梅仙病好了，今日进班唱戏，众人去点了一出戏，备了分重赏，待梅仙做个面子。梅仙完了戏，又到他们桌上周旋了一回。

次日，已是三月初一，放了大学士胡文渊、礼部侍郎熊桂森为正副总裁，刘蕴点了同考官。小儒等人连日在家料理，预备进场。到了初五日，李文俊、云从龙由广东起身，已抵京都。从龙一到京中，即问了小儒等住落去拜会。众人见了面，各道阔别，彼此又道了贺。次日五鼓，文俊、从龙入朝复命。召见时，将在广东灭贼情形逐细奏明。天颜大悦。文俊内转了吏部尚书；从龙钦赐同进士出身，升了吏科掌印给事中，赏加三品衔。二人谢恩退出，各赴衙门接事。文俊差人到扬州去接家眷。小儒等知从龙升了官，齐来道喜。从龙备了戏酒，请他盘桓一天。伯青又去叫了金梅仙来，从龙亦大为赏识，直饮至三更方止。来日已是头场，小儒等人各自收拾入闱。其中烦文，毋须交代。

三场完毕，众人出场，各回寓所。歇息了几天，专待放榜。终日无事，到各处闲游，无非吃酒、听戏，或到梅仙那里小坐。从龙是有职事的人，十日只好偷一二日空闲与他们聚会。众人又公凑了一项，代二郎就近入了大兴籍，报捐郎中，分部学习，又拜在江公门下，一时趋跄二郎的人很为不少。谁知闹出一桩天大的事来，伯青、王兰科名几乎无分！

那刘蕴自放了同考官，心内暗喜道："我今日正好报复前仇了！随后再同父亲商议,寻件事端,收拾这姓云的,把他们全数办掉,才出我胸中之恨!"想定主见,先请了各房同考官,将与祝、王二人如何有仇的话细细说了一遍,嘱托各官:"若见了祝、王二人的卷子,不问落在那一房,多不要荐上去。"又嘱誊录官用了暗记认,"教他们白吃一场辛苦,方知道我姓刘的利害!这两个小畜生名下无虚,荐上去,必然要中的。打人须要先下手。"众官不好推却,又因刘先达是当朝首相,朝廷大权半出其手,只得应允了。刘蕴好生欢喜。偏偏伯青的卷子落在刘蕴房内,他也不问好歹,提起笔来,一阵乱批乱叉,摔在落卷内去了。

　　王兰的卷子落在第五房内阁中书柏如松房内,柏如松把王兰卷子看了一遍,言言珠玉,合式利时,叹道:"这人才调清华,词采富丽,元是中定了!不荐此卷,未免屈抑真才,于心何忍!若荐了,却又怎生回复刘蕴?"事在两难,犹疑不决。猛然得计道:"何妨将此卷送到刘蕴房内,听他如何办理。此事就闹开了,于我无涉。"又把王兰的卷子看了几遍,长吁道:"儒生十年辛苦,原思一第;况具此才华,亦非易易。你偏生与刘蕴做了对头,却不能怨我无目。料想到了他房内,今科是定见无望了。"迟延了半会,没奈何,亲自把卷子送去交代。刘蕴也给他一阵批抹,摔在落卷内,心中扬扬得意,向外指着道:"祝登云、王兰,你两个畜生!可记得在扬州逞的威风么?一般也有今日!"

　　单说各房取中的卷子纷纷荐呈上去,刘蕴也胡乱荐了几本。胡、熊二公一秉至公,细加翻阅,觉得众卷内要求一出色人才为元不得。胡文渊与熊桂森商酌道:"今科若无非常之才定元,何以服众?我怕各房落卷中他们眼力不到之处,咎在你我。意在将众落卷调来大搜一遍,再为定元。熊大人意见若何?"熊桂森称善。即传话各房,呈送落卷。刘蕴一时忘却了,也把涂抹过的祝、王二人原卷夹在落卷内送上去。胡文渊细细寻阅,看到伯青卷子批抹得不成模样,阅完拍案道:"这本卷子何以不荐,反乱批乱抹起来?真令人不解!"面上印记是"第二房　刘"。把伯青卷子放在一旁,又看到王兰卷子,大叫道:"此人非元而何?若不搜遗,真个屈抑人才了!——何以又批抹过的?"再看印记,亦是"第二房　刘"。不禁生疑道:"因何这两本能中元的卷子皆在他房内,又多被他批抹?其中必有缘故!况此等文才,有目共赏之作,这姓刘的何致乖谬若是?"熊桂森亦说定有原

第九回　闹闱场害人反害己　护名葩全始复全终

委,叫人请第二房同考官来,倒要问个清白。

少停,刘蕴到了。胡文渊作色道:"贵房落卷中有两本出色的文章,何以不荐,反行批抹?若说贵房一时之误,只可一误,何能再误?这些卷子可是贵房亲自过目的?倒要请教!"刘蕴冒冒失失的,被胡文渊劈头问这一句,他心内本是虚的,当时满脸通红,回答不出口来,打拱道:"多是亲自过目的,落卷内并无一本可中。"胡文渊见他如此失虚,格外生疑,早猜透几分,冷笑一声道:"这两本文卷,贵房如说出他那一款不能中的道理,足见贵房衡赏,另具眼力。"说着,把祝、王二人的卷子取过,给与刘蕴看。刘蕴见是祝、王的卷子,愈觉心慌,口内支支吾吾的起来。胡文渊明知必有情弊,突然变色道:"贵房究竟是何居心?要请问明白,兄弟是要据实上奏的!"刘蕴急得没法,答应了几声"是",退了下来。晓得这件事已破,绕到自己身上,大为不便,转央出众同考官,向胡、熊二公求情,愿将祝、王二人卷子誊补出来了。胡文渊执意不行,要据实上奏,倒是熊桂森再三劝说。因刘先达与他同年,既然刘蕴愿誊补文卷,他也没趣已极,可以放他过去了。胡文渊方肯答应。评定了王兰为元,伯青为亚,择日放榜。

报到王兰处,高高中了第一名会元。洪鼎材十分欢喜,代女婿开发一切。伯青中了第二名会魁,汉槎三十五名进士,小儒中在五十名上。把江炳谦喜出非常——儿、婿皆中。众家贺喜纷纷,连梅仙也觉得意。择日众新进士殿试已毕,状元出在苏州;伯青点了探花,授职编修;王兰点了庶常;汉槎以主事归兵部试用;惟有小儒得了个榜下知县。各人分头参谒座师。见过了胡文渊,才知道闱中闹出这样大事,痛恨刘蕴,此番几乎伤在他手内。

刘蕴见祝、王二人得了科名,恐他们晓得闱中的事,要来寻事,他索性一不做,二不休,也不与刘先达商议,硬着头皮上了一折,道"国家取士,首重品学。若编修祝登云、庶吉士王兰,学问有余,品行不足。臣与彼等同籍金陵,见闻较确。彼等专以眠花宿柳、虐善欺良为能事。居乡若是,居朝更不可问矣!庙廊之上,焉容此病国蠹民之流?臣忝列言官,不得不据实直奏。若此二人,臣亦羞与同列"云云。

此折一上,早触恼了一人。云从龙闻得刘蕴在闱中把伯青、王兰卷子批抹了,要想误他们的科名;后来亏得胡文渊大搜遗卷,才昭雪了此事,心内大为不平。又闻得刘蕴上折奏参伯青、王兰,从龙也上了一折,说刘蕴倚着他父亲刘先达势力,居家许多不法;在场内如何把祝编修、王庶常的卷子批抹等情。旨下:"着胡文渊、熊桂森据实奏复,毋许徇庇。"胡、熊二人因事情重大,连着自己身上的干系;又因云从龙已直奏出来,不敢隐瞒,也顾不得刘先达的面子,只得将闱中情节一一复奏上去。天威震怒,说:"刘蕴以私废公,有负朝廷,着革职永不叙用。刘先达教子无方,着罢武英殿相事,降三级调用。祝登云、王兰虽系刘蕴趁隙发私,亦属咎有应得,着交掌院学士臣严加申饬,记大过一次。云从龙遇事敢言,着用鸿胪寺正卿,仍加三品衔。江炳谦推升武英殿大学士。李文俊升授协办大学士。熊桂森擢升吏部尚书。"

命下之日,把个刘先达气得发昏,将刘蕴唤到面前,痛责一顿,深恨生子不肖,连自己的相位都被他带累掉了。连夜押着他出京,不许片刻逗留。刘蕴也无颜见人,携了他的爱妾、家丁,赶回南京去了。刘先达原恨自己儿子,却也深恨云从龙奏参太甚,"我的面子多不留半点!"从此与姓云的大为不睦。伯青、王兰虽然无甚关碍,究竟交掌院申饬,也觉无趣,乘势请假回乡祭扫。江炳谦因拜了相,也命汉槎告假祭祖,以免他母亲挂念。云从龙与冯二郎也请给假回省。一时多准了,大众收拾出京。洪鼎材只得说明了,秋间将女儿送出京,同王兰完姻。陈小儒在吏部料理,除授了扬州府江都县,领了部文,也要收拾赴任。原想今科点入词林,不然亦可留京,以待下科,所以才将家眷带入都中;谁料得个榜下知县,又不能不挈眷而行,徒然往返,深为懊悔。所喜众人同来,仍然同去,沿途倒不寂寞。众同年纷纷替他们饯行,该辞的,该去的,整整闹了十余日,才得清闲。众人择定五月初七日起程。

端阳这一日,伯青备了席酒,邀了小儒等人至金梅仙家赏午。到了他家,梅仙迎众人入内。伯青道:"我们初七要动身了,今日特地到你家来赏午,借此可以谈谈。我们此次出去,不知下半年可能来京呢?"梅仙道:"我正欲代你们送行,今日反要你等自己备席来,难道我梅仙一席酒多备不起?今日东道算我的罢。"伯青道:"小癯未免太俗了!你我要算是心交知己,那里还分甚么彼此?明日你再请我们,不是一样么?"跟的人进来调开桌椅,众人挨次坐下。席间无非是些端阳即景的物件。

第九回　闹闱场害人反害己　护名葩全始复全终

酒过数巡，梅仙多吃了几杯，觉得热起来，把短褂脱去，露出淡秋葵夹纱比甲，衬着湖绿绮罗夹袄，越显得异常秀冶。起身先与伯青把盏，因脚下穿着藕色嵌云堆花蝴蝶履，出席时未曾立稳，一踌，半边身子歪在伯青怀内，两只手紧紧握住伯青手腕，生恐跌下来。伯青被他很吓了一跳，连忙用手将他扶住。梅仙笑着溜了伯青一眼，道："今日多喝了几盅，腿肚子都软了。若不是你扶住我，势必要借这地上躺一躺呢！"说罢，又抿住嘴笑个不止。伯青见他已有醉意，觉得他两只手伏在自己臂上，细致腻人，滑若棉絮。又见他俊眼眯斜，红生两颊，不由得心内荡了一荡，也笑道："你一跌事小，几乎把我昨日吃得酒多吓散了！"引得众人大笑。梅仙又敬了合席的酒，方才入座。伯青呆呆的凝思了一会，起身回敬了梅仙的酒，道："小癯，我有句话，早经要同你说了。我想你父母坟墓均在苏州，因为贫不自给，才进京唱戏的。近来你腰内也该积聚少许，何苦还恋着这生计？不如早点回去，料理料理，讨房妻小，接续祖宗血食，不枉当日父母生你一场。虽说半途失足，也可挽回于将来。你是个聪明人，谅想不用我细说。"众人齐声道"是"。

梅仙听了伯青一番话，不住点头，那腮边纷纷泪落，道："你这番话真乃金石之言，指我迷津。我岂不知这个生涯不能养老？我也是好人家子孙，因穷所使，难道就没有羞恶之心的么？只因我近年虽然积得若干，要说赎了自己身子，就不得余剩了；不赎身子，师父也不肯放我走。你想可难不难？我这火坑，不知那一年才跳得出？"说到此处，不禁哭了起来。伯青用帕代他拭泪，道："若说赎身一事，倒极容易，你师父不过要的是钱，不用你出一文半钞，我们大众各出若干，代你赎身，想你师父也不敢不依。"小儒等人道："我们情愿。但不知你师父要多少银子，方许你出师？"梅仙听了，心内着实感激众人，道："不能依我师父的贪心，说过要一千银子，才准我出师呢。"伯青道："一千银子不难，我们五个人，每分只派得二百两一人。明日你就对师父说，一面交银，一面出师。说定了，好后天一同起身，大家路上也有个伴儿，你断不能一个人出京的。"梅仙听了分外欣然，起身向众人谢了又谢。大众饭罢各散，临行又嘱咐梅仙早对他师父说明，"不可迟误，我们一定后天起程。"

众人散后，梅仙到他师父那边，把众人代他赎身、同他出京的话说了一遍。他师父摇头道："好轻巧事！我辛辛苦苦，将你教成个好手，原想多寻几宗银子，我后半世я想靠你呢！到了那个时候，自然许你出师。你此刻出了师，我本钱没有赚得着，是白吃一场辛苦了。若一定你要去，俗云：'心去意难留。'罢，罢！这几位阔大老爷、贵公子替你赎身，至少也要一万银子，我才够本呢，少是不行的。料想他们不能因我不许你出师，来寻事我；我也不怕的。"梅仙见他口风甚紧，又用了一套吓骗的工夫，道："师父不准我出师，我只好罢了。我只怨我罪没有受得足，是命中注定的，我也不怨师父。但是他们是一起贵公子的性情，既然一句话说出了口，断不肯就这么罢了。一时恼怒了他们，竟与你师父为难起来，你老人家虽说不怕他，难道一个堂堂首相的公子，一个是他女婿，以及通政司大堂的东床与现任鸿胪寺正卿，一齐设法收拾你师父不成么？我看师父见机而作的为是。就是我这几年，也替师父挣了若干，你老人家心要放在当中想想。"他师父被梅仙硬一句软一句，说了改过口来，定要三千银子。梅仙又与他讲了半会，好容易减到二千足数，万不能再少。

　　梅仙次日大早，套了车，到伯青处商议。伯青慨然应允，道："小儜不要心焦，既说过替你赎身，即如你师父咬定牙关，要一万银子，我也说不得这句话；何况只得二千银数，就难住我姓祝的不成？你坐一坐，带了去，好把事办清结了，还要收拾收拾——不过这半天耽搁了。"梅仙感激不尽。伯青取了张纸，写了几句，叫连儿到天成银号打两张银票来；又叫人摆饭，同梅仙对食。恰好小儒等人也过来，伯青说："他师父已许他赎身，要二千银子，我已叫连儿取银子去了。"众人齐声赞好，都代梅仙欢喜，从此可脱离苦海，由得自己。梅仙又称谢了众人。

　　少顷，连儿取票回来。伯青接过，看见一千一张，把两张票子递与梅仙，道："我不留你了，叫连儿同你去，交代清了你师父，就将行李各物搬到我这里来，明日好一齐登程。"梅仙答应，上了车；连儿跨了车沿，不多半会，到了他师父家。梅仙先下车入内。他师父知道连儿是祝府的家人，忙迎至里面，摆了茶果款待。梅仙取出银票，双手递过，道："徒弟蒙师父教育之恩，又不能图报，到底半路上撇下师父。今遵师父之命，向祝公子借了二千银子，作赎身之价。后日徒弟倘有出头之日，再为孝敬你老人家罢！"他师父接过票子，看了看，揣入怀内，向连儿道："小徒沐公子大恩，提

第九回　闹闹场害人反害己　护名葩全始复全终

出罗网。但有一件,小徒自幼性情不好,倘有冒犯公子之处,要望连二爷从中照应,我断无不放心的。"连儿道:"我家公子脾气是极宽厚的,待天下人都如家人父子一般,何况你家梅相公与公子甚为合式,你倒可以放心。好在你要的二千头到腰了,他就下火坑,你也可不问。这些假慈悲的话,你也不好不说几句,盖盖面子。"他师父听了,哈哈大笑道:"连二爷这几句话,未免把我太看低了!我师徒相处有五六年,纵然是假的,难道一二分真的多没得么?"说着,大家都笑了起来。连儿催促梅仙收拾,把行李装好在车子上。梅仙进去叩别师娘,出来又与师父作辞。他师父假意掉了数点泪,又嘱咐了一番。

梅仙同连儿上车,押着行装回来。下车入内,见小儒等人尚在书房与伯青闲话。见梅仙欢欢喜喜的进来,王兰道:"想你的事已交待清楚了,明日同我们出京,随你在苏州在南京,立个营业,娶房家室,重立金氏门户,也不枉伯青待你这一番美意。"梅仙道:"承祝公子天高地厚之恩,把我拔离苦海,非独我自己杀身难报,即我亡过父母,在九泉之下也衔恩不尽,我父母有灵,都要保佑公子昌前裕后。"伯青道:"小癯,不可如此说,些须小事,何足挂齿!你也是好出身,不过中途失足,犹可补过于将来。从此你我当以表字相称,才是正理。"梅仙道:"我愿终身执鞭随镫,伺候公子,犹以为未足,怎敢与公子抗衡,以字相称?梅仙宁死不敢遵命!"小儒道:"小癯不可执意。莫说你是好出身,即如南京那一班名妓,尚彼此以字相称。你若一定泥于俗见,连我都不愿同你说话。"王兰等人皆同声称是。梅仙被众人你一句,我一句,只得先告了罪,然后改口。伯青吩咐众家丁呼他为金大爷;又叫备酒,代梅仙贺喜,邀了梅仙平时相好的一班相公来作陪。席间猜枚行令,直饮到初更方散。

来日黎明,众人料理登程。伯青、汉槎辞别了江炳谦,王兰也到洪鼎材那边去了一回。小儒叫人押着各家行装,方夫人坐轿,带着官官、小姐先行出城,小儒等人又到众同年处走了一回。各家亲友纷纷在皇华亭候送。众人出了城,又见一班有名的相公也来送梅仙动身。大众谦逊了一会,各自回城,小儒等方开车起行。沿途无话。

又说到苏州那祝道生,在家也闹烦了,闻得南京名胜之地,借看他丈人为名,带了数名家丁陪着,买舟向南京来。走了三四日,已至南京,叫人担了行李，自己乘骑，直奔盐法道衙门。尤鼐闻得女婿到了，他又无儿子，这个女婿比亲生儿子还强，接入内衙，摆酒与他洗尘。席散，送至外书房歇宿。次日，祝道生也去拜了各处亲友，忙了数日才闲。

这日，跟着两名家丁，出了衙门，向秦淮河一路而来。道生到了南京，即打听那家相公出色。有人说到聂家姊妹等人，"可惜如今不接客了，他们立誓守着几个人呢。惟有新到的一个相公，叫林小黛，此人不亚似聂家姊妹。"祝道生听了，记住肚里。今日适值无事，意欲去找林小黛谈谈。到了桃叶渡，问明小黛住居，走进门内。早有伺候的人将道生引入正间坐下，送上茶来。里面走出一个垂发的幼女，年约十三四岁，向道生问了好，又问了姓氏，知道他是盐法道的女婿，忙亲自装烟与道生吸。道生问他名字，叫五儿，是小黛的妹子，倒还生得清秀。道生问："小黛那里去了？"五儿道："隔壁聂家请他下棋去了，晚饭后才回来呢。"道生道："我何妨也到聂家去？"五儿道："聂家姊妹不走人了，少爷一定要会我家姐姐，我叫人去接他。"道生道："那倒不必，我久闻聂家姊妹的名。难得你姐姐在那边，还是我去就教的好。虽是他家不走人，这不过是做作的话，高抬他的身价，你不要瞒我。"说着，立起身即行。五儿忙拦住道："少爷不要怪，真真不能去。倘然他家不招呼少爷，倒是我家不是了。"道生有了气，道："放屁！既然做个妓女，天下人皆去得，甚么叫做不走人？除非从良，才能说这句话呢！"推开五儿，往外就行。两名家丁也随了出来。五儿跟在后面，连声道："少爷请回，我把姐姐先接了回来说明，再到聂家不迟。"道生那里肯依，头也不回，出了小黛家大门，转了一个弯，到了篱前，见双扉紧闭，上前叩门。

里面二娘答应，开了门，问道："你是寻谁的？"道生见了二娘，好像那里会过的，一时想不起来，也不回答，挤进门内，直朝里面走。二娘怒道："你这个人太无礼！不问皂白，向人家内里跑，可不是胡话！"二娘开口说话，道生听得声音，猛然想起玄妙观的事，不由得怒从心起，脚下的步子越发走得快。转过正间，恰好慧珠与小黛对坐下棋，旁立洛珠、小凤、小怜观阵。道生认得慧珠姊妹，回嗔作喜，满面堆下笑来，上前作揖，道："小生何幸，今日得睹诸卿！犹记玄妙观中那样铮铮的口气，言犹在耳，何以一到南京，就改变了？"

第九回　闹闹场害人反害己　护名葩全始复全终

　　慧珠正在凝想，忽见对面来了几个生客，心内早吃了一惊；又认得是玄妙观会过那个姓祝的，正欲起身回避，又听得他口内提及前事，皆是嘲笑的话，不禁满面绯红，气得瘫在椅上，脸都变了色。洛珠听了，也气得要死，发作道："外面的人都是不管事的？怎么外人走到内里来都不拦住？他那里来的这种冒失鬼？人家内眷在此，不知进退，嘴里糊里糊涂的，不知道说些甚么，晓得是好人不是好人？还不把他撵出去！"二娘也跟了进来，扯住道生的袖子往外就推，道："你这个人多分是个疯子，怎么走路走到人家内眷的所在来？我们是省事的，不然，叫起地方，要当做白日撞办的！快点出去罢！"

　　道生本有点气，又听得他们这一番话，不由得七窍烟生，顺手把二娘一个嘴巴，打得跄了多远，指着慧珠等骂道："该死的娼根！放肆的花娘！前次在苏州挺撞我少爷，后来你等去了，我少爷未忍究办你们。今番到了南京，谁不知道你家是个行户？我少爷宽宏大度，不记前恶，高兴来访你们谈谈，也算十二分体面你们，又挺撞我起来。难道你等是瞎的，认不得太岁？着实可恶！到底仗着谁的势力？你家是条龙，我也要扳只角；是只虎，我也要敲几个牙！"说着，拉起衣袖，向洛珠就打。

　　众人起初见他来意不善，早离了座位；又见他来势凶猛，意将用武，一齐跑入里面去了。道生怒冲牛斗，把桌椅物件打个罄尽，口内骂不绝声。两名家丁也帮着打骂。二娘在旁边，见打损物件太多，肉疼之至，也顾不了许多，奔上来一把揪住道生胸前，道："你好端端打到良户人家来，该当何罪？与你到上元县评理去！我这老命不要了，与你这小杂种拼掉了罢！"一拳夹胸撞到。两名家丁赶忙挡住，又被道生乘势推了一跤，头上的油皮碰破了一块。二娘在地上乱滚乱喊叫："地方救命，强盗打死人了！"又把血涂了一脸，头发乱披在肩上，像活鬼一般。早惊动邻人，走了过来，问明情由，做好做歹，将道生劝住。道生骂不住口道："你这老娼根！小花娘！仔细着，多教你们试验试验我祝少爷的手段！"气汹汹，带着两名家丁大踏步去了。

　　这里众人扶起二娘。慧珠等见来人已去，方敢走出。王氏也随了出来。二娘坐在地上大哭大骂，拍手打掌道："这个姓祝的，不是今世冤家，定是前世对头！在苏州受了他一顿恶气，如今又赶到南京来寻事我们，这是那里说起？我家不走人已几个月了，他怎么知道？多分是些嚼舌根害嘴疗指使来的！"

忽见五儿走进来，见众人如此光景，晓得是那姓祝的闹过了，将他姐姐扭过一旁，一五一十的说了一遍。小黛方才明白，反觉自己对不过他家，不是为寻他而来，也不致闹成这个样儿，苦苦的劝住了二娘。邻人说道："二奶奶，你是个老手，就不该同他闹。俗说道：'哄死人，不偿命。'你既在苏州会过这姓祝的，晓得他不是个好惹的人，既到了你家，断不肯善自走出去。何妨敷衍几句，将这瘟神送出门，就没有事了。若怕他下次再来，慢慢的设法治他。何苦淘这场恶气？你想一想，他受了你们辱骂，虽然打了一顿，他心内未必干休。闻得他是盐法道尤大人的女婿，要寻你家讹头，也不难。在我们看，三五日内，定有是非的。"你一句，我一句，把二娘说了害怕起来，自己反悔不迭："大不该同他们斗气，好好的敷衍他出门，他也无可如何。倘然闹出旁支的事情来，祝、王等人又远在京都，那个代我家支持？岂不是要吃他的现亏么？"王氏、慧珠等人想了也怕起来，又不好埋怨二娘，面面相觑，不发一言，众人心内都怀着一个鬼胎。邻人等见他家没事，各散回去。二娘叫人把打碎的物件搬去一旁。小黛同了五儿也回家去。二娘又托人探访祝道生回衙如何处置。

一日，慧珠等正在房内闲话，见外面送进一封信来。拆开看时，知道祝、王等人已抵京师，沿途平安；又闻云从龙立了战功，不日班师回京。小凤格外得意。又过了一日，买一本《题名录》来，见他们多中了进士，慧珠等无不欢喜。随后又知道伯青点了探花，王兰等人皆得了科第，喜得众人眉开眼笑，连二娘同王氏也得意非常："有了这种大靠背，料想人也不敢欺负我家了。"慧珠等专盼他们回乡祭省。

这日清晨，二娘坐在堂前，看人打扫。忽见恶狠狠的走进几个人来，不由分说，一铁绳把二娘头颈套住。打扫的人吓得飞跑至后面，报信与王氏等人去了。

不知这来的究系何人，二娘所犯何事，且看下回分解。

第 十 回

狐假虎威狐谋终逊　石出水落石性常坚

话说宋二娘被来人一铁绳锁住，那打扫的人见来人公差打扮，情知出了事端，急忙跑到后面。见慧珠、小凤坐在窗前梳头，王氏一旁闲话。那人对着王氏摇手道："不……不好了！二老太……太被套住了！"王氏见来人气喘吁吁，满头大汗，就吓了一跳，忙道："二老太怎样？"那人摇头道："被套住了！"王氏摸不清头尾，只听得来人说"套住"二字，向那人脸上啐了一口，道："滚你娘的蛋！甚么事大惊小怪？又不知说的那一家话，多分被你妈的东西套住了！"倒是慧珠心内明白，又见来人仓皇失措，定然出了大事，母亲错怪他了。忙止住王氏，叫来人不必着急，有话慢慢的说。那人停了片刻，道："太太不要骂我，二老太在前面看我们扫地，忽然走进几个人来，似公人打扮，也不问清白，取出一根铁绳，把二老太锁起。我吓得赶紧送信来的，太太倒骂起我来，真正屈煞了人！"王氏听完，吓得面如土色，道："不知我家又犯下甚么事了？"话未说完，外厢早拍桌敲台，大闹不止。王氏硬着头皮急急的走出，慧珠、小凤随了出来。洛珠、小怜从睡梦中惊起，同到门边，窃听动静。王氏至前面，果见几个公差将二娘锁住，坐在椅子上，大声道："好大个娼家！官的公件都不睬，难道躲着不见面就罢了，还要我们搜捉么？"王氏向众人道："诸位爷是那座衙门里来的？"内中一个老年公人道："你是甚么人，来问我们的事？"王氏道："我是他家亲眷，所以走出来问一声，请诸位说个明白。"那公差道："你听清楚了！我们是江宁县里来的，奉了盐法道尤大人密谕，说你家窝屯流娼，引诱子弟，伤我家大爷，立提宋二娘、聂慧珠、聂洛珠到案讯办。现有朱签在此，快把两名小娼妇交出来，万事皆休，不然，就是你这亲眷，也可带去问一堂。"王氏笑道："不过说他家窝屯娼妓，我只道犯了九族全诛的罪，才要带累我们亲眷呢。不瞒列公说，聂家姊妹前两日动身到镇江烧香去了，大约有几天才回来。诸位急了也没用；若不相信，请到里面搜一搜。"慧珠听到此处，连忙同了小凤等人开了后门，到林小黛家暂避。

众公差道："放屁的话！就是真烧香，也要专人去叫他们赶紧回来投案；不然，我们也不好回去销差。"王氏听众人口角稍松，到后面封了四十两银子，送与众人，做个茶资，准于三日后赴案。众人做好做歹，方才应允起身，叫了乘轿子来，与二娘坐，到县里去。王氏对二娘道："宋奶奶，料想你是不能不去的，家中各事，我代你照应。好在等他们到了案，才能提讯。你去罢，我随后叫人送衣服、铺盖到官寓里来。"二娘气得直挺挺的坐在椅上，闭着眼，连口多不开，听了王氏的话，点点头。众人把二娘拉拉扯扯的拖到轿子里，将铁绳缚在杠上，押着轿，如飞的去了。到了衙门，先将二娘送至官寓，然后回明本官："聂家具限三日，交慧珠、洛珠到案；现在镇江烧香去了。"

这里王氏见众差已去，寻至林家，将上项事对慧珠等说了。慧珠急得痛哭，道："若上了堂，定是要受羞辱的。不如先寻个短见，倒干净，免得出乖露丑。"洛珠也要寻死。小凤劝道："姐姐、妹子，不是这样说法。俗云：'兵来将挡，水来土掩。'他说我家窝屯引诱，有何实据？就是输，到底也要辩白一场，断不能束手待毙。大家定定头绪，要商量个主见，三日后如何办理，也不能把二奶奶一个人丢在那里吃官司。"王氏道："蒋姑娘此话很在理。但是三日后又要来提人的，却怎样去发付他？"小凤道："一时也想不出个主意来，你老人家先把衣服、铺盖送与二奶奶，还要带几两银子去安排各费，人才不吃苦呢。"王氏点头称是，忙将二娘各物检点，又封了五十两散碎银子，叫人送到官寓，嘱咐二娘放心，"我们都要想个善策，同他打官司呢。"林小黛也帮同他们筹画，议论纷纷，一时难定。谁知来了几个救星，又闹出一场大是非来。

却说陈小儒等人出京，沿途趱行，到了王营，弃车登船。走了三天，是日已抵南京码头。小儒与汉槎商议，仍将家眷暂为借住几日，领了凭，即行挈眷赴任。船泊了岸，汉槎先着家丁回府送信。方夫人坐了大轿，随后小儒、汉槎也坐轿，齐向三山街而来。伯青、王兰亦各自回家。云从龙封了一所公馆，与二郎暂住，再议回乡之行。梅仙也只得住在从龙公馆内。

那边王氏等人筹画了两日，毫无一策，急得走投无路。慧珠、洛珠只想寻死。倒是小怜想起个主见来，道："我们这件事情，差不多的人，听得是盐法道里的访单，断不敢干预。此事须要找个大头脑的路，才压得住

第十回　狐假虎威狐谋终逊　石出水落石性常坚

他。我想江老夫人是个阿弥陀佛的人,也看见过我们的,若去求他缓颊,不怕他盐法道、江宁县不敢不依;何况江老大人现居相位,子骞又点了主事,只恐南京城内缙绅要推他家第一了。"慧珠听了,即催着王氏去走一遭。王氏也觉得只有这一条路可走,乘坐小轿,到了江府门前。见无数行装歇在门外,落后一顶大轿,垂帘子进去了。王氏下轿,到门房里。正待要问,见匆匆的走进几名家丁,道:"少爷回来了。"众家丁齐出来排班迎接。

　　王氏也在人背后观望,见两乘大轿,到了仪门外丢肩,走出两个人来,皆是衣冠济济。王氏认得为首的是小儒,随后是汉槎,二人谦逊入内。王氏这一喜,如获至宝,想道:"他们既然回来,祝、王二人必定同回。我这件事有了靠背,不怕的了!"重新走进门房,早见双福在里面与人说话。王氏上前,执手问好。双福道:"我们才到家,你就知道,真正你的耳朵长着呢!"王氏满面堆笑道:"晓得双二爷今日回来,特地过来请安的。双二爷,如今好了,陈老爷到了任,你还怕不是一位簇新鲜的门公么?"双福笑道:"聂奶奶,别要同我开心,你今日来,断不是没有事的!你家两位姑娘好么?"王氏叹口气,道:"双二爷,再不要提起!只恨我家时运不济,又闹出事来,特来求你家老爷与江少老爷的。"双福道:"我不信你这句鬼话。你何以晓得我家老爷今日回来?又是甚么人欺了你家?"王氏道:"实不相瞒,是来求江老太太的。难得你老爷与江少爷回来,好极了!若论我家的事,说也话长,请你二爷先回一声。"

　　双福领了王氏来至书房,见小儒、汉槎换了便服,对坐闲话。双福近前一步,垂着手回道:"外面聂奶奶要见老爷,说有话说。"小儒笑道:"他们怎就知道我们回来?神极了!叫他进来。"王氏站在窗外,听得小儒叫他进去,忙入内给小儒、汉槎请安。小儒命双福摆了张杌子,叫他坐了。王氏道:"老爷们高中,奉旨还乡,我特来叩喜的。"小儒道:"畹秀等可好?"王氏答应了好,又替他们请了安,王氏才细细把祝道生如何在他家闹事、他丈人尤鼐如何送了访案的话说明:"今日求老爷们,还要看我女儿等面上,向江宁县说个情分。"汉槎接口道:"这江宁县姓吴,是我家老大人的门生,向他讨个情分也不难,但是要将尤鼐那边说明了,方可无事。"小儒道:"我有个主见,子骞先给他个片子,暂缓提追,再设法去会尤鼐,我看最妙。

这件事要伯青去拜尤鼐,他平日有来往的,我们去不好开口。"汉槎称善,叫人取张片子,给与王氏。王氏再三道谢,告辞退出,赶紧回到家中。先着人送汉槎片子到县里去缓提,自己仍坐轿,直至祝府。到了府前下轿,见门前大为热闹,门额上"探花及第"匾额,门外两根旗杆,来来往往的人络绎不绝。王氏寻着连儿,请他回明。伯青叫了王氏入内,先问了慧珠等人可好,然后王氏把前事说了一遍。伯青道:"我定于明日去拜盐法道,你叫畹秀放心,断不使他们吃亏出丑;那怕姓祝的三头六臂,都有我去抵挡。他不过仗着他丈人尤鼐的势力,一个盐法道,也吓不倒人。我迟几天还要接畹秀等人来谈谈,这几日却没有工夫。我目下非比从前,可以自由自便,谅畹秀也不怪我。"

王氏称谢不已,坐了坐,方告辞回家,把伯青的话对慧珠说了。慧珠等人大为欢喜。小凤道:"到底畹姐夫情重,如今又是个新贵人,这点小事,还值得他办么?"慧珠瞅了一眼,低下头去。洛珠道:"你是没有出事,若出了事,难道一个鸿胪寺正卿,不及那探花么?"小凤道:"好呀!你咒我出事,想必你才畅快呢!我看不必争论尊卑,就是甚么庶常、主事等类,多是京官,不分大小的。"小怜笑道:"好好的,又把我拖上了,真是个疯狗,会乱咬人!"小凤用手羞小怜道:"我也不曾说你,不过说了子骞一声,你就护的来了!"小怜羞得满面绯红,起身走出,道:"好话到了你们嘴里,都要说坏了。天生的刻薄,没有法想。"一径回后去了。这里慧珠等人安心等伯青的佳音。

伯青次日吩咐外面备轿,拜会盐法道去。到了衙门,投进拜帖,两边大吹大擂,三声炮响,开了中门,轿子直到暖阁下肩。尤鼐公服降阶相迎,两人挽手进内,见礼入座。尤鼐道:"老世兄,报到之日,兄弟亲至老大人前道喜,老大人近年精神又格外康强了。将来世兄云程万里,未可臆度,可羡可贺!"伯青欠身,连称不敢,道:"治生沐老公祖洪福,侥幸一第,何足挂齿?忝居治下,尚望时赐训诲,实出万幸。"

彼此谦逊了一回,伯青起身,深深一躬,道:"治生有件小事,特来奉求老公祖。说起来治生惭愧,要望老公祖包容。"尤鼐急忙答礼,道:"你我通家世好,有事都可商酌,请坐。"伯青又打了一躬,把聂家求他的话细说:"如今只要令婿答应不追,他家情愿赔礼;而且令婿打碎他家若干物件,他

第十回　狐假虎威狐谋终逊　石出水落石性常坚

自认晦气；即临时，亦未尝得罪令婿。"伯青话方说完，尤鼐突然作色，淡笑了声，道："世兄所言，令人不解。世兄身列清贵之班，合城景仰，怎么代一个娼家讨起情来？何况禁止流妓，乃江宁县应办之事，于兄弟何干？若说小婿，终日在署读书，冀图寸进，从不在外闲游生事。世兄不知听了谁人的话，说是兄弟这里送访的，我连影儿都不晓得。"说着，举起茶杯，请伯青用茶。伯青被尤鼐一顿抢白，脸上又羞又愧，心里火直透出顶门十丈；却又不好发作，放下茶杯，即起身告辞。尤鼐送出暖阁方回。

　　伯青回至府中，气得口都不能开，又满允了王氏，不料尤鼐这老畜生脸打得高高的。左思右想，毫无一策，叫连儿去请云从龙来商议。少停，从龙已至，伯青把前事说了一遍。从龙道："此事何难之有？若是我，还不给脸与尤鼐呢！你今日即打发人到县里去，单要二娘，料想县里也抗不住；随后把慧珠等人多接到我公馆里去，就是总督要提他们，也无可如何。这些不识好歹的人，都要给他个硬行，倒反没事。"伯青大喜，叫了连儿进来，吩咐他到县里去，若何办法。

　　连儿持了名片，骑了马，直向江宁县衙门。到了号房，把伯青吩咐的话说与他，请他上去回声。号房见是祝府来的，不敢怠慢，连忙入内，回明来意。江宁县吴公大为踌躇，昨日江府来说暂且缓追，今日祝府又来要人。不交与他，眼见要得罪了姓祝的，而且江与祝是至亲，既得罪祝姓，即得罪了江姓；若交与他，怕盐法道要起人来，却如何说法？心内犹疑不决。想了半会，道："我把人交代他，叫他做保领去。倘然尤大人一定追问，好在有个姓祝的可推，岂不是三处皆不得罪？"想定主见，吩咐号房，传话原差："把宋氏交代祝府家人，但要祝府家人具个保结上来。再取我的名片，转请祝大老爷安。"号房答应，退出房。原差唤至，将二娘交代连儿。连儿具了张领结与他，叫乘小轿，送二娘回家。

　　连儿到了府中，从龙尚在书房等信。连儿一一回明。从龙随即着连儿到聂家去，"叫他家收拾，搬到我公馆里去。迟则怕盐法道里又起别的风波。"连儿复又骑马至聂家，见众人正围着二娘问长问短。王氏见了连儿，千恩万谢。连儿道："不必说闲话，你们快些收拾，搬到云大人公馆里去，住个十朝半月，再回家来。"二娘同王氏也怕祝道生重来寻闹，难得从龙好意，即叫众人料理一切细软箱笼，多雇了几名担夫，又叫了几顶小轿。

林小黛亦怕事由他起，寻不着姓聂的，寻他姓林的出气，亲自过来，与慧珠商酌，要随他们同行。慧珠满口应允，也叫小黛收拾，同着穆氏一路向云从龙公馆里来。从龙早将后花园内扫除了两进，让他们居住。冯二郎是初次识荆，见个个如花似玉，赞赏不已。晓得慧珠等人皆各有主，惟有小黛不是他们的人，觉得小黛修短得中，纤秾合度，犹比众人出色。

单说尤鼐送出伯青，回身即叫人请到祝道生，说伯青与聂家求情的话，道："贤婿，你看祝编修可算冒失极了，怎么与娼家讨起情来？而且又暗指着贤婿生事，并不怪姓聂的。被我抢白了几句，想他也无颜再来求情。索性到县里催他速提到案，勿徇半点情面，看祝编修设个甚么法则出来？"道生连声应是。尤鼐吩咐家人持帖往县里催案，不许稍延。

少顷，家人回来道："早一刻，祝府已遣人保了宋二娘回去。家人即到聂家访问。谁知宋二娘回了家，当时把几个相公，连那个姓林的，一齐搬到祝府去了。"尤鼐听毕，这一气非同小可，拍案大骂道："好大个编修！敢藐视国家法制，侮弄地方官员，派款甚么罪？你把聂姓接了家去，不过仗着人不敢去问你要人。我拼这个官不干了，与你斗斗手！"立刻传话伺候，去面见制军，陈诉此事。原来这制军姓张，是个广东人，性如烈火。听了尤鼐的话，即差了四名旗牌，又给了一支令箭，立往祝府提聂家人众，赴辕究办。

旗牌到了祝府，先至门房，将来意说了。祝安很吃了一惊，连忙入内，见伯青同从龙对坐着棋。祝安道："制台衙门来了一支令箭、四名旗牌，说少爷把要犯宋二娘等藏匿府内，立刻提到案。还有几句不逊的话，说少爷是官绅门第，不应藏匿娼家。"伯青听罢，脸多气青了，叫："把制台的旗牌唤进来，我当面吩咐他。"少顷，祝安将四个旗牌官带进，见伯青请了安。伯青道："你家大人提姓聂的，我却不问，怎么说藏在我府里？是谁的见证？这不是糊涂极了！还用令箭飞提，倒要请问他，我家犯了甚么王法？"旗牌道："小官等也不知底细。适才盐法道来禀见，说聂姓窝屯流妓，引诱子弟，已将宋二娘送江宁县究治，今早大老爷这边着人保了出去。传了江宁县来，也是这样说。又闻得聂家全行逃走，风闻避在大老爷府里；即不然，人是大老爷保出来的，总该知道下落。说明了，待小官等去亲提。"

伯青听了，知道是尤鼐面禀制台的；又听旗牌的话甚抗，格外生气，

第十回　狐假虎威狐谋终逊　石出水落石性常坚

道："放屁！人是我遣人保出来的，他家走了，难道还派我交人么？聂家犯了甚么法？又不是朝廷钦犯！他是我家管田的庄头，清清白白人家。尤鼐的女婿硬行闯到他家，调戏他女儿，人家倒饶了他，他反打损若干物件，又诬指人家为窝娼，送县究办。也有这种糊涂江宁县，提了人去；又有你家个糊涂大人，不问曲直，乱出令箭提人。试问令箭可能轻易提人的？可该死不该死？外面人在那里？"窗外一声答应，走进五六名家丁。伯青道："我这地方，能容这些人胡言乱道么？把他令箭抓下来，一齐撵他们出去！"众家丁先在窗外听得旗牌挺撞主人，个个不服；闻主人吩咐，大众卷衣拉袖，上前把令箭夺过，一阵巴掌拳头，夹耳连腮，将四个旗牌带推带打，撵出门去。伯青犹是怒气不息。从龙道："论理实在可恶，但是糟蹋了旗牌，制军必不肯干休；又闻这张制军不甚讲礼，他竟可归奏案办理，岂不是事闹大了么？所幸令箭取下，他无故乱用令箭，也有处分。你可着人到制台衙门左左探听，如他发了手，我们再作计议。"伯青一时之气，推出旗牌，此时回想过来，也觉得自己太鲁莽了。忙叫连儿火速去访问消息。

却说四名旗牌被打了出来，令箭又被夺去，抱头鼠窜，回至本衙，哭诉制军。张公不听犹可，听了顿时七窍烟生，暴跳如雷，大骂道："了不得！了不得！不过是个编修，居然敢打我的旗牌，又抢我的令箭！不遵王法已极，怪不得尤鼐受他的气！我就把这件事归奏案参办，看他可吃得起？"叫人知会盐法道，谕令江宁县，把细文申详上来；又叫祝道生在县里遣属补张呈词，以备日后稽核。即连夜照江宁详请的原案，以及殴打旗牌、强夺公件等情奏明，请旨查办。次日五鼓，奏折起行。

连儿访问的实，飞风回来，说知前后原由。伯青大大吃了一惊，不料张公竟决裂至此，认真归了奏案，自己功名怕的有碍。忙请了从龙来商议。从龙道："事已如此，只好硬着头皮去碰。你连夜发封禀启到令岳江老大人，请他从中斡旋；再具张呈词，连夺下的令箭，赶赴苏州，投禀抚宪衙门，请他代剖曲直。朝廷自有公论。难道只许他一人说么？"伯青此时毫无主见，惟有依着从龙的话，一面专差进京，一面叫连儿到苏州递禀。

却说这苏抚姓王名立身，与伯青有两重世谊，为人极有肝胆。接着伯青的禀词，颇为不平，道："张公未免太执偏见，岂可听信尤鼐一面之词，糊里糊涂，动起奏折来？何况除了朝廷钦犯与紧急公事，概不得擅用令箭；

就是祝编修窝藏流妓，也不能用令箭提他。不是胡闹吗？祝编修既然具禀前来，我只得据其来意，也上一折，听上意酌夺便了。"

且说张制台的奏折先到了京中，天颜甚为不怿，旨下：交部议处。刘先达得知此事，上下贿通关节，要办伯青大大个处分。隔了一日，部议："编修祝登云匿妓藐法，有忝儒林。先行革职，着该地方督抚锁押来京，交部审实，严加议处。"刚刚旨下之日，伯青的禀启已到，江炳谦见了来书，甚为烦恼。欲待不管，又因是自己的女婿。没奈何，请了部属各官到私第内，把前项事说知各官，托他们留点情面。各官踌躇半会，道："部议已复，上谕已发，业经已成之局，万不能挽回。既然中堂吩咐，司员等只好暗中为力。待令婿到京，问明曲直，再行设法。最妙此时有个旁人，代令婿分剖一声，那就好办了。"江炳谦听各官所言有理，也不能勉强，只得说了几句拜托的话。

各官告辞散后，恰好苏抚奏折已到，说："聂姓本祝编修之佃户，祝道生误认娼妓之家，硬行入内，彼此口角。道生喝令痛打，聂姓畏势他徙。道生复诬指聂姓避入祝编修家，唆出妻父盐法道尤鼐，诳禀督臣张某；而该督即令旗牌持令箭往搜。祝编修一时不合，殴打旗牌，夺下令箭，当即遣属具禀，赴臣衙门控告，并将令箭一支附呈。因该督张某此件已归奏案，臣未敢擅问，而亦未明孰直孰曲，理宜具折请旨核夺。"此折一上，旨下仍交部议。各官因江公重托，乃议复道："既据苏抚王立身折奏各情未知孰实，即着该抚臣提齐人证，审明入奏施行。该编修祝某着先行赴苏质审，毋庸来京。"命下："着如部议。"即谕苏抚凭公审明，毋得袒庇。江公得了此信，方才放心。又发了私函，托苏抚推情。刘先达知道江公做了手脚，也不便十分挑剔，自己是个失宠的人，怕累到身上来，心内却痛恨王立身庇护祝登云。

那伯青自发了两处公件，京中的回信未知准否，虽蒙苏抚应允代他复奏，终不卜上意如何，不觉忧形于色；况且归奏案的事，闹出来合城皆知。祝公虽说足不出户，过了几日，早传到他耳内，十分惊恐，把伯青唤到面前，痛训一顿，又气又惜：气的是儿子不循正务，为一个娼妓，连功名多不顾，好容易一第成名，他却视同敝屣；惜的是儿子为人向来心高气傲，狂放不羁，自幼父母钟爱，连气都未曾呵过一口，若受了这场闷气，要急出别的

第十回　狐假虎威狐谋终逊　石出水落石性常坚

事情来。伯青受训,俯首无言,心内痛自追悔,不该一时小不忍耐,既误了自己功名,又贻亲忧,从此难逃世人公论。祝公见他脸上一红一白,神色嗒丧,又动了怜惜之心,叹口气将伯青喝过。回到上房,说知祝老夫人,把个祝老夫人吓得坐立不安。琼珍小姐也替哥哥担忧。伯青退入书房,自己纳闷。忽见小儒进来,说部文已缴,刻已领了藩凭,择于后日起身,封了几号大船,挈眷而行。王兰等人轮流祖饯,伯青也勉强同他们聚了几日。小儒先打发人到扬州投递红谕,随后自己赴任去了。

一日,伯青奉到苏抚来文,提案内一干人证到苏质审,明白复奏。心内又喜又愧:喜的苏抚所奏已准,明虽质审,不过遮掩耳目而已;愧的自己功名革去,"在我原无足轻重,不免父母心内有些难过。好容易望子成名,轻飘飘一朝就丢掉了,父母之心,何以能慰?"忙起身入内,婉言禀明祝公。祝公听了,稍解愁肠。

伯青又往从龙公馆内,送信与慧珠姊妹及宋二娘,叫他们收拾赴苏候审。慧珠、洛珠急得要死,平生未见官府之面,此次出乖露丑倒也罢了,又闻得要到抚台衙门审问,每闻人说抚台衙署威风凛凛,令人胆落,真是出生入死的地方,到了堂上,怎样说得出话来?不如死了倒干净。被伯青、从龙再三劝说,"包管到了苏州,断没苦吃,但放宽心。若是死了,颇见我们情虚,而且也不值得。"慧珠等无奈,只得应允了,心内终觉忐忐忑忑的。

祝道生一得了此信,忙与尤鼐商议这件事。明知苏抚帮了伯青的忙,自古钱可通神,索性备了几千银子,先打发人送到苏抚处,托他暗中助力;随后也只得动身,到苏州候审。抚军王公接到道生的银子,笑道:"这畜生自知理屈,却先以贿赂通我。不如收了他的,再作计较。"这里伯青等人一起一起的到齐,从龙、王兰也同到苏州候信,都在衙门附近住下。里面挂出牌来,次日早堂听审。

到了次日,伯青等坐了轿,齐赴衙门。听得点鼓奏乐,两旁吆喝,抚台升坐大堂。先将伯青传上,问了前后情节;又把二娘等唤上细问。见慧珠、洛珠出落非凡,断非祝府佃户之女,心内早已明白。再将道生传上,问道:"无论聂家是祝府佃户,是娼家,你无故打到他屋内,又怂出你丈人尤鼐,送县究办。地方上事,与你何干?逐娼驱妓,自有地方官承问,你好为多事一层,难逃其责。聂姓惧你声势搬逃,也可罢了,又唤你丈人,禀知制台,以致闹出打旗牌、夺令箭的事来。你既身列儒林,理应闭户读书、以图上进才是。"一席话把祝道生问得哑口无言,心内着急道:"这老儿既收了我银子,如何又这样问法?"想了半会,回道:"多事一节,副贡生自知理屈;但祝编修匿娼侮公,也有应得罪名。"二娘爬了几步,叩头道:"大人明见。小妇人家实系祝府佃户,人人皆知。这祝道生在大人台下,仍然一口咬定是娼家,要求大人做主,代小妇人洗个清白。祝道生诬良为贱,亦该有罪。"抚台哈哈大笑道:"祝副榜认了多事;祝编修侮公一事,也是有的。至于娼家不娼家,本部院毋须细究。你们都候复奏便了。"即令众人退下。

抚台退了堂,将所审各词汇入奏折,请旨定夺。忽见外面投帖进来,道:"鸿胪寺云大人拜会。"抚台忙命升炮开门,迎至二堂,彼此见礼入座,各叙了寒暄。从龙欠身道:"晚生请假回河南祭扫,道过南京,闻得祝编修一事。其聂姓委系祝府佃户,因生得两个女儿颇有几分姿色,所以搬到城内居住者,意在觅个好人家匹配。不料副贡生祝道生认做娼妓,硬行至他家调戏,又行凶打毁多物。聂姓气极,与他争闹有之。祝道生即唆怂他丈人尤鼐送县究办。聂姓是个小民,自然畏惧躲避。尤鼐又禀了张制军,反闹出若干枝节事件。祝编修一时失于检点,夺取公件,殴辱差官,咎固难辞;然而祝道生以良作贱,尤鼐听信一面之词,轻举妄动,亦属咎无可宥。今日晚生闻老大人讯办得中,不胜佩服。"抚台道:"在田先生目击斯事,定系确切。小弟已将他们所供言词入奏,请旨定夺。在小弟愚见,祝编修的功名难保了,除此而外,毫无关碍。碰他们大众的造化罢。"

又说了一会闲话,从龙方告辞回寓,将抚台的话对伯青说知。慧珠泫然道:"为我家事,反累却伯青功名诖误,叫我有何面目再见世人?"伯青慨然道:"畹秀此言差矣!士为知己死,女为悦己容。你家的事,譬如我的事一样。人生遇着知己,就将性命拼与他,也是值得的;而且人生得失,自有定数,大丈夫死且不惜,何况一些微名?畹秀切不可存此意见。"从龙点首道:"好在明岁太后万寿之期,伯青的功名,恭遇覃恩,尚有指望;不过暂为抱屈。想伯青平时是个旷达人,好个得失有数,真至论也!"

众人耽搁了数日,抚军批折已回"据该抚复奏属实,副榜祝道生以良作贱,而盐法道尤鼐复听信伊婿谗言,不问真伪,擅自送县究办,均属以势凌人。尤鼐着即革职离任。祝道生着革去副榜,押令回籍。江宁知县吴

第十回　狐假虎威狐谋终逊　石出水落石性常坚

福,只知逢迎上司,有忝临民重任,着以县丞降补。编修祝登云擅打旗牌,夺取令箭,鲁莽从事,目无法纪,着即革职。两江总督张彬遇事刚愎,糊涂已极,着加恩原品休致。聂慧珠等虽非娼妓,亦属冶容诲淫,着地方官即行驱逐出境"等云。抚台又把一干人证提案复讯了一堂,各自释放。伯青亲赴抚台处道谢。他因事已结清,慧珠等安然无恙,自己的功名虽去,倒反坦然。又邀着众人在苏州游玩了几日,才一齐买棹回来。

尤鼐得了信,气得发昏,交代了新任,连夜带着他女婿回苏州去了。制军与江宁县也各自交代清楚。伯青与慧珠商议道:"南京你们是不能住了,怕有人出首你们,反为不便。我想小儒在扬州做官,倒不如搬到扬州去住。一则是你们旧游之所,二则小儒也好照应你们。"慧珠亦愿意到扬州去。小凤、小怜不愿同行,把小黛接了过来,一同居住。伯青与慧珠约定深秋定到扬州会晤。王兰亦与洛珠言定,偕伯青同来。众人又宴聚了数日,慧珠等收拾登程,伯青、王兰直送到十里之外,犹恋恋不舍。反是慧珠等逼着他们回城,各各洒泪分手。祝公因儿子功名失意,不好十分埋怨他;又怕他烦恼,惟有早早代他完姻,择定九月,两家迎娶。暂且不提。

却说冯二郎本欲回常州一行,自从见了小黛,时时记挂在心,无事即往小黛家谈谈,彼此甚为合契。这日已是六月十二,正是小黛的生日,二郎预为备了一席丰盛酒肴,送至小黛家内;又请了伯青等人与小黛做寿;又亲自去约定小黛。

未知小黛若何,且看下回分解。

第 十 一 回

庆寿筵醉绾同心结　闹喜酒争补洞房诗

话说六月十二乃是林小黛的生日。及期，二郎备了一桌盛席送去，早早约定伯青等人，又亲自到小黛家说明，又请小凤、小怜作陪。早间，众人陆续齐至。小黛打扮得十分齐整，先向伯青等谢了，然后众人方与他拜寿。小黛道："今日贱辰，蒙楚卿美意相招，又承诸位辱临，我何克当？欲要推却，又恐楚卿怪我不懂人事。"王兰笑道："翠鬘这些话还是说给我们听，还是说与楚卿听？若论楚卿，理应替你做寿，你无庸谦辞，就是我们大众，亦应各尽寸情，若非楚卿首倡此行，我们却不敢擅专。难得楚卿今日请你，我们明日即依例而行，轮流作个东道，你却不可不扰，不能独厚楚卿而薄我辈。我所以说你谦辞，是白说的了。"小黛笑道："你们大家听这张油嘴，翻过来，覆过去，都是他有理，而且还取笑人。柔云姐姐才去了几天，你离了管手，就这样放肆！我明日倒要写封信，问柔云姐姐去，看你日后碰见他，怎么得了！"小怜道："你这句话说错了。你说柔云姐姐不在此地，有他说的嘴；我说柔云若在此地，他们天生一对寡话痨，百说百答，还不知说出多少刻薄话来呢！者香如今是根单丝了，不怕他口若悬河，我们齐着说他一个，也要把他难倒了。"王兰笑道："所以子骞沉默，爱卿深含，也是天生一对。何以今日你忽然善言起来？想必子骞与你连日都有长进了？"小怜脸上一红，拿起扇子，赶着王兰要打。王兰忙躲了开去，引得众人哄堂大笑。

少顷，席已摆齐，小黛要与众人安席，被云从龙再三止住，让小黛坐了首席，二郎主席，其余挨序而坐。惟有伯青因慧珠不在座中，又见他们有说有笑，触动离情，怏怏不乐，只得强打精神谈说。倒是王兰全不在意，他向来挥洒自如，又因洛珠不过隔了一水之地，要去即去。众人多脱了大衣，只着单衫。酒过数巡，从龙起身，亲与小黛把盏，道："久仰翠鬘清歌独步，今日合席，并无外人，何妨赐教一二？料想楚卿不能怪我多事。"二郎笑道："在田这句话奇得很！你请他唱曲子，于我何干？何必又带我一句？

第十一回　庆寿筵醉绾同心结　闹喜酒争补洞房诗

他能唱不能唱、肯唱不肯唱,我皆不问。"王兰道:"完了!在田,你不要想听翠翚的曲子了。楚卿口内虽说不关,却明明的递话与他,教他不唱。"二郎道:"实在你难缠,我不开口就是了。翠翚,你好歹唱一支罢,免得者香说我递话。"小黛原不肯唱,听得众人所说多讥刺着二郎,向王兰笑道:"你倒不要这般说项,我肯唱即唱;不肯唱,任凭你明挑暗拨,我也不唱。我是回不过在田;若论你请我唱,我还不睬呢!但是我唱,须要你吹才行。"王兰道:"这件差事,我理当效劳。"叫人取过一支笛子,吹起来。小黛唱了套《佳期》,真乃音韵铿锵,依宫合吕,闻其声者,莫不荡心悦耳,齐声叫绝。合席满饮一大杯作贺。

小怜也听了高兴起来,叫王兰吹笙,自己取过一面琵琶,又叫小凤弹起月琴,先央着小黛唱个小曲。小黛却不过他的意思,只得又唱道:

　　月明深夜露华浓,微风阵阵,透过房栊。俏佳人,闷敧锦枕,把罗衾拥。犹记得,昨宵身入巫山梦,手执多才,细说喁喁;最堪嗔,隔墙僧舍晨钟动。

小黛斜坐在席前,一手取只牙箸,在桌上敲板,垂眉低眼,意态安舒,真令人睹之心醉神怡。唱毕,众人赞好不已。

小怜把琵琶拨了几拨,接口唱道:

　　书成欲寄难相寄,欲诉分离,怕诉分离,我只好糊里糊涂的写几句。只劝你努力加餐,舟车留意;又怕你少年心性花前醉,误了功名,损了柔躯。我专望你泥金帖报,归马如飞,齐喝彩:"状元及第!"

唱罢,众人同声叫妙。

从龙又央小凤唱。小凤推辞不掉,只得弹着月琴唱道:

　　秋风秋雨秋时候,引起愁人无限愁。小多才,轻身远别关山走,未知你容颜,今日可仍如旧?

把月琴虚拨了一拨,换了调,唱道:

　　月色冷妆楼,梧桐夜影幽,闷倚阑干,细数更筹。最凄凉,胆怯空房独自守!不语自凝眸,泪湿罗衫袖,油儿醋儿,泼满在心头;叹终朝无时,不把双眉皱!

唱到此处,把弦紧了紧,弹得如急风骤雨之声,又换了调,唱道:

　　我不怨天,不把人尤,只恨我命运儿生小钩辀!叹人生,好似蜉蟢,怎挨得这别离常久？软绵绵自拥衾裯,恼寒蛩壁下啾啾,逗得我一片离肠万斛愁。只落得短叹长吁,长吁不住口。

把月琴又转入柔声,换调唱道：

天孙七夕会牵牛,他一年一度,今宵成就乐绸缪。可恨我,有愿不能酬,屈指多才去,而今已数秋。好教我凄凉孤零情难受,连朝忽忽又悠悠,三餐茶饭懒入口。我的天呀！怕只多情到处迷花柳。

唱到此处,把月琴弹了套过门,又转入本调,唱道：

纵然你功名得意,锡爵封侯,只恐怕归来有个人消瘦！

众人齐声痛赞,惟有伯青睹景伤情,又听了小凤的曲词,泠泠欲泪,出座,背着手,借看壁上字画为名,偷将手帕拭泪。梅仙早一眼瞧见,起身把伯青扯入座,道："我也唱个小曲,与你听听。"众人道："小瓕如能赐教,则更妙矣！"伯青也勉强道好。梅仙在小怜手内接过琵琶,先弹了几声,遂唱道：

无端离合人难计,说与情痴,切莫痴情。有合时,别离转眼心如刺；有离时,一朝聚合天涯至。离离合合,只有心知；寄语多情,那有这不离的事？

众人叫好道："小瓕所唱,真乃大彻大悟之说！"伯青听了,亦破愁为笑。复又欢呼畅饮,行令猜拳,直至三更方散,皆系大醉而归。小凤、小怜亦醉到后面睡觉去了。惟有二郎,酒量本是平常,加以属意小黛,一颦一笑,都觉可人,心内喜悦非常,那酒如流星赶月一般,杯杯不辞,到口一吸而尽。众人见他酒兴甚豪,齐齐劝饮,不觉玉山颓倒,瘫在椅上,沉沉睡去。伺候的家丁上来推唤几次,皆茫然不知。穆氏道："冯大老爷醉成这般模样,怎么能行走？就是轿子也不好坐。二爷们不如先回去罢,明日大早来接他,我这里有人伺候。"众家丁个个欢喜道："拜托你了！"一哄而散。也有去赌钱的,也有去玩耍的,好在主人不回,落得放荡一夜。

穆氏回身,低低向小黛道："儿呀,把冯大老爷安置在你房中歇罢。"小黛羞得彻耳通红,怒道："母亲说那里话？怎样把女儿开起心来？"穆氏笑嘻嘻道："我的儿,为娘怎好同你开心？想做娘的,一生一世,只望靠着你,你心性又高傲,稍次的人,你又不肯理他。我看冯大老爷人既体面,腰里又足,所往来的尽是一班豪华公子。你看聂大姑娘,相与个姓祝的,闹出

第十一回　庆寿筵醉绾同心结　闹喜酒争补洞房诗

事来,姓祝的连功名都不顾,一心一意的结交他。儿呀！也要有个人作靠背方好。俗说'手掌儿怎样看得见手背儿'呢？况且你与姓冯的件件合契,将来你的终身,为娘还指望倚托他。"穆氏一席话,说得小黛俯首无言,心内早经活动,想道:"我与二郎,也算无话不谈,他久有意娶我回去,我亦有意嫁他；他又没有娶过妻子,就是现在堂堂一个郎中,我到了他家,还不是一位诰命宜人么？但是今夜母亲叫我去招接他,这样羞答答的事,怎好启口？"穆氏见小黛无言,暗自沉吟,知道他心内已允,笑道:"我的儿,你不要呆！我们这些人家,靠的是甚么买卖？难道还有人笑你不成？"回头向众人道:"你们好好扶了冯大老爷进来。"小黛格外不好意思,起身走入套房。众人将二郎扶进,又给他喝了一盏醒酒汤,方略为明白。众人七手八脚,将他外盖大衣脱去,扶到床上睡下,一齐退出。二郎此时糊糊涂涂,不知身在那里,一经落枕,即沉沉睡去。穆氏又到套房内,将小黛拉出,推他坐下,道:"儿呀,你年纪也不小了,而且今日是你终身大事头一天,切不可错过时辰。你听外面,三更多了。"又低低附着他耳朵道:"为娘代你拣了个齐齐整整的对子,难道还对不住你么？我去了,明日大早来给你道喜罢。"又把桌上烛花剪去,说了声安置,笑嘻嘻的走出,回身将房门带好方去。

小黛坐在桌前,见众人已散,偷眼去看二郎,脸向床外睡着,如一枝带雨海棠,娇憨无力,不禁心内又惊又爱。默坐了半会,起身在架上抽出一本闲书,至烛下观看。

二郎睡了一个更次,酒性已解,搓了搓眼,翻身坐起,四下里观望。见小黛坐在桌畔看书,又见自己睡在他床上,桌上点了一对红烛,不明是何缘故,忙问道:"翠翚,他们那里去了？"问了几声,小黛皆不答应。二郎下床,走到小黛面前,道:"翠翚,我问你的话,你怎么不答我？记得在席上吃酒,怎样睡到你房里来了？"小黛听了,脸一红,不禁"嗤"的一声,笑道:"你太明白很了！你今日醉得不成人形,他们散去两个时辰了。我母亲怕你醉后不能回去,把你扶到床上,你怎么一点儿多不晓得,又教我说？"说到此处,忙住了口,用袖遮着脸,咯咯的笑。二郎猛然省悟,又见小黛一团柔媚之态,不由得狂喜得手舞足蹈起来,走近一步,扶住小黛肩头,道:"翠翚,想我冯宝三生何幸,深蒙你母亲垂爱,许缔永好？你我今日,当联白首之盟,谁改此心,天地不佑!"小黛听了二郎的话,也顾不得羞颜,起身推开二郎的手,道:"楚卿,我之寸心,你该久鉴。我母亲既然作合你我终身,我却矢志靡他。未卜君心若何?"二郎即向外跪下,道:"弟子冯宝,若负了林小黛今夕之情,该受千刀万剐之罚!"小黛忙用手揿住二郎的嘴,道:"愿你改祸成祥。"顺手把二郎扶起,四目相视,各笑了一笑。二郎指着外面道:"你听更鼓已四下了,少顷天色即明,岂不辜负了今夕良宵?我们睡了罢。"一宵无话。

次日,穆氏安排齐了宴菜、点心等件,才推房门,见小黛与二郎俱已起身。穆氏上前先给二郎道喜,又给小黛道了喜。小黛满面绯红,背转了身,走入套房。早有伺候的人送上宴菜。二郎吃过,女婢等又送了一份到套房里去,随后舀了面水,服侍小黛梳洗。二郎在身边取出一锭金子,交与穆氏,代小黛扶头;又取几张票子,分赏男妇人等。穆氏见二郎出手甚大,喜得眼睛都笑合了缝,谢了又谢,又叫众人上来谢了赏,即吩咐厨房,备一席丰盛酒肴伺候;又叫人分头去请祝、王等人来吃喜酒。

再说伯青早间醒来,记挂着二郎,昨晚不知醉成甚么形象,叫连儿:"备马,到云大人公馆里去。"方欲起身,见王兰走了进来,亦因不放心二郎,来约伯青同去看他。两人并骑,到了从龙公馆门首——他们是往来惯的,不用通报——下骑步入书房。

梅仙正在窗前写字,抬头见伯青、王兰进来,忙立起迎接,笑道:"你们好早呀!在田宿酒未起,此时还高卧呢。"伯青道:"昨晚的酒,第一是楚卿吃得多,其次即算在田。我与者香本不善饮,在席上又取了点巧,所以今日倒不怎样。但是子骞的酒量本属平常,不如我们,昨晚他也吃得不少,只怕今早亦不能起身了。你倒能吃几杯,今日早早的起来,就用功写字,真正我们不如你。"说着,走近桌前,把梅仙写的字取过来与王兰同看。见笔力遒劲,秀洁而整,齐声痛赞道:"小瘒若再用数年工夫,真要压倒我辈了!"梅仙溜了伯青一眼,劈手夺过,道:"我还想请你说说,方有进益,你反同我开心,我从此不给你看了!"

正在说笑,见汉槎也走了进来,道:"原来你们在此地。昨晚任意劝我的酒,回去大吐不止,此刻头目犹觉眩眩的。楚卿不知怎么样了?"梅仙道:"楚卿更不及你们,昨晚醉得不能回来,多分歇在小黛家里。此时未

第十一回　庆寿筵醉绾同心结　闹喜酒争补洞房诗

回,想必还醉着呢。"伯青道:"说了半会,我还不知楚卿昨夜不曾回来。妙呀！楚卿与翠鬟相契已久,昨夜又歇在他家,我们倒要去看看他。"

正说着,从龙已醒,闻得众人在此,连忙出来。王兰道:"你昨晚醉了,可知忘却一个人,没有带回来?"从龙笑道:"他有他的脚,会走,难道要我背他回来么？我看他不回来,有他的好处。若说是真醉了,我们怎样回来的？者香聪明一世,未免懵懂一时！"众人大笑。

忽见连儿上来,道:"林家打发人请诸位老爷吃酒,说冯老爷早在那边等候了；又说是甚么喜酒,诸位老爷到了他家,自然晓得。"王兰鼓掌道:"这句话很有意味,好端端请我们吃甚么喜酒？我们倒不可不去。"催着从龙吃了早点,各人乘骑,又约了梅仙同行。

到了小黛家下骑,早见穆氏笑嘻嘻的迎出来,问了众人好。从龙等人一面走着,问穆氏道:"你家今日甚么喜事,请我们吃酒?"穆氏道:"不瞒诸位爷说,我女儿人已大了,要拣一个好好的人,把女儿终身托付他。难得冯大老爷与他合契,人品又两无高下,昨日恰是女儿生日,俗云:'拣日不如撞日。'已将我女儿许与冯老爷了,所以特地请诸位老爷过来吃杯喜酒。"伯青等人大笑道:"好！好！我们久有此意,代翠鬟与楚卿撮合美事,又恐翠鬟说我们唐突他。难得昨夜瞒着我等做得好事。若不好好的请我们吃几天,要扰得你日夜不安才罢！"二郎赶着出来,向众作揖道:"诸位兄台,不可如此,要留翠鬟点面子。从今日起,小弟作个平原十日之会,奉请诸位。不知者香兄意下如何？"伯青道:"还念你招承得快,不同你闹了。者香,饶了他罢,不要教翠鬟作恼,楚卿就没有好日子过了。"

正然说笑,小凤、小怜都走了出来。小怜道:"我与芳君姐姐昨也醉得不成人形,我夜间很吐了几次,直至早间起身,才晓得翠鬟姐姐大喜。住在一个屋内,多不知道,说与人听,都不相信。你们看,酒可误事不误事？"王兰笑道:"张家的帐,李家的帐,一日也要轮到你帐上。我们又有第二次喜酒吃了。"小怜臊得满面通红,骂道:"你这张嘴,早迟都要生疔疮的！我开了口,你总要取笑,我定见不依你！"顺手取过根门闩,赶上来要打,被小凤拦住。王兰一旁连连赔礼,道:"下次再不敢乱说了；若再说,也罚我备喜酒请你们。"引得众人大笑。小怜也笑起来,把门闩抛去,指着王兰道:"我就将这句话写个字,告诉柔云去,看他可依你？"

早见小黛打扮得花枝招展出房，与众人见礼，却带着无限娇羞。众人见他脸泛红霞，添了多少春色，分外显得妩媚动人。小黛邀请众人到自己房内坐下，女婢送上茶来，扯了小凤、小怜至套房里闲话。外面伯青等人也说笑得十分高兴。穆氏进房道："酒席已齐了，还是摆在外间，摆在房里？"从龙道："就是房内罢。你姑娘昨日大喜，我们多不晓得，缺礼之至，今日倒又要你请我们，却怎么说？晚间你吩咐再备一席，要加倍丰盛，再叫个玩扇子戏的与说鼓儿词的来，一来代你姑娘补做生日，二来替冯老爷与你姑娘贺喜。"在身旁取出几张票子，递与穆氏道："你收着，你用着不足，我再补你。"穆氏接过道："本意请诸位爷吃喜酒的，既蒙赏脸，怎好反要你老人家破钞？仍是我备罢。"王兰道："你不必推辞，我们要乐就要乐他一天，才足兴呢。若再扰你，却不成说话。你倒是收去的好。"穆氏答应退出。服侍的人进来摆好席面。小凤、小怜上横头，二郎、小黛坐了主席，其余序齿而坐。众人因晚间有酒，不便多饮，吃了几杯，即叫摆饭。饭罢散坐。

　　少停，扇子戏、鼓儿词皆至，就在正间里热闹起来。汉槎道："我们既为楚卿补贺，何妨大众分韵，各作一首《贺洞房》诗；不然，这长昼迟迟，无以消遣。单听这鼓儿词、看扇子戏，也觉得没趣。未知诸兄以为然否？"众人齐声称好，叫人取过笔砚与几张花笺纸来。从龙道："每人作七绝一首，既可省力，而又易于出色。即由我先起。"提起笔来，略想了想，写道：

　　　　洞房昨夜传消息，仙子如何下降来？
　　　　我道君身有仙骨，分明刘阮至天台。

王兰点首赞好，亦提笔写道：

　　　　荷花与妾本同庚，妾是荷花生日生。
　　　　只为六郎花似面，一朝堕落误卿卿。

小怜道："恰是六月十二日的即景，未免设辞刻薄些儿。我的也有了。"一面写着，一面念道：

　　　　无端喜蕊报灯花，怪底萧郎至妾家。
　　　　朝起背人偷对镜，十分春色透红霞。

王兰笑道："你说我刻薄，难道你这首诗不刻薄？"伯青道："你们不要争辩，且看我的。"遂提笔写道：

第十一回　庆寿筵醉绾同心结　闹喜酒争补洞房诗

浓情底事惯情痴,付与娇花好护持。
记取昨宵人静后,月明如水夜迟迟。

汉槎道:"细腻风光,耐人寻味。我这一首诗,远逊诸位了。"亦写道:

昨夜天仙降碧车,余香犹绕茜窗纱。
羡君艳福人间少,占却琼枝第一葩。

小凤见众人皆成,忙写道:

儿身本是玉无瑕,翻恨催开并蒂花。
晓起怕教同伴觉,臂间新失守宫砂。

小怜拍手道:"姐姐这首诗,却轻轻点出你我不晓得的神情,真称绝妙!凡你平日落想之处,都高人一筹,我敢不拜服?"小凤笑道:"这种即景诗,不过信口而成,那里还能耐想?你也太谬赞了!"梅仙道:"我也胡乱有了一首,写出来,你们改正改正。"写道:

绛蜡双烧夜已残,房栊寂寂护栏干。
名花一朵君先折,珍重朦胧醉眼看。

伯青笑道:"小癯又将楚卿醉态写出,真是无意不搜。若再添一人,窃恐没处着笔了。"又把众人所作重头念了一遍,分定次序,贴于壁上。

大众走到外间,听鼓儿词正说得热闹,那说书的手里弹着三弦,口内唱道:

日出东方月没西,光阴迅速去如飞。我今不说别的事,单把那列国遗踪提一提。所说又不是别一个,就是那秦国贤臣百里奚。百里大夫做了高官爵,忘却家中结发妻。他妻儿万水千山寻到此,见高门驷马势巍巍。欲待上前问一句,那虞侯们高声吆喝若狻猊。他妻儿眉头一皱道:"有计了,何妨投到他府中去浣衣!"一日,百里奚大夫堂上坐,两旁奏乐肃威仪。百里大夫都觉不惬意,道:"音未谐来律未齐。"他妻儿趁势上堂忙叩首,尊一声:"大夫!庸愚小妇人,自幼习得新音律,敢在大夫堂前试一为。"百里大夫颇诧异,不禁点首笑微微:"你这妇人居然能音律,只怕你言大而夸把我欺!"他妻儿退步下堂身向外,拍手高歌音惨凄。歌道:"百里奚,五羊皮,你做高官我浣衣!可记得临动身时那一日,我代你饯行烹伏雌?可怜家中寻不出多柴草,烧却了前门破扊扅。百里奚呀百里奚,你富贵忘我却何为?"百里大夫听罢心惊讶,趋下堂阶辨是非,执着他妻儿双手仔细认,不由得失声叹欷歔:"妻呀!你鞋又弓来足又小,怎样路远迢迢寻着予?负了你,又苦了你;苦了你,用尽多少曲心机!"即忙吩咐府中妾妇等:"快点香汤沐浴服侍伊。"又把凤冠霞帔与他来穿戴,俨然一位诰命夫人好容仪!从此他夫妻多安乐,百年鸿案举眉齐。列公听了我这段话,身到富贵场中要留意些。一不可学蔡伯喈负了赵五娘,二不可薄幸王魁撇首妻。饶到百里大夫好一个大贤士,犹留话柄把后人提!

说书的说到此处,把醒木拍了一下,暂且歇息。王兰笑道:"这书虽说得蠢俗,倒是实事。又引用了些故事上来,随口诌成,倒还有趣。"

时日色已暮,内外点了灯烛,外间席已摆齐,众人仍然原座。那耍扇子戏的即在席前放出了无数纸蝶,翩翩上下,如活的一般。又耍了几出木人戏。众人传杯把盏,饮至半夜,各酩酊而散。二郎仍宿在小黛家里。自是二郎也不回从龙的公馆,与小黛行双坐并,似漆如胶。二郎出手本来散漫,那顾倾囊倒箧?只图穆氏欢喜。反是小黛背地劝了他几次,当以自己身体前程为重,不可贪恋着他,误了正务。无奈二郎已入迷津,全然不省。就是从龙等人,也狠狠劝过几次,更不中用了。

到了七月初旬,天气微凉,伯青要往扬州去看慧珠等人,约了王兰、从龙同行。汉槎因江老夫人有病,不能出门。二郎恋着小黛,跬步不离,连这一班朋友多疏远了。伯青也不去约他,叫连儿在码头上雇了一号大船,向扬州来。一路上与王兰、从龙谈谈说说,倒不寂寞。

未知到了扬州,会见慧珠等人,做出些甚么事来,且看下回分解。

第 十 二 回

陈大令判联碧玉环　祝词林访旧红文巷

话说王氏与二娘带着慧珠姊妹,由南京到了扬州。在红文巷内寻了一所房屋,外面大大五间,内里一顺三间,上有小楼,慧珠与洛珠同住。旁有一座小花园,当中一个六角草亭。房屋虽不甚多,却十分幽雅。过了几天,又暗暗去见小儒,说伯青托他照应的话。小儒即叫双福至他家走了一次,又将本处地方唤了来,说王氏与双福是亲眷。自小儒接印,把双福派了门政,而且自幼跟随小儒,以子侄一般见视,所以内外人,没有一个不趋奉双福;今日双福说聂家与他亲眷,地方怎敢怠慢? 当即吩咐了小甲、更夫人等,日夜在聂家门首照料。试问那一个还敢来欺他家? 王氏自从迭遭两次官司,胆都寒了,立誓不做这买卖。好在腰缠已满,可以自给,将来两个女儿适人,还要得大大一宗身价,后半世可保无忧,何苦再寻烦恼,又要受气? 终日与二娘在东邻西舍抹牌斗趣的玩耍,倒也快乐。慧珠、洛珠仍以唱和自娱,每常放心不下伯青等人与小凤一班姊妹,遇着花朝月夕,想起南京聚在一处的光景,惟有背地伤感,互相劝慰而已。附近人家,日久也看出他家的蹊径,因没有外人走动,又见他与县里人常相往来,只好暗中评论。方夫人又时常接他姊妹们到署里去,甚至留住盘桓几日,才放他们回来。

这日,伯青等已抵扬州。船在码头泊定,从龙道:"我们此刻同往县里去,会见小儒,即知畹秀的住落。最妙不必衣冠,步行前去;何况我辈皆系至交,小儒平日也喜通脱,可以彼此省却多少繁文。会见了他们,再议我们的住处。"伯青、王兰齐声称善。三人登岸,只带了连儿一人,缓缓在街市闲步。见往来行人,甚为热闹。

不多一会,已至县署。照墙边有一群人团团围住。三人挨进圈内,原来是一道告示。上面写着:

特授江南扬州府江都县正堂纪录十次,随带加十级陈,为出示晓谕事:

照得本县由科第出身，恭膺是职。自莅任以来，事无巨细，无不躬亲；出入綦严，冰清玉洁。近闻扬郡地方习尚繁华，民多刁诈，以健讼为居奇、包词为能事，甚至合蠹吏、奸差联成一手。鼠牙雀角，事机每鼓于纤微；虎视狼贪，乡愚咸受其荼毒；此皆言之殊堪痛恨者也。当知本县目见耳闻，烛奴于隐；法随言出，嫉恶如仇。遇善而赏不从轻，惩恶而罚尤加重。自示之后，尔等士农工贾，各习其生，野无争斗，民多朴厚之风；俗尚敦仁，世有雍熙之象。此则本县之所厚望、尔等之所深幸也。其各凛遵毋违。特示。

王兰笑道："世俗浇漓，民多好讼，江南一带，此风尤炽。小儒虽然认真办理，切实示谕，窃恐人多视为具文，未能遵奉。"伯青道："现在为民上的，只好各尽其道罢了。能如小儒这样做法，尚算是好官。还有一等不顾品行的，一味贪婪逢迎，更不足道。"

　　三人方欲进署，忽听里面传鼓升堂，吆喝伺候。伯青忙止住连儿，缓行通报。随着一起闲人走入堂口，在人背后偷看。见两旁吏役齐集暖阁，门开，小儒公服而出，入了公座。早有差役带上一干人证，是两男一女。那男子一个四十余岁，生得獐头鼠目；一个二十余岁，颇为儒雅。那女子不过十八九岁，虽是乡村装束，却生得有几分姿色，跪在案前，俯首无言，脸上带着一团忧愤形容。听堂上唤："原告刁成！"那四十余岁男子爬上几步，叩首道："小的刁成，见太爷请安。"

　　小儒将他通身上下看了几眼，道："刁成，你告文生秦守礼勾骗你妻子戎氏脱逃，先被你看破情形，防范严谨，杜绝守礼往来。一日，你妻子托言母亲有病，回家省视。你却故意不与同行，远远的察看动静。果然守礼在半途等候，将你妻子带回他家。你当即纠合亲邻多人，至秦家把戎氏带回，到本县告秦守礼勾骗的罪名。你的妻子可是元配不是？你与守礼可向有瓜葛没有？你细细的诉说一遍，却不许半字撒谎！"刁成又叩了一个头，道："太爷是青天，小的若有半句虚言，欺了太爷，就是欺天了！小的祖居乡间，距城五里多路。小的祖父置得几亩田地，只生了小的父亲一人。因为家内可以过活，子弟即思读书，延请名师，教小的父亲。到了二十岁上，进了一名学。小的父亲又生了小的一人，自幼聘定城中贡生戎大森的女儿为妻。不幸父亲早死，过了一年，小的母亲又病故了。小的因生性愚

第十二回　陈大令判联碧玉环　祝词林访旧红文巷

蠢,不能读书,仍以耕种为生。除了服制,央媒去说,娶了戎氏回来,与小的倒还相得的。这秦守礼住在前村,他从小的父亲看过文章,所以两家皆系通好;又因他是个读书明理的人,凡到小的家里来,妻子戎氏并不回避。谁知守礼存了禽兽之心,见小的妻子很有几分姿色,打听小的进城有事,他即来闲话,逐日花言巧语,哄骗戎氏随他逃走。小的妻子是个年轻女流,没有见识,被他说活动了。今年春间,彼此已先有奸情。后来为小的看破一二,这些邻舍亦恐将来闹出事件,连累他们,在小的面前暗暗的说了几次。小的因未见确证,不能造次,只好加意防范。苦于家内无人,又少叔伯手足,有了事情,都要出去。守礼抽闲趁空,仍来走动。小的晓得了,将戎氏打骂是有的,又禁绝守礼往来。前数日,戎氏忽言他母亲有病,要入城看视,又说:'母家早间打发人来接我,因为你不在家,来人不能久等,回城去了。我想这条路是走熟的,又没有多远,一个人来去也无碍。'小的明知其中必有变故,假意允诺,却远远的跟着他。走了不足二里,见守礼站在田边,小的妻子迎上去与他讲话,复绕取小路,回头到了守礼家里。小的看得清楚,那里忍耐得住?即回家约了本村亲邻等人,赶至秦守礼家。小的妻子正坐在堂前,见了众人,躲避不及。守礼情知不妙,开了后门逃去。小的当将戎氏带回。因未遂他心愿,近日与小的吵闹,寻死觅活,日夜不安。想起来皆是守礼的祸根。况且读书士子,奸拐人家妻女,更该加一等问罪。要求青天做主,代小的雪耻!"

　　小儒笑了声,叫他跪在一旁,唤秦守礼上来,道:"秦守礼,你既是个秀才,怎样做出这般非礼的事来?你名虽守礼,实不守礼!刁成告你勾骗他妻子戎氏脱逃,又在你家获住,并有他同去亲邻众所共见,你该派个甚么罪?好好的直供上来,本县尚可加恩,从轻开豁你。自家做的事,要明白呀!"那秦守礼两眼含泪,叩首道:"父台明见!生员既能读几句书,身入黉门,难道礼、法二字不知道么?这刁成在乡间素称无赖,人送他个混名,叫做刁恶,其人可想而知。他父亲刁中贤,是名饱学秀才,一乡推重。生员自幼即从他读书,连这'守礼'的名字都是他父亲取的。见生员各事拘谨,恐中道改变,命生员顾名思义,常守于礼法之中。后来刁中贤夫妇相继而殁,生员与他家相隔不远,常到他家走走,怕人说先生死了,连世谊多不看顾。若说他妻子戎氏,生员尤堪痛恨。戎氏本与生员系远房姑表,戎大森在日，有心将女儿许与生员为妻。访得刁成与生员世交，托他为媒。刁成打听得美貌，生了异心，明为生员作伐，暗谋作自己妻室。生员家内无多房屋，又无亲丁，他愿拨出一进房子，与生员迎娶，所有各事，都是他一力承办。戎大森信以为实。到了迎娶这一日，刁成将生员约去，相陪媒宾。戎家的人到了刁家，又看见生员在那里张罗，分外不疑。及至次日，生米已成熟饭，刁成又把戎家的帖子全行改致刁家名目。戎大森是个有体面的人，而且女儿业已失身刁成，闹出来，徒然羞愧，他女儿何能再嫁生员？只得就错认错的做，心内却气他不过；又见刁成是个无赖之徒，逐日气闷，一病而亡。戎氏晓得他假冒生员，又因父亲被他气死，每每与他吵闹，要寻短见。生员日久，也尽悉其细，连足迹多不到他家。一日，戎氏由城内回来，走生员村前经过，见生员立在树下，戎氏亦因气愤已极，平时本与生员亲戚往来，见过面的，不顾嫌疑，到了生员面前，哭诉此事，倩生员代他设法伸冤，他情愿削发。生员虑有猜嫌，劝他回去，再作计较。那料刁成闻信，率领多人而至，不问皂白，揪住生员毒打，说生员拐骗他妻子脱逃。幸为同来的人劝住，他即控到父台案下。生员明知其意，因这件事，恐生员日久知道，与他理论，借端栽害，以灭生员之口。生员如有半句饰词，情甘加倍领责！"

小儒点了点头，亦叫他跪在一旁。叫了戎氏上来。戎氏一句话都没得，惟有伏地放声大哭。两旁看的人皆叹息不已。小儒看透众人情形，复唤刁成上堂，问道："据你所说，秦守礼勾骗你妻子是实；据秦守礼所说，戎大森本将女儿许配守礼，托你为媒。你贪戎氏色美，冒守礼的名娶了家来；又恐守礼知情，与你理论，你借这件事预先下手。然而两造争讼，各说其是，本县也不必细究。但是你所说前后情节，即作你半字无虚，为何其中有一二处大相舛谬，令人难解！你说你妻子是自幼聘定的，又说你父亲早故，因何戎氏小你一半年纪？你在幼年，他还未生；纵然出世，想你父亲在日，也不能代二十余岁的儿子聘一个三四龄的媳妇；你家可行，戎家也不愿意。再者，既见你妻子走入守礼家内，又带着亲邻等人前往拿获，这种大事，何以不协同地方前往，你竟敢私行，率众抢人？况且既已获得，何以不报知你妻子母家，再来控告？以上数事，你未免脱略太甚，情节可疑。你且明白说与本县听。"问到此处，小儒放下怒容，鼻孔内哼了一声，两边

第十二回　陈大令判联碧玉环　祝词林访旧红文巷

差役齐声威武。刁成在堂上听得秦守礼诉出他的骨病,已暗自着急,早没了主见;又被小儒把几处落空的话追问,正搔着他的痒处,不由得脸上变色,口内支吾,连连叩首道:"小的是乡间愚民,见妻子到了守礼家内,一时气忿,邀约亲邻前去拿获,那里想得到鸣知地方同行? 一经获住,即赴太爷衙门诉冤,不及到戎家送信,皆是小的该打之处。若说戎氏与小的年貌悬殊,小的父亲因爱戎大森是个旧家,将来小的可倚为靠背,所以不问他女儿年纪相仿不相仿;好在女小于男,往往有之,难得戎家也愿意结亲。聘定了一载有余,小的父亲方才病故。至于守礼说是他的妻子,被小的谋占,小的虽然至愚,也不敢做此枉法之事! 而且秦姓作数肯行,戎姓也不肯饶过小的,难道就这样罢了么? 尽是守礼一片捏词,冤栽小的。求太爷详察。"小儒冷笑道:"你之为人,不必守礼细说。本县初见你的相貌,即知你居心不正,断非良善之辈。你说自幼聘定戎氏,系用何物作聘? 你可知道?"刁成道:"小的父亲用祖传碧玉环为聘,现在戎氏身边收着。"

小儒将戎氏唤上,道:"刁家以碧玉环为聘,你可晓得有无此物?"戎氏含泪道:"小妇人在母家时,闻得秦家下聘,是一枚碧玉环。据闻此环有雌雄两枚,雕就龙凤,雄环是龙,雌环是螭凤。小妇人身畔是只雌环,雄环尚在秦家。所以小妇人将此物带在身旁,朝夕不离,意在得空持问守礼。"说着,取出玉环,呈于案上,道:"请太爷问秦、刁两人,谁有雄的在身,小妇人即是谁家所聘。"小儒点首,又将秦、刁两人唤过。守礼跪在一旁时,早已听得明白,不待询问,把玉环取出,双手送至案上。说也奇怪,两枚玉环毫无分别,细看,果是一龙一螭凤,有雌雄。小儒哈哈大笑道:"刁成! 你该知罪了! 两枚玉环,显见确证,你尚有何说? 即不然,再将戎氏母亲传来一讯,立明是否。但是这宗事件,本县也无暇深究,戎家亦是个读书门第,何苦又将那女流牵引到案? 在本县的意见,你妻子既与守礼有奸,又为守礼骗至家内,想你这妻子也不能要的了;何况你与戎氏年貌相殊,本非良匹。本县当面判与守礼为妻,叫守礼拨田五亩,交割与你,以为迎娶之费。一则他们既彼此有心,就是你将戎氏带回,他心已向着守礼,难免异日不生别的枝节。二则你也可脱去那谋占的声名。岂不两全其美? 至于你在乡间混名刁恶,足见平素欺凌乡党,彰明较著。本县理应讯实究治,姑念你妻子已属秦姓,又没有对头来指实你的恶迹,若据守礼之言,你必说他栽害,冤枉了你,若日后有人告到本县衙门,那却要从重提办,定不稍贷!你从此须要小心些儿。"两旁看的人同声喝彩,咸夸处置得宜。小儒一席话说得刁成顿口无言,仍要叩求。小儒吩咐差役撵了他出去。又唤上秦守礼,聊为申饬数句,叫他立结,限三日内拨田五亩,交与刁成;又命当堂领了戎氏回去,即移到城中戎氏家里,奋志功苦,以求上进,"不必在乡间居住,恐刁成不服,暗中算计你夫妇。"守礼与戎氏双双在堂上磕了无数的头。小儒叫他们退下,具张领戎氏的切结上来。又问了几宗别的案件,才退堂入内。

　　从龙道:"这起案卷倒很有情趣。姓秦的与这妇人是宿愿顿酬;未免苦了刁成,忙了一场,妻子仍属他人。所幸还得了五亩田,可以自慰。小儒讯断合宜,这宗事,惟有以谈笑处之最妙。"王兰道:"我倒很佩服小儒,向来是个拘谨人,如今也有了权变。想必做了官,连性情都可改的。"三人鼓掌大笑。

　　伯青叫连儿持帖通报。连儿到了号房,少停,里面叫请。三人步进内署,早见小儒笑吟吟降阶而迓。彼此说明了,均是便服,见了面,不过长揖而已。小儒道:"你们好呀!今日才至,我倒盼你们好久了!"王兰道:"如今小儒非比往日,抚字催科,为民父母,不同我辈闲曹,任情放荡,是以不敢轻造尊廨,诚有为也。"小儒笑道:"伯青、在田,你们听,者香这张油嘴到那一年方改?不说至交朋友,许久不见,要叙叙别后景况;他一见面,即百样挖苦人,可该不该?若说你是闲曹,正是玉堂金马,班列瀛池,我辈不过一行作吏,五斗折腰,真如仰首云天,望尘莫及!"伯青笑道:"二位不必斗口,皆是旗鼓相当,针锋匹敌;两无优劣,各具所长。我看小儒的学问、权变而今大有作为。即如适才堂上讯问刁成一案,处置极合人心。我辈若为牧令,遇此案件,断不会发落得这般爽快。"小儒道:"此案伯青何以详悉?"从龙道:"审问刁成时,我们立在堂下观望,直待到发落清楚,才进来的。"小儒道:"怪不得者香见面即挖苦我,原来看着我审问刁成一案。倒要请教,此案如此理结,不知可能折服众心否?我辈既系至交,何妨直说。"伯青道:"并非戏言,此案非如此了结不可。"

　　小儒问南京风景近日若何与小凤等人可好,又说道:"慧珠姊妹现住红文巷里,内子时常接他们到衙门中来盘桓,昨日还在我这里。早知你们

第十二回　陈大令判联碧玉环　祝词林访旧红文巷

来了,该留他等过了夜去。"从龙道:"今日是不及了,我们准于明早去访畹秀。"回头对王兰道:"不如把行李发到衙门里来住,一来可与小儒谈谈,二来较外面客寓清静多呢。"小儒接口道:"理应搬到衙门里来,岂有反住客寓之理?"随即传话,叫人去发行李;一面打扫内书厅,让众人居住;又摆了酒席洗尘,着人去请甘老师爷过来同饮。这甘师爷名誓,字又盘,扬州府学生员,今年七十三岁,是一位老名宿。小儒到了任,即备帖亲去拜他,延入衙门,课读两子,并一切笔墨等件,宾主甚为契洽。

少顷,甘誓已至,与众人行礼。见他庞眉皓首,道貌岸然,音若洪钟,目如朗曜,皆肃然起敬。甘誓知道他们皆为一班新贵,又是有名的才子,亦谦抑自抑。众人入座,席间无非讲究些古今考据。甘誓口若悬河,滔滔雄辩。从龙等人格外佩服。小儒道:"你们可晓得本月下旬程制台五十寿辰?我已请又盘先生作篇寿序,你们来得正好,就屈者香代我一书,省得又要央求别人。"王兰道:"那却不能。我连年抛荒已久,腕底生疏,必然写得不成行款,不如你自书为妙。"小儒道:"不必谦让,簇新鲜点词林的人,不能写字,真是奇闻!我如果比你写得好,倒不致得榜下知县了;而且终日案牍劳形,何暇握管?倘然写得不成款段,反是大笑话。者香这件事是替我做定了。"从龙道:"不难,不难,小儒把润笔费从丰些,者香断无不行之理!"王兰道:"你要蠢俗到甚么地步?开口就是钱!我倒不如保举你写罢,省得你妒忌。你同我说笑罢了,可知道座中有老前辈在此,岂不为又盘先生所笑?"甘誓道:"者香兄此言差矣!文人笔墨生涯,纵然较及锱铢,亦系应分,非市侩争利可比。就是小弟作这寿序,敝东润笔也是不能少的。诸君既不笑我,我又岂敢笑诸君乎?"说得众人大笑。饮到更余散坐,甘誓先行辞出,然后众人又坐了一会。小儒亲送到内书厅,方才回后。

次日清晨,小儒上府衙参谒未回,外面送入早点。吃毕,伯青带着连儿,同了从龙、王兰,向红文巷来。问到聂家门首,见双扉紧闭。连儿上前叩门,里面答应,出来个女婢开门,见是伯青等人,即忙回身入内,对着楼上道:"大姑娘可曾起来?祝少爷同王少爷、云老爷来了,都在外面呢!"

慧珠、洛珠这时梳洗已毕,对坐闲话,忽听女婢传说,二人立起,扶着楼窗问道:"你说那个祝少爷、王少爷?可是南京下来的?"女婢道:"咦!难道有几个祝少爷么?自然是南京来的。"二珠闻得伯青、王兰果至,皆喜出望外,即同下扶梯,到了前堂,早见伯青等人正与王氏、二娘说话。慧珠不见伯青,时时挂念;既见了面,惟觉一阵心酸,泪痕双堕,连那久别的寒暄也难道一字。伯青亦系如此,惟有四目凝注,彼此心内无限衷肠,都不知由那一款说起。倒是洛珠与王兰各问了近好,邀请众人入座。

茶罢,还是伯青先问慧珠道:"我们昨日午后到了此地,因在小儒衙门里小饮迟了,所以今早才来看你。闻得小儒说你们到衙门里去,方夫人很同你们合式,小儒又暗地叫人照应你家,我看比在南京还安静些。"二娘接口道:"我们此次到扬州来,多蒙陈老爷照应。世上人极势利的,因为方夫人每月叫他姊妹们进去几次,外面即争说我家与县里往来,左邻右舍,无一个不来趋奉。陈老爷虽然做了官,见着我们,还是先前那样和气,真真难得。将来定要高升极品的!"又叫女婢:"吩咐厨房里备一席酒,今日请客呢。若是有人问及你们,即说祝少爷是我家至亲,从南京下来。不可露出破绽,教旁人看不起我们。"说着,同了王氏到外面张罗。连儿又至厨房里指点一切。

从龙道:"畹秀、柔云,除了到小儒里边去,平时长昼无聊,却作何消遣?"洛珠道:"我们闲时,仍以吟咏自娱而已。虽闻得城外有几处名胜,又不便去游,前车可鉴,恐又引起意外事来。倒是方夫人常遣人来接我们去,一住几日。我们昨日才由衙门内回来。芳君等人近日想必在秦淮画舫笙歌,是乐够了,不比我等避难此地,大门边也不敢出去。幸喜有个方夫人处走走,不然真要闷煞。"伯青道:"芳君、爱卿也不像从前了,除却我们去谈谈,别的人概不招接。今年河上他们还没有游过。皆因你们走了,也无甚兴趣。他们未尝不怕人寻事。"王兰道:"说了半会,我倒忘却一件新闻没有说。"遂把二郎与小黛醉后已谐连理的话说了一遍。洛珠点首道:"却也怪他不得,他母亲穆氏是个钱串子,久经存意,要小黛接个贴己的人,让他弄钱。还算小黛有志气,不肯乱来。好在楚卿未婚,将来小黛可以从一而终。不是我说,芳君、爱卿是我们自幼相处的,却做不出这疢癫事来。"慧珠问伯青近日光景,又劝他早早进京,谋复前程:"虽然你得失全不介意,堂上父母甚为悬望。"众人皆点头称是。

见二娘进来道:"席已摆齐在花园亭子上。"慧珠起身,邀着众人,由楼下东边小耳门内走过,即至花园。迎面一座草亭,四面飞檐悬牖,颇为轩

第十二回　陈大令判联碧玉环　祝词林访旧红文巷

敞。亭外各色花木皆有，又堆了几块玲珑小石。众人走进亭内，见当中悬了一额，题曰"红文阁"，是慧珠亲笔写的——因地名红文，即以红文名之。

众人挨次入座，席间所谈，无非别后各事。又说到小儒审问刁成一案，慧珠道："昨日在衙门里，听得方夫人说，小儒自到任后，日夜不闲，专访民间疾苦。据说很办了几个有名土棍，上司大为契重。秋间保举卓异，说是把小儒列在第一名，可望升知府呢。"伯青道："小儒为人素来持重，认事识真，却合有司官的身份。据你所闻，小儒纵不升知府，直隶州是用定了。"谈谈说说，日色已没。小儒打发双福押着数顶大轿，来接伯青等人，说："晚间席已备了，还请了本地几位乡绅作陪，务必请老爷们回去。"伯青等无奈，起身作辞，约定明早过来。慧珠姊妹直送至门外。

众人坐轿，到了衙内，席已摆齐多时。小儒与几位陪客专守候他们入座。三人趋步上堂，先与众缙绅见礼，然后向小儒道："我辈既属至交，何必定作此客套？小儒兄未免见外弟等了。"小儒又道："诸位贤弟是初到此地，愚兄岂有不作个东道主人？既如此说项，仅此一次，再不多渎便了。"众人谦逊入席，家丁上来斟酒传肴。席间又说起程制台寿期在即，甘誓道："程制台的出身，我却不甚清楚，是以寿文迟迟未成。若徒用些泛话，也无意味。"从龙道："这程制台是由广东军功发迹。彼时我随前任李都转往剿粤寇，他还是个知县，在荆州将军营里办理文案。我与他会过几次。"甘誓喜道："既然在田兄前后尽悉，这就妙了。少停倒要请教。"

众人饮至初更，诸缙绅作辞回去。小儒叫人烹了好茶，与众人解酒。甘誓又问程公出身，从龙道："他本籍徽州府人，单名是个尚字。因屡试不第，挟资入都，援例得了个知县，分发广东。到省未久，粤匪作乱，上谕着荆州将军率领驻防旗兵前往会剿。这将军在京时与他相善，一到广东，即将他调入营内，专司文案。程公为人本来能干，又得将军竭力保荐，到肃清时，他已由知县擢至道员，署理广东盐运使司。据闻在任很做了几件出色的事，疏通河道，以利盐漕，本省商民无不感仰。未及一年，已升至本省抚军。适值张彬休致，旨下着程公调补两江。算起来不足三年，由知县升至抚督。他官运是极好的了！"甘誓道："原来程制台还有这些事件，我只道他是个捐班，无大奇处。如今寿文不难下笔了，明日即可告成。倘有遗漏之处，尚祈在田兄指正。"从龙连称不敢，道："使我辈得瞻老先生词藻，可谓万幸。"

小儒又问刘蕴近日在南京若何,伯青道:"他自从削职回来,杜门不出。我疑他愧于见人,那晓得他妻子曹氏终日与他吵闹,说他功名革去,是自作自受,'可恨连我的命妇都带掉了。'将刘蕴心爱的几个妾一起撵去,把他关在一进楼上,三餐都不许下楼吃。前月闻得刘先达得了足疾,病假告准了,大约月半前后即可回来。眼见这一分人家是不能振起了。"小儒喟然道:"大凡人,切不可时存害人的心肠。姓刘的在南京也算一家巨族,因他父子存心不良,妄作妄为,连年弄得颠颠倒倒,刘先达若再死了,这分人家还怕不是一败如灰么?"王兰又说起:"二郎自与小黛定情之后,常州也不回去,又不想进京供职,一味挥金如土的混闹,我等苦谏成仇。现在连小黛劝他,都不甚相信,甚至小黛同他怄气,故意不理,想激恼他,谁知任你怎样,他丝毫不改。我看他囊内所余行将告罄,若没钱使用,那穆氏不比别人,定见要翻脸的。将来楚卿有大气呕呢。"小儒道:"楚卿是落拓过的,怎样一经得手,故智复萌,真真不像个聪明人的行为!我倒要写封信去切实规劝,或者可以挽回,也不愧当日成全他的一番意思。"从龙摇手道:"我等现身说法,尚且不信,何况你一纸空函?断然无用!你却不得不作此一举,我尽我心罢了。"众人谈说,已至二鼓,各回房歇息。

来日早间,伯青等方欲去寻慧珠,见家丁来说:"甘老师爷请过去说话。"伯青等人随着来人,到甘誓这边来。

未知甘誓请他们何事,且看下回分解。

第 十 三 回

序寿文老眼无花　　论星数挥毫起草

却说伯青等人正欲出门到聂家去,见甘誓打发人来请他们三人,只得随着过来。早听得小儒在房内说话,请的人先一步进去通报。小儒与甘誓迎至房外,让众人入内。茶罢,伯青道:"又盘先生呼唤我等,有何见谕?"甘誓道:"昨晚闻在田兄细述程公出身,前后了然。回房乘着酒兴,在灯下胡乱将寿文创就,恐率尔操觚,其中难免无不妥之处,特请诸位兄台过来细加指摘,切勿吝教。"转身在桌上取过草稿,双手递与众人。从龙接过道:"又盘先生斫轮老手,海内之士,无不知名。我等管蠡之见,岂能窥测?你老先生反如此说项,真乃问道于盲了!"说着,将寿文展开。伯青、王兰也起身聚拢来观看。从龙念道:

恭祝钦差大臣兵部尚书两江总督部堂程公大人五十大庆:

天上貂蝉之族,竞说新安;人间龙凤之英,群推古歙。故伯休宣力,绩懋周京;祭酒怀忠,节高汉室。父子奋梁、陈之武,重安公真矫矫虎臣;弟兄绵濂、洛之传,河南伯亦铮铮人杰。刺史之勇如虓虎,形画凌烟;编修之志矢从龙,心铭暾日。是皆望隆先代,而德裕后昆者也。大人承燕翼之谟,笃象贤之念。张敷五岁,即解宗梨;公纪六龄,便能怀橘。友于成性,敢然文帝之萁;弟道克敦,早让武陵之枣。听谈经而首肯,不信叔痴;闻授砚而心摧,每思祖德。宜其品侪符朗,幼号家驹;才并超宗,早称雏凤矣。迨夫侯门听讲,乐坐春风;升屋趋光,愿随夜月。黄文强勤思积学,刘孙秋雅志通经。雨晦风潇,寝食于青箱之内;日来月往,居诸于黄卷之中。遂乃腹蕴珠玑,胸罗经史。岑思礼专工词学,望重南阳;颜之推博极文书,名标东观。具兹手笔,何难平步丹梯?倘遇心知,大可荣膺紫绶。其奈踪潜白屋,迹滞青毡。桐可为琴,时无蔡子;竹堪制笛,世鲜桓伊。捧朗日以何时,埶种门边桃李?怨东风兮未敢,自开江上芙蓉。于是弃介子之觚,投仲升之笔。才子何须科第,且作赘郎;英雄自有权谋,甘为书记。而况红羊劫历，孙恩之战舰偏多；青犊兵来，兀术之浮图不少。袁临汝刀抽靴里，令肃旌旗；毛先生锥脱囊中，谟参帷幄。愿除枭獍，运筹于量沙聚米之时；誓杀鲸鲵，草檄于鞠旅陈师之会。刘太尉顺昌之捷，大都功出书生；谢冠军淝水之勋，群说策由谋主。经略既钦其雅抱，鹗荐频登；朝廷亦嘉乃殊勋，鹓班早列。方冀韬陈虎豹，助开平厎定和、滁；只凭阵布龙蛇，佐裴度削平淮、蔡。讵料壶头竟困，马伏波蘡铄都非；岘首谁登，羊叔子风流不再。所幸楚廷颇、牧，兵下三吴；当代英、彭，威伸两楚。刍荛用献，好观北府之兵；葵藿久钦，特下南丰之拜。作将军揖客，大将军元度超超；为宰相参军，真宰相天威凛凛。光依日月，傅休期盾鼻重磨；会际风云，司马拯刀头可割。备驰驱之用，不辞戎幕艰辛；储干济之材，何碍军书旁午？终军真壮士，有时呈系颈之谋；马谡亦奇才，临敌上攻心之策。果尔长江铁锁，难当王濬楼船；亘地金戈，莫抗太真羽扇。数千里欃枪尽扫，二百年磐石重安。固由李、郭忠勤，靖兹狼跋；亦赖郗、王赞画，佐此鸿勋。相臣爱举不遗贤，屡称苏赞；天子自赏以劝善，特擢慈明。予埋轮露冕之权，用观臣节；极彩服绣衣之宠，总是君恩。表表英姿，雅称雁衔体制；恢恢大度，永宜鱼系姿仪。朱颜有耀日之华，似往岁汉家段颎；丹忱上回天之奏，是他年唐室文饶。既而解甲江干，临民粤地；剑藏秋水，普惠黔黎。帘卷春星，从公盐策。习熬波之法，凭寓公施展经纶；佐煮海之猷，看此老消磨岁月。未几蛟龙肆虐，水决金堤；鱼鳖为灾，波横赤地。大吏下塞夷之令，才人任保障之劳。痛万家汨没风涛，真同己溺；任五夜纷飞霜雪，敢惮辛勤？泄其壅而刷其淤，效原吉治河之法；遏乃冲而防乃突，循季驯筑坝之章。锸以荷而成云，岸乃成于不日。具补天之术，何愁浪涌桃花？尽抟土之功，竟尔河成瓠子。从此溃无穴蚁，似白公疏柳之堤；依然亘若晴虹，俨谢傅甘棠之埭。而且更求秦籴，用拯齐饥。酸风苦雨之中，辄叹嗷嗷鸣雁；断壁颓垣而外，愁看瑟瑟饥鸟。分千仓红朽之余，好普天家子惠；济百里苍生之困，不教下泽庚呼。四郊兴膏雨之歌，一路有福星之颂。头衔更晋，是邦家调鼎之臣；手版将持，亦寰宇干城之选。赞襄帝室，潞公为一代伟人；忠于王朝，君实是万家生佛。今者月刚建酉，节届生申。较牡丹诞降之期，

第十三回　序寿文老眼无花　论星数挥毫起草

尚迟五日；正桂子芬芳之际，共祝千秋。始习诗歌，高达夫大堪抗手；预知富贵，朱翁子信可同心。喜庭前棣萼联辉，侑斝尽贾门之虎；庆堂下兰芽竞爽，舞衣皆荀氏之龙。献琼岛甘瓜，半是东都右姓；进玉门仙枣，俱为北海知交。某属在下僚，忝居末秩，羡伯温门第，久托雕梁；参仲德休风，谬依广厦。当荀子从师之岁，用庆松年；值商瞿得子之时，谨陈莱颂。看此日门盈冠盖，称觞于昼锦堂中；愿他年勋勒旗常，祝嘏于耆英会里。

众人看毕，齐声痛赞道："言言珠玉，咳唾九天，我辈敢不五体投地？拜服！拜服！"甘誓捻须大笑道："非是小弟放肆，既诸位阅过，无大瑕疵，想程公生日，各府下僚寿章必多，此作纵不敢直居于前，却也不致落于人后。"王兰道："近代笔墨，于酬应之作不过描头画角，敷衍成文。如老先生切实诠发，真不可多得。"小儒道："寿屏早已办就，明日即烦者香开工，要赶在月半前送去。"众人又说了一会闲话，伯青等辞出，回到内书厅，唤进连儿，叫他至号内备了三骑马，众人加鞭向红文巷来。

到了聂家门首下骑，连儿接过马，三人步入内堂。慧珠正在楼下打棋谱消遣，洛珠背着手看壁上字画。慧珠见伯青等进来，忙立起身迎接。洛珠掉转头来道："你们好早呀！昨日说一早过来，骗得我们日出起身，呆呆的守到此刻，点心多吃过三五次了。"王兰道："倒是清早就要来的，因甘又盘取出寿文与我们看，所以耽搁住了。少停罚我三杯，以赎此咎。"洛珠道："好便宜事！来迟了，罚酒三杯，会吃酒的，不算难事。闻得你平日星数极准，罚你代我姊妹把流年细为推算，因何近年坎坷异常，屡遭着对头寻闹？想皆是运蹇所致，不知何日方交好运，平安无事？这几年是非口舌，也算见过好几次了。"慧珠道："不是你说，我真忘却了。常听得伯青说，者香星数最灵，今日要请教请教。却不可随口奉承，学那江湖一派。可知道这两个命是取不到财的，奉承也是枉然。"王兰笑道："罚我算命也罢了，偏又想出话来打趣我！算得不准，任凭你们加倍重罚；如算得准，我久有招帖在外，十两一命，命金少一厘是不行的。你们将八字报了来。"洛珠道："就这样说。"叫人取过笔砚，铺设桌上，提笔把自己八字同慧珠的年、月、日、时开明，送与王兰。

从龙扯过伯青道："我们到亭子上望望去，不要在此分了者香的神，算不准，要带累他受罚呢。"又拉了慧珠，一齐来至红文亭内，见石畔有数株丹桂开得正盛，扑鼻香风，令人神爽。伯青抬头，看见窗棂上悬着一根鱼竿，近前取下，道："我们在这池内钓一会鱼，谁钓起大鱼来，今年运气即好。我们以鱼为卜，比柔云请者香算命不省些事么？"从龙道："使得，就让你先来。"恰好池边现成的一个鱼桶，盛了些水在内。伯青走下亭阶，立在池头，将钓丝解开，上了香饵，抛入水中。不多一会，那钓丝忽沉忽浮，直向上流而行。伯青晓得鱼来吞饵，猛然把钓竿提起，一尾鱼早拖出水面。不料用力太过，钓竿碰在假山石上，震动钓丝，那尾鱼在钩上翻了几过斤斗，脱却钩须，又掉入水内去了。伯青顿足，连称可惜，道："眼见我的运气是不佳，已有明验。不用再钓了。"从龙道："这却不干你事，鱼已为你钓起，是假山石碰下去的。你再钓一钓，包管还有大鱼在后面呢。"伯青重换了香饵，才抛入水内，即有鱼来吞食。急忙钓起，是一尾金色鲤鱼，在钩上左右泼剌。伯青大喜，取下放入桶内，把鱼竿递与从龙。从龙见钓丝微微走动，提起来看，是一个虾子，双钳夹住饵食，甫出水面，即掉了下去。从龙笑道："这个东西也来同我闹！"又抛至水内，好半会，钓起一尾鱼来。随后慧珠也钓得一尾。

伯青还想再钓，见女婢来请他们午饭。三人收拾鱼竿，同至楼下，见洛珠正拿住命单在那里观看。王兰一旁指说。伯青等也走过来同看。王兰道："他两人的命，皆是先否后泰，连年正交墓库，所以颠倒。若是今岁秋冬之交换入好运，从此一路荣华，毫无阻滞。惟畹秀脱运之际，防有灾晦；再本命内犯了一重华盖，将来子女恐艰，又恐寿命不永。若享受清福，即无碍矣。"慧珠道："我只求免了颠倒是非，管他寿元永不永、子息孤不孤！人生百年，都有一死，只要安安稳稳，过些快活日子，就算了。果然秋冬之交脱了否运，定见代你扬名挂牌；若是不准，我们再议，且观后验如何。"

众人饭毕，至楼上闲坐，瀹茗谈诗，直至日色将暮，伯青等方乘骑回衙。小儒与甘誓早秉烛煮酒以待。小儒道："此饮专为者香而设，明日即烦开笔书寿序了，愚兄未免不情。"亲自斟了一杯酒，送到王兰面前。王兰接过道："毫末之事，何足云烦？小儒太觉客气！"

小儒又问："你们早间急急的到畹秀家去，定有乐处，何妨说给我听？

第十三回　序寿文老眼无花　论星数挥毫起草

恨我不能陪行。想起来反不若在南京时快活。"伯青将在聂家如何与从龙钓鱼，又说王兰代慧珠、洛珠推算星数。甘誓道："原来者香兄精于星数，可否代小弟一算，这老朽之命何日方死？我非达人，却不可不知命。"小儒道："者香命理是屡验的，犹记会试之日，我请他推算，他说众人皆可望身列凤池，惟我命中流年独煞当令，主有权要之事，定非闲曹。果然独我得了榜下知县，竟如其言。者香何妨即在席间为又盘先生一推？"王兰叫人取过纸笔，问了甘誓八字，先将身命各宫立定次第，推排星宿、五行生克。好半会，推算已成，送与甘誓。接过称谢。见一面画着图式，又看后面批著道：

命立亥宫，天奎坐守，府相朝垣；又喜身居紫微，左右相辅，宜大贵之命也。惜乎空却夹命，忌星当头，火铃刑煞，会见三合，科名只可小得，未许大成；加以本局属木，命居亥水，汪洋天姚，客水又复来浸，水多木浮之故。但府相朝垣之命，主人心地磊落，毫无渣滓；文昌化科，天才合命，主多才也；长生在命，天寿对照，主多寿也；身临福德，又来福德，主多福也；禄贵驻于迁移，主多遇合也。又查兄弟宫空虚同临，手足无助；夫妻宫四煞相侵，妻当多克；子息宫同梁得地，定卜荀龙薛凤萃聚一门；财帛宫天相在垣，见贵得禄；疾厄宫空劫照临，当有暗疾，无妨；迁移宫得禄，出外、居家咸宜；奴仆宫日月双明，交友有助，驭下知恩；官禄宫封诰居之，将来紫诰封颁，屈指可待；田宅宫乏正曜，恒产无多；福德宫紫微朗映，晚福绵绵；父母宫见劫早背，先坤后乾。大限：幼年平平；壮年一派亨通之运，名高斗岳，利足仓箱；知命之年以后稍逊；幸禄与禄合，得失各半；刻逢午字，平顺而已。未字来交，先欣八帙筵开，继美九重诏锡；子贵孙荣，一门和气。寿元：则期颐以外，可望百龄。小限：今年在戌，冬初防有小厄。余皆顺适。

甘誓看毕，大笑道："已往之事，宛如者香兄目睹一般，拜服之至！但是说小弟寿至九十而外，真成老而不死之贼了！"引得众人大笑。甘誓又道："小儿及孙辈虽有微名，恐日后未必能符尊论。者香兄难保无谬赞之处。"王兰道："皆系据实而言，绝无半点虚誉；况图内星躔以及十二宫方向，悉本五行生克推排，确有明证。五行之数，纵我不言，又盘先生亦能解得。"从龙接口道："凡星数之生，全以五行为主，生克推明，休咎即准。我却有一句不通的话，要请问诸位。五行之说，起于何时？何以五行配作金木水火土之象？又起于何代？"甘誓道："五行之说，自古有之。按《礼记·月令》：春，其帝太皞，其神勾芒，太皞配木；夏，其帝炎帝，其神祝融，炎帝配火；季月，其帝黄帝，其神后土，黄帝配土；秋，其帝少皞，其神蓐收，少皞配金；冬，其帝颛顼，其神玄冥，颛顼配水。此五帝与五行之官各自为神，文义甚明。五行之数，实肇于此。又《家语》：季康子问孔子曰：'旧闻五帝之名相配五行，太皞其始于木者，何如？'孔子曰：'丘也闻诸老聃曰：天有五行，水火木金土，分时化育，以成万物。其神谓之五帝，而易代改号，取法五行。五行更王，终始相生，乃象其义。故其生为明王者，死而配五行。若五行用事，先起于木：木，东方万物之初出焉，是故王者则之，而首以木德王天下；其次以所生之行相承。'康子曰：'吾闻勾芒为木正，祝融为火正，蓐收为金正，玄冥为水正，后土为土正。此五行之主而不乱。称曰帝者，何也？'孔子曰：'凡五正者，五行之官，名五行，佐成上帝，而称五帝。太皞之属配焉。亦云：帝从其号。昔少皞氏之子四，曰重、该、修、熙，实能金木及水。使重为勾芒，该为蓐收，修及熙为玄冥，颛顼子黎为祝融，共工氏子勾龙为后土。此五者，各以其所能者为官职，生为上公，死为贵神，别称五祀，不得同帝。'等云。此五行之考有所由来。后世悉以五行推度万物，以贼生克之理，是以丝毫不紊。实考之于天地、山川、人物、花鸟，皆以五行肖其象；虚按之于奇遁、星算，又皆以五行测其机。五行之用大矣哉。如者香兄论弟之命属木，木首于五行，又得生理，固云多寿。"伯青等人闻甘誓细述五行所生，源源本本，莫不倾心佩服。又饮了一会，各散。

次日，王兰为小儒写寿屏。伯青、从龙也不出去，惟与甘誓讲论些实学。不数日，王兰寿屏写成，将十六幅齐齐挂在壁间，请小儒与甘誓过来观看。众人同声称赞："真是铁画银钩，笔笔遒劲圆到，神致飞舞，墨彩光洁！"甘誓道："者香兄书法逼近钟、王，即使右军复生，不过尔尔。者香真不负此姓！"小儒见寿文写作俱佳，十分欢喜。又配了几色贵重礼物，差人过江，到制台衙门送礼。晚间，命厨房备了几样精美菜果，为王兰酬乏。众人正在传杯递盏，饮得高兴，忽见连儿上来回道："聂家打发人来，要面见诸位老爷，问他又不肯说。"伯青忙叫连儿领他进来。来人到了席前，给众人请了安，垂手站在一旁。伯青道："两日衙门内有事，未能到你家去。

第十三回　序寿文老眼无花　论星数挥毫起草

今晚打发你来,有何事故?"来人道:"前日天气稍热,大姑娘晚饭后洗了个澡,在院落里乘凉,坐了一会,二姑娘先去睡了。他因爱着月色,又多坐了一个更次,大约受了风露,次早发起寒热来。请了位医生诊视,说是寒伏暑,吃了他一帖药,也没有见效。今日午后,忽然呕吐,又泻了几遍,吐泻才止,又咳嗽起来;兼之鼻孔内淌出似血非血、似涕非涕,现在只是沉沉的睡,连人事多不省,口内唧唧哝哝的不住乱说。赶紧请了好几位有名的医生来,说是一夏的重暑遏伏,适值受了点凉,发作起来。无奈邪气太重,表里不清,倒很有两分病,要望出汗,方可解散。开了一个方子,吃下去,仍然无效。王老太与宋二奶奶害怕起来,打发小的请诸位老爷过去商量商量,有那一位出名的医生,好去请他来诊视。"

伯青听得来人说慧珠有病,甚为沉重,狠狠的吃了一惊,道:"你先回去罢,我随后即来。那些医生的药不用乱吃,等我去再议。"来人答应了几声,就退了出去。小儒道:"据来人所说,畹秀之病甚危。伯青须赶紧一往,今夜是不能回来了。我却不能去看他,伯青代我问声罢。"伯青此时大为着急,无心吃酒,忙叫连儿备马。王兰、从龙也要同去。伯青道:"小儒兄可知道扬州那一位是名医?我意在去请他同往。"小儒道:"扬州医家,多是有名无实,纵好也不见得怎样好手段。"说着,向甘誓努嘴道:"甘老夫子精于岐黄,但是不轻易代人诊视。俗说:'荐贤不荐医。'我却不敢举荐,你须自去求他。"伯青听了,即对甘誓作揖道:"晚生不揣冒昧,意在有屈老先生大驾一行,未知可蒙允否?"甘誓道:"小弟虽粗解药性,何敢言医?既承伯青兄谆嘱,又蒙敝居停谬举,小弟勉力一行。惟病者晚间神色不定,未能望切,即以来人所言,此病虽危,今夜可保无碍。我准于明早前去。"伯青见甘誓已允,连连称谢不已。起身同王兰、从龙出衙上骑,一路加鞭,向红文巷来。

未知慧珠病势若何,且看下回分解。

第 十 四 回

甘老术妙著青囊　冯郎金尽遭白眼

话说慧珠因一日天气偶热,浴罢纳凉庭外,与洛珠闲话。洛珠困倦起来,先自登楼安歇。慧珠见月色满阶,甚为可爱,把坐椅挪到院落里,又命女婢烹茶,独自品茗玩月。直至三鼓,那墙外更柝之声与墙下虫声远近相续,不觉触动愁肠,想到年来东奔西走,受尽了无数烦恼……"自己也是好人家儿女,只因饥寒所迫,流落异乡,没奈何才做这忍辱的勾当!所幸遇着一班姊妹,要算风尘中知己;又有祝伯青,各事能体贴入微,可谓形骸不隔。但是我与他缘分多磨,离多会少;一班姊妹,亦不能逐日相聚。细想起来,都是我命途多舛。就是我日后终身,虽说除了伯青,誓不他适,无奈伯青已婚,他又是个谨守礼法之人,我又不屑甘为妾媵,看起来这件事实属尚虚,只怕将来仍是一场扯淡。我早已立定主见,若此愿不谐,我不是祝发空门,即是一死而已!"这些话只好自家心内计议,虽同胞妹子,也不能与他谈说。一个人呆呆的思前虑后,女婢催他几次上楼,慧珠也没有听见。想到情痴之处,又掉下泪来。那露水湿透罗衫,他也不觉。大凡秋天深夜,每起凉风,吹到身上,连打了两个寒噤,方起身慢慢的上楼安睡。

到了四更以后,忽然寒热大作,头痛目眩,大吐大呕。王氏着了急,清早即去请了附近医生来诊视,服了一帖药,如石投水。到了午后,反很起了不住口的咳嗽,鼻子内时流红涕,又满嘴喃喃乱说,无非多是心内愁闷的事;又遍身如火炭一般,烧得目黑唇焦,连自家人都不认得。王氏又请了城内几位有名医生来,大众斟酌个方子,吃下去仍然不效。众医生临走时嘱咐王氏:"多请人诊视,此症来势甚险,不可儿戏。"王氏听了分外着慌,背地哭过几回,道:"若是慧珠有点差处,我也不活了!"二娘又到各处庙宇烧香许愿。两个人急得走投无路,毫无主意,不是背地里去哭,就是去求菩萨。倒是洛珠还有定见,朝夕不离慧珠,床前服侍;又叫王氏请伯青来商议商议。一句话提醒王氏,赶着打发人去请。

少顷,伯青等人到了,下骑直入门内。王氏正与二娘对坐堂前,无言

第十四回　甘老术妙著青囊　冯郎金尽遭白眼

垂泪，见伯青等进来，起身迎接。伯青急问："畹秀病势怎样？"王氏一面走，一面答道："情形大约不妙。城内有名的医生都看过了，说此症甚险，吃下药去，又不见效。我们是些女流，没甚主见，所以请少老爷们过来，有那位好手医家，请一位来才好。"说着，众人已至楼上。洛珠招呼过众人，即将帐子揭起。伯青抢步至床前，见慧珠仰卧榻上，双眼紧闭，瘦得多脱了形。伯青不禁一阵酸心，滔滔泪下。轻轻的握住慧珠的手，低声唤道："畹秀，畹秀，你此时觉得怎样了？"问了几声，慧珠猛然睁开二目，哈哈的笑道："你原来是个痴子！我的心事，除却天知地知、你知我知，却没有第三人晓得。你叫我说，我又说不出。总之，我的心你都该知道。"又喃喃的说了几句，不甚听得明白，复又合眼睡了。伯青闻慧珠所言，皆是平时背地两人私语的心事，方知道他的病是由心而发，一半为着自己，心内又悲又惜，那眼泪如断线一般。洛珠立在旁边，也觉着伤心。从龙等人嗟叹不已。伯青勉强忍住眼泪，对洛珠道："你们不用害怕，我已请了一位起死回生的好手，就是小儒衖内的甘老师爷。此人精通医理，不肯代人诊视。我约定他明早过来，他说畹秀此症今夜无碍。有了他来，包管一药而愈。我们今夜不回去了，在这里守他呢。"王氏听伯青说请了甘老师爷来，稍觉放心，同了二娘先下楼去。伯青将帐子放下，让慧珠安睡，自己坐在床前守候。王兰扯了洛珠，到外间说话。从龙躺在竹榻上。慧珠一夜闹了好几次，至四更后方才安息。王氏又送上数样点心。

到了天明，日色出未多时，见连儿上来道："甘老师爷来了。"伯青喜道："又盘先生真信人也！"忙与王兰等下楼，迎至堂前，道："蒙老先生清晨光降，屈驾劳神，晚生等之罪也。"王氏赶着上来磕头称谢。甘誓命人扶住王氏，向伯青笑道："吾兄说是尚早，小弟犹以为迟，恨不得黎明即来。要知朋友之事胜如己事，我既然答应，迟早都要来的。即烦伯青领我赴病人处先行诊脉，分症之缓急，然后我们再叙闲文。"伯青连声应是，邀着甘誓上楼，至慧珠卧房。甘誓见楼上陈设幽雅，书籍罗列绝无尘俗之气；又见洛珠俯首榻前，真是润脸呈花圆姿替月，生就静娴、天然丰度，不禁暗暗喝彩道："有妹若是，其姊可知！怪不得小儒常对我言及金陵群妓，啧啧称羡，果言之不谬也。"伯青先将帐幔挂起，又掇张坐椅安置床前。洛珠取过个耳枕，把慧珠的手腕搁在上面。甘誓坐下诊脉，调动自己呼吸之气，细细诊了好半会脉,又看了看慧珠脸色。此时慧珠沉沉睡去,任你怎样,只是不醒,惟频频的咳嗽不住。甘誓又问起病缘由与诸医开的药方,看过笑道:"可笑诸医竟以此症作秋邪伏暑而论,可谓差之毫厘,失之千里。若再服数剂,虽请了神仙来,也难下手。此症素来体质虚弱,且年届及笄,知识渐开,心内或喜或嗔,一团抑郁之气遏久不化,恰恰逗着这点秋邪,发作起来;兼之肺经微受风燥,是以咳嗽不止,鼻流红涕,咳又有声无痰。宜先攻其邪,一汗而即占勿药矣。"遂提笔开药道:

旋覆花,杏仁,半夏,细辛,甘草,麻黄,茯苓。引用姜枣。

写毕,递与伯青,道:"尚祈吾兄斟酌而服为是。"伯青道:"所论高明,如洞见病者肺腑。还要请教:外邪既一汗而解,以后内中抑郁之气可否仍要服药?"甘誓道:"病者神志昏乱,皆由外邪;外邪已解,必然清白。宜投其平日所好之事,开畅其心,再以饮食调补,三五日后,即可霍然。"伯青连声称是。从龙、王兰也十分佩服。

众人邀请甘誓下楼,见堂中早齐备酒席。王氏上来道:"蒙老师爷垂救小女,感激不尽!先具水酒一杯,以作寸敬,务望老师爷赏脸。"甘誓见王氏谆谆留饮,不好过却,只得入座饮了几杯,起身作辞回衙。

伯青送出甘誓,见药已配至,即命人升起炉火,亲自煎好送到楼上。洛珠与众女婢扶起慧珠,用铜管灌入口内。慧珠又咳了几声,哇出些痰来。服毕,轻轻将他睡下,取了两条絮被,连头盖好放下帐幔。伯青与众人均坐在榻前守候。过了一会,慧珠微有哼声。约一餐饭时,猛听慧珠大声"哎唷"。伯青急至榻前,洛珠早伸手掀开帐幔。众人见慧珠把两条絮被全抛入里床,额上的汗有黄豆大小,流得满面,连衾枕都湿透了。睁开二目,长吁了一声,把众人细望了一回,道:"你们因何多在此地?我怎样有这许多汗?此时手足动掉不得。"

伯青见慧珠已解人事,喜从天降,暗暗谢天谢地。王氏同二娘也得了信,飞风上楼,不住口的念佛。从龙等人亦皆欢喜,痛赞甘誓"真有回春的手段!"慧珠已觉得腹饥,要吃饮食。王氏赶紧煎了一盏参汤,送到慧珠口边,一吸而尽,精神陡增,说话的声音又高了好些。王氏又叫人熬上白籼米粥,预备慧珠要吃。慧珠见伯青坐在榻前,在被内伸出手来,握住伯青膀臂,道:"我记得起初病倒,昏昏沉沉的,如今有几天了?"伯青道:"你病

第十四回　甘老术妙著青囊　冯郎金尽遭白眼

了三日了！多亏甘又盘用了一剂药,你才苏醒过来。并谆嘱,你这病症系由平时抑郁所致,须要把心内一切情缘屏除殆尽,数日即愈。不然,仍防变症。我劝你各事看淡些罢。第一,你极好争胜,即如为我的功名,你无日不放在心内烦闷,我那里不知道？人生百年,少时最短,若不趁早及时行乐,随遇而安,徒辜负了天予我的韶华岁月！纵然愁不致死,时当疾病痛苦,岂不是活活的受罪？你本是个聪明绝顶的人,想也不用我多劝。"慧珠连连点首道:"人非草木,岂不自知？无奈一至其境,横来竖去那愁字都撇不脱。即如你我……"说到此处,顿然止住,眼圈儿一红,又望了众人,咳了声,翻转身躯,面向床内。

　　王兰明白慧珠有心腹话要对伯青说,想碍着众人,不便明讲。起身扯了洛珠,向从龙道:"我们楼下坐坐去,让畹秀闭目养息神气；有屈伯青在上面伺候,恐他要茶吃。"众人也解得其意,一齐下楼去了。只剩伯青、慧珠二人,慧珠转过脸来道:"你一夜想未曾合眼,你也好歇息去罢。"伯青道:"我只是记念着你的病,如今谢天谢地,一帖药吃好了,那里还记得瞌睡？你不用烦我,我适才劝你的话不用忘却了,就是你待我好。"慧珠道:"我本没有病,不过因愁闷所致。如你我别离多时,见面并无话说；背过脸来,你横竖都在我心上。我亦时自宽解,譬如没有会见你,又譬如我死了,要见你也不能；就是分开在两处,不过一水之隔,朝发夕至,要见即见,强似那千山万水,天各一方。无如想是想得透,到了其时,就不从这里落想,却觉得你我暂一分离,即成永别的光景,所以愈加愁闷。我从此惟有强制其心,打起精神来保养身体；而且我立定主意,尽我母亲一世奉养；待母亲百年以后,我即削发修行,以了今世。今生不幸堕落风尘,但愿来生托生在个贫苦清白人家。"伯青道:"你又呆想了！好好的人,忽然起了空门念头,不是奇闻么？俟病好了,再议。而今你且安心调养,不要胡思乱想的。"两人谈谈说说,见女婢上楼来伺候,换伯青下去吃饭。夜间,众人即宿在外间。

　　次日,王兰、从龙先行回衙,又请甘誓来诊脉,说"无用吃药,以参苓调摄"而已。慧珠的病一日好似一日。过了几天,伯青也回衙门。

　　小儒要亲自上省拜寿,问伯青等可否同行。伯青因秋节在迩,堂上有父母,不便在外,来与慧珠说知,要回南京去。又劝他不可愁烦,九十月间,仍可来扬州一行。此时慧珠饮食起居业已如恒,道:"你理应早回,你若不说,我也要劝你回去的;况且喜期在即,亦当回家料理一切。"说着,不由眼眶儿一红,忙忍住了,强作欢容道:"新人才貌兼佳,我见过一二次。从此你闺中又添一良友了!至于我在扬州,你很可放心,我自此番病后各事皆淡,断不像以前那种傻气。倒是者香、在田他两人,冬初必定进京供职,你须要重托他们,为你谋复功名,是第一要事。"伯青连连答应。两人又彼此谆嘱了一番,挥泪而别。王兰也去辞别了洛珠。次早,小儒封了几号官座大船,与众人一齐起程,向南京来。暂且不提。

　　单说二郎自与小黛定情之后,似漆如胶,枕上也不知立了多少盟誓,总之,不离"你不另婚,我不另嫁"两句话。二郎又任意挥霍,穆氏以外,上下人等,无一个不奉若神明。过了两月,二郎腰囊本属无多,加之随手散漫,早经告匮。小黛固谏不听,惟有暗自着急。又晓得他母亲是个贪得无厌的人,只得将自家平时小有积蓄与二郎使用。些须之资,更不足二郎挥霍,旬日工夫,连小黛冬衣多去了一半。日久,穆氏微有风闻,二郎赀馨;再细为察访,又碰着一个快嘴丫头,一五一十说知,穆氏方知道他女儿东西暗中贴了二郎。这一气非同小可,自己不住捶胸大哭,连呼肉痛,俗说"捡得一根针,带掉了一斤铁",那里顾他甚么冯大老爷?气汹汹跑到后房。恰好二郎正与小黛并坐窗前调笑,穆氏想起他女儿的东西来,见了二郎,七窍生烟,走至小黛面前,一把扯住他的袖子,用力往外一扯,几乎把小黛扯倒,踉踉跄跄的,靠着桌边站定。穆氏大声道:"还开你娘的屄心!别人家养女儿,挣钱养娘;我家养女儿,挣钱贴孤老!该数要倒运,还有这副老面孔,坐在一堆,搂在一处的说笑。我们这些人家,左贴张三,右贴李四,不如关起门来吃,还落得自家受用!再不然,入庙斋僧,沿途施囚,还讨得一声好!不像我家,贴个女儿陪人睡,又要贴钱钞!我倒要问问你们,究竟我家沾光了多少?须知道也是有本钱来的!现在不要说本,连利多搭去了!"说着,顿足捶胸,口内夹七夹八、带哭带骂的起来。

　　小黛起初见穆氏扯他,不知何故,后来听穆氏句句说的是他,又羞又气,倒在床上,放声大哭道:"你不要寻我事!我死了,你们就清净了!"

　　二郎忽闻穆氏一番言语,又见小黛如此模样,兼之穆氏口中诸多不逊之语,气得四肢冰冷,十分惭愧,恨不能钻入地底里去。欲要发作穆氏几

第十四回　甘老术妙著青囊　冯郎金尽遭白眼

句,回想自己本来理屈:"虽说我在他家用过多少银钱,这种人家,只认得有钱的;如今我既没钱使用,大不该用小黛的钱,落得有他说话。"欲不发作,又想:"自己是个堂堂五品京员,反为鸨儿羞辱,有钱的时节,他那样加倍趋承;一经缺乏,即翻转面皮,前情一概抹煞,岂不可恶!"恨不能立刻到县去,"将穆氏提去,从重处治,才出我胸中之气!一来怕他泼悍,见了官,他也不畏,拼着挨打挨枷,就把这细情说出,如何用了他女儿的钱,那倒反被县官轻视,又惹旁观笑话。二则小黛究竟是穆氏亲生,我与小黛誓同生死,他又待我情重如山;他虽受了穆氏的怄气,若重办了穆氏,恐他心上不忍,反怨我无情。罢!罢!罢!总之千错万错,总是我错,不如忍了这口气走了罢。我该与翠颦有因缘之分,纵然磨劫,都有成时;若果无缘,迟早总有分散之日。只要我无愧于翠颦就是了。这场羞辱,只当是受着翠颦的,难道我还与他过不去么?"想定主意,立起身来道:"笑话!笑话!你与你女儿淘气,因何夹耳连腮牵连着人?可不是害了疯!我也不稀罕一定在你家,但是我姓冯的待你家也不算错,你不要后悔!我并非怕你撒泼,还碍着你女儿面子,你可不要糊涂!"说罢,大踏步去了。

　　穆氏见二郎说了几句出去,只道二郎当真怕他,分外扬扬得意,跳起来大喊道:"你不要支你娘的穷架子!老娘眼睛里不知见过多少的大老官!你不过一个芝麻官儿,大言不惭的,吓鬼呢!任凭你文武衙门去送老娘,我都领你的!总而言之,天下都没得孤老用婊子钱,反摆大架子!我看我女儿方才说,要死了让我,都因你起见。倘若有点差失,还怕你飞上天去?"

　　二郎既居心不与穆氏为难,怕伤了小黛的心,随他怎样啰唣,只作不闻,急急的走出后间,劈头遇着小凤、小怜。他二人正坐在房内,闻穆氏在后大喊大闹,不知何故;忽见玉梅忿忿的进来,把穆氏如何辱骂二郎,可笑二郎竟忍了下去。小凤、小怜听了大为诧异,赶忙到后面来,恰好遇着二郎。见他满面怒容,恨声不绝,见了他姊妹,更加羞愧,低了头要走。被小凤一手拉住,到自己房内,道:"甚么事?与老货闹翻了?玉梅来说的又不清楚,何妨你说给我们听听。还是鸨儿不是?还是老爷不是?"二郎见小凤谆谆问他,叹了口气,道:"芳君,我平生以来未受此辱,说起来,真要愧杀!"小怜道:"难道你不说,我们住在一宅内,就不知道么?你说了,我们还笑你不成?"二郎到了此时,也顾不得羞耻,索性将小黛与他如何情好,"见我手内空乏,把积蓄供我挥霍。穆氏晓得了,如何与他女儿寻闹,又句句羞辱着我。欲待不受,又恐投鼠忌器,有伤小黛之心。只好忍耐这一口气走出,从此不到他家,免得怄气。"小怜道:"穆氏那老东西本不是人!我们虽居一宅,多不甚招呼。也是翠颦命中注定,有这个老娘,跟着他淘气,倒不如我们散漫。"小凤道:"畹秀姊妹也有娘的,却不像穆氏这样人。"小怜道:"你这句话又错了!聂奶奶到底是好出身,又爱惜畹秀、柔云,如同掌上明珠。小黛虽是穆氏亲生,无奈这老东西一味好钱,见了钱,性命多不要的。不相信,有钱的人唤他吃屎,都愿意的!你不看楚卿起先的光景?穆氏只差把楚卿顶在头上,不知怎样奉承方好!而今楚卿没了钱,顿时翻过脸来,与起先真有天壤之别!像穆氏这样人,实在天下没有第二个!"

玉梅站在旁边,道:"姑娘们,省一句罢,后面的人出入都要走我们堂前的,倘若听得,又是闲话。穆奶奶那张嘴,还说出甚么好话来?"小凤道:"怕他么!若要认我们的话,索性给他个不好看,代楚卿出口气!"小怜道:"明日等他走我们这里过,偏要指桑说槐的骂他一顿,看他怎样在太岁爷头上动块土!即如平时,顶面碰见他,不得不招呼声。他那种大模大样的架子,真正是我们个老前辈,令人可恶!依我,久已发作他了,不过于碍着翠颦的面子。他不要当着我们怕他,真正做梦呢!"二郎道:"你们也不要如此,还要念翠颦平日姊妹相处情分。穆氏受了你们气,原不敢怎样,他又寻着翠颦去了。就是刚才这件事,我那里忍耐得住?恨不能打他一顿,再送官究办,无如碍着翠颦。说到尽头,翠颦是他养的,不比别人。心内虽恨穆氏,若教人收拾狠了,教翠颦即有点难处。"

小怜笑道:"你还爱惜翠颦,虽说翠颦待你不错,无奈他母亲贪财心重,除非你再挟资以往,到他家使用,他仍然趋奉;否则,纵有十二分温柔,他也不睬你。看他母女,还有大闹干戈在后面呢!翠颦本与你誓同生死,见你走了,断不肯另接他人。穆氏必然逼他再招接有钱的,他母女定见要淘一场恶气。我怕逼急了,翠颦生出别的枝节来!"一句话提醒二郎,甚为着急,连连向小怜作揖道:"爱卿,你这句话一丝不错。倘然穆氏逼急了他,翠颦定要寻短见的!他向来性情宁折不屈。须要请你从旁解劝,我感

第十四回　甘老术妙著青囊　冯郎金尽遭白眼

激不尽!"小怜道:"何用你吩咐?我们虽恨穆氏,与翠翚是好的。我自会留心,不劳你叮嘱。"小凤又叫人摆饭,留二郎吃毕,二郎作辞。回至云从龙寓内,日夜记挂小黛,又不好去看他,只得时至小凤处坐坐,询问蹊径。又托玉梅寄语小黛,叫他放心,都要设法救他,脱这牢笼。

单说小黛见二郎傲气走了,心内如刀割一般,又不能留他,掩面大哭,声声只求早死。那穆氏料定二郎不肯善自走出,都有大大一场厮闹,还怕他倚官仗势的压他;不意二郎竟自走了,好不喜欢。见小黛哭得泪人一般,也觉可怜,假作怒容道:"你把东西贴了这个穷鬼,我还没有责罚你,你反闹得惊天动地,难道这种穷鬼,还有甚么舍他不得?你的东西,好容易一点半点置办起来,被他用得干净,你想想,也该恨他!如今只好自认晦气,当遇见鬼同害病的。但是用了我家的钱,也恐天理不容,是有报应的。说不得拼着苦苦自己,为娘代你重觅一个有钱有势、知心贴己的大老官,用个一年半载工夫,去的东西又可还原。你也不用烦恼,依我的话包管不错。若是不相信,我却不留情,你不要讨没趣!"说着,走近床前,拉住小黛的手,道:"我的乖儿子!你平时最孝顺,不可违拗我。要像姓冯的这样人,天下也不知要多少!他以为是个官,又有两个臭钱,老娘还没有眼看,强似他的、赛过他的多着呢!要说他是个标品,普天下的人,高出潘安、压倒宋玉的也有,都包在娘身上,代你找一个。当初不过见你与他尚算合式,我才肯叫你招接他,让你们遂遂心。我听得人说,他在京中曾讨过饭的,后来多亏祝公子等人搀扶,才有这个捐纳的小功名。说煞了,是个讨饭胚,纵好也不会好到那里去。难得打发冤家离眼前,是我家祖宗有灵,与你的运气好;不然,过久了,为娘怎舍将你跟他去过穷日子?我的乖儿子!你最信我的话,起来梳洗,吃点饮食,到前面与蒋姑娘、赵姑娘谈谈去。"小黛正在伤心,听了穆氏的话,分外火上添油;又听口口声声劝他另行接客,也顾不得母亲不母亲,使劲把穆氏的手推过一旁,一翻身坐起,冷笑道:"你说的是梦话不成?我与冯郎誓同衾穴,他就穷得讨饭,我也不怨,不劳你费心,替我担惊受怕。怪不得把冯郎逼走!想我再接他人,除非日出西方、地在天上,方可行呢!你说我把东西贴了他,也是我平日寻赚来的,不曾动着你的里肉,你也说不起嘴!"说着,又跌足捶胸,大哭大闹的道:"你也不用逼我,我立定主意,惟有一死!你好另带一个养女,教他今日接财神，明日接富翁，好让你受用不尽，快活不了！"站起身来，视定庭柱上，一头撞了去。把个穆氏吓得魂灵出窍，急忙一把抱住，道："你不行，就罢了，何苦自己轻生？你倘有差失，教我倚靠何人？乖儿子，都是娘的不是，老昏了，老霉了，你不要记憎我！"女婢等人也上前扶住，同声劝慰。穆氏又叫人去请小凤、小怜。

少顷，二人已到。小黛见了他们，又愧又恨，格外嚎咷大哭。穆氏道："蒋姑娘、赵姑娘，你们来劝解他声，他多分着了魔，只是要寻死。好日子，歹时辰，却不是耍的！"小凤走近，扶着小黛肩头，道："妹妹，你不用呆，好端端死了让别人怪不值得！你随我到前面去，我有话与你讲。"小黛满腔心事，一时也难以回答，惟细味小凤之言，深为有理。小凤叫玉梅扶着小黛，来至前进，先取水过来与他净洗。小怜亲自代他拢起头发，又摆了点心。小黛执意不吃，只得撤去。小凤道："翠鬶，你向来是个聪明人，因何今日糊涂起来？你的母亲，你还不知道他是个好财的人？我们久已议论过，你与二郎是不得长久的。二郎腰缠有限，你母亲贪心不足，两地如冰炭一般。俗云：'钱尽情义绝。'不怕你多心的话，你非比我们自由自便，你又与二郎立约在先，以死自誓，何能中途改变？必须设个章程，慢慢的使你母亲入了圈套，做个离而复合的法则才好。你须耐着心肠，此事非一朝一夕可成。待祝、王诸人回来，大家商议而行。你却不可任性，自寻短见！试问：你死了，于事何济？"一番话说得小黛悲苦减去一半，连连点首道："蒙姐姐的盛意开导，小妹愚蒙，敢不遵命？但是我母亲的心不肯干休，仍要逼我接客，那时却如何是好？"小怜笑道："你真正聪明一世，懵懂一时了！有个绝妙的章程……"遂附着小黛耳畔，低低说道："装病。"小黛听了，喜动颜色，起身向二人福了一福，道："若小妹他日得与楚卿复合，皆姐姐们大恩成就！"小凤、小怜齐称"言重"，道："自家好姊妹，何出此言！"又叫玉梅摆上点心，劝小黛吃过，众人在房内讲讲说说。

日色已暮，穆氏悄悄的到前进窥探，见小黛与二人有说有笑，不是先前那样光景，只当女儿被他们劝回了心，好不喜欢，心内着实感激小凤、小怜，也不敢惊动他们，仍回后面去了。这里众人闲话，到二鼓以后，小黛不肯回房，同小凤歇宿。

次早，穆氏借着别事，进房问长问短。小黛全不理他。过了一日，小

第十四回　甘老术妙著青囊　冯郎金尽遭白眼

黛忽病倒。小凤请了穆氏过来商议，仍将小黛抬回自己房内，延请名医诊视。医生说是气恼伤肝，须要安心调治，不可触忌；若再气恼，即成不治之症了。反把穆氏吓得要死，日夜当心服侍，把逼他另行接人的话半个字也不敢提起。

原来小黛装病之时，小凤先暗地叫人嘱托医生，要如此说法，当重重酬谢。试问穆氏如何晓得？小凤又叫人去知会二郎，小黛病是假的，是他们设计的计策。二郎听了，也自欢喜，才把穆氏与他怄气的话告诉众人。

梅仙起先见二郎回来步门不出，又见他终日短叹长吁，愁眉不展，明知在小黛家出了事情，却不知因何起见，又不好去问他。此时听二郎说了，方才明白。梅仙笑道："我只当甚么大事，原来是受了丈母的气！要做人家女婿，都要受丈母气的。大凡做丈母的，十个就也九个嫌贫爱富。我劝你罢了，不看丈母的情分，还要看他女儿的情分才是。"二郎笑着打了梅仙一下，道："你这个骚东西！人家受了怄气，正没处发泄，你还开心打趣我！但愿你后日有了丈母，磨死你，我方快活！"梅仙道："闲话少说，既然翠鞶装病，免他母亲啰唣，但是只可免得一时，终久都非良策。你一时又没得许多银钱去结识他，深恐穆氏旧念复萌，翠鞶仍然不免此难。"二郎听了，又愁上心来。沉吟了半会，毫无主见，因求计于梅仙道："小瘫此言，一丝不错。你有何良策，好代翠鞶设个出牢笼的法则？"梅仙道："闻得伯青等人不日就回，那时大家商议个万全之策，救出翠鞶。好在穆氏暂时只愁他女儿的病，还想不到别的心事。在我看，就在小黛这一场病上生发出文章来做最妙。"二郎连声称善。又暗地里到小凤处访问消息，知道穆氏为小黛的病很为着急，把逼他的话一字多不敢提，二郎才算放心，专盼祝、王等人回来计议。

那小黛的病或轻或重，请了医生来，皆是一样的话。把个穆氏弄得昏天黑地，自己反懊悔起来："不该一时过于激烈，逼走了姓冯的。如今女儿又病倒了，眼见性命不知怎样，倘然有点参差，我家钱树子倒了，将来依靠何人？我该缓缓设法，拆开了姓冯的，我女儿也不致如此。此时若说再把姓冯的找了来，一则姓冯的前日既受了我那一场恶气，必不肯来的；二则再把这穷鬼招进了门，日后又难退送，教我里外皆难。"惟有背地托小凤、小怜，劝他女儿安心调理，"俟他病好，定见把二郎请来，那时将他招赘在家,或嫁与姓冯的,多随他心意。只要将病医好了,做娘的都好说话。"小凤、小怜明知穆氏一派虚言,哄骗小黛,口内却答应他。又叫人将这些话说与二郎,嘱咐他赶紧趁此机会,大有可图。

二郎得信,又与梅仙计较。梅仙道:"虽是好机会,你却不可性急,索性把穆氏那老东西磨够了,那时发手,不怕不入我彀中。大约伯青等人明后日都要回来,闻得小儒同来,拜制台的寿,最妙叫小儒那边转出个人来,一谋即成。此时却不便说,临时再定章程。俗云:'定法不是法。'还要同他们斟酌尽善而行。你可知道,穆氏是个老奸巨猾,不容易驱他呢!前日小儒有封信来,甚不放心,深恐你迷恋小黛,误了功名。此刻与小儒说明,若得了小黛回来,可以永好齐眉,再无他念。小儒也乐于作成的。"

二郎听了,喜得手舞足蹈。恨不得小儒等人立刻来省,今日去说,明日就将小黛接了家来,那一天愁闷都抛入东洋大海去了。又想到倘若穆氏执意不行,他女儿天下人多不嫁,要留在家中做摇钱树子,岂不是大众忙了一场,仍属空谈?心内又是愁烦起来。弄得二郎愁一会,喜一会,或独坐大笑,或抚膺浩叹,如着了魔一般。梅仙见他如此光景,又好气,又好笑,只得借东说西劝他,宽慰他的愁肠。

好容易这一日打听小儒等人船已抵泊码头,二郎欢喜异常,也不待从龙回来,竟自坐马,带了两名跟随,来会伯青、小儒。又叫人先到小凤家里,给他们一个喜信。又恐小儒上了岸,会他不着,不如到伯青那边,问定他的住落,再与伯青计议定了,见了小儒,也好说项。小儒是个拘谨人,说得不好,惹他回个不字,任凭你再说得天花乱坠,也不中用了。自己拿定主意,一径来会伯青。

未知与伯青商议出一条甚么计策来去骗穆氏,且看下回分解。

第 十 五 回

智以绐贪犹烦撮合　散而复聚顿解相思

却说祝伯青等人到了南京码头,泊定船只,众人分头各回私第。云从龙回至公馆,梅仙迎接入内。从龙问及二郎,梅仙把他与穆氏如何淘气的话细说一番,"他适才听得你们回来,忙忙的坐了马,说寻伯青去了。我看他受了这一场气,心内也明白过来,只要小黛嫁了他,如了他的愿,可以从此回心转意,巴干功名。"从龙点首道:"若是大家商议去赚穆氏,不怕他三头六臂——终是个女流;而且他不过贪的是财,都可成就楚卿与小黛的姻缘。"从龙起身脱去大衣,外面早摆了饭上来。与梅仙吃毕,散坐闲谈。

单说伯青到了府中,进去请了父母的安。祝公细问扬州光景,又说到小儒官声甚著,祝公叹息道:"小儒为人,本来纯粹心地极有见识,却不肯自炫其才、聪明外露,所谓大智若愚是也。将来小儒断不止于一令,都要大用。你们一班同年中,我所取者,只小儒耳。汝等切不可以迂目之,当法其所为,不患不成纯粹之士。就是日后,你们都有倚赖他的所在。"伯青唯唯听训。又说了一回,方才退出,到了自己书房。汉槎早已得信来看。伯青二人正对坐闲话,连儿来回道:"冯老爷过来了。"早听得二郎一路招呼着进来。二人起身,迎入书房。坐下茶罢,略叙寒暄。二郎即从头至尾,把穆氏的话细说:"特来求计,诸兄要救小黛出脱牢笼;不然,他若被穆氏逼死了,小弟惟有相从于地下而已。"说着,纷纷泪落。伯青见二郎如此光景,也觉可悯;又想到小黛现在度日如年,死多生少;况他与二郎已结良缘,又是个有志的女子,必不肯再适他人。"他与畹秀是同时的人,若一比较起来,真有霄壤之分!我等既与二郎至好,岂可置之不问?"向二郎道:"楚卿不用性急,小瘴的算计颇好,非如此做法,不得成功。明日待小儒来,与他商议,缓缓的去圈套穆氏,都可入我彀中。这几日小儒要去拜制台寿,却没有闲暇。好在小黛暂时也无妨碍,明日嘱小儒那边先打发个人去试探穆氏口气,再作计较。"二郎谢了又谢,又与汉槎叙了几句,起身作辞。

回至寓内,见了从龙,把伯青允他的话说知众人。梅仙笑道:"我看你今日才算放下心来,省得你终日笑一阵,哭一阵,我也不懂你是怎样心思,吓得我又不敢多问你。我不怕别的,只怕你弄疯了,那才是闹出大乱子!托天庇佑,有了陈小儒、祝伯青这几个撮合,他满口应允。你这件事,真真十拿九稳。明日倒要先去给个信与林姑娘,遥想他在家装假病,又要哼,又要吃苦水,那日子也不甚好过;加以心内愁烦,拿不定就成功,不要你放了心,他又在家愁疯了!"引得从龙大笑起来。二郎指着梅仙道:"你这促寿的痨病鬼,专会刻薄人!你不要愁我疯,我倒愁你寿不永!"梅仙道:"阿弥陀佛!好良心!我为你费尽心机,想出一条尽善尽美的良策,你不感激我,反诅咒起我来!记不得作揖请安、请着我设法的时候了?"三人谈谈说说,吃了晚饭,各自安歇。

　　次日,小儒去禀见过制军,下来到了祝府,伯青接入书房。小儒说要去会二郎,伯青道:"他正有件事,要来求你。"遂将小黛的话一一说明:"托你打发个面生的人去试探消息,再作计较。"小儒道:"果然成全了他们姻缘,楚卿由此转念,巴干正务,我也乐从。但是打发去的人要口角伶俐,露不得一丝破绽;若说翻了,那就难了。"低头沉吟半会,道:"我船上有个随身家丁王喜,此人年纪虽轻,却极能办事,现在派在衙门里当外差。明日叫他去走一遭,还不致误事。"伯青连称"使得"。小儒即作辞起身。又至江、王二府拜会过了,也不去会二郎,回到船中,叫过王喜,从头至尾吩咐了一遍。

　　王喜答应退出,更换了一套新衣,带了两名三儿,摇摇摆摆,向小黛家来。到了门首,先着三儿入内,说声:"这位王大老爷是由扬州来的,久仰你家姑娘大名,特来奉访,务必要面会谈谈的。"少顷,穆氏随了出来,抬头见王喜生得人材俊俏,衣服华丽,像位大老爷身份。忙上前请了安,垂手站在一旁,道:"蒙大老爷光降,理应唤小女出来伺候;无奈染了重病,在床有半月之久,万不能见人。要请大老爷原谅。"王喜故作惊讶道:"怎么有了病?这是怪我缘分浅,连一面多会不到!我也走乏了,借你家屋里歇一歇脚,可使得么?"穆氏忙请王喜至内堂坐下,叫女婢送了茶,自己坐在下面相陪。王喜吩咐两个三儿道:"你们外边去,不要在这里叫唤,他家姐儿有病,不可惊动。"三儿一齐退出。

第十五回　智以给贪犹烦撮合　散而复聚顿解相思

　　王喜问了几句闲话，把椅子挪了挪，靠着穆氏，低低的道："我有句不识进退的话要问你：闻得你家姐儿身上有个客，与他怪好的。那个人我也认识他。这句话可有是没有？"穆氏听了叹口气，道："既然大老爷知道其情，也不用我细说。有是有一个姓冯的，如今不来往了，我家女儿的病，即因他而起。说及这姓冯的，我恨如切齿！"王喜拍手道："好呀！你倒一句没有欺我！我也听得人家这样讲。那姓冯的在京时候我就认得他了。他是个没行止的人，怎么你家招惹他进门呢？"穆氏听王喜的话句句对了头，索性把前后细情细说。把个王喜不住的叹息道："你既与冯姓闹过了，我也把直话说给你听。这姓冯的日前在京里闹得不成人样，连衣食多不能周全，人多鄙薄他，不肯照顾他。后来到了一个外省会试的举子，有几个钱儿，一心要做好人，学那扶危济困的故事。不知怎样瞎了眼，碰见这个姓冯的，说他不过暂时落魄，将来大有作为，比他是个伍子胥、汉王孙，竭力提拔，又代他捐了个郎中。那姓冯的穷得没有路走，忽然遇见这个冒失鬼，重复又矜张起来，格外在京里胡闹。他做的事，多合不上口儿说他。这举子会试，点了词林，告假祭祖，又把这宝货带了出来，不知怎样，又落到你家。你想，他不过靠着人养活，那里还有多少钱使用？据闻那提拔他的人，而今也晓得他的脾气，同他疏远了。我久闻你家姐儿是南京城里数一数二的人材，偏生遇见这倒灶的！不是我说，也怪你做娘的没有见识，不识得人。你不能只看他那副脸蛋儿与那几件外罩儿。如今难得与他拆开，要算你的运气。你家有这样一个好姐儿，还愁没有大老官结识么？若说你家姐儿为他病了，更是傻气。这样人，还是甚么稀罕宝吗？罢了！索性日后真有好处，也不妨，自古英雄多出草莽；眼见得他是坏定底的了，跟他也过不出好日子来，真正错得大呢！"

　　一席话说得穆氏顿口无言，由五内里佩服出来，道："大老爷真乃洞见肺腑，我也这般说。无奈我家不争气的女儿一心恋着他，病都想出来了。目下闹得不死不活，终日只是哭，教我也没有法。多分是前世里的冤孽！"王喜道："我来的工夫久了，还要去会个人，停一日再来看你家姐儿。待我开导他几句，包你比吃药还灵验！"说罢，叫三儿进来，取出个银包，约有四五两重，递与穆氏，道："不成个意思，买点果品给你家姐儿吃罢。"穆氏道："大老爷只用了一盏清茶，我连点心多没有备——因为有病人在家，小使们配药去了。怎好领起大老爷赏来？断断不敢！"王喜道："这点点意思你还推让？不是羞我吗？"穆氏见他执意不肯收回，忙起身道了谢，心内好不喜欢："这姓王的不知有多大家财，头一次出手，即如此大方！若是小黛好好的接了这个人，真正是欣富贵，不愁穷！"

王喜起身，带了三儿走出。穆氏一直送到大门外，还叮咛了好几句："有暇请过来坐坐。"见王喜去远了，方才回身。到了房内，见小黛倚在床上，似睡非睡，泪痕犹在。不敢惊动他，悄悄的走出，坐在堂前，细想："这姓王的人又好，钱又多，说话又溜亮。若他日再来，能于劝转了小黛，就招接了他，要算天大一桩美事。只怕他不来，我又忘却问他住处，又没地方去请他。"心内又懊悔起来。

不谈穆氏在家胡思乱想，单说王喜回至船中，见小儒销差，把说穆氏的话细细禀明，"看穆氏的意思，已有八分活动；过一日再去一次，即可入港。"小儒甚喜，大为称赞能干，即遣人去通知二郎，叫他暗中送信与小黛，可以放心，还要假作欢喜，不可十分大喜，被他们看破真伪。二郎得知，去了凤信，飞会小凤姊妹，转述小黛知道。小黛的病却慢慢好起来了。

只隔了一天，王喜仍带着两名三儿来寻穆氏。才进了门，穆氏如迎上宾的接了入内，赶紧吩咐厨房备酒款待。席中谈到日前的话："承大老爷关切，我仔细打算，一丝不错，只恐我家那天生怪性的女儿不肯依从。如蒙大老爷开导他换了念头，真乃我林家的再造父母、衣食爹娘！"王喜笑道："你的言太重了！非是我好多事，亦因你家姐儿好一朵娇花，被那姓冯的占住了，譬如插在一堆灰上，岂不可惜！不知这两日的病可好了些？若许我见一面，我就好用几句话儿挑拨他了。"穆氏道："连日精神似觉好些。待我先进去探一探口气，再来请你大老爷。"即起身进房。

见小黛面朝外睡着，穆氏低低问道："你要吃茶吗？"小黛睁开双眼，摇头道："不吃。"穆氏又道："外面来了个姓王的，是个过路官儿，要会会你，有话说。"小黛怫然不悦道："那个姓王的来会我做甚么？难道我病才稍好，又想来催我死么？"穆氏急得满面通红，道："你又来寻气了！我的话多没有说得完。这姓王的是冯老爷叫他来看看你的，若是别人，我何能叫你会他？"小黛听了，始回嗔作喜，道："原来是楚卿那边来的，你该早说。快些扶我坐起，去请他进来。"

第十五回　智以绐贪犹烦撮合　散而复聚顿解相思

穆氏即忙出来，对王喜道："我才说了声有人要会你，他登时就生气。亏我说你大老爷是姓冯的请来的，方才没事，叫我请你老人家进去。你须要照我这样说去。"王喜点头道："我理会得。"同穆氏跨步入房，见房中陈设甚为幽雅。小黛斜倚锦枕，半坐半眠，那一种可怜的体态，如捧心西子一般。王喜暗暗赞叹道："怪不得冯老爷为他用尽心机，求张请李，像这样人材，真是天下有一无二！"

穆氏邀请他在榻前坐下。小黛明知是小儒的人，也不问长短，劈口道："楚卿近日可好？爷与楚卿是亲呢是友？"王喜道："楚卿在京中时，与我即是一人之交；昨日我去看他，他托我来问你，近日病体若何？嘱你安心调理。他因有件俗事羁绊住了，迟一天，当亲来看你。"穆氏接口道："千万拜托你大老爷，请冯老爷早些过来。他老人家向来宽宏大量，难道与我家别了几句气，就不上门了？还要惹旁人笑话呢！"王喜道："没有的话。他委系被别的事缠住了，不然，久经来了。他怕你家疑惑他别气，又不放心你家姑娘的病，所以才嘱托我来的。"穆氏又搬了几色果品进来，邀王喜上坐，自己对面作陪。吃了几巡酒，王喜故意装着半醉情形，笑嘻嘻对着小黛突然道："翠姑娘，你可晓得楚卿定下亲来了？"小黛听了，惨动颜色，颤抖抖的道："你怎样讲？楚卿竟自定亲了？当真的么？"穆氏连忙拦住王喜，道："大老爷，请呀！酒冷了。这些闲话，此时提他做甚么呢？"王喜道："该打！该打！我是听来不确的话，翠姑娘休要见疑。"小黛着急道："母亲，你真要呕死人！难道不说就罢了？他已出口，我已入耳，要得好，起先连这几个字都不说才没事呢！"说着，纷纷泪下，向王喜道："爷，不用听我母亲的话，只管讲，我最不耐烦人说半截话。"王喜故作艰难了半晌，道："翠姑娘，我说是说定了，你却不可生气。楚卿自从那日淘气出去，恰巧姓云的回来了，再三劝他结门姻亲，又说：'这些路上的人娶家来做正室，要惹旁人议论的，也不像我们官宦人家做的事。'楚卿正在气头上，被他把心劝活动了，应允了他。姓云的次日即唤了媒婆，来与他议亲。据说是个甚么姓吴的女儿，他老子也做过官的。一说即成，前数日已经下过聘了。我当这件事你该知道，我所以才说的；殊不知你没有晓得，算我多话。"

小黛听了，登时满面紫涨，泪如雨下，指着窗外大骂道："冯宝！你这负心的贼！我为你受气染病连半字怨言都无，皆因当日在神前立誓，同生同死；不料你听旁人的挑唆负了盟约改变心肠。负心的贼子呀！只怕天也不能容你！算我瞎了眼认错了人，弄得我不苗不莠，反惹同伴姊妹们耻笑！"又骂云从龙道："人家好端端的姻缘，干你何事，你一意打破了人家？只恐你也要有报应的！"哭着骂着，吓得王喜与穆氏呆呆的坐着不动，劝又不好，不劝又不好。小黛哭骂了半会，突然大笑起来，唤着自己名字道："林小黛，林小黛，你好痴呀！这一来，可以打破你的迷关断绝你的痴念。他既负心，我亦改节，难不成我还为这负心贼把性命糟蹋么？连我这场病都害得无谓，害得可笑！"一翻身坐了起来，下了卧榻，对着王喜福了一福，道："你老人家要算我林小黛救命恩人！不然，岂不为负心贼所卖？"回头盼咐女婢："快取稀饭来，我此时心内颇觉爽快，似乎饿得很，我身上病一点都没有了。"

　　穆氏见小黛如此，又惊又喜：惊的是小黛忽哭忽笑，如染了魔一般；喜的"他听了姓王的话，改转念头，从此可以不想那姓冯的。如果由此病退心回，这王大老爷倒不是我女儿救命恩人，真正是我家一尊救命王菩萨！我女儿能于另行接人，我还愁穷么？"不禁乐得手舞足蹈，近前扶住小黛，道："你病后是不可过于劳动，又不可作气。这些话未知是真是假，你还到床上歇息去。"小黛笑道："母亲，你还当我有病么？我已好了，我的心也不呆了。不是我夸口，说句没廉耻的话，似我林小黛这样人品，他姓冯的也无福消受！我趁此青春，也落得自寻快活，管甚么日后不日后、终身不终身？像冯宝这种恩情尚然改变，我亦看透世情，且到那个时候再作计较！细细回想起来，我真是普天下第一个痴子！"穆氏知小黛的心已决，只喜得心痒难搔，不住暗暗谢天谢地。女婢摆上粥来，小黛一口气吃了两碗。

　　穆氏恐他病后过饱，再三劝住；又劝他上床稍养精神，放下帐幔，邀了王喜至堂前坐下。穆氏倒地百拜，道："承大老爷天高地厚之恩，劝醒小女痴肠，粉骨碎身难酬大德！"王喜扶起穆氏，大笑道："这也是该应！偏偏我这几句话打动了他，又甚为相信。我深愁说翻了，那就了不起。"二人重新入座，开怀畅饮。王喜道："不是我又多话，乘着他心活动的时候，你要赶紧另寻个出色的人，他此时必然依允；倘或久顿思谋，心又回转过来；再不然，晓得我这些话是骗他的，那时就请了天上神仙下来，他也不相信了。"一句话提醒穆氏，连连称是。低下头来沉吟半晌，对着王喜嘻嘻的道："我

第十五回　智以绐贪犹烦撮合　散而复聚顿解相思

有句不中听的话,要对大老爷讲,却不要见恼。"王喜道:"没有的话!你只管讲,能商议得来的事件,我断无不行之理!"穆氏道:"适才你大老爷说我女儿回转心肠,恐日久又有改变;但是要暂时寻一个他合式的人,那里有这样相巧的?我再三思想,你老人家年又妙龄,家赀又大,可算一个十全的人。若是赏脸,肯要我的女儿,他必然称意。至于我女儿的身价银两,决不计较。"王喜哈哈大笑道:"你不要罪我罢!你家姐儿天仙般人,我也配得上么?我留心替你家觅一个就是了。"穆氏道:"大老爷不须推辞,我是实心实意报效你大老爷,倘有半句做作,教我永堕地狱,不得翻身!"王喜听了,喜动颜色,道:"你说这话,果然当真么?"穆氏道:"我已发过誓了,难道大老爷还不相信?"王喜道:"承你雅爱,好极的了!但有一件,你须问定翠姐儿,可否愿意?单是你应允,怕不算数;只要你家姐儿答应,我也不克苦你。我有个菲意,想送三千两纹银来作身价。"穆氏闻姓王的出口就给三千,喜出望外,道:"论理不该与大老爷计较,无奈我历年亏空多了,加上他这一场病,用得不少,我多指望在我家这宝贝身上开销呢。"王喜道:"这话倒不错。也罢,苦苦我罢,亦因你家姐儿生得好,就教我多花费些,也情愿。少也不给你,再添二千,凑成五千银子,何如?若要再多,那却难办了。"穆氏急忙出席道谢,道:"我今晚问定我女儿,你老人家明日来听回信。"王喜道:"我寓在水西门外船上,你如有实信,亦可着人招呼我声。"穆氏答应,吩咐女婢送上饭来,二人吃毕,又坐了坐,王喜起身辞去。穆氏同女婢收拾杯盏,关好门户,然后来至房内。

　　小黛正倚在床上,叫女婢拍腿,见穆氏进来,问道:"那姓王的走了么?"穆氏道:"走了。他恐你已睡,嘱我说声不惊动你了。"小黛道:"这个人还好,人品既轩昂,说话又伶俐。"穆氏听小黛羡慕他,趁势说道:"这样好人材,不知将来便宜那家姐儿呢!所以他至今未婚,想必是拣选门户。"小黛笑了笑,低下头去。穆氏又道:"你看那姓王的较冯二郎何如?"小黛作色道:"母亲从今不用提那负心的贼子,引我怄气!"穆氏道:"我不过这样说,你又何苦着起恼来?从此不提就罢了。但是那姓王的话也不可全信,恐他与冯姓有隙,借此作间。我想二郎或者才有此心,未必即行。"小黛道:"管他是与不是,他既生此不良之心,我决意同他恩断情绝!"说着,又流下泪来。穆氏见小黛提及二郎即咬牙切齿的痛恨,忙道:"我有句话,要与你说声。我与你既为母女，无话不说。你虽断绝了冯姓，你的终身将来又依靠着谁呢？那姓王的适才也虑及于此，他还有句不中听的话对为娘讲了，为娘却不便对你讲。"小黛道："有话即说，何必吞吞吐吐，教人烦闷！"穆氏嘻嘻的道："倘然这句话说错了，你只当放了个屁，粉板上写字，涂掉了重来。好在言出我口，即入你耳，又无外人在此，谅也不妨。那王姓是个极有钱的人，现在纳了功名，不久赴都引见；况他今年才二十一岁，还没有定亲，意在讨房妻小，一路进京，有个伙伴。他却十分羡慕你，情愿央媒说合，行聘纳采，娶过去做一位正室夫人；而且郎才女貌，两相匹敌。这门亲，在我看是好极了。无如系你的终身大事，我却不敢做主，又怕你仍然记挂二郎，全要你自己定主见。"小黛听了，红生两颊，俯首拈带，忖度了半会，低低的说道："女儿终身，本该母亲做主，那有女儿自家择配的道理？母亲又是个老练的人，做得方能去做，难道母亲还害女儿不成？"穆氏见小黛肯嫁王姓，喜从天降，道："好呀！你向来是个聪明人，又见得透理，人生在世，多要向大路上走，那个肯跳入火坑里去？你如果真肯了，我明日就允他；允定了，却不能再改口的。"小黛微微点首。穆氏心内好生喜悦，忙忙的出房，叫人到水西门外，去请王老爷过来。

却说王喜回至船中，嘱咐跟他的三儿远远在岸上观望，"如林家有人来，你先上船道声，好作准备。"那人出了城，正遇着三儿，问道："你家老爷可在船上？"三儿道："在船上会客呢。你在此等一等，我上船先去回声。"三儿去未片刻，同了王喜一齐走来。那人抢步上前请安。王喜道："你家奶奶打发你来请我，有甚么事？"那人道："小的不晓得，奶奶说有要紧的话，务必请老爷去。"王喜点首，叫三儿备了马，直奔穆氏家来。

穆氏早在门前盼望。王喜下骑，同入内堂。穆氏道："无事也不敢惊动你大老爷，因适才所说的事，不意我女儿竟自应允，怕迟又生变，所以急急奉请，前来商议。"王喜听了大喜，道："你话真的吗？"穆氏道："我怎敢哄骗？"王喜拍掌道："哎呀！我王某好大造化！竟蒙你姐儿不弃，看得起我，真正造化非浅！请问，我是那一天过来接人呢？我的银子现成，听凭你甚么时候要。"穆氏道："他病势虽退，未能复原，都要调养几日方好。还有句话，我说你是明媒正娶，他才允行。却要照着这样做，过了门是你家的人，随你做大做小，我多不问。这时候露了风声，就难成了。"王喜道："你过于

第十五回　智以给贪犹烦撮合　散而复聚顿解相思

多虑了。谁说将你女儿做小的？不过这几千银子送过来作个聘礼，难不成还说是身价么？如此天仙般的人，谁忍心把他做小婆子？教我朝夕焚香侍奉，作菩萨样看待，我也情愿；况且我又不曾娶过正妻，你久经知道的。天色不早，我要回船了，明日叫人送银子来，你择个日子，招呼我接人就是了。"穆氏连连答应，送出。

王喜到了船上，把穆氏的话回明了小儒。小儒忙坐轿来会伯青，又叫人分头请众人至祝府会话。小儒将至祝府，二郎、从龙、王兰、汉槎也多到了。伯青将众人迎入书房坐定，小儒先向二郎道喜，道："楚卿见委的事可以报命。未知楚卿何以酬我？"把王喜回来的话对众人说了，把个二郎喜得坐立不得，连连作揖，道："小弟蒙诸兄大德，成就了这桩美事，连小弟都不知怎样酬答方好。总之，心感不尽！"王兰道："套言休叙，大众好商议送五千银子去，不然，恐穆氏又有变动。好容易做到这地步，不可放松了一着。"小儒道："我出二千，其余诸兄量力资助。俟楚卿进京补了缺，一并归偿。"王兰道："难为你说这人情话，我倒不放心。他必须写纸凭据，还要你陈小儒做个包中方可。你也不必把嘴说俗了。"小儒笑道："怪我，怪我！大家作送楚卿的贺分，何如？"伯青接口道："我出一千。"王兰道："我也出一千。还有一千，子骞与在田合出了罢。"各人议定。二郎起身道："既承诸兄成全，又蒙解囊相助，小弟身受盛德，却如何报答？"王兰道："闲话少说，你早早预备新房，好接新人；及期，备一席丰美酒肴，让我等尽兴一饮，就算你报答过了。"众人齐称："使得。"又坐了一会，各自散去。

小儒回至舟中，各家的银两陆续如数送到。小儒交与王喜，道："你明日把银子交代穆氏，叫他约个日子，你仍要亲自去接他；再另雇一只船，将林姑娘抬到船上，遮掩耳目，然后悄悄的送到云大人公馆里去。过了那一天，就不怕穆氏说话了。"王喜答应下来。

到了次日下午，带齐银两，来至林家，一一交代穆氏清楚。穆氏喜悦非常，叫人搬入里面，又留王喜晚宴。席间，王喜问："择定何日？"穆氏道："昨晚与小女言明，他说病虽好了，也要收拾收拾，大约五日后来接人罢。"王喜道："那倒不用过急，即迟个十朝半月，也不妨。第一身体要紧，不可劳碌出别的事来。"又饮了一会，王喜起身，道："我不便进去看他，烦代问声罢。"穆氏送出王喜，回至房内，将王喜的话对小黛说明。究竟小黛是穆氏所生，虽臭味不同，天性自在，明知这一去，不知何年、月、日方可回来再见他母亲，不由一阵伤心落下泪来。穆氏反安慰了几句，服侍他睡下，才出房来。看一回银子，心中欢喜一回："从此可算得个小财主了！"

那边王喜到了船中，回明小儒，即叫人知照二郎、从龙，扫除出后进三间房屋，做了新房。二郎好生畅快，恨不得明日就交第五个日子方好。

这日已是喜期，从龙吩咐内外挂灯结彩。伯青等人早早的过来料理一切，专守夜静，新人进门。城外小儒打发王喜动了身，也坐轿向从龙公馆里来。今日王喜打扮得全身十分齐整，亦穿了冠带、吉服，用的二郎旗伞执事，一路鼓乐喧阗。到了林家门首，三声大炮，彩轿抬进中堂。穆氏请王喜入内，四处也张挂灯彩，又请了两个有意思的人来陪王喜。里厢央着小凤、小怜过来，代小黛梳妆插带。

吉时已到，廊下奏乐催妆。小凤、小怜扶了小黛起床，穿换冠带。小凤低声说道："恭喜贤妹！今日吉期，又幸脱出牢笼，得如心愿，从此夫妇齐眉，百年偕老，可羡可贺！"小怜道："姐姐慢点说吉利话，我只怕那姓王的把翠姐姐抬了去，陡然昧却良心，不交代楚卿，开船他方远走，那是个打不清的官司。"引得小黛忍不住"嗤"的笑了一声。小凤笑道："你偏生有这些尖刻的话，不怕翠妹妹恼你？"

外面三次催妆，不能停待。穆氏也觉伤心，道："儿呀，为娘生你十八年，辛苦一场，今日将你嫁去，虽然男大须婚，女长当嫁，终教为娘的如何割舍？况且三五天后就要起程进京，更不知何时再见。我的亲儿！"母女抱头大哭。小黛又嘱咐他妹子五儿："要孝顺母亲，不可违拗。"正哭得难舍难分，外厢的鼓乐愈奏愈紧。小凤、小怜劝住穆氏，叫玉梅同女婢等扶着小黛坐入轿内。门外又三声大炮，彩轿起身。王喜坐马，跟着彩轿，到了河干，女婢搀扶进舱。王喜也下了骑，重赏女婢等人，打发回城。时日已西没，王喜叫人唤了一乘小轿，请小黛上岸，自己骑马相随，如飞的直向从龙公馆里来。

到了门首，王喜先入内回明，将轿子抬进中堂。从龙早雇了两名老年婆子来迎请新人。小黛出轿，见小儒等人均在堂前，抢行一步，盈盈下拜，道："我林小黛蒙诸位老爷搭救，提出网罗，又得与楚卿匹配，皆诸位老爷鼎力拯拔，何啻恩同再造？刻骨镂心，至死不朽！"众人忙一齐回礼，道：

第十五回　智以绐贪犹烦撮合　散而复聚顿解相思

"翠鬟何出此言？使我等当受不起！我辈既与楚卿为生死之交，楚卿之事，无异己事；何况翠鬟已归楚卿，今夕共成欢好，明日即是我等之弟妇了；而且这般称呼，更罪我等。从此乃一家人了，切勿如此谦虚。"二郎在旁，亦深为感激。从龙命设了香案，叫老婆子扶着小黛，与二郎交拜天地，然后扶入内室。外厢摆齐酒席，众人入座畅饮，十分热闹。直饮至三鼓，众人送二郎进房，又坐了半晌，方各回私第。

二郎叫两名老婆子退出，关好房门，走近小黛面前，深深一揖，道："我冯宝不才，累及贤卿受苦，竟能誓死靡他，令人钦佩！何幸得有此日？我与你真成再生夫妇了！"小黛道："蒙君不以贱质相弃，感铭五中。既为夫妇，彼此毋须套言。惟陈、祝诸人大德，愿君勿忘。从今当努力前程，时加勉惕，以报知己，即妾之幸也。"二郎唯唯听命。两人宽去外衣，携手入帏，旧雨重逢，倍添恩爱，说不尽百般海誓山盟、万种偎红倚翠。次早，二郎又到各家谢亲，无事惟与小黛弹棋分韵，杜门不出，专待众人一同进京供职。

穆氏到了次日，叫人挑了两担果盒，又着两名女婢，至城外去看小黛。少顷，众人回来，说："昨夜船已开去了。遍问邻舟，多说：'连这号船与那姓王的都不知道。'"穆氏深为诧异，猜不透其中缘故，"若说他骗我女儿，银子又如数交清；既不骗我女儿，何须连夜将船开去？好在我的银子到手，我女儿本是卖与他的，随他去了。"

大凡瞒人的事，日久必露。这一天，小儒拜客，走林家门首经过，王喜骑马相随。林家的人仔细观看，实在是那姓王的模样，又听得人呼他"王二爷"。事有凑巧，这日祝府老太太寿诞，二郎叫小黛往祝，又被林家的人碰见，紧紧跟随在后。到了祝府，闻得人通报道："冯太太过来了。"林家的人回来，把先后情节说知穆氏。穆氏又细细打听明白，如梦初醒，方晓得中了众人划算，深自追恨。若再去寻冯姓说话，怕今番要讨苦吃。气闷了几日，回想看银子的情面，也只好罢了。女儿既嫁了人，南京亦无甚贪恋，辞了小凤家房子，带着次女五儿回家去了。到了苏州，置买了几处市房、田地，以为养活。过了数年，代五儿拣个人家嫁出，只落了穆氏一个。喜的丰衣足食，自由自便；五儿又时常接穆氏过去走走。五儿是穆氏自幼买家来的，穆氏待他宛如己出，刻下嫁的丈夫又与五儿甚为伉俪，虽然是一对假女假婿，倒还孝顺穆氏。直待到二郎放了外任，那时小黛想念他母亲,与二郎商议,将穆氏接至衙内,养老送终。这是穆氏一生的结局,下文无有交代。

单说这一日,是程制台的大寿,各属官员多来庆祝。伯青等人也去拜寿。程公单留小儒饮酒。席间,程公举杯,对小儒道:"贵县所赠寿文,未免过于谬奖;但其文华实兼到,词意敷畅,足可压倒群作。不知出自贵县之手,抑系人代笔?"小儒欠身答道:"系卑职衙门幕友扬州府学生员甘又盘名誓者所作,是王者香庶常缮写的。"程公点首,道:"甘老先生,当时名宿,我亦久慕其人。"又问小儒,道:"有一位鸿胪寺姓云的,想住在南京,不知贵县可识此人否?"小儒道:"云大人与卑职多年至好,日前一同出京的。"程公喜道:"这就好极了。我有一事,奉烦贵县。前岁粤寇作乱,我与在田同在军中。他的胆力、学识,我素钦佩;他也很看得起我。后来凯旋入都,沿途起居皆在一处。自他留京内用,我莅外任,方才疏远。闻得他至今尚未婚娶,意在烦贵县代小女作伐,愿侍在田箕帚。他既与你至好,想断不见郤,未免我太僭称了。烦贵县说好听些。"小儒道:"云大人得蒙大人垂爱,许附门楣,大人尊兼齿德,何为僭称?云大人谅无不允之理。明日卑职即去说声,再来禀命。"

席终,天色尚早,小儒不回坐船,一径来至云府。适值伯青、王兰也在那边。小儒将程制台要与从龙联姻的话说知众人。从龙未及回答,伯青赞好道:"这门亲事,倒极相当。程公为人本有才干,遥想他的女公子德容是兼备的了。"从龙道:"他是个外任,树节江南,又为富庶之区;我不过一个穷京官,怕的门户不齐。"王兰摇头,道:"在田说的是甚么话?我辈科第出身,外任多要由内官做起。我们不嫌他捐班就够了,他还敢嫌我们穷京官?你又是个九卿班子,一年半年放出来,即是藩臬,不见得不如他。难道做一辈子穷京官不成?小儒不要睬他,我代他允了;况且在田年将三十,也该讨房家小,才是正理。"伯青笑道:"联姻的事,都要本人答应。你代他允了,不好算数。"从龙道:"亲事可允,但是一经下聘,就要娶的。我年终要入京供职。"小儒道:"这句话毋须交代,他也知道的。"坐了一会,小儒辞别回船。

来日,去见程公复命。程公闻从龙允了亲,大为欢喜,择月初完姻,满了月好让他携眷进京。又留住小儒,待下过聘再回扬州。祝、江二府亦择

第十五回　智以绐贪犹烦撮合　散而复聚顿解相思

定十月,两家嫁娶——好在多是小儒媒人。小儒俟从龙处下了聘礼,收拾起程,又去见制军禀辞。程公再三谆嘱:"及期仍烦贵县来省一行。"伯青等人轮次代小儒饯行,整整闹了数日。小儒作辞众人,登舟扬帆。在路走了两日,已抵扬州。本署内书、役人等排齐头衔、执事,出城迎接。

将至衙门,突然道旁跑出一中年妇人,跪在当街,口呼:"血海冤枉,要求青天太爷昭雪!"隶役人等同声吆喝,来打这妇人。小儒急忙止住,唤近妇人,取过他状词,从头细看,不由得毛发直竖,连称"可恶"。收了他状词,叫左右带了妇人回到衙内,仔细审问。

不知小儒看了状词,因何恼怒起来,这妇人姓甚名谁,所控何事,且看下回分解。

第 十 六 回

见彼美陡起不良心　借世交巧作进身计

　　话说祝道生自在南京闹出事来，连他丈人尤鼐的功名一齐革去，闷恹恹跟着尤鼐回转苏州。他又回嘉兴去了一遭，出来仍住在丈人家内。那尤鼐因无子侄，只得这个女婿，虽然为他所累，到底日后还要靠他半子收成，一句也不埋怨；又恐他惭愧做了白衣了，用了几千银子，遣人至都中，代祝道生更名自新，报捐司马之职。祝自新见自己得了五品前程，又夸耀起来。初时对人尚觉腼腆，久则故态复萌，仍然无所不为，终日眠花宿柳，凌善欺良。合城的人，因他丈人究竟是个致仕缙绅，不敢得罪他，受了他的害，只好敢怒而不敢言。尤鼐在任所时，有几宗私存的银两，当日匆匆回家，未及讨取，今日打发他女婿去讨。

　　祝自新辞别尤鼐，带了三四名跟随，又带了一个心腹家人王德，一路向南京而来。到了南京，租了房屋住下。不数日，先讨了一半，尚有几宗未清，俟讨齐了方能回去。他手内有了钱，每日在秦淮河寻娼访妓，任意作乐。偏偏又遇见刘蕴那冤家，自古君子与君子臭味相同，小人与小人亦复如是。见了面，三五句交谈，即相契非常。彼此得了伙伴，格外高兴，不是刘蕴今日邀祝自新游湖，即是祝自新明日请刘蕴吃酒。两个人又结了盟好，倍加亲密。何以刘蕴能出来乱闹？因他妻子曹氏已故，刘先达又足疾大发，寸步不能行走，刘蕴所以益无忌惮，只要瞒着刘先达就是了。又把曹氏撵去的爱妾重复寻回府内，稍有姿色的妇婢，他皆要勾搭上手。外间又得了祝自新这一个朋友，加倍闹得不成话说。一连闹了一个月有余，城内城外，无处不到。刘蕴道："祝贤弟，我们在南京也逛烦了，何妨到扬州逛逛去？而且扬州风景不减金陵，大可新开些眼界。"祝自新拍手称妙。刘蕴对他老子说要到扬州访友，刘先达只当他是真的，自然依允。次日即雇了船起身，在路走了两日，已至扬州，就在钞关门内寻了一家宽大客寓住下，终日在那些行户人家走动。

　　这一日合当有事。刘蕴清早起来，吃过点心，因祝自新昨晚酒吃多

第十六回　见彼美陡起不良心　借世交巧作进身计

了,尚未睡醒,刘蕴又不好一人出去,独自无聊,背着手站在门前闲望。见行人来来往往,甚为拥挤。忽听得对面"呀"的一声,有个女子开门出来泼水。刘蕴见那女子年纪只得十七八岁,云鬓蓬松,尚未梳洗,上身穿件官绿紧身小袄,下穿条玄色布裙,高高系着,露出一对红菱,又尖又瘦,只好二寸有零。生得面如含露娇花,腰似临风弱柳,袅娜风流天然俊俏。把刘蕴都看痴了。

那女子泼过水,抬起头来,见对过有人望他,脸一红,回身"扑通"把门关了。那刘蕴的魂灵直跟了那女子进去,一时收不转来,痴呆呆望着那关的门内,连眼珠儿动都不动。好半会,觉得背后有人,在肩头拍了一下,道:"仁香兄,看甚么东西,多看出神了?"刘蕴回头,见是祝自新,道:"适才天上有位神仙经过,故而愚兄在此恭敬以待。"祝自新笑道:"你说的甚么疯话?教我不懂。"刘蕴同祝自新到了自己房内,把遇见对门女子、如何美貌,细说一番:"若能与他说句话儿,就即时死了,也算值得!"直说得天花乱坠,盖世所稀,把个祝自新亦听得十分高兴,手舞足蹈,道:"这也不难。我看对过人家不是个高门大户,访清了做甚么勾当,多多把银钱去打动他,不愁不遂我们心愿。倘若执意不行,我们即以势力压他,还怕他飞上天去?"刘蕴点头,连连称善。唤过一名家丁,吩咐去探访对门信息。

少顷,家丁进来说:"对门住的个姓沈的,亦是书香人家。因这沈若愚读书未成,习了布行生业。妻子伍氏,只生一女,乳名兰姑,今年十七岁,尚未配人。那沈若愚前月到江南贩布去了,家中只有母女两人。伍氏居家省俭,连仆婢多不用。"刘蕴皱眉,道:"偏生是个书香人家,断不肯做非礼之事!这一场干相思是害定了。"祝自新道:"不妨,不妨,管他书香不书香,俗话说:'只要工夫深,铁杵磨成针。'难得他老子不在家,我有个计策在此,不怕他鱼儿不上我的钩!你不要性急,倘得了手,你却不可占我,我要得个头筹的。"刘蕴道:"无庸交代,我情甘奉让。我只想与他说句知心话儿就算了,断不敢有占——只要你办得到手。"祝自新附着刘蕴耳朵悄悄的说了数语。刘蕴喜得赞好不绝。两人又到街市上闲逛了半日,至晚始回。

一宵无话。来日大早,祝自新叫进王德,又封了五十两银子交与王德,到沈家如此如此说项,包他受之不疑。王德退出来,至沈家叩门。里面兰姑答应,开了门,见是个生人,忙退了进去。伍氏出来问道:"你是那里来的?"王德满面堆笑道:"你老人家可是沈奶奶么?你家沈老爷有家信在此,我特地送来的。"伍氏闻得是丈夫托他寄家信的,又见来人衣冠楚楚,像个大家执事的模样,连忙将王德请入内堂坐下。茶罢,伍氏道:"我家老爷在何处认识尊驾?奉托带的是甚么信?"王德道:"信是我主人带来,叫我送过来的。我主人姓祝,是上一科的副贡生,前任江南盐法道尤大人的姑爷。因在苏州茶坊内遇见你家老爷,偶尔谈及上代,却有世交;又见你老爷为人诚笃,彼此甚为契合。我主人要到扬州来访友,你老爷托带了封银、信回来,说:'匆匆不及写信。现在布价腾贵,不能采买,暂时尚未能回家。'嘱咐你们放心。恰好我主人就住在对门客寓内,所以今早打发我送来。我主人说,尊府没有男子在家,不便拜谒,差我致意你老人家。"说着,将五十两银子递过,请伍氏检点。伍氏虽未接着丈夫家信,见了许多银子,又听来人说他家主人是个缙绅子弟,如何不相信?欢天喜地,捧了银子进去,交与兰姑收好。又封了几钱银子,出来向王德道:"蒙你家老爷远路携带,不安之至;又劳你管家的步,今有点菲敬,请你管家买双鞋子穿罢。你家老爷前,并烦代我请安道谢。"王德道:"你老人家太多礼了!三五步路,还要脚步钱么?我主人知道,是不依的!"伍氏道:"这是我的意思,你家老爷知道,却也不妨。管家嫌少,就不要收。"王德推辞数次,方肯收下,起身道谢作别。

回寓见祝自新销了差,说:"伍氏果然相信,把银子收下去了。"祝自新大喜,对刘蕴道:"收了我的银子,有两分苗头了!"刘蕴亦甚为喜欢。

伍氏送出王德,回身入内,对兰姑道:"你父亲因为暂时不回,怕家中乏用,带了一封银子回来。想必那姓祝的是个正经人,所以不写信,交与他托寄银两,是无碍的。跟他的人说,上代还与我家有世交呢。"兰姑听了,口虽不言,心内着实疑惑,暗忖道:"父亲去未多时,据云布价腾贵,又未能采买,这宗银子是那里来的?若说父亲挪用东家的本钱,我父亲向来为人分文不苟,即应得的俸金,都要取之有道;况且又没有亲笔信回来,只凭那祝姓家丁口内之词?其中定有缘故。"

不说兰姑独自疑虑。又过了几日,刘蕴催着祝自新道:"前日已送掉了五十两银子,一点实效没有,若白用了,才叫不值得!"祝自新笑道:"我

第十六回　见彼美陡起不良心　借世交巧作进身计

说过,你不用性急,只要他收了我银子,已有二分工程,包管他不上我这条路,定上我那条路!不过那条路费些周折。"回身至房内,开箱取出几件定织上等衣料,又叫王德到街市上配了几色水礼,送到沈家去,须如此如此说法。

王德拿了礼物,来至沈家。适值伍氏正在堂前,王德上前请了安,道:"我主人日前在苏州很叨扰了你家老爷几次,我主人本意待沈老爷动身,备几样礼送他。不料我主人又先来扬州,故而打发我送上菲礼数色,务望你老人家笑纳。"说着,即将各件全数摊在桌上。伍氏忙止住道:"这是那里说起,蒙你家老爷带信回来,我尚未道谢,怎么反送起我家礼来?断断不敢领受!烦你管家带了回去,为我致意问安,恕我家无男子,不亲去叩辞了。"王德道:"临来时,我主人再三嘱咐,说:'他家不收礼物,你就不用来见我。'况且各物多买定的,难以退回,我主人又无用处。你老人家可怜我回去要受气,赏收了罢!"说罢回身即行。伍氏一把拉住,道:"你管家且坐坐,容再商量。"暗想道:"那姓祝的是一团美意,若执意不收,岂不代丈夫恼了朋友?"又见各物皆系上等物件,妇人家多半好贪便宜,遂改口道:"既承你家老爷赏赐,若一定推辞,就要说我家不中抬举了,却又收之不当,容改日再补报罢。"王德道:"好呀!你老人家肯收了,也免得我往返。"帮着伍氏将各件搬入里面。伍氏重重开发力钱。

王德回寓,说:"沈家礼多收去了。"祝自新喜道:"有了四分成局了!"向刘蕴道:"何如?不怕他十二分聪明,都要着这道儿!"刘蕴亦深为佩服。由此安心适意,专盼佳音。

对门伍氏收过礼物,与兰姑说道:"姓祝的如此多情,我何能白白的收他许多礼物?你父亲又不在家,不知道那一日方可回来?倘若祝老爷回了苏州,岂非缺礼?我意在备席酒请他洗尘。我已四十外的人,虽是女流,见他也无关碍。"兰姑道:"请是要请他的,却不好请他家来。我闻得这祝家是个少年人,到底父亲不在家,起居不便。莫如送至他寓所,彼此皆可适意。"伍氏点头称是。即央邻舍买了一席丰盛酒肴,又央他家的用人送到对门。祝自新并不推却,收下酒席,加倍开发来人,向刘蕴拍手,道:"而今成局算有六分了。你且将这席酒当太平宴吃,不日即可大功告成!"两人欢悦非常,吃得烂醉始已。

次日清晨，祝自新换了一身簇新衣履，叫王德持了名帖，"到沈家去说，我亲自过来谢酒。"王德一径来至沈家叩门。伍氏开了门，王德道："我主人昨日多扰，今早特来亲谢。"伍氏未及回答，祝自新早迎上来深深一揖，道："昨承大嫂赐食，愧领之至。"伍氏见尊客站在门外行礼，何能不说声"请进来坐坐"？祝自新如得了圣旨相似，大踏步走入门内，到了堂前，复又作揖。伍氏忙回礼，请祝自新上座，自己捧了两盏茶，送与祝家主仆，方才入座。祝自新欠身，说道："日前在苏州，得晤若愚兄，谈及先代，本有世交，常通庆吊；后因先祖挈眷赴任，南北阻隔，才疏失了。叙起来，多是通家旧好兄弟。若愚兄为人本来谦虚已极，我未曾尽地主道理。若愚兄竟反宾为主，很请了我几次。本意备点土仪送他，我又因事先来扬州，故而打发小价送至尊府。得蒙大嫂赏收，已承格外体贴；大嫂何乃多情，又赐酒食？"说着，又深深一揖称谢。伍氏见祝自新人物清秀，衣服华丽，似个大家子弟模样；又见他温恭有礼，出言婉而多风，心内赞赏不已，忖道："我丈夫得此朋友，不愁没有靠背。"遂满面堆欢，道："舍下家寒，无甚孝敬，又屡承厚赐，我不过备了几色聊堪适口的粗肴，又蒙齿及，真正要羞愧煞了！拙夫既与尊府通家世好，就算一家人了，以后请勿如此客套。"祝自新连称"遵命"。又问东问西的说了一回闲话，方起身作辞。

伍氏直送至门外，进来对兰姑道："这祝少爷果然好人，如此身份，并不矜张，真称难得。怪不得你父亲与他相契！"兰姑听说，淡笑了声，道："姓祝的坐在堂前，女儿在后门偷看了一眼，母亲切勿将他当个好人！他脸上明明一团邪气，外面假装着文雅的样子。他可欺别人，却难欺你的女儿。母亲如不相信，只看他两只邪眼，口里说着话，眼角在四下里观望，其人双眸如此，可知其胸中不正。父亲为人虽然忠厚，却是个老成练达的人，纵然与他世交，也不肯与他往来亲密。母亲不可信他一面之词，要留神为是。"伍氏听了，大为不然，又不忍抢白他女儿，惟有付之一笑，道："你也忒多心了！难道他还想骗我家么？"

不说伍氏母女闲论，那祝自新回到寓中，一面除换衣冠，向着刘蕴叫"恭喜"，道："你大事有了九分工程，不久即可从心遂欲！"即将他见着伍氏如何说项，"看伍氏的光景，很为相信。只要再被我骗进了他家门，那就十拿九稳；即不然，一翻转来，他也跳不出我的圈套。"刘蕴鼓掌称妙。由此，

第十六回　见彼美陡起不良心　借世交巧作进身计

　　祝自新又借着别的事到沈家去了两次,多多少少,送了伍氏若干物件,皆是妇人家需用之物。伍氏大为喜悦。只有兰姑心内着急非常,越看祝姓越不是个正经人物,又劝他母亲不醒,一心惟望他父亲早早回来,分出真假,好断绝了祝姓来往。

　　这一日,伍氏正站在门外,祝自新又走了过来。伍氏邀请入内,祝自新道:"尊府屋宇宽大,又极幽静,若较之我们所住的寓所,嘈嘈杂杂,真有天壤之别。前日我还与店主人淘气,不知日间住下一起甚么人,多是北路口音,与我住房一板之隔,饮食多是生葱、生蒜,满口咬嚼,那一股秽恶之味,令人触鼻欲呕。到了晚间,每人吃醉了酒,高声大气的,要唱半夜;睡下又呼吼如雷,连日被他闹得眼皮儿都没有合着。在大嫂看,可恶不可恶?我只道他们过路的客,好歹受他一半日的气,那料他们住的日子久呢!据说有一起同伴在后,到齐了方能起程。昨日我看了几处客寓,皆不合式。若是若愚兄能于日内回来,我也好奉借尊府,暂住几天,亦不致受客寓里的怄气。无如尊府虽然闲屋甚多,若愚兄不在家内,我又未便启齿。"伍氏听了,暗自沉吟道:"听他的口气,分明要暂借居住,因我丈夫不在家,不便过来。想他既与丈夫至好,在家必定借与他住的。我虽是个女流,比他大了一倍年纪;况且我女常在房内,又有前后之分,就是丈夫回来,也不能埋怨我。我替他结交朋友,落得做个人情,也不枉他时常送东西与我。"想定主见,开口道:"既然尊寓嘈杂,不能安住,若不嫌寒舍蜗庐,何妨请过来暂住?待我家老爷回来,亦可朝夕盘桓。"

　　祝自新见伍氏一口应允,好不欢喜,忙起身作揖,道:"虽承大嫂盛意,恐若愚兄回来不悦,还是待若愚兄返扬,再作商量。"伍氏道:"不妨,拙夫的性情,我素来深悉,是极爱友道的;而且通家世好,断无话说。"祝自新谢了又谢,道:"既如此说法,我今日即搬了过来,免得受他们吵闹。容再酬打扰尊府罢。"转身唤王德,道:"你回寓搬取我行李等物来,把房租与店东算清结了,不要拖欠。"王德答应出外。

　　兰姑在后门,听得母亲借屋与祝姓居住,不禁跌足叫苦,道:"我母亲何至糊涂若此!也不想到他是个少年男子,我家只有母女二人,将个陌路生人住进门内,不怕旁人议论么?况且这个人引进了门,只怕不日即要有是非。"忍耐不住,轻轻的嗽了一声,送个暗号与伍氏说话。

伍氏明知兰姑在门后招呼他,"又是阻拦我,不要借屋与祝姓住。我已经允出,他又是丈夫至好,谅也无妨。这孩子太觉啰嗦!仗着他有点小聪明,他父亲平日最信他的话,难道我偌大年纪,不如他的见识么?且不要睬他,免得耳边聒絮。"伍氏只当不知,仍与祝自新谈说。把个兰姑急得五内如焚,见王德已押着行李进门,一件一件的搬至对过三间客屋里铺设,晓得这桩事阻拦不下,急得顿了两脚,回房去了。

　　前面祝自新见各物安排停顿,起身到房内,取出几大包银子,交与伍氏,道:"这里一千两银子,请大嫂代为收好。虽说尊府并无闲人,我主仆时常要出去的,怕有舛错。不如请大嫂收好,到底有个交代。如尊府有缺乏之处,但用无妨。"

　　伍氏接过,收入里面。见兰姑坐在房内纳闷,伍氏道:"你才招呼我,有甚么话?"兰姑道:"我劝母亲不要与姓祝的往来,你不信罢了,今日反将他住进门来。家内又无男子,岂不是笑话?我看他如此行为,断然不怀好意的!母亲,你不要后悔不及,将来累了父亲!"伍氏听了,又气又笑,道:"你这孩子,多分是疯了!何以就累了你老子?我真真不解!你说他不怀好意,他想骗我甚么?你老子不日即可回来,他又住在我家内,会了面,就分真伪;除非他是个痴子,才肯给苦自己吃呢!又把一千两银子交与我收着,如果不是你父亲至好,他也不放心。你的心未免太细了,想到没得的所在去了!"兰姑闻得祝姓又存下一千两银子,加倍着急,暗暗叫苦,道:"其中定有蹊跷,显而易见!无奈母亲执迷不悟,只看了一面,如何是好?惟愿父亲日内回来,一天云雨暂时消散。我仍为一桩心思,却不便对母亲讲,单怕那个畜生算计在我身上!十分我就有九分疑虑及此。"兰姑愈想愈害怕起来。他母女彼此各存意见,话不投机,伍氏忿忿的回房去了。

　　次日,祝自新才起身盥洗,见王德匆匆走进,道:"甘泉县换了胡太爷,少爷也该去拜会他。"原来这胡县令名武彤,字礼图,湖南辰州府人,亦是一榜出身,是尤肃最得意的门生。因前科会试不第,赴部大挑,得了这个缺。其人贪婪不仁,又没见识,人送他个绰号叫做"胡涂虫",又叫"胡利徒"。今日乃胡武彤接印之期,王德得了信,来禀知他主子。祝自新即吩咐王德备轿,穿了五品公服,前去拜会。胡武彤留他吃上顿,叙叙多年阔别,至暮始回。明日,胡武彤摆齐执事,来答拜谢步。左右邻舍多知道沈

第十六回　见彼美陡起不良心　借世交巧作进身计

家住下个贵客，又闻得与沈老爷是世交至好，无人不夸奖赞叹。伍氏分外得意。

隔了一日，刘蕴又过访祝自新闲话。王德对伍氏道："这姓刘的是当朝首相的公子，堂堂监察御史。因刘老大人告老回来，他亦告终养，在家侍奉。南京要推他第一家豪富、头等的乡绅，与我家主人是盟过的兄弟。"说得伍氏从此加倍钦敬他主仆，"不枉留他住这一场，也在里党中争个光耀，足见沈家还有这一个朋友。若信了我那古怪女儿的话，岂非好机会当面错过了？"只有兰姑忧虑异常，盼穿两眼，不见他父亲回来，急得心如焚灼，终日在房做些针黹，连房门多不开。有时伍氏不耐烦起来，不送饭他吃。兰姑情愿忍饿一餐，足迹不出。

这日合当有事。兰姑吃了晚饭，做了一会针黹，伍氏早睡去了。时已二鼓内外，灯火皆熄，一庭皓月明如白昼。兰姑忽然想起日间洗浣了件衣服，晒在厨房院落内，忘却收了，恐夜里露水浸湿，明日不好穿换。此时外边的人想多睡熟，不妨前去收取。起身开了耳门，向厨房里来。他家厨房虽通外边，却有个耳门相通内室，恐前进有生客在堂，女眷不便行走，即由耳门里出入。兰姑才走出耳门，恰恰祝自新在前进玩月未睡。因日间刘蕴来催他，道："你住了好几天了，还没有一毫动静，莫不是要住在他家一世么？我深愁沈老头儿回来，你的谎就脱节了！你究竟是何成见？不妨请教一二。"祝自新道："我打听得他家女儿尚未适人，不如加意卖尽温柔，教他敬服了我，然后央人说合，哄他娶家去做正室妻子。人到了我家，就随我做正做副，将他做个侍妾，在你我两家轮流一月，岂不皆遂了心愿！即不然，仍用那一着毒手，迟早都脱不出我的手内。"坐了半晌，刘蕴去了。祝自新口内虽如此说，心内亦颇着急。细想刘蕴的话未为无理："如沈若愚朝暮回家，我以前用的机关皆付流水；而且彼此睹面，甚难为情。虽说有着退步在此，总以不露痕迹、弥缝到手为上策。"思来想去，不能就枕，起身吹熄了灯火，走到院落中，踱来踱去的赏玩月色，踌躇着日间的事。忽闻里面门响，又听得细琐莲步声音，急掉头看时，见冉冉一个美女走入厨房。祝自新在暗处望明处，分外明白；又系月下观佳人，更加一筹。知道"他家并无外人，只有母女两个，必定是兰姑那丫头。怪不得刘蕴见过一次，如着了魔相似，果然言不谬赞！我祝某见过多少绝色，即如我妻子尤氏,也算一个尤物,若比较起来,连这丫头的后尘都巴结不上。"越看越美,越看越爱。从来色胆如天,不禁一步一步走了过来,至兰姑身畔立定,将欲开言。那兰姑取了衣服,正待进去,听得后面足步之声,吃了一惊。回过头来,见祝自新站在面前,吓得魂飞魄散,低头就跑。祝自新见他要走,想道:"难得遇见他,再将他放走,岂不白失此机会?"近前一步,双手把耳门挡住,笑容可掬,道:"姑娘,如此夜深,一人出外,不是有意小生,即是良缘天就。"兰姑听他口内咬文,一派游戏的言词;又见他挡住去路,急得心头鹿撞,遍身发抖,颤巍巍道:"你……你这大胆的狂徒!敢于深更半夜调戏我姑娘?好好让开便罢,若再胡说,叫醒我母亲,看你脸面何在?"祝自新笑道:"姑娘骂我是爱我,就是打我几下,我也情愿。若说我调戏你姑娘,我未曾到你上房,你自家走了出来,相巧碰见了我,定非偶然。非是我夸张大口,如我这样人,匹配姑娘,也不辱没。"说着,伸开两手,意将搂抱。兰姑急得恨不得一头钻入地缝里去,退了两步,高声大喊道:"母亲快来!"祝自新听他喊叫,怕惊动伍氏,忙走近一步,左手抱住兰姑,右手按住他的嘴,使他出声不得,笑吟吟道:"我的乖乖,不要使性子,到口的美食,还教我吃不成么?"轻轻一擒,把兰姑抱起,即向自己房内行走。可怜兰姑不能喊叫,又不能着力,上身被他紧紧搂在怀内,动弹不得,惟有两只小脚乱蹬乱踢。凑巧一脚踢在祝自新裆内,疼痛非常,不禁失声:"哎唷!"左手一松,兰姑趁势使劲的一仰,两个人都跌了下地,旁边一堆盆桶打倒,四处乱滚,惊天动地的响起来。

  恰好伍氏一觉睡醒,下床小解,耳畔隐约听得有人喊叫一声,似女儿的口气,又像远远在外面相似,大为诧异,即唤道:"兰姑!兰姑!"唤了几声,不闻答应。忙开了房门,见女儿房门大开,灯尚未灭。走过来,房内静悄悄的,不见女儿踪迹。伍氏不由心内突突的乱跳。正在没了主见,忽闻外厢乒乒乓乓的响,知道出了事件,急点了手灯,大着胆走出,一面走一面唤道:"兰姑!你在那里?弄的甚么东西响?"

  祝自新跌在地下,半响才算裆内不痛。见兰姑呆呆的跌在对面翻眼,意欲起身,重复用武,听得伍氏一路招呼出来,很吃了一惊,一骨碌爬起,飞奔回房去了。伍氏到了厨房,举起手灯,见兰姑躺在地下,张着嘴喘气,盆桶家伙滚散一地,未知何故,问道:"你半夜深更,作甚么怪?"

第十六回　见彼美陡起不良心　借世交巧作进身计

　　兰姑见伍氏出来，祝自新已去，才放下了心。从地下爬起，拉了伍氏的手往后就走。伍氏更不明白，又见兰姑仓皇失措的情形，到了房内伍氏道："你到底怎样？"兰姑喘定了气，"哎呀"一声，未曾开口，先扑簌簌流下泪来，望着伍氏顿足，道："母亲，你不信我的话，可知你女儿受辱，怎生见人？"说着，嚎啕痛哭。闹得伍氏摸头摸尾不着，道："你敢是染了魔了？因何说起疯话来？"兰姑一面哭着，一面诉说适才祝自新如何欺侮了他。伍氏听罢，气得足软手颤，瘫在椅上，心内又气又愧：气的是女儿受了祝姓羞辱；愧的是有眼不能识人，把这个畜生误住了家来，果不出女儿所料。指着外面高声百般秽骂。祝自新在房内句句听得明白，不由气恨交加。

　　此时王德也醒了，道："沈奶奶与谁斗口？半夜里还骂人！"又听了半刻，道："咦！好似句句骂的你老人家呢！"祝自新喝道："少要多话！"将适才的事细说一番。王德道："却怪你老人家做得太孟浪了！可惜，把多日用过的工夫一齐抹掉了！"祝自新道："事已如此，懊悔也无用。你快些起来收拾，明早好走。此处断难居住！我们只有用那一着棋了。"王德穿齐衣服，把要紧行李、衣囊收拾了一担，其余的东西尽行丢下。

　　俟天色微明，主仆两人悄悄的回至客寓。敲开了门进去，倒把刘蕴吓了一跳。细问情由，笑道："我说温柔做法怕的不行，还是这一步做手好，不过丧点良心，却也顾不得许多。我只可惜你那一千银子，用到白处去了。"祝自新道："我的银子何尝白用？还许在这一千银子上生枝节呢。到了那个地步，你自然清楚。"两人谈谈说说，重又睡下。

　　伍氏到了天明出外，见祝家主仆已去，留下许多物件，笑道："我料你也没有那副厚脸见人，竟自溜去！这些物件，落得扰你；连那存下的一千银子，想你也无颜来取。"回头向兰姑道："我的儿，不用气恼，好在没有被他轻薄了去。明日把他这一千银子多打点首饰，与你遮羞罢；多的留与你父亲，做个本钱，也落得受用那畜生的！"兰姑听了，鼻内哼了声，也不言语，心内想道："我母亲何故仍是这般糊涂？祝姓白白丢却若干银子，焉肯甘心？恐咫尺风波即要发作。若依我，当日不留他来家，方算一点事没得呢。"

　　祝自新睡到日午起身，吩咐王德备轿向县里来。胡武彤将他接入内堂，略叙寒暄，祝自新欠身道："小弟昨日受了人欺侮，万难为情。今特来奉求仁兄做主,代小弟出这口恶气。"说着,在袖内取出五百两一张银券,双手送过,道:"些须菲敬,祈仁兄哂纳。"胡武彤接过看了看,眯细着双眼,道:"谁人大胆,敢欺贤弟?都交在愚兄身上究办!你我既系自家人,何用如此客套?若一定推却,反说我见外了。请道其原由。"祝自新将座位挪近一步,附着胡武彤耳畔,把在沈家的细情一一说明。又立起打了一躬,道:"总怪小弟自取愆尤。奈因落在其中,骑虎难下。望老仁兄推家岳情面,包容一切。"胡武彤还了礼,捻须大笑,道:"自古少年心性,多半如斯,这也难怪贤弟。想沈家不过一介细民,也做不出怎样的手段;又喜江都陈君上省去了,此事愚兄却可问得。明日你遣仆具个禀呈进来,要说沈若愚在苏州当面将女儿卖与你为妾,讲定一千五百两身价,当时收了五百,其余允你到了扬州,看过他女儿再兑。要说他因事羁绊,不能回来,有信寄交他妻子,伍氏亦可做主;不意伍氏收了你银子,陡生不良念头,图赖此事,反率领多人打至你寓所,说你诬良作贱,逼买妾媵等词。你还要做张假身纸,粘在禀后。我见了公件,即可一面提伍氏与兰姑到案,再去关提沈若愚。临讯之时,用些恐吓开导的话,不怕他不双手将女儿送与你做妾。但是人过了门,你要大大酬谢我媒人一宗才是。"说毕,哈哈大笑,道:"在贤弟看,此计如何呢?"祝自新听了欢喜异常,连连称谢说:"仁兄真有神鬼不测手段,敢不拜服!倘事有成,小弟怎好忘却大德?理宜重报,决不食言!"忙辞别胡武彤回寓,与刘蕴细酌了一纸禀词,叫王德做了抱属,投进衙内。胡武彤随时批发出来,立即唤进两名精细差役张政、王洪,给付朱签,又面嘱:"到沈家小心为是。事成之后,祝少爷说从优赏赐你们。"二差退出,带了两名伙计,如飞向沈家来。

未知到了沈家,如何处置,且看下回分解。

第 十 七 回

糊涂虫受赃枉断　　陈铁面执法雪冤

　　却说沈伍氏骂走了祝自新,又得了一千两银子与多少东西,好不畅快。惟有兰姑心内大为不怿,专望他父亲回来。

　　恰好这日沈若愚已抵扬州,将布匹交代店中,回家一行。伍氏母女迎接入内,兰姑舀水与父亲洗脸,又送上茶来。若愚问及家中近况,兰姑未待伍氏开口,即问道:"嘉兴有个姓祝的,住在苏州,与我家上代通家世好。前日在苏州会过几次,父亲曾托他带了一封银子来家,可有此事?"沈若愚笑道:"你们的话,我一句不解。我在那里会过姓祝的?又何尝托他寄带银信?我每月薪俸若干,你们是晓得的,何能成封的向家里寄?我又不曾做强盗打抢去,你们不是活见鬼么?"伍氏听了,今日方明白过来,遂将祝自新如何假冒世交,如何借住,如何被他骂走的话细说一遍。沈若愚怒道:"岂有此理!你不晓得是个女流,家中又有年轻的女儿,乱把陌生人留住来家,只凭他满口虚词,你即信以为实,而今受了他糟蹋,以致兰姑吃了亏苦,只怕将来你这个人还要被人骗去!"说得伍氏恼羞成怒,道:"他说与我家世交,又有银两寄回,他说得千真万确,我才相信的。如今人已被我骂走,你宝贝女儿油皮都未擦去一块,还落了许多银子下来,算起来多是我的造化。若单靠你,终年巴巴结结,不知累到临死,可有这宗成千的银钱?你不感激我,反啰哩啰嗦的埋怨人,不是老霉了么?"

　　兰姑见父母斗口,又听母亲的话说得不堪入耳,怕邻舍闻知,传为笑柄,忙上前劝谏。伍氏忿忿的回后去了,不理他丈夫。沈若愚气得浩叹,道:"你母亲偌大年纪,做事全没道理,真是个无见识、贪小利的妇人,以致累我儿受辱!日后我再远出,如何能放心呢?我也愁那姓祝的平白丢下许多银物,未必善肯干休。明日待我访问他,可仍住在对门?将银两、物件全数退还了他,当面教训他一场,以免后患。况且这宗不义不明之财,我也不屑要的!只怕你母亲恃蛮,不把银物交出,又要淘气。"兰姑道:"父亲此举甚善。少停待女儿婉言相劝母亲,再开陈利害,想母亲息了气,都可应允。"

　　父女正在堂前议论。忽听打门甚急，兰姑恐有客至，走了进去。沈若愚出来开门，见是几个公人装束，忙止住道："诸位何来？寻谁说话的？"张政道："你家可姓沈？你可是沈若愚老爷么？"若愚道："不错。"王洪道："我等特来奉拜的。"若愚关了门，邀着众差入内坐下，问道："诸位是那座衙门里来？寻我有何见谕？"王洪道："小衙门是甘泉县。因敝上胡太爷有件公事在此，请老爷过目。"说着，在身边取出朱签，递给若愚。若愚接过看毕，大怒道："这才真真是平地起风波，无影无形的含血喷人！不瞒诸位说，银子有一千两在此，是他无中生有，骗信了内子，留他住在舍下。后来因他干出没廉耻的事，无颜对人，又怕我回来，见了面，更下不去，他即连夜遁走，丢下这宗银子，未及取去。我适才正打算退还他，不料他先捏词告我。若说我当面把女儿卖与他做妾，更是笑话！我连认都不认识他。不劳诸位费心，既然我今日回来，无用内子与小女到案，我去当堂与祝自新质个明白、孰是孰非！请诸位少坐，容我进去说知内子等人，即随诸位同行。"张政道："你老爷做事真称爽快！请到后面盼咐一声，我等在此恭候。"

　　若愚起身入内，对伍氏说祝自新如何谎告了他："你们不要害怕，我随差人去审官司，看那小畜生如何说法。真是真，假是假，自有公论。快把那一千两银子取出来，我要带了去。"伍氏闻说，很吃了一惊，道："这是那里说起？也亏他忍心，撒这样大谎！"兰姑含泪道："我说姓祝的必要播动是非，报复前怨，果不出我所料！只愁他官官相护，父亲须要见机而行为是。"若愚道："你又多虑了！我本是清白人家，怎能卖起女儿来？难道凭他一面之词，县官即信为实事么？试问我女儿卖与他为妾，有何见证？有何凭据？"兰姑道："他既饰词谎告，必有一二处使官府相信，才可准他的状词。父亲不可不防。"若愚点头，道："我都知道，临时自有处置。"伍氏已将银子搬出，若愚取了方布裹好，提在手内，出来同着众差去了。

　　伍氏关好门户，愈想愈气，顿足大骂，道："祝自新，我把你这天诛地灭、千剐万剐的小畜类！你调戏了人家女儿，反告人昧你银子，不卖女儿与你。只恐你家老婆日后也要卖与人做小的！"兰姑坐在一旁，不发一言，心如刀割。细想这件事情，怕的父亲要吃亏苦。一则父亲为人憨直，平空冤枉了他，恐出口即挺撞了县官；二则祝姓既思发手告人，必然安排停当，

第十七回　糊涂虫受赃枉断　陈铁面执法雪冤

甚至连身纸等据都可伪造；况他又是个缙绅子弟，难免与县官有旧，若再通了贿赂，分外可虑。惟有默祷神明，保佑他父亲平安无事回来。又与伍氏商议，央了邻人，至县前听信。

不说母女在家愁闷，单说沈若愚到了衙门，张政将他押入班房，派王洪同伙计看管，自己到宅门上来回说："被告沈若愚今日回家，伍氏母女可不赴案。已将沈若愚带到，请太爷升堂。"宅门进去回明了。少顷传话："二堂伺候。"胡武彤入了公座，先唤祝绅家属王德，问了一遍，吩咐跪在一旁，方唤沈若愚上来，道："沈若愚，你既将女儿卖与祝乡宦为妾，收过他五百两银子，又立了卖身文约，怎么你妻子伍氏把祝绅的一千银子骗到了手，陡起图赖的心肠？你想祝家白白丢了一千五百两银子，算是受了你夫妻的骗了，他怎肯干休？如今告到本县衙门，本当办你个通同抵赖；姑念你远在苏州，是你妻子昧良与你无涉。你好好把女儿送到祝绅家，祝家有了你女儿进门，他断然不记前恨，定要看顾你。你可要明白呀！"沈若愚听罢，叩首道："真真祝自新冤枉煞小人了！莫说小人家系世代书香，纵然饿死，也不肯卖女！就连这祝姓，小人都不认识。总怪小人妻子一时糊涂，听信他巧语花言，当成真实；他又百般央求，要借住在小人家内。因他贪夜调戏了小人的女儿，被小人妻子怒骂一顿，他无颜连夜走了。若说那一千银子，是他住在小人家内，他说外面不便收存，交代小人妻子，与他收好，后来遁去未及携带。并非甚么身价，他是借此生端的。小人已将银两带来呈堂，请太爷饬祝家收领。至于他所告之词，皆是一派胡言，无半字实情。要求青天太爷做主，先问他个诬栽良民的罪才是！"胡武彤哈哈大笑，道："沈若愚，本县看你人倒老实，像个忠厚模样，不知道你还讲几句巧话儿，搪塞本县，真是人不可貌相！你既说有这一千两银子在你家内，足见祝绅不是冤栽你了。你收过人家银子，又立了文约，想不把女儿交代人家，于理上就说不去。即如将银子退与祝绅，你家妻子无故图赖人银两，又无故的辱骂人，这时候退银子，祝绅多不愿意。你何妨当初不收他银子？如今悔了约，祝绅也无可如何，只怪你做错了。本县是格外加恩，不究前情，你不要自己糊涂，自讨没趣。"

沈若愚听胡武彤句句皆袒护着祝姓，不禁心内火发，那里按耐得住，大声道："太爷吩咐的话，教小人死不瞑目！那祝自新有意借端栽害小人，诬良作贱显而易见。即作他交代小人家银子一千两是有的,小人妻子不合收了他银两,不把女儿交出,何以他在苏州只会见小人,又没有见过我女儿何等样人,单凭小人要卖女儿的话,他即兑付五百银子,天下那有这等痴子? 再者,他的五百银子是由何人交代小人的? 岂能一千多银子的大事,可以对面讲说的么? 就是媒婆,也该要有一名,难不成小人晓得他要买妾,亲自上门去打合他的? 况这一张身纸,又不是小人笔迹,他既可以诬告,即可假立凭约。此数事彰明较著,要求太爷详察。"一番话把胡武彤抢白得瞪眼无词,羞变为怒,将惊堂一拍,道:"好大胆忘八蛋! 你串同你妻子,图赖祝绅银两,昧不交人。本县好意开豁你,只叫你交出女儿,不来办你,还敢强词夺理挺撞本县! 先打你个犯上不敬的二十个嘴巴子,再究你昧银匿女的罪。"两旁隶役齐声吆喝,走过三四名粗汉,不由分说,就把沈若愚拖了下来,如鹰抓燕雀一般,一五一十的掌了二十个嘴巴,打得两腮红肿,口角涔涔流血。沈若愚也不要性命,碰头顿脚的叫起极天冤屈来。胡武彤连连拍案道:"了不得! 了不得! 你们看这东西可恶不可恶?竟敢在本县堂前肆行无忌! 把他押下去,限他三日内交人! 这一千银子暂行寄库,俟他交人后,仍饬他领了去。"说毕,即起身退堂。原差带了沈若愚下来,交外班房管押。

那听信的邻人如飞回来,对伍氏母女细说堂上如何审问。把伍氏吓得痛哭不已,道:"这是那里来的晦气? 撞着这瘟官,也不问个真伪情由,一味的听信姓祝的话,反打起我家老爷来! 我要这条命何用? 不如到县前击鼓喊冤,与这瘟官拼了罢! 不然,我也对不住我家老爷,祸是因我而起的。"兰姑泪纷纷的道:"母亲,你要到县前喊冤,你即喊死了,他也不理。莫若到府里告他一状,告他个问官不明,看他怎样担当得起?"伍氏道:"用得,用得!"忙去央人写了状词,递进府内; 又亲到班房里,嘱咐若愚勿用着急,且候府里批示如何。

不想府里也像这瘟官胡涂虫。过了一日,府里挂出批来,仍饬甘泉县明白复讯。谁知这府官姓毛,即是前任上元县升任到此。刘蕴访得伍氏告了府状,他本与毛知府有交,前次在南京,曾托他办过聂家姊妹的。刘蕴与祝自新商议,又备了若干黄白货物,刘蕴亲去拜会,通了贿赂。这毛知府亦是个爱财的人,答应了刘蕴,落得做个好人,仍饬甘泉县复讯,是只

第十七回　糊涂虫受赃枉断　陈铁面执法雪冤

受其利,不计其害。胡武彤奉了府文,好不得意,又提沈若愚到堂责打,再限三日交人,若仍倔强,定然重究。

伍氏母女得了信,如掉入冷水里相似。实指望府里代他昭雪此案,不料仍发在这瘟官手内,反累了若愚受责。伍氏又要去拼命,兰姑道:"母亲,此不是拼命的事,都要设法救出父亲才是。既然府里不问,难道除了他,就没有别的衙门去告状么?我们这地方本系江都县管辖,闻得江都县陈太爷是个清正之官,到任以来,很干了几桩为民除害兴利的事。因他上省去了,才撞在那瘟官手内。过数日,他都要回来的。母亲再去告他一状,若仍是不问,拼着性命去控上状,不怕姓祝的有通天手段,都要拖倒了他!"伍氏称善,只得等江都县回来告状。又愁三日限满,丈夫仍要受责。恰恰才到两日,打听江都县今日回衙,伍氏犹如半天得月,忙取了一方乌帕扎在头上,把状词揣在怀内,前去拦舆喊禀——较之投文候批快得多呢。

陈小儒轿子将要进衙。伍氏突出叫冤,小儒收了状词,细看情由,不由怒从心起,道:"胡礼图太胡闹了!怎样只凭原告一面之词,硬派沈家女儿是卖与他的,也不问个是非曲直?可笑连毛公都糊涂起来!我怕其中定有关节;况这沈家本是我该管地方,理宜归我衙门审问。"一面将伍氏暂交官媒看管,一面入衙,备了移文,至甘泉县提取原被告人证及吊核原卷。胡武彤接着江都移文,大大吃了一惊,知道小儒是个铁面无私的人,"非府尊可比,可以颠顸了事。他既回来,被告又在他衙门告发,又是他的汛地,何能不归他承审?倘一经问出祝姓诬告,岂非连我都有处分?"左思右想,毫无主见。只得把人证原卷先交代了江都来差,自己忙坐轿去会祝自新,叫他赶紧设法料理;不然,彼此多有未便。祝自新前在南京,亦深知小儒利害,急得抓耳挠腮,连呼"不妙"。刘蕴道:"陈小儒人却古怪,幸喜我与他同年,平日又有一面之交,不若待我去撞个木钟,恳他的情分;但是此人只可以情缚他,却不可以利惑他。一来他是个有家,二来他又是个临财不苟的人。拼我屈了身份去求他,料想他亦不好十分推却。"祝自新听了,连连作揖道:"我真正忘却你与陈公是同年了!即请你去走遭,不可迟缓。虽说是小弟惹下来的祸,也是你仁兄引起头的。"

胡武彤闻刘蕴去见小儒,亦大为欢喜,从旁怂恿道:"难得刘太史与陈公有年谊,只要说得入彀,他纵然开豁了沈若愚,都不致认真追究到祝贤弟身上来。刘太史既与贤弟盟好,断不可坐视不闻!古云:'唇亡则齿寒。'如说平了此事,连小弟多感激不尽。"你一言,我一语,逼得刘蕴不容不去,道:"我去是定去,至于行不行,我却拿不稳。若是别人,不用我去,也可成功。"回头叫家丁预备轿子,到县里去拜会。胡武彤又说:"事宜从速,怕的人证到了他衙门,随时即要审问。"仍再三谆嘱了刘蕴几次,方才回衙,还心内悬悬的,候刘蕴回来消息。少顷,轿子已到,刘蕴穿换公服,带了两名跟随,向江都县来。

到了县前,先投了帖进去。小儒正坐在上房,与方夫人闲话,说道:"沈家一案,其中定有情弊。好在俟人证提到,一讯即知底细。"见双福上来,回说:"南京刘太史要面会,有要话相商。"小儒看了帖,道:"这个宝贝,又到扬州来何干?我也无闲会他,你说我沿途受风,不能见客,改日过去谢步,有话再议。"双福去了。少停,又上来道:"家人去回复他,他立意要见,硬下了轿,坐在花厅上。"小儒无奈,只得出来。刘蕴见面,即抢步上前,深深一躬,道:"治生甫至扬州,即闻口碑载道,士庶同称,足见父台恩泽周施!今日闻得驺从已回,特专诚晋谒聆教。岂意拒绝太甚,不容一见!想治生多有得罪之处,深为惶恐!"小儒笑道:"仁香兄太谦了!我辈通家年好,言不至此。小弟实因沿途染受些江风,懒于酬对,尚希原谅,容改日登阶谢咎。"刘蕴连称"不敢"。小儒问道:"年伯老大人足疾可痊愈否?"刘蕴欠身,答道:"家君足患近日尤甚,医家说是壮年在边省染了山瘴疠气,刻下精力就衰,不能制服,是以发作起来。纵能调治,都难免偏枯之患。家君仍想医治如恒,进京供职,以残喘报答圣恩。不料心强足违,深以为憾。"又问了问小儒任内的蹊径,遂道:"治生有一事奉乞,都望老父台作成。"即将祝自新告沈家的话巧言粉饰,说了一遍。又道:"敝友祝某非一定要与沈家为难,皆因此事太难为情。他不交出女儿也还罢了,怎样反诬控祝某?况祝某亦系前科副车,是个名教中人,安肯作此违法之事?沈家既不愿女儿与人做妾,祝某亦不能强逼其卖,但要把那以良作贱的事辩明。如沈家认了诬,再将一千五百银子身价退出,祝某即可罢讼。因他是个在案人证,不便干谒,特央治生过来,奉求老父台推情。想老父台洞见万里,定不以治生为饰词入告了。"小儒听刘蕴一派巧言,明知虚浮,果然

第十七回　糊涂虫受赃枉断　陈铁面执法雪冤

祝姓情真理直,又何用托他来致意？及至听到说祝某系前科副车,忽然触起机来,道:"令友祝某,莫非即是祝道生么？"刘蕴正说得娓娓入听,不防备小儒问这一句,一时转不过口来,含糊应道:"未知是与不是,治生只知他名自新。"那脸上不禁现出忸怩色来。小儒顿时明白,也无须追问,冷笑道:"祝道生,我久闻其名,久仰其人,不用仁香兄细嘱,小弟自会关切他,定不负尊托便了。"说毕,举茶让客,不耐烦与刘蕴多谈,催他起身。刘蕴见话不投机,也难久坐,即作辞出来。

　　回至寓内,祝自新接着,即问道:"其事若何？胡君那边已打发两三起人来问信。"刘蕴因在祝、胡二人面前夸口小儒与他同年至好,一说必从；此时如说出真话来,怕他们要取笑他,只好随口答道:"陈公已应允了,非独重究沈家诬告,还要把他女儿判断与你做妾,叫你不可忘却了他的情分。"祝自新听了,喜得拍手顿足,道:"只要他要我为情就好说了。我愿加倍馈送,但求于事有济。"即将刘蕴的话对胡武彤家人说明:"请你家太爷但放宽心,陈公处刘太史已说通了。"来人去了。祝自新又嘱咐王德:"明日赴审小心,须仍照前番说法,不可改变。你但听陈公口内所问,依着他的口风回就是了。"欢欢喜喜的,叫人买了多少酒肴,与刘蕴对饮,专候明日小儒判断。

　　单说小儒送出刘蕴,回至书房内,暗暗作恼道:"祝道生那畜生,前次在南京与畹秀等作对,把伯青功名都拖累去了；而今他更名,又重新捐纳前程,该应天网恢恢,又至扬州与沈姓争讼,显见他倚势凌压沈家,逼他女儿为妾,不知怎样做成圈套,将一千多银子硬栽在沈家。难得犯在我手内,若审实了他是诬控,必当从重究办,也替伯青报复那一口闷气！"又把原卷取过,细加详阅,心内早有八分了然。

　　到了次日黎明,升坐大堂。先将原告沈伍氏唤上,问了一遍,吩咐退下。又将沈若愚唤过,细问情由。若愚叩首,道:"青天太爷,小人虽习布业,祖父多是学校中人。因小人不肖,未能读书上进,克绍箕裘,才改做了买卖。虽然,亦是安分清白人家,纵一贫如洗,也不忍把女儿卖人做妾,玷辱家声。何况这祝姓,小人与他向无半面,焉能远在苏州,即将女儿出卖？又何以知道他要买妾？他亦安能只凭小人口内之言,就先兑五百两银子？倘若小人没有这个女儿,托言哄骗,他也相信么？再者小人既想赖他银两,何必前日当堂呈交那一千银子? 不如抵赖得毫厘全无,岂不干净? 这皆系小人实情,求青天太爷详察。"说毕,连连叩首。小儒亦盼咐他跪在一旁。

唤上王德,道:"你家主控告沈姓吞银昧女一案,你家主怎样认得沈姓? 沈若愚又怎样即将女儿出卖? 你须从实细讲,不许半字撒谎!"王德道:"小的家老主人与沈姓本有交情,并常通往来,后因老主人远出做官,才算隔绝。日前沈若愚至苏州贩布,在茶坊内偶与家主同桌,谈及上代交谊,甚为相契。家主说,因无子,要到扬州买妾,问沈若愚久在扬州,可知有甚么出色的女子。晚间沈若愚即来寻找小的,说:'闻得你主人要买妾,预备多少身价?'小的说:'只要人品好,得主人合式,一千、八百,多不吝惜。'沈若愚说:'我亲生有个女儿,名叫兰姑,今年十七岁,头脸脚手,各式皆好。你主人如能出一千五百银子身价,我即定卖与他。但是我与他世交,不好出口,烦你善言,为我说成,当重重酬谢!'并允定小的,事成之日,送小的五十两银子。小的说:'你沈老爷的令爱,自然是不得批评的。只恐我主人碍于世交,不敢要你令爱做妾。'沈若愚又再三嘱托了小的数遍,小的即将此言禀知家主。家主始而不行,说:'我与沈家世交兄弟,何能买他的女儿? 要被万人唾骂呢!'后来家主被小的劝解,说:'我看沈老爷目下光景甚窘,亦是出于不得已,才肯卖自己女儿,也因我家能出若干银子,又知驭下宽厚,他女儿可得其所。'家主听了小的话,方肯允行。随后沈若愚又亲与家主商量。他东家的本钱被他空用了若干,可能先兑些身价,与他弥缝亏空? '若恐无凭,我先将卖身纸写送过来。那其余银两,待我女儿过门,再行兑付。'家主见他说得恳切,又念他是个老实人,故而推诚腹心,先兑了五百银子。沈若愚写下一纸卖女儿文契。家主因要先赴扬州,嘱沈若愚写了家信,好至扬州接他女儿,免得日后往返。到了沈家,伍氏看了信,亦无异言,当下对家主说:'你是我家子婿了,何必住在外面? 不如搬至家来住,也省些客寓用度;二来你即可招赘我家,因我女儿自幼钟爱,我舍不得他远行。今日卖他,也是出于无奈,你入赘个十朝半月,让我看看,也可放心。'家主听他说得有理,即移居他家,择定五日后招亲,次日就将一千两银子兑交清楚。不料伍氏陡起不良,得了银子,翻转面皮,说家主以良作贱,逼他女儿为妾。伍氏不肯交出女儿,要想悔亲,也还罢

第十七回　糊涂虫受赃枉断　陈铁面执法雪冤

了,因家主本不愿要他女儿,是受沈若愚蛊惑而成,却不能白白丢了一千多银两,又担个逼良的声名。恰恰沈若愚由苏州回来,家主与他理论,他和伍氏一样的话,足见是预先串合的。家主气极,才在县里递禀。沐胡太爷恩断,看破他夫妇伎俩,限三日内交人。伍氏又谎捏情词,在府里与太爷衙门控告。小的所说句句是实,不敢半字增减。请太爷追究沈若愚,或交原银,或交他女儿,总要有个着落。"

小儒点首微笑,道:"据你所云,这沈若愚实属可恶,却是个千刁万恶的人,即活活打死,也不足以蔽其辜! 但是他写卖身纸的时候,你可亲眼见着没有?"王德道:"沈若愚写契,是当着家主与小的面前亲笔写的,怎么小的没有看见?"小儒道:"既然当着你主仆写的,是他亲笔无疑了;然而本县其中有一处未解,倒要问你。沈若愚兑付五百银子,却写了一千五百银子的契;那一千银子,据你说待他女儿过门方兑。难道沈若愚不怕你主人存了歹念,赖他都付过了? 沈若愚应该在契上批注明白,先兑了五百,这是天下人之恒情。他亦五十多岁的人,就该知道这情节,为何他糊里糊涂,就笼统写了? 在本县看,沈若愚名虽'若愚',恐愚不至此? 我疑惑这张契并非是他亲笔所写,乃旁人代他写的,他反受了人家愚弄了!"

王德正信口撒谎,讲得活灵活现,不提防小儒在夹缝里问这一句,一时转不过机来,回答不出,急得满脸紫涨,不由口内支吾。好半响,方勉强道:"沈若愚亦因家主是个正经人,不须防备,所以才如此写的。好在家主未曾骗他,是他骗家主的。"小儒见王德形色仓皇,心内分外了然,哈哈大笑,道:"好个正经人,不须防备! 你可知沈若愚就吃的这个苦!"顿时反过脸来,把惊堂一拍,道:"好大胆奴才,你敢在本县堂前造言生事,帮着你主人害人! 你不是助纣为虐么? 那沈若愚与你主人就是至亲骨肉,既然写到笔据,断无收五百银子,肯写一千五百两的文契,天下没有这样的痴子! 你这该死的奴才! 你主仆把沈若愚当做痴子,还来把本县当痴子看待么? 与我拖下去,结实打!"两边隶役一声吆喝,走过三四个人,把王德揪下。王德大喊道:"太爷,不要打错了人! 没有见过不打骗人的人,反打受骗的人! 真正冤枉不浅!"小儒冷笑道:"本县今日偏要错打了你! 冤枉了你! 拼着你主人去告上状。你须知本县这里非胡太爷堂上可比,容你胡言乱语栽害平民! 胡太爷是看你的主人情面,本县是玉洁冰清,一尘不染,怎容你这种样子?"说罢,又连声喝打。隶役等早将王德拖翻在地,褪下底衣,两个人按住他头、脚,一个人举起竹板,用力的朝下打。才打了五板,早已皮开肉绽,鲜血直流。因王德自幼跟随尤鼐在任,虽非娇生惯养,亦是享受不尽的人。后来尤鼐卸事,分派伺候他女婿祝自新,又倚为心腹,除专办外差,平时还有两名三儿服侍他,如何受得起县堂上的刑法?似杀猪一般,喊道:"青天太爷!青天菩萨!小的情愿招认了!"

小儒止住隶役,放了王德,起身穿好裤子,遂将祝自新与刘蕴如何想谋沈家女儿做妾的话一一承认。小儒命招房录了他口供,道:"你主仆做得好圈套!平白的陷害良民,该当何罪?"叫原差带他下去。唤过沈若愚、伍氏,道:"你的冤枉,本县已代你问清了,与你夫妇毫无干涉。但是你妻子伍氏年已半百的人,怎样一点见识没有?皆因妇人家好贪小利,以致丈夫受累。若非本县细心详察,你夫妇真要屈死!以后处世须要仔细!"沈若愚、伍氏朝上连连磕头,如捣蒜相似,齐道:"小人夫妇蒙太爷高厚之恩,雪明冤屈,惟愿太爷高升极品,万代朱衣。"小儒即当堂销案释放。

沈家夫妇又叩了几个头,欣然回家去了。到了家中,兰姑见父母双双皆回,急问情由。伍氏将前后的事细说。父女三人甚为感激,当下立了长生禄位,朝夕焚香,惟祝恩官早早飞升。

小儒在堂上又点了两名差役给了堂签,吩咐道:"到祝自新寓内,提取本人赴案,须要小心。"两名差役退下,即向祝自新寓内来。

祝自新因王德去候审,心内悬悬,坐在寓中待信。刘蕴知中有变故,瞒着祝自新,悄悄上街去了。两名差役见了祝自新,将堂签亮过,假说:"本县太爷现在已审确沈家昧女吞银是实,他女儿已提到了堂,请你去具结领人。"祝自新听了,喜出望外,刘蕴又不在家,也无人计议;而且昨日说通关节,谅必此事真实不虚。忙换了衣冠,坐轿来至县衙头门外下轿。两名差役领着他上了大堂。祝自新抬头见小儒坐的是大堂,沈家人影都没有得半个,又见王德愁眉苦脸的跪在阶下,明知有了变故。又听两名差役唤道:"祝自新带到当面!"祝自新更外着忙,不由心内一阵乱跳,又不能退回,硬着头皮上了堂阶,跪下道:"职员祝自新见父台请安。"小儒冷笑,道:"祝道生!你何时更名'自新'报捐的?"祝自新听得问他的前事,又直呼他的原名道生,早经神不守舍,面上失色,道:"职员是祝自新,不是甚么祝道

第十七回　糊涂虫受赃枉断　陈铁面执法雪冤

生。敢是父台认错了？"小儒道："本县前住南京，即闻你的大名，如轰雷灌耳，岂有认错之理？本县此时也不及问你更名不更名、蒙捐不蒙捐。你所控沈家一案，你抱属家丁王德有一纸口供在此，你且看来。"说着，把王德的供单掷在祝自新面前。祝自新拾起看毕，早吓得魂飞云外，魄散风前，暗自恨道："多怪我用错了王德这奴才！怎么就招认了？岂非要坑杀我？"再偷觑小儒，见他端坐堂上，铁铮铮面目，令人害怕；欲待辩白几句，王德已招承了，辩也无益，徒然自取羞辱。只得俯伏在地，道："职员一时糊涂该死，职员知罪了。尚求老父台格外施恩，笔下超生，职员愿甘责罚。"小儒道："你也知道自己罪名，你还知道你好朋友刘仁香靠不住，他也配向本县讨情么？而且本县两袖清风，概不受人贿嘱，你只好自怨将冰山当做泰山了！你候着详办就是了。"即吩咐两名原差："将祝自新领下，交官寓看管；王德发外班房监押。均候本县通详究办。"小儒起身退堂。

原差带了祝自新主仆下来。自新望着王德，顿脚道："你怎么害了失心疯，把真情多招认了？现在怎么得了！"王德道："还说了不了，都上了刘蕴那毴养的当！他又未曾说通，我白白的挨了五板，更冤枉呢！我们多不要怨人，只好怨命，该应碰见倒灶鬼！我细想，都不派死罪，不过枷打，等我出来了，拼着把刘蕴斫死了，抵他的命！"祝自新亦深为懊悔，痛骂刘蕴。

这刘蕴至晚始回寓内，打听得祝家主仆多押起来了，又恐累到自家身上，连夜溜走，也不敢回南京，至别处躲避去了。胡武彤早得了信，急得双脚一阵乱跳，道："完了！完了！我这甘泉县被他们拖掉了！偏偏在收漕的时候，这不是劫数吗！"赶忙坐轿上府，面见毛公，叩求设法。毛公道："老兄，这件事你也怪不到我。沈伍氏来喊府状，我仍发你衙门审问。你既知道他有胆量告府状，就不怕他去控诉该管的江都县么？既不然，去告了上状，也是累赘。老兄，你太任意了！若江都详了上来，我也无力回护。倘或在别人手内，还有通融，陈小儒我与他世交至好，他的古怪脾气我已尽知，他是个反面无情的人；何况目下宠眷甚隆，又保了'卓异'上去。老兄，你不要连我这知府都带掉了罢！"胡武彤见毛公多畏惧小儒刚正，格外着急，晓得求他也没用，起身作辞回来，坐在衙门愁闷。

小儒退了堂，也不回上房，即下了签押房，连夜叙了通详文书，申详各处——却未提及刘蕴，到底还念同年分上；而且此次他实系因人成事，可以原谅;沈家诉词,亦未波及到他身上,"便宜了他罢。"

　　到了次日,一面详禀各上司衙门,将祝自新更名蒙捐列入首款,使他罪无可逭。又亲自坐轿,上府来见毛公,且探一探毛公虚实。"遥想此案他既与刘蕴有旧,刘蕴竟敢来说我入彀,岂有不往说毛公之理?他多该纳贿知情。旁敲侧击他几句,教他也存个害怕的念头,可以警戒下次。"一路上想定主见,已及府衙,投入手版。

　　未知毛公见与不见,见时有何话说,且看下回分解。

第 十 八 回

沐皇恩双开孔雀屏　联夜宴小试鸳鸯令

却说陈小儒审明祝自新案件,诬栽沈家是实,因案情重大,即申详到上宪衙门。当时坐轿来见知府毛公。到了官厅,投进手版。少停,传话出来:"花厅请见。"小儒入内见毛公,请了安,归座。毛公道:"适接老兄公件,知将祝自新一案讯明。我想胡礼图岂有此理?怎样执定自己偏见,硬断沈家女儿是卖与祝姓的?未免太糊涂了!老兄今番详办,祝自新是应得之咎,无如胡礼图的处分是难免了!"小儒欠身,道:"大老爷明见,非卑职不念同寅分上,任情详办!争奈诬告事小,蒙捐事大;祝自新实系日前奉过上谕已革副贡生之祝道生,何得更名捐纳,蒙蔽朝廷?况皇家名器,岂容若辈玩视?卑职若不详办,即有承审不清之处分,所以不能顾及胡礼图了。况且卑职昨日晚堂,又将祝自新提入内堂,细加鞫问,他供称胡礼图曾受他的贿赂若干,并供得其贿者不止一人,'到了那个时候,我也只得直供,不能我一人受罪,他们反安稳坐享。'卑职恐他牵涉多人,姑未深追。既有此一节,更不得不详请究办。卑职若将就了事,虽非受赃,却有以私废公、扶同作弊的罪名,卑职官卑秩末,担当不起。"一席话正中了毛公的痛处,登时满面惭惧。又见小儒说得截钉削铁,一毫不肯折屈,惟有强作欢容,赞道:"老兄办事,思虑周到;又复正直不阿,只知有公,不知有私,不愧各上宪交推保荐,果乃名实相符。即如日前程制台寿诞,我在省中,闻程公盛称老兄明干,各属卓异,以老兄首列第一。计算年底,部文可至,将来老兄擢荐特殊,不可思议。"小儒谦逊道:"此皆大老爷栽培,卑职何敢存此奢念?大凡做官,只要上不负朝廷寄托之恩,下体恤黎庶痛痒之苦,无愧我心就是了。虽蒙程大人赞赏,卑职每多自愧。"毛公又着实褒奖了几句,要图小儒个欢喜,皆因受祝自新的私贿,一块毛病落在他手内。

小儒起身告退,回衙即写了一封密信,打发双福亲往南京,报知伯青,又说明祝、江两府吉期,以及程公嫁女各事,"实因衙门公务冗杂;又有祝、沈一案,详了出去,要候回文发落,只好临时一二日前来省,所有各事,均请者香兄代劳。"程公处亦有禀启,禀明缘故。

毛公因小儒说祝自新要供出受赃的众人,心内甚为着急,请了胡武彤来商议。只得多备银两,到各上司衙门使用,求免处分。两个人除祝自新所送之银,另外整整用去了十倍有零,尚心内怦怦,不知怎样结局。

一日,制台回文已至,云:"事关重大,非可拟断,当候归奏案发落。甘泉县令胡武彤先行撤任,听候质审。该缺仰陈令暂行兼理,容另遴员委署。"毛公奉到来文,知这件事闹开来了,更加恐惧。眼前虽然无自己干系,怕祝自新他日真供出来,又备了几万银子,差心腹家丁到省中弥缝,所有在扬州府任上贪婪的赃资一齐罄尽,连老本都带累用去若干。心中又惧又恨:惧的是自己前程恐不能保;恨的是小儒太为古板,"多年世交,又系同僚,他一点交情不顾,只顾他的清正官声,不顾我们身家考程。"又隔了一日,制台又行下文来:"于某日奉到上谕:'已革副贡生祝道生,胆敢更名自新,捐纳同知,实系有意蒙混。复又倚势压良,逼沈女做妾,法无可逭。姑念前曾身列士林,恩免加刑,着将祝自新同知革去,发交原籍地方官严加看管。家丁王德帮同为虐,念其奉主命使遣,不得由己,着枷号三个月示众。甘泉县令胡武彤枉法受赃,任情偏听,着即革职,永不叙用,并将该令所得赃银追出储库,以备公用。又据祝自新供称,受贿多人,着该督将一干人证提省细加鞫讯,明晰奏办,毋得徇庇。江都县令陈眉寿办事认真,不阿所私,前据督抚等曾经推荐,合省吏治第一。陈眉寿着以知府在任补用,先换顶戴。该督饬令该属藩司,查有何项缺出,即行具奏调补等因。钦此。'"

小儒奉到来文,即将祝自新、王德当堂发落起解。又因各家喜期在即,是自己的媒人,不如亲解赴省,一举两便。又去禀见毛公,说知赴省原由。毛公大为惶恐,只得重托小儒,在制台前乞恩,怕祝自新胡供妄扳多人受贿。小儒回衙,封了两号坐船,一为自己坐船,一是祝自新主仆与原差等人。

走了两日,早抵南京。先将祝自新、王德交上元县收管,随即去见制台。今日换了四品服式,到了辕门下轿,上了官厅,家丁投进手版。少顷,二堂传见。小儒见程公,请安谢荐,入座。程公痛赞道:"贵县承审祝、沈一案,具见才识过人,不愧我与抚台交荐一番!"小儒欠身,道:"卑职沐大

第十八回　沐皇恩双开孔雀屏　联夜宴小试鸳鸯令

人栽培,感铭肺腑。刻将祝自新与其家丁王德亲解来辕,听候质审。已先交上元县收管。所有沈若愚夫妇,卑职因其无辜受累,当日讯清,即擅行释放。想此次质讯系专问受贿一节,与沈、祝交讼无干,沈若愚故未牵涉来省。要求大人矜察。"程公点头,道:"贵县所论极是。沈若愚一介细民,况又为祝姓诬栽,已属无辜,可不赴案备讯。"又道:"前烦贵县为小女作伐,现择年庚在即,可至在田处说明,彼此无庸太奢,总以合礼为是。"小儒答应,告退出来。先至云从龙处,言及程公所嘱。从龙亦甚以为是,道:"我正欲待小儒兄来省,请将此意禀明程公;孰知程公先行料及,真乃知音,所见大略相同。弟处皆一一遵命。"小儒又到祝、江两府拜会。伯青称谢前日书中之言。小儒笑道:"也是祝自新时运衰蹇,偏生闹出这件事来,又碰在愚兄手内。虽说为老弟报复前仇,然而伊亦应得其罪!我即按律科行,未为过苛。倒是便宜刘蕴那畜生了!我因年谊,不好十分追究他,此番亦系因人成事,所以放松他了。"坐谈了一会,小儒告辞,又往王兰处去了一遭,仍回船中。

次日,程公委江宁府提齐人证切讯,祝自新痛恨刘蕴掣他的肘,一口咬定他同谋,倒未曾说出毛公受赃一件——这也是毛公的运气。江宁府禀复了制台。程公因原详文书没有刘蕴的话,又因他老子刘先达的交情,即将祝自新复讯口供删去了刘蕴同谋一节,又行具奏请旨定夺。又值现任江宁府任满,援例推升,可否江宁知府缺出,即着江都县知县陈眉寿补授?如蒙俞允,再行送部引见等情。

单说云从龙请梅仙与二郎帮同他收拾新房一切,以及内外裱糊窗牖,张挂灯彩。江、祝两府都拨了十数名家丁过来伺候执事。又请了林小黛与上元县的太太挽亲。前两日,程公先将妆奁送了过来,备极华丽,约有数万余金。梅仙与二郎支派家丁,四处铺设停当。到了喜期这日,合城文武缙绅皆来道喜。小儒一清早即来领轿,一路排开执事,细吹细奏,有数百名行人,甚为热闹。到了制台衙门,三声大炮请进彩轿。程公邀了上、江两县来陪大宾。待至吉时,三次催妆已过,新人上了轿,又添得程公全副执事与送嫁的男妇人等,头起已至云府,后面的人才离出衙门。街坊上若男若女拥挤不开,无不啧啧称羡,男的赞叹云从龙,女的夸奖程小姐。新人彩轿到门,亦是三声大炮,抬入中堂。两位挽亲太太扶进新人,合卺交拜。

及应行的礼节皆毕，内外大开筵宴，款待众客。前厅是二郎与梅仙作陪。从龙数日前已为梅仙报捐了六品职衔，梅仙感激不尽，今日新换了六品服式，甚为得意，上下张罗，无不周至。二郎落得偷懒，只随他指点而已。后堂林小黛坐了主席。直至三更以后，男女众宾陆续方散。伯青、王兰等人将从龙送入洞房，又坐了半晌，起辞各回私第。

从龙在烛光之下，见程小姐生得端庄秀丽，雅静贞娴，喜爱非常。原来程公只生了一位小姐，小字婉容，自幼程公爱如掌上明珠，如儿子般看待。也请了名师，教他读书习礼。这婉容小姐赋性敏慧，博通经史，精工各艺，而且德、容、言、工四字兼备。从龙挥去了伺候群婢，携手入帏，同谐永好。

次日黎明，夫妇起身。婉容小姐偷看从龙，仪表不凡，举止温雅；又常闻他父亲说，此人文武全才，将来定然出人头地，是以男爱女慕，两情愈合。到了三朝，程公派四名旗牌以及衙中婢妇来请从龙与女儿回门。程公与夫人见一对少年夫妻两无高下，十分喜悦。

隔了一天，从龙谢媒、谢亲，诸事已毕，又到江、祝两府嫁娶的吉期。择定先一日，江府迎娶琼珍小姐；次日，祝府迎娶素馨小姐。两边府中繁文毋须再赘。汉槎与琼珍小姐亦是郎才女貌，敬爱异常。伯青与素馨小姐自幼常在一处的，中表兄妹，彼此皆仰慕已久，更外欢好。祝公夫妇见一双佳儿佳媳，欢喜已极。三朝备帖，请各亲友晚宴，又叫了一起名班，演扮灯戏。

早间，伯青夫妻来至江府回门。事有凑巧，恰好这一日程公所奏批折已回，云："据该督奏称祝自新所供受贿多人，并无其事，乞加恩免追，恐开衅隙。着如所请，即将祝自新、王德按罪施行，毋许延缓。江宁知府既已出缺，可即着陈眉寿补授，并着毋庸来京引见，速赴该任，以重民责。再据大学士江炳谦奏称：'祝自新即已革副贡生祝道生，前与已革编修祝登云争讼，致令该编修殴打总督旗牌官、夺取令箭一案，业经按律究革。伏思祝自新既争讼于前，复压良于后，足见横行无忌，恶难枚举。祝登云未尝非伊激成事端，致伤两败。可否请旨，着两江督臣细究前案，孰曲孰直，庶免有向隅之叹等因。'然该编修虽经斥革，揆度其情，实因祝自新所激，显

第十八回　沐皇恩双开孔雀屏　联夜宴小试鸳鸯令

而易见。兹于某月某日恭逢皇太后千秋寿诞，内外臣工，例加覃恩一级。该编修着加恩毋庸交两江总督查讯前案，许开复编修原职，来京朝考。钦此。"程公奉到廷寄，即亲自坐轿，至祝府送信道贺。

祝公闻得儿子开复原官，喜上加喜。众宾客又重新道喜，上下人等，个个欢跃。午后，伯青夫妻回来，祝公命先设香案，使伯青望阙谢恩，又教训儿子："从此尤当竭忱报效朝廷，以副圣恩优渥，并宜各事深自屈抑，毋蹈前愆。"伯青唯唯听命。然后众宾客与伯青作贺，家丁等一起一起的上来叩头，祝公皆有重赏。不移时，内外酒席摆齐，开锣演戏，唱的是《满床笏》《卸甲封王》诸吉利戏目。宾主尽开怀畅饮，至夜半始散。

来日，小儒去见程公禀辞。程公已派员至江、甘两县接手，叫小儒赶紧回任交代仓库各务，好赴江宁府任。小儒又到各家辞行，方开船回扬。伯青写了一封信，托小儒交与慧珠姊妹，说他已开复了原官，又报了前怨，叫他们到南京来盘桓几日，大约出月中旬，即要结伴入都。

单说慧珠自此番病后，各事皆灰了心，倒反随遇而安，少愁少闷，惟有放不下伯青一桩未了的心愿。小儒回到扬州，即差双福送信与聂家知道。慧珠得了信，即合掌当空，道："谢天谢地，我的心愿已了！由此我即死也瞑目！"忙与母亲、妹子商议，道："伯青既然写信来接，他又开复了功名，我们不容不去。"二娘接口道："是去的好。况且陈老爷又升任南京，我们在此没有依靠，怕的又受人欺负。不如到南京，同蒋姑娘、赵姑娘住在一处，也不寂寞。难得刘蕴那对头势又败了，何况此去又在陈老爷的管下，更可无虑。"大众计议已定，雇了一只船，向南京而来。

且说陈小儒回了衙门，与甘誓说明，仍要请他到江宁府任上去。甘誓却不过小儒谆谆的劝驾，宾主平日又极契合，只得应允同行。隔了一日，委署的两县已至，择吉接篆。小儒本来是个清官，仓库丝毫不空，本年钱漕又征收清楚，小儒虽于正款之外毫无苛求，而分内所应得的历年宦囊却也充裕。交印后，封了三四号坐船，携眷往省。动身之日，合城百姓香花灯烛，齐来叩送。小儒皆用好言安慰，叫他们息讼安分，自然官差无扰。沈若愚夫妇直送到码头，犹是不肯回去。小儒再三止住，洒泪而回。

小儒在路走了两日，已抵南京。早有江宁府属各县以及书役人等出城迎接，在衙门附近早封了公馆。小儒先去见了程公与藩司，禀报到任日期,及期接了印,与交代等件。前任官是单身赴任的,交了印,自己即备公馆。当日小儒就接了方夫人入署。次日,禀见各上宪与合城乡宦,及行香、放告各事。伯青等人皆来道喜。

　　小儒问及聂家姊妹,伯青道:"他们已到了数日,仍与小凤等合住。我们昨日还在他家的。此时畹秀倒胖了好些,不似从前那样多愁多病的形相。"小儒笑道:"他闻你开复了原职,又到南京,朝夕相聚,他还有甚么愁烦?心广体胖,此言不谬。想我自从做了官,各事多要循规蹈矩,看着你们终日作乐,羡慕之至,我真被一官所系!你们日后放了外任,才晓得其中滋味,不好领受。每闻人夸说为官的好处,我说不如耕读自娱,那方是神仙境界。"王兰道:"我如放外任,我却要随随便便,不受拘束。难道还有人管我么?"从龙道:"者香说的话真是一相情愿!你到了那个地步,不怕你不受拘束。虽然没人管束,一则放荡有损自己官声;二则上司闻知,说你荡检逾闲,即行参奏。你即做了督抚,既怕言官纠劾,又怕失了大员体统,为僚属所讥。此刻落得你随意乱说,临到你头上,才晓得呢!"王兰大笑,道:"如上司参奏了我,正好回家耕田读书,倒是我的划算了。"伯青道:"你们不用同者香辩驳,好在他此时也没有放外任,待到那个时候,若他斤斤自守,贪恋一官,我们再笑他未晚。"说得众人抚掌大笑。坐了一会,各自起辞回去。

　　此时正是冬月初旬,早梅大放,从龙住的宅子内有三四十株梅花,开得高高低低,如滚雪一般。从龙备帖,请众人赏梅,又请了慧珠等同来。众人陆续皆至。从龙是日在梅亭上摆了两席,中间用一道湘帘作隔,虽说是两边分开,可以彼此看得见,又能说话。东边是伯青、王兰、汉槎、二郎、从龙、梅仙等八人,西边是慧珠、洛珠、小凤、小怜、小黛等五人。因有小黛在座,如今归了二郎,不便同席;如分了内外,反没兴趣,又系通家世好,可无猜嫌,是以用湘帘隔开,不过遮掩耳目而已。大众挨次入席,男席是伯青首座,梅仙主位;女席是慧珠首座,小黛主席。仆妇们斟了酒,众人举杯让饮。见亭外梅花果然开得烂漫,只觉风动香浮,透鼻清爽。

　　酒至半酣,梅仙道:"我昨日看《红楼梦》,至'金鸳鸯三宣牙牌令'一段,用牙牌行令,又文雅,又新鲜。我想不如用三副牙牌,或用一色三张,或用杂色,排成一副点面,说《四书》一句、《西厢》一句、古诗一句,都要切

第十八回　沐皇恩双开孔雀屏　联夜宴小试鸳鸯令

贴点子,仿他的令而行,倒还见点心思。说错了与说不出的,以及所说与牙牌点色乖谬,均罚酒三杯。你们看可好不好?"王兰道:"小癯想的很好,谅必你如今《西厢》、古诗是熟读的了?不若你做个令官,从你行起。"梅仙笑嘻嘻道:"我说错了,也要受罚,你们却不可笑我。"叫人取过三副牙牌,摊在桌上,自己满斟了令官杯,一饮而尽,道:"可以无分次序,谁有了谁说。我们行个夹杂令,何如?"说着,拣了三张,摆在一处。众人看是三张天牌,见梅仙低头想了半会,道:

　　《四书》:"问有余,曰无矣。"《西厢》:"碧悠悠青天来阔。"古诗:"三十六官都是春。"

说毕,对众人道:"可用得用不得?"伯青叫好,道:"真真贴切不浮,却亏你想得到!"众人亦同声称赞。王兰伸手亦取了三张,是一色地牌。想了想,道:

　　其为物不贰。线脱珍珠。六宫粉黛无颜色。

众人听了,击桌痛赞。

右边西席上也摆了三副牙牌。小怜取了一张人牌、一张黑十、一张天牌,是个马军的点色。遂说道:

　　冠者五六人。隔花人远天涯近。绿杨红杏间疏梅。

慧珠等同声赞好。隔席王兰拍桌,道:"爱卿此令一丝不滥,非独切贴点面,连意思多达出来了。大约再行,都不能过于此令。"从龙道:"爱卿真个聪明,每有所作,都另具心思,高人一着。"

洛珠见王兰与众人夸奖小怜,心内不服起来,要行一条出色的令,好压倒他。忙取了两张人牌、一张和牌,成了个巧合四的点色。凝思了一会,笑吟吟的道:

　　人也合而言之。月明才上柳梢头,却早人约黄昏后。杜鹃枝上月三更。

两席上一齐叫好不绝。伯青道:"此令既合点色,而又贯串一气,绾合天然。我觉道柔云此作又胜于爱卿了。"众人亦点首称是。洛珠好生得意,自己满饮了一杯。

东席上伯青取过了三张长三,摆在面前,指着这三张牌,向人说道:

　　其身不正。是垂柳在晚风前。无数蜻蜓齐上下。

从龙道:"好个'其身不正'！酷肖其形。"汉槎坐在桌前,不言不语的揣摩,也成了一副点面。对众人道:"我有一条,觉得不甚妥帖,说出来诸兄斟酌。"王兰笑道:"子骞今番切不可再行出龟字令来。"引得众人想起前事,多拍掌狂笑。汉槎脸一红,道:"偏是者香会刻薄人！"伸手取了一张地牌、一张长二、一张长三,是个顺水鱼的点色。说道:

　　半途而废。这生后生。春色先归十二楼。

众人赞好。王兰道:"到底点了主事,学问长进了？也不晓得是近日祝小姐的雅化？"

　　大众正在说笑,西席上慧珠取了三张四六,说道:

　　仰不愧于天,俯不怍于人。人间天上。共欢天意欢人意。

小凤赞道:"畹姐姐这条令融贯得毫无斧凿痕迹！我看此令不难说出,所难在三句既要贴切点色,又要一气呵成方妙。若杂凑起来,纵好也逊人一筹。"东席众人齐齐称是,又夸奖:"慧珠行的这条令,果然不谬芳君的赏识。"小凤也取了两张长三、一张幺二过来,成了个巧合三的点面。说道:

　　所就三,所去三。两当一弄成合。雁行中断惜离群。

两席皆称赞不已。

　　东席上梅仙又想就了一副,取过三张二五,说道:

　　不待三,然则子之失伍也,亦多矣。今日见梅开,忽经半载。六街灯火伴梅花。

众人齐赞:"这条令刻画尽善！"从龙笑道:"真正文法一变,又有截搭题的样式来了！"自己也取过三张牙牌,是一色幺六。道:

　　天地位焉。何干天地无私。天长地阔岭头分。

伯青道:"幺六恰好是半天半地,在田兄即用天地联络,真切贴之至！"

　　西席上小黛见众人多挨次说了,忙伸手取过二张梅花、一张二三,是个巧合五的点色。正待要说,只见玉梅笑嘻嘻走至桌前,道:"我也胡乱想成了一副,说出来求姑娘们指教,未知可用得？"隔席王兰拍手,道:"我倒忘却你了！平日见你偷着看书写字,又有你家姑娘讲究,不愁不是个小方家。何妨说出来,大众听听。"玉梅答应,伸手在桌上取了两张地牌、一张和牌,是个红五色点面。道:

　　天下之达道五,所以行之者三。只将这笔尖儿,敢横扫五千人。

第十八回　沐皇恩双开孔雀屏　联夜宴小试鸳鸯令

　　五更三点入鹓行。

东席上众人齐声赞好，道："有其主，必有其婢。好个'横扫五千人'！真乃工于形肖，而且具见心性。你有此才华，还怕不扫倒若辈？由此骚坛之上又添一小蛰将了！"小凤、小怜也大为赞赏得意，小黛等人莫不折服。最难他并不专心向学，不过偷闲剽窃得一点半点，真要愧死那皓首穷经、一世无成之辈。

　　洛珠对小黛道："你只顾夸赞玉梅那丫头，你还没有缴过令呢。难不成想吃罚酒么？再者，你的令倘不及玉梅，那不是婢学夫人，夫人要学婢了？"小黛笑了笑，指着先前一副巧合五，道：

　　　　子男同一位，凡五等。我是散相思的五瘟使。南枝才放两三花。

众人赞妙不绝。洛珠道："此令倒不弱于玉梅，但是楚卿要算从相思队里翻出来的，不用你再散相思了。"引得众人大笑。小黛瞅了一眼，道："你这张尖刻嘴，我来掐破你的，方泄我恨！"

　　洛珠笑道："罚我，罚我！再罚我说一条令，何如？"忙取过两张长二、一张地牌，是个巧合二的点色。说道：

　　　　夭夭如也。扑刺刺把比目鱼分破。日月双悬照入林。

小凤道："这条令可以盖赎前愆。翠颦妹妹，恕了他罢。"洛珠道："多谢你这好人！"

　　东席上二郎也取了一副，是一张长二、一张长三、一张天牌，成了个二三靠的点面。说道：

　　　　二三子何患乎无君？是金钩双动，咭叮当敲响帘栊。双双紫燕逐珠帘。

王兰一面随着众人称赞，自己又取过了三张虎头，摆在面前，说道：

　　　　其实皆什一也。天际秋云卷。梅雪争春未肯降。

　　西席慧珠又取了副黑五色点面，是两张长二、一张幺二。道：

　　　　二吾犹不足。遥望见十里长亭，损了玉肌。一点禅灯照十方。

从龙道："好一句'遥望见十里长亭，损了玉肌'，又贴切，又风华！"

　　众人见天色不早，收了令，吩咐摆上饭来。吃毕，散坐闲话，或凭栏叙谈，或独立凝思，或在梅树下石上谈心。洛珠爬到假山石高处，折了一枝梅花，同王兰把玩。伯青忽然对众人，笑道："我倒忘却了一句笑话，要说给你们听。"

　　未知说出甚么笑话来,且看下回分解。

第 十 九 回

看新娘众公子解橐　憎秃妇两亲母争锋

　　话说云从龙等人吃过了酒，散坐闲话。忽闻伯青说有一句笑话忘却说了，众人不知何事，齐来询问。伯青道："我家连儿前日已娶了房家小。据他说，虽是乡下人，倒很下得去，人又体面，又敦厚。明日三朝会亲，要请我赏脸，到他家去看新娘。你们听可是笑话？"王兰道："那也何妨，明日我们大家多去。既然他说人颇体面，倒要看看你家尊纪夫人是个甚等人材？"众人听了高兴，多愿同去。伯青道："好在连儿家相隔舍下不远，只要转两个弯。明早诸位在我处会齐，一同步行而去最妙。"众人称是。辞谢从龙，各回私第。女客等也各乘轿回去。
　　伯青到了府内，唤进连儿，道："你明日请我到你家去，适才与诸位老爷言及，他们也要同去看新娘。你却不可花费太甚，只要一二样适口酒肴就是了。"连儿听得诸位老爷同去，好生欢喜，应了声退出，飞风跑到家中，对他娘道："真真难得！明日不独府里少老爷来，连相好的一班老爷们都要来呢！你今晚把内外打扫洁净，我要去预备一席上等酒肴，明日好用。"说着，转身出门去了。他娘听得，也十分欢喜，忙同着新媳妇四处打扫。
　　原来连儿姓贺，学名连升，自幼服侍伯青读书，改名连儿。伯青见他朴实，凡事另眼看待。连儿六岁上丧父，只有个老娘。幼年定了东乡里潘家的女儿。潘家也是个土户，有几亩田地。现在见女儿大了，又见连儿在祝府颇有出息，家内甚为圆活，催着他家迎娶。连儿同他娘商议，在祝府旁边寻了一所房子，六间四厢，外有一个起坐。房屋虽然不多，倒还轩敞。连儿又当面求了伯青，告假娶亲。伯青念他自幼侍候谨慎，赏了他一百两银子，做娶亲费用。连儿很置备了些动用物件，择了吉日，迎娶潘家女儿过来。潘家女儿小名唤做寿姐，比连儿小一岁。虽然是双大脚，皮色雪白，身材小巧，倒还看得过去。明日是三朝，潘家要来会亲。连儿想夸耀亲眷，所以请伯青来看新娘。伯青满口应允，连王兰等人多要同来，真乃喜出望外。

少顷,连儿回来,帮同他婆媳收拾,在起坐间设了几座,挂了灯彩,又去央了几个人来侍候茶酒。直忙到二更,方各自安睡。寿姐回房,对连儿道:"明日府里的老爷们来,我闻得他们这一班人都是少年老爷,又是官绅人,据说个个生得似天仙一般。我想世上的人不过多是这个样子,难道他们多只眼睛、多个鼻头么?我有些不相信。好在明日就看见了。"连儿摇头,啧啧的道:"真正你是个乡下人,没有开过眼界。这一班老爷,多是少年新贵、天子门生,个个是天上星宿临凡,非同小可,你还认作他们是同那些平等人一样么?迟几日,我再领你到府里去见少奶奶与嫁到江府的大小姐,你更要认作观音出现呢!就是我区区,自幼在府里伺候,穿房入户,除了老太爷、老太太、少老爷、少奶奶一班家主,那内外几十个人,谁能及得我连二爷?谁不趋奉我?即如老祝安,是三代家人,在府内要做得六分主,他还要另眼待我。就是我这个地步,也不容易,亦是前生修得,有造化来的。我们早点睡罢,明日要起早,伺候他们来呢。"寿姐听得高兴,恨不能暂时随着丈夫到府里去见识见识。一宵无话。

次日黎明,连儿起身,嘱咐他娘同寿姐,"领着央来的一起人再行四处打扫一番,我要迎接诸位老爷去。"说着,急急的去了。少刻,潘家乡下的亲眷与潘老儿夫妇、儿媳陆续俱至。连儿的娘接入众人,行过了礼,潘婆问及女婿。寿姐道:"今日府里少老爷们要来呢,你女婿清早就迎接去了。"众亲眷听着,又惧又喜:惧的是府里人来,无处躲避,见了面,怎样好?喜的是见见这班人,也长点见识。众人不言语,心内都怀了个鬼胎。

不多一会,只见连儿跑得满头大汗,进来对他娘道:"老爷们来了,快领着媳妇伺候迎接行礼!"众亲眷一吓,多躲入房内去了,又乱挤乱推的,争着在门缝里朝外望,带来的小孩子又挤得哭了起来。众人分外手脚忙乱,一面哄骗孩子们不哭,一面又要探头探脑的张望。

早见伯青等人由外面摇摇摆摆的一同走进来。今日各人皆是便服,脚下却穿着靴子,一个个貂冠狐裘,十分华丽。有的穿鹅黄袍子,绛色短褂;有穿绯青袍子,朝缎短褂;有穿浅蓝袍子,姜黄短褂。尽是各样颜色,配搭深浅不同。人材又俊美,衣服又鲜明,把众亲眷的眼睛多绕花了,痴呆呆的立定不动。内中有几个老年的,口中低低念道:"阿弥陀佛!这才是前世修来的,也不知敲破了成千累万的木鱼呢!"

第十九回　看新娘众公子解橐　憎秃妇两亲母争锋

　　连儿斜着身子迎请众人,至客座内坐下。连儿的娘忙上来请安,道:"蒙诸位老爷赏脸降临,真乃邀荣格外!"伯青笑道:"我们倒打扰你家了。"他娘连说:"不敢!"回身取了毡条铺下,命寿姐叩头。

　　寿姐早在房内打扮齐整出来,故意装着斯文,慢慢的走上毡条,扭扭捏捏下拜。伯青等皆微微抬身,若作答礼。众人看寿姐团团的脸,皮色倒还白皙,就是脂粉涂得多些。额上扎着一条玄色嵌花绸帽,乌油油的一头浓发,鬓边插了十数支五色绒花。上身穿件绿布羊皮袄子,加了件青布单褂,宽镶大滚,腰系玄色布裙,迎面拖了条红绿丝绦,脚下穿着蓝布鞋子,绣的满帮花,连那大红曳靶上都绣的花朵,虽然一双大脚,倒生得圆俏。众人暗道:怪不得连儿夸赞他的妻子好,乡下人有这个样子,也算出色的了。伯青向众人丢个眼色,在身畔取出两锭银子,约有二十多两,用红纸包裹,递与连儿,道:"多谢你妻子叩见我们,给他买花戴罢。"众人也各赏给了若干,或十数两、七八两不等,约共有百两有余。连儿忙叩头谢赏,转身交与寿姐,又叫寿姐也叩谢了,方退了进来。

　　寿姐回至房内,把银子摊摆在桌上,众亲眷齐围拢来观望。潘老儿夫妇笑得口都合不拢来道:"真是一班大老官的出手,见面礼就赏了百十多银子!"对寿姐道:"要算你的大造化,碰见诸位财星老爷了!"寿姐亦欢喜非常,取过一块布,将大小银包并在一处裹好,收入箱内做私房了。

　　外面连儿调开桌椅,摆齐酒席,请众人入座。伯青因在他家人处,推从龙首座,王兰、汉槎对面二席,三席上横头梅仙,自己坐了主位。连儿又邀了各府家丁至对进房内吃酒,合席斟了杯酒,复到上面来伺候。连儿的娘领着寿姐,在厨房照料烫酒、上菜。里面众亲眷多拥挤在窗棂眼里偷瞧,评论这一个人材好,那一个品貌好,甚至意见不合,争论起来。寿姐忙了一会,回到里面,轻轻扯他娘的衣袖,道:"妈妈,你看脸向外坐的那个人,姓金,你女婿说他本是个唱戏的小旦。府里少老爷前年进京会试,闻得他是个好人家出身,替他赎了身,又带他回来,终日并吃并坐,如今又代他捐纳顶戴。这姓金的也算碰着好机会。说破了,留神看他,果然与众位老爷们不同,笑起来,头就有点扭,说话又多把眼角去望人,真有三分女子家的形态。"众亲眷听了,人人都去望着梅仙,又嫌那窗棂眼里看不明白,慢慢的挤了出来,多站在窗子口观望。由梅仙头上望到脚,又由脚底望到头,望一会,又两个三个唧唧哝哝的指手画脚谈论。梅仙初时并不介意,后来见他们多望出神了,又隐约听得说甚么戏子、小旦,梅仙不由得满脸绯红,不好意思起来,借着看别处,转过身子去了。王兰一眼看见,早已明白,大笑道:"小癞,你不要做了卫玠,被人家看杀了!那时我们岂不少了一个知心朋友?"席上众人听说,一齐掉过脸来,哈哈大笑。把个梅仙分外笑得难过,坐又不是,立又不是,只得托言酒醉,催着众人吃饭,好回去罢。又道:"我们不可久坐,他家亲眷还要坐席呢。"众人齐声称是,都停杯唤饭。

  少顷席终,吃了一盅茶,各起身回府。连儿的娘同寿姐直送至门外方回,对潘老儿夫妇道:"有累亲家、亲母及诸位新亲挨饿了!"忙收拾了客座内的残席,重新摆上几桌酒饭,请众亲眷入席。连儿送过伯青等人回府,也来家了,叫他娘陪坐,自己脱去大衣,到厨房内与寿姐料理,让央来的人好去吃饭。大众雄谈豪饮,直吃到日色偏西方止。

  此时虽是十月底节令,正届小阳春日,天气甚暖。寿姐忙得浑身是汗,到房内将上盖皮衣脱去,坐在小杌子上少歇,那额上汗滚滚的下来。连儿忙了一日,身子亦乏,见外面各事清楚,也回到房内,躺在床上喘气。见寿姐不住的用手巾拭汗,脸上的粉早间又太搽多了,流得一条一条的粉痕,额角上又有许多黑渍。连儿只认做寿姐在厨房里沾的灶灰,又可怜他今日劳碌狠了,道:"这个人太古直!既如此热法,何妨将包头除去凉凉,难道自己丈夫面前还拘礼么?"起身道:"我代你把包头除掉了罢,免得被汗弄污了,你头上灶灰不少呢。除下来,也好用水洗脸去。"寿姐忙道:"我不能除包头,自幼有个头风病,受了风,登时即要发作。六月天,我还扎纱包头过夏呢。"连儿只道他说谎,不由分说,走过来将他包头摘下。不料一头的头发,多随着包头摘了下来。连儿这一吓非同小可。寿姐未曾防备他来硬除包头,抢夺不及,已被他摘了过去,急得双脚乱跳,两只手遮着头皮,眼泪都急了下来,道:"你坑死我了!谁与你这样恶闹?"连儿定神,把他头上仔细一望,直气得三尸出舍,七窍生烟,把包头使劲的一掼,重新又躺到床上去,冷笑道:"我做梦呢!今日拣,明日拣,拣出个破伤风来了!天下秃子也多,没有见过你连一根毛多没得,真正秃成精了!笑话!笑话!"

第十九回　看新娘众公子解囊　憎秃妇两亲母争锋

原来寿姐自小害了一头癞疮,害到十三岁才好,头皮都害老了,半根头发多长不出。一年四季,皆用假发扎在包头上。到了冬令,是他极喜欢的时候,理应要扎包头,没人看得出来是癞子;交了夏令,有人问他扎包头的缘故,他即托言头风。本来可以不嫁,无奈自小许了贺家,所以拣在冬季出嫁。过个三月五月,就是婆家识破了他是个秃子,木已成舟,也只好罢了;如托言头风,一辈子瞒了过去更妙。不意才到三朝,就被连儿识破,娘家亲眷又多在这里,如何不急?兼之寿姐一生最恶人叫他秃子、秃子,虽小孩子叫和尚秃头、与人说蜡烛,他多要生气,连他父母都忌讳这个字,说酸甜苦辣的"辣"味,叫做狠味,以避这个"辣"字——与"癞"字同音。今日无辜的被连儿秃长秃短羞了一起,好似火上浇油,恼羞成怒,也顾不得是新媳妇了,一声冷笑,气生生的道:"好笑!我秃在我头上,于你何干?况且我自幼即秃了,也是天生成的;你若不喜秃子,好在我爹妈哥嫂多在你家,把我休去了罢,好让你娶个有头发的来家,称心足意!"连儿正在好气,又听他说出不讲理的话,气上加气,立起来把桌子一拍,道:"放你娘的清秋屁!不晓得你妈当日怎样生出你这个蛮秃子来,三朝的媳妇,开口就说休掉了!你若过了三年五载,你还要打婆撑丈夫呢!难道头发秃了,理也不讲么?"寿姐听连儿破口骂他,索性胡闹起来,也骂道:"你不晓得我妈养出我个秃子来,我也不晓得你妈怎样养出你个有头发的来!你既开口骂我,人人皆是爹妈养的,那个从树枝里掉下来的?而且你的妈现在坐在外面,我也会骂。你说我不讲理,你骂人父母,倒讲理?"连儿见他反唇相向,脸都气青了,脱去上盖长衣,要来打寿姐。寿姐也站起身来,要与连儿拼命。

堂前连儿的娘正陪着众人闲谈,忽闻房内儿媳高声吵闹,大为诧异,忙跑进房来。潘家夫妇与众亲眷也跟了进来。连儿的娘走入房内,见儿子与一个不像尼姑又不像在家,僧不僧、俗不俗的人在那里对跳对骂,很吓了一跳。大凡秃子,十个即有九个黄恹恹的头皮,试想雪白的个脸,焦黄的个头皮,一根头发全无,身上又穿着女衣裙,比怪物还难看一倍。他娘做梦也想不到是他的媳妇,仔细定睛望了一会,方才认清楚了,急问连儿,道:"你这杀头的!多分是疯了,娶个老婆来家,三天还没有过完,就斗起口来,被旁人听得,要笑杀我家呢!究竟因为何事?寿姐因何又变出这个形相来?"连儿望着他娘,顿脚道:"真正我的亲娘!他若不变出这个形相,也不致淘气!"遂将始末根由细说一遍。他娘听罢,不由得心内抖抖的气上来,冷笑了声,发话道:"我当甚么天大的事,两口儿要拼命!原来为的这件事。也是你命里所招,该数娶个秃老婆,只好怨命罢了!就是淘了气,他也不会长出头发来。但是寿姐儿既然有这个短处,亦该让丈夫一句,方是道理。天下做丈夫的,没有个不欢喜讨个标致老婆,难不成还欢喜秃子么?怎样开口即说'把我休掉了罢'?也不像句说话。三朝媳妇,即如此泼悍,若年深月久,还要做我家祖宗呢,那时连儿气更不敢呵一口了!难得亲家、亲母、小亲家夫妇相巧在此,又有诸位贤亲同来,倒要说个明白,不然,还认做贺家的儿子坐家欺人,这不是笑话么?"

潘老儿夫妇与众亲眷在连儿的娘后,一脚进房,抬头见寿姐光着秃头,在那里乱喊乱骂,暗恨道:"这个丫头,真不是人!与丈夫淘气,也不应把包头除去了,现出本来的怪相!难道气痴了,连生平最忌讳的事都不顾了?"两家的亲眷多看呆了,有的晓得寿姐是个秃子,暗地摇头,道:"寿姐儿,来不得!与丈夫淘气不妨,不该把自己暗病掀露出来;才过门三天的媳妇,即将小名子说出,怪不得他丈夫生气!此时又引出他婆的夹七夹八的话,看起来多是寿姐自取其辱,将来怎样在贺家做人?"还有不晓得寿姐是个秃子的,反吓了一跳,道:"我们看见他十七八年,却不知道他是个秃子,他要算会瞒藏的了!为何到了婆家,才三两天,就现出本相来?难道嫁了人,就不怕丑了么?"

潘老儿夫妇听了连儿的话,方才明白。又听得他娘说些不生不熟的话,句句都怪他女儿不好。潘婆也多起心来,道:"亲家母太太,你倒不要偏着肠子说话!虽然是你儿子命里所招,可晓得我女儿也是天生这个破相,无可奈何;况且是自幼定的亲,他小时原不秃的;就是个秃子,胡混你家,譬如一件坏东西,你既瞎眼收了下来,也只好自认晦气。亲家母,不是我说你,偌大年纪,说出话来多不公道,全庇护着你的儿子。人家女儿不过少几根头发,亦是十月怀胎、三年乳哺养成的。众亲眷皆在这里,评一评谁是谁非?亲家母还说不欺人,分明欺足我潘家了!"

连儿的娘脸往下一沉,道:"亲家母太太,你说我不公道,偏护儿子,我倒要请问,你女儿到人家做媳妇,一要孝敬公婆,二要顺从丈夫,才是正

第十九回　看新娘众公子解囊　憎秃妇两亲母争锋

理。就是丈夫嫌他是秃子，说几句，亦该逆来顺受，怎么开口即说'休掉了我罢'？被旁人听得，也不雅相，不说我贺家不会教训媳妇，只怕要说你潘家不能管教女儿呢！亲家、亲母与诸位贤亲在此，不是我贺老妈说句放肆的话，你亲家母今日在这里，惧你手段狠、嘴口利，护着你家姑娘，派我母子个不是；你只能在我家一时半刻，不能在我家一年半载。俗说：'嫁出门的女，泼出门的水。'在我贺家媳妇，即要遵贺家的规矩；若要与丈夫对吵对骂，我家几代，没得这样媳妇。而且婆管媳妇，家家有的；就是冤屈了他，告到官也不派问婆婆的罪名。若是妻子想挟制丈夫，才不能呢！"一番话把个潘婆婆气得话说不出来，加以两家亲眷亦扳驳起来，贺家亲眷帮着贺家说娘家，潘家亲眷帮着潘家说婆家，潘老儿的儿媳也护着妹子，与连儿母子争论，各执一理，纷争不已。

内中有几个老年亲眷，上前止住众人道："你们真是笑话了！既然从中解劝，你们倒争较起来，不是来熄火，反是添油了！俗云：'割不断的亲，打不断的邻。'你们生了气也没用。"先将连儿的娘劝出房去，又说连儿道："你若省一句，也不致带累两个老人家淘气。你出去走走罢，恐祝府里有事，要来寻你。"连儿穿了衣帽，道："我也没得力气与这蛮妇讲论。我是立定主见，不要他了，听凭他潘家告我无故休妻去！"说着，忿忿的出门去了。

潘婆听了，气上加气，骂道："连这小野种多欺起我来了！你是我的女婿，算个半子；你若不逊，我即打了你，也没处叫屈！"连儿的娘在堂前，高声道："亲母，你不要破口骂女婿是野种，你女儿亦不是家种了！你也知道女婿是半子，可以打得；可知媳妇亦如个半女，若不循规矩，更可打得了！"几个老年亲眷又极力劝住两边房内。寿姐一头滚到潘婆怀内，哭着说道："妈妈，你可听得他家的话？你就有十个女儿，嫁在这里，要弄死九个呢！妈妈，我跟你回去罢，我情愿在家里吃一碗剩茶剩饭，妈妈你只当女儿是个残疾，嫁不出去，也要养老的。他贺家纵然是天宫月府，我也不稀罕！"

众亲眷忙上前扶过寿姐，替他扎好包头，劝道："姑娘，你又来闹了！你妈妈才息了气，何苦又引他作呕？姑娘，不是我们说，嫁到人家做媳妇原是难的，那有在家做女儿受用？也只要凡事勤谨合理，公婆亦不能格外搜求，多年的好媳妇比女儿还强呢。若说由得自己，要来即来，要去即去，人家嫁女儿，倒不致哭着送上轿了！嫁至婆家，好似另投一个胎呢！姑娘,我劝你各事耐烦些,贺老太太也不是不讲理的人,只要你做媳妇的不错,他也无甚话说。即如今日这件事,说开来,就罢了。难道他家当真嫌你是秃子?既娶了来家,也只好算歇,自家婆媳还记恨么?"又取水代寿姐净面,匀粉点脂。

众亲眷见两家既斗过了口,料想没有晚饭款待,又见天色不早,来劝潘老儿夫妇同行,还要赶出城呢。众人与连儿的娘作辞。他娘道:"今日倒简慢了诸位贤亲,想不到新亲淘气,真惹诸位笑话!又承情劝解,容改日登门,再奉请谢罪罢。"潘婆也立起身来,对寿姐高声说道:"儿啊,做妈妈的去。只怪当日爹妈瞎眼,把你许了这不懂理的人家!你也只好怨命,凡事忍耐些;若真正不得过去,那时自有爹妈做主。我家好在是个活新鲜的女儿交代贺家的,还怕他生吞了下去?"潘老儿道:"你又啰嗦,引气淘了!走罢,走罢,既然众贤亲说开,有理改一天再叙。"众亲眷齐声称是,簇拥着潘婆出门去了。连儿的娘正满脸堆欢相送众人,忽听潘婆发作,他顿时变了脸,也高声道:"不要活见鬼!这些大话来吓谁呢?你家活新鲜女儿交代我,又怎样?我既有本领生吞了他下去,我贺家就不怕人!难道城里的人还被乡下人欺了去?非是我夸口,大官大府,也比你见识得多!你不要错认了定盘星!"

寿姐见爹妈已去,坐在房内,听得他婆发话,晓得得罪了婆婆,没有好讨;又想:"他才说我妈妈'你不能终日跟着你女儿',这句话真个不错。纵然我受了委屈,妈妈来代我出气,他又不能常跟着我;况且我家又住在乡下,连送信的人一时多找不出。现在丈夫又与我反目,他家通共三个人,我倒得罪了两个,我是要在他家过一世日子的。"想了想,只得揩干了眼泪,忍着气装成笑脸,取了盏茶,送到他婆面前,道:"娘吃茶。"连儿的娘只当没有看见,也不睬他。寿姐又装了袋烟,点了火,道:"娘吃烟。"连儿的娘抬头,见他包头包好了,不说破是个秃子,倒还有富厚之相;又见他低声下气,问茶问烟,"想他已知我利害,从此可不敢再撒泼了;而且是自家的媳妇,要长久相处的,何能各存意见?"用手接过烟袋,吸着了火,道:"天已晚了,你可去预备夜饭吃罢。你忙了大半日,也该饿了。"寿姐见婆息了气,和颜悦色的向他讲话,忙答应了声,取条围裙扎在腰内,到厨房先煮熟了饭,又把请客的剩菜暖了两样,盛了一碗饭,先送与婆吃,自己坐在对面

第十九回　看新娘众公子解嘲　憎秃妇两亲母争锋

陪着。吃毕，收过了碗箸，舀水与婆净洗手脚。连儿的娘道："你的丈夫今晚多分在府里歇了，你去关好门户，我要睡了。整整忙了一天，腰骨多觉得疼痛，好上床躺躺去。你也去睡罢。"寿姐取了灯，照着婆婆进房，服侍睡下，自己才进房去。

不说家内婆媳和好，单言伯青等人在连儿家吃了酒，邀着众人到伯青书房内小坐闲谈，无非说的是贺家乡下亲眷的话。王兰笑道："那些人偏生多望着小瓤，是何缘故？难道乡下人也晓得小瓤标致？"梅仙道："者香又说笑话了！我该应面朝外坐，紧对着他们，倒是望得我实在难过。他们又唧唧哝哝的，不知说些甚么。"

忽见祝安进来，道："回诸位少爷一句说话，少爷们在连儿家散后，他夫妻淘气，两亲家母亦对面斗口。说是因新媳妇是个秃子，秃得一根头发多没得。连儿的娘护着儿子说媳妇，潘家护着女儿说女婿，所以两亲家母才合起口来。连儿别气，要到府里来宿，说不把妻子休去，他一辈子都不回去。请少爷叫他上来，呵斥他几句，押令他回去。"伯青笑道："他家新媳妇上好一头的头发，怎说是个秃子？真真不相信！你将连儿叫进来，待我开导他，不能是个秃子，就不要了。"祝安答应下来。少顷，连儿上来，站在阶前。众人见他垂头丧气，脸上一红一白的。伯青道："闻祝安说你与妻子淘气，因嫌他是个秃子，又引得你娘与你丈母斗口，可是有的？"连儿道："不瞒爷说，若是寻常秃子，也罢了；他秃得头发一根多没得，直头是个尼姑子模样！小的发狠不要他了，情愿终身娶不成女人，都不懊悔！"伯青笑喝道："胡说！自古娶妻在德不在色，只要他处家勤俭、孝顺公婆、丈夫，就是好媳妇了。即如娶个标致的，不是懒惰，即是不孝顺公婆、不敬重丈夫，那时你却怎样？况且小户人家，妻子过美亦非好事。俗语：'丑妇家中宝。'我看你妻子人还敦厚老实，不过少几根头发，遥想他头上戴的是假发包头，不说破，也还过得去。你现在别气，不回家去，可知你娘格外烦恼？倒不是媳妇忤逆婆，反是你忤逆你娘了！快些回去安慰你娘，方是正理。"说得连儿无言可答，应了声，退了下来。伯青又叫祝安送他回去。寿姐见丈夫回来，自然亦要柔声怡色的安慰一番，连儿只得罢了。

祝府里众人见连儿去了，说笑不止。王兰道："连儿被伯青说转心肠回家，自必夫妻和好，这却是一段功德。那新媳妇如知道是少爷劝转他丈夫，不知怎生感激呢！多分明日定要踵门叩谢。"伯青笑道："只怕他家要怨我们一班晦气星，到他家走了一遭，引得他婆媳、夫妻、两亲母斗气，下次若再有事，真正不敢惊动。者香还说要感激，只求劝转连儿，从此相安，功过一抵就万幸了。今日这件事，倒引起我一桩心事来。我们在座诸人，亲事皆娶过了门，托天侥幸，虽不十分美貌，却也不秃。惟有者香，尚在未定桃夭，只恐洪小姐是个秃子，同贺家新媳妇一样，岂不辜负我者香才貌双全了么？"说得众人狂笑不止。王兰也笑道："你真个多虑！我怕伯青夫人明日得个蹊跷病，单把头发落得一根没有，我又代你愁了。"

众人正在说笑，见祝安送了封信来，道："是王少爷那边管家送过来的，说是京中洪大人的信，因来足称系紧要的信，立等回话，恐少爷回府迟了，耽搁他。"伯青拍手，道："才说这话，洪府即有信至。我怕就是送洪小姐秃消息来的！"众人又大笑起来。王兰不理众人，接过信来拆看。

未知洪鼎材来信何事，且看下回分解。

第 二 十 回

众家宴阔叙别离情　半山亭珍重抛凄泪

话说王兰正与祝伯青等人说笑,见祝安送封信进来,说是京中他丈人洪鼎材处寄来紧要书信,来足立待回话,回京销差,忙拆开细看。原来为他女儿送嫁一事。因近届隆冬,天气日冷,他女儿受不起沿路风霜,又因王兰明春要入都朝考,年内即要起程,赴部挂号,岂非两处往返?"不如贤婿早日来京,招赘我处,即明春朝考之后留京供职。贤婿家内无人,也要将家眷迎接入京的,所谓一举两便。"王兰看毕,笑了笑道:"他家女儿怕沿途受苦,难道我们是该受苦的?他就说要省这一宗送嫁费用也罢了,偏生又说出多少好话来,面子上好似多为着我的。"又把来信递与众人同看。伯青道:"他的话未谓无理,我们迟早岁底多要进京的,就早几日起程,却也无妨。旱路上,带家眷实系难走。者香非比我们,有父母在堂,要留家侍奉;即如从龙、楚卿,多要携眷同行,沿路大不容易。你倒不如进京娶亲,于你也甚为合宜。"二郎道:"我们料理料理,可以出月半先后起身,十二月初旬即可抵京,好待者香入赘洪府。不然,到迟了,也忙不及。"众人应允。

从龙道:"我有句话,要与诸位相商。此次进京朝考,必然都要留京,至速亦须三五年,方可望放外任,或告假回来。我是要带家眷同行的;其余只有翠翾,随着楚卿入都;再者小瘫去亦无事,我看将他留在伯青府内,帮同祝安照应外务,这些事皆不难安置。我所虑者,畹秀等人,又要嗟伤远别。虽说我们进京是正务,却顾不得他等许多,也不可不抚慰一番,使他们安心乐意,待我们他日回来,再图聚首。否则,恐他姊妹们愁损身体,反教我等放心不下。不若从明日起,我们轮流作东一日,随后畹秀等亦每人作一日东道,可以迁延到出月动身之时。庶几有此一番畅乐之后,即多待三五个年头,也可彼此少慰离情。愚意如斯,未卜诸位之见若何?"二郎先拍手,痛赞道:"在田所言,正合鄙意!明日即从我为首,然后再次第挨做主人。还要议定,譬如明日我的东道,早间诸位即要过来,这一日的供应都是我备,须各尽其乐而后已。并非我辈荒淫无度,不如是,不足以偿三五年之阔别。"众人齐声称善。伯青道:"我们今晚即往畹秀家知会一声,明早方可齐集,不致先后参差。"催着家人们开了晚饭,吃毕,伯青命小厮们点了几盏手灯,照着他们到了聂家。

慧珠、洛珠迎接众人,入房坐定。小凤、小怜闻知,也至后进,彼此问了好。洛珠道:"你们今日有甚么事高兴,晚间尚出来走走?想又是在那里宴会的?不然,何能齐集至此?"梅仙道:"聂二姑娘,我们无事,也不能齐来尊府。你猜一猜,我们的来意为何?"洛珠道:"不过又是赏花玩景,来邀我们入会的。"二郎接口道:"柔云也猜有几分了,但是此会非比寻常之会。"遂将王兰要进京赘亲,约我等早日登程,又将轮流作东道的话细说。慧珠听了,顿时愁上心来,双蛾频蹙道:"古人云:'人生百年,欢乐几何?'又云:'会少离多。'言真非谬。伯青功名失意,我恨不能暂时复得,以慰我心。今日如了我的素愿,他又不能不入京供职,翻恨又要别离!我这一条愁肠,进退为难。除非斩断情根,另开色面,方可屏绝此愁。"说着,那眼泪又点点落了下来。伯青亦凄然道:"畹秀切不可如此,反使我衷肠欲断。好在我们同在天底下,都有见面之期,不过离合不定。我今番既然再沐圣恩,入都之行义不容辞!况我父母已迈,无人侍奉,多则三五个年头,我即呈请终养回家,那时可逐日聚在一处。你我后会的日子甚长,此不过目前暂时离别,你须保重自己身体,我在京中才可放心得下。"众人齐道:"伯青所言甚善,畹秀当体贴他的为是。"慧珠忍泪点首,道:"你们去罢,我也要睡了,明日好早些在楚卿家会齐,再细谈衷曲。"伯青亦不愿多坐,道了声:"珍重要紧!"起身邀众人各回私第。

小凤、小怜送出众人回来,又劝了慧珠一番,道:"他们约作轮流宴会,也无非是宽解离别的意思。你若悲悲切切,岂不倒惹起伯青的愁苦么?你不闻伯青说,多至三五年,即要请假回来,既告终养,须待他父母百年以后方能复职。那时聚的日子长着呢!"又说了一回闲话,各自回房安睡。一宵无话。

次日早间,二郎将书房内外收拾,又备了一日的饮食。少刻,众人先后皆至。茶罢,议定伯青同慧珠着棋,王兰、洛珠、二郎、梅仙四个人抹牌,小凤、小怜、从龙、汉槎四个人在对面梅亭上投壶角胜。慧珠行的是白子,伯青行的黑子。慧珠早将路路打通,其势甚大。伯青黑子冲成几块,中间

第二十回　众家宴阔叙别离情　半山亭珍重抛凄泪

又有个双结,若通了过来,黑子更输得多了。伯青想要应他一着,无奈后了一步,必得在别处使他应一着,中间方可抢个先着。把一枚黑棋子拈在手内,在桌上翻来拍去的细想,总寻不出一着先势。慧珠见他沉吟,回头叫小丫头装烟与他吸,等他下这一着。恰好牌局上洛珠是歇家,走了过来观阵,道:"哎哟!白棋的局势甚大,黑棋要输了!"伯青指着中间,向洛珠道:"此处走一着先,还不致过输;无如后了一着,却有些棘手。"洛珠四围一望,用指头在盘上点拨了几下,道:"必得白子应黑子一着,黑子即可占先了。"伯青道:"我也是这么想,苦于寻不出头路来。"洛珠又凝神了半晌,笑指白子一角,道:"哪!此处白棋不是有个脱节在此?你在此地点他一着,白子定然来应,中间你即占先了;他若不应,黑子得了这一角地势,即丢了中间,也不甚输。"伯青被洛珠指醒,拍手道:"此着甚妙,佩服之至!"忙将黑子在白子处一点。慧珠不得不应,中间却被伯青占了一着先势,完局计算,黑棋只输四五着而已。慧珠笑道:"这多嘴的,实是可恶!若非指点他这一着,伯青真要输得不成说话!"

　　那边桌上牌已看完,王兰道:"看牌了!"唤了几声,洛珠只顾指点伯青下棋,却没有听得。王兰走过来,把洛珠一拉,道:"你还是下棋,还是看牌?若欢喜下棋,即叫伯青换你,好让你姊妹大杀一场。你既本领这样高妙,怎么今日的牌全是你输?你教他赢了棋,却是白打;你自家输了钱,是真的。"洛珠笑了笑,归了座位。此次却是王兰头家,梅仙做歇,全数起完。王兰推下来,不看;二郎是二家,也不看,推到洛珠三家面前,道:"柔云今日手局不佳,想亦不看,和了罢?"洛珠道:"且缓,你们也过于欺人!虽然我今日手局不好,我情愿输了,也不能被你们奚落了去,我加一级看呢!"梅仙忙走过来,在洛珠背后细看。见洛珠手内是一副飘吾牌,起手却有四湖,无如生色太少。梅仙道:"你不要看,和了罢?今日你是个败手;就是胜家,这副牌也不看。"王兰道:"是的呢,多分面前一副筹码,要全送了,他方受用。"洛珠道:"你们不要管我,倒是输去了,再给第二起本钱,还干净相!"说着,取过一张牙牌,道:"我底家加一级看!"王兰见他执意要看,只得发了牌。看了几转,偏偏尽是洛珠的牌:起手本有四湖,又添了四湖,手内还有一副二二八不全的帮子,只有一对二万、一对二索,少张八饼。其余皆是靠张,不能发的牌。梅仙点首,道:"这一次被你倒看得上了心路;

就是发牌太少,怕的挤去了。"

正说着,二郎手内发张八饼下来。梅仙忙问道:"可有人对么?"王兰道:"我不对,底家受罢。配副帮子,好凑十成了。"洛珠不理他们,声色不动,伸手即去拈牌。急得梅仙在洛珠背后摘衣袖、佯咳嗽,叫他吃一湖,随便发张二,就可望成了。洛珠故作不知,拈了张闲牌抛去,又该王兰拈牌。把个梅仙气得走了开去,对伯青道:"聂二姑娘今日真输昏了!我看他定要代三家会帐呢!"慧珠道:"他向来倔强,各事多与人少异;不知这赌博一事却倔强不得的。"

单说王兰拈的张牌是二郎家的对子,又该二郎发牌。二郎见洛珠不要八饼,想是没有帮子,接手发了张二万,料定底家不要。王兰亦说二郎发得在理。谁知洛珠对了下来,发去一张二索。王兰道:"哦?我知道了,他手内牌数太窄,要了八饼,虽成一湖,却没有发张。现有二万是逼着他对的,发去了二索,仍是个十不全的牌。"洛珠道:"不要你问,你拈牌罢!"王兰拈了张八饼,抛去道:"你们多不要的。"二郎正欲拈牌,洛珠止住道:"我成了!"摊开细算,除将输的取回,还胜了若干。洛珠对梅仙,道:"我岂不知要八饼成就一湖?如要了,即要在这两对上发去一张;倘或发去这对,即来这对;发去那对,即至那对,岂不怄气?而且他们知道我要了八饼,发去了一对,那一对便显而易见,还想楚卿发张二万与我对么?不若不要,待两对中来了一对,那一张八饼怕不是稳的么?此所谓使之不疑、明弃暗收之法。你何必在我后面着那无用的急?何况又现于声色,险些被他们看透,这副好牌坑在你手内!"梅仙拍桌道:"我真拜服!你这一副牌,被你算到骨缝里去了!若在我手内,定然要这张八饼!回想要了八饼,非独了无生色,又使对面的人尽知其细。经你这一揣摩,虽然是一副牌,却有使人不识不尽之手段。"王兰、二郎亦深相赞赏洛珠凡事用心之深。

那边梅亭上,众人投壶正投得热闹。小怜起首,投了个"蛱蝶穿花"——是将一把短箭抓在手中投去,其余多落在壶外,单单中间一支插入壶内。那落下的,要落得四面均匀,如一支花相似。汉槎接手,投了个"丹凤朝阳"——也是一把短箭投去,却要多插在壶内,当中一支高出少许,与小怜所投样式大同小异。小凤走过来,取了两支箭在手,先发一支

第二十回　众家宴阔叙别离情　半山亭珍重抛凄泪

投去,跟手又发一支,头一支方投入壶中,第二支亦到,箭头要插在头一支箭杆尾上,将头一支反从壶内带出,齐齐落在壶外,名曰"流星赶月",又名"月落星随"。众人同声喝彩。从龙见他们投过,也取了两支箭在手,先发了一支,却是缓缓的发出;连忙一个转身,第二支箭即在转身时反手从背后发去,要第二支先投入壶,头一支随后也入壶内,名曰"苏秦背剑",又名"捷足先登"。小怜赞道:"在田投的样式当推第一,次则即数芳君姐姐,我与子骞落后了。"汉槎走过来,将地下的箭一齐拾起,往壶内一洒,弄得壶内壶外多有了,笑道:"我才是第一呢!这名曰'乱插花',又叫做'小秦王乱点兵'。"引得众人拍手大笑。小凤道:"虽然不成样式,好个'乱点',乃贴切不浮。"众人又要重投,见二郎走了过来,道:"停刻再投罢,吃饭了。"众人一同走出梅亭,到了书房内,见席已备齐,众人挨次入座。饭罢,仍各自着棋、抹牌、投壶的作乐。牌局上,洛珠胜得多了,坐得不耐烦,叫小怜换了他,自己去投了一会壶,又与伯青下了盘棋。少顷,书房内、梅亭上皆点起五色纱灯,摆上晚席。众人猜枚行令,拇战传花,直闹到三更以后方止。

慧珠等四人又至里面与小黛闲谈。小黛道:"你们今日乐呀,我可恨不得陪你们!改日我单请你们四位,也尽兴乐一日。我亦要随楚卿进京,不知何时方可会面呢?"谁知触动慧珠愁肠,眼眶一红,几乎落下泪来。小黛自知失言,忙用别的闲话遮饰过去。慧珠听得已交四鼓,与洛珠等作辞回家。外面伯青等人早经散了。

次日,轮到伯青做主人。众人逐日皆轮流做去,均是大早聚齐,四鼓方散。整整闹了十数天。小黛又约了慧珠等四人聚了一日。二郎见小黛约他们宴会,又高兴起来,重做了个二次主人,仍照前次从龙请他们赏梅的故事,书房中间用帘子隔开,分作内外,两边席上可以彼此谈心。饮至半酣,从龙道:"我们之乐,即以此会作止罢。大家也该收拾一二日,好预备起程。"众人齐声称是。席散,各自回家,来日各家料理行装。惟有二郎分外繁忙,因多个小黛同行,既携眷而往,虽一草一木,是应用的,多要带走。

这日,已是十一月十六日。众人择定十八日黄道吉日登程,各家府内都有家宴。有父母的训教儿子,"入京供职,当上答君恩,下纾民力,方是正理";回至房内,各人妻子又叮咛,"沿途舟车保重,一到京中,即当寄信回来";各人亦嘱咐妻子,"晨昏代劳,孝敬公姑,若一有了实缺,以及简放外任,自当迎请父母与你们,或赴京中,或至任所";兼之各人又是新婚夫妻,更觉难分难舍。各家离别繁文,毋须交代。

伯青又禀明祝公:"将梅仙留在府中,帮同祝安照应外务。此人虽是优伶出身,倒是好人家后辈。况且儿子已救他出了罗网,还代他设个日后出头之计,救人须宜救彻。"祝公应许,当日即叫梅仙搬进府内,在外书房居住。

慧珠、洛珠、小凤、小怜等四人商议,来日清晨,在太平门外半山亭上备了席酒,以作祖饯临歧之意,取其彼处僻静,游人不到,可以畅论一番。好在他们多是牲口,船泊在水西门外,散了酒,加上一鞭,片刻即至。各府家丁,半在船中伺候。及期,慧珠等先坐轿到了半山亭,随后伯青、从龙、汉槎、王兰、二郎等坐马,小黛坐轿,一同齐至。有慧珠家的服役人等排列坐茵,席地而坐。慧珠起身,与众人把盏。洛珠、小凤、小怜亦挨次斟了酒。慧珠举杯,让众人道:"愿诸君此番北上,功名得意,指日高升!愚姊妹们专盼好音驰告。"伯青等亦举杯,道:"敬谢金言!"慧珠又斟了杯酒,送到伯青面前,放下道:"你将这杯酒吃了,我尚有一言奉告。"伯青立起,一吸而尽,坐下道:"畹秀有何吩咐,请教!"慧珠正欲开言,忍不住落下几点泪来,忙用手帕拭了拭,道:"你此次入都,第一要戒定心性,不可使气,又不可存一不以功名为念的心肠,须知与祝道生为难的事,前车可鉴。非是我存俗见,只劝你保守功名,当知你父母在堂,尊夫人在室,皆眼巴巴望你飞黄腾达。你保守自己,正所谓安慰高堂、体贴妻子;即我在南京,也可稍慰寸衷!"

伯青听了,慨然道:"畹秀所言,不啻金石,我当谨铭肺腑。我也有一言相劝:我等此去,多则四五年,少则二三载,如不得外任,即要告终养回来,就可相见的。你切不可见我等去后,花前月下,触景伤情,凡事要宽一步想,即没有愁烦了。你在南京安然无恙,我虽远在京中,亦可放心得下。我遵你言,你依我嘱,我们两地体贴便了。"慧珠点首,含泪答应。众人见他们如此情形,皆停杯不语默坐惨然。各人有各人心事,一时不知从那里说起,只有你我凝睇而已。慧珠停了片刻,又叹道:"伯青,我自在扬州一

第二十回　众家宴阔叙别离情　半山亭珍重抛凄泪

病之后，万念皆灰却，那争先好胜的心肠都抛撇入东洋大海去了！只有愁烦你的一条肠子，横竖多在我心头，须臾难释。你而今功名顺适，各事平善，我即死也无怨。其实你自是你，我自是我。你我自见面以来，不过臭味相投，迄今仍是文字因缘，又无卑污苟且的事件，但是较之那耳鬓厮磨尤高一地。不知你我前世今生有点甚么因果在内。"众人听了，皆为叹息。

伯青长吁，道："畹秀、柔云、芳君、爱卿，你四位多在其座，我有句极痴的话，要奉问你等。我在桃叶渡自见畹秀那一日，宛如平时最熟识的人一样，又似在何处曾见过的，即或离了片刻，好似隔了几年；又或我每有相忘的言语，触犯了他，畹秀也原谅得过。他即说出句不检点的话来，我总觉能入耳；抑或说句极不紧要的话，我皆觉当于心。屡屡两人心思不谋而合，不约而同。适才畹秀所云'前世今生，想有因果'这句话，细细味去，半丝不错。想在座诸君多有契合，未知人人皆同此心？亦未知我与畹秀独有此心？普天之下，即没有第三人了！"

王兰道："伯青之问，真是句痴语！你可知钟于情者，大抵如斯。不过我辈之情钟于淡处，你与畹秀之情独钟于浓。不怪你猜疑天下没有第三个，你不见亘古多情，化石有人，灰心有人，均系确证明验。即如稗官野史、说部诸家，一言于才子佳人，情而生者，情而死者，比比皆然。《牡丹亭》魂归月夜，死犹不忘；《红楼梦》肠断秋风，生偏多憾。若春蚕丝尽，蜡炬泪干。此二句可以为鉴。又若汤临川《牡丹亭》小序曰：'理之所必无，情之所必有。'此真善言情者也。伯青解此，可无惑矣！"众人听了，皆点首不已道："者香解说人情，真可释天下人的痴肠。平日人称者香为舌辩之士，果非谬许。"

只见众家丁赶来，催促道："天色不早了，今日又是好顺风，船户来请过数次。"从龙起身道："我们散罢，纵然叙说到明日此时，皆要别离的。"众人亦皆起身。慧珠家的人过来收了杯箸，先自回去。

伯青近前，握住慧珠的手，道："畹秀，我去了，你凡事自己保重，不可忘了我嘱托之言！"说着，纷纷泪下。慧珠亦哽咽了片刻，道："我在家中，无甚保重。你在客途，要加意谨慎才是。"他两人的眼泪好似断线珍珠，滚滚不止。慧珠在袖内取出一方手帕，先代伯青拭了泪痕，自己也将泪痕拭了，递在伯青手内；又在亭边短柳上折下一枝嫩条。此时正交冬令将尽，那柳条上已含新绿。慧珠弯腰插在亭前地上,道:"此帕有你我泪痕在上,你带于身畔,见帕犹如见我;又愿你不忘今日分别之情,这枝柳,取古人折柳送别之意,你四五年回来,此柳已成;又祝你如此柳,今年插了下去,来年葱茏直上。"说毕,即口占一绝,低低吟道:

珍重今番别泪零,凄然分袂半山亭。
愿君情似亭边柳,一度春回一度青。

吟罢,那眼泪犹多,几乎哭出声来。王兰道:"匆遽之际,得此绝唱,畹秀真敏才也!"众人亦同声叹赏。

伯青在家丁身畔取出笔砚,即将诗句写在手帕上,道:"畹秀但请放心,我祝伯青断不似那忘情薄幸的人!谨将尊作佩于身畔,如书绅自戒一般便了。"家丁等又上来催促,王兰等人也与洛珠等叮嘱了一番,各自狠狠心肠,说了个"去"字,跨上马,加鞭如飞的去了。可怜把一班家丁们跑得气喘不止。伯青仍不住的回头,朝半山亭上望。慧珠等人亦痴呆呆的望着他们,直至彼此多看不见了方罢。慧珠姊妹与小凤、小怜各坐轿进城。

梅仙直送到船上,才辞别回来。他倒安心住在祝府,帮同祝安料理外事。梅仙人本聪明,又多见识,凡事办得井井有条,毫不紊乱。祝公甚为喜欢他,暇时即将梅仙唤入里面谈谈,又见他语言伶俐,胸中明白,是以另眼看待,有心要提拔他。

慧珠到了家中,倒在床上放声大哭,把王氏与二娘吓得再三宽慰,慧珠才止住悲苦,终是闷闷不乐,连茶饭都减了好些。王氏颇为愁烦,借东说西的来解劝他,又各处办了些新奇食玩诸物,与他饮食、赏鉴。慧珠却不过他母亲的好意,又因伯青去了好几日,"我即愁死,他也不能回来;况他此行是干他的正经,我平时还怕他留恋,催他早行;他又说四五年内即告终养回家,聚的日子长久呢。我若愁出三长两短,反教他不安。"想到此处,方减去了一半愁肠,无事惟与妹子、小凤等人着棋分咏的消遣。

单说伯青等众人到了船中,即时扬帆东下。伯青亏的同伴人多,讲讲说说,不容他痴想。这一日已抵王营,雇了几辆骡车,安顿家眷行装,沿途趱赶,直奔京中。

他们在路行走,非止一日,暂且不提。书中还有一人,未曾交代他的下场。欲知交代何人,且看下回分解。

第二十一回

闹家庭偏伤爱日情　浪闺闼共耻中风蕃

　　却说前回书中,祝自新经陈小儒讯明更名蒙捐,又势逼沈兰姑为妾,陷害他父亲沈若愚吞银昧女,贿同甘泉县胡武彤上下其手,各事属实,当即详禀归入奏案,祝自新革去同知,押解回籍交地方官严加管束。小儒当堂点了两名长差,起文押解登程。所幸祝自新代他丈人尤鼐收讨的银钱尚余了若干,此时也顾不得他丈人肉痛,差了两名贴身心腹家丁,多带银两,至各处弥缝;又幸小儒升任江宁,后来的官尚不十分固执。祝自新先去通了关节,差去的家丁星夜赶到嘉兴,在县内投了文,又大大孝敬了一种银两,县官即不追问,原犯到地,收了看管的切结,发了回文,家丁又连夜转回。适值祝自新与长差等人在路缓缓进发,才至苏州,将回文交代长差,另外又送他二人路费、酬劳若干。长差等既得了回文,即回扬州销差。
　　祝自新见各事安排已定,只得老着面皮,仍到他丈人家来。尤鼐闻得女婿又惹了官司革去功名,把他托要的欠项用得罄尽无余,直气得晕了过去,叹口气道:"我与他是前世里甚么冤家对头!就是他这一个人,自招赘入门,将我苦挣的宦囊费去大半!我的前程前番又被他拖累,将来我的性命还要被他弄杀了呢!偏生我又只得这个女婿,要靠他半子收成。千不是,万不是,总是我的不是,只好认点晦气。"见了祝自新的面,反要安慰他几句。倒是祝自新惭愧不安,又见他丈人好言好语,一声儿多不埋怨他,也有个良心,晓得他丈人的好处,自家认了多少不是。由此连大门边都不出,在丈人面前装点乖巧。尤鼐暗中欢喜,道:"惟愿他今番受了这一场挫折,从今改悔前非,闭门思过,我后半世还有依靠。也不望他创家立业,但望他把我几根老骨头收拾入土,守住几亩田园,不致我有鬼其馁而之叹,即是我尤鼐的造化了!"
　　谁料他的女儿心性与尤鼐各别,大不为然。那尤氏小姐自幼离娘,尤鼐笃于妻情,誓不再娶,又无子侄,将女儿钟爱如掌上明珠一般,百说百依,从来没有半点事违拗他。尤氏生性本来高傲狠毒,加以他老子钟爱,益发肆行无忌，旁若无人，发起性子来，连他老子都不放在眼内。人却有八分姿色，无奈性情不正，极喜风骚。祝自新自招赘进门，未交十日，不知甚么事与尤氏意见不合，尤氏闹了四五日，又将祝自新面庞抓破。自新领略了他一次手段，再不敢向他呵口大气，一半是爱，一半是畏。日前在南京惹下大祸，功名却是尤鼐代他捐复的，更外有尤氏说嘴之处，每每将前事讥诮他。自新自知情屈理亏，素来尚不敢当他锋芒，如今更加一倍畏惧了。不料此次又闹出祸来，回到尤家，虽然丈人待他甚好，祝自新绝迹不敢到后面去，怕受尤氏羞辱。这一日，却被尤氏知道，气忿已极，赶至书房。祝自新正坐在窗前观书，抬头见尤氏进来，吓了一跳，忙起身赔笑让座。尤氏走到祝自新面前，使劲啐了一口，吐了自新一脸的唾沫，道："你偏有这副老脸，还到我家来！长江大河，无人看管，你早该寻个死了！我尤家那里有这许多银钱，替你左一次、右一次赔补官司？可笑我父亲还代你捐复功名，你依旧闹去了！你照照镜子，看这副面目，配有功名么？如果命中注定，你自取的科名倒不革掉。我也是前世里作的孽，嫁你这个不争气的人！从今你回你的嘉兴，我在我的苏州，尤家的饭却没有你吃的！你可羞不羞？辱不辱？仍有我那呆气的父亲，将你收留下来，堂堂道台府内，要个看管的囚犯女婿，还有荣耀么？"祝自新一面揩抹脸上的唾沫，又听尤氏说自己是个囚犯，正打在他的痛处，直气得面如白纸。欲待对闹一场，又怕闹不过尤氏，反吃他的苦头。"若耐了下去，尤家服役的人不下百余，多要耻笑我；况且这个风声传说开去，岂不笑杀了苏州合城！"

尤氏正与祝自新大闹，早有书房伺候的小童报与尤鼐知道。尤鼐急忙跑入书房，上来拦住尤氏，道："你又发疯病了！好端端与女婿吵闹，是何缘故？而且又在书房，逼近外室，被家人们听得，成何体面？女婿才回来，即有不了的大事，也须缓缓相说，或回房去讲。何用如此粗声大气，惹旁人笑话？"说着，走近扯尤氏的手，道："快回后去，少停我代你夫妻讲理，即知谁是谁非。"尤氏正在气头上，见他父亲来拦挡他，说他不合在外边同女婿吵闹，是气上加气，也不顾尤鼐是他的父亲，用力把尤鼐一推，道："亏你还有脸面来劝我！你情愿认囚犯做女婿，我却不愿认囚犯做丈夫！我甘心守一世活寡妇！我不来怨你把女儿不嫁个好人，单单嫁个囚犯，你反埋怨我不该同他淘气！你说怕外人耻笑，道台家出了囚犯女婿，更要惹人

第二十一回　闹家庭偏伤爱日情　浪闺闱共耻中风冓

笑呢！我遥想外人早经笑落了满口牙齿！"

尤鼐被尤氏一推，几乎跌倒，直跄到一张椅子前，趁势坐下，气得浑身发抖，躺在椅子上站不起来，喘吁吁道："你好！你好！这是人家养的孝顺女儿，还把老子推跌杀了，闹出大逆案来！若说我误了你终身，更是不通屁话！当日你嫁与祝家，他也是个副贡生，科名虽小，亦是正途，不过怪他习气不好，惹下祸来。此番他亦无颜来家，在我面前招架了多少不是，连日寸步都不出门，又不敢回后，他也算悔惧的了。你若是个贤惠妻子，即该为丈夫解恼，背地里劝诫他一番，才合道理。你说我认囚犯女婿，失了体面，难道你身为千金小姐，学三家村的女儿，打街骂巷，倒有体面？如再说你不认他做丈夫，将来你靠谁收成？也不知这句话出口多重，妇女家不顾廉耻，一味的乱说，我真要被你气杀！"

尤氏见尤鼐羞辱他，越发闹起来，双脚在地乱跳，放声大哭，道："你说我不顾廉耻，难道女儿我养了汉子？再不然是跟祝姓做小老婆的？你既是我父亲，你不该说我不顾廉耻，要还出我个不顾廉耻的娘家来！即如女儿做下不顾廉耻的事，伤风败俗，你父亲也只好打一闷棍，说不出的苦，好容易就被你羞辱！我也知道了，你翁婿谈得来，说得来，联成一手，只多我一个。你不若把我撵掉了罢，让你翁婿称心适意！怎么说他是你的囚犯半子呀，日后还要靠囚犯披麻执杖呢！我前后细想，多怪这该死囚犯不好，带累他老娘怄气，打死了他，我拼领八刀头的罪！"说着，即奔祝自新来打。

尤鼐也大怒，道："人家多有女儿，没有看见过我家这不贤不孝的东西，任意泼悍，连老子都骂起来，真正反了！我亦拼着打死你，不过人议论我个不是，难道还要偿还你命么？"也站起身来要打尤氏。早有书房门外一班伺候的仆妇、家丁跑进来，男的拦住尤鼐，女的拦住尤氏，道："老爷、小姐要息气，自家父女，何必如此吵闹？小姐始终是个小辈，让让老爷一句，老爷有了年纪，若气坏了，小姐是要担不是的。"

祝自新见他父女闹成一处，自己又羞又愧，又气又恨，忙走到尤鼐面前，叩了一个头，道："蒙岳父待小婿恩典，至死不忘！小婿两次惹祸，又累及岳父，小婿之罪直可弥天。岳父连一句埋怨都无，即是待自己儿子，窃恐也不能这样。小婿身非草木，岂不知恩？无奈小婿不争气，闯下无理之祸，带累岳父自家骨肉参商。况令爱小姐开口'囚犯'闭口'囚犯'，小婿无地自容，纵然岳父不忍羞辱，小婿实无颜再在尊府，只好容日报答岳父大恩罢！想岳父多能原谅小婿。"说罢，又叩了一个头，立起身来，大踏步去了。这里仆妇人等已将尤氏带拉带劝的回后。

可怜尤鼐见女婿气走，女儿又这样大不孝顺。自己回头一想，不由也痛哭起来，家丁等再三劝解始止。无如尤鼐今年已交七十外的人，重重叠叠，心绪不佳，又受了这场恶气，本欲各事将就，不肯埋怨女婿——皆因膝下无儿，要靠祝自新收成——眼见得女婿别气去了，是不肯再回来的，到头来仍是一场空望。思前想后，越思越呕，愈想愈气，不上两日病倒在床。尤氏气他父亲不过，连到床前问都不问一声。请了医家来，说是"气恼伤肝，宜宽慰调养，不然恐成不治"。开了一帖药，服下也无效验。尤鼐的病一日重似一日，不到半月，一命呜呼。临终时犹切齿尤氏，恨声不绝而殁。尤氏假意哭了几声，叫人备棺入殓，供奉在家，请僧延道，作些功德，全是敷衍外面故事。又请了住在苏州的一房远族来主丧。其实尤氏心内甚喜，见父亲死了，丈夫又走了，从此可以独断独行。况有偌大家资，随得自己任情使用。平时心腹男妇，多升了上等执事，稍有不合己意的都撵走了，各事格外骄奢，作威作福，不在话下。

单说王德枷号了二个月，新任江都县提他上堂，打了几下，当堂释放。王德举目无亲，只得仍回苏州。沿途风闻尤鼐病故，祝自新又回家去，府中大小事件均是尤氏一人执掌。王德闻了，好生欢喜，连夜赶奔回苏州来。原来王德跟随尤鼐的时节，尤氏就喜爱他，常在父亲前竭力保荐。后来随祝自新，仗着尤氏的宠爱，连祝自新多要奉承他三分。王德也知道尤氏的好处，在小姐前加倍殷勤。而今听得府内府外皆是尤氏一人掌管，他如何不喜？赶到苏州，进了城，来至府前，果然挂白开丧。忙至门房内，与同伙的借了一身孝服穿好，奔到灵前伏地大哭，道："小的迟回来几日，竟不能见老主人一面。小的自幼沐豢养之恩，无从报答，老主人病中，多没有服侍一天，聊尽寸衷，真正小的罪该万死！想起来皆是姑爷的不是，姑爷若不惹祸，小的可以早回；小的早回，也不致吃那场亏苦。老主人是大限当头，一半想也为的姑爷不争气，花费银两，又败坏家声，气成不起之症的。可怜丢下年轻的小姐，姑爷又走了，这一座大门大户，教小姐怎生撑

第二十一回　闹家庭偏伤爱日情　浪闺闼共耻中风蓇

持？我想姑爷亦是个读书人，怎么这样忍心？老主人平日待他不薄，临终都不来领孝，非是小的敢于放肆，姑爷还成个人吗？老主人在天有灵，应该将这些忘恩负义的人活活追去，方畅快人心！"王德哭着诉着，装得万分悲切。

尤氏在灵帏中句句听得，暗喜道："王德真不枉我提拔他一场！我正愁父亲因与我淘气，得病而死，难免外人不背地议论，把罪名推到我一人身上。王德今日从远路回来，他口里说的明明白白，父亲是被女婿气死，与我女儿无干。他又未至家三天五日，足见非我教导他说的。这是旁人的公论，日后既有人咎及于我，我也有话推诿了。"起身掀开灵帏，道："王德，你远路辛苦，不用过于悲伤。你是个家人尚有良心，不枉老主人另眼看待你一番，真要羞死那些衣冠禽兽的种子！你且出外歇息，吃点饮食。我正望你回来，丧中各事，还要与你商议而行。"王德爬起，拭干眼泪，抢一步对尤氏请安道："小姐苦坏了！不意老主人竟不得起床，姑爷又丧心走了，将来府中大事，仍要小姐支持，要求小姐保重。小的负罪甚深，追悔莫及，亦是不得已，为姑爷受累。直望老主人在上垂鉴，与小姐详察小的寸衷就是了。"说着，又假意哭了。尤氏也勉强落泪，道："你出去罢，这些话说也无益，徒引你小姐愁烦。你的心，我都知道。"王德答应退出。到了门房，早有新旧执事的一班家人，晓得尤氏平时最喜王德，今番回来必然重用，赶忙过来趋奉他。有的说："王伯伯路上劳苦。"有的说："王大叔被姑爷累狠了！"有的说："王德哥，王兄弟，你回来得正好！小姐终日念你，又没有个体己的人合手办理，各件多要小姐操心。明日内外，小姐定然派你一人掌管。凡事要望你作成我等。"王德道："好说，好说，诸位皆是一家人，倘有用得着王德的所在，总可效力。但请放心。"众人听了，各各道谢不已。又去叫了酒饭，代王德洗尘，真是内外男妇人等。无人不来周旋，只恨巴结不上王德。少顷，吃过酒饭，王德换了一套干净衣服，至后堂与尤氏商量。尤氏道："现在丧中各事没有人能替我的手，我多操劳煞人。而今着你总管内外各务，大小家丁均归你约束，若有一人不遵，禀明我，即刻就撵出去！"王德请安道："小的蒙小姐大恩，小的无不尽心尽力当差，还求小姐赏个证据；不然，怕的众人不服。若事事来禀小姐，不如不要小的了。"尤氏称说："有理。"本来尤氏粗通文墨，亦能写字，即提笔亲写了一张朱谕,贴在二门外,示谕:"内外男妇人等,均听总管王德约束指使。倘有不遵,轻则撵逐,重则送官究治。"此谕一贴,大小人众那个敢不从命?只愁不合王德的意思,落在人后,都想讨他个喜欢,好图件美执事。自此,除了尤氏,即推王德当权。如有人犯了规矩,只要求定王德,尤氏即不追究。

光阴迅速,过了七七百日,尤氏与王德计议,要盘尤鼐的枢回祖茔安葬。择定日期,派了王德与数名家丁送他父亲棺枢回籍入葬祖茔。各事已毕,王德回至苏州,正交岁底,见尤氏销了差,即料理年下杂务。除却丧中不用红紫,其余仍然照旧,比尤鼐在日还奢华几倍。王德终日在外照应,晚间至上房陪着尤氏闲话。尤氏又时常赏酒赏食,叫他坐在小杌子上吃。王德一面吃酒,一面想些古今奇闻与尤氏开心,甚至淫词艳曲多说给尤氏听。尤氏非独不恼,反望他嘻嘻的笑,赞他说得好。王德的胆更一日大似一日。尤氏贴身四名心腹丫鬟,春、夏、秋、冬四兰,今年皆长成十七八岁,人材多十分俏丽,也欢喜王德,背着尤氏说笑厮打,无所不至。王德又时时买些上等物件,孝敬尤氏与四兰等人。

话休烦絮,转瞬新年。这日正交元宵佳节,尤氏早几日发钱出来,叫王德买了无数精巧彩灯,把上房十间大屋以及四面回廊挂得密层层的,前厅、书房等处也挂了许多。是夕,尤氏备了十数桌酒饭,赏赐内外仆妇人等。自己在上房明间内当中摆了一席,春兰等四人分列左右侍酒上肴。又摆了一桌,在堂阶上,全是小桌凳,叫王德也坐了,陪他吃酒赏灯。将内外彩灯点齐,更兼月色当空,灯月交辉明如白昼。尤氏好不适意,吃了多时,已有七八分酒意,向王德道:"这哑酒无味,丧中又不能动乐器,你可唱个好小曲儿,代我小姐下酒。"又命春兰把自己壶内的酒赏他一杯,润润喉咙,却不许唱那无情趣的。王德站起,待春兰斟满了酒,取过仰着脖子一吸而尽。到尤氏桌前谢了赏,道:"小的恐唱得不好,要求小姐宽恕。"尤氏道:"你又来伸腿了!不许唱得不好!"王德笑着归了座位,先嗽了两声,打磨嗓子,又把桌上牙箸拈起一支,轻轻敲着板,唱道:

姐儿约郎在黄昏后,相约郎君到奴的绣楼,他二人手挽手儿并肩走。郎道:"姐儿呀,虽蒙你待我恩情厚,何时你我方可天长共地久?这露水夫妻终是个将就。我还有一句不中听的话,却不可把我咎!我只恐你这样多情绣楼中,不止我一人行走。"姐儿道:"哎唷!郎君

第二十一回　闹家庭偏伤爱日情　浪闺闼共耻中风菁

呀！你这句话好没来由！我虽说不是三贞九烈女,也知道耻来识得羞。一来爱你人俊秀,二来你前晚上百般苦哀求。我才肯今宵相约,把你心愿酬。我犹是个深闺豆蔻葳蕤守,你若不相信,我情甘对天立下横死咒！"郎君含笑忙掩住姐儿口:"我这玩话乃是信口诌。你听三更鼓儿打谯楼,休辜负你我阳台云雨春时候！"紧掩上房门,急松了纽扣。郎笑道:"你是女儿家,缘何这样高高的乳头？莫非是早经衔过孩儿口？又为何肚皮儿耸似青山岫？莫非是其中有了六七八个月的小鬼头？姐儿呀,我也顾不得那话儿声名丑,多分把一个粗石碑驮在脊梁后！"

唱毕,引得春兰等四人笑个不止。尤氏也咯咯的笑,指着王德,骂道:"你这该打死的奴才！一点规矩多没得,将这些皮言烂语都唱出来,真容不得上相！春兰、秋兰你两个人把奴才捺倒,替我每人打他十个脑瓜。"春兰、秋兰当真来打。王德忙除了帽子,跪在地下叩首,道:"小的该死！该打！但是小姐叫我唱的,唱坏了又要打我,小姐未免诱人犯法。"尤氏笑道:"你们听,这奴才反支派起我的错处来,你们代我结实打！"春兰走过,揪住王德辫发,不住手打了十数个脑瓜。打完了,秋兰又走过打了十下,打得劈劈啪啪的响,把王德颈项都打红了。王德爬起,笑向春兰,道:"我的颈子倒不疼,不过有点麻,只怕姐姐们的嫩手反要痛了。幸得你们打重些,倘或做情打轻了,倒教我不好过。你们手皮又嫩,轻轻拍两下,还要打得痒起来呢！"春兰笑骂道:"你还敢油嘴取笑你家娘！你真个嫌轻,待我取根门闩来打你两下,看你可痒不痒、痛不痛！"王德听了,对春兰哀告道:"好姑娘,恕我说大意了,饶我这一遭儿罢！我自家打两下,代姑娘消消气。"说着,揸开五指,认定自己嘴上,乒乒乓乓的打了十数个嘴巴。引得尤氏笑个不止,道:"这奴才疯了！难道打得不痛么？自家打自家,可以留点情分。"尤氏又痛饮了一会,才吩咐拿饭吃了,把剩的一桌残肴——有一大半未曾动着——叫春兰等四人取到下首房内去吃:"今日你们也尽兴乐一乐,花朝月夕,一年能有几回？不要拘束。"

王德亦退了出来,见同伙们仍然未散,吆五喝六的豁拳。王德又入座,与众人闹了一回酒,已有九分醉意,大众皆散。王德点了手灯,至四处巡着门户已毕,回入自己房内,叫服侍他的人泡了茶来,一气喝了几杯。

独坐想道:"适才我唱个暗藏春色的小曲打动他,小姐不独不恼,反嘻嘻的笑。平时各种待我多情,早形于色,连春兰等四人都不为无意。我碍于主人分上,不好十分放肆,仔细想来,他既留意于我,我落得去结识他。倘能勾搭小姐上了手,将来这一分大家资还怕不是我王德的? 就是姑爷回来,我都不怕,设个法儿撺掇小姐,不准他入门。"不禁想得两颊发红,欲火上炎。再听各房同伙,一个个鼾声如雷,想必多醉倒了,"若今日失了这好机会,过去以后,点着灯笼火把都没处寻找呢! 平日人多眼众,又难下手。"想定主见,不由色胆如天,也不顾前后,也不问主仆,站起身来,嘱咐服侍他的人:"看好灯火,不许走开,我要至上房回话去。你们若困了,就在床上打个盹儿,我有半会才出来呢。"慢慢绕过厅堂,到了二进,见一班粗使仆妇也多睡了,王德更外放心。走入三进上房窗外,见各处的灯烛半犹未灭,探身向内一望,当中炕几上点了一支素蜡,尤氏倚卧在炕垫上,一只手托着香腮,一只手搭伏在桌上,脸向内睡着。那烛光之下,愈显得尤氏淡妆素服,雅态天然;又多喝了两盅酒,真如带雨桃花,异常姣媚。王德止不住心内一阵突突的跳上跳下,怔了几怔,大着胆走入。先到下首房内探望,见春兰等与几个小丫头东倒西歪的睡在一张榻上,桌上残肴尚未收拾,那盏灯也是半明半灭的。回身走至尤氏炕前,尤氏觉得有人在他身边,此刻似醒未醒,又听得身畔衣衫响动,急睁开两眼,见是王德,忙翻身坐起,道:"你要死哟! 这时候鬼鬼祟祟的进来,窥探甚么? 想必要偷取物件么?"王德见尤氏已醒,正吓得没了主意,却偷觑尤氏并无怒意,仍带笑容,忙双膝跪下磕头不已。尤氏向着地下使劲的啐了一口,用力推开王德,跑回房中去了。王德亦起身随入房内,反手关上房门,一口将灯吹熄。此事不在话下。逾时,尤氏道:"你出去罢,恐对过房内人醒了。你每日晚间,待人睡尽了再进来。春兰等四人却不用怕他,是我的心腹。其余小丫头们倒要仔细,知道了,却不大稳便。"王德答应退出。

回到自己房内,打发伺候他的人睡了,细思适才之事,好生快活。"隔一天,再将春兰等四个丫头勾通作一窝儿,我真要称做独占群芳的魁首了! 我也是前世修下的福分,一般样五个美人似的人归我一人受用,日后还要落他这一分大家财。"越想越喜。听外面已交四鼓,方脱衣睡下。

里面尤氏唤醒了春兰等人,收去残肴,服侍尤氏洗了手脸,方各自安

第二十一回　闹家庭偏伤爱日情　浪闺闼共耻中风菁

睡。春兰、秋兰本睡在尤氏房内，夏兰、冬兰住在外间。尤氏也不瞒他们，把与王德通奸的话告诉他二人，并允他们日后以姊妹称呼，富贵不易；又叫他们说知夏兰、冬兰二人。春兰、秋兰人也大了，知识久开，平昔皆欢喜王德，背了尤氏无所不说，虽非雨意云情，早立下山盟海誓；又见尤氏也如此屈抑相待，焉有不从？反说："小姐放心，我等四人承小姐大恩，不以奴婢看视，就是小姐不知照，我们也不肯信口乱说，坏了小姐名声。夏兰、冬兰那两个蹄子多是同我们一样的心，断没掣肘的道理。"尤氏听了，自然欢喜。来日，春兰果与夏兰、冬兰说明，从此五个人联成一手，晚间俟人睡尽，放了王德入内，倒把王德弄得疲于奔命，应接不暇。

俗说："要得人不知，除却己不为。"过了许久，内外人等皆知，却没有一人敢说破此事，只有背地议论尤氏"太不顾廉耻，怎么偷起家丁来？也辱没了千金小姐的身份！"有的说："他向来就是这个样子，当初还惧老爷几分，如今他独霸称尊，还怕谁呢？即如祝姑爷这时回家来，也无可奈何。"又有说："他本来喜爱王德，我久料定他两个人都要做出把戏来的，将来这一分大家财，怕不是王德的么？"又有说："王德那囚攮的，自从小姐升了他为总管，他即大模大样，摆起总管架子来。我们稍有不是，轻则当面教训，重则禀明小姐撵逐。但凡他的话，再没有一句驳回。难得他有这个把柄在我们手内，明日我们齐心，待他出来，指张说李的弄两句他听着，他才晓得我们不是个痴子。里面奶奶们，也要在小姐与春兰等人面前暗暗说几句不痛不痒的话，多教他们六个人心内明白。他们若是识窍的，来认我们的事，我们也好趁此机会勒他一种财爻。现成的火，落得大家去接个犁锄。"众人拍手叫好。果然王德出来，众人借话去打动他。王德故作不知，走开去了。上房众妇婢，亦在尤氏、春兰等人前发话。

王德料到他们是想钱的心肠，不如安排一番，可免耳畔清净，"本来我们这件事是对不过人的"。晚间进来，与尤氏商议。谁知尤氏日间受了众妇婢一番言语，正没好气；又听王德、春兰等人说，众人也向他们发话，不由心头火发，道："他们还了得？将来还要齐心夺我的家产呢！难不成怕他们说么？即是祝自新此时来家，我都不怕！他们明日果再放肆，打一顿撵出去！不过添油加酱，多说些罢了，正所谓惩一儆百。若认了他们的事，我还想从此约束得住他们么？"次日，偏生有个中年仆妇，借着赶猫儿，骂道:"倒会偷嘴!也不看看旁边有人瞧着你呢!你还当人不知道么?要得稳妥偷来的东西,先孝敬我老人家,才没有事!"尤氏在房内梳洗,即将仆妇唤进,劈面两个巴掌,骂道:"你这老奴才!你骂猫儿,谁许你这样夹三夹四的?分明你与人有隙,借着畜生骂人,连我都不放在眼内!"即刻叫王德传了官媒,撵逐出去。内外人等得了信,皆吐舌摇头说:"他们非独不认事,还要禁着我们,不许多说,借着这位奶奶,杀鸡与猴子看。想此处的这一碗牢饭,我们吃不成了!"

内中有一个少年家丁,姓刁名仁,做事颇有算计,行为又极狡谲。尤氏派他专管外面厅房执事,他与内外上下人等皆打得通套。众人议论的时候,刁仁早算计定了,忙对众人道:"诸位不用声扬,做事最忌事未成而机先泄。我有妙计在此。好歹我们都是预备一走,若是这么走了,实在不值得。不如大家合力同心,弄他个开口不得,随后我们一哄而散,让他到县里要人去。我们拼着远走高飞,身畔有了钱,到处皆可立足成家的。必须……如此如此做法,方可得手,也出了我们一口恶气!"众人齐声称妙,争来询问细情。

未知刁仁说出甚么计较来,且看下回分解。

第 二 十 二 回

盗财帛奴仆齐心　　施火劫天公有眼

却说尤氏撵走了那骂猫的仆妇，内外人等无不寒心。早恼了一个伺候外厅的家丁，叫做刁仁，平日同伴们皆叹服他的算计。刁仁对众人道："诸位不用作气，我有条小计在此，包管他死而无怨。我们此地料想不能久站，既然说破了，他又不认事，慢慢的都要寻事到我们头上来的。依我所见，他既无情，我亦无义，先下手的为强！后日是老爷的百日，必要延僧请道，追荐亡灵。我们早早预备一席，待百日那晚，假说丧中各事蒙王德携带体贴，聊具水酒一杯，以表我们的敬意。王德他必然不疑。里边嘱咐众位奶奶们，也备两桌，一席请小姐，一席请春兰等人，也仿照我们对王德的说话，他们定然相信。待他们吃到半酣，先安排点蒙汗药放在酒内，他们吃醉了，一时难以苏醒。我们内外一齐动手，把他们的积蓄细软搜罗一空，天明叫开城门，一哄而散。有家眷的赶紧携带家眷回家，单身的更好，我们远走他方，只要身边有钱，四海之内多可为家。等到他们药性解散，醒了转来，我们倒好走下数十里路了。拼着他到县里禀追，俗说'罪不加众'，官府也要想到，一两个人算计是有的，怎么多齐心算计他？其中必有缘故。闹到日后，也不过是个海捕的案。而且我们在他家服役，多非真名真姓，就是我们住处，他一时多摸不清白。不然，被他借着事端撵去了，也是一场空；不如拼着干，倒还有个出头。"

众人听了，人人称善。偷空又去约定了内里仆妇等人。这些仆妇使婢，亦是无人不恨尤氏，又恨春兰等无故磨折他们；况妇女们贪得的心更甚，偷盗又是他们的熟手，如何不从？

到了尤鼐百日前两天，尤氏早吩咐王德，请了各处高僧、高道来家追荐。东厅道士荐醮，西厅和尚礼忏，热闹非常。及期，又有多少远近亲友前来奠拜。皆因尤氏手内富足，他又是个女流，多想趋奉他，好作入门之计。内里春兰等四人照应，外面王德领着众家丁料理。整整由清晨忙到二鼓以后，众亲友方纷纷散去，僧道也完了坛场。

早有两个年老的家人，寻着王德，道："王兄弟，今日辛苦了！可恨我们老朽，不能十分帮你，叫你一人偏劳，我们过意不去。今日大众公备了水酒一杯，代你浇乏，却不成个意思，须要赏脸。"王德忙道："岂敢？自家人，怎么作起客套来？何况是公中的事，我又领着重任，如何说起偏劳二字？真是没有的话！诸位切不可费事。我忙了一天，腰胯骨多酸了，想去躺一会儿。此时虽有山珍海错在前，我也吃不下肚，改日领情罢。"众人咂嘴道："王大哥，这句话分明是不赏脸了！我等同伙数十个人，备了一桌酒，说起来要羞死，不过聊表敬意，借着半个指头儿遮脸。丧中一切，我等极承你大哥提携照拂；而今百日已过，大事算定局了，将来诸凡百事，仍要望你大哥看顾。你纵然吃不下，坐一坐，也叫我们过得去。"王德见众人说得恳切，不好过于推却，道："诸位言重！我一个人，正愁各事照应不到，负了小姐重托。还要诸位帮扶才是。"众人又谦逊了一回，邀王德来至外间。见当中早摆定一席，高烧红烛，桌上排列得齐齐整整，是一桌上等酒肴。众人推王德上坐，选了几个有头脸的、又善于言语的过来作陪，众人轮流上来敬酒。王德再三辞谢，众人立意不行，王德只得每人饮一杯。同伙有数十个人，一口气就吃了数十杯酒，已有八九分醉意。随后这一个敬酒的暗暗把蒙汗药放在杯内，双手送到王德面前，道："大哥，吃这一杯酒，愿大哥手足坚强，财利顺旺！"说着，又深深一揖，跪了下去。王德忙一手扯住来人，举杯一吸而尽，道："我吃了，你却不可如此，真叫我难受！"那人又夹下一箸菜，送入王德口内。王德甫经下咽，那杯药酒早在肚内发作起来，觉得眼前一黑，道："不好！不好！"一个斤斗翻下了坐椅，直挺挺的躺在地上，如死人一般。众人假作惊惶，赶紧一齐走过扶起，道："王大哥，怎样？""王大叔，怎么？""王老德，怎的？"内中有一个老年的道："诸位不要慌，想他劳碌了一天，适才又多喝了几杯空心酒，扶他到床上歇歇就好了。"众人七手八脚，将王德抬到他床上睡下，又代他用被盖好，回头对伺候王德的两个三儿道："你爷睡熟了，不用你们伺候，外边现成的酒菜，也去坐着喝一盅儿。"两个三儿道："我们怎敢与爷等同坐？我们早吃过饭了。"众人道："罢哟！甚么敢坐不敢坐？同在一家里吃饭，分甚么彼此？"硬将他两人拉到桌上，你一杯、我一盏的劝饮。两个三儿见众人抬举他，好生欢喜，杯杯不辞。众人又暗地用了一杯药酒，少停亦醉倒在地。众人将他两人

第二十二回　盗财帛奴仆齐心　施火劫天公有眼

拖入王德房内，又取一根绳子，将王德与他两人的腿彼此结在一处。外有几个十三四岁的小厮，也灌醉了，锁在一间空屋内。先把王德房内细软资财全行搜罗出来，又把外间四处房屋里的上等陈设一齐搬出，打了几个结结实实的包裹。外边收拾停当，众人到上房探听消息若何。见众仆妇正在手忙脚乱的扶尤氏与春兰等人进房，所有几个年纪小的以及自幼买来的丫头多灌醉了，一齐关锁在对间房内。众人入内，帮着众仆妇将尤氏等五人抬到床上睡着，仍用绳子把他们的腿结在一处。催着众仆妇动手，开箱倒箧的搜寻资财金珠细软，连那上等的衣裳都全行取出，整整结束了十几个大大包袱，剩下的不过粗重物件而已。

时已四鼓，众人道："我们走罢。再迟恐他们药力解散，就走不脱了；而且街市上有了行人，亦不稳便。"众人抬过几顶轿子，一半坐的人，一半放的包裹等物，假装着随行的妇婢，出了门。天已微曙，有家眷在城内的，又赶着回去搬了同行。到了城前，恰好城门大开，众人直出了城。又有家眷在城外的，叫他们速速回去接带家小，到半路会齐。

刁仁见上流头有数号官船停泊，船上伙计正在那里洗抹篷板。刁仁抢行一步，至船前，道："你们船是空的么？"船户道："正是空的。二爷清早要叫船么？"刁仁假作欢喜，道："呀唷！这就巧了！"速忙跳上船头，对船户道："我们是城内尤府里的。我家小姐要往天竺进香，昨日即叫我雇船。我因贪杯大意，没有出城，只说小姐还有一半天动身；那料今早黎明，就吩咐上船。我只好含糊答应出城再说，拿得稳今日钉子是碰定的了。难得你们这几只船多是空的，随你要多少船钱，我都给。少停小姐上船，若问到你们，须要说昨日就雇定的。"说着，在身畔取出两锭银子，递与船户，道："你们先收了，作定金罢。你不看着我家小姐轿子来了？我要迎接下船呢。"回身跳上岸去了，又回头道："你们这几只船我多要，不可再被人家雇了去。"船户一时摸不着头尾，又见两大锭银子，再抬头看，果然岸上一丛轿子到了。刁仁又抢先上船，道："我已回明小姐，他说要十只船才好。此处你们也有五七号船，可以混得过去。但是适才知照你们的话不可忘却。"又给了船户两锭银子，叫他分给各船作定金，"到了杭州，再算清帐。至于酒钱等项，我一概加倍。"试问谁人不喜贪财？刁仁的银钱给得挥霍，又见他大模大样，是个大门第里的二爷，也不敢多问；就是要问，见来人十分着急,瞒上瞒下的做手脚,一时也问不明白。难得他如此,到了码头,还怕不算他出一种大船价么?赶忙招呼一排的数只船上水手,帮着他支跳板、搭扶手,收拾开行。

　　轿子到了船前,小轿内先走出几名仆妇,与众家丁扶着大轿,上了船头,掀起轿帘,搀出一位袅袅婷婷的小姐来,入舱坐定。随后将众空轿安放在一只船内,又趁着人众忙乱之时,将几顶放包裹的小轿一齐抬入舱内,关好前后舱门,慢慢的搬运出来。众船户见人已到齐,鸣锣开船。刁仁又催着多添纤夫趋赶,"我家小姐性子最急,上了船,不问多少路,都恨不得一个时辰即至。你们行得快,自然重重有赏。"走了半日有余,后面的人已赶了上来,假说府里总管,叫送要紧物件与小姐的,上了大船,开发小船去了。是日,整整行了一百数十里路程,至二鼓船方停泊。船户等人辛苦一天,泊了船,刁仁又买了多少酒菜劳赏众水手,人人欢喜,都吃得酩酊大醉,放倒头就睡了。众人待至夜静,将包裹摊开,照派分给停当,预备到了杭州,各自分散。所有几名单身仆妇,与几个单身家丁配成夫妇,好结伴同行,免人盘问。次日天尚未明,刁仁即叫起众船户开行,又添了几名纤夫。日色平西,已抵杭州。刁仁加倍给了船户的船价,另外又多多劳赏,仍然扮着小姐与仆众人等坐轿上岸,抬到僻静地方,弃了轿子,各自投奔去了;直等到尤氏已死,无人追问,他们方敢回家。这是众人的交代,后书不提。

　　单说王德直睡到日色正午,药性解尽醒来,只觉目昏头眩,喉咙内燥得都起烟了,朦胧着双眼,即唤他的三儿取茶来解渴。一连唤了几声,无人答应。王德挣扎坐起,见他两人倒在旁边床上,直挺挺的睡着。王德骂道:"难道睡死了?"伸手在他们腿上狠打了几下。两个三儿惊醒,冒冒失失的爬起,对面揉眉擦眼。王德道:"你们看,日色已正午了,还这样好睡,是个人么?快去取茶来我吃!"三儿答应着,即下床来。猛然道:"咦!怎么箱子倒了一地?是谁碰翻的?"王德也见箱笼等物乱滚了一房,连箱子内的衣服多拉得东西散漫,知道有了蹊跷,急忙下床来看。恰恰两个三儿方欲举步,王德也往下走,三个人腿上绳子一扯,加以伤了蒙汗药酒,手足多软绵绵的,一个滑踏,齐齐跌倒。王德的头碰在箱角上,登时碰起一个疙瘩,不禁失声:"呀唷!"两个三儿赶着过来搀扶,彼此腿又一拉,又双双

第二十二回　盗财帛奴仆齐心　施火劫天公有眼

跌在王德身上。王德大骂,道:"瞎囚攘的!怎样站多站不稳,跌在我身上来?"两个三儿飞凤爬起,谁知越爬得快,越跌得快。三个人乱了一阵,绳子又打起结来更外难爬。还是王德眼快,道:"你们这些该死东西!不见有条绳子绊在腿上么?"两个三儿低头一望,方才看着,用手来解,又多打死结在腿上,急得乱抽乱扯。王德亦见自家腿上有绳子结住,解了半晌,方算解开。王德心内更十分着急,知道有人作弄。再把箱子等物扶起一看,叫苦道:"不好了!昨夜失了贼!怪不得我们的腿被绳子扣住!"连忙招呼同伴,一个人俱不答应。再出房门,见各处门户大开,静悄悄的,没人走动。只见对过房门关锁,走过一脚踢开,多少小厮横七竖八的睡着。唤醒细问,皆不晓得夜来怎生睡到此地。王德又至大门首,见大门也开着,连四处厅堂等地铺设皆无。王德早猜透了八九分,是同伴恨他,夜来算计的。一面叫小厮们关好门户,转身往上房里来。将至穿堂,早听得内里人声喧沸。

　　抢走几步,来至尤氏房外,见尤氏与春兰等人彼此爬起跌倒,正闹得不清,五个人的头发多跌散了,好似一群夜叉模样。再看他们腿上,也有一根绳子结住。王德又急又恨,又是好笑,赶紧进来,叫他们:"不要动,腿上有绳子呢。"帮着他们解开。抬头见房内箱橱等件亦是翻乱满地,上房里仆妇也无一人。王德顿足,道:"真正不好了!"倒把尤氏等人吃了一惊,不知他着急何故。王德将外面的事一一说明。尤氏听了,魂飞天外,忙起身搜检箱笼,见上等的衣服多没有了,金珠首饰更不必问,抄掳得如水洗一般,连田地、房屋的契据都被他们带去了。尤氏直急得顿足捶胸,号啕大哭,痛骂:"这一班狼心狗肺的贼子!我平日并未薄待你们,因何下这种毒手害我?而今弄得我家财尽绝,将来靠甚么过活?"哭了骂,骂了哭,闹个不止。反是王德与春兰等人再三劝解,道:"小姐,如今急也无益,保重自己身子要紧。虽然资财多被窃去,还有田地、房屋,可以过活。难道失了契据,田产就不算我家的么?小姐赶紧检视失物若干,到县里去禀报,请来踏勘。料想此时他等去尚未远,若拿获一名到案,即有着落了。"尤氏听他们说得有理,止住泪痕,叫王德先行赴县禀报,随后再开呈失单,"当此忙乱之际,暂时也开不清楚。"王德答应出来,吩咐众小厮看守门户,又胡乱吃了点饮食,到吴县报案去了。

里面尤氏将众丫头、小厮唤进，说："你们多该知道风声，为何不来告诉我？不是藏奸，即是得了买嘱！"取过竹片，要打他们。吓得丫头、小厮等人跪下哭在一堆，道："小姐打死了我们也没用的，我们实系不知。如果知道，还上他们的算计么？若说受了买嘱，倒不如跟了他们去做一伙儿，岂不干净？"春兰上来拉住尤氏的手，劝道："小姐错怪了他们了，此事他们难以知晓。遥想那一班狗头计议已久，才做得这般齐备；就是我们平日机密的事，也不肯教小孩子们知道，露了风声。"尤氏听说，方息了气，喝起他们。又叫春兰等四人同着他检点失物。少顷，王德气呼呼的跑了进来，道："吴县太爷到了！小姐今日却顾不得不见外人，县太爷来时，须要当面恳求他，代我家追案。"尤氏点首。

只听得外面三棒锣声，一片威武声音，吴县早下轿入内。王德忙出外叩接，领着吴县四处踏勘情形。随后来至上房，细细看过。尤氏上前万福。吴县知是尤道台的小姐，也回了个半揖。王德早设了公座，吴县坐下，询问夜来情形。王德一一回明，又将失单呈上，以及众家丁的姓名，与几个有家小住在城中同住在城外的，开得明明白白。吴县略看了一遍，收入袖内。尤氏道："这卷案件多要求太爷做主。想先君不幸，弃世未久，丈夫又游学在外，突遭大变真乃意想不及。但是禁城之内，何容出此巨案？虽是我家自不小心，落人算计，然而该家丁等亦系目无法纪已极。总祈严行追捕，靖暴安良，感仰不尽。"吴县听尤氏说话尖利，不敢忽视，忙道："小姐放心，本县自当分头缉捕。"说着，起身坐轿，喝道回衙。即差全班先到城门上打听，又到有家眷的各处去，拿他等眷属到案着交。

差役去了半日，回来道："城门上说，清早有数十乘轿子出城，说是尤府小姐烧香去的。复到码头上访问，有一起船，亦是尤府雇了，说小姐到杭州天竺还愿，随到就随开了。所有几个有家眷的，半夜里一同逃走。旁边邻舍人家，到今早才知道的。遥想住在城外的也多逃走了，无城门拦阻，更觉容易。"吴县听说，叫人唤了王德来，把差役的回话对他说了："他等既已逃远，本县惟有出角缉捕文书，到杭州去访拿罢。"王德叩首，道："总要求太老爷做主，将这一班无法无天的奴才拿来严加惩办；不然，日后人众效尤，人家多不敢用人了。"吴县道："那也不用你说，拿到了案，本县理宜重办。你回去代请小姐的安，此事却不可着急，到杭州缉捕，却非一

第二十二回　盗财帛奴仆齐心　施火劫天公有眼

两日的事。"

王德只得退出，回至家内，把吴县的话对尤氏细说。尤氏更加烦恼，终日不哭即骂，有时气极了，将这班丫头、小厮们唤至上房，发泄一顿。王德与春兰等人见尤氏闹得太甚，从中极力劝说："好在吴县已差人到杭州缉访，又在附近四处缉获，多要拿着了他们的，那时加倍究办，还要追交原赃。难道一起的人，拿不住一个么？除非他们不住在天底下，只要获着一个，那些就走不脱了。"

尤氏又愁没有过活。王德道："小姐如何忘却了？老爷在日，堂楼下窖藏了二万两银子，防备的日后不测。小姐何不取了出来，添补着失物等件；多余的，待小的想个生息法子，也还够使用呢。只要局运好，一二年即可复原了；况且田产契券虽失，田地尚在，每年所收租利，也有一种银两，把来贴补着，还不至愁没有过活。"尤氏听了，顿然提醒，拍手道："该死！该打！我真正气昏了！这项银两，当日老爷窖埋的时候，我在旁边，亲目所睹。我还笑老爷傻气，把好好的银子埋入土里去。谁料今日却用得着了。若早取了出来，亦是为他们所得。我怎么连一丝影儿多记不起了？"立即叫王德领着小厮们到堂楼下挖取。原来上面铺盖着一块石板，揭开，是两口缸合着，内中整整二万两银子。一封一封的搬出，仍将石板铺好。尤氏有了这项窖银，稍觉放心，又有王德等人从旁寻欢取乐的引逗他，夜间睡在一处，任情戏谑，全无忌惮。眼面前不过几个小厮、丫头，他们还怕谁人议论？公然成了一夫五妇。

不料乐极悲生，古今常理。何况尤氏欺父蔑夫，王德叛主灭伦，天道如何能容？一日，王德备了几色精致果肴，夜来代尤氏解恼。六个人团团坐下，猜拳行令，你嘲我笑。吃至半酣，王德又取一面琵琶，弹唱了一支小曲，又逼着春兰等每人唱了一支，随后自己唱一套《十八摸》，叫春兰与他对唱，要摸到那里唱到那里。引得尤氏、夏兰等人笑个不止。众人又闹了一会，都吃得十分烂醉，头晕眼花，支持不住，随意进点饮食，吩咐丫头们把残肴收去，他们六个人关起房门，在一床安睡。众丫头见尤氏等人睡了，将残肴整顿，也烫起酒来畅饮一番，多吃得醉倒始已。

那知吃酒的时候，点了十数支通宵大蜡，放在桌上。后来众人吃醉了，匆匆关起房门，上床去睡。那收拾残肴的丫头们又未曾吹熄，随手多放在妆台上面,好抹拭桌上油污。待人睡尽,那烛花结有寸许长的火煤,窗棂外又微微透了点风进来,火煤忽然一爆,被风吹到他们脱下的一堆衣服上。暮春天气,所穿无非单夹之衣,最易引火。少刻,一堆衣服烧着,那布烟火气散漫一室。若此时醒来,还可扑灭。无奈他们既醉于酒,又困于色,睡着如死去相似。那一堆衣服有了火,又将堆衣服的椅子烧着,接连房内书橱等物尽行着火;又被风吹了一阵,那火猛然发旺,直透到梁柱之上,劈劈啪啪的响。

王德在醉梦之中突然惊醒,开眼看时,房内已映得通红,连帐子都烧着了。王德吓得魂不附体,飞凤跳出帐门,伸手把尤氏拖起,冒烟突火,到了房门首,用力一脚踢开房门,跑了出来。那火起初闷在楼内,尚不过旺,此刻房门一开,火有了出路,跟着王德屁股后喷出,顷刻十间堂楼上下,一时烧得如火焰山一般,又延烧着前厅左右等屋。小厮、丫头等人皆惊了起来,分外无主,只落得一片声呼天唤地而已。尤氏赤条条的驮在王德背上,早吓得死了过去。王德放下尤氏,犹想再进房去救春兰等四人,见房内的火飞烟烈焰的滚滚出来,房屋早坍倒了半边。王德一眼看见妆台上摆了个皮匣,是尤氏平日放首饰的,低着头拼命奔进,把皮匣抢出,王德的头发已被火烧完。只听得四面锣声人喊,合城文武多来救火。那火愈救愈猛,天都映红了半边。王德把小厮等人脱下几件衣服,权且披在尤氏身上,自己也取了一条裤子,围好下身。情知这场火暂时救不下来,在远处人家借了一间房子,安顿尤氏,又在皮匣内取出一锭银子,以作房租。皮匣交代尤氏收好,叫小厮、丫头们不许离尤氏左右。复又跑到火场上,还想抢几样物件。谁料送去尤氏,辗转了片刻工夫,偌大一座尤府,前后有数百间房屋,不到两个时辰,烧得成了一堆瓦砾。说也奇怪,左右接屋连墙人家丝毫未毁,只烧了尤府一家。

救火的人见火已将熄,陆续皆散。王德央人扒开尤氏住房,可怜春兰、夏兰、秋兰、冬兰四人烧得焦头烂额,面目模糊,手足零落,宛如四段枯炭,辨不出是谁的形骸。王德止不住落下泪来。取了数张芦席,把四个人骨骸包裹,预备日后安葬。

天色已明,王德也忙乏了,起先浑身烧得流浆大泡,并不知痛,此时反难受起来。回到尤氏住处,将春兰等为火烧死的话说了,尤氏更觉伤感;

第二十二回　盗财帛奴仆齐心　施火劫天公有眼

又见王德烧得如鬼魅一般，心内又怜又苦，忙叫王德也睡下歇息。王德被火熏蒸了一夜，浑身又烧伤几处，那股火毒多逼入五脏之内。初时跳来跳去，是一鼓作气；如今平睡下来，满腹火毒一齐发作，不禁"哎唷"一声，晕了过去，头脸上烧的火泡尽行崩裂，流血不止。尤氏见了，更加慌乱，急叫小厮们去请医生来诊视。不多一会，医生来诊过脉，道："此乃火毒攻心，十分沉重，恐难保命。"开了个药方下来，服一帖，再作计较。尤氏忙叫人配药。药还未出，王德连呼"痛杀"，其声越喊越微，未到杯许热茶时候，可怜王德大叫一声，两脚一顿，呜呼哀哉了。尤氏见王德已死，抱尸大哭道："我家迭遭大故，只有靠你帮我支持！你如今又死了，教我怎样存活？天下苦命的人极多，苦到我尤氏的地步，再也苦不下去了。想我自幼离娘，跟随父亲长大。如今父亲甫经弃世，嫁的丈夫半途抛弃，又不能终身倚靠。日前突遭恶奴等掳掠一空，今日又遭火劫，一月之中，颠沛流离，层见叠出！想我一个女流，身边又无分文，惟有赖你撑持过活，连你这一个人天都不能相容，天是绝定我了！王德，王德，你在黄泉路上慢走一步，等等你家苦命的小姐罢！"尤氏哭得喉枯舌燥，眼内都滴下血来。尤氏本来这几个月内被酒色淘空，加以又气又吓，此番这场悲苦又是从五内里出来的，觉得双眼一黑，一跤栽倒。丫头们赶紧过来搀扶。只听得尤氏喉内骨碌骨碌的痰响了两声，长长的出了一口怨气，亦归地府——他与王德倒是生同衾帐，死同地穴。可怜一班小厮、丫头们无了主见，这两个死尸如何发落？惟有付之一哭而已。房东闻信走过，亦叹息了几声，叫小厮们分头去请尤家亲族，好来料理。

众人正忙得毫无头绪之时，恰好来了一个人，与尤氏大为有济。你道何人？就是尤氏的丈夫祝自新。自受了尤氏羞辱，别气出外，星夜赶回嘉兴。祝自新有个胞兄，名唤立生，也是个府学生员，为人安分守己，取与不苟，只靠着耕种祖遗几亩田地，又训了一班蒙童。自新在家时，即与立生不睦；后来他招赘到尤府，立生闻得他所作所为不合情理，常叹道："将来倾覆祖宗家声，必此人也！"此番自新回来，请了合族人等，与立生讲理，说祖上所遗家财有他一半，何能派他哥哥独享？立生向来忠厚，不与人争竞，遂当着族中，将田地、房产双手捧出，听凭族中分派。照数分了一半与自新执掌。自新想到，在嘉兴城内人都看不起他，不若仍至苏州，"妻子虽与我不睦,丈人是待我好的。"想定主见,把分的田产变卖得几千银子,又向苏州而来。到了半途,即闻人说,他丈人尤鼐已故,祝自新犹认做讹言。这一日早抵苏州,叫家丁看守行李,自己即向他丈人家来。

才进了城门,遇见他平时一个至好朋友,也与尤家有点故旧。祝自新拉住他,问尤家消息。那朋友把自新望了几眼,冷笑道:"你这些时到那里去的?你令岳家闹下多少大事,你还不知道么?"遂将尤鼐身死,尤氏主持家政,刻薄奴仆,那些奴仆们把他资财抄掳一空;又将众人如何用药酒摆布、尤氏如何报官的话细说。"昨夜闻得不戒于火,延烧罄尽,只逃出尤氏、王德两人与几个小厮、丫头,暂住在邻舍人家。又听人说王德火毒发作死了,令正夫人哭他无所倚靠,也哭死了。此话我亦是据闻来的,并非目睹,尚未知真伪。你快去访问,即明白了。"只将尤氏的丑处瞒过不言,也暗暗的说了几句,即匆匆别去。

祝自新听毕,呆了半晌,急忙寻到尤家门首,果见一块平地,房舍全无,犹有数处烟火,有几名官役在那里担水浇灭。自新见了,不由得心酸泪落。又问到尤氏住处,见一丛人挤满在屋里议论。内中有眼快的,见了自新,喊道:"你们不要乱忙乱说,尸主祝老爷来了!"原来尤家众亲族经小厮们分头送信,多请来了。有的说:"我等不便收尸,他是有丈夫的,怕日后回来说话。"有的说:"目下不知道祝家在何处,若待他来收尸,连骨头多要烂完了呢!"又有的说:"不如报县,凭官验勘收埋,日后祝家就说起话来也不怕他;况且祝家不是好缠的人,私地收拾了,却断断使不得!"其中有几个狡猾的,意在借故脱身,又被房主诓住,一时难以走开。正在七嘴八言,计议不定,忽然祝自新来了。

众亲族喜从天降,齐齐走过来,问讯道:"足下来的正好。想你已尽知其细,毋庸我等细说。足下快料理收拾尊夫人为是。"祝自新分开众人,来至床前,见尤氏直挺挺的睡在床上,穿了几件不男不女的衣服;旁边睡的王德,满头火泡、鲜血直流。自新到底与尤氏还有夫妻情分,不禁纷纷泪下。转身叫跟尤氏的小厮,去寻他两名家丁来此,吩咐:"快买棺木伺候。"又对尤家众亲族道:"承诸位贤亲降临,正好一齐看着入殓,容改日再谢。"众人道:"我等理应在此候殓。"少顷,家丁买了两口棺木,叫了一名阴阳先生。祝自新又吩咐在成衣铺里买几套男女衣服,众人帮着,代尤氏、王德

第二十二回　盗财帛奴仆齐心　施火劫天公有眼

穿好，择时入殓。祝自新见无处停供，当即叫了土工，抬到城外掩埋。各事已毕，众亲族告辞散去。

自新重酬了尤氏借住的人家，又将一起小厮、丫头叫各家父母领回，独自闷恹恹的回到船内。细想道："我今番满意重至苏州，依栖岳丈，置些田产，以为过活之计，不意尤家一败涂地。又闻得沸沸扬扬，说尤氏的丑处，我虽未卜真假，总之苏州城中，我也无面目存留。若再返嘉兴，更为兄嫂所笑。或至别处存身，未尝不可；无奈我是奉旨拘管人员，仇家又多，怕的有人算计我，那时反为不妙。可见我这堂堂六尺之躯，四海之大，无我立足之地，岂不愧煞！眼见今日这场报应，是我丈人平时作的罪孽太重，才弄得灭门绝户。难道我祝自新平日所行所为，自家不晓得么？也不免是有些罪孽的。"心内想一回，愧一回，恨一回。猛然得计道："罢！罢！我纵然过到百岁，子孙满堂，金银盈库，也难挽回从前破败的名声。只有一个法则，可以消除宿孽，忏悔前愆；况我身边还有余下的资财若干，后半世也可将就过活，不至冻饿。我由此跳出这是非圈套，倒觉得逍遥自在。"心内有了定见，即叫进两名家丁："吩咐船户，把船向宁波一路开去，我要到南海进香。早到一日，即有重赏。"船户听了，急忙收拾开船，向南海而去。

未知祝自新想定是何主见，又未知向南海何事，且看下回分解。

第 二 十 三 回

朝南海悔过禅关　游西湖宣淫佛寺

话说祝自新收拾了尤氏、王德两人的骸骨。又想到苏州、嘉兴皆不能存身,若至他处,恐怕有人要寻事。他思前想后,万念皆灰。猛然记起:"幼年七八岁时,南海来了个和尚,名唤了修,与我父亲相好。据闻此僧颇有道行,又善于风鉴。父亲将我与他看相,他说:'此子大有来头,可惜心地不正,未能终局,倒是与我佛门有点因缘。'彼时我父亲亦不以此话为然。而今我闹得进退无路,皆是孽由自作,竟应了那了修之言。可知为人一世的荣枯得失,天公早已安排定了,岂可勉强得过? 倒不如认真皈依空门,斩除俗念,大可修行后世,挽补前世。况我父母早故,妻子皆无,我身虽是俗家,与僧家何异?"自此,祝自新的出家念头格外坚固。在路行了数日,这一天已至南海,远远望见普陀山耸青叠翠,矗立在南海中央。开发了船户,搬过行李,在岸上觅了住处。

次早,带着一名家丁,雇只小海船,向普陀山开去。船至山边泊定,祝自新登岸,四围一望,高高下下,山坳路径,尽是天生成的奇峰怪岭。又见往来僧人多是科头跣足,甚至只围了一条中裙,上面赤着身体,在山前汲水、砍柴。见祝自新主仆走来,皆围住观望,交头接耳的议论。祝自新问他们:"可知道了修的住居何处?"内中有个老年僧人,道:"居士问了修师何事?"自新道:"我与他有旧,特来访他的。"那僧人道:"他是小南海的方丈。此人脾气甚为古怪,连我们都不与他交接。你要去见他,可由这条石路上走去,转过山洞,那边就是小南海了。"自新即照他所指石路,行至尽头,有座山洞,穿过去,忽然开朗,山路宽大平坦好行。

约走了半里许,果然迎面一座大寺院,松柏参天,钟声隐约。走近,抬头见石碣上斗大的三个字"小南海"。自新跨步入寺,过了天王殿、弥勒殿,中间一条甬道,两旁杂树尽是十数人抱不拢来的古木。到了大殿,庙貌整新,堂阶闳壮,莲台上三尊佛像,金璎宝珞,法相尊严。行出佛殿,又是一方院落,中间五间二殿,两边禅房、僧寮、客堂等地。见客堂门首站了

第二十三回 朝南海悔过禅关 游西湖宣淫佛寺

个和尚，年约三十有余，肚大腰圆，浓眉巨眼，上身穿着簇新米色布衲，脚着黄布僧鞋，光油油的脑袋，手内拈串牟尼数珠，在那里指点老道人四处打扫。见祝自新大摇大摆的进来，后面又跟着家丁，知道是个路过官绅，忙笑嘻嘻的趋步上前，合掌道："大老爷，请客堂里用茶。"自新答礼，举步进了客堂。见一顺三间宽大房屋，内中几案净洁，陈设幽雅。又彼此作了揖，和尚请自新在炕上坐了。老道人送上茶来，回身邀着家人，至外间奉茶。和尚问了祝自新姓字居处，自新转问和尚何名，现执何事。和尚欠身，道："僧人名唤超凡，现执支客一事与管理内外杂务。"自新道："有一位了修大师，可在宝刹？"超凡道："了修即是敝住持。大老爷认识他么？"自新道："我与他有旧，多年不会，今日特来访他谈谈。少顷，烦你和尚办完公干，领我一见。"超凡道："了修师已杜门二十年不出，大老爷是何年、何处与他相识的？"自新道："说也话长。了修师二十年前曾至嘉兴，在我处耽搁了数日，与先君极为契合。彼时我尚在幼年，曾与了修师晋接过的。今日便道宝刹，特来访他，叙叙旧情。"超凡道："僧人也常闻他说二十年前到嘉兴，与一祝姓居士相契，想即是大老爷尊府了。他由那次出山后，即杜门不出，这数年内，连方丈的门多不出了，一切内外各事皆委僧人办理。他终日由早至暮，皆在蒲团上默坐，人不问他，他亦不言，甚至三五日都不开口。"

祝自新又问及寺中蹊径与僧数多寡。超凡道："自从敝住持不理事后，有几家施主，多不来了。还亏僧人极力支持，若似他也置之不理，这一座小南海久经残败了。虽有两处薄田，连岁收成不甚过好，施主们的布施又来得稀少，小寺大小众僧约有百数十人，每日饭食，即算是一项巨款。况在此深山穷谷之中，又无人家延请道场，那里来的源源接济款目？大老爷但看佛殿上与两廊内外群房急欲修理，又余不下银钱来，都零碎被众僧人吃下肚去。前日还与敝住持商议，到各名省地方张贴募化小引，或可遇着那乐善施主慨发仁心，济助修理。好在敝住持唯唯否否，向来不管寺务，他只有随口答应，任我们募化也好，不募化也好！不敢欺大老爷，这几年，僧人被那'当家'二字多累杀了！大老爷既与他相好，自然说得投机的。少停见了他，敢烦大老爷劝说他一番，不是终日只顾修行，一毫外务不问。偌大一座小南海，三五年内凋败了，也甚为可惜。如专靠我超凡一人，实难布置。他是个寺中领袖，兴败都是他的责任。"

祝自新笑道："你和尚不须烦恼，我此番来寻了修，实因看破红尘，意在借宝刹作一栖止。将来不嫌我才拙，我来帮助你和尚一臂何如？"超凡听了，大笑道："大老爷又来说笑话了！好端端，为何想做起和尚来？阿弥陀佛！我和尚们说起来十分苦恼，较之大老爷，一丝一毫多赶不上。我等穿的是布衣粗服，吃的是淡饭黄齑，还要朝钟暮鼓、念佛诵经，规矩、礼节小有不是，即受监院戒饬。终身奔波劳碌，纵能积蓄点资财，到头来仍然一空。居士们尚可留于亲生骨肉受用，和尚们任他堆金积玉，临死反为异姓法子徒孙快活。人说做和尚为修来世，我看和尚是前生造的罪孽，以致孤独一世。即如大老爷，安居的高堂大厦，享用的玉食锦衣，富者奴仆成行，一呼百诺，神鬼都在暗地里趋奉。贵者出仕皇家，腰金衣蟒，扬名显亲，声闻天下，歌功颂德，千载永传；若是官做烦了，即致仕回家，教子课孙，登科上进，指日又是一位老封翁了。做和尚的，任他竭力去做到了方丈地步，即如居士们做了大官一样，也不过一寺之内推他为尊，出了山门，仍是一个和尚，有何好处？你大老爷们锦绣世界住厌了，反要来做和尚，真正俗话道得好：'米箩里跳入糠箩里来。'"说毕，又哈哈大笑不止。祝自新看超凡所说，尽是一派势利言语，不耐烦起来，也随着他笑了一笑，起身道："烦你和尚领我去见了修大师去。"超凡即忙也站起来，道："僧人理当引导。"邀着自新出了客堂，又回头吩咐老道人："倘有过午的与那挂单的来，过午的，给他一顿饭吃；挂单的，领他到寮房里去歇。你们做主就是了，不要来禀报。我陪着尊客到方丈内会当家的去呢。"

自新同了超凡，绕过二殿回廊，有一重小六角门，上题"另一洞天"。走进了门，又是一大方院落，当中五间是观音殿。旁有一座小门，匾上写着"曲径通幽"四字，门内即是花圃，中有假山堆砌。穿过石洞，见一顺三间正室，外有弯弯曲曲数间群房，迎面五层阶基。自新朝内一望，中间蒲团上坐着一位老头陀，年约八旬已外，面上须眉通白，高隆鼻准，长眉大耳，俨然一尊古貌古心的老佛，闭着眼，两只手按在膝上趺坐。自新知道是了修，暗暗赞赏道："看他的形相若此，必有真实道行！"超凡抢先一步上了阶基，走近了修身畔，道："大师，有位远路尊客，特来奉访你的。"了修睁开二目，道："他果真来了？还是个有信的人！"超凡闻说，惊了一惊，笑道：

第二十三回　朝南海悔过禅关　游西湖宣淫佛寺

"大师,你说的甚么话? 难道还未醒么?"了修喝道:"你少要乱说! 我虽终日似睡,却多醒眼观人;你虽终日醒着,只怕你尽似睡着一般。"超凡笑的走了开去,低声说道:"他说梦话,还要吆喝着人。"自新在阶下闻了修所言皆是机锋,即趋进一躬到底,道:"大师久违了! 弟子不免来迟,有负大师初意。"了修望了自新两眼,也不答礼,点首道:"好,好,你竟来了! 虽然失足中途,幸喜前因不昧,算是有造化的。"说罢又闭了眼,不言不语。超凡恐得罪来人,忙掇一张坐椅,放在蒲团上首,请自新坐下,又轻轻向自新努嘴,道:"大约还没有醒透呢! 你大老爷恕他昏聩,不必计较。大凡人老了,性情多与人各别的。"自新道:"理当侍立听教,何敢计较?"超凡执意扯自新入了座,他也在下面椅子上坐了,不转睛的看着了修,看一会,又暗笑一会。祝自新是端正坐着,肃然起敬。

过了半晌,了修复开眼,唤方丈内伺候的道人:"去取个蒲团来,请这位祝居士坐了,好讲话。"超凡道:"有椅子呢,祝大老爷坐下半刻了。"了修道:"我岂未见他坐在椅子上? 那蒲团滋味,他却没有领略过。你怎知其中玄妙?"道人已将蒲团取来,自新亟起身换坐。了修又对超凡道:"你去罢,恐外面有事,待你安排。祝居士自家人,不须陪侍。"超凡正不耐烦,见了修不颠不倒的样子,因陪着自新,不好走开,难得了修叫他出去,遂立起,对自新道:"大老爷此间少坐,再请到客堂内盘桓。恕僧人失陪。"自新忙答道:"请便。"少顷,超凡叫人送进一席素肴,了修让自新吃毕,又命取水,与自新净洗手脸。吩咐众人尽行退出,方丈中只有他们两人,蒲团对坐。约有时许,自新觉得身子有些困倦,难以支撑,恨不能睡下才爽利,只好闭目略养神气。甫一交睫,心内即昏昏沉沉,如睡着一般,好似此时仍在苏州尤家做女婿的时候,又似在南京与聂家寻闹;后来与刘蕴同往扬州,设计栽害沈家;忽然又似到了嘉兴,和他哥哥分家争产;又觉他妻子尤氏尚在,与王德成了夫妇,竟不认他,反把他赶出,又将他丈人尤鼐气死;正气恨难解之际,忽见伯青等一班对头都来要打他杀他。种种以前的心事,一时多到了目前,不禁如痴如醉;心内或疑是真是假,又十分害怕。猛地头顶上一个霹雳,把祝自新惊得神魂飘荡,吓出一身冷汗。急急睁开二目,仍坐在蒲团上。见对面了修笑吟吟道:"祝居士受惊了。你从前作为,也该明白。这些冤魂孽债,一时一刻多不能放你过去,任你躲向海角天涯,他们亦有处寻找。若非这半天霹雳一棒当头,你如何避得过这场恶劫?"祝自新此时如梦乍醒,知道是了修的神通幻化,指点他迷路的。走下蒲团,倒身下拜,道:"弟子以前行为,愧悔莫及。只求大师慈悲拯脱,弟子死心实力的情愿修行改过,再无反悔。"了修道:"难得,难得!苦海无边,回头是岸。只要你一心皈依我如来,佛门广大,何所不容?待到明早,再作计较。你且起来,安心到蒲团上打坐去罢。"自新道:"弟子适才胆已吓裂,不敢打坐了。"了修笑道:"你既悔过向道,那些冤孽因果早经化解,你只管放心打坐。"自新无奈,勉强又坐上蒲团,战兢兢的,生恐又惊恶梦。说也奇怪,此时心内觉得了无挂碍,爽适异常,好像从前的那些事多忘却了,定神息气的默坐。

不一会,天色已明。道人等进来洒扫,又摆上早点与祝自新。吃毕,了修穿了大衣,领着自新出了方丈,至大殿撞钟擂鼓,聚集众僧。一时超凡领了数百僧众上殿,先参拜了佛像,转身见了修合掌,各依次序立定。超凡与僧众皆暗暗称奇道:"和尚有三四年不出方丈,今日何故穿了大衣,带着这姓祝的登殿?"了修见僧众至齐,道:"我有一事,说与你们知道。我收了个徒弟,即是昨日来的那祝居士。他也是佛门中一个善知识,是以传齐你等,从此你们是一门中人了。"僧众听了,方才明白。超凡忙走过,悄悄向自新道:"祝大老爷,你当真要出家么?阿弥陀佛!我曾说过这和尚是不好做的,你大老爷不要认着儿戏,只怕你出家容易,还俗就难了。"自新也不去理他。了修叫人点烛焚香,自己拜过佛像,又命自新也参拜过了,遂道:"你既立心皈依佛门,须当谨守佛教清规,屏除一切贪嗔爱欲,不可中道迁更,致堕恶道。"祝自新道:"弟子蒙大师救脱苦海,正是天大的造化。大师但请放心,弟子永无改悔!若移寸念,誓入轮回,不得翻身!"了修点首道:"善。"叫人唤了名剃发的来,将自新辫发拆开,分成三股,盘于顶上。命自新跪在佛前,亲自执刀,先在顶上摩抚,祝赞了四句偈,道:

此发娘胎即长成,借他分别俗和僧。
今朝削作空空相,苦恼愁烦悉化尘。

念罢,又在他顶中亲剃了一刀。然后剃发的代自新一齐剃下,仍分作三股:一股供于佛前;一股设了自新父母灵位,祭毕,对灵焚化,还了父母的遗体;一股了修收过。取出一套僧帽衣履,叫自新更换,俨然是一个沙弥

第二十三回　朝南海悔过禅关　游西湖宣淫佛寺

了。重复参拜佛像，又与僧众行礼。了修代他取名悔成，以喻悔过成道之意。

各事已毕，了修回后，僧众皆散。自新唤过家丁，叫他将行李等物取来，又赏了他们每人五十两银子，好回家去；又将穿不着的在家衣履尽给了他二人，以尽主仆一场之义。两个家丁洒泪叩别，各自另寻生计而去。祝自新身畔仍余二千两银子，取了五百，交代超凡，贴补寺中用度不足；那五百两，托超凡查点僧众数目，每人应给少许，以为进见之礼。超凡好生欢喜，与僧众谢了又谢。超凡在贴补款中干没了若干，随意开了一纸支用帐目，搪塞人众。祝自新既得了安身之所，发心悔过，朝夕诵经礼佛，毫无懈念。了修知他不得改变，在附近寺院内，叫他去受了戒回来，即将衣钵传授于他，了修乃退居修行。后来了修活到九十岁外，方圆寂而去。自新亦过到古稀以外，这是他终身结果的下场。所幸他回头甚早，又得了修超脱，未受恶报，所以了修当日说他与佛门有点因缘。他与刘蕴是同时的恶少年，祝自新犹知悔过，撒手人间。那刘蕴一味的作恶不悛，自己作践的九死一生，受尽苦恼。

刘蕴自在扬州逃走，不敢回家，一则怕他父亲追问，二则恐祝自新扳他到案。带了随身几名家丁，连夜避至杭州，往西湖上看玩景致。又因杭州抚院是他父亲门生，刘蕴去见抚院，假说他父亲命到天竺进香，便道来谒见世兄请安。抚院即留他住在衙内。过了数日，刘蕴是个没行止的人，受不惯拘束，作辞回家。抚院也不深留，送了一千两银子，作老师的调养；外又送了二百两程仪。刘蕴手内有了使用，当即搬移到十五奎巷内一所客寓里住下，终日去访花觅柳，自寻快乐。谁知杭州乃省会地方，抚院又功令森严，一班流妓，皆存身不下，投奔各处去了。刘蕴逛了三四日，虽有几家私户，皆不堪入目，心内闷闷不悦。

一日，吃过午饭，独自出了寓所，向城隍山来。走未数步，见山脚下僻巷内有一座小小寺院，两扇红门，半闭半启，门头上题曰"紫竹禅林"。刘蕴信步踱入里面，有一个中年道婆在佛殿上扫地，见刘蕴一人进来，又见他衣服齐楚，知道不是个平常人，忙丢下竹帚，道："老爷请坐，用茶。"刘蕴本是色中饿鬼，见道婆年约二十八九岁，生得颇为跳脱，一副白长脸儿，两只水汪汪的双箍俏眼，一对四寸半长脚，扎得硬挣挣，如菱角相似；又闻人说杭州尼庵不减惠泉的场面,遂笑嘻嘻的坐下。道婆献上茶来,转身入内。

少顷,闻得殿后一阵笑声,走出三四个光头女尼,又有两个带发道姑,年纪多在二十岁上下,皆生得姿容妖媚,体格风骚,一齐上前,向刘蕴稽首。刘蕴立起,一一答礼,入座。众尼问了刘蕴姓名,知他是金陵富家,来此游玩的,分外起敬。刘蕴亦转问众尼名号,为首的年纪稍长,是紫竹庵的领袖,法名皓月。那两个是他师弟,一名海月,一名明月;两个蓄发道姑,是皓月的徒弟,年齿最轻,一个名唤岫云,一个名唤行云。皓月道:"刘老爷可曾用过午饭?若不嫌蔬菜无味,小尼们备齐奉敬。"刘蕴见他等殷殷款洽,又眉梢眼角暗逗风趣,刘蕴是玩耍中的老手,如何不识孔窍?即答道:"素昧平生,怎好叨扰?无如敝寓离此甚远,腹中颇觉饥馁,只好坐扰,容补报罢。"

皓月连称"好说",起身邀刘蕴从殿后一个六角门走入,是三间净室,院落中栽了几株芭蕉、数十竿紫竹,堆了一角假山,甚为幽雅。早有道婆与数名垂发女婢调开桌椅,摆列素斋,尽是上等果肴,精美非常。众尼推刘蕴首坐,他们挨次坐下。席间谈说笑谑,毫无忌惮。刘蕴快活已极,接连吃了几杯,假作酒醉,一个呵欠,顺手搭在明月肩上,捏了他一把。明月"扑嗤"一笑,将身子一歪,推过刘蕴的手,道:"醉成这个样子,还要不稳重,你倒仔细跌翻,磕了脑子!"刘蕴趁势将明月抱起,搂在怀内。明月挣扎不得,又护着痒,笑的团作一堆,道:"再闹,我就要急了。"皓月等人一笑,尽起身走出,反手关好室门去了。刘蕴乘着酒兴,把明月按在炕上,成就了好事。然后开了门,道婆等进来收去残肴,又送上水来,与他们净洗手脸。刘蕴是夜即宿在庵内,师徒几人,轮流作乐。

次早,刘蕴回寓,爽性将行李等搬至庵中居住。过了半月有余,连那道婆都勾搭上了。众尼知他腰缠甚裕,百般去奉承他,把个刘蕴乐得恨不能住在此地一世;又得的是不肉疼的银子,落得任意挥霍。众尼将他当个活财星看视,又恐他即回南京,想出多少新奇食玩,逗他玩耍。随刘蕴的一起家丁,也与庵中的女婢们朝夕聚在一处,闹得如花如火,十分亲密,反帮着众尼,怂恿刘蕴不要回去。未至数月,刘蕴的囊橐将匮,自知没了使用,此地即难存留;若说回南京去,又割舍不下众尼,左右辗转,反愁

第二十三回　朝南海悔过禅关　游西湖宣淫佛寺

烦起来。

他贴身众家丁中有个家丁名叫柏成，做事很有算计，刘蕴也最信任他。因心内一时想不出个长策，把柏成喊到一间密室内，与他商议。柏成道："小的久经代爷划算着了。爷到杭州来，是空空两只手，不过抚院大人送了一项银两，爷又大来大往的用，自然完得快。若说此地，没有使用是难存身的，爷如果就这么走了，也要讨人笑话，真正进退两难。必得仍要大大的使用一宗，然后托辞回家公干，那时他等多识不透我们的底止。爷今日就不同我说，小的正欲来回爷声。"刘蕴拍手，道："我原是这么想，所以才同你商量的。"柏成道："小的倒有个计较在此，请爷斟酌。难得与抚院有旧，日前小的见抚院也很敬重着爷，明日待小的出去放个风声，寻他两条头路，来津贴着。"刘蕴道："这也是个计较。怕的答应了人家，抚院不肯徇情，那才白丢人呢！"柏成笑道："爷真多虑了。难道琐琐碎碎，去讨抚院的没趣么？只要小的放开眼睛，寻一个肥户，赚他一宗过手，也要够用一年半载，方值得呢。我在外面安排定了，爷即面见抚院，说是老主人差爷来的，须说此人是爷家亲眷，再三求了老主人，才应许他，不怕抚院不准人情。否则，爷再假老主人手笔，写一封切实拜托的信，此事即万分稳妥。"刘蕴听了大喜，道："你就这样做去罢，事宜从速而安详为是。"

柏成次日即到各茶坊、酒肆内闲坐，夸张他主人与抚院交情甚厚，日前特地差请主人来逛西湖的。这风声一经传说出去，即有那些专于打听闲事以及捕风捉影、好去兜揽的人拢来，与柏成攀谈问答，称羡不已。柏成见有人问他，分外说得花团锦簇，惊闻骇听。

恰好这一日有个晦气进宫的人来寻他了。此人姓冷名桓，山西太原县人，在山西要推他首富。上代亦是书香人家，到了冷桓这一代，他自小不喜读书，说书要把人读迂腐了呢。带了数万银两入京捐纳，援例得了州官；又闻得浙江系富足之地，即掣签分省，选至杭州。到省已有二年之久，上司知他是个富豪出身，多将赔补的疲缺与他署理。冷桓倒不怕赔贴，只恨边疲缺分地方甚小，不大尊严。"须要在那通都大邑、冲繁首要的地方做他一任，也好炫耀着自己手段，使上司知道我才调不凡，非可小知的人，将来才可冀升擢。"亦曾钻谋过许多门路，均未能打通。今日相巧，冷桓也因无聊，出来闲逛了半天，到这茶坊内少息。听得柏成正在隔桌与人谈论他主人是世族名门,此地抚院是他世兄,又如何敬重他主人。一番话正碰在冷桓的心坎上。缓缓的站起,踱过来向柏成举手,道:"请了!"柏成见冷桓衣履鲜明,不敢藐视来人,忙立起身,欠身道:"爷请坐。"又亲自奉了茶,问过冷桓姓字。冷桓也问了他主人名姓,道:"我有句话,要托你奉求你家主人,茶坊内却不便说。我的公馆离此不远,屈你到我公馆里谈谈。"柏成心内明白,知他是来寻找头路的,"多分听着我适才所说的话了。"暗暗欢喜,假作龃龉,道:"我出来的久了,恐家爷要叫唤,改一日再到大老爷公馆里请安罢。"冷桓笑道:"不过三五句话,断不耽迟你。你主人使唤的人也多,那里偏偏问着你?"忙会了茶钱,起身同柏成出了茶坊。

走过三四条街巷,柏成见迎面一座高大房屋,外面望去,似有十数进的样式。门凳上坐着许多锦衣大帽的家丁,见了冷桓多垂手立起。冷桓道:"这位柏二爷,你们好生管待着,我进去有点事,少停要请他说话的。"又对柏成道:"屈你且坐一坐。"说着,入内去了。众家丁见主人如此优待来人,必是个大头脑,争着上来趋承,邀柏成至门房内吃茶。柏成又细细问明了冷桓的家世,放在肚内。

过了半会,里面走出个小童,道:"老爷请柏二爷书房内说话。"柏成起身,随着小童,转弯抹角,走了好几进房子,方至书房。早见当中设了一席,只安了对面两副座头。冷桓见了柏成,笑吟吟道:"有水酒一杯,屈你小坐谈谈。"柏成道:"小的怎敢陪大老爷用酒?有话即请吩咐,小的要早回去的。"冷桓道:"没有的话!你我切不可拘礼,我还有事要重托你呢,坐了好说话。"走近扯着柏成,硬推他上首坐下,又将酒壶放在自家面前,喝退众仆,将书房门掩上,只留下他两人在内。

柏成起身谢了坐,冷桓亲与柏成把盏,道:"你主人是何阀阅,请教细说一遍。"柏成道:"我家主人是当朝首相,刻下告老在家。到杭州来的这位少爷,乃老主人的大公子,官名是个蕴字,又字仁香,亦系甲榜出身,做过台谏。因老主人致仕,他也告终养在家。老主人放过五次主司,京内大半朝多是门生故旧。现在的杭州抚院大人,即是我老主人会闱门生。日前有禀启到南京问安,顺请少爷来游西湖。不瞒你大老爷说,我家少爷少年科第,人又风流,极喜玩耍。难得他世兄谆谆相请,禀明了老主人来的。又嫌他衙门里烦杂,特地赁这紫竹庵居住。这庵内当家姑子前两年住在

第二十三回　朝南海悔过禅关　游西湖宣淫佛寺

南京，常到我们府里去，是最相熟的。不然，也住不到女僧庵里去。"冷桓点首道："如此说来，你主人必然爱友。我不揣冒昧，有一事奉求。"遂将自己署过几次疲缺，甚不惬意，意在寻条头路，不惜重酬，须谋一冲繁地方，施展一番："不知你主人可肯照看？倘蒙应许，我定当酬谢你二爷进荐之力。可细访我姓冷的，即知不是个吝啬人。"柏成道："原来大老爷为的这件事，极其容易。并非我夸口，似这样事，不用吹灰之力。只愁我家少爷不肯对抚院去说。既承你大老爷见委，又殷殷抬爱，小的回去，尽力在少爷面前说项。所喜平时说话，少爷还相信几分，可以斗胆先允大老爷个八分可靠——但是事成之后，大老爷切不可吝啬银钱，那也是坏自家的事。"冷桓忙道："你二爷但放宽心，我拼着万金使用，分外再送你五百金酬劳，何如？"柏成暗喜道："这事干妥了，有一年半载受用呢！"便道："如大老爷肯舍万金使用，包管有成。今晚小的回寓，先对少爷说明，明日即去面会抚院，拣那上等美缺、最冠冕的地方，委大老爷去署理。有了消息，小的再来报送喜信，以及该何处使用若干，开一清单来，好早为预备。此时大老爷即取信小的，也断不能先说私项。就是这宗银两，亦非我家少爷受用，抚院大人前，可以讨个人情，那衙门里各色人等，何能克苦？俗云：'可慢君子，不慢小人。'大老爷做官的人，自然明白其中道理，不须小的细说。外余若干，却是小的同伙兄弟们领赐了。若是我少爷，再多个万金，他也不放在眼里。"冷桓听说，更加相信，喜的手舞足蹈，又殷殷勤勤劝柏成用了饭。柏成起辞，冷桓直送至大门外，又谆嘱再三，不可误事。

柏成出了冷家，一路跳跃而回。走入庵内，即将刘蕴扯到外间，把遇着冷桓托他谋为的话从头至尾细说。刘蕴亦甚为欢喜，道："据你说，事不宜迟，明日即当去见抚院。"柏成道："可不是呢！"刘蕴即叫柏成取过纸笔，又叫他看守外面，"不许闲人进来，说我发家信呢。"刘蕴在灯下写就书信，作他父亲给抚院的口气，无非叙说前番承惠；又说冷桓是他远房表侄，托他各事照应，并将求委繁要地方的话大概说了一番。"所有细情，均着儿子面陈。"复恳切委婉的写了几句嘱托话。封好，藏于身畔，仍至后面，与众尼作乐。

次日，命柏成雇了轿子，来见抚院。到了衙前，投进名帖。少顷，传话进见。刘蕴入内，彼此请了安，抚院道："世弟去未多时，又至杭州，有何公干？老师近日身体还好？"刘蕴欠身，道："家君身体托庇平善，连日足疾少愈，并命问安。特着小弟趋前，有一事奉乞。"说着，双手送过书信。抚院拆开看毕，刘蕴又接口道："舍亲冷某，属在僚下，极蒙世兄提拔，委以重任。冷某时申信家君，备述世兄爱人以德，刻骨不忘。无如冷某心性务为高远，每多顾盼自雄，家君亦常以是为饬。奈他秉性天成，难以劝改，是以家君作札来前，何妨俯如所请，以观后效？倘或才可胜任，即冷某之侥幸非浅；如不然，渠亦无所怨尤。小弟因忝属世好，故敢冒昧直陈，谅世兄都能原谅。"抚院道："令亲冷某为人尚好，又有老师谆嘱，愚兄定当为伊谋一要缺，可以威重行权，以畅其欲。但是一时恐未能如愿。因新任藩司是个旗员，性情极为古怪，若竟对他直说，他定然不行，反要疑愚兄其中有不实不尽；况州县例归藩司，升降调补，彼有专责，愚兄虽是他上司，却不好过于屈他。总在我心上，容再报命。"刘蕴打了一躬，道："诸祈世兄作成。"随即起辞回寓。

柏成道："看来这件事有九分稳当。我先去送个实信与冷家，叫他把银两预备齐全，一得了消息，就要兑付。能再说通了，先取些过手更妙。"刘蕴道："好。"众尼见刘蕴去拜本省抚院，更加倍敬畏。

柏成到了冷家，也不用通报，一径直入。至书房，见了冷桓，遂将抚院的话又描摹粉饰了多少，竟是指日即可委缺的光景。冷桓听了，喜不自禁，千恩万谢。早间，冷桓暗暗差人去打听消息，果见刘蕴主仆进了抚院衙门，谈了好半晌才出来；又听得柏成说的活灵活现，焉得不信？柏成又道："你大老爷亦要预备着那项使用银两现成，这些事是闪电穿针，不可怠慢的。"冷桓道："我的银子早已预备了，如一有实在消息，你二爷即着人来发就是了。"柏成想了想，也不好说先付的话，怕冷桓起了疑心，反为不美，遂作辞出外。心内好生快活："这宗买卖，一丝力气未费，稳然得了若干。我却不可浪吃浪用，带回去置备些田地，也可做个小康人家。"又到城隍山各处戏耍开心去了。

刘蕴在庵中亦百般得意，叫备了一席上等酒肴，与众尼任情酣饮取乐。正说笑得高兴，忽抬头见柏成满头大汗，慌慌张张的进来，对刘蕴招手，道："请爷至这间来说话。"刘蕴也很吃了一惊，出席随着柏成到后面，忙问道："你怎么了？"柏成拍手咂嘴，道："不妙，不妙！冷家的事不妥了！"

第二十三回　朝南海悔过禅关　游西湖宣淫佛寺

这句话把刘蕴如提入冷水里相似,急说道:"你有话快说罢,不要吓我了!"柏成跺足道:"我才从城隍山回来,遇见一个朋友——先与我做过伙计的,去年他进京,跟了一位部曹官儿。我问他来此何干,他将我扯到僻静地方,说:'此地抚院被京中一个御史参奏,参他私鬻外官、贪婪无厌,又拿着他一封私书为凭,现在放了两个钦差,悄悄的到杭州来抄抚院的家产,锁提入京治罪;又恐抚院得了风声,把赃银运至他处,所以此事甚为机密,一路上改装破站来的。早间即进了城,连鬼都不晓得。'我的朋友就是跟那位部曹来的。又说这件抄家差事很有点沾润,因和我至好,才肯告诉我实话;又因我是个局外人,断无走漏。你老人家听着,抚院的自身尚在不保,那冷家的事不是没指望了么?"

刘蕴急得搔耳挠腮,道:"这怎么了?冷家的事成不成也没甚稀罕,我因等他这一宗款目,好弥缝亏空呢。好几天的用度,多是庵里垫给的,若没了来款,真真是大笑话!"柏成也急的在地下团团转的。猛然笑道:"我倒有个脱空计策在此,因要济急,也顾不得丧心。我的朋友说,明日五鼓才发作呢。今日一夜,要知会合城文武官员等人,所以才耽搁到明早。我想既然事机甚密,冷家也不得知道,好歹待我去撞个木钟,骗他过来,我们准备连夜溜走罢了。"遂附着刘蕴耳畔低声说了一遍。喜得刘蕴拍手叫好,道:"你快去,不可迟误!做成了,我愿与你对分。"柏成笑道:"且慢欢喜,俟做成了,再说太平话。"刘蕴又连连催促柏成出门去了。刘蕴回到席间坐定,心内却万分着急,不知柏成此去如何,脸上又要装做没有事的样儿,恐众尼看出他破绽。

究竟柏成至冷家设的是条甚么脱空计策去哄骗他,且看下回分解。

第 二 十 四 回

设机局骗人还自害　叹报应怜旧复多情

　　话说柏成与刘蕴计议停当,去骗冷桓。柏成回房,提盏手灯急急的出庵去了。将至冷家门首,故意把脚步放慢了,平一平气,装着从容不迫的样子。走进门来,见门房内灯火辉煌。冷府众家丁在里面吆五喝六的饮酒搳拳,见了柏成,齐齐立起,道:"柏大哥来得正好,吃一杯去。"柏成赔笑,道:"我有事来见你们贵居停的,烦那位上去回声。"早走过个小厮,领了柏成,来至书房。冷桓已吃过夜饭,在地下踱来踱去的想着事,忽见柏成进来,忙让他坐下。小厮送上两盏茶,退出。

　　冷桓道:"你晚间出来何事?莫非内里有了好消息么?"柏成道:"消息却没有得着,倒打听了一个好机会,也算是个好消息。适才少爷叫我上街买物,碰见抚院贴身的二爷,他与我相熟。我顺便问他的消息,他说:'现在抚院忙着筹款寄家信呢,料想是没有空闲料理你主人那件事儿。'我问他:'筹甚么款?难道偌大一座抚台衙门没有钱用,要筹款么?'他说:'因我家大少爷回籍招亲,又要修理祖茔、祠堂,至少也须带七八万银子回去。刻下已筹得七万多了,还欠几千两银子。敝上的性格古直,又不肯挪用库项,衙门虽大,一时那里措得齐七八万私款来?就是这七万多银,也很费了一口气力。此刻敝上叫我随便至那家铺子里去借兑几千银子,停两日算还他。我要去与铺子里商议借银子,明日打发他们动身,不得空儿陪你闲话。'说罢,他即匆匆去了。我想,你大老爷正要谋干那件事,何妨先送几千银子去,凑他个趣岂不是好机会么?我回去禀明家爷,我家少爷也说我想得有理,又说:'那件事还未有实在消息,先教冷爷出银子,怕你冷爷不相信。好在抚台又没有指明向冷爷借,你倒不要去说罢。'我说:'那也不妨,难得有这个机会,我去告诉一声,行止听他老人家的便,我又不去屈他。'少爷答应了,所以我特地送信过来。你老人家酌量而行。在我看,迟早都要送的,当日原说讨抚院个白情,外面花费些儿;如今把外面的分送些进去,讨本人个欢喜,岂不更好?横竖我们只出一宗儿。"冷桓听了,笑

第二十四回　设机局骗人还自害　叹报应怜旧复多情

道："你爷也太多心了！全是为我的事，他又不落己，我如果不相信，起先即不托你爷了。你家少爷太觉拘泥，还是二爷活套，真正倒难为你了！只好待事成，加一倍酬谢罢。你二爷少坐片时，我叫人去兑了银子，同你送去。"

柏成道："你大老爷既然相信，送这项银两，我还有一句不中听的话，要回明你老人家。银两送去，他必然欢喜；但是不可矜矜张张的送，怕抚院要多心：难道我这座大衙门，几千银子都办不出？岂不讨人笑话？须得我家少爷悄悄的亲自带了进去，说明原委方好。不然，送了去，他翻转脸不收，那才把大事弄坏了呢。"冷桓道："真亏你虑得到，我几乎把这件事做错！那怎么了？我少刻将银两送至你家少爷处，听凭你爷怎样去办，断然不错的。总之，我日后一齐叩谢罢，此时我也不空说那好听的话了。"柏成笑道："你大老爷办事真大方，又决断，不是那小家子气象。曾记得当日我跟老主人在京，那时老主人还在部里当差，做出事来，同寅的人每夸奖老主人好，将来都不止终于部曹的。我看也似你老人家这样脾气。后来果然老主人入阁拜相，应了众人的话。我不怕你老人家多心，虽不能拜相，那督抚、藩臬是不愁的。大凡有作为的人，行事都与各人别样点儿。"说得冷桓满面得意，又与柏成闲谈了几句。柏成起辞，又嘱咐冷桓道："你大老爷可赶快送来，倘或他已经借得，送了去，即是收的，也不见得十足的情分了。"冷桓连称"晓得"。

柏成回至庵内，细细对刘蕴说了。喜得刘蕴手舞足蹈，痛赞柏成办事停妥。不多时，有人叩门。柏成忙去开了，见冷府两名家丁，点的官衔手灯，带着数名粗使大汉，抬了两鞘银子进来，当面交与刘蕴检点，又说了一番拜托的话。刘蕴道："请你家老爷放心，预备着到任罢。"柏成邀了他们出来，款待茶果，又去取了刘蕴亲笔"收到冷姓纹银三千两"收条一纸，给来人回去销差。坐了半响，冷府家丁辞去。

柏成进来，与刘蕴打开银鞘，一封一封的搬入房内。众尼争来询问。刘蕴回说："是南京转寄来的，恐我日久缺乏使用。其实呆气，我那里使用得这许多？难道在这里过了年去不成？"众尼道："我们正欲留你过一世呢。好容易就走了，你也该舍不下我们要去！"刘蕴笑道："我亦不想回南京去，明日倒要出门走遭，去看一家亲眷，三五日就来了。只带柏成同去，我有物件在此,又有家人留在这里,你们也该放心,不致防我溜走。我若要真溜,也不告诉你们了。"众尼见刘蕴要去看亲眷,随身物件又不带去,不好十分拦阻他,只说:"快去快来,不要望坏了我们。"

刘蕴早与柏成议定:"只能你我私走,其余家丁,只好狠心丢下他们。不然,众秃头起了疑心,牵绊住了,传说与冷家知道,即难以脱身。"夜间,柏成将冷家送来的银子全数放在一只空箱子里,又将紧要物件藏在两床行李内。收拾停当,早见东方日出,忙入内唤起刘蕴,又假意嘱咐众家丁不许滋事:"我到绍兴去看亲眷,三两日就回来的。"柏成昨晚已雇定两匹牲口骑坐,一辆车子装载行囊,别过众尼,上了牲口,一溜烟出城,叫了一只小船,连夜向南京进发。

单说冷桓次日清晨命家人备轿拜客,出了门,只见满街的人交头接耳,唧唧的议论,知道杭州出了事。忙唤过一名跟随家丁,叫他去问。不一时,那去的家丁仓惶失措的跑至轿前,喘着回道:"不知抚院大人犯了甚么罪,京中差了两位钦差官来抄没家产,锁拿入都勘问。小的怕系讹言,即到抚院衙门打听,果见合城文武官员多在那里,又有许多兵丁围住衙门,不许闲人窥探。至于为的甚么事件,小的无处访问,却不晓得。"冷桓听了大惊,心内早劈劈的跳了起来,忙道:"你再去细细访问明白,不可大意。"

一面又吩咐轿夫回头,不拜客了,速到紫竹庵拜会刘大老爷去,问他即知底细。轿夫答应。到了庵前,入内通报。少刻,领着刘家的家丁至轿前请安,道:"家爷今早往绍兴看亲眷去了,不两日即要回来,再到大老爷公馆谢步。"冷桓闻说刘蕴已去,分外着急,心中猜疑不定,只得坐轿回来。进了门,见那打听的家丁早已回来,随着冷桓到书房,把京中御史如何参奏抚院贪婪不法,"……所以放钦差来抄拿的。又怕走漏风声,抚院去做手脚,两位钦差一路俱是扮着商贾模样,昨晚即进了城,亦无人知晓。今早一面知会在城文武调兵围抄,一面即去开读圣旨。小的回来的时候,亲见抚台大人早上了刑具,坐在一顶没顶的小轿内,前后还有多少兵丁拥护,余外一起一起的,多是挑抬着抄查之物。"冷桓听了,亦无言语,在书房内团团的走来走去,心内毫无主见。又带了一个小童,亲自上街市访问,果然抚院已锁拿入京,现在抚院的印书交藩司护理。冷桓无精无神

第二十四回　设机局骗人还自害　叹报应怜旧复多情

的回来。

过了几日，又到抚院衙内细为访察，方晓得遭了刘蕴的骗，直气得暴跳如雷。若要声张，又因与他同科，于自己有碍；若不声张，白白的丢了许多银两。又至紫竹庵来寻刘蕴的一班家丁，想套问他主人着落何处。众尼道："不要提起那下流东西，昨日多被我撵走！原来他们是一起骗子，骗了人家银两，先溜走两个。我们出家人，也不至于出首他，只撵走他们，免得带累我们清净之地。"冷桓听了，更无指望，只好自认晦气，结交错了人。待新巡抚来省，再作别的计较。

且说刘蕴与柏成连夜离了杭州，不一日，已至常州地界。刘蕴对柏成道："连日不知杭州消息如何，怕的冷家不肯干休，要告发起来；二则回至南京，老太爷必要责备不禀命而行，与那扬州闹祸的情节。莫若再迟数日，俟老太爷气平了回去，可保无事。"柏成道："随你老人家便。纵然你老人家不惧，小的也担当不起。爽性不回去，倒也罢了。待老太爷想你老人家起来，趁着那个巧宗儿回家，一句闲话多没得。"刘蕴点首称善，道："我们在外飘流着，也不是事。我想现任镇江府是我的同年，明日托言到他衙门内住几时，连使用多可节省些。今日难得天气晴朗，我同你上岸去逛逛。闻得此地惠泉山的姑子们是天下闻名的，大可赏识一遭。"柏成笑道："罢哟！再不要提这些秃头了！杭州的把戏还没有闹得清，你老人家倒又想到惠泉山的姑子了！真正好了疮疤忘了痛的话。可怜丢在紫竹庵那一班我辈，如今不知怎样？遥想众秃子们还肯多养活他们一天么？你老人家实在高兴，就请去逛，此间人地生疏，我不敢离船上一刻儿。"刘蕴道："这也好，你在船上坐着罢，我上岸去去即来。"又开箱取出个小银包，带着登岸去了。

柏成独坐在舱中，呆呆想道："事虽做过，我想了怕起来。倘或冷家告发出来，以及回家，老主人怒恼，他必一齐推到我身上！况且他一味贪恋玩耍，外来的银两又不肉痛，前次在杭州，二千两银子，不过两个多月，即使用完了。这三千两，若任意使用，也不济事；再用完了，那就真没处设法。他嘴里虽说到镇江去，心里仍在这惠泉山上呢。我何苦担惊受怕跟着他？也落不得一点便宜。我既代他设策，丢了同伙们在杭州，他明日回过味来，也把我丢了，那才是自投砖、自磕脚呢。不见祝家的王德，我闻他很巴结着主人,不顾蹈汤赴火的去干事,如今弄得身受刑罚,想起来亦是他主人带累。不要日后我也像他,那就不好了。"柏成愈想愈怕,蓦地计上心来,笑道:"我也弄他个空儿,叫做骗中骗!"

正想着,刘蕴已回船来。柏成伺候他吃了晚饭,搭着讪笑道:"今日逛了几处姑子庙?比杭州怎么?"刘蕴道:"此地好得多呢!我明日仍想逛一天再开船,不知你可愿意?"柏成笑道:"爷那里的话?爷们要逛一日,小的敢阻挡么?就是这句话,我也当不起。明日我倒要随着去见识见识,此地怎生好处?"刘蕴闻柏成也要同去,十分欢喜,道:"你明日去逛过了,才晓得我不说谎。"柏成道:"谁说爷说谎的?"一宵已过。

次早,刘蕴换了一套新艳衣服,命柏成带了数十两银子,准备今日大大乐一乐,明天好开船。柏成应诺,取了银两,同刘蕴齐上岸来。回头命船户:"看好舱中物件,我们回来得快。"他主仆二人在路说说笑笑,不多一会,到了一座庵前,门额上题着"昙花庵"。刘蕴是昨日来过的,昂然直入。里面早有三四个姑子迎接出来,齐笑道:"刘老爷真是信人,连约的时候多不差刻儿。"柏成见这几个姑子皆未落发,如在家人一样,多是浓妆艳抹,体格妖娆,年纪又均在二十岁内外。邀着刘蕴至里间坐定,请柏成在下房内去坐,也有两个年轻道婆过来奉陪。

柏成说笑了一回,起身道:"我去去即来。若是我家爷问及,我烦你们回声,就说解手去了。倘或来迟,千祈你们遮盖着,不要使我回来碰他的钉子。实告诉你们罢,我也有个相好的,要偷空去瞧一回儿。"两个道婆笑道:"好哟!想必那人很俊呢,你才牵肠挂肚,要看他去。你家老爷问到你,我代你说就是了。回来却不可忘了我们!虽说配不上你那相好的,也不至辱没你。到处灵山多有庙,何必一定至那里把香烧?"柏成笑着,一面作揖,一面搭讪走出,道:"你两位真是好人,少停倍罚我个大东道,请你们罢!"又闻刘蕴在里面高声叫道:"今晚在你家吃醉了,定见不回去的!我家柏二爷的席面不可草率,也要同我一样。"柏成听说,知刘蕴一时不走,分外放着胆。出了庵门,飞也似的回船来。

将至船前,故意装出那仓惶形色;兼之一路跑回,面红气喘,上了船头,即问道:"你们的人,可全在船上么?"众船户见柏成如此情形,不解其故,忙道:"我等都在这里。二爷有甚么事,这等着急?"柏成一面摇手,一

第二十四回 设机局骗人还自害 叹报应怜旧复多情

面跨入舱内,跺脚道:"这是那里来的晦气!不是在这地方住一日,也不得撞见对头!"众船户道:"二爷,到底甚么事?"柏成拍手,道:"甚么事呢?不过是那杭州的事发作罢了!偏生就在耽搁的这一日内,仁和县差寻到此,我看这场官司有点断不清呢!"

众船户由杭州开到常州,在路也走了七八日,常听得他们主仆咕咕哝哝的议论杭州之事,虽然听不明白,亦偶尔听得两句,因为事不关己,也不理会。此时听柏成说了出来,竟是杭州所干的事;又见柏成甚为惊惶,即问道:"柏二爷,这件事可拖累得着我们么?"柏成嗐道:"怎么拖累不着?就怕要追你们船户作窝家,那就不妙了!"众船户闻了,人人吓得面上失色,对柏成磕头道:"柏二爷,你是晓得我们船户是拖累不起的。装了爷们这宗交易,本儿也没有捞得着;如今再拖一场官司,眼睁睁我们是死的了!总求你二爷积点阴德,设个法儿开豁我们才好呢!"柏成又故意沉吟了一会,道:"也罢,拼着我一人顶磨去!可怜你们一只小船,吃饭的人又多,那里拖累得起?快些将我船上的物件搬了上岸,你们将船速速开到别处,躲避一二日,即没有事了。"众船户听了,感谢不已,七手八脚的下舱,帮助柏成将箱内银两包扎在一处,揣入怀内。

见众船户已把物件收拾停当,柏成忙忙的上岸,领着众人,挑抬到一家当典内,叫他们放下,道:"不如把这些衣囊、物件暂行质典,轻松着身子,好去打官司了。"此时众船户吓得没了主见,但求早早开去,免得拖累,惟有顺着柏成的话说。好柏成,将物件、行李一件一件的搬至柜上,叫典里估当,又命众船户速去为是。众人谢了一声,飞风的回船,开向他方去了。这里柏成把各物当了数百银两,另雇了一只快船,连夜赶回南京,接了家眷,奔清淮而去。下文自有他的交代,暂且不表。

且说刘蕴在昙花庵内,说笑的甚为热闹。少顷,又摆上酒来,搳拳行令的作乐。忽然问及柏成,道:"他也在外面吃酒么?"道婆回道:"他说解手去了,还有别的事件,恐其来迟,你老人家问他,嘱咐过我们,代他回声呢。"刘蕴也不介意,直吃到月色西沉,漏声四滴,刘蕴已醺醺大醉,伏桌而卧。道婆等上来,将他扶入房内安睡,又派了一个年轻姑子陪他。这一夜,凤倒鸾颠,绸缪备至。次日傍午,才起身出房。刘蕴迭声呼唤柏成。道婆道:"他昨夜没有来。"刘蕴甚为诧异,不由得脸上变色,道:"这奴才,真真奇怪！烦你们至船上,唤他上来,我有话说。"道婆答应去了。半日回来,咕着嘴道:"一条河边,我都找遍了,一总没有见你老人家的船,将我们跑路当耍子呢!"刘蕴听了,分外着慌,立起道:"没有的话！难道溜了不成？待我去寻!"众尼昨夜见柏成未来,却不在意。今早道婆去找,又未找着,即有点疑惑。又见刘蕴大惊小怪的起来,如何肯放刘蕴一人去寻？即叫了道婆与一个使用的男仆,同刘蕴找去。

到了泊船的所在,刘蕴四面一望,果然没有。问到邻船上,多说:"昨日午后,你家二爷慌慌忙忙的跑到船上,唧哝了一会,带着船户,将行李、物件一齐发上岸去,船户不一会空身回来,即开船去了。我们问他,也不肯说。看来似出了事的一般。"刘蕴听了,吓出一身冷汗,惊呆似的站在岸上。道婆道:"他的去处你是知道的,必然同你老人家说明了。还请你到我们庵中去罢,都要寻着的。"刘蕴无奈,只得随了道婆等人仍回庵内。

道婆将适才的话一一对众尼说了,众尼齐冷笑道:"真是新奇得很！他早也不走,迟也不走,你老人家在这里住一夜,他就走去了,实在是巧得有趣,好像约定了的！况且他是你老人家得用的人,同走了多少路,也没有溜走；若不是得用的人,你也未必把银两交代。他既然溜走了,你老人家必定要追寻他的。昨日我们服侍了你老爷一夜的费用请开发了罢,你好干正经去。"说得刘蕴满面紫涨,赔着笑道:"我此时再说些,你们也不相信,好似我主仆合手来骗你们。横竖我也不走,还住在你庵内,定要寻着他；不然,我亦不肯善自干休!"众尼皆嗤嗤冷笑道:"不怕你多心的话,我们终年靠的甚么？若是这一个去,那一个去,我们这座庵堂久经变卖了！我们也不想图你看顾,请你把昨日的使用开发了,你再找你的船去。多分在那里等着,你们心内明白,就罢了。方才你说要住在我们庵内,慢慢寻找,岂非我们赔了夫人又折兵么？"说着,那两个年纪大的姑子回身入后,骂着道婆,发话道:"你们这班瞎眼的！随便是人是鬼,多要招揽来,也不将驴眼睁开望望!"又见昨夜陪刘蕴过夜的小姑子哭着说道:"你老人家也该摸摸良心,他们不过使用了好些,我是父母遗体卖钱的!"那两个道婆亦上来道:"刘老爷,你行点方便罢,你听我们受报怨呢！辛辛苦苦伺候着你,一点好处没有,反落些埋怨!"你一言,我一语,把刘蕴羞得无地缝可钻,忍又忍不下去,欲要发作,苦于自己情短理亏。说不得赌气,将腰间佩

第二十四回　设机局骗人还自害　叹报应怜旧复多情

的洋表以及嵌玉镶金等件摘下,道:"留此作个押头,估算你们也不吃亏了。我去寻着他,再来赎取。"众尼始而不受,两个道婆从旁做好做歹的说了,方肯收下,还说了多少难听的说话,撵逐刘蕴出门。

刘蕴方跨出庵门,两个道婆"咕咚"一声把门关上,又啐了两口。刘蕴直气得眼红眉竖,恨恨不绝。复到河边寻了一回,仍无踪迹,眼见得柏成起了不良,勾通船户溜去了。身畔分文皆无,只得将外面穿的一件小毛短褂脱下,当了几两银子使用;又寻了一个客寓,暂且住下,慢慢访问。欲待回南京去,此时人财两空,更无面目回家。虽有几处世交住在常州,身上没了短褂,怎好见人?急得进退两难,毫无主意。过了两日,那几两银子又使用完了,又把长衫脱下去当。客寓里见他如此情形,终日叹气唉声不绝,怕他寻了短见,带累自己,又把刘蕴逐了出来。

刘蕴此时身上没了长衫,更难见人。走至河干无人行走之处,竟淌了几点眼泪,自己骂着自己糊涂:"有眼不识好歹,该受苦的!"又骂柏成:"狠心禽兽!平日待你不薄,你反恩将仇报,害得我难回家乡,难对父母。我今进退无门,惟有一死,做鬼却不能饶你!"又望着南京叫声:"父亲,不肖儿子今日永别你了!"咬着牙齿,把双眼一闭,头一埋栽入河内,把河水打了一个大大水花,沉了下去,在那远远的水中冒起,复又沉下。刘蕴直觉得耳内雷鸣,嘴里止不住一口一口的水咽入,昏昏憎憎,顺着下流,或沉或浮的。

刘蕴只要一时半刻,腹内水吃足了,即呜呼哀哉。谁料刘蕴命不该绝,上流来了几号官船,扬帆鸣锣而至。那船内是谁?原来是陈小儒,带着家眷人等回乡祭祖。小儒到了江宁府任两月,办了一件多年不清的钦案,几任府官皆未理出头绪,经小儒问了一堂,即顿时明白。程公将此案单片题奏上去,小儒即升了扬州关道。适值江宁藩司丁艰出缺,程公又调授两广,总督两江当下放了熊桂森来。熊公是小儒会试老师,师生本来契合,到了任即奏请小儒护理藩篆。不足两月,新任藩司已至,小儒交卸已毕,趁此机会,且不回关道的任,请假四个月,回乡祭扫。熊公因关道本有人代理着,可以暂缓回任无妨,遂准小儒请假四月。小儒择日携眷回里。此时小儒是司道大员,非府县可比,一路上迎送不绝。

今日已抵常州地方,现任常州知府何炳乃小儒的乡试房师,若论官阶，常州府理当迎接小儒；因是他的门生，不当送迎，悄悄吩咐船户，不许此地停泊，扬帆直下。小儒正同方夫人带着三个儿女倚窗玩赏野景。今年小儒的大公子年方十一岁，取名宝徵；二小姐九岁，乳名赛珍；三公子八岁，名宝焜。皆生得粉妆玉琢，秀倩绝伦；二位公子又聪慧过人，现从甘誓在衙内读书。小儒看着三个儿女，也自欢喜。忽听得船头上喧嚷起来，即命人查问何事。见双福进舱，回道："上流淌下来个死尸，被我们坐船舵牙钩住。众水手捞起，摸他胸前尚有微热。家人也过去看看，好似南京刘仁香的模样。有几名水手向来认识他，也说酷像。是以大众议论喧嚷。"小儒忙道："不问他像谁，既然胸口未冷，快些救转过来，问他失足落水的，还是自寻短见的？问明了，来回我。"双福答应出去。

　　过了一会，又进来道："真真奇闻！那人已救活了，细问他名姓，起先并不肯说；再三问他，竟是南京刘仁香！"小儒诧异道："他怎么到这里来？怎么又跌在水里？你可细问他个明白么？"双福遂将刘蕴如何避祸杭州，又如何到了常州，被家丁柏成拐骗，"而今进退不得，又无面目回转南京，所以才自寻短见。他现在知道是我们坐船，惭愧得了不得，仍要跳下水去。家人叫水手等看守，请示怎生发落他？"

　　小儒听了，长吁道："报应昭彰，丝毫不爽！刘蕴擅尽威风，作尽罪孽，今日也有这般下场，弄得有家难归！想他亦系科甲出身，堂堂朝廷言官，作践得身败名裂，真令人可发一叹！"方夫人也叹息，道："可见福善祸淫，自有天理！刘蕴与祝自新两个魑魅，把祝家叔叔两次三番拖累，祝家叔叔不过受了些挫折，如今仍然发迹，毫无损处。日前风闻祝自新失了丈人家靠背，发狠到南海修行去了。还算他回头得早，尚有见识，强似刘蕴作恶不改，弄到这般地步。今日恰好我们的船走这里经过，偏生又被我们救起，这也是他命不该绝，造化巧于作合，将这功德留待我们做的！你不可记憎他前事，古云：'救人一命，胜造七级浮屠。'况他前数次播乱，反正并未与我家为难。今番得此报应，也算自作自受了！"小儒笑道："没有的话！你即不劝我救他，我也不肯；既救了他，不把他救彻？即如日前祝自新的事，他栽害沈家，咎有应得，我未尝于法外稍有苛求。若是不念刘蕴同年的情分，我即据祝自新所供追究，不怕刘蕴飞上天去？好在沈家没有指名控他，我亦明知故昧，放过他去。他此刻既受天罚，我再记他前怨，也不是

第二十四回　设机局骗人还自害　叹报应怜旧复多情

我平日的为人。你还不知我性格么？"说着，起身出舱。双福道："大人出来了。"

刘蕴为众水手救起，吐出不少水来，渐已苏转；又闻得是陈小儒的座船，惶恐无地。暗想："小儒与我同科举人，我还比他早一科入词馆。只因我处处心术不正，未能害人，反害了自己，弄到今日狼藉不堪，死都迟了。小儒前年虽成了进士，不过得了个榜下知县。初任江都，即声名大噪，未交两年，已到了司道地步，功成名立。又闻他圣眷、宪眷皆优，将来不怕不到督抚的位置。我与他比较起来，不啻天渊之殊！"愈想愈愧，又私自追悔不及，恨不能仍旧跳下水去，又被众水手拖住不放。忽见小儒笑吟吟的走出，如今小儒已发了胖，面似银盆一般，不浓不淡的掩齿青须，体圆步重，足称大员气度。刘蕴只得老着面皮，颤抖抖，水淋鸡似的站起，抢前一步，似跪非跪的道："大公祖久违了！治生真不是人，真可愧死！谅来治生的细情大公祖尽悉，毋庸赘陈。又荷大德拯救残喘，感仰不朽。但是治生何颜再立人世？不若葬于鱼腹，借河水洗吾羞耻，一死倒还干净！"说毕，不禁大哭。小儒亦觉凄然，忙挽住道："仁香，切不可如此！你我世交，非比外人，还来笑你不成？人生谁不失足？只要知止而悔，即是丈夫。况你我正在壮年，将来作为，谁能逆料？而且你平时也是个旷达人，因何存此短见？"又回头喝骂众家丁，道："你们可见刘大老爷浑身湿透，怎么这半晌不取衣服来换？"遂邀刘蕴入舱。双福早送上一套衣服，代刘蕴更换。刘蕴复又叩首道谢。小儒急顶礼相还。

坐定，又叫人备了暖酒，与他冲赶寒气。遂道："明日我雇船一只，送你回去，再将随身应用衣履、物件置备少许，到了南京也无人知道。若说虑尊老大人怒责，小弟作一禀函，将你委曲情由婉转代达。想老大人膝下只有你一人，只要你从此承欢色笑，子道无亏，为父母者即喜欢不尽，那里似外人看待，还记恨前情么？就是外人，到了此时，也只有叹惜你的。"小儒一番话，半讽半劝，刘蕴愧得满面绯红，心内感激万分，一句话多说不出，惟有唯唯听命而已。少顷，泊了船，小儒又命治酒，代刘蕴压惊。席间又狠狠的规诫了一番，宾主直饮到三鼓始止。一夕无话。

次日，小儒封了一号船；又送刘蕴四百两银子，叫他自己该如何补置衣物；又拨了一名得力家丁，"送他回转南京，须当面见刘老大人，呈信请安细述其中原委。"刘蕴谢了又谢,痛哭作别。在路走了数日,已抵南京。小儒的家丁送他回府,当面见刘先达,面呈了信。刘先达正愁着儿子不知去向,今见刘蕴回来,又看了小儒的信,心内又气又怜,骂了刘蕴两句,也只好罢了。随即复了回书,无非是些感谢的话,又重赏来人回去销差。

　　单说小儒打发了刘蕴起身,沿途无多耽搁。这日到了杭州,祭祖、拜会亲友,各事无须细述。整整忙了两月有余,因假期将满,预备收拾起程。忽接奉南京来文:"新任藩司已调升他处,所遗江宁藩司一缺,即着陈眉寿补授。"总督衙门行文,催促速赴新任。各亲友闻得此信,道贺、饯行,更加热闹。小儒已择定三日后动身,差人至各处辞行。忽见双福送进一封信来,说是京中祝伯青等人寄来的。因来足到了南京,闻得小儒已回浙江,一路迎上来的。小儒见是京中诸至交的来信,忙接过来开看。

　　未知来信何事,且看下回分解。

第 二 十 五 回

断休咎论相定终身　恨迁怒闺门争闲气

话说祝伯青、云从龙、王兰、冯二郎、江汉槎五人由南京起程，一路趱赶，到了十二月初旬这日，已至卢沟桥。众人车辆暂歇，进点饮食再行。冯二郎自去路旁解手，忽抬头见一丛人围在那里，人人伸头垫脚的向里望。二郎解过手，也挤入人丛内观看。原来是一个谈相的，搭了一座小小布棚，迎面写着五个大字："知白子谈相。"这先生约有五十多岁，生得骨瘦神清，穿着半旧不新的一身衣服，坐在上面，指手画脚的雄谈阔论，好似江南口音。说一回，又伏桌批写一回，忙个不止。

二郎听他所谈虽是江湖一派，倒还出言不俗，想必胸中有些学问。一时高兴，也挤进棚内，向知白子举手，道："先生请了。"说着，在他桌畔板凳上坐下。又道："贱相意在烦先生高明一看。自古达人问灾不问福，先生但相我此去有何关碍，切勿谬奖为幸。"知白子一面起身让座，即细看二郎：举止不凡，高巾华服，又是外省口音，无疑是进京谋干的了。遂欠身赔笑，问了二郎姓字，道："足下既不弃，来此谈谈，小子一生极不善趋跄人，但知有吉论吉，有凶论凶。即如那酷喜奉承的，到我这地方，也不能如意。请借左手一观。"二郎伸出左手。知白子抓住二郎的手，反正细看了一番，赞道："尊手五行合配，八卦停匀，君臣得位，宾主分明；而且手色血润，掌背有肉，手纹细深。可惜纹理稍乱，不能由诗书进身；好在乾宫之纹直透离宫，名曰冲天纹；惟乾宫纹根微黑，主难承祖业，当白手起家，而得异路功名。"又向二郎笑指离宫部位道："如此处有一井字纹，足下即当翰苑清华矣。再足下手指细长而尖，形如削玉，主人绝顶聪慧，一看百明，虽可掌财，无如来去甚易，不能久守。但是女色上，不免过于留心。"遂又哈哈大笑，道："少年心性，自诩风流，多是有的。此皆小子直言，祈勿嗔怪。"二郎听说，脸上一红，也笑了笑道："先生高明！再请赐教别处部位罢。"知白子道："请咳嗽一声。"二郎乃咳了声。知白子点首，道："声清而长，出自丹田，非他喉舌之音可比，异日必恩邀五马之荣，宠擅一麾出守。妙极！妙极！再合足下全体而论，骨肉停匀，眉目清秀，惟天中有黑痣数点，幼年即妨父母，并主手足无靠。刻下现行山林之运，山林草木秀森，主贵主富，明堂饱满红润，时来运行于此，必定摄篆出守。今年四月，运气亦行在山林、边城之间，当得升迁之喜。足下谨记小子数言，留为后验，那时方信非他江湖可比。"二郎笑道："果如先生所论，再来奉谢。"说着，在钞袋内取出一块银子，约有两许，放在桌上，道："些许留作相金，未免不恭。"

知白子忙立起，欠身道："谨领厚赐了。足下究竟入京何事？有何贵干？好在小子已代尊相看过，不妨明示。"二郎道："实不相瞒，我是进京供职去的。先生所说前事，尽皆符合；但以后能如尊谕，则极妙矣。倘有寸进，定当重谢，决不食言！"知白子道："失敬，失敬！果是一位大老爷，可见小子言尚非谬。日后定然富贵非常，转瞬四月，即有佳兆。若此事应验，则日后之事即验。如平等中人之相，瑕瑜互见，难免有一二舛错。至于大富贵、极贫贱之相，皆系显而易见，我辈中稍知其法者多可辨别。何况小子在江湖中尚有微名，蒙内城列位王公大人皆深许小子，在不弃之列。果然大老爷他日高升时候，不忘小子，但记着杭州徐小谢，外号'知白子'即是。"

二郎出了人丛，回入店中，见众人正坐着吃饭。王兰道："你解手怎生去了这半日？我疑你跌下毛厕去，正欲叫人来看你。"二郎笑道："我既如跌下毛厕，你也不得好处，何苦要诅咒人？"早有家丁安了杯箸，二郎入座吃饭，遂将知白子相面的话细说。从龙笑道："好呀！既然知白子说过，你准准是一位太守公了，我等倒要早为之计，趋承趋承，你日后做了太守，不免念及故人交情，另眼看视。今人说得好，'贵人抬眼看，便是福星临。'"二郎道："在田也学着者香刻薄我，况且你们多是科甲出身，我就侥幸做到府官，你们那时早放外省督抚了。窃恐我顶着手本，跪在辕门求见，还不睬呢。何必你们把我来取笑！"伯青笑道："罢，罢，罢！你们斗口，不要夹耳连腮，牵上我去。你们做督抚也好，做太守也好，我总不稀罕。惟愿我做一世的翰林，既不受你们节制，我亦不想去节制人，两无统属反好。"说得众人都笑了。

少顷饭罢，又收拾开车，赶进外城。众人在路时早议定，入京仍借住汉槎府内，俟朝考毕，受职的即住衙门，不受职的再议住落。到了府前，跟

第二十五回　断休咎论相定终身　恨迂吝闺门争闲气

汉槎的家丁先去禀报。只见府内出来二三十名家丁，两边侍立迎接，汉槎邀众人下车入内。却好江丙谦正在外书房闲坐，家丁上来回道："少老爷与姑老爷、王、云、冯三位老爷多到了。"江公听了欢喜，忙站起身来，早见五人走进书房。从龙、王兰上前请安，江公还了礼。二郎上来拜见老师，江公也拉住了。随后儿婿两人叩见江公。让王兰、从龙坐了客位，又命二郎、伯青、汉槎坐在下面。

内里早收拾了旁边两进屋宇，让从龙、二郎的眷属居住。伯青先立起，代父母请安。江公也转问了祝公夫妇的安，方问及众人何日登程，在路行了几日，又问目下家乡风景若何。众人一一答了。汉槎上前禀道："母亲命儿子进京，请大人的安。母亲近日身体颇健，又得新媳妇孝顺，甚为安乐。叫儿子转禀大人，得空可以告老回乡，享受田园，以娱晚景。又说大人年过花甲，晨夕趋公，辛苦不得。况且位冠百僚，襄理万几，尤非易易。"江公点首捻须，微笑道："汝母所言，未尝非是，我也想告病回籍，无奈数乞不准，这也是没法的事。只有以此残喘仰报圣恩罢！"回头又对从龙等人道："诸君少年英俊，正在可畏可羡之时，将来不知有多少作为！我辈老朽，理宜乞归故里，以养衰迈。又虑昏聩从事，辜负圣恩，争奈不克如愿。"从龙、王兰一齐欠身，道："老大人两朝元老，声名闻望，朝野咸知，廊庙资作股肱，黎庶仰如父母。晚生等新进衡茅，每多陨越，尚求时加训诲，怎么老大人说起衰朽的话来了？"江公与众人闲谈了半晌，又说道："朝中自去了刘先达一人，其余老辈诸公尽是忠贞干练之员，真乃圣朝无关、谏书日稀之时。你们当效其所为，自然不错。"又问了问汉槎家中的事件。

早有家丁们进来，请用晚膳。江公起身，邀着众人到了外间。见当中摆了一席，是江公代众人洗尘的。向汉槎道："你可陪他们坐坐，我还有日间的公事未清，急须料理。"又向着众人道："今日要大家痛饮，至醉方休。我这里即如你们家内一般，切勿客气。"众人谢了，江公方回内书房去。

里面也有一席，款待程小姐与小黛二人。程婉容自与小黛进京，一路上谈说得十分契密。婉容要与小黛结个异姓姊妹，小黛起初执意不肯，当不起婉容再三逼迫，只得允了。小黛原是个行户出身，极会趋承人的，所以程婉容觉得饮食坐卧，一刻儿离了小黛都不受用；而且两人多是有才有貌的女子，更外投机，竟比同胞姊妹亲密一层。席间，婉容道："我们家明日陛见过了,是要另寻公馆的,何能久住在江府?若你我分居开来,即难朝夕相见。不若你我仍住一处,免我姊妹们疏失了。不知你意见何如?"小黛赔笑道:"我正欲同你商量,我们须要设法同住。难得你思虑周到,岂不好极了?只怕你日后厌烦我们,要撑着我走,那是不能的。"婉容笑道:"我不信你的鬼话。大凡我说一句话,你多说预先想到了。分明你跟着我口气说,却教我又爱你口才敏捷,又厌你惯使乖巧。你如做了蜜骗,倒是个出色的。"小黛脸一红,笑道:"我果真做了总督小姐的门客、蜜骗,定是前世修来的。有了你这大靠背,还愁做穷司员的家小么?今日你亲口说过了,若厌烦我这蜜骗,想丢掉了我,那是不依的。"婉容笑着啐道:"谁同你说这些混话?你又硬来编派我了!我怎敢把一位五品宜人太太当作蜜骗?也不怕罪过?"他两人你说我笑,甚为热闹。外厢从龙等人亦系开怀痛饮,直至三鼓方歇。

次日,众人赴吏部挂号,仍旧各供厥职。二郎签分在刑部试用,小黛已与二郎言定,随了婉容,在云从龙府内居住。从龙将左边一进宅子拨与他夫妇。众人又分头拜谒座师、同寅,忙乱了数日,才觉清闲。洪鼎材早遣人送信过来,择于十二月十五日招赘。王兰央了从龙等帮同料理。洪鼎材为人向来吝啬,一文钱多不肯浪用的,今日无奈,是他亲生女儿终身大事,义不容辞,虽说置备妆奁等件,却系节省至再;又请了伯青、从龙二人做媒保大宾。

及期,王兰沐浴更衣,换了簇新朝服,乘坐四人大轿,前方一排旗伞执事。随后数顶大轿,是二郎、汉槎与馆中平时来往契合的同年,约定今日同送王兰至洪府入赘。到了洪府,早有几位接亲的出来迎请。王兰与众人下轿入内,所有应行的烦文毋须细说。一对新人交拜、合卺已毕,送入洞房。外面厅上大开筵席,款待众宾,半夜始散。王兰在烛光之下,见洪小姐虽不美貌超群,却也端庄富厚,王兰心内亦觉欢喜。众侍婢上前服侍他们宽了大衣后退出。王兰与洪小姐入帏,成就了百年大事。

原来洪鼎材膝前一子一女,其子年方五岁,乳名郁哥,是个庶出。洪夫人只生了这位小姐,今年十九岁,小字静仪。因生得体重,是以不觉十分俊俏,却稳称一位诰命。至于文字上,倒也讲究;但是秉性酷肖乃父,一味吝啬。大凡妇人家,过于吝啬,那个"妒"字就不免了。王兰自幼即喜潇

第二十五回　断休咎论相定终身　恨迂咨闺门争闲气

洒，兼又少年科第，文采风流，是个不拘小节的性格，过了十朝半月，与洪小姐即有些两相背谬起来。王兰以为学问乃妇人可有可无的事，若深通文墨，闺房之内夫唱妇和，固是乐事；若没有学问，只要妇道无亏，中馈有节，内助得宜，就罢了。至于丈夫的所行所为，自有丈夫意见，妇人家一毫不能顾问。那洪小姐心内却另有一番意见，妇人嫁夫做主，要终身靠他的，各事恐丈夫拗于偏见，多要与妻子商量而行。第一件，王兰不拘小节，就犯他的所忌。以为男子自幼读书，以图上进，好容易博得一第，须兢兢业业，自守勿失；而且读书人开口都要谈论经济学问，方是道理。不能终日啸傲佯狂，寻春玩月，一则于声名有玷，二则浪费奢侈，宦囊日涩。所以洪小姐开口即引经据典的规劝王兰，始而新婚夫妇，未能驳回，胡乱应了他声；继而洪小姐日日聒絮，王兰心内大不耐烦。

　　一夕，王兰与静仪小姐闲话。静仪道："我见你每日除了入馆办事，即去寻那些少年朋友宴聚。可知既浪于费用，又于身心学问一丝无补。若照这样行去，日后也不过得一个狂翰林名目。我劝你不如暇时讨论书籍，研求经济实学。古人云：'开卷有益。'他日或放外任，或点试差，也不致遗讥枵腹。为人有一分实学，做出事来即有一分经济；待到花甲以外，功业已立，那时解组归田，再放浪形骸未晚。"王兰听他一番说话，洵是酸腐习气，俨然一位学究先生，不由得气了起来，冷笑道："你何以见得我胸中无学问、经济？幼年读遍五车，即是学问；格致万物，即是经济。若待到此时还终日抱着一本书去看，真所谓临时抱佛脚了！我生平最厌'道学'二字，自古道学死于窗下者颇多，反是我辈将来的作为未可逆臆。即我那同年一班朋友中，如祝、云诸人，尽是真才实学、闻一知十的人，虽然终日朝政之暇三五聚谈，不过外面借着吟风啸月之名，其实正可彼此切磋，探讨今古。非比那些拘泥之流，自谓亦步亦趋，中规中矩，殊不知他外貌若似可观，胸内全无实济，一旦临事，手足失措，动辄掣肘。若说用度浪费一节，更属可笑。我辈读圣贤书，当法其所为，岂不闻'达则兼善天下，穷则独善其身'？你既非目不识丁之人，我倒要问你：当日孔门弟子，回也屡空，箪瓢陋巷，不改其常；赐也，货殖屡中，结驷连车，周游列国。未闻孔子责备他浪费，又未闻叫他分助同门。是贫者自贫，富者自富，各安其天命而已。何况古来那些有钱的都不得其死：石崇金谷，而难令终；郑氏铜山，卒成饿孡。可明穷通富蹇，人各有命。我辈何幸，生此升平之世，早年登第，又有中人之产，正好及时行乐，岂可负此天与韶华？且春往秋回，如逝水一般，一去即难复返。古人尚夜游秉烛，以喻一刻千金。所以我于钱财上决不计其得失，今日是我得之，明日自我失之，此乃循环不易之理。试问得失于我何损？若我命可富，旋失即当旋得，得必倍于所失；我命当穷，强得亦必强失，窃恐终于不得。苟锱铢必较，得失恒思，不过一守财奴耳！较之那拘泥之流更下一层，真为不堪之小人。当知我王者香可以穷死、狂死，定不落那拘泥吝啬的通套。我以为你是个有才识的人，又生长于世旧之家，断不至俗入骨髓，可与你做一闺房中之知己。孰料清浊不齐，性情各具。你也不得强我之狂豪为拘吝，我亦无计挽你之拘吝入狂豪。从此，尔成其为尔，我成其为我而已。"道罢，又冷笑了两声，出房而去。

　　静仪小姐直气得面如白纸、手足冰颤，半晌方说道："我从未见这不学无术的狂徒！我劝他的好话，他不独不听，反攀今引古的奚落我一场，真是薰莸各别。也是我命中注定，只愁将来这个人难有收场，我的终身又倚靠谁去？"不由扑簌簌泪下如雨。

　　起身来至内书房，把王兰与他淘气的话告诉他父亲，究竟孰是孰非。洪鼎材闻说，竟痛赞女儿深明大义："不愧我洪家的女儿。可恨王兰那小畜生忠言逆耳！犹忆当日他入泮之后，我曾回家祭祖，见过他一次，他即大言炎炎，目空一切。我就知他是个佻达之子，尚冀后来可改。而今虽然科名被他骗到了手，仍是当年的积习，即难保克始克终，岂不害了我这巾帼丈夫的女儿么？"一面劝慰女儿回房，一面气忿忿的至外间来寻王兰，想："他是我的女婿，谊属半子，且自幼又无父母，我若不大大的教训他一番，他更任性妄为了。"

　　且说王兰回到自己的书房内坐下，心中嗷嘈万分，道："可恶这蠢妇，一点情趣不解，只有唠唠叨叨，学他老子那一派酸腐悭吝的性格。难道我王者香顶天立地的男儿，还受妇人挟制不成？也是我命运不佳，偏生娶了这么一个妻子，与我意见不合。非是我自负的话，从龙、伯青等一班同年好友中，当推我豪迈第一，其次方数伯青。他们皆闺房和好，志合性同，又闻得有才有貌，想他们燕尔私情，何等快乐！真乃三生有幸！我这一个宝贝，貌仅中人，才亦平平，那倒也罢了。古云：'娶妻重德不重色。'又云：

第二十五回　断休咎论相定终身　恨迁吝闺门争闲气

'女子无才便是德。'但那腐儒的脾气令人可厌！细想，我真真不及伯青等人闺房之福！"又想到南京洛珠等人，"他们虽是青楼，亦系才貌兼优，大家风范。间或也劝我巴干功名，不过偶尔规谏。终不似这蠢妇，逐日哓聒不休。非独他远逊江、祝、程家各位小姐，连柔云他都当退避三舍。我此番回至南京，定然接娶柔云来家，以作偏房。好在如今已娶过这蠢妇，还怕谁人支派我停妻纳妾的罪么？"

正在闷闷不乐，忽见洪鼎材走过，无奈起身侍立。洪鼎材即在王兰的座位上坐下，道："你也坐了，我有话与你讲。适才贤婿与小女角口，我已尽知其细。若论你们夫妻闺帏之事，我也无须顾问。惟闻小女劝你的话未尝非理，何以贤婿不以为然，反着实排揎他一番？甚为不解！我看贤婿亦是个聪明人，当知读书求名。埋头一世，皓首穷经，终身潦倒，不知凡几。如贤婿弱冠以外即连翩直上，真非容易。由此再加磨砺之功，将来在朝则为干臣，出治则为良吏，前程万里，未可限量。若一味荒废学业，以为有名可恃，窃恐损多益少。至于浪费资财，更属不可。贤婿虽然多金，不知做京官的毫无出息，做一年即要赔累一年，如再使得挥霍，未知节省，更难支持。况且那些同年们见你手内宽裕，落得与你交接，待把你弄得与他们一样穷法，就不来睬你，又去寻别的主顾去了。我做了十数年京官，这些滋味我多领略过的。纵然贤婿平日使用惯了的，也该念及祖宗当日置办不易，如能守着基业，才是肖子。若是外人，即不虑及于此，无如小女要终身倚赖贤婿，自古夫荣妻贵，一息相通，他怎生不愁烦呢？未免言语重复，也是有的，想你也不能怪他琐碎。我并非袒护小女，来责备贤婿，既为一家，有话何能不说？"王兰听洪鼎材所言与他女儿无二，多说他的不是，心内早腾腾火发，也不顾洪鼎材是他丈人，立起身来，将双眉一扬，冷笑了一声，道："岳父训诲，言言金石，小婿感激不尽。惟小婿天生的怪僻，自幼窗下，即喜放浪，全不以科名为念。今番侥幸得此微名，在他人以为荣宠，在我却毫不介意。人生蜗名蝇利，如泡影昙花，一时现相，转瞬仍属子虚。论到经济、学问上，只要读书得间，胸中明白，遇事敢作敢为，做几件出色惊人的事，即是平日读书之功。若整日捧着一本书，任他经史诸家，一览无余，泥于胸中格格不化，也不过是个书蠹、书痴的名目而已，有何益哉？非是小婿说句放肆的话，那读书不求甚解的意思小婿倒领会得。至于浪费资财，更属微末。可知金银身外之物，得失何异？纵有敌国之富，亦未闻名传后世，徒惹得一身铜臭。不若随手用去，倒还干净。每见一等贪婪不足的人，以至损人利己，无所不为，反作了若干罪孽，他临死的时候，试问可能将这些黄白财物带至冥司去收赎罪名么？还有一等悭吝不堪的人，分文不舍得使用，必至生出不肖子孙，倾荡家产，所谓悖而入、亦悖而出。小婿即要用所当用，不作无益之用，即将祖父遗留家业用得罄尽，也不算是个败子，亦不是个不肖之子。皆因我命该如此，是天作孽，非我自作孽。小婿虽不才，这点点小见识不能在令嫒小姐之下。那知令嫒一相情愿，每日逼着我，要入那腐吝的门路，小婿却不敢从命。令嫒也是位知书识理的千金，小婿将话取譬他听是有的，亦未与他口角。从来一说必有一辩，不能只派他说，不容我辩。岳父再请回后细问令嫒，究竟小婿怎生排揎他的？岳父焉能听信一面之词，说小婿的不是？何能使人心悦而诚服？"说毕，仰面又呼呼的冷笑了几声，喝命小童随着，大踏步出外，访祝、云等人去了。

可怜洪鼎材直气得目瞪口呆，瘫在椅上动弹不得，眼睁睁看着王兰扬长而去。过了半晌，方拍桌大骂道："该死的小畜生！万分可恶！还亏他是个读书的人，如此不明道理！我是他的妻父，他半分都不把我放在眼内，任性强词夺理的抢白我，这还了得！明日倒要请几位老辈与他叙说。"又叹道："这小畜生定见是不可改悔的了，岂不误了我女儿终身？早知如此，我决计不招赘他入门，情愿养我女儿一世！想他是大贤大德的女子，也没有甚么抱怨。你今日既赌气走了，也无面目再来见我；果真不来，倒省却我多少烦恼。"

正自言自语的生气，忽见洪夫人走进，笑道："甚么事翁婿淘气？方才姑爷的话，我在窗外约略听得几句。那孩子向来是个不受拘束的，祖上又留下偌大家业，自然是使用惯了，一时怎生改得过来？女儿虽然劝谏他是正经，也未免言语过激。须知新婚夫妻，彼此多摸不着脾气，不比那共过三年五年的心腹。姑爷虽是性急，想女儿说得也烦絮。你该两边抚慰，使他们夫妻和好，慢慢的再来劝说姑爷才是。你怎么也动了气，单说姑爷不好？那孩子定然疑你护着自己女儿，偏心去责备他，所以才别气走了。难道走了就罢了么？仍然要把他找回来的。反传闻得人人皆知，成了笑

第二十五回　断休咎论相定终身　恨迁吝闺门争闲气

话,非是我说不是女儿气走了他的,倒是你丈人把女婿气走了!"一番话说得洪鼎材追悔起来,讪讪的道:"我也不再管这些闲事,听你们去办罢。"起身出外去了。

洪夫人又到静仪小姐房内,狠狠的说了他几句,教他以后劝说丈夫,须婉言规谏,不可凭着自己性子。"女婿亦是个少年人,性格也是不平正的,若彼此存了意见,即难和谐到老。"一面又叫人去请了姑爷来,说:"我有要话与他相商,即不愿在我家内,说明了再去未迟。"

晚间王兰果然回来,洪夫人带慰带劝的说了一番,又说:"女儿年幼,诸事仍望姑爷原谅。我女儿劝说,亦无他意,不过想贤婿好而更好,他自家面上的风光。若你们参商起来,也教我二老难处。"王兰闻洪夫人说得在理,也没有言语。洪夫人又亲自送王兰进房,安慰了他们数句方去。从此王兰与静仪小姐虽然和好,终觉得各存意见,面和心违。

转眼腊尽春回,已交朝考的日期。伯青来约了王兰,早为预备,同一班新旧词林去考。人人揣摹纯熟,个个卖勇争先,多望名列前茅,好得试差。

未知伯青、王兰等人朝考优劣如何,且看下回分解。

第 二 十 六 回

赏花灯隐春遇艳　题画扇雅谑评歌

　　话说祝伯青、王兰二人与一班翰詹科道新旧同年预备一齐朝考。考毕,隔了数日,祝伯青得了内阁侍读。王兰受职编修,又因他考取得优,因放了浙江全省学政。又值下月是太后千秋圣诞,内外臣工皆有升赏。云从龙升了大理寺少卿。江汉槎补了兵部主事,赏加五品衔。冯二郎补了刑部郎中,赏加四品衔。王兰又恩加了侍读衔。伯青加了正四品衔。一时诸同年世好彼此道贺请酒,络绎不绝。伯青等人各自欢喜。洪鼎材见女婿放了学差,大为喜悦,打点他出京的一切应用,趋奉尚恐不及,那里还计较淘气的事?早已付之度外。连静仪小姐看待王兰都与前不同,自己反懊悔日前孟浪,"果然他是有真才实学的,那一班同年,偏偏他得了试差,又考取得高,不怪他口出大言。想起来倒是我见识不到,小觑他了。况且这一任学差做满,宦囊何愁不加倍充足?所以他任意使用,毫不吃紧,原来他胸中早有把握了。"王兰见他父女近日格外亲热,"多因我得了学差,以至如此。"心内反觉可笑。

　　一日,伯青请了王兰、从龙、汉槎、二郎过来,议论发寄家书与南京慧珠姊妹等人的信。从龙也具了禀启,寄与他妻父程公。众人亦公发一函,寄与小儒,无非叙说在京以及别后的情景。王兰又另信向小儒商议,此去浙江,乃文人聚薮之地,取士不易。自家恐才识有限,幕中必须延请老手衡文,方无物议。甘又盘先生乃今时名宿,意欲延请入幕,同往浙江等话。众人亦说:"者香此行,非请甘老同去不可。小儒虽与他宾主契合,诸事皆仰赖甘老,一刻离不得他,然亦未能却者香之请;况小儒此番升摄藩篆,官阶虽大,不过承宣一切政务,非府县衙门簿书冗杂可比,甘老大可分身,同者香一行。"众人书信写齐,差了一名家丁出京,往南京投递。暂且不提。

　　单说太后千秋,半月以前,上谕禁城内外大放花灯。又在午门外盖了一座永寿楼,迎奉太后登临赏玩。又命各衙门、私第及大小士庶人家,准其自行张挂灯彩,以示与民同乐之意。在京文武各官是日多有赐宴。庶

第二十六回　赏花灯隐春遇艳　题画扇雅谑评歌

民七十以外者，悉准在永寿楼下叩祝千秋，并派员按名赏给顶戴银牌。此旨一下，合城官绅士庶无不踊跃，四处搜觅奇巧上式灯彩花草，以备是夕应用。即那些小户人家，置备不起的，也要搭一个彩棚，挂几盏红纱灯，或用纸绒做就各色飞禽走兽，与那灯匾、灯牌等类。

到了圣诞这一日黎明，诸官入宫朝贺。赐宴已毕，各回私第。待至薄暮，大家小户灯已点齐，街市上照耀如白昼相似。又闻得各处锣鼓喧天，笙簧盈耳，真乃不夜城开，琉璃境界，洵是盛世升平气象。伯青早约定从龙等三人过来饮酒看灯。江公是当朝首相，大门外搭起灯棚，中设龙亭，棚上各样花灯鲜明夺目。合城的灯，要推江府第一。惊动四处百姓，都来观看，把街市多挤断了。伯青等五人席终，已是初更时分，一齐换了便服，带了数名小童，上街来游玩。

只见人来人往，热闹非常，都夸赞江府的灯出奇夺趣。还有多少车轿往来，皆是各府第的内眷出来观灯。幸而京城里街道宽阔，尚不十分拥挤。众人信步而行，只拣那灯多的处在走去。少顷，到了通政司府前，见门外搭了一座小小灯棚，四角挂了八盏半旧的纱灯，都不甚明亮。棚内也设了一架龙亭，面前点了两对玻璃罩，灯棚外坐着几名家丁看守灯火，一半在那里垂头打盹。连街市上游人，此地都稀少了。汉槎向王兰笑道："令岳何以如此省俭？殊失大员礼统。"王兰道："你还说他做甚么？天生的牛心，古怪不近人情。你说他省俭，不知他今晚点了这许多灯烛，亦算出了身大汗，事后定有几天肉痛呢！"说得众人大笑起来。从龙道："你这刻薄嘴，也过于形容令岳太甚了！"众人又往前走，不觉已至皇城。今夜是奉旨金吾不禁，许人出入；不过有数位值班侍卫官，领着几十名御林军兵在城前弹压。众人进了城，见一片灯火辉煌，尽是大内里做成各式奇形异相灯球，自与民家不同。当中一座永寿楼，高耸半天，楼上楼下挂有数万盏灯，又有两座鳌山在楼之左右，上面人物、花鸟多用引线牵丝，如活的一般。楼前又有一座玻璃牌楼，中间堆嵌着"万寿无疆"四个斗大的字，也点着灯牌。楼下众老民朝上叩贺。左边一起官记名登册，当即给赏顶戴札照：九十以上者，赏给五品；八十以上者，六品；七十以上者，七品。右边一起官，按名赏赐银牌。万姓欢呼，声闻数里。

众人赏玩了一回，仍出了皇城，寻旧路而回。王兰忽然笑道："我前日拜客至城西,见新砌了一家花园,叫做隐春园。内中房屋、花草极其精工。我打听过了,原来从苏州初到一起福庆堂名班,班头叫傅阿三。此人颇有积蓄,在城西砌造隐春园,开了戏园。他的班子,现在京中要推巨擘,生意很好。我也进去一观,果然脚色、行头色色俱精。班内有一个唱小生的,年纪最轻,叫做柳五官,今年十六岁。那日我见他做了一出《独占》,柳五官扮的是秦小官,演出一派待花魁的温柔,真唱得情致缠绵。那孩子又生的楚楚可怜,令人爱惜。起先京中唱戏的本让小癃独步,我觉此次见了柳五官,小癃又逊却一筹。今夕遥想他园子里的灯必然可观;就是有灯戏,也料不定。我们回去甚早,何妨至彼处一观?"众人听了多高兴起来,遂同向城西而来。不多一刻,已至隐春园前,远远即见灯球排列,如明星一般。又听得笙歌迭奏,纷纷的行人都往隐春园去,口中说道:"今夜的戏却不可不看。据闻柳五官此刻已上台了,这个小东西上了台,看的人更多。我们须要速走一步,怕的迟了,没有座位。"伯青等听说,也急忙抢先进了园门。见无数彩灯,高高下下,挂在树上,连那假山上都摆的灯,映得园内花木倍添精神色彩。走过石桥,转了一个弯,是一方大大的空地,全用鹅卵石铺成道路,上面搭着五色彩棚。迎面一座平台,四面也挂了灯。伯青等觅了一副座头坐下,早有管园的见众人气概轩昂,知是贵客,忙盼咐送上茶点,又呈上戏目请点。王兰道:"你们班内柳五官上过台没有?"那人道:"下一出《拾画》,才是他的戏呢。"从龙道:"我们就点一出《叫画》,仍要柳五官扮,叫他辛苦些罢,我们是闻名来看他做戏的。再备一席酒来,不要多,只要精致。戏、酒的价加倍就是了。"那人应着,拿了戏目去了。

少顷,摆上酒来,那人又带着一个年轻戏子上来,给众人请安敬酒。王兰对众人道:"此即柳五官。"伯青忙拉五官在身畔坐下,细细打量一番。果真娇楚动人,而且眉目间生就清奇骨格,非寻常优伶一派。伯青握住他的手,问了年纪,遂在襟底下解下一块羊脂美玉同心如意小珮,递与五官手内,道:"今日辛苦你了,也没甚物件给你,这块玉倒还白净,你留着佩了玩罢。"柳五官见众人皆是翩翩美少,问他的话又和平温雅,全无贵介气习,遂笑嘻嘻立起,道了谢,又斟了一巡酒,道:"我要做戏去,爷们多坐一会儿,待我唱完了,再来伺候爷们的酒。"说罢,转身即走,又回头瞅了伯青一眼,急急的回戏房去了。

第二十六回　赏花灯隐春遇艳　题画扇雅谑评歌

　　王兰抚掌道："伯青独有投赠，而五官又答以'临去秋波那一转'，真乃彼此有心，情态毕露。伯青得毋效投桃之意乎？"从龙大笑道："好个欲效投桃！一语双关，又能指出他两人心事，者香真是可儿！"伯青笑道："天生此等尤物，有目共赏，就是给他个玉佩也不算甚么。你们未免妒人太甚！"

　　众人正在说笑，早见柳五官已扮了《拾画》上场，演得神情兼到，台下同声喝彩；接连又唱《叫画》，更演出那痴情唤叫的形态。汉槎道："恰恰五官也姓柳，我恐当日即真有个柳梦梅，断不及今日之柳五官！"从龙笑道："子骞可谓以管蠡窥测天海了！岂未闻'何地无才'一语？焉见得柳梦梅不及柳五官？你难道当日会过柳梦梅的？"二郎接口道："你二人不必攀论今古之及不及，我有一句持平的话。遥想柳梦梅即真有其人，他住在岭南烟瘴地方，纵然生得秀雅，亦不能及今日之柳五官。你们可见目下广东人多带有三分西洋的神气，我独怪着汤若士撰《牡丹亭》一书，偏将柳梦梅说在岭南，是何意见？果真有柳、杜当年之事，我却与丽娘抱屈。"汉槎拍手道："是呀！我也这么想。"王兰笑道："子骞、楚卿且慢自鸣得意，你们的争辩皆系各执一见。若说岭南人尽是粗鄙人物，楚卿却言之太过。可知十室之邑，必有忠信。即如蛮烟瘴雨之乡，天地山川之灵秀偶尔钟于一人，此人必然盖世居奇，乃是一定的道理。何可以地废人？当日柳梦梅作今日之柳五官而观，亦可；今日柳五官即作当日之柳梦梅而观，亦可。子骞以为柳五官胜似柳梦梅，是据今日之见闻而言，在田又以为柳梦梅安知不及柳五官，是从当日之设想而言，皆无不可。总之一句，各随其所好而已。庄子有言：'子非鱼，安知鱼之乐？'又曰：'子非我，安知不知鱼之乐？'正可借释你们此时之争论。"伯青道："你们的争论均系平常，倒是听你这一篇翻驳文章却是有趣。"

　　台上五官的戏已做完，卸了妆，仍至众人席上坐下。伯青递了一杯酒与五官，道："你也唱乏了，吃杯润润喉咙。我们等你来，进点饮食，也要散了。"五官道："明日到爷们公馆内去请安，不知可要我去不要我去？"王兰道："谁说不要你去？你明日如去，可先到祝大老爷处请安，不可辜负人家赠珮之意。"伯青笑道："少说笑话。"对五官道："我明日正欲代王大人饯行，请你去做个陪客。"五官抿着嘴，笑道："陪字不敢当，我明日理当去伺候着。"伯青给了戏、酒的价，又叮咛五官来日定去，各自起身走出。五官直送至园外。伯青在路即约定众人明日宴聚一天,兼代者香送行。众人多答应了,分头散去。一宿无话。

次早,从龙、王兰、二郎陆续俱至江府,伯青、汉槎迎接入内。茶罢,闲话了半晌,连儿上来,道:"福庆堂的柳五官来了。"众人见五官已跟着进来,今日全身打扮分外鲜艳。穿一件蜜色湖绉薄绵长袍,外罩翠蓝大襟短褂,内衬绯缎比甲,下身着了水绿底衣,穿双满镶鳞扣云履,手内拿着一柄泥金折扇,越显得面目姣好,楚楚丰神。上前给众人请了安,在一张小杌上坐下。

王兰道:"今日你为何来迟?"五官笑道:"我清早即预备套车来的,谁知东府里王爷散朝,到我家里坐着,还要叫我随他去玩一天。因昨日约定你们,必然等着我,假说身子不大爽快,他才罢了。若非我撒个谎,今天还不得来呢。"从龙笑道:"五官真信人也!"说着,在他手内接过扇子,打开见画着一株垂柳,底下几块石头,衬着五枝大红牡丹,周围一排短阑干绕护。这一面题了多少诗词,尽是名公巨卿的手笔。中间还空着一块未题。从龙道:"倒画得有趣,隐然代你写照。是谁给你的?"五官道:"就是东府里王爷赏我的,这画也是他画的。我又请馆里一班人题了,你不见还缺着一块?若论题的人颇多,我不愿意的,他央着代我题,我还不赏脸呢!"从龙大笑道:"我欲请伯青代你一题,不知你愿意不愿意?"五官道:"今日特地带了这柄扇子出来,是要请他题的。"王兰呲嘴,道:"我正想讨差,偏生你早已觅定主顾。我如拽着要题,怕又是不赏脸。"五官扭转身子,笑道:"我不同你说,随便你们那一个,爱题即题上,也没有事了。"从龙立起,将扇子递与伯青,道:"还是你题上罢,难得人家请你。不见者香与你抢买卖么?如被他抢了去,岂不辜负了五官来意?"王兰摇手,道:"不稀罕!不稀罕!待我到了浙江,还怕没有趋炎附势的请我写字题件?我若不耐烦起来,那才是真不卖脸呢!"五官笑道:"你明日到了浙江,我也赶了去,偏寻一两件,找你去写、去题,你回我一个不字,不怕你关防紧,我打到你学政衙门里去,你怎生奈何我?"引得众人拍掌大笑,道:"说得不错。你果真同他如此一闹,那时只好有屈学政大人,摆不起尊重架子了。"王兰笑道:"我虽不赏脸于人,难得你肯赏脸于我,我不幸而得此赏脸,别说题写一两件,即终日叫我题写,我也愿意。你既如此取重于我,赶到浙江寻我题写,何妨这

第二十六回　赏花灯隐春遇艳　题画扇雅谑评歌

柄扇子就赏脸与我题上？你偏又要找伯青，却是何故？难道我到了浙江，比今日的手段就高了些么？"五官笑着朝地下啐了一口，道："我也懒得与你斗嘴，横竖都是你有理。究竟你们可代我题，不要我拿着扇子来请题，反惹得你们打趣我。"从龙道："好呀！先代人家题了扇子，你们有理再叙。"回头命人取过笔砚，从龙亲自磨墨，向伯青道："请题。"

伯青笑着走近案前坐下，也不假思索，一挥而就。自己先拿起来看了看，对众人道："题虽题了，总觉得不甚切当。这柄扇子，为我题污了。"二郎接过，与从龙等同看，念道：

　　　揣摹色相写花王，为底名曾冠众芳。
　　　十二阑干时拥护，怕他风雨太猖狂。

众人齐声赞好。二郎道："此诗妙在写出五官身份，所谓一经品题，声价十倍。"王兰笑道："骂得结实！我适才与五官扳驳了一阵，不是狂风，即是妒雨了。我如做了风雨，要来蹂躏这牡丹，怕的伯青那十二阑干有些遮护不住。"说得众人狂笑不止。

时日已近午，连儿带着众家丁进来摆开桌椅，上了酒肴。今日是为王兰饯别，推他首座，五官坐了末位。席间又说到梅仙当日的故事，五官愀然不乐，道："我也常闻人说起，先有个唱小旦的，叫做金梅仙，色技兼佳，被一个人代他赎身去了，原来就是你们代他赎身的。这姓金的何等造化！遇见你们，出脱牢笼。我就没得这么一个知音，为我赎身。我也是一般人生父母的遗体，谁愿干这下贱勾当？自幼命苦，卖入戏班子里，要想同姓金的那般际遇，今生今世都难了！"说着，不禁眼眶一红，流下泪来，忙取出帕子拭了。众人亦各各叹息。

伯青道："五官不要伤悲，你这样一个人，还愁没有人日后代你赎身么？各人的际遇早迟不定，即如梅仙，他认识的人也不少，竟未遇着人代他赎了身，不是心有余而力不足，即是他师父争价等等，耽误了下去。说起来亦是巧事，前年我们进京，就认得他了，并未提及赎身的话；待到我们出京前一日，他来代我们送行，方谈起此事，去向他师父一说即成。次早，匆匆的就随着我们到了南京。现在住在我府里，帮同老家人祝安料理外务。他为人本好，竟是无人不喜欢他，连我家老太爷都说他好。仔细想来，可见万事皆由天定，非关人力计较。你今年纪甚小，耐烦着一二年，自然有个知音来代你谋干。我原说未来的事是料不定的,今日你同我们说着,明日即有人代你赎身,亦未可知。我只怕你师父傅阿三不肯放手,那就难了。"

五官将头一扭,道:"你这句却错了,那些领班的有几个好人?不过买了人家不爱惜肉疼的儿子,不顾死活,强打硬逼,教会了数出戏,赚来银钱供他受用。我们再过几年,人也大了,戏也不能唱了,他还肯养活我们,吃他闲饭么?亦是将高就低,推脱出去,他现成的得宗身价,好再去买那年轻的来顶替。你还认做他们是肉心肠么?就是那自家亲生儿子,得了价,也是卖的,何况我们是他银钱买来的?他都要算就一本十利,才肯丢手呢。他们的心肠比铁石还要硬些!"

伯青点了点头,道:"你说的话,细想一丝不错,真真可怜!好歹你且忍耐,倘或遇着知音,跳出罗网便罢;若无其人,我们从长计较,多要替你设条善策,脱离这樊笼。我们此时在京供职,是不能妄为的。一二年内,我等这数人中得了外任,你仍然还是唱戏,定见带你出京。即如王大人,虽然放了学差,无奈他是个钦差官儿,任满仍要回京;况学政任上,官幕、家丁多是有数目的,关防衙门,不敢私自多带一人。"

五官听说,转悲为喜道:"承你的美意,我好歹都守着你们。切不可见我此时伤感,用假话来安慰我,及至放了外任,又不顾我了。我那是不依的,我即一头撞死在你面前,看你可忍不忍?"

二郎大笑,道:"五官一团憨稚之气,却真可爱。非是我代伯青说,他既允了你,断不至失信的。前次梅仙的师父知道他即要出京,故意高抬身价来挟制他,伯青还任性的去做。你不必愁他失信,倒是平时试探着你师父的口气,要多少身价方可丢手。我们一得机会,即可筹划,免得临时又受他的挟制。你只管放心,我代伯青作保,再无反悔。今日原是找了你来,代王大人饯行,作个陪客,要大人乐这一天。你们反唧唧哝哝,说出若干败兴的话,岂不无趣?好在这件事亦非日内可定局的,计议的日期多着呢。"二郎一番话,连五官都笑了。众人即传杯畅饮,热闹起来。

从龙又问五官:"会唱多少戏曲?可知目下有个无名氏,谱出一套《昙花影》,词曲甚佳?据说此人乃浙江人氏,是个不第秀才,后因灰了名心,佯狂傲世,谱演出这《昙花影》,尽将胸中积的不平假诸词曲,一舒抑郁。

第二十六回　赏花灯隐春遇艳　题画扇雅谑评歌

刻下京中唱此曲者颇多,你想该知道的。"

五官道:"你只知《昙花影》,尚不知如今又续出了两部:《昙花续影》《昙花合影》,较之初部,词曲尤佳。今时名公巨卿无不传述,我怎么不知道呢?况且此人出身,我比你晓得详细,并非不第秀才。此人博览书史,目空当世,争奈命途多舛,连一衿都不可得,是以忿志投笔。适逢粤寇作乱,立有微功,得了个郡丞之职。彼又恨不从诗书出身,懒于折腰,据闻已有了省份,他坚辞归田,终日以诗酒自娱。又著述这三部词曲,以明己非无用之才,惜命不如人耳。"

从龙大喜,道:"我竟不知又添了《续影》《合影》两部!你既赞好,想必是好的了。若说此人系由平粤案内保荐的人员,我怎么不知其人?他定是在荆州将军那边营内保举的。我们且不必查问此人出身,我平时亦常留心词曲,你何妨把那续的两部上择其尤者,试说一二呢?"众人听了,也都催着五官说来,大家听听。

五官道:"即如《续影》上的《痴絮》一阕,我最爱他那词丽而工,艳不伤雅;又复音悲韵远,情致绵长。"遂念道:

【临镜序】（小生）遇奇葩,姿容宛似玉无瑕;怜煞他,宜笑宜嗔,一任那旁人狎。书生命薄,偏消受娇娃。步轻轻,腰似柳;身怯怯,貌如花。万种难描写,一事心头挂。论情性,有些磨牙。

【不是路】风动窗纱,袅袅炉烟小篆斜,见一带图书架,辉煌四壁灿云霞。志休奢,小坐闺中,已觉神仙亚。月影空庭静不哗,阵阵飘兰麝,嫦娥可否回鸾驾?顿增情惹。

【十二红】一级一级层楼下,莲印莲印步生花。淡妆素服多潇洒,妖冶正青春二八年华。好似飞琼鹤至,好似彩鸾虎跨,好似桃根美眷,好似绿萼仙葩;但愿任生任死总无差。花虽谢,烟能化,难折此情芽,早绾同心发。最是晓妆窥镜,却堪爱鬓似堆鸦;最是卷帘倚槛,真不愧貌可羞花。风流只在人幽雅,那粉白脂红,又何须藉?我怎把几桩心事诉闺娃?怕又引出多端话,恶语防伊背后加,俺只索由他罢。常同我坐茜纱,爱含情,半抱弄琵琶。音高处,和者寡,有时儿炉火煮新茶,闲聊趣谑任喧哗,他惟有笑乜邪。

【节节高】谯鼓楼四挝,动咨嗟,敲窗疑是人归也。原来是风檐铁马,仍虚假,空欢迓。当阶月冷平窗榭,天仙未返紫云车,心终挂。嗏俺望得眼巴巴,今宵挨煞长更夜!

【尾　声】　低言自语人如傻,欲到巫山梦已赊,苦煞我春宵一刻千金价!

从龙听毕,点首嗟赏不已,道:"此曲可称绝调,不愧脍炙人口!"汉槎道:"我于词曲虽不了了,然其字句工丽处,我却能领略,真不负五官赞赏。"柳五官笑道:"他还有《合影》上的《暑戏》一套,说出来你们更要赞好呢。"遂又念道:

【一枝花】　(花旦)日午正当天,湿透罗汗衫。荷亭凉爱纳,来深院尽启庭轩,风过吹人倦。半倚阑干,呼婢休摇纨扇。

【红衲袄】　(众旦)爱冤家,俏美颜,结三生,成凤愿。我与你山盟海誓千千遍,你缘何贪着闲花把心改变?枉与你在香闺同欢笑,共兰帏,同缱绻。不怨多才薄幸,只怨缘分浅。但愿你后妻房比我贤。

【前　腔】　美莺莺,解珮环,在西厢两情恋。双文是云鬟半軃娇声喘,君瑞是任意风流人不倦。一个是摆柳腰故轻轻,一个是荡花心偏款款。苦煞红娘户外,忍把香津咽,只到了透灵犀一点鲜。

【宜春乐】　宜春令池中去采红莲,卷裳衣轻摇画船。悄呼同伴,鸳鸯稳宿勾人盼。听声声,好鸟枝头,见对对游鱼水面。大胜乐波痕如练,娇腔宛转,共唱田田。

【太师引】　(花旦)笑声喧,低声唤,爱扁舟中流往还。一边是重台夸玩,一边是并蒂争妍。人来叶底花如面,共折处,藕臂双弯,休踩践,凌波欲仙。看竞献庭前,齐摇金钏。

【尾　腔】　多将瓜李排窗案,休扰俺家半晌眠。只恨那,隔院槐阴噪晚蝉。

众人听五官念完,齐声称妙。从龙道:"你明日可将这《续影》《合影》两部曲本借我一观,得窥全豹?"五官答应。众人又痛饮了一回方已。饭罢,散坐盘桓。王兰又取过一支竹笛吹着,央五官唱了几套戏曲。时日已西沉,家丁点齐灯烛摆上晚宴。众人重复入座饮酒,直吃到三更,五官方起辞套车回家。次日,从龙、二郎等人轮流作饯,王兰又复众人的席,皆有五官在座,足足闹了数日。王兰因赴浙日期在即,不敢多留,打点请训出京。恐前次请甘誓的信未到南京,又恐小儒不放他同行,在出京先一日,又发了一封信到小儒处。

未知小儒先后接着王兰来信,可肯放甘誓同往浙江,且看下回分解。

第二十七回

美兰姑屈身酬知己　老甘誓抵掌快论文

　　话说陈小儒在杭州接着祝伯青等人的书信。并知王兰放了浙省学政，甚为欢喜；又见王兰的另信，要请甘誓到他任所，笑道："者香也爱上这老儿！但是甘老脾气古怪，不知他肯去与否？且到南京再议。"忙写了回书，交与来人而去。自己因起程日期在即，又奉熊公的催行文书，不敢逗留。次日，走辞各亲友，带了方夫人等扬帆东下。

　　此番小儒是实任宁藩，一至苏州，本境那沿途的地方官得了信，多赶来迎接，加倍趋跄。小儒入城，谒过巡抚，无多耽搁，一路专行。这日已至南京，早有江宁府属各官以及本衙门书役人等出城十里，来接小儒。进了城，先封了公馆住下。来日即去禀见熊公，择吉好准备接印任事。晚间即将王兰的信取出，与甘誓商议。甘誓笑道："老夫耄矣，无能为也。况浙省乃人才萃聚，岂可轻言衡文？可烦代辞王学政罢！"小儒道："又盘先生毋庸过谦，不可负了者香谆谆请驾之意。者香仰企已久，所以奉邀同往衡文，品评优劣，可以服众。你如执意推辞，者香又要怪我从中有意阻挠，明许暗却了。"甘誓屈不过小儒相劝，只得答应。小儒即吩咐人代甘誓收拾行装。

　　不一日，王兰已至南京，先去拜会小儒，知甘誓应许同行，好生欢喜。忙备了敦请关聘，亲自送去。又在南京耽搁了数日，与甘誓同往浙江去了。

　　小儒择定吉日，接了藩篆。因旧任交代未清，一时不能让出衙门，仍与方夫人等在公馆内居住。这日，方夫人正坐在房内，忽见小婢进来回道："外面有男女二人，自称从扬州来的，就是那年老爷在江都任上承审的沈家夫妇，据说还带了他女儿兰姑来。现在沈家妻子伍氏在外，说要叩见太太，有话面禀。"方夫人沉吟道："沈家夫妇来此何事？又带了他女儿来，其中必有缘故。"忙立起出房，传话："叫伍氏进来。"

　　少顷，伍氏来至上房，趋步向前叩见。方夫人命搀他起身，又叫他旁

第二十七回　美兰姑屈身酬知己　老甘誓抵掌快论文

边坐下。方夫人笑道："你合家到南京来做甚么的？"伍氏道："前次在扬州，蒙大人搭救我全家性命，回来即设立长生禄位，终日叩祝，如今大人果然高升极品。是以小人夫妇带了女儿过来叩贺。再者还有下情，面求太太做主，小人夫妇感恩不浅！我女儿自从受了祝自新羞辱，虽蒙大人昭雪，我女儿每说，女子家如白玉一般，不可稍有瑕疵，致人议论。日前被祝自新拉拉扯扯了一番，虽未遭其污辱，究竟有男女授受之别，即如那白玉有了一点瑕斑相似。他愿终身念佛看经，誓不适人，奉养小人夫妇死后，即削发为尼。后来被我们再三苦劝，他才回心，说：'除非与我有大恩的人，我只当报恩，去侍奉他，那怕为奴为婢，都无怨悔。'仔细想来，只有大人救我合家性命，又代我女儿昭白节操，是他的恩人。故而带了他来，亲见夫人，要求太太念我女儿一点真心，收在跟前，或为侍妾，或为使婢。只要我女儿情愿，小人夫妇无不从命。"

方夫人闻说，摇首笑道："这件事怕的不能。一来我家老爷性情拘谨，又知你家本是书香旧族，焉能屈待了你女儿？二来地方官私买本地民女，有干例禁。不如我代你女儿留意，访一个门楣相合、好好人家，完他的终身便了。"伍氏道："小人夫妇亦曾说过。他说，若将他送至太太府中，以遂他报恩之念，他还愿意；若是要另适他人，他愿着一死，都不应允的。只求太太可怜小人夫妇只生了一个女儿。他若执意不肯适人，叫小人夫妇怎生对得过他？太太若怕私买民人子女有干例禁，我倒有个万全法则：待至夜静，悄悄的抬入府中，神不知，鬼不觉的；况府中妇婢甚多，外人那里认得清楚？"方夫人见伍氏谆切央告，又闻他女儿是个贤淑的人，"不如且将他接至府中，相机而动，若我家老爷愿意收他，也是好事。我本久有此意，代丈夫买妾。因我时发宿疾，又有一双儿子、一个女儿，正好节养身体。"想定主见，对伍氏笑道："你且将你女儿送到我府中来，你夫妻也在我府中住几时，等我家老爷回来，慢慢商议，自有道理。"伍氏听了，喜不自胜，忙立起谢了退出，收拾送女儿进府。

原来兰姑自受了祝自新的羞辱，又带累父母身受官刑，虽经小儒判雪此案，心内终觉以此为憾，矢志茹素诵经，侍奉父母天年过身，他即祝发空门，以修来世。沈若愚与伍氏向来珍爱他，如掌上明珠相似，膝前又单生他一人，将来还望招个女婿，好靠半子收成，何忍他茹素诵经，了此一世？

沈家夫妇再三婉劝，兰姑暗忖道："我父母年纪已老，又只生我一人，我若执意如此，岂非反伤了父母之心？"遂道："女儿身体发肤皆受之父母，既然父母立意做主，若女儿不从，即是不孝。要望父母依我一件心事，不是女儿老脸，如要我适人，除却我曾身受其恩，借此作报答之举方可，若不允我，拼着一死，也不敢遵父母的命意！"

伍氏见兰姑改了口，忙道："这孩子又来呆气了！在父母面前，有话但说无妨，你怎么说，我怎么行，断不拂你之愿。"兰姑含羞道："女儿当日若非陈公昭雪清白，女儿也是一死；就是父母，亦受陈公大恩。不如将我送到陈公衙署，那怕作奴作婢，都无后悔，正可报答前恩，又可遂父母心愿。"伍氏笑对沈若愚，道："不信这孩子倒很有见识，能使陈公收了，作个偏房，你我还愁没有靠背么？更胜与个平等人家，我们又可借此报恩。只怕陈公不行，岂非空说？"若愚道："既然兰姑执定主见，料想不能挽回。莫如你我来日亲送他到南京，把这番话面求陈公的夫人。据闻这位方夫人是个大贤大德的人，定然成全我女儿的终身。"夫妇计议已定，即雇了船，收拾一切，带了兰姑，向南京进发。先寻寓所住下，沈若愚与伍氏即来面见方夫人，商议此事。

伍氏此时见方夫人应允，好生喜悦，忙忙的出来，寻着沈若愚，将方夫人的话说了一遍。两人回到寓所，叫兰姑换了一套衣裙，雇乘小轿，沈若愚夫妇又亲自押轿，一路奔陈府而来。到了府前，寻着双福，央他去通报。

少顷，方夫人传话出来："请沈姑娘到上房去。"兰姑在宅门口下轿，早有两个丫鬟领着他母女至上房。兰姑到了后堂，抬头见方夫人笑嘻嘻的站在阶上，那一种端庄美丽的态度，令人见之可敬可爱。急急趋步上阶，轻拢翠袖，盈盈下拜，道："民女兰姑叩见夫人。"说着，拜了四拜。方夫人忙用手扶起，见兰姑面似春花，腰如弱柳，轻盈娴雅，体态天然，真乃比花花解语，较玉玉生香。

方夫人扶着兰姑进了中堂，命他坐下。兰姑再三谦逊。方夫人细问一切，见他语言婉转，徐急自如，心内大为喜爱。抬眼见伍氏仍站立一旁，笑道："你去罢，你女儿交代我就是了。"伍氏满面堆笑，道："蒙太太恩典抬举，只怕他年幼，不谙礼仪，失了规矩。"方夫人道："不用你多虑，他的礼仪是不错的。"伍氏应着退出。方夫人叫备茶果，与兰姑饮食。又细谈衷曲，

第二十七回　美兰姑屈身酬知己　老甘誓抵掌快论文

甚为投机,暗想:"此女既贤且淑,我家老爷若收纳了他,保无争宠擅权之事。况且闺房中得此伴侣,亦可不寂寞了。"少时点齐灯烛,方夫人又摆酒款待兰姑。

正对酌间,忽见使婢上来道:"老爷回来了。"只听窗外靴声橐橐而入。兰姑知是小儒,忙起身侍立。小儒见夫人的身畔立一丽人,容光焕映,忙问是谁。方夫人将伍氏来意细说。兰姑不慌不忙,趋立堂中端然下拜,叩谢日前拯救之德。小儒听了,方才明白,使婢扶起兰姑,回头对方夫人笑道:"明日要收拾搬进衙门,今夜发行各处文札,不回上房来了。你可与沈姑娘谈谈罢。"说着,换了便服出去。方夫人复邀兰姑入座,道:"我们今夜可畅谈一番,明日你也随我们至衙门里玩几天。"两人谈谈说说,直至四更,方夫人即与兰姑同宿了。

次早,料理各物。兰姑坐了一乘小轿,随着方夫人大轿进衙,整整忙乱数日,方安置停妥。方夫人又扫除了一间套房,让兰姑居住。小儒时常阅看公件,不进上房。方夫人与兰姑日则同食,夜则同寝,竟是一刻离不得他。

一日,小儒偶然回后闲话。兰姑见小儒入内,即退回套房。方夫人笑道:"我有件事要与你商量,你须看夫妻面上,不可推却。"小儒笑道:"甚么大事,说得如此庄重?你且说着我听,可行则行。"方夫人又将兰姑受了祝自新羞辱,立誓茹素诵经,不肯适人。"沈若愚夫妇因膝下无子,只此一女,要靠他半子收成,再四劝说,他方应允。我前日已在你面前言过大概。"又将兰姑要嫁有恩的人一席话细说。小儒大笑,道:"此事休怪我不从,可知私买民间子女,大干法纪;而且沈家亦是书香后裔,焉能屈辱他女?明日你可把他母亲叫来开导一番,领他女儿回去,好好择配人家。若说他女儿立志不行,你既与他相契,亦可劝他回转念头为是。"方夫人道:"我也这么说,我岂不知干着例禁的事?无如近日借言套问他数次,他说:'本意修行,以侍父母天年;争奈父母不许,只得依了父母之命。今日内外人等,没一个不知我父母送我到南京来,以报大人旧德。若再回去,定为旁人耻笑。太太如可怜我,即遂了民女志愿;不然,惟有以死自明。那时求太太念我父母年老,照看着他们些罢!'你看,这件事何以处置方才稳当?否则,即有性命之虞。行止好在我已说过了,听你的便。"小儒俯首,半晌不语，遂起身道："多是你们惹出来的事，我却不管，我只不行罢了。"说毕，匆匆出外。方夫人笑道："我好意劝他纳妾，他反怪我多事。我也知道他心内未尝不愿，嘴里却说不出来。"即命仆妇人等收拾里间套房，做新娘娘的寝室。众人答应，自去料理。

晚间小儒进来，方夫人又劝他收纳兰姑："若恐外人知觉，好在他未进衙门就来了。旁人只认作我家早买下来的，前后思想，毫无干碍。"小儒见方夫人再三相劝，日前又见过兰姑的人材，心内亦着实怜爱他，笑道："你今日劝我收他为妾，足见好意。不可日后想了，追悔起来，那时即迟了。"方夫人啐道："你休乱说！难道十数年夫妻，你尚不知我向来不是个妒忌人？我是好意，你反打趣我。我倒怕你将来宠爱新人，要欺负我！"

两人正在说笑，众仆妇来回："新房已收拾齐备。"方夫人又拣了来日是个上好吉日，次早，唤到伍氏，说明此事。伍氏大喜："一切皆凭夫人做主。"方夫人命人代兰姑开脸，拨了两名丫鬟给他使用。又命仆妇扶了兰姑出来，叩见小儒夫妇；并有合衙男女家丁，上来叩见新姨。是夕，小儒宿在兰姑房内，恩爱绸缪，不必细说。小儒因沈若愚是个旧家，与方夫人商议，即立了兰姑为侧室；并接了若愚、伍氏入衙，以礼相见。若愚分外欢喜。

过了数日，若愚与伍氏辞别回家。小儒送了他们一千两银子，以作养活生计。沈家夫妇千恩万谢，又叮嘱了女儿一番，"总宜柔顺为上。"从此兰姑有了着落之所，愿意报恩而来，朝夕侍奉小儒，丝毫不息；又事方夫人如生母一般，敬上驭下，处置得宜。小儒更加喜爱。方夫人本与他相合，尤无庸交代。

且说王兰由南京同甘誓起程，在路非止一日。这日已到浙江地界，早有本境地方官前来迎接。王兰到了杭州，即入考院，先行牌示各府、州、县，准备开考，即由省中考起。杭州府与各县将考取的文童名册呈送，王兰定于三日后考试。到了这一天，各县文童齐集点名。给卷已毕，随即扃封考院，悬示文题。众文童皆欲风檐寸晷，各逞奇才。王兰回后少歇，向甘誓的阅卷房内来。将至门首，只听甘誓在内高声朗诵。伺候的家丁欲入房通报，王兰忙摇手止住，蹑足听甘誓念道：

"……因报之事，信有之否？"藩曰："信然。"曰："审如此，君宜遇

第二十七回　美兰姑屈身酬知己　老甘誓抵掌快论文

事无恐。"因出诏。藩览之,无动色,曰:"某与兼信为保也。"佑曰:"慎勿出口,吾已密论,持百口保君矣!"德宗得佑解,怒不释,亟追藩赴阙。及召见,望其仪形,曰:"此岂作恶事人耶?"乃释然,除秘书郎。

王兰突入,大笑曰:"又盘先生所读何书,如此津津有味?"甘誓起身让座,道:"我因独坐无聊,随手取了一本《旧唐书》解闷,正看到德宗欲罪李藩一节,苟非杜佑素重李藩,虽百李藩,不能得一生也。是以窃叹人生之机遇,都有一定之理。"二人又闲话半晌。

吃了饭,见客房幕友纷纷遣人送诸考童文卷,与甘誓细加品评,即定甲乙。甘誓口吟手披,顷刻数百本文卷均已阅过,将佳者另置一旁,再行挑选,以定额数;其余叫人取过。王兰暗暗叹服:"果然名下无虚!"甘誓将头本文卷递与王兰,道:"此生文字大佳,不愧压卷。我已妄议首列,未知是否?"王兰接过,连称"岂敢",道:"老先生赏识,自必不差。"原来出的文题头题是"其斯之谓与? 子曰:赐也,斯可与言《诗》已矣"。二题是"少之时",诗题是"三画连中"。王兰展开,念道:

其斯之谓与? 子曰:赐也,斯可与言《诗》已矣!

悟圣言所谓未若者,可与之言《诗》矣。夫可也,未若之旨,即《诗》所谓切磋琢磨之意也。赐不泥《诗》,以言《诗》,子所以许其可言耳。今必谓斯理甚远,而泥迹以求,几几乎如说《诗》者之以辞害志矣。若乃学以进而益上,堪思妙悟之解人;而理以讲而愈明,恍若篇章之诏我。夫乃叹因委穷源,贤者之感通倍捷;而扬风扢雅,圣人之称许良殷也。"如切如磋,如琢如磨。"是诗也,为卫武公作也;赐也闻子可也,未若之言,而会及此诗,不恍如起予之子夏可与言《诗》乎? 何也? 以引《诗》者之悟及其斯也,斯岂有尽藏哉?"如切如琢",有磋磨以进之,不啻"无谄""无骄",有"乐"与"好礼"以进之;天下之理何限,无在不可作斯观也。彼拘乎《诗》者,其果可有此神悟,与斯岂有定象哉? 切琢见为深,加之以磋磨,而持循更密;犹之"无谄""无骄"见为至,加之以"乐"与"好礼",而功力并纯。两间之理无穷,何在不可作斯论也。彼滞乎《诗》者,其果可有此捷获,与其斯之谓与? 赐不诚善会《淇奥》之诗与? 吾思赐在圣门,言语素着屡中,共服其才;然娴于词令者,未必通乎篇什也。敏达无惭从政,曾邀共誉;然明乎事体者,未必工于讴吟也。乃由斯观,赐抑何其不囿乎《诗》,而自能曲证夫《诗》乎?抑何其不离乎《诗》,而自能善体夫《诗》乎?夫子曰:"《诗》,岂易言哉?今而后赐始可与言矣!"以为十五国贞淫奢俭,《诗》亦有难言之真。我初不料赐可言《诗》也,迄于今,而始信其可矣。虽斯道之精微靡尽,赐当不仅于言《诗》毕其修,而即此触类能伸,已可入谈经之席。三百篇,好恶性情,《诗》亦有难言之隐。我初不意赐可言《诗》也,迄于今,而始识其可矣!虽斯理之旨趣难穷,赐当不止于言《诗》毕其业,而即此旁通无碍,已可为风雅之宗。子许赐可言《诗》,非以赐能悟及其斯乎?要之,相通在意旨之微,早自旁参夫比兴;而默契在言诠之外,岂徒致力于披吟?异日者,性道有闻,多识能悟,其不仅可与言《诗》者,何莫非由斯之所推验也夫?

王兰看毕,微点了点头。又看第二题,念道:

少 之 时

即少以观君子,先毋忽乎其时矣。夫时不皆少,而君子所自重者,则在少时也,而谓可忽此少时乎?尝思蒙养为入圣之始,从可知吾人之德业,未有不于少时基之也。盖人实重乎始生,而品贵端于早岁。虽曰后生可畏乎,而正难忘此知识之初启也。君子有三戒,岂独于少见之哉?然何不可先于少见之哉?人有精明自诩,而韶华易迈,忽惊心于岁月之如流者,而非所论于少也;人有阅历几经,而荏苒不知,倏致慨于光阴之忽逝者,而亦非所论于少时也。若即少时以观君子,君子亦等夫人之少时,犹是乎少,即犹是乎时也;而即君子以验少时,君子若迥畏夫人之少时,不忽乎时,先不忽乎少也。则盍观君子少之时乎?人岂常有少时哉?正惟其不常有少时,而不及恃者,此少时;恃其所不及恃者,亦惟此少时。则一思夫少之时,觉人人所不多得之少时,实人人所不容纵之少时也!吾思夫时,吾难忘夫少矣!人不皆有少时哉?正惟其皆有少时,而不可遏者,此少时;遏其所不可遏者,亦惟此少时。则一想夫少之时,觉人人所必欲至之少时,正人人所必当惕之少时也!吾念夫时,吾益难恝夫少矣!志学问于十五,陈俎豆于幼年,此吾之少时也;然不得以吾之少时,而遂贶君子之少时也。夫时序易迁,安得常值夫稚幼?而君子则慎乎其初焉。芄兰

第二十七回　美兰姑屈身酬知己　老甘誓抵掌快论文

之刺,刺之于少时;籥簧之歌,歌之于少时。即其少以觇其时,岂漫同夫少不更事也哉!求益而志在速成,难言而情深就见,此人之少时也;然不得以人之少时,而遂例君子之少时也。夫时华不再,安得习处乎童蒙?而君子则重乎其始焉。歧嶷之目,负之于少时;闻望之隆,决之于少时;即其少以忆其时,不早鉴夫少成若性也哉!进观戒之在色,知君子于少时,已能卓然自守矣。

　　　　赋得三画连中(得中字五言八韵)
　　　　妙义诠王字,连三一画中。
　　　　日征祥瑞似,民集义归同。
　　　　帝谛银钩转,君群铁笔工。
　　　　问奇高士酒,载语古人风。
　　　　天地人相证,殷周夏可通。
　　　　纷纭生万育,篆籀建殊功。
　　　　造化参乾象,推敲协泰鸿。
　　　　史传《繁露》事,圣治沐恩隆。

王兰看完,道:"此生笔底清劲可嘉,在愚见,尚嫌力单而冗。未卜老先生以为何如?"甘誓道:"近日文格愈变愈薄,专以描头画角、堆垛词采为能事。若前代大家之文,工于行气,不尚纤巧,今人反目为太率。皆由于世风日下之故。兹观此二作,所欠者,魄力未能十分充足,所以疲冗。不知此生腕底甚灵,不事穿凿,有古大家风度。其首艺融洽分明,颇见揣摹;次艺风樯阵马,行气如虹。若再加二三年造诣工夫,此生必成名手!非是老朽妄自夸诩,在他人衡文,必以疲冗见弃;然而衡文首贵乎行气,欲尚词华。此生有此手笔,将来断不屑居人下,我早为公门培植一佳桃李矣!"王兰听了,佩服之至:"果然老手衡文,另具一副眼目!不然,才屈抑此生文字。"遂决意定为第一。又将其次的文卷看了数本,皆品评不谬,即照甘誓所定甲乙填写榜文,择于次日张挂。

那一班新入泮的诸生齐来谒见宗师。王兰方访知取第一的系杭州仁和县人,姓陈名仁寿,字介臣,今年十七岁,相貌清奇,人亦纯雅。又细询他的家世、学问,陈仁寿一一回明,乃是陈小儒的从堂兄弟,家世甚贫,只有老母在堂,尚未授室。平日学艺不趋时尚,悉取法于古。王兰分外欢喜，很勉励了他几句。晚间与甘誓言及，甘誓亦喜："足见家学渊源，不愧小儒之弟！我却无心物色了他，借此可聊尽我与小儒一番契合之情。"杭州各县考竣，王兰又起马往别处考试，不须细赘。

再说小儒到藩司新任以后，公余之暇，即与一妻一妾盘桓，况又妻贤妾慧，闺房甚为和乐。一日，接到他兄弟陈仁寿入泮的信，自是喜悦非常。原来小儒自幼随父在江宁府署，所有亲族，大半未能认识。前次回乡考试，仁寿尚幼，即春间请假祭祖之时，仁寿正赴县小考，又未能会面。今日闻得他入了泮，又接到王兰、甘誓的私书，说他兄弟是个发品，若再加以培植，定成大器。即差了两名能事家丁，带了银两赶赴杭州，嘱仁寿到南京来读书。带去的银两给他养活母亲，省得仁寿既要读书，又谋菽水，即分了精进之功。

小儒打发来人去后，又想起前番祝伯青等人有信给慧珠姊妹，不知他们可曾收到，"我欲月内发书入京询候他等，若慧珠等有回书，正好附寄。"即叫双福至聂家问信。双福去了多时，回来将慧珠等人的信附封在内。次日，遣足专行入都。

未知众人信中所言何事，且看下回分解。

第 二 十 八 回

个中人凄吟忆昔词　局外友识透钟情意

　　却道祝伯青等人在京,除了办公之外,不是私第宴会,即约至柳五官家小坐。伯青惟记挂着慧珠:"日前寄去的信,也该有回音来了。耆香出京,我又托他便道南京,至畹秀姊妹家去走一遭。就是他们没有回书,耆香也须一札回复于我,怎样杳无消息？教我放心不下。"这日伯青朝散,方回至书房,换了便服闲坐。忽见连儿取了一封信进来,说是南京陈大人差递来的。来人尚有数日耽搁,俟去的时候再来讨取回信。伯青忙接过,先拆看了小儒的信,无非叙说暌别的情景。又见信内附了一函,层层封裹,上写"祝大老爷升启",下款"姑苏畹秀拜托"。伯青知是慧珠的信,不禁又悲又喜,急急拆看,前面说了多少别后的话,他等姊妹数人均各平安。又劝伯青客途保重,努力加餐。万语千言,谆叮密嘱。伯青看毕一句,叹息一声,看到凄惋之处,不由落下泪来,点首跺足,如着魔一般。后面又说到王兰前月已抵南京,"他因与洪小姐不睦,与我商议,要迎娶妹子洛珠,以为侧室。'此次君命在身,不敢停留,俟任满复命之时,定来迎娶'"等言。

　　伯青看罢,点头嗟叹道:"耆香那样一个风流倜傥的人,偏生娶了一位拘泥的夫人,与他冰炭不同——亦是他的命中注定如此,强求不来的,他既立心要纳柔云,好在他们心许已久,一说即成。可羡耆香、柔云从此遂心满意,又是天生一对的才貌佳偶,可谓天上人间！但不知我与畹秀的私情密约何日方能天从人愿？"想到此间,倍添伤感。将来信放过一旁,立起身来,背着手在地上踱来踱去的胡思乱想。又记起当日在桃叶渡口初次访他姊妹,三生邂逅,一见情牵；随后即怪怪奇奇,或离或合。"即如楚卿之与翠颦,他两人相见较晚,而聚合却早,不似我与畹秀百折千回,终难谐愿。若说我与他有缘,何以几次三番,中多阻滞？若与他无缘,又何以自见面之后,两情留恋,一刻难忘,恨不能直叩苍天？究竟我与畹秀日后如何？果终无聚合之期,或他死我亡,缺陷其一,即绝了念头；如可以聚合,与其成诸后日,何妨假以时日,成于目前？天公若能明示此段因果,也省了我与他多少牵肠挂肚。"思来想去,烦恼倍生。瞥见几上笔墨,顿然感触,回身坐下,提笔疾书,作了《忆昔》二十韵。刚刚写完,忽抬头见汉槎与从龙、二郎三人走进,伯青忙起身让座。从龙走近几前,道:"伯青又得了甚么佳作?"说着拣起,与汉槎、二郎同看,高声念道:

  忆昔秦淮畔,相逢正少年。
  秋霜题雁字,夜雨劈蛮笺。
  未订鸳鸯谱,先开玳瑁筵。
  杯羹分素手,笑谑并吟肩。
  指我支机石,钩人并蒂莲。
  最怜云暧暧,无计鸟飞还。
  此度通青琐,前番拾翠钿。
  紫罗兜蛱蝶,彩索戏秋千。
  幽梦红楼隐,贞心白璧坚。
  轻盈花半放,绰约柳初眠。
  漫盼梢头月,重迷洞口天。
  湘裙愁露湿,绣带怕风牵。
  鞠玺春先透,香桃瘦可怜。
  曲终声细细,人至影娟娟。
  小字呼莺燕,浓情泣杜鹃。
  琵琶空有恨,琴瑟竟无缘!
  侬被微名累,卿偏一纸传。
  痕应凝玉箸,信屡卜金钱。
  珍重言三五,迢遥路几千。
  相思何日了?精卫海空填!

  众人看毕,又反复诵了几遍,尽叹赏不已。从龙道:"伯青忧思绵远,情见乎词。若令畹秀见之,又不知添几多伤感!"二郎道:"偏生伯青与畹秀二人善于用情,两地相思,缠绵固结。回想起来,我等万不及一,真可谓是个薄情人了!"从龙笑道:"你也不算薄情,你与翠翚的故事亦闹得不少。而今你们成就好事,遂了心愿,自然不觉得用情了;若今日你与翠翚也似伯青与畹秀地北天南的分开,还不知怎样加倍愁烦呢!落得你此时说现成话,真乃饱腹不知饥肚苦!"众人听了,多大笑起来。

二郎道:"不用说笑了,我们是来商议正经的。"遂对伯青道:"本月下旬,乃令岳江老大人七旬大庆,我们预备送何寿礼?还是各人自送,还是我等几个人公送?前日者香有信来,说他路远不能备送,托我们代他一份。如可公送,就是我与者香、在田,连你四个人联名。"伯青未及回答,汉槎接口道:"你们切不可费事,家君前日即议论过了,一概不惊动亲友;昨日又在朝房内与各官当面辞说,连外省各处亦早早发了信去,止住他们。"从龙道:"虽然令尊翁辞过,他们仍然是要送的,只愁不收他的贺礼,断无不送之理!我们议论,你不要管,不关你事。"汉槎笑道:"既不关我事,在此徒然碍着你们说话,我停会再来。"说着,回后去了。伯青道:"最好是公送,若各送,即有了厚薄不齐。既然者香有信托我们,就连他四个人公送。但是这份寿礼须要大家斟酌,送何物件?"二郎道:"寿序各省是多的,只愁江府挂不下呢!若送稀奇玩物,我见送的人亦复不少。昨日细为打听,惟有戏酒却没有人送。何不我们公送唱戏十日,连这十日的酒席费用多是我们公备。不知可使得?"从龙道:"送戏倒还新鲜,自然是叫福庆班了。伯青必定愿意,可以借此十日,与五官大为盘桓。"伯青笑道:"岂有此理?你两人议送戏的,我又未曾插嘴,何以硬栽到我身上来?我明日偏教五官不来,省得你们讥诮。"二郎道:"罢哟!你虽然如此说项,他肯不来吗?我们也不肯叫别家的班子,惹你们两地里怨恨,落得借花献佛,做个好人。你们既愿意送戏,明日我即定班子去,不要定迟了,临时又没有空。"

少顷,汉槎出来,留众人吃了饭,又坐了一会,从龙、二郎散去。次早,二郎套车,亲至隐春园,说定江公寿期,唱戏十本。先交了定金若干,回来即至伯青处算明戏酒等费,四人摊派——王兰的一份从龙垫结,随后再通知王兰寄归此款。

话休烦絮,转瞬已至江公寿辰。前数日,内外各官纷纷馈送贺礼不绝,连那远路的多克定日期,不迟不早的送至。皆因江炳谦是当朝首相,爵位尊荣,人人争来趋奉。江公本意不做生日,无奈事到其间,不由他做主。有几家至亲内眷,贺礼不得不收;外人闻得江公收了礼,即以此几家为例,甚至一送再送,苦苦扭收,江公只得暂行收下。谁知这风声传闻开去,连那以前送过不收的多重又送来,不容江公不收。那掌管收礼的家丁忙的日夜不闲，所有奇珍异宝、古玩时器，不可胜数。

到了寿日这一天，内外张挂灯彩，上面用五色锦棚遮日，下面用一色大红猩猩毡铺地。百余名家丁，皆是锦衣花帽，各处执理事件。在京大小各官都亲来道贺，府门外车马喧阗，络绎不绝。座中的客是亚相胡文渊、协办大学士李文俊、吏部尚书鲁道同、户部侍郎曹大生、通政司洪鼎材，以及宗室亲藩、各王公大臣。陪客请了巡城御史柏如松——他是由中书科新转升的——同大理寺少卿云从龙、刑部郎中冯宝、侍读祝登云与他儿子汉槎，分头陪着众尊客看戏饮酒。此日即是伯青等人所送的福庆班，在外厅演唱，真乃天上神仙府，人间宰相家，说不尽的富贵，看不尽的奢华。

早有柳五官上厅，见众人请安，先到首座上胡公前请点戏目。胡文渊接过戏目，把五官上下望了几眼，捻须微笑道："我久闻其名，今始见其人，可谓名实相符，不愧外间扬赞！"又问五官年纪、出处。五官低着头，红晕两颊，一一的对答。胡公竟忘了点戏，絮絮叨叨，不问他别话，只问他在京认识些何人。

适值首席陪客是祝伯青，五官口内虽答着胡公，那一双俊眼却不住的回盼伯青。伯青恐胡公看出情形，又不好转过身去，遂借话欠身，对胡公道："老师只觉此子外貌可取，不知他腹内亦好。据云是旧家子弟出身，因幼年迫于饥寒，卖入梨园。每与人言，以唱戏为辱。在门生愚见，万非寻常优伶可类。"胡公听了，点首道："原来如此，可嘉可敬！我看这孩子将来还有点出息。"遂点了《满床笏》一出。五官又到各席首座上请点了戏，随后从龙也点了一出《昙花合影》上的《忆偶》，因近日已有人将三部曲词拣选了几出出色的谱成工尺，可以演唱。

五官回转戏房，顿时台上开了锣，先演了《大赐福》《加官》等戏，然后即扮点唱的戏文。今日大半均是五官的戏，又唱到《忆偶》一出，五官扮的是虞生，身着儒服，头戴儒巾，出台即唱道：

【满庭芳】 东浙才人，西泠秀士，争夸盖世名流，青云有路，不患步瀛洲。系足红丝未定，妙年华虚度春秋。红衾冷，兰房寂寞，午夜使人愁。

遂又说白道：

二八青年美子都，风流蕴藉一鸿儒。

第二十八回　个中人凄吟忆昔词　局外友识透钟情意

只因未遂三生愿，遍访江南绝世姝。

小生虞德昭，字凤文，武林人也。上有椿萱，下无兄弟。富豪甲世，早欣身入黉宫；井臼未安，底事心关秦晋。目下游学金陵，依栖舅氏。单生表妹，小字洛珍，也算色冠群芳，才倾八斗。只是一件，任意娇嗔，侈谈武艺。甥可作婿，虽然舅父有心；亲上联婚，争奈小生无意。近日在外历访明珠，难藏金屋。东邻有貌，嗟无咏絮之才；西舍多才，又少如花之貌。天下非无美色，斯人未赏余心，所以小生因缘尚蹉跎于此日也。

后又接着唱了下去。五官故意卖弄精神，细意熨帖，入神的演唱。堂上诸官无不喝彩，皆放了重赏。

恰好东边席上首座是李文俊，陪客云从龙。文俊道："在田，你看五官这孩子年纪既轻，唱口又佳，怪不得京中一时传为美谈，甚至以一见一语为荣。不知日后便宜谁人，赎取他去，做名贴身青衣，倒还不俗。"从龙笑了笑，低声说道："已有主顾了。"文俊惊问道："此鹿得于谁手？但恐此人不合，反玷辱了他。"从龙笑道："若说出此人，定蒙许可。"

正欲说明，早被伯青听得，恐从龙说出他来，为人取笑，在隔席轻轻的嗽了一声，是暗叫从龙勿说。那料已被文俊看见，顿然明白，不觉大笑道："世弟，你好呀！果真此子已属世弟，可谓彼此不屈。妙！妙！妙！"伯青原恐从龙说了，为文俊知晓；不意文俊反高声说明此事，急得满面通红，坐立不安，又不好拦阻文俊不说。此时一厅的人正不约而同，齐齐夸奖五官，也有叹息的，也有垂涎的，忽闻文俊一言，众人同声叫好道："五官得祝年兄赏识，恐从此声价又增百倍矣！真令我等爱甚妒甚！"

伯青闻众人所说，分外难处，回头见胡公坐在首席上，也在那里点头微笑。偏生柳五官在台上演戏，那一双俊眼不住的向着伯青笑。众人看着台上，又看着伯青，皆抚掌大笑。伯青万难安坐，只得托辞告便，躲入书房去了。文俊道："都怪你们不好，把人家嘲走了，可知台上唱的人多没了神采。"回头盼咐伺酒的家丁："去请了祝大老爷来，说我们立候他说话呢。"

伯青闻请，只好重又出来入席，那脸上红一阵白一阵的，俯首无言。文俊笑道："世弟，你真欠老成了！人生少年，皆有之事；而且此等尤物，人所必赏。我辈正羡世弟眼力甚高，不同凡俗，我自信不及世弟远矣！犹忆初入京都，少年心性，尚孜孜寻恋。何况世弟具此才貌，五官又具此美质，正天留此物，以待世弟赏识耳。"说罢，又哈哈大笑道："非是我说句放肆的话！不怕在座诸公作恼，除却世弟，他人竟配不上去结识五官！"

伯青听了，越发羞愧难容，勉强笑答道："世兄不可信在田的话，他是有意糟蹋小弟的。五官身价甚重，性情高傲，连大人先生们，稍不惬意，他都不屑去晋接。小弟不过一穷翰林，怎敢妄作此想？倘为五官所闻，要笑小弟太不自量了！"文俊摇头道："没有的话！五官那孩子，虽不可以富贵压之，我久闻他与人契洽，却不在人品高下上分别；况在田与你至交，断不忍平空的糟蹋你！你纵力辩，我只是不信。"

时有鲁道同在西席首座上，句句听得明白。鲁公亦有意五官，前次曾去亲近，五官嫌他是个山西人，秉性粗鲁，着实冷落了他一场，鲁公大为没趣。后来访问，五官一概如此，不滥交人，他倒也罢了。起先见五官上来点戏，胡文渊与他说话，他虽低着头，那一双眼睛不住的暗睃伯青，鲁公心内即百般疑惑；此时听得文俊嘲笑，又见伯青如此情形，显而易见，是五官属意在伯青身上。心内却忿忿不平起来，淡笑道："祝年兄的话也未为无理，五官生性颇傲，连东府里王爷待他那样好法，他多不大过去趋承，难道现放着一位威尊势重的王爷不去巴结，倒愿结识祝年兄么？李大人不可过冤屈了人，这是云大人与他取笑的。"伯青明知鲁公是讥刺他的话，心中反觉欢喜，借此正好塞众人的口，忙道："鲁大人真乃洞见晚生肺腑！可见我纵有意五官，他也不致有意于我。"文俊对鲁道同笑道："你不要代他说话，难不成你亦有心五官，与祝年兄争酸么？"引得四座哄然大笑。

鲁公闻文俊又来取笑他，不好再开口，也只得付之一笑而已，却暗自恨道："可恶五官那小畜生！日前冷落我，倒不怪他，我只道你终于如此，原来你爱上了祝翰林！若论年纪，自然祝翰林比我小得多呢；若论爵位，他较我甚卑，你何以舍尊就卑？其理不解！你既恁般可恶，只要我从中阻挠，你纵有心祝姓，亦是枉然！"胡文渊因伯青是他门生，又坐在自己席上，说笑不便，即借着别的话，打断了文俊嘲笑。

少顷，戏文暂歇，五官又上厅，合座敬了一巡酒。鲁道同因心内不悦，敬至他面前的酒，连身子动都不动，遂起身作辞。众人亦欲早散。江公再

第二十八回　个中人凄吟忆昔词　局外友识透钟情意

三挽留不住，率领子婿相送，见众人登了舆，方回厅前。撤去残席，重新摆了两桌，只剩从龙等一班陪客与几家内亲，不便即去。江公首座，其余挨次入席。台上又开了锣，直唱到二鼓后方住。江公早颓然大醉，从龙等人也告辞回去。次日，江公又补请同僚诸官，热闹了十余日，方命汉槎至各处谢寿。从龙等人这十日中也忙乏了，各在私第歇息。

这日，伯青正闲坐书房，与汉槎说道："在田、楚卿有好几天未来了，我要叫人去请他。难不成忙病了么？"汉槎笑道："我看倒不是忙病了，只怕连日大吃大嚼的，他们两个多吃伤了。"伯青听说大笑，唤进连儿，吩咐去请他们。不多一会，从龙、二郎齐至。伯青道："你们近日躲在家中作甚么呢？当真应了子骞的话，前日吃伤了不成？"二郎不解此言，急问缘故。伯青将汉槎适才背地里议论的话说明。二郎笑指汉槎，道："你这小油嘴，也学会说几句趣话了！难道我与在田如此贪嘴么？你倒会编排我们！明日待我写封信去告诉爱卿，说你近来口才大为长进，较前天地悬殊了，让他好准备着，不可似前番那样信口开河的取笑子骞，而今子骞有了给辩之才，紧防他反唇相向，大要留神。"从龙道："这也是好事。若单是爱卿善言，也觉没趣，未免单丝不成线。既子骞现在工于诙谐，正所谓旗鼓相当，不愧天生一对，切不可再似前次，说出那个龟字令来，那就不妙了！"说得伯青、二郎顿足大笑。汉槎脸一红，也笑了笑，道："你们开口闭口都将爱卿比较我，不知爱卿善言，是他口利；我不善言，是我口钝。我与爱卿风马牛不相及，他又远在南京，千里之遥，你们时时把他作话柄，使他终日喷嚏不止，何苦来呢？非比楚卿与翠颦嫂子，说起来才没有推诿呢。"二郎道："你很好！你说不过在田，又歪缠到我身上来，真正不解！"众人互相嘲笑。

忽见连儿急急的上来，道："福庆班柳五官闹出事件来了！现有跟他的人在外，要面见爷们说话。"伯青听了大惊，忙问原委。

未知五官闹出何事，且看下回分解。

第 二 十 九 回

莽公子大闹隐春园　俏优伶避投江相府

话说吏部尚书鲁道同那一日在江公处拜寿，席上见柳五官专意伯青，心内大为不悦。彼时欲多嘲笑几句，又碍着众同僚在座，怕人反说他争祝翰林的风，只得忍耐下去托故回来。到了自己私第，除卸冠带，独坐在书房，愈想愈气。忽见他两个儿子进来请安。大公子今年二十四岁，单名鹍，表字云程；二公子鲁鹏，字翰飞，年方十九岁。皆倚着老子官居冢宰的权势，纳粟入监读书。去岁同下北闱，又通了关节，鲁鹏中了第八十一名举人，鲁鹍中了一名副车。兄弟二人一时新贵，分外扬扬得意，终日里渔恋男色，窝赌宿娼，无所不为。鲁道同未尝没有风闻，无如溺爱二子。又因次子已中举人，长子亦是个副贡，不便过于拘束，是以二子益发肆无忌惮。这日方从馆子里饮酒回来，二人吃得醺醺大醉。

到了书房，见父亲已回，上前请了晚安，侍立一旁。若论道他二人，那里还有鲁道同在眼？无奈大人家虚仪伪节，都要行的。鲁鹏道："老爷今日为何满脸怒容？是和谁淘气的？"鲁鹍道："阿弟又讲迂话了！那人有多大脑袋，敢给爷受气么？爷平日就是怎么一副面孔。"鲁公喝道："该死畜生！呆头呆脑的，又来说醉话了！还是你兄弟有点见识，能窥察人的气色。我看你越大越糊涂了！我今日委系受了人的气，若是别个给我气受，也还罢了；我如今受起兔的气来，还了得吗？"遂将五官的话从头至尾与二子细说。鲁鹍未曾听完，早气得暴跳如雷，大骂不绝，道："好大胆的兔崽子，太要分儿了！仗着谁的势，都欺起咱爷来了？阿弟，我与你带了几名家丁，前去把那隐春园毁了，再将那兔崽子抓出来，恶恶的捶他一顿，方知道鲁天官家利害！"鲁鹏听了亦大怒，骂道："反了！反了！而今兔子比谁还大？不是我说，爷也太懦弱了！难不成受了兔子气，就罢了么？彼时在江中堂家，不好发作他，爷回来，即该知照刑部衙门与兵马司处，把小兔崽子抓了去，再将他园子封锁，不准唱戏，看他的那些心爱孤老可庇护得着？他所仗恃的不过是东府里王爷平日宠爱他，难道王爷为一兔崽子，反来恶

第二十九回　莽公子大闹隐春园　俏优伶避投江相府

识爷么？大哥说的不错，我们就去捶他一顿，然后再议！"说罢，回身一叠声的唤人。早进来四五个家丁，站立一旁，候二人吩咐。鲁鹏道："你们下去，挑选一二十个精壮力大的上来，我明早有事差你们去。"众家丁答应退出。他兄弟二人也忿忿的回后去了。

次日清早，果然挑了二十几名身材高大的家丁，鲁鹍、鲁鹏又叫外面备了两骑马，领着众家丁，气生生的向隐春园而去。鲁道同正在怒恼之际，见两个儿子去替他出气，非独不阻拦他们，反心内欢喜，夸奖他兄弟有胆有识，能干大事。"五官那小畜生，若不惩治他一番，定要狂上天去！只恐我家出头与他作对，十个祝翰林也不济事；就是江老头儿，晓得了我代他女婿断除外路，他还要感激我呢！"喜滋滋坐在书房，等候他两个儿子回来的消息。

单说鲁鹍在路上与鲁鹏计议道："我们此去，不能猛然就打骂他，必须寻个事端才是。"鲁鹏笑道："这又何难之有？我们去假作听戏，叫五官来陪酒，他必然不愿意，那时即翻转脸来；倘或他不敢违拗，我们即临时见机发作。总之，要占住一二分理，就是旁观的人，也不能批削我们。"鲁鹍拍手称妙。二人又加上一鞭，早至隐春园门首。忽见迎面来了一辆车子，隔壁高高吊着。鲁鹍眼快，见是五官坐在里面，知道他要出局去，忙把牲口一拎，向他车前冲过。那马见面前有辆车子，惊得直跳，又与驾车的牲口对相啮躅，几乎把鲁鹍摔了下地。鲁鹍大怒道："甚么忘八崽子，惊了我少爷的马？"说着，即举起鞭杆来打车夫。

五官在车内，见来人颜色不善，又听他口中自称少爷，想必是大来头，忙跳下了车，上前赔笑，道："爷，不要生气，实因车子走得太急，才惊了爷的坐骑，并非有意。我这里给爷请安。"说毕，单落膝跪了跪。鲁鹏本是个好色之徒，今见五官柔声下气的赔罪，那一种姣媚之态令人生怜；况且他既赔礼，即不便发作。上前止住鲁鹍，道："既是正主儿懂事，车夫是个小人，大哥恕了他罢。"回头对五官道："若不看你解得人事，我们定不依的！你可是福庆班的五官儿么？"五官应"是"。鲁鹍道："我正欲来寻你，可别要出局去，随我园子里来，有话与你讲。"五官见势头不好，只得忍着气，随了鲁鹍又回园内，暗暗嘱咐驾车的："牲口不要解散，我得空仍要去的。在园门外伺候着就是了。"

鲁鹍、鲁鹏到了园门下骑,带着二十几名家丁昂然直入。早有跟五官的人抢先知会傅阿三去。鲁家兄弟走至台前,拣了一副座头坐下,叫五官也在下首坐了。一众家丁左右排列,个个竖眉睁目,欲寻殴打的意思。旁席上有认识鲁家兄弟的,又见如此情状,知道出了事件,怕招揽到自家身上,托故走开。五官却明白来人是寻气的,然再三细想,并未得罪此二人,况一面都没有会过。又问了他们姓字,平日亦知鲁家兄弟的行为,心内又气又怕。

　　见傅阿三忙忙的走出,到了席前,赔着笑请了安,垂手站在一旁,道:"二位爷上姓?还是单听戏,还是要备酒伺候?请爷们示下,好去预备。"鲁鹍圆睁两眼,大喝道:"该死的奴才!连我们多不认得?自然要酒伺候,难道吃了你的相赖么?"傅阿三笑道:"小人怎敢如此设想?这是园子里规矩,有客来都要问声,怎生爷即作起恼来?"鲁鹏大怒道:"你敢抢白我少爷么?"喝叫家丁:"将这忘八崽子抓到兵马司里去!"傅阿三起初出来,原欲将就来人出门,所以赔着小心,问长问短;今见他二人一味的歪缠胡闹,又信口漫骂,以势凌压,不禁动起气来,脸色一沉,道:"爷们不是来作乐的,分明来淘气的!不知小人何处得罪了二位爷,说明了,死而无怨。可不是笑话么!"说毕,回身欲走。早有鲁鹏抓起一个盖碗,劈面打来。傅阿三低头躲避。鲁鹍一腿将桌子踢倒,齐声大骂道:"瞎眼囚攮的忘八下贱东西!竟敢挺撞我们!我知道你班内有个把红相公,结识了王爷,瞧不起天下人。今日先打死你这忘八,看有谁人替你出头?"五官也起身来劝。他兄弟鲁鹏顺手一拳,打倒在地,喝令家丁等:"先将这小兔崽子捆起!"傅阿三正欲跑脱,早被鲁鹏夹领一把抓起,不住手的左右打了十数个嘴巴,又喝叫众家丁:"将隐春园拆毁了,有理再叙!"众家丁如狼似虎,扳倒台柱,推翻桌椅,打得乒乒乓乓,一片声响。傅阿三睡在地上,乱滚乱碰,大喊道:"没有命了!"又呼地方救人。柳五官哭得昏晕过去。看戏的人见势头不好,谁人肯做人命干证?一哄而散。傅阿三心内如刀割一般,又气,又肉痛打损物件。一时愤不顾命,抽空爬起,一溜烟跑入后面,把一班扛抬戏箱与做活的人唤齐,到外面与来人打降,"不问他是王爷的世子、公侯的爵主,拼着打死他,一命抵一命!"众人听领班的如此吩咐,又是一起粗人,那里晓得利害?一声吆喝,各自手执棍棒,横七竖八的打了出来;又有几个

第二十九回　莽公子大闹隐春园　俏优伶避投江相府

抢出,将园门闩关,生恐来人溜走。鲁府家丁反被他们打伤了几名。傅阿三一头撞入鲁鹍怀内,大骂道:"我这条老命不要了,与你小杂种拼掉了罢!"鲁鹍、鲁鹏见人众对打,又见园门关上,心内也觉着慌,大喝道:"了不得!了不得!禁城之内,胆敢行凶,真真目无法纪!"那带来的家丁已被班子里人捆缚几个,其余着伤的都想脱身。又有四五个人抢上来,要打鲁家兄弟。鲁鹍、鲁鹏更外着忙,也想溜走,却为傅阿三缠住不放,碰头磕脑的拼命。

正闹得无摆布处,忽闻园外一片声叫唤,打开园门,撞进数十名兵丁差役来。原来傅阿三喝令人众打降之时,早差人越墙出外,到东府里送信。东府王爷闻得此信,大为惊诧,恐五官吃苦,忙打发一名堂官,飞骑至巡城御史柏如松处,以及九门提督衙门,嘱令速往弹压。两处奉了王爷的示,不敢怠慢,柏如松亲自乘马前去;九门提督即差了一名武弁,协同西城兵马司,带着数十名兵丁,亦随后而来。到了园外,见园门关闭,内里格打之声惊天震地。柏如松喝叫众兵役一齐动手,打落园门,蜂拥入内。众兵役见人众犹自揪打,高声叫唤道:"不许动手,都老爷在此!"傅阿三舍了鲁鹍,跑至柏如松面前,爬在地下,大哭道:"大人救命!青天白日,不知那里来了一伙强盗,打劫小人。幸小人园内人多,虽被他打伤几个,也把他们捆住数名。求大人讯办!"鲁鹍、鲁鹏见有人来,方才放心,也抢步到柏如松面前,齐齐打躬,道:"年伯,小侄们到此听戏,因偶尔说了几句气愤的话,傅阿三即关闭园门,叫人攒殴。小侄等所有带来的数名家丁多被他打伤;又捆了起来,硬栽小侄等来打劫他家。年伯明见,小侄等忝列斯文,无故受他们小人殴辱,成何话说?况属在禁地,尚敢明目张胆,恃众行凶,妄为已极!要求年伯从严究办,以儆将来群起效尤。"

柏如松平时也知道鲁氏兄弟行多不法,今日的事,显见是他们来寻事傅阿三的;傅阿三自然气极了,才敢叫人对打。"无如我与他父亲同为一殿之臣,不能不给他兄弟些体面。"乃笑道:"两位世兄不必着恼,暂请回府,只留下尊纪们,与傅阿三同带回敝衙门细加勘问。果然傅阿三恃强理屈,那我自当按律重办。"鲁鹍、鲁鹏仍然哓哓固请,恨不得即要柏如松顿时痛责傅阿三,并封锁戏园,代他二人出气;又口内暗暗的怪着柏公,要带回审问,"就是傅阿三有十分全理,亦是他没理,难道还要我家丁与他对质么?"

柏公未及回答,早恼了提督衙门差来的一位武职老爷,大声道:"既然柏大人要带回审问,亦是正理,二位公子何须如此性急?况彼此殴打,照律系平枷平责;而且二位公子说的,是尊纪们为他打坏,傅阿三又说他家的人被公子们打伤。究竟谁是谁非,都宜问个彻底澄清。非是小官说句不懂人事的话,二位公子既来听戏,何必带二十多名家人?分明是起意要来打降的!而今事属于官,岂能草草?即如柏大人不管这事,小官亦要把一干人证带回衙门,听敝上发落。二位公子不用多嘱,审问下来,自有公断。"一番话说得鲁鹍、鲁鹏哑口无言,只得复又打躬,道:"一切费年伯的心罢!"带着两三名家丁,匆匆上马去了。柏公大笑道:"我倒好意抚慰他们,反向我絮聒不已!受了一番言诰,他也只好算歇。"命兵役等将傅阿三一干人带回衙门审问,又留了两名兵役在此看守。吩咐已毕,坐骑回衙。武弁亦回提督衙门销差。

且说五官被鲁鹍打倒,哭得死去活来。他平时连大气多未受过人家一口,今日平空遭此羞辱,恨不一头碰死。后来柏如松等人打入园内,询问傅阿三与鲁氏兄弟情形,趁人众忙乱之时,有跟他的人趁空近前,扶起五官,急急出了园门,跨上驾车,把牲口加上几鞭,直奔江相府而来——因江府离隐春园甚近,且至江府,再作计较。到了府前,寻着连儿,托他去通报。伯青闻说五官受了人家糟蹋,又闻他亲自来此,定见这件事闹得不小,忙叫连儿传话,着五官进来。

少顷,五官随着连儿入内。众人见他衣冠不整,形色仓皇,眼睛哭得红桃子一般,进了书房,也不与人众请安,跺足捶胸,大哭起来。伯青等人摸不着头绪,齐声安慰他勿哭:"到底闹出甚么大事,告诉我们,代你设法,遥想没有大不了的事,不要害怕。"五官止住啼哭,把适才的事细细说了一遍,说毕,又哭了。伯青等听说,皆愤然不服,道:"鲁家兄弟大闹得岂有此理?就是傅阿三回了他这几句话,也不至动蛮相打;作算傅阿三得罪了他兄弟,与五官何涉?怎生忍心蹂践五官起来?真正令人不解!"五官道:"他两个人,平日我连一面都没有会过,又与他家无仇无怨,这不是半天里掉下来的晦气么?我长成十六岁,从未受过这样啰唣,我还要这条命做甚么呢?阳间斗不过他,阴司去做鬼,都要告他一状,方肯甘心!"说罢,泪痕

第二十九回　莽公子大闹隐春园　俏优伶避投江相府

满面,娇喘吁吁,悲苦不止。伯青取出手帕,代五官拭泪,用好言抚慰,道:"你不要哭坏了身子,我明日当面去见柏大人,请他从重处治鲁家的家丁,替你出气。柏大人是王者香的房师,我与他亦有世谊,这件事他也不好推却我。"

从龙坐在一旁,微笑道:"我看鲁家兄弟断非无因而来!若说没有挟隙,就作你师父挺撞了他,也不能迁怒到你身上。你可细细想去,其中定有缘故。"五官道:"甚么挟隙呢?前日他老子鲁道同在人家席上与我咕咕唧唧的说笑,是我没有理会他。不说别的,他那一口的山西话调,开口是咱骡子,即讨人厌。次日又到我园子里去,硬要叫我陪他吃酒,还要带我到他府中去玩几天。没说我不愿意他,就是愿意,我从来没遇见人这般轻视我。他却被我狠狠的冷落了几句,他即去了。除了这一次,没有别的缘故。他两个儿子,我做梦也未曾见着过他。"

从龙拍手道:"这就是了!日前之事,即是挟隙,多分叫他两个儿子来寻你事,所以才与你过不去。说来你师父还是为你所累。即如昨日在江大人处饮酒,他见你敬酒至他面前,忽现不悦之色,正是日前的余波,今日特地来发泄你的。你是个聪敏人,难道不明白这个情弊么?"汉槎、二郎皆点首道:"在田揣度的却是,鲁道同未免器量太狭隘了!况且此举甚为不妥,他两个儿子带人去寻打,又损坏若干物件,是自己先担个不是。柏御史既是东府里嘱托过了,此案定然照公办理,他也不敢徇庇鲁家。试问堂堂吏部的少爷,与唱戏的打降对质,有何颜面?若再得了不是,更难对人。鲁老头儿岂非自家害自家么?"从龙道:"鲁老本来器小量窄,情性乖谬,同朝诸人也没有一人与他契合;所有往来的,不过几家内亲与他部属该管各员;还有官秩卑小的,畏他势焰,勉强去趋奉他。观此,可知其平日为人。"

伯青对五官道:"你也不用回去了,在我这里住着,我明日亲到柏大人处,访问审办实在消息,再背地嘱托他一番;况柏大人亦与鲁道同不睦,自然秉公讯办。"五官应允。又叫人到东府里送信,说:"我并未打坏,请王爷放心。现暂避江府,容迟一二日再到王爷府内来请安。至于我师父傅阿三,与鲁家众仆皆为柏大人带去审问,仍望王爷从中关切,念我师父年老;若我的师父输了官司,难保鲁家不扳我到案。惟有恳求王爷,方可庇护着我。"伯青又吩咐摆酒,与五官压惊。

席间,五官说道:"自己做这唱戏的买卖,本属下贱,人人皆得欺侮我,若是个平等百姓,今日他们也不敢如此作践。不知何时方能出此牢笼?况且为人在世,焉能尽如人意?"说着,又伤感不已。伯青道:"说起来,我正要代你欢喜。你师父今番受了这一场气恼,也该知道领班的难处,这碗饭不是容易吃的;而且你师父身边颇有积蓄,就是不做这生计,也可过活了。少停两日,俟此案平复,趁此机会,去与你师父商量,代你赎身出来。那时,即随你唱戏也好,不唱戏也好,一则可以自由自便,二则人家亦不敢十分欺你。"五官道:"我既脱离这苦海,还要唱戏做甚么呢?那可不是害了失心疯了?我情愿做个小本经纪,将就度日,纵死也不去做这唱戏的勾当!你们果真代我谋干成功,即是我的重生父母,刻骨镂心,不忘大德,我那柳家的亡灵,在九泉之下也要感激的,保佑你们世世簪缨,科第不绝。"二郎道:"既然有此机会,何愁不成?况伯青日前曾允过代你赎身,我还做了保人,断不能失信于你。我们且尽今宵之乐,明日再说明日的话。"众人齐声称是,遂命换上大杯,轮流痛饮;又吆五喝六的搳起拳来,直至三鼓以后方止。

从龙、二郎辞去,伯青命人在书房内另设一榻,将自己的铺盖分与五官歇宿。一宵无话。次早,五官催促伯青去访他师父信息。伯青换了衣服,套车往柏如松衙门里来。

未知柏公审问傅、鲁两造孰曲孰直,且看下回分解。

第 三 十 回

柳五官借势脱樊笼　王学政藏娇纳金屋

话说柏如松在隐春园带回傅阿三与鲁府家丁一干人证至衙,旋即公座,鞫问彼此相打情节。东府里王爷已知五官并未受伤暂避,一面差人至江府看视五官,叫他"不要气恼,可安心住在江府,你师父官司,自有我照应"。又遣人到柏如松处,托其"秉公办理,不可徇庇。鲁道同如与你理论,有我去抵挡"。

柏公笑道:"王爷也太小心了!难道我惧怕鲁老头儿么?若惧怕他的威势,倒不带他家人回衙审问了。"遂将两造唤上,细诘曲直。鲁府众家丁仗着主人的权势不肯招认,反说道傅阿三恃众行凶。柏公即叫傅阿三与他们对质,又喝令:"取刑具伺候!"众家丁情知难拗,若不实说,徒吃目前亏苦,只得一一招认,所有罪名多推在两个小主人身上。柏公问明原由,将两造押下,即差人至东府里送信,又亲自套车,来会鲁吏部。鲁道同自两个儿子去接,巴巴悬望。待至午后,见他兄弟二人狼狈而回,将前后情由说与他父亲知道。鲁道同听了,也暗自吃惊,又不好过于埋怨他二人,怕的柏如松不顾交情,从直究办,自身即有治家不严之咎。"如果柏如松徇庇我处,何以将我家丁带去?此事即有些不妥。"反懊悔不该纵容二子前去闹事。鲁鹏又抱怨鲁鹍道:"我们此去原不甚妥,不意傅阿三那老砍头的竟敢反戈相向!即如柏年伯,看着我家情面,重究傅阿三等,我们都受过他的糟蹋了,传说开去,定有旁人笑话。想来皆是大哥一味的要去打闹,我却为你所累。不然,稍停两日,设法办个唱戏的,也不费手脚,如今倒弄得不上不落。"鲁鹍冷笑,道:"你可别说现成话罢,就是我失于检点,要去打闹,你怎么不拦阻我?你还挑选力大的家丁,好准备动手。再则傅阿三那东西是挨了你十数个嘴巴,偏生缠着我乱碰乱撞,现在胸前还怪痛的。真真牛代羊灾,那里来的晦气?我又埋怨谁去?我还要说你撺掇我去的呢!而今事已闹开,悔之无及,不说大家商量,该如何弥缝了事,你反来和我扳驳,可不是奇得很?"他兄弟你言我语,互相争竞起来。鲁公喝道:"你们两个下流不堪东西!无故的被人家殴辱,也该羞死,连我的体面多为你们丢了!你们还在这里吱吱喳喳的嚷,滚掉了罢!"他二人见父亲发怒,才不开口,忿忿的退出。鲁鹏咕哝道:"五官原是得罪你老人家的,我们好意去争回体面,闹出事来,又是我们不是!"鲁公正欲喝骂,忽见门丁进来道:"柏大人拜会,已到外厅了。"

  鲁道同本想去见柏公关说,况我与他哥子乡榜同年,平时又无芥蒂,似可应允。又想柏公是个刚正人,怕也不行,反下不去。此时闻得柏如松先来拜会,定然是来与我商酌办理的。好生欢喜,连声叫"请",急忙至后堂,穿了公服,出庭与柏如松见礼入座。柏公道:"二位世兄可曾回府?想早间的事应该禀过大人了,毋庸侍晚细述。且两造俱经审明,委系二位世兄有意前往寻闹。现在傅阿三一口咬定,并有打损许多物件为证,尊纪等直供不讳。此事若究办起来,却与二位世兄很有关碍。是以特来请大人示下,如何处置?"鲁道同听了,脸一红,道:"我家两个不肖畜生,轻举妄动,种种狂悖,大人尽知,虽死不足惜。然既承关顾下问,想早有定见,只求稍存小弟地步,即感戴不尽!"柏如松笑道:"大人未免言重。但照例科断,斗殴者互有不是,各任其咎。傅阿三固当切责,而尊纪等亦不能为无过;若照世兄们以势凌民、傅阿三殴辱职官子弟立案,即当奏请交部议办。窃恐大人亦难辞责。"一席话说得鲁道同羞愧无地,惟有恨骂两个儿子"无端闯祸,带累我受气!"又央求柏如松:"千万总看世交情面,粉饰此事为妥。"柏如松道:"侍晚也没有别策,只得有屈尊纪等了。所以过来请示,请罪。"遂起身作辞。鲁道同直送至门外,犹切实叮咛一番。回至书房,又气又恨:气的柏如松不念世交,"虽外面却似关顾着我,他分明是前来羞辱我的";恨的两个儿子办事浮躁,好好的事,弄得支离失节。"柏如松已说过,要归罪在众家丁身上;若众家丁受了刑责,教我日后怎生见人?"

  不提鲁公烦恼,单说柏如松回至衙门,即提出一干人证,先将傅阿三唤上,说他"不合喝众鏖打。姑念年老免责,勒令取结,限期半月回籍,不许逗留在京,开设戏园"。其余分别轻重,各有徼责。又将鲁府众家丁带上,其受伤者免究;未受伤者,不合倚仗主人势力,滋生事端,各责二十。复令两造具结案。所有打损傅姓物件,着鲁仆缴呈半价赔补。发落已毕,即将两造人证释放。众家丁回府,哭诉原由。鲁公无奈,惟有咬牙切

第三十回　柳五官借势脱樊笼　王学政藏娇纳金屋

齿,恨恨不绝。当下吩咐如数缴了半价到柏如松处。又告了一月病假,躲在府中,不见外人,慢慢再寻别的事端报复此恨。

伯青打听明白,急忙回来说知五官:"虽然你师父赢了官司,却不能在京内唱戏。趁此机会,正好代你赎身。"五官闻说,喜欢非常,催促伯青速办此事,不可迟缓,恐他师父生心,即费唇舌了。伯青又与从龙等人商议停当,命连儿去与傅阿三讲说。傅阿三起初立意不行,禁不住连儿硬说软劝,才改过口来,要一万二千两银子身价,少他一厘都不能的。连儿回来察明伯青等人。

五官闻他师父应允了,即在身畔取出一个手折,递与伯青,道:"这是我由苏州至京,历年唱戏积聚的一宗款目,不下四五万金,现存在京中各铺户里。"叫伯青代他收转来,作赎身之赀。伯青代他取回一万两银子,与从龙等公凑二千,贴补五官。次日,连儿唤到傅阿三,伯青当面兑了五官身价,又叫人去发五官随身物件过来。他们师徒多年,临别自有一番彼此嘱咐。傅阿三即将隐春园转售于人,有几个年纪大的徒弟,亦令另寻去路。收齐各处款目,半月后,动身回苏州去了。

五官住在江府,无拘无束。此时他已赎过身了,倒不怕人欺负,惟不忘东府里王爷素来待他的美意。就是鲁家与他师父为难,亦多亏东府里情面,始将鲁家扳倒;不然,鲁家也不肯放松五官。所以五官隔几日即至东府里去走一遭,陪着王爷吃酒、下棋而已。

这东府里王爷本是藩王,因有功于国,恩赐宗室。同朝的官无人不敬畏他。王爷为人却心性慈善,决不以王位自居,处处谦抑待人。偏与五官有缘,三两日不见,好似丢了贵重物件,时时惦记在心;及至见了面,也不过谈谈说说,始终连一句戏谑的话多没得。五官凡事亦能先意承志,小心服侍。是以王爷尤加喜爱,视五官如自己子侄一般。自从五官闹出事来,王爷很为着急;待到柏如松审问明白,却没有波及五官,才放下心来;又闻五官自家赎了身,可以不随他师父回去,王爷大喜,反嘱咐五官常住江府,"连我府里都不可时至,生恐鲁道同猜忌我。并非惧怯鲁老儿,究竟有伤同朝的和气。"

这日,五官与伯青商酌,道:"我虽蒙你留住在此,终非长策,就是我这点积蓄,亦有用了之时,须要设个长久的恒业栖身。我的年纪又轻,除了唱戏以外，并无别样生计，难不成就怎么一辈子混过去么？"伯青道："我也久经代你筹划到这地步，人生若无恒业，即当有恒产；况你日后还要立室创家，延续柳氏香烟，千斤重担在你一人身上。今日有这项款目，自是快活，待到老大无成，那时即悔之晚矣！"

　　两人正在议论，忽见从龙、二郎一同进来。伯青、五官立起身让座。二郎问："子骞为何不见？"伯青道："这几天是他衙门里值日，每晚二鼓以后方能回来，黎明即去；甚至回来稍迟，连书房内多不到，到也不过少坐片刻，即回后去。近日若非五官在此陪我，晚间岂不寂寞煞了？"又将五官思量要立恒业的话告诉他两人。从龙点头道："看不出，五官年纪虽幼，倒有这般远大见识！所虑一毫不错。他既有这宗款项，无非做个买卖，以作过活。争奈他自幼即学唱戏，各种生意他多是门外汉，怕的勉力做去，不得讨好。在我的意见，莫若置些房屋下来，租与人家，开张铺面，一年所入的租金，也足够五官用度；况且这个买卖，天下有钱的都会去做。"伯青听了，拍案叫好，道："是极！是极！在田之言，深为有理，五官竟是除却置备房屋，再没有别的生计可寻。'真乃与君一席话，胜读十年书！'"从龙笑道："你且慢褒赞，未知主人之意若何？"五官道："我怎么不行？这件事却合我的意见，别样生意多要操心劳力，惟有置买市房，只要购几处闹市口的房屋，觅几个好租户，每月届期前去收取房金而已，可谓一劳永逸。我立志就做这生意，不用三心二意的了。"二郎笑道："五官置产立业，是件大喜事，须要备席酒请我们呢。房屋买定时，还要列我居间，好待我分几文中赀。"五官道："你不要说笑话，没愁我买定房屋，不请你们居中么？日后若原业欺负着我，有了你们出面，我即不怕了。"二郎拍手道："你既如此，更宜请我们吃酒，我的中赀却又要加倍了。俗说有利即有害，日后拼着原业说话，我好帮助你同他讲理。"从龙笑道："楚卿真个小器得很！你放心，我们居中，一文中用多不分你的，让你独得；日后出面，也是你一人去，所谓利是你得，害亦是你受。"说得伯青等人多笑了起来。

　　次日，五官唤了数名官牙来，嘱咐他们代觅几所房屋，"不论价目多寡，只要房屋高大，材质坚固，最好是街市上的铺面房子。"隔了一日，各处官牙开了多少清帐送来，一半市房，一半住屋。又带领五官到各处看视。五官约了伯青同行。看定了的，当即议明价目，择日过户兑价。整整忙了

第三十回　柳五官借势脱樊笼　王学政藏娇纳金屋

一月有余,已买定好几处房屋,所有积蓄仍余下若干。五官不欲再买,恐一时需用,不能接济。计算大小房屋共买了二十余处,每月也有数十千文,五官一人的使用只余不亏。又在杨梅竹斜街寻了一所住宅,自己即搬了过去,铺陈摆设十分幽雅。屋后又有一方大大院落,改作花园,中间砌了一个六角亭子,四面多栽树木花草,疏疏落落,堆了几处假山。虽然园亭不甚宽大,却也亭虚石峭,竹映花蒙。五官终日啸傲其中,玩花弄鸟,可谓心满意足。又买两名短童,应守门户。暇时,即邀伯青等人过来盘桓消遣。

东府里王爷闻他买了房子,也亲自来了两次,又吩咐本地段管辖巡兵员弁:"好好照察,若有闲人啰唣了他,我是不依的!"试问谁人是三头六臂,不遵王爷吩咐,去在老虎头上撩拨?就是鲁家兄弟,也只有暗中恼恨,亦无可奈何。

光阴迅速,转瞬王兰学差任满。京中又放了新任学政,前往浙江瓜代。王兰二次考至杭州,首取了陈仁寿补食廪饩。这日新任已至,王兰交代关防册卷,择吉起程,回京复命。甘誓因记挂小儒,买棹先回南京。王兰托他寄信小儒,知会聂家,请慧珠与他母亲商议,代他妹子收拾一切,"此次我便道南京,即要迎娶洛珠,以为侧室。"托他从中善为说辞,不可渝却前盟。临起程的一日,邻近各府生员多来叩送。王兰将众生唤入舟中,切实勉励一番,"都要安分读书,以求上进;切勿倚仗衣衿,包揽生事,荒误寒窗十载面壁工夫。"嘱谕已毕,即鸣锣挂帆,一路向南京开行。途中无多耽搁,各处官员迎送,亦不用细述。

这一天,已至南京。先坐轿入城,去拜小儒。此时小儒已升署两江总督。因江炳谦告疾请假,开缺调治,胡文渊即大拜了,李文俊为亚,熊桂森恩召来京,协办阁务,熊公遂奏请小儒升署此缺。前数日甘誓回来,接到王兰手书,当即差了双福,亲去知会王氏、二娘。他两人敢不遵命?早为置备物件,专待王兰迎娶。洛珠闻得,自是欢喜。惟有慧珠,心内悲喜交集:喜的妹子终身得所,悲的自己私衷何时方遂。伯青又没有放外任的信,遥想他做京官,万不及此;"就是他放了外任,愿意迎娶,我怕他的父母不从,仍成虚话。"又因妹子喜期在即,不便忧形于色,勉强打起精神,帮助母亲料理。

单说王兰到了总督衙前,投进名帖。少顷,放炮开门两边奏乐。王兰的大轿直至二堂下肩。小儒迎接进内,见礼入座,各道阔别。小儒先谢了王兰提拔他堂弟仁寿,王兰又贺小儒荣摄督篆,随后方说到迎娶洛珠的话,"已托甘又盘回省之便寄一信,不卜可说知聂姓否?"小儒笑道:"者香的事,如自己事一般,当日即遣人去关照。据云早已收拾停当,专候彩舆。但是我与你部署有功,宜如何谢我?"王兰笑道:"谢是要谢你的,你当先请我吃升官的贺酒,我然后请你吃纳妾的喜酒,以作酬谢。不能单要我请,岂非便宜了你?"小儒大笑,道:"数年不见,者香仍是这般尖刁的脾气!我只道你做过一任学差大人,器量也该大些,那知还是本来面目!罢,罢,罢!我也不想你谢我了,我亦不去请你,两免了罢。"

王兰又问及刘蕴近日若何。小儒道:"刘先达今春已作古了。刘蕴而今虽说不敢在外公然为虐,那家内却闹得不成世界,刻下家业亦渐陵替。据闻日前已卖去了好几处田地,终日与那蜜骗田文海搜寻作乐。外面托言守制,步门不出,却私畜无数姬妾,又新买得一班女梨园,每日饮酒听歌,用度甚巨。你想,他纵然多金,亦支持不下。上日我去作吊,很劝说了他一番。他虽满口应诺,料想是不中用的,只好我尽我心罢!岂有身居父丧,犹自取乐荒淫无度?天理亦不能容!若照他这般行为,果能保全首领、终于牖下,即算他是有大福泽的了。"王兰听罢,喟然道:"善恶无门,惟人自召。刘先达好端端的家世,因他心术不正,就生出这个不肖儿子,眼见不久一败涂地,万难再振作了!"两人又叹息了一回。

王兰起身作辞,又到祝府及各世谊处走了一遭。回到船中,即差了一名家丁前往聂家,说声"择定来日黄道良辰迎娶洛珠。此时回京日促,又因客途,不便张扬,只要一乘小轿,傍晚悄悄抬至船上,容到了京中,再行热闹"。家丁到了聂家,与王氏说明。王氏想道:"好在女儿是他家的人,热闹不热闹,都是他家的体面。我倒不省些费用?只要女儿愿意就罢了。"慧珠在旁,亦说:"者香此言甚是。况他尚未复命,这件事原是私情,就是这般行去,倒还稳妥。"王氏允定,来日晚间亲送女儿出城。

家丁回船,见王兰销差。王兰好生欢喜。次早,又至小儒衙门,说:"聂家今晚送女到我船中,我想不能耽搁,恐外人知道,终属不便。定于明晨开行,恕我不来作辞。"小儒笑道:"便宜你一桌喜酒了!我也不与你道

第三十回　柳五官借势脱樊笼　王学政藏娇纳金屋

喜,待你到了京中,容再补贺;并托代询在京诸人,匆匆不及作札。"又命人唤了仁寿出来谒见。王兰要仁寿近日著作细阅,颇有长进,与前竟大不相同。上科因额满见遗,出了场,仍到南京小儒衙门内读书,现从甘老学艺。王兰道:"科名本有迟早,勿以一挫而息其志,当益加磨砺。今岁秋闱,大有可望。"小儒道:"古人云:'不患主司之不明,只患文章之不精;不患主司之不公,只患文章之不通。'果其学艺既精且通,何患无人赏识?"仁寿皆唯唯应诺。

王兰闲话了半晌,作别回船。早见梅仙从舱内笑着迎了出来,道:"我在此等候你许久,你若再迟半刻回来,我即要进城去了。闻得你来了好几日,怎么连我那里都不去走走?难道做了学差大人,不配与我们交好了么?"王兰忙入舱,换了便服,让梅仙坐下,笑道:"小瘟,可别要冤屈杀人了!我前日到祝府去,下了轿即问你。祝安说你下乡看田去了,有两日才回来呢。我还留下名帖候你,怕你回来迟,我要动身进京,会不着你。怎生见了面,不问个皂白,就挖苦我?"梅仙笑道:"我今日始从乡间回城,见了名帖,才晓得你在此,所以特地过来谢步。再则数年不晤,可以叙说别后衷曲。"说着,弯腰在靴子内取出祝公的信,是托王兰交与伯青的。梅仙也有几封信,托他带交伯青等人。

王兰接过收好,道:"你可知伯青在京近来又结识了一个知音?名唤柳五官,是苏州新到福庆班里唱小生的。其人品貌、技艺都比你强,只怕伯青有了五官,把疼爱你的心肠,要分一半到他身上去了。"梅仙啐道:"你少要乱嚼舌根!你见谁要人疼爱的?管他五官、六官,我又不去唱戏,与他争甚么好歹?"王兰大笑道:"你本是唱小旦的,五官是个小生。将来伯青把他携带回来,你两人倒是一对儿呢!"梅仙脸一红,站起身来,道:"我好意来看你,反惹你打趣我!我要去了。"说毕,回身欲走。王兰忙一把扯住,道:"我们是说笑惯的,怎么你就急了?且坐下来,我还有话与你讲呢。"即说:"到晚间,聂家送洛珠上船,此时尚早,有屈你陪我谈谈。"梅仙笑道:"怪不得,今日有这件喜事!我却未备贺礼,恰恰的碰了来,倒教我怪臊的!可喜你与楚卿皆遂了初愿,不知伯青与畹秀他两人闻得怎生难过呢?他们情好颇笃,偏生中多阻隔,真令人昏闷!"王兰道:"他们立志甚坚,还愁不永谐么?不过早迟些罢。"又问梅仙:"年来可曾与人家说亲?"

梅仙道："前日我下乡去，却有个人来家说亲事。其人姓巴，世居乡间，以耕读为业，很有几亩田地，乡中要推他首富。巴老夫妇年过半百，只生了一双子女。子名纯嗣，去年新入泮宫。女名月娥，今年十九岁，据闻有才有貌，老夫妇爱若掌珠，意欲赘婿养老。昨日媒人已将庚帖开来，叫我合个婚去，看有无冲克；如果合得，他家已访问过了，愿意招赘我去。在你看，可用得用不得？"王兰道："怎么用不得？想你单立家室，无人照应，不如招到他家去，是极合宜的事。我劝你，如合婚可配，不必狐疑，即允了罢；就是伯青知道了，也要劝你行的！"梅仙点首，道："只怕合不得婚，倘然合得，我也没有甚么不愿意。他家既不嫌我出身微贱，我还嫌人家么？"

二人正谈得高兴，忽闻岸上人声喧嚷，有家丁进舱，回道："聂家送亲来了。"王兰未及答言，早见王氏同二娘笑吟吟的进来，上前与王兰请安。又见数名女婢扶住洛珠上了船来。梅仙忙起身暂避。王兰早命人将后舱收拾出来，让洛珠居住。王兰邀王氏、二娘坐下。王氏道："小女蒙大人抬爱，感激不尽。无奈他自幼娇养惯的，礼仪不谙，诸事要望大人宽待。"二娘笑道："王奶奶，你请放心，王大人不是今日才认得的，又与你姑娘向来契合，没说不谙礼仪，即如大十倍的事，都可宽待。你休愁烦到别处去。"说着，用手拍着自己膝盖，笑个不止。又回头问王兰，道："大人，我这话可说得是不是？"王兰笑道："好几年不听你这张寡妇嘴了，人虽老苍了些，口齿还是这样伶俐！"二娘笑道："我一生全凭这寡妇嘴混饭吃、混衣穿，若不会说，那就完了。"王氏又到后舱，谆嘱了洛珠一番。洛珠虽则如了心愿，究竟母女分别，不免伤感，嘱咐母亲："回去劝慰姐姐，不须烦恼。女儿到了京中，相机而动，都要成全姐姐与伯青的姻缘。"二娘在旁点头，道："你不说，我也要提你的。这才不愧你姊妹同气连枝的道理。"

时天色将暮，二娘催着王氏进城，遂出舱作辞。王兰早封了一千两银子，以作洛珠身价。王氏推辞数次，始肯收了，再三称谢。洛珠亲送王氏出舱，含泪道："母亲早晚要善自保重，千万劝姐姐勿过伤感！芳君、爱卿二位姊妹前，亦请代女儿说声。女儿一至京中，即有信来。"又托二娘照应他母亲。彼此谆嘱已毕，王氏、二娘带着人众上轿去了。梅仙也要进城，王兰执着梅仙手，道："本欲留你少叙片刻，恐不得入城，明日清早我即要开船，烦你回城致意小儒，俟他秋间入京陛见再会罢。"梅仙答应，上骑

第三十回　柳五官借势脱樊笼　王学政藏娇纳金屋

而去。

王兰回至舱内，见洛珠斜倚桌畔，俯首无言，一旁垂泪；贴身跟来的两名丫鬟忙忙的安插行李等件。王兰笑嘻嘻近前，抚着洛珠肩头，道："柔云不用悲苦，至迟一二年，我放了外任，那时你们母女又可重逢。况此去京中，有你翠鬈妹子，可以朝夕来往，不致寂寞。"洛珠平日本是诙谐不羁的人，此时反觉羞缩起来，推开了王兰的手，起身走进后舱，倒在床上，忽忽不乐。王兰知道他乍离母姊，不免思忆，也不去撩拨他。少顷，摆上夜膳，洛珠亦不肯吃，即收拾安睡。王兰仍宿在中舱内。一宵无话。

次早鸣锣开船，不数日到了王营，雇了三四辆骡车装载行李，又雇了一辆骡轿与洛珠乘坐。沿途趱赶，夜宿晓行，晚间落了客店，王兰都要陪着洛珠闲话半晌，方回自己外房歇宿。在路行了半月有余，这日已抵都中。王兰先打发家丁赶到从龙衙门内，借一进房子，暂令洛珠住下，候他复命后，再议寻觅公馆。又嘱洛珠先行入城。

这一天，从龙正与二郎外厅闲话。忽见门丁进来，回道："浙江学政王大人回京了。适才差人在此，说要借我们这里一进房子，让二太太居住，少刻就到。"二郎听了，拍手道："妙！妙！者香果真携了柔云来京！他竟有如此大胆，不怕洪府知道淘气！"从龙笑道："者香此番是准备淘气的。"即吩咐："请太太与冯太太迎接王学政的二夫人。"不一会，洛珠已至，下轿入内。早有婉容小姐与小黛齐齐接出，同至后堂，见礼已毕。洛珠与小黛本是旧雨，不须细说。那程婉容久闻金陵二珠之名，今日见了面，暗赞名不虚传，彼此各说了多少仰慕的话。即命治酒与洛珠洗尘。席间谈论，分外投机。洛珠因程婉容是贵宦千金，处处谦逊；反是程婉容说："我们多是一般的人，分甚么彼此？现在我与翠鬈姐姐已结了异姓姊妹；况且你我要常住在一处的，若拘泥起礼数来，真正无味。难得我们有缘相见，停两日，还要三个人重新结拜呢！"小黛又问了问南京众姊妹近况。从此洛珠安住云府，朝夕与婉容、小黛谈笑，觉得比在南京还热闹些。

且说王兰因君命在身，进了城，未敢径回私第，先赴吏部衙门挂号，预备召见，方来洪府谒见岳翁、岳母。洪静仪小姐闻得丈夫差满回京，自是欢喜。俗云"新婚不如远别"，而且王兰在学政任内已推升了詹事府少詹。静仪小姐生性是个趋炎附势的人，又见丈夫在浙江三年，宦囊充裕，所以益加敬悦。外厅有洪鼎材代女婿洗尘。席终回后，静仪早备了一席，与丈夫道贺接风。王兰外面假作欢容，问了些别后的情形，其实心内仍记挂着洛珠："若常住在从龙处，却非善策；若说接至岳父家一同居住，静仪必不相容，反累柔云受气。不如另觅一所住宅，安顿柔云，再嘱咐家丁等不许走露风声，想他也不得知道。并非我怕他，免得耳畔聒絮。"想定主见，略饮数杯，托言路中辛苦，要早些安息。仆妇等进来收去残肴，服侍他夫妻睡下。

　　次早，王兰起身到各处拜会同僚、亲友，随后至云从龙处，即议到要觅一所房屋，与洛珠另住，方可相安。从龙笑道："安是安了，日久总要晓得的，只怕要加十倍不安呢！"王兰道："日后的事，也顾不了许多，此时我却不能不如此做去。且待事到临头再议，只好尽人力以俟天罢！"又到伯青处，交了祝公的信，及梅仙寄与众人的书函，方知柳五官赎了身，现寻下房子另住。王兰听得，也代他欢喜。闲话半晌，作辞回来。隔了两日，召见已毕，恩赏许多物件，又给了四十天假。自是，每日托人通城寻觅房屋，恨不得暂时赁定，好与洛珠得谐连理；却又不便过于着急，形诸颜色，恐为静仪小姐看出破绽，终属不妙。

　　未知静仪究竟知与不知，且看下回分解。

第三十一回

众学士争咏合欢词　醋夫人寻闹新姨宅

却说王兰娶了洛珠进京,寄居云从龙府内,自己留心四处寻找房屋,不是价高,即是地僻,都难以合意。

一日无事,偕了祝伯青到柳五官家来,五官迎接入内。茶罢,五官询问浙江风俗,王兰将各属山川名胜细说一番。伯青即说到王兰要觅住宅。五官道:"这又何难?该早为与我商量,倒成功多时了。恰好我东城外一所住宅租户走了——本租与一个部属里官儿住的,月前他放了外任,昨日料理清楚,携眷出京,所以房子空了下来。前后有四五进住宅,外有群房,想者香不过一房家眷,也很够住的。"王兰听说,喜得作揖不止,连呼:"妙极!难得你有这么一所房子,好歹让了我住罢,你要多少房金,我都不少一个儿。"五官笑道:"你可不是糊涂了!难不成我还与你计较么?你爱住,明日即搬了进去。倒是先叫人去房子里看一看,该何处要收拾的,却要收拾,非是我说句小器话,那收拾的使用我却不问了。"王兰忙道:"你不要问,自然我去收拾。"伯青在旁,笑道:"好了!五官真算者香一个知己朋友!此时给房子他住,比送甚么贵重东西与他还要贴实些。可惜我们没有市房,这分大情面却被五官占了头筹儿去,非但者香感激,柔云那边也要感激的。说起来,连我们多要感激着你,省了日日受者香的聒噪!他近日为寻房子,都急疯了。不说他寻不出住房,反怪我们不代他尽力,可不是笑话么?"王兰笑着在伯青头上打了一下,道:"小鬼头,连你多打趣起我来!你不要得意,我多有处报复得着你!"即向五官要了钥匙,交那跟来的家丁:"到东城外房子里去,看该有那处收拾的,赶紧裱糊裱糊。我在祝大老爷处待你回信。"家丁答应去了。五官又留伯青、王兰吃了饭,方同着伯青回至江府。

那去的家丁早已转来,道:"房子看过了,没有甚么要收拾的处所,连裱糊的地方多还有半新可以用得;就是动用的物件以及陈设、器皿,却一点没得。请爷的示下,如何措办?"王兰道:"你看那里该用甚么,即去添置。别处多可将就，惟有新姨太太房内却要华丽些。你开个帐上来，我兑价与你。"家丁应着退出。王兰在书架上取过一本历日，撰定八月十三日是大好吉日进宅，并约伯青等人此日到新屋里去。伯青道："不用你请，我们多要来恭贺的。"

　　王兰又坐了半晌，方回转洪府，先在洪鼎材夫妇面前假说从龙约他到天津访朋友去，大约十余日方可回来。洪夫人因秋节在即，不欲女婿远出，又不好深阻，只说："姑爷早去早回。"王兰到了房内，也与静仪小姐说明。次日即搬至伯青处住下，三日内，已将各样陈设物件置办齐全。

　　先一日，王兰即移至新宅，见屋宇果然高大，新房内收拾得神仙洞府相似。又叫人四处张挂灯彩。洛珠就在从龙处起身，宛如迎娶大礼一般，只不惊动外人。那几家至好朋友，伯青、从龙、二郎、汉槎等四人都早为议定，他们公送了一份贺礼。是日清晨，伯青等四人约齐，一同过来道贺。少顷，柳五官亦至。王兰叫了一班清音，在厅前吹唱。

　　且说云府那边，程婉容小姐与林小黛代洛珠开脸，穿换公服，叫仆妇扶着洛珠在内堂上轿。一路上，也用全副执事，提灯高照，粗吹细奏，亦觉热闹非常。到了新宅门首，三声大炮升空，将大轿抬入中堂，仆妇们扶出洛珠，先一人拜了天地祖先，然后方请王兰交拜。合卺已毕，送入洞房。上下人等，王兰一概多有重赏。外厅上早点得灯烛辉煌，当中摆了一席，伯青等五人挨次入座，王兰末位相陪。

　　酒数巡后，从龙道："者香今夕大喜，且又素愿顿酬，可谓双喜，我等焉可无诗，以志今夕？"伯青接口称好。二郎道："在我的意见，不如大家填词一阕，似觉比作诗新鲜些。你们以为何如？"从龙道："尤妙！即从我填起，不佳不切者，罚酒十杯！"回身叫人取了笔砚，安置席上，众人俱停杯思索。不一会，次第写出。柳五官取过，先看从龙填的一阕，道：

　　　　烛影光凝，帘旌初起，宝鼎香焚缭绕。月魄涵辉映，长庭清皎。看今夕，道是萧郎、弄玉相会，地久天长偕老。幄绣鸳鸯，露丰姿妖袅。　　步瑶阶，宛入蓬莱岛，三星照。软语殷勤祷，但愿世世生生，结齐眉常好。乐风流，艳福人间少！绸缪意，莫放秋闺晓。先两日，早占佳期，惹嫦娥妒恼。

　　　　　　　　　　　　——右调《拜星月慢》

众人听了,齐声赞好,而且贴切时事,一丝不浮的,的是八月十三日的景致。

五官又念伯青的一阕词,道:

　　银蟾光满,花影红摇,文窗睡鸭香焚。犹忆重帘卷,凭亭槛,携手软语频频。含愁微露双蛾锁,叮咛处,何厌谆谆?回头指鸳鸯稳宿,笑辇百样宜人。　　最堪爱,挑灯坐记,情酣戏啮,玉齿纤痕。提起从前事,无端离合,总是有前因。问天涯,阿谁知己,能如彼柔婉温存?恨盼煞迟回日影,偏也不近黄昏!

——右调《五彩结同心》

五官接着又念二郎的一阕词,道:

　　开轩最爱中秋月,皎洁正当天。屏张孔雀,堂开翡翠,共坐华筵。祷词低诉姮娥,愿我人月双圆。三生今夕齐眉,百岁天上人间!

——右调《人月圆》

众人亦赞好不绝。

五官又念汉槎填的词,道:

　　三生石上因缘结,天也安排,人也安排,好事今宵顿永谐。
　　海棠沉醉风前懒,郎亦多才,女亦多才,漫教花阴晓漏催。

——右调《采桑子》

汉槎道:"我向来不工于词之一道,前日偶翻阅古人调句,觉其浅近处尚可领会。今日屈于楚卿之令,勉强填了一首,不知音调可谐、作法可合?"从龙道:"初学能有此妥洽,将来不患不成名手。子骞若再精于词,真可与爱卿工力悉敌,不至让他独步占先了!"汉槎笑道:"你们说我即说我,何苦每次说到我,多要以爱卿作比较?是何意见呢?"伯青道:"何以我们言及子骞,即不忘爱卿;言及爱卿,又不忘子骞?只怪你两人太好很了,教我们不能顾此舍彼。"

二郎即叫人取过一幅花笺,嘱五官将四调词工楷誊上,贴于新房内。王兰道:"蒙诸兄惠题,顿令蓬荜生辉。但中多谬赞,恐柔云与我皆不克当。"二郎道:"何以见得?以你之风流倜傥,以柔云之流丽端庄,足称一对名实相符的好夫妻。只愧我等才疏,未能描写到十二分淋漓尽致的地步,你反说起不克当来。"从龙道:"你二人皆不用谦逊。我们坐坐,也该散了,不可耽误人家良宵美景。"众人同声称是,复又传杯递盏,痛饮了一回。时已三更,伯青等五人起身作辞,各归私第。

　　王兰送出众人,回至后房,见洛珠早除卸残妆,坐在烛光之下,愈显得媚态横生,令人心荡。王兰命退众女婢,携洛珠入帏,成就百年好事。他二人本为旧雨,又系新婚,更添一倍恩爱。次日,王兰走谢众人已毕,从此即杜门不出,一则因假期未满,二则恐洪府的人见着不便。连贴身的家丁三桂儿都叫他足不出户,惟日伴洛珠玩耍,或画眉窗下,或闲话闺中,敲棋联咏,抚笛征歌,无乐不作,真乃占尽人间艳福!到了中秋这一天,正是三朝,又请了伯青等人饮了一日酒。自是,三两日即邀了伯青等过来小叙。洛珠亦常提及他姐姐终身的话,王兰道:"此事须缓以图成,若欲速,则不达。况伯青是有父母的人,万不能不禀请而行,非我与楚卿可比。好在一两年内,伯青即要告终养的,那时我等也要请假回籍,即当设法婉禀祝公,那才稳妥。你便中可寄一信与畹秀,嘱他不要愁烦,这件事多在我们身上,断不置之膜外!"洛珠闻王兰说得近理,也不好过于催迫,只有暗中作了一札,寄回南京,与他姐姐慧珠。

　　转眼王兰假期已满,先两日,即先至洪府,说甫从天津回城,又去销了假,仍旧入值办事。但不能常宿在新宅内,或隔一二日,即托言公务冗烦,不能回来;或说在友人处夜宴。初时静仪小姐并不介意,日久未免生了疑惑。凡王兰说办公的日期,问到父亲,多不知道;甚至这日连一件公事都无。又问跟随的人在何家宴会,多言语支离,吞吐不明。静仪亦是个有心计的人,晓得其中有了事故。这一日,王兰又说出门赴宴,嘱咐静仪不要久待,迟则即不转来了。静仪口虽答应,却暗将平日跟他出门的人换了下来,另外遣人随王兰去了。偏生这几日三桂儿亦在府内,王兰恐人看出破绽,出门都不带三桂儿去,只带洪府一名得用的家丁,却背地买通了他,不许多讲。今日见换了人跟随,只道那家丁有事牵绊住了。王兰做梦也想不到静仪要拷问他两人的口供。

　　静仪见丈夫已去,即将那家丁与三桂儿一齐唤入后堂。静仪见他两人进来,突然变色道:"姑老爷近日在外做下一件瞒我的事,我久经访问明白。只可恶你这两个该打死的奴才,随着主人串通一气,单只瞒我一人!今日好好直供出来,饶尔等狗命!若有半句含糊,即刻请老太爷送到刑部

第三十一回　众学士争咏合欢词　醋夫人寻闹新姨宅

里,活活处死你这两个奴才!"三桂儿等正在疑虑唤他们进来有何话说,忽闻静仪劈空问及,又偷看静仪怒容满面,形似夜叉,情知走漏风声,难以隐藏。两个人爬上几步,将帽子除下,在地上双双碰头,道:"小姐的明见,小的们实系不知姑老爷做了甚么瞒小姐的事。即姑老爷真做出甚么事来,还与小的们商量么?小的们是奴才,也不敢过问主人的事。小姐既知道姑老爷做的事,即请问姑老爷就是了。小的们要求小姐格外开恩!"静仪冷笑道:"好两个利辩的奴才!推得干干净净,就像一点影响多不晓得,反叫我问姑老爷去!你两个人平日是专于伺候姑老爷的,不问你们,倒问谁去?三桂儿是他主人南边带来的,多年的心腹,瞒我尚情有可恕;你这奴才,吃的我洪家饭,反向着外人,欺你小姐,论理即该处死!"回头对众婢道:"你等去请了老太爷来,先把这背主忘恩的奴才送官究治,然后再办三桂儿!虽说你是你主人带来的,可知我是你主母,也办得你!"那家丁听了静仪的话,回后一想,道:"哎哟!我好糊涂呀!果真我一千年是洪家的用人,日后还要靠洪家吃饭的;就是姑老爷待我甚好,也不见得即带了我去,我何苦替他欺瞒自家小姐?"想罢,连连磕头,道:"小姐请息怒,小的直说了。这是姑老爷做的事,并非小的引诱。"遂将王兰如何带了洛珠入京、如何赁屋另住的话,从头至尾细说。把个三桂儿急得在旁搔耳挠腮,又不好止住他不说,暗暗跺足道:"主人,你错使用人了!他到底是洪家的人,不比自幼跟随,可为心腹!若是小姐单问我一人,今日拼着打死,我也不肯直说出来!"

静仪听那家丁说毕,早气得眼红眉竖。又问道:"带了那娼根进京,安置在谁家的?不能一入了城,即有这处现成的房子。"家丁道:"借在云大人衙门内的。就是八月十三那一日,亦从云府娶过来的。"静仪点头,道:"怪不得他那一班朋友如胶似漆,多是一起狐群狗党,狼狈为奸的东西!"转身又问三桂儿,道:"他所说的这些话,可有冤屈你主人没有?"三桂儿低着头道:"小姐恩典,好在他已回明了,件件多是有的。"静仪睁着两眼望了他两人半晌,鼻孔内哼了一声,道:"你这两个奴才!该问甚么罪呢?"即吩咐女婢等:"传话外面老总管,将他两人好生管押,不许一步走开!"女婢答应,带了二人出来,交代了总管家丁。

静仪坐在房内,愈想愈气,即起身走到中堂,见他父母,商议此事。恰好洪鼎材夫妇正对坐闲话，忽见女儿怒形于色，忿忿的出来，老夫妇很吃了一吓。静仪上前给父母请了安，在洪夫人肩下坐了。洪夫人笑道："你又有甚么不悦，气得这般颜色？"静仪听说，不禁一阵心酸，滔滔泪下，将王兰如何瞒着他娶妾、现在另自居住的话细禀父母，又道："并非女儿吃醋，不容丈夫娶妾。大人家三妻四妾，十二金钗，也是有的。争奈女婿这般行为，甚不合理。他全没有半分结发之情，将来女儿还怕不落在他们圈套里么？定要磨折杀了！要望父亲母亲做主，代女儿想个出头之计。不然，女儿与其死在人手内，莫若死在爷娘面前，倒还情愿！"说罢，放声大哭。

洪夫人听了，摇头道："我儿，不可如此执性，凡事多要归情理上说。丈夫家有妻、有妾，不为过分；况女婿先妻后妾，亦不为越礼。他既然怕你，瞒住你另寻房子安顿，你也只好佯作不知。惟有格外曲尽为妇之道，或可感动其心，待你加倍情爱。而且女婿亦是个明理的人，即是置了妾，万分宠爱他，也不至磨折杀你。你若一味恃蛮寻闹，愁的女婿恼羞成怒，那时反不好收场。就叫丈人、丈母一定说女婿不应置妾，这句话亦难出口。我儿，你是知书达理贤惠的人，各事总宜三思而行，不可苦坏自家身体。少停两日，待为娘的相机而说，劝女婿一番，看他如何答我。"

洪鼎材初时听他女儿所说，早气得七孔生烟。又闻夫人全是劝女儿忍耐的话，却不怪女婿，反怪女儿过于心急，也不等夫人说完，即大声连呼"可恶"，道："你真真老糊了！王兰那小畜生狂妄自专，天下人多不在他眼内。今日做这件事，非独欺负我女儿，亦甚蔑视你我。娶妾不妨，难道不该与我家说明么？不知我女儿怎生挟制他，又怎生狠毒待人，他所以才瞒着我家赁屋纳妾。这个名声传说开去，女儿固担不贤之名，你我做岳父母的，也要惹人议论。女婿本不敢十分放肆，多是你们平时作酿出来的！我的儿，不要听你娘的话，既然丈夫送你这不贤的名声，你爽性闹他一闹，大家都不得安稳。最好你今日就到新宅里去，将这娼妇羞辱他一场，问他究竟算个甚么人。料想你丈夫也不敢奈何你，他总不能身担宠妾灭妻之名；他果真难为了你，自有老子做主！问他可要这个前程了？不怕他具通天手段，也难逃公论！我只当他放了一次差回来，该懂点人事，那知分外无知！若不屈抑他一回，太觉我洪家可欺了！"一席话正中了静仪的心志，好生欢喜，止住悲声，道："女儿也想与他拼一拼，借此出头，因未禀明父亲，

第三十一回　众学士争咏合欢词　醋夫人寻闹新姨宅

不敢造次。既父亲如此盼咐,女儿即去,不然恐他得了风闻,去做手脚。"遂起身回房收拾,又叫女婢传话,外面备轿,把三桂儿等带着领路,"你们也全行跟了我去。"

洪夫人见他父女说得高兴,全不顾情理,又知阻挡不下,长叹了声,道:"罢了,罢了!随你们怎样闹去,我从今再不过问!但是闺阁千金,开口即说要闹,却成何说话?亦有这样糊涂老子,反纵容女儿去闹!我只怕这一闹,反下不去,那时方悔之不及。好在你们说我老霉了,窃恐我的两句老霉话倒有点意味。我若多说,又要怪我作酿女婿了!"说罢,赌气回房。他父女二人正在盛怒之际,那里还听洪夫人的话?也不答他。

少顷,静仪穿戴已齐,复至中堂来见父亲。洪鼎材又嘱咐:"先到云府,询个清澈,将你去的一番意思告诉云家知晓,然后再往新宅。此谓先发制人,兼使云家自知惭愧。"静仪答应,走出火巷口上轿,众婢也各自坐了小轿。又叫总管家丁押着三桂儿等两人在前引路,先向云府。

不一会,到了府前,男家丁抢一步前去通报。程婉容听了,甚为诧异,对林小黛道:"王、云两家虽系世好,内眷却未通过往来。今日洪小姐忽然来此,其中必有事故!"小黛道:"且去迎接他进来,见了面,自然明白。"婉容笑着啐道:"我把你这臭蹄子嘴拧破了你的!我岂不晓得见了面自然明白?不劳你提掇我。不过背地度量,他突如其来,为的甚么缘故,倒引出你一句冰冷的话来!"小黛笑道:"谁教你问我的?不用说闲话了,尊客倒已下轿好久,不要与我斗口,怠慢了尊客。"两人忙出堂来接。

恰好静仪下了轿,众婢簇拥进内。程、林二位夫人迎入中堂,行礼已毕,邀请入座,彼此各叙寒暄。静仪又问了小黛,方知是冯二郎的夫人。遂起身对二人万福,道:"小妹今番造次晋谒,非为别故,只因有一桩不明白的事,要请问二位姐姐。"二位忙立起答礼,复又坐下。程婉容赔着笑,道:"姐姐请盼咐,小妹等愿闻。"静仪遂将访得他丈夫置妾,刻下另寻了房屋居住,"娶的这一日,据闻由尊府这边起身;又闻入京的时候,亦先寄顿尊府,想此女根底尊府都该尽知其细。非是小妹不顾羞耻,不能容丈夫娶妾,但是瞒着我做事,其中显有情弊。是以小妹斗胆过来问个切实,望二位姐姐原谅。再者,娶妾亦是寻常之事,京中偌大地方,还怕没有出色女子?定要由南京携来,是何缘故?况闻此女是青楼出身,这种人未必能守闺训,怕日后做出伤风败俗的事来,岂不有玷家声?故而小妹愈不得不问个彻底澄清。"程婉容闻说,恍然大悟:"我料他此来定有缘故,原来这件事被他识破了!"

正欲回答,旁边早恼了林小黛,不由得满脸通红,气上心来。因为静仪说到青楼出身的女子不守闺训,必然做那伤风败俗的事。小黛不是从青楼出迹就罢了,所谓兔死狐悲,物伤其类。忙接口道:"姐姐真乃明见万里!就是姐姐今日不来,小妹等正思日内亲往尊府,告知此事。日前王大人带了此女进京,要借住我处,因为皆是至好,不便推却,留他住下,就知此女太不似人,信口开河。住在敝处约有半月,每说到他们青楼中,阅人虽多,倒能参透情天欲海,不过如斯,反可坚贞自守,惟有名目低微些。若论名门巨族的千金小姐,偶一失足,做出事来,竟有不堪设想者。你想这些话可令人生气?小妹倒也罢了,程家姐姐的肚皮都被他气裂。因碍着王大人面上,只好忍耐。非是小妹撺掇姐姐,此去倒要结实的给他一个利害,他以后才知道人事,不敢乱说,夸奖自己,卑贬他人呢!"

小黛句句多是骂的静仪,他如何不明白?自知失言,只图骂得洛珠畅快,不料敲弓击弦,伤了小黛,顿时脸红耳赤,万难久坐,只得起身作辞,道:"小妹今日轻造尊潭,殊属冒昧,容改日再来谢罪,暇时还要请二位姐姐过去,饱聆雅教。皆因闻此女在尊府栖止多日,其中恐有蟊蠊,不得不来请问一声。所以告罪在先,千祈勿怪。"婉容道:"姐姐说那里话?小妹更觉惶恐了。若知王大人瞒着姐姐的,理当送个消息,反劳姐姐辱临,小妹等身上早担了不是。亦容改日踵阶谢咎。"彼此又谦逊了一回,程、林二位夫人直送至二厅,见静仪上了轿,方才回后。

林小黛道:"那里来的这种冒失鬼?你气丈夫娶小,拈酸吃醋着不得,关别人甚么事?没有说了几句话,即开口伤人。我久闻他是个悍妇,若不教训他一番,他还要自尊自重呢!也不怕肉麻!"婉容笑道:"罢了!你发作的话,他也够受了;若是我,却说不出来呢。虽说他不好,你亦未免言之太甚。"小黛头一扭,道:"甚么叫做太甚?他来意不善,即怪不得我!明知他此去寻洛珠淘气,故意呕他一呕。好在柔云也是个可儿,他今番断不会讨好,我们放长着耳朵听笑话罢。"

不说程、林二人背地议论,且说静仪出了云府,吩咐三桂儿等领路,向

第三十一回　众学士争咏合欢词　醋夫人寻闹新姨宅

新宅里来。坐在轿内，愈觉懊恼。原是到云府内问个明白，兼之诉说自己来意，不料反受了小黛许多言语，又系自家理屈，只得隐忍下。这一口气无处发泄，惟有到新宅里，将那娼根出气！

不一时已至门首，轿前家丁正欲进门去说，早被静仪在轿内喝住，命将轿子一直抬入内厅下肩。那两边门凳上坐有许多的新来家丁，忽见一乘大轿，随后无数小轿，进了门直向里走，不知是谁家宅眷，一个个站起，又不好上前阻挡。一回头，见三桂儿与那同伙的家丁也跟了进来。众人扯住三桂儿，问道："兄弟，这是那家府里来的？怎么你们也跟着？"三桂儿忙附着此人耳畔低低说了几句，叫他"速速进去送信，洪府里大小姐来了！"那人很吃了一惊，急忙转身，在人丛里挤进，从火巷内抄近，飞奔后堂。见王兰正同洛珠对坐着棋，两个婢女蹲在石上说笑。那人急走近王兰身畔，道："回爷的话！"王兰因一角棋腹背受敌，出神凝想，蓦地被那人吓了一跳，正欲发作。那人遂一口气将静仪来的话说了，又道："轿子已进二门，速请示下好去预备。"王兰闻说，登时手忙脚乱，推开棋枰，站起道："他怎么晓得到这里来呢？是谁多的嘴？"那人道："三桂儿领了来的。"王兰跺足道："可恶这狗才！他竟敢坏我的事么？你们也糊涂得很，不该让他进来，就说这里不是！"那人要笑，却不敢，道："三桂儿已同了大太太一路来，还赖得去么？"又见第二起家丁上来，道："大太太已在厅上下了轿，要进来了。"王兰听了，分外着急，惟有抱怨他们没有阻挡。

洛珠在旁，从容起身，道："他既来此，自然是访实了，又带着三桂儿引线，料想挡不住的，你急也无用。况他此来，断非善自干休，若见了你，反不好说话。你且暂避，待我去会他，自有主见。"一句话提醒了王兰，连称："好极！"大踏步走入后进，心内却放不下如何结局，嘱咐家丁："在此打听，我到江府等信。"说罢，绕至火巷，出后门去了。

洛珠见王兰已去，叫人将外间所有王兰几样用物全行收过。又令众家丁在阶下伺候，恐来人动蛮。早见一簇女婢扶拥着静仪进来。洛珠故作惊讶，连问："是谁？"静仪一见了洛珠人材美丽，裙袄鲜明，心头无名火早冲起十数丈高，那里还顾青红皂白？指定洛珠大骂，道："你这狐媚娼妇！胆子有多大！好容易就这么安安闲闲同着男人住在一处？论理，即是我家娶的妾，也该来谒见我，尽其小妇之道，尚情有可恕。娼妇！我到底问你，这样不明不白，究竟算我家甚么人？"说着，早至中堂坐下，吩咐众婢道："你们入内，将老爷找出来，说我在此，倒要看他有何颜面对人！再者，亦要问他，这个娼妇是我家甚么人？"

洛珠初时原欲俟静仪入内，看他若何动静，好用言语打发他。今见他一来，即破口痛骂娼妇不绝，不禁勃然大怒，变色道："你们这班该死东西！我家不认识的人，也乱放了进来！况且不知那里来这个疯癫妇人，无故到人家来信口詈骂，难道没有乌珠子么？看看可认识得我？又乱说甚么请老爷出来，是谁的老爷呢？不成自家没有丈夫，到人家来找老爷么？看这妇人倒像大人家出来的，何以这般不成体统，不顾羞耻？你们将他撵出去！"骂得阶下众家丁多不敢开口。静仪直气得瘫在椅下，回头叫众婢道："这娼妇还了得！天多反了！竟敢骂起我来！你等与我揪他下来，捶死他，有理再说！"

众婢见洛珠铁铮铮坐在上面，一毫不惧；而且又没见王兰，何能用武？内中有几个年长解事的，近前低低道："小姐，没有抓着人家把柄，老爷又不在这里，何以见得就是？莫若将三桂儿唤上来质对，他即无词可措。"静仪听了，一迭声的叫三桂儿。那知他两个人明知多要叫他们上去，又闻王兰早已走开，洛珠必定翻过脸来不认，"小姐定见叫我们上去质对，真真说也不好，不说也不好，能得罪那一边呢？"两人商议停当，趁着人众忙乱之际，洪府总管家丁又去小解，他们早一溜烟跑到江府暂避，待这件事闹定了，再作计较。连那个家丁此时也追悔不及："虽说我是洪家人，到底不可得罪姑老爷，怕的窄路相逢，放我不过。好在我说明此事，不为欺负小姐；不上去质实，亦算报效了姑老爷。"所以亦同三桂儿走脱。女婢出外半响，进来道："三桂儿等两人早经溜去了。"

洛珠听得带来的眼线已走，心内暗喜他没了把柄，益发拍桌敲台，高声大骂，道："我也不认识你是谁，好端端闹到我家来，是何缘故？可知禁城之内，容不得你这些混帐女光棍胡行乱闹！"静仪闻三桂儿等已走，王兰又不在座，又见洛珠花容铁青，自己反无了主意，早软下了一半，道："你不要嘴强，难道我不访实，就来此么？你是我家老爷由南京买回来的，瞒着我私住在外。此时你将老爷藏过，容你抵赖？少顷自然还你个实据！"洛珠呼呼冷笑，道："哦！怪不得，说了半天才有半分明白。你家丈夫瞒着你

第三十一回　众学士争咏合欢词　醋夫人寻闹新姨宅

娶小,你疑惑是我这里,所以才与我闹的。你可知我家是何等人氏？第一件诬良作贱,你即不得过去！也罢,我太太姑容你去搜寻,若搜出你丈夫,这怎生说法？搜不出你丈夫,又怎生说法？"遂喝令众家丁:"看守前后门户,他若搜不出人来,休想走脱！你们再领着他四处搜去！"

静仪心内已有两分着慌,想道:"难不成我委系寻错了？三桂儿那奴才有意给我苦吃的？"又转而想道:"他定将王兰藏过一旁,故意的诈我。不要上了他的算计,好歹搜一搜再议。"硬着头皮,命众婢:"用心四处搜寻,若见了老爷,切不可放走了他！"众婢闻说,即往前后寻找,甚至柴房里、夹道内多搜寻遍了,毫无踪迹。静仪也留心察看,或王兰穿换的衣服、使用的物件,有了一件,即可为据。谁知竟寻不出半点来。众婢搜了半晌,转来道:"各处多搜寻过了,实在没有。想必老爷今天没有来。"此时静仪心中分外着急,又走不脱身,痴痴的坐在椅上呆想。

洛珠道:"你们多搜过了,是真没有你家老爷。可见你们一起人洵是女中光棍,借端讹诈,今日偏生寻到你祖太太头上来了！"遂吩咐阶下众家丁道:"你们着两个人,到老大人府里去禀明此事,请老大人知会刑部里,派两名兵役来,将这班女光棍抓去审问！"阶下家丁人人得志,无不暗赞洛珠有胆,又暗笑静仪今番怎得脱身。听得洛珠吩咐,一齐答应道:"不用小姐嘱咐,小的们已经差人禀老大人去了。还了得吗？问这班女光棍有多大胆子,都欺负我家小姐起来！好笑还装得怎么有体有面的！"

洛珠贴身两名女婢也走过,对静仪道:"你这位奶奶,敢是活得不耐烦了？怎生闹到我们府里来？你亦有两个耳朵,打听着这里可能容人讨野火么？又系无中生有的事。还不赶早求求我家小姐,不然,请了老大人来,那才真不得了呢！你这位奶奶究竟姓甚么？看你也似好人家模样,怎生想做这些买卖？难不成真是疯子么？"众男妇人等你言我语,说得静仪无地自容。又闻众人称呼小姐,又说甚么请老大人来,"眼见是上了三桂儿等人的当,真寻错人家了,却怎生收得起科来？"心内又愧又怕。众婢也听呆了,又见静仪现出惧相,他们分外没了主意,怕的"当真究办,小姐可以无碍,我们是吃苦吃定了"。只得一齐上前,向洛珠请安道:"小姐且请息怒,实系我们家小姐是寻找我家姑爷私娶的妾,不知怎么,误入你小姐府内。主人冒犯之处,婢子们过来请罪;况且我家小姐亦是有体面的人家,你家老大人就该知道了,此时却不必说出名姓。"

洛珠听了,又好气又好笑,装着满面的怒容,一声冷笑,道:"据你们说,寻错了,误入我家那也不妨,进门也该问个三长四短,怎样人都不认清楚,即大闹大骂起来?难道我就白受你们一顿糟蹋么?到底你家姓甚么?是个甚等有脚力人家,擅自欺人?若是……"阶下众家丁也趁势收场,齐上来道:"既然来人说明误走到我们府里来,还求小姐高抬贵手恕了他,亦不必追问名姓,给他个体面罢!"众家丁又做好做歹,催促跟来众婢:"还不快同你家这位奶奶走罢!少停老大人来,那就真走不了了!"众婢此时早吓得昏天黑地,也不由静仪做主,搀起他来,急急出了后堂,连声唤轿夫,抬讨轿子,将静仪推入,众婢亦上了轿,飞风去了。外面洪府众家丁也被新宅内众人言三语四的数说了一阵,正摸不清头绪,忽见小姐上轿回府,众家丁亦忙忙随着同行。

到了府前,静仪出了轿,一路放声大哭,来至后堂,只要寻死。把洪鼎材吓得不知何故,细问众婢,方知寻错人家,受了三桂儿等的哄骗,女儿反挨了一番羞辱,几乎闹出大事。现在三桂儿等又逃脱了,究竟这个人家未知是与不是。却暗恨女儿太为孟浪,怎么进门的时候不问个清白?即如是的,见没有王兰在座,都要拿着一桩把柄,或问明了,方可发作。此时又不好埋怨他,见他已哭得泪人一般,反用好言宽慰。命众婢:"服侍小姐回房歇息,此事交在我身上,总要访个水落石出。"又将众家丁叫上,问了一遍,又问:"可曾细询四邻,到底是否?"众家丁道:"彼时小的们皆在外面,只听得里间吵闹,他家人手又多,不容小的们入内。后来见小姐出来,也只好就跟回来了。小的们亦受了他家多少挫折,却没有想及去问四邻。"洪鼎材听了,大骂道:"你等这一班该死没用的东西!些许小事,都访问不出,叫你等跟去做甚么呢?反丢了自家面孔,难不成你等是哑子么?问一问四邻,即知底细,这点小见识多没有,还算人吗?限你们速去,再访问是否。即如不是,亦要访问是甚等人家。俟办过这件事,再与你等算帐!"说罢,又使劲骂了一顿,忿忿回后。

众家丁齐称晦气,道:"这是那里说起?跟出去,受人家的气已经难处了,回来又不讨好。说不得我们仍要去一遭。倘然是姑爷的小婆子家有意诈吓我们,即加倍给他一顿气受,把那小娼妇揪出来撕碎了他,拼着不

第三十一回　众学士争咏合欢词　醋夫人寻闹新姨宅

在这门里吃饭了,好让他们丈人、女婿吵窝子去!"众人退出,少歇片刻,又往新宅左右邻舍人家去访察。

未知可访得出实在信息来,且看下回分解。

第三十二回

锁空房金蝉脱壳　明大义宝镜重圆

却说王兰出了后门,也不套车,遂步行至江府。一直入内,见伯青、从龙、二郎、汉槎、柳五官等五人坐在书房内,正谈论王兰的事。因从龙朝回,程婉容说及洪静仪亲来访问洛珠消息。又被小黛抢白了一顿,多分他此去与洛珠吵闹。叫从龙去寻王兰说明,该如何处置,好早为准备。从龙即至伯青处商议:"若径去通知者香,怕的静仪已至那边,他心里正疑着其中是我与楚卿调拨,见了面,倘或诉说几句,又不能与他较量,反难以为情。"二郎道:"我久知此事必要发作,况属在耳目,难免没人传说,何能久瞒?却不料他晓得这般透彻,连在在田家寄顿多时他都知道,这可不是怪事!"

从龙正欲遣人去请王兰,忽见王兰怒气勃勃的走进。众人起身让座,王兰即细说静仪去闹的一节,"谁知是三桂儿告诉他的,这奴才还容得么?"从龙点首,道:"好呀!我说若没有内里人去告诉,何以尊夫人连由我处发脚他多晓得呢?然而我看三桂儿那孩子跟你不止一年,平日不是个好多嘴的人,此中仍有曲情,者香尚宜缓缓察访。"众人正说着,见连儿领了三桂儿上来。王兰顿时心头火发,大骂不止。三桂儿跪在地下,将前后情由细禀:"……所以小的等两人只好躲避到这里来。如果小的多嘴,情甘处死!爷日后都访得出的。"从龙道:"果然其中另有曲情,实系尊夫人威逼他们说的。"王兰听了,方才明白,不能尽怪三桂儿,喝令起去。又见打听的家丁也来了,说:"大太太已回,因为没有寻着老爷,三桂儿又走开了,反被二太太翻过脸来,说大太太无故来闹,竟狠狠的给大太太个下不去,大太太反认了错误,方许出门。"

二郎拍手称快,道:"柔云真乃可儿!窃恐尊夫人威风今日洗刷殆尽矣!"王兰亦自欢喜。伯青道:"你们且慢得意,洪小姐虽扫兴而返,回去必与洪老商量,定然要重来寻闹。柔云只可瞒得一时,若细为访问,仍要破露的,终属真的是真、假的是假。倘再来的时节,任他柔云口若悬河,多难

第三十二回　锁空房金蝉脱壳　明大义宝镜重圆

掩饰。洪小姐必定加倍报复。柔云又是个烈性人,他给人下不去,是能的。人给他下不去,那是不能的。怕的激出别样事端!"从龙等亦说:"伯青所虑甚是,者香要早为打点。"二郎道:"那也不妨,最好赶紧将柔云接了过来,留下一所空屋,还怕他拆了去么? 爽性者香也不要见他面,纵然洪小姐有天神手段,亦难施展。"众人听说,同声称善,即催促王兰:"速去为是,怕的尊夫人一得了实信,即要再来。"王兰此时也被众人提醒了,忙唤进三桂儿,叫他"速往新宅内,接了二太太,到云府里去。所有搬不及的物件,随他去罢!"一面又嘱五官去收房子。三桂儿答应,飞风去了。五官即叫人去贴了收回的房帖,"俟王大人新太太走了,即将大门关锁,吩咐该段巡兵照管,不许旁人啰唣我的房子,就说是东府里王爷的。"王兰又唤进家丁,细问彼此吵闹的情由。众人听了,个个称赞洛珠,遇事有胆有识,又有权变。少顷,洛珠到了云府,婉容与小黛接入内堂,将带来物件暂且堆置一间空屋内。王兰另在江府住下。

　　再说洪府家丁至新宅左右访问,方知果是王兰寻的房子。连询数处,皆是一般说法。即匆匆回来,禀明洪鼎材。静仪闻说,直气得目瞪口呆,连称:"罢了! 不料娼妇有如此大胆,我反被他愚弄! 真要愧死!"洪鼎材亦怒对静仪道:"我儿,你爽性一不做,二不休,此番再去,切勿信他欺诈。好在访实了,不容他巧辩,竟将他抓了回来,慢慢的摆布他!"静仪即吩咐备轿,又带了男妇等人直奔新宅。众家丁起先受了那些吆喝,此时人人擦掌,个个磨拳,恨不一步跨到新宅里,打他个落花流水,好出胸中恶气,横竖打出事来,有主人料理。不一会,到了门首,见门已扃锁,贴了"业主收回"的帖子。众人吃了一惊,道:"怎样手脚做得这般迅速! 晓得我们要来,预先走脱了么?"只得至静仪轿前回明。静仪一路上闷恼万分,愧恨交集。愧的是本来寻娼妇吵闹,反受了他一顿恶气,恨的是"将来如何对人? 丈夫的一个小婆子我都奈何不得,倒被他占了上风! 惟有此次重去,加十倍报复那娼妇,王兰必定出头,即与他把命拼掉了,自有我父亲做主,与他理论!"正在筹划,忽闻众家丁来说:"新宅门已封锁了,并有收回原房的帖子贴着。"静仪道:"胡说! 就是鸟,也飞不得恁快! 他本有后门可以出入,怕的我们再来,故将大门封锁,他等却躲在里面。你等到后门首去看。"众家丁急忙绕向巷内,见后门也是闭着,只得又转身回来。静仪道:"不问他走与不走,你们代我打了进去,看有甚么动静!"

众家丁正欲上前打门,见道旁走过几名巡兵,喝住道:"你们是那里来的?人家一所空房封闭着,又没有人在里面,要打开了做甚么?"众家丁道:"你们问做甚么?我们早间在此,还有人住着,怎半日工夫就搬走了?我们是洪大人府内来的,不管他搬不搬,打开来看,果真没有人,也会寻房主说话!"众巡兵冷笑道:"你们不要糊涂!甚么红府黑府,你知道这房子是谁的?是东府里王爷买下,给柳五官的。你们要打开不妨,待我们去回明了王爷,叫你们打开,那不干我们的事。你要寻房主子,你们有大脑袋,只管找王爷去!此时要私自打开了,却不能!"内中有一个老年巡兵道:"你等不必同他啰唣,最好让他们打去。打开了,我们再去回王爷,看他们可吃得起这注儿!"

静仪在轿内听得明白,早知王兰又预为准备了,若再讨个没趣,更难为情。即止住众家丁,不许乱动,吩咐转轿。众巡兵哈哈大笑,道:"我说你们也没有这般胆量和王爷碰去,终不成鸡子敢同石块撞吗?还矜张甚么红府儿黑府儿,就这样算了罢,别要臊坏了我们!"静仪的轿子尚未走远,听了分外羞愧,切齿痛恨王兰、洛珠两人。

回至府内,细说与他父亲知道。依静仪的意见,即要他父亲去封了房屋,房主自然出面,寻他两人说理。洪鼎材深知柳五官是王爷极宠爱的,"连鲁道同尚不能奈何他,何况于我?倘或我去封房,王爷即挺身直认是他的房子,我岂不得罪了王爷?"遂用好言劝慰静仪,叫他"不可性急,慢慢再寻事摆布他。料想他既走脱,打开门来也是没用。终究多要见面的,难道就是这样罢了不成?"静仪无奈回后,气得晚饭也不吃,即和衣睡了。

次日推病不起,惟时时恨骂不绝。早有使女们得了此信,来禀知夫人。洪夫人听了,点头长叹道:"我原说难以讨好,果然应了我言!阿弥陀佛,此乃自作自受,怨不得旁人。早知听我一半句霉话,也不致如此!"又闻静仪气起病了,洪夫人痛恨女儿出乖露丑,也不去看视。"如果他真气死了,倒是我洪门造化!将来传说出去,不知被人家怎生谈笑?"

不提洪府这边各人有各人心事,且说王兰将洛珠寄顿在云从龙处,自己住在江府,终日与伯青、汉槎说笑。有时在办公所在碰见洪鼎材,即早为趋避;或躲藏不及,见了面,惟说公事烦多,不能回来。洪鼎材当着人

第三十二回　锁空房金蝉脱壳　明大义宝镜重圆

众,无可如何,也只得含糊过去。又隔了多时,这日相巧在街市上遇见。洪鼎材硬将王兰扯入府内,用别的话说了他一番。又说女儿有病,已数十日不起,"难道你夫妻情分没有半点么?亦该回来看视!"王兰故作惊诧道:"小婿因公务羁缠,不能分身,谁知小姐病了,小婿委系不知。"说着,即匆匆入内,来看静仪。

跨进房门,见静仪穿着随身便衣,斜靠在炕桌上,地下站着几名女婢,果然比往日消瘦了多少。王兰也不待静仪开口,先问了病原,即自己引咎:"实在不知小姐贵体染恙,我如果早为知道,任他公事堆积成山,也当偷空回来问看。"又回头喝骂众婢,道:"多怪你们伺候得不小心,带累小姐作气,才生起病来!现在是甚样医家诊视的?"众婢闻说,个个暗笑道:"分明是为你气出病来,反骂我们服侍不好,谁信你这一番鬼话?"又不敢驳回他,只得说:"小姐不喜服药,没有请着大夫呢。"王兰假意顿足道:"这是甚么话?有病都不请大夫?就是小姐不喜吃药,难道老老爷、老太太也随着小姐胡闹吗?倘然日久病深,难以医治,那才追悔不了!笑话!笑话!我有个至好的朋友,医道甚精,我即去请了他来。然非我亲往不可,包管一药而愈。"又对静仪道:"你且安心调养,不可急躁,再添别症。我去请那朋友来诊视,该要服药,是要吃点苦水的,天下那有不服药治病的道理?"说罢,转身大踏步出房,也不走后室,即由左首耳门内出来,从火巷出门去了。

静仪初时见王兰进来,恨不得顿时发作,与他拚命。回后一想,且看他见面如何粉饰,再闹不迟。那知王兰甜言蜜语,说了多少好听话,即转身去了。静仪忙叫众婢扯他回来,已不及了。静仪直气得面红耳赤,恨骂不绝。

洪鼎材在中堂坐了半晌,不见王兰出来,放心不下他女儿,见面如何说法;又怕静仪病中不能气恼,悄悄进来询问,方知王兰已去,是用的脱身计。遂不禁抱怨静仪,道:"你太没用了!不见他的时候,何等性急?恨不暂时与他拚命,方泄胸中气闷;今日难得他被我拘束回来,纵然不好一见面即翻过脸来,也该审问他个理屈词穷,然后等我责以大义,不怕他不低头折服。那料你信他巧言花语,又被他脱身而去,还要被他笑我洪家不敢得罪他,欺你如稚子一般!罢了!罢了!我也是白惹闲气,一百岁,你们是夫妻,好也罢,歹也罢,我做丈人的,何苦枉结冤仇?"说毕,怒冲冲出房而去。静仪正受了王兰哄骗,一肚闷气无处发泄;此时又被他父亲埋怨,气上加气,放声大哭。众婢再三劝慰,气得一连三日水米不沾。

众婢忙去禀明夫人。洪夫人虽说恨着女儿,到底是他亲生的,只得到静仪房内,反复开导一番,静仪方肯进点饮食。晚间,洪夫人又与洪鼎材计议,道:"女婿女儿别气,不是长策。女婿虽是少年心性,趾高气扬;然而纳妾是丈夫的常事,却怪静仪不能容物。非是我放肆,说你不好,当日女儿得信,要去寻闹,你做父亲的应该从中拦阻,善为调停,怎么反怂恿着女儿去?未免老爷失于检点。而今静仪已被我说平复了,他也在那里懊悔以前孟浪。最好仍将女婿劝回家来,连那聂家女子,都带至府中居住,可以大众相安。况你我皆是半百以外之人,只有这一个女儿,原是赘婿养老,若他们夫妻参商,你我何以为情?如怕聂家女子不安于室,只要静仪处处以礼相待,他也不能吹毛求疵寻事。"洪鼎材听了,半晌无言,叹口气道:"我岂不知女婿女儿反目终非了局?既然静仪能容他丈夫娶妾,可以接回一同居住,此乃好事。但是叫我低头去请王家那小畜生,我死也不能!除非我不是他丈人才可!"洪夫人笑道:"你真个傻气了!谁叫你赔女婿的礼去?亘古及今,也没有这个情理。我自有善处之法,外面仍要叫他至我家赔罪,给你个面子。"洪鼎材点首,道:"随你怎生办去,岂有女儿愿意夫妻和好,你又一力作成,我反不愿么?可不是笑话!"

次日,洪夫人又到静仪房内,将昨晚与他父亲商酌的话对静仪说了,劝他从此要夫妻和睦,"就是新来的人,你以礼待他,他也不敢藐视于你。何况你夫妻以后日子甚长,此时即你争我斗的,将来除了父母,你又依靠谁呢?切不可劝了女婿来家,你的旧性复作,那就一裂再难复合了。不是我说句短气的话,妇道家,多要欠缺三分。不见我与你父亲有时口角起来,他果然真动气,我即暂避,待他气平了,慢慢的与他理讲;甚至他自己认错,岂非省了烦恼,又占了便宜?"静仪昨日被洪夫人劝说,早回了五分心意;今日洪夫人又将长譬短的说了一番,惟有唯唯答应。洪夫人见他已心愿意服,只是不好说出口来,遂起身吩咐:"外面备轿,到云大人公馆里去。"即回后穿换衣服,上了轿。

少顷,已至云府,家丁上前通报。程婉容闻说,向小黛说道:"日前小的来此,今日老的又来了,不知又有甚等新闻?"小黛道:"不过仍为柔云的事。我久闻洪夫人是个贤淑持家的人,断不似他女儿那样不明道理,出口

第三十二回　锁空房金蝉脱壳　明大义宝镜重圆

伤人。我们自然要会他,不然,还说怕了他呢!见景生情的打发他。"婉容点首称是。即同了小黛迎接出来,邀请洪夫人入内。程、林二位夫人以尊长之礼相待,洪夫人再三谦逊,顶礼相还。

彼此入了座,洪夫人即谢了女儿前日造次的罪:"此番到府,非为别故,谈起来令人羞愧!"遂说自己如何责备女儿,回心转意:"现在惟祈云大人邀约小婿的一班好友,代劝小婿回家;那聂家女子久在外面,亦复非是,可一同到舍下居住,小女断无话说。这事全仗二位夫人大力成全,愚夫妇感激不尽。并闻聂女刻下住在尊府,可容唤来一见。待我当面宽慰他一番,小女纵然不是,我今既出面调处,此事断不能使他抱屈,亦令他放心得下。"婉容、小黛听了,欠身连称言重:"既然夫人调停,不使聂女失所,又可从此相安,是极好的事,令婿亦该无异言。可请放心,我等无不尽力。"回头即吩咐使婢:"至后堂请王大人新姨娘出来,谒见洪老太太。"使婢答应。

去了半晌,领着洛珠出外。又有一名女婢抢步上前,铺设红毡。洛珠不慌不忙,走至堂中,深深行了四礼。拜罢,敛衽低眉,侍立一旁。偷眼观看洪夫人,大非静仪可比,满面慈祥和蔼,却似一位太夫人气概。

洪夫人见洛珠下拜,也立起答了半礼。细看洛珠,宛似盈盈出水芙蕖,袅袅临风杨柳,肌丰骨软,态度安闲。暗暗赞赏道:"果然好个孩子!怪不得女婿留恋他,真乃我见犹怜!此女外貌既如此安舒,必不是个悖情逆理的。"遂命女婢取了张小杌,命洛珠坐下。洛珠谢了坐。洪夫人道:"日前的事,我已尽知,不用细说。此时前情一概不问,所以我特地过来,与二位夫人相商,意在择日接你回去,与小女一同居住。你若虑小女有欺负你的处在,我可一力担承;然而我看你是个聪明人,料想你礼法也是不错的。彼此各尽其礼,还有何话说?你心内揣度揣度,看我的话是与不是?就是我女婿,我已请了云大人与众位大人劝他回去,你何能一人住在外边?"小黛接口道:"既洪老太太如此吩咐,柔云姐姐宜回去同住的为是,洪老太太是待人极好的。"洛珠立起身来,回道:"蒙老太太不罪前愆,已是格外恩典。那日太太到我那边,我亦未敢貌视。因太太实在骂得人难受,千娼妇、万娼妇的不绝口。老太太明见,这是最伤人心的,所以我才放肆,辩白了几句是有的。既老太太谆谆切谕,叫我回去,我还能倔强吗?老爷何日回去,我随了过来,给老太太、太太请安请罪!"

洪夫人听说，深知洛珠口角利害，"这一番话软中有硬。他却一口咬定，王兰肯回去，他方随了过来，分明使乖，两处不落褒贬，而且理上又说得去。我家那个粗笨任性的宝贝，如何是他对手？"遂道："也好，你就随老爷回来罢。你亦要劝解老爷，不可执意。你劝了老爷回去，非独我喜欢你，就是我女儿与女婿和好了，日后也要感念你的，自然即情投意合。本是我女儿不好，可知终属是一家人，能别气到底么？徒惹外人笑话。但我看你外相既好，心地定然是不糊涂的。你听我说的可是不是？"洛珠连声称是。洪夫人又和婉容、小黛说了些闲话，遂起身作辞。又执着洛珠手，道："明日我央人劝转你老爷回府，你却不可扭难，是要同着来的。"婉容道："夫人但请放心，若令婿王大人果肯回去，新姨娘交在我们身上，送至尊府。"洪夫人谢了又谢。洛珠随着程、林二位夫人，直送洪夫人至前厅，上了轿，方转身回后。

小黛笑道："他家明知闹不过去，所以老的出头，做个好人。我想柔云姐姐是不能不到他家去了。"洛珠道："我正要到他家去，难不成他洪家有老虎吃人么？好在他女儿已领略过我的生活，若待我稍有参差，我仍然闹了出来，那时请下天神来同我说，我都不依从了！"

少顷，从龙、二郎回来。婉容、小黛将洪夫人来意说了一遍："无非请你们劝他女婿回去，我们已应承了。"从龙道："洪鼎材的夫人倒有点见识，劝了者香回家，必要带柔云同去，此乃善处之法。若不如此，者香断不肯回去！来日我去约了祝、江等人一齐劝他，不怕者香不行。凡事要循理准情的做，自然回去为是。终不成一辈子两处住么？难得洪家来请，也好趁势落篷了。"

次早，从龙、二郎套车至江府，先与伯青说明洪夫人之意，"请我们从中解劝。"伯青亦深赞此举甚善，即约了王兰过来，劝他回转洪府，并说："洪夫人昨日亲至在田处，说了尊夫人多少不是，与柔云已会过面了，允他回去毫无异说；若有半点参差，你与柔云仍可出来，那时也无颜面来请你们。"王兰初时立意不行，被从龙等人再三劝说，方才应允。即同从龙回府，问明洛珠可愿意回去。洛珠笑道："我怎么不愿意回去？还要被他家笑我们胆怯呢！看他们若何处置，再作计较。"王兰闻洛珠愿意同回，亦无话说，择定后日同往洪府。

第三十二回　锁空房金蝉脱壳　明大义宝镜重圆

　　从龙即差人先向洪府送信。洪夫人闻说女婿肯同洛珠回来,好生欢喜。又到静仪房内,嘱咐:"见了丈夫,切不可又使性子;就是聂家女儿,他待你礼仪不错,你亦不可寻事。倘再被他得了理去,即难处置。"又叫在后进内收拾三四间房子,让洛珠居住,所有应用物件,皆与静仪那边一样。
　　到了这日,洪夫人清晨起身,梳洗已毕。女婢上来回道:"姑老爷同新姨娘回来了。"洪夫人出了房门,早见王兰在前,洛珠随后进来。王兰抢步,见洪夫人请安。洛珠重新叩见。洪夫人即命请了洪鼎材入内,受了洛珠四拜。王兰说了多少认罪的话。洪夫人笑道:"前情一概不提,但愿你们夫妇三人从此同心和好就是了。"又叫女婢:"去,请小姐出来受礼。"少顷,女婢来回道:"小姐说身体不快,不好出来;好在自家人,见与不见都是一样的。"洛珠立起,道:"既然太太身体不爽适,我理当去看视。"洪夫人道:"也罢,你进去与他谈谈,省得他出来受了风,倒不稳便。"遂命女婢引路,同了洛珠到静仪房内。女婢先进去回明。静仪反觉羞见洛珠,仍欲推托。洛珠早掀帘走入,见静仪尚未梳洗,斜靠一张小几坐着。洛珠近前,深深下拜,道:"日前冒犯太太,罪该万死!蒙老太太格外恩典,宽恕不究,特命过来见太太请罪。"说着,又拜了下去。静仪见了洛珠,满面通红,只得老着面孔,用手搀住,道:"前日均有不是。既已说开了,自家人还有甚么记恨?"即拉洛珠在上首坐下,问答了一回。静仪起身梳洗,洛珠即亲自代静仪整衣拂鬓,殷殷勤勤,小心服侍。静仪倒觉不安,暗念洛珠为人原来甚好,懊悔前日自己太孟浪了。过了一会,王兰也进房来,向着静仪深深一揖,自认了错,又问:"近来身体如何?"静仪本是个喜趋奉的人,今见他两人兢兢赔礼,前情早已置诸脑后了,笑道:"我也没有甚么,就是你们日前摆布得我太狠了!我从今也深知老爷与姨太太的利害,再也不敢寻苍蝇到老虎头上去。你们亦不可算计着我,我实在气不起,留条活命过过罢。"说毕,引得一房的人多笑了起来。
　　又见洪夫人来请他们用饭。今日是盛席款待,因为洛珠初次回来,静仪也同着他们出来吃饭。自是,洛珠住在洪府,洪夫人即命人众改口称姨奶奶,不准轻视。数日之间,上下人等没一个不赞他好。他又曲意事奉静仪,无微不至。静仪此时竟待洛珠如姊妹一般。王兰见妻妾已和,亦放下心来。不时小黛遣人接了洛珠去玩耍,有时婉容、小黛二人到洪府来,他们反觉比前加倍稠密。

　　这一日，王兰朝回，正与一妻一妾闲谈，忽见三桂儿上来道："江老大人那边着人请老爷过去，说有要话面谈，请老爷不必耽搁。"王兰听说，即忙更换衣服，套车直向江府而去。

　　未知江炳谦来请王兰有何要事面说，且看下回分解。

第 三 十 三 回

告终养一棹返金陵　　放封疆众官辞玉阙

　　话说王兰闻江公请他有要话商量，不知何故，忙套车来至江府。早见伯青、汉槎接出，先与王兰道喜，方知奉上谕，江苏巡抚着云从龙补授。浙江藩司着王兰补授。又吏部题奏冯宝补了淮安府知府。江汉槎由兵部主政推升兵部郎中，亦补了山东兖沂曹济道。鲁鹏挑选了知县，分发江苏省试用。鲁鹍上年捐了中书科，俸满，亦外授扬州府通判。奉旨，俱依议。各人得了信，皆打点赴部领凭到任。惟云、王、江三人是奉特旨简放的，又系封疆司道大员，须预备召见请训，方可出京。祝伯青见众人皆得了外任，不日出京，惟有自己没有外放。他虽然毫不介意，究竟旁观，难以为情，不若借此告请养亲，归乐田园。想定主见，即与他丈人议定，又去请了王兰等人过来商酌。

　　少顷，从龙、二郎皆至，彼此见面，各道了喜坐下。江公说到伯青欲告终养的话，自己亦要趁此结伴回籍，并将代伯青呈请的奏章取出，与众人观看。从龙道："伯青今番虽未外放，不过一半年中都可有望。若径告了养亲，未免可惜。"伯青笑道："在田何以直至今日尚未知我？向来我原无意名途，因迫于父母之命，幸已邀荣，可慰堂上，此外夫复有何求？纵然外放，我也要乞退的。与其奔竞宦途，作登场之傀儡，莫若飘然归去，乐我林泉。兼之弟本无才，窃恐尸位民上，反有偾事之愆。非比诸君留心吏治，为国为民，皆能安谧，自当出仕。"众人见他立志甚坚，不便过劝。

　　江公留众人吃了饭方散。婉容、小黛闻得丈夫放了外任，各各欢喜。王兰回到洪府，洪鼎材早得了女婿放藩司的信，忙来说与他女儿知道。静仪、洛珠也自喜悦非常。洪鼎材见王兰回来，赶着与他道贺，又吩咐摆酒，代女婿贺喜。

　　次日，江公上了奏折，代伯青告请养亲，自己亦奏明回籍。不数日，上谕准了伯青呈请，并恩赐予告大学士江炳谦在家坐食全俸，所过各州县，均着沿途地方官迎送，又赐了若干物件。江公即忙着具折谢恩。恰好从龙、王兰、汉槎皆召见过了,大众料理出京。在朝同寅等官纷纷饯送,忙个不了。

单说柳五官闻得众人出京,又闻伯青也要回去,甚是割舍不下。前几日即备了一席酒,邀请伯青等人过来小饮。五官满斟了一杯酒,恭恭敬敬,双手捧至伯青面前,道:"我由苏州入京,数年来,竟未遇着一个知己。除了东府里王爷待我甚好,就算你是我的知音,能深悉我们做戏的苦处。前次又蒙你一力成全,迄今感戴不已!自以为脱却樊笼,无拘无束,又有你们在京,朝夕盘桓,正可作乐,不料你要请假回南。而且你呈请养亲,是件大事,又不好阻拦你。况在田等人亦要同时出京,丢下我一人在此,冷冷清清,和谁叙说?不然,我也可和你们同行,因置了这些产业,一时抛弃不下,真正行止两难!你可吃了这杯酒,愿你此行舟车妥善,身体康强。我若得便,即到南京来寻你们。你也要时常寄信与我,不可离了此地,即忘却了我。"说着,眼圈儿一红,几乎落下泪来,勉强将头别了过去。

众人听了,多觉凄然。惟伯青尤甚,不由眼眶儿也红了,接过酒来,仰着脖子吃酒的时候,私用衣袖拭了眼泪。放下酒杯,道:"多蒙雅嘱,谨遵台命。但我也有一言转劝,千祈垂听。"亦敬了五官一杯酒。五官立起,双手接过吸尽。伯青道:"你此时虽说赎出身子,没有拘束,平日亦要自家留神,各事谨慎。想你到京,直至今日,也不知得罪过多少人,非你好为得罪,皆由你性情太傲,看着而今那一班鄙琐龌龊的人,不屑与伍。倒是君子受你几句抢白,惟有付之一笑,断不能因此小节即计较你;那些小人,生性心地偏狭,最喜趋承,试问平空的受了你的怄气,他何能干休?又碍着东府里情面,不好难为你,他心内却忘不了你。虽然你有东府靠背,还怕谁出你的花样?不知俗语说得好:'宁失一人喜,不结千人怨。'他等遇便即发,所谓'明枪易躲,暗箭难防'。我们在京,遇事尚可劝阻。若有人算计到你,我们得了消息,还可暗中排解,化有为无。如今你一人在此,除了王爷以外,竟没有与你合契的,多要想拿你的空子。你一人见闻有限,那里防备得许多?诸凡都要留心,总宜谦和为是,切勿倚着昔日高傲的性子去做,自然无事。"从龙听了,点首道:"所言深中五官平日之病,足可书绅铭座,五官不可忘了斯言!"

柳五官道:"伯青言言金石,我当铭之肺腑。你说我并不好意得罪他

第三十三回　告终养一桌返金陵　放封疆众官辞玉阙

们,真深知我心者!事后我未尝不悔,无奈身处其境,有欲罢不能之势。他们那一班东西,不是以势压我,即是以财傲我;或自命风流,挑我诱我;或以优伶、娈童待我,以为可狎可玩。那时我心头的气,任凭怎样都捺不下去。虽怪我性躁,我也怪他们来意不善。我非不知京中恨我的人极多,皆因王爷分上,不敢奈何我;然而亦非善策,我不能一辈子靠着王爷。此番主见,我久已想定,俟你们起程之后,我即将置的房产出脱去了,到你们每人任所住个一年半载。想你们多要做个饭舍主人,算你们轮流供应着我。"

二郎笑道:"你果真出京,我情愿一人供应你。不要舍不得京中知己,此时说得热闹,到了那个时候,又进退不可了。"五官冷笑,道:"我倒要问你,京中谁是我的知己?想必你亲眼见过的!可笑,你也学那一班人奚落我!"二郎见五官认起真来,忙赔笑道:"哎唷!我同你取笑的,怎生动起气来?你果有知己在京,我又不这样说了。"王兰笑道:"本是楚卿不好,怪不得五官动气!人家此时心内不知怎生难过,你还取笑他。明日五官到了你任上,罚你出城四十里迎接,每日要加倍供应,还要早晚问安。若错了半点,五官给个信,我们大众多不答应你!"二郎笑道:"应该,应该!算我以功赎过!没说供应他、迎接他,那怕罚我代五官倒马桶、提尿壶的服侍,我总愿意。"引得满座纵声大笑。五官也"嗤"的一声笑了。

五官又起身与众人把盏,无非彼此谆嘱些别后的言语。伯青又嘱咐五官:"置的房屋若真欲脱手,可以得价即售,就是短缺少许,也只好看破些。好在你这几年收的房租也过头了,实在出脱不去的,不妨求王爷代为照管,谅王爷也不能不应许你。你即可挟赀到南京来。我家房屋甚多,不乏你的住处。你也可以不必到他们任上去,究竟带着财帛四路行走,终属不便;况金陵山水不减京中,那些名胜之所,也很够你逛的。"五官道:"我也懒得东奔西走,受那无辜的风霜。不过我嘴里这么说,我自然到南京来投你的为是。你却要收拾出一进幽雅的所在让我栖止;不然,即与你府中金小癞同住,也可以使得。我久闻他亦是个怪有趣的。"

从龙摇头笑道:"伯青未免欺人太甚!五官倒有心念旧,不忘故交,每处居住一年,可以大家盘桓;伯青偏要招揽他常住在南京,又不许五官到我们任上来,分明你嫉妒太深,要琼枝独占。不知五官出京,非走山东不可,我先知会子骞,留住五官,不放他到南京去,试一试我们当路而要的手段,窃恐伯青彼时也无可如何。"五官笑道:"我又不是个香荷包,你们争着甚么呢?我爽性连京都不出,你们大众亦无可如何。"说得众人大笑了一回,反觉愁肠顿扫,传杯递盏,直饮到三更以后,大醉而散。

且说洪鼎材夫妇连日料理女儿行装,好随他丈夫赴任。静仪与洛珠亦各自收拾。惟有洛珠,闻得出京,更外欢喜,此次由南京经过,可以与母姊重聚;况伯青也要一同出京,回了南京,正可代姐姐完合终身大事。洪夫人又摆了一席酒,为洛珠饯行,嘱托:"到了任所,你们夫妇三人须要和睦,切勿偶伤和气。即是我女儿倘有言语不慎,你当原谅,诸事都要推我的情分。静仪我亦训诫过了,不可有意欺你。"洛珠起身,敛袖答道:"老太太但请放心,太太虽然性子急躁,不过一时半刻,待人甚是宽厚;况同住将近半年,彼此多知道性情,没有说不来的事。"洪夫人听了,拍手道:"好呀!好孩子,你既理会得,我从此即放下这一条肠子!"又回头叮咛了静仪一番。

那边程婉容也忙着与小黛检点出京物件。小黛先发了一封信与他母亲穆氏,说及"二郎放了淮安府,不日出京赴任,临时打发人来接你。如今妹子已嫁了人家,没甚牵绊,大可早为收拾,到淮安来,母女完聚。"又隔了一日,从龙等人去禀明了江公,择定来日起程。先叫人雇定了几十辆骡车骡轿,在城外伺候,各人又分头至诸同寅戚好处告辞。

次日黎明,在京各官齐来走送。到了城外,各府内眷上了轿车,行装在众车上配搭好了,江公领着众人,向各官再三力辞,方纷纷回城。只有五官依依不舍,直送到十里以外,犹不肯回去。伯青等人下了车,齐向五官道:"送君千里,终须一别。你也好回城罢,不然,离城太远,你一人回去,反叫我们不放心。"伯青又执着五官的手,劝他不必再送。五官含着一包眼泪,哽咽道:"我恨不能即送你们直至南京,就此同行,我方快意。我正高兴送你们,怎么倒不叫我送了?我也知再送下十里去,亦要分手,无如多送一程、多挨一刻都是好的。"二郎道:"五官不要呆气,此行不过暂时分别,好在你把京中产业脱去,即要到我们那里去的,那时聚的日子长着呢!"众人齐声称是,均劝五官速回。五官也不开口,望着众人怔怔的,半晌道:"我也回去了,你们好生走罢!我也无多他嘱,沿途加倍保重便了!"

第三十三回　告终养一棹返金陵　放封疆众官辞玉阙

说罢，跨上了车，即吩咐转车回城。那车夫因耽搁过久，怕的赶不上交易，将牲口加上一鞭，如飞而去。

五官回到寓所，犹自呆呆的闷了几天，杜门不出。还是王爷差人叫了他去，在东府住了两日，才抛去了挂念众人的心肠。遂四处托人脱售房屋，不上数月，已售去八九所；有几处变卖不出的，一齐交与东府里收管。先去禀明了王爷，要出京走一遭，"不过一年半载就回来的。这几所房子，求王爷照管着，恐怕有人糟蹋。"若论王爷，本不愿意五官出京，又见他卖去了多少房子，明知这一去不晓得何年方可回来。因五官性急，若拦他不去，他必不敢拗强，定然要急出病来，岂不把平日爱他的一番情意白白扫掉了？只有再三切嘱："早早回京，一路宜小心为是，不可使我记挂。"五官见王爷应许，好生欢喜，忙去将应用行装收拾，所有不用的物件以及负重的东西全数寄存东府，好待王爷相信他必来之意。又贴身带了两名用人，雇下骡车，向兖州进发。先奔汉槎任所，下文自有交代。

且说伯青等人见五官去远，急吩咐开车，赶上江公同行。众人倒也罢了，惟有伯青闷怏怏的短叹长吁，一路无言无语。晚间下了坊子，吃罢酒饭，勉强到江公处道了安置，回房也不与众人谈笑，倒身即睡，有时梦中还要唤五官几声。从龙等人恐伯青思念成疾，多方婉劝，伯青始略略解开心事。众人又搜罗出多少闲话，逗他说笑。伯青却不过众人，也只得回答一言半句。

这日晚间，正是十五夜，月色当天，虫吟四壁。伯青、汉槎伺候江公睡下，退了出来。伯青背着手，望着天，在院落月地上踱来踱去。回忆在京与五官朝夕相聚，何等欢乐！一旦分开，令人眷眷不忘！"其实我平日最是个旷达的情性，各事多解脱得开，单单五官，横来竖去都在我心上。"又想到南京慧珠，数年不见，未知近来身体若何？此番回去，又未知心愿可能偿否？不禁百绪纷来，心如乱丝，信口微吟，作成短歌一章。急急回转房内，写了出来，与众人观看。从龙接过，念道：

　　月圆则缺，花繁则折。人生三万六千日，有如镜花与水月。朝赴神京，暮辞玉阙。关山迢迢，飘蓬兮吴越。今日言别离，明日又离别；日复一日年复年，我心终日徒郁郁。莫若高卧南山中，不计人间之得失，随他春去与秋来，随他生离与死诀，我则乐吾之乐兮，明吾之节！

从龙看毕,大笑道:"伯青今日可算大彻大悟,不至于入魔了!"王兰道:"他倒不是疯魔,只怕要成情魔的!"伯青听了,也笑将起来。时已二鼓,众人收拾安睡。

次日,已抵山东地界。从龙、二郎、王兰、汉槎四人是急欲赴新任的,沿途不敢过于耽迟。江公与伯青是告假回籍的,可以缓缓行走。况江公一路的门生故旧甚多,到处都有款留。江公因自己年迈,不惯辛苦,亦欲到处少歇两日再行,方不吃力,遂命汉槎等先行,"好在有伯青在我身旁伺候,可以代你之职。你有君命在身,不可以私废公。"汉槎不敢违命,即与从龙等辞别江公,专程进发。那鲁鹏、鲁鹍兄弟二人另是一起,出京的时候,早分路先行了。

不数日,汉槎已至兖州,各属府县早来迎接。汉槎进城住下,择吉接印任事。从龙等人俟汉槎接了印,不能久延,作辞开车。在路非止一日,已抵王营。众人开发了车辆,二郎早有淮安府属各官前来迎接赴任。小黛与婉容、洛珠相处已久,不舍分别,硬留住过了几日。从龙、王兰再四催促,方肯动身。又与二郎约定:"待到南京谒见督宪,必要顺往苏州去谒抚台,那时我们再会罢。"二郎笑对从龙,道:"现在小儒与你俱是我的上司,明日我来谒见你们,不要装出上司身份来待我,那是不依的。"从龙笑道:"彼一时,此一时。你若有半点参差,我定与小儒联疏劾奏,都要你跪求到我们辕门上来,才肯罢休呢!"二郎道:"我也不怕你们,上司不上司,拼着不做这官,亦要扰得你们不能安静。"王兰道:"不用闹笑话了,天色不早,我们行罢。"二人作辞上轿。二郎直送到码头,方回衙门;又预先封下几号大船,在河边伺候。

从龙、王兰各自携眷扬帆,开行数日,到了南京。云、王二人登岸去拜小儒,旧雨重逢,分外喜悦。方夫人又请了程、洪二位夫人及洛珠到衙内相会。次日,洛珠回家,见了母亲、姐姐,骨肉团聚,悲喜交集。又与小凤、小怜姊妹两人各叙别后情况。洛珠说到在京与静仪如何大闹,后来洪夫人又如何调排,请他回去,现在打成结识,倒彼此相安了。慧珠听了,咋舌摇头道:"妹妹比男子家还胜一筹,数千里外,孑然一身,又在他们龙潭虎穴之中,你竟敢独逞威风,反把人家的头磨了下来,真真甘拜下风!若是我处你这境界,惟有一死而已,不被他们磨死,也应自己愁死了,还能与人

第三十三回　告终养一棹返金陵　放封疆众官辞玉阙

家争强斗狠么？"洛珠笑道："大凡天地生人，何等境遇，即生何等材质。若姐姐秉性懦弱，断不会处我的那等境界，这是一定的道理。"小凤、小怜皆点首称是。王氏道："自从你起程以后，我日夜愁烦，常同你姐姐闲谈，王大人待你是没有说的，还有甚么不放心？所虑者，洪小姐不能相容；你的性格又生来傲强，绝不肯受人家半分委屈；况你到京中，认识的不过林姑娘一人，他也不能十分完护着你。今日听你所说，我从此这一片愁烦也可抛去了。细想起来，却也亏你有那样胆量，不怪你姐姐说，倘若替了你，是真个儿不行的。"

洛珠又说道："伯青已告终养亲了，大约迟个十日八日，即可到南京了。母亲须要预为斟酌，完了姐姐终身要紧。在田等人皆说，大众同到南京，撮合此事。如今各人有了省份，何能耽延？母亲等伯青回来，还是去与陈小儒计议为是。"慧珠听他们说到自己身上，忙自走开。王氏点首道："我此时也没有别的心事，就是你姐姐的终身一件心事放不下来。惟有求陈大人去说通了祝老头儿，断无不成之理！只怕祝老其中扞格，即有些费手脚了。料想陈大人谆谆的向他说，祝老也不便过于推却。待你姐姐出了门，我即到你任上去住几时，看看名山大川，以娱老景，那时天就坍了下来，我也不问了。"母女二人谈谈说说，王氏又留着吃了午饭。洛珠恐王兰悬望，辞别母亲、姐姐等人上轿回船。来日洛珠接了王氏、慧珠、小凤、小怜到船上，盘桓了一天，傍晚方散。从龙、王兰至各亲友处走了一遭，从龙又私自到小凤家绸缪了两日。临行，嘱咐小凤在南京少待，"我一至苏抚任上，即遣人来接你。"

次早，鸣锣开船，向苏州进发。从龙是本省抚台，封疆大吏，谁人敢不来奉承？沿路接待款留，请酒设宴，纷纷不已。王兰虽系隔省藩司，因与抚台同行，落得去殷勤他，也好留着日后会airs；况苏、杭相隔不远，杭省各官早得了信，藩司大人已至苏省地界，焉有不接之理？大小各官，一路迎出境来，上手版的、送酒席的，一起甫去，一起又来，沿途甚为热闹。从龙到了苏州，早有旧任抚台王立身，差了苏州府与中军参将，齐送王命、印册、文卷等件过来。从龙当即恭设香案，望阙谢恩，跪受各件。文武各官上来道喜请安。从龙重赏了来员，又留了饭，随即坐轿、排执事，登岸进城，去拜旧任抚台。又往各乡宦家走了一遭。次日吉时，接了抚篆，即由驿驰奏谢恩的折子，并呈报到任日期。

公事已毕，请了王兰入衙，商议发寄南京的信。遂与王兰联名写了一封信与小儒，托他成全伯青、畹秀的婚姻。第一祝老面前须要婉转而说，使他推辞不得方妙。王兰因赴任在即，不能久延，别了从龙，向杭州而去。从龙待王立身让空衙门，方接了程夫人入衙。王兰到了杭州，择吉接受藩篆，新旧交代一切烦文毋须重叙。谒过本省抚台，亦由驿传拜了谢恩奏折，随后也接静仪、洛珠进署，暂且不提。

单说陈小儒一日接到云、王二人的信，拆开看毕，笑道："在田、者香太多心了！"恰好甘誓走了进来，小儒起身让座，遂将来信递与甘誓看道："他们倒会使巧，落得说两句不吃力的好话，轻轻把这重担全卸在我一人身上。难道他两人不寄信来，伯青回时，我就不料理这桩事么？我也知怨女旷夫，终非了局。"甘誓说道："伯青而今虽非旷夫，畹秀此时真如怨女。而他等又皆是你的管辖下子民，若使一夫失所、一女无依，均有关教化。"小儒笑道："又盘先生复为他等下一激词，此事竟使我万无推诿了！惟有速以图成，俾旷者得所、怨者含欢而已。"说罢，宾主鼓掌大笑。自是，小儒每日盼望伯青回来，又想如何与祝老说法："我深知此公古怪，虽说爱惜伯青，有请必从，无如伯青甫经新婚数年，又不是正室不育子女，那纳妾的话如何说得出口？纵然不忍拂他儿子的夙愿，他岂不虑及江府理论？祝老平日是个谨慎小心的人，断不肯落半点瑕疵；倘若执意不行，固属辜负了伯青、畹秀两地情痴，岂非又被在田、者香笑我无能？"

正坐在书房出神呆想，忽见双福进来道："今早家人在外面听得刘蕴刘御史家出了一件新闻，现在传说的合城多知道了。"小儒忙问何事，双福遂从头至尾细说一遍。

要知刘蕴家出了甚么新闻，且看下回分解。

第 三 十 四 回

将无作有炫术惑愚　认假成真贪财中计

却说刘蕴自从刘先达死后,一味的畜养梨园,罗置姬妾昼夜取乐。现在满了服制,非比居丧,怕人议论,更外肆行无忌。又有田文海百般的翻空出奇,诱他玩耍,那银钱如潮水相似的使用,不上数年,囊中已匮。即将田地、房产脱售,甚至刘先达在日的古玩、衣物多取出变卖。又支持了一半年,渐渐拮据起来,入不敷出。平日用惯了的,又暂时节省不下。

一日,正在外书房闷坐,见田文海笑嘻嘻的走进,道:"今日河上各行户家花会,是有名头的妓女,多坐了灯船,在河下聚会,又名曰'百花会'。此日的费用,都是那些妓女身上嫖客们包管。晚生适才从秦淮河口走过,见河内船多挤满了,一片管笛之音,荡心悦耳,那岸上游人同蚂蚁一般。昨日就向少老爷说过,我料今日多分在河下了。晚生正虑赶不上这一顿白吃,何以独自在家纳闷?岂不有负今日之大观?好在此时还不甚迟,晚生想陪少老爷河上一走,何如?"刘蕴本是个没搭撒的人,心内又无把握,虽说连日愁着用度不接,在背地里四下算计,毫无主张。此刻听田文海说得如花如火,不由兴致勃发,早把那愁烦二字抛至三十丈外去了,笑道:"我真个心事想昏了!南京每年有一次花会,是极胜会的事。前几日我还托你访问,昨日你又对我说过,偏偏我竟忘却了,可不该打!你少待一待,我换两件衣服,同去逛逛。"即起身入内,更换了一套时新娇艳的衣履,又取了十几两散碎银子,带在身边以备使用,右手执着一柄捶金宫扇,摇摇摆摆的踱了出来。

只带了一名小使,拿着巾盒、烟筒之类,邀了田文海一同出门。转弯抹角,走未多时,已到了河上。果然士女如云,往来不绝,那阵阵歌管声音顺风从水面送来,更加溜亮可听。刘蕴见岸上行人太多,不能存身,叫小使去雇了一号中等的灯船,下河去游玩,免得在岸上难受那股湿蒸汗臭。与田文海下了船,即命向那船多的处在行去。河内的船一只接着一只,只能慢慢的向前挪移。有的舱内坐两三人的;也有男女杂坐舱中,一船七八人的。船内船外，皆挂着玻璃各式花灯，或品竹弹丝，或清歌雅谑，甚为热闹。刘蕴顿足懊悔，道："我今日出来迟了，也该早点去接下几个妓女来，不至我们船上只有两个人，冰清水冷的，教邻船上望着，亦觉得无味。"田文海笑道："这也算得甚么？河内船靠船的，我们看得着，又听得着，还不似我们带的一样么！况且河内若干的船，有男无女只有我们一只，足见独出其奇，旁人望着，定要羡慕少老爷风雅不群呢！"刘蕴笑道："你别说瞎话罢！不说被人家压了下去，说甚么独出其奇！你也不觉得臊吗？"说着，一气打了两个呵欠。田文海忙站起身来，叫小使在中舱炕上摆了烟灯，自己睡在一边，开烟递与。刘蕴躺着，一口一口的吸了数口。刘蕴精神充足，立起，让田文海去吸，自己伏在水窗口看来往游船，评论美恶。

忽见上流来了一只船，到刘蕴船旁靠下，因此段河路太窄，挤不前去。刘蕴见舱内一少年，风度翩翩，裙屐艳丽，科头盘腿，坐在中间。身后站了七八名短童，无不面目姣好，各人手内捧着巾扇、盂盒等物，皆极其工整。面前一张半桌上，摆列几色酒果，左右坐了四名妓女，一弹一唱，一个斟着酒，一个嗑着瓜子，削着菱藕，送与少年下酒。少年手内拍着板，歪着脖子，听那歌妓唱曲。刘蕴一双眼睛骨碌碌的都看呆了，暗想：这少年必是一位贵介公子，家又多金，始能如此侈陈。却又人品生得风流，真乃望之如神仙中人。那少年也眼不转珠望着刘蕴，似欲招呼之状。刘蕴起身走上船头，轻轻咳了一声。恰好四名妓女中有一个名唤绮红，向来认识刘蕴，正执着酒壶，回身唤人烫酒，听得有人咳嗽，抬起头来，见是刘蕴，遂笑盈盈的望着刘蕴点了点头。刘蕴趁势问道："老绮，出来早呀！今日是谁带你的？"绮红隔船答道："这位严少爷从河南下来的，到此好几天了。今日晓得我们花会，清早即叫了我家姊妹四人到河上来玩一日。少老爷船上好消闲呀！为何不带两个人来？"

刘蕴未及回答，那少年见绮红与来人说话，忙趋出舱中，向刘蕴拱手，道："仁兄，若不嫌冒昧，何妨屈驾过来谈谈？"刘蕴闻说，正合心意，嘴里说着："怎好造次？"早一脚跨过船来，彼此拉手行礼，同入舱中。四妓起身，请教了。严公子让刘蕴上坐，茶罢，各通姓氏。原来严公子字嗣陵，是顺天府尹严有壬的公子。两人又叙出世好，更加亲密。严公子道："尊舟还有谁人？何不一同请过来坐坐？"遂命短童去请田文海。即盼咐摆开酒

第三十四回　将无作有炫术惑愚　认假成真贪财中计

席,大家团团入座放怀畅饮。严公子口若悬河,滔滔雄辩,把刘蕴都爱煞了,觉得自己反形龌龊,竟有相见太晚之恨。严公子又叫绮红等人弹唱了一套,赏了众妓无数贵重物件。刘蕴也假着要赏,严公子立意不肯,又备了一分,代刘蕴放在席间。又问到严公子此行何往,严公子道:"不怕仁兄笑话,小弟自幼鲁钝,不能读书,捐纳了一个小小前程,意在赴部就选,并到家君任上去走走。前日道经贵处,见佳好山水,足可留连。小弟去岁即由河南起程,沿路游山玩水的勾留,直至今日方到贵处。况且六朝金粉,千古风流,更成欲去不忍之势。小弟本来赴部选官,是件可行可止之举,恨不老于此乡,始快吾意。未免仁兄笑我井底之蛙,不知天之高大也。"刘蕴欠身,连称:"岂敢?"严公子又问南京有多少名妓,异日乘兴一游,以广见闻。

少顷日暮,满河都掌起灯来,水光灯影,一望无际。严公子又叫换了酒肴,重复入席,痛饮至三鼓方歇。开发众妓去后,严公子询明刘蕴府第,"来日容登门晋谒。"各自上岸,"珍重"数声,方分头散去。

刘蕴回至府内,盛夸严公子"人既倜傥不群,出手又大方,此等朋友,倒不可不结交他"。田文海也一力称赞姓严的好。次早,刘蕴方才起身,见家丁上来,道:"有位严少老爷来拜,已下轿了。"刘蕴听说严嗣陵到了,一叠声的叫"请",忙着回后穿换衣冠出堂,彼此见礼入座。今日严公子又是一套打扮,衣冠楚楚,更觉可爱。刘蕴先谢了昨日多扰,严公子又请出田文海来见了礼。小谈半晌,即起身作辞。刘蕴再三款留,严公子道:"仁兄不必拘于客套,我们聚会的日子长呢,何争乎片刻之间?小弟尚有两处友人家去回候,不得不去。小弟今日已挪到三山街尾吉亨客寓内,相离尊府不远,午后在敝寓奉待,再计议何处一游。二位以为然否?"田文海接口道:"既然严少老爷要去回看朋友,少老爷不必过留,我等即遵命,午后前来奉访罢。"刘蕴不便再说,送严公子上了轿,转身回来。

田文海笑道:"我看姓严的是个大头厣子,只要与他合了脾气,那银钱上是不讲究的。我知少老爷适才留他亦是个虚面子,昨日他那样款待我们,今日少老爷要复东道,必加倍款待,方下得去。难得他要回看朋友,非是我们不款留,他又约我们午后到他寓里去,正好吃他的、开心他的。"刘蕴笑着打了田文海一下,道:"你怎生好凡事都要打算盘?生成个蜜骗行为,再改不来的!"田文海咕着嘴,道:"罢哟!不说我替你讨便宜,反要取笑我,真真冤屈煞了!"两人说笑多时,吃过午饭,即向严公子客寓里来。才进了门,即见严公子笑着迎了出来,道:"小弟回寓,方脱了衣服,正欲遣价奉请,不料二位已至,真信人也!"

邀入房内,见昨日绮红等四人早已到了。大众起身让座。茶罢,严公子即命开了灯,请刘蕴吸烟,严公子躺在对面,陪着闲谈。田文海与那四个妓女七搭八搭的混缠。严公子又细问京中风景。刘蕴欺他没有进过京,遂加意粉饰的说了一遍,说得京都地方有一无二。现在是谁人当道,不可不去结纳;是某相公出名,来往皆王公大臣,不可不去赏识。听得严公子手舞足蹈起来。彼此又吸了几口烟,刘蕴四处细看,见房内摆设、铺陈备极华美,就是这外面的排场已值万金,尚不知内囊若何充足。刘蕴竟识不透严公子有多大家财,忖度了半会,按捺不住,俟严公子谈笑得高兴之时,乘间低低问道:"小弟蒙仁兄不弃,初见即许为知音。小弟却有一句不识进退的话,要奉问仁兄,千万勿责唐突。想令尊翁顺天府尹任上亦是个清苦缺分,小弟在京的时候常忝教下,见令尊翁的用度甚为俭节,每说欲解组归去,恨家无薄田,不可以耕,是以不得不在外苦累。倘能蒙恩简放外任,稍有余赀,即归隐矣。今见仁兄如此疏财,与令尊翁大相轩轾,弟实费解,所以冒昧奉询,千祈恕罪。"

严公子听了微微一笑,沉吟了半晌,道:"小弟既与仁兄邂逅之初,遂成莫逆。又是世交至好,不妨明告,谅仁兄不能笑我。若说小弟家本系清苦,况家君生性喜俭,纵然素封,也不敢十分奢侈,违背堂上垂训。因近来小弟得一异人,传授烧铅炼汞之法,可以取之不竭,用之不穷。但所得者,必当随手散去,首重济困恤穷,救人之急;仍有余赀,则不妨随心所欲的用度。大都每次炼烧,得若干的,总宜用尽而后再行烧炼。小弟为人忝列豪迈,本不以积蓄为是,故而拜异人为师,习得此法,却合小弟的性格。我既不动支分文公款,家君是以亦不顾问。小弟今日倾心吐胆奉陈,仁兄切勿在外声扬,恐传说开去了,不知者疑弟为招摇惑人。"这一番话却句句碰合刘蕴心上,不禁跳了起来,拍手道:"好呀!足见小弟眼力尚属不差!我说仁兄如此挥洒,那里来这源源接济的款目?况在客途,能有多少携带?原来有这一种妙处。仁兄何幸,遇此异人!小弟自惭福薄,不及万一。小弟

第三十四回　将无作有炫术惑愚　认假成真贪财中计

还有句冒昧话,爽性要说了:虽不如仁兄天生豪迈,小弟生性亦不以守财为然;无奈苦于蓄藏无几,不敢任意。若仁兄能将此烧炼之法传授于弟,则幸甚矣!未知不才可许列门下否?"说罢,又深深一揖。严公子忙起身答礼道:"仁兄太言重了!你我世交,何事不可商量?当日家师传授之时,曾说过:'教汝习此法者,原以济助世人起见,其余供汝食用,亦所以酬其劳也。以后汝若遇有同志者,不妨传授。须知世间困者、穷者甚众,汝一人见闻有限,世间多一人奉行此法,则困者、穷者即多受一人之惠,汝暗中亦有功德。只切记勿授悭吝之辈。悭吝者,仅图肥己,不肯救人。汝若违了师言,必获天谴!'小弟遍历数省,亦传授了几人。今见仁兄与弟颇有同心,正宜奉行此法济世,小弟却不便毛遂自荐。难得仁兄有心习学,稍待两日,当亲往尊府,先将此法试行奉观,然后该若何布置,再细细说明。不过一半月间,仁兄即可了然矣。"刘蕴见严公子一口应许,并不推辞,欢喜非常,谢了又谢。

时已薄暮,严公子即命摆酒,众人挨次入座,开怀痛饮,又听绮红等弹唱了一回。此时刘、严二人已成心腹之交,竟是无话不谈,有言必说,分外亲密,饮至三鼓后方止。众人略吃了些点心,众妓辞去,严公子又让刘蕴到榻上吸烟。已交四鼓,刘蕴起身作别,复谆嘱严公子一番,并坚约:"明日到寒舍一叙,万勿推却。"严公子答应了。刘蕴方带着田文海上轿而去。到了府内,把严公子允传授他烧炼之法细细说知田文海,把个田文海喜得没处欢喜,道:"彼时我与绮红说笑,未曾听得明白,原来他已应承传授你了。阿弥陀佛!你老人家偏生有幸,遇见这一个大朋友,将来少老爷习成此法,还愁没用度么?即是晚生,亦有沾光之处。不是晚生说现成话,每见少老爷愁烦来项不足,我说吉人自有天相,不待人谋的。俗说:'船到湾头自然直。'今日少老爷方信晚生前言非谬。"刘蕴笑道:"你这张寡嘴,啰啰唣唣的,结实可恶!开动话头,就有一串鬼话!挺你的尸去罢!明日早些起身,代我押着小使们,把书房内要收拾得加倍的齐整,酒席亦要加倍丰洁,伺候的人要按部就班,不可越乱,好请严嗣陵明日午饭。那姓严的是个好体面的人,不要引他笑我们小家子气。"田文海连连答应去了。刘蕴亦回后歇息。

次日清晨,田文海领着众家丁四处打扫,书房内外铺设整洁,张灯结彩;将厨子叫上来,吩咐了酒席;又派了几名能干、跳脱的家丁,在书房服侍茶酒。安排已毕,刘蕴方起身出来。田文海道:"请少老爷过目,看有那处指点不到的,再去调拨。非是晚生夸口,还能办一点半点事儿。"刘蕴内外看了一遍,果然安排停当,无须更改,点了点头道:"办得很好!记你一次大功,少停多让你吃两盅,算作酬劳。"田文海摇手,道:"酒倒不在乎吃多吃少,只求你老人家习成烧炼法儿,用不了的盈千累万银子,每次分个一成与晚生,今生今世即吃穿不尽了。"刘蕴又将伺候书房的家丁唤过,切嘱了一番:"尊客面前,要加意小心;就是严府随来的家人,亦不可怠慢,所谓敬其主以及其使。"又吩咐再去邀请。

少顷,严公子到了。刘蕴穿了公服,迎入厅上,行礼入座。田文海也换了吉服出外,抢步上前请安,退至下首坐了。严公子道:"小弟承仁兄呼唤,不敢不至。然何必拘拘行此故套?未免使小弟不安。"刘蕴道:"我辈忝在世好,切勿混于形迹。小弟叠扰两次,均未言谢,今日不过聊具薄酌,藉申地主之情,承蒙辱临,已属万幸!仁兄如此客气,反觉见怪小弟了。"彼此又谦逊了一番,刘蕴邀请严公子至书房内,换了便服,即命在一张小榻上设了烟具。田文海忙走过,睡在对面烧烟,敬严公子。刘蕴又叫人仍唤绮红等来侍酒。不一会,众妓已至,家丁等上来排开桌椅,摆了酒果。严公子首座,刘蕴对席相陪,两边田文海与众妓坐了。家丁轮流斟酒上肴,宾主欢呼畅饮。

饭罢,刘蕴邀着严公子与众人至花园内游玩。行至一所六角亭中,四面皆水,当中一座石桥,亭边栽了无数垂柳。立在亭子上,满园景致,一览无余,题名曰"览胜亭"。严公子道:"此处最好,真不愧'览胜'二字!"遂回头悄对刘蕴道:"此地可命尊管们打扫洁净,再用蒿艾薰烧三日后,小弟即在此亭中行法,可无闲人窥探。"刘蕴连称"遵命"。

众人下了亭子,又到各处逛了一回。回至书房,时已近暮,内外点齐灯火,如白昼一般。中间设了一席,刘蕴让众人入座,先叫妓女们弹唱,又行了一回令。严公子酒量甚豪,杯杯不辞,直至三鼓后方止。重赏绮红等四人,先开发去了。田文海早醉得不省人事,家丁们扶他去睡觉。刘蕴又请严公子吃了烟,两人对卧雄谈,甚为契合。整整闹至东方发白,严公子始作辞回寓。临行,又叫跟来的家人取出一封银子,赏与刘府家丁,以作

第三十四回　将无作有炫术惑愚　认假成真贪财中计

酬乏。刘府众家丁齐上来谢了赏。严公子在二门外上轿而去。

刘蕴回转书房，命家丁等收拾灯火，自己亦去少歇。次日午后，仍叫田文海带着粗使家丁至花园内，将览胜亭扫除，烧了多少蒿艾，连水面的萍草多打捞干净。刘蕴又亲自来看了数次，专等三日后严公子来此作法。到了第三天，刘蕴清早遣人去请严公子，又叫人至亭子上再搜寻打扫了一番，带着田文海与两名心腹家丁在亭内等候。

不一时，严公子已至。刘蕴迎入亭中坐定，略谈了几句闲话，严公子即命取过纸笔开单，叫刘府家丁去买应用各物，又吩咐在亭左搭起一座高大板台。一时用物买到，严公子在台上点了香烛，请刘蕴先行了礼，自己即伏地喃喃祷祝，起身对四方诵咒书符已毕，向刘蕴招招手，道："仁兄请上台来，看我作法。"刘蕴忙跨步上台，站立一旁。见严公子在怀中取出约有十两重一锭银子，放入瓦罐里。又取出一个小小的药瓶，倒了些药在罐内，用红布封了口。又念了一遍咒，遂叫家丁引起火来，掮得火力十分旺烈，即将瓦罐安放火中，回头笑对刘蕴，道："一昼夜即见分晓矣。我们且出亭去少歇，此地只留一二名老成尊纪看守炭火，不许乱言乱动，亦不可放不洁净的人进来观望。"吩咐过了，同刘蕴下了台。

回至书房，田文海也跟着进来，请严公子到榻上吸烟。刘蕴道："适才仁兄说罐内一昼夜即见分晓，不知其银可烧得熔化？可炼得出几倍来？"严公子道："十数两银子，只用一昼夜，多则须要七七之期方成。你见我放下的银子，名曰银母，一昼夜工夫，药将母银炼透，即可以一得十，明日此时，罐内可炼成百两有余。只可惜使了若干手脚，花去多少靡费，仅炼了百两银子，未免小题大做。弟因欲授仁兄此法，故烧炼一回，使仁兄目睹，可信我言非诳！"刘蕴见严公子慎重其事，又说一可化十，心内早快活得受不得。

刘蕴本是个贪得无厌的人，恨不能片刻习成此法，炼出盈千累万，任我使用。又想："姓严的虽说传授我，怕的习学不精；或是严公子留一二处，不全教我，即不得效验。数日后他走了，我仍是枉用心机。"此时被严公子提醒，费了手脚，耗去使用，只炼百两银子，可惜太少。转念道："莫若明日待他炼成，果然灵验，爽性请他再炼一次，须措备万金，可炼出十万之数。纵然习学不验，有这一宗巨款，也不枉我辛苦一番。况接着做去，亦可省些费用。"想定主见,笑嘻嘻的向严公子道:"小弟仍有不情之请,要望仁兄原谅,切勿笑弟无厌。"遂说:"意欲再请烧炼一次,小弟尽力多措少许,既可借此留仁兄多盘桓几日,又可早为济世。仰副仁兄作成美意,加以小弟生性愚笨,有此四十九日工夫,慢慢习学,何愁不成?"严公子点首,道:"仁兄既有此心,小弟又何惮此四十九日之劳?仁兄明日即备万金,愈多愈妙。小弟一面烧炼,一面传授,庶可银炼成,而仁兄此法亦精矣。好在日前说过,小弟进京铨选,是可行可止的事,不妨为仁兄耽搁。改日还要相烦携带,至未曾游览的处在一逛。"刘蕴闻严公子应允,欢喜非常,道:"小弟殷殷留驾,亦因敝地仍有三四处名胜所在,仁兄未能周游,如随园等地,皆敝省之巨观。不料仁兄先有此意,可谓英雄所见,大略相同。"少顷摆饭,吃毕,严公子又到亭子上作了一回法,命添了炭火,方回书房歇息。

刘蕴将田文海唤至僻处,说道:"姓严的允定再炼一次,但要多备银两为母,始不枉月余的辛苦。我想,万金巨款,一时如何措办得出?你该知道,我迥非从前可比,早二三年前,数万金也不吃力。可知我宽裕的时候,亦不抠心挖胆,做这买卖。若坐失此机会,又大可惜!只有一策,明早你可将后楼上所有堆置不用的那些屏风、桌椅等物,从后门一齐发出变卖,约计也可得数千金。其余不足之数,你有甚么门路,转借他数千金一用,愿加利偿还,断不食言。你忙了这一场,我自有酬劳之处。你却要代我办了道地。"田文海沉吟了半晌,道:"明早我先将物件变卖,看该得若干,其余想了一条门路在此,若以重利惑之,庶几可成。但是办成了,日后银子炼了出来,我要多沾润些。那时少老爷不可吝惜,哄骗我今日白忙一番!"刘蕴笑道:"可恶!你这东西又来放刁了!见我哄过你几次的?"田文海道:"非是怕少老爷要哄骗我,凡事交代明白,牢靠些儿。"说罢,转身去了。

刘蕴仍去陪严公子闲话。吃过晚饭,严公子又上台书符、念咒一次,吩咐看守的家丁:"夜来小心,火是断不得的!"遂向刘蕴作辞回寓,约定明日过来。刘蕴送出大门方回。因一日忙乏了,也欲早为回后安歇。又谆嘱田文海:"明晨不可误事,还要做机密些,若被严嗣陵知道银两是变卖、借贷来的,定然要耻笑我。"田文海答应,也回房去睡,好养精蓄锐的明早去办那万金银子。

未知来日严公子烧炼的母银可能以一化十,且看下回分解。

第 三 十 五 回

严公子入手作远飏　刘御史痛心得奇疾

　　话说田文海次早起身，派了几名粗使家丁，开了后楼，将一切屏几、桌椅等物全数发出，由后门运到一家大本钱收买木料的店内。田文海走进，拱拱手道："店东，我有若干细料木植傢伙，不知宝店可收买么？"开店的见有交易上门，迎出来道："尊件在何处？待我瞻仰瞻仰。如果是顶好的，可以收买。"田文海向外招呼了一声，早有十余名家丁扛进物件，放在店内。开店的走过，细看了一回，果然尽是紫檀、铁梨、楠柏等木，雕嵌的工夫又极细整，知道这宗交易不小，忙叫伙计送茶装烟。又请田文海到柜内坐下，问道："尊件若真心作成小店，请吩咐个实价。"田文海笑道："不真心要卖，难不成把这些老重的物件抬出来耍的么？但价目不对，我是不卖的，必须求善价而沽诸。况且这宗物件皆系加重抬高的木料，目下外面铺子上多买不出，至少要五千银子。"开店的摇头，道："那能值得许多？若有五千银子，打造新的还要不了呢！极多只值二千五百两，如要再加，不能遵命。"田文海连说："不妥，不妥！我因急需用款，才肯减价五千金丢手。倘有人用得着这些物件买我的，不得七千两也买不去，倒惊动宝店了！"即命众人："抬了回去。"自己也起身欲行。开店的上前拦住，道："且请少坐，容再商量。我实因尊件尚好，方冲口出二千五百两。尊驾不信，可至别人家问一问，窃恐连这价目都挣不上。罢，罢！尊管们多远的抬来，我添五百两；再多，那我真不要了。"田文海仍然不行。又龃龉了一会，争到三千二百两方肯。开店的叫了几名店伙出外，一样一样的点明，搬入里面，当下偕田文海至银号内如数兑交。众家丁又向开店的硬索了二十两小费。

　　田文海先令众人将银两扛回府中，自己复往各处向来认识的铺户——与刘府共交易的——多寡不等，凑借了二千数百金，并成一张银票，急急回转府内。见刘蕴正坐在厅上，田文海遂将变卖的银两与挪借来的逐项交代，共计六千有余。所有借的这宗款目，言明照典例行息，三个月归结；若过期不还，以双利加算。刘蕴笑道："不过五十日就可清偿，还能到三个月么？只是不足万金，如何是好？我昨日那般嘱托你，还是没有办得如数，你也太无用了！"田文海听了，舌头一伸，道："我的少老爷！你好轻松话儿！除那变卖的银子，就是这二千多，不知费了多少说项，几家凑成的。如今的银钱还不难吗？你老人家平时库内有的时候，动动嘴，要多少即是多少，自家有毫不为奇。而今开口告人，好比登天样的吃力！晚生无辜赔了若干小心，又看了多少面孔，托庇有得，借了到手。还是我们府里有点名声，外人不识细底，还认着府里仍如当日那样好法，若晓得变卖到东西，没说二千几，我恐二分几多借不到呢！而且已得了六千有余，烧炼出十倍来，六万开外了；下次再炼，即不患没有本钱。你老人家何须性急？将来源源烧炼起来，还有嫌多的日子呢！"田文海正与刘蕴咕咕唧唧的计议，忽见家丁来回道："严少老爷到了。"刘蕴即命田文海："将银子收过。少停，连那银票也带人去发了家来，预备好用。"说罢，忙起身出外，迎接严公子入内。

　　茶后，严公子同刘蕴到花园亭子上，叫刘蕴行礼，谢了神将，命撤去炭火，将瓦罐箝出凉透，又喃喃念了一遍咒，揭开封口。刘蕴走近，见满满的一罐银子，心内好生欢喜："果真其法如神！并非虚谬。"倒了出来，大小锭件不等，足足百十余两，只多不少。恰好田文海也走上亭来，与两旁伺候的家丁见了，莫不暗暗喝彩称奇。刘蕴即命收去亭中各物，捧着银两，邀严公子仍回书房。

　　严公子笑嘻嘻对刘蕴道："所嘱幸不辱命。此时仁兄可信弟非欺人之语。"刘蕴连称"岂敢"。田文海早在榻上设了烟具，让严公子吸烟。刘蕴又说道："银两已措了六千有零，专候仁兄示知何日，好待小弟预备。"严公子答道："亦须三日后方能再行。仁兄可着匠人先将亭中挖一大坑，周围要一丈，宽深处亦要一丈，四面用方砖砌成，外买一百担木炭，其余仍照前日用的各物，小为添置。"又笑道："前后计算，那炼成的百金，也仅够花费了。"刘蕴一一答应，叫田文海速去承办。又将严公子垫用的十两银母秤出奉还。严公子大笑，道："仁兄何小器若是？十两银子，值得甚么？仁兄尚斤斤作此俗态，未免太小量人了！如仁兄实在不安，何妨暂存尊处，留作晚间东道，何如？"刘蕴见他坚辞不要，只好罢了，说声："遵命。"连那炼的银子一齐收过。少停，吃毕午饭，刘蕴陪了严公子到绮红处闲谈，又到

第三十五回　严公子入手作远飏　刘御史痛心得奇疾

南京城内有名的妓女家逛逛，至暮方散。

回至府中，田文海接出来，道："览胜亭内砖坑已叫匠人砌就，宽深皆系一丈，木炭也买了百担有零，多堆在亭外，共用了六十多两银子。其余应用零星各物，俟严公子来了，买也不迟。早间银票亦取了回来，都一并交与大姨奶奶房内。"刘蕴点了点头，回后去了。田文海料理一日，也觉困乏，吃过晚饭，自去安睡。

转眼三日。早一天晚间，刘蕴又亲去相请。次日傍午，严公子方至。同刘蕴到亭子上看了砖坑，当叫添买应用各物。先将木炭在坑底铺下一层，六千多银子全数放在当中，上面又用木炭盖顶，仍于亭左搭了板台，点齐香烛，请刘蕴更换吉服拜神。严公子将发辫解开，披发仗剑，登台诵咒，烧焚符印。诸事行毕，下了台，将药倾了半升许在坑内，即命举火。待木炭尽烧着了，始用水泥封糊，只留一个数尺围圆的小洞，好出烟透气与添烧木炭。每日仍是三次登台作法，至晚方回寓所。又拨了两名家人过来，同着刘府家丁看守，昼夜分班巡视——恐刘府众家丁多是生手，偶有疏忽，前功尽弃。刘蕴一心专候四十九日工程圆满，终朝坐在府内，足不出户。

到了一月之期，说也奇怪，那封顶的泥间有裂缝，透出火光，五色斑斓，火头上的烟皆作青、红二色。刘蕴忙来询问严公子是何缘故。严公子大笑，道："此即母银被药性炼透现的光彩，所谓炉火纯青是也。但凡火上有了五色，过此则一化二、二化四的化生不已，到了四十九日，即化成十倍。"刘蕴听了，不住的点头，心内无限欢喜，眼见准准的六万两到手了。暇时，即央严公子教他烧炼之法。严公子开了一纸药方，将配合的法则写注明白，又将拜坛封坑的符及每日三次的咒语一一传授。刘蕴逐日除陪严公子闲话之外，即用心用意习学；又背地偷试了一回，只化出三四倍来，更坦然不疑，以为符咒尚未练精，故不能全验，自此遂尽力的讲求。

这日已至四十五日，只少四天即可成功。刘蕴恨不得两日并作一日过，方才遂心。严公子近日亦要至三鼓后始回，下半夜，刘蕴与田文海轮班巡守。甚至迟了，严公子即宿在刘府，每日添火添炭，都是他自己动手。说："因大事将成，这几日正在紧要关头，恐家丁们不慎，致有疏失，岂不负了一番辛苦？"刘蕴见严公子这般光景，心内反过意不去，连日皆备盛席款待。

严公子吃至半酣之际，笑向田文海，道："大事将成，我们近日也忙够了。此时才二鼓时分，趁着这好月色，我与你忙里偷闲，到绮红家走走。我有四五天不去了。"又对刘蕴道："不约仁兄同行，你可早为安歇，明早五鼓，要酬谢守坛神祇。小弟已命家人们备了牲礼伺候。"刘蕴在平时，断不肯不与他们同去，因现在贪得心重，无暇他念，连声答应道："仁兄既然高兴，可叫田文兄奉陪一往；但须去去即回，恐亭内没人照料。"严公子笑道："仁兄只管放心去睡，小弟连日亲自巡守，不过格外谨慎之处；若论小弟平日在家烧炼，都是这两个小价照管，从未错过半点儿，何况又有尊纪们帮同监察？可保万无一失。纵然小弟今夜不返，定叫田兄早回，以免悬念。"即命收了残席，少坐片刻，起身邀了田文海，也不用手灯，出门而去。刘蕴又到亭内看了一遍，嘱咐众家丁一番："大众须要小心看守，你们辛苦之处，我老爷事成多有重赏。"又命添了炭火，方回后歇息。

且说严公子与田文海出了门，步月闲谈，甚为惬意。不一会到了绮红家内，绮红同着众姊妹出来迎接，至房中坐下。绮红笑道："二位老爷好多日不来了，今晚甚么风儿吹到我们这小地方来？我只认你们恼了我家，不但不来，连我姊妹们也不叫了去。"严公子大笑道："这几日实在忙得不得了，就怕你姊妹们要疑惑我见恼，所以偷空同田老爷特来奉看，果然你即疑猜到这一着儿。好在我们业已来了，可见不是恼你。再不用说挖苦话罢！我适才在刘老爷府内，酒都没有吃着，生恐迟了不及来此。现在觉得饮兴甚浓，你家有好酒，可取两壶出来，我们大伙儿赏月小酌，倒觉有味。"绮红听说，忙传话外面，备酒伺候。少停，摆上几色果品与几壶酒来。大众起身，挨次入座，搳拳行令，甚为热闹。严公子又暗暗叫绮红等人把田文海灌醉，"好看他那个醉样儿，很有趣的。"绮红点头，满斟了一杯酒，双手送至田文海面前，笑盈盈道："我久闻田老爷量大如海，却从不肯多吃一杯。今日愚姊妹们要求田老爷赏脸，每人奉敬三杯，千万不要抹我绮红的面皮，教严老爷看着笑话。"说着，一蹲身坐在田文海腿上，一只手勾牢田文海的脖子，这一只手十指纤纤，捧着酒杯，又亲自尝了尝冷暖，方送到田文海嘴畔。田文海早已身子酥麻了半边，笑得眼睛都合了缝，道："我吃，我吃！那怕醉死了，怎敢抹起绮姑老太脸来？我姓田的能有多大胆量，不

第三十五回　严公子入手作远飏　刘御史痛心得奇疾

怕罪过吗?"仰着脖子,一吸而尽,引得满座纵声大笑。绮红见他吃完了,又敬过第二杯酒来。田文海说道:"不敢劳动,让我自己吃罢。"嘴里说着,那一只手由绮红的襟底下伸进,摸到一对软滑如绵的奶上,似新剥鸡头嫩肉一般,更觉魂飞天外。绮红笑着用手推他,不料身子一侧,左手一晃,杯内的酒泼得干净。绮红即说:"吃下的酒不算了,谁叫你捉弄我?仍要罚你三杯!"严公子插嘴道:"该罚!该罚!田兄未免欺我太甚!少停,我还要罚你吃些呢!"田文海摇着头,道:"严少老爷,你再不可挑拨了!"手内又画着圈子说:"不知者不罪。晚生一之已甚,岂可再乎?"四座又狂笑不止。田文海吃到第三杯,伸手在绮红小肚子上捏了一把。绮红跳了起来,连叫:"不算!不算!这个吃法,吃到明日都不中用!我不能敬你的酒,反给你开心么?要罚六杯了!"田文海作揖打躬,自认多少不是,绮红方应允只罚三杯,要规规矩矩的喝。遂将三杯酒一齐斟上。绮红抓着田文海两手,怕他又乱摸乱闹的,叫田文海伸着脖子在桌上吃。田文海没法,只得嘴来就酒杯,如狗舔食一般。笑得严公子等人前仰后合的打跌。绮红俟田文海吃完,方放了手。先后共吃了六七杯酒,田文海已醉有七八分,头似拨浪鼓的摇摆不定,口内咿唔混说。绮红归了座,众妓也要来敬酒。田文海双手掩着嘴,死不肯吃。众妓那能饶他?又乱缠乱推的硬灌了几杯。田文海早醉倒椅上,酣呼大睡。严公子命人将他抬到一张凉榻上放下,起身吩咐绮红道:"我还有他事一往,若田老爷醒来,说我在刘府等他。"遂匆匆而去。

　　刘蕴黎明起身,洗脸漱口已毕,即向花园里来。到了亭外,见静悄悄的,没有一人。又见砖坑上烟火全无,很吓了一跳。急忙走入,伸手一摸,坑上的封泥多冷了,竟似半夜里住了火的。情知其中有变,心内早突突的跳了起来。回身见台上横七竖八的躺着几个人,近前一看,正是看守的众家丁,尽沉沉睡着。狠命的推醒他们,众家丁翻身坐起,揉眉擦眼,不住的呵欠。刘蕴细看,单单不见了严公子家两个人,分外着慌,顿足道:"你们这一班死人、奴才!教你们看守炭火,谁叫你们睡的呢?这可不是坑杀人么!严公子派来的两名家人那里去了?"

　　众人听刘蕴叫骂,方吓醒了,一齐跳下台,怔怔的回道:"小的们在这里看着炭火,没有去睡。严老爷家的二爷也在这里。"说着,即用手去指,意在说：" 这不是他家人吗？" 众人再定睛一望，果然没有严府家人。又回头见坑内火气全无，再想到夜间的事，众人不禁面上失色，急了半会，道："不……不晓得他们那里去了？大约是一同解手去。"刘蕴直气得暴跳如雷，兜头大喝道："做你娘的梦呢！少顷自然会同你们算帐！还不代我将坑内火引着了！"

众家丁忙取着了火具，七手八脚的到洞口来引火。再蹲身朝内一望，不由得齐齐失声："哎唷！"刘蕴急问："怎样？"众家丁颤抖抖的道："不……不好了！坑内空洞洞的，好像多没有了！"刘蕴赶忙走过，一脚蹬碎封泥，"哗嗒"一声，都倒下了坑，几乎连自己也跌下坑去。定神细看，那六千多两银母半点俱无，只落了半坑炭灰而已。刘蕴此时魂飞魄散，连呼："怎么了？怎么了？"回头对众家丁道："多误在你们身上！这不是要人命么！你们随我到书房里来，有话再说！"刘蕴大踏步走出。

众人你望我，我望你，面面相觑，毫无主见，只得硬着头皮，跟刘蕴来至书房。刘蕴直挺挺坐在椅上，道："好！好！好！六千多银子，都被人骗尽！你们怎生约同去睡？又怎生姓严的家人逃走？你们多不知道，其中必有隐情！好端端的照直说出，若有半字含糊，你们想留一个活的多难！"说罢，将桌子拍得如爆竹一般，一叠声的叫："快说！"

众家丁此际已有六分明白，万难胡混过去，遂一齐跪下，叩头道："小的们该死！求爷暂息雷霆，容小的们细禀，就是处死小的们，也不冤枉！不知小的们亦入了那姓严的圈套。昨夜爷吩咐过了，回上房安歇；那姓严的同田大爷出外，又是爷晓得的。亭子上，只有小的们与姓严的两个家人。小的们本欲轮班换着去睡一晌儿，他两人说：'连夜是要紧的时候，没说火不能熄，就是炭添迟了，火力稍微，都有妨碍。宁可辛苦些儿，没有小心出乱子来的。我们大家想点故事谈谈，也可解了瞌睡。'小的们见他两人说得如此慎重，即不敢去睡。他两人又说：'你家主人四天后即发财了，又习成烧炼法术，将来自烧自炼，逐年行去，还怕不是南京城里第一家巨富么？你们亦是个小财主了！'小的们回他道：'我家主人自然发财，我们纵然看守勤谨，不过赏个一二十两银子，一年即烧炼十次，我们也仅得百余金，那里就算个小财主？何况烧炼一次，也不能即赏一次。'他两人笑道：'自有生财的道理。不瞒你诸位说，我两人跟家主有五六年了，计算所

第三十五回　严公子入手作远飏　刘御史痛心得奇疾

得,也不下万金。诸位若备个东道请我两人,可以教导你们。'爷的明见,谁不想发财呢？小的们一时受了愚惑,问其缘故。他两人道:'凡烧炼一次,总可得十几倍,皆因药性猛烈,将母银炼走了几成,所以拉扯只得十倍。那炼走的几成却多在坑内,不是钻入土中,即熔入砖石。须将坑里砖土挖起,与净水浸个十日半月,然后另配数味药末,同水倾入锅内,熬煮一昼夜,水底结成大块,如白铅一般,取出再换净水煮炼。如是者两三次,即成纹银。计母银一两,可炼出五两。你主人放了六千母银,眼见此番即可得三百金了。难得你我们同处,两家主人又是世交,我们亦是好朋友了,只要你们备个薄酌,请我两人,聊作地主,我家主人既将烧炼的法术传授你家主人,我们也将此法传授诸位。'小的们听他两人说得千真万确,一时糊涂,信了他们的话;又因爷与姓严的皆不在面前,遂去买了酒果,请他们吃。谁知他两人是有心算计,任意劝小的们吃酒。后来不知怎生都醉了,睡在台上。他两人如何动手盗去坑内银两,小的们实在不知。若是小的们有心通同作弊,得了手,也该与他们一齐逃走。这是小的们句句真情,毫无半字欺瞒。小的们自知该死,失去银两,要求爷格外施恩。姑念小的们亦是落人圈套,并非是有意疏忽。"说罢,连连叩求不已。

　　刘蕴听说,直气得目瞪口呆,坐在椅上,动弹不得。暗想:"我中了姓严的计,何况他们？更难知觉。"正踌躇间,见田文海匆匆走入。刘蕴见了他,心头分外火发,立起指定田文海,大骂道:"你这该死下流东西！我抬举你,帮同照应,那知你全无人心,一味贪杯误事！我只问你,昨夜同姓严的出去,怎么你今早一人回来？姓严的何处去了？就着交在你身上,若没有姓严的交出,我先送你到县里去,办你通谋！"

　　田文海在绮红家睡觉,闻说严公子已回府中,急急跑回。进了门,见刘蕴气得铁青面皮,坐在厅上,众家丁都跪在地下叩头求恩,正不知何故,忽然刘蕴指定他大骂,又限他着交姓严的,越发没了头绪,直挺挺的站在阶前,望着刘蕴,半个字都说不出。刘蕴见田文海没有回话,更拍桌敲台的骂不住口。刘蕴愈骂,田文海愈无主意。

　　内中有一个年老家丁爬上几步,道:"爷请息怒,姓严的骗了少爷,连小的们多摆布得如在梦中,料想田大爷也是不晓得的。"一句话道破,刘蕴遂从头至尾说知田文海:"……如今银子已被他骗去,有甚么法则可以寻找姓严的？你昨夜是陪他出去的，怎生容他脱身？亦不能置身无过。"

田文海听了，方豁然明白，连说："怎么了？怎么了？姓严的有多大胆子，竟敢于禁城之内拐骗银两？少老爷急也无用，惟有一法，赶紧到吉亨客寓里将店主锁起，着他交人；一面赴上元县报案，趁他去尚未远，或可追寻得着。你老人家无辜的骂我，骂得晚生昏头耷脑，几乎连这主见都想不出。"刘蕴心内急得毫无一策，只有谁说谁是，忙叫备了两匹快马，与田文海骑坐，领着众家丁飞风到客寓里来。少顷，已至寓所，跳下马，匆匆走入。

恰好店主出来，刘蕴亟问道："严老爷可在这里？"店主道："在这里呢。"刘蕴这一喜非同小可，忙命众家丁："将前后门守住，不要让他走脱！"店主见刘蕴如此行为，不知何事。刘蕴又问道："他的家人也全在你家么？"店主道："小人还有下文奉禀。大老爷忽然叫二爷们看守前后门户，怕谁走脱呢？"刘蕴道："怕谁呢？就怕姓严的！"店主道："严老爷清早即走了。"刘蕴大惊道："你才说在这里，怎么又说走了？究竟在你家不在你家？"店主道："小人还没说完，爷就发起急来，小人怎样好再说下去？"刘蕴顿足，道："快讲！快讲！"店主道："人是走了，他房内东西皆丢在这里。临行吩咐小人：'若刘老爷来寻找，就说我暂往他处一行，所有多谢他的物件，全数领了；他若舍不得，可说我一半月即要来的，再还他罢。'小人回爷'在这里'，是因他的东西未曾带去，必然是要来的。"刘蕴听了，气得七孔生烟，举手一掌，打得店主几乎跌了出去。刘蕴又一连几脚踢过，店主抱着头蹲在地下，连呼"哎哟"。

田文海急忙走过扯住，刘蕴犹自怒气不息，喝令众家丁将店主锁起。又到严公子房内，见细软全行带去，丢下的不过粗重物件。此刻刘蕴更外着急，惟有乱骂乱跳。田文海道："少老爷不用耽延，快向上元县报案要紧！遥想姓严的清早动身，只好走下数十里路程，火速请县主出差缉获为上。"刘蕴点首称是。一面叫当坊保正看守吉亨客寓，即转身出门上骑，命众家丁带着店主，到上元县衙门里来。

那吉亨客寓的店主吓得如被雷打一般，摸头摸尾不着；又被刘蕴拳打脚踢得天昏地黑，不知犯了甚么大罪。一路上细问众家丁，始如梦乍醒，叫起极天的屈来，大哭道："姓严的，我入死你家妈！你拐了刘府银子逃走，可知我为你带累苦了！我与你前世甚么冤仇？列位大叔积点阴功，求

第三十五回　严公子入手作远飏　刘御史痛心得奇疾

爷饶条狗命罢！我实在丝毫不晓得。"众家丁拖着店主，随在马后飞跑，任他苦苦哀告，也没人瞅睬。少顷，到了县前，刘蕴也不待通报，与田文海下骑，一直入内。

门上见来人势头不好，不敢阻挡，抢一步进去禀报。上元县接了两人入内，彼此见了礼坐下，刘蕴即将拐骗情由对县主说明。上元县连忙升堂，带了店主细问，实系不知，吩咐带过一旁。即当堂标了火签，差了八名快皂，分四门缉获，限三日交案，不许徇延。将店主暂行管押，又封了吉亨客寓，俟姓严的拿交到案，审明果无通同，再行释放。刘蕴作辞，上马回府。此时哄传出去，满城尽知，莫不吐舌摇头，道："这姓严的真好手段！"又有暗中叹刘蕴平日刻薄人，应有此报。

刘蕴到了府中，内外人等多在厅前交头接耳议论。见了刘蕴回来，齐上前争问："姓严的可有着落？"那三位姨娘分外关心。刘蕴叹了口气，道："再不要提起，真真做梦也想不到！"遂说："业已报官，刻下四门差人追获，限三日交案。"众姨娘听了，皆默默无言，垂头丧气。刘蕴也坐在一旁嗟声唉叹。田文海劝道："少老爷多要看破些，银两骗去是件小事，若将万金之躯急坏，却值不得。好在已学成烧炼法术，慢慢的补足就是了。"这句话提醒刘蕴，始略解愁肠。过了三日，亲往县中催案，仍无着落。上元县又加了两名差，复限三日。

谁知这新闻传说到那借银子几家铺户耳内，多惊慌起来，约了田文海过去，要索借项，情愿不取利息，那三个月限期万不能待。田文海回府，与刘蕴商议。刘蕴亦无力一时措还，惟有勉力凑了数百银子烧炼，能化出十倍来，即可清结。那料照样行去，皆不灵验，反将母银炼少了若干。方知姓严的作法多是假的。想系药力缘故，依方配合药料，亦全然无用。刘蕴这一急非同小可，只落得恨骂而已。外面各债又逼讨甚紧，惟有叫田文海将软硬物件及三位姨娘房内的首饰变卖，仍不足数；又将本宅住屋、花园转卖于人，自己另寻了一所小小房屋居住，始将各债弥补清楚。外人皆知道刘府穷了，从此更拖欠不来。

上元县的案虽然叠催，无如首犯远逃，难以即获。差役等人三日一追、五日一比的，都没有着落。上元县又悬了赏格：在外闻风送信者，给银五十两；扭交来衙者，给银一百两。遍处贴了赏格，仍是杳无消息。初时，刘蕴到了一限，即赴县内催闹；以后闻差役人等有因追比身毙者，也只好暂缓。

刘府众家丁见主人家道日败，又因刘蕴不时打骂，将他们出气，遂纷纷托故各散。那一班梨园清唱，在刘蕴甫经拮据的时候即另寻主顾别去。近来除了三位姨娘与大姨娘新生的一个女儿亲丁五口，其余男妇人等，只剩了内外六七人，多是受过刘先达昔日的恩惠，不忍抛撇小主人。连田文海都借事搬了行李出府，不过每月来走一遭。

刘蕴终日想到姓严的骗他一节，即愤填胸膈，咬牙切齿的痛恨；或寻事内外人等打骂；加以衣食日迫，只靠搜罗物件折变用度。刘蕴往日又刻薄异常，无处借贷，更增烦闷，渐渐喜怒不定，若是病魔。起先不过自言自语，久则郁闷太深，痰火上炎，竟成了疯癫之症，时而笑，时而哭，舞刀弄棍的赶人杀打。吓得三位姨娘与几名男妇多不敢见面。有时赤足蓬头，跑到街市上，抓住行路的人混撕混咬。人见他是个疯子，无理可说，甚至衣服扯破、面目抓伤，只好自认晦气走开。刘府门前那一条街上都断了行人。

几名不去的男妇，初时原不忍走，无奈受不过刘蕴的凌辱，又见他每日杀人打人，有性命之忧，男妇等约齐了，到刘先达神主前伏地大哭一场，不别而去。可怜三位姨娘，一天都不得一餐饱食，面前又没了使用的人，有时刘蕴闹着打了进来，分外害怕。大姨娘是有母家的，带着亲生女儿回了母家。二姨娘、三姨娘皆是苏州人，年纪又轻，又是行户出身，那能受这般苦楚？亦随大姨娘回去，自家拣个年齿相仿的人，各各改嫁，另投生路。单丢下刘蕴一人，他此时疯疾日重，三位姨娘逃走，他也不知，逐日疯疯癫癫的，在合城乱跑。饿了抢些食物，不问美恶，吃他一饱，甚至三五日水米不得入口。有好善的给些残羹冷炙充饥，夜间即在街市上睡卧，弄得垢面裸身，形同鬼魅。亲族中平时多恨他行为不正，也不来顾问。那一所新买下的住屋，亦被原业勾同邻舍私卖去了。

一日，双福在街上碰见刘蕴，不禁点头叹了几声，回来即禀知小儒。小儒喟然道："我早知此人不得收场。他在常州投河，我救了他性命，应该从此洗心革面才是。不料刘先达一死，他在丧中即畜养姬妾、梨园，一味浪费。此人良心已丧，安得不败？也是他父子平日作为的果报！"

这日，相巧小儒出来拜客，刘蕴忽然片刻明白，让过仪从，突然上前，

第三十五回　严公子入手作远飏　刘御史痛心得奇疾

一把拉住小儒的八人大轿,喊道:"小儒兄,久违了!我被那姓严的骗得好苦!"两旁随行的人见刘蕴拉住轿扛,很吃了一惊,一拥上前,大喝道:"你这疯子,该死!敢冲大人的道,又擅呼大人名字,应当何罪?还不滚掉了!"那藤棍、皮鞭如雨点相似打下。小儒坐在轿内,初时倒被他吓了一跳,仔细一看,不觉心酸,起了恻隐之念,急喝住众人:"不许动手!"问道:"你还认得本部堂么?你拦住我轿子,意欲何为?"那知刘蕴被众人一阵吆喝打骂,又迷了本性,指定小儒,哈哈大笑道:"你知我是谁?我乃玉皇大帝亲生三太子,只为失手打碎香案上八宝乾坤如意净瓶,贬往人间,做一朝人王。现在上帝差了三十万天兵天将及四大部洲各路神祇下凡,助我开疆拓土,建号称尊,享受人间大富大贵。拿严嗣陵那奴才剥皮薰草,报恨泄忿。你本是我父上帝驾前一名童儿,我所以认得你。昨日我已降旨与你,命你做前路先锋,杀了姓严的,叙你首功。日后我登了九五,封你为王。如敢违旨,立即枭首!"众人见他乱说疯话,又要上来打他。小儒摇手道:"此等疯子,何足计较?"再见他形容枯槁,面目歪斜,与当日那翩翩佳俊竟成天渊。心内着实不忍,即命众人好好扶他过去。

当传饬上、江两县:"谕知合城居民人等,不准欺他疯癫,任意作践。他若抢了饮食去吃,开明若干,五日一报上、江两县,本部堂照例给价。"上、江两县奉谕,传齐各坊保甲,分头晓谕,合城知道。合城的人得了信,争着给饮食与刘蕴吃,每日加倍的呈报,两县到总督衙门内领价。自是,刘蕴逐日倒得个饱肚。上元县见失主不追,也缓了下去,出了封海捕文书,将就了事。又知吉亨店主实系无辜,着取保释放。

小儒回衙,来至后堂,将在街市上遇着刘蕴,又如何安排,交代上、江两县,可以不致饿死,说与方夫人知道。方夫人点首道:"此举乃一大功德。遥想刘先达昔日赫赫当朝宰相,名重一时。刘蕴又是少年科第,位列乌台,亦可谓堂构相承了。惟心地不良,他父子踵继作恶,即一败若是。而今刘蕴又得此奇疾,为万人唾骂,真是眼前地狱,报应昭彰!可惜这一分人家,竟成烟消火灭!祸福无门,惟人自召,斯言非谬。我家先后两次救他,也算尽了同年一场情谊。"夫妇正在叹息,忽见双福上来道:"二老爷从杭州回来了。"

未知陈仁寿来作何事,且看下回分解。

第 三 十 六 回

附茑萝韩娃得所　　拘礼法祝老却婚

　　却说陈仁寿自入了泮,即至小儒任所奋志读书;又有甘誓课艺甚严,文学大进。今秋适逢宾兴之年,小儒早早打发他赴杭乡试。到了场期,陈仁寿平日揣摩纯熟,不假思索一挥而就。三场文字,主司大为赏识。榜发,高中了第五名经魁。报到南京,小儒欢喜非常。陈仁寿谒见房师,回家祭祖。诸事已毕,又到藩司衙门见了王兰,即起身回转南京。
　　先与小儒、方夫人请安,随后又叩谢甘誓教诲之恩。小儒道:"吾弟今秋高捷,令人欣羡,始遂了愚兄注念一场。但愿指日春闱,连翩直上,方不愧我陈氏书香继起有人。吾弟正年富力强之时,从兹当勉益加勉,切勿自恃一第,堕废半途,即幸甚矣!"陈仁寿唯唯受训。退出,命人发了行李上岸,在衙内住下。暇时仍呈艺就甘誓训诲,专候交了冬令起程入京。
　　这日,小儒正在内书房与甘誓、陈仁寿闲谈,见门上送进一封信来。拆开细看,原来是云从龙由苏州寄来的。前面叙了数行别后寒温,入后即说道:"日前过南京时,已与小凤约定,一至苏州,即来接他。但我处未便差人迎娶,可请转伤尊纪双福,暗暗知照芳君一声,并着双福亲送来苏,庶可免外人知觉。犹有请者:芳君婢子玉梅,为人聪慧端庄,固不待誉;其先世本系旧族,因玉梅幼失怙恃,流落青衣。所幸白璧坚操,葳蕤自守。弟不忍其湮没风尘,意在认作寄女,择适快婿。闻令弟介臣孝廉尚未授室,若论才貌,正堪匹耦;若论门楣,则伊先世亦可追溯。小弟欲令玉梅奉侍介臣,谅仁兄素称通脱,必不泥于俗见,且弟为冒昧从事;未免以令弟作婿,妄自尊大处,尚祈恕罪不恭。如蒙金诺,专盼命下。"小儒看毕,大笑道:"在田所言,正合我心!彼犹恐我以门第高下见却,尚非真知我者。"即将来信递与甘誓,道:"我正筹划介臣姻事,必得一佳偶,始不辱没。玉梅我是见过的,我亦料定此女断非终老风尘。玉梅本姓韩,昭阳人氏。其父曾入胶庠,书香世族历历可考。惜其父早死,母亦继殁,无所倚赖,方卖与蒋家为婢。故举止犹不失大家风范,何能因此日沦落,即卑鄙其人?况又

第三十六回　附茑萝韩娃得所　拘礼法祝老却婚

得在田认作寄女，为我弟妇，更名正言顺了。未卜又盘先生以为然否？"甘誓看了信，道："妙极！妙极！若说此女，我亦见过，真不愧为介臣之妇！既然其父是名教中人，更复何疑？"陈仁寿见小儒与甘誓皆称赞不绝，自己也没有不愿意。小儒又取信回后，与方夫人商议，方夫人亦深以为然。

　　小儒着双福到蒋家说知从龙来意，并嘱小凤早为收拾。即着双福同了几名老成仆妇，封了一号大船，送小凤往苏。又写了回信，寄与从龙。书中备说："极承雅爱，为舍弟作伐，得配玉梅。弟亦久有此念，惟恐芳君不许，徒托空谈。今仁兄专主，撮合其间，想芳君亦无间言。谨遵来命，即以回书一言为定。统俟舍弟春闱后，再行送聘。"双福取了回信，来至小凤家，说明次日起程，先将行装等件发往船内。小凤与小怜虽属异姓，情逾骨肉，此日一旦分离，万难割舍，整整叙说了一夜。早间去辞别慧珠与王氏、二娘。慧珠见小凤又得了归着，想到自家身上，不禁一阵凄然泪下。同着小怜，直送小凤至门外，复彼此叮嘱一番，小凤方上轿而去。双福坐马，随着轿子出城上船。早有小儒拨来的仆妇接进舱内。双福即叫开船，向苏州进发。在路耽搁，非止一日，且自不提。

　　单说小儒自打发双福送小凤起程，又算了却一桩朋友首尾。惟记念伯青何日方回？回时怎生去与祝公说项，使彼无辞可诿？固不负伯青、畹秀两人夙愿，又不落者香等笑话。这日正逢朔参之期，藩司来见，说道："已闻江中堂明日可抵码头，奉旨到处，文武由司道以下者，须出郭迎送。今届本城、司里亦当往迎。大人与江中堂也系世交，还是亲往，或委员前去？"小儒听了，大喜道："江中堂既已回来，伯青必然同至！"即委了两名员弁，随着藩司去接。次日，果然江炳谦的坐船抵泊水西门外，满城文武各官，由藩司以次，皆出城亲迎，只有将军与制台两处委员前来。江公为人向来谦和，待下有礼；况又是父母之邦，无论大小官员，皆亲见称谢，悉以本省父母官之礼接待。当又差人持了名帖，赴将军、制台衙门道谢。

　　午后，方坐轿入城。伯青亲送江公回府。江老夫人得信，带着媳妇出迎。伯青叩见了舅娘，又与琼珍小姐问好，略坐片刻，即辞别回家。到了自己府前，早有祝安率领内外家丁排班伺候。连儿下骑，扶着轿子至二门外。梅仙亦接了出来。伯青下轿，先与梅仙问了安好，始入内叩见父母。祝公夫妇见儿子姿容如故，自是欢喜，大概问一问京中各老友近况，又问江公一路平安。伯青侍立应答。祝公即命他回房少歇。

伯青退出进房,与素馨小姐见礼。少年夫妻,久别乍见,自然另有一番难以言语形容的情况。伯青换了便服,祝公又赐下一席酒来,并吩咐伯青:"远归劳乏,不用来请晚安,早些歇息。"伯青站着,一一应诺。使婢出来调开桌椅,夫妻对坐小酌。席间,彼此各道别后衷曲。伯青不敢多饮,三鼓,即命撤了残席。少坐片刻,使婢服侍夫妻归寝。

次早,伯青至各处亲友家拜会,随后方至总督衙门。小儒接进,各叙契阔。小儒道:"我辈至好诸友皆沐简放。我正拭目以望贤弟,孰意贤弟竟甘自退衡茅,翛然世外,娱奉老亲,以乐林泉。真非我等世俗之见所能料及!"伯青笑道:"小弟自知才绌不堪治世,幸能愚而安愚作退避之计,岂可与诸君雄才大略相颉颃哉?而诸君中,惟吾兄尤擅一时,由守令擢拥节旄,将来竹帛永垂,定可跂待。我等望尘不及,奚止万倍!"小儒大笑道:"伯青亦来谬奖我了!愚兄不过上荷国恩,不弃菲材;下叨诸兄福庇,自末秩以寄专阃,均幸无陨越耳。"

小儒又细问京中近来情形,方说到从龙日前已接了小凤至苏。伯青点头,道:"从此芳君亦得其所,惟畹秀、爱卿他两人……"说到此处,顿然缩住,脸上现出凄然不悦之色。小儒忙用别话支开,即说道:"刘蕴家事,目下落花流水,一败涂地。我虽谕令上、江两县安排过他,无如终日疯狂颠倒,饥寒不时,想亦难久于人世。"伯青长吁道:"古语云:'种瓜得瓜,种豆得豆。'刘先达为相之时,一味倾陷同僚,暗刃伤人;刘蕴又专于倚势害民,荒淫无度。此等人家,没有恶报,倒不见上苍有福善祸淫之意了!《太甲》曰:'天作孽,犹可违;自作孽,不可活。'若刘蕴,乃自作孽者,彼亦广置姬妾,惜皆不育,眼见得宗祧又斩。我辈观此,可以知所戒惧。"小儒亦叹息称是。又留伯青吃了饭,方告辞回来。

择日祭祖扫墓,接着众亲友纷纷请酒,闹了十数日方止。这日伯青无事,带了连儿,坐马向桃叶渡来。一路见桃李荫浓,木皆成拱,回忆已离此三载有余,"情迁境易,不知畹秀可容颜如故否?"对景增悲,又惆怅了一回。已至聂家门首,连儿先进了竹篱,去叩红门。里面王氏答应开门,见是连儿,喜道:"连二爷,你家少爷回来了么?"连儿道:"回来了,快告诉你家大姑娘,说我家少爷来看他的。"王氏即央连儿:"请祝少爷进来坐罢。"

第三十六回　附茑萝韩娃得所　拘礼法祝老却婚

自己忙忙的回身,喊了进去,道:"女儿,祝少老爷来了!"

慧珠自小凤去后,越发没精没神,终日思睡。想到:"芳君、翠颦等人皆有着实去处;即妹子洛珠前番妻妾不和,幸得他机变百出,而今也相安了。惟有我自家终身,虽说是伯青的人,究竟未过明路。又闻他父亲为人古执,怕的其中好事多磨,恐生变故。倘祝老不允,伯青定不敢私自娶我,岂非仍是一场空望?将来这身子又属谁人?若教我另行他适,我身可死,而心不可改!可怪连日心神倍觉恍惚,莫非我与伯青终不可谐,预先有此兆头么?虽小怜妹子时来陪我谈说,他也因芳君去后常常想念,真乃愁人相处,分外愁多。计算时日,伯青亦该回来。他一至家内,定然即来看我,难道路间又有甚么阻滞么?"思前想后,如醉如痴,又一阵心酸,落下几点泪来。忽见王氏笑嘻嘻的跑进来,道:"姑娘不必烦闷,祝少老爷来了,现在堂前坐着,你快点出去罢。我要给个信赵姑娘去。"慧珠闻说,又惊又喜,倦佯佯立起身来,反觉懒得出外,真成"相见时难别亦难"。回头叫使婢开了镜奁,略整一整鬟,即是随身衣服,带了两名使婢,转过耳门。遥见伯青背着手,在堂前踱来步去。慧珠不见犹可,见了面,不解那眼泪竟滔滔的下来。忙用手帕拭了,抢步走出。

伯青见了慧珠,忙迎上来,笑吟吟道:"畹秀好!"慧珠亦回问了好,各自入座。伯青细看慧珠,数年不见,分外楚楚风神,那一种病心西子的形容令人可怜可爱。又见他眼眶微红,是才哭的一般。伯青知道他平昔善愁善哭,倒觉见惯的,不大介意。慧珠道:"你何日回来的?在田、者香他们一干人,闻说与你同日出京,因何他们去了多时,你方到家?沿途又有甚么耽搁的?"伯青遂说:"江公在路逗留,所以回来得迟。在田他们有君命在身,不能久待,是专程赴任的,故而来的愈速。就是我到南京,已半月有余,因祭祖拜扫,各亲友请酒,直至今日方算清闲。不然,早该来看你。"

说话间,小怜已从外面笑着进来,道:"大姐夫回来了!怎么忍心一去三四个年头,不闻不问?撇得畹姐姐朝思暮想,也不知求了多少签、问了多少卦,好容易盼到你今日回来!却也难怪他焦愁,如今柔云、芳君两位姐姐都各有各的好去处,只有我与畹姐姐,似只没脚蟹,行走不动。"这句话小怜自知说冒失了,不由得满面绯红,讪讪的在慧珠肩畔坐下,问道:"姐姐怎生到这时候还未梳洗?"伯青笑着让座,见小怜更外脱得美慧珠闻小怜取笑，用手在他肩头拧了一下，骂道："小鬼头！你也学着别人打趣我？你见我在何处求签问卦的？又甚么姐夫不姐夫？偏信口的混说，一般也有你说了跌下来，真正报应不爽！你有江子骞呢，愁甚么没脚蟹？不日即是一位簇新道台夫人了！"小怜扭过头，道："罢哟！见我说出你心病来，不好意思，即将这些扯搭不上话来取笑我。尔为尔，我为我，江子骞与我甚么相干？"伯青大笑道："好！好！你姊妹们见了面即互相嘲谑，却也有趣。不是我袒护畹秀，他的口角本钝，除了柔云，就推爱卿善言语了。我只恐你们说得太过，要变脸。"慧珠笑道："我不怕他变脸，果然认真，我偏要多说几句，看他怎么着！好在子骞远在山东，不能做他的护身符。"小怜立起，啐了一口，道："我闻得大姐夫来此，又许久不见，好意出来陪他。你不见我的情，反仗着有了帮手，任意的欺负我！回来俟大姐夫去了，再同你说话！想你们心腹话还没说着，我何苦夹七夹八的与人家混闹？我走开去，省得你们讨厌。若再坐半会儿，还要齐心打我呢！"说罢，笑着一径去了。伯青笑道："爱卿近来口角颇为尖利，人材又出落得齐整，绝不似三五年前的爱卿，出言腼腆，犹有孩稚之气。可谓三日不见，便当刮目相看。"慧珠道："这妮子学得伶牙俐齿，不减于柔云二妹。我只怕他要促寿。"话犹未了，二娘亦进来给伯青请安，略谈了片刻，退出。慧珠起身邀伯青房内坐。王氏又叫人送进茶果来，说："请祝少老爷不用忙着回去，我家奶奶已预备下晚酒来了。若祝少老爷执意不肯，叫大姑娘一定留着。"伯青道："又要他操心，我扰就是了，切不可费事。你们先代我道谢声。"伯青即与慧珠隔一张小几上对坐，吃着茶果闲谈着。

　　伯青顿然长吁道："我生平最怕拘束，自得此微名，入京供职。冠裳宴会，多拘束够了。虽说有在田、者香等人时时过往，终觉日处名利之场，都不自在。如今请准回籍养亲，才遂我志愿。从此游山玩水，啸月吟风，任我佯狂，可以将这数年沾染的名利场中习气洗刷一尽。纵能拜相封侯，易如反掌，我立誓再不出仕！况前次刘、祝等人极力与我为难，虽然得失有定，我不失其为我。总之，荣辱都由名利上生出来的，目下我解组归来，做世外之闲人，不求名利，自无荣辱。"

　　慧珠微笑道："你这句话却说错了。凡名士风流，大半由官而隐，谁见

第三十六回　附茑萝韩娃得所　拘礼法祝老却婚

几多布衣可以成名？即如唐时之李青莲、杜工部等人，苟非一官，窃恐亦不能李、杜并称，千古不朽。不见古今来沦落草莽中者，未必无经济之才、传世之学，惜不知其人，即不著其名与其学问。所以我前番再三劝你求名，亦为其故；况有父母在堂，尤当扬名显亲，以慰父母之望。并非我胸存俗见，以得失为荣辱。若今日呈请养亲，归来得堂皇正大，从此你出仕也可，不出仕也可，我也再不劝你了。果如此说，则小儒等人岂非俗物，以恋恋一官为荣？不知慕声华者即趋声华，志淡泊者即甘淡泊，各适其志而已。"

伯青听了，不住的点头称是，拍桌大声道："不枉我与畹秀相识一场，你真乃我之同心知己！大凡我心内的志向，未出其口，你即婉转为我达出，却如其分。虽然小儒、在田、者香等人与我亦是形骸不隔的朋友，又能志同道合，无如十有一二之处每每相背，谓之知己则可，若谓之同心知己，则舍你而外，竟无人矣！"又闭目摇头，道："你我三生有缘，朝夕相处，我何幸焉？我何幸也！"正说间，见使婢等送进酒茶，在当中摆了一席，又去请了小怜过来同坐，三人传杯痛饮。小怜问及汉槎任上光景，伯青道："不过山东地方较之江南清苦些儿，子骞久处下来，也可惯了。大约明春，要来接家眷的。"慧珠道："小儒他们多在江浙，相隔不远，偏生子骞放在山东那苦僻地方，亦算他运气不好。"伯青道："他是司道大员，不拘在那一省份。山东任满了，可以放到浙皖等省来；将来小儒他们亦可到山东去，甚至放到云贵边境地界，都料不定。不比府、县等官，放在那一省即终老此省；若要改省，却须大费周折。"三人谈谈说说，早已初更时分。席散，又坐了半晌，伯青方作别回府。自是，三五日到慧珠家一走，来时必由清早至夜，尽欢而散。慧珠的身体渐渐也大好了。

且说小儒自从伯青回来，办公之暇，即踌躇着在田、者香托他撮合伯青、畹秀的终身一事。"其余不难，只虑见了祝公，应如何说项，可无推却。倘祝老竟固执不允，必须再用甚么变通方法去兜拢他。如久久不去说明此事，不独伯、畹两人背地怨我不肯尽力，我自家亦太觉惭愧无能了。我也办过多少疑难大事，难道这些许儿女婚姻小故，反一筹莫展，畏缩不前么？好歹我明日面见祝老，去说一声，允与不允，再作计较。想他只生了伯青一人，平时又极其钟爱，都不能十分拒绝。祝老此时不敢依允，是怕的江家说话。我看江炳谦也是世务中人，断不能硬阻女婿纳妾，说那一相情愿的话。"立定主见，次早即传话外面："伺候拜会祝老大人。"到了祝府，投进名帖。少停，开了中门，轿子请入中堂，祝颂三一直接至阶下。小儒忙出轿，抢步请安。宾主挽手上堂，见礼入座。各叙了几句套辞，小儒即欠身道："小侄擅造尊潭，并非无故。有一件小事，过来商量，要望年伯赏脸俯允。"目下因小儒与伯青会榜同年，所以小儒改口称祝公为年伯。祝公连称"不敢"，道："大公祖言重了！有事但请明白吩咐，治生可行之事，断不敢违命！"小儒道："说来小侄忒也抱愧，想年伯自家人，定能宽恕。伯青年兄素昔倜傥不羁，久在年伯洞鉴。即如前岁与祝道生争衡，为那聂家女子，后来年伯亦深知其细。所以伯青年兄着着于此女者，其才貌兼佳，固不待言。而其家世亦非下贱，其父名泰森，苏州人，向开生药铺，中年积蓄得若干，遂入京报捐巡检，又选得了广东河泊所，第一个好缺。无奈未久即病故任所，其母带着他姊妹二人盘柩回苏。因家无男丁，赀财日耗，母女三人即来南京投奔亲戚，惜又未遇，故流落此地。万不得已，始做此勾当。其姊妹二人立志守身，权作倚门卖笑，为养母之计。将来意欲择一可托之人，许以终身迎母同住。其妹洛珠，现随者香做侧室。前次者香由浙江差竣，回京之日已携其妹入都。而其姊乃属意伯青年兄，两情已洽，誓不他适。非是小侄代伯青年兄饰词，以欺年伯，亦因悯其家世，重其守身，欲拔其女于风尘苦海中，并不因爱好上起见。即日前小侄在南京时，也尝至其家，深知其女，志尚可嘉，非他泛泛娼妓可比。苟不如是，年伯明见，小侄纵不才，忝守三省之地，岂屑为一娼妓立辞？"说罢，又出位深深打了一躬，道："诸事尚祈年伯原谅，并恕小侄冒昧之罪。"

祝公连忙起身答礼，复请小儒人座，即捻须长叹，道："寒舍由高祖以下，自今五世，皆书香继绍，上荷国恩，下叨祖德，无不出仕。自幼束发受教时，即开陈大义，首务忠君孝亲，其次奉法立身，一切非礼，皆当恪守。幸世世相承，从无擅改。小儿登云，虽生小有才，所做多越规过矩，忘了祖宗家训，每以风流倜傥自命不凡。治生亦曾痛加捶挞过几次，犹以为童性所致，稍长当明大义，即知以前之非。孰料愈趋愈下，前岁与祝道生为一妓女相争，连功名性命多付之度外，那祖宗成法更不足念，闹得身败名裂，合省皆知。虽蒙国恩深重，复其官职，窃恐前此之瑕，终身难濯。治生至

第三十六回　附茑萝韩娃得所　拘礼法祝老却婚

今言之,尚津津汗下。治生不幸,生此不肖畜生,将来死后有何面目见我祖宗?'教子无方',此四字难逃其责。若论治生屡次姑容,亦因他年弱冠以外,当存其体面,庶几自愧,一洗积习。不意今日仍蹈前愆,公然欲娶此女来家!外人因议论这畜生前番弃名背训,不过因一妓女,亦要责治生纵子不仁,难为人父。况由高祖至今,从未娶过青楼入门,今一旦改背祖训,治生已年过花甲的人,难不成为这畜生受那狼狈的声名么?而且媳妇新娶才及数年,又非不育,可知纳妾一节更属不合。既然此女愿嫁这畜生,他亦有心于此女,定然盟渝白首,永无更改。据大公祖所言,他们并非为爱好上起见,断不争乎迟早,何妨姑待几年,倘媳妇不能生育、畜生又应当纳妾之年,那时即娶此女为妾,治生再无话说。非是治生有意敢方大公祖之命,此等违背祖宗之事,治生宁可负罪于大公祖前,绝难从教!千祈勿怪。大公祖诚恳是尚,治生久经钦佩,遥想大公祖深赞此女,定见不错。无如治生有此一节苦衷,适已申明,谅可恕治生偏执之咎。"小儒来时是一团高兴,纵然祝公不允,尚可婉转说合;不料祝公侃侃以大义为辞,不独痛骂伯青不肖,背了祖宗遗训,连自己都暗暗责备在内。不禁满面惭沮,坐立不安,遂讪讪的起身作辞。

祝公亦不相留,送出堂阶,见小儒上了轿,方回身入后,细细告诉祝老夫人。又深恼小儒,"这些不经的话,也不应对我说。"越想越气。适值伯青上来请安,祝公见了他,不由火发,喝道:"你这玷辱祖宗的畜生!你自作自受,被人议说却也罢了,又带累我担不能教子之名!从此我也不愿见你这种不肖畜生,以后不许到后堂来!还不快滚出去!"伯青摸不着头脑,吓得唯唯答应,急忙退出。祝公犹自拍桌大骂,多亏祝老夫人再三劝解方止。

伯青回到外书房坐下,呆呆的细想:"何故触怒父亲,如此气恼?有生以来,还未曾受过今日这场喝骂。"即将祝公贴身服侍的小童暗地叫出细问,方知小儒来见父亲,欲说合畹秀的事,是以父亲迁怒于我。不由心内暗暗作急,道:"不好了!今日父亲既明知此事,执意不行,连小儒——乃父亲平日极相信的——都怒怪在内,尚有何人敢向父亲前提及?岂非我与畹秀今生今世再不能聚合了?况又因此伤了父母之心,更非人子道理!"急得五内如焚,倒在榻上,纷纷泪下不已,晚饭也没有吃。待至初更,悄悄偷回自己房内，又被素馨小姐明讽暗谏的数说了一番，分外羞愧，无地自容，不言不语，和衣睡倒。次日，又不敢去见祝公，只得推病在房，一连数日不出。素馨小姐生恐丈夫急出别故，背地去禀明祝老夫人，请了医家来诊视，云是"肝郁冲动心火，刻虽未发，怕的久闷，则病倒费治"。当即开了一帖平肝清心的药。素馨又多方婉款劝喻。伯青本来无甚大病，服了二帖药，自然痊可。

单说小儒回转衙门，怏怏不乐，既未联合伯、畹的终身，又无辜受了祝老一顿怄气，真正是那里说起？"好在我已尽力做到，伯、畹两人也难见怪；即是在田、者香前，我亦有辞可对他们，只好去怨祝老古板，不近人情，却怪不到我身上。"

过了一日，双福回来说："小凤已送到苏抚衙门，云大人甚为欢喜，先着家人回来道谢，随后还有信至。次日，即收了玉梅姑娘做大小姐，并请酒，通知各家亲族，又唱了两天戏，大为热闹。说二老爷联姻一节，悉听老爷主裁，就是明年春闱后再议。后来又说到聂家的话，请老爷赶紧去与祝老大人商量，都宜尽力调停，作成其事，不可忘却。"小儒冷笑道："还提他甚么呢！我再不想拼副老脸，去碰祝老儿钉子，只好由他罢。该数他们是婚姻，日后都有成局，我决意不管这事了。你可去对王氏……如此如此的说，叫他不要说与慧珠知道，怕的他急出意外枝节，缓缓的另寻别样方法罢。目下热上赶热，话又说老了，却不好办。"

双福答应，退出来。到聂家，将王氏唤至一旁，告诉他祝家不允的话："我家老爷嘱咐你，不用给你大姑娘晓得要紧！"王氏听了，忧形于色，叹气道："双二太爷，你还不知道我家这个宝货，只有祝少爷在心内。自从祝少爷进京，他终日非睡即哭，病不脱身。好容易如今祝少爷回来，才见他有了笑容。这几时祝少爷常来，与他谈谈说说，连脸上肌肤多好看些。若听了这个信息，他的性子又烈，还了得么？只怕命多不要了！好双二太爷，请你回去代我求求你家大人，还要设个方法说合此事，只当可怜我女儿的性命。俗语：'救人须求彻。'保佑你家大人世世公侯不绝罢。我女儿若有点长短，我这条老命也是没有的！"双福点头应允，作别回衙销差。王氏送出双福，回到房内呆想，顿时添了一肚子的愁烦。晚间悄悄请了二娘过来，与他商酌，又谆嘱女婢、使役人等："不可走漏半点风声与大姑娘知道。

第三十六回　附茑萝韩娃得所　拘礼法祝老却婚

今日事不是当耍的,有几条性命在里头呢!"

不言王氏与二娘在房内私相议论,相巧这时慧珠觉得胸口间有些饱闷,即到院落内走动走动。仰头看见天上一轮明月,光辉四射,又记挂起伯青,近日何以不来,屈指有七八日了。心内思思虑虑,不觉顺步走出耳门。从王氏窗外走过,猛听得里面唧唧哝哝的说话,侧耳细听,原来母亲与二娘谈心。想道:"母亲平日吃过饭即要睡下的,今日出了甚么大事,这时候尚与二娘谈说?其中必有蹊跷。"站定脚步,屏气静听。只闻二娘叹了声,道:"这是那里说起?偏偏好事多磨,又生出枝节。可恨祝老头儿为何这般古怪,一点世情不通!难道与自己养的儿子别气不成?殊不知我家那人知道固要急杀,你家那公郎若晓得其事不成,也要急出个三长两短!据闻目下已生起病来。"王氏道:"他那一班姊妹们,都不似他的终身如此扭难;偏又他的性情固执,说到那里,即要做到那里。若是别人,还望可以通融,他是不能的。而今只盼陈大人设法挽回这一着儿;如再不成,亦是前生注定的劫数,却也没法。"

慧珠句句听得明白,"分明说的是我与伯青之事,小儒已与祝老言过,未能应允;又说伯青有病。可见祝老不但不允,还不知说出多少难听的话。又不知祝老怕他儿子仍恋着我家,竟不许他出门,不然,伯青也不至急出病来。"想到此处,那心内好似浇下若干油儿醋儿,一时两眼昏沉,目前金蝇乱撞,天旋地转起来。赶着转身回房,才进了房门,不禁失声:"哎唷!"一口血直冒出来,眼前一黑,一跤栽倒。吓得房内伺候的使婢飞凤跑过,扶起慧珠,连问怎样。问了数声,全然不应。众婢这一吓非同小可,七手八脚的抬起慧珠,放平在床上,围着喊叫。又忙忙的分头去一面告诉王氏与二娘知道,一面去送信给小怜。

未知慧珠可能苏醒过来,且看下回分解。

第三十七回

听密语伤心惊恶梦　悟往事矢念得真经

却说聂慧珠私地听得他母亲与宋二娘说话，知道祝公不允；伯青又急出病来，登时一急，昏晕过去。吓得众婢忙来告诉王氏。王氏正同二娘商议这件事，仍要去求陈大人"从中设法，救我女儿。除了他，找别人更是没用的"。

忽闻使婢来说慧珠晕了过去，现在不省人事。这一惊非同小可，忙忙的与二娘到后面房内，众婢正围着乱喊乱叫。小怜得了信，也过来看视，房中站了乌压压一地的人。王氏分开人众，见慧珠目闭唇关，面如白纸，直挺挺睡在床上。王氏走近一摸，四肢冰冷，不禁抱住慧珠痛哭，一声儿一声肉，叫了起来。二娘与众婢也慌做一团，毫无主意，惟有帮着王氏一哭而已。倒是小怜有点定见，止住众人勿哭，叫使婢取了开水，扶起慧珠，一面抹着胸口，一面将开水慢慢由口内灌下。好半晌，听慧珠肚内由下响了上来，哼了声，始苏醒转过，又"哇——"的一声，吐出一口紫血。王氏、二娘不约而同念了一句佛。

慧珠睁开眼，见众人多站在床前，问长问短。王氏道："你好端端的，为甚么晕过去？此时心内觉得怎么？可要请了医生来看？"慧珠摇头，含泪道："竟可不必，随他天上神仙、华佗再世，也难医我这冤业病！我只好过一日算一日，你也白疼了我一场！"说毕，滚滚泪落，哽噎着倒身朝床里睡下。王氏听了倍觉伤心，分外不解他说话。

二娘心中倒有两分明白，扯过慧珠贴身的一名使婢，细问如何晕绝、未晕之前是怎生的。那使婢道："大姑娘吃晚饭时说胸口饱闷，起身到天井内看月玩耍。后来即至前进去，想是到奶奶那边。过了半晌，忽然急急回来，进了房，一声'哎唷'即晕倒在地。连我们也不晓得为的甚么事。"

二娘闻说，恍然大悟，对王氏道："多分我们在房内谈的话被他听去了。"遂走近床前，道："呆孩子，你不要多心多虑的。你既听了我们的私语，料也不能瞒你。虽然祝老头儿咬定不允，他亦是别着一口气，终久都

第三十七回　听密语伤心惊恶梦　悟往事矢念得真经

要随和的；又有陈大人从中极力调排，不过迟早些，不怕他不行。他当真忍心看着他儿子船沉么？况你深知祝少爷脾气，你既着急到这步地位，遥想祝少爷见他老子不允这事，也不知急的甚么样儿！现在已生起病来，难道祝老头儿只有一个儿子，不担心么？必要后悔的。乘他后悔时候，一说必成。你是个聪明人，我说开了，你该明白，切不要自己呆气，作践自己的身体。"

王氏在旁亦插嘴，道："好儿子，二奶奶的话一点不错，你可打开心肠，不用悲苦了。你须可怜我做娘的，此刻心都急碎！你的妹子又不在我跟前，好歹我只靠你一人，你有个长短，我即不得活了。好儿子，你听我一句半句罢！"小怜也随着劝了几声。无如慧珠自窃听他母亲与二娘的话，把平日的痴心妄念一齐抛去，惟求此身早死，免得听了这些话心内难过。虽有王氏、二娘谆谆相劝，他丝毫不闻，只睡着饮泣。二娘道："我们出去罢，让他躺着歇息片刻。停会再请个医生来诊脉，吃两帖药，自会好的。孩子，你将我与你母亲的话细细揣摩着，不要寻这些瞎苦恼！"王氏又切嘱众婢一番，小心伺候，要汤要水；又邀小怜到前进去吃茶。

三人同步出外。慧珠见他们已去，吩咐将帐子放下，命众婢至外间去，"有事再叫你们。"众婢应着退出。慧珠睡在床中，左思右想心如刀割，恨不得即寻短见，方觉干净。"无如老母年高，妹子远嫁，我若死了有谁奉侍？岂不是个大罪人么？"真乃处此境遇，生死不得，心内想想愈觉凄惶。又自恨"偏偏认识个伯青，即生出若干烦恼。不如当日不认识的为妙，既能认识，又得同心，即非无因，果真有因，何故支离百出呢？我在这里这般胡思乱想，谅他患病在家，也是一样转恨。天若不生我两人，岂不省事？天生我两人，又使我两人不能遂意，细评起来是天有意绝我两人了！"想到此处，又哭了一回，不觉一时身子困倦，朦胧睡去。觉得已离了卧房，不辨东西南北，一味的乱走。心中昏昏沉沉，想面见小儒，重托他一番，"倘祝公允行，自不必说；如仍是不允，我也定无生理，望他怜念我老母，照应着。"又想去见伯青，"与他当面讲个透彻，即死也瞑目，也待他知道，我这颗心全是为着他的。"

正踌躇不定之际，忽见迎面来了一人，道巾道服，手执拂尘，是个道士装束；外面又罩了一领烈火袈裟，打扮的不僧不道的模样。面如满月，唇若丹朱，三绺长髯飘扬胸前，笑嘻嘻的向着慧珠招手，道："要除烦恼的，要知前后因果、冤孽缘头的，可随我这里来，自有分晓。莫错了念头，永堕入无底地狱，把前根尽弃。"说着，即将手内拂尘劈面一扫。

　　慧珠见生人同他说话，羞得正欲躲避，又渺渺茫茫的不知身在何处，全不似家中的光景，一望无际，荒草连天，凉风瑟瑟，冷雾濛濛的，吓得肉颤心惊，寸步不敢移动。忽又被那道人打了一拂尘，不禁失声："哎唷！"不顾好歹，转身即走。谁知由丹田内一股热气直透到顶门，猛然精神一爽，心地开朗，隐约间好似前生今生的事一齐明白，但急切体会不出，早知这道士非尘寰中人，心内也不害怕了，回身稽首道："大仙适才说甚么'要知前因后果、冤孽缘头，能从头指示，免人堕落'，弟子正因有一股冤孽不能解释，敢求大仙明谕。"道人点首道："可喜你聪慧不散，一提即悟，尚可教也。我此番正为你的冤孽而至。你随我到前面看一景致，你即了然无碍矣。"说罢，转身向西而走。慧珠也不问此系何处，亦不知离家多远，急急的跟着道人同行。

　　约走了三四里路，可怜慧珠鞋弓足小，走得前仰后合，香汗淋漓，一步一跌。道："大仙且请缓行，我实在不能走了。"道人回头道："前面已至其处，人生都宜努力向前，不可半途退悔要紧！"又向西一指，道："你看，那不是到了么？"慧珠随着他所指望去，果见半里外隐隐一带房屋，下半截有云雾遮护，看不清楚。只得勉强又跟着道人走去。

　　少顷，到了面前，原来是一座宫殿，朱门深锁，石碣上题着"上坤仙府"四个金碧辉煌斗大的字。道人上前叩门。只听里面有人答应，开门出来，是一个十四五岁的垂髫小鬟，顶中挽着双髻，身穿水田式衣，脚着红云小履。问道人道："仙子命你携带那簪花使女元阳至此，指示因果，不知来否？"道人指着身后，道："这不是的么？可去禀知仙子一声。"小鬟把慧珠望了几眼，道："你们且在廊下伺候罢。"即回身入内去了。慧珠悄悄问道："请问大仙，这是甚么洞府？将才所云仙子，是那一位上仙？"道人道："此处无上天宫第一世界上坤洞府，乃上坤仙子所居。你少停见了仙子，自知底细。"

　　慧珠方欲再问，只听得正殿内钟磬齐鸣，案上炉烟缭绕，出来十二对女鬟，执着提炉、羽扇、如意、玉麈等物，排立两旁，中央端然正坐了一位冠

第三十七回　听密语伤心惊恶梦　悟往事矢念得真经

冕秉圭的女仙。道人忙引着慧珠上殿参见,道:"弟子愿仙子圣寿无疆!簪花使女的真魂已经带到,候仙子发落。"慧珠也随着道人叩拜,匍匐在地,不敢仰视。仙子命女鬟扶起慧珠,又赐他一方软茵,席地坐下。道人亦在下首绣墩上坐了。

仙子道:"今着非一道者领汝来此,并无别故。因汝宿根具在,不忍永堕;又知汝目下孽缘当前,恐一时昏昧本性,前功尽弃,岂不可惜?汝从此当勉力修持,了却这一世人间因果,可以重证仙班。"遂回头叫女鬟:"将二教指南宝鉴取来,与他观看。"女鬟答应入内。半响,捧着一物出来,交与慧珠。仙子又命:"赐玉液一盏,使他清澈脏腑,方能明白此中因果。"慧珠起身接茶,甫经入咽,即冷浸齿牙,清芬满口,似醍醐灌顶,表里一畅。再看那宝鉴,方圆尺许,正面光华灿烂,鉴及秋毫。背后镌着"二教指南宝鉴"六字古篆。见镜内隐隐一座楼台,如绛宫贝阙相似。忽然楼门大开,中间现出三间正殿,金甍碧瓦,闳壮接云。殿中一男一女对立,那男子嘻嘻的向着女子笑;女子执着一朵鲜花,向鬓边插戴,亦转盼含情,秋波时溜,对那男子若作欲言之状。细看那女子,十分面善,一时记忆不起;又看那男子,面貌竟与伯青形容无二。慧珠方恍然女子与自己面庞一般。

正惊讶之际,忽殿后一老妪策杖走出,满脸怒容,似嗔那男女私相顾盼,恨笃笃举起手中拄拐,狠命打下。吓得那男女慌忙伏地哀乞。见殿后又出来一僧一道,止住老妪。道士袖内取出一本簿子,展开与老妪细看。老妪方颜色渐霁,复恨恨的望了那女子几眼,即麾僧道:"领了男女出殿。"道士引着男子向左,僧人引着女子向右,那男女犹自一步一回头的彼此恋恋不舍。行未数步,那道士用手一招,半天飞下一朵彩云,托着男子升空,冉冉而去。僧人将那女子领至空阔所在,取出一幅白绫,光芒四射,上写着三句二十六字,字有胡桃大小,看得清清白白,是:

　　　　唵牟尼摩贺牟那曳莎贺
　　　　唵逸谛律呢娑不诃
　　　　唵侣呢律呢娑缚诃

那女子点首若作领会之状,僧人即用手一指,见平地变了一片汪洋大海,将女子推入海中,随波而没。慧珠很吃了一惊,再看时,忽镜内烟云四起,障满天地,半响始灭,依然空空洞洞,朗无一物。慧珠执着宝鉴犹呆呆的观看,若明若昧。

正出神思索,那道人将拂尘倒执,用木柄在慧珠背后使劲一击,道:"还不悟来,等待何时?"慧珠失声"哎唷!"惊出一声冷汗。急开眼看时,残灯闪烁,墙外更锣业已三敲,隐约耳畔犹觉有声,道:"汝要紧记那三句真言,从此坚心持诵,自有超脱出凡之日。"

慧珠翻身坐起,见自己仍睡在床上,方知适才是一场恶梦。再细想梦中所历之境、所睹之事,如在目前,心地大半了然明悟。又把三句真言默念了数遍,紧记在心,觉宿疾顿失,以前那些痴情愁怨一齐扫尽。

起身下床,将桌上的灯剔亮,方唤外间使婢送茶进来。使婢闻慧珠叫唤,众人忙忙走入,见慧珠坐在椅上,惊问道:"姑娘觉得怎么了?就是要茶,也不该起来,仔细窗棂口风吹了身子。姑娘还是睡下罢。"慧珠摇头道:"不妨,我此刻颇为清爽,睡得不耐烦了。你们可先取杯茶来我吃,再到厨房内看有甚么东西,不问冷暖,拿些进来,我心内很觉饿得慌。"使婢应着出外,一面去取热茶,一面到前进去告诉王氏。

王氏还没有睡,独自坐在灯前愁烦慧珠的病如何医治,"我想他是心病,必须遂了他的心愿,方可无碍。只可恨祝老头儿百般扭难,害得我女儿如此。若慧丫头有点好歹,我拼着一条老命,去与祝老头儿大闹一场,横竖我都是一死!"又恨陈小儒十分没用,"堂堂一位总督大人,这点小事多办不妥,他还要做甚么官?管甚么百姓?羞也该羞死了!再者他可以外面答应着我,并不去与祝老说项;他果真存此心肠,即是他有心害我女儿,只恐天也不容,有报应的!"忽见使婢推门进来,道:"姑娘病好了,现在他说觉着饿的,吵着要东西吃呢。我们不敢做主,请奶奶示下,可给他吃不给他吃?"

王氏听了,又惊又喜,急忙起身,同着使婢来至后进。果见慧珠精神抖擞,坐在桌畔,急着骂去的使婢:"怎生去了半会,还不拿东西来我吃?再迟,我可是饿不起了!"王氏大步走入房内,道:"儿呀,你的病虽然好了,仍宜安养,不可过于劳动,有伤身体,却不是当耍的。你果真饿了,我去叫他们熬点稀饭来你吃。好儿子,你还去睡着罢。"

说话间,二娘与小怜也闻信走来询问。慧珠起身,笑吟吟道:"母亲只管放心,我的病一毫多没有了。不然,自己岂不知保养?我腹内惟觉饿得

第三十七回　听密语伤心惊恶梦　悟往事矢念得真经

慌。"又让二娘、小怜入座。二娘细看慧珠,脸上有红有白,全无半分病容,说话的声音都与好人一般。心内也着实诧异,道:"此时半夜三更,那里有现成的食物?我倒熬了些莲米粥,可取来与大姑娘吃;就是病人吃了,亦不碍的。"王氏点头称善,忙命使婢至二娘房内取了一大碗莲米粥来。慧珠一口气吃下,仍然不够,又添了半碗。

王氏见慧珠吃得爽快,当真是没有病了,暗暗不住谢天谢地。慧珠吃毕,又要水漱口净手。王氏恐他病后劳乏,再三哄着慧珠睡下,又谆嘱了几声保重。慧珠道:"倒有劳二奶奶与爱卿妹妹了,容我明日亲来道谢。"小怜笑道:"一家人,何必客气?姐姐好生安歇罢,我们明早再来看你。"三人出外,小怜即辞别回房。

二娘道:"你家慧丫头的这场病来的奇怪,去的却也奇怪,怕的其中又有他故。这几日内,你倒不可不小心些!"王氏连声应是。转身即悄悄吩咐众婢轮流伺候,不可疏懈,"你们辛苦些罢,我自理会得,断不白劳了你们。"又蹑着脚步站在慧珠窗外,细听鼻息微微,知已睡稳,毫无半点动静,方与二娘各自回房。可怜王氏被二娘这句话说出心事来,反添了一段愁烦。眼睁睁望着天明,即起身,叫人请平日代慧珠看病的医生来诊了脉,果然没病,觉得脉息健旺,不是往日那般虚弱,王氏始放下心来。隔了数日,慧珠身体如旧。

这日晚间,请了王氏过来,道:"母亲向来最疼爱女儿的,我有件心事,要与母亲商量,务望允了女儿。"王氏道:"你这句话奇得很!平时凡你所说,我无有不从,今日何故要如此甚言其事?你且说出来我听。"慧珠道:"女儿病中,蒙仙人指点前后因果,现已了然。万不能明知故昧,自贻伊戚。不是女儿说句老面皮的话,情愿终身不嫁,侍奉母亲。今生业已堕劫,正好修为来世了;若再贪恋不醒,定获天谴。母亲若不相信,以为我造作诳言,但看前日病得那般沉重,何以片时即愈?不瞒母亲说,当夜女儿梦见仙人……"如何幻化前生景象,从头至尾,告诉了王氏一遍。又道:"女儿从此收拾出一间净室,终日讽念梦授真言。母亲如不准女儿所请,我惟有一死!还望母亲可怜女儿前生孽重,让我诚心诚意的修持,也是母亲疼惜女儿的处在。改日母亲可请了伯青来,我当面与他说,他亦可由此屏除一切痴迷情性。小儒那边,母亲也要去说声,请他不必为我从中联络。蒙他一番美意,只好再报罢。"

王氏听了,惊得目瞪口呆。怔了半晌,道:"你说的甚么?叫我一毫不释!好端端的,忽然说出这些疯话来!何况梦中渺茫之事安能相信,无故生了出家念头?真令人意想不到!好儿子,做娘的这几日见你病已全好,才算减去二分愁烦,你又何苦呕我?你少年人,趁早别说这些话,不相宜的。好儿子,你切勿尽性呆想。我去请你小怜妹妹来,与你谈谈解闷儿罢。至于那祝老头儿,虽说执定不允,做娘的情愿与他拼却老命,都要逼着他上我这路,好遂你的心愿。你耐着性子些,多交在我身上。"

慧珠听了,脸一沉,道:"母亲还当着女儿因听得背后言语,故意说这些别气的话么?不知女儿实受了仙人指示,得了解脱冤孽的真言,发誓修行,消除罪孽。女儿身子虽活着,我的心早死透了。今日说的这一番话,如有半句更改,天诛地灭,永远不得翻身!况我虽说修行,并不落发,外人也不晓得的。你是我亲生老母,尚不知女儿的心,不能相信,还叫女儿和谁说去呢?"说着,哭了起来。王氏分外没了主意,连忙道:"好儿子,我相信你的话就是了,你切不要着急。你说了半日话,也该乏了,躺下歇歇罢。你要怎样,我都依你。我去去再来,你亦当自家揣摩定了,不可造次。"又扶着慧珠睡下。

王氏方出房,即去与二娘、小怜商酌:"如今闹出这一段事情来,却怎生是好?"二娘摇首道:"你家这位大姑娘也算会闹的,病好了不几日,又想起出家来。我前日说过,怕的其中另有变故,果然应了我的话。我想,你若一定阻挡他,必至又有意外枝节;不如将机就机,即依着他去干,不过十朝半月,他自然转念。当真一个不出闺门的女孩子,知道甚么叫做修行?不过一时气忿。况他又与祝少爷那样好法,除了他,誓不另嫁,就舍得修行了么?这'修行'二字不容易的,连我们这般大年纪,尚不敢说修行的话。你此时趁火闹热的劝他,必然越劝越认真的,话说老了,反不好收科。你去只管答应他,听他怎样,待他过这几日,心意稍悔,那时三言五句的一劝,即拢岸了。"小怜在旁呷嘴,道:"我平日冷眼看着,晼姐姐为人倒是执一不二的,只恐说到这里,即要做到这里。这个人多分跳出迷关,看破世情了。但愿他有日改悔罢!"

王氏听说,想了半会,只得照着二娘依样葫芦的办去,过了他冲头性

第三十七回　听密语伤心惊恶梦　悟往事矢念得真经

子,再设别法。遂叹口气道:"多是我这老苦命不好,一生只养了两个宝货,小的而今有了着实去处,譬如一只鸟,乳毛燥了,再不飞回来的。这一位慧姑奶奶,自幼即生性拗强,动不动气了哭了,闹得我直至今日多猜不透他是甚么性格。自从结识了祝少爷,他一心一意,只知有姓祝的,离了一年半载,闹得天翻地覆,寻死觅活;及至见了面,也不过淡淡的那个样儿。我实在不懂。前日听得祝家不允亲事,急得昏晕过去,令人吓杀;忽然半夜即没有事了,又说甚么做了一梦,梦见仙人指示他的,现在定要修行。可不是一年之内要闹出几十种花样来? 倒是我死了干净,随他怎生闹法,那怕就闹到外国里去,我也看不见。俗说:'眼不见,心不烦。'"

　　三人谈谈说说,天色大明。王氏梳洗已毕,即至后进来。见慧珠早已起身,端坐在桌前,闭目持诵那三句真经。王氏见了,又是好气,又是好笑,走近推着慧珠,道:"清早窗子口有风呢,不要吹坏身体,少停太阳下地,再念不迟。当真的专心壹志做早课么?"慧珠睁开眼,冷笑了声,道:"母亲的话倒是好笑,不当真的,难不成当假的么?"王氏细看房内,所有华美的物件尽行收过,连那些不洁之物多一齐搬至内间。王氏情知劝亦无益,只好由他闹过这几日,再作计较。惟说:"修行亦是好事,我也不能拦你。但病后不可过于劳碌,自己要知道保重,你即是体贴做娘的了。"慧珠连称"晓得",道:"明日可去请祝少爷来,我有话问他呢。他倘或仍然病着,不能出门,嘱咐他:好了即向我家来。"说罢,仍合上了眼诵经,也不理他母亲。

　　王氏应着退出,暗想道:"我倒忘却了,何妨即去请祝少爷来此劝解劝解? 慧丫头向来是极信他的说话,祝少爷见他修行,定然阻挡,或者他两人情投意合,依了祝少爷的话,亦未可料。我岂不省了无数烦恼?"想定主见,即忙回卧房,换了衣服,又雇了一乘小轿坐着,不敢到祝府去,直奔连儿家来。

　　连儿的娘不知聂家到此何故,又不好怠慢他,带着媳妇迎接王氏入内。彼此见了礼坐下,王氏即问道:"连二爷可在家?"他娘道:"在府里呢。找他有何话说? 请说下罢,等他晚间回来告诉他,叫他到尊府来回信。"王氏道:"我这句话非面说不可,可以着人至府里请声连二爷罢?"他娘见王氏不肯说,一定要与他儿子面谈,想必是件机密,忙命人去唤连儿。

少顷,连儿来家,见了王氏,笑道:"今天甚么好风,难得吹了你来!你是无事不登三宝殿的,多分是来打听我家少爷病好了没有?"王氏道:"一则来问少爷的病;二则请你二太爷转禀少爷声,如果身体大好,可以出门,请他到我家走一趟,我家慧丫头有话要与少爷当面说呢。千万拜托,不可忘却!"连儿道:"你家大姑娘病可全好了么?少爷正惦记着。你今天不来,明天即要打发我到你家去,你却来的正好。"王氏笑道:"我家慧珠丫头病是病的,却非往日的病可比。明日你同少爷到了我家即知道了。此时我也懒得告诉你。"说罢,起身欲行。连儿的娘再三留下。王氏吃了午饭,方告辞回去。

连儿来至府内,走进内书房,见伯青歪在炕上,取了一本书在那里看。连儿道:"适才聂奶奶到我家里,说慧姑娘打发他来,请少爷明日过去,有话说呢。"伯青听了,放下书本,道:"我也想去瞧瞧他,因为老爷连日不大欢喜,我所以懒着出去。你问他,慧姑娘的病近日怎么了?"连儿道:"他说身体业已照常,不过暂时抑郁,吐了几口血,并没有甚么大病,也不曾吃药,隔一天就好了。"伯青点首道:"你明早预备轿子伺候,老爷问你,即说病中许了一处愿,烧香去的。"连儿应着,方欲退出,伯青又唤住,道:"老爷才吩咐,明日大早接大小姐回来过几天。这个月内大小姐要动身到山东江姑爷任上去,你明早接过大小姐,再跟我出门,也不为迟。"连儿下来,自去预备。一宵无话。

次早,连儿先至江府迎接琼珍小姐回府,即去唤齐轿夫伺候着,方进来回了伯青。伯青也不换衣履,即是随身便服,只带了连儿一人,坐轿向桃叶渡来。到了篱前下轿,伯青走入门内,见小怜坐在堂前,怀中抱了只虎斑猫儿,逗着玩耍。小怜抬头见是伯青,忙放了猫儿,笑嘻嘻立起,道:"姐夫贵恙大好了?"伯青笑道:"贱体久已痊愈,倒蒙你惦记着。"又转问了小怜的好。王氏闻信,早已接了出来,道:"请少爷里间坐罢。"伯青邀了小怜一同至后进,见慧珠一手掀着暖帘,立在房门首相待,更觉形容消瘦,翘楚可怜。伯青一阵心酸,几乎滚下泪来。勉强笑着,趋步上前,彼此问了好,进房坐下。王氏向小怜丢了个眼色,二人托故出外。伯青道:"爱卿少停还来坐坐。"遂转身赔笑问慧珠,道:"日前我闻得你病了,恨不暂时即来;无奈我亦病倒,这几天方算没事。正欲过来瞧你,适值你着人去叫我。

第三十七回　听密语伤心惊恶梦　悟往事矢念得真经

近日身子可照常了么？"慧珠道："我本无病，不过一时急火上攻，吐了两口血，他们就嚷传出去，我病倒了。其实隔夜即没有事。倒闻得你很病了几日，我也不便着人去瞧你。昨日叫我母亲去请你过来，非为别事，有句话和你商量，稍尽数年你我契合一场。你必要依我才是。"遂细细将得病这一夜梦见仙人指示，"梦中又见你我前生因果"，如何又得了仙人传授真言，由头至尾说了一遍，把伯青都听呆了。看他房内，不过一床一帐、几件梳洗的器具而已，桌上摆着香炉、净瓶、木鱼等件，那里是卧房？分明是一所经室！再看慧珠与自己说话情形，迥非往日。平时虽见面不大亲热，那骨眼里却有一种说不出的你恋我慕的神情，"现在我仍旧如此待他，他竟满面冰霜，严不可犯，正襟危坐，目不斜视，较初见之时犹觉疏远。"不禁暗自吃惊，笑问道："梦幻之事原不可凭。不知你心下以为何如？"慧珠正色道："你今日也说出糊涂话来了？仙人指示迷途，托诸梦寐，岂同寻常梦幻可比？我若不信，也不请你来告诉你了。幸而我生性不昧，一经仙人点化，即猛自回头；不然，永堕尘劫，历转不已。既跳出迷城，实是天大幸事；若执迷不悟，还成个人么？今日我与你一言为决：从此你自为你，我自为我，各了前因。罢！罢！你我相好一场，我劝你亦宜及早回头，不可任性暴弃，堕入情关。虽然你我来时，你从天上，我从地下。在地下者，也可修为，重至天上；在天上者，亦可暴弃，入于地下。难得生有根基，何可自废？我之言尽于此，听与不听，皆在你的一心主持，是勉强不来的。嗣后我这地方你可少来；纵然你再来，我也不见你了。"说罢，走至桌前坐下，闭着眼，敲着木鱼，喃喃的诵经不已。

　　可怜伯青一团高兴来见慧珠，还怕他为前日的事难过，又打点下多少安慰的言语宽解他，梦想不到慧珠忽然说出这一番话来，斩钢削铁，毫厘不能挽转，好似当头打了一个焦雷。怔了半会，哽噎着道："畹秀，何以数日不见，你竟另换了一副心肠？难为你怎生说得出这样薄情话来！我也明白了，多分你怪我前日小儒去说，拒绝不行，所以你立志修行，再不理我。殊不知是我父亲从中作梗，为人子者，怎能违逆严命？并非我无情拒绝你，可错怪人了！虽然，我岂肯死心？除非我顿时亡化才罢。若活在世间，任凭上天入地，竭尽心力，我都不改初心。平日我的心想，你也该看透一二分，不是那口是心非的人。"说着，不由得放声大哭。王氏、二娘、小怜等人多在外间私相议论，不知伯青用甚么话去劝慧珠。初时只闻唧唧哝哝的两人絮说，猛然听得伯青大哭，众人很吓了一跳，不解何故，忙忙的一齐走入，问道："怎么了？"

未知伯青怎生回答众人，又所哭何事，且看下回分解。

第 三 十 八 回

破痴情譬言解惑念　寻旧友避雨遇狂且

话说王氏等人在外间听得伯青在房内忽然大哭起来,急忙一齐走入,询问何故。又见慧珠坐在桌畔,闭目诵经,好似没事人儿一般。伯青见他们来问,止住悲声。将方才慧珠若何决绝回答的一番话说了一遍,不禁又哭了。众人多咂嘴摇头,暗恨慧珠太觉薄情。王氏分外生气,一面劝住伯青勿哭,叫使婢们舀了水来,服侍伯青洗面。一面走近桌前,两只手叉着腰,对着慧珠唉了一声,道:"姑娘,你也太闹得离奇了!祝少爷巴巴的来看你,他亦是病后,你也该宛转些告诉他,怎么就回得如此决绝?不怕寒了人家的心?"慧珠睁开二目,瞧了王氏一眼,冷笑了声,道:"依你老人家怎样说法?横竖我久经拿定主意,迟早多要告诉他的,他是个明白人,断不怪我。若他真个糊涂,以我为谬,我亦不能强他相信,只好各人修为各人。我不能因他所累,使我永堕,却不值得!"说罢,走入里间去了。王氏又不好十分数说他,只有跺足,恨恨不绝。

二娘早把伯青请到小怜这一进来。王氏也只得随出,向伯青道:"少爷亦不犯着气苦,大约我家这个宝货也无福消受少爷待他那一番好处,我们是尽知的。只有慧丫头负了少爷,你老人家是不亏负他的。今日请了你来怄气,反教我们过意不去。不是我说句不近人情的话,这几天闹得我冷了一半心了,只有随他去罢。你少爷如此门第、家财,还怕寻不出比他高十倍的人来么?定见是他没福。"

小怜道:"不是这种说法。现在畹姐姐性子头上,越说越不得拢。好在伯青与他知心,相契已久,知道他是这般古执性格,断不会记憎他的。爽性冷他三五个月,当真畹姐姐能甘心受此淡泊么?如稍有悔意,那时只要我等大家譬解他一番,自然没事。刻下犯不着天天去揉搓他,他亦是病后,倒怕闹出别的故事来,那就不妙了!"二娘点首,道:"赵姑娘的话一点不错,你们就怎么办罢。祝少爷宽洪大量的人,定然不怪他的。你倒不可过于同他怄气。慧丫头本来有些古怪,真个闹出别样事来,却怎么呢?"

伯青摇头,道:"你们不要看错了!我不怪他,我是自恨,我多分有不到之处,畹秀故而寒心,立志修行,再不理我的了!然而我仔细思想,并未有丝毫过失,何以他忽然呕起气来?我才伤心的。况畹秀与我,难得心地吻合,不愧知己。那料半途顿生枝节,多应是我自取其戾。只望他说明白了,我也死而无怨,不至常打这闷葫芦儿。我方将自愧自恨不及,怎生你们反说我怪他?我真真没有这般心肠,不要被他听得,必致火上添油,更外难挽回了。"又向小怜道:"好爱卿姑娘,畹秀与你是极说得来的,千万托你背后细细问他,究竟为着甚么原因,恨我到这地步?再请你代我辩白辩白,我即感激不尽!此时他气得很,我也不敢见他去。"说着,又流下泪来。

小怜等人听伯青说得苦恼。又见他愁眉泪眼,只怨恨自己,并没说慧珠半分薄情。众人也一齐落泪,都说慧珠此次行为心肠太狠了些,若是遇着别人,竟以势焰相压,翻过面皮,却怎么了呢?即如伯青恼了,不念前情,与他大闹,旁人也难说伯青缺理。世上说得好:"你既无情,我亦无义。"还亏伯青本有涵养,是个好性儿。众人又再三宽慰伯青,劝他不必烦恼。"且请回去,过些时自有着落。好在你并不怪他,他气过了,定然要懊悔的。"小怜又道:"你只管放心,所有你的苦衷,我便中自当说到,看他如何回答,我再给你个实信。"伯青听了,千称万谢,始闷恹恹的起身,别过众人,带了连儿,上轿回去。

王氏等人送了伯青回来,悄悄的同至后进,见慧珠仍到外间坐着,手内击着木鱼,口内诵着经,怡然自得,好似没事人的一般。众人见了,分外不解,竟猜不透慧珠是何居心。平日虽然寡于言语,却事事多情,绝不似今番无恩少义的行为。又不敢去惊动他,众人复又出来,互相计议。王氏只落得急一阵,恨一阵,自己骂自己一阵,道:"我的命要苦到甚等地位方算告止?满指望今生一辈子靠着两个女儿养老送终。二女儿如今有了着落,王大人又待他甚好,是放得心的。我却不能全靠他一个,王大人虽没有不愿意,我也不肯折了下气。若慧丫头再好好的跟了祝少爷,可不是我两处分开来住着,又好看,又有趣!偏生慧丫头这么一闹,眼见得姓祝的是不济事了。还有句私情话,我平空失去了一注财气,纵然慧丫头回心转念,嫁一万个人,都不如祝少爷好说话。这不是我命苦咧?"二娘亦点头叹息不已。小怜道:"聂奶奶,你倒不用愁伯青冷了心,若是畹姐姐回过念

第三十八回　破痴情譬言解惑念　寻旧友避雨遇狂且

来,伯青再没有推却。我只恐畹姐姐心念已坚,誓不改悔。不然他何以任凭我们劝说,都置若罔闻？再则伯青说的那一番话也着实可怜,我若是畹姐姐,万不肯不理他的。可见畹姐姐的心是丝毫不能挽回了,惟有尽人力的劝罢！"

不提小怜等人私议,且说伯青回至府内,唉声丧气倒在床上,一人哭泣,竟想不透何处得罪了慧珠,他才如此决绝。"他向来最恶佛教,每说:'好好的一个人,偏信那些和尚、女尼不经之谈,惑于佛老之说,蔑弃伦常,为智者所不取。'今日忽然他信起佛来,前后如何大相背谬？其中必有缘故。"素馨小姐见伯青如此,大为诧异,走近床前,笑问道:"我闻得你早间还愿去的,又有甚么不如意事,独自一个儿睡在这里怄气？"伯青长叹了一声,道:"我的心事,也不必瞒你。"遂将慧珠与他别气、发恨修行的话说了一遍。

素馨听了,笑道:"我只当甚么大事,原来为的这些不要紧的。快别要如此,惹人笑话！若再教老爷知道,又要说你钟情娼妓,不顾父母授你的身体了。我虽没有见过慧珠,闻得他人品又好,学问又好,是你生平第一个知己。他如今看破世情,立志修行,不理你了,你所以就如此。要知慧珠是个聪明女子,心地必另有见识,断不是那些随波逐流的人,惑于世间一时糊涂,妄冀好处的。只怕是你粗心,未能领略他的意思。即如他是个俗人,信于佛教,不同你亲近,你不是俗人咧,亦可付之度外,不犯着为他自家气恼。譬如一种姣艳异常的花,人人所爱,偏为你独得,分外喜欢；不料浇灌失时,花将就萎,心中自然惋惜,又不忍见他枯死,莫若移栽地下,或送到深山大谷之内,其花得了地气,受了风露,渐渐滋长起来。那时方明白,其花因屈曲在盆内,是以枯萎；如今散荡了,非独不萎,反比从前在盆内更外姣艳动人。当此之际,还是随他在地下,还是仍移到盆子里去呢？果真再移向盆内,必至复萎；与其使花复萎,何妨割舍些,留他在地下去,大可公诸同好,又可不时赏玩,较之枯死盆内,是胜一层。今日慧珠既死心塌地的修行,你即勉强他,必至如花一般,屈曲而死。二则老爷正恼你留恋青楼,若一定违逆亲命,更非人子的道理。不如两全其美,既不有伤亲心,又遂了知己的志向,只当他是你的人,另自起居的,你也可不时去走走。你平日心地旷达不凡,遇事都可作退步想,何以今日倒掂掇起来？"

素馨小姐一席话，说得伯青哑口无言，脸上现出惭愧之色，暗自忖度道："我实系糊涂了，意见反出于妇人之下。畹秀果真非薄情寡恩的人，他其中定有缘故，慢慢的自然寻出根底。我何用急促，自寻苦恼？只要我居心对得过他就是了。"想到这里，倒觉心内爽畅起来，起身向素馨深深打了一躬，笑道："极承指教，茅塞顿开，真乃我一时见识不到、自己不明白的处在。"即回身叫人预备晚饭，夫妻对坐，吃毕，又说了一回闲话，各自归寝。

从此，伯青隔一二日即至聂家，有意无意的访问。慧珠许他见面，即寻些不关痛痒的话说说。有时只在外间，或小怜那边，少坐片刻。小怜亦曾问过慧珠几次，皆截钉削铁的一字不改。在小怜的意思，叫伯青等慧珠欢喜的时候，何妨当面去问一番，爽性再用柔情打动他，看他怎生回答。无如伯青深知慧珠性格，不敢造次。

接着琼珍小姐起程日近，各家亲眷多来饯送。祝公怕的琼珍初次出门，不惯陆路上风霜，虽有护送的人，皆是江府几名老年仆妇。祝公即命伯青亲送他妹子上路。沿途既有照应，又暗中支遣伯青到汉槎任所。"料定汉槎必要留住伯青，过了一年半载，免得常记挂着聂家。倘然背着我做了，那时木已成舟，生米煮好熟饭，当真与他过不去么？"

伯青不敢违拗，只得去嘱咐小怜，见机而作的试探，倘能回心转意，可去告诉声小儒，他自有处置。又去重托了小儒一番，择吉登程，同了琼珍小姐向山东进发。伯青心内却有一层欢喜：因计算柳五官此时早到了山东，即不然，路上也可迎着他。除了慧珠，五官亦是知己；况多时未晤，正好会见他，说说别后情景，以破积闷。想着倒觉欣然，恨不能一步到了山东，去会五官。

暂且不提伯青兄妹在路行走，且说柳五官自离了京中，在路走了半月，已至汉槎任所，耽搁了几天。五官本与汉槎没甚关切，即辞别起身。汉槎款留不住，赠了路费，又拨人护送出境。五官沿途看山玩水，到处勾留，所以与伯青错过，没有见着。这日已过王营，开发了骡车回去，在袁浦住了几日，买舟到淮城来寻二郎。

清晨开船，傍午早抵淮城，命跟他的两个人先押着行装进城，到淮安府衙门里去。自己方随后登岸，取路入城，缓缓在街市上闲步，看那来往的人与沿街铺面，甚为热闹。好在淮安府署是出名地方，问得出的，不怕

第三十八回　破痴情譬言解惑念　寻旧友避雨遇狂且

走迷失了。

进了城，未及数步，忽然淅淅沥沥落起雨来。五官心内着忙，即赶着走去，只顾了落雨，忘却问人向那条街道抄近，信着脚步乱走，反绕到城边背巷内去了。此时风又紧，雨又大，五官周身湿透。猛抬头，见迎面一座古寺，石碣上字迹模糊，看不出是甚么庙。只得进去暂避，俟雨稍止再走。幸而天色尚早，进了山门，见神像剥落，墙壁欹斜，荒凉情景，不堪入目。院内数株老树，风吹得落叶满空，越觉得风雨更大了。五官四顾无人，害怕起来，那些神像狰狞怒视，更令人可畏。急急走入正殿中央，供着三清祖师，方知是道家的住落。殿内仍然没人，只得再向里走。

转过殿后，一座六角小门。五官探头一望，见内里一带房屋甚为精致，与外大不相同。五官忖道："里间房屋如此整齐，必有奉侍香火居住。不如与他借火烘干衣服，免得浑身冰冷，又可央他庙内的人送我到府里去。"见当中三间正屋，挂着暖帘，五官即掀帘走入。炕上坐了两个人，在那里下棋，一个道士，一个在家人，正在凝神思索。五官进来，他们没有见着，走至面前，方才知觉。那道士站起，正欲询问。五官料定这道士是庙内主人，抢步上来，深深一揖；又转身与那在家人行礼。道士见来人不俗，相貌又好，忙还礼不迭，让五官炕上坐了。五官不待道士问他，即自陈姓名、来意，如何遇雨，"周身衣服湿透，欲借些火炙一炙燥，并烦宝院内的人少停送我到府衙门去，改日统容酬答。"

道士闻说五官是到府里去的，又听他一口京腔，分外趋奉不及，一面忙唤倒茶，一面叫人去引炭火，又将自己上等衣服取了两套出来，请五官更换，笑道："小庙内却没有居士们衣服，只好有屈柳老爷权换。小道的衣服多是洁净的。"五官连称"好极"，起身把外面衣履尽行脱下，穿上道袍道鞋，低头看了一看，不禁自己好笑。道士即将湿衣命人取出烘炙。五官又问道士法号，始知道士姓黄，名鹤仙。又问了在家人，姓田名文海，山阳县的幕宾。道士赶着吩咐厨房备酒伺候。五官正在腹中饥饿，"爽性扰了道士，回至衙门，再谢他罢。"

看官，可知田文海为何到了此地？原来田文海自搬出刘府，深怕刘蕴找他，又怕有人议论。适值鲁鹏补了山阳县缺，藩司本是鲁道同的门生，鲁道同又有信，托他照应两个儿子。相巧山阳县出缺，藩司即题补了鲁鹏。田文海平时随着刘蕴，常在藩署内出入，上下人等，他竟没一个不熟识的，遂托众人公写了一封荐信，去投鲁鹏。鲁鹏见是上司衙门荐的，不得不收。过了两个月，竟与田文海甚为契厚，行止坐卧，一刻多离不了。他现派在帐房内襄理，颇有出息。田文海又捐了一名从九，在籍候选，重新大模大样，作起威福来。

这黄鹤仙向在南京朝天宫，与田文海是旧友。黄鹤仙亦是个势利小人，更与田文海相合。后因在省中犯了案件，逃到淮城，在这三清观里避祸。三清观岁久失修，又没有定额田产，无人肯住。黄鹤仙倒颇觉合式，因三清观荒僻，不大出名，可以栖身。偏生田文海随了鲁鹏来此，旧雨重逢，田文海极力代黄鹤仙张罗，将内里房屋修葺一新，还允他撺掇鲁鹏来修理正殿，置办永远香火、出息，所以三五日即到三清观来，甚至聚赌狎娼，无所不为。因田文海在山阳县内大有声名，也没人敢来过问。

今日田文海亦因出城游玩遇雨，顺路至三清观暂避，与黄鹤仙下棋消遣，定了胜负彩头，谁负了，即具酒请胜家。才下了一盘，尚未终局，被柳五官打散。田文海满肚子不愿意，因见柳五官人品秀洁，又有一种柔媚情形，即猜着七八分，是京城里相公，多与冯知府旧交，来寻找他的。反觉转怒为喜，呆呆的望着五官，目不转睛。又听说姓柳，仔细一想，猛然触机道："时闻东人说，目下京中有个出名的相公，唱小旦的，叫做甚么柳五官，往来皆系王公巨卿。据闻与祝伯青、王者香一干人过往甚密。这姓柳的来寻找冯宝，又是京里下来的，九分是那柳五官了。如果是他，真乃我三生有幸，遇此尤物，不可当面错过。"越看越像，忍不住蓦然问五官，道："兄台面孔甚熟，好似那里会过的。小弟去年亦初从京中转来，兄台尊派可不是行五么？"田文海口里问着，却拿眼睛瞧着五官，看他如何神色。

五官见田文海望着他，正没好意思，别着脸与黄道士搭讪说话，忽然被田文海问出这句话来，心内戳了一下，顿时满脸绯红，含糊答道："小弟行四，并非行五。兄台说认识我，小弟眼生，却不认识兄台；况我春间才进京的，未及半载即出京来了。兄台说去年在京会过，彼时小弟尚在家中。想系兄台认错了人。"田文海见五官形色惭沮，满口支吾，竟十拿九稳是柳五官了。笑着起身，扯了黄鹤仙到外间，唧哝了半会，两人进来。

五官被田文海识破，正踧踖不安，况姓田的满脸邪气，不是个正经人，

第三十八回　破痴情譬言解惑念　寻旧友避雨遇狂且

又鬼鬼祟祟的,与黄道士不知说些甚么。此时进来,田文海只拿眼睛瞧着五官,嘻嘻的。五官更坐立不安。幸雨已渐止,起身与黄道士作辞,叫人将烘燥的衣履取来更换,又给了庙内服侍的人一块银子。黄鹤仙见五官欲行,大失所望,忙赔笑道:"柳老爷见外了!不是落雨,贵步也难光降,正所谓天缘凑合。此刻天又昏黑,不如有屈草榻权住一宵,明早遣人送柳老爷过去;况且衣服还没有烘燥,再则小道已备上粗肴,好歹都要赏个脸儿。不然,被冯大老爷晓得了,小道却吃罪不起。"田文海也帮着上来拦住,道:"兄台何必如此固执?黄道兄既已备下酒席,那怕略坐片刻,也算他尽过心了。好在不隔城门,纵然迟了,打发轿子送兄台回衙。还有句说话,兄台若执意要走,岂不带累小弟?这一餐白食亦不得吃了。"说罢,哈哈大笑。用手握住五官手腕,卮斜着两眼道:"老五,我这话可是不是呢?"

五官见他们阻拦,着起急来。又见田文海有意戏弄,直呼老五,明知被他们识破行藏,更难少留,心内不由突突的跳个不止,脸上一红一白。忙甩脱了田文海的手,颤微微的道:"你们却也好笑,人家不愿意扰你们的酒,何苦来强拉硬扯的?还怕有酒饭请不到人吃么?快些将我衣服拿来,也不劳你家的人送了!若欺负了我,明日告诉冯老爷,你们是不讨好的。"说着,早将黄道士的衣服一口气脱下,撂在炕上。黄鹤仙见五官急了,又不好阻挡。田文海只得躲了出去。

田文海起先与黄道士商量,本欲将柳五官灌醉,好动他的手。忽然见他要走,大着胆假说上来款留,调戏着他,看五官可受不受。不意五官翻过脸来。此时田文海又懊悔过于孟浪,好事弄坏,遂恼羞成怒。欲要随他去,又舍不得到嘴的一口食不吃。一时色胆如天,明欺五官孤身,假作怒容,道:"小柳,你不要糊涂!明人面前还说甚么暗话?你当我不知道你的底细么?我倒好意留你,可知是给脸与你的,就陪我田老爷喝杯酒,也不辱你。若再扭手扭脚的,假充着正经人,引得我田老爷性子发作起来,你即要吃亏苦了!"又走近一步,拍着五官肩头,道:"好小子,别要这,你别见你田老爷年纪老了,最是知情识趣的。"

五官听了这一番话,早已气得手足乱颤,哭着道:"你们这些光棍,有多大胆子,青天白昼,戏侮好人!不是一伙强盗么!快快让我出去,一笔勾销,是你们的造化;不然,明日叫冯老爷问着你们,看你们可活得成!"又使劲将田文海一推。田文海不曾防备,往后一跄,脑袋碰在壁上,碰起一个老大疙瘩。不禁把那怜香惜玉之心顿时变了夜叉面孔,指着五官跳起来大骂,道:"好不中抬举的小兔崽子,敢捉弄你老子!你访一访,田老爷可是好惹的?没说你认识个把知府,就是皇帝的御兔子,我田老爷高兴,多要赏鉴赏鉴!你既落在我手内,还怕你飞上天去?"即揎袖撩衣,势将用武。

五官恐他近身不便,退了几步,要想躲避。瞥见条几上摆着一方天然怪石,双手连座子捧起,向田文海劈面打来。田文海闪身不及,恰恰打着额角左边,"哎唷"一声,倒在地上,那血如泉涌相似,流了出来。五官见打倒田文海,叹口气道:"不料我在此地与姓田的一劫!他既然被我打死,是要抵偿的。不若先死,免得受他们糟蹋。"牙齿一咬,回身认定屋柱上,狠命一头碰去。

那知黄道士并未出去,躲在外间,听里面的动静。闻得田文海动气,要硬行强做,怕的闹出别样事故,带累自己,赶着走过劝解。见五官正举起石头要打,把黄道士吓出一身冷汗,嘴里喊着:"不可动手!"即大踏步跑入,意在夺那石头。谁知来不及了,五官早发手打倒田文海;又见五官碰头,黄道士也不顾田文海死活,打倒的尚不知怎样,姓柳的若再碰死,更不得了。急忙上前,拦腰一把抱牢,死也不敢放手,道:"你现在打死了人,不想抵命,还要累我吃两条命的官司么?"恰值庙内的人众都闻声走进,黄道士即叫取了绳索,将五官按翻捆好,恐他再要寻死。

始回身,见田文海直挺挺睡在地上,浑身是血,只剩奄奄一息。急得黄道士跺足干哭,道:"怎么了!怎么了!这不是坑死我么?"忙取了止血的药替他敷上,又用布扎好口,轻轻的抬至炕上放下,两眼呆瞪瞪的望着田文海,如雷打痴了一般。约有半个时辰,田文海方悠悠苏醒,哼了一声。黄道士先赶着念了句佛,早煎好一碗浓浓的参汤,与田文海吃了。又停了半晌,田文海气弱声低的呻吟着,道:"我此时头上实在痛得难受,那个小杂种呢?可不要放走了他!放走了,我是向你三清观要人的!"黄道士忙道:"姓柳的小道已捆起来了,专候你老人家示下。"田文海点首,道:"我做梦想不到吃小杂种这一场大苦!你可到衙门里去,叫跟我的人把那张大藤榻拿来,好抬我回去。"又将黄道士唤到面前,悄悄在他耳畔说道:"你到

第三十八回　破痴情譬言解惑念　寻旧友避雨遇狂且

衙门内,可……如此如此,告诉敝东一声,切不可稍露风声,使府里得了信。速去速来,要紧!"黄道士不敢停留,忙着换了大衣,嘱咐众人:"小心看守姓柳的,他是首要凶手,第一怕他惧罪寻死。"又叫人伺候着田老爷,要茶要水。即带一名用人,飞奔县里去了。

这里柳五官此刻倒横过心来,"不问姓田的生死,我都随他们摆布罢。再不料我在此地遇着对头,该应劫数临身,也挽回不来的。只恨没有见着伯青,他那里晓得我惹下这样大祸?然而到了此时,身不由己,也顾不得他们了。"这么一想,心内反没有半点害怕。

田文海睡在炕上,头痛得火星直冒,大骂道:"你这小杂种!小忘八!我与你甚么解不开的冤仇,你给我下这一只毒手?我若死了,自然有人千刀万剐的问你一个剐罪!我即不死,你亦休想活命!你如果活了,我也不姓田了!"咬牙切齿,恨骂不绝。

忽见黄鹤仙急急的跑了进来,对众人道:"你们快些收拾收拾,县主太爷来踏勘了!"田文海闻得东人将至,命众人仍把他抬到地下躺着,又嘱咐黄道士:"少顷鲁太爷问你情形,你须照着我先教你那一番话回答,不可临时错误。"黄道士连称"晓得"。正忙着,只听外面三棒锣声,齐齐吆喝,山阳县已下轿进来。

未知鲁鹏作何发落,柳五官性命如何,且看下回分解。

第 三 十 九 回

报前仇鲁知县枉法　破诡计冯太守行权

却说鲁鹏兄弟到了南京，投过文凭，鲁鹍有缺，选出来的，赶着料理到知府的任。鲁鹏留省试用。恰好江宁藩司与他世好，又有鲁道同私函嘱托，藩司另眼看待。一年期满，适值山阳县出缺，藩司即行详请上去。陈小儒亦知鲁鹏为人诡谲，见他遇事逢迎，本不令他补山阳县缺，无如藩司竭力保举，又因鲁道同的情面，只得题补了他。好在楚卿是他卜司，暗中写了一封切实的信与二郎，叫不时察看着他，不可徇庇。鲁鹏得了山阳县缺，好生欢喜，忙着专人进京，接鲁鹍与他的家眷，先择吉赴任。若依鲁鹏心性，虽然一令之荣，也是百里邑侯，要大大施展一番！无如二郎为官清慎，丝毫不徇情面，又是鲁鹏的专管上司，鲁鹏尚不敢十分妄为。偏偏田文海荐到他衙门里，鲁鹏是个豪华公子，受不住田文海加意趋承，过了些时，觉得姓田的竟是生平第一知己，凡有出息的事件，多派他经理，所以田文海年来腰橐甚富。

这日，鲁鹏正在内堂与妻子闲话，忽见家丁来报："三清观的黄道士在外求见，说田师爷在他观里被人打伤了。又说仍有下情，要面见老爷细禀。"鲁鹏闻说，很吃了一惊，忙至外书房，将黄道士叫进。黄鹤仙即照着田文海嘱咐的话细诉一遍。鲁鹏又惊又气，着黄道士下去补了一张呈词，先行回去伺候，随即坐轿，传齐差役，至三清观踏勘。到了庙门，见黄道士穿着法衣，带领几个徒弟在山门外跪接。请着鲁鹏进来，大殿上早设了官座，灯火点得明如白日。鲁鹏入座，先把黄道士带上，问了一遍——其实久经知道，此时当着众人审问，不过遮掩耳目。又吩咐将田文海抬出，验看伤痕。仵作禀报道："左额角被石砍伤，宽一寸，深一寸八分，内骨尽破。"鲁鹏听了，暗自吃惊道："怎么打得如此伤重？"忙叫抬过一旁，不可经风。又吩咐："带姓柳的！"众人推推拥拥，将五官带到大殿上跪下。

起先黄鹤仙到县里报案，只说"京里来了个姓柳的，至观里避雨。小道好意留他吃饭，田老爷陪他闲谈。小道出外解手，不知怎生闹了起来，

第三十九回　报前仇鲁知县枉法　破诡计冯太守行权

姓柳的行凶,用石打伤田老爷"等语。鲁鹏先不知是甚么姓柳的,此时见了面,仔细朝下一望,原来是唱戏的柳五官。不由仇人相见,分外眼红,暗喜道:"你这小兔子! 一般也有今日,撞到我手里! 我只当你一辈子靠着东府里势头,奈何不着你。可见天网恢恢,自投罗网。此次又行凶打伤了人,我即从公办去,你亦有应得之罪。"遂呼呼的冷笑,道:"柳五官,你可认得本县么? 看你小小年纪,自应安分守己,做个好人,为甚么行凶打伤了田文海? 其中定有挟隙,断非无因。可从实招认,若有半字含糊,哼哼! 你就别想活命了!"又叫:"取夹棍伺候着!"众役齐声答应,如轰雷一般。柳五官伏在地下,早拿定主意:"不过一死,再没别的罪名;何况姓田的未死,尚有几希之望,不能姓田的活着,即叫我抵命不成?"忽听得县官直呼他名字,又问"可认得本县",心内诧异道:"这县官是认得我的?"即抬起头来,向上一望,见是鲁鹏,长叹了一声,道:"罢! 罢! 罢! 我才离虎口,又入龙潭,那知是这个冤家在此地做官! 纵田文海不死,我也难脱罗网。不若烈烈轰轰干他一干,死也挣个硬汉子名声!"即直起腰来,圆睁两眼,大声道:"你太爷也不必问我与姓田的有无仇隙,田文海是我打的,他死了,我理应抵偿;田文海侥幸不死,太爷按律,派我一个甚么罪名,我亦愿领。只恨我时运不通,到此地来充甚么军、寻甚么魂,偏生遇着一起仇人,我还想活命么? 好让他们称心满意! 总之一句,杀人偿命,欠债还钱,再没有事了!"阶下人众听了,莫不吐舌摇头,道:"看不出,他一点点年纪,有如此胆量,见了本官,不说乞命求生,反明目张胆的直认不讳,竟句句挺撞着本官!"

鲁鹏见他又直道出他以公复私的心病,不禁勃然大怒。欲待发作,又耐了下去,怕的稠人广众之所,处置不公,落人褒贬;又恐五官仍说出不好听的话来,即哈哈大笑道:"好小子! 很好的,你既认田文海是你打的,死活自有科例,你明白就是了。"起身吩咐:"带着!"坐轿喝道回衙。来时即嘱咐田文海的家人:"俟定更时分,将你主人用软轿抬回衙门调养。"黄鹤仙送了鲁鹏回来,拆去官座,将闲人赶散,关上山门,又收拾了内间血迹等事。且自缓提。

单说鲁鹏坐在轿内,细想如何处置柳五官,"必须寻他一个大大罪名,方泄我昔日之忿;再则也替田文海报这一石之仇。"又想到:"柳五官在京,与云抚台等人常有往来,他此次定见是投他们来的,现在本府就与他有旧。即不能走漏风声,被他们做了手脚,救脱出去,岂非便宜了那小兔子?"回至衙门,下了轿,即叫人将柳五官押在外监里,外面不许传说。

发放已毕,换了便服,来看田文海伤痕轻重,又安慰了一番,即向刑席上朋友房内,来商议若何办理。这一位刑席幕友姓罗名喜,字多士,绍兴府会稽县人。年已半百开外,向在各州县衙门当刑席幕宾。为人小有才,惟酷喜背后论人长短,又爱招揽外事,所以同道中无人不嫌他,因而赋闲多年,穷得衣食不周。适值鲁鹏补了山阳县,不知罗喜怎生尽力谋钻,托人荐到鲁鹏处来。该应他的运气通了,鲁鹏见面大为相契。鲁鹏又是个公子官儿,那里懂得公事?觉得罗喜办事颇为认真,除他应办刑名,其余一切事务,皆委他一人经理,言听计从。罗喜见东人优待,又旧病复发,在鲁鹏面前挑张剔李,闹得上下人等没一个不怨恨他,只因本官推重,多敢怒而不敢言。罗喜与田文海皆是小人心性,倒讲说得投机。这日正坐在灯下阅看案卷,忽见鲁鹏进来,忙着离了座位,笑容可掬道:"东家饮过夜饭哉?"一面让座,一面叫人倒茶来。鲁鹏走至上首坐下,也问了几句闲文,即将田文海被柳五官如何打伤的细说:"现在田文海虽不至死,然而小柳与我却有夙恨。必须借此事端重重的办他一办,方泄我胸中之忿。是以特地过来请教老夫子大才斟酌。"

罗喜听着鲁鹏说话,有时摇头,有时咂嘴,有时又闭着眼睛点首。听完了,仰面哈哈大笑道:"东家,阁点小事干,没甚难办。伊弗过是个兔子,仗着府里个点势头;好在府里也弗得知,弗怕伊飞子天浪去!即哇伊行凶,无故殴辱有职人员,照光棍例办子伊,虽弗杀头,也要充远军个。个个小兔子,平时娇养惯的,那里吃得起充军个苦头?只怕弗到地头,即要死突哉!明朝东家坐堂个辰光,只要问一个问,骗子伊个口供落来,即按例科罪,当堂起解。古语'兵贵神速',就是府里晓得个说话,罪也定哉,人也充出去哉,伊只好咬子俄个卵球去。"鲁鹏连声称是,痛赞罗喜遇事有识。又坐了半晌,自去安歇,好准备明日一早审问五官,定罪报仇泄恨。不提。

且说跟五官的两个人押着行李到了府前,寻着号房,烦他通报进去。二郎闻得柳五官到了,好生欢喜,忙叫人收拾内书房,让五官居住。又将跟的人叫上去,问:"五官为何还不见来?"两人回道:"我们是先进城,五爷

第三十九回　报前仇鲁知县枉法　破诡计冯太守行权

大约少停即至。"二郎吩咐他们下去歇息,赏了酒饭,又命厨房备酒,好待五官洗尘。眼巴巴直等至初更时分,五官仍然未来,急得二郎在内书房踱来踱去。又问跟的人道:"你们五爷多分路径不熟,走迷失了。不然,即是因雨落得过大,在那里避雨去了。你们也该拿了雨具找一找去。"跟的人答应下来,四处访问,毫无踪迹。只得重又回来,禀知二郎,"通城内都访到了,并没有见着。"二郎也暗自吃惊,又吩咐:"明日大早,再去细细寻找。他此处人地生疏,不要闹出别样事故来。倘或丢了他,伯青必然同我打饥荒的,那可不是笑话么!"外面堂上已打三更,今夜料想五官不来,只得回上房安睡。

可怜跟他的两人,一夜都不曾合眼,黎明即起身出衙,分头寻觅。找了一会,又聚拢来,将至山阳县署前,听得一丛人在那里议论。这个说:"此人年纪甚小,倒长得很俏,因何心肠这样狠毒?"那个说:"他不是此地人,是从京里下来的,与姓田的并不相识。我却不解,既不相识,即无仇隙,为甚下得这般毒手?"又有一人说:"你们不知道其中曲情。我适才访问过了,姓田的虽与他无仇,据说本官与他有仇,相巧今日碰到他手里,偏生那少年人又打伤了田姓,所谓借公报私。又闻说此人姓柳,是个京城里的小旦。我看那种神情,倒也有几分相像。"

两人听得明明白白,很吃了一惊,忙上前扯住一人,问道:"借问诸位,这姓柳的如今在那里?"众人回头,见他两人问得突兀,上下打量了一回,道:"你问做甚么?你们是他一起的人不是?"内中有个老年人,见两人问得情急,忙止住众人,道:"你们也太啰唣,管他一起不一起!你二位要问这姓柳的,现在堂上审着呢,是与不是,去看看就知道。"他两人也不问是否,丢了那人,急急挤进衙门。挨至堂口,果然县官正坐堂理事,阶下跪着一人,细看不是别个,竟是五官。两人这一惊非同小可,即要上前问问,又不敢造次,只得耐心听县官讯问,究竟身犯何罪,无故被县官拿来。

原来鲁鹏清早即坐堂,提上五官,讯实口供,好定罪名。料定府里一时难以晓得,反升坐大堂,显见并非私断。五官仍是昨日一番话,半字不改。鲁鹏命画了俱供,照"远路光棍行凶,殴伤有职人员"例,得刺配。"今姑免刺字,充发边远地方。"即当堂点了长解两名,给了批文,又上了刑具,限本日起程勿许逗留。鲁鹏将长解唤上堂来,当面又切实知照了几句,方打鼓退堂。把跟五官的两人吓得手足无措,欲亲问五官一声。见多少人围着他,又恐问出是非,只得寻了一个老年书吏,细问情由。那老吏起初并不肯说,后来被两人再三苦苦哀告,跪着求他,始扯起两人到一僻巷内,悄悄的告诉了一遍:"你们如是同伴来的,我劝你们即速走罢,不要拖累进去。这姓柳的,本官是与他做定对头了!"两人访出实信,飞风跑回府衙。

　　二郎正坐在书房候信,心内也十分着急:"难不成五官当真迷失了么?"忽见他两人喘吁吁跑进,见了二郎,即将在县里见着五官、如何定罪的话说了:"我们来的时候,就要起解了!请大老爷速救我们五爷性命!"说着,痛哭不已。二郎也大为诧异,道:"你们五爷到底闹出甚么天大事来,一夜工夫即要起解?就是打死人,也不应如此快法!怎么这里又闹出一个田文海来?然而鲁令也很不懂事,为何糊里糊涂即定了充发的罪?其中多该有别情。"再低头一想,拍桌道:"是了!是了!上年五官在隐春园同人打闹,那不是鲁家兄弟么?今日五官偏又撞到他手内,显而易见,借公报复前恨了。果真解了出去,他自然饰词详禀上来,连我也无力救他。你们可速赴县前等候,我少停即至。你们上前喊冤,须要说出田文海是县署幕友,我即可亲提审问。倘若已经起解,你们大着胆扯住厮闹,我来时自有道理。"两人答应,转身飞跑出去。

　　二郎忙传话伺候,去拜某客,却暗中知会贴身家丁,须从县前经过。他两人一口气跑到县前,见五官正欲起身,解差已将行李、包裹收拾齐全,催着五官出城赶路,"不要带累我伙计们误限。"两人不问好歹,上前揪住两名解差,骂道:"你们一伙是甚么人,将我家五爷锁起?他又不犯法,可不是反了么?"五官忽见他两人来了,又惊又喜:喜的是"他们既知我在这里,楚卿必然知道";惊的是"你们如何揪打官差?不是为我加罪么?"正待喝住,县衙门内跑出一干人来,吆喝道:"那里来的这两个野人,敢在官府衙门口混闹?他是犯罪的人,你们拉住不放他走,定是约了来抢劫的强盗!抓他回本官去!"说着,鞭棍一齐打来。两人死不松手,哭着喊着乱叫救命。正闹得没开交处,那边一棒锣声,旗伞纷纷,淮安府到了。他两人舍了五官,跑到轿前跪下,高声喊冤道:"大老爷!救命呀!"二郎忙命住轿,把人带上,问:"有何冤枉,不赴县里去告,到本府面前来混嚷?"两人将五官被拿始末根由大概禀了一遍。二郎即叫:"带了柳五官来。"少停,带

第三十九回　报前仇鲁知县枉法　破诡计冯太守行权

至轿前，见五官手铐脚镣，满身刑具，心内着实不忍。先命开了刑具，问道："本府看你小小年纪，何故行凶打人？既已认定罪名，缘何又叫人来喊冤？足见刁滑避过。可从实说来，不要糊涂！"五官见是二郎，明知来救他的，也仿着跟他的两人的话，哭诉道："小的苏州人，向在京贸易，到南京来探亲。昨日方至此地，顺便去瞧一个朋友。因避雨，到三清观暂躲。适值田文海也在那里，见小的孤身，陡起不良，又仗着是现在山阳县署的幕友，倚势欺人，硬要调戏小的，强拉小的陪酒。小的一时慌急，用力甩脱他。不料田文海立脚不稳，跌至桌前，碰翻几上大石一座，压在他头上，打破额角，顿时流血。遂贿通三清观道士黄鹤仙，谎报山阳县主，说小的无故行凶，用石打伤他额角。县主不问曲直，威逼小的招认，即行起解。幸遇青天大老爷过此，跟小的两名用人情急奔诉。求大老爷昭雪小的冤枉。再者田文海并未身死，仍在山阳县里。即请大老爷提到黄鹤仙、田文海讯问，当知真伪。愿大老爷朱衣万代，世世公侯！"二郎听了，即唤随众将柳五官与两名解差带回衙门细审，一面去提黄鹤仙候讯。又吩咐传谕山阳县，令将田文海送府备质，不得徇庇，致干参处。即叫转轿回衙。

这里众县差见府里带去原犯柳五官，又要提黄道士、田文海到案，情知不妙，忙着进衙，回明鲁鹏情由："五官又说出田师爷是我们衙门里幕友。现在府大老爷派了两名府差，在外立提田师爷去对质，并传谕老爷勿得庇抗，有干参处。"鲁鹏听说，呆了半晌，跺足道："甚么囚攘的去告诉府里？既已闹开了，我反担着处分，可不是害人不着，倒害了自己！"只得吩咐人众先稳住府内来差，即忙回后，与罗喜商量如何办理。罗喜闻说，皱眉道："哎唷！格个事体弗好哉！塞娘董姆妈多杀杀倒，上子小兔子个足当哉！阁件公事，老田是弗能交出去个，一交出去，东家得子不是哉。说弗得，东家快点上府里去，当面求子府大老爷，阿拉也弗办姓柳个，请府大老爷也弗要追老田到案，大家没事体哉。府里也弗过要开脱小柳，若一定追子老田到案，纵然袒护着小柳，可知斗殴官司，平打平枷个句说话是跑弗脱个。东家须要下点身份，恳求为是。黄道士个毽养个，也只好随伊去哉，横竖打子两记，也没大事。"鲁鹏此时毫无主见，只落得谁说谁好。即吩咐："伺候，上府里去。"

且说二郎回至衙门，即升坐大堂，将五官主仆三人带了，又细问一遍。

恰好黄道士业已提到。二郎见了面,即呼呼冷笑道:"本府久知你不安本分,可从直说,得了田文海多少买嘱,代他谎报,说柳五官系有意用石砍伤田文海的？你是个出家人,偏要多管闲事,本府先办你个好为多事、得贿谎报！"不由分说,喝令把黄道士拖下,打了二十大板。打得黄道士叫起极天屈来,哭道:"大老爷高升呀！他们斗殴,并不与小道相干,小道亲眼所见,实系柳五官用石打破田文海额角,昏晕过去。小道见人命攸关,方赴县禀报,并未敢虚浮谎诉。小道既与田文海无旧,又与柳五官无仇,他们皆是躲雨来的。小道实在责罚的冤枉,求大老爷详察！"二郎将惊堂一拍,问道:"好大胆奴才,还敢强辩！再掌嘴！"左右一声答应,又拖下黄鹤仙来,打了数十个嘴巴。

正欲再问,见号房上堂回道:"山阳县禀见。"二郎道:"好糊涂！不知道本府审事么？只叫他将田文海交下,回衙去罢。他还有面孔来见？"号房应了几声"是",又回道:"小的也这般回他,山阳县说田文海并未解到,另有下情面禀,定要求见。"二郎明知鲁鹏前来求情,料想田文海他断不敢交出;"然而田文海到了案,五官亦难逃公罪。莫若传他进见,看他如何说项,再作计较。"起身,即吩咐:"把人证暂且押下,俟本府见过客,再行审问。"一面叫:"请鲁太爷花厅上见。"鲁鹏进来,见二郎请了安,一旁坐下。二郎不待他开口,即正色道:"老兄办事,却也太胡闹了！怎么听信自己幕友与黄道士一面之词,也不讯问清白,即科派柳姓罪名？况且天下亦没有昨日殴斗的事,今早即起解原犯。就是杀人凶手,顿时缉获,也不能如此草草了结。据说老兄其中存了私意,那我也不问,老兄只将田文海备文送来,以便质审。若果真问出弊窦,窃恐老兄有些不便！"说着,又冷笑几声道:"到底老兄乃科甲出身,办事与众不同,想该胸有成竹。倒要请教！"一席话说得鲁鹏置身无地,满面通红,立起又请安道:"大老爷明见,实系卑职该死糊涂！都要求大老爷格外原谅,成全卑职。田文海虽系卑职衙门幕友,向来并不宿在衙门里。昨日审过,当令该家属领回调养伤痕。此时卑职亲去提他,他情知理屈,业经惧罪,携眷脱逃。并非卑职知情故纵。大老爷访察就是了。"说罢,又请了安,垂手侍立,不敢入座。二郎微笑道:"甚么携眷脱逃？还逃在老兄衙门里呢！既然老兄自知错误,求我成全,我难道不顾同僚情分么？但是这件案卷怎生撕掳方可妥善？"鲁鹏连连应

第三十九回　报前仇鲁知县枉法　破诡计冯太守行权

是，又苦苦哀求了几次。二郎道："老兄且坐了，小弟却有个法则在此，未知老兄以为何如？老兄'承审不明'的处分是要耽受一点儿的。回衙速将此宗案卷撤销，我这里自有处断。田文海这样人，老兄大可不用，将来带累老兄，还不止此。可使他离了此地，即照'闻风脱逃'的做法——就是太便宜他了！"鲁鹏闻二郎已允，才放下心。又起身谢了，方告辞回衙。

二郎复又升堂，将柳五官叫上，假意申饬了一顿，押令出城，不许逗留。又叫黄道士取保具结释放。所有在逃之田文海，姑念已受重伤，着免追究。一时发放已毕，起身退堂。黄道士惟有自称晦气而已，白白的挨了一顿打，还要措赀开发衙门使费。

二郎回后，着了心腹家丁出来安插五官主仆："待到初更时分，领至内堂来见我。须要机密，不可使外人知晓。"家丁答应出外，寻着五官主仆三人，带到衙门附近差役家住下。五官此时只有感激二郎不尽。差役家里知道五官与本官大有瓜葛，难得住在外家，何妨结交他，去讨本官个好？赶着备办了上等酒饭，请他主仆。到了初更，那家丁先去探听，见衙门外没有多人行走，也不用灯火，黑地里领着五官等人悄悄走进宅门，问明本官在内书房坐着，即同了五官直向里面来。

不知五官进衙，见着二郎有何话说，且看下回分解。

第 四 十 回

责负心冤魂寻凤恨　喜同志美少结新盟

却说柳五官被那家丁带到后堂内书房里。见红烛高烧,二郎坐在上面等候。五官走入,抢步上前,倒身下拜道:"日间极承关顾,又蒙开脱我,只愧初到此地,即惹下这一场大祸,反教你作难,代我撕掳。我此时也不便以语言空谢,惟有铭诸肺腑,再图后报罢!只恨我无辜受这一场羞辱,真令人愧不欲生!"说着,不禁哭了。二郎忙着站起,用手搀住五官,笑道:"言重,言重!你的事,我不晓得则已,既经知道,岂可置身事外?本来你是冤屈,这么一说,反觉你我生疏,不同往日了。此次你也意想不到遭此横逆,只好委之于年灾月晦,不可介怀。还算你时运好,倘若一石头打死了田文海,那就更难撕掳了!好在目下田文海已撵逐出境,黄道士又掌责过了,你心里也可稍慰,切勿自己苦坏身体。"回头叫人:"取水来,与柳五爷洗脸。"又着实安慰了一番,方问:"何日从京内起程?可到过子骞那里?日前伯青送他妹子,走我这里经过,耽搁了一天。他还说到了山东,必然要会见你的。想你们多应见着过了?"五官见二郎殷勤劝慰,自己一想:"不过受点惊吓,也没有吃着亏苦,有楚卿这么一办,亦算代我挣回体面了。"方有了笑容,忙道:"伯青到山东去了么?何以我从子骞处来,并没有遇着,想是走岔了。我此番又是来得不巧。"顿时不悦起来。二郎笑道:"足见五官单有伯青在心里,我们是不配同你相好的。难道伯青不在南京,在田、者香那边亦是旧识,岂不可耽搁?横竖多则半年,少则数月,伯青亦要回来的,你又不赶着回京,忙甚么呢?"说得五官也笑了,道:"并不是这等说法。因路上没有会着,懊悔错过了。你倒会多心!"

二郎即叫摆酒,与五官压惊。两人对饮,谈谈笑笑,甚为适意。二郎俟五官说得高兴之时,起身亲自斟了一杯酒,送与五官面前,道:"你且干了此杯,我有话与你商量。你要恕我今日这件事,你原是无辜受辱,既将田文海撵逐,又将黄道士打了,所以不得不当着人众亦不许你逗留淮城。此乃遮掩耳目,你想也明白,不怪我的。但是业已判断过了,你久住此地,

第四十回　责负心冤魂寻夙恨　喜同志美少结新盟

终属不便，旁人虽不敢明说，背后却要议论我徇庇。若论你住在我衙内，也没人知道，怕的传说出去，落人讥诽。并非我催促你动身，明日我代你封下一号大船，晚间悄悄的上去，后天黎明开行，人不知，鬼不晓，且到南京、苏州一带盘桓几时。俟此事冷淡过去，那时即彰明较著请至我处耽搁一年半载，外人也不说闲话了。我是为你起见，你切不可怪我无情，我是以告罪在先。"五官听了，微笑道："你把人看得太糊涂了，我岂不明这个道理？你纵然留我，我也是要走的。原想今日即行，因承你盛情，不能不来见你谢声。我若怪你，我可不是更糊涂了么？"二郎大笑道："五官真乃快人，且请再干一大杯！"五官亦起身回敬了二郎的酒，两人重又畅饮起来。直至三更始止，二郎亲送五官至书房安寝。

次日，命人封下坐船，在河干伺候。晚间又备酒，与五官饯行，说道："此去必先至南京，我有封禀启，烦你寄交总督衙门陈小儒——他亦是我辈中人，你可去见见他，我的禀启内已写下了。"又嘱咐五官沿途小心。饮到初更，即散了席。五官起身作辞上船。二郎道："恕我不能送你，千万明春到我这里来住些时，不可爽约！"五官点首答应。二郎又着人送五官主仆出城，看他上了船，始回衙销差。五官在路行走，非止一日，方可抵南京。

且说鲁鹏回到衙门，只落得气得恨骂而已。又来与田文海商议："这件事既已闹开，府里又护着小柳，不许我留你住在衙门，冯家耳风最长，若访得你没有出去，我即担了处分。你可在外面稍避风声，再进衙门。"田文海亦知二郎向来铁面无私，不徇私情，难以蒙混，自己亦怕讨他的没趣。想了想，仍搬到三清观去，俟养好伤痕，再作计较。鲁鹏即着人搬了田文海行李、箱笼，送至三清观。随后方用软轿抬了田文海出衙，诈称一声"出城上船，回南京去了"。到了观中，黄道士忙着接入。田文海说了多少替黄鹤仙抱屈的话："总怪我拖累了你，好歹且耐着些时，这场仇恨都要报复的！"黄道士收拾出一间密室，让田文海居住，又吩咐徒弟等人外面不许乱说。过了数十日，田文海头上伤痕日渐平复。

这日正是十一月十五，明月当头之夕，大家小户多做消寒会。黄鹤仙也备了几样精致酒肴，请田文海晚间赏月消寒。席散，田文海觉得多吃了几杯酒，心内有些烦躁。回房时已三更，月色当空，明如白昼。田文海因口燥，叫人烹茶来解渴，又将迎面一扇槅子撑起，坐在窗口仰头看月。长空万里，绝无纤云，又有微微的风吹着，反觉酒气渐消，爽适异常。窗外左边一丛翠竹迎风摆弄，月影迷离，分外有趣。

　　猛然竹外起了一阵怪风，吹得竹叶飕飕，那月色亦暗了下去，窗里的灯摇闪欲灭。田文海把头一缩，道："好冷！"忙起身，意在放下窗子进去，忽听阶下有脚步之声，急低头看时，见隐约一人走来。田文海只当是送茶的人，骂道："混帐东西！鬼魆魆的，吓人一跳！"说话间那人已至面前，未语先笑道："文海兄，别来无恙？我们倒久违了！原来你在此地甚好，如今又名成利就，可知我受尽苦楚，今日方得出头！你既与我至好，倒忍心不问我一问？好容易此间寻着了你，我们还是一道儿去罢，也不枉当日交好一场。"田文海听了，摸不着头脑。急睁眼细细一望，认得是刘蕴，大惊道："他怎么能到此地来？他是疯狂了的，难道病好了么？晓得我在淮城得手，特来找我？又是谁告诉他，我在三清观的？"正欲回答，蓦地记起刘蕴已死。"我前日闻得南京有人来说，仍亏陈小儒不念旧恶，用棺木装殓，送入他祖茔内安葬。哎唷！不好了！他是个鬼咧！"不禁毛发突竖，啐了一口，转身即向内间里跑。谁知刘蕴跟了进来，抢步上前，挡住道："文海兄，你太薄情了！见了面你即骂我，我知你无意，也不来咎你；此时你又要躲开，难不成故人远路而来，应该不瞅不睬的么？"田文海见刘蕴阻住去路，早已吓得心胆俱裂，噤着叫喊不出，随手拿起一张椅子，欲劈头打下。见刘蕴满面怒容道："田文海，你敢放肆么？我倒好意与你叙旧日交情，不肯说出恶言，你等猖獗太甚，与我用武！可知你负心之处，神人不容！我生前怎样另眼待你？你见我势败，托故他去，生恐我和你纠缠。后来闻得我已死，你反而对人说我'作恶多端，难以枚举，我还嫌他太死迟了呢！'算我待你十余年好处，被你明索暗赚了多少银钱，没落得你一句好话儿！我今日实告诉你罢，我已请命冥王，特来追你的性命，不能容你在阳间独享富贵！"说着，长啸了一声，将头一摇，顿时头发披了下来，两眼突出，舌头拖在唇外二寸多长，向田文海扑过。田文海一个寒噤，支持不住，连人带椅跌倒在地，昏死过去，那口内白沫直喷。

　　恰好送茶的人已至院外，听得房内天崩地踢的一声响，很吃了一惊，忙忙走上台阶。忽扑面"哗喇"的一阵冷风刮过，逼得通身毛骨悚然。没

第四十回　责负心冤魂寻夙恨　喜同志美少结新盟

奈何,大着胆入内,见桌上残灯半明,田文海躺在地上,一张椅子跌得粉碎。那人不知何故,放下茶盅来扶田文海,道:"老爷怎么了?"连问数声,不见答应。再用手摸了摸口鼻,只有出气,没有入气。吓得那家人狂叫起来。早惊动了黄道士,同着他徒弟走过,问道:"半夜三更的大呼小叫,做甚么?被邻舍家听得,又要查问了!"那家人道:"黄老爷,你还说太平话儿!你来看看,我主人不知何事,跌在地下,多分倒没气了!"黄鹤仙听说,也吃了一吓,忙着蹲下来摸田文海,果然微微一息。急回头,叫徒弟等人帮着他将田文海抬起,放到他床上,又叫人取了姜汤开水灌下。好半晌,田文海始醒了转来,一翻身坐起,向着窗外连连叩首,道:"并非我害死你的,你为何寻我要起命来?我纵然负了你平日待我好处,不该见你势败设法走开,此却是我的错处,难怪你动气。还求你念昔日交情,饶恕我罢!"说着,叩拜不已。又自己用手左右打着嘴巴,道:"怪我!怪我!"吓得众人不知道他说些甚么见神见鬼的话,令人害怕。黄鹤仙急叫请了医家来诊视,说是中了邪气,痰迷心窍,很有两分病症。开了一帖驱邪定神的药,嘱咐:"吃了下去,能发出一身汗来,方可有治。"黄鹤仙听了分外着急。

等至天明,亲自去报知鲁鹏。鲁鹏即打发了两名亲信家丁过来看视。此时田文海益发乱说起来,又直着嗓子喊叫,如鬼嚎一般。吓得他的家人与庙里小道士们远远看着他,不敢近前。黄鹤仙同着两名家丁进来,到了他榻前询问。田文海现在已认不得人了,那喊的声音亦渐渐低喑。黄鹤仙道:"二位爷们,看这样光景,田老爷是朝不保暮的人。请爷们回去禀知鲁太爷,宜速办后事为是。"两名家丁不敢停留,赶紧回衙,告诉鲁鹏。鲁鹏忙命伺候,假说到三清观拈香,亲自来看田文海的病。

到了庙前,黄道士得信,忙来迎接,道:"太爷来得正好,田老爷此刻多分是没用了!"鲁鹏急忙下轿入内,见田文海仰卧榻上,满脸铁青,两只手握得死紧,眼睛大睁着,口角微流紫血。鲁鹏见了,心内不忍,不禁流下泪来。即叫人去买上等棺木装殓,就停供在观内,又派那两名家丁在此帮着黄道士收拾。自己即坐轿回衙,赶着写了信,派差寄至南京,唤田家的人来领棺木。外面一传十、十传百,多晓得田文海被冤鬼活捉了去,反加了些说话上去,竟说得活灵活现的。隔了几日,传到二郎耳内,二郎叹息了几声,随即写信与柳五官知道。

单说五官由淮城动身，走了五六日，已抵南京。五官正欲进城，到总督衙门投递二郎的信，上了岸，见河边往来轿马络绎不绝，好似接差的光景。又见制台、将军皆出城来接着，织造与藩司、各道员陆续均至，已知这来的人身份必尊。问了行人，方知苏州抚台出境阅兵，昨日即到此地。五官闻得云从龙来了，甚为欢喜，且缓进城，忙着回船，带了一人，持着名帖，来见从龙。寻到上流河边，见岸上搭着接官厅篷，挂彩张灯，各衙门皆拨人在此照料，拥挤不开。河内一顺停泊十数号大船，牌旗罗列，大书着"兵部侍郎江苏巡抚部院"，船头上尽是冠带济济的随行各员。五官料想此时挨不上去，即在岸上一家店铺内坐着，紧对抚院的坐船，等个空儿好去禀见。

说话间，总督、将军、织造等人已辞别出舱，抚台直送至船头，候各官上轿。五官见从龙还是在京的模样，却发福了好些。随后一起一起的大小文武官员递名谒见，或会或辞，整整忙乱到下昼时分，岸上的人方渐渐稀少。五官即叫跟的人持帖去禀报，说："一定要面见的，尚有话说。"跟的人走至船边，满面堆笑，向着船头众人欠身道："烦那位爷通报一声，我们是京里下来的，与云大人是旧交，要面见说话的。并有名帖在此。"众巡捕官接过名帖，看了一看，念道："柳五官。"微笑道："究竟名字呢，还是排行？不清不楚的！"半晌方说："伺候着！"转身下舱。好半日，匆匆出来，道："柳五官家人在那里？"跟的人忙上前答应。那巡捕道："我们大人吩咐，就请便衣进舱会话。"

跟的人忙来告诉五官。五官起身，整顿衣帽，大摇大摆的上了船头。众随员因主人优待他，也不知来的何等人物，不敢轻视，一溜儿站起。五官对众人欠了身，即跨步入舱。早见从龙接至舱口，大笑道："老五久违了！"五官忙上前请安，从龙一把扯住，同进中舱，见礼入座。从龙道："你几时出京的？想必在子骞、楚卿他们那边也耽搁了好些时？我适才问及伯青，方知他送子骞夫人到山东去。你可来得不巧，遥想你来他去，路上多该见着。此时你意欲在南京等候伯青，还是预备到我那里去？"五官道："说也奇怪，我由子骞处下来，并没有见着伯青。到了楚卿任上，才晓得伯青往山东去。我是沿途游览古迹，多分错过了。况路上往来轿、车不知多少，那能恰恰会见？因楚卿叫我送信到总督衙门里，意在南京小住两日，

第四十回　责负心冤魂寻凤恨　喜同志美少结新盟

逛逛各处胜景，即往苏州来会你。伯青大约明春方回，我在南京无一人认识，住着也没有意思。不如到你那里耽搁几时，还想到者香任所去。我既然出京，你们各处都要走走。待至明春，回转南京，伯青亦多应回来，岂非见个正着？再则楚卿说总督陈大人亦是你们至好朋友，待人甚好。楚卿叫我去谒见他，即可住在他衙门里，'他晓得你与我们往来，断不轻待你的。'我亦久闻陈小儒之名，所以才泊了船，即欲进城去见陈大人，一则投递楚卿的信；二则陈大人如果殷殷留我，即在他衙门住了，过些时再到你苏州来。因此行止未定，故行李多不曾发上岸去。恰好闻得你到了南京，赶着过来请安，明日去送楚卿的信也不迟。"

从龙笑道："若说陈小儒为人是极好的，你明日见着，自然知道。伯青府内现住着你同道中人，叫金梅仙，前次伯青也曾对你说过。明天我去邀了他来，与你会会，恰好替你接风，请他作陪。你要在南京耽搁，大可住在梅仙家里，较之总督衙门里，起居便当得多呢。"五官道："我也想去会那金梅仙，又不好冒昧，难得你邀了他来。若说替我接风，是不敢当的。"

从龙又问："在子骞、楚卿两处盘桓了几时？"五官道："子骞那边倒住了半月有余，楚卿任上只住了两日，就向南京来了。"从龙诧异道："子骞本来与人淡淡的，况山东省内又无甚游玩之处，你不过住的一月半月，即要动身，何以楚卿那里你只住了两日？难不成楚卿也不留么？真令我不解！"五官闻说，眼圈儿一红，长叹道："说起来，我此次出京，几乎在淮城断送了性命！自今言之，犹觉惭愧。"把在淮城遇见田文海的事便从头至尾细说，又道山阳县鲁鹏怎生借公报仇："苟非楚卿替我出气，我也不得今日见着你们了。"说到此处，不禁伤心起来。

从龙听了，大怒道："岂有此理！鲁鹏可不是胡闹么？你千万不要介意，我都代你泄这一场恶气！可笑楚卿也甚糊涂，这样属员，早该详参上来，还怕得罪他老子么？楚卿太没有胆量！我明日入城，与小儒会议，定行参奏鲁鹏，再将田文海那厮访办，他们以后才不敢妄为呢！"五官起身谢了从龙。时已近暮，即辞别回船。从龙又谆嘱："明日不可入城，我已预备下酒席，定去邀了梅仙来会你。"五官答应。从龙送到舱口，见五官上了岸，方转身进去。

次早入城，回拜各官。到了小儒处，说起柳五官来意："又受了鲁鹏糟蹋，我实在不服！特来与你商议，这样徇私枉法的官，大可参办！"小儒笑道："不用你费心，我有件东西，正欲与你看。"即叫人取了淮安府的详文来递与从龙，上面详的是山阳县苛收秋征漕米一事："刻据各绅耆联名具禀卑府衙门，卑府当饬委员查访苛收属实，为此详参前来"云云。后又附了一封私函，是寄与柳五官的，说田文海已死，据闻是被刘蕴责他负心，活捉去的。从龙看毕，笑道："既然楚卿详参上来，理宜参办。我与你联衔具奏就是了。这一封信，我带去与五官看罢。"又坐了半会，辞别小儒回船。

梅仙早在船中等候。从龙即命又去请五官过来，与梅仙见了礼，各道企慕之意。更换便服，即在舱内，二宾一主，开怀畅饮。梅仙与五官谈说得甚为相契。梅仙定要请五官到他家里去住。原来梅仙已娶了巴家女儿过门，本是招赘在巴家的，因梅仙不惯住在乡间，又嫌照应不着祝府的事，遂在城内鼓楼前寻下一所房屋，接了家眷上来。又与他舅兄商量，请了巴太太一同住着，帮理家务。赁的这房子宽大，空屋甚多，所以定请五官去住。五官见他谆谆相请，遂应允了："明日搬进城来，打扰尊府。"

从龙即告诉五官冯楚卿详参鲁鹏的话，又取出二郎来信与五官看。五官以手加额，道："你两人一般也有今日！在淮城处制我的威风而今安在？"梅仙接信过来，看毕笑道："刘蕴生前疯癫，死后倒还明白。刘蕴虽然恶贯满盈，却待田文海不错，是以独责他负心，追他性命。总之，为人恩怨都要分明，那怕天下不容的恶人，他能待我有恩，我即目为好人，许为知己，只不为他恶习沾染就罢了。不见汉董卓一月三迁蔡邕，后来董卓伏诛，蔡邕往哭其尸，以致得罪，受刖足之刑。他亦明知身不免罪，只求为知己者死，我尽我心而已！"五官点首称是，道："我尚不知田文海有这一段负心之处，真死犹觉晚！"

从龙在烛光下见梅仙、五官两人各具一种丰韵：梅仙举止安舒，风神潇洒；五官眉目姣好，言笑如痴。从龙左顾右盼，大为欢畅，命换大杯来吃。那伺候席面的家丁与众巡捕官说笑道："谁知我们大人亦是好此道的！起先我们不知是甚么旧交，如此优待，原来是两个小幺儿！一个在这里祝乡宦家居住，一个甫从京里下来。我们大人也算会寻乐的，明说请他两人吃酒，却暗暗是带了两个相公来陪酒的。你看我们大人比往日加倍高兴，此刻又叫换上大杯，多分今晚是要醉的！也难怪他，做过京官的多

第四十回　责负心冤魂寻夙恨　喜同志美少结新盟

有这个毛病。再这两个小幺儿却也长得俊俏,连我们都有些垂涎!"内中有几个惯会巴结的,格外在梅仙、五官面前周旋,讨主人欢喜,又想他们向主人说句好儿。

少停,岸上已打三更,席终散坐。从龙已很有几分醉意。梅仙恐城门下锁,便与从龙道谢,作辞回身。又切嘱五官明日一定搬进城去。五官道:"明早我要送楚卿的信到总督衙门去,回来顺路到尊府拜谒,断不失约!"亦起辞回舟。从龙又约定五官:"下月到我苏州来逛逛。"直送他两人出舱,见上了岸分路散去,方进舱安睡。次日一早开行,又往各处阅兵去了。

且说五官早间起身,开发了船户,命跟的人押了行李,一同入城。先问到梅仙家内,将各物寄顿,随即向总督衙门里来。正值小儒拜客方回,号房取了信与名帖上去回明。小儒看了信,即命请见。五官入内,见小儒立着等候,忙抢步上来请安。小儒答了半礼,让五官坐下。细看五官,果然生得姣楚可人,"不愧楚卿来信极口称赞!我想伯青竟是天下第一流多情种子,偏生到处招惹着这些人同他往来,又一个赛似一个,真各人各生成的艳福!"便含笑问了问京中近日光景,及路上行了几日,现拟住居何处。五官一一回答,又说到梅仙留他的话。小儒道:"小癯的为人很好,你们定见是合式的。暇时不妨常进来走走,梅仙三五日即来一次的。"五官应了,即作辞出来,回至梅仙家内。

梅仙早叫人打扫了三间净室,代五官将行装等物铺设停当。五官又请见了梅仙的妻子巴氏与巴太太。到了外间,梅仙已摆下酒席款待,宾主对饮,甚为欢畅。谈谈说说,两人竟相见恨晚。梅仙道:"我们萍水相逢,即成知己,断非无因。我意欲仰攀,结个异姓兄弟,不知尊意何如?未免我过于唐突,尚祈原谅。"五官道:"小弟早有此意,只觉冒昧,不好出口,若蒙不弃,愿订金兰之好。"梅仙见五官一口应允,并不推却,喜悦非常。即命设了香案,两人对天立誓,结拜兄弟。梅仙比五官长一岁,梅仙为兄,五官为弟。五官又入内请巴氏出堂,以盟嫂之礼相见。出来重复入席,此时是你兄我弟,称呼起来觉得更外亲热。痛饮至四鼓,大醉方已。

自此五官安心住在梅仙家内,时常同了梅仙至城内城外各处游览胜迹,或到小儒衙署内盘桓。这日饭罢,梅仙约五官往随园里赏梅花,据说今冬梅花开得比往年更好。回来又信步到秦淮河边闲逛。走至桃叶渡口，适从聂家门首经过。梅仙笑着指向五官，道："这一带红篱笆门内即是我平日所说的那聂慧珠家了。我们可进去歇歇脚儿。"

未知五官怎样回答，且看下回分解。

红闺春梦 下

(清)竹秋氏 著

天津出版传媒集团
天津古籍出版社

第 四 十 一 回

自解囊深宵助困　被肤箧客邸追赃

话说柳五官因金梅仙说出聂慧珠家,邀他进去歇脚。五官时闻梅仙说慧珠人品怎生超群,性格怎生沉静,是南京第一等人物。与祝伯青又怎生亲密,前两月慧珠忽然一病之后,大改性情,立志修行,终日念佛诵经,房门多不出。见了伯青,如陌路人一般,甚至连话都没说一句。又闻聂家同住有个赵小怜,也是南京城内数一数二的尤物,将来是江子骞的人了。五官每欲见此二人,难得梅仙邀他,便欣然应答。

梅仙上前叩门,使婢出来,见是梅仙,忙请入里面明间内坐下,即转身进去。少顷,二娘出外,笑道:"金大爷,今日是甚么风吹了来的?"梅仙笑着起身,道:"特来望你老人家的。"二娘问:"这位是谁?"梅仙说了姓名,又问:"畹姑娘近日可好?"二娘摇头道:"问他做甚么呢? 不过还是这般样儿,只求他不闹就算好了。现在爽性连我与他的母亲都不去理会他。有时高兴,他出来走走,与我们说几句话儿。否则,他连房门多不开,只有丫头们送三餐去见他一面,真正我也不懂他是甚么意思。"梅仙听了,不便再问,即道:"赵姑娘可在家么?"二娘道:"他因前几日身子不快,倒有半个月不出门了。"梅仙道:"我应该瞧瞧他去。"即与五官同至后进。

原来小怜为人与他们姊妹不同。虽然此身早知属了汉槎,他却另有一种见解,说:"人生在世,不可过于拘泥,况我等不幸流落风尘,除非出此网罗,方没人寻找,在此门内,都不能称冰清玉洁。若柔云、翠翚、芳君等人,始可说已登彼岸。就是畹秀姐姐,在他以为一尘不染,在我看仍是难保。我只要立身不苟,此心无愧于子骞就罢了! 如叫我专学那胶柱鼓瑟的行为,倘或闹出不测风波,反自己讨没趣,何苦来呢?"所以小怜处不时还有人来过访,或约他湖上宴聚,只要来人不是强暴,他皆可去。人反说他圆融,多不忍欺侮。梅仙因此才敢与五官来看他。

小怜正站在台基上,看使婢添换笼鸟水食。又逗着那鹦哥说话,见梅仙同一个少年进来,忙笑着让座。梅仙问了小怜好,"近来身体可如常了?"小怜笑道:"并没有甚么,不过受了点风。你怎生知道的?"又回头唤使婢倒茶。将五官看了两眼,问梅仙道:"这位是谁呢?"梅仙代五官通了姓字。小怜方知即是伯青常说的那柳五官,"果然生得俊俏,怪不得伯青喜欢他。"五官亦细看小怜,头上戴着貂尾帽套,上身穿了一件苹婆绿倭刀腿大袄,外罩三镶桃红白狐披风,下系玄色掐牙银鼠皮裙,越显得身材袅娜,体态轻盈;又带着几分病容,或笑或颦,真如西子捧心、明妃出塞。五官暗忖道:"果真名不虚传,不愧小瓏之赞!想慧珠当更比小怜另具可人之处,可惜如今不肯见人,使我抱憾。"梅仙与小怜说些闲话,见他有厌倦之色,忙起身同五官告辞。小怜只送至台基上,说了声"好走",即转身进去。外面二娘早已摆下茶果,款留他二人。梅仙不好推却,与五官略吃了些,道了"多扰",即作辞出来。

一路上,五官痛赞小怜不绝,又恨没有见着慧珠。梅仙道:"好在你住在南京,可以常去,趁个巧宗儿,都要见着他的。"二人谈谈说说,回转家内。自此,梅仙除却祝府有事叫了他去,暇时总陪着五官各处游览。五官亦因天气日冷,懒于起程,爽性待过了年再往苏州,写了信寄与从龙,免他盼望。

光阴迅速,转瞬近岁,挨家逐户多忙乱着过年。梅仙要料理祝府年事,清早进去,二鼓始回,剩下五官一人在家——他懒淡出门。这日已是除夕,梅仙傍晚即吩咐摆酒守岁,内里巴氏母女一席,外面梅仙、五官一席。梅仙吃了几杯酒,即起身叫人点了灯笼,到府里辞年。料着祝公必定留他度岁,天明方可回来,对五官道:"贤弟可多用几杯,恕愚兄不陪。贤弟亦可早为安歇,新年再见罢。"五官道:"大哥只管请便,小弟坐坐也睡了。"梅仙又入内与巴氏母女说明,即向祝府去了。

这里五官独自吃了数杯闷酒,便推开不饮,想到自家一人,并无亲丁骨肉,历年客中度岁,如孤鬼一般,看着人家父母、兄弟、妻子团圆聚饮,好不有趣!想毕,不禁伤心起来,即叫收拾过残肴,回到房内。巴太太早命点了一对红烛,在他房中又预备下暖茶、果饼等物,怕他夜间饥渴。五官喝了一盅茶,和衣倒在床上,只听得爆竹之声接连不断。又想到南京地方不知今夜是何风景,此时要睡,觉得太早,何妨上街去逛逛,瞧瞧热闹,又可散着闷儿。遂吩咐伺候的人:"小心看守火烛,不可贪睡。我上街去去

第四十一回　自解囊深宵助困　被肷篋客邸追赃

即回。"也不点灯,开门出来。见满街灯烛辉煌,照得白昼相似,往来行人拥挤不开,多是收讨帐目的,甚为热闹。五官信步,只拣那人多的处在行去。

走了半晌,因要解手,见路旁一条巷内行人稀少,五官进了巷口,撩衣小解,忽闻一家门内有人拌嘴。五官解过手,走近门首,侧耳细听,一男一女的声音,料定是夫妇两口了。只听那妇人骂道："不逢好死的!平时你只顾终日灌了黄汤下肚,醒了醉、醉了醒的,叫我一个在家,忙得片刻不闲,少柴无米,你也不问,多要我去挣。人家嫁了男人原是图依靠的,谁是我这般苦命,碰着你这酒鬼!自己养活自己不算,你还要掏摸我的钱零用,不与你即弄刀弄杖的恐吓我,一般也用得馨尽的,各自各儿光着两手。我原想积蓄点儿防阴天的,俗说：'打网总有晒网时。'想起来我是犯了甚么阴谴?往常也罢了,今日是年终的日子,你早早逼命是的榨了几个钱去,预备下你的黄汤就没有事,余外都不管半点儿!你看大家小户都欢天喜地的度岁,我家还是清锅冷灶的!我难道不是过了好日子来的?谁生下即是穷命?而今穿不如人,吃不如人,着数我受苦是理当的?这些孩子们眼巴巴望到过年,谁知既没的穿,又没的吃,你可忍心?我恨不能顿时死了,看你可管不管!不逢好死的,你也有副心肝五脏呢?不见东边张大姆姆家,他丈夫待他那般好法,尽他穿着吃着,连草棒儿也不叫他去拈一拈儿,他还嫌好厌歹的,整日的寻几十个过儿与张大爷怄气;据说他家今年也没得过,张大爷生怕他奶奶淘气,半月前即瞒着他,将自己穿不着的衣服当了,早把年事办得齐全十美。你不见适才张大姆姆来辞岁,周身新衣,头上又戴得花簇簇的?他既来过,我也该领着孩子们到他家去一趟儿,叫我身上这般形像,又怎么去呢?张大爷是个人,你早该愧死羞死了!"那妇人说罢,即咽咽呜呜的哭起来。

又听那男子叹了声,道："你说的未尝不是,叫我也难驳回。但是你只晓得这样说,却看了一面,我这连年运气实在不好,做生意又折本,难不成去做贼做强盗,干那没本钱没天良的事方可发迹么?不然,仍宜耐着性子待运气,自有出头之日,冷灰犹有发热时候。你说我只顾吃酒,我心内也着实烦恼,恨不暂时死了才干净。丢下你娘儿们又怎么呢?借酒解愁是有的。你既这般说,明日是新年头一天,我即立誓戒酒。不知戒了酒,这一宗款子省不下的,总要沐天地祖宗庇佑我转了运,那怕就是做个小本经纪,慢慢向前敷衍度日才好。你此刻哭杀也没用,不如得乐且乐,抛去闲愁,听那满街炮竹,也有味儿。你说我另是一副心肝,我看着一班儿女穿吃不周,心里也过不去,却是没法儿的。我烫了壶暖酒在此,你且过来,同儿女们喝一盅儿,挡挡寒气,拼着吃醉了好睡去。今年已过,再抖擞起精神来干明年的事罢。我家也有一桩好处,上不欠官粮,下不欠私债,较之那债户盈庭、索欠追逋、敲门打户,虽有大鱼大肉堆满几案,也吃得不舒畅。"

五官听了,点头叹息道:"可知天底下的人造物不齐,贫富不等。有钱的今夕骨肉团圆,欢呼畅饮;那中等的也还巴巴补补,将就的过得去;如这样人家亦复不少。我在客中度岁,犹觉难处,尚不愁穿吃用度,不过举目无亲,凄凉些儿,比较着这家艰苦,天渊之隔呢!"五官一面想着一面叹着,不由动了一点恻隐之心。猛然记起巴太太给了他一锭压岁银子,约有五六两重,"何妨此时转赠此人,给他做个新年的资本,或者这家即由此脱离苦处,也算我提拔他一场,好在我亦不稀罕这一锭银子。"想定主见,即伸手去叩门。那男子在内问道:"你是那里来的?若是讨债的,你认错了门户,我家虽穷,却不欠债。"五官在外高声答道:"你开门出来,自然知道。"那男子果然开了门,侧身让出里面灯光,把五官上下望了几眼,道:"尊驾来找谁?"五官也不应他,即走入门来。那男子见五官穿得整齐,是个正经人模样,忙闭上门,也随了进来。吓得那妇人急急起身,跨入房内。五官看那男子虽然衣裳褴褛,面目枯槁,却生得身材长大。遂道:"我半夜三更到你家来,并非别故,适才你贤夫妇所言我已听得清楚,你家的艰苦也不必瞒我。"在身畔取出那一锭银子放在桌上,道:"些许银两,权送你做个新年资本,好好的挨度日月,耐守时运罢。千万不要说我唐突你。"说毕,道了声"惊动",即转身欲行。那男子又惊又喜,赶忙一把拉住五官,道:"承尊驾美意,感激不尽!无如与尊驾一面未谋,何敢领此厚赐?"五官笑道:"你这人太觉拘泥了,又不是你找我去的,我是自寻上门送与你,有甚么敢与不敢?趁此天尚未明,往街上买些急需应用物件回来,其余也罢了。可知明日是元旦,也不买点香烛纸马敬敬神祇吗?就是你平日以酒为命,亦该买点食物预备下酒,难道新年新岁好专吃寡酒不成?你快干你

第四十一回　自解囊深宵助困　被胠箧客邸追赃

的事去，不要腻腻烦烦的。"那男子见五官一片诚心，十分感戴，急倒身下拜，道："蒙恩公所赐，我也不敢过于推却，有拂尊意。请恩公留下姓名，容图后报！"五官摇手道："快别要如此！些许之赠，何足云报？若问我姓名，我姓柳，派行第五，现在住在鼓楼前金家——问到前任山东臬司祝大人府内管外务的金大爷，人人皆知。"

那妇人在房内听得明白，也不顾没见过的生人，亦出来向着五官深深叩拜。慌得五官方扯起那男子，又向那妇人还礼不迭，道："这又算甚么呢？贤夫妇速速请起，不要耽误了正经。"说罢，急急的出门去了。那男子挽留不及，直送到巷口，犹欲说话，见五官已去了好远，只得回来。拿了那银子上街兑换，又买了多少东西回家。夫妇两人忙着先烧起香烛，酬谢家神祖宗，随又整顿出酒饭，夫妇儿女欢欢喜喜的度岁。所余的几两银子收过一旁，待过了正月，打点去做交易。夫妇两口足足念说了五官一夜未曾住口："世间原有这般好人！专待天明，好往柳恩公家叩喜。"

且说五官出了那家门首，仍寻旧路回到梅仙家内，时已四更多天。内里巴氏母女早叫人各处打扫，预备烧接天地的纸马。五官见天色将明，不便再睡，只和衣躺在床上少歇，心内却暗自得意，道："想不到今夜做了这一件快心的事！我不过去了五六两银子，那家即得了实济，可以度过岁去，不致啼寒哭馁；况且是小癯的丈母给我压岁的，又不是我体己拿出来的。只忘却问他姓名——好在我说了住落下去，明早那男子必然要来。"

少顷，早东方发白，那外面爆竹之声更甚，梅仙已从祝府回来。五官即起身，净面漱口，换了衣冠，先随着梅仙拜了天地，后又来拜影像。梅仙又上来谢了，五官方与梅仙拜年，至内里见巴太太同巴氏等人，行过礼退出。早有人送上百果茶与敬神的元宵，两人吃毕，洗了手脸，即带着家人一同到各处贺岁。五官亦随着梅仙到祝府去过，出来方往小儒处来，只在号房内上了档册。又至聂家，王氏留住吃饭，小怜亦出来陪他们坐了坐。梅仙即请见慧珠。少停，小丫头来说："昨夜劳碌很了，今日觉得身子不爽，得罪二位，改日再见罢。转替二位道贺。"五官满意今日总该见着，谁知仍是空往，便怏怏起身作辞。

与梅仙回到家内，梅仙只叫人各处分送名帖，自己乐得偷懒不去，脱了大衣，陪着五官闲话。五官方提起昨夜的事来，梅仙笑道："你一人轻易不肯出去,一出门,偏遇见那家夫妇拌嘴——也是他命中该有救星,鬼使神差的撮合你去,倒也罢了。你算积点小阴骘。"

正说话间,见五官的跟人来回道:"外边有个男子,说是来叩谢五爷大恩的。问他姓名,不肯说;回他,又不肯走,又急了,他说那怕等候一年,不见你五爷是不行的!"五官笑着道:"定见是那人来了。你领他进来罢。"跟的人转身出去,果然带了那人入内。见了五官,即在台基上端然四拜,回身又给梅仙行礼。五官忙扯起他来,邀他坐下。问及姓氏,方知那男子姓郑名林,祖父曾做过一任武官。郑林自幼习得一身武艺,专喜任侠轻财,不上几年,把祖父遗留的家产用尽。他妻子姚氏,是祖父在任上代他聘下的。姚家亦是个武职,彼时同城为官。后来郑林殁了祖父,搬回原籍,姚家又升到浙省去了,彼此相隔路远,音问难通。郑林系天生傲骨,不屑求人,自己又不善谋生,日形穷困。虽有几家亲族,因郑林家道渐替,都不来理他,难得郑林不去缠扰,他们正合心意。

五官、梅仙听了,皆叹息道:"如此说来,兄台倒是位有骨气的人,可敬!可敬!既然令岳还在任上为官,何妨携带尊嫂等人前去投靠?令岳能不顾翁婿父女之情,也不认你们么?强似贤夫妇在家受苦。"郑林道:"我久想去投奔岳家,怎奈日食都不继给,那里还有川资起身?"梅仙见郑林说话爽直,将来不是没出息的人,爽性再成全他一番。即进内,封了三十两银子出来,递与郑林,道:"此银兄台可带回去与尊嫂等人添补着随身衣履,余下的作赴浙川资,也尽够了。到了令岳那边,好歹寻个活计安身为是。"郑林伸手接过,也不推却,即揣入怀内,立起身向梅仙、五官谢道:"承二位厚恩,实同再造!倘天不绝,郑林能有出头之日,再容报答。"说毕,作辞出外,头也不掉,一径去了。

梅仙道:"此人真乃英雄!此去定然发迹,将来总可报答贤弟。"五官道:"君子施德不望报。我见他穷困,一时慨然济助,是我的意思;日后他有了好处,是他福分,与我何干?若望他图报,自然该报答大哥,非你助他盘费,到他岳家任上,他焉得出头?南京若有生机,昨夜也不致窘迫到那般地步。人总要思木本水源的。"梅仙道:"你我不须谦逊,彼此都有功德。但愿郑林从此否去泰来,再整家门,报答我们倒是小事。"两人说笑了半会,里面送出了酒来。五官因一夜未睡,觉得困乏,吃了几杯酒,即推开去

第四十一回 自解囊深宵助困 被肱箧客邸追赃

回房安歇。

过了五路日,梅仙即忙着请亲友的春酒,直忙到元宵以后方才清闲。五官见天气渐和,即欲往苏州一行,来与梅仙商议,定了二十日起程。又嘱咐:一俟伯青回来,即寄信与他,恐在田、者香十分款留,耽搁迟了。仍带他跟来的两人同行,不过带着随身应用衣物,其余寄在梅仙家,免得沿途往返不便。到了这日,梅仙亲送他上船,叮咛:"一路保重!到了苏州,可写封信来,好叫我放心。"五官答应,即作别扬帆而去。

话分两头。且说祝伯青残冬送他妹子到了山东。汉槎见家眷已至,自是欢喜,坚留伯青年外再回南京。伯青难却汉槎之意,只得住下。过了灯节,执意作辞起身。琼珍小姐又嘱托:"一至南京,务必探实小怜口气,如果情愿到山东来,千万大哥做主,代你妹丈聘下了罢,着妥人送他来此。可再告诉他声,此地断没人委屈他,好在妹子的性格大哥是知道的,并非那种不能容人的器量。不是妹子一定着急,趁此机会接了小怜来是正经。倘日后公姑执定不行,反是难事,此时做成了,也就罢了。"伯青应允,择日起程。汉槎自然馈送了许多礼物,又修禀启与父母、岳父母请安。

伯青在路,归心似箭,毫无耽延,一来记挂父母、妻子,二来慧珠未知可回转念头,又没有接着小怜实在信息。一日,已抵淮城,因汉槎有信寄与二郎,叫泊了船上岸,到府里拜会。二郎闻伯青已至,忙迎接入内,彼此叙些别后的衷肠。即说到五官前次在此受了多少惊吓,伯青大为叹息。二郎又留了伯青盘桓数日,非比上回家眷在船,不便多住。当晚备下酒席,与伯青畅饮,至夜半方散。伯青回船,收拾睡下。

次早,尚未起身,二郎早打发人出城来请上去。伯青命来人先行回城,少停即至。忽闻连儿在后舱道:"怎么舱底下一堆箱笼全开着?是谁取物件的,也没有关上?"伯青听说,忙接口道:"谁开了的呢?你倒仔细看看,别要被人偷了物件去。"连儿即探身下舱一看,大叫道:"不好了!箱子内全是空的,被贼偷了!"众船户闻得,也齐来看视,七嘴八言的说长说短。伯青很吃了一惊,忙忙走至后舱,果见箱笼大开,内中只剩了些垫底的破旧衣服,其余尽数失去。伯青只急得跌足道:"这却怎么呢?"即命连儿快赴县里报案,自己坐轿来会二郎。又暗暗嘱咐家人们在船看着船户,别让他们脱逃。到了府前,不待通报即下轿入内,见着二郎,便细细告诉夜来被窃之事。二郎亦大为诧异。恰好连儿报案回来,说:"鲁太爷已赶着出差,并协同河快分路缉获,又将船户、水手提了去拷问,说:'这件事定有他们通同,不然,一船的人怎么多不晓得呢?'并请爷具张失单过去,好待他追赃。"二郎点首道:"这话倒有点见识,其中船户定有情弊。"又命贴身家丁到县里去,"当面见鲁太爷请安,说这件窃案定要人赃齐获,非别的窃案可比。"二郎又安慰了伯青一番,道:"急也无用,想窃贼定然伏在左近一带,断未远飏,况又有船户们,可以追交着落。我昨日那般留你多住几天不行,该应出了这件事,竟是天留下你来了!"伯青笑道:"人家被窃,正在懊恼,你反说趣话呕人!你不要得意,若追不到赃贼,不怕你不赔我呢!你是一郡太守,不能化莠为良,又无计驱逐,留着害过路客商,可谓豢贼殃民,问你可吃得起!"二郎大笑道:"好,好!你竟用反巴掌打起我来,我爽性知照县里不管,看你怎样上控去!"说话间去的家丁已回,道:"鲁太爷无不尽力追缉,定然人赃全获,只求赏几天限。"

何以二郎前次参详上去,鲁鹏还在山阳任上呢?因鲁道同在京得了信,竭力弥缝,始从轻议处,姑念初莅外任,不谙政务,着革职留任,以观后效。现在鲁鹏甚为后悔,几乎挂误下来,借了一件别的事把罗喜解去,另请了一位方正老练刑幕办理,所以各事倒有了头绪,不似以前杂乱无章。鲁鹏由此亦不敢妄为,兢兢业业的小心做去。

二郎留伯青吃了饭,即叫他"回船开清失单,共计失了衣物若干,送县以备追缉原赃。再则船户既经提去,你亦不便仍住在船上。可搬到我衙门里来住几时,也省下些浇裹,俟此案有了眉目,方能回去"。伯青应允,即忙着回船,与连儿点清失物,开了清单送县。又发了禀启到南京去,恐祝公不放心。随后即搬到府里住下,专候开案。间日或命连儿持帖去催,或亲自到县里走一趟。

单说山阳县的捕役奉了朱签,当即出城,同着河快、保甲分头缉访。一连访了数日,毫无影响。到了限期,鲁鹏坐堂,提上捕役、河快,严比了一顿,再展限五日。不时又将船户带上,细细勘问。船户等都一口咬定不知。只得复又押下,待获到正犯,自有着落。捕役等人领了五日限期下来,大众计议道:"这件公案我们是要赶紧办的,失主既利害,又有府里常来催着,难以拖延过去。兄弟们须要大伙儿辛苦些,那起瘟贼多分是过天

第四十一回　自解囊深宵助困　被肱篋客邸追赃

星,早离却此地了,我们尚要派几个出门去才好。"又公摊了一注款项出来,各处地道上购买眼线。

伯青住在府里早已半月有余,失案仍无消息,又不能回去,心中十分焦躁,惟有逐日同鲁鹏去闹,又遣抱属在知府衙门呈了禀词。二郎即批饬山阳县"严加比缉,不得稍事因循,致干参处"。鲁鹏却也着急,只得将捕役等家小收押,勒限开案,"若再玩误,定行重究!"众捕役下来多说:"这宗窃案是来要我等命的!"又去寻着连儿,苦苦央求,烦他从中周旋:"请你家主人再赏几天限,我们实在比较不起了!二太爷,你看我们这两条腿总打烂了!"连儿见捕役等说的可怜,上去回明伯青,姑宽一限免追,"如再没头绪,却怨不得我。"众捕役欢天喜地的拜谢而去。

连儿这些时也暗自着急,一则因伯青在此追案,不能回去,不放心家中母亲、妻子近日可好;二则自己物件亦失去若干。每日饭后,嘱咐同伴们伺候着伯青,即向城内城外各家铺面里面留心察访,倘或访出一两件原赃来,此案即有着落。这日正走至城前,见迎面来了一人,认得是刘蕴的旧仆柏成,因上年拐骗刘蕴物件,逃至此地,如今刘蕴已死,他又出来了。在南京的时候,祝、刘两府虽不甚往来,两府家丁多有交情的,柏成素日又极会巴结,是以连儿与他颇好。不料在此地碰见,他忙迎上去,道:"柏大哥久违了。"柏成正匆匆进城,低着头只顾往前行走,忽闻有人招呼,便停住脚步。抬头见是连儿,顿时满面堆下笑来,道:"我道是谁?原来是连老弟!你怎么也在这里?来做甚么的?"连儿遂将跟伯青由山东回来,如何遭窃,现在县里追案急切,不得回转南京的话说了。又问:"你大哥因何也在这里呢?"柏成听连儿说完,不觉怔了一怔,道:"我的话一言难尽!难得你我今日见着,正好细谈细谈。"即拉了连儿至一家酒铺内,拣了个僻静的座头坐下,叫店伙拣那可口的酒菜多拿几样来。柏成未言,先叹口气道:"老弟,我的冤枉数年来总没人知道,今日却不妨告诉你。上年我跟刘家到南路去,他在常州贪恋着姑子,不肯回家。我怕我主人日后责备,终日的劝他早回。谁知久谏成仇,寻了件事故,即在常州开除了我。老弟,你知道我平日是好脸的人,如何受得过这般委屈?实在是我错也罢了。我因赌了这一口气,即打算到京里去另寻门路,躲远些,避避这风头,再回故土。那料走到此地即病了。又传闻得刘家说我拐了他的东西逃走,我气了个要死,即欲亲到南京与他评理,不能你将衣囊嫖完了,不顾天理,这般冤我。我因病后一气,病又发作,较前更甚;待我病好了,又闻刘家得了疯症。老弟想想看,人都疯了,还有甚么理说?恰值鲁太爷放了山阳县,田文海随了他来。我在病中用下亏空,不得已前去求了田文海,蒙他的好意,转荐在鲁太爷跟前当份中差。我因受姓田的提拔之情,实心实力的报效本官,好替荐主挣脸。那知鲁家是个糊涂东西,不分好歹。同伙的见我办事认真,背后无中生有,使劲轧我。本官信以为实,立即撵了我。田文海虽知我冤枉,无奈鲁家在气头上,不便分剖,又给了我一封荐书,投奔别处。我因家小接到淮城,一时难以起身,只得挨过冬令交了春,设法将家小安置妥当,再走不迟。现在我住在城外湖嘴子里,今日进城有事,碰见老弟,真乃幸会。"连儿明知他是欺人的话,却不便驳回,惟有唯唯而已。

　　柏成又问:"窃案目下如何办理?既一个多月毫无踪迹,我看是难追的了。你们久住客中,亦非长策。你主人的意见,还是定要开了案方去?还是回转南京再作计较呢?依我的愚见,莫若暂回南京,就是你们走了,府大老爷也不能置之不问的;丢的东西已经丢了,纵然追到水落石出,亦没有甚么意思。俗说得好:'失贼追赃,余财未尽。'丢的物件不算,再加些客中用费上去,怪犯不着。难不成你主人丢了这一点东西就吃惊了么?"连儿摇头道:"柏大哥,你不知道,失去的东西原不算甚么,无奈情理上实在过不去。我们的箱笼是放在后舱板下的,舱内睡了多少船户,麻蝇儿都飞不入去,怎生夜间贼来,开箱倒笼,全数窃去,一个人多不晓得?其中定有隐情,难保没得勾通的弊窦。所以请县里提船户去拷问。他们却抵赖得一毫不知。现在尽行管押着,俟缉访出些许影响来,那时自然分出皂白。"柏成亦点首称是。两人又说了些闲话,直吃到下昼时分,柏成有了几分醉意。连儿见天色将晚,起身欲行。柏成道:"我也要出城去,咱们别过罢。老弟明儿有暇,可请到我家里去说一天话儿。"连儿答应,同了柏成到柜台上会帐。连儿因腰内不便,也不与柏成多让。店伙报明价目,柏成伸手在便袋内掏出一件汉玉扳指,当作银子递了过去。柜上人业已接过,柏成方才看清,忙劈手夺回收起,转身望着连儿脸一红,笑道:"可不是我醉糊涂了!"连儿故作不知,反掉过脸与柜上人说话。柏成又拿出一块银子,算还了酒价,多余的找回。连儿道了扰,方分路作别;走未数步,复回头紧

第四十一回 自解囊深宵助困 被胠箧客邸追赃

紧跟着柏成走去。

谁知柏成掏出汉玉扳指时,连儿眼快,早已见着,认得是伯青常佩的物件;又见柏成情虚失色,早猜着了几分;况且搬指既在他身边,无论他是偷来的、买来的,此案即有了着落,故暗地跟他行走,看到何处落脚。恰好县里缉案的捕役同着一班伙计们走来,连儿忙叫住他们,扯到一家店铺内,将适才的话告诉了众人。

众捕役惊疑道:"不料此案是他做的,真令人梦想不到!若非你二太爷见着原赃,我们一辈子也疑不到他身上!他去年却是田师爷荐于本官的,派他当外差,后来因他舞弊卖法,种种不妥,本官又碍着田师爷情面,不好难为他,只开除出去。据闻他往别处去了,那知仍在此地,做这勾当!怪道上日有人说见他穿的甚为齐整,我们犹议论着他现在没有事干,反好了起来,想必是那里得了一宗外快。这一说,真正是他无疑了!好二太爷,请你赶紧到衙门去,知照我们伙伴一声,叫他们多着几个人来。既有一件,其余的失物也有了着实;而且他一人断不敢做这勾当,他家内必有羽党,人去少了却不妥当。我们先跟他出城,看其动静。"连儿又嘱咐众捕役:"小心!切不可使他闻风走脱,你们即吃不了兜着走!"说毕,便急急去了。一口气跑到县前,寻着捕役班房内,说给众人知道,又指点柏成去的路径。众人听说,忙带着家伙飞风迎了前去。

连儿自回府内,回明伯青,复到县前候信。早见众捕役已押着柏成同几个人来了。那先去的捕役道:"柏大哥与这几位朋友皆是汉子,一人做事一人当,不累我伙计们作难。现在所存的原赃业已起到。柏大哥既是朋友,又是旧交,你们须要好生照应。这件事柏大哥亦系误入,其实回一堂即没有事了。你等陪着他们,我先去打听本官今日可坐堂不坐堂。"说罢,即去寻门上说话。半晌,出来道:"你们伺候着,官即刻坐堂呢,趁今日就审过,免得又要耽搁一夜,拖累柏大哥受委屈。"当下将柏成等人安插在班房内,又去伺候官府升堂。

鲁鹏因此案满限已久,一犯未获,府里催文叠叠的下来,祝乡宦又时常私闹,明知这件案卷万不能颟顸过去,心内正在焦躁,忽闻今日原犯已获,好生欢喜,忙坐了大堂。原差捕役先上去回了,即命:"带首犯上来!"见是柏成,很吃了一惊,暗想道:"这厮怎生仍在此地,干下这没王法的事来?"便故作不识,道:"你姓甚么?叫甚么?为何起意偷祝乡宦的衣物?你们一伙共有几人?那船户可是你们一伙?须从直招认,不许支吾,本县尚可破格开脱你等。"又叫将众船户带上,与他对质。

　　柏成情知抵赖不去,不如招认,还少吃些苦。跪在地下,连连叩首,道:"小的该死!一时油蒙了心,干下这糊涂事儿。小的自知罪不可宥,情愿招认,尚望太爷姑念小的初犯,受了人的蛊惑。小的名叫柏成,南京人。因寄居此地,失业有日,难以过活,意在投奔他处,谋干营生,苦于旅费无出,家小又抛弃不下。后来想到清江有个至好朋友,可以与他挪借安家动身的使费。那日到河边觅船,却碰见上年雇来淮城的一只熟船,小的即叫他送往清江。闲谈时,他问小的近来情形,便实告诉了他。正然开行,忽见上流祝老爷的船下来。小的偶说起:'南京祝家颇有名望,当日原推我旧主人家,如今刘家坏了事,此时通城要算姓祝的在头等上了。'谁知船户听了,陡生不良之心,即将船泊定,与小的商议道:'你说那姓祝的,坐船也是我们一帮的人。实对你说罢,我们一帮有十数只船,明是驾船,暗中却全靠水面上做些买卖。既然祝家首推豪富,身边必有金银。莫若今晚大伙儿串合起来,弄他些东西,也强似你去向人借贷,还不知多远的路,赶了去,你那朋友可肯借呢?何以我们定要约你入伙?因祝家是个乡绅,失了东西,必然报案追缉;地方官畏他声势,定严行访拿。非寻常的窃案、无力的失主,十朝半月即松懈下去。你在县里站过的人,又熟识,又比我们走得进去,可以访问消息。若祝家追的平常,我们仍在此地停留;若祝家追得严紧,我们即往别处躲避。好在捕役人等断不疑猜到你身上,自此我们就是一伙儿了。请你在城里做名眼线,我等即放开胆去干,一有风声,你即通信与我们。得的财交,都给你见一得一的公分,你还愁没得过么?'"柏成说到此处,又叩了一个头,道:"小的真正该死!因穷昏了,不觉听了高兴起来,答应了入伙,随即回船,跟着祝老爷船走。果然见他泊了船,闻说尚有几日耽搁。头一天,与他坐船上的人计议停当。次日夜间,小的等人伏在河边,俟祝老爷们睡熟,他的船户将衣囊、包裹一件一件的窃出,小的们在岸上递接,所以祝家主仆皆不知道。连日打听,祝老爷追得甚紧,太爷又差了全班捕役,协同河快、保甲,城内外到处缉获,难以存身。又因祝老爷坐船上的人拿去,怕他们受刑不起,吐出实供,昨日小的们商酌定

第四十一回　自解囊深宵助困　被朓篋客邸追赃

了，往内河躲避，今早叫小的入城再细细探听。那知才进了城，即遇着祝府家丁连儿，与他向来认识，他唤住小的说话，小的亦欲借此套问他的口气，便扯了他去吃酒。该数天网恢恢，小的错拿了搬指当作银两，被连儿见着，即破了案。同伙的一起人在小的家内候信，不及逃走，故多被拿获了。此乃句句实情，并无半字虚言。总求太爷高升极品，朱衣万代，饶恕小的为穷所使，情愿具切实改过死结，永不为非！"一面说着，一面叩头如捣蒜一般。

鲁鹏听了，冷笑道："好！你们这一班丧尽天良的奴才，只顾你们偷来的银钱，大伙儿快活，累得本县受足了失主的气，还担着处分！你想去，你该得甚么罪？"即命将柏成带过一旁去，带那两起船户们上来审问。

未知船户等可肯招认实供，且看下回分解。

第四十二回

少年得志奉旨完姻　侠士酬恩奋身却盗

却说山阳县鲁鹏审实了柏成,当令画供,即命带两起船户上来讯问。众船户见柏成已从实直招,也只得认了。又将原赃逐一检点,却少了若干。问到柏成等人,多说卖与过路的客商去了。鲁鹏没奈何,赔补齐全,命连儿当堂照单领回;又做了详文申禀府里,叙说赃犯全获情由。一面着人去封锁柏成房屋,提他家小到案,追缴原赃。柏成的妻子本来在南京与柏成鬼混上手的,到了淮城,方公然说是夫妇,明欺淮城没人知道他们底细。此时闻得柏成犯了事,必要拖累着自己,连夜将细软收拾逃走,另寻主顾去了。差役回衙,禀明鲁鹏说:"柏成的妻子闻风在逃。他的房屋是赁的,现在原业已出头承认,不合封锁。"——差役因得了房主贿嘱,竟代他掩饰过去,只把那两只船封了,照官价变卖赔抵。俟府里回文下来,准其销案,即将柏成等人按例定罪。柏成是此案首犯,重责四十,永远囚禁。其余众船户皆从轻减等,每人枷号一月、刺字,发各坊保正看管。伯青见各物一半是鲁鹏赔补的,心内反过意不去,遂亲诣县署道谢。

次日即辞别二郎,另雇妥船回转南京。不一日已抵省城。伯青先坐轿回府,连儿开发了船价,随后也押着行装进城。伯青见父母请了安,祝公即问及淮城被窃一事。伯青从头至尾说了,祝公叹息道:"天下事没有不报应的!当日柏成拐了他主人一空,几致刘蕴不得回来。目下刘蕴已死,没了对头,而且远飏他方,自以为幸逃法网;谁知天理昭彰,偏生遇见这一班船户,勾他入伙作贼,今日仍不免身受官刑。可见恶人总没有好结果的。"又问了那汉槎任上光景,便命回后歇息。伯青退出,到了自己房内。素馨小姐早迎接出来,少年夫妇,远别了数月有余,自然絮絮搭搭,谈说不了。来日一早,梅仙得着信,赶着过来问候,说道:"五官临行的时节,谆谆嘱托你,一经回来,即寄信与他。"伯青点首道:"倒也不必急急,得便你可写封信寄去。"又去见舅父、舅娘请安,呈上汉槎的禀启。回来又到小儒衙门里走了一趟。

第四十二回　少年得志奉旨完姻　侠士酬恩奋身却盗

过了几日，各事料理清楚。这日饭罢，带着连儿往聂家来。与王氏、二娘略谈了几句，即到小怜后进来，细问慧珠近况。小怜摇头道："再别要提他了，如今益发不能干犯！起初我们劝说他还听着，目下只要说到你的话，他即掩耳走开，甚至见了我们，躲避不理，怕的我们和他啰嗦。依我说，你可把这条肠子打断了罢，只当不曾认识他的，又怎么呢？"伯青听了，默默无言，只管望着小怜出神，好半响，始倒抽了一口气，滴下几点泪来。又恐小怜见笑，忙转身拭了眼泪，见左右无人，即告诉："汉槎意欲接你到山东去，未知你可愿意？不妨说明，我好代你打点着。"小怜不便当面应答，只低着头拈弄裙佩。伯青知他意思是应承了，立起身来道："我且别过，你可见着畹秀，代我说声问候，我却不敢去惊动他。你的事可将行止的主见揣摩定了，我再来讨回音罢。"便辞了出来。

回至府内，惟有纳闷而已。忽见连儿来回道："适才打听得陈二老爷点了词林，早间报子已报到总督衙门，此刻合城官绅多去了。老爷吩咐，爷也过去道喜。"伯青听说，忙穿了吉服，坐轿前去。小儒留着，至晚方回。

原来陈仁寿进京会试，中了第三十二名贡士，殿试钦点了庶常。陈仁寿即行请假回乡，祭祖完姻。今上又知道陈仁寿系两江总督陈眉寿的堂弟，恩赏白金五百两，以为婚娶之费。陈仁寿谢了恩，即择吉出京。一路上奉旨完姻，分外光宠，先专人到南京送信。小儒正接到喜报，又接到仁寿私函，不日即至南京，又恩赐完姻。小儒忙着寄信与从龙，让他早为预备玉梅出嫁。

这日，陈仁寿抵了南京，进衙见小儒夫妇请安，又叩见了甘誓，次日往各亲友处拜会。过了数日，小儒即催促仁寿回乡祭祖。"回来方可迎娶玉梅。若太迟了，一则展转不来，再则又恐耽误了年终进京的日期。"便择定三日后起程。适值从龙回信亦至，信中说"欲招赘仁寿到苏州去，免得两处往返，待满了月再到南京，与尊府合住"等语。小儒正虑着仁寿娶亲，必须另寻下一所房屋，又没人照料。难得从龙说到招赘，却好祭祖，回头顺路苏州，岂不一举两便？忙来与仁寿商量。仁寿是没有不愿意的，他幼无父母，凡事多倚托哥嫂做主。小儒即写了回书，交带原足；又备下赘亲使费的银两，给仁寿带去应用。仁寿遂辞别哥嫂开船，一路无话。到了浙江，祭过祖，又拜见了合族，耽搁了两月，诸事已毕，即收拾动身，向苏州来赘亲。

从龙自接到小儒回书,便在本衙门打扫出一进正宅来,作玉梅新房;又命众家丁嗣后都称呼大小姐,不许提个"韩"字;一切婚嫁礼节,悉照自己亲生女儿一般。小凤又暗中备了一分体己,添补玉梅妆奁;程婉容也有赠送。玉梅见从龙夫妇三人如此优待,感激不尽。到了吉期,行过合卺大礼,又请从龙夫妇受拜,即送入洞房。玉梅在烛光下偷看,仁寿相貌堂堂,风流年少,十分心满意足;仁寿亦久闻玉梅才貌双佳,不过偶落风尘,先世却是旧族,今日见了,果然名不虚传。两人你怜我爱,各遂己心愿。从龙见他夫妻如一对粉妆玉琢,自喜眼力不差,直待满月以后,好送他夫妻回转南京。

且说柳五官自由南京起身,不数日来至苏州。在从龙衙门里住了半月,即接着王兰有信来请,五官亦欲往杭州游玩各处古迹,便辞了从龙,向王兰处来。终日览赏名山大川,觉得天下湖山,以杭州为最,"怪道者香起坐的地方自书了一副楹联挂着,集的成句是'圣代即今多雨露;故乡无此好湖山'。上联说的是蒙圣恩简放他此地为官,下联即指浙省名胜甲于天下,真乃贴切不浮了。"五官又于日间游玩的处在,或有不识名迹,晚间回署,即请教王兰解说。足足逛了两个多月,游览方遍。却好接得梅仙来函,说伯青已回。五官见了,即忙着收拾起身。王兰坚留不住,只得送了若干上等物件。五官又便道苏州,辞别从龙。从龙留他同仁寿起程,一路上彼此可以照应,五官再三不肯,住了一日,即先行去了。

这日已过常州地界,因逼着船户不分晓夜趱赶,以致走过了应住的码头。时已初更天气,又落起雨来,不能前进,即泊在一家村庄旁边。岸上不过四五户人家,此时天色不早,各家皆关门闭户。五官见泊了船,闷坐半响,也就睡了。众船户赶路辛苦,一倒下即酣呼睡熟。五官在舱上翻来覆去,听那雨点打在篷上,淅淅沥沥的,紧一阵慢一阵,倒勾起无限心思来,格外睡不安稳。忽闻得后舵"咯吱"的一声,五官侧耳静听,又似有人爬上船来的脚步声音,不禁害怕起来,咳嗽了两声,没人听见,忙翻身坐起,唤他的跟人道:"你们可睡着么?招呼船户们一声,后舵上甚么响,别要有人呢!"众船户此刻已醒,忙答道:"没甚么,我们住船的时候,忘却提起舵牙,想是水摆着响。五爷只管放心,往来官塘大路,不妨的。"五官见他们多醒了,听了听没有声息,复又躺下。因适才说了几句话儿,更难睡

第四十二回　少年得志奉旨完姻　侠士酬恩奋身却盗

着。那岸上已打三更,雨亦渐止。正朦胧欲睡,猛然船头上"哗喇"的一声,五官很吓了一跳,正待叫人。见舱门全行打落,一连跳进四五个彪躯大汉进来,手内皆执着明晃晃的钢刀。五官早魂飞天外,抖成一团,出声不得。后舱众船户也惊醒了。那知从舵后亦爬入几个强人,把众人捆扎做一堆,丢下舱底,上面用板盖着。前舱的强人也将五官捆起,用刀指着,道:"你若开一开口儿,即送你狗命!"吓得五官双眼紧闭,听天由命而已。众强人点齐灯火,揭起舱板,四处搜检,又开箱倒箧的寻找金银。

正在危急之际,忽上流摇了一只船下来,那船上的人问道:"对过的船,为何半夜三更大灯大火?又在那里乱嚷,做甚么?"众强人听得有船来了,忙出舱。见是一只小船,船头上站着一人。众强人也不放在眼里,大喝道:"滚你娘的蛋罢!你管我们做甚么?实告诉你,我们是向他借盘费的。你快点走开,好多着呢!若惹起老爷们气来,你就别想活着!"一语未完,站在舱外的那强人"哎哟"一声,"扑通"跌入水内,那人一纵,早过船来。众强人见来人用武,又伤了他等同伙,齐齐抢上船头,直奔那人,举起刀乱砍。那人不慌不忙,手起足踢,打翻了好几个,跌下水去。其余的强人见势头不好,呼哨了一声,皆赴水逃走。落后的稍慢了一步,被那人捉住按翻,用脚踏住胸膛,夺过他手的刀,举起喝问道:"你们究竟是甚么人?清平世界,敢于行凶劫取!这家船上与你有甚么仇隙?可从直说来,饶你一死!不然,我即一刀剁你两段!"说着,把刀在他脸上抺了一抺。那强人连声哀告道:"好汉老爷饶命!这家船上与我等并无仇隙,因在苏州见他用得挥霍,我等起了意,约了我们一班兄弟,一路跟踪至此;偏生今夜他住在这旷野地方,所以才动手的。他的银钱物件虽已搜罗出来,都未取去,我们的人反被好汉打落下水,多分是没有命了。只怪我们有眼无珠,不识好汉。但求饶我一条狗命,愿从此改过为善。"那人道:"如此说来,饶你不得!"即将篷索割了一段下来,把那强人四足攒蹄的扎起。

五官此时万想不到有人救他,开眼看时,众强人已散,又闻得问那强人,方知来人救了性命。忙高声叫道:"那位好汉请进舱来,放了我手脚叩谢!"那人早跨进舱中,见五官紧紧捆住,用刀挑断绳索。五官爬起,望着那人纳头便拜。那人一把拉住五官,细细一看,不禁"哎哟"道:"怎么讲?谁知是柳恩公,真乃天缘凑合,使我来解恩公之围!要恕我来迟,有累恩公受惊！"五官听得来人称他恩公，大为惊异，定神细认，原来就是去岁除夕济助他银两的郑林。心中这一欢喜非同小可，道："郑哥，你怎么来的？若非你来搭救，小弟早作刀头之鬼了！"说着，又要叩谢。郑林挽住五官，哈哈大笑道："天道循环，丝毫不爽！蒙恩公去岁除夕救我，天使我今日来救恩公，其中真个造化弄人，令人不测。我非恩公，无以至今日；恩公非我，无以脱此围。我们算各尽其情，何须介意？尊纪及众船户到那里去了？"五官道："众强人上船时，我仿佛听见他们叫喊，后来我被捆起，自身性命尚不知死活，还能顾他们么？料想尽被强人杀了。"郑林闻说，取了火，走入后舱寻找，果然不见一人。暗忖道："当真一干人多杀了不成？又不见有血迹。"正在狐疑，听那舱板下有人哼声，揭开看时，见众人好似捆猪似的一大堆在内。即叫五官道："不用着急了，他们都在这里呢！"五官忙走来看着，又是急，又是笑。郑林将火递与五官执着，即蹲身下去。众人认不得郑林，见他短衣结束，犹认着强人，齐声哀乞道："大王开恩呀！船内所有金银，任凭大王搬取，我们身上分文俱无。只求大王赏留狗命罢！"郑林摇手道："你们别要怕，我非强人，是来救你们的。"便将众人举出舱外，方跳了上来，解开众人绳索。众船户与两名跟人多捆得身子麻木了，躺在舱板上动弹不得，口内只说："吓杀了！"又见五官平安无事的立在一旁，即问道："强人来时，倒没有难为五爷么？这位爷是何处来的？怎么又救了我们？"五官将郑林杀退强人的话告诉众人一遍，众人方恍然明白，便齐齐跪在船板上叩谢。

　　五官便邀郑林同至中舱。郑林道："待我将那个强人打发了再议。"即转身提刀出舱。五官忙上前止住，道："郑哥且慢，若论这一伙强盗，杀尽方快人心；但是他们被你打死多少，已知利害，想再也不敢为非作歹。依小弟愚见，姑免他一死，放他去罢。"郑林停住脚步，笑道："恩公反可怜他们起来！也罢，死罪可赦，活罪难饶，我自有处置。"遂同了五官走上船头，指着那强人，喝道："你这该死狗贼！若不看柳老爷慈悲你们，定要剁你几十段！从此你须改过为善，做个良民；倘再执迷不悟，有日碰到你郑爷爷手内，把你碎尸万截！"说着，反过刀背，在那强人左右肩头上使劲斫了两下，顿时两膀皆断塌下来。那强人咬牙忍受，不敢叫唤，此时只求活命。五官忙着又要来劝，却不及了，只说了声"可怜"，躲入中舱不忍看视。郑

第四十二回　少年得志奉旨完姻　侠士酬恩奋身却盗

林见他两膀已折，料无能为，即割断绑绳，喝声："饶你狗命，去罢！"提起他右腿，摔上岸去。那强人得了命，也不顾疼痛，连爬带滚的去了。

郑林放了强人，又下舱来，笑向五官道："恩公，发放他去了，只是太便宜了那狗贼！"五官连忙让郑林上坐，道："郑哥，你我从此是患难朋友了，切不可如此的恩公称呼。若以今日而论，我受你救命之恩，又怎生称呼呢？你若不弃嫌我，由今日起，我们即以兄弟相称为是。"郑林本来爽直，也不多逊，便答应了。

此时五官的跟人喘息了半会，也挣扎进舱来伺候。郑林道："你们可到我那边船上去，随便拿些吃物过来，我忙了半夜，肚内饿得很。"五官忙道："我们船上有现成的酒饭，晚间因身上不爽，没有吃着。你们看可被糟蹋了没有？若没有糟蹋，快暖了来郑大爷吃，我觉得也要吃点子呢。"跟人忙去预备酒饭。少顷捧了出来，安好座头，郑林坐下，虎咽狼吞的一阵吃得罄净。五官只用茶泡了半碗饭。

两人吃过，洗了手脸，天已大明。郑林叫五官："歇睡片刻，不然，劳碌狠了，你身子又不健壮，少停要嚷病了。我亦过船去走走，停刻再来与你叙话。"又叫两只船并排帮着同行，看他们开了船，方过船去。五官亦觉困倦，即和衣睡下，闭目养神，心内却着实感激郑林。又自喜"去岁除夕救了他，原来是伏下今夕救自己的。真所谓'与人方便，自己方便'，如今有他同伴，我也不怕了"。

郑林回到自己船上，将夜间的事与姚氏说明。姚氏亦喜道："难得此地遇见恩公，又解了他的急难，真乃天从人愿，稍尽我们报答之心！"郑林也歇息了半会，早已午饭时分。郑林起身，跨过船来，见五官亦起来坐着，吩咐跟人整治酒菜，又叫去请郑林。忽见郑林过来，笑着起迎道："郑哥来了么？我正欲着人去请你。适才船走惠泉山经过，小弟叫他们上去沽了一瓶上好的惠泉酒，又备了两样精致肴馔，我们弟兄们乐一乐，以补那昨夜的不足。"郑林亦笑着称妙，道："难为你想得到。土语：'不饮惠泉酒，空在江湖走。'我们既至此地，也要尝尝惠泉风味，不枉走这一趟。"五官即唤跟人摆上酒菜，两人对坐豪谈畅饮。

五官又问及郑林何以至此。郑林先举起酒来，仰着脖子一口吸尽，放下杯子，道："说也话长。自蒙老弟与金大爷赠我川资，即同着妻子儿女投奔我岳父。到了任上，我岳父母终日思念他女儿，托人带了几次信，都没有寄到，正要打发我们舅爷亲自来寻我，恰好我与他女儿去依靠他家，又带了几个外孙同来，甚为欢喜。及闻我说到近年穷困，几乎全家都成饿殍，幸遇金、柳二位慨然赠济，方能前来。他老夫妇听了，狠狠哭了一场，不舍他女儿自小娇生惯养，那里受过这般苦处？便对我说：'既然来此，且安心住下，我自有安排。都要设个长久的法儿，让你们好过活去。'我岳父本是行伍中有名的老手，闲时与我讲究些技艺，不时又叫到城外跑马射箭，怕我坐懒了筋骨。

"三月内忽然奉到本省总督来文，因去冬我岳父巡缉洋面，获盗有功，推升了浙江黄岩总镇，即忙着料理赴新任。我岳父说：'此去浙省，道路弯远，你夫妻们不便同往。我前月已托人进京，代你捐纳下南河千总，我再给你五百两银子，携了家眷，回家归标去罢。你这一身本领，在河营内定见出色。多余的银两可置办些田产，又有千总一分粮米贴补着，你夫妻们不愁没养活了。倘或一年半载，你的官运通顺，得补了实缺，也不愧你家世代将门之后。我再写信去请河营内诸位至好朋友照应着你。'

"我送岳父母动了身，即带着家小趱赶回来，投营效力，趁此年富力强，正好干立功业，重整祖父家声，也替我岳父母挣口气，不负他老人家提拔我一番美意。想不到昨晚走至此地，得遇老弟，又值老弟有难，天使我稍尽寸心。我正欲一到南京，即先寻老弟，向当道诸公求两封书札，归标投效，较之生疏疏的去投营好得多呢。不知可有那般福分，托天地祖宗庇佑，略展我生平志向。"说着，又一连干了几杯。

五官听了，喜得起身称贺，道："原来郑哥得了官！正是丈夫出身之基，将来专阃拥旄，翘首可待。今日先奉敬一大杯，以作预贺，小弟也陪干一杯。"即亲自斟了酒送过，郑林立起饮了。五官亦陪了一杯，又坐下道："郑哥恐初入河营，没人照应。小弟回去与小瘫商议，请总督陈公写封私书，致意河督；况且郑哥有这一身惊人本领，再没有上司不另眼看待的。"郑林听五官一口应允，欢喜非常，先道了谢。真乃"酒逢知己千杯少"，对吃到黄昏时分，五官已觉醺然欲睡。因昨夜遇盗，不敢多饮，又盼咐早早的在那人烟稠密所在泊了船。两人进过饮食，郑林知五官害怕，也不过船去，好在一顺泊着，两边都可照察。即叫五官睡下，自己轻装扎束，拿了兵

第四十二回　少年得志奉旨完姻　侠士酬恩奋身却盗

器,坐在舱门口。又点起一支通宵大蜡,暖暖的烫了一壶酒,自斟自饮的消磨永夜。

五官安安稳稳,直睡到次日天明方醒,见郑林仍然坐着,心内好生过意不去,忙一骨碌爬起,揉着眼睛笑道:"我昨夜真个睡迷糊了,半点儿都不晓得,怎生代累郑哥守了一夜?"郑林笑道:"这又算甚么呢?我向来走道儿,夜夜多是如此。我知道你昨日吓怕了,不守着你是睡不稳的;你又不惯辛苦,一夜没得好睡,眼睛抠搂了倒难看。好的白日里随我爱睡到甚么时候儿。"说着,推开船窗,见天已大明,即叫起船户们开行,自己便和衣倒在五官榻上睡了。郑林因夜来不曾合眼,酒又吃多了,放倒头即呼声如雷。五官料难再睡,穿齐衣服起来,盥洗已毕,坐在篷窗口看来往的船只。郑林直至午后方醒。由此,每夜郑林守着不睡。五官自得了郑林作伴,放心大胆的睡觉。

不一日已至南京。郑林别过五官,收拾行装,同着姚氏儿女进城,约定明日在小癯家会晤。五官亦料理上岸,来至梅仙家。梅仙接着,问了一路情景。五官即说那常州遇盗,幸有郑林相救。梅仙听了,着实叹息道:"当日我原说此人终非久困,不意此去即得了机遇。路上贤弟又赖他解危,可谓救人自救。"五官又说及郑林托他求小儒致信河督,冀有关顾。梅仙道:"这也不难,明儿我们先去见了伯青,托他转达分外妥洽。伯青很惦记你呢,倒望你回来好多时了。"又摆出酒来代五官洗尘。次日清早,五官换了衣服,同着梅仙望祝府来。到了府前,寻着祝安,梅仙即问伯青。祝安道:"往总督衙门去了,适才闻得陈大人奉旨内用,我家少爷赶着去道喜,还闻云大人、王大人也升了。"梅仙、五官亦去与小儒叩贺,方知小儒奉特旨"擢用吏部尚书,两江总督仍着程尚调补。云从龙特授南河总督,兼理漕河事务。恰值杭抚又告病回籍,所遗巡抚一缺,即着藩司王兰署理。该督抚等均着速赴新任,毋庸来京陛见"等情。小儒见他两人来了,即留住他们,吃了晚饭去。伯青扯着五官到一旁坐下,说不尽彼此别离衷曲。又问五官:"此番还是常住南京,还是仍要回去?"五官道:"京中的房产我皆变卖了,又无亲戚故旧,我回去做甚么呢?你若留我,我即住着,你若厌烦我,即回京去。"伯青笑道:"听听你这话,可呕人?我巴不得你住下,可以朝夕相聚,你倒说我厌烦你!我为甚么要厌烦呢?可不是没得说的话!

不过怕的东府里王爷不容你久住在外,我不放心,才问你一声,你反用这话来呕我!"五官道:"我出京的时候已禀明王爷,一时不能回去。他老人家也晓得我出来是不回去的了。"又说到郑林的话,伯青点头道:"这郑家的行为使人可敬,据你说来,却是一个英雄。好在如今在田已调了南河,明日等他到了南京,我亲自去拜托他提拔郑林,他又非外人,可以不用小儒的信。"

小儒亦与梅仙说些闲话。见伯青、五官两人唧唧咕咕的说笑不了,便笑说道:"你们也好谈完了,不要一边亲热,一边冷落,分明现出两样情形来,叫人心里受不得!"五官听了,一笑走开。梅仙红着脸道:"你也打趣我!你要嘲笑他们,何苦借我踏一脚呢?"伯青也笑着走拢来,即告诉小儒五官在路遇着郑林的话。小儒亦叹赏不绝,道:"此人真是个血性男子!凡有血性者,遇事必能果敢,不避艰难。在田若收之麾下,定得其力,不独专为报答私恩上起见。改日在田到此,伯青倒要记着说声。"

说话间已摆上酒来,大众入座。小儒早吩咐:"是来道喜禀见的,一概回复,登簿容谢。"众人即脱去大衣,换了便服,传杯畅饮。席间五官言及田文海如何被刘蕴冤魂捉去;伯青说及柏成如何勾通船户盗窃自己衣物,"现在犯了案,永远囚禁。"小儒道:"足见事事皆有天理!若没了报应,世间的恶人更要作威作福呢!"

伯青又想起小怜的事来,忙与小儒商议道:"前日我问过爱卿,他虽没有话,看他的意思已经应允。我正筹划没有妥当人送往山东,不若叫他随你同行。况且嫂夫人此次也要入京,沿途更有照应。"小儒道:"这却是一举两便。明儿可叫他搬到我衙门里来罢,内子也很欢喜他们,免得临时行色匆匆,爱卿没有走过旱道,必至丢了这件、忘了那件的。若搬到我这里来,自有人照应着,不要他费半点儿心。"伯青喜道:"那可不是更好了!我明儿即去通知爱卿。"众人饮到薄暮时分方散。伯青约五官到他府里去住,"比在小瘫家早晚见面便当的多呢!"五官答应着,说定后天一准搬移过来。

次日,郑林来会五官,即带了他去见伯青,又叫郑林备了手本到总督衙门上求见。小儒因昨日五官说郑林如何英勇,即命传见,很问了多少话,叫他:"停两日,待云大人交卸过抚篆,来接南河的印,那时你再归标。云大人也是极爱人材的。大凡居官的人,无论尊卑,文职以治民为务,武

第四十二回　少年得志奉旨完姻　侠士酬恩奋身却盗

弁以练兵为先。给实做去，不遗余力，朝廷自有升赏，上司自然器重。"郑林连声应是。告退下来。专守云河帅到此，再去谒见。

隔了一日，小怜搬进衙门，方夫人叫他在上房歇下。小儒连日忙着结算交代及未完事件，只候程公来接过手，方可起程进京。伯青自接了五官同住，和他终日谈说些故事。梅仙又常进府，伯青倒把想念慧珠的心丢下了一半。这日正在书房与梅仙、五官闲话，连儿来回道："云大人由苏州到了，此时已往总督衙门内去拜会，大约少停即到我们府里。"伯青闻说，忙叫连儿再去打听。

未知伯青见着从龙有何话说，且看下回分解。

第 四 十 三 回

讦阴私设谋等蜂虿　得贵子佳兆叶熊罴

　　话说云从龙奉到恩命,调补漕河总督。过了一日,新任苏抚已至。从龙交卸了抚篆,即收拾携眷往南河来。先打发陈仁寿夫妇回转南京,方随后缓缓的登程。

　　一路迎送,不须细说。这日早抵南京,上岸来拜小儒、伯青等人。伯青即说到郑林一事,托他照应。从龙道:"你们保举的人,自然不错。他又待五官有此一番好处,我理应破格成全,明儿可着他先来见我,好量材使用。"又问:"慧珠近来如何?"伯青道:"再不要提他了。"便将慧珠矢志修行的话说了一遍。从龙摇首道:"我不意畹秀竟如此大改性情!平日他和人淡淡是有的,也不致忽然绝决到这般地步。别是伯青不留心,说出甚么无意话儿,冷了他的心了?"伯青道:"真正要冤屈煞人!我那里还敢得罪他?况我与畹秀忝在知己,即是无心说错了话儿,他也不能记憎我;而且我并没有说错甚。此时求他同我好好说句话儿总难,他的隐情心事我也猜摸不透,惟有听之而已。你如不信,明日背地里问着小儒,就知道了。"从龙见伯青说着大有凄然之态,亦不便再往下问,即用别话岔开。说了半会,作辞回船。

　　次早,郑林得信,忙来叩谒。从龙见他一表非凡,是个英雄气概,大加赏识。问及家世先代,皆是武职出身,颇有勋劳,便命他随行,听候差遣。郑林拜谢退出,自去料理。不提。

　　小儒早同方夫人计议,备帖去请程婉容与小凤过来盘桓,又请了伯青夫人江素馨与小怜陪客。他们皆是旧时姊妹,见了面悲喜交集,各叙阔别。小凤问及慧珠,小怜将前后细情说了。小凤道:"我来时本欲去见他劝说一番,现在闻你所说,他竟是丝毫不可移动,纵去劝说,也是无益,徒然惹他烦恼,我也不去见他了。好在他已将我们昔日的姊妹付之度外,我不去,想他也不恼。"小怜道:"我看姐姐不去的很是,见着了空被他奚落一阵倒犯不着。犹记我搬到这里来,去见他作辞,又借着别的话劝了他几

第四十三回　讦阴私设谋等蜂虿　得贵子佳兆叶熊罴

句。他反生起气来,说:'你们是有福的人,所以总得了好处。我是生成薄命,只合念佛诵经,修修来世,从此你们只当我没了罢。'说罢,他即走了开去。姐姐,你想想看,他也不顾人下不去,就冲口说出这些话来。你若去见他,说的好便罢,说的不好,引出他多少的牢骚。故而我劝你不去的为是。"方夫人亦叹息道:"聂大姑娘为人甚好,相貌既俊丽,谈吐又文雅。前年在我家里住了多时,临去尚依依不舍。怎生忽然变出冷面冷心不情的性格来?真正一个人中道会变的。"至晚席散,各回府第。次日,江素馨也请了众位夫人到他府里宴会了一日,其余一概辞谢。从龙又往小儒、伯青等处作辞,即收拾起身,叫郑林带着家小随行。五官直送出十里以外,还是郑林再三止住,方珍重一番而别。

众人不日到了淮城,二郎出城迎接,留从龙等在署款待,小黛也请程婉容、蒋小凤过去。隔了一日,从龙辞别二郎,去赴新任。管下各文武早远远来接。进了公馆,然后择吉接篆,所有专折谢恩及一切应行公事无须赘说。

郑林先安顿家小住下,即料理归标,在辕听差。却好漕标中军守备以丁艰出缺,因漕河事务均归从龙统辖,两营中军便命郑林一人暂行兼理。当时即有漕河两营文武来与郑林联络,又见他是河帅亲信人员,惟恐趋承不及。郑林却一尘不染,悉秉至公。从龙分外宠任,凡上等美差,皆委他去办理。又于冬令例保案内密折单保,免补守备,以都司升用,遂实授了漕标中军兼管河务。郑林即写了信禀知他岳父。此是后话,暂且不提。

且说陈小儒待程公来省接了印,便打点登程,又带了仁寿夫妇与小怜同行。伯青等人亦忙着纷纷饯送。五官写了禀启,托小儒带呈东府里王爷,无非仍说"外面各事没有清楚,急切尚不得回来,请王爷不用挂念"。小儒今番是擢升内用的大员,沿途迎送更多。

一日,已至从龙境界,见了面,即商议将玉梅留下暂住,俟仁寿过了朝考,或留京,或放差,再来接取家眷。"别似我上年带着家眷去会试,巴巴的到了京,不上两月,又仍然出来。人既吃辛苦,又多费往返使用。"从龙应允,即留下玉梅。来日小儒作辞,由王营陆路入京,又特地绕道兖州,送了小怜过去。汉槎即亲往小儒公寓内再三称谢。祝琼珍见小怜已至,甚为欢喜,忙收拾出一进房屋,让小怜居住,当下派了四名丫头给他使唤,又赶着他叫妹妹。小怜见琼珍如此优容，更外敬谨侍奉。琼珍拣了吉日代小怜开脸上头，命内外人等俱以奶奶相称。自是，小怜得了栖身所在，颇为相安。

小儒在兖州住了一日，仍取路趱赶入都。一路无话，已至京城，赁定公馆、安置家小人等，便预备陛见，赴吏部衙门接任。又去拜会了在京诸同年世好。从此即小心勤慎，以供厥职。

话分两头，单说云从龙在河督任上，不足两月，将漕河两营一应积弊陋规大为整顿裁汰，所有庸劣各员尽行参襍；不时传了郑林入内，当面吩咐在外暗中访察，作自己一名耳目；又命严约两营兵丁，不许滋事扰民。真乃吏治民安，一方称颂。

这日，正在签押房阅看公件。忽见家丁来回道："淮安府知府冯宝来见，并有要话面禀。"从龙听了，暗想道："楚卿非我属下，今特来禀见，其中定有别故！"忙叫人将文卷收讫，吩咐请见。二郎进来，见从龙请安。从龙略问淮城近日风俗，即问二郎来意。二郎欠身道："请大人命左右暂退，卑府有机密事件面申。"从龙起身道："既然机密，外间耳目逼近，到里面去坐罢。"便邀着二郎至内书房，命伺候的人一概不许进来，又让二郎宽了大衣，对面坐下。他们原是至好，因名分有了卑尊，外面不得不拘体格。私见的时节，仍似当日嘲笑戏谑，无所不至。从龙因二郎说得如此郑重，很不放心，才入了座，即问："究竟是甚么事，这样蝎蝎螫螫的？想是在淮城又闹下乱子来了？快说出来，好大家设法。"二郎笑道："不劳你关心，你倒有意咒我闹乱子！然而这件事闹出来，也非寻常。去岁山阳县闹漕一案，皆因鲁鹏不善办理，苛收了众花户，触怒本城绅耆，联名具禀到我衙门。我即委派委员，查访属实不得不详，是你与小儒列衔奏参出去。鲁鹏得了信，即赶着寄信进京，与鲁道同在内做了手脚，只从轻议了个'革职留任'的处分。若依你的意见，因他祖庇田文海、难为了五官，还要行文确查再行参办。我即寄信你们，说人贵悔过，如今他革职，也知道利害，凡事不似从前狂妄，断不敢复萌故态，不如姑宽着他，以观后效。若一定要办倒了他，他这微末前程亦非容易得来的！好在五官现今安然无事，亦没有过于难为着，这么看起来，我尚有恩于他。那知小人心胸却最险毒，不记人的好处，只记人的坏处。就是我详参他，亦系因公起见，是他自取其咎，我若

第四十三回　讦阴私设谋等蜂虿　得贵子佳兆叶熊罴

不详,我即有了处分。不意今年三月间,他又密信与他老子,说我乃原任宛平县冯炳的儿子,本籍常州,目下冒入大兴县籍,反在本省江苏为官。鲁道同正恨我去年详办鲁鹏,见了这封密信,即揭参上去。现在奉旨:着两江总督查明复奏,毋得隐混。昨儿令岳已行下文来,调我上省。我想这事倒被他踹住过儿了,却很有些棘手。偏偏你又升到南河来,小儒又内用了,不然也好代我扛着一肩。前儿我已写信与小儒,托他在内粉饰。究竟其权操之于外,令岳那边我又没伺候过,必然据实复奏。我的官丢了却不值甚么,若被姓鲁的扳倒,非独难以对人,亦落他人笑话。意在烦你写封切实禀启,给我带呈令岳,求他弥缝。况且还有一条可以辩白的情由:我有一支共高祖的远族久住在京,已入了大兴籍。惟有借说与他嫡派,方可无碍。"从龙听了,咂嘴道:"这件事很有些棘手!若照父子异籍的办去,即是个欺君之罪,你却当受不住。当日你怎么忽然要捐冒大兴县籍?真令人不解!此事原难以怪你,只说捐名郎中分部行走,不过因伯青等人多在京中,大家可以常聚在一处,却没有想到放在本省来了。你却错在简放之时,若申明原籍常州,另请改掣,即没有事了。你果真有房远支是大兴县籍,尚可设法补救。我即写信至家岳处,将你实在原由不妨明白直说,你再具禀详诉上去。家岳亦是个爱才的人,又晓得你与我们至好,不能不曲为成全。到了南京,再求江相去关说一声,你是江老门生,他也不好拒绝不问,就是家岳,亦不便过拂江老情面,况又有小儒在暗中撕掳,可保无大关碍。若说一点处分不担,是没有的事。"二郎道:"我也自知难免过失,只求不丢脸、不落鲁家父子算计,即万幸事了。我并非那般得陇望蜀的人。你既肯给我写信,就烦你写下罢,我好早去早回,爽性丢了这颗劳什子的印,倒也罢了。若叫我多在省中耽搁几日,却不放心,不知鲁鹏一经离了我,惟恐又妄作妄为的,倘再闹出些事故来,我真担当不住了。虽自闹漕以后他敛迹了多少,怕的本性终未能改,饶不着我还时常防察着他呢。细想起,我真正那里来的晦气?此番到省去这一趟,要用四五百金;纵然令岳允了情,部里亦要去料理,一打迄儿的算起来,至少也得二千金。你知道的,我平日费用又大,那没名望的钱我又不肯滥取,这淮安府亦是个中缺,出息微末,仅够我衙门内用度,去年我还赔贴了少许。如今平空生出这枝节来,那里措办得及一宗巨款去?库项我不敢动取分文,平时犹可,现在既闹出这件事情，尚不知能否回任，若再被后任查出亏空来，可不是罪上增罪么？"从龙点首道："你所虑却也在理，若专为用费筹划，我倒代你想下个救急的法子。你至南京，伯青那里大可通挪，不过叫他先替你代垫着，回来我再为你设法归结。"二郎听了，感谢不尽。

从龙又问及："鲁鹏密信进京的事，你如何晓得这般清切？"二郎道："说也相巧，我有名旧仆现在山阳县里，鲁鹏一举一动，他尽知其细，特地来告诉我，叫我防备着。彼时我也不甚介意，谁知竟被他父子闹通了。"从龙闻说，方明白其中缘故。又留二郎吃饭，即带着信去。禀启中细微曲折，写明情由，与二郎看了，封好函口。二郎在身畔收好，作辞回去。

次日清早收拾起身，不数日到了省城，先寻着伯青告诉。伯青替二郎大为不平，又满口应允，"如有短缺，只管到我这里来取。你我既是至好，切勿稍存意见。"二郎别过伯青，即去谒见江相，将细情面禀一番。江公自然也答应了。方去禀见程公，把从龙禀启呈上。适值江公亦打发人过来关说，程公也知道二郎居官清廉，办事很有才干，又有女婿的书信、江相的人情，落得顺水推舟，做个好人，"若复奏进去，仇家一定不依，挑剔部里驳了下来，与我无涉。"即当面问明情节，叫二郎回任，听候复奏若何发落，再行来省。

伯青又留下二郎住了几日。临行，嘱托伯青："打听程制台如何复奏，并常时提着令母舅声，倘然批折回来，与我大有关碍，你须先给我个信儿，好早为打点。若有该使用的处在，仍请你垫着，统容一并偿谢。"伯青笑道："你只管放心回去干你的事，料想这件事既有在田的信，又有家母舅说项，程制台不得不回护着；况内里又有陈小儒关切，天大的事也就没有了。至于应该何处使用，我既允下了你，断不能半途而废。批折回来，万一于你不便，我自然先给你个信。你的心境我也明白，以为官倒丢了，不若爽性打捞他一场，扳扳本儿，可是不是呢？"二郎笑道："你太估量的我不堪了！我若早以财帛为重，也不致终年到头仍然空着两手，不过落得用得爽利些。"又去禀辞了江、程二公，方回淮城。

这里程制台既允了替二郎剖白，即照诉禀上的情由代奏，说他"祖籍常州，其本支已入大兴县版籍，确有可考。原任宛平县知县冯炳实系该员一姓，并非父子，因该员之父名元鋗，以致疑混"等云。此折到了京中，小

第四十三回　讦阴私设谋等蜂虿　得贵子佳兆叶熊罴

儒久经接到二郎私书。好在二郎三代清供履历均在本部衙门,即暗将二郎履历改正,又代他嘱托了各处。

鲁道同亦明知二郎做了手脚,因此时吏部权柄不操之于己。原来首相胡文渊病故,推升李文俊大拜,熊桂森又放了直隶总督,即恩命鲁道同协办阁务。适值陈小儒调取内用,抵了鲁道同吏部尚书一缺。鲁道同犹想追究此事,务要水落石出,一则把柄未曾拿住,只据鲁鹏来信;二则"他们既安排定了,必无破绽;况李文俊、陈小儒等人皆与冯宝有旧,岂无关切?倘或追究不出,反绕到自己身上,大为不便。今番便宜了那小畜生,再寻他的过失罢"。只得丢开了手不问。

隔了数日,旨下:

> 淮安知府冯宝,既系原籍常州,当部放之日,应该赴部申明原委,呈请另改他省,何得延至参发始行详诉?显见有意掩饰。姑念在任操守尚洁,曾经本省前各该督历荐卓异,着加恩以佐贰降用,来京归部另选。所有该员之父冯元钶误为原任宛平知县冯炳一节,着无庸议。

陈小儒得了信,即连夜发信,专差出京,叫二郎赶紧告病,"既然鲁道同与你做对,纵赴部选得别的省份,鲁老也不肯善自放你过去;若再被他寻出过失,即难撕掳了。"又函知从龙、伯青等人,叫他们就近劝说,恐二郎宦心未灰执迷不悟。

且说程公见了批折,先去回复了江相,即委员前往淮安府接署,又将二郎降改另选的情节告诉他女婿知道。伯青早接到小儒来书,忙着差人去请二郎,"可先至省中来一行,再预备起身入京赴选。"二郎奉到撤札,即料理交代新任。

又见了小儒的信,劝他告病,恰好伯青的差人已至,从龙那边又打发人来请他,二郎大笑道:"他们也过于小心了!而今做官亦没有甚么好处,况且又降改的了,更觉无趣。我岂犹恋此升斗、赴部去另选么?"当下发了回信,交给从龙、伯青的两处差人回去,即忙着收拾,带了家眷人等来至南京,在祝府内暂为借住。先去禀见程公,叩谢代为复奏,随后方说到告病一节,程公应允了。

二郎又至江公处禀明缘故。江公亦深以为是,拈须长叹道:"非是我说背晦的话,今日出仕的人,专门一味逢迎,求取功名,那里还记得'忠君爱民'四字?居高位者,以要结党羽为耳目;在下位者,以阿谀承顺为才能;或中有一二稍具天良者,即自为不合时宜,必多方排挤,使之自退;再不然,获罪杀身皆由于此。故当今之世,君子日去,小人日来。朝廷之上,半属衣冠之贼;土地之守,都为贪酷之夫。所以我去岁立志乞退,羞与若辈为伍。你们一班,如在田、者香等人,为官尚不失分寸;无奈自负其才,目无余子,既与小人不足,难保无暗中倾轧等事。日前汉槎赴任的时候,我没有别的嘱咐他,只叫他居官第一个法子:凡作事,但说我心上过得去的,都可以行得。不要丢了祖父声名,忘了平日圣贤的训诲,受万人唾骂,即算好官了。切戒不可好功居奇,好功未免殃民,居奇难保偾事。古人云:'立心要清超,作事要平正。'你们做官,皆于平正上欠缺,故而多遭猜忌。惟小儒比你们长几岁,见识亦比你们强些,却合了'和而不同'一句。你此番能知机急退,不恋一官,正是你的好处。"二郎连声应是。

坐了一会退出。又在祝府附近寻下一所房子居住,从此无拘无束,自在消闲。有时去寻伯青闲话,有时约了伯青到各处游玩,连年虽无宦囊积蓄,倒也过得下去。在南京附郭置了数十亩田产,作过活之计,分外无忧无虑,益发放浪形骸,不拘踪迹。林小黛终日有他母亲穆氏作伴,或为江素馨小姐接过去盘桓几日。又到慧珠家去了两趟,因他冷冷的,不似往日亲热,小黛也懒于去了。这日,正坐在房内与穆氏说话,见丫头来回道:"适才老爷叫人请太太到祝府里去,闻得那边祝大少奶奶生了位小公子,各府里太太们都道喜去了。"

小黛听说,忙着装扮,乘轿向祝府里来。原来素馨小姐自伯青往山东去,已有身孕,到了十月,竟产下一位公子。说起生产时,却也奇异。是日早间,素馨觉得身上不爽,肚腹膨胀。祝老太太闻说,赶着来看视,晓得要分娩了,即传话叫稳婆来伺候;又在家堂、灶神前各处点香,命伯青去行礼。

祝公独坐在厅上,静听内里消息。待至午错,不觉困倦,伏几假寐。恍惚间见外面走入一人,头戴乌纱,身穿红袍,腰围玉带,脚着朝靴,是古时的装束,年纪只好三十上下;生得面如满月,唇若涂朱,一表不俗,大模大样的进来。祝公忙着立起迎接。正欲通问姓氏,那人早上来深深一躬,

第四十三回　讦阴私设谋等蜂虿　得贵子佳兆叶熊罴

道："晚生忝在同官，又同乡里，今奉上帝之命，着长庚星送晚生至尊府栖身，了结夙缘。想老大人自然不弃收留。"说罢，便昂然直向后堂走去。祝公见了大为诧异，道："这个人何其冒昧！我与他向未谋面，连姓名都不曾问及，怎么就这么托熟，跑到人家内室里去？现在内里正忙乱着媳妇生产，忽然跑进一个生人去，岂不吓坏了媳妇等人？而且他是个男子，里面无非内眷，即是通家，此时也不便入内，难不成这人是不解礼体的？看他外貌甚好，那知内里着实糊涂！"赶忙抢步来拦挡，并欲狠狠责备他几句。不料只顾来阻那人，忘却脚下门限，一跤绊倒在地，不禁失声"哎哟"，惊出一身大汗。急睁眼看时，仍坐在前窗椅上，方知是梦。正怔怔的细想梦中景况，主何吉凶，忽见内里丫头、仆妇等出外报喜，道："少奶奶午时生下一位公子！"祝公听说，暗暗称奇道："此儿大有来历！适才我得的一梦，明明是这人来托生我家。既口称奉上帝之命来了夙缘，将来定非寻常之器，眼见我祝氏继起有人，不患无后了！"想毕，不由喜形于色，忙起身来至后堂。

祝老太太赶着出房给祝公道喜。祝公笑道："我的孙子即是你的孙子，你我同喜，产妇可健旺？"祝老太太念佛道："真正活菩萨！一个紧阵子，细人儿即落地了。现在媳妇倒大谈大说的。"接着，江老夫人得信也过来了。祝公即忙避出，又叫人分头送信与各家亲族。

少停，多至祝府道贺。林小黛见江、祝二位老夫人，行了礼，即至素馨房中，口内只说了声"恭喜"。素馨欠身让小黛在床边坐下。稳婆早将小公子香汤沐浴，用新布裹好。小黛伸手接过细看，此儿骨相清奇，声音洪亮。一面用手摩抚着，笑向素馨道："姐姐福气！此子日后定非凡品，今于初生时已见其骨格。"素馨笑道："罢哟！一点点的这东西，那分得出好歹来？在我看，不过徒添一累人物耳！"小黛道："别这样说，不知想儿子的人想得甚么是的呢！即如小妹血分中有病，是不能生育的了。罢！罢！冯家娶我过门，做一代的正经人，没有替他家生下一男半女，岂非冯门中的罪人么？就是日后有庶出的儿子，比亲生的都要隔着一层。"说着，不禁眼圈儿红了。素馨忙用别的话解释过去。

又说到慧珠身上，小黛道："我前日去看他，很为消瘦，据说连日饮食大减，常思睡觉，请了医家来诊脉，又说不出甚么病原来。他既矢志修行，自然万念皆灰，毫无妄想，怎生有这悠悠的病？别是外面别气，心里仍放不下那些牵肠挂肚的事？"素馨摇头道："那倒不要冤屈他，又没人逼他修行，定要装出这些故事来，和谁别气呢？我家这一个，自从听见他修行了，急得昼夜不安，也病着好些时。常说：'人生最难得者是个知己，若畹秀有了参差，我拼担不孝的罪名，与他一道儿同去！'现今隔的日久，方才冷淡了；饶不着提起来，还是唉声叹气的。这么看起来，畹秀竟没有别气的处在，可知其中另有曲折，不能告诉旁人，只得自己纳闷，恨气修行是有的。连他说的甚么梦见有人指示前因，不可昧弃，怕的多是他托言；不然，好端端的，闹着修行，恐人议论他不是。"小黛听了，连声称是。又坐谈了半晌，因素馨产后，不能过于劳动，遂作辞出来。祝老太太即留住众家女眷，用了晚酒方散。

接着三朝，祝府又大开汤饼宴会。祝公代孙子取名梦庚，梦中人说是长庚星送他来的意思。是晚，伯青也进房来看儿子。奶娘忙将小公子抱送过来。伯青双手托定，在烛光之下细看，此儿品格清秀，一对乌溜溜的眼睛望着烛光转来转去，似乎解得玩耍。伯青自是欢喜，仍交奶娘抱了，回身坐在床沿上，细问素馨："身体可否硬朗？"素馨偶道："前日林小黛在此，曾提及畹秀有病，医家又不识病原。我倒好笑，随便甚么病，多要有个起病的原由，可见那些医生是多没有本领的。"

伯青听了，忙问道："畹秀有病是真的么？"素馨笑道："谁和你说假话呢？我又与他无仇，难不成枉口白舌咒他有病么？你这话倒问得我奇！"伯青顿时忙手忙脚的起来，道："我怎么半点影儿都不晓得？而且前儿冯夫人说有了几日的病，不是倒有半月多了？明日我定要看看他去，才是情理，他心里正怪着我呢！如今有病，我再不去，他更要怪我了。其实不是你今晚说起，我仍是不知道。"说着，又跺足自恨自怨。素馨见了，又是好气，又是好笑，道："你而今真正格外疯疯癫癫的了，就是明儿看他的病去，也不算迟。俗说：'有心拜岁，寒食不迟。'好在你真是不晓得的，也不为对他不住，何必急得这般形像，自己怨恨着自己？若是老爷听见了，又要责备你。还有一说，横竖你与他交好中断了，就待他情分上欠缺点儿，也不算甚么。"伯青被素馨说得低下头去，默默无语。素馨亦不便再说，半晌道："你也该歇着去了，今晚早睡，明日早起，好看病人去。"伯青听说，亦不答言，径出房去了。

第四十三回　讦阴私设谋等蜂虿　得贵子佳兆叶熊罴

　　回至书房内,倒在榻上,翻来覆去,都睡不稳,只觉万斛愁肠,一时顿至,不知慧珠连日病势若何。又想到:"怕的我去看他的病,他仍然冷面冷心,不理会我。"复又想道:"随他怎样待我,我只照平日情分一样的待他,我的心惟有天知道罢了。"想到这里,方沉沉睡去。一觉醒时,日色满窗,忙翻身下床,连声道:"迟了!迟了!"忙叫人备马,伺候出门,一面取水净面、漱口,又吃了点饮食,带连儿匆匆上骑,直向桃叶渡来。

　　未知慧珠的病近来怎样,伯青去看他有何话说,且看下回分解。

第四十四回

嘱遗言畹秀了尘缘　　闻凶信洛珠悲老母

话说聂慧珠自修行以来,断除妄想,趋向真如。初时犹觉花朝月夕,偶触情怀,尚自感自叹,虽说见着伯青狠心不理,未免心内还有些抛舍不下;到了两三月后,内念日坚,外缘日屏,把尘世上一切儿女私情、人生贪欲皆撇入东洋大海,连自家的身子多觉非己所有。不过隔两日到王氏处询问一声,以尽母女之情而已。其余一概人等都不见面,省得见着徒惹烦恼。王氏、二娘在背后计议,待他性子过去,尚望他回头。不知慧珠的心一日坚固似一日,世情一日冷淡似一日。这日晚间吃了饭,叫使婢们退出,亲自点了一支香,盘腿坐在蒲团上闭目诵经。待至三更时分,恍惚间似睡非睡,身子虚飘飘的起来。心内犹自明白,暗急道:"修行最忌走禅,我从不曾这样,今夜何故如此?"即狠命的把心朝下沉。忽觉离了坐位,又到前番梦中那荒野地方。正渺渺茫茫,不知所向,猛然背后似乎来了一人。方欲转身,耳畔只听来人说道:"你的俗孽已满,道心已坚,还不赶早返本还原,等待何时?"又似一件重重的东西在脑后击了一下,不禁失声呼痛。启眼看时,仍坐在蒲团上,顿觉头晕眼花,鼻塞声重,不能再坐,忙起身至榻前睡下。"细想适才梦中情景,说我'俗孽已满,亟宜返本归原'。早明白不能久于人世,未免一喜一悲:喜的从今割断尘缘,可登仙界;悲的母亲生我一场,虽然借腹而生,究竟十月怀胎、三年乳哺的大恩未报。况母亲平日又钟爱独甚,我若一旦先别了他,岂不把母亲哭坏?"想到此处,又掉下几点泪来。此时身子愈觉不爽,忙叫起外间伺候的使婢给他捶着,过了时许,方昏昏睡去。

次日即懒得起来,连饮食都减了。慌得王氏请了医生来诊视,多不识病原,六脉又好好的无病,若据外面形容看来,又似有病。便不敢造次开方,互相推卸。急得王氏没主意,四处遍求名医,皆是异口同声的说。王氏又去求签问卜,说的都不甚好。可怜王氏忙一阵,哭一阵。二娘看不过去,再三的劝慰。又悄悄吩咐人去料理后事,背地对人道:"我看这病来得

第四十四回　嘱遗言畹秀了尘缘　闻凶信洛珠悲老母

蹊跷,怕的不好;若托庇好了,用不着更妙。不要临时忙乱的来不及,又办不出好货来。只要不给你们太太知道就是了。"

说罢,正欲入内去看慧珠,见人来回道:"祝少老爷到了。"说话间,伯青早已进来。二娘忙迎上去问好。伯青也无暇叙说闲文,即问道:"大姑娘的病怎么了?"二娘咂嘴道:"没有甚么好坏,连日多是这般样儿。在我看,多难以收功,只不过缠绵日期罢。"伯青闻说,犹如万箭攒心,止不住纷纷泪下,即大踏步走向慧珠后进来。二娘赶着跟入室内,招呼王氏道:"祝少老爷过来看姑娘病的。"

王氏正向慧珠问长问短,忽听祝伯青来了,即出房迎接。见伯青一面走着一面拭泪,王氏不由也伤心起来,想到:"慧珠那般冷淡待他,令人寒心,若是别人久该恼了。他今日听见慧珠有病,即来看视,又如此悲切,祝少爷要算天下第一等情种。偏生我家这丫头没福,平空的要恼他;你虽恼他,他却不肯恼你,真叫人看着分外感敬。"便抢一步迎着道:"又劳动祝老爷大驾。"伯青摇手道:"不是这样说,此刻你姑娘觉得怎么?可碍事不碍事?"王氏见伯青问得急迫,反不好说出慧珠病危,恐吓了他,因说道:"少爷放心,不妨的;不过来势甚狠,医家又说得沉重,叫人害怕,其实也不至就怎么样呢。"说着,即邀请伯青进房。

伯青到了房内,见慧珠面向外睡着,瘦得多脱了形,较之前年扬州有病的时节大不相同。恨不能即上去询问,只因慧珠自修行以后不大理他,又不敢冒失,反忍着泪,从容走至床前,低声问道:"畹秀,你觉得怎么?我昨日才知道你身体欠安,你要恕我来迟。"王氏忙掇张凳子过来,请伯青坐下,使婢又送上茶来。

慧珠本没睡着,因见伯青进房,故作朦胧之态;听得伯青虚心下气的问他,不免又感动前情,着实不忍,徐徐睁开两眼,哼哼唧唧的道:"倒很费你的心,我并不觉怎样,只是不想饮食,四肢懒动,医家又说不出真实的病原,闹得我药也不敢吃。好在人之生死总有天命,若是年灾月晦,过些时自然病退身安;若命里逢绝,别说没吃药,就是吃仙丹下去也没有用。我亦没甚放心不下,只有我母亲白白养我一世,平日又极疼爱,一旦我有个好歹,只愁苦坏他老人家。所喜妹子有了着实去处,者香待他是没得说的,将来母亲还可以靠得他住;即是母亲不愿到浙江去住,在南京,不用我嘱托，你自然亦是照应的。虽说日前无辜的给你气受，想你我知己非止一日，你也不能恼我。总之，人之将死，其言也善，你听我这一句话罢。"说着，自己亦流下泪来，却不肯说出他梦中的事。

伯青未曾听完，早已哭得泪人一般。王氏更外抚膺顿足，大哭起来。二娘、使婢等人无不伤心落泪，只得上来解劝。伯青哽咽半会，道："畹秀，你快别要这么想，现在有病，再胡思乱想的，越发难好了；况且你一点年纪，譬如一枝花才有骨朵儿，还没开呢，那里就能死？千万不要这么瞎说瞎想！你看你母亲哭得这般悲切，多是听了你伤心的话。若说虑及你母亲无人照看，者香固不能置之不问，就算路远，你母亲难去，我在南京，可能不问么？可是你多想了。你只管放心养你的病为是。你疑惑我恼你这句话，更不像你说出来的。我也知道你是气头上，那里当真就不理我了？我要恼你，我即不来了。"一番话说得慧珠惟有点头含泪，答应而已。

伯青又恐他病中不耐聒噪，起身退了出来，嘱咐王氏："上紧的请好手医家诊视，不可怠缓，大姑娘的病是很有几分呢！"王氏叹气道："祝少老爷，还等到你今日吩咐吗？我在神道前是甚么愿心都许下了！看他今日待你老人家甚好，非比往日，想是悔过来了。好少老爷，还求你时常来走走，与他说说话儿，劝解劝解他，或者好得快，亦未可定。"伯青连声应允。因天色不早，即作别回府。

祝公正拿着一封信念给祝老夫人听，见伯青进来，即问道："你到那里去了这半日？者香有信在此，你去看看就知道了。"伯青忙接过来信，果是王兰亲笔。前面无非说些久别的话，后面即说道："刻下署理杭抚，按察日多，兼之今夏浙江海塘涨裂，沿海一带居民被水淹没，到处成灾；而且彼处百姓向来强悍，多半借此作乱，入海劫杀往来商贾。业已奏请，奉旨带兵往剿。又值秋间出境阅兵之期，欲屈老弟与楚卿来杭襄助数月。忝在至好，想不却我。"信后又问及从龙在南河光景。伯青看罢，沉吟不语。祝公道："既然者香特来请你二人，是不能辞的。明儿将信与楚卿看去，你们商量何日起程。"伯青勉强应着。

回到自己房内，怔怔的坐着出神。素馨只当他仍为慧珠的病，笑问道："你去看过畹秀了么？他近日可好些？"伯青"嘻"了声道："畹秀的病只怕不能好了，大约本月内还可挨得过去。今日者香那里又有信来，请我同

第四十四回　嘱遗言畹秀了尘缘　闻凶信洛珠悲老母

楚卿到杭州去帮他数月,他要带兵搜剿海寇,并出境校阅行伍,怕的一人照察不到。你想着我与楚卿是不能不去的,偏偏畹秀又病在垂危,我怎么放心动身呢?将才这封信老爷又看过了,催着我日内即要起程,真正叫我行止两难!"素馨忙问道:"你的意思究竟去不去呢?"伯青道:"者香既有信来,老爷又这般吩咐,何能不去?意在请楚卿先行,我候畹秀的病定一定头,是好是歹,免得两边记挂。"

素馨微笑道:"论理,你去不去也不用我问,但是者香与你有这一分交情,他既写信来相请,又细说他的苦衷,你好意思推却么?若叫楚卿先去,分明姓冯的与他交情契厚,姓祝的与他生疏了;再则畹秀的病未免来势甚重,那里一时就能死的道理?多因医家没有本领,不曾说出病原,他家的人心里怕着是有的。在我看,你若不去,一来得罪了朋友,二来老爷也不喜欢。你别认错了我定要催着你去,姓王的并非我娘家人,不过我替你想着不去种种不妥当,恐担了重色轻友的名声。倘或你动了身,畹秀竟有个长短,带累你终身之恨,我可担不起那不是呢!你自己斟酌着罢。"伯青听素馨句句是讽刺的话,也不答言,起身出来。

到了书房,命人请二郎过来,先将王兰的信与他看了,即商议请二郎先行,自己随后定至。二郎满口应诺——因在南京逛烦了,久想到西湖上去游玩,难得者香有信来请他,故欣然愿往。即说定来日清早起程,好在家内有穆氏作伴,又离祝府相近,是放得心的。只嘱咐伯青:"若畹秀能即好些,你宜早来为是。你来的时候,可托小瓀照应着我家的事罢。"伯青亦答应了。次早,二郎自去收拾起身。不提。

伯青俟二郎走了,即托言有病,将二郎先行的话禀明祝公。祝公听了,亦无甚言语。伯青既推病在家,日间不敢出门,每晚等祝公安寝了,忙忙的偷着去看畹秀。见了面,慧珠无非请照看他的母亲,其外也没有别的嘱咐,不过彼此对着淌一回眼泪。或有时慧珠睡着,伯青不便惊动,只在王氏前询问声即回府去。无奈慧珠的病势日重,甚至昏迷不省人事,王氏惟有守着啼哭而已。一日,人来回说,后事已齐。二娘也顾不得王氏悲苦,便悄悄去告诉了。

可怜伯青日间装病在家,足不出户,一心记念着慧珠不知若何情形,只有晚间偷空去走一趟;又不能过于耽搁,连日亦愁烦得消瘦不堪。祝公夫妇只当伯青真有了病,忙着请医调治。素馨见了也觉可怜,反用言语宽慰。这日下昼时分,伯青正坐在书房内纳闷,恨不能顿时晚了,好去看畹秀。"昨晚他那个样儿,竟有朝不保暮的神情。自己又悔不该推病,倒是说明到杭州去,仍叫楚卿先往,我即住在聂家,反可自由自便。"一时愁绪纷生,又饮泣了一会,不觉神思困倦,伏几而卧。见慧珠穿得整整齐齐,从外面走入。伯青又惊又喜,正欲问他:"病着,如何能来?想必是痊愈了。"慧珠已至面前,盈盈万福道:"生前蒙君错爱,至死不忘;无如尘缘已尽,不能久留,特来拜别。又蒙允许照应老母,千祈勿忘我言!君家亦宜自爱,休要昧却前因,他日还能重见。"说罢,翻身即行。伯青听了,不解何谓,忙赶上来扯着,意欲再问。被慧珠用力一推,跌倒在地,"哎哟"一声,醒来乃是一梦。便掩面大哭道:"畹秀不好了!"倒把素馨吓了一跳,急问道:"你怎么了?敢是魇住了么?"伯青即将梦中所见细说。素馨道:"这是你想念甚切,故有此心梦。"

　　方欲用言譬解,忽见连儿来回道:"将才聂家着人来报信,说聂大姑娘不好得很,请爷快点去呢!"伯青知道应验了梦中之境,忙叫备两匹牲口,在后门外伺候,即是随身便服,由耳门穿入火巷,来至后门。早见连儿拉着牲口在那里等着。伯青跨上牲口,也叫连儿骑马相随,加上一鞭,如飞的直奔聂家来。

　　到了篱前下骑,才跨进门,即听得里面哭声摇山震岳。伯青的魂魄早已不在身上,急急的奔进后面,见慧珠已停了床。伯青走上来抱尸痛哭,直哭得气短声嘶,喉中哽噎,一时虚火上攻,眼前漆黑晕倒在地。吓得王氏等人手忙脚乱的呼唤,又取开水灌下。好半会伯青方悠悠苏醒,复又放声大哭。王氏起先原哭得死去活来,今见伯青如此伤悲,反忍着泪,同二娘再三劝止,扯着伯青到外间来坐。

　　伯青细问临终的光景,王氏道:"昨晚你少老爷去后,将近三更,忽然叫扶他坐起来,又要纸笔,喘吁吁的写了张长篇大套的不知甚么东西,说留着给你少爷看。随后叫人取水,与他洗净手脸,穿齐衣裙,直闹到鸡鸣,即对我说:'要回去了,若再耽延,恐获罪戾。'并说:'身后不可奢华,叫几个和尚来家念几卷《金刚经》就是了;百日后,可在城外高阜地方安葬,坟前不用别的树木,只要多栽翠竹梅花。'又劝我休得悲苦,在南京已托了你

第四十四回　嘱遗言睆秀了尘缘　闻凶信洛珠悲老母

少爷照看,'若怕孤凄,亦可到妹子那边去,妹子自然要孝敬你,就和我一样。只当当日单生了妹子一人,又怎么呢？你或悲痛出别的事故来,反使我阴魂不安！'只恨见不着你少爷了,叫我转说,亦不必想念他,左右都要再会的,不过隔些日子。又拜托宋二奶奶,恐我想他,请二奶奶随时解劝着。说罢,即跌坐床中,犹咕唧咕哝的念他平日的经咒。后来天不大亮,那诵经的声音渐渐低微下去,没顿饭时,即断气了,犹似活人一般坐着,四肢仍然温软。少爷来的前一步,我们才将他放平在挺床上的。"说着,王氏又止不住哭了。

二娘早在房内将慧珠写下的拿出,递与伯青。伯青接过,见是一幅花笺,上面写了有数百言。便展开,含泪念道：

> 妾虽薄命,系出世家。惟我生不辰,严亲早背,岭南万里,茕子无依。孀母弱妹,共扶父柩,以归故土。嗣因庚癸将呼,举室远来金陵,依栖舅氏。孰知舅氏亦亡,进退不可。不得已,勉从宋姬之说,忍辱蒙垢,偕妹作卖笑倚门之计,只许清谈文字,为当年苏小生涯。忽来邂逅因缘,荷此日萧郎垂盼,知己舍君,更无人矣。妾已辱在泥途,尚有嫉风妒雨；君其心如云日,每多从井救人。从此或离或合,一任萍飘；只愿有始有终,三生絮果。方欣君赋归兮,妾颜未老,吟花弄月,常来联韵征歌；握手论心,何异盟山誓海！不意去秋,妾忽有梦,唤醒痴人旋登彼岸。色相空空,妾渐冷面；情怀脉脉,君犹热肠。妾知负君,君不负妾也。讵料凤缘已满,尘世难居。顿来二竖之欺,致染兼旬之疾。情缘斩断,不归忉利之天；面目犹存,再认蓬莱之岛。妾今归去,敢比双成返劫之年；君可重逢,且止潘岳悼亡之恸。书成恨恨,早为春尽蚕丝；意尚殷殷,空有夜深蜡泪。不既下怀,诸祈珍重。余意缠绵,复成二绝：

> 小谪轮回二十年,自知非释亦非仙。
> 只因妾解相思字,来结人间不了缘。

> 时事人情尽子虚,依然面目见真如。
> 与君本是善相识,他日重归认旧庐。

念毕,伯青重新痛哭不已,道:"睆秀真乃天仙化人来历劫的！当此垂危之际,犹能自叙生平,偏又单单给我,是尚许我为知己,叫我见了怎不伤心?"二娘又劝慰了半会方止。

少顷,阴阳生与僧道人众皆齐,忙着入殓,即停供在后进正间。伯青复至灵前哭奠了一番,连儿进来再三催请,方乘骑回府。素馨小姐亦着实的劝说,暗想睹物伤情,在所不免,便趁势劝他往杭州去。

伯青因允了王兰随后即来,而且二郎去的日久,不能再缓,便去与王氏商议:"不必待到百日,七终即可出殡,我要往杭州去。莫若乘我在家安葬,我也放心。"王氏亦因丧中各事均系伯青一手经理,"好在迟早都要安葬,不如依了他,我也少操些心,落得交代他办去。"遂应允了七终出殡。林小黛得信,也亲身备了祭礼前往哭吊,以尽姊妹一场的情分。临期伯青亲来送殡,一路上人夫轿马、旗幡幢盖,亦甚热闹。伯青直送到坟前,看着安葬下去,遵慧珠遗言,墓道左右尽栽了一片梅、竹,又狠狠哭拜了一回,被众人力劝回城。

过了一日,素馨亦早满了月,伯青即收拾赴杭。临行嘱咐梅仙、五官两人照应着二郎家事,"聂奶奶那边你们也常去走走,若十分想他女儿,你们须设法宽解,别要尽着他性子闹。"又去叩辞了江公夫妇,即向杭州而去。

且说二郎到了杭州,王兰接着,甚为欣喜。问及伯青何以不至,二郎即说到慧珠病势沉重,伯青不便即来。王兰听了,很吃了一惊,又嘱托二郎:"不可声张,使柔云知道。他前夜得了一梦,说是梦见他姐姐前来作辞,又吩咐他好生孝敬母亲,连日正愁着他姐姐呢,又叫我写信至南京问去。这么想起来,畹秀的病却有些不妙,此时若告诉了他,不知闹到甚么田地呢!左右等伯青来了,问明好歹,再作计议。"

晚间入内,即说起:"二郎从南京来,你母亲同畹秀皆平安无事,据说秋间还要到杭州来瞧你。只有畹秀而今矢志修行,不与伯青往来,终日坐在静室内念佛诵经,甚至你母亲和宋二娘也整日的不见面,任凭旁人怎样劝说,他都不听。"洛珠闻得母、姊无恙,心内稍安,因说道:"姐姐也太胡闹了!平空的要修行,可不是笑话么?况他素昔最厌僧尼,道:'人生在世,又不杀人放火,那里来的罪孽要他忏悔?不过变着法儿弄人的钱罢咧!即如汉武帝梦见丈六金身,自称是佛,其言甚诞。试问谁见他梦中的事

第四十四回　嘱遗言畹秀了尘缘　闻凶信洛珠悲老母

呢？焉知不是武帝借词？偏生世间的愚夫愚妇惑于释氏者，多以有用之金银，作无用之施舍。'你听着他既如此辟说，无故的怎么信起佛来？我恐另有别情，借此为辞。他们果真秋天来了，我倒要细问问他甚么心境！"王兰亦只得含糊答应。

次日备酒，代二郎洗尘。席间说道："日内即要统领抚标兵弁往宁、绍一路海滨地方剿灭盗匪，前日已檄知该处道、府等预备兵粮夫马接济。而且贼众猖獗，每每上岸窥探附近城郭，其势不能刻缓。我已择定五日后起营。巡抚任上一应公事，虽然委了藩司代拆代行，仍要奉烦老弟从中照察，我即可安心前往，无后顾之忧，所以专函请你同伯青至此。伯青想必还有几日耽搁，我是不能等。他来时请你致意，即托他与你互相关切，分外妥善。再则倘或畹秀有了长短，伯青来此，柔云必要追问根底，须当设法说得婉转些，不要冒冒失失的明告诉他，能于隐瞒着更好。柔云的性格你与伯青是深知的，竟可急痛出意外事来。"二郎笑道："我晓得了，不用你累赘了。你只管带你的兵，立功去罢！别要在军中运筹退敌之时，又惦记着家内娘子军，那可不是玩儿的。"王兰亦笑道："人家好意拜托你正经事，你又说笑话了！"

二郎道："你说正经，我却招起一桩正经事。想你此去剿灭海贼，必要多带熟谙海面的将官调用。现在你属下黄岩总镇，此人由偏裨擢用起来的，据闻惯习水战，亦复老于行伍，以前颇著战绩，他这黄岩镇总兵，也因巡缉洋面有功保升来的。"王兰道："你不说，我几忘了！黄岩镇总兵不是姚守成么？我亦常闻该镇久历戎行，弓马娴熟。去冬合省文武大计，我尚与浙闽总督联衔会奏，该镇武功第一，准以提督补用的。你怎么知道此人来历？"二郎遂将柳五官如何提拔他女婿郑林，又怎样单身退盗，救了五官，"现在郑林为漕河两营中军，在田颇为得用，郑林的武艺即是他丈人姚守成传授。有婿如此，其翁可知。在田等人常与我说及，所以我晓得这般清晰，不然也不敢切实举荐。"王兰听了欣喜异常，顿时即发了飞檄，调黄岩镇总兵姚守成火速赴营听用。少顷席散，各自安寝。到了第五日，王兰穿了朝服，祭旗开兵。满城文武齐来候送，二郎亦送到城外，再三珍重而别。

由是，每日按着应行的公事办理，暇时即往西湖上各处游览胜迹。一日伯青到了，见着二郎，彼此少叙寒暄，二郎即说者香已行，致意拜托的话。又问："畹秀近日怎么了？"伯青见二郎问到慧珠，不觉泪下，道："畹秀殁了，我待他安葬下去方起身的。不然，何以直至今日才来？"二郎听说慧珠已死，亦心酸泪落，连呼"可惜"，道："不意畹秀如此短命，从兹非独伯青少了一个知己，世间亦少一个才貌兼全的女儿了！"着实叹息了一回，即说道："者香恐柔云悲伤成疾，畹秀的凶信不可使他知道，候者香事竣回来，再为计议。"伯青道："这却难了。我来时，他母亲尚再三谆嘱，告诉了柔云，叫探问者香口气，好接他到杭州来，免得在南京孤栖的。他还守我回信呢。况且柔云晓得我来，必然要问，我怎生对答他？若说畹秀仍是好好的，何以连一封平安信都没有？也不像句话说。又不知者香何时可回？出兵的事，不是十天半月可以料得定的，倘或连儿们不谨慎，漏出一两句来，又怎么了？再则这件事也非能瞒的事。"

二郎听了，低首想了半会，道："我倒有个主意在此，说出来大家商量：柔云果真问你，你只含糊应着，却暗中回明者香的夫人，叫他设法去。他若告诉了，自然要解劝柔云；就是闹出别的变故来，者香回来，也抱怨不着我们。"伯青连声称善道："你想起得倒十分周到，莫如就回大太太去。少刻柔云必然叫人来问，我即推说你们大太太晓得，问他去就是了；他说与不说，与我们无涉。你不知，我提起畹秀的话即要伤心，被他们看出破绽来倒不好。"二郎即唤伺候书房的家丁进来，将南京的话说了一遍，叫他上去，悄悄回明大太太，千万别要使姨奶奶的人听了去。家丁应着，转身入内。

那知洛珠自从梦见慧珠之后常常想念，虽说二郎从南京来的，说他母亲、姐姐无恙，终怕是宽慰他的，恨不得伯青立时来此，讨问个实信。今日忽闻伯青来了，即叫小丫头出来听信，所以二郎与伯青商酌的话尽被小丫头窃听了去。小丫头不知高低，忙忙的当件新闻，回至房内，一五一十的说了。洛珠听了，好似身子掉入大海里一般，急得眼睛直竖，一口气转不过来，平空往后栽倒，昏晕过去。吓得众使婢狂呼乱喊，慌作一团，又忙着报信与大太太。

恰好那家丁已回明洪静仪小姐，静仪正要起身过来，相机而动，告诉洛珠知晓。忽见小丫头慌慌张张的来说："姨奶奶死过去了！请太太快点去看看。"静仪吓了一跳，不知何事，一面扶住使婢走着，一面问那小丫头："究竟姨奶奶怎么回事？"小丫头道："姨奶奶听得南京来了甚么祝大老爷，

第四十四回　嘱遗言畹秀了尘缘　闻凶信洛珠悲老母

说是大人请来的,即叫我听他与前日来的冯老爷说些甚么。我只听他们说姨奶奶家的大姑娘没了,又叫瞒着姨奶奶,先来回太太声。我想既然姨奶奶家的人不在了,瞒着做甚么呢？不想告诉了姨奶奶,也没说甚么,又没有哭,就跌晕过去。"静仪听说,方明白小丫头走漏风声的缘故。说着,到了洛珠房中,见众婢已将他扶到床上,正围着手慌脚乱的揉胸抹肚。

静仪喝住众人,不许乱动,看了看洛珠,面如白蜡,牙关紧闭。知是急痛痰迷,别住气了。回头叫人取开水来,又亲自揎袖,坐在洛珠身畔,用手在他胸口轻轻推抹,使他活动着这别住的一口气。使婢们取了开水来,又和下一匙白蜜,用牙箸撬开洛珠牙关,缓缓灌入。约一顿饭时,肚内或上或下的响,渐渐响至喉间,听他"哎唷"一声,"哇——"的一口,吐出多少痰来,即放声大哭道:"我的苦命姐姐呀！你怎么就忍心抛下母亲和你妹子去了？"说着,跌足捶床,哭闹不止。

静仪因他适才别住气的,反要让他哭着喊着方可无碍。停了片刻,始慢慢的解劝道:"你是个聪明人,须知人死不可复生,哭也无益；然而姊妹之情,何能不伤心？还要自家保重。再者你家太太现在只望你一人,你若身体急坏了,反叫他听着不安。好在南京一水之隔,歇两日打发人去接了你家太太来同住,你可早晚侍奉他,既不致伤心,你又可以克尽孝道。你想我这话可错是不错？大抵人生寿夭有数,是强求不来的；何况你姐姐闻说他已修行了,安知不是到了好处？你这半日也闹乏了,我那里有现熬下滚热新莲米香粳粥,我吃着很可口的。叫人拿了来,你可吃一点子,培培元气。你亦该知道你的身子不好,不要践踏出病来,那可犯不着。"洛珠哭着道:"虽蒙姊姊劝我是好意,无奈我的心里只觉酸痛得不耐烦。想我母亲只生了我姊妹二人,自幼噙在口里长大的。我上年到这里来,他老人家尚哭了几夜,我还是活着呢,不过隔的路远些；今日我姐姐死了,遥想母亲不知悲苦到甚么样子？多分他老人家也活不成了！"说罢,又嚎啕痛哭。静仪好容易再三温言软语的宽解方止。

洛珠又要当面去问伯青:"究竟姐姐是何病症殁的？"静仪即吩咐:"房门外挂起湘帘,叫人请祝老爷进来,我们姨奶奶有话说呢。设或祝老爷问你,即说南京的事姨奶奶晓得了。"那使婢去了半晌,请着伯青入内,在正间坐下。使婢又送上茶来。洛珠勉强起身,走到房门口,隔着帘子问了伯青的好。伯青也回问了好。洛珠道:"适才祝老爷与冯老爷所言我已尽知,不必隐瞒。但是我姐姐是何病症?没了又如何结果?我母亲近来可好?请细细说明。"伯青含悲忍泪的答道:"令姐并无重病,头一夜还念了两个更次的佛,觉得有些不爽,睡下了;次早即头眩目昏,懒进饮食沉沉的想睡。请了医家来,又说不出甚么病原,只说:'身体素亏,想是近来劳碌过度。当先开脾胃,能多吃些,再调养起精神就无碍了。'一起几个医生,皆是如此说法。令堂是甚么精致得味的饮食多办到了,问着他,倒也想着吃;及至到了面前,仍不能入口,便一日一日的消瘦微弱下去。后来爽性连汤水多不要吃,竟于七月念二日亡故。"说到这里,不由那眼泪似断线珍珠,扑扑簌簌的下来,忙用手绢拭了。又说慧珠临终言语及写下的遗笔,"现在已出了殡,所有身后一切,均遵他所嘱,不奢不俭,坟前栽的尽是梅、竹,不用杂木。我直待安葬下去才动身来的。令堂纵然想念,有宋二奶奶等人不时相劝,倒也罢了。叫我到杭州与你们商量,接他来走走,他也惦记你们得很。目下我虽来此,却嘱托了小癯照应,亦可放得心的。"伯青只把慧珠梦中所见与临终来托梦一节全行隐过不提,因在内室,又有静仪在旁,这些近于荒诞的话不便说出。洛珠听完,几至柔肠寸断,哽咽着道:"家母、亡姊极承关顾,惟有容再图报罢!"伯青连称"岂敢",即起身作辞出外。既到了杭州,只得将思念慧珠的心暂且撇过,又有二郎常常劝慰,除了办公之外,二郎即约他到西湖上散闷。

且说洛珠听得伯青说他母亲要来,正合己意,即与静仪计议打发人往南京去。静仪道:"我原说接了你家太太来住着,可见他也要想来呢。从今后起你可别伤心了。"当叫使婢传话外面:"请冯、祝二位老爷着几名妥当家人,到南京接聂奶奶去。"洛珠又将差去的家人叫进来,当面吩咐:"沿途趱赴,不可缓迟,早早的回来,皆有重赏。我家还有同住的宋二奶奶,你们代我请声,如愿意同来,一路上我家太太也免得寂寞;况且他们老姊妹亦舍不得分开的。"从此洛珠也减了些悲苦,专望他母亲来杭,叙说多年不见娘儿们的衷肠。或有时想起他姐姐来,静仪小姐必多般拣他平日欢喜的事逗他玩笑。这日早间,静仪起身梳洗已毕,使婢来回道:"姨奶奶又独自在那里淌眼抹泪的呢。"静仪听了,即忙着过来。

忽见仆妇们领着两个女人进内,见静仪请了安,说是杭州府太太着他

第四十四回　嘱遗言畹秀了尘缘　闻凶信洛珠悲老母

们来请这边大太太、姨奶奶过去赏桂花。"我们今年衙门后园内桂花开得甚好,已备下酒席了,请大太太、姨奶奶不要推托,赏个脸儿。"静仪因连日想尽方法解洛珠的心事,难得杭州府太太来请,正好借此和他去散闷儿。遂笑说道:"倒多谢你们太太记挂,少停我同姨奶奶就来。你们先回去给我请安,千万别要费事。姨奶奶那边你们不用去请了,我代说声罢。"两个女人应着去了。静仪来至洛珠房内,便说:"杭州府太太请我们去赏桂花,我已答应下了。你快点收拾同行,别要等人家三请四邀的。"洛珠本不愿往,因静仪再三劝去,却不过他的美意。静仪又帮着梳头更衣,穿戴齐全,即吩咐外面备轿,传齐伺候人等,静仪、洛珠在二堂口上轿,直向杭州府衙而来。

未知府里请赏桂花,更有何事,且看下回分解。

第 四 十 五 回

慕淑媛一语结朱陈　答知己双征联棣萼

话说前回书中说到杭州府太太请洪氏夫人与洛珠去赏桂花,可知这位杭府夫人是谁?即是冷桓的夫人。原来冷桓自前次受了刘蕴的诓骗,又不敢对夫人诉说,心内着实烦闷。因为要好,反闹出故事来,银钱丢了倒是小事,岂不惹同寅们笑话?即别气又措了一宗银子,入京钻谋门路,得了知府,引见后仍归浙江补用。恰值王兰来做藩司,见冷桓为人心地朴实,不作奸巧,很为器重他,在藩司任上即委署了一任海宁知州。而今署了巡抚,遂题奏上去,以冷桓实授杭州知府。冷桓感王兰知遇之恩,所以两府女眷皆往来通家。

今日因后园桂花大开,冷桓与夫人相议,要请王巡抚太太与姨奶奶过来逛一天。即命厨房备上等酒席伺候,又打发两个女人去请。少顷,去的女人们回来说:"王大人太太与姨奶奶停刻即来了。"冷夫人忙着预备迎接。不一会来报:"巡抚太太已至。"外面早放炮奏乐,开了中门。冷夫人直接到二堂口,请静仪与洛珠下了轿,两府丫鬟、仆妇众人簇拥到了内堂,彼此见礼归座。茶罢,静仪先说道:"迭蒙夫人见召,感愧交集,又不敢过于推却,有负盛情,是以携了侍妾辈趋府请安。"冷夫人欠身,笑道:"大太太说那里的话?蒙大太太和姨奶奶不弃,赏脸光降,即是三生幸事!大太太反谬谦起来,益发叫我不安。"说罢起身,请静仪、洛珠房内更衣,一面盼咐:"酒席照原摆在后园停秋阁里。"冷夫人俟众人更了衣,又净了手脸,即邀着静仪等人到后园来。果然秋色满园,香飘桂子。园亭虽不甚宽敞,却结构得十分精巧。大众游赏了一回,来至停秋阁,见一顺明三暗四的房,外屋面三间,里面用落地罩隔着,一间为退步;屋内陈设极其华美,四面皆是窗棂,用一色绿纱糊上;周围抄手回廊,装着天然飞来椅座;屋后堆着假山,山上栽的尽是桂树,接连疏疏落落的三株五株,将停秋阁合抱过来,只留当中白石砌的一条甬道出入;那空疏处又补着菊花、雁来红、各色凤仙之类。真乃满目秋光,一望无际,使人日坐其中,神致顿爽。

第四十五回　慕淑媛一语结朱陈　答知己双征联棣萼

使婢等早将酒席摆齐。冷夫人推静仪上坐，洛珠对面，又请了一位张氏夫人作陪，自己却坐在主位。张氏夫人亦是山西人氏，与冷夫人远房姑嫂。冷夫人本是朱氏。这位朱老爷名彭庚，表字蓬耕，由举人大挑，得杭州余杭知县，在任数年，甚为清正，上司举了卓异，准以知府升用。朱彭庚因年来多病，即呈请开缺，又爱杭州湖山甲于天下，便不愿回归故里，在西湖上结了几椽茅屋，买了几亩湖田，作耕隐之计。结发即娶的是张氏夫人，也是山西书香旧族之女。夫妇年已半百有余，膝前只生了一位千金，今年十六岁，乳名姞兰，生得貌比嫦娥，媚羞西子，花较之而减色，月对之而无辉。朱彭庚夫妇爱若掌珠，如儿子一般抚养。三四岁时，彭庚即口授《毛诗》诸书，又亲教他写画吟咏，故姞兰腹中渊博过人。彭庚见女儿具此才貌，必欲觅一佳婿，所以至今尚未适人。今日冷夫人请了他母女过来陪客，席间众夫人与姞兰盘桓，见他举止端方，谈吐雅隽，又生此绝世姿容，莫不赞慕。静仪笑问张夫人，道："令爱姑娘可有了人家了么？"张夫人道："不瞒太太说，他父亲因只生了他一个，钟爱非常，比人家儿子还宝贝似的呢！常说要拣选个好好女婿，不问门户高低、家计贫富，只要孩子能读书上进，方不误了女儿。先前还有人来说亲，多被他父亲回却。后来人也晓得，不来求说了。"姞兰听他母亲说到自己身上，不好意思，告辞出席，同一班丫头们到园子里逛去了。

静仪闻说，点头道："这话倒不错，而今孩子们不见有甚么好出息的，若论外貌看起来，都还去得，问及胸中实学，那就不能了。我意中却有一家，何妨多事，代令爱姑娘作伐，门楣又合，孩子又好，将来不患没出息的。说起来，你太太也该知道，即是前任两江总督、现内用吏部尚书陈大人家。他家两位公子，大公子名叫宝徵，今年也好有十六七岁了。因我们是通家世好，我们老爷又与陈大人同年，内眷们皆有来往。这位大公子我眼见过几次，可以配得上令爱姑娘，倒是天生成的一对好儿女。据闻今冬即要回来应考，多要到我们衙门里来的。那时借个名儿，请太太过来相看，即知道我的话不假了。我们老爷再写信问陈大人去，若两家皆情愿做这门亲，我做媒宾，有屈你们姑太太做保山罢。"

张氏夫人未及回答，冷夫人笑着接口道："就怎么着。非是我代舅太太说话，陈府门第自然没得说的，只恐嫌我们这边门户不甚相当。若说陈大公子，既然大太太见过，更可放心，我做主代舅太太应允了。我们舅太太若怕舅老爷抱怨，待我明日亲自告诉我哥哥去。这样门户，这样孩子，打着灯笼还没处寻去呢！大人回来，即请写信通知陈大人处，只要男家允许，不嫌官卑职小、家产无多。况且我哥哥又是退仕的官，非比陈府上现在烈烈轰轰的。好在我们内侄女不是我自夸的话，还可将就看得过去。女家这边，我拿得十分稳，硬做保山了。"说毕，又自家笑个不止，道："天下也没见我这么做媒的，不问男女两家行否，我在中间硬自做主。说着用得，别要以后结了亲，两府亲家太太稍不遂意，没的拿着我撒气，那就不值了！果真保山做得好，今日先说定了，要重重谢我一分媒礼才罢！"静仪笑道："我原要你太太这么行呢。你是保山，我是媒宾，要重谢，大家得重谢；要受气，也好大家同受气。"说得在座皆大笑不止。大众又说笑了一回，姑兰也入了座。少停席散，使婢们送上茶水来净面漱口，冷夫人又陪着众人抹牌玩耍。晚间即在内堂摆酒，直至二更终了席，各位夫人皆作辞回去。

　　临行，冷夫人又嘱托朱家亲事，静仪满口应允。回至署内，与洛珠计议："若待老爷回来，怕的耽搁日久，陈府又远在京都，倘定下别家女儿，一则朱小姐才貌双全，未免可惜；再则朱夫人背地要怨我哄他。不如就请冯、祝二位写信去问，也是一样。"即叫小丫头出外："照着适才的话告诉冯、祝二位老爷，请他们明儿就发信罢。"伯青、二郎听说，亦深以为是，即仿来意写下信，遣人送至驿内去了。

　　隔了几日，王氏已至，二娘也被王氏邀约同来。洛珠见着，说起他姐姐慧珠来，大家又不免伤心，母女们整整将别后情景叙说了一夜。次日打扫出一进屋宇，在洛珠寝室后面，让王氏、二娘与带来的仆妇、丫头居住。从此洛珠母女重逢，又得早晚亲侍，自是欢喜。静仪见洛珠解去愁烦，不比往日常时悲苦，又因王氏、二娘两人很知礼数，静仪也亲亲热热的，如待自家人相似，是以王氏等人分外相安。

　　不提王氏们在王兰衙门内住下，且说杭州的信一日已到京中。陈小儒接着，见代宝徽说媒的，亦耳闻朱彭庚是个好官，又知朱家上代都是书香，又与自己乡榜同年，况伯青、楚卿信中说："朱小姐有才有貌，耆香夫人又亲眼见过的，谅非讹传。"便欣然拿着书信来至上房，告诉方夫人。

　　方夫人正在窗前教赛珍小姐刺绣。赛珍却低着头，手内拈针绣着，口

第四十五回　慕淑媛一语结朱陈　答知己双征联棣萼

内与他母亲讲论。忽抬头见父亲进来，忙丢了针站起。小儒笑向方夫人，道：" 伯青他们有信来，与徽儿为媒。这人家我看很可结亲，不知你意思若何？特来与你商量，好回复他们行止，你且看看信就知道了。"一面坐下，将来信递过。方夫人笑嘻嘻接过信来，且不展看，先说道："徽儿年纪还小呢，那里即说到亲事？而且冬间他兄弟们要回去赴考，如果侥幸能进了学，再议论这事不迟，既不分了孩子们的心，再则得个小科名，与人家结亲也好看些。"小儒道："我也这么想着，无如这个门户、这样女儿是不可多得的，不要错过了后悔起来。横竖聘下了，等他们进了学再娶，也可以的。"方夫人点头应着，即从头至尾看了书中的话，不觉喜动颜色，道："原来王夫人同柔云看见过的，又极力撮合这门亲事，遥想他们是不撒谎的。明儿你可复信与他们，允下了罢。好在徽儿冬间到杭州去，即烦他王叔父就近聘定，免得往返。倘或孩子们进了学，也叫朱家听着喜欢，没说他家姑娘才貌过人，我家孩子亦不是白衣人，可对得过他家了。"

此时宝徽、宝焜两人已下学回来，见父母请了安，一旁垂手侍立。赛珍赶着走过，笑对宝徽道："大哥大喜！" 宝徽不知何谓，怔了半会，也只得笑了笑，道："妹妹说的话叫我不懂，好端端的，我有甚么喜事？"小儒与方夫人也笑了起来。方夫人笑骂道："这鬼丫头，偏会瞧空儿打趣人！你大哥倒不打紧，明儿人代你说给婆婆家，你大哥也这么取笑你，却怎么了？" 赛珍听了，满面绯红，扭转身即走，口内说道："母亲也犯不着帮着大哥说话，又说出这些话来，叫人没意思！"宝徽亦明白有人代他说亲，不由脸也一红，扯着宝焜出房玩耍去了。小儒见儿女闺房喁喁切切，乐得哈哈大笑。起身回至书房写了复信，无非说的是蒙为小儿作伐，极承关爱。就请先代允定，容俟徽儿冬初来杭赴考，再行下聘。封好，仍交驿内递去。

过了几日，恰好陈仁寿因朝考甚优，授了侍读学士，御笔又钦点了江苏学政，下月即要出京。小儒正虑宝徽兄弟初次出门，旱道上很为惦记，难得仁寿放了江苏学差，大可跟他叔父同行，到了江苏省了，赴杭即是水路，较之旱道平妥。又派了老仆与双福随行，可以放心。忙回后告诉方夫人，叫他料理他兄弟出门行装一切。又寄信与伯青、二郎，"朱家下聘一事，即请二位贤弟主裁。总宜冠冕，不可代愚兄省俭，落朱亲家笑话。"

转眼陈仁寿请训召见各事已毕，择定次日五更起身出京。是晚小儒备了酒席，亲代仁寿饯行。又嘱宝徵、宝焜兄弟二人："沿途仍要用功，不可倚故偷安抛荒学业，待至临考的时候笔底生疏，作不出好文字来，即辜负了平日父母、师傅教育之恩，自己遭宗工斥弃不取，亦复惹同学耻笑。"兄弟二人唯唯听训。

　　席终，宝徵兄弟入内，方夫人再三谆嘱："沿途舟车小心，各事都要听老苍头、双福两人的话，商酌而行。不可妄自尊大，以为是小主人，不受他们钤束。你们是初次远行，当知父母倚闾而望，颇不放怀。你们晓得这个就好了。"又叫双福入内，当面吩咐道："少爷们一路多要你照应，饥寒冷暖，他们小孩子家不知甚么，你要常时提着。你是自幼跟老爷多年了，看见少爷们养的，少爷们性格脾气你也深知，故而老爷派你随去。你切不可偷懒藏奸，由着他兄弟们性子闹去。若路上有一半点疏失，回来我是不依你的！"双福应着，打了个千儿道："太太放心，少爷们一路上交给小的就是了。蒙老爷恩典，看得起小的，才派小的跟二位少爷出京的。但愿平平安安，少爷们一齐进了学，回来小的还要讨太太的赏呢！"回身又对宝徵、宝焜道："二位少爷听见，太太吩咐的，沿途多要体谅小的，不要带累小的回来受太太责罚；而且出门非比在家，各事由得自己。少爷们今年走一遭，下次出门，老爷、太太即放得心了。"一时散去，各自安寝。

　　次日黎明，仁寿叔侄起来，至家神、祖先前叩了头，又拜别了小儒夫妇与姨娘沈兰姑等动身。有一班与仁寿同年交好的皆来走送。大众出了外城，仁寿再三止住，众人回去，叔侄们方开车，晓行夜宿，向南而来。晚间下了坊子，仁寿与宝徵兄弟讲论一回文理才睡。行了半月有余，这日已抵江苏地界，早有各处地方官前来迎接。仁寿即不便与两个侄儿同行，将他们主仆另分了几辆车子，又嘱咐路上小心。宝徵、宝焜别了仁寿，带着老仆、双福分路去了。这里陈仁寿既到了该管地方，即专折谢恩，奏明接任日期，便按着各府考试，一路考到扬州府属。

　　未到之先，即备了几色重礼，交代双福，叫他顺路扬州寻到甘誓家送去，又写了一封问候起居禀启与甘誓。原来甘誓自小儒内用，要携着家眷进京，他因年近八旬的人，不惯陆路风霜，遂辞了小儒馆第；小儒亦因他年迈，不便屈往，即厚赠了若干，以为娱老。今番仁寿放了江苏学政，在京时小儒即嘱咐过了："闻得甘又盘有两个孙子，皆入了学。此次你到了扬州，

第四十五回　慕淑媛一语结朱陈　答知己双征联棣萼

必须暗中照看他孙子,以报昔日师弟情分。我并非叫你卖法舞弊,玷污官箴,遥想又盘先生家学渊源,他的孙辈必非庸碌者可比；就是略徇情面看顾他们,亦不为过。"所以仁寿先着双福去送信件。又嘱宝徽兄弟亲自去谒见太老师,"问他两个孙子是甚么学名,你们可悄悄写字来回复我。"

那甘誓长子已故,并无所出。次子是前一科的副贡,因屡踬文场,年将强仕,今幸得微名,他亦知止,便无意再图仕进,惟上奉衰亲,下课二子,以尽天伦之乐。因而甘誓的两孙皆系次房所出,长孙名霖,十三岁上即入了泮；次孙名露,比甘霖小一岁,上年亦名列胶庠；甘霖又于是年补了增生。恰好仁寿来试扬州,又值岁试之期,今年甘霖十九岁,甘露十八岁,他兄弟二人同来岁试。

仁寿既访问了他们的名字,牢牢记在心里；及至见着他兄弟的文卷,果然名下无虚,不愧家学,真乃言言金玉,字字珠玑。便是别的学差来此考试,也要首选的。遂将甘霖拔了贡生,甘露考置一等,补了廪膳生员。仁寿暗暗欢喜："有此一节,可以稍尽又盘先生当年一番教训之情,何况甘霖、甘露兄弟二人委系真才实学,并非假藉,亦非我有意徇私。"

再说甘霖兄弟二人自双双拔补,又同在少年,好生扬扬得意。等送过了学政起马,回家拜了祖先,又来叩见祖父,倒被甘誓狠狠训饬了一顿,道："小人儿,多不知分量的,你以为此次拔补了廪、贡,是你们的本事取来的？可知是你师兄感我诲育,提拔你们小兄弟两人,答报我的意思。你们若存了自己有了真实学问的念头,那就不学无术了。由此须益加奋勉,益加刻苦用工夫,待到明秋乡闱之日,倘能好好中两名举人回来,既慰了你等祖父切望之心,又可不负你师兄一场作成之意。你们如今是成了名的人,年纪也不小了,我做祖父的亦不便时时训迪。总之,你们自家去裁夺,细味我的言语,还是背晦了的话,还是不错？听与不听,皆由你们。好在你们又有你父亲管教,我也是瞎操了心的。"甘霖、甘露诺诺连声,不敢即走。又站了一回,见祖父无话,方退了下来。见了他父亲,也是这番说话。他兄弟二人等拜了客,请了酒,仍然足不出户,互相磋磨,静静的用起功来,以待明岁秋闱,好去一战成功。

且说宝徽、宝焜别了他叔父,即由水路直向杭州。这日抵着码头,备了名帖,带着双福来见冯、祝二位叔父。双福先去投进名帖。少顷,请他兄弟入内。行礼已毕，宝徵便将书信呈上。伯青受过信，与二郎观看毕，笑道："你王叔叔尚未回来，昨日接着信，说是海寇首逆已擒，现在进攻余党，大约出月即可班师。朱府的事，俟你们考过再议，那时王叔叔也可回来，大家商量着办罢。你兄弟们不用住在别处去，可将行李搬到衙门里来，虽然王叔叔不在家，我们在这里也是一样的。"说着，即叫人往码头上搬取陈府二位公子行装上来，一面叫备酒代他兄弟洗尘。双福早有连儿、三桂儿邀了出去叙说，他们亦是多年不会的旧友。

宝徵兄弟又进去叩见静仪、洛珠，道："母亲请婶娘安，问姨娘好。两三年不见了，记念得很。"静仪笑道："承你母亲挂念，你母亲可好？你妹妹近年想也长大了，更外标致了，刺绣不用说，自然精工的。你们沈姨娘可恭喜没有？"宝焜又近前一步，笑着对静仪道："上日朱府与大哥结亲的事，母亲说很好，难为婶娘费心。适才侄儿们将父亲的信交与冯、祝二位叔父，所有那应该如何下聘、纳采等事，都请婶娘与冯、祝二位叔父做主就是了。"静仪笑道："好孩子，倒是你说的乖巧！别是你母亲在背后抱怨着我罢？说：'婶娘不解事，这样人家，也替你大哥做媒，若不答应，又恐扫了他的脸，只好委屈些答应下来。'"宝焜赔笑道："婶娘又说笑话儿了！这是婶娘说的，侄儿却不敢这么说。我母亲自从前日接到这里的信，欢喜得了不得。说：'并没托着婶娘，蒙婶娘如此关切，找着这门子好亲。'又闻朱小姐有才有貌，分外感激。可见婶娘是待我母亲好，才留心代拣得这好媳妇儿。侄儿句句实情，断不敢欺的。"

洛珠在旁，亦笑着接口道："我不怕三少爷恼，前几年我们在南京住着，常蒙你家太太招呼过去。那时大少爷才十一二岁，你还小呢！不意数年不见，人也大了，模样儿也更外体面，嘴又会说了。"静仪道："果真你母亲说我这门亲做得好，今儿代你大哥多事，明儿还要代你访一个好丈人家呢！你们兄弟既住在我这里，就同家内一般，千万别要客气。好在冯叔叔、祝叔叔多是自家人，你们缺甚么、添补甚么，只管和两位叔叔要去。不然，你叔叔回来，要抱怨我了，亦要怪你们见外。"宝徵、宝焜连声答应，告退出来。

伯青早叫人在书房东首空屋子收拾出四五间，里面两间使他兄弟居住，外面叫老苍头和双福住了。又另拨了两名小厮伺候。宝徵们来时已

第四十五回　慕淑媛一语结朱陈　答知己双征联棣萼

过了县试,伯青即叫他兄弟去赴府试,带补县试。试毕,发出案来,宝徵取在第五名,宝焜取在第十二名。他兄弟两人府试有了名字,便安心专待学政按临杭州,同去赴考;暇时仍依课作文,送与伯青删改。

静仪于次日打发人请了冷夫人过来商议,一则复前日的东道,二则告诉他宝徵已至。因说:"一俟考后,即要下聘。男媒便请冯、祝二位,女媒便是你太太与我二人了。"冷夫人听说,亦点头应允,晚间回衙。来日一早,亲自过去对哥嫂说明此事。彭庚夫妻称谢不尽,即预备陈家下聘,又专候女婿的佳音。上年彭庚在余杭县上任,适值陈小儒携眷回乡祭祖,他无意中曾见过宝徵一面,深知宝徵人品、学问是个发器;不意冷夫人代他说合,联结儿女姻亲,彭庚早已十分愿意。他竟料定,宝徵进学今番是稳稳的过了。

一日,学政已至杭州府城,各属生童齐集,听候考试。学院悬了牌,定于何日开考。宝徵、宝焜兄弟二人平时学业纯粹,毫不惊惶,进了场,也不患风檐寸晷。为时无多,接下题纸略一思索,挥毫而成。缴过卷子,回来专守学台发落。又将场内文章抄誊出来,与伯青评阅。伯青大为赞赏,许其必售。朱彭庚遣人过来,要了宝徵文章去看,亦甚为喜悦。果然,三日后学院挂出榜来,宝徵高高进在第一名,宝焜第五。报子报到巡抚衙门,众人无不欢喜,忙着开发了送报的人,又开了单子,单报到朱家去。彭庚夫妇闻报欣喜异常,深感冷夫人觅得这个女婿是"少年英俊,将来何患不飞黄腾达?我女儿终身有靠,又不枉素昔挑选的一番苦意"。即赶着做了两套蓝衫、朝冠、朝靴送来,给他兄弟去送学。那边巡抚衙门内,静仪小姐传了班子来摆酒、唱戏作贺。宝徵、宝焜等送了学台起马,便写了禀启进京,禀知他父母。双福见两个小主人同时进学,皆快乐异常。伯青、二郎亦各有所赠,不须细说。冷夫人早遣人送了贺礼过来,并请静仪示下,何日纳聘。静仪想了想,叫冷府的人回去,"先代我请太太安罢,容我们斟酌定了日子,再来送信。"一时冷家的人去了,便欲请伯青、二郎,商议择选吉日,下聘过礼。忽见使婢来回道:"大人回来了,合城文武各官早接了出去,大约少停即回衙门。"静仪听说,亦忙叫家丁坐了快马赶上去迎接。

未知王兰如何平定海寇,这般班师的迅速,且看下回分解。

第四十六回

特荐贤解官因荐友　乐同志退隐约同侪

话说王兰自带了抚标军将来至宁、绍一带沿海地方，相了地势，扎立营寨。恰好黄岩镇总兵姚守成奉到抚台檄文，率领所部各军及一起水师战船趱赶前来。王兰知他老练行伍，又有二郎前次极力保荐，遂与他商议如何进剿。姚守成即将各水师在沿海汊港埋伏，又将陆路诸军安插在各要隘路口。布置已定，便亲身带了几十号战船，尽挑选精壮熟谙水性的兵丁，在海面往来巡哨贼势情形。不数日，已侦知贼巢所在，即命各水师兜剿扑灭。

那些海贼原是一班不安分的百姓，借着荒年，四处劫掠商贾。尚无大志，后来纠合得惯在海面上一伙海盗入了伙，便觉声势较大，又掳得百余只海船，便立了首从名目，由此即有觊觎沿海城郭之心。他们也知海内藏身不久，而且客商受了劫夺之害，相约裹足不前，越道而行。贼众已没了掳掠，这一干人食用甚难筹措，欲思袭取两处城池，以作安身。究竟是乌合之众，不谙纪律，平时抢劫客商们却不费事，不过混打混杀，如何挡得住姚守成部下一班能征惯战、生龙活虎的兵丁？虽有几个多年海盗，亦无十分本领，开了一仗，早已杀得心惊胆裂，又被官军探知巢穴，更难存留。大众计议舍舟登岸，遥想："官军注意海内，陆路必无防备。我们正好趁此机会上岸冲杀一阵，得他些辎重，各自另寻生路。况官军不能久驻此地，他们去了，我们再来重整基业。"谁知姚守成早经料到这里，各要隘海口皆有营盘把守。贼众人等上了岸，分外不济，为首海贼一鼓就擒。俗话："蛇无头而不行，鸟无翼而不飞。"其余贼徒见没了首领，又见官军围拢上来，人人是天神恶曜一般，那里还敢动手？便俯首乞降。姚守成复在海面细细搜寻余党，剿灭殆尽，不留遗患。

王兰见凶寇削除，海疆绥靖，好生喜悦。当时恭请王命，将首逆枭示，余者该戮该释，发放已毕，即备了六百里加紧红旗报捷的奏折进京。又犒赏各营军将，论功行赏，一俟回了杭州，查明实在劳绩，申奏请奖。又传了

第四十六回　特荐贤解官因荐友　乐同志退隐约同侪

　　姚守成入营,大为慰劳一番,叫他先行回任,候单折保荐。姚守成拜辞了王兰,自领部下水陆诸军回黄岩去了。王兰择定吉日,班师回杭。复吩咐该处地方官确查近海居民被贼焚掠情形,好奏明豁免赋税。一路上人人踊跃,个个欢腾,到处迎送,不须细说。

　　不一日已抵杭州,合城文武,远来迎接。即命众军将实任者回衙,在标者归队,然后率领众官入城。到了衙门,三声大炮进衙,众官重新上来道喜,方各自辞退。伯青、二郎也过来称贺,王兰亦致谢叙别。早有家丁们伺候更换便服。回至后堂,静仪、洛珠接着道贺,各说了些别后情形,即在上房摆酒家宴,静仪方说到宝徽兄弟的话。王兰听了,亦欣然称是,便叫人"去请二位少爷,后堂见罢"。宝徽、宝焜闻请,入内见王兰请安。王兰亦转问了小儒的好。知道他兄弟皆进了学,更外欢喜。又问及京中光景,宝徽一一回答。坐了半晌,兄弟起身辞出。王兰直送至阶下方回。

　　静仪又说及朱家的事:"我们本意择个吉日下聘,如今你回来了,该如何办法,我可是不管了。"王兰笑道:"你不管,我也不管。本是你多事的,还是你一手经理。我方才回来,犹有多少事件料理不开,那有那么大闲工夫去问这事呢?说不得你是推不去的,你只好抱怨着自己不该多事。"洛珠笑道:"这件事其实也没有甚么难处,老爷说起来好像是一件极难的事,说得如此郑重!不过是太太请问声老爷,是太太的道理。"王兰拍手笑道:"好得很!我倒忘了,就是太太没有心肠去办,还有你呀!也可代劳的,可是更不用问着我了!"洛珠道:"既这么说,事是不用老爷问的,所有一切费用,陈府又没有寄来,信内说是请我们这边垫着,净该若干,写封信去,他随后缴上。因他家二位少爷初次出门,路上多带银两不便,这项款目却要老爷措办,横竖明儿陈府上也要还过来的。"静仪亦笑道:"真正不错,亏你提着我!朱、陈两府的事,我与姨奶奶承办了,银钱却要你用。我是没有这分闲钱来垫着的。"

　　王兰道:"你们也太小器了!那件事儿岂要你们动用自己的么?明中你们用了,暗中仍是我补上;偏生这一会儿提名提姓,分得丁是丁、卯是卯的,别要引我笑话!待我明日上街拜客,我到蓬耕那里说明,没有闲空。你们也想想看,几个月堆积下来的公事,虽说已经行发了,仍要我过一过目才好;再则,一班随征的军将,要逐细查明保奏;还有被灾的地方,要交查勘赈抚，这些善后事件，至速也得两三个月方可清结。不如就请伯青、楚卿代我之劳，况且媒宾不能成单的，即如我有空儿，也要请上一个。这话对蓬耕说了，他也不好怪我，这可就没事了。"夫妻三人谈谈说说，直至更鼓方散席，回房安寝。

次日，王兰各处拜客。末后到了朱彭庚家，将昨日的话与他说了。回衙即命摆酒，酬谢伯青、二郎，又代宝徵兄弟道贺。席间尽说的是如何与海寇交仗，如何计擒首逆，姚总兵又如何奋勇，身先士卒。二郎听了，笑道："可见我荐的人是不错的。他既在洋面巡缉多年，又屡立奇绩，所以我料得定他此次必可成功；谁知竟能助着你削平海盗，也算亏我荐引之力。你却如何谢我呢？"王兰笑道："你别要性急，我自有答报之处。"又回头吩咐取大杯来，宾主欢呼畅饮，吃得沉醉方散。

隔了一日，各处被灾的地方查勘清册已申报上来；所有随征军将的战功，亦分别等第查清。王兰即奏折保举众军将，或升或赏皆照着众人所立的功劳大小，一丝不滥；那些被贼掳劫的近海居民，也奏请豁免二年税赋；又另片单奏"黄岩镇总兵姚守成晓畅军机，打仗勇敢，请以提督推升福建水师提督，并赏予封典"；又将伯青、二郎也婉转叙上，说他们"因故来杭，即留于军营，参赞有功。四品衔内阁侍读祝登云，请俟终养期满，赴京当差，以太常寺卿升用，在籍先赏换给顶戴。前任淮安府知府降改选用佐贰冯宝，请仍开复知府原官，并赏加三品衔"等因。王兰修成了本章，即时差赍入京。内里静仪和洛珠只管料理陈家下聘各物。

到了临时，伯青、二郎皆穿换吉服，坐着大轿，带着四五十名家人，尽披红插花，新衣大帽，挑抬着聘礼等件，向朱府而来。这边朱彭庚亦请了几位官府，与他妹丈冷桓来陪媒宾。少顷，伯青等人到了，彭庚接进，大众挨次行礼献茶，又款待众执事家人。一应仪节俗套毋须交代。至晚席散，朱家早预备下回礼等物，亦遣人随着送了过来。静仪一一过了目，交与宝徵收起。

双福见各事办毕，即与老苍头商议，催宝徵兄弟回京，"怕的老爷、太太记念。"宝徵兄弟亦欲回去，遂来辞别王兰。王兰又备了各色礼物，托送在京诸人。动身前一日，即治酒代宝徵兄弟饯行。次日一早，他兄弟作别登舟，仍要便道江苏，去见他叔父，尚有耽搁。

第四十六回　特荐贤解官因荐友　乐同志退隐约同侪

王兰送了宝徵兄弟起程后，看看秋去冬来，一切善后事宜都料理将尽。这日奉到上谕，奏保出力各员弁均照该抚所请；又加恩署杭州巡抚王兰督剿海寇有功，着实补杭抚，并赏加太子少保。一时各官皆来谢保道贺，络绎不绝。伯青、二郎亦再三称谢荐剡之情。见王兰各务已清，即作辞回转南京。王兰坚留不住，只得应允，未免又有一番饯送之仪。伯青、二郎带了仆从，买舟回南京去了。暂且按下。

且说鲁鹏在山阳县任上，虽然密信进京，攻发二郎阴私，将二郎降改离任，鲁鹏自为得计。谁知云从龙心内很为不快，却暗中访实了鲁鹏一二端劣迹，但通知了丈人程尚，参了鲁鹏几款，到底将鲁鹏革职。鲁鹏在外怕人说笑，便悄悄仍自回京，见他老子，诉说冤苦。

鲁道同见儿子被参回来，心内着实怒恨，明知是从龙替二郎抱了不平，暗唆他丈人程尚奏参的，无如从龙圣眷优隆，奈何他不得，始终结怨在二郎身上，"他若上次不详参我儿子，也闹不出这些事来。"又因二郎告病，不来赴部改选，正恨寻事不着，忽然王兰此番剿灭海寇，将二郎保奏开复原官。鲁道同又将仇怨移结在王兰身上，彼时即欲揭参王兰"冒功滥赏，荐人不实"，因海疆肃清的捷报上来，天颜甚喜，又恩赏王兰的宫保衔，鲁道同恐指奏不准，反讨没趣，便权为忍耐下去。过了两月，即贿嘱了一个掌印给事中参了一本，说"冯宝并未随营效力，系王兰徇顾私情"等语。及至陈小儒得信，已弥缝不及了，只得差人星夜出京送信与王兰，叫他自行检举。逾日旨下："着交福建总督查明复奏。"

再说王兰自得了恩旨，实授杭抚，又加了太子少保，深感天恩浩荡，难答涓埃，意欲趁此请旨入京陛见，好顺路回籍祭祖。适值小儒的房师何炳由常州知府转升到杭州臬司，王兰接署抚印时，便奏请何炳升署藩司。何炳为人素来谨恪，况系当时名宿，学问渊深，王兰颇为器重；又因小儒与他师生，亦算与自己有了世谊，当实授杭抚时，何炳便补授了藩司实任。现在因欲入京陛见，意在奏请抚篆即着藩司何炳署理。正筹划未定，忽接得小儒专函，知道鲁道同作对，贿嘱出御史来揭参保举二郎一事，不禁哈哈大笑道："自古急流勇退，方是明哲保身之道。我每虑位高必险，屡欲乞归，诚恐不准；而且天恩高厚，不容偷安。难得他参奏了我，大可借此引退，岂非鲁老反成全我了？别疑我贪恋禄位，不舍退让，我王者香当日未第之时,早存下这个意见了。不如待上谕未到,我即拜本入都,特荐何炳。我先时犹欲请旨陛见,而今也不必了,莫如径奏告退,免得不知者说我畏鲁家声势而去;再则倘或天威赫怒之下,竟遂了鲁老私怀,我岂不一生落下疤瘢?最妙去托小儒暗中为力,更无阻滞。"愈想愈宜早退为上,便起身来至书房,也不和人较计,反欣然自得,修了奏折,叙说何炳如何刚正,"有古名大臣之风;而且积学纯优,临事从容不迫。寄以专阃,可幸国家得人之庆。"又说到自己如何多病,"刻因剿平海寇回来,染受海瘴,两足肿发,寸步艰难,恐负圣恩寄托之重。乞放臣归里,调养就痊,再行赴京求恩,赏给差使。"缮成,连夜专发,入京去了。

方回后堂,告诉静仪、洛珠知道。静仪闻说,颇为不悦。王兰又笑说道:"我自做官以来,久违了故乡山水,从此可以随我放浪形骸,与伯青等人追陪遨游,日寻乐趣。况我辈少年埋头窗下,不过欲博一第一官,为显亲扬名之计。如我年甫三十,由科甲出身,擢至督抚,也就罢了。较之皓首穷经、以诸生终老者,何啻天壤!若再贪心不足,固踞高位,将来倘稍有瑕疵,反不能完名全节了。"自此,便安心专候辞官的折子回来,好收拾交代回籍。

再说陈小儒发信与王兰去后,即竭力代王兰四处张罗。恰好福建总督与小儒旧交,又托他看顾情面。过了一日,王兰的辞本进来,由吏部挂号。小儒见特奏荐何炳署理抚篆,正合己意;又接着王兰私函,便上下钻通关节;又值福建总督复奏入京,说"冯宝系随祝登云一同入营,该抚保荐祝侍读折内或顾念私情,未免稍滥"等语。原来这福建总督曾与祝颂三同过僚属的,此折一上,倒将伯青的战功奏实了。旨下:"前御史所奏,着毋庸议。既该抚因病乞恩回籍调养,着准所请;杭抚即着何炳署理。该部知道。"陈小儒见了,方放下心来。自己又想到:"在京供职,实无意趣;况有鲁道同等一干权势小人当道,窃弄国柄,亦复羞与为伍。而今两个儿子又进了学,也算交代后人一半首尾。莫若趁此也乞恩归里,仍然寄居南京,与伯青、者香、楚卿等人同领林泉风景,不要被他们独称雅士,鄙我是个俗物。"

想定主见,遂来与方夫人商议。方夫人向来秉性恬淡,深以为是。沈兰姑听说,暗暗欢喜,因离隔父母路远,常时记念。"既小儒辞官回南,又

第四十六回 特荐贤解官因荐友 乐同志退隐约同侪

说仍居南京,正好接了父母到南京同住,可以朝夕相聚。况父母并无多女儿,只生了我一人,可知我这里想着,父母亦远在扬州惦记着我呢。"

小儒次日上了请假回籍、修葺祖墓的奏折。谁知皇恩优渥,数上不允。后见小儒再四苦求,方准了所请,给假一年,再行来京供职。小儒见准了他回籍,甚为欢喜,遂收拾行囊,带着家眷人等预备动身。同寅诸官纷纷饯送,小儒一概辞谢。

到了临行这日,悄悄的出京而去。又吩咐取道兖州,去看汉槎。相巧汉槎接得家书,说江公近来旧疾举发,不时作喘。汉槎闻得,很为悬念,想到"父母七旬以上之人,如风烛草霜一般,倘有不测,人子未能亲侍汤药,聊尽子职,岂非永抱终天之恨?不如也效伯青,呈请养亲。"遂禀了山东巡抚,请代奏下情。小儒起程之日,山东巡抚的奏本正至,亦蒙恩允,所以小儒不知就里。巡抚一面行文,一面即另委他员去接道篆。汉槎奉到文札,便整顿归装,并交代后任等事,已择定日内登程。忽见小儒到了,大家说起来,不料竟有同志。汉槎便留下小儒,结伴同行。一路上两府眷属、仆从人等有数十辆车子,倒也热闹。

行了半月有余,这日已抵南京。王兰早由杭州回来几日了,大家见着,另有一番欣慰之情。江公见儿子辞官回来,倒也欢喜,说他能知足不辱;虽见带了小怜来家,因事已做过,料难挽回;况且媳妇贤良可容,又是媳妇的意思,闺门私情,父母本不应十分过问。江老夫人见了小怜模样、行为色色周到,喜悦非常。江公因小儒也携眷回省,自然要赎还住宅的,遂先搬过来,和祝府合住,俟慢慢的再寻赁房屋。小儒、王兰两家仍各回旧宅。众家女眷又忙忙碌碌的彼此互相请宴,直闹了半月方止。小儒等见布置已定,暇时无非你往我来,吟诗饮酒,或约了同往游玩山水。

王氏和二娘商议,住在王府终属不便,好在同在一城,不难见面,莫如仍搬回桃叶渡居住,由得自己;又纠合小黛之母穆氏同居。偏偏沈兰姑接了他父母到南京来,正虑没处安身,若愚夫妇亦不愿住在陈府,便也与王氏等人同住。这几家老年奶奶们却也脾气合式,开起门来说说笑笑,甚是投机。沈若愚依然在南京开个铺面,他也不肯时去叨扰小儒。兰姑深知他父亲性情孤介,不苟取与,只得由他自便。

一日,伯青约了小儒、者香等人去上慧珠的坟,见坟前梅花业已成林,现值开放之时，不亚孤山深处；那一围竹子亦长得茂密，风过处细细龙吟，月上时依依鹤守。王兰见了，点首叹道："畹秀生前与人不侔，另具一副冰雪心肠，身后遗嘱又如此调排得别开生面，真乃除了他，别人也配不上这样清雅的丘垅。我爱此中大有仙境，畹秀定然仙去，断不致入于鬼趣一道。"伯青即将他临死梦中的所见说知大众。小儒道："宜乎如是，怪道他要墓上多栽梅竹呢！者香的揣度竟一丝不错。"说话间，连儿已将祭品摆齐，铺下拜垫，众人一一行礼。伯青又不免对墓伤悲，众人力劝止住。收了各物，又往各处游玩了一回，方回城去。

伯青偶说道："小园梅花新补了数本，亦开得甚好。明儿你们可同到我那里聚一天罢。"众人皆称"使得"。次日，伯青命备了一席，待至午错，者香等人方至，即在梅花外一个亭子上吃酒赏梅。饮至半酣，王兰道："我们来来往往，虽是终日都要见面，究竟不甚便当，或有风雨事故，即难践约。须得好大家住在一处。"二郎不待说完，即拍手道："我久有此意，并且想了个万全法子在此，说出来，你们商量着可使得？现在我们这几家虽非多金，却也多是温饱人家，何妨大家筹出一宗公款，或在城内，或在城外，买下一块地来，砌造几间房屋、一个园子，多栽花木，以为隐居之地。我们即将家小搬至里面，他们姊妹们也可时常相见，我等终日吟啸中间，强如今日你家、明日他家的，又费钱，又不得如此便利；就是伯青、子骞他们有父母的，好在亦可以朝夕定省。"

小儒道："楚卿这想头却好，也合我心意，就这么着去办。我与者香、伯青出三股大分子，楚卿与子骞合出一分，非是小看你两人，我们到底比你们做得主些。子骞是有父母，不比伯青随得自家，楚卿又没甚宽余。这事原是寻乐的，若一齐都把体己积蓄放下了，也觉无谓；再则伯青、子骞他们家眷是不能搬来的，堂上既有父母，娶妻原为敬奉翁姑，让自己放心在外做事，又比自己服侍得体贴些。若只顾安闲寻乐，反疏了天伦，那却不可。他们大可同居，难不成定要接了家眷来么？我们三人是随便那里能住的，也乐得如此；子骞倒可以将爱卿挪出来住着。且自内子以及各府太太、奶奶们，多巴不得住在一处，他们也有个伙伴。"伯青、汉槎听了，亦欣然允诺。

小儒又道："当日我们原在一起的，后来因各自出仕一方，即觉疏失了

第四十六回 特荐贤解官因荐友 乐同志退隐约同侪

好些；而今又聚拢来了，也算人生难得之事。只可惜我辈中少了在田一人，他们女眷中亦少了程小姐与芳君二人；不然，竟可齐全了。"二郎笑道："这也何难之有？我们写信去告诉在田，他若羡慕我们乐处，他自然也辞了官来的；他如不来，仍恋着仕途富贵，不肯撒手，那是他自居俗物，不以我等隐居风雅为然，是他自暴自弃，与我等无干。"王兰笑道："在田得着信，定然是愿意的，我们一干人倒没有那么鄙俗不堪的人；只是怕的在田不得从心所欲，他现在圣眷甚隆，你没听见小儒说，一年有好几次恩谕，不比我们去止自便。你们若不信，日后验着我这句话罢。"

二郎道："在田来不来尚在未定，我们且别管他。这件事亦不可迟，竟交给我办罢，你们只凑钱就是了。我前日无意到桃叶渡去，见聂家旧居旁边一所破落房子，倒有十数进呢，余外还有空地。据闻房主急欲出售，而且价目也不大，只要一千多两银子就卖断了。我明日托聂奶奶便中去问一声。我看那里又僻静，又离我们近，聂奶奶们又住在间壁，柔云等人倒也合宜——第一是难得这么大的空地。不知你们意见如何？"伯青道："这样更好了！这是大家的事，你做主就是了。"众人又饮了一回酒，各散。

次日，二郎亲至王氏家，问卖户消息。王氏道："他家倒卖了几年，也没人过问，不是嫌地方空落，即是说房屋破败。难得你们买下，改造花园。不过买他这块地罢，这个价目他还有甚么不愿意？"叫人去请了那卖户来。卖户亦是旧家子弟，与二郎当面议定，即写了契。二郎兑清银子，收过空屋，便央王氏暂为照管两日，"俟我们择日开工，就有人来监工、上宿。"

二郎回来，寻着伯青、小儒等人，说他已买定。大家商议何时开工，王兰道："转瞬残年，各家未免都有俗事。不如灯节后开工，我们都清闲了，也可替换照料着，当真撂与楚卿一个人吗？"众人称是。小儒、王兰、伯青三人共出了五万银子，二郎、汉槎合出了一万；二郎又一时措不出来，好的已有了若干，先行用着，不足的二郎陆续添上。众人又公议了一张花园图样，某处宜屋，某处宜亭、宜山、宜水，以及花草树木，皆评置停妥。又在园左盖造四五进群房、上房，以便各家内眷居住；又叫了匠人来看过，嘱咐灯节后即开工砌造。

伯青便中寄信于从龙，告诉他起造园亭一节。从龙回信，果然欣慕非常："只恨自己不得脱身，逼人入俗。好歹我都要寻个机会告病辞官，千祈你们公分中派我一股,不要过后我回来了,你们又嗔着我来居现成。不收我是不依的。"即不容分说,送了一万银子来。二郎正虑自己一项难以措备,又不便和众人挪借,"分明是我要取巧,拿住他们出钱,我做乖人。恰好在田来这一项正好暗中抵着,也可够使了,所欠的我再设法补上罢。"

不觉过了年,所有年内及正月花灯、宴会种种俗情,毋须赘叙。过了灯节,年事已毕,二郎即与众人择定开工吉日,叫了匠头来,领了银子去砌造,要赶在五月内完竣。又请了梅仙、五官,先搬了过去监督工匠,帮着二郎料理。金、柳二人因新屋内修盖拆造,住着不便,即借了王氏家屋子前进住下。好在相离咫尺,每日清早起来监督,至日暮收工,方回王氏家歇宿。二郎自有了梅仙、五官分劳,可以间日一来,不过支付银钱、指点着各处如何增减,因预先拟出一张图样来,斟酌得十全十美。此时众匠役只照图样上地步、方位砌筑,不过小为更换而已,所以不大费事。看看到了四月将尽,房屋、园亭十欠一二,只忙着开池种树、叠石引泉,又打造各处陈设傢伙,小儒等人亦有时来看视一回。

这日,忽看到邸抄上广东洋税滋事,因程尚由广东军务保举出身,且在彼地日久,熟悉各要害情形,遂调了程公两广总督,并整顿洋关税务诸事;两江即调云从龙来补授。从龙自见了小儒等人的信,闻他们起造别墅,同作退隐之地,甚为欣羡;虽寄了一万银子去入他们的雅会,每恨不如他们闲云野鹤,飘然世外。也曾告退过数次,争奈圣恩不准,反说他有意规避,不以国事为念。今因调了两江,正好和他们亲近,喜悦非凡。况程公起程日急,从龙赶着交卸了漕河两印,即来南京接他丈人的后任。程畹容与小凤也欣喜不尽,心内亦记忆众家姊妹。

转眼端阳节过,新屋子的工程已完。梅仙、五官照着图样收了房屋,又兑清众匠工价去后,便搬进新屋子来,忙着叫人各处粉饰油漆、摆设桌椅器皿、张挂帘幔等事。又请了小儒等人过来看工,并商议题这些亭台轩馆的匾额对联,好做成了悬挂上去;还要大家公议,某人爱住某处。小儒即于是日请从龙在新园子里吃酒,以便一同拟题,众人一早即到园内等候从龙。少停,见家人上来回道:"云大人到了。"众人忙着出外迎接。

未知小儒等请了从龙来,如何题咏园中景致,且看下回分解。

第 四 十 七 回

题红刻翠万卉争妍　　醉月飞觞群芳雅会

话说云从龙闻得陈小儒等人请他吃酒。并品题新园各处轩馆,也不用执事,只坐轿,带着几名从人,到了园门,众人迎接入内。原来这新园子一顺两座大门,东首朝南五间大厅,后面接着几进住宅,外有群房数十间——是预备厅上款待宾客,并住各家内眷的;西首即是花园,里头也有门户通着,好分内外。小儒便先请从龙在东边厅上坐着。茶罢,从龙道:"诸位兄台风雅过人,承蒙不弃携带小弟,已欣感不尽!况有诸位大才题咏,何必又呼唤小弟过来?"王兰笑道:"既是公同雅好,无须谦逊,谁拟题得贴切,即用谁的。"众人齐声称善。

遂邀着从龙出了东首大门,来至西边花园的门。众人看是一座水磨雕空山水人物方砖砌就六角大门,上面一方白石横碣,系留题之处。小儒道:"我们即由此处题起,一路顺着进去,方有次第。"便回身请从龙先题。从龙谦逊了一回,众人执意不行,到底让从龙题了。从龙一面同众人走入园门,因说道:"此园虽是我等作退隐之所,若定要说出隐逸字样,反觉煞然无味。在我意见,花柳当春而发,此中群芳毕集,莫如题之曰'绘芳园',以寓绘写群芳之意。诸位再细加斟酌,可否用得?"二郎先拍手叫妙,道:"以'绘芳'二字总括斯园,顿使花柳增色,连我辈居于其中,都高了位置,未免就是自矜了些,好在他们女眷们有柔云、爱卿等人,也可当得起这一个'芳'字了。"说毕,众人皆大笑称是。

再看时,园门内即是三间过街小屋,旁边接着十数间小屋,虽然卑狭,倒也起得十分精致,是看守园子家人们住的。当中一条鹅卵石铺的马脊甬道,约有丈许长。两边尽栽的凤尾竹,真乃万个玲珑,凉侵衣袂,绿映襟裾,使人夏日坐此,烦溽顿忘,而又识不尽竹外有多少景致。非比别的园子,开门见山,易于览尽。

穿出甬道,见一所大大明三暗五的起坐花厅,四面轩窗回廊。众人入内少坐,门上也有题匾。王兰道:"此地为园中第一景,而且回顾园内,高下尽在望中,可名之曰'览余阁',取其一览无余之意;当中匾额,可直书'座有佳士'四字,既明我辈往来其间,绝无俗子,且又暗绾合到这排竹子上去。"众人皆点首赞好,道:"此地还要一副楹联挂上。"王兰听说,低头略一沉吟,道:

  留客夜谈明月上;抛书人倦午晴初。

小儒赞不绝口,忙叫人取过纸笔来写上。又起身,同着大众出了回廊。见一湾流水迂回盘曲,向东而去;下首尽是高低怪石,堆了一座矮山,上面用土掩平,栽了百十本梅花。顶上也有一所亭子,山那边景致却全被此山遮隔。

  小儒道:"我们先向东边走去,随后再绕到西边来。"遂顺着水边走了数十步,见一座白石小桥,桥下左右栽的红白莲花。过了桥一座石亭,纯用石梁石柱石栏石牖,里面的桌几皆是大理石镶嵌的;这座亭子却随着山子石高低凸凹砌就,亭前种着几株金丝垂柳,旁边一个假山,石洞那边另有所在,亭子上与山洞口皆有题处。众人进了亭子,即请伯青留题。伯青也不谦让,想了想,道:"此间全用石工,亭外池沿又有荷花,本为避暑之计。我意即用'延羲'二字以名此亭,未知你们之意若何?"众人未及答言,二郎道:"此处虽在东首,却迎着西北,这'曦'字似觉不合。"伯青微笑道:"古人云:'北窗一枕,羲皇以上之人所居。'故名曰'延羲亭',取其此亭凉爽忘暑,可以延接羲皇以上之人。我用的羲皇之'羲',楚卿误为朝曦之'曦',所以觉得不妥当了。"二郎听了,方知自己误解,把脸臊得飞红,笑道:"不用说罢,好得很就是了。你爽性把联句题了,这山洞口也要费心的。"伯青笑着道:"这亭子上对句我已有了:

  无端邱壑随心造;别有天地非人间。

那山洞口即用'另有洞天'四字。"众人都赞好。

  出了亭子,即由山洞穿过,忽然开朗,迎面一块空地,约有半亩田许,全是红短栏杆围着。绕过红栏,是五间正屋,屋旁两边各五间,共计十五间,砌成抄手形式。栏内皆是芍药,虽已开过,尚有败叶离披;当芍药盛开之时,在这三处吃酒赏花,皆系正面对着,怕的人多,坐在中间的看得真切,旁边的岂不将花放在背后?这一来纵有十桌八桌的人,无不对花而坐。众人都道:"这所屋子造得倒有点意思。"

第四十七回　题红刻翠万卉争妍　醉月飞觞群芳雅会

众人走入当中五间屋内坐了,早有家人们送上茶来,大家润口。王兰道:"此屋砌得有趣,必须题得也要峭劲方好。仍请在田题罢。"从龙道:"若要峭劲,却非你不可,者香不用谦逊了。"王兰笑着点点头儿,道:"可取名'留春馆',言其芍药开时,春光将暮,人必三面对花而坐,共留此春色,不忍遽去之意。"对联是:

　　花畦低护阑干曲;鸟语催残芍药春。

题罢,大众起身,由留春馆回廊上一个角门走出,见四面短垣,一方院落,院中两株梧桐。众人进来,见屋宇宽大,全用十锦窗牖,隔得曲曲折折,如万卷书、菱角扇面等式;上下各色彩锦裱糊,那窗牖上是五色玻璃,使人目眩神迷。那边又有院落,尽栽芭蕉。两处看来,皆是屋子正面,如两所屋宇,后身倚着后身一般。

二郎道:"这是我想的意思。连名子我都想下了,不如就叫做'两翻轩',言其这边那边皆是正屋,如一个屋子翻作两个屋子似的。你们不见那墙角下有湾流水,直通到园外——秦淮河里引进来的活水,就是前面那些池沼、水道皆由此间通过去的。"从龙连连称赞,道:"楚卿用'两翻'二字以题此处,倒也新样,可谓俗不伤雅。就用此名,不必改了!你想的好,题的也好,爽性连对句都题了罢。"二郎道:"果然使得,我也诌一副对联试试。"思索了半会,笑道:"有是有了,只恐用不得,说出来你们改正罢。"伯青笑道:"你说罢,不用累赘了,只别将'羲'字认错,多是好的。"说得众人大笑起来。二郎笑瞧了伯青一眼,道:"你别要这么使促狭,说这些尖刻话,从今你就保得住一辈子不说错话,我才服你呢!"遂念他做的对句道:

　　两面屋随流水转;一丛人似隔花行。

又说:"才进来的那角门上,亦可用'曲径'二字。我多诌成了,用得用不得,我却不问了。"众人多说"好极",小儒也叫写上了。

又见这屋子无门可通别处。正在寻觅,五官起身道:"你们随我向这里来。"便从屋里曲曲弯弯的走至尽头,见一带板壁。五官用手摸着消息,使力一推。只听"喀喳"一声,板壁分开,现出一座门来。那边尽是架花棚子,两旁搭着,当中是一条羊肠小道,迎面一条宽河,河上搭着竹桥,河内并有船只。五官领着众人过了桥,是六七间曲尺式的屋子,却盖在河中,四面皆水,河边栽的榆柳桑槐等木,大有乡村风味。

众人入内，见其中陈设器皿尽系朴实物件，便齐声称赞"有趣"。从龙道："前面两翻轩备极华美，如入琉璃世界；此地忽作古朴，使人顿起林泉之想，真各尽其妙！应该子骞留题了。"汉槎道："我于题景、咏事上不大讲究，还是你们代题为是。"王兰道："你无须推诿，楚卿尚能题咏，不成你还不如他么？"汉槎无奈，也俯首沉吟了半响，方道："我想此地既造作乡村、河亭风景，又在这繁华锦绣之中，可名曰'半村亭'，取其半村半郭之意。这里对句我也拟了一副，还得你们斟酌。"因念道：

  溪水当门，问此处源通何地；
  桑榆绕屋，爱其间人正归田。

众人听了，痛赞不止。王兰笑道："你的题句直要压倒我们，你反谦逊不能，莫非怀才自负么？"汉槎笑道："不过偶尔得此，到底不算甚么。"

  众人又见对岸尽是崎岖石路，或高或低，或宽或窄，不甚好行，不如坐了船去，顺着这河边观看岸上景致，倒省力些。于是唤了水手们来，服侍众人上船，顺水撑去。未及数十步，见山石背后露出一座楼台来，众人吩咐泊船上岸。原来这楼傍着山石起造的，那山石盘回纡曲，堆接到楼口，从底下至上面皆栽的牡丹，竟有千余株，又夹着一层一层的绣球花树。人在楼上凭栏一望，是一座花城相似。众人齐声说好。从龙道："小瘿和五官今日也不可退后，你们可合题此处。"五官见众人题咏，自己早已技痒，又不好越众逞能；既然从龙叫他题，也不推辞，便欣然应诺。想了想，道："此处牡丹既多，逢春开放，真乃红紫夺艳，占尽人间富丽，可取名'夺艳楼'。对句小瘿题上罢。"梅仙亦笑了笑，道："我也未免东施效颦。"遂说道："

  倚石花繁真富贵；登楼人至亦神仙。

这楼下的一方横匾，可用'香城绮国'四字。"众人亦称赏不已。下了楼，复又上船，随着那流水转了两个弯，那岸上无非垂柳马缨、丹枫碧棟等树，难以备说。船至尽头，众人登岸。

  见一带粉墙，两扇朱扉，里面隐隐无数房屋。大众进了院门，是十数间小屋，或断或连，或有门相通，或回廊相接。院内白石砌就花台，依着屋子大小妆点，花台上傍墙或栽桃李，或种西府梨杏等花，下面配着兰蕙诸品花草。屋内粉壁上砌成各样方圆长短格式，以备安置盆景、瓶几诸物。

第四十七回　题红刻翠万卉争妍　醉月飞觞群芳雅会

王兰道："此间春夏秋三令皆宜,可名'红香院'。何如呢?"从龙道："以'红香'二字包罗甚广,妙绝,妙绝!"再看这红香院,处处倚梁傍柱接着砌造的,可以不用悬挂对联。众人也就不题了。

出了院门,是一条曲径,迎面一座圆门,形如满月。门内大大院落,攒三聚五栽着桂树,那空罅处补着人许高的玲珑透漏风石。众人进了圆门,见这一所房屋也砌就圆式,屋内凡有门户,皆是圆门圆户。时已近午,家人们早摆上饭来,大众亦觉得乏了,便挨次入座。伯青道："此处全用圆式,栽的一色桂树,分明是造作月宫之形;况这屋后又靠着夺艳楼的山石,可名曰'丛桂山庄'。"众人都道："甚好!"

少停饭毕,大家净面漱口,仍由红门出来。见两条石路,一条路向丛桂山庄屋后绕过,那边也有一群房屋。小儒问是何处,梅仙道："那里是后园门,出去即秦淮河边。这几十间屋子,派看守园子的人住的,倒也砌得宽大曲折。我们可到那边瞧瞧去。"小儒道："既是下屋,可不用瞧了,也代他们起个名字,好叫唤。因傍着后河,即叫'枕河居'罢。明日亦做方匾挂上。"梅仙答应了。

大众便由着这边一条石路走来,见有山阻路,上面尽是梅花;山上有亭,山下亦有重檐深户的十余间房子,方知即是头里进园见的那西首梅岭了。众人到了屋内坐下,从龙道："此间可该小儒兄题了。"小儒犹自谦逊,王兰道："一个园子多走遍了,你尚未曾题咏一处,不是我们欺了你,即是你太偷懒了!"说得大众笑了起来。小儒微想了想,道："此地可取名'绀雪斋',暗用嵊岭红雪之意。不知可使得?"从龙等皆同声称："好!用意既新,兼又贴切岭上梅花,不比泛用平地上的话。"小儒又念着联句道:

　　　　月明影比骚人瘦;　　风过庭空鹤梦醒。

说着,忽见山那边飞起两只白鹤来。小儒笑道："这山上的亭子就叫'来鹤亭'罢,这山即叫'栖鹤岭'。"众人赞好,便一齐爬过岭来,找寻旧路,仍至览余阁内。

少歇片刻,小儒邀着从龙等人出了园门,复回厅上。小儒道："这厅上的堂名,也请在田题上罢。"从龙道："可名'绿野堂',使得么?"小儒点了点头,即将园内各处题的轩馆名字另行誊清,又命人量了各处匾对尺寸,请王兰便中写好,让人拿出去做字,"叫匠人赶着办,进宅就全要悬挂的。"家人们答应,自行料理去了。

早已掌灯时候,厅上摆齐酒席。众人推从龙首坐,其余分次序相陪。吃了一巡酒,大众择定六月初一日入宅。又问汉槎:"可能将爱卿搬来同住?"汉槎不答。众人知道是小怜不能过来,也就不问了。又议定伯青住红香院,汉槎住两翻轩,梅仙住半村亭,五官住丛桂山庄。他们除了在自己府第内,到园里来,即住此数处。小儒派了双福、连儿、三桂儿等管理园子,督率着众家人收拾打扫;所有各处四季用的帘幔帏幙,皆交与双福等随时更换;各处的器皿陈设,亦派定某人管理某处,以防遗失,好有着落;又雇下一家扎花儿匠,搬至园中群屋里住着,预备修扎各处花草盆景。一一分派已定,众人又传觥飞盏的痛饮一番。时已二更,席终散坐。

从龙也择定了一处住宅,若婉容、小凤高兴,到园内来住几时,也有个居止。伯青道:"六月初一,我们须要大乐一天,一则进宅,二则贺园子落成。就是内子、舍妹两人虽不能来住,那日亦要来的。"众人点首称是。从龙便起辞回衙。小儒等人也要各归私第,仍留梅仙、五官在园居住。前头两个家人拿一对羊角手灯,照着众人出来,外面各府的轿马业已伺候。梅仙、五官俟众人上了轿,方回身进来,吩咐关好两边门户,吹灭厅上灯火,因劳碌了一日,也早去歇息。

次日,梅仙叫了匠人来,打造园内匾对。五官又去催着王兰写了堂名对句。隔了数日,匾对已齐,帘幔等物亦添补全了,梅仙押着人各处悬挂。时已五月将尽,红香院与半村亭两处萱草、榴花俱开得十分茂盛,延羲亭前池内荷花也开了好些。先两日,各家的粗细物件陆续搬至,伯青、汉槎也发了一副陈设床帐过来。梅仙、五官帮着各府来的家人们四处安放停妥。

到了六月初一日黎明,梅仙、五官穿了衣冠,众家人亦是新衣花帽,结束起来。新宅正门大开,一路至厅上,皆张灯结彩,后进里与西边园内亦复如是。王兰又定了二班名戏来伺候。少顷,日色初上,各府内眷尽至,女席在留春馆款待,即在芍药栏外搭了戏台。五官又安排下数万鞭炮,在两边门外搭起竹架,等大众一至,即命人点着那爆竹,劈啪之声,远近数里皆闻。小儒等人亦公服乘舆而至,梅仙、五官忙出迎接。到了厅上,彼此见礼道喜,众家人上前叩贺。茶罢,早闻喝道之声,知从龙已至,小儒等人

第四十七回　题红刻翠万卉争妍　醉月飞觞群芳雅会

皆起身出接。从龙下轿，同到厅上，礼毕入座。这新宅门首，乌压压的车轿人马挤满街道，连行人都绕越他处往来。家人们伺候早点吃毕，众人即宽去外褂。

早见领班的拿着戏目，领着一个十四五岁穿红衫的小旦上厅请安，呈上戏目。原来这戏台就搭在绿野堂前，对厅设了戏房，院内用木板铺平，上设猩红毡氇，檐口尽用五色锦棚遮满。从龙等人又谦逊了一回，到底让从龙先点了一出《卸甲封王》，然后小儒、伯青、二郎、汉槎各点了一出，无非《满床笏》《双官诰》等吉利戏文。少停摆上席面，众人入座，即开锣唱戏。

且说园子里方夫人为首，与众位夫人见了礼。恰好婉容、小凤亦坐轿来了，大众接进园内，把一座留春馆都站满了，真乃珠围翠绕，绿舞红飞。众丫头、仆妇也忙着上来送茶设座。方夫人让过茶，又邀着众人，由留春馆后面一条夹道内耳门走过，即是东边住宅。各处看了一回，仍到园中，见席已摆齐，众夫人序齿归座。家人们拿上戏目来，在帘子外递于使婢，然后方呈送众位夫人前。众人亦逊让了一会，点下戏来，仍由使婢传给帘外家人。那家人拿着戏目，送到班房内，顷刻开锣出台。

这两边的鼓乐喧天，笙簧盈耳，引得左右邻舍及过往行人无不探头探脑，在园外窥望，齐声赞好。男厅上，从龙等人拉了梅仙、五官与沈若愚等同坐；女厅上，方夫人也去接了梅仙家巴氏母女与伍氏、穆氏、王氏、宋二娘等过来，另备一席，在下首五间屋内款待。唱了两出戏，暂停歇午。外面从龙等散坐盘桓，这边园内众位夫人也到各处游玩，"好在今日一个男客都不过园子里来。"

不说各府男女宴会热闹，谁知这风声传扬出去，早轰动合城文武乡宦，多因云从龙、陈小儒是先后新旧任的本省制台，又因江、祝、王三府亦是城中赫赫有名的当道绅士，谁人不想来拉扯亲近？忙着人去访信。不一会，多回来道："云大人们新造了一所园子，今儿迁移过去。小的们看他那边请酒、唱戏，不比往日寻常宴会，想必还有别的事呢。"于是大众商议，也有送戏的，也有送酒席的，也有合送礼物的，多算件喜庆大事，凑起趣来。

从龙等人正在厅上闲话，见家人们重又摆换席面，预备接唱戏文。小儒道："今儿都是者香闹着要唱戏的，锣鼓喧阗，吵的人心多慌了；今日又不便唱清雅戏文，是以尤甚，反不如我们平时吃酒行令的舒适……"正说话间，忽见家人匆匆上厅，回道："外面各位大人老爷家俱送礼来，说我们今日有喜庆事，据闻停刻还要过来道喜呢。小的们再三剖说，来的人多不相信。"说着，将各礼单呈上。从龙、小儒皆拍掌大笑道："这是那里说起？我们不过闹玩意儿，他们怎么当作喜庆事送起礼来？可不是笑话吗？者香来听听，多因你要唱戏，唱出故事来了！这却怎么着？"王兰大笑道："好！好！这些人很为知趣，也晓得来凑个热闹来！他们既送了来，我们就老实收下，拿他们送的戏酒改日请他们来此吃酒看戏，爽性闹他个江翻海沸，不枉我们砌造这园子一场；再则也叫他们瞻仰瞻仰我们园内的景致。"从龙、小儒等人亦只得依着王兰的说话，将礼单细看，分别交情厚薄，该收该退的，一一发付已毕。果然，本城由藩司以次及大小乡宦，俱陆续亲来道喜，众人又穿了公服迎送，直闹到下昼时分方止。接着摆上晚酒，点齐灯烛，场上又开锣演戏。众人皆倦乏了，勉强完了戏、放了赏，从龙、伯青、汉槎三人即作辞回去。小儒等送过他们，也各自去歇息。

倒是园内女眷们甚乐，又没有外客，用过午宴，尽把外罩、大妆卸去，全数家常打扮，随意散坐听戏。傍晚即完了戏，命各家仆妇放了赏，方摆上晚酒来，众夫人挨次入座。酒过数巡，方夫人道："我们今日也要行个令才好，不然，此时戏又完了，这哑酒也觉得无趣。"众人未及答言，洛珠先连声说好。众夫人见他们两人高兴，都笑说："遵令。"方夫人回头叫使婢取了一副行令酒筹过来，是两个方、圆竹筒。方夫人道："这圆筒内是花名，方筒内古人名。此令须先拇战，谁输了谁吃一杯，即先掣花名，后掣古人名，用一句古诗绾合，酒底随意席上生风，或是五言七言古诗词赋及俗语等，俱不拘，亦要与上句联络有情；说过了再掷骰子，照点由上下家顺逆数去，即以此两家对战。我做令官，谁说不来罚酒三杯，另找同席代说；代者不佳，仍罚找者，与代者无干。"众人听了，都说："有理！这个令倒是雅俗共赏。就从你先起罢！"方夫人又道："我们十人可行此令，那边聂奶奶他们单揣拳就是了。不然，说不上来，只管找人代，也无意思。"于是方夫人、程婉容、洪静仪、江素馨、祝琼珍、林小黛、沈兰姑、聂洛珠、蒋小凤、赵小怜十位拼拢了一席，挨次坐下。那边巴氏母女等六人一席，一闻此言，早呼五喝六的搳起拳来。

方夫人先喝了一杯令官酒,在骰盆内掷了个五点,数去应与琼珍作一对子拇战了。一会,琼珍输了,即饮了一杯酒,伸手在筒内掣出海棠的花名、红线的古人名,便笑道:"偏生我与诗词上不大熟习,怕的说不上。"方夫人道:"不用谦让了,你若说不上,我们更要说不上呢!"琼珍俯首略想了想,道:

高烧银烛照红妆。

说毕,道:"不知暗用关合,可使得么?"众夫人齐赞道:"好得很!原要暗用关合,若明点出来,那里找去呢?快说酒底罢。"琼珍即在席上拈起一片梨来,道:

何以要"高烧银烛照红妆"?只为"梨花淡若溶溶月"。

众夫人道:"这一句联合得毫无痕迹!"

琼珍便将骰盆拉到自己面前,掷了个四点,顺逆数去,上家是婉容,下家是洛珠,两人遂对搳起拳来。却是婉容输了,吃过酒,掣出花名是米囊,古人名是杜牧之。便道:

烟花三月下扬州。

说毕,在席上取了一个橘子,道:

何事"烟花三月下扬州"?为爱"双柑斗酒去听黄鹂"。

众人齐声称妙。

婉容掷了个三点,上家小怜,下家素馨。两人对战,是素馨输了拳,吃过门面杯,伸手掣出两支筹来,一支杜鹃花,一支孟宗的古人名。素馨笑了笑,道:"这掣的倒有趣,我却想了一句天然巧合的诗句来。"说道:

子规半夜犹啼血。

众夫人齐拍桌叫好道:"果然这一句天然巧合!前两句皆不及梨云这句自然。"素馨又拈了一个梅子,道:

不见"子规半夜犹啼血",正是"熟梅天气半晴阴"。

说罢,掷得四点。数去上家方夫人,下家沈兰姑。却是方夫人输了拳,饮过酒,花名掣的是鼓子花,古人名掣的是孙行者。众人见了,大笑道:"怎么这古人名内闹出个孙猴子来了?"洛珠笑道:"他们一家人,也角起胜负来,偏是沈姐姐又胜了,弄得大太太又要罚酒,又要行令,又怕人笑他,可不是急得猴头猴脑的么?"说得众人狂笑不止。方夫人也笑道:"好!好!你这小猴头多打趣起我来了,待终了席,我再和你算帐!"琼珍笑道:"不要你也说猴头,我也说猴头,把自己的猴子令多闹糊了。"方夫人笑着说道:

众仙同日咏霓裳。

又在席间拈起一片蜜桃,道:

何以他与"众仙同日咏霓裳"?那小猴头"却为的绥山一桃"。

众夫人笑赞道:"实在亏他汹断了肠子!"

方夫人也掷下了三点,上家是小凤,下家是静仪。两人隔座揎拳,那手腕上镯子摇得叮叮当当响个不止。战了半日,始分胜负,是小凤输了。举起杯来一口吸尽,伸手掣出花名牡丹,古人名米芾。想了想,道:

天子呼来不上船。

说毕,在席上四处望了半晌,即一手抓住小怜的袖子,笑着高声说道:"酒底就用他罢!"道:

何事"天子呼来不上船"?多因"欲向君王觅爱卿"。

引得众夫人哄然大笑,齐说:"虽然促狭,却说得有趣,而且即景生情。"小怜红了脸,打了小凤一下,摔脱袖子道:"你也学那些轻嘴薄舌的人,取笑于我?原叫你席上生风,那里叫你取笑人的?"说着,满斟了一杯,要小凤吃,还要重说。小凤笑道:"你坐席上,就是席上的风景,我又没有说到席外去,谁叫你名字叫爱卿?而且这句诗也是古人造下的,并非我杜撰来嘲笑你;我的名字若合得上,你只管说,我绝不怪你。这杯酒我吃倒不妨,若说是罚我,却有些不服。你请同席的人评一评看!"方夫人接口道:"我有个调停在此,你们且不必争论,在我看这杯酒该瑶君妹妹吃——也不是罚他,因他家独觅爱卿,算一杯贺酒罢!"琼珍笑道:"有理!有理!我就吃一杯,替你们解和。"说着,举杯一饮而尽。小凤、小怜皆笑说"多谢"。

小凤又掷了四点,上家数去是小黛,下家数去是婉容。两人对揎了一回,小黛负了。吃过酒,用两手在两个筒内一齐掣出,看时花名夹竹桃,古人名文与可。小黛笑道:"若掣出别的花名来,却难与文与可联,这夹竹桃三字,倒是天造地设。"即说道:

不可一日无此君。

第四十七回　题红刻翠万卉争妍　醉月飞觞群芳雅会

众夫人道："真正是现成的联络，便宜他的多了！"小黛又在席上夹起一方红烧肉来，道：

既然"不可一日无此君"，何又云"宁可居无竹，不可食无肉"？

说毕，也掷了个四点，上家是静仪，下家是小凤。两人复又隔座拇战了一阵，此回却是小凤胜了。静仪饮了酒，伸手掣出芍药花名、汉武帝古人名。低头思索了半刻，道：

锦帐佳人梦里知。

又于盘内夹起一块鸡肉来，道：

正欣"锦帐佳人梦里知"，恨唤醒那"鸡声茅店月"。

说完，掷下个六点，上下家数去，都该洛珠。众夫人笑道："这却怎么呢？难道叫柔云左手与右手对角胜负么？"洛珠也笑道："罢！罢！我也不喜揎拳，大呼小叫的没意思，不如算我输了拳，吃酒、掣筹，何如？"众人都点首应允。洛珠笑吟吟的在筒内掣出杏花的花名、司马相如的古人名。即说道：

数枝艳拂文君酒。

又用牙箸指着盘中的鲙鱼道：

因爱"数枝艳拂文君酒"，不独"琴许鱼龙月下听"。

说毕，端过骰盆，掷了个两点。上家该兰姑，下家又该小凤。谁知小凤又胜了兰姑的拳。兰姑饮了一杯酒，掣出曼陀花的花名、大舜的古人名。想了想，道：

煮葵烧笋饷春耕。

又于碗内夹起一片笋来道：

因欲"煮葵烧笋饷春耕"，故而"一心咒笋莫成竹"。

即伸手掷了个四点，上家是素馨，下家是小怜。小怜输了拳，吃过酒，伸手在两筒内各抽出一支，一是杨花的花名，一是绿珠的古人名。小怜蹙眉道："偏我掣出这衰败的花名与古人名来，我还要死呢！"洛珠道："罢哟！你那里有这些话说？这不过是个玩意儿，那能应验到人身上去？可不是傻话么？快说罢，你若说不出，我代了你。"小怜笑了笑，道：

落花犹似坠楼人。

即在果碟内拈起一个蜜渍杏子，道：

这边恨"落花犹似坠楼人",那边喜"红杏枝头春意闹"。众夫人听了,称赞道:"末了这一句结得兴会,即不觉衰败了。"

时已三更半天,各处灯烛已换了几遍。方夫人道:"我们也好散了,劳碌了一天,身子想多觉得乏了,明日再聚罢。"琼珍、小怜、素馨、婉容、小凤等五人亦要回去,便大家进了点饮食,漱盥已毕,琼珍等即起身作辞。方夫人领着众夫人直送出园中览余阁前,看着琼珍等在甬道上上了轿,又珍重数声,方回身入内,复由耳门来至正宅,各回住屋歇息。巴氏母女等人也各回家去。园中有家人们收拾灯火,关锁门户,各处上宿等事。

过了一日,小儒请了从龙过来,复众人的席,自然仍是戏酒。从此,伯青、汉槎或在园中小住几时,或回家去,行止听其自便。惟有从龙,公余之暇,即来园中寻众人宴会取乐,皆是早至暮回。里面众夫人,亦有时接了琼珍、洛珠、素馨、婉容、小凤等五人来耽搁几日,真乃无趣不搜,无乐不备。凡到园中四时花放之际,皆摆酒聚宴。

甘誓闻得他们如此寻乐,小儒又将绘芳园的图样寄得他看,甘誓见了,着实羡慕,亦携装到南京来。小儒即将绀雪斋打扫出来,让甘老居住。梅仙也与他丈母巴太太商议,将巴氏接进园内,在东宅里绿野堂后收拾了一处三间偏宅住下。这巴氏也粗知文墨,日里随着方夫人等学习吟咏,不上一月,倒也能做两句诗了。巴氏的母亲亦不时过来陪伴女儿,梅仙即搬到半村亭去。

一日,小儒等人正在留春馆大家品茗清谈,又请甘誓"暇时作一篇《绘芳园记述》,好勒石以志我辈一时聚会之盛"。甘誓答应了。说话间,忽见双福进来,回小儒的话道:"二太太来了。"小儒知弟妇已至,忙叫双福去禀报太太,出外迎接。

未知玉梅来此何事,且看下回分解。

第 四 十 八 回

为月老伶鬌相匹配　述风流莺燕互喧嗔

　　话说韩玉梅自于归陈仁寿,夫妇大为敬爱。后因仁寿入京供职,将他寄居云从龙处,玉梅倒也喜欢,可常与小凤相聚。如今小凤见他出嫁陈氏,自然不比以前看待。又时同婉容闲话,说及:"玉梅幼年卖到我家,才八九岁,行止举动即与众不同。不怕太太笑,那时我尚未脱籍,往来人客多爱他妩媚,与他说笑,或有笑谑太过,他即拒绝不理,可见他日后有这一段好处。若以今时而论,他虽自幼服侍我数年,我反不如他的福分,真乃人生不可逆料!"

　　自是小凤改口称呼他妹妹。那玉梅却不改初心,虽说小凤待他如此,他仍谨慎侍奉,似当日一般,从未称过小凤一声姐姐,还以奶奶称之。甚至小凤着急,立盟发誓的叫他改口,玉梅笑而不答。背后每说:"为人不可忘本,若富贵时忘了贫贱的情境,还算个人吗?况当日奶奶待我恩同父母,虽蒙云大人认作义女,又蒙陈大人不以卑贱见弃,倘彼时奶奶不放我出去,我又怎么呢?我今日的好处,皆系奶奶所赐!我岂敢放肆?以姊妹相称,是断断不能行的!"小凤闻说,也只得随他去了,惟有各尽其道而已。

　　过了些时,仁寿恩放江苏学政,便道袁浦来看玉梅。因学政系钦差之官,不便携带家眷,仍寄居于在田衙内。仁寿即按临各府考试去了。一日,考至常州府属,有昭阳新进文生名韩光奎者,偶询其家世及先代名氏,却是玉梅共高祖的同堂兄弟。仁寿大喜,即将韩光奎召入私衙,叙说亲谊。韩光奎亦知有个族中妹子,自幼卖与人家作婢,后来绝无音耗,未卜存殁。今日听得仁寿说出原由,又见本省学台是他妹丈,好生喜悦,忙回家禀知父母,要去见见妹子。况韩光奎本是素丰之家,即雇了一号大船,带了许多礼物,同了父母来至清江。先去谒见从龙,细说来意,然后见了玉梅,抱头大哭。即来商之从龙,欲接他回去居住,"俟妹丈学差任满,再作计较。"恰好从龙正奉到恩令,调补两江,况且又是玉梅的本家叔婶兄弟,仁寿又认过了亲,到他娘家住着,倒也合宜。只有小凤与他不忍分离,亦因玉梅既认出了娘家,理当回去一行,硬着心肠让他去了。玉梅回到昭阳,韩氏亲族多知道了,又见他是本省学政的夫人,都争来趋奉,这家请酒,那家请宴,忙个不了。

过了半载,韩光奎忽想起前任制台是妹子的大伯,现致仕住在南京,何不去认认亲戚来往,也增光乡里!便来与玉梅商议。玉梅亦想去见大伯大姆与小凤等人,正合心意,遂与光奎来至南京。泊了船,先着人上岸打听,知小儒现在移居桃叶渡口新宅子内,即坐轿进城。到绿野堂前下了轿,方夫人早同众位夫人接了出来,进内见礼入座。适值祝、江、云三府的夫人们也在此地,各道别后情形。方夫人便问:"还是住几时仍回昭阳?还是就住在这里?"玉梅笑道:"你们这里热闹得很,我原是来赶热闹的,我的箱笼物件都带来了,还回去做甚么呢?"小凤拍手道:"你就是要回去,我也要留下你来住着。"方夫人即命人去打扫房屋。原来这宅子共有七进房子,第一进方夫人住了,二进是静仪,三进是小黛,每进皆有群屋、套房,让丫头、妇女们居住。其余四进,以备琼珍等人来住。即将第四进收拾了,安置玉梅带来的物件。外面小儒早请了韩光奎过来相见,又摆酒唱戏,在园子里款待了几日。光奎见玉梅不愿回去,只得告辞。小儒亦转赠了许多厚礼。

这日伯青与小儒闲话,说到五官年纪大了,也该定门亲事,方是正理。梅仙在旁插嘴道:"老五的亲事倒不容易说呢!我背后也曾问过,他说:'男女配合,原系天定;然亦不可胡乱了事,必当择一可以配得自己的,且要性格温和,举止大雅。有这两件,就是模样儿欠缺些,也不妨的。如果人存了这个念头,纵然命中注定妻子是东施、嫫母,也可以人力挽回天意。若草草作成,不问妍媸,我情愿一世无妻,倒落得散诞逍遥,无牵无挂。'你们听听看,代他说亲事,定然是磨牙的!"小儒点首道:"却也难怪他,五官并非寻常流品,自然不肯草率。这一来,倒要我们见过的女儿,方可与他说亲。"沉吟了半会,忽笑向伯青道:"有了!你家锦筝那丫头,我看相貌既好,性情谅也没有批评的,何妨说给五官,倒是一件美事。"伯青笑道:"果然锦筝可以配得他!这却不难,但是须要问明白了他方好。小癞明儿问一问他,看他意思如何?"梅仙答应了。一时吃过晚饭,各自回房。

梅仙来至丛桂山庄,五官正在灯下看书。见梅仙进来,忙起身让座,

第四十八回　为月老伶鬟相匹配　述风流莺燕互喧嗔

叫小童送上茶来。梅仙道："天气渐渐凉了,你也该叫人将外间这一带窗户糊上布去。不然,晚间多坐一会,怕的风吹了身子。"五官道："我昨日已吩咐过他们了。"两人谈说了半晌,梅仙即引到日间小儒、伯青说的亲事来。五官脸一红,道："这件事待过几年再议不迟。"梅仙笑道："无论迟早,究竟伯青家的锦筝说了给你,你可愿意不愿意?"五官道："你又呆气了!就是愿意,我此时不办这件事,说也无益。"梅仙听他口气是愿意的,即不朝下问。又说了几句别的话,便道："我也去了,你早点睡罢!"说着,起身走出。五官送到院外方回。

次早,梅仙将五官的话告诉了小儒,小儒即约了伯青,当面去问五官行止。五官起先仍是推托,后来被小儒、伯青逼着问他个实在,五官亦见过锦筝数面,虽说是个丫头,倒颇有两分姿色,强如娶那些小户人家女儿,见人羞手缩脚的,反不大雅,便应允了。伯青见五官已允,午后即回至府第,与素馨商量。素馨亦以为然。小儒便将第七进收拾做了新房,又将梅仙夫妇挪到后面,与他对房居住,所有置办各物,均是梅仙代五官经理。素馨因锦筝向来服侍勤谨,他今日出嫁,把体己陪了数百金。转眼到了吉日,锦筝即由祝府这边嫁了过去。用一顶四人彩舆,两对宫灯、一班鼓乐,到了新宅内,便在绿野堂上参拜天地。又请众位夫人出来受拜。五官早定下一班小戏,备了几席酒,请小儒等人。云从龙闻得五官娶亲,是日也送了一份礼,并亲自过来作贺。厅上各处多张挂灯彩,外面双福等众家人亦有酒席,内外搳拳行令。饮至更深,席终戏止,将五官送入洞房,成就百年好事。伯青、汉槎因天色不早,即住在园内。惟有从龙一人回衙。婉容、小凤等人也被方夫人留下。次日清早,五官夫妇起身。素馨又派了两名小丫头过来,服侍锦筝开脸上头,重新出堂。叩拜小儒等人与众位夫人,众人亦各有所赠。由是,上下人等皆以"柳奶奶"呼之。五官与锦筝倒也是一对郎才女貌,恩爱非常。

此时已是七月中旬天气,园内早桂正开。方夫人请了婉容、小凤来赏桂,因五官不住丛桂山庄,那里空着,正好摆酒,便命贴身的大丫头红雯带着一班粗使仆妇们去打扫。红雯即约了静仪房里的春梅、洛珠房里的玉鸾、小黛家的素月与服侍兰姑的媚奴及秋霞、四儿一干人同去玩耍。这班丫头们,无人不喜到园子里逛去,便借着去收拾,成群结队,嘻嘻笑笑,到园里来。

红雯叫仆妇们抬桌抹椅,安设几座,指点了一阵,由他们慢慢去打扫,即走了出来。见秋霞与四儿站在那边畸角上,喊喊喳喳的不知说些甚么,其余众丫头,或掐桂花穿做花箍的,或三两个在草地上掏蟋蟀的。红雯也走近来同他们玩笑,对着四儿道:"话该也谈够了,显见你同秋姐姐是旧相识,搁在面子上比别人亲密些,也来理理我们!"四儿道:"你不懂,我们说的是我们心事,你是不晓得的。"红雯笑道:"罢唷!俗语说得好:'好话不瞒人,瞒人不好话。'你们的心事我也猜着两分了,多分四儿妹妹见锦姐姐现在有了好处,自己也想打点主意,请教秋姐姐,代你酌量。可是不是呢?"四儿听得红雯嘲笑他,不禁红了脸。正欲回答,秋霞冷笑了声,接口道:"红雯妹妹说的话实在奇得很!何以见得我们议论这些混话?又怎么见四儿妹妹就是请教我这件事呢?哦,我知道了,大凡人自己心里想到那里,即猜疑人家也想到那里,这是一定的道理。你若来问我,我倒有个方法教给你。四儿问我,却没的教给他。"

春梅、玉鸾他两人正蹲在石背后捉蟋蟀,听见秋霞的话,一齐站起来,拍手笑道:"秋姐姐的话真正说到人家心窝里去了!红雯姐姐今儿可输了,没有答的话了!"媚奴立一旁,咂嘴道:"秋姐姐不开口便罢,开口的话多是应板应腔的,怎生连人家的心病都能识得?若做了医生,可是好手呢!"四儿念着佛道:"阿弥陀佛!嘲笑我的,一般也被人嘲笑回去了!俗说:'鸟儿粪污佛头上,我不打你,有人打你。'"

原来红雯比这一班丫头多几分姿色,又极喜打扮得出众,爱穿几件姣艳衣服;平日口角伶俐,行事周到,性格又是个眼高心大的人。仗着方夫人宠爱,把秋霞等一干人不放在眼里,他们有一点过失,红雯即信口数说,无形的事要被他说得千真万确的影响来。众丫头明知不及他,言语又敌他不过,只得忍耐在心。今儿因秋霞取笑他,落得因风纵火,大家奚落他一阵,以泄往日之忿。

红雯见众人异口同声的取笑,又见秋霞的话尖刻,难以扳驳;先前原是说笑,此时不觉恼羞成怒,急得满脸绯红,骂道:"你们这一班不逢好死的促狭鬼,坏烂了的小蹄子,明儿多要下拔舌地狱去!我不过说着玩罢咧,是与不是,与我甚么相干?我与四儿说话,秋霞帮着他还罢了;你们这

第四十八回　为月老伶鬟相匹配　述风流莺燕互喧嗔

些小蹄子,也犯不着捧人家屁股,伏人家上水!你们怎么知道我心病的,硬栽我这些混话?别要叫我说出好话来!大约你们心里多有了别的想头,把锦筝看得眼红了,此时见我说四儿,戳着你们心了,也跟着秋霞混喷白嚼的。真正别扯你们娘的臊了!"

众丫头听他口内乱骂起来,亦转笑为怒。玉莺先摆下脸来,道:"红雯,你要分清了说,还是同我们说玩话呢,还是有意要骂我们?是你先取笑四儿的,秋霞才回答你的。我们不过也是大家闹个趣话,那里说你有了心病,即心里有病呢?如果你心里有病,我们也不肯说了。你怎么认起真来,叫旁人看着好似你心里真有病的样子?你说四儿,四儿也没有着急,可见四儿妹妹心里是没病的。再则算我们不好,不该同你说笑,多嘴打嘴,然而亦是大家玩闹惯了的,你也不犯着破口骂人。若是要骂,大家多不好听!"媚奴道:"可不是呢,要骂我们都会骂呀!我们也知道相貌不如人生得好、做事不如人想得到,是有的;若说骂人,也可以骂得两句,不似平时说那些尖巧话,挑三拨四的,那方不及人呢!"

秋霞道:"诸位妹妹不要说了,原是我不好,不该帮着四儿妹妹说话。诸位妹妹偏生又多嘴,附和我们两句,可巧说到人家心病上去了,这一来岂不带累我与四儿加罪么?又惹诸位妹妹们作气,更叫我们不安。如今大家多讨了没趣,一并茺儿被骂了下来。其实在我看,我们姊妹们都是一般样的,谁又多个眉毛多只眼睛呢?我们是甚么,可知他也是甚么,这么一想,就没有事了,连这辩白皆可以不辩白的。诸位好妹妹,听我这一句话罢,包管你们不错的。你们细想这滋味去!"

春梅拍手笑道:"秋霞姐姐真说得好!话不在多,只要说的在骨节上,强似那骂人的人!真个扯淡,徒然枉口白舌的造罪,你又不骂人,比骂人的话还要利害,可见谁不如谁?谁又比谁多一半点呢?"秋霞听说,不禁"嗤"的一声笑了,啐道:"春梅丫头又说疯话了!我看你倒比人家多一点子呢!你又不害臊,一个女儿家,怎么满口里胡闹起来?"说得玉莺等人都笑了。

红雯听说,越发着急,又见他们人多口众,语语刺心,羞得腮耳皆红。瞧了他们半响,说道:"你们不要高兴,混说乱喷蛆似的,我去告诉你们家主人,评一评理去,看谁的不是!原来你们暗地约齐了来欺负我的!"说着哭了,一转身即走。

　　此时众仆妇们打扫已毕,听他们越闹越大,又见红雯要去告诉众位夫人,怕怪到他们不从中劝解,坐观成败。有两个仆妇忙忙的走出,拦住红雯,笑道:"红姑娘又来了!你们好姊好妹说笑惯了的,怎么今儿认起真来?还要惹旁人笑话呢!姑娘若再要告诉太太们去,更外错了!你们姊妹说笑急了,反招惹太太们生气,连我们都有了不是。姊妹们终日在一处,和谁好,多说两句;和谁不好,少说两句,即没有事了。没见你们成日家鸡生鸭斗的!好姑娘,我们已收拾调停了,请你去瞧瞧,有那处安排不妥的,好早为指点,别叫我们碰太太的钉子去。"说着,即将红雯拉进屋内。秋霞等见众仆妇拦住红雯,不放他去告诉,谅想是无碍了,也不便再说,恐其认真闹开去,自己亦有不是,众人便各自散了。

　　红雯本要大闹一场,被众人死拖硬拽的拉至屋内。众人赶着舀了水来与他洗面,又劝他道:"姑娘不用生气,除了秋霞姑娘,别人多比你小,说话是没遮拦的,姑娘皆可耽待得过。即如秋霞姑娘,平时你们一处说笑惯了的,也没有闹过,偏偏今儿闹了起来!姑娘,你一冲头,只图告诉太太们去,祝太太、江太太这自然要说秋霞姑娘,你家的太太未免也要说姑娘两句;不然,面子上就过不去,亦对不住众位太太,显见是偏向自家人。彼此说了下来,倒没意思,所以我们才奉劝姑娘不要去告诉。因你姊妹们早不见晚要见的,终久仍要和好的,何苦此时闹开出去,反各自存了芥蒂?再则你姑娘说他们不是,他们也要想几句话辩白出个理来。你搬我挖,搅在一堆,就是太太们也难分是否,只有各说各的房里姑娘不好。姑娘,你是个极明白人,想想我们的话是为着姑娘,还是为着他们呢?"

　　红雯听说得有理,又被众人劝慰了一番,方渐渐气平,只说道:"今儿过去了,停两日,我多要寻件事情摆布那一班骚货一场,才出我胸中闷气!没的叫他们笑我无能,受了他们的气,不敢发泄。到那时儿,他们才知道我的利害,后悔不来呢!"内中有一个老年仆妇拍手道:"好呀!姑娘说了半日,这句话却合上道理。俗语:'有仇不报非君子。'又云:'有志能报隔宿仇。'日后他们碰到姑娘手里,还不知因甚么病死的!不是我奉承你,姑娘一个人,斗口是斗不过他们;若是用个心眼儿待他们,就再加上几个,也不是姑娘的对手!别说他们是有粗无细的,不过只图一时嘴里说得快活,

第四十八回　为月老伶鬌相匹配　述风流莺燕互喧嗔

不信,明儿问着他们,倒好忘却了。可见多是小孩子家心性,姑娘亦要看破。"

红雯听了,无话可答,只得同众仆妇在屋内各处收拾了一回,来回复方夫人说:"丛桂山庄业已安排停当,太太示下何日请客,好吩咐厨房伺候。"方夫人便择了来日中、晚两餐,并不要往常许多食物,只用十二个碟子、六样肴馔,无非山珍海错,一切鱼肉概行蠲免;又预备下一坛上陈绍兴老酒。

恰好次日是五官的小生日,小儒等人因他到此地是头一个生日,要当做整寿,须得代他热闹一番;又闻方夫人请酒邀婉容等赏桂,亦叫厨房内另备几桌酒,请从龙等人过来看桂花,又为五官做生日,岂非一举两便?即将酒席设在红香院内。一宵无话。

来早,小儒打发人请从龙,方夫人也叫红雯亲去请婉容、小凤。少时,内外男女客至,邀请入内,让座献茶。先是外面小儒等人陪着云从龙来至红香院,早见五官穿了衣冠在那里等候,挨次与众人行礼。众人亦与他道贺。各人皆有馈送,或一字一画、巾扇佩带等物而已。从龙又催着五官换了便服,众人也换了衣履,随便入座。这红香院中亦有十数株丹桂,此时早开了一半,阵阵香风扑入屋内,甚为可爱。

众人闲话了半会,家丁等即摆上酒席。大众归座,传杯飞盏,畅饮欢呼。里面众女客同到了丛桂山庄,各各入座。使婢等送过茶,方夫人起身,邀着众位夫人来至里间退步,更换大衣,重又出至外间。见席已摆齐,推婉容首座,方夫人主位,其余序齿坐了,席间谈谈说说,暂且不提。

单说红香院内小儒等人酒至数巡,小儒道:"我们今日也得行个令,热闹些儿。但酒令虽多,好的甚少;即如拇战太粗,猜枚太俗,其他若拈字流觞、传花饮酒等令,又失之太泛;再则钩心斗角,苦想苦搜,未免过于冷淡。前日我与伯青、者香暇时,编出几套新令,又爽快,又文雅。我已誊清了一本,意在去刊刻出来,公诸同好。今儿何妨试行其令?"说着,回头叫双福取来。众人见是一个定白脱胎的骰盆,里面六颗骰子;外有一个象牙镂空的小筒,插着六根牙筹,皆刻着字;另外一本寸许厚的纸本。小儒道:"你们先将这抄本看了,方能明白。"从龙听说,先伸手取过纸本,展开与各人同看。上面写着:

其令用牙骰六粒,每粒上镌六字:一镌"公子章台走马",一镌"老僧方丈参禅",一镌"少妇闺阁刺绣",一镌"屠沽市井挥拳",一镌"妓女倚门卖俏",一镌"乞儿古庙酣眠";外用牙筹六支,写着"公子""老僧""少妇""屠沽""妓女""乞儿"等名目。其法如:座中几人,先用博骰一粒掷彩,幺为公子,二为老僧,三为少妇,四为屠沽,五为妓女,六为乞儿。掷毕,各以所得之骰认定名目,执于手内,即由令官起,挨次以掷;掷成点面,着照所掷之名目,看下注明何语而行。如一掷不成,许其再掷;三掷不成,罚酒三杯,下家接行。

如掷得"公子章台走马"者:

长条日暖扬镳,忆昔日张郎;飞絮烟迷搅辔,感当年庾信。一鞭隋氏之堤,千缕汉家之苑。

掷此者,同席贺饮三杯;如得之年少,或得之张姓,恰合故事,同席添贺一杯;在座之"少妇""妓女",观此翩翩美少,未有不动心者,较同席多饮一杯。

或掷得"公子章台参禅"者:

容悼顾生最老,弃繁华而参最上之乘;台思汉武通天,运神气而作通灵之想。讵料谁家之子,乃生佞佛之心?

掷此者,少年斩伐情根,固属不易;然参禅非地,罚二杯;再好道岂可无师?当敬"老僧"一杯,作拜于座下;如稍有不恭,罚一杯;掷得时,与在座之"少妇""妓女"言者,彼此罚一杯,不言者不罚。

或掷得"公子章台刺绣"者:

争巧思于灵芸,柳线穿成鹦鹉;夺匠心于苏蕙,花丝织就鸳鸯。翻厌才人雅调,效他闺阃风流。

掷此者,本当重罚,因昔董文敏公曾言"画不如字,字不如绣",尚有希前哲之可原,减罚一杯;与在座之"少妇"随意比较手技,负者罚一杯。

或掷得"公子章台挥拳"者:

欲效桓温之感,拔剑而四顾苍茫;将兴祖逖之思,闻鸡而三更起舞。何乃斯文之辈,竟逞市井之雄?

掷此者,少年不安本分,罚三杯;即与"屠沽"拇战一场,负者罚三

第四十八回　为月老伶鬈相匹配　述风流莺燕互喧嗔

杯;在座之"少妇""妓女",当敛容回避,莫撄其锋;犯者罚一杯。

如掷得"公子章台卖俏"者:

夸京兆走马之荣,出自翩翩年少;羡柳汁染衣之贵,偏多奕奕王孙。争来士女之观,益助傲睨之态。

掷此者,同席饮一杯;如"妓女""少妇"与掷者有瓜葛,若素相契合者,多饮一杯;掷者当随意唱小曲一支。

如掷得"公子章台酣眠"者:

学他三眠三起,入赵邑之邯郸;感伊春去春来,寻庄周之蝴蝶。借垂杨以作帐,拂嫩草而为茵。

掷此者,终日昏昏,性耽花柳,罚二杯;以与"乞儿"有同志,彼此共饮一杯;如有姓柳在座,掷者当与同饮一和合杯。

如掷得"公子方丈参禅"者:

关心岁月如流,来香国坚看一指;回首烟云转瞬,向蒲团彻悟三生。惟藜藿之是甘,觉浮华之若梦。

掷此者,少年挥手尘世,洵非易易,当与在座"老僧"猜花,以证拈花之意,负者罚一杯;再掷者,宜自陈平时宿过,饮二杯。

从龙还要再看,王兰夺过道:"不要看了,不过颠来倒去,多在此中翻腾。待我们行到那里,再看不迟。休要耽搁了人,况且一时也看不完。"从龙笑了笑,也就不看了。即推小儒为令官,又取过一粒博骰,由小儒掷起。小儒拈起骰子,掷了个二,该是"老僧",便将牙筒内"老僧"筹子抽出,放于面前。其次即该从龙,掷得了个四,却是"屠沽"。王兰笑道:"好个没意思的东西!不过屠沽之辈,酗酒行凶,行同泼赖耳。"说着,自己拉过骰盆,掷了个五,该是"妓女"。从龙拍掌大笑道:"报应!报应!我这'市井挥拳',较之你那'倚门卖俏'似觉稍胜一筹;少停,我们倒要瞻仰你那'倚门卖俏'的手段呢!"引得众人大笑起来,齐道:"这一来者香是没有说的了。你只怪那骰子不争气,偏生滚出个五来,给你打嘴。"

众人笑了一回,该是二郎掷了,得了个六。梅仙笑道:"别人掷此皆不贴切,惟有楚卿是最相宜的;可回想当年,只恐不胜今昔之感。"二郎听说,不禁满面绯红,欲待认真,又知梅仙是句无心话,断非有意奚落。小儒忙瞧了梅仙一眼,用别话岔开去了。梅仙也自知失言,低头不语。王兰等人即一阵说笑,混了过去。

随后伯青掷了个幺,是"公子";五官掷了个三,是"少妇"。汉槎与伯青同点,遂起身换坐到伯青肩下;梅仙与王兰同点,也坐到王兰肩下。席间众人各认执名目坐定,双福取过博骰,将那六粒令骰放于盆内,推在小儒面前,又取了三个高脚酒盅来。小儒道:"我们在席八人,只得六根筹子,子骞、小癯是附在伯青、者香名下的,我想每人须得掷一把。头次该伯青掷,子骞照行;一转过来,二次即该子骞掷,伯青照行。如此方无欺弊。者香与小癯亦是如此行法。"众人皆点首称是。小儒先饮了一杯令官酒,便伸手抓起骰子来掷。

未知掷出怎么名目,且看下回分解。

第四十九回

执觞政令主首当权　严酒律王郎偏受罚

　　话说陈小儒既做令官,该由自己行起,取过骰盆,头一掷即成了点面,看去却是"老僧倚门挥拳"。二郎笑道:"掷得好,既曰老僧'挥拳',而又'倚门挥拳',倒要看这条令如何注解!"便将令本取过,翻开看道:

　　如掷得"老僧倚门挥拳"者:

　　怕闻钟得得而来,先装此金刚怒目。竟傍户汹汹以待,休说那菩萨慈心。犯此嗔念之愆,愧彼阇黎之号。

　　掷此者有犯清规,又生气恼,非空门所宜出,此当重罚;姑念势利乃僧家之本等,依栖羞士子之烦多,减罚两大杯,须出席斟一大杯,恭敬于"公子"之前,说:"'僧人'有眼无珠,不识泰山,知罪了,望相公恕我。"再唱《势利僧》曲词一支;敬酒不恭者、不唱者,罚三倍。

二郎看毕,大笑道:"这令未免罚的太苛,小儒可谓作法自毙!请敬酒、唱曲子罢。"小儒无奈,只得斟了一杯酒,送至伯青面前,照令而说。说罢,引得满座大笑。王兰道:"这故事是我姓王家的,若我抽着'公子'的筹子才切当呢,怎么倒便宜了伯青?"小儒道:"者香且慢高兴,这令中惟'妓女'罚款最刻,自然会临到你头上去。我曲子是不会唱的,情愿罚三杯。"便先将正数两大杯罚酒吃了。正要再斟,五官止住,道:"九杯酒你也难吃,我替你唱了罢。"王兰道:"别人代唱不算,还得小儒自家唱才好。他是令官,先就找人代唱。少停我们罚了令,也落得效尤找人了。"五官道:"不是小儒找我的,是我愿意代他的。况且小儒真实不能唱,一定苦人所难,亦觉无趣。就是我不代唱,他横竖罚九杯酒,也没有事了。"王兰笑道:"我也不同你辩,只要我罚了令,央你替代,你别回我就罢了。"五官也不答言,遂从从容容唱了一支《势利僧》。

　　下家该从龙行了。从龙掷了个"屠沽闺阁卖俏",笑道:"屠沽在闺阁中,本不可了,何况还要卖俏?料想注解是定然发笑的。"即寻出这条令,看道:

如掷得"屠沽闺阁卖俏"者:

杀牛好酒虽英雄,底事惯憎脂粉;卖笑争妍偏顾盼,何妨暂媚钗裙?不意帏幔之间,有此须眉之辈。

掷此者,矫揉造作,殊失本来面目,罚三杯。然既思效学巾帼,恐未悉其致,令在座之"妓女"添媚增姣,唱艳曲一支。掷者当诚心敬意,危坐以观罚酒,并令"少妇"俯眉承睫,与掷者把盏。

从龙笑道:"这条令便宜了我,却很难为了者香、小癯两个了。怪道小儒说'妓女'的罚款最刻,大约此令'少妇'与'妓女'两条不罚则已,罚则多是有趣的。"五官笑着起身道:"让我来敬酒,要请教者香、小癯。"王兰道:"你这促狭鬼,不肯代我唱,还要取笑我!好在令条上说'少妇须俯眉承睫,与掷者把盏',你若错一半点,我也不依你的!"五官道:"不用你担心,我的门面我自会做的。"说着,满斟三杯,放出本来做戏的身段,曲意柔情,一杯一杯送到从龙面前,真乃眼横碧水,眉锁春山,腰肢若杨柳临风,行动似芙蓉带露。合席同声赞妙,连王兰亦不禁叫好。既见五官送过酒,自己也难推托,便自低眸细细的唱了一支《佳期》。梅仙也照样接着唱了一支。从龙果然正襟危坐以听。唱罢,合席又赞好不绝。

从龙将三杯酒吃过,该王兰接行。王兰正要伸手去掷,梅仙道:"者香太爷,你可要掷好了,此次是你掷骰,我附着你行,再不要带累了我,适才我已经唱了一支冤枉曲子——总怪我,怎么偏偏附着你这条令?"王兰笑道:"你不要说馊气话,我若自家掷出受罚的令来,不要你罚,我代你就是了。"说着,掷了两次,方成点面,是"妓女闺阁酣眠",遂展开令本,看上面写道:

如掷得"妓女闺阁酣眠"者:

君向巫山,妾可为云为雨。神来洛水,人讶胡帝胡天。翩翩疑汉室宫中,袅袅记柳生梦里。

掷此者,既已酣眠,不便再饮,当央在座之"公子"代饮一大杯;如有附令者,亦饮一大杯;掷者随意唱小曲一支,须词意贴切本旨;四座宜寂然以听,不可扰其香梦。

王兰看了,只得先央伯青吃了一杯。梅仙也吃了一杯。五官命人取过琵琶,拨着弦索,催王兰唱曲。王兰道:"我今日犯了唱的罪了,大曲小曲,闹

第四十九回　执觞政令主首当权　严酒律王郎偏受罚

个不清,行终了令,到底派我唱多少?"遂顿开歌喉唱道:

　　昨宵梦入阳台里,携手罗帏,同效于飞。弱蜻蜓,低回款点,秋江水俏,鸳鸯酣眠。软借春花蕊,醒来犹记,重订佳期,问今宵可能再领风流味?

唱毕,众人齐声赞好。下家该二郎行了。二郎掷了个"乞儿章台走马"。梅仙一眼看见,忍不住又笑了。小儒恐梅仙再说,更使二郎难处,忙取过令本,代二郎展开,念道:

　　如掷得"乞儿章台走马"者:

　　郑元和风流不减,扬鞭重唱莲花;唐六如放浪堪思,击筑豪倾竹叶。依稀柳色犹存,落拓花容未改。

　　掷此者,身虽沦落,心尚雄豪,当满饮一杯以自幸;然与"公子"把臂章台,窃恐不可,须同"公子"与在座"妓女"轮流拇战,谁胜"妓女",则令"妓女"与谁送酒三杯,以订永好。

二郎遂让伯青与王兰搳拳,伯青输了;随后二郎胜了王兰,王兰只得送了三杯酒与二郎。二郎站起,一吸而尽。

　　下家该伯青行令,伯青掷了个"公子市井卖俏"。汉槎忙取过令本,看道:

　　如掷得"公子市井卖俏"者:

　　效当年掷果潘安,观来士女;输昔日游街京兆,容欠端庄。争强于什百之中,夸美于闾阎之地。

　　掷此者,虽然风流自赏,本属少年;未免矜张太甚,有失端严,是与"屠沽""乞儿"同志矣。可与在座"屠沽""乞儿"拇战,以分胜负,负者罚一大杯,再与在座"少妇""妓女"猜枚;掷者负,则分送"少妇""妓女"每人一杯;"少妇""妓女"负,则合唱小曲一支,须暗含劝其归去韬藏之意。

王兰笑道:"有趣!独这条令满座皆不寂寞,惟苦了'老僧',没人理他。"伯青道:"好在搳拳是两个人,猜枚也是两个人,我与子骞同你们恰好配作两对儿。"遂议定伯青与从龙搳拳,与五官猜枚;汉槎与二郎搳拳,与梅仙猜枚——因王兰罚得太多,让他躲过一次。伯青道:"未免便宜者香了,我是不依的;既你们说下,饶了他罢!"王兰笑道:"伯青不要太满,你保得住不受罚么？你若罚了,我也会钉钉认木的！"说着,众人早隔座吆五喝六,搽起拳来。

少停,伯青胜了从龙的拳,二郎胜了汉槎的拳;猜枚却是五官、梅仙负了。各人吃了酒,五官抱过琵琶,与梅仙合唱道：

冤家犹是少年心,终日把闲花野草寻。可知你闺中妻子望殷殷？你只顾斗鸡走马,似落叶飘萍,一味那东西不定,决不想旁人的议论批评。他只说你恋着了奴家,改了情性。

唱毕,众人称赞不绝。

下家该五官行了。五官丢下琵琶,抓起骰子,掷了个"少妇方丈参禅"。王兰忙取过令本,笑道："倒要看这少妇怎样在方丈参禅呢！"便展开念道：

如掷得"少妇方丈参禅"者：

小鸾彻悟三生,自陈诳戒;琴操顿空万念,独矢皈依。羞他巾帼称姣,向我蒲团兀坐。

掷此者,深闺弱质,遁迹空门,其志可嘉,其情可悯,当恭敬在座"老僧"一杯,拜为师父;须再别其格以法叶、小鸾贪、嗔、淫、杀四问。

五官听说,即起身恭恭敬敬送了小儒一杯酒。小儒接过饮毕,笑道："五官应该跪下,候我讯问才是！"五官笑道："小儒,将就些罢,你此时不是在任上,还要行出那做官的排场来！别要讨我笑话了,你快点问罢。若再延挨,我可不说了。"小儒笑了笑,问道："你可犯过酒戒么？"五官答道："犯过,

洞房喜饮合欢酒,画阁祥开庆寿筵。"

小儒又问道："可犯过色戒么？"五官答道：

眉黛时教夫婿画,衾裯惯与小星争。

小儒问道："可犯过财戒么？"五官答道：

姑嫜每赐添妆锦,儿女同分压岁钱。

小儒又问道："可犯过气戒么？"五官答道：

嗔婢掐来花带叶,怪郎笑对谑兼嘲。

众人听了,点首痛赞。小儒回身看了看架钟,已交申正,向众人说道："我们吃饭罢,停会晚间再行;好在已行过一遭了。"即吩咐摆饭。大众吃

第四十九回　执觞政令主首当权　严酒律王郎偏受罚

毕,散坐盘桓。

里面丛桂山庄众位夫人也散了席,各自品茶闲话。巴月娥邀着他母亲与王氏等人至各处游赏。众丫头、仆妇带着各府公子、小姐们,也在满园里玩耍。方夫人偶与洪静仪说到朱家亲事,方夫人道:"今年乡试之期,两个孩儿是要去观光的,倘能侥幸,转眼又要进京,这件事非明秋不可。我意在请王大人先写封信通知朱府,如宝徵托庇中得一名举人,娶朱小姐过门,自然是明秋了;否则,今冬即看年庚,好让朱府早为预备。虽说两家不争竞财礼,一切零碎等物,也非一朝一夕可以办成的。"静仪道:"我也怎么想,男女孩子皆大了,早早完全,你夫人也少却一件心事。若大公子中了举,那是正经事,耽迟到明秋,亦非好意的。明日即催我家老爷寄信去,看朱府回信来是何说法;恐他家尚有扭难,再通知冷府一声,请他从中成全。"方夫人点头称善。

少顷,已掌灯时分,内外灯烛点的明如白昼,又映着一天月色,上下交辉。早又摆上席来,众夫人仍是原坐。巴氏母女等人即在里间退步内也设了一席,又扯了锦筝同坐。因今日是五官的生日,众人推锦筝首座。锦筝再三不肯,还是素馨在外间听见,吩咐他坐了。月娥等人又轮流与锦筝送酒,内外两席,浅斟低语,倒也热闹。

外面红香院内,小儒等人亦入了座。王兰道:"我将才也算罚够了,此番仍是小儒的令官,我也要罚人怎么几回方罢。"小儒笑道:"只怪你掷的名目不好,要想罚人是难的,只求不受人罚就好了。"仍叫人将骰盆、令本取过,自己又吃了一杯门杯,伸手掷了个"老僧古庙参禅"。取过令本,看道:

>   如掷得"老僧古庙参禅"者:
>   青灯向壁,于此中见佛见心;红叶满山,竟若个无人无我。三椽破屋栖身,几片秋云补衲。
>   掷此者,空谷修行,影形相吊,于世无知,真如已得。当自饮一大杯,下家接行。

小儒笑道:"妙!妙!这条令我也不去扰人,人也不来扰我。"便斟了一杯酒,一口吸尽,将骰盆推到从龙面前。

从龙掷了个"屠沽方丈醺眠",笑道:"有趣!上回闹到闺阁中,此番又闹到佛门中去了。"遂展开令本看道：

　　如掷得"屠沽方丈酣眠"者：

　　济佛本是知音，一觉外只谋酒肉；如来未必恼我，迩时间放下屠刀。堪怜醉梦之俦，忽证阿那之列！

　　掷此者，虽眠非其地，幸情有可原，当与在座"老僧"各饮三杯；"老僧"随意席上生风，作禅语问之，掷者如不能答，罚三大杯。

从龙看毕，即先斟了三杯酒吃过，复将空杯斟满，送至小儒面前。

　　小儒擎杯在手，想了想，问道："在田，你知我这杯酒饮是不饮？"从龙道："你当饮者则饮，不当饮者则不饮。"小儒又在碟内拈起一片橘子，问道："这橘子我还是敬你，还是留着我自家下酒？"从龙道："敬人者情，自食者理。"问答罢，众人拍手赞好。王兰道："小儒问得妙，在田答得亦妙。'老僧'自然精通禅理，不料'屠沽'辈亦能解此，真不愧'放下屠刀，立地成佛'一语。你们吃过酒，该我们行令了。"便将骰盆拉过，送到梅仙面前，道："这一回派你掷，你前番抱怨我掷得不好，连累了你，你可要掷好了。"

　　梅仙笑嘻嘻的抓起骰子来，一掷即成了点面，是"妓女市井走马"。王兰笑道："你掷得好，变出个跑解马儿的来了！"梅仙道："管他甚么解马不解马，只要不罚就是了。你瞧这条令，都不得过于受罚。"王兰展开令本，高声念道：

　　如掷得"妓女市井走马"者：

　　看如此窈窕身材，马背偏能稳坐；输尔辈鞭缰控驭，蛾眉何肯让人？彼美策骑而来，合市环堵以望。

　　掷此者，孰料走马称雄，出自女子！其技可奇，其事可鄙。罚酒不拘杯盏，随量而饮，当与在座"公子"随意角技，负者罚三大杯；如有附令者，掷者负，附令者饮。

王兰笑道："真不该应，偏生派你当权，我为附令！你若负了，又是我吃酒，岂非我罚出神来了么？"说得众人大笑不止。梅仙即与伯青言定，搳拳三拳两胜。谁知伯青胜了梅仙两拳，王兰只得将罚酒吃了。

　　下家该二郎接行，二郎竟三掷未成点面，便吃了三杯酒，将骰盆推到伯青面前。伯青让与汉槎，掷了个"公子章台走马"，照令本上所说，同席贺饮三杯；恰恰汉槎年纪最小，众人又加添一杯，每人共吃四杯贺酒，惟王兰、梅仙、五官三人吃了五杯。王兰道："子骞附伯青的令,偏生掷得好,比伯青上回掷的'公子市井卖俏'还胜一筹。不似小癯附我的令,他输了拳,派我吃酒,可不是我今日运气不佳么?"众人吃过酒,汉槎将骰盆送至五官面前。五官掷了个"少妇闺阁挥拳"。从龙道："这少妇在闺阁中挥起拳来,倒也好看。"遂代五官展开令本,念道:

如掷得"少妇闺阁挥拳"者:

蝾首蛾眉,何故狮驯吼夜?鸾绡鸳帐,怕闻鸡牝司晨。人畏柳氏之威,谁受季常之辱?

掷此者,闺帏少艾,忽逞雄风,虽然夫也不良,未免彼妇太悍,当罚酒三大杯;如得之柳姓,正合河东故事,在座之"公子"与有陈姓者均宜出席,避其声势,俟下家接行后,方准入席;在座之"妓女"亦当出避,勿累"公子",如私与"公子"交言,罚酒一杯,并令跪于椅上,唱小曲一支。

五官听从龙念毕,便斟了三杯酒,次第饮尽:当五官饮酒时,伯青、汉槎、小儒、王兰、梅仙五人皆出席远避。

五官吃到第二杯酒,一眼看见王兰立在伯青身后微微的笑。五官放下酒杯,取过烛台,用手去弹烛煤,刚刚弹到伯青靴底旁边。伯青正与小儒说话,不曾留意。王兰恐烛煤烧损伯青靴底,忙推伯青道："你低下头瞧瞧,不要只顾谈心,靴底多分烧通了。"伯青闻说,慌忙走开,正欲开口,五官道："者香与伯青交言了,犯了令了,快吃罚酒,唱支小曲大家听罢!"众人一时皆会过意来,齐声赞好。二郎笑道："未免过于苦了!者香好意,怕伯青烧了靴子,反落在五官圈套中去,真所谓出了好心没好报呢!"王兰方明白五官弹烛煤到伯青脚下,是有心捉弄他的,恨得咬牙笑骂道："你这小鬼头,也来算计我,停会再同你算帐!"只得入席吃了一杯酒。

梅仙抱过琵琶,屈着半膝,跪于椅上,弹着说："我唱了罢。"便唱了支《银绞丝》,道:

风清月白好良宵,八月秋深,丹桂香飘,雁儿声高。人生及时,须要行乐好,樽中酒不空,座上客常到。闹嘈嘈,猜拳行令同欢笑。看看月影已是满天了,那露湿无声,冷透花梢。宾主儿呀,好归去,归去明日再请早。

五官俟梅仙唱毕,忙斟了一大杯酒出席,向王兰、梅仙深深一躬,道:"有累有累,我罚一杯请罪。"说着举杯,仰起头一口吸尽。众人拍掌称快。

　　小儒道:"小癯唱的'归去明日再请早',我们也好散了,明日请早罢。好在令已行交头,天也将近三更,我们亦该进点饮食,在田还要回衙门呢。"此时众人酒已有了几分,不过吃些面食、点心之类,便起身散坐,漱口净面。家丁们送上一巡茶,从龙即起身作辞。小儒等人直送出园门,从龙上了轿,鸣锣喝道,回衙而去。众人亦各转寝所歇息。

　　单说丛桂山庄众夫人也散了席,方夫人留住婉容、小凤耽搁几日。玉梅邀了小凤到他房里去住,两人命使婢烹茶,挑灯闲话。正说得高兴,见方夫人、程婉容、江素馨一同进来。小凤、玉梅忙起身让座。方夫人笑道:"显见你们是旧相识,比旁人亲密,早早的约齐回房,唧唧喳喳的说些甚么?我们偏要闹了来听!"小凤笑道:"有甚么说呢?不过是陈篇旧套的话,还瞒人吗?你们来听,也不妨。"一语未了,又见秋霞执着手灯,照着祝琼珍、赵小怜同进房来,后面奶娘抱了梦庚公子相随。

　　素馨笑道:"你也来了么?怎么将梦庚带了来?"便伸手接过梦庚,坐在膝上,逗着他望灯光扑笑。琼珍道:"我同爱妹妹到嫂子那边去说话,见丫头们都歪着打盹,问起来,才知道你到这里来。恰好梦庚睡醒,哭着找你,奶妈正要抱他来,又说陈、云二位姐姐亦在这里。想必你们又议论甚么,我们也赶了来,落得大家热闹热闹。况且明日再过一天,我与嫂子等人要回去了,这一次出月,过了秋节才能来呢。"说着,见小丫头们早设了座头,琼珍、小怜坐下。秋霞等婢,有服侍玉梅的丫头蕙香、小凤的丫头文琴邀至对过房内吃茶。

　　众夫人谈谈笑笑,又与梦庚玩了一回。方夫人道:"我想起一件事,正欲去与瑶君妹妹商量,恰好你们总在这里,评论我这句话可使得?秋霞那丫头,我爱他很伶俐,又不多言多语的。不比我家红雯那蹄子,虽然做事乖觉,这一张嘴比刀子还快,半点儿不肯饶人,到处惹是生非,我就是厌他!"小黛笑道:"你不要错认了人,秋霞外面似忠厚老实,肚里比甚么更清楚呢!说出话来一句是一句,也够你受的。他不多话,正是他取巧的处在。倒是红雯有口无心,讨人嫌厌,其实肚子里直通通的,一点货也没有。我看这些丫头们中,不是我说护短的话,还是我家素月是个呆子,心里没

第四十九回　执觞政令主首当权　严酒律王郎偏受罚

得甚么，嘴里也没得，与人好是这样，与人恼亦是这样。"洛珠笑道："罢，罢，罢！人家的丫头都不好，惟有你家的素月好，是个呆子。多因主人好，丫头也是好的。正经本题上的话还没有说出缘故，被你在旁枝上闹了半日，那个好这个歹的，让人家将话说明白了，再领教你的议论不迟。"说得众夫人都大笑起来。小黛笑道："我不过因陈太太说他家红雯不好，我分剖了几句，偏生不中你的意思，反引出你唠唠叨叨一大串的话来。我也不同你说了，让你听正经话罢！"

　　方夫人笑着道："我并非一定夸奖秋霞，因为有门亲事，代秋霞做媒，倒也合宜，所以要与瑶君妹妹商量。以前我家老爷在江都县任上，有名得用家丁，名叫王喜，办事颇有机变。"说着，回头对小黛笑道："说起来，这王喜你该晓得的。"小黛听了，顿时满脸绯红，向地下啐了一口，道："你们怎么好唎！几十年的旧话，还记得这般清白，你也学他们尖嘴薄舌的刻薄人，别要讨我骂你！"众夫人回思一想，又都笑了。笑得小黛坐不安身，站起来同梦庚去玩耍。洛珠道："不要说罢，翠翚要着急了。"方夫人又道："我家老爷很为宠信他，凡有大事，多叫王喜去干。连双福那孩子，虽然自幼跟随老爷长大的，都不及他知道主人情性。后来江宁府、藩司等任上，皆用他专办外差，事无巨细，从未舛错。前年又带他到京中去，回来时，将他转荐到东府王爷的府里。王喜本不愿意，我家老爷再三开导了他，道：'此次辞官回南，用不着干外事的人。况你年纪不大，正好在王府里巴结一番，将来还可碰些造化。若是别人，想王府里这条门路还不能呢！再则我也不肯实力的去荐。你如跟我回南，未免可惜。你不比双福，自幼随我的，我也离不了他，他亦不能到别人家去的。你自己斟酌，别要误了好机遇。'谁知荐了过去，王爷大为得用，也亏他会钻谋，一半年工夫，把王爷骗得欢喜他非常。代他谋了个漕营千总，又代他在部里料理，指归漕标，以千总补用。果然应了老爷的话，碰出造化来了。王喜连年腰内也积蓄得不少，复在部里大大花了一宗，现在以卫千总尽先拨补，即辞了王爷差使，来归漕标候补。昨日到了南京，已见过我家老爷，据说人又发胖了，多少很有个官儿气度。我意在将秋霞说给他做妻子，也不误了秋霞。若说他而今得了官，嫌秋霞是个丫头，不肯要，有我家老爷说了，他不敢不依；而且他也不过是个小子出身，不是甚么名门大族的后裔，秋霞配他亦不为辱没。俗说'夫荣妻贵',秋霞在这里是个丫头,他娶了过去,即是一位千总太太了。"

琼珍道:"这头亲事好是好极的了,在秋霞是求之不得,我只怕王喜不行。你虽说他是小子出身,彼一时,此一时,而今到了富贵场中,忘却本来面目的人也多得很。在我们看起来,一个卫千总,亦算不了甚么。在他,由小子营谋到六品前程,甚不容易,难免无自尊自贵的念头。我想明日先叫人去背地讨他口气,他若肯要秋霞,再请陈大人当面吩咐他。不然,碰回头,倒彼此没意思。即如他不敢不要,委屈应许了,将来秋霞要跟他过一世日子的,与其日后带累他夫妻们口口舌舌的,莫如此时问明了,两无抱怨。"素馨道:"姑娘却虑的是,况且终身大事,断不可草率勉强。"方夫人亦称在理,道:"明日即叫双福去问他。王喜本与双福契厚,他们是无话不说,倒可以得他个实在口气。"众夫人又谈笑了一回,时已四更。素馨因梦庚又在奶娘怀中睡熟了,怕的受凉,即起身道:"夜深了,我们去罢。"众夫人也一齐起身出外。秋霞、红雯等忙点了手灯过来,在前引路。小凤、玉梅直送到院外方回。又喝了一盅茶,文琴、蕙香上来,服侍他两人睡下,将过夜的罩灯点了。随手掩上房门,同到套间里去睡了。

方夫人回至房中,小儒早寝,兰姑与赛珍小姐尚坐在房内等候。见方夫人走进,迎上来说了两句话,又道过安置,兰姑回自己房去。赛珍退入里间套房时,小儒已醒,问道:"你怎么这时候才回来?又谈到甚么好处了,连觉都忘却睡?"方夫人遂将秋霞说给王喜的话说了一遍,小儒答应了。红雯伺候方夫人卸了妆,宽了裙袄睡下,方回至套房,陪伴小姐安寝。一宵无话。

次早,小儒、方夫人起身梳洗毕。小儒出外,叫进双福,将方夫人昨晚的话吩咐他,"如何去探王喜的口气,再来回我。"说罢,即向园内寻伯青等人闲话。刚走过留春馆花畦,只见双福忙忙的走来,回道:"王喜在外禀见。"一面将手本呈上。小儒就在双福手内,见上面写着"门下沐恩王起荣"。小儒笑了笑,道:"如今改了官名了。可叫他到红香院来见。"双福答应退出,去领王喜。

未知王喜来见有何话说,又未知秋霞亲事如何,且看下回分解。

第 五 十 回

补卫官家丁欣出仕　访名妓措大闹争风

话说王喜自入王府后，尽心巴结，各事办得详细周到。王爷大加赏识，每说："王喜这孩子很有出息，怪不得陈大人极力保荐，说他着实可靠，果非谬赞。"又见他有志向上，便存心想提拔他。王府中上下有百十余人，王喜相处往来，皆无偏向，是以上下人等没一个不同他好，真乃上和下睦。

一日，有个吏部司员来见王爷，面禀公事，说及"海堤工竣，普庆安澜，该处督抚奏保出力员弁有数十人之多，要算一个大保案了。此折昨日奉旨，已交部议奏"。王爷闻说，便想到王喜身上，也不与王喜知道，即将他姓名开送到部里去，夹在海工案内，代他改名起荣，又指名要保漕营千总一项。试问部曹堂属各官，谁人敢不趋奉王爷？见了来条，也不问此人是何出迹，料想是王爷的心腹，遂将王起荣名下加了"在工尤为出力"等字样，议复上去。不数日，奉到上谕：悉如该督抚所请。王喜竟一毫气力未费，连海堤都不知是个甚么样子，得了个卫千总名目。部里即打发人送信与王爷，王爷方将王喜叫过，告诉他保举一事。王喜听了，喜出望外，心内着实感激王爷，忙趴到地下叩了几个头。王爷笑道："你如今是朝廷命官了，我也不敢用你，你好料理归标去罢，也不负陈大人荐你到我这里一场。但是官职虽小，责任甚重，倘一二年中得了实缺，须要实心实力的做官为是。"王喜连连应了几个"是"退出。早有府中人等得了此信，多来为他道贺。王喜备了几席酒，请众同伴畅饮了一日；又去置了数套公服冠带，穿戴起来，先叩谢王爷，即赴部挂名，递呈履历，预备引见。

过了一日，引见下来，便辞别王爷，收拾动身。王爷又当面嘱咐了一番。次早雇了骡车开行。此时王喜身边也用了两名家人，沿途趱赶，不日已抵南京，觅定寓所，备了手本，来谒见小儒。因小儒他出，未曾见得。次日一早，又来伺候。恰好双福正要去寻他说话，忙将手本先拿上去回了小儒，下来带着王喜由园门进去，转弯抹角，来至红香院。双福抢步进内回明时，小儒正与伯青对坐。王喜走入，朝上磕了三个头，起来请了安，回身又叩见伯青。小儒见王喜穿着千总服式,仪容比先又魁梧了些,颇合武职小官的气派,遂欠欠身,命双福挽住,又叫在下面设副座头,叫他坐下。王喜再三不肯。伯青笑道:"论理,原没有你的座位,而今你大小是员官了,况武职至千总,例见督抚,也有座位。你老实坐了罢,好讲话。"王喜又请了安,方侧身坐下。小儒细问他京中光景,王喜一一禀明。小儒点点头,命他至外面歇息,"少停我还有话问你。"王喜立起,应了声退出,央双福带他入内叩见方夫人与众位夫人。又至王兰、汉槎等处去了一趟。

出来,双福即邀他到览余阁。叫人送了茶,双福道:"王大哥,恭喜你得了功名,转眼到任即是一位大老爷了!我们真望尘莫及,惭愧万分!罢!罢!当日忝在一处数年,又蒙你大哥相待小弟极好,不同旁人。目下大哥入了仕宦场中,切勿忘却我们,能于提携一二,纵执鞭随镫我总愿意。"王喜笑道:"你老弟又来取笑人了,愚兄不过沐主人恩典,荐入王府。又蒙王爷天高地厚之恩提拔,得了这点小功名。外人看着以为荣耀,不知愚兄时时惧怕,生恐才力不及,有负主人、王爷一番恩典!至于你老弟,是不屑出去,若肯出去,还怕主人不成全么?当日的一班旧朋友,我是刻刻不忘,老弟尤甚。倘或托老弟福庇,能补了这千总一缺,亦是主人的光彩,我想将一班旧朋友请了去,住个一年半载,大家好亲热亲热。若将才你说的话,未免使我置身无地,尤其你老弟说了,更外该罚!你既说我平日待你不同外人,难道你还不知我的心么?愚兄并非那种忘旧的人。"双福笑道:"多谢,多谢!足见大哥犹惦记小弟。但愿大哥早早补缺,就是不来邀我们,我们约齐了,定然闹到你衙门去,难不成怕你翻过脸皮,撵逐我们走么?"二人正说着,小儒又赏出一桌酒饭。王喜站起身,请众来人先代他上去谢赏。双福叫摆开桌椅,让王喜上坐,双福对坐,跟双福的两名小童在席前伺候送酒上肴。双福亲自执壶,与王喜斟了一杯酒,道:"大哥请干一杯,此去走马上任,叠擢飞升。"王喜欠身接过,一口饮下,道:"多谢老弟金言。"双福又斟了一杯酒,放下壶,道:"再请干一杯,小弟尚有言奉申。今早本欲到贵寓里去一遭,因爷爷吩咐,有话与你商量,偏生你大哥来了,省却小弟往返。现在你大哥得了官,也该定门亲事下来,不能老爷赴任,没有太太,可不是笑话么?祝小姐贴身陪到江府里去的一名丫头,名叫秋霞,很有几分姿色,你大哥先前也曾见过的,现在更出落得美人儿似的。

第五十回　补卫官家丁欣出仕　访名妓措大闹争风

前日太太想起你还没有亲事,与祝小姐商议,要将秋霞给你。祝小姐倒也愿意。只怕你而今做了官的人,不肯要江府里的丫头,等得了缺,自然有高门旺族来与你对亲。要当面与你说,恐你不好推却。祝小姐又道:'这件事不是可以勉强得的,都要彼此两相情愿,倒是问明白了好。'所以太太叫我背地里问你一声,行与不行,没有旁人知道。若说开了,不成功,你还罢了,怕秋霞面子上过不去。你将这句话肚里揣摩揣摩,可行可止,倒不要关碍着老爷、太太的面子,实告诉我,好去销太太的差。"

王喜道:"呀哟!老弟,你说的是甚么话?怎么说我做了官,妄自尊大起来?没说我这小功名是主人恩赏的,连我这身子都是主人的;况且主人还有个丫头赏我,就是不准我终身娶亲,我也不敢抱怨。主人的恩比生身父母犹重;再则,主人赏我个丫头,是何等体面!我敢说一个不字么?除非我油蒙了心窍,不明好歹。好老弟,烦你回明老爷、太太,说王喜愿意得很,只恐玷辱了秋霞姑娘。再请太太吩咐,如何聘定?用甚么礼节?王喜好遵示办理。好老弟,千万代愚兄说恳切些!"双福听了,拍手道:"大哥,你真爽快!不似而今的人,暴得了好处,就装出那些虚情假态的模样,故意有多少扭难。你今未改旧日的脾气,即此一端,可信你断不会忘却我们!"王喜笑道:"适才老弟尚疑我是浮言,这一来可以相信了。"

双福又道:"你既肯要秋霞,我倒代你想了个万全的法则在此。不怕你大哥怪的话,究竟秋霞是丫头出身,若到标后再来迎娶,或是送亲过去,恐人看破底止,反为不便。莫如就在南京赁下一所房屋娶亲,然后携眷到清江归标,岂非两全其美?就是大哥由京里出来,不即归标,先来南京禀见主人,大哥亦是预立脚步,一则怕老爷见怪,二则安排停当,免得旁人走漏消息,也是你想得周到的处在。我的愚见,人家由下至上,好容易巴结出头,是人家有志气。俗说:'英雄那怕出身低?'不知现在世上的人一味刻薄,眼珠子又小,开口都要访问人家的出迹。若是好的,即说得锦上添花,十全十美;若有少许欠缺,大家念起歪嘴经来,下死劲的加十倍糟蹋,其实与他毫无干涉。"王喜点首道:"老弟所见甚明,真乃洞彻时事,并承代愚兄筹画尽善,心感之至。惟有老爷、太太面前千万不可如此说法,要惹老爷、太太生气的,好说他以为有了功名,怕娶江府丫头,跌了他架子,生出这许多枝节来。老弟但请太太示下,过后再作计较。"双福道:"我理会得,我有我的说法,你放心,绝不叫太太怪你就是了。"两人又吃了几杯酒,方叫摆饭,吃毕散坐。王喜同了双福进内,谢了赏,告辞下来,在门房内各处招呼了一回,带着跟他来的人回寓而去。

这里双福送过王喜,上来见小儒与方夫人,将王喜应许的话回明。方夫人听说王喜一口答应,毫无推辞,甚为欢喜,道:"本是江太太过虑,我说那小子断不能违拗!"双福复趁势请方夫人如何办理,又回明王喜要在此地迎娶,怕的到了清江,徒多往返。小儒向方夫人道:"这也罢了,倒是在这里娶过去的好,省却被外人晓得是娶的江府丫头,叫漕标同营的官笑话他。你可与子骞夫人商议,爽性成全了他罢,早娶迟娶,总是一般的,还可彼此省些费用。"方夫人答应了,即叫红雯去请江太太过来。

小儒起身,带着双福出外去了。少停,琼珍已至,众人忙立起让座,即叫红雯同秋霞到那边坐去,"我与江太太说要紧的话呢,招呼你们再来。"两人答应退出。方夫人便将王喜已允的话告诉琼珍一遍,又说:"王喜意欲即在南京娶过去,带往清江,所以请你过来商酌,要求你体贴。"琼珍道:"这有甚么商酌?秋霞既是他家的人,随他到那里迎娶,我又何苦从中扭难?秋霞亦非我亲生的女儿,你姐姐尚可成全王喜,我亦乐得成全秋霞。一定叫人晓得他夫妻一个是小子,一个是丫头,与我们何益?况且王喜初到漕标听差,若专为娶亲告假,也不像句说话。若这里送亲过去,派甚么人送秋霞去呢?单派几名丫头、小使送他过去,分明是要人晓得他夫妻底止。不如在这里娶去的好。"方夫人道:"妹妹,你既然可以体贴,明日即叫人去知会王喜,叫他择日前来迎娶。我又想,若在外面赁屋居住,至速要满了月动身,又添出一番使用。我意即在园子里借一处房屋与他娶亲,秋霞可由这边扶到园子里去。及期,王喜作为来此招赘,可以三朝五日,他们夫妻即可登程——倒是我们这边恐预备不及,好日子须要拣定出月方可,因为秋霞漫说服侍你一场,算自幼在你跟前长大的,你也得替他置备置备。"

琼珍道:"亦没有甚么置备,我穿不着的衣服也多,每季匀出两套,即很够他穿了。不过一切首饰、动用等物,要添补少许。好在秋霞身边的簪环钗珥,连年我给他的不少,添补倒有限了,大约三五个日子,即可补置齐全。但是秋霞这蹄子嫁与王喜,是离了我这里的丫头名目,去做千总太

第五十回　补卫官家丁欣出仕　访名妓措大闹争风

太,可谓平登青云,他得好处,我反要陪贴嫁赀,想起来真怪不值得的!"方夫人笑道:"你何能这么说呢？好容易人家也是父母养的,来伺候你,凭你打骂,呼来喝去,不过图的个末了一着,落主人的少许陪送。别说秋霞要算是明媒正娶,嫁与王喜的,即如给个小子,你也不好光光的就怎么推他出去,此时你说苦给谁听呢？不该你出,难不成该我出么？你不见锦筝前日出嫁柳五官,梨云妹妹也陪了若干,他也未曾说苦。将来红雯有了人家,我亦是要陪贴的。可见家家都是有的事,并非你独自个儿吃苦。不过秋霞那丫头命还算好,虽说王喜官卑职小,大小总是个命妇,有这一节,你却要比锦筝陪得丰富些儿才是。在丫头班中,要推秋霞是个出色的了。"琼珍道:"秋霞纵然命好,那能赶得上你家二奶奶呢？"方夫人道:"这却差得多呢！秋霞的先代家世,焉能赶得上我家二奶奶？不然,云大人也不肯收为义女,我家老爷亦不肯代二爷给这门亲。"琼珍听了,点头称是。方夫人即命红雯唤了双福进来,叫他去说知王喜,赶紧择吉下聘、入赘:"你再派人将丛桂山庄退间收拾出来,做秋霞的新房。"琼珍也叫双福买办新房内一切物件,"买齐了,到我这里来领价。"

　　双福答应下来,一面派人到丛桂山庄打扫裱糊,所有日前五官在内住着的动用物件,未曾收去的,搬至锦筝屋里交代；一面去通知王喜。王喜即邀了双福,到命馆内查选《通书》,拣定本月二十八日下聘,八月初三日吉期。至于下聘各物,王喜自然叫人分头去办,毋庸细说。双福转来,回明方夫人下聘、入赘的吉期,又去买定了新房应用各物,开了清单,送与琼珍,领取银两。当时叫人一件一件的发至园内,又亲自去看着安排停当,各事皆备,专待吉期。且说琼珍、素馨等人过了一日,要打点回去。程婉容前一日同小凤早回去了。琼珍即将秋霞留于方夫人处,待到初三吉日再来。回至府内,将秋霞的话又禀明了江老太太。到了自己房内,开箱倒箧,寻出十数套四季衣裙,多是簇新的,甚至只穿过一两次的,叫打了一个大大包裹,送至方夫人处；又在众丫头中挑出一名年纪大些的丫头——叫秋鸿的,贴身服侍,补了秋霞的空子。

　　此时秋霞已知道自己许了王喜,他本见过王喜的,又听得王喜如今做了官,心内十分喜悦,深感琼珍待他恩重,外面却不好意思,生恐红雯等人来取笑他,终日躲在方夫人房内。偏偏红雯等人闻得,心里又羡慕他,又妒忌他，约齐了，俟方夫人不在房内，即来与秋霞道喜，你言我语。半讽半嘲，弄得秋霞躲又不是，答又不是，只好低着头转身向壁，随他们去说笑。红雯见了，冷笑道："哦！先就装出这千金小姐的样子，不几日，好过去做千总太太，真正在我们这班野鸡队里跑出一只凤凰来了！将来我们说起来，也是体面事。"秋霞听了，彻耳皆红，恨不能就回他们几句；无如又碍口识羞的，心内惟有暗骂而已。内中有几个丫头，向来与秋霞好的，见他这般光景，不忍再说，反来阻挡红雯，道："红姐姐，不用说了，何苦说得人难受？"正没开交处，恰好方夫人回房，大众方走了开去。

由此，秋霞不敢一人躲在房内，怕红雯等仍来取笑，只得紧紧跟着赛珍小姐，寸步不离，免得红雯等人聒噪。到了二十八日，王喜那边也叫了数名行人，送聘礼过来。均是方夫人做主收下，又备了回盘、赏封，开发来人。初一日，即将琼珍、小怜接至，素馨、婉容也邀约了来看热闹。午后，双福来回：新房内已铺设停妥。方夫人邀了众夫人同去观看，果然新房收拾得十分齐整，退间一带短窗皆用红纱糊了窗心，其中床幔、箱橱色色精美，虽不比富贵人家，较之那中等人家绰然有余。众夫人坐了坐，复回东宅里来。琼珍又拨了两名小丫头服侍秋霞，王喜也买了一个大丫头，下聘的这一日即送了过来。

初三日清晨，众夫人便起身，梳洗毕，同到方夫人房内。看着秋霞开脸、上头，换了六品服式，凤冠霞帔，玉带蟒裙，俨然是一位安人了。待至吉时，即由东首耳门扶到园内，一路上红毡铺地，新人头上用一柄红伞遮着，众夫人随着，一齐到了新房，专守新郎入赘。园内览余阁等处皆张挂了灯彩，小儒早央了梅仙、五官接待王喜。金、柳二人也是衣冠齐楚，在览余阁等候。忽听外面一片鼓乐声音，见家丁上来回道："新郎到门了。"梅仙、五官忙起身降阶迎接。王喜在园门内下了轿，四名家人提着红灯在前导引，两行粗细鼓乐在后相随。王喜今日是朝衣朝冠，身上披着丈二红绿彩绸，头上插着两朵销金宫花，缓步而来，颇有气度。梅仙、五官即迎上去，彼此打了躬，邀请上阁，分宾归座。家人献了茶，鼓乐暂停。小儒等人全行避过，恐王喜拘于礼节，不便起坐。金、柳二人陪着王喜行过一切大礼，傧相上来请新郎交拜天地。金、柳二人尽皆起立。阶下又奏起乐来，里面扶出新人，当中设了天地纸马，铺下红毡，叩拜神祇宗祖，夫妻又对面

第五十回　补卫官家丁欣出仕　访名妓措大闹争风

交拜了四拜,方请小儒等与众位夫人受拜。众人再三辞止,即向上行了礼,然后同入洞房,坐床合卺。此时众夫人亦一齐避出。

一时礼毕,王喜复又出外。览余阁中早设了酒筵,仍是金、柳二人相陪。王喜前两日托双福代办下十数桌酒席,是日送了四席至东边宅内;其余男女家丁,皆有喜酒。小儒等人早预备下了各色靴帽袍褂等件送与王喜,方夫人等亦送了秋霞许多妆奁应用之物;从龙未便亲来,亦遣人送了礼物。不须细表。

时已二更将尽,外面散了席,梅仙、五官命四名家丁执着五彩琉璃手灯,在前照着新郎,他两人后面邀请着,送入洞房,又坐了半晌,方起身告退。众婢媪上来服侍两位新人安寝。王喜与秋霞皆彼此见过的,倒还你贪我恋,一宵恩爱,早定下海誓山盟。次早,夫妻起身梳洗,穿戴已毕,王喜出外叩谢了小儒等人,秋霞亦叩见方夫人等与自家主母。众人备了酒席,款待他夫妻。

过了三朝,王喜即来禀明小儒,要赴清江归标。小儒道:"你理应早去,现在是王大人的岳父洪老大人做漕运总督,我昨日已与王大人说过,求他赏封荐书,与你带去投效,洪老大人必然提拔。"便在书架上取过一封书,递与王喜。王喜忙接过,请了安,叩谢了一番。王喜退下来,回到自己房内,与秋霞言定,初九日上好良辰起程。自然又有一番料理。

初八日晚间,小儒众人摆了酒,与王喜饯行,仍挽梅仙、五官作陪。内里琼珍亦与秋霞送行。秋霞回忆十余年主仆情深,一旦分离,虽说自家得了好处,究竟难忘旧主之恩,不禁潸然泪下。倒是琼珍多方开导道:"你在我身边十数年,是自幼长大的,我待你固属不错,你事我亦复尽心尽力,我只不放心你的终身。难得陈太太为媒,说给王喜为妻,他大小是个官儿,你也算有了出头,我亦甚为欢喜。只要你夫妻和睦,生下男女,王喜再得了实缺,你可谓心满意足。也不必时常记挂着我,你并无父母,我这里即是你娘家了。你夫妻到了清江,隔一半年,我再打发人去接你。"众夫人亦从旁劝说,秋霞始收泪,唯唯受命。少时内外酒散,各回寝所。他夫妻是不能睡了,一夜检点零碎等件,直至日出,外面备齐轿马,王喜与秋霞穿了大衣,叩辞小儒等及众位夫人,又各各叮嘱了一番。王喜告退下来,至门房内与双福人众让了一回,方上了骑。园内秋霞也上了轿,众妇婢坐车的、坐轿的，一齐押着行李等物出城而去。到了码头下船，挂起风帆，直向清江。这里琼珍见秋霞已去，亦觉凄然。因秋节在近，次日即与素馨、婉容等人各回府去。

单说王喜夫妻在路，非止一日，行抵清江。先着人上岸寻定了公馆，将秋霞接进新宅，忙忙碌碌，安置带来物件。一连数日，方算清闲，便打点去归标，外面料理定局，即去禀见漕帅。见面庭参礼毕，略回了几句话，便将王兰的荐书呈上。洪鼎材见是女婿的亲笔，忙展开看，上面写着无非恳请提拔王起荣的话。王兰亦未欺瞒丈人，将王喜的出身从头叙出。洪鼎材看罢，点了点头，道："我知道了，碰你造化罢。"王喜答应退下。

从此即在漕标候补听差，又备了几席酒，遍请同寅各官。漕标中军仍是郑林，他晓得王喜是陈小儒的心腹，更外比别人照看得周到；王喜又善于逢迎，各事极力拉拢，不上两月，同寅等人莫不与他契合。洪鼎材亦爱他干办，又有女婿的嘱托，遂有心想提拔他。该应王喜的时运到了，扬州卫守备在任病故出缺，申详上来，洪鼎材一面出折具奏，一面即委千总王起荣暂行护理。王喜奉到委札，不胜喜悦，忙去叩见漕帅。禀辞下来，即收拾行装，带了家眷，至扬州赴任。此番与来的情形大不相同，在码头上封了数号官船，船头上排列扬州卫牌伞、执事，桅杆上丈许长官衔黄旗，大书"扬州卫正堂"。临行前两日，同寅诸官纷纷饯送。是日黎明，王喜夫妇坐着四轿，前呼后拥，来至河边下船，当即鸣锣开行，一路上甚为威武。行了四日，已至扬州，早有卫官衙门各色吏役人等前来迎接。前任卫官家眷，于新任未到之先即扶柩回里，衙门是空的。王喜不便另封公馆，择了吉日接印。是日，秋霞亦进了衙署。所有接印繁文，不过行香参府、拜见同城文武诸官，又出示晓谕旗丁军户人等。卫官虽小，衙署却也款式，况系武员文做，并无操演等事，除了运漕以外，十分萧闲自在，每年的额规出息颇有生色。王喜真乃梦想不到有此一日，欢喜异常，当修了禀启，寄呈小儒。又想到护理不能常久，虽有洪大人主持，究属于例不合，遂措了一宗款项，寄往部中，揭升守备，可以改为署事。此乃后话，暂且勿提。

单言前任聘请了一位幕友，司理衙中公务。宾主极为相契，幕友亦很有机变，是前任的一条膀臂。此人姓贾名实，字子诚，是甘泉县学文生，年纪约在三十岁外。生得鹰腮鼠目，胆大心深，外人送他个绰号，改贾子诚

第五十回　补卫官家丁欣出仕　访名妓措大闹争风

为"假至诚"。因他外面遇事似觉诚笃，一毫不苟，其实内里脏婪滥要，又惯走衙门，包揽词讼，合城的人无不惧他，同学中尽鄙而不与往来。前任卫官闻他的声名，怕他寻事生非，不如将他罗致幕中，方可安稳，遂登门聘请，为座上之宾。

贾子诚正虑近来无人搭他，没有捞摸，恰好借着卫官声势出去招摇撞骗，便就了前任的聘请，明说代东家张罗，暗中干没肥己的却双倍不止，数年来虽非大富，亦是小康。生平无他所好，单有一个"色"字，酷喜如命。那些花柳场中，无人不知"假至诚"这三个字。他有一至好朋友，姓朱名丕，字席珍，原籍浙江人氏，寄居扬州多年，便捐纳了一员两淮盐运司运判。其人居心险诈，奸刁百出，与贾子诚对了心路，且又性喜眠花宿柳，所以贾、朱二人分外如胶似漆，终日不离。

王喜初任卫官，摸不着头绪，难得前任有个幕友在此，又是熟手，正可与他谈谈，便宜行事。贾子诚为人向来口齿伶俐，满面春风，说得天花乱坠，顽石点头。王喜见了面，即当为知己，又想："怪不得前任用了多年，原来此人有一番本领。"贾子诚见新官已入他术中，为他所惑，更外胆大了十倍，任意所为。

一日早起，正坐在房里纳闷，近日又是闲漕的时候，毫无公事，正想出门一行。见贴身的小童来回道："朱大老爷过来了。"贾子诚忙起身叫请。早见朱丕摇摇摆摆的走进，笑道："子诚兄，久违了！连日甚么事忙得紧，连我舍下都足迹不到？"一面说话，一面宾主归座。朱丕又道："我久欲来看你，约你出去走走，又因你新居停初到，不识是何性格，未敢造次奉访。"贾子诚即摇手，低声道："不要提起，真是我的运气！你我至好，可以直言来的，这新官是个初任，一毫不懂得。"说着，笑嘻嘻的用二拇指在桌上画了个圈儿，道："又早在我圈中了！我连日非好意不出去，不能不在新东家面前殷勤一二。今日实在闷得不耐烦，意在吃过午饭，到你公馆内去走一趟，不意你席翁竟先期光降。妙极！妙极！在我这里便饭，吃了好一同上街散散闷。"朱丕听了，拱手道："恭喜！恭喜！这么看起来，你的大运还有几年呢！不是我说句奉承你的话，随他来的三头六臂的官儿，你总可降服得住，不怕宾东不成水乳，何况是个初任？"说罢，两人鼓掌大笑。

谈谈说说，早摆上饭来。对面吃毕，贾子诚唤过一个家丁来，道："老爷若问我,你就说师爷同朱大老爷出去访个朋友,少停即回来了。"便起身邀着朱丕一同出了衙门。朱丕道:"我们到那家去逛逛?"贾子诚道:"别人家总觉没趣,还是到章家罢,瞧瞧如金姊妹去。"朱丕答道:"好虽好,我实在怕看他家那种架子,看不起人的样子似的!你既要去,我只好奉陪一行。"贾子诚笑道:"你别要瞒神见鬼的,你既然怕到他家,为甚么又想同如玉交好?未免口是心非。我就不相信你这句话!"说得朱丕笑了起来,道:"走罢,走罢,别要唠叨了。"

两人穿街过巷,走未多时,已至章家门首。原来扬州近日新到了一家流妓,住在天宁门内柳巷,叫章三保家,南京人。有姊妹两个,大的名如金,小的名如玉,颇有声名。如金的容貌比如玉尤好,贾子诚久已有心如金;无奈如金虽畏子诚势焰,却不肯与他结交,惟有外面假作亲密。贾子诚明知故昧,发狠偏要谋他上手。朱丕因如金已为子诚赏识,只得再思其次,欲与如玉结交,亦未说明。闲言少叙。

章家的人见贾、朱二人走进,忙向里面报信,一面请他二人到里间去坐。如金、如玉早迎了出来。如金笑道:"好呀!这些时向那里去的?我只当你同我恼了!一般你今日还来?"贾子诚见了如金,满脸堆欢道:"我的宝贝!我怎舍得恼你?除非你要恼我。你就是恼我,我也要来的。"说着,众人跨步至如金房内坐下。妈儿送上茶来,贾子诚即将新官到任,不能出来的话告诉了如金。

如玉道:"贾老爷是因新官府到了任,忙的不得分身,朱老爷怎么也不来的呢?亦因甚么事儿绊住了?趁早说呀!"朱丕笑道:"你们听听,这张嘴可利害?人家多远路,巴巴的来瞧你们姊妹,进了门,也不问好歹,即一大冕儿的挖苦话,叫我又恨又爱!不用说罢,总之我们今儿已来,纵有不是,也算亲自登门谢过罪了,谁人再提此话,即罚他肚痛。快吩咐你家厨房内摆酒席来,是我的东道,请贾老爷。"贾子诚道:"甚么话呢?怎么我扰起你来?也罢,今日扰你,明日我再备东道奉请。"如金闻说,即叫人去吩咐厨子:"办一席上等酒饭,登朱老爷的帐。"又叫人在床上设了灯具,贾、朱二人对面躺下,如金、如玉坐在床边相陪。

朱丕一眼看见盘内放了两个粉白碟子,一碟内装着滴绿的苏州檀香子,一碟内装着通红的福州大橘子,一红一绿,映着这雪白的碟子,更觉可

第五十回　补卫官家丁欣出仕　访名妓措大闹争风

爱;盘外又有个大肌红把碟,里面盛着无非榛松、榧栗、梨枣之类。朱丕伸手拈起一颗檀香子送入口中,道:"我虽不似乡下人吃橄榄,也要吃他一吃,回回味才好。"说着,却拿眼睛瞧着如玉迷迷的笑。如玉脸一红,顺手在朱丕腿上扭了一把,笑骂道:"你少要喷蛆!我管你回味不回味,别叫我骂出你不好听的话来!"即在肌红碟内拣起一粒榧子,向朱丕脸上打过,道:"你倒不要吃橄榄回味,我给你颗榧子吃吃罢!"

贾子诚正吸着一口烟,听如玉与朱丕说笑,不禁扑哧的一笑,几乎把眼泪呛了出来。放下烟枪,道:"席翁也不必吃橄榄回味,如玉亦不用给他榧子吃,我倒想个没核枣儿吃呢!"说着,拈起一个枣子在口内吃了。引得朱丕与如金姊妹多大笑不止。如金笑道:"没核枣儿尽管你吃,但要仔细些,不要囫囵吞下去,枣核儿夹了喉咙。"说得众人又笑了。贾子诚又让朱丕吸了几口烟,时酒席已齐,即摆在房内。

外面日色已没,各处点了灯烛。如金让子诚首坐,朱丕对坐,他与妹子如玉分东西两旁坐了。酒过数巡,子诚又央着如金唱支小曲。如金不能推却,便抱过琵琶,叫如玉弹着月琴,姊妹两人合唱了一支对口小调。贾、朱二人拍桌叫好。子诚满斟了两杯热酒,代他姊妹贺曲。正说笑热闹之际,见门窗外有人探头一望。如金眼快,早经见着,忙出席迎到门首,问道:"有甚么事?"那人道:"府里许春舫老爷来了,还邀了几位朋友同来,说在这里请客,请姑娘过去说话。"如金道:"我晓得了。"仍回席前坐下。适才的话那人虽说得低,却被朱丕听得,笑对如金道:"你心上人来了,叫你过去呢。我代你向贾老爷讨个情,让你去走走,不然,得罪了来人不是要的;再则你虽坐在这里,心已去了,也觉无趣。我们何苦惹你恨,不识时务?"

谁知这许春舫,江西人,现为扬州府幕友。其人家赀甚富,年纪又轻,如金久经有心从他,许春舫亦有心如金,两边只是未曾出口。如金听得他来,恨不即刻过去,因陪着贾、朱二人吃酒,不便走开。正欲想句话搪塞他们过去,不意被朱丕说破,又说到他心坎儿上,不觉红了脸,借着朱丕的这句话,站起身来,道:"我要走就走,谁能阻我?难不成还受你排揎么?我本是不去的,既然你说来人是我相好,我就去,再来和你算帐!"说罢,道了声"失陪",转身即走出房。复回头对如玉道:"你不要私做人情,放朱家走了,我少停尚要打着问他呢,甚么叫做相好不相好?"又向贾子诚道:"贾老爷,你耐心坐坐,我还有话和你说。"即头也不回,径自去了。

朱丕冷笑道:"如金这蹄子实在可恶!惯会借别人的床伸腿儿。他其实要去的很,落得我说他一句,借个味儿好走。"如玉忙接嘴道:"姐姐就要来的,他纵然丢得下你,也丢不下贾老爷。许家来了,又不好不过去。好在我们的酒席还未散呢,天色又早,多坐一回儿何妨?"说着,便执壶代贾、朱二人斟酒,道:"我们赌喝几盅,做个篱笆会。"

贾子诚见如金不顾而去,索然意尽,却有些醋意发作,只是一时摆不下脸来,分明是拈许家的酸了,又被如玉周旋他吃酒,只得勉强笑道:"席翁何须介意?席间没有如金,就不能吃酒了么?况有如玉在此,也是一样,只要你席翁不寂寞就是了。少刻如金再来,我们不许他入席,罚他喝三大杯,何如?"如玉道:"贾老爷真正说的不错,我先吃一大杯,你们要跟着我来的,不准有偏向。"朱丕见贾子诚无言,他也不好再开口了,便道:"我们自然要喝,难道还欺你么?子诚兄请!"大家又吃了几巡酒。

如玉极力的搜出多少话来逗他们说笑,那知如金竟绝迹不来。贾子诚正不耐烦,忽听前进吆五喝六,搳起拳来;又听得弦索声,正是如金在那里唱曲。不由心头火冒,按捺不住,冷笑了一声,放下酒杯不饮。朱丕也听见了,又见子诚如此情形,想道:"将才还做好人,假作落落大方,此时他一般也耐不住了。爽性待我挑拨两句,看他怎生对我?"遂微笑道:"子诚兄,可听得那相好妙音呀?贵相知此刻唱的曲子,似觉比在我们席上唱的入彀些儿。也不知是我不解音律,疑神见怪的,亦未可知?"如玉听说,忙想用别的话岔开。见贾子诚勃然作色,推开面前酒杯,站起身来,似笑非笑的道:"席翁,你真是傻子!"

未知贾子诚说出甚么话来,且看下回分解。

第五十一回

彼嗔此怪雨瞎风盲　忍泣吞声珠沉玉碎

话说贾子诚听了朱丕的一番话，不禁气上心来，冷笑道："席翁你傻了，世上嫖客不止结识一个婊子，婊子身上也不止一个嫖客，前脚赵钱孙李出了门，后脚周吴郑王又进来了。谁人有钱，即是他家父母；谁人有势，即是他家祖宗！那没钞的嫖客，对面趋承，背后咒骂。这些伎俩原是他们家的故态，也不足为怪。无奈一定当面分出彼此，显而易见，泾渭各判，亦未免令人难受。你不过是个穷候补官儿，我不过是个穷秀才幕友，原不及那甚么府幕、甚么财主的身份，连我们今晚在这里吃酒，都自形龌龊，觉得配不上去。俗说：'此地不留人，自有留人处。'各显各的神通，各出各的手段。"说着，推开座位，拉了朱丕就走。如玉忙出席上前拦住，笑道："怎么贾老爷动起气来？我似觉你也不好意思，不看我的面子，还要看看我姐姐面子。况且姐姐才去，你们即生气走了，姐姐固然怪我，妈妈亦要说我得罪了人，我才是真冤枉呢！好歹等姐姐来了你们再走。"

又回头对朱丕，道："你也好意思走么？还不代我坐下！你要真个走了，你从今就不要到我这里来！"朱丕笑道："我并不曾要走呀！你可错怪了人。贾老爷拉着我走，我又不能不走，你将贾老爷留住就是了。"如玉啐道："呸！你别叫我骂你了！适才不是你挑拨，贾老爷也不生气，也不想走。做好也是你，做歹也是你。可以欺别人，却不能欺我！贾老爷，你这么一个明白人，怎生借了把朱家用起来？俗说：'好人不信鬼挑唆。'"

谁知他们在房里推推扯扯，不免声音高些，早惊动了房外伺候的人，忙去告诉前进。如金急急的跑至后面，果见贾子诚要走，如玉拖着他不放，朱丕坐在一旁淡笑。如金走过，拉住子诚衣袖，勉强赔笑道："怎么好好的吃酒，吃出不高兴来，要走了？是甚么意见？"如玉见如金已至，便松开手，走了过去，道："好了，姐姐来了，不知贾老爷甚么缘故，生气要走。我再三的留不下，朱老爷旁边又明一句暗一句的撩拨，叫我一只手遮不住两边太阳。难得你来了，他们走与不走，不干我事。"说罢，一溜烟跑出房，到前进陪许春舫去了。

　　贾子诚见了如金,气上加气;又见如玉走去,分明是往前进,"怕的许家见如金到我这里来,他又要走,可见他家还是奉承姓许的。"遂呼呼的冷笑了声,道:"你不必留我,我们原不配坐在这里,倒疏失了你心上人,反叫他坐在如玉房内,我们走开去,好让他们来是正理。"即一手甩脱了衣袖,回头对朱丕道:"席翁在此坐坐罢,我是要回衙门有事去。"便大踏步一径出房而去。来至前进,见如玉房里灯烛辉煌,笑语喧哗,即立定脚步,故意咳嗽了一声,发话道:"明日来再和如金那骚货算帐!问他眼眶内可瞧得起人了?不怕他甚么天王菩萨,有回天的手段、沈万山的家私,也护庇不住!哼哼!大伙儿都要仔细些玩罢了!"说罢,转身出外,仍由旧路回衙。朱丕见贾子诚决意去了,自己何能再坐?也起身,道了声打扰,"所有酒席的钱,明日我着人送来。"亦走了出来。

　　赶上贾子诚,叫道:"子诚兄慢走,等等我!"贾子诚回头见朱丕,便停住了脚。朱丕走上,笑道:"真正今日吃的这席酒是杀风景,回想起来,毫无意味。子诚兄先前尚叫我何必见恼,何以你竟动起真气来?为甚么呢?"贾子诚道:"你还要说,再不要呕人了!我有生以来,不曾受过这般恶气!我们原不及许家,可恶他搁在脸上,令人难处。好歹叫他家试试我的手段再说!"朱丕又笑道:"罢,罢!惟有这句话我不信你,明儿你见了如金的面,那股气消到爪洼国去了。此时这些狠话,只好说给我听。"贾子诚听了,着急道:"你真要呕死了人!难道还叫我发誓你听不成?真假我此刻也不同你辩,你瞧着罢!"朱丕本是怕贾子诚不肯恶识他家,有意再呕他一呕,逼他去难为章家,好稳坐高山,看着虎斗。如今见贾子诚认真发急,便笑着拉了子诚的手走道:"真的假的,与我何干?我既不挑你,又不便拦你的,便罢了。且到你衙门内,扰你的晚饭,我还没有吃得饱呢。有事少停另议。"遂不由子诚分说,挽着手飞也似的行去。

　　暂且撇下贾、朱二人勿提。单说如金见他们生气而去,大为追悔,情知不日即有祸事临门,"这姓贾的是惹不得的!平时没事,尚要寻弄风波,何况使他有因。可恨又加以朱丕在内挑剔,更易生事。然而既已去了,也莫可挽回,只好听之而已。"站在房门首想了半会,仍向前进来。将至如玉房前。听内里吱吱喳喳的似有人拌嘴,忙抢行一步,掀起门帘,见许春舫

第五十一回　彼嗔此怪雨瞎风盲　忍泣吞声珠沉玉碎

站起身也要走。同来的众人有劝他的,有说理当走的,纷纷不一。如玉立在一旁,似木偶一般,半言不发。如金见了,又急又笑道:"甚么事,许老爷又要走?真正我今日是那里来的晦气,多碰到你们气头上!"

原来许春舫为人,仗着自己年轻有貌,又有如此大的家财,未免心高性傲,是个一家言的脾气。起先约了朋友来吃酒,进门即知道如金陪着贾、朱二人。平日又听得人说贾子诚是如金的相好,彼时即有些不快,打点转去。被章三保夫妇再四挽住,随即叫了如金出来,又一面吩咐摆酒。许春舫见他家殷殷款待,也就丢开了。忽见后进的人来说,贾子诚生气要走,如金便到后进去了。正在踌躇,又闻贾子诚在外面发话,心中不由生气,竟迁怒到如金身上,暗忖道:"贾子诚这人,你素来常对我说他不是个好人,既知他不是好人,即不该亲他近他。若说你家怕他寻闹,不敢疏忽,亦该敬他远他才是。孰知不独不敬他远他,反与他结了交好。你与他结交,我也不来管你,怎么又诓骗我与你结识?那贾子诚晓得你与我交好,必不相容,明明是叫他与我做对头。我虽不惧他,究竟贾子诚是个向不安分的人,惯会掀风作浪,使我刻刻提防着他,不是到你家来寻乐,分明是来受罪的了!倘或我稍有不备,被他糟蹋了去,叫我怎么见人?即如将才他在外面扬言,句句是羞辱的我,想我生平从未挨过人家言三语四,只有数说人的处在,绝没有人数说我的时候。其时我若不忍耐着这一口气,答他几句,必致两下争闹起来,酿成大事。而今耐了下去,心内实在作呕,明儿贾家定然逢人说项,笑我无能,缩了头不敢对付他。再则我来时知道贾家在此,我即要走,也算自己情甘退让。老龟夫妇再三挽留,说甚么'前进后进各不相扰',又说:'贾家不多一会就走了,我家本不愿意他在这里摆酒,惹人厌的,他使劲的赖了下来,因为朱丕的面子,不好推却,早说定了初更即散。'我见他家说得如此恳切方行。不然,随便到那一家,皆可请客,不稀罕走在他家。不过因如金待我尚好,较旁人熟识些。这么看起来,是他家硬留下我,受贾子诚的辱没,好似预先安排定了,串出姓贾的来扫我面皮。况且又当着这些朋友,益发难处,明日我还是来不来呢?来则恐贾子诚寻闹是非,不来则使人笑我胆怯。"许春舫想到此处,愈想愈怕,愈怕愈气。忽见如金走来拦他,适值有气,也不问如金素昔与他交好,即冲口说道:"你问我甚么事生气,你问你自己即明白了!别要假作没事,人众大堆儿似的。在我看，你可不必再留我，快去将贾家赶回来是正经！"说着，怒冲冲的喝令家丁掌灯出外，也不顾同来的众人。众人见许春舫忿然而去，一齐扫兴；且又没了东道，不如也走的为上，便一哄而散。

　　起先贾子诚在后进争闹，章三保夫妇已得了信，赶着出来。贾、朱已去，此时见许春舫亦因此动气，欲待上前分剖，也来不及了。回头见如金似泪人一般，如玉在一旁发怔。正要去询如玉，见许家家丁又匆匆的转来，将十饼番银掷于桌上，道："这是我家老爷给你家的酒价，叫我送了来，将才是忘却开发了。不然，还要认着我家老爷想赖这酒价，故意生气的呢！"说罢，掉转身即走。章三保在后高声喊叫道："二爷请站一站，我有句话问你。"任凭喊破喉咙，那家丁头也不回，径自去了。

　　此刻章三保更外不知何故，反没了主意，惟有连呼"奇怪"而已。回至屋内时，如金早被他妈妈劝入房中，如玉尚未走开。章三保细问如玉前后情形，方恍然大悟，顿足道："怎么讲？为了贾家这砍头的一来，把我家财星老爷气走了，却怎么好呢？我想不怪别人，还怪如金这小臭货不善调排，弄得两边不得讨好。许家恼了，是从此少了一款进项；贾家恼了，是从此要生祸端。怎生做惯了和尚，倒不会撞钟了么？我也不管了，明日我夫妻两口各自走开，避避风头，让你们闹去，好也好，歹也好，管他娘！"又在桌上使劲的拍了两下，恨恨的道："这些臭货！朝鱼暮肉，把肠子多吃腻了，油都蒙了心了！不知我们这种人家，开着门，做甚么儿的呢？今日得罪了张，明日得罪了李，不上十朝半月，将几个有钱的孤老得罪完了，大家喝西风！你们好在不问的，有饭即吃，有衣即穿，说到归根，还是苦的我老两口子。今儿不说了，明儿我倒要问问你们，安的是甚么心？还是有意打撒手儿不成？本来多时不刷刨你们了，多分骨头又在那里作痒！"说罢，也赌气回房去睡，一面走，一面嘴里夹七夹八的连说带骂。如玉见章三保走远，向地下啐了一口，道："遇见鬼了！我也不曾得罪那个，不清不楚，一箍笼统儿骂在其内，可不是奇事！老不死！老砍头的！难道阎罗王忘却你了么？早死一日早好！"也气恨恨的回至自己房内，倒身和衣睡下，在被窝内拭泪。

　　单说如金先前见贾子诚走了，不过怕他来寻事，且到临时再议，尚不关痛痒。随后又见许春舫也赌气走了，竟不解因何得罪了他。"听他的口

第五十一回　彼嗔此怪雨瞎风盲　忍泣吞声珠沉玉碎

气,分明是怪我亲近了贾子诚。殊不知我们这等门户是最软弱的,人人皆可欺侮;何况贾子诚系著名的光棍,又有朱丕相继为恶。我等人家尽惧他如虎。我若不假意的敷衍他们,岂非欲速其祸、自投罗网?我如真心待贾子诚好,也不来结识你了,又不致将他的恶迹彻底澄清,多告诉你,我即恐你多心。这些情节,我数月前也曾说过,何以你偏偏忘却?纵然我不说,难不成你连这么一点原由猜度不出?我真正枉认得你了!即如我一时不好,拂了你的意思,也该念平日我待你的情意,那件那般不是以血性待你?一则你是我的知己,尚冀日后托付终身。二则你虽家财富足,不惜挥霍,我每事都拣你应用的方叫你用,可省的处在,千方百计替你俭省,为这件事,我受老夫妻多少言语!'说我变了心,不顾家里,一味的巴结嫖客。'我因你省了下来,将来跟了你,即是我的。不然,我们这门内,只怕人不用,还怕人浪用么?三则你有了心事愁烦,就同我的心事一般,必从旁婉言解说,都俟你喜欢了,我才放心。还有多少事,犹在你心里筹划,未曾出口,我即揣度出来,先意承志的迎合,使你知道你我两心相印,不同泛泛。那料我是你的知音,你非我的知己,也不体贴我们的苦处,不能得罪人的!而且并未待你比贾子诚薄。是你错会了念头,竟不念前情,一概抹煞,又当着人给我没趣。我即真待你错,你尚要原情,今日歹,仍有明日好呢。你只顾气头上说我一番,决然而去。老夫妻必定抱怨我,不知怎生触忤了你,你一日不来,我耳畔一日不得清净。细想我数月中待你许多好处,你一旦付之东洋大海,叫我怎不伤心?"如金思前想后,泪出痛肠,不禁倚壁掩面,放声大哭。

　　他妈妈忙上来,劝道:"我儿不必伤悲,许老爷虽然生气而去,那里就撇得下你?停一半日,自然会走来的。否则,我明日亲去请他,可好意思不来么?少年人有钱就会有些鬼婆子气,他若不来,包在为娘身上,还你个许老爷儿。由午后至今,没有吸着一口烟,难道气狠了,烟瘾多忘了么?好儿子,快些吸烟去罢,自己身子要紧,平时保重尚来不及,还当得起践踏么?"说着,拉了如金回房。如金听他妈妈劝说甚为近理,便止住哭声,回转自己房内。他妈妈见烟具仍设在床上,即将灯火剪得透亮,又将各件收拾了一回,拉如金躺下吸烟,自己睡在对面,代他烧着,又七搭八搭的同他说话。

如金虽身在行户，因自幼多病，烟早吸成了瘾，此时吸了几口，觉得神气渐旺，通体畅泰，又被他妈妈说了一阵鬼话，气已全消。蓦闻章三保在前进叫喊起来，喉音甚高，字字听得明白。如金放下烟枪侧耳细听，原来是骂的他姊妹两个，又是臭货长、臭货短的，在那里乱骂，甚不入耳。不由一口气阻止胸前，比先那气恼尤甚，嚎啕大哭。倒把他妈妈吓了一跳，连问："怎么？"又听得章三保在前肆口谩骂，方明白如金哭的原因。连忙坐起身，推如金道："好儿子，你不要作气，才听了为娘两句话，怎又惹起烦恼来？我晓得你是听得老东西骂人，他向来吃醉了酒，多是这般，也计较他不得许多。好儿子，你息息气，待我去骂他。"说罢，即匆匆出房，向前进来。

　　时章三保已回房去，他妈妈赶至房内，指着章三保道："这老囚攮的！灌足了臊尿，还不去安安稳稳挺你的尸，还要寻事骂人！你说只苦了你我两人，你苦了些甚么？前数年苦的是我，这几年女儿们大了，又苦的是女儿。你倒吃了大半世的闲饭，也没见你赚过一文半钞来家，养活我们母女，还声声叫苦，你羞是不羞？你好的不管有无，只要你有了酒喝，万事皆休；单顾喝酒也罢了，吃下去又喜寻事，数黄道黑的乱骂人。你想，一家四口子，谁派你寻事？谁该你骂？你还不与我趁早夹着你那尾巴到旁边睡去，好得多呢！若把老娘闹烦了，爽性不给你酒吃，看你怎样！"章三保被他妻子一顿骂，骂得哑口无言，反笑嘻嘻的道："咦！我并没有说甚么，好端端骂起我来！奶奶又是受了谁的气，拿我出注儿？"说着，掀开被，身子一倒，滚进床里去睡。妈妈见了，又是好气，又是好笑，啐了一声，道："醉不死的臭乌龟！这般形相，叫我拿那一只眼睛来看你？明儿等你酒醒了再和你讲！现在我也没有那么大力气同你说话。"便回身出外。章三保倒在枕上，咕咕哝哝的道："臭乌龟罢，香乌龟罢，我这乌龟也是你们作成我当的，还要骂我？"妈妈也不去理他，竟回后进而来。

　　不意如金自他妈妈出房，心中越想越气，那眼泪不住的直淌下来，将一个绣花耳枕全行湿透。想到："自己八岁时即没了父母，被狠心的哥哥卖我到章家，吃尽了多少苦处学弹唱，用尽心机，稍有不是，非打即骂。好容易挨到今日，身上引了几个客来走动，老夫妻才待我好些。我久想跳出这火坑，又恐遇人不淑。难得来了这姓许的，想将来托身于他，可望出头

第五十一回　彼嗔此怪雨瞎风盲　忍泣吞声珠沉玉碎

不料今日因贾子诚得罪走了许春舫。妈妈虽说他仍然要来，未知他心意如何？倘从此斩断情缘，另有了结识，岂不空指望了一番？况且男子的心肠最易改变，我这里痴痴的望他回头，那知他早将我抛诸脑后。所谓'我本有心托明月，谁知明月照沟渠'。再者他有得是钱，到处皆有人趋奉，不是舍了我如金，天下即没有绝色女子。适才又受章三保这一场羞耻，皆为的是许春舫那个冤家。我而今也不怪许家了，一恨我命薄，该受折磨。二恨贾子诚、朱丕平空的撞到我家，惹出这无辜的口舌。即是许家明日来了，我也无颜面见他。想我这个人，还生在世上，有何贪恋？受不满的苦恼，吃不尽的酸辛，也不知前生作了多少罪孽，罚到今生身为娼妓，已属下流，又跌跌坎坎的气呕，何日方了？不如一死，倒也干净！"那知，人存了死的念头，邪魔即至。如金此番觉得耳畔似有人教他悬梁、刎颈、服毒、投河种种死法；死后又有若干好处，较之生前高万万倍；自己的身子，又觉有人扯他坐起，恍恍惚惚如在云端里一般。不禁倒抽了一口气，爬起身来，东西乱望，要觅个死所。猛低头，见盘中放了一盒烟在内，点点头道："悬梁、刎颈，皆一时措手不及，被人解救下来，传扬出去，徒添话柄。常闻人说，鸦片烟是最毒的，人生吞下去，无药可救；若和酒吃，更容易绝命，又是现成的，又便于吃。"

　　想定主见，便拿了烟盒下床。找到桌上有将才未收去的酒壶，摇了摇，尚有余剩，忙倒了下来，约有半盅之数，将盒内的生烟全行倾在酒内，搅得匀匀的，望着酒盅叹了声，落下几点泪来，自语道："烟呀，烟呀！想不到我如金今日应该死在你们手内！"又望着房外低低说道："我那不记得音容的亡过爹娘！你该早知道，你苦命女儿今夜已到绝期。恐阴司路径生疏，不识行走，又怕有恶鬼欺凌，爹娘可来带你女儿一带罢！"又叫了声："许春舫，狠心冤家！你今日生气走了，纵然懊悔过来，明日再至，已见不着我了！只能恨你无情孟浪，不能怨我薄情，半路抛撇下你来。"又骂一声："贾子诚、朱丕，你这两个该死的坏东西！我与你们无仇无隙，平白地闹起干戈，坑了我的性命。虽说是我自愧轻生，总因你们两人起见。我在阳间不能奈何你们，到阴司做了鬼，即不肯饶你们了！常闻说道：'人善鬼不善，人怕鬼不怕。'何况冤有头，债有主，好歹多要追了你们的命去，才得甘心！"又叫了声："妈妈，我虽不是你亲生，也蒙你自幼抚养成人，这数年中,你却待我不错,今日别过你了,好在你尚有如玉妹子可靠。"如金说到此处,不由肝肠寸裂,万箭攒心,那眼泪滚滚的滴入盅内。复想到自己,具此一副容颜,虽非国色,也算二三等的女子,每对镜自幸,将来倘得出头,戴凤冠、穿霞帔,也可以相称。"谁意我空生此姿容,如此小小年纪,正当花开月满之时,竟做了屈死冤魂,岂不可嗟可惜!"一时间百脉沸腾,腹如刀绞,几乎哭出声来。猛又自己发急道:"呸!章如金,你好生糊涂!你是想寻死的人,并非在这里诉苦,人到死后万事皆空,还忆这些做甚么呢?若被人来看见,不独不容我死,知我的说我情急舍命,委系可怜;不知我的反说我轻狂,故意的诈称寻死吓人,落得他们背后去议论。"便咬咬牙,狠命的举起酒盅,伸着脖子,一口吞下。把盅子掷于一旁,仍至床上,倒身睡下,拉过一条被盖好。此时心内倒无所牵挂,惟有闭目守死而已。约隔一盅热茶时分,心里觉得怔忡不宁,腹下隐隐作痛。原来鸦片烟和酒吃下去,更外发作得快,顿时五脏如焚,宛同刀划,气往下坠。试问如金似一朵娇花,盈盈弱质,怎禁得这虎狼般的烟酒在内翻江搅海?不由"哎唷"一声,一脚将被踢过,双眼一翻,两足一蹬,早已呜呼哀哉!那一缕芳魂,被无常勾入冥中去了。正是:

　　　　香魂渺渺归泉下,弱魄凄凄入地中。

　　再说他妈妈骂了章三保一顿,仍恐如金心内不安,重到后进来安慰他。将至门首,听他房里"豁喇"一响,似件东西掉下地来。忙掀帘入内,忽觉一阵冷风劈面吹过,吓得毛发直竖。再定睛看,如金仰睡在床上,一条被掀在地下。遂道:"怎么倒睡着了?被落下来也不知道。现在身子不好,又作了一场闷气,若受了凉,不是玩意儿!"便欲上来代他拾被。忽脚下有件东西绊了一下,"当"的一声,滚去多远。知道是个盅子,即骂道:"这些瘟根,怎么茶盅子乱丢在地下,也不捡起来?是我脚步子轻,不然,还要踢碎了呢!你们是不肉疼的,不知老娘一草一木都非容易置办。"即弯腰拾起。见盅子内乌煤似的一大团,不知何物;低头嗅了嗅,似有烟气,又有酒气,不由得心头跳了几跳,忙丢下盅子,来看如金。不看犹可,看了只吓得大海崩舟、高山失足,见如金直挺挺的睡着,两拳紧握,两眼大睁,上齿咬住下唇,口角边涔涔流血,犹带着余烟。"无疑是适才趁我不在房内,将鸦片烟和酒偷吞下肚去,寻了短见。"再摸他的嘴及鼻尖两处,一丝

第五十一回　彼嗔此怪雨瞎风盲　忍泣吞声珠沉玉碎

出气皆无。妈妈这一急非同小可，走上来一把抱住如金放声大哭，两只脚在地板上似擂鼓一般，口口声声只叫"没有命了！"

早将房外的一班妈儿们多惊得走了拢来。先前妈妈将如金拉回房内吸烟，妈儿们送过茶，即各自走开。晓得他们有家常话说，不便窃听；又乐得偷半刻空闲，到各人房内歇息。他们起早眠迟，不免辛苦，原说歪一会儿，那知多睡了。忽闻房内惊天动地闹将起来，大家吓醒，一骨碌爬起，怔怔的走过，齐问："奶奶，怎么了？"妈妈见了众人，跺足大骂道："你们这班死娼妇！来的正好，快偿还我女儿性命！好呀，多被你们坑死了！你们死到那里去的？我走开了，你们也不来伺候，他如今把烟和酒吃下肚去，你们才来。完了！完了！人也死了，家也冲了，还顾他做甚么呢！"说罢，又号天叫地，一声儿一声肉的大哭不止。众妈儿们闻说，方知如金服毒自尽，皆吓得面如土色。有两个还立在房内，有几个飞跑出房，至前进送信。

章三保酒都吓醒了，急忙披衣起身，一面走着一面连说："怎好？怎好？"如玉也得了信，一同来至如金房内。妈妈一眼看见章三保走进，舍了如金，便一头撞到章三保怀里。三保未曾提防，几乎跌倒，多亏板壁挡住。妈妈哭骂道："你这老不死的乌龟！你要吃酒骂人呢，骂得好，把我女儿逼死了！我也不要命了，与你老乌龟拼去了罢！"说着，乱撕乱咬，揪住章三保打了起来。

如玉走进房，见如金死得甚惨，想到姊妹多年情分，泪如雨下。又想到自己身上："姐姐如此容貌，如此声名，来人皆仰望他的颜色，尚不免贾、朱之难；我比姐姐又逊一等，身上毫无知己，更难保没人凌辱，一时又跳不出这火坑。"不禁上前抚尸痛哭。忽见妈妈和章三保打闹，忙走过拉住他妈妈，道："妈妈与三爷也非闹的事，纵然闹到天明，死者不能复生，亦无济于事。我们先赶紧灌救，倘能救得转来，万事皆休。否则，大家须要商量个定见。我想不怪别人，多怪贾、朱二人，横竖人都死了，还怕他们么？不能善善的就这么放他们过去，我的心也不甘！妈妈听我一句话，且丢开手，况且也非三爷弄死他的。"

如玉一席话提醒章三保，连说："有理！还是如玉心内清白，我被你妈妈一阵揪打，闹得昏天黑地，尚不知如金怎生死的呢！"妈妈听如玉所说，始放了三保，赶着叫人取开水煮炙甘草等汤来灌，又将如金吞食生烟和酒的话细说。章三保也洒了几点眼泪。

众人忙乱了一回,毫无动静。再看如金面色转青,手足全冷,是灌救不活了。章三保道:"人是死定了,不要忙了,待我明早即往县里去告贾子诚、朱丕二人,说他们威逼我女儿身死,请官下来相验,看他们怎么担当得起!就是许家,我也不能饶他过去,如金已死,还巴结他甚么呢?也拖他上来凑个数。不怕他们一干人有钱有势,女儿人死是真,他们威逼是实,县里断无不准的!"众人齐称"使得"。妈妈即催章三保:"连夜去找主文相公,叙明情由,好明日清晨往县里喊禀。不要耽搁迟了,他们一干人又要去打点门路。"章三保答应了声,转身提了盏灯笼出门,寻代书去了。

这里如玉又叫他妈妈将房内物件全行搬过,将如金的尸骸扛了,正睡过来,和烟的盂子摆在床上。各事都安排停当。专候明早喊过禀,预备县官下来相验尸伤。妈妈一则因如金服毒惨死,二则因损去了一株摇钱树子,便哭一声"苦命姣儿"恨一声天,骂一声贾子诚等人狼心狗肺怨一声自己,直哭得喉咙音哑,气短声嘶。在房众人见了这般情形,无不落泪酸心。如玉在房,极力劝说,他妈妈方略略止住。时天色已明,如玉又劝他妈妈吃了点饮食,扶他到对过房内稍睡片刻,"大约官府下来,都要午饭后呢。"

单说章三保出了门,一口气跑到县前东首。有一代书家,姓毕名世丰,祖孙数代皆为甘泉县代书。到了毕世丰手内,其技愈精,而其家道愈穷,因他心太狠过了头,人多不敢请教他,怕的遗下后灾来。他倒有一件好处:终日保得住没有一人来叩门。所以毕世丰夫妇未晚即吃了饭,省点灯油,早早睡了。现交半夜,毕世丰已睡过一觉醒来,在床上翻来覆去,想着明日柴米全无,生意又少,犹记得"还是春间代人家写了一张状词,得了他大钱六百文,及今半载有余,失错都没有人来问我一问。所有各家亲友多借贷遍了,甚至一而再、再而三的,此时万难开口;纵然老着面孔去央说,也靠不稳;就有得借了与我,家内的衣服、物件,除却身上穿的这几件破衣、床上盖的这一条薄被,其余都典卖殆尽,无处押当。"正然愁烦,忽然听有人叩门,倒把毕世丰吓了一跳,忙问:"是谁?"

看官可知章三保何以寻到毕家来?因一路走着,暗忖道:"这件事虽说告贾子诚等威逼,奈无实据可指,他们又不曾打死我家如金,要寻个出名的老手讼师,叙纸恳切的禀词,说得委婉入情,外面看是威逼,内里情同

第五十一回　彼嗔此怪雨瞎风盲　忍泣吞声珠沉玉碎

谋杀。如此一办，方可扳倒他们。"章三保亦久闻世丰的声名，未经谋面，想他虽是个辣手，要的不过是钱，我多把润笔送他，自然有绝妙的主意叙出，也不怕他日后找我，且顾目前之急。遂寻到他家门首，用手敲门，惊动里面。

毕世丰询问来由，章三保道："毕先生睡了么？请你开了门，有要事相商，是一宗大大的财爻送与先生的。"毕世丰闻说，晓得生意上门，非常欢喜，忙答道："请站一站，我即起来开门。"便一面披衣坐起，取了火，点上灯，一面用脚蹬他妻子高氏醒来。

何以毕先生说了半晌的话，高氏尚未醒呢？因高氏为人甚贤，日间寻些针黹做活，及收些衣裳来浆洗缝补，赚几个钱，贴助丈夫每日食用。一日到晚，忙得辛苦异常，头刚落枕，即睡熟了，非到天明不醒。本是脸向床里睡的，被毕世丰蹬了一脚，相巧蹬在高氏的私处，由睡梦中惊醒，翻转身骂道："饿不死的穷贼胚！好容易睡到半夜，才有些暖气，你又想起穷心思来，蹬呀踢的！你就不想想，明日米也没得，柴也没得，怎么过得去？还这么穷开心。挺尸罢，再闹我可不依了！"

毕世丰被高氏骂得忍不住好笑，道："你说的甚么混帐话！我因门外有人打门，要起去看看，来人说是送财爻上门的。既然三更半夜来敲门打户的找我，料想不是寻常小事，叫起你来，预备烧点汤水，接待来人。难道我同门外人很说了几句话，你多没有听见么？我倒不抱怨你睡死了，你反要冤栽人许多混话！"高氏闻说，才明白了。尚未答言，门外又高声说道："毕先生，你可开门不开门？不开门我就去了，明日再会罢。"高氏听了，方知来人是真，亦满心喜悦，即接口道："来了，来了！"急急坐起，手忙脚乱的在被内穿上底衣，便探身下床，趿上鞋往外就走。

毕世丰也穿齐衣裤下床，忙一把拉住高氏，道："你就这么去了么？该死！该死！真正你睡糊了，梦犹未醒。你望望，你的小衫还未穿呢，怎生好去开门？难不成这般天气，身上冰凉的也不觉得么？"一语提醒了高氏，果然小衫未穿，见自己仍是精赤着上身，滴光着两乳。脸一红，重跑到床前来穿小衫，竟遍寻不得，急得高氏满床一阵混翻——那知起身急促，小衫团到被窝内去了，一把抓出来，即向身上披好。毕世丰点首，叹道："蠢材！蠢材！缓缓点子罢，愈忙愈出笑话了！再则我家虽穷，也不致一方旧布多寻不出,现在交冬的天气,连个兜肚都没有带上,还是你带不惯,还是你懒,没有做得呢?你年纪又轻,胸膛又高,衣衫又单薄,自己低下头瞧瞧,也觉难看。"此刻高氏一心记挂门外的人,生恐等不耐烦,把买卖走脱了,那里有心回答毕世丰的话?双手钮着衣扣,即跨步出房。

来至门前,拔去木闩,开了门,闪在一旁,见来人手内提着一盏灯笼,便道:"请里间坐罢,我家大爷起来了。"章三保举起手灯,见是个堂客,知是毕世丰的妻子,即低头走入。高氏关好门,也随后进来。毕世丰早将房内灯台摆到明间,等候来人。章三保吹灭手灯,挂在一旁,上前与毕世丰见礼道:"惊扰毕先生好睡了,有罪!有罪!"毕世丰即让章三保上坐,问了姓名,彼此叙了几句套言。章三保口内说着话,举眼见毕家是三间一厢房子,东倒西歪,朽烂已极,房子里窗牖门扇一概全无,皆用木板、芦席横竖隔着,桌椅等件多是绳捆索绑。

两人正对坐闲谈,高氏早在厢房一间屋内寻出些破板片,烧滚了水,送上茶来。章三保忙出位接取,连称"不敢"。见高氏年纪在三十以内,面庞倒还生得干净俊俏,惟欠修整。头上一方青布齐鬓包扎,身上穿了一件半青不蓝的薄絮短袄,一根旧黑绸绦束在腰间。上身不过两件衣服,又薄又旧,腰里又束得老紧的,越显得胸前两乳高出寸许有余;下身在灯影之下,不甚看得明白。见他走得袅娜,想是一对小脚儿。高氏放下茶,转身就走。

章三保复又坐下,再看毕世丰,年纪也只在三十以外,高高的颧骨,浓浓的眉毛,言未发而声先笑,眸一转而头数摇,周身衣履破旧不堪,愈觉肩耸背驼,发黄面黑。他偏谈笑自若,得意扬扬,笑对章三保道:"足下深夜过访,必有见教,小弟这里洗耳愿闻。"章三保便离座,深深一揖,道:"俗说:'礼下于人,必有所求。'将才先生之言,如见我的腑肺。但是这件事有些难办,务望先生不可推却。"毕世丰道:"足下尽管放心,小弟一生最喜从井救人,即蹈汤赴火,亦在所不辞!只要足下识得小弟用力之处,虽死无憾。"又鼓掌哈哈大笑。章三保即细细将自己女儿如何寻死,因贾、朱等人如何威逼,从头至尾说了一遍:"要求先生设法,必须指实他们,无可抵赖,又要官府见了动情。不然,被他们反过巴掌,说我有意连累他们,岂非成了讹诈么?那么一来,我倒是害了自己。久闻先生大名,百发百中,所以

第五十一回　彼嗔此怪雨瞎风盲　忍泣吞声珠沉玉碎

才连夜过来，求先生高才斟酌的。至于先生用力之处，在我理当从重报答，断不食言！"说毕，又是一揖到地。毕世丰一面听着，一面点头微笑，也立起回了一个揖，道："足下且自请坐。"便轻轻悄悄说出一番话来，把章三保喜得眉开眼笑，连声称是。

　　未知毕世丰所说何话，且看下回分解。

第 五 十 二 回

毕世丰叙词夺情理　　贾子诚纳贿了官司

　　话说章三保说明女儿如金被贾子诚、朱丕等人威逼自尽，请毕世丰代他写纸禀帖，去告他们。毕世丰听罢，微微一笑道："原来足下因这一点小事，非是我敢夸大口，一举手之劳，即稳操必胜之权。然而足下来意，我已尽知，虽是他们威逼令爱自尽，究竟毫无实据、把握，他们也可抵赖得过。须要明说威逼，暗中使官府见了，如同他们谋害一般，他们着了急，自然来撕掳这件事。足下之意，亦不过叫他们破费若干，知道利害，代令爱报仇。总之，没有威逼人命该抵偿的事理。幸而足下今夜问及于我，若问到别人，不得如此爽快答应你。再者，不是小觑旁人的话，也一时想不出个尽善尽美的良策来。足下且请稍坐片时，容我叙纸禀稿起来，与足下商议。"章三保听了，喜得作揖不迭，道："先生真乃高明，不用我细说。佩服之至！先生请自便，我在此静候。"毕世丰即起身至房内，取出一副笔砚，又取过一张粗纸，将灯剪明，坐下细心思索，如何着笔。

　　章三保立起身，在堂前踱来踱去的闲步。走至阶下，见厢房内是砌的两口锅，高氏坐在灶下，背倚着灶门烤火。章三保道："大嫂请睡了罢。我扰得尊府半夜里都走了起来，外面天气又冷，实在不安。"高氏忙站起来，笑道："好说，你大爷大小是件生意，不弃嫌，来寻找我们家里，深更半夜的，又没有甚么管待。不怕你笑话，今年我家大爷整整闲了半年，竟累得很，没说穿的，连吃的都难。平时我们家里极喜拉拢的，现在是力不从心，只好疏忽亲友点了。谅你大爷也看得出的，是不见怪的。"说着，又抿着嘴"嗤"的笑了一声。章三保在灯光之下复又细看，高氏长眉俊目，小巧身材，如今是累得这般的憔悴，若修饰起来，也很有几分姿色。又听他语言宛转，似个善说的妇人，不禁爱慕之余，又动了一点怜恤之心。

　　想到"身边带了几两散碎银子，何不就送与他夫妇？定然是得济的。又使毕世丰感激，更外出力了。若到事后酬谢，那是我应分送他的，即不见得人情了。我又在高氏身上尽了情分，自然在他丈夫的面前竭力说项。

第五十二回　毕世丰叙词夺情理　贾子诚纳贿了官司

有此机会，不可错过。"便走近一步，在身边掏出一个银包，放在灶上，道："我有件事奉托大嫂，适才大嫂不言，我已略知尊府一二的情形，我又有事相烦你家先生，理应为先生分忧设法。无奈此时身边不便，仅带了少许，若面交先生，恐先生怪我藐视了他，望大嫂笑纳。明日先行添补紧要物件，以作我的另外敬意。千祈在先生前说好听些。再者，此项与日后事成的酬谢无干。"高氏听了，喜出望外，又瞧了那银包一眼，约有七八两之数，笑道："怎么事还没有成效，好先领惠呢？若执意不收，恐过拂了盛情；若公然收了，又觉惭愧。好在日后的交情共得长久呢，我竟擅自做主，代我们家里收下，再容道谢罢！"说着，伸手拿过银包，笑嘻嘻的回房去了。

章三保仍回至桌前，见毕世丰搁下笔来，大笑道："费了我多少心血，始算勉强告成，只怕另请位神手通天的人来，也不过这般叙法。不是我说句放肆的话，却便宜了足下，苦了贾、朱等人了，纵然他们飞上天去，也难逃这罗网！足下请坐下来细看一遍，可否使得？"章三保道："先生过谦了，我是不懂得的，请先生讲说讲说。"毕世丰笑着高声念道：

具禀民人章三保，禀为谋逼女命、迫叩雪冤事：

窃身南京人，因贸易来扬，侨居宪治南柳巷地方。嗣因赀本亏折闲居，偶与身妻议及，长女如金已十有八岁，针黹女红，在在咸精，欲托媒牙卖人作妾，冀得身价，可复旧业，身妻亦允。今岁九月间，有府署幕友许春舫，江西人，来相看身女，愿出身价银四百金，约定十月初旬兑银接女，当又交下定准银五十金，以作凭信。数日后，复有甘泉县文生贾实，现为卫幕，与两淮候补运判朱丕偕至身家，议买身女。身当以许买为辞。贾出五百金，诱身背许，并言许向拐卖人口。身以既经议定，万难挽回，只有听之而已。贾即不悦，扬言恐吓，如身将女与许，定行送究。兼云女非身育，系诓诱人女而卖者。身正与贾争辩，朱又从旁圈说，以次女如玉卖贾为妾，即可了事。身因素知贾为本地棍衿，欺压良懦，往往买过路妇女至家，先奸后售，无恶不作。身虽卖女，情不容已，乌能以女推致火坑，任其荼毒？窃恐有心者皆不忍为，是以一并却绝。贾、朱衔恨同去。

次日，身邀许至，嘱其早接长女，免贾等觊觎，另生他变。讵许方来，贾、朱亦至，即与许言：身女在家为娼，又恃女有颜色，始则廉其身价,骗人争售,继至其家,必寻闹以出,听其退价若干,为异日再卖之计,若此伎俩,奚止一端?复言:身女为伊买走,在许之前,不容另有他议。贾既言之凿凿,朱又附和其辞,许安得不信为实?向身索退定银。身百口解说,无奈许深惑于贾、朱之言,疑身饰词文过,力索原银,决然而去。身女素明廉耻,因父命难违,始肯鬻身为妾,今闻贾、朱凭空诽谤,羞忿交集,是晚伺身与妻往睡,吞食洋烟自绝。

比身等闻知,解救无及。伏思贾、朱不捏词毁女,则许不思退;许不思退,则女可不死。身女虽非贾、朱谋杀,例无抵偿;然彼等以无作有,肆口败女名节,女子以名节为大,名节既丧,胡可为人?分明使女至死。揆度其情,又何异干手刃?虽非谋杀,实同谋杀。为此,迫叩大老爷矜鉴赏验,并提贾子诚、朱丕、许春舫等人到案讯问,立分真伪。庶免贾等视人命为儿戏,倚官衿为护符,女既雪冤于泉壤,彼等亦难逃于律条。法有专归,责无旁贷,公私两便,哀哀上禀。

年　月　日　具呈

章三保听完,连连叫好道:"这么一叙,情真理实,且又将我家'行户'二字撇开,免得到官先担不是。真不愧先生外号叫做'笔似锋'!就请先生誊清,好待我明早即去拦舆请验。我已买了一个白禀在此。"即在袖内取出禀帖递过。毕世丰道:"非是好意做成圈套,将足下'行户'二字撇去。既是行户,则女非贞洁,或买或退,不致于死;而且说到行户人家,官府必将这件事看轻;再则既非行户,何以贾、朱等人无亲无故,到你家去?所以由卖女起见,方许来人相看。贾、朱乃造言毁节,以致服毒自尽,虽非威逼,隐然有逼节在内,逼节即与谋杀无异。"章三保点首称是,即在手灯内将蜡烛取出点上,照着毕世丰写禀。高氏又去烧了两盏茶送出。不多片刻,禀已写成,毕世丰重又细看一遍,点了句读,注了人名、地名,填了年月,方交与三保。章三保接过,谢了又谢,道:"夜深了,先生请安歇罢。待明早喊下禀来,如何办理,再来请教。"随手将余下的蜡烛仍插在手灯内,起身告辞。高氏也赶出来,道声"好走"。

毕世丰直送出大门外,回来关上门,走入道:"不料今日半夜里来一宗生意,真乃意想不到!这件事办妥了,谢仪是不得少的。被告许家是有钱的人,贾子诚连年也积蓄不少,这纸禀词进去,他们必然着慌,要去安排,

第五十二回　毕世丰叙词夺情理　贾子诚纳贿了官司

章家至少也得一千、八百银子。章家得了彩头,定忘不了我的!好了,我们也穷出头了。"高氏听说,喜之不尽,又将章三保丢下银子告诉毕世丰。世丰点头道:"章三保倒是个朋友,能知人甘苦,不愧我为他用这一番力气!你可收好,明日待我去变换,先买些柴米来家,再买两匹布,做几件棉衣,你我御寒。"他夫妇欢欢喜喜,回房去睡。

单说章三保回转家内,将毕先生做的禀词念给妈妈与众人听。众人听了,都说好极。妈妈道:"你也去躺躺罢,明日天明,我喊你起身。"章三保道:"我并不想睡,不一时,天也好明了,不要睡迟了,耽误正事。"即叫人煮出饭来,吃饱了好去等候喊禀。吃毕,天已大亮,忙着换了一套半旧的衣服,又吩咐众人小心,伺候官来相验,便出门而去。

穿街过巷,来至县前,问明县官上府去了,少停即回。即在县衙左右寻了一家茶铺子坐下。等了半晌,听远远鸣锣喝道而来,知县官已返,忙起身给了茶钱,整一整衣履,在街旁站定。恰好头踏执事纷纷过去,县官的轿子将至面前,章三保似虎也一般扑出,当街跪下,高声喊道:"血海冤枉呀!求大老爷伸冤!"说着,双手将禀帖高高捧过头顶。两旁的吏役忙过来吆喝。县官在轿内早已看见,即行止住,叫:"取上他原禀来。"吏役将原禀取过,呈上。县官接了,从头细看,一边看着一边摇着头。

看官们可知这县官是谁?原来就是鲁鹍。自鲁鹏被劾去后,鲁鹍知道本省督抚上司皆是清廉公正的大员,不可以夤缘迎合的,恐蹈了兄弟鲁鹏的后辙。好在他们这伙恶人性情是随人改变的,能屈能伸,他便将那势焰熏人的气派全行收敛,反做出那公正不阿的面目来,在上司面前说的是爱国爱民,在同僚前说的是洁人洁己,又寻那地方上有益于民的事做了几件,鲁鹍声名早传闻开去了。上司、同僚无不称羡,连云从龙都暗暗的纳罕,道:"怪不得人说龙生九子,种种不同!谁知鲁鹍竟大异其弟行为,是一员好官!倒要存心提拔他才是,何可因其弟而废其兄?"鲁鹍上省,也面谒过从龙几次,从龙痛加赞赏。

鲁鹍知得了上司的欢心,更一味要好。相巧甘泉县任满出缺,云从龙想到鲁鹍,扬州三府也是赔累清苦的缺分,不如着他兼署甘泉篆务,调剂他得点漕规使费,既不负他立心要做好官,又可使他分外巴结。便一面相饬藩司,委他去代理甘泉县事;一面出折具奏,声明原委,并请另放实任人员。

鲁鹍奉到札文，好生欢喜，忙去预备接手。适值是八月时候，接印未久，即当开征之期，鲁鹍本是个能手，外面图名，暗中图利，这一次漕银即得了若干肥己。今日清早，去伺候府里行香，排班事毕回衙，恰值章三保拦舆叫冤。鲁鹍看过禀词，道："带下去！"再吩咐隶役人等"不可散步，伺候本县前去相验。"两旁答应，将章三保带过一边。

　　鲁鹍下轿进署，拿了原禀，去与刑名师爷商议："许春舫是上司本府的幕友，朱丕是运司的僚属，贾子诚是本学生员，兼在卫里作幕，平日又有往来。这一干被告怎生发落？若照原禀所控，他们无故诬良作贱，威逼人命，皆有应得之咎，不能不提案讯问。"刑名师爷笑道："东翁，这件事易办的，原告章三保禀内都有架词；纵然是实，也不过欲贾、朱、许等人买他个不追，可以颟顸了事。东翁先请去相验，可否服毒是实；一面批示签差，立刻提被告人证赴案。去的差役，待我授意于他，叫他传话被告等人不须费事，他们自然即去料理，连东翁这边，他们都要尽情的；怕的原告不追、问官不结，也是没用的。"鲁鹍连声道是，即传话外面伺候，仍然坐轿开道，向章家而来。又吩咐将原告章三保一并带往。

　　到了章家门首，早有本坊地保上来跪接。里面已搭了官座。鲁鹍下轿，入内坐定，先将章三保妻子带上，问了一遍，即叫仵作人等在座前相验。仵作等进去，将如金尸身扛出，放在阶下，细细验毕，报道："周身无伤，只有两手指皆青，面皮似铁，牙齿全黑，腹胀如鼓，委系吞食生烟自尽。"又将和烟的酒盅呈上。鲁鹍点一点头，命书吏填明尸格。即将章三保带上，道："你女儿服毒身死，本县已经验明，你可先行买棺盛殓，本县回衙，代你提传被告审讯。"

　　章三保连连叩头，道："求大老爷极品高升，朱衣万世。女儿的尸身是不能收的，恐被告等犹有抵赖。"鲁鹍笑道："你这人可痴了！难道本县相验过了，填下尸格，不足为凭的么？被告自然要全行提到，审问真伪。真的，他们皆有应得之咎；假的，你即是借尸讹诈，还要根究你女儿因何服毒！"章三保又叩头道："若是虚禀，小的情甘认罪反坐！"鲁鹍道："那就是了。"遂吩咐本坊地保："着同他家收尸，不许犹有扭难；章三保暂行取保回家，俟被告人证提齐，再传案对质。"即起身坐了轿回衙。

　　章三保送了县官起身，回来与妈妈相商，买棺收殓如金。"好在县主

第五十二回　毕世丰叙词夺情理　贾子诚纳贿了官司

太爷验过,不怕他们抵赖。"妈妈道:"孩子死得甚苦,须要丰富装裹,方对得过他;就是历年来,他也挣的不少。"章三保道:"不用你说,我也不忍心草草完结,只得这一遭儿了——好在用下去的,有人来认我们的。"遂带了银两,上街买定一口上等杉木棺材;又叫了裁缝至家,连夜赶做衣服,尽用顶上的绫缎;请了阴阳生来,择定次日卯时入殓。此时十月节令,天气甚冷,虽迟殓一日无妨。

章三保又使人分头送信于各家亲友。早惊动在城一班绅缙人等,向与如金交契,又慕如金的颜色,一闻此言,莫不诧异,赶着过来慰唁,并询问致死缘由。妈妈一一告诉。众人听了,皆咬牙痛恨,怂恿章三保去告状:"若鲁甘泉稍有袒向,我们即不依他!虽不该论抵,也要他们大大花去一宗,才得干休!"妈妈称谢了众人,又留众人吃了茶果方去。

次日黎明,各物齐备,章三保早叫了几名僧道鼓手来伺候,众亲友帮助妈妈代如金穿了衣服。可怜如金一昼夜过来,那里还是生前的花容月貌、百媚千姣?只落得面色由青转黑,唇鼻等处色如紫绛,肚腹高挺过头尺许,按上硬同铁石,宛似夜叉魔鬼一般。妈妈见了,分外伤心,复呼儿叫肉,大哭不止。章三保与如玉等人亦哭了下来,好半晌方止。阴阳生报:"时辰已到!"阶下僧道鼓手齐齐吹打,众人将如金尸骸抬出入殓。妈妈又抚棺碰头大哭,众人多方劝住。棺柩即停供后进,一切礼仪皆按幼丧制度。章三保开发了僧道等众去后,众亲友亦纷纷辞去。章家专待县里提齐被告,好去对讯。

再说贾子诚、朱丕二人回到卫署,贾子诚即叫厨房添上两样菜蔬,留朱丕吃饭,又将自己烟具开设,与朱丕对躺在榻上吸烟。贾子诚犹自恨声不绝,说:"如金趋奉许家,瞧不起旁人,实系可恶!须要给他个利害,才知道我们不是好惹的。不然,还要被他家效尤呢!"朱丕笑道:"你因这些小事,也犯不上这么怄气,一个娼家,怕没有法子摆布他么?好在你与鲁云程相好,章家又在他管辖之地,明日我同你亲去拜他,请他差提章三保,说他纵女为娼,诱胁良家子弟,并提如金本身到案讯问,不怕他倚仗许春舫的声势,难道地方官不该驱逐娼妓么?"贾子诚连声称善,道:"不如此,不足泄我气忿!明日午后,你在家等我,同你一道儿去。"两人谈了半会,家人们早摆上饭来。对面吃毕,净面漱口,又吸了几口烟,朱丕方起身辞去。

适值漕帅行下催粮的文书来,王喜请贾子诚申复回文,并札催各军户旗丁赶紧完纳,整整忙了一日,至次日下昼时分,公件仍未清结。贾子诚急得心如火焚,恨不得一笔写完,好去约朱丕同往县署。正在心焦,忽见朱丕跑了进来,形色仓惶,满头是汗。贾子诚忙立起让座,笑道:"你两日等得不耐烦了,我也急得很,无奈这些遭瘟公事羁绊得不得了身,我们只好明日去罢。"朱丕双手齐摇,坐下道:"还说甚么送章家的官呢,而今弄出大事来了!我特来与你商量,赶着去弥缝为是,若闹开来,你我都有未便!"贾子诚听说,也吃了一惊,忙道:"甚么事这般大惊小怪的?天大的事,不过杀人抵命,也没有事了,何况我们并未杀人!"朱丕跺足道:"虽不是杀人,也是一场人命官司!"遂将如金服毒身死的话,并说章三保如何往县里去告、如何捏词:"现在鲁云程去相验过了,已出了差来,提你、我与许家三人。幸而鲁云程顾念交情,明说差提原、被两造对质,暗中吩咐来差知会我们赶快去料理,只要章家不迫,即可含糊过去。我想章三保告的是威逼他女儿自尽,原无实据;但是既经控告,他定请教了讼师,自有一番强词夺理,一时难分真伪;况且你我等人若到堂与他对质,也不像句说话。来差先到我那里走了一趟,此番到许家去了,少停定然要到你这里来。我所以抢一步,来与你斟酌如何办理?虽然不怕他,究竟我们居官的人,于声名大有关碍。"贾子诚听说,亦呆了半晌道:"不意章三保有如此胆量,居然敢捏词控告我们!其中必有唆讼主使!如金那蹄子倒舍得寻死,也算件怪事。既承云程关切,爽性请他耽搁几日,我们好设法完结。且待来差至许家那边,若何办理,我们再作计较。"朱丕点首称是,又说道:"风闻如金吞烟自尽,死得甚惨,今早收殓,有人看了,来说:'那里还成人形?面目魆黑,两手铁青,肚腹高硬,宛同丑鬼相似。'想起来,如金寻死,也是我们的罪过,若非你前日发话羞辱他,他这般自由自在的日子,怎生舍得短见?遥想我们走了,许家亦动了气,也未可知。"贾子诚笑着啐朱丕,道:"呸!你倒先不打自招!他死的有甚么可怜?才死的好,我才快活,还死迟了呢!我看这件事也没有甚么,拼着花几串钱,海也干了。他到底把条命糟掉了,究竟是那个便宜?"

正说着,只见家人上来道:"甘泉里有两名差人在外,说有要话面禀。"贾子诚道:"叫他们进来。"朱丕连忙躲开。家人领了差人入内见子诚,请了安,

第五十二回　毕世丰叙词夺情理　贾子诚纳贿了官司

站立一边。贾子诚故作不知,道:"你们有甚么事,成双作对的来此?"原差道:"一则叩见老爷请安,二则敝上有件公事,请老爷过目。"便将朱签呈上。

贾子诚接过,看毕,仍将朱签交与来差,道:"岂有此理?章家分明借尸讹诈!难道你们贵上就这么准了么?"原差道:"起先原是不准的,敝上亲往验过,果系服毒,章三保又说得确确可据,说老爷们威逼他女儿身死,所以敝上请老爷们对质,即分虚实。"说着,走近一步,低低道:"敝上也明知章家是借故讹诈,无如他女儿自尽是实,又一口咬定老爷们威逼。但是对质下来,自辨真伪。惟有一件难处,老爷们何能与他上堂对讯?若遣名家属去,怕的章三保刁顽,说王子犯法,庶民同罪,不肯同家属质讯;二来老爷们有体面的人,传闻出去,风声不雅;况且敝上又与老爷们交好,更不能不为关切,奈因公事公办,私情只好搁过一边,惟有暗中为力。至于章三保控告的意思,无非想讹诈若干,千人一见。敝上叫差人们转请老爷示下,可能看破些,给他几文,叫他当堂具张息讼,切结了案;随后老爷们再寻件事由狠狠的办他一下,也甚容易。此是敝上的私意,仍请老爷们自裁。许老爷那边我们去过了,已照敝上的意思而行,说明日挽出人去同章家说项,许他个若干,叫他结案。"

贾子诚闻说,沉吟了一会,笑道:"承你们贵上一番美意,焉得不遵?若论章三保胆敢架词诬告,再去买嘱他结案,还当我们惧怕他呢!任凭他告到部里去,我也不去理他!说到归原,自有水落石出,孰是孰非,何能凭一面之词,硬栽人威逼他女儿自尽么?好在不是我们杀他的。那么一来,岂非辜负了你们贵上的盛意?说不得我们自认晦气,即照许老爷的办法,先烦你们回去致意贵上,凭公讯断。"又回头叫家人提出两串钱来,赏给两名来差。

原差请安谢了赏,道:"老爷们是何等样人,难不成怕他控告么?不过因他家女儿死的可怜,姑从所请,给他几文;若说他执意不行,章三保能有几个脑袋?鸡卵好同石头碰么?他已得之望外,断无违拗。差人们且回去禀明敝上,耽搁两日,候老爷们话说明了,再提章三保当堂具结销案。他既答应,自然要递情甘息讼的禀词,那时差人们授意于他就是了。"

贾子诚点头道:"很是,你伙计两人颇会干事,我再酬劳你们罢。至于贵上关切之处,我也理会得,自有道理。你们回去,先代我请安说声。就是许老爷,也该有话在你们面前。"原差笑道:"老爷真乃明见万里,许老爷他是这般说法。其实敝上是顾念交情,并无别意。"遂告辞,退了出外。

朱丕拍着手笑出来道:"没事了,自古钱能通神,一毫不错!这件官司却便宜了我,章家也晓得我穷,不过借我搭个脚儿。你们所费若干,只好容我再报罢。许春舫他即用去十倍,我也不见情的。"贾子诚笑道:"没脸的东西,亏你好意思说得出口!明日我们完结了,单叫鲁云程来提你,与章三保对质,看你怎样?那时不怕你穷,木头橛子也要榨出点油来!"朱丕笑道:"子诚不要夸嘴,如鲁云程单提我去,我即直说你们'买嘱他了案。试问他们果真没有威逼章家女儿,焉肯纳贿?'只怕你们还要用二发买嘱呢!"贾子诚笑着打了朱丕一下,道:"好!好!从此我也知道你的心了。不要说笑了,倒是叫谁人到章家去说呢?"朱丕道:"跟我的家人蒋礼颇会说话,我大小事件都叫他办,从未支离。明日即叫他去,包管得表得里。"

贾子诚又道:"章家是这么安排了,云程那边也得送他几文。他虽声口说认交情,自古'堂堂衙门向南开,有理无钱休进来'。不管至亲密友,用得着他,多不能白过的。你看送他若干方可出手?"朱丕想了想道:"至少也要二三百金,轻人即是轻己。"贾子诚点头道:"就送三百金去罢,这件小事也很过得去了。我想今日就送过去,让他且安了心,好代我实力办事。"便取过一个红封套来,上写"菲敬"二字;又写了一张汇票,汇到平日共来往的银铺内,实兑纹银三百两。即叫进一名家丁:"拿了名帖,送到鲁太爷衙门里去,说:'家主人具了点菲礼奉送,容改日亲自诣署相谢,此时因事在案,不便走谒,各事都望鲁太爷格外关照。'"家丁应着退下,自去送礼。贾子诚又留了朱丕吃了晚饭方去。

朱丕回至家内,将蒋礼叫上,吩咐了一遍:"明早即去与章三保说,不是我们怕他告状,才来买嘱他的,叫他不要错会了念头。因他女儿死得甚苦,许老爷既肯成全他,不与他为难,我们也乐得做个人情,高高手放他过去。究竟不因萝卜不挑菜,我们算贴补他女儿丧中一点子用费罢,他女儿舍命一场。若论他架词诬告,定见不依!他们不要仗着有人主使,审出虚实来,是他自家吃苦,别人替不来的,叫他别要糊涂。你的话要说紧些,不要被他得了口气去。"

蒋礼笑道:"老爷请放心,我知道老爷的意思,怕章家欲念过重,不肯就和官司,得步进步的。小的先去诈他一诈,说明利害,然后再许他好处,

第五十二回　毕世丰叙词夺情理　贾子诚纳贿了官司

断无不从之理。若是说了下来,也是小的一番功劳,只是不能便宜了贾老爷,要朱老爷栽培。"朱丕笑骂道:"该行瘟的奴才！还没有做事,就先想于中取利！事成了,贾老爷自然要赏你的,你忙甚么？"蒋礼应了声退出,一面走着,咕哝道:"赏是赏,捞摸是捞摸；也要有这本领,才捞摸得下。横竖贾老爷是省不来的！"朱丕只当没有听见,起身回后。

蒋礼回至自己房内,叫收拾睡下,在枕头上寻思前去作何说辞？"开口须要章三保无话可回,又要使他不敢多索,其中我方可余落。"想定主见,始沉沉睡熟。

未知蒋礼前往说和,章三保可肯应允,且看下回分解。

第 五 十 三 回

章三保得财甘息讼　　毕讼师受谢乐调妻

　　话说蒋礼睡到次早方醒,起身净洗手脸,吃了点饮食,忙忙向章家来。见章家大门开着,即跨步走入。见后丧棚高搭,当中停着柩,灵前幡幢帏幔、灯彩香花,甚为齐整。章三保夫妇同在桌畔点烛供肴,妈妈又涕泪交流的数说着哭。回头见蒋礼走了进来,章三保也认得他,虽然是朱丕的家人,因此事与他们无涉,正待询问,蒋礼忙上来道:"昨日大姑娘入殓,我实在不知道,未得候拜,失礼之至。要恕我呢!"说着,便走上拜单,恭恭敬敬行了四礼。慌得章三保夫妇挽之不及,口内连说"不敢"。三保一旁回礼不迭。蒋礼拜罢起身,妈妈也止住啼哭,上来叩谢,便邀蒋礼至棚下坐了。

　　妈儿们送过茶,蒋礼道:"昨日下昼,方闻得大姑娘的凶信,甚是诧异,我还当是讹言,再细细打听,连死的情由我已尽知,被我狠骂了一夜。"将大指一竖,道:"他若不是我的主人,我要骂出他好话来! 又恨不得过来与贤夫妇商量,定要报仇雪恨,才出我胸中这一股不平之气! 无如名分攸关,只得忍了下去。后来听得章大爷在县里喊了禀,请官去验,业已准了,出差提讯。我喜欢得过不得,我甚称赞章大爷有胆量,管他甚么官、幕有钱有势,只要我有理,多可告得他们,'外孙有理,还要告太公呢'! 总之一句话,他们恶事也忒做得多了,不怕人命关天,都视作平常还了得么? 世界上倒没有王法了一般! 也有今日,跌到你家章大爷手内,那怕势焰如山,偏要同他们这么碰一碰! 我佩服你章大爷,实在是有胆儿的,非比那畏刀避箭的人。这叫做'天网恢恢,疏而不漏'。他们恶贯满盈,自作自受!"妈妈听了,忙接口道:"阿弥陀佛! 你蒋二爷真是明白人! 你家那主人远不及你,他们只说我们这里人家是最容易欺的,殊不知人死了,还怕甚么呢? 拼死无大灾,说到尽头,都要凭个'理'字,难道人家非容易养到十七八岁的女儿,又是一把赚钱的手,被他们逼死就罢了不成? 弄一场人命官司他们吃吃,试试大家的手段! 适才犹有一件可笑的事,你二爷未来之先,许家打发个人来同我说和,叫我家不要追案,他情愿贴我女儿身后

第五十三回　章三保得财甘息讼　毕讼师受谢乐调妻

丧中一切费用。是我当面大骂了一顿,说:'你家主人梦还未醒!没说贴我的用费,就照我女儿样子浇个金人还我,还嫌他不会说话呢!你回去告诉他声,叫他拼着打官司罢,留下钱走官的门路是正经!只要官判断我女儿是该死的,与你们无干,我家就不追了!今日你来是头一次,若下次再来,我即打你孤拐!'许家的人见我势头不好,一溜烟逃去。你听听,可笑不可笑?到了此时,他还拿钱来坠煞我,我可依么?"

蒋礼听了,拍手笑道:"骂得在理!不打出门,还是便宜了他!然而我却有句不中听的话要劝你妈妈,不要骂我,我才敢说。若论你家姑娘为他们逼死,万难罢和,连旁人也没有劝你家和的理。但是一件,常闻钱可买罪,他们见你不肯私和,到了官,又要担取处分,一不做,二不休,拼着荡产倾家,到衙门里去花费。现在的官,那个不贪财的?古语云:'有钱则生,无钱则死。'你们见县里不问,不过到府里去告,府里若再买通呢?况且许家又现为府幕,更易说项。你家不过到上司里去告、京城里去告,滚钉板,喊御状,你家多拼得去干,他们也拼得去用,可知有钱到处皆通,你告一处,他买通一处,九九归原,仍是个罢和。他们也用穷了,你家也累揩完了,两败俱伤,毫无益处。没说是威逼的官司,即是真打死了人,有钱都可以豁免。我想你妈妈不若看破些,乐得他们来与你家说和,情愿用钱,何妨重重的要他们一宗?而且大姑娘虽然惨死,也是大限该绝,天下没有错死的人,阎王也没有误勾的鬼。二则不怕你妈妈见恼,你家这门户,全赖大姑娘撑持,而今大姑娘殁了,即折了气势。你家二姑娘年纪尚幼,又没有大姑娘的名声,恐一时接续不上,再要打官司告状的破费,只怕他们还未用穷,你家就先累倒了。妈妈,你将我的话与章大爷斟酌,斟酌!看我蒋礼还是为的他们,是为的你家呢?"一席话说得章三保坐在一旁,眯眯笑而不答,妈妈也无语了。半响,方道:"你二爷的话原是不错,无奈我女儿死得太苦,若与他们私和,恐对不过我那死鬼女儿!"蒋礼见妈妈话已松了下来,即趁势说道:"妈妈,你这话错了。你姑娘死后,魂灵是明白的,也晓得父母的苦处,而且追到末了,他们不过丢官的丢官,倾家的倾家,也没得甚么死罪,爽性办到他们论抵,也还值得。"章三保听说,连连点头,道:"蒋二爷说的甚是有理,你倒揣度揣度,不要倚着自己一冲头性子,日后抱怨。"又起身拉他妈妈道:"你到这里来,我和你说话。"蒋礼拍桌道:"还是章大爷爽利！你们都要商议定了，才好说呢！"

他夫妇走进灵帏，喊喊喳喳的好半会，复又出来。妈妈向蒋礼道："蒙你二爷指点我们明路，但是私和了这官司，便宜他们多了！我家既担了卖死女儿的名，须要落这么一宗。不然，也犯不着，担名不担利的。至少要他们十万八万，衙门里一切我家不管。依我就和，不依，我仍是追案。还有一件难事，方才许家的人被我骂走，料想不敢再来；就是贾家那边，也要人去说，我家断不能先央人同他们说和去！"蒋礼忙道："不难！不难！你妈妈果然允准，不得改口，我情愿效劳，也不说你家烦我出来。即着我的意思，许、贾等处皆是我去，我家主人也无须交代的。"章三保道："怎好烦你二爷代我家说话？他们家的人仍是要来的，来时再作商议。你二爷去说，究竟不便。"妈妈道："这也无妨，说成了，重重谢二爷；只要你话说好了，不可被他们掂了斤两去。"蒋礼听说，双手齐拍胸膛，道："有我，有我！包管你贤夫妇得理得体。成时，只要一顿好好酒饭，请我一吃，就完事了；只怕我说的十事九成，你家又有变动，那就不好了。你们怕我说不成功，反惹人笑话，我也要预先说明。"说罢，哈哈的笑了起来。妈妈也笑道："你二爷放心，果能依我数目，断无不成！倘有反悔，任凭你二爷罚我！"蒋礼道："罚你减去九成，只要一成。"说罢，又咯咯的笑，即起身作辞。章三保同妈妈直送至前进方回。

蒋礼出了门，自喜道："不意他家被我一番鬼话说了下来，真正是我财星透露！"一口气跑回家内，将前后情节回明了朱丕。朱丕亦大为称赞，便亲自来会贾子诚，着蒋礼去说知许家，"看他愿出若干，到贾老爷衙门里来回我。"蒋礼出来，自去见许春舫商量。

那朱丕即至卫署，见了贾子诚，将蒋礼如何去说，章家如何答应，"现在叫他问许春舫去，知道他出的数目，我们再为计较。这件事算可了结了。"贾子诚道："用去若干倒是小事，却要被老乌龟夫妇笑我们害怕，将钱去买嘱他，我真不服这口怄气！"朱丕笑道："你可太没涵养了！此番是他得了情理，权让他逞尽威风。事后过了三月五月，寻件事去摆布他家，却也容易。那时不发手则已，发手即要他冲家败产，今日所得的原数儿倒出来还不行呢！"贾子诚道："怎么呢？只好怎么想了。"

贾、朱正在计议，见蒋礼已去了回来，道："许老爷正因打发去的人被

第五十三回　章三保得财甘息讼　毕讼师受谢乐调妻

章家骂了回来,在那里纳闷。见小的去了,说明章三保应允的话,欢喜异常,一口即出了三千两,再外送鲁太爷。小的因想许老爷出得多,也是替老爷们分肩。遂又陈说利害,若不满章家所欲,恐此时息了案,日后仍要发作,不如一了百清,免贻后患。许老爷听了小的之话,又添上二千银子,共计五千。小的先回来说声,待我再往章家问个明白,讲定多少可以了案。五千外的,老爷们再设法补足,可买点便宜;倘五千肯行了,岂不更好么?"朱不道:"甚好,你就去罢。"

　　蒋礼退出,仍至章家来。章三保忙让到后进内坐,妈妈也出来相陪。蒋礼道:"委办的事说过了,但不能尽如你贤夫妇的意,费了若干唇舌,他们咬定了要同你们打官司,'许春舫随他去和,我们拼向衙门里去用,不便宜他家!'果应了我前次的话。后又被我再三说项,他们才依了,出的数目却离得远呢。我也说不出口,说出来要被你们啐呢!"章三保道:"既然有了数目,何妨说与我们听听?好在行止也还未定。"蒋礼又道:"妈妈不要骂我呀!"妈妈道:"怎么话,倒累你二爷往返?也不是你二爷的事,只管请说。"蒋礼听了,方故作撅嘴咋舌,道:"他们三处,除了代你家衙门使用外,送你二千两银子,再多是不能了。你妈妈想想,可是远得多呢?叫我回复你家的人,都难出口。"妈妈闻说,顿时撂下脸来,冷笑了声道:"我家宝贝似的一个女儿,被他们逼死了。又经官动府,大闹了一场,息案的时候,自然我家还要认个情愿了结的名目,这些关头,只值了二千银子么?他们也不怕笑掉了人家下巴壳子!倒难为你二爷,空说了一番,改日叫我们家里登门奉谢。我定见是不和了,随他们那个衙门买路去!总而言之,女儿为人逼死了,不能再问个罪回来!"章三保也接口道:"本来太少了,我家活女儿亦不止卖二千银子,何况是他们逼死的!我们又要担卖死女儿的名,二千银子,才买了个零头。"蒋礼道:"我原晓得悬殊太远,是说不上的,又不能不来回你们声,我倒惊动了。待他们肯添多少,我再来说罢。"便起身欲行。

　　如玉在灵帏内句句听得明白,忍不住走了出来,道:"蒋二爷,请站一站。"蒋礼见是如玉叫他,即停住脚步,道:"二姑娘有何话说?"如玉含笑道:"承你二爷来代我家说事,本当依从;无奈数目太远,不是我家有意扭捏。然而你二爷的来意,我也猜透一二,怕的是说多了,我家三爷和妈妈又争多厌少,不如藏点头说,好留退步。究竟他们愿出实数若干?说明了,要大家商议,能行则行,不能行则止,倒爽快些。二爷何必又要去走这么一趟做甚么呢?现在费你二爷心,甚不过意,再累你往返,更外不安了。"

蒋礼听了,暗骂道:"这促狭小蹄子,很会诈人,看来比老的还凶呢!待我也诈他一诈。"便笑道:"二姑娘说话真伶俐,看出我的心境来。既然你姑娘问我,我也要转问一声,想必三爷和妈妈的心境姑娘是知道的,到底要多少才肯罢休?权且丢了我的说你的。早间你妈妈说要十万八万,那句话谅也是戏言,应该有一定不移的章程横在心里,何妨请教呢?"如玉笑道:"既是你二爷谆谆问我,我斗胆代三爷和妈妈做主,十万八万虽是戏言,大约一万八千是不可少的。你二爷心里估量估量,他们能出,再去说一遭儿;他们不能出,就犯不着空费唇舌了。"妈妈在旁忙拦如玉,道:"你不要乱说,小孩子家,晓得甚么?蒋二爷,不要睬他,我是不依的!"

蒋礼见如玉已说出实数,又见妈妈拦他,恐如玉走了,不好收场,便道:"你姑娘这么爽利,我也爽利些。我们以作六千的数目,等我说去,说得成,晚间回信;说不成,我即不来了。明日你追你家的案,他打他们的官司,与我毫无关涉,不过白说了一场话。"妈妈仍要再说,被如玉抢着说道:"就这么着,候你二爷信罢,行止多要回复我们一声。"

蒋礼口内答应着,即作别出外,也不回去,走到那僻静茶铺内坐下,直等至黄昏时分,又向章家来。进了门,即拍手笑道:"成功了!没事了!哎唷!哎唷!好容易被我说得海枯石烂,方有了头绪。非是我来妄说,唾沫都说干了一碗!"又回身对章三保作了一揖,道:"恭喜,恭喜,大事告成。悉如二令爱盼咐的六千数目,贤夫妇可没有的说了,再说我可要议罚了。"说罢,又笑个不止。章三保一面应答,一面让蒋礼坐下,道:"适才妈妈狠骂了如玉一顿,说他不知好歹,乱出来插嘴。既已说出了口,又累你二爷跑来跑去,我们甚过意不去,只好遵命。这场情分却要卖在你二爷身上。"蒋礼笑道:"承情!虽蒙你们贤夫妇慨允,还有一句不情的话要交代明白:衙门的使费,说过不要你家闻问;那情愿息讼的禀帖,是要你家递的。"妈妈道:"既然讲和了,自然要递和息。请你二爷去与他们说明了,一边交银,一边去投息词,两不相欺。"蒋礼道:"那也不用你多虑,我去把银两措

第五十三回　章三保得财甘息讼　毕讼师受谢乐调妻

齐,你家去请人写了息词,我同你家章大爷手搀手儿往县里去递,就在那里交清银数,何如？我也要去了,明日见罢。"

蒋礼回至卫署,已初更时分。朱丕道:"怎么到这时候才来？他家可行了么？"蒋礼道:"行是行了,不是小的夸口,换一个主儿去,竟难成功呢！章家两口子抱定十万八万的说,被小的左磨右刷,始压下头来。现已说定了七千数目,衙门还要我们去用。除去许老爷出的五千,贾老爷与老爷是要凑二千的。县里没有甚么大开发,不过书差们的赏号,几十千文也就好过去了。好在贾老爷前日已送过鲁太爷三百,许老爷还允下另送,遥想鲁太爷是没有扭难不行的事。"贾子诚道:"倒难为你了,改日还要酬劳你。明日去告诉声许家,叫他将银两备齐,我的少停交与你主人带回。就是明日做结了罢,迟则恐另生他变。"蒋礼应着退出。

贾子诚即起身在床上取出一个螺钿小匣,开了锁钥,检出二千两银票,交与朱丕道:"这件官司真便宜了你！难道你就这么算了么？"朱丕笑道:"我不与你叙理,你倒说起我来！这件官司本是你闹出来的,可知许春舫是飞灾呢,他还出了五千两,若不是我家蒋礼去说,你可能二千银子了事的么？论理你还要谢我才是。"贾子诚笑道:"啐！下流东西,不要面孔的,滚罢！天也不早了,别要碰着夺路的强盗,抢了银票去,那我可是不管,只好你自家赔补了。"朱丕也笑着起身辞出。

早有来接的家人,提着手灯,照回私宅。朱丕将蒋礼叫入,交清了银票,吩咐他明早即去,不可迟误。蒋礼接过银票下来,欣喜非常:"稳稳的赚了一千银子,我在这门里当了七八年的差,还没有得过这么一宗财爻。惟愿他们这样人命官司再遇几回,我可就要发财了！"欢欢喜喜,将一千两银票另自收过,吹灯安睡。

次日清早,先到许春舫那里说明,却报了一万之数,与贾子诚各出一半;朱丕本来无钱,人是晓得的。许春舫兑了银两,打发一名贴身家丁同着蒋礼前来。蒋礼一路暗忖道:"这个囚攮的跟着我来,怎生支开了他,方好交代章家银两？"眉头一皱,计上心来,对那人道:"我的哥,罢！罢！你我辛苦一场,必须要抬个厘头,贴补脚步钱。不知你大哥意下如何？"那人道:"蒋二哥,你说的甚么傻话？谁不想好处呢？只是没有法儿。"蒋礼道:"不难,你把银子先拿到衙门前等我,自有调处。少停,我同章三保来叫你交银,你再交代他,包管章家都要送我们一分酬劳。"那人听了,连连应答,遂依着蒋礼的话,先至县前等候。

这里蒋礼见那人去了,便急急来至章家。章三保接着入内。蒋礼道:"你家禀帖可写下么?我们银子已齐了。"章三保道:"写下了,我们就去罢。"蒋礼道:"且缓,许家的家人路上向着我说,要我酬谢他一分,不然,他不肯交银子。我代你家做主,允下他了一分,该七十两银子。你肯给就给,否则我代垫了。难道为这点小费耽误大事么?最好你与我交给他,免得争多嫌寡的。"

章三保道:"你二爷既经说下,我也不好驳回;好在七十两银子,也是有限的。明日送给他罢。"蒋礼笑道:"他要现给呢!说现银子交代你,不能落你家的欠帐。这也是人之恒情,不能怪他。你带了去罢,那整数上也不好挖下来的。"章三保听说,便取出一包银子,戥了七十两,交与蒋礼。又将息讼的禀帖带在身畔,邀蒋礼同往投递。妈妈又赶上来,嘱咐道:"银子过手,再递禀帖,不要放了鸽子去。要紧!"蒋礼回头笑道:"妈妈,你太小心,把我姓蒋的忒看轻了!"妈妈道:"不是怕你呀!怕的是许家的人。"蒋礼也不答言,拉着章三保就走。

不一会来至县前,果见许家的人站在街旁呆呆的等候。蒋礼抢行一步,将七十两银子递与那人,道:"你且收下,千万不要开口,跟着我行事。费了无穷的气力,才弄下这一分来,我假说是我要的,他方不驳回。停刻事完了,我们再分罢。"那人接了,千称万谢。恰好章三保也走了上来,彼此只招呼了一声,蒋礼即拉了他们,一同来至门房。蒋礼是常来的,门上多认得他,让他们坐下。蒋礼便将原、被两造情愿息讼的话说明,又在身边便袋内掏出几两银子,送与门上,道:"些许菲敬,不成意思,请收了,容待事结之后再行补报。"原来蒋礼早预备下各行使费,以便一场清结。

门上接过,笑道:"这点小事,还领惠么?你二哥太见外了。请将禀帖存下,待我觑个空儿递进去。不知官那里可说明了没有?"又回身骂用的三儿:"怎么客来了许久也不送茶?你们干甚么的?"蒋礼忙道:"我们不吃茶。贵上那里久经说明,断不叫二哥上去碰钉子。"章三保亦取出禀帖来送过。门上望了望,撂在一边。

蒋礼等人辞了出来,扯了章三保到后街地方,先将许家的家人带来银

第五十三回　章三保得财甘息讼　毕讼师受谢乐调妻

两拿过,并在一处,交给章三保,又叫他照一照票去,"若有讹错,快来寻我退换。"章三保笑道:"票假,你二爷人是不假的。"见对了数目,方道了声"有累",分路而去。蒋礼又邀了许家的人去会书差,共用使费若干,叫那人回去告诉许春舫,这一款也要对派的。各事理结,蒋礼方别了那人回来。鲁鹍先得了贾家三百,今日许家又送了五百,甚为欢喜。此时见章家息词递进,即批了,准其具结销案。

再说章三保得了六千银子,心满意足,回至家中说知,妈妈也快乐不尽。章三保道:"这件事却多亏了毕先生,若非他将禀词叙得入情入彀,贾、朱等人不肯善善的出这些买嘱我家息讼;县里也不能如此易准,及下来相验、出差、提讯等事,快而且速,统共三四天,即没有事了;又得了这么一宗巨款,足够我们夫妻一世受用。不是我说句丧心的话,一个活女儿,恐卖不上这么许多银两!仔细想起来,皆是毕先生之力,须要重重酬谢他数百银子,才对得过。"他妈妈道:"你不说,我正想同你商酌。你说谢他数百银子,未免过轻了,轻人即是轻已;况且这个人是轻待不得的,只当他们少出一千八百,我们也是要行的。我现有一张单头一千两银票,不如拿去谢他,宁可多送些,叫他欢喜,不要叫他争多厌少的起来,倒难说话。"章三保笑道:"我也这么想,怕的多送了,你舍不得。你既肯了,我有甚么不行呢?"便将那一千的银票拣出,向毕家来。到了门首,用手敲门。里面高氏答应,出来开门,见是章三保,遂道:"恭喜你章大爷,官司和下来了!"章三保赔笑道:"多蒙大嫂关切,官司和了。先生在家么?"高氏道:"在家写东西呢,章大爷请里面坐。"便随手关上门,让章三保进来。

说也奇怪,毕世丰真转了财运,自从代章家写过禀词,即接二连三的人来寻他写状,连日很得了若干笔资。今日又有一家的状词,正坐在明间拈笔沉吟,忽见章三保走入,忙起身迎接。章三保先道了谢,方分宾主入座。毕世丰道:"息讼的禀帖递过了,我才从衙门出来,闻得已销了案,恭喜你,彩头想必得的不少?"章三保道:"皆托先生福庇,又承大力两次扶助,今日特来叩谢,另备了点小意思,过来孝敬,要望先生包涵笑纳。"说罢,取出那张银票,站起身,双手递过。毕世丰也起身接了。听章三保说的是小意思,料想不过一二百银子,口内说着:"足下何必如此多情?"便展开看了,一见是一千两,不由心头跳了几跳,犹恐眼岔,再仔细觑在上面一看,果是一千两,忙叫高氏收了过去。复又坐下,道:"这件官司究竟足下得了多少,倒见惠小弟这许多?却要请教请教。"章三保乜斜着眼笑道:"不瞒先生说,除去各项用费,净落了这些。"便将一只手一竖。毕世丰拍案叫奇,道:"真乃足下洪福!我再料不到有如许之多,倒是小弟沾了足下的财光。章大哥,你是个好朋友,也不愧我尽心呕血的助一场。"章三保见桌上放着笔砚,知道尚要代人家写状,不便久坐,耽误他正事,即立起作辞。毕世丰道:"今日也不屈留,改日却要请足下畅叙一天。"章三保答应了,行出大门,一拱而别。

　　毕世丰回身跳至堂前,对高氏道:"真正梦想不到得此一项酬谢!有趣!有趣!这场买卖做得快活!"高氏忙问道:"到底多少呢?我只认得那票上有个千字,难不成是一千么?"毕世丰喜得将两个指头弹了一下,道:"给个榧子你吃吃!不是一千,我也不高兴到如此!告诉你罢,足兑纹银一千两,你说快活不快活!"高氏听了,也喜得心痒难挠,合掌当空,道:"阿弥陀佛!我夫妻俩也过出日子来了!怪道这两天喜鹊不住在屋顶上吱喳吱喳的叫呢,原来是报喜来的!"毕世丰忙至桌前,将那未完的呈词一挥而就,推过一旁,道:"从此我也不做这牢买卖了,有此一千银子,大可安安稳稳过一世快活日月,补补我历年呕出的心血罢!"即与高氏计议,将住的房屋重新修葺整齐,又叫了裁缝来家,赶着做他夫妻的衣服裙袄,及添置各色应用物件。其余的银两,又托亲友在城内、乡间买下些市房、田地,以作恒产。

　　不上一月工夫,毕家住的、穿的焕然一新,居然是一个小富人家了。毕世丰又买了一名丫头,服侍高氏;雇了两名男女仆人,在家伺候。今日是黄道良辰,早备下猪羊供礼,叩谢天地祖先,邀请各家亲友。闹至更鼓,人众皆散,他夫妻方对坐畅饮。现在毕世丰周身新衣灿履,气概轩昂,人也胖了多少。高氏簪珥盈头,绫绢遍体,更外添了几分姿色。毕世丰吃到半醉,看着高氏,又想着如今家成业就,不禁说一回、笑一回,直至三更才止。收过残肴,净了手脸,夫妻归房安寝。

　　毕世丰又取了烛台,各处照看灯火门户。回到房中,见高氏早卸了妆,脱去外面大衣,坐在床边上,解开贴身小衫,将两只手从胸前伸出,在那里更换睡鞋,露出鲜红兜肚,淡绿色的底衣,衬着两弯雪白膀臂,在灯光

第五十三回　章三保得财甘息讼　毕讼师受谢乐调妻

之下分外动人。毕世丰正值酒酣耳热之际，不由兴致勃然，叫丫头回至里间套房去睡，自己掩上房门，笑嘻嘻的挨至高氏身旁坐下，道："好簇新的兜肚呀！还亏我那日说了你几句，你才肯带上的。怎么你平日光着胸口，也不觉难过么？"说着，伸手来摸高氏奶子，如新剥鸡头，坚滑腻手，半笼于内，半露在外。高氏天性触痒，急推开毕世丰的手，笑着侧身闪躲，道："你可放稳重些，别要摸手摸脚，叫人怪痒痒的。你说我不喜带兜肚，我那里好意思？也知胸膛高的难看，无奈这几年这遭瘟的奶子忽然挺硬得似石头一般，不能拘束，饶不着衣服擦了还是痛的。起先我怕是要害奶了，谁知就是这个病。实在也蹊跷得很，我亦不解是甚么缘故。"

毕世丰笑道："这不是病。男子无妻，谓之孤阳独亢；女子无夫，谓之纯阴不化。你却是纯阴之气郁遏，以致凝结胸前，两乳坚硬。我们夫妻虽常在一处，因数年中衣食不周，那里还想到欢情上去？这么一说，我又想起日前的事来，章三保半夜里来央我写状，我蹬你醒了，好预备茶水，你即硬栽我那些混话。连你几年不带兜肚，不是前日夜间看见，我仍是不晓得，可见一毫别的念头都没得。你还骂我，又说我要穷开心，可是有的？今日我们不为穷了，可以富开心了。二则你那纯阴不化之气，也可舒散舒散。"高氏听了，不觉红生两颊，啐的一口道："少嚼舌头罢，被丫头们听得，是甚么意思！"便转身上床，掀开了被，脱去底衣，又褪下了上身衣服，一探身睡入被里去了。毕世丰也忙忙脱去衣履，同入衾中。

原来高氏自十八岁嫁到毕家，一年内即除了公姑，家道日渐陵替。虽然今年二十六岁，在毕家有八年之久，朝朝思食，夜夜愁衣，在新嫁来的那一年内，尚尽了些夫妇燕好之乐。后来这几年，愁穷还愁不过来，甚至日愁到晚，夜烦到明，日间又要做针黹苦活，添补食用，何暇再生他念？此时平白地顿成小富，公然富衣足食之家；况且毕世丰与高氏俱在三十上下的人，还是一对少年夫妻，素昔又甚睦好，这一宵恩爱倍于往日，始算曲尽绸缪，情浓意快，彼此贪恋得孜孜不休，拥抱酣眠。

至次早日上三竿方醒。他夫妻二人起身梳洗，接着众亲友轮流来请他夫妻，彼往此来，款接不暇。大抵人情半多势利，当毕家穷困之时，绝无人来过问，生恐缠扰；今见毕家重整家园，又来走动，连那疏远不通庆吊的亲友也多相往来。毕世丰又将祖遗的代书缺分交给学生们掌理，他却安居乐业,自在逍遥,拣那合己的一二亲友,约伴去游山玩水,赏月看花。高氏在家,或寻些针线消磨长昼,或督率女仆、丫头们做些女红,他夫妻倒无拘无束的过去。

一日,毕世丰早起无事,背着手在庭阶上看童仆们浇灌盆中花草,见男仆上来回道:"闻得明日章三爷家大姑娘出殡,据说合城的官绅,与他家往来过的多去走送,又置备了幡幢仪仗,沿途甚为热闹。大爷明日可去不去?"毕世丰道:"怎么好不去呢?你去备一分上等祭礼,明早随我去拜吊。"男仆答应下来。毕世丰即至房内告诉高氏,专待明日清晨前去。

未知章三保家出殡怎生热闹,且看下回分解。

第 五 十 四 回

送殡宫仕宦破官箴　激义忿老儒寄柬帖

　　话说章三保自得了贾、朱等人若干银两,即七七建斋礼忏,追荐如金亡灵。转瞬将届隆冬,因为停供在家,诸多不便。与妈妈商议,在城外买下一穴地安葬,择定出殡日期,去通知各家亲友。谁知如金死的那一日,来慰唁的一班官绅也得了信,齐至章家,与三保、妈妈说道:"你家姑娘在世,我们也算是知己,死后我们又未尽寸情,至今抱歉不安。昨已闻得有了出殡日期,我们却要来热闹一场。想他生前合郡知名,若这么湮没无闻,冷清清的抬出城去,非独你们父母不安,我们也觉不忍!你家若怕过费,那日的用度一切俱是我们措备,不要你夫妇破费分文。"妈妈忙道:"承蒙诸位老爷抬爱我女儿,又不要我家破费,已感激不尽。只怕我们这等人家招摇过度,有人议论,又怕带累老爷们的声名。如果老爷们看看不碍,我家是情愿得很。"众官绅笑道:"这也何妨?自古风流名士,本属不羁,我们正可借你家姑娘出殡,作为他一场,好播传风流佳话。及期,我们还要来亲送出城的。"章三保道:"连这么我们已觉不安之至,若要劳动老爷们来送,岂不折得我女儿鬼魂难受?"众官绅齐说"无妨"。又议论了一回如何措置,如何装潢,至暮方去。

　　先一日辞奠,众官绅早遣了各家家丁过来帮同料理。晚间,众官绅皆至,即分派各行执事人等,某人管理幡幢,某人管理陈设,以及沿途照应之人,俱分派得井井有条。本议定寅时发引,交到子正,章家即预备辞灵,收拾一切供献各物。妈妈此时早又哭倒灵前,一边哭一边说道:"苦命的儿呀!非是你妈妈狠心,不留你在家过年。苦于房屋狭窄,冬令火事又多,怕的风火不虞,反为不便,所以才硬着心肠送你出城。想你自幼娇生惯养,一刻没有离过亲人,此番葬入荒丘,冷雨凄风,抛撇你一人在外,叫你妈妈怎生放心?我又不能到城外去问你。儿呀!你的棺柩虽送至城外,你的阴灵还住在家内罢!待你妈妈一日死了,同你葬在一处,好彼此有个侣伴,免得孤零零的,凄惶害怕。"说罢又哭,哭罢又说,引得人众莫不伤心；又要讲说出这些疯话，又是好笑。倒是如玉上来极力劝住。

彼时晨鸡四唱，已至寅初。阶下鼓乐齐鸣，僧道人众施放焰口早完，重到灵前，钹钵喧阗。抬棺的人夫上堂打去灵帏，将棺柩用绳索盘头扎尾，一声"请起"，早如飞的扛出大门。妈妈、如玉等人皆上了轿。棺前的执事摆下有半里之遥，灯烛辉煌，人声喧沸。前面也有旗牌伞扇，却无官衔，画的龙凤等类；又用五色彩绢扎成花草禽兽各灯，夹着粗细音乐，棺前两面灯牌、一柄官伞，皆是素心梅花穿就形式，过处香气袭人；其余魂舆、衣亭、棺罩，尽皆极其精工，僭用五品宜人制度；又买了一个六七岁的孩子，扮作孝子，在棺前导引；棺后即是众官绅相随，人人峨冠博带，在街上步行。引得经过的各街市铺面上男女杂坐，人山人海的观看，无不交头接耳，啧啧称羡。有的说："这一番用度，至少也要二三百金，怎么舍得用的？"有的说："你们还不知道呢，前日和了官司，新得了几万银子，用这么少许，算甚么咧！"又有说："你们虽知道，不如我清晰。那里是他家用的？就是那棺柩后面随行的一班老爷们用的，平时叫他们用一文正经钱，任你说破了嘴唇皮，他都是摇头，偏心服情愿的用在婊子身上！"又有说："亏他们还是一班官宦绅缙，也不怕人议论，失了体统名分！只恐他们家父母死了，尚不能如此恭敬有礼！不见他们平时多是车儿马儿的，吆五喝六，狐假虎威，今夜怎么肯在街上行走？便衣也罢了，还是衣冠齐楚的哪！"又有的说："而今世上的事，叫人不能开眼，一个婊子死了，如此风光，又有这些人挝着代他家置备，正经贞妇烈女死了，不得这般威武。你们想想，可叹不可叹？"

不提闲人私议纷纷，再说章家的亲友沿途也设了路祭供献。少顷，街市走完，已至城前。天色大明，棺柩出了城，各执事又送了半里许方回。众官绅直同章三保、妈妈、如玉等人送至坟前，墓旁早搭了几座彩棚，预备送殡的人歇息。僧道人众又吹擂起来，将棺柩入土，上面用土做了坟墓。然后众官绅摆下祭礼，各行了半礼。章三保夫妇顶礼叩谢。早有众家家丁备了轿马前来迎接，众官绅方纷纷回城。

章三保又将看坟的人唤来，吩咐他多种树木，坟前又留下大大一块祭坛、长长的一条神道，土圹、拦石皆要坚固。章三保将各事交代清楚，又将带来各物收过，即叫妈妈、如玉等回家。妈妈又在坟前狠狠哭了一场，被

第五十四回　送殡宫仕宦破官箴　激义忿老儒寄柬帖

众人劝住，方大家上轿。一路回城，犹听得街市上讲说，无非说的用度奢侈、体制僭越的话。章三保因此事已过，还怕人议论么？"又是众位官绅老爷们的主见，也议论不着我。"遂不放在心上。

谁知众口似碑，早传说到一位至公无私、端方正直的老学究先生耳内，激恼了他的义忿，掀起一场大风浪来。看官们，你道是谁？即是甘又盘那甘老头儿。甘誓自辞了小儒的聘回来，又得了小儒一番厚赐，此时家道颇为宽裕，甘露、甘霖两个孙子又皆成立，甘老竟诸务遂心，优游娱老。每邀几个同学老友，至城外平山瀹茗，名园看花，分题联句，扶杖偕行，真乃暮年乐事。有时杜门不出，课艺诸孙，研求性道。又有一班当道名流，慕甘老的声闻，来与他接纳，或求序跋，或乞讴吟。甘老已年逾七十之人，随心所欲，无乐不臻。又知今秋大比，早早督率霖、露二孙专心刻苦，好待聘秋闱。九月初旬榜发之期，甘露竟高中了第十名经魁；甘霖造艺虽佳，惜乎以额满见遗。报子报到甘家，把个甘老乐得手舞足蹈，回忆自己幼年不过得了一衿，长子少亡，幼子虽立，又无意进取。今幸次孙成名，也不负书香有后，祖父增荣。甘霖今秋虽额遗未中，前次已邀征聘，亦算成立。甘老反安慰了甘霖一番，道："今科文字甚佳，汝之不中，命也，非汝之咎也。"次日即命甘露去谒房师，回来又祭谢天地祖先，拜见各亲友。合城文武诸官均来道贺，甘家又忙着请酒邀宴，闹了多日，方才清闲。

一日，甘誓忽忆及小儒等人，许久未晤，"还是他们园亭落成，我在那里的；日前又极承陈君待我美意，拳拳至今，犹食其惠。即是二孙前番蒙介臣学宪赏鉴，拔置贡廪，亦系小儒之力。今日次孙成名，他们虽早经知道，我应该写封信去告知他们，也是我的意思。二则宝徵、宝焜今秋亦赴浙乡试，未知如何，使我刻刻记念。"便起身在书架上取过信纸，濡墨抽毫。

正欲写下，忽抬头见甘露笑吟吟的进来，侍立一旁，道："今早孙儿去回拜一家同年，经过东门街上，见闲人拥挤不开，执事纷纷，原来是人家出殡；又见送殡的多是合城仕宦、绅缙人等。孙儿疑是本地乡宦，方有如此局面，忙将轿子停在路旁，让他殡宫过去。因见各色仪仗甚是不伦，又闻得街市上闲人讥诮，孙儿即细为打听，实在气恼不过，那知是柳巷内章三保家女儿出殡！这章三保乃南京下来的有名行户，死的是他女儿如金，日前被贾子诚等人威逼服毒。章三保至甘泉县控告，据说贾子诚等很用了若干，章家方肯罢讼。连鲁邑侯都得了贿赂，即将这件人命官司胡乱了结过身。后来孙儿又遇着一个同学朋友，也在那里观看，细问情由，方知这一班官绅平日多与他家往来甚密，闻得他今日出殡，不惜多金，铺扬华丽，又僭用五品制度，居然穿着衣冠在棺后走送。有几个是孙儿认识的，他见了孙儿，反顾盼自雄，不以为耻。却也算扬城内第一桩奇事奇闻！"

甘露才说完了，把甘老气得眼圆眉竖，站起来厉声问道："这事可真么？"倒把甘露吓了一跳，退了几步，诺诺连声道："孙儿亲眼见的，怎么不真？"甘誓将桌子一击，道："该死！该死！真成了一群衣冠禽兽矣！不思自己或名列儒林，或身为民表，竟如此不顾耻辱，作娼家之走狗！难道这合城上司、学官，耳目较近，也置之不问，如聋似聩的么？未免尸位素餐，忝居民上。若说鲁甘泉，是声闻极美贤有司，怎么纳起贿赂来？而且私和人命，更属非是。可恶！可恶！"

甘露忙道："爷爷还道鲁甘泉是好官么？他是做出这假清正的名来欺上司的。孙儿最可笑是云在田制军，常闻爷爷说他由诸生投效军前，建立奇勋，恩赐甲榜出身；做卿贰的时候，又干了几件出人头地的事，今上都称他为骨鲠之臣，可知是个文武全材、有胆有识的大员。怎么被鲁甘泉欺蒙过去，反委他署理有司篆务？他起先是佐贰，尚不能过于作威作福；而今操了刑名的权柄，正使他来害这地方百姓。爷爷不记得，他的兄弟为山阳县令，是前任程制台参劾去的？那也是个劣员。何以岳翁参奏其弟，女婿反重用其兄？岂非自相矛盾么？"甘誓道："原来如此！我尚未知详细，云在田竟为所欺，更不可容！我今日本欲寄书去问候小儒等人，兼问宝徵兄弟乡试若何，何妨将这件事写去，使在田知道为人所欺，看他怎生办法！这一班无耻之徒，若不惩警，将来还要大败官箴！"

甘露闻说，自悔失言，深知祖父的性格是执一不移的，忙劝谏道："此事虽然过身，终久多要掀翻，这些旁人的嘴也握不住的，上司亦有耳目，断无不问之理！爷爷又何必寄书与在田制军，惹他们怨恨？况且这件事与我们毫无干涉？"甘誓闻说，喝道："胡说！孩子们晓得甚么？你今业已成名，将来亦要为民父母的，难道地方上有这些事情，你也不问么？可见你等立心因循，不是振作有为之辈。加以在田和我也算相契，何忍坐视他受了欺蒙？况此事传扬开去，亦与在田官声有碍，既为本省督抚，即难逃失

第五十四回　送殡宫仕宦破官箴　激义忿老儒寄柬帖

察之讥。我主见已定,你无须饶舌。"甘露见祖父动怒,不敢再谏,便缩身退出,到后面去了。

这里甘誓怒生生提起笔来即写,将甘露得中的话与询宝徵兄弟赴试的话皆无暇多叙,草草写了几行。又取过几张信纸,将章家的事前后原由以及鲁鹍的得财种种情节,据甘露所说,写得极其详细。书成,同封在小儒函内,粘了函口,叫进一名家人,着他赶往南京,见小儒投递,须要面讨回书。家人退出,便收拾起身。

到了南京,问至桃叶渡口新府第内,见东首大门前坐着无数锦衣大帽的家丁,又见门内张灯结彩,街上往来车马络绎不绝。甘家的人知道有喜庆事,不敢造次,上来见人众拱手询问,并自陈奉命来投书的。

陈府的家人闻说,忙上来邀他到门房里坐,告诉他原由。方知宝徵、宝焜兄弟两人同科高中,今日报单已到,合城文武、绅宦、亲友皆得了信,忙来道喜。小儒即备酒唱戏,款洽人众;又请了云从龙过来,座中陪客是祝伯青、王兰、冯宝等人,梅仙、五官也帮着各处照应一切。惟有江汉槎前日已同小怜回家去了。

因江相月内寿诞,开筵请客,很热闹了两日。江相回忆自己早登科甲,由卿贰转入黄扉,现在退居养老,可谓功成身退,无愧古人;又见汉槎成立,克绍箕裘;媳妇琼珍近日生了一子,取名奎郎;儿孙绕膝,鼓腹含饴。若论年纪,已至古稀以外,真乃"富贵寿考"四字俱全。江相愈思愈乐,所以一连设了三日筵,实借着自家的生日广招亲友。这几日中未免起早眠迟,又重了点饮食,觉得身体不爽,时发饱闷。汉槎赶着同了小怜回家,亲侍汤药;琼珍尚未弥月,不能出来。汉槎即各处延请名医,前来诊视,多说:"老相国尊年的人,宜加保养,皆因早年国事操劳过甚,精血日亏,是以到了暮岁,不觉荣卫两虚;还是老相国福寿双全,不至时生疾病。想必近日眠食愆时,以致发作。先驱外感风邪,连以参苓补助之剂,十日可痊。此乃晚生等管见,尚祈多请名手,互相斟酌为是。"汉槎听了,甚是心焦;兼之日内江相添了嗽喘诸症,汉槎因遣人四处求签问卜,又亲身赴各庙烧香许愿,总不见效。江老夫人也着急非常,同了儿媳辈轮班侍宿。汉槎又恐母亲过于劳乏,亦是暮年的人,便再三劝母亲去歇息。连日江府中闹得马仰人翻,内外众男女仆妇人等都日夜不安。故而小儒这边演戏、请客,也不去请他。汉槎只着人送了礼，又自己偷空，忙忙的坐轿前来，一贺即去。

　　此时小儒与方夫人见两儿同中，快乐异常。小儒想到自己年未四十，位极人臣，两儿又早列贤书，人生如此，也算尽臻全美。适值诸亲友来贺，遂定下名班，开锣唱戏，大设筵宴，请合城官员绅缙。谁人敢不来趋承？多彼胜此强的争送各样奇贵礼物。方夫人在园内绀雪斋也摆了酒席，邀请在城诰命，亦请婉容、静仪等相伴；惟江素馨因老父有病，省视未来。园内也传了一班小梨园来演唱，直至更鼓后，戏酒方终。远路男女客众纷纷告辞，从龙、婉容亦作别回衙，伯青回江府去了，方夫人与玉梅单留下小凤来盘桓两日。宝徵兄弟因辛苦了一日，早去安睡。

　　小儒、王兰等人仍在书房内品茗闲谈，说道："江相的病近来不知怎样？子骞本纯孝性成，生恐老父不测，日夜愁烦，今早来此，形容消瘦了大半，彼时匆匆，又未曾问及他。"小儒道："我明日欲亲去看江相的病，你们可去不去？"王兰道："怎么不去呢？我们明早大家都去。"二郎道："老师向来素称强健，怎么一病即到了这般地步？昨日我在那里，听医家所说，就很有了不妙，倘有参差，真要苦坏了子骞。"

　　王兰道："论理江相也有年纪了，无如为子之人，恨不能父母寿逾百龄，犹以为未足。楚卿说强健的人，不应一病至此，殊不知越硬朗的老人越发可危。你不闻俗说'老健春寒秋后热'，是譬其不得常久之意。大凡老来硬朗，犹之花繁木古，一经谢折，即成摧朽。所以江相此番病势日沉，我甚为子骞可危。"众人齐声称是。

　　小儒又道："我因江相想起甘又盘来，那个老头儿将及八十的人，论起精神，比江相尤强。照者香所言，甘老也觉可危了。"王兰道："甘老却不同江相。江相早年出仕，为国为民操劳心绪，无一刻之宁。前日医家云'精血不足，荣卫两虚'，即此之谓也。若甘老一衿之后，无志求名，即淡漠自居，不过著书立说，消磨岁月而已，故年愈老而筋力愈强，那个老头儿，竟有期颐以外之寿可望。"二郎笑道："这么说起来，我们这一班人，既未苦心，又未劳力，将来都可卜百岁，岂非是一群老不死了？"说得小儒、者香拍手大笑起来。

　　五官接口道："我们虽不劳心力，是幼年受过磨折的，也难望永寿。"王兰道："你与小癯又非我们可比，我们纵然老至，却恨不得你们不老方好。"

第五十四回　送殡宫仕宦破官箴　激义忿老儒寄束帖

你们如一朵鲜艳娇花相似,试问老来有何意趣?你们是不得老的。"五官尚未答言,梅仙的脸早一红,立起身子,拉了五官就走,道:"老五何必与他们扳谈?惹出这些话来,又嘲笑我们,又骂我们不得老。者香,你放心,明儿我们就死了,让你们好活到一百岁,只恐老而不死是个贼了!"说罢,又扑嗤的笑了一声,扯着五官回后去了。众人听了,又大笑起来。

小儒道:"秋间甘霖、甘露来此乡试出闱,曾将文字送与我看,我即许他兄弟必中。果然甘露高中经魁;甘霖若非额满见遗,也是要中的,今科虽然抱屈,下次定可期许。遥想甘老见次孙成名,其乐可知,我们应该寄封书去称贺才是。他夏间尚有书来,询问徵儿辈今秋可回浙赴试,他书中之意,期望甚殷;徵儿辈侥幸得名,也应告诉他声罢,蒙他自幼训诲一场。再则我仍有件心事,欲烦者香代我作札于甘老。想小女赛珍尚未适人,我看甘露那孩子颇有出息,意欲招甘露为婿,谅甘老也无甚推辞,即烦者香作一冰人,说合其事。三则焜儿长大,亦当授室。闻甘老有个侄孙女,小字洁玉,幼无父母,依栖甘老家。常闻他说,此女德、容、言、工四字皆备,是甘又盘长房犹子所出,此女五岁背母,甘老即领带来家抚养。甘老前次也曾说过,欲给焜儿为妻,彼时我尚在江宁任上,焜儿尚幼,故未允诺;今既成立,也不致误了他侄孙女的终身。我意欲求他为次媳,以赛珍许他次孙甘露为妻,作个回环亲事。即请者香代我一作,书中须要说得委婉恳切,使他无辞可却。"王兰道:"甚好!你与甘家结亲,分外合宜。甘老为人古执,不合时宜;你又生性拘谨,恰好是一对亲家。况门楣又极相当,遥揣甘老,也是很愿意的。我可做这媒人,男女两家,皆是我说,乐得吃你两家谢媒的酒席。"二郎笑道:"两家的酒席自然是你一人吃了,倘两家异日争竞起来,也要你一人去受怄气呢!这叫做乐也是你,苦也是你,别人沾不了光去。"王兰笑道:"自古有媒即有保,小儒请我作媒宾,当烦你作保山,恐日后小儒与甘又盘吱咀起来,你也同我分分苦乐,岂不均匀些儿?"又向小儒道:"你不烦他做保山,我可是不应许你做媒宾的!"小儒笑了笑,即叫人取了笔砚过来,将欲烦王兰作书。

见双福领了个家人上来,回道:"他是扬州甘老太爷打发来的,有书函面呈。午后就来了,因为筵席未散,所以此时才带他来见。"小儒笑道:"真正巧得极!欲写书寄到扬州去,他那边倒先有人来了!叫他进来。"甘家的人闻唤，忙上来叩见小儒，呈上书函，又见众人请了安，代主人一一问好，方垂手站立一边。小儒接过来函，转问了甘誓的好，便拆函从头细看。又见有与从龙的信，并未封口，抽出内函看了一遍，笑着回身递与王兰，道："你们看这来书，可谓奇事奇闻。"

　　未知小儒等人见了甘誓的信如何说法，且看下回分解。

第 五 十 五 回

云在田执法如山　　王起荣因嫌撤任

话说陈小儒看过甘誓来书,回手递与王兰,道:"甘又盘致在田的一封书内,可谓一桩奇事。"王兰忙接过细看,哈哈大笑道:"不意甘老临老入花丛,他也留心在这些世务上。然而这一班官绅却也闹得不成事体。怎生一个妓女出殡,他们着衣冠走送,又在通衢闹市之地,众目共见,何以为情? 在他们以为风流自命,殊未知这般风流即近于无赖。最不解是扬州这几位贤上司、乡先达,耳目逼近,竟置之不问! 遥想平日也是可否依违,于官方上不甚讲究,存心使僚属怀恩、不使僚属畏威的意思,故而他们才敢公然放诞,毫无忌讳。怪不得甘老激起不平,大书特书的信致在田。否则,甘老年纪虽大,与人却甚圆融浑厚,从不肯轻易得罪人的。何况又是本城官绅,属在桑梓,更当分外关切。想必实系看不下去,才引起他老的牛心古怪来。他何妨径寄在田,岂不简便? 定要由你这边交去,又函而不封,使你先阅,分明怕的在田拖沓过身,不上紧究办,叫你去催着他做;又使我们见了,知道他是因公起见,并非挟嫌借公报私等事。我们既共见此书,在田即不得不问。"小儒道:"甘老无非是这个意思,然而却难着我了:若送了过去,在田亦是有肝胆血气的人,见了此书,必然彻底根究,即苦了这一班官绅。可怜那些小官,听鼓多年,衙参终日,一旦因此获咎罣误。那些绅缙,也非容易博得一第,归耀乡党,亦因此而身败名裂。若不交与在田,又负了甘老一番作意,日后知道是我未曾送去,岂不怪我?"王兰笑道:"小儒又迂阔了。信是定要送去的,人家寄了与你,不是叫你耽搁的。甘老的来意,是暗中叫你催促在田,不可迟延。你只管送了去,随在田办与不办,你不去催促,即是你的情分了。这一班官绅也是自作孽,不能怨甘老多事,何能再怨你送信的呢?"二郎在旁,亦说:"送去为是,耆香的话不错,你不去催就是了。"小儒道:"送与不送,且待明日。先发回书,给来足动身。"

王兰即坐近桌前,将小儒求婚的话叙明,随后又说到赛珍的话。写毕，递与小儒看。小儒也取了一幅花笺，写了数行，回复甘誓，告诉徽、焜两子侥幸秋闱，又称贺甘露高夺魁榜。将两信封好，交与甘家来人，赏了往返的舟资，叫双福明早打发他回扬。来人接过信，谢了赏，同双福退出。小儒等也各自回房安睡。

次日，甘家的人回去，不须交代。小儒起身，将甘誓的信带在身旁，先约了王兰、二郎往视江相的病。见汉槎愁眉泪眼，伯青亦怏怏不乐。众人细询江相病原，汉槎道："前几日不过劳乏起见，近来夜间觉得沉重了些，又嗽个不止，时唤胸膈闷塞，若是风痰，哇吐不出。今早医生来诊脉，说是添了病症。'原说过最忌添症的，在我等愚见，不如将后事办齐，代老相国冲冲喜，虽属不经之谈，想老相国百年后，都是要办的，倒是早办为妥。'你们听医家这般说法，可不叫人害怕？将才在田也在这里，他亦劝我早办后事，'医家的话不可不防，冲喜一说虽近俗谈，倘尊老相国不药而自愈，岂非妙事？'我所以着人料理去了。好在材是现成的，上年有个川中官儿进京引见，带了两副来，一送我们，一送东府里王爷。据说川中老山内只生了两枝杉木，还是前朝遗下来的，未曾有人入山斫伐，将近三四百年之久，其木之大，有数十人合抱不过。他费了几千金，方向山主买下，即在山内伐倒，刳了两口材，连棺盖都是齐缝凑榫，推合上去的。由川运至京中，较买的价目还要多出倍许。后来我们也给人评论过，无不盛夸此木为人世罕有之物。适才我叫人抬出去拂拭、布漆去了。就是冠带等物尚未预备，亦吩咐裁缝连夜的赶做，大约明日即可齐全。"

二郎道："老恩师年高的人，即是无恙，逢到明暗九年及整寿之日，也可置办。至于医家所说，他们是防而不备，预先说了，倘有疏虞，即怪不着他们。也算不得甚么，那里他们是活神仙么，能料人生死？况老恩师生平正直，必臻上寿，些许灾晦，吉人自有天相。子骞断不可过于忧虑，打起精神来，访请名医诊视。这些医生多是隔靴搔痒，看你家害怕，他即说得紧要些；若你家不甚害怕，他即说得婉转些，全没有一点的识见。因你问得殷殷的，他才说出预立脚步的话来。"小儒、王兰亦同声说是，齐宽解了汉槎一番。

又将甘誓来书给伯青看。伯青笑道："他们纵然放诞不经，此老也未免多事。若说那章如金，我深知其人。前年在南京时，也曾见过几面，倒

第五十五回　云在田执法如山　王起荣因嫌撤任

不是个寻常脂粉,不意竟成短命,又遭恶死,却也可惜!"王兰笑道:"据你所言,你若在扬州,也是要去送殡的。倘甘老在这里听得,定见说你狂妄,把平日赏鉴你的一番心意要一笔勾销的了。"二郎道:"如伯青在扬州送章家的殡,那一班官绅倒可无事,只怕这罪名都要推到伯青身上。岂不闻'《春秋》责备贤者之语'?"说罢,众人都笑了。见汉槎坐在一旁默然愁闷,不便久坐,遂大家作辞。

小儒叫王兰、二郎先行回去,他即向总督衙门。双福先去投了帖,从龙迎接入内,先道谢日前叨扰。小儒也谢了步,彼此归座,方将甘誓的信交过。从龙看毕,恼道:"岂有此理!既忝列官绅,难道一毫廉耻不知?居官的人挟妓尚且不可,何况众目昭彰之地,还着衣冠亲送妓柩,目中全无法纪,视仕途如儿戏矣!扬州那一班上司也是些聋耳瞎眼么?连甘老先生旁观都动了不平,他们近在肘腋之地,置而不问。尤可恶者,鲁令起先作为甚好,我才调剂他署甘泉的,他竟敢得赃私和人命!章如金虽不是贾、许等谋杀,亦当问明威逼情由,岂可草率了事?更不可恕!"

小儒劝道:"谁人背后不行些错事?好在此事已过,何苦又顿起干戈?停一日,行一角文书去,将该管官申饬一番,以戒下次,又不使甘老构怨于众。再则鲁令是你保举的人员,你若认真查出得赃一事,岂非自贻伊戚?也可训饬他,戒其将来。"从龙听了,艴然作色道:"小儒,你说的是甚么话?你也做过一方表率的大员,何以委顿若是?今日若仍是你在此,此事即可含糊过去,将来这一班无耻官绅益发横行无忌了。至于甘老先生,此举真不愧敢作敢为、有胆识的前辈,竟不避嫌怨,致书于我,我方将感谢他不尽!否则,我也被他们蒙混,人即笑我为泥木之偶了。若说鲁令系我保举之员,他以前居官甚好,自然要保举;现在胆敢受赃,理当究办!自我荐之,仍自我劾之,足见我秉公去私,绝无偏袒,有何妨碍?小儒,你不要问,我自有我的办法。"小儒见从龙不独不依,反铁铮铮的说出一番大道理来,不由得脸上一红,笑了声道:"倒是我多话了。"遂起身作辞。

从龙也不相留,送至二堂口,俟小儒上了轿,亦转身回至内堂,传话房吏叙文,飞饬扬州府访查此事,并行文盐运司,传提运判朱丕到省质讯;又札饬江宁府,将章三保所控威逼伊女如金身死一案,速调原、被卷宗、人证来省,详细讯问。这两纸文书行到扬州,把个扬州府吓坏了。原来那扬州府知府仍是毛公,他因前次是署理扬州府事,后来在部里用去若干,谋了实授,又加了按察使衔,他为一任扬州府,十万雪花银,因此尚舍不得调升别处,丢下这个美缺。所以小儒等人各省内外升转了一番,此时又多乞退归田,毛公犹是个知府,稳坐扬州,安然未动。今日正在署内,无事与几名清客、相公闲话,忽奉到总督来文,查问本城官绅送妓女出殡一事,及鲁鹓得赃私和人命与传提贾、许人等。可怜毛公连一丝影响都不知道,吓得目瞪口呆,连称怪事。

座中有个清客,见毛公如此仓惶,忙出座询问缘故。毛公即将总督来文的事一一说明,又道:"我近在扬州,竟毫不知晓,何以云大人远在南京,访得如此的确?究竟有无其事?"清客道:"原来为的这件事,却是有的。"毛公忙问道:"你想必晓得的,何妨请说原委?"清客遂将前后事由细说一遍。毛公听完,跺足道:"这班该死糊涂东西!闹出事来,还要带累我。自家衙门里的人多不能管束,我真在鼓里呢!这种处分,可担得冤不冤?我也没有别的主见,将他们一个个姓名开送上省,听凭制台去办!他们自作自受,不能怨我,要知我也护庇不下。鲁甘泉亦甚是胡闹,案不审清,就含含糊糊准其息讼,这也罢了;民情以息讼为上,怎么受赃的事闹到制台耳内?反将这起案弄得不实不尽,显有情弊在内。真正这位云大人耳风太长,令人可怕!"

便吩咐:"去请鲁太爷来议事。"又照着清客口内所说的送殡等人,开下姓名官职,预备申禀。少停鲁鹓已至,见毛公,请了安,一旁待坐,道:"大人呼唤卑职,有何见谕?"毛公也不答言,即将制台的访文与札饬江宁府转行的移文一并与鲁鹓观看。鲁鹓看了,吓得面如土色,忙立起回道:"卑职准章家息讼是实,并未得赃。云大人不知信了谁的谗言,使卑职含此不白之冤,要求大人格外栽培。"说着,又请了个安。毛公冷笑道:"我也不知你可得赃未曾得赃,在我面前辩白,毫无益处,你到云大人那里去辩白有无是正经。我将许春舫交过来,让你好送上省去。你快别要求我,我为许春舫担的那处分又去求谁呢?只好大家碰造化罢。"鲁鹓素知毛公是个好利没胆的人,况且这件事他是灯草拐杖,做不得主的,求他无用,便告退出来。

回转衙门,先将原、被两造人证传齐,亲自押送上省,预备去料理。毛

第五十五回　云在田执法如山　王起荣因嫌撤任

公也着心腹家丁到省中,打听制台若何办理此案,好便宜行事。鲁鹍次早封了坐船,带着人众起程,直向南京。贾子诚、朱丕等人竟是意外之变,好似迅雷不及掩耳,一时那里措手得及?惟有跟着鲁鹍起身,且到省中再议。章三保更无庸交代,分外恐惧,只怕此去性命多没有;妈妈不放心,也随着同来。一路上互相抱怨一番,又彼此哭泣一番,闹得人众皆不得安。

一日已抵南京,鲁鹍将在案人证送交江宁府衙门,自己即来禀见制台。从龙看了手本,掷下道:"叫他回去,静候审明情节,听参就是了。他这官儿,很做得好,很有声名,此时却不便见他。"里头传出话来,鲁鹍无奈,只得回转寓所。到底心内不服,留意访问,是何人在制台面前搬的是非。

访了两日,方知是甘誓书致陈小儒,转交与云大人的。鲁鹍咬牙痛恨,大骂甘誓、小儒等人:"我与你们往日无冤,近日无仇,章家又不是你们的至亲密友,何苦替他家出头揭我短处?就是他等送殡,亦与你们无涉,坏的是他们声名,败的是他们品行,日后云大人访问出来究办,他们即死而无怨。偏偏在这时候挑拨,他们固然不利,我又添上一层处分,可不是倒灶么?姓鲁的从未得罪过你们,何以硬要与我结冤作对?罢咧,人生何处不相逢?我拼着丢官回家,天大的事也没有了。你们就要耀武扬威一世,还要将我鲁云程制度的永不翻身,不然,此怨此恨何时方休?"遂赌气喝令从人们收拾回扬,听其参办。又情知此事不得讨好,何必自惹没趣?回至衙门,即通禀告病请假医治。

云从龙自回却鲁鹍不见,料定他仍要寻找门路,前来说情,即严饬江宁府赶紧讯明,毋得隐混;又一面将贾子诚、朱丕、许春舫等人职衔暂行斥革,归案并讯。江宁府奉命,即升坐大堂,先将章三保带上讯问。章三保明知这事胡混不去,徒然自取羞辱,便一一直供不讳。江宁府命落了供,带过一边,又传唤贾、朱等人上堂。贾子诚见章三保业已直供,料难狡赖;况衣顶已革,又没了护身符,怕的被申饬下来,也只得从头细说。朱、许两人亦各自招认,连私贿鲁鹍及买嘱章三保息案等事都一齐说出,也落了供。

这件公案毫不费力,尽得实情。江宁府好生欢喜,将众人仍然管押,退了堂,即申详制台。从龙见了详文,便拟各按罪名出奏。适值鲁鹍告病请假的情由禀了上来,从龙原不容取巧规避,因幕友等再三劝说,又想到鲁鹍道同尚在阁办事,须留一二分人情,遂先准了鲁鹍告病,代他奏请卸篆,回籍医治;连扬州三府一并开缺,另行拣员补署;然后方出奏章三保等一案,又将送殡的一班官绅悉行奏请斥革。两淮运司、扬州知府均有失察,请记大过一次,不准抵销。暂且勿提。

单说鲁鹍见准了他告病,便将任内一切交代算得清清楚楚,专待新官接手。过了一日,新任甘泉已至,鲁鹍交卸事毕,即雇了几号官船,带着眷属向清江去见他丈人。原来洪鼎材于前月奉到恩命调授山东巡抚,漕河总督放了户部侍郎曹大生来接代。鲁鹍本与刘蕴襟婿相称,亦是曹大生的东床,此番回京,正可便道至丈人任上一行,诉说他一番冤屈;兼知卫守备王起荣原名王喜,是陈小儒的家丁,本籍江苏人氏,冒入宛平县籍,报捐今职。鲁鹍因痛恨小儒,难得有这般情节被他访问的确,欲请他丈人参奏王起荣以家丁改名易籍,蒙捐职官,又可牵制到小儒身上,可以一击两伤;再则他夫人也要归宁。到了清江,即着家人们押着行装箱笼先行,鲁鹍同曹氏坐了大轿随后进漕台衙署。

曹大生夫妇见女婿女儿齐至,甚是欢喜,忙命人打扫出一进屋子,让他们居住,又摆酒代他夫妻接风。席间,鲁鹍即将告病原由细说;又说到王起荣系陈小儒的家丁,蒙捐职官。请他丈人参劾。曹大生口内虽答应鲁鹍,心下暗忖道:"若论王起荣做过陈小儒家丁,今日蒙捐卫官,非独王起荣有罪,陈小儒亦难置身无过。但是陈、云等人结为一党,现在陈小儒虽然退仕在家,圣恩时有赏赉,加以云从龙圣眷甚隆,他又与小儒至好,我若参劾王起荣,岂不得罪云、陈二人?况前次大婿刘蕴又蒙小儒盛情体恤,虽然女婿如此托我,不便推却,我想须得一个两全其美的法则在此,既允了女婿所请,又不恼他们。目下扬州卫属的漕米军租尚未缴齐,莫若即借此因由,说他公事迟延,参劾去任,纵陈、云等人知道我因女婿的事参他,我是借公的罪,他们也不能奈何于我。"

想定主见,便笑向鲁鹍道:"贤婿放心,一个卫守备,能有多大?况在我管下,只要一举手,他即休矣!惟有蒙捐职官一节,须要拿住他的实据,方好揭参。不则,他亦可狡赖,何以见得是充当过家丁的?遥想陈小儒亦要代他遮饰。我意先借款公罪参他去任,然后再慢慢访确他蒙捐,得了实

第五十五回　云在田执法如山　王起荣因嫌撤任

据,即不难参劾。凡事都要三思而行,未曾出手,先防还手才是。"

鲁鹍闻说,也只得罢了。"好在先将王起荣揭参去任,亦算抹了陈小儒的面孔,稍出我胸中气闷。待访得确据,那时再为发手。"翁婿谈谈说说,直至三更,各回寓所。里面曹老夫人也与女儿说不尽别后情形,便留住他夫妻,过了年,俟春日融和进京,路上好行走些。鲁鹍又具禀启入京,告诉他父亲鲁道同。不提鲁鹍夫妻暂住清江。

再说云从龙的奏折入都,隔了一日,奉到上谕:

> 据该督参奏各款,悉如所请。惟章三保所得银两,姑念其女如金死于非命,着追出一半存库,以备公用;并着原籍地方官严行管押,不准在地方滋事逗留。原审甘泉令鲁鹍既告病解任在先,着加恩免议。其余往送妓女出殡之该官绅等,殊属藐视法纪,着照单一并惩办。该管官等,亦着加恩各降三级,记大过一次,不准抵销。

云从龙见了上谕,即照例办理。朱丕、许春舫两人既去了官职,难在扬州居住,便各回本籍去了。贾子诚亦因革去衣顶,无颜见人,又因历年结得仇怨太多,恐再被人告发;所幸腰缠甚饱,到处皆可为家,遂跟了朱丕至浙江暂避。所有众官绅,只因一时高兴,多获了咎戾,此时反悔不及,也是自取其辱,难以怨人,便回籍的回籍,躲避的躲避,无须赘说。

惟有章三保夫妇分外晦气,赔掉了一个活摇钱树的女儿。又喊禀告状的大闹,始得了几千银子,可以从此温饱,另作生计。日后还想在如玉身上落这么一款,是以有所恃而不恐,在如金丧中很用去若干;出殡的这日,虽说是众官绅代办,他家亦贴了几百银子在内;又酬谢了毕世丰一千银子,所余的也只得一半了;此时要追出充公,真乃空喜欢了一场。妈妈只急得要寻死拼命。反是章三保劝慰道:"我们这件事还算运气,若要全数追出来,恐怕卖人赔补都不够呢!只当如金暴病死了,又向谁讨银子去?犹落了一场风光。凡事不能前思,都宜退想。好在我们近年余下的私财未曾动用分文,在南京尚可买几亩薄田,将就度日,代如玉拣个好好人家嫁去,我们也交代过首尾了。"如玉亦从旁再三劝说,妈妈方无话说。即收拾回扬州,将住的房屋变卖了两百银子,重又来至南京,不敢在城中居住,到乡间寻下一所屋子,又买下几亩田,自耕自种,他夫妇倒也无忧无虑的过活。隔了一年,有位过路官长,因无后嗣,看中了如玉,要买去育子。章三保又得了一宗身价添补,又承继了一个族中侄儿为后,接续香烟。此乃他夫妇终身交代,后文不提。

　　单说云从龙自发落过人众之后,甚为惬意,便坐轿来见小儒,细说此事。小儒笑道:"你只图办得风峻,须知这班人恨死我与又盘了。"从龙笑道:"小儒而今真成了妇人之仁了!若各直省督抚大员多似你这般博宽仁慈爱之名,那一班贪婪牧令更外要张牙舞爪,虐害百姓,岂非纵使殃民么?你如身处其境,亦不能置身事外;现在你在局外,袖手旁观,乐得替人说句好话。岂不闻丈夫处世,一要人喜,二要人骂,自古'恨小非君子,无毒不丈夫';况我辈身受朝廷厚恩,又生当太平之世,无从答报,惟有严束群僚,洁己爱民,庶可报涓埃于万一。若一味唯唯否否,只顾保自己禄位,几席之外,不相过问,匪独深负君恩,亦忝辱了平日父师的训诲。"

　　王兰在旁忙掩耳摇头道:"罢!罢!罢!这些迂腐的谈论,我最厌闻。在田现在是任重干城,将来定名垂竹帛,千古不朽,理当如此!不知我们目下乃世外闲人,与世无闻,在田这一番绝大议论,可惜对我们空说了。所谓'不在其位,不谋其政',我们只晓得风花雪月、诗酒琴棋,此数事外,矢口不言。我劝你对那当时当道的人讲去,方有裨益。"说罢,满座皆笑了起来。从龙亦笑道:"谨领尊教。即如我是绝俗的俗子,此论甚污尊耳;者香既是个清高不群的流品,怎么前次又出山的呢?若不经心国政,切己民情,那宫保恩衔又从何处得来的?只怕我这一问,要问穷你那矫情巧辩了!"二郎拍手道:"在田此问真要问倒者香!试问者香犹有何说?"王兰仰面大笑道:"此问亦不足难我!说你们是俗子,到底其俗入骨。岂不知出为禹、稷,退即巢、由,方无愧顶天立地的男子行为!'彼一时,此一时',六字即可包括无遗。我并非说在田所议非是,无如对我辈而言,可谓言之失当。"众人正在谈笑争论,忽见双福拿着手本上来,回道:"王喜在外求见,说有要话面禀。"

　　小儒闻说,诧异道:"他好好在扬州卫任上,不应到这里来,其中必有缘故!快叫他进来罢。"双福退下。少顷,领着王喜上堂,见众人请安,站立一旁。小儒命他坐下,问道:"你在扬州卫任上甚好,怎么有闲暇到南京来的?"王喜即将被参情由细禀,又打听出是鲁鹍挟仇,撺掇他丈人揭参的。小儒道:"鲁鹍与你毫无芥蒂,怎生叫他丈人参你?我真不解!"王喜

第五十五回　云在田执法如山　王起荣因嫌撤任

道:"因为参的勘语是'缴纳迟延,有意玩公',我见各省漕粮均未缴纳过半,惟扬州卫属已缴了八九,何以反说迟延受参?故着人前往清江细细访问。后来郑林又有信通知我,方知是鲁鸥进的谗言。他为甘老先生有信到南京,又是主人送去的,即迁怒到我身上;据说还叫他丈人指参'以家丁蒙混,捐纳职官',欲借此牵制主人。倒是曹大人恐得罪了这边与云大人,不肯照直奏参,说甚么投鼠忌器,又回不过鲁鸥,才借着这公罪名目撤任。不怕别的,只怕我到标候补,漕帅又寻别故,又有鲁鸥现住在清江署内,分外不能容我,岂非白白送了去,以颈就刃?所以请一个月的假,过来求主人设法解释。"

小儒听说,尚未答言,早恼了云从龙,向王喜道:"曹大生因信了他女婿谗言,参你去任,可见小人的心是不能问的。我倒推情准鲁鸥先行告病,规避承审不实及受贿的处分,他不知感恩,反归怨于小儒等人,又波及于你。你只管放心去回标候补,只要你处处小心,不可大意,谅曹大生也奈何你不得。你耐心守这一年半载,我多仍叫你回扬州卫官的任就是了。曹大生别倚着'一朝权在握,便把令来行'。他若犯到我手内,寻着他的过失,我亦可参劾他!"

王喜听了,忙立起请安道:"蒙大人恩典,粉身难报!只求曹大人不寻事,只算万幸!"小儒笑对从龙道:"在田,何如?我说他们多要归怨我与甘老的,竟不出我所料;又奈何不到我们,却迁怒至王喜身上。王喜可谓'城门失火,殃及池鱼',他是半天里坍下来的飞灾。"从龙笑道:"我已允下代他谋复扬州卫任,还对不过你么?你犹要挖苦我,小儒真乃斗筲之器了!"

小儒又问王喜:"家眷可同来否?"王喜道:"来了,到上房叩见太太去了。"小儒点点头,命他暂行退出:"好在你尚有几日耽搁,此事可从长计较。"从龙道:"没有甚么计较,依我这般去做,包你不得误事。曹大生若将你守备参掉了,我保你个提镇!"王喜又谢了,才告退下来。

王兰闭目摇头,道:"在田只顾说得畅快,以朝廷的名器,赌你们的胜负,与适才一丝不苟、侃侃立论,何相背若是之远!"从龙笑道:"你这促狭鬼,专会踹人家的空儿!我不过这么说罢咧。我也无暇同你斗口,避你何如?"便起身作辞。王兰道:"古君子立身不苟,当知立言亦要不苟。你既理屈词穷,焉得不遁?"

小儒与众人送了从龙回来，见桌上有封书信，是扬州甘誓寄来的。忙展开看毕，知所说的两头亲事甘誓已应允了，并写明俟宝徵、甘露春闱后再行纳聘；又约徵、焜等入京，便道扬州，与甘露同行。小儒递与王兰，道："你的媒人做妥了，预备肚皮吃谢媒酒罢。"王兰道："这两门姻亲，我期其必成。若逆料不成，我前日也不肯轻易作札。难得是现成的事，何妨撮合？闲话休提，我想起一件事来。昨日我走到绀雪斋里，见梅花开得甚好，连岭上红梅都放了几处南枝。想是今冬天气融和，炸开来的了。我们择个日子，要去赏一赏梅花，别要辜负了冬景、冷落了癯仙。"

　　二郎道："我亦久有此意，因晴日赏梅，觉得无趣，待下了头场雪，准备围炉酌酒，见梅雪争耀，方有趣致。"小儒道："楚卿所议甚善，最妙待头场雪后去赏梅；况我这连日也没有空，要打发徵儿等进京——虽不要我代他们料理，因他们是初次春闱，不谙体制，趁此暇日，与他们谈说谈说，以免临时错乱。"二郎道："这也是正经，然起程的日子尚觉太早。"小儒道："我意在叫他们赶进京度岁，迟下去，恐雨雪多了，路上难走。不然，何必这么早呢？"

　　正说着，见三桂儿匆匆进来，道："江府里打发人来报信，说江老大人今儿午刻没的，现在合城的官绅多去候殓。请爷们示下，好预备轿马伺候。"众人听说，吃了一吓，忙叫："快备轿马，到江相府去！"三桂儿答应了一声，急急出来，传话人众伺候。小儒等入内更换衣冠停当，外面轿马已齐。众人上轿，跟从上了马，直奔江府而来。

　　未知江炳谦殁后有何事故，且看下回分解。

第 五 十 六 回

江相国返仙归地府　云制军治水论河源

　　话说江炳谦自劳乏成疾，病势日增，又添了咳嗽诸症。请了医家来，皆束手无策。但嘱早备后事，以防不虞。江相也知道自己难以复起，这日早间，觉得神志稍爽，命人扶着坐了起来，喝了一口水，将汉槎唤至床前，授以大义，叫他书写遗折。汉槎不敢违命，心内如刀割一般，忍着泪，遵照父亲口说的意思写就奏草，送与江相过目。江相点了点头，命："收过一边，有暇即可誊清。"又将汉槎叫走近两步，勉励他："居官要清，爱民要切。由高曾祖考以至汝父，五世为官，皆兢兢业业，幸无陨越。汝若能承先绪，方不愧江氏子孙，我即死在九泉之下，亦可瞑目，无愧于祖宗。"汉槎此时万箭攒心，又不敢哭，只有低低的应了一声，那眼泪早扑簌簌乱滚下来，忙躲开，用手帕偷拭。

　　江相又请了江老夫人过来，道："你我夫妻，原冀白头偕老，同享百龄上寿，不意我大限已终，只得抛撒下你去！然回想我们数十年夫妻，相敬如宾，你又是诰命一品夫人，膝前有子有孙，也不算苦了。我死之后，你可无庸过于悲伤，致损身体。"江老夫人听了，哽咽着道："你那里寻出这些话来？不过年灾月晦，少停几日，即可痊愈，没的这些话倒叫人难受。况现在各处聘请名医来诊视，俗说'药遇有缘人'，碰着那有缘的，可以一药而起。你别要这么胡思乱想，耗费精神——不是医生说，还叫你静静的调养呢！"江相微笑道："那里，怕死就能不死么？这些医家只能治病，何能治命？吾知吾命不可复生，纵求得海方仙方，都是没用的。且人生百年，都有一死，只要死得其所。我辈生于承平之世，圣朝无阙，谏书日稀，不必效文臣死谏，边疆安谧，烽火不惊，不必效武臣死战。又荷圣恩隆渥，位冠百僚，尚幸勉供厥职，未有遗羞，此心即可质诸鬼神，虽死犹生也。"

　　说罢，又命人叫了奎郎过来，伸出手摩抚了一回，叹道："此儿生有骨格，将来可大昌江门，远胜于乃父多多，须善为抚育之！"回头将伯青叫过，亦规诫了数言。又向素馨道："你是出嫁的女儿，我本可放心，因你既在我面前，不得不吩咐你几句。总之，为妇之道，敬奉翁姑，匡助丈夫，乃妇人第一要事，舍此而外，皆为末务；况你自幼熟读《列女》等传，颇明大义，也无须多嘱。惟有我死以后，你母亲必然悲苦，你当善体母心，多方劝解为是。"素馨听说，不由泪下如雨，几乎哭出声来，勉强在喉内应了一声。江相又吩咐："身后不可奢侈，只要尽礼。"汉槎恐父亲劳碌太甚，再三请睡下稍歇。再看江相两颊发红，目光已定。忙叫人捧过参汤，汉槎亲送与江相口边。江相摇摇头，推开一旁，微微一笑，口内朗吟道：

　　我本大罗天上客，来从人世了因缘！

吟毕，笑犹未止，即溘然而逝。享年七十八岁。

　　江老夫人急上来摸按、叫唤，已不中用了。忙命众人穿换冠带。此时亲丁人等各分男左女右，齐跪于床前叩送；一面着众家丁送信亲友，然后房中方举起哀来。可怜汉槎直哭得死去活来，音微喉哑。江老夫人亦痛哭不休。琼珍恐婆婆年老，不禁伤感，反忍泪同着素馨近前劝住，亲扶江老夫人到退间里少息。前两日，各色匠役人等早传齐伺候，一得了信，众家丁分头督率，裱糊门扇，搭盖棚亭，顷刻内外如银装世界一般；后进又高搭丧棚，所有帏幔、祭献诸物，色色俱全。少时，众亲友纷纷皆至，伯青即请王兰、二郎照应一切。择定入殓时辰，叫了僧道等众来伺候，眷属由江老夫人起，均遵制成服。汉槎赶着申报丁忧，又托云从龙代递江相遗折。众亲友俟殓毕，始作辞而去。只有小儒等人未散，又劝慰了汉槎一番，无非节哀尽礼的话。汉槎与小儒商议，留下二郎帮同伯青照察丧中各事，梅仙、五官管理外面迎宾送客、收礼登簿诸务。小儒回去，即遣人送了他三人的铺盖来，以便住在江府。所有丧中繁文，自然按礼中度，毋须交代。

　　单说云从龙专呈江公遗折去后，过了几时，奉到恩旨，深念江相在世公忠爱国，赐谥文勤公；又恩赏一品荫生，俟伊子汉槎服阕后，仍以道员送部引见，听候选用；又赐祭一坛，即着该督前往致祭。从龙先着人去送信江府，随后亲自前来主祭。汉槎忙迎接入内，设了香案，向北谢恩，请从龙代他转奏，感激下忱。又摆盛席款待，邀伯青、二郎作陪。说到江相临终的时候念的两句，从龙道："足见江老相国生有自来，不同碌碌；此番撒手西归，遥忆鹤驾乘云，再登蓬岛。子骞之子奎郎日后定然光大门庭，胜于祖父。不闻'人之将死，其言也善'？凡人到临终之时说人休咎，必灵验

第五十六回　江相国返仙归地府　云制军治水论河源

的。"二郎道："老师一生聪明正直,死后非仙即神,断无疑议;况祖父之德荫及孙子,奎郎之将来,可操券以待。"伯青道："据闻此子生时,舍妹梦吞珠而产,其珠如斗,五色斑斓,光华射目。古来梦珠梦月而生者皆可期贵,未卜此子若何?"从龙笑道："据你所说,更不言可喻,令外甥定是一粒灵珠子化身,非独富贵兼全,日后还该有异常出色惊人之处,未知伯青可能为何无忌之舅否?"说罢,伯青、二郎皆笑了起来。酒过数巡,从龙起身作辞。

　　回至署内,宽了大衣,正欲转后,忽见外面传进一角紧急文书。忙拆开看时,原来是漕河秋间水汛甚大,经漕河总督率同在工司、道各员小心防堵,直至霜降后水力稍弱,亦渐却退;兼之各工修得坚固非常,当具折申奏,普庆安澜,此时已交冬令,正水涸之时,更毋庸虑。孰料月内忽然潮汛大作,各工员弁又未曾防备,从来冬令绝无水患,此番突然而来,措手不及,竟决漫了好几处堤岸。各工人员都疑为妖诞,那告急的详文如雪片一般,把个曹大生吓得惊疑不定;且古今未有之事,又不敢不出折具奏,自请处分。旨下,着漕河总督商同两江总督,与山东巡抚妥为筹办。所以曹大生忙备了咨文,至南京、山东请云从龙、洪鼎材赴工会办。

　　从龙见了来文,也深为诧异,亦不知冬令水患是何吉凶,即收拾起程。忽想起王喜来,正好借此机遇,带他去效力。便传了王喜来见,说知此事。王喜甚为欣然,退了下来,即将秋霞寄顿在方夫人处,自己单身,好随制台去治水;而且又是漕河两营人员分内之事。

　　一日,从龙到了清江,曹大生得信,即遣员迎接入城相见。洪鼎材早到了数日,彼此见了面,无暇叙说寒温,便议论此水来由,大为怪异。曹大生道："亘古及今,未闻交冬水涸之时复又泛涨;且来势甚猛,竟有堤工难保之虞,岂非怪事?而何偏偏小弟来淮,值此祸乱,定然我应绝于此,多分此水即因小弟而至,亦未可知。"

　　云从龙、洪鼎材听曹大生说出这仓猝不伦之言,几乎被他引了笑出声来。洪鼎材道："曹大人,你也忒过虑了!但是水患每年夏秋之间是有的,却未闻冬令犹有水患。若说因大人而生此怪异之事,断乎不能!你大人应如何设法堵御此水才是,纵自己怨恨到明岁此时,窃恐这水也退不下去。"从龙点首道："洪老大人此言甚是,况我等奉命来商酌治水的,宜赶紧筹画妥善章程,务要彻底清源,不能扬汤止沸。大家立定主见,好请旨办理。在二位大人高见若何？"

洪鼎材未及回言，曹大生先双手齐摇，道："上谕虽命我同二位大人会办，无奈小弟自知才短，兼之连日心绪不宁，分外一筹莫展，不知我这前程与性命有是没有呢，那里还想得出善策来？悉听二位大人，若何筹画，自然是计出万全，何用小弟旁参末议，徒觉赘疣？然而小弟亦不得置身局外，惟有诸事愿附骥尾而行。"

云从龙见曹大生一味推诿、只顾身家、不顾国事的话，不禁正色道："曹大人，你太难为情了！大人身居极品大员，受朝廷寄托之重；而且水利系大人的专责，我们不过奉命来与大人会办，应该大人主政才是。怎么你大人这般畏缩不前？真成笑话！既是你大人毫无一策，却不能怪我等放肆，僭越大人了！"遂回身对洪鼎材道："在老大人高明，怎生办法？"曹大生被云从龙一顿抢白得哑口无言，满面羞惭，气生生的坐在一旁，袖手观天，若作不闻之状。洪鼎材道："此事亦非彼此推诿之事，云大人有何良策，何妨请教，大家斟酌。"

从龙笑了笑，道："在小弟愚见，自古治水之法，无过'清源遏流'四字，虽然刻下水势近于怪诞，我等仍当以平日治水之道治之，何能以怪诞而止？且怪诞这一句话也不能达诸上听。我意明日先着两员熟习水利的官前往漫涨倒坍的各处堤岸要隘，察看如何情形，然后再度其来去之势治之，庶几可成；不然，胸无成竹，恐反招偾事之愆。未卜你老大人以为然否？"

洪鼎材连连点头，道："此论深是。你大人意见，欲着何员前去？"从龙道："小弟前在漕河任上，有署漕标中军都司郑林，该员作事明干，颇知水利；再漕标守备、前署扬州卫守备王起荣，亦精明强干。即着此二员同去，可无贻误。"洪鼎材道："谅你大人赏识不谬，若论郑都司，我亦知该员勤能可靠。"即向曹大生道："曹大人明日可速委郑、王二员前往。此番的水是突如其来，竟有朝不保暮之虞，愈速愈妙。"

曹大生闻云从龙说出王起荣来，明知是女婿的仇人，又不便驳回，便道："既云大人保荐该二员前去，谅必不错；但是该员等俱系武弁，恐不甚明晰水性。我意中却有一人，可以偕往，于事亦可有济。小婿鲁鸥，前月由甘泉县任所告病回籍，现在仍居此地就医，于水利上甚为熟谙。我欲着彼同往，庶收寸效。不知二位大人可否？"洪鼎材道："既是大人令坦，又熟习水

第五十六回　江相国返仙归地府　云制军治水论河源

利,大人何妨即委以同去？只要察看得实,不致误公,无论何人,皆可去得。"

云从龙闻曹大生居然保荐他女婿鲁鹞同去,"分明因我着王起荣察看水势,他即着鲁鹞去,暗中好掣王起荣的肘腋,不问可知。"便淡笑了声,道:"论理委员前往,应该曹大人做主,我等何得擅专？因曹大人说近日水患扰得心绪不安,嘱我等裁酌,我又因曾在漕河任上一年之久,深知郑林可靠;王起荣亦因其办事勤明,故着其协同郑林前去;而该员等又系漕河两营之员,使以察看水势,不为越分。若荐举我等随带之员,或其中有了偏袒。至于令坦人本精明,又谙水利,同去何妨？无如令坦既非漕河之员,兼系告病回籍之人,在清江就医尚可,如委其察看水势,究竟前次令坦告病是实,抑或是有意规避那起承审的案卷处分呢？你大人若以为郑、王二员均系武弁,恐不甚明晰水性,漕河两营文员不乏其人,你大人该有意中信实得过的明干之员,不妨加委一人同往,相辅而行;不然,即不着郑、王二员去,另派委一二文员前去亦可。好在都是国家的公事,我们并无私意在内。就是你大人欲着令坦同去,不过为令坦熟谙水利,可以察看得实;无奈令坦却有此一番原由,是别人可去而令坦独不可去。小弟将此事申明,谅你大人也不致怪我方命。"

洪鼎材听了,忙接口道:"这么一说,令坦却是去不得。我尚不知其中有这一段情节,云大人还是为的令坦呢！否则,差委是曹大人的责任,他也犯不着作梗。窃恐委了令坦前去,难免没人议论:第一,漕河两营的人员即有物议,他们谁人不想出力邀功？若委了别人去,他们尚敢怒而不敢言;若委了令坦,他们知道这其中缘由,甚至即可明目张胆上来面回大人,那才难处呢！"

曹大生听云从龙、洪鼎材所言,句句皆是讥讽着他,更外置身无地,不禁彻耳皆红,冷笑道:"小弟欲着小婿同去,亦是因公起见,并无他意。如果不能同去,即作罢论,又何必另委别员？这一来,倒显见小弟是蓄私了。"便赌气将郑林、王喜唤上,当面吩咐他们:"赶紧去察看各工段、要隘水势情形,须要逐细审视来踪去迹,限五日销差。倘有疏虞挂漏,你们小心就是了！"又一面吩咐立给文札,好明早动身。郑林、王喜齐声答应退出,收拾赴工。曹大生即叫摆酒,款待云、洪二人。席间无非谈论治水的法则,更鼓方散,各回公寓。自是,曹大生痛恨从龙,"足见我女婿前番虽是陈、甘二人做对，其中定是姓云的主使；不然，他何以硬阻我，不令鲁鹍前去？"回后又将云从龙与他别气的话告诉女婿，鲁鹍亦恨不绝口。

云从龙回至寓所，叫人唤了郑林、王喜过来，道："你们是我保举去的，曹大人甚不悦意，因为我未容他女婿同去之故；起先当面吩咐你们的时候，你们也该看出神色。总之，小心察看，各事得实，亦不怕他寻事；他若无中生有，难为你们，自有我主张。你们却别要办理不善，使他有疵可求，那我也只好照公而论。"郑林、王喜忙站起身道："卑职们沐大人破格培植，敢不竭尽心力，仰副大人之盛意？"从龙又嘱咐了一番，郑林、王喜方告辞下来，各带了几名跟从，次日清早起身去了。

这里曹大牛又备帖请云从龙、洪鼎材下顿。洪鼎材道："虽着郑、王二员去看各工，遥想不过某处漫决、某处坍塌，据实详报上来。我等宜先行筹划，推本追原，当用何法治之，方可速期成效。"云从龙道："《书》云：'火曰炎上，水曰润下。'治水之要，都宜引之趋下。若专修堤工，纵坚如铁石，亦不能当水力扫刷；何况各工口门，无非木石柴草而已，焉能历久不朽？在愚见，俟郑、王二员踏勘后，得知各处水势大小，然后寻其来源，复在极下受水之处，督夫役挑挖，引水下注，使水力倒回，无复上激；再将漫决、坍塌各段赶紧兴修抢堵，非独解今日之围，连下年秋汛之时都可免患。"洪鼎材听说，连声称是。曹大生也只得附和说好。

转瞬五日工夫，郑林、王喜已回，进见众人，请安销委。郑林走上一步，回道："卑职等奉命，直探到山东以上临清、张秋交界地方，节节要害，均被冲刷甚险；幸而各工驻防人等皆加意守护，目前尚可无碍。卑职等又传了大人们口谕，嘱彼等小心提防，不日即拨款兴修，所争者不过在此旬日有余工夫，最关紧要。"说着，又在身畔取出一图呈上，即是他两人所经过的地方，恐口说遗漏，故绘了一图，可以一览无余。云从龙接过绘图。看毕，痛加赞赏："可见你们办事很好。且下去歇息，待我们议定如何堵治，再行差委。"郑、王二人应声退下。

云从龙又将绘图细看了一遍，即指点与洪、曹二人看，某处地势高固，某处地势低险。"其低险之处，水势一至，必先受害，即岁岁兴修，徒靡国帑，不能保其永远无患。须要疏通去路，视河身之高下分别挑挖，纵秋涨陡至，不过在极低之处小有危险，皆可挽回人力。若再未事先防，预期修

第五十六回　江相国返仙归地府　云制军治水论河源

筑堤岸，坚堵口门，使河伯无从施其威、风神不能贾其勇，则东南一带即可普庆安澜矣。"

洪鼎材听了称善，说道："云大人真乃洞彻利弊，言言中肯，我辈自惭老朽，望尘莫及！还要请问如何疏通之法，愿再闻其说。"从龙笑道："治水乃曹大人专责，我辈不过奉命帮办，是以斗胆妄参末议，尚宜聆曹大人雅教，若何疏治为是。"曹大生脸红道："云大人又来取笑了！我已奉申在先，昏聩无能。你大人既有妥善章程，理当乞道其详；好在都是为国家的事，不容推诿。小弟实系才短，并非有意取巧。"

从龙听说，暗忖道："我本欲取笑曹老头儿几句，这一句倒被他驳回了。"遂不作谦让，道："明日我与二位大人带领平时在工当差、熟习水利明干之员数人前往亲勘，相其地势。在极低之处，先命工人筑成拦坝，使活水断流，用水车将水引置别处，即由此处节节疏通，多宜愈深愈妙；再将各要隘堤岸前做成石矶，使水不湍激，然后再兴修堤岸，加高增广。愚意水发之时，既有石矶分其水力，复有低处引水下注，纵惊湍迅涨，横空而来，亦不致旦夕决。至于督率筑挖，总司其事，仍派郑都司、王守备前去。该二员年富力强，眼明心细，可无遗误。"洪鼎材连称甚善。

云从龙见曹大生各事推诿不前，也不由他做主及请问他行止，便传了郑、王二人来，当面吩咐。又与洪鼎材商议，挑出几名在工熟谙河道人员，分头去开通水路、建筑石矶等事。因云从龙与洪鼎材皆摄过漕、河两篆，深知在工各员贤否，都派的是多年老练之员。又叫曹大生动支库项若干，发给他们领去，置办应用各物与招雇夫役、饭食工价等款。一面又咨请东河总督合办临清以下一带，恐彼损此益，互相受害。

曹大生见云、洪二人不同他商议，独断独行，非独不见恼，倒反欢喜。他以为："若有疏虞，即非一人专责，难得他们来替我挑这重担。"所以毫无阻挠，一任他二人分派。晚间回至自己署内，暗暗遣了几名心腹家丁到各工稽查，"倘有不测，即飞来报我。""那时也顾不得他们了，好先行专折入京，自立脚步要紧。他们既说得凿凿，又多般嘲笑我无能，若将大事办坏，得了处分，亦是自取咎戾，与我无干。"然外面却不能不假作和气，与云、洪二人合为一手。

次早封了数只大船，着人到云从龙、洪鼎材公馆内邀请，一同赴工踏勘。云从龙又命派去各员各陈条说，择其善者，即用他的法则，相机而行。便轻装简从，一路察看水势缓急，何处该挑，何处该筑，何处该修，一一布置停当。他三人仍返清江，坐待各要工完竣复命，以后方可各回任所。先将大概办理情形及开工日期联衔具奏，暂且不提。

单说郑林、王喜晓得此次是云制台独力保荐他二人，才委此重任，两人背地计议道："我们若不将此番工程办得至善至妥，即深负了云大人一场盛意；况大工告蒇，我们准准是有大保举的。"二人即议定分头督率，两下仍书函往来，各述工段形势，互相酌理。郑林专管筑矶、修堤等事，王喜专管挑挖低处河身、引水归源，监督夫役人等昼夜趱赶，露宿风餐，不辞劳苦。是以云、洪等人均未能回任过年，不时又亲赴各工段看视，稽察各员勤惰。东河总督也到交界地方会晤过一次。

直至次年二月初旬，工程方次第告竣。郑、王二人具禀申报，请云从龙等人下来看工。从龙即约了洪鼎材、曹大生同往。果然各工石矶修筑得高大坚固，河身亦挑挖得深阔。云从龙即在工次痛赞郑林、王喜办事认真，便照单收了工程；又见河内水势缓弱，日渐下退。回至清江，即与曹大生计议，将修筑完竣一节联衔具折，所有在工出力人员，各按官阶保奏；又一面备造支用清册，报部稽核。郑林、王喜系此次尤为出力人员，另片单保。又传了名班来唱戏，酬谢金龙河溇诸神庙宇，整整忙了半月有余，才得清结。云从龙即收拾回省，洪鼎材亦回山东去了。

一日，从龙到了南京，在城诸官迎接入署。数月中未免堆积下许多公事，从龙自有一番料理。隔了数日，曹大生奉到恩谕，天颜甚为欣悦，该督抚等均着交部从优议叙，至工上之出力各员，悉如该督抚等奏请。内有单保尤为出力之河营都司、昔署漕标中军郑林，着以河营参将升用，并赏加副将衔；前署扬州卫候备守备卫守王起荣，着免其迟缴处分，仍令回任，并俟试署一年期满之后，果能勤慎，准其题补实授。再各工段河溇、大王诸庙，经该督抚等祈祷灵应，实深寅感，着翰林院恭书匾额数方，交曹大生祇领，敬谨悬挂各庙，用答神庥。

曹大生见王喜依旧回任，心内甚为不快，无如自己因交卸在即，又因奉有明文，乐得做个人情，即给札，使王喜仍回扬州卫任。原来直隶兰仪、开州等处秋汛泛滥，冲损官民等堤，现当水涸之时，亟欲兴修。适值河东

第五十六回　江相国返仙归地府　云制军治水论河源

河道总督病故出缺,因此次曹大生南河办的得手,即飞调曹大生速赴东河新任,接手办理;所遗漕河总督,着杭州巡抚何炳署理。所以曹大生赶忙于未卸事之先,着王喜回任,也见得是他的情分。王喜自是欢喜非常,深感云制台之力。郑林亦因自己升了官职,分外喜悦。两人即联名具禀,叩谢从龙保荐之恩。王喜见到任日近,特遣人至南京接取秋霞,又单禀从龙、小儒两人。

这日从龙接到来禀,亦觉欣然,便袖了王喜禀启来会小儒;再则连日办公羁延,尚未答拜过众人,与他们倒疏失了数月之久。小儒等人闻得从龙来了,忙同出迎接入内,众人先给从龙道喜。此时汉槎也在座中,因岁底已将江相的灵柩请入祖茔安葬,现在守制在家,除了朝夕在江老夫人前定省,余外毫无一事;又为孝服在身,不便见客,故时常到新园子里,与小儒等人盘桓消遣。从龙即向汉槎道:"去冬尊老相国殡宫入山,彼时我在河工,正当吃紧之时,万不克分身,只遣人回省致祭,未免不恭,至今犹觉抱歉。想子骞都能恕我。"汉槎欠身,连称"不敢"。

小儒又询问河工办理情形。从龙一一细说,便将王喜的禀启取出,与小儒等人看。小儒笑道:"昨日我亦接到他的禀启,并来接取家眷赴任。禀中深感你大力栽培。然而王喜回任,却多亏了在田成全。王喜固然心满意足,不免使曹大生难为情些——好在他已调赴东河新任,亦莫能为力。目下漕台换了家业师来,王喜这扬州卫可保稳如泰山了。"

从龙笑道:"曹大生多是自取其咎,不能尤人,他调东河,还便宜了他;若仍在漕河任上,岂不更难为情?王喜是他参劾去任,日前我们保举王喜回任的奏折,亦有他联衔在内;他而今调往东河,正好顺水推舟,做个人情。"又将曹大生如何举荐鲁鹠同去查勘河工,如何诸事退缩不前,"我即如何与洪老一问一答的讥讽他。不怕曹大生是有名的老牛精,他也自觉惭愧。惟有一件事,他真讨了便宜:修筑堤矶,开挖水道,多是我与洪老的主见。现在大功告成,他却稳稳的得了议叙,可谓坐享承平,我们代他做了粗活。其实调赴东河兴修各工,皆因他南河办得合宜,东河方着他去。只怕他自家要办出乱子来,那时才显我们的好处呢! 此番他一人承理,必然委他女婿去,不知鲁鹠第一即要累他受处分,此乃意中之事。你们若不相信,耳听好消息罢!"二郎接口道:"曹大生为人本来卑鄙龌龊,不堪言喻,国家用他为封圻大员,也是官民的晦气。最怪是他两个女婿,与他一流人物,真正俗语道得好:不是一家人,不在一家门。"说罢,众人都笑了起来。

王兰道:"你们公务也该论完了,此会又评论到人品,究竟与你们何干?我实在不耐烦听了!我只晓得'及时行乐'四字,其外一概非我闻问。今年正月花灯节下,我们也很乐了几回,多没有在田在座,因他代国宣劳,情非得已;现在公务已竣,正好寻乐,将这些已过身、没要紧的话复又抖搂出来,长篇大套的议论,有何趣味?况本月将尽,转眼清和月至,我见留春馆前芍药大半吐红,大约因今年节气早的缘故。我意明日先备东道,奉邀诸君在夺艳楼宴赏牡丹,晚间即在红香院小饮,那里的景致甚好,现在亦有几种花当令盛开,再迟数日,俟芍药全开,仍要大大乐这么一日。赏牡丹的东道是我自备,赏芍药的东道却要罚在田备的;因我们几次宴会,他多未至,虽说是因公羁绊,那'辜负春光'这四字难逃其责。你们看,我可罚得他在理?"二郎拍手道:"罚得在理!就是这么说法,明日你先备东道,到了芍药开时,不怕在田不请我们。他若推故不来,我们会闹到他衙门里去。"

从龙笑道:"叫我请你们还可,即是明日的东道亦算我的,都不值甚么;惟有这'罚'字难当,又不是我有意不赴你们的雅会,我也愿意日日同你们乐呢,苦于身不由己,也是没法的事。非比者香,如今退隐田园,逍遥散诞。可见这'罚'字即用的不当。这些话姑且勿论,者香当作罚我,我仍当作请你们,各执各语。者香先把明日的东道备了,请我们去赏牡丹。且到下月芍药开时,再议我的东道未晚。"小儒亦笑道:"随便你们争论,东道愈多愈妙。总之,你们备出东道,多少不了我的,我岂不落得多吃两次?"说得众人皆拍手大笑。从龙又坐了半晌,即作辞回署。晚间,王兰叫了厨子上来,吩咐:"明日中晚备四桌精美酒肴,算我的帐。"一宵无话。

次早,王兰又着人去请从龙过来午饭,即摆在夺艳楼上。众人登楼,凭栏下望,果然牡丹开得十分灿烂,如一座花山相似;最高的处在,花竟直接楼口,姚黄魏紫,各色争妍,又夹着一丛一丛的绣球,真乃花团雪浪,分外夺目。众人赏玩了一回,入座开怀痛饮。晚来的酒席即设在红香院中,亦有西府兰蕙等花可赏。饮至三更,众人多有了七八分醉意方散。里面方夫人闻知,也鼓起兴来,亦备了东道,请婉容等人宴赏牡丹。不须赘说。

第五十六回　江相国返仙归地府　云制军治水论河源

光阴迅速,早至四月中旬,留春馆外芍药十开八九。王兰即取了一幅花笺,写了几行,送与从龙道:

一昨偶步园中,见婪尾盛开,忽忆君约,不禁狂喜,食指即泼泼动矣。君可将数斗佳酿来助我豪兴,我当痛饮大嚼,沉醉花前。春光有知,亦当留恋,不忍遽去。君如以我言为谬,明日宴罢,可试观我朵颐。

从龙看毕,笑道:"者香真狂放得有趣!"遂作了复字,交给来人回去。一宵无话。

次日清早,从龙起身洗漱毕,略用早膳,即坐轿向绘芳园来。未知从龙等人宴会时有何佳话,且看下回分解。

第五十七回

斗尖叉群联芍药诗　绍箕裘再兆芙蓉镜

话说云从龙来至绘芳园览余阁前下轿。小儒、王兰等人早迎接出外，邀请从龙到留春馆内。家人们送了茶，从龙即向王兰笑道："昨承折简相招，今日特来验君食指果动否乎！"王兰笑道："食指之动与不动与你无涉，你究竟今朝的东道怎生备法，快说出来，我好吩咐厨子去。"从龙道："悉听尊便，仍照日前的东道，何如？"二郎道："在田别要信者香的话，若等你这时候来，方才吩咐厨子预备午饭，是别想吃了。昨晚我们已代你议定，你看去，可使得？与前日者香的所备不过大同小异。"说着，回身在书架上取过一张食单，递与从龙。从龙接过看了一眼，连称："妙极！该价若干，还烦楚卿知会厨房内，明日到我那里去领。"二郎笑道："这倒不用你交代，你备东道请人，自然到你那里领价，难不成还派我出钱么？"众人谈谈说说，早近午时了。家人们上来摆开桌椅，安放杯箸，从龙亦换了便衣。

今日是八副座头，从龙、小儒、王兰、二郎、汉槎、伯青、梅仙、五官等八人。从龙主位，其余挨次而坐。众人饮酒看花，甚为欢畅。留春馆前本有亩许大的空地，尽用短红竹篱，就着地势，围成长短、方圆形式。每围内分栽各色芍药，当盛开之时，不下千余百枝，深红浅白，夺艳争妍，望去若锦绣花城相似。众人赏一回花，饮一回酒，高谈雄论一回，大为惬意。小儒又命人剪了各色芍药数十枝，插于几上壁间，顿觉满室中花团锦簇，分外可观。

少停席终散坐，品茗闲谈。王兰道："既对名花，何可无诗？我欲大众联句，作五排一章，以志今日之乐。"五官听了，忙接口道："好！"原来五官近日习学作诗，甫经入彀，恨不能与人联句，评评自己诗学如何，"若果能临大敌，从此当格外用心，益求精进；倘不能用，我也死心塌地，丢开手，另习别的技艺，免得空费了心思。"此时听见王兰要联句，正合己意，生恐小儒等不愿，故而赶着先行道好，以鼓众人之兴。也不待众人答应，便起身取过笔砚，催着王兰限韵。

第五十七回　斗尖叉群联芍药诗　绍箕裘再兆芙蓉镜

从龙笑道:"五官也不作诗,偏是他着急得很,是何意见?"二郎道:"在田不知道,他近日似着魔一般,昼夜学诗,甚至到四更还不肯睡,在那里吟哦。清早就向小儒、者香问长问短,又品论李青莲羚羊挂角,杜工部巨翅摩天,白香山平易近人,韩昌黎大气磅礴,以及郊寒岛瘦、陶淡李浓、王摩诘诗中有画、司空图物外传神。一日到晚,不是分门别类的摹效各家法则,即呕心挖胆的面壁吟思。我常笑他这么苦志用功,将来定成名士。所以他闻得你们要联句,才这般喜欢。"

从龙道:"原来五官也会作诗了,真正难得!我们倒不可不联吟,以助五官雅兴;二则也评较评较他的诗学究竟如何。我每说五官的为人要算十全,就是文墨上不甚了了,未免缺憾。这么一来,竟成了彬彬儒雅,可羡可敬!"二郎又道:"他不独学诗,而今兼又学画,昨日我看他画的底稿儿,就很有笔意,山水、花卉、人物、翎毛、草虫,色色俱全,惟有山水分外擅长;尤奇是他又学作写真,日前代小癯画了个小像,试笔虽不十分形肖,亦不至人见了不是小癯的面目,却也难为他有这么大心肠去学。大约再过一年半载,该有人求他画了。"

五官笑道:"楚卿别笑话人罢,我不过闲暇东涂西抹的胡闹,也不算甚么,还不知学得成学不成呢!待我果真学成了,再劳你这么谬奖不迟。我们倒是商议怎生联句是正经,不要听你没要紧的闲话,扰乱众人诗兴。"从龙点首,道:"真所谓人有所念,天必从之。又云:'有志者事竟成。'五官赋性本来聪敏过人,再加以好学之功,定可成名。从此骚坛之上,又多树一帜;荆关之下,复继起一人。我辈真要愧煞!"

王兰早将韵本展开,拣了"一先"的韵,又将一张纸裁分八处,上面注八人名字,放在各人面前。推着五官道:"就从你联起罢。"五官也不推让,提起笔,略一吟哦,便写着念道:

　　月令清和庙,

写下道:"此句起的未免粗鄙,你们品评,可用得?否则,待我另想起句。"

从龙道:"很好,不用改的。凡五排开首,都宜平铺直叙,方不占中后的地步;况此句虽然平易,却是这个时候。我来接你的。"便提笔写着,念着道:

　　名园集众贤。花称金带艳,

伯青道："既已说到本题，不能不叙及我辈。"遂联道：

　　人似玉班联。杯泛荼蘼酒，

小儒道："正是时候了，仍要再写几句实事实景，始不脱略。"便写道：

　　堂开玳瑁筵。低徊红带雨，

汉槎点点头，也续着写道：

　　绰约碧笼烟。径筑三弓拓，

王兰即续道：

　　篱围万朵妍。春残归似客，

梅仙忙接道：

　　夏至永如年。香不招飞蝶，

二郎续道：

　　声先听杜鹃。将离谁作赋？

王兰又忙接写道：

　　别号惯名鋋。灿熳翻阶上，

五官道："这'鋋'字韵押得新鲜，未免失之穿凿。"便接着续道：

　　丰茸倚槛边。闲凭桥廿四，

小儒点首，道："妙在不黏不脱，空际传神。五官的诗学真有进益了！"

亦接续道：

　　清供佛三千。蕊细同丝虆，

从龙即接道：

　　枝高若火然。

正待写第二句，王兰坐在对面，已得了一句，便抢着续道：

　　欹斜因露醉，

梅仙见王兰抢了从龙的出句，也不容王兰再接，便提笔写着念着道：

　　窈窕受风偏。

伯青笑了笑，续道：

　　品重鹅黄贵，

二郎也抢着接了一句道：

　　根滋犬白延。

五官笑道："那里是联句？倒是抢命了！"亦续道：

烘宜朝院日，

梅仙道：

晴好夕阳天。

王兰笑指着金、柳二人，高声念道：

谑赠诗人咏，

从龙亦笑着续道：

评芳画谱传。

小儒道："不必再往下联了，我来煞尾罢。若再联下去，不过倒去颠来，用些芍药典故，反嫌堆砌。"遂提笔写道：

吾侪须畅饮，对此已如仙。

五官道："这两句与芍药有何关系？"小儒道："唐韩愈的《芍药》诗：'觉来独坐忽惊恐，身在仙宫第几重？'我就是用的这个意思。"五官点首，道："原来如此。即如这里馆名留春，我常想，'留春'二字未免太泛，若以为芍药开于首夏，春事已残，取名'留春'者，言其不忍春去、欲相留之意，则荼蘼等花，何尝不与芍药同时开放？也可题此二字。我几次要问者香，又恐另有出处。昨日偶见柳宗元诗，有'歊红醉浓露，窈窕留余春'之句，方知'留春'二字专指芍药而言，竟移不到别的花木上去。古云'开卷有益'，真正不谬！我若冒冒失失的去问者香，又要惹他笑话了。"从龙道："足见五官处处留心，深为可羡！"

梅仙即取过一幅淡红花笺，将众人的诗句挨次誊在一处，每句下注了名字。众人彼此传观，赞赏了一回。从龙道："今日是子骞落后了，别人或三联、或二联不等，惟你只有一联。"汉槎笑道："我本不善联句，情甘落后。先时你们慢慢按部就班的联续，我尚可勉应一联；谁知你们后来同抢命一般，彼争此赛，我那里赶得上？爽性退后，还藏拙些。改日容我补几首绝句，或者还看得下去。若此时勉强和你们抢着联句，必至闹出不伦不类的诗句来，又何苦惹你们取笑呢！"

众人谈说了半晌，时已近暮，留春馆内早点齐灯烛。小儒又命人扎了多少各色纸灯，用长竿挑起，插在芍药田内，红花用红灯，白花用白灯，愈显得花光艳丽，灯彩迷离。众人齐赞这想头甚好。家丁们摆上酒席，众人复挨次入座，传杯递盏，直至三更方止。从龙辞别回署，小儒等亦各回寝所。

次早小儒起身，正欲向园里去寻五官、伯青闲话，又可便道留春馆赏玩带露芍药。忽见双福忙忙的进来，上前请安道喜，道："京里二位少爷报单到了。"小儒未及答言，早听得外面一片锣声，敲的沸反盈天，送报的人众好似直打了进来，齐向小儒叩头称贺。为首的越众上前，单屈膝双手将报单呈上。小儒喜出望外，即命双福先领送报人众下去歇息。展开报单，见宝徽中了二十三名进士，钦点庶常吉士；宝焜也中在五十六名上，以知县签发江西。小儒一面吩咐开发报人，又赏了酒饭，遂兴冲冲的回后，说与方夫人等知道。方夫人听了，亦欣喜异常，忙盥手，亲自在家神祖先前点烛焚香。随后众家人一起一起的上来叩喜，多有赏赐。外面王兰人等、里面洪静仪众夫人等皆过来道喜。

少停，云从龙得信，也坐轿前来；接着合城文武诸官纷纷来贺，忙的小儒迎送不迭。大门内早将一幅猩红吴绫——写着泥金报单高高挂起，绿野堂上亦张挂灯彩。此时连双福等众家丁都忙得十分高兴。议定来日演戏摆酒，遍请在城官员、绅宦，次日请亲族人等，又次日请从龙人众，分作三日，方不拥挤。一切照料，仍托梅仙、五官二人。内里方夫人也分三天邀请女客。所有来赴席的亲友，自然各有厚馈，不须细述。

到了第三天，酒席摆在绿野堂，从龙首坐，其余各分次序。晚酒仍设在留春馆内。从龙说道："前日子骞说另补几首芍药诗。刻已数日，想必脱稿，何妨请教一观？"汉槎笑道："诗却凑了两首，连自家多看不入眼，怎好献丑？可否再假两日工夫，容芟改可观，再行呈正？"王兰道："罢哟！子骞今日忽然用起谦来，真令人难解！不要磨牙了，快些取出来，与大家看罢！知道你定有出色诗句，故作此欲扬先抑之势。"汉槎被大众逼迫不过，只得取过笔砚写下来，递与众人。见是两首绝句，王兰念道：

   扬州芍药甲天下，勾引诗人兴更狂。
   既道此身有仙骨，缘何低首让花王？

   斜风细细雨霏霏，终日看花不忍归。
   最爱虹桥二十四，一齐含笑脱官衣。

众人看毕，痛赞不绝。王兰笑道："这两首绝句措词新颖，用意亦深沉，不

第五十七回　斗尖叉群联芍药诗　绍箕裘再兆芙蓉镜

露圭角,真合作也！我原说他揣摹了这数日工夫,定有佳句,却故意不与人看,明虽谦抑,暗实夸张,这是子骞向来的脾气。"汉槎大笑道:"欲加之罪,何患无辞？好在我的诗已给你们看过,佳也罢,不佳也罢,悉听者香去说,我又敌不过他的口角,惟有听之而已。"

说话间,家丁们已上齐肴馔。小儒亲自执壶,与众人把盏,说道:"此次甘露未知可曾取中？想旦暮间又多有信来,外面亦该有《题名录》了,明日先买一本来,一阅即知有无。"从龙道:"我想礼闱取士的总裁颇有眼力,宝徵秉性拘谨,直合个内官词翰；宝焜生来风力,又善于言语机变,为一方之牧令绰然有余。就是甘露那孩子,品学端方,大有乃祖之风,此科我可期其必中。但是他也是个州县材料,纵然列在部曹,业经过格,恐翰苑清华,无他位置。我今日预先说下,停几日即要发晓的,那时你们才服我有先见之明。"众人多点首称是。

王兰道:"闲话少说,而今宝徵点了词林,至迟秋间多要请假回籍的,正好顺至杭州招赘,一举两便。小儒也该早些发信到朱家,使蓬耕好预先准备。因蓬耕家计不十分富足,免得临时措置不及。二则亦当送个喜信去,叫他听着喜欢。伯青、楚卿既作大宾,也要联名寄封信去,通知蓬耕。"小儒道:"者香不言,我几忘了。明日即烦伯青、楚卿作起一札,我专人到杭州去,大约完姻吉期多要择在冬令,方展转得来。"伯青、二郎皆答应了。

小儒又道:"就是甘家那边,得了甘露春闱的实在消息,我也要打点彼此下聘,择吉同时婚嫁,早早将儿女婚姻完全,我即可交代首尾,从此了却一桩心事了。"二郎笑道:"儿大当婚,女大当嫁,自然要料理的；况且焜郎指日是一方父母了,没的县官到任,不带着太太去,倒也新奇；只听得翰林馆里有告假完姻的故事,没有听得县官有告假娶亲的。小儒若说交代首尾,只恐言之余。前月你家沈姨娘新添了一位阿郎——取名宝森的,难道不算你的儿子？将来你是不代他聘亲的么？"说得众人都大笑起来。小儒笑道:"我说的是眼前,若到宝森娶妇,至早也得十数年,安知那时我辈又是何光景？楚卿这思虑窃恐太远了些。"

伯青插口道:"楚卿提及小儒得子,我却记起者香月内双得子女,这么一件大喜庆事,反瞒着我们,连杯水酒都不肯请人,者香不免太为吝啬！"王兰笑道:"若这么说起,要扳出一堆的人来呢！日前楚卿夫人生了千金,二月内在田的大夫人生了公子,都未请人。不如大家约齐了,公请你们,庶几不至偏向。"二郎道:"倒也使得,我本要请人的,因为生了个女孩子,甚么出奇?所以没有惊动诸位。惟有者香双得子女,亦当出个双分才是。莫若者香单请我们,我与在田公请你们,这才真不偏向呢!"众人齐说:"楚卿言之甚是!"重又换上大杯,雄谈畅饮,直至月上花梢,方才散席。又坐了一回,从龙辞去。伯青、汉槎也因在园中住久,亦要回去。

次日,小儒即具了一信,又加上伯青、二郎的两函,遣人专往杭州,并叙明"冬间着徽儿前来入赘"等语,家丁领命而去。见双福早送进一本《春闱题名录》来,状元出在苏州,榜眼河南,探花杭州。因皆不认识,不过一看而已,没甚关心。看到三甲中间分部的各主事,方见甘露名字,签分礼部学习。小儒见了,亦觉喜悦道:"真个在田有知人之明,竟被他料定了!"忙回后与方夫人商议,着人往扬州甘家贺喜,并约彼此下聘日期。小儒的信才去,恰好甘老也着人至南京来书,贺宝徵兄弟同捷之喜,亦提及行聘的事。两边皆约定七月中旬下聘,冬间定娶。此是后话,不表。

隔了一日,王兰果然备帖来请众人赴宴。原来洪静仪生了一女,取名蕙贞;洛珠生了一子,取名政清。同月生产,只差了两日,女先男后。王兰既邀请众人,从龙、二郎也不免同请了一天客。因从龙在工未回,时婉容已生了一子,二郎家前数日小黛亦产下一女。小儒见他们彼此邀请,多有自己的陪客,也另备了几席酒,做了一天戏,请从龙等人重开汤饼大会,热闹热闹。早至端阳午节,繁文不须细赘,无非你来我往,馈送角黍时鲜果品等类。众位夫人亦因多有了儿女,大家互相送些茧虎、艾人、寄名符、长命缕诸物,聊应时景。

光阴易过,瞥眼早交暑日。小儒接到宝徵、宝焜的禀启,知已请了假回籍祭祖,定于新秋同甘露一齐出京;又附着甘露寄呈他祖父的禀启与小儒昔日在京一班同年世好的通候书札。小儒一一看毕,当将甘露的家书发出,差人送往扬州。即便起身,袖了宝徵兄弟的来禀至后堂,交给方夫人看了。方夫人道:"我正要请你来商量一件事:后日是冯太太的生日,前几回他的生日,多因我们相离太远,没有送着礼物,他也不能怪我们;今番既住在一处,虽然是个小生日,正好借此替他做一做,以补从前。不知你意见若何?如果可行,你可叫人定下班子,以备本日伺候唱戏。"小儒听

第五十七回　斗尖叉群联芍药诗　绍箕裘再兆芙蓉镜

说,连称"应该",道:"我们自从各家合住,楚卿家大小很酬应了我们几次,我实在过意不去;难得后日是冯太太生日,我们既晓得,定要大大热闹几天,才是道理。我就叫人传班子去——切不可早露风声,楚卿知道了,必然拦阻。等到当日,再告诉他,却要暗暗知照王太太们一声,恐他们也要附分子的。"说罢,小儒出外,吩咐了双福,又叫厨房是日预备上等酒席。

果然到了十二日,小黛方才知道,欲要推辞,已来不及了。两边多挂了灯彩,东宅是男客,园子里是女客,两处皆有戏酒,颇为热闹。接着王、祝、江、云四处,也补送戏酒;小黛又做主人,复请大众。虽然是个小生日,整忙了半月有余方止。

此时正届大暑,小儒等人通不出门,即在园内避暑纳凉。伯青、汉槎也不回去,同着梅仙、五官多住在园里。这日早间,落了一阵雨,觉得凉爽。小儒起身向园子里来,不着衣衫,科头跣足,上身穿件熟罗小衫,下着小白绸裤,脚下趿了双棕底凉鞋,手执雁翎羽扇,缓缓的由留春馆绕至延羲亭,去看雨后荷花。到了亭前。早见王兰、梅仙二人倚着栏杆指手画脚的谈论,梅仙又折了一朵白荷花,在手内摆弄。小儒进前笑道:"原来你二人先偏我,在此玩赏荷花,也不约我一声,我亦会寻了来。"王兰笑道:"人皆知雨后荷花分外鲜艳,不可不赏,我们纵不约你,你也该知道来的。"小儒笑道:"你此时见我来了,乐得说句人情话。"

正说着,只见伯青、汉槎、二郎由河那边弯弯曲曲,分花拂柳的过桥而来。大家问了好,同倚着石栏。见池内红白荷花相间而开,一朵朵夺艳争妍,清芬扑鼻,如四面镜、重台、佛座、金蝶,种类不一,真乃翠扇凝烟,红衣泛水,高高下下,如一座花城相似;甚至河岸上都钻出几枝旱莲花来;又见那荷叶上的雨珠微风摆动,跳走不已。

早有家丁们送茶来。王兰道:"五官何以不来?难不成还睡着么?平日在里面贪睡,势所必然,现在一人住在丛桂山庄,也该早起了。"梅仙道:"何曾是贪睡?我来的时候,他已起身半晌,在那里静静的用功呢。我去约他同来,他口内只答应着,却不起身。我因此不耐烦,才独自走来,恰好路上碰见者香。我看老五终日在诗画上讲究得废寝忘餐,还要入魔气呢!"小儒道:"五官事事专心一志,而且始终不息,何患无成?他的诗不必说,已是好的了,前日联句中颇为出色,字亦写得秀劲匀润,大有钟、王体格；惟有画没有见他出过手，不知如何？若论诗、字有这般长进，他又精益求精，料想画也不得十分离奇。他既不肯出来，我们大家闹他去。"

梅仙道："他前日画了一轴十个美人，现在装潢好了，挂在屋内。我就很爱他那轴画儿，和他要过几次，他说改日再画一轴送我，原本舍不得送与别人。其实他也不曾学得多时，即如此精妙，可见他的天分聪明，高人一头。若说诗、字，我还可以将就得过，独有画，我是不懂的。"小儒点首道："不意五官犹有这般手段！你的天分本来也好，诗、字两层亦不弱似他，所欠的不过是学。只要你用心去画，暇时就跟着他调调颜色、临临底稿，包管你不上一年半载，不愁不会画的。俗说'天下无难事，只怕有心人'。"说话时，众人已出了亭子，梅仙又在池边近处折了几朵荷花，带与五官插瓶。大众即从河畔绕至半村亭，穿出红香院，来至丛桂山庄。

进了园门，见服侍五官的小童坐在石凳上打盹。众人听屋内寂静无声，便悄悄走到窗外，隔着碧纱向里一望，见五官坐在案前吮笔作画。案上铺着一张一丈长的纸，已画成半幅，纸上远涂近抹，是作的一幅山水。五官却笔不停挥的，或点或染，或皴或钩，疾如风雨，势若云烟。不必计画之工拙，见他这般下笔，即知其技已精，不同俗手。

五官一心专注在画上，竟不知窗外有人窥看。众人望了一会，见他画已将成，一齐笑着走进，道："好画呀！我们特地过来瞻仰的。"五官正在得意作画之际，心无旁注，猛不防的被众人吓了一跳，忙搁笔起身让座。众人都围拢来争看他的画本。

毕竟五官所画的山水若何，且看下回分解。

第 五 十 八 回

丛桂庄披图评十美　红香院添颊仿三毫

　　话说柳五官正一人独坐在丛桂山庄窗下作画。因偶见外间壁上空着一方，没有张挂字画，想自己画幅山水，悬于壁上，闲时赏玩。欲画工笔，嫌太费笔墨，又落小家气派，莫若画幅大米，全用墨笔，写作《风雨归舟》，倒还雅致有趣。再烦者香书一副大草对联，配搭起来，却也不俗。况今早雨后天气凉爽，正好作画。想定主见，便寻出一张书画贡笺，用大笔蘸着墨水，浓涂淡抹，顷刻大局已成。真乃远山凝翠，近树笼烟，使人睹之顿觉遍体生凉，恍闻风飕飕、雨淅沥之音出于纸上。五官画毕，自己亦觉得意。

　　正要构思数言峭劲的题句写上，猛见小儒等人笑着进来，称赞"好画"，不曾提防，倒吓了一跳，忙笑嘻嘻的搁下笔，起身让座，又欲收过，不令众人观看。二郎抢一步上前，双手捺住画纸，道："我们已偷看半会了，你还要藏甚么呢？"说着，大众都走了拢来，齐声赞好。五官料也收藏不及，只得笑着走开来，道："甚么出奇？不过落你们一阵笑话，天大事也没有了。好在我脸皮子铁厚似的，也不怕你们笑。"

　　小儒一面看画，一面抬头再看五官，上穿一件藕合色对襟蝉翼纱小衫，内衬紫竹穿成蝴蝶冰片梅花纹隔汗比甲，下穿粉白杭纺罗裤，系着淡桃红回文卍字空心须带，脚下穿着棕夹线密网凉鞋，不愧人似亭亭玉立，神如奕奕风清。小儒不禁叹道："天生其人，又赋其才，真不致虚生此世矣！"

　　五官听小儒忽然说此两句，又见眼不转睛的望着他，好生过意不去，脸一红，扭转身子，对王兰道："者香看我这轴画可用得么？"王兰等人亦痛赞不绝道："此幅逼近米元章，宛如当年一手所出；兼之笔意生动，大非初学。待明日秋凉时候，我们都要请你画一二件。"五官笑道："不嫌我坏，又不叫我赔纸，我都可画，乐得将你们的纸拿来试笔。实告诉你们罢，我这幅画是补这外间板壁的。"说着，即指其处道："此间画已有了，尚少一副对联，意在烦者香为我一书，改日容我静静的画两轴美人，用《红楼》《西厢》

上的故事，送者香家大太太、姨奶奶房里挂挂，可好么？"

王兰道："多谢！多谢！就算工换工罢。对联我明儿即写好送来，也不用你买纸，我那里有现成的金笺，是京中琉璃厂的货物，外面是买不出那样好笺纸来，我送你一副罢。合你这轴画儿，挂在你这屋里，也还配得上。"五官笑道："我也多谢、多谢，我这'谢'字比你那'谢'字却用的确切些，既说工换工，你也不必谢我送的画，我也不必谢你送的字，我这多谢是谢你送我这样好笺纸的，可不比你那'多谢'二字安详点儿？"

王兰亦笑道："罢，罢，罢！算我不通，你连这么一句口头语，多要扳驳出字面轻重来！你说送我美人，倒提起一件事来。适才小瘿说你前日画了一轴十个美人甚好，你挂在何处呢？可能给我们瞧瞧？"五官笑道："你别听小瘿的话，那画又算得甚么？不是挂在里间房内？你们看去就是了，看出败笔来，却别要笑我，那可是不依的！"

王兰等人听说，都一齐走进内间。见东边用八宝攒花竹架隔作小小一间卧室，里面铺排、陈设无不精美。悬了一顶淡青宫花纱帐，大红实地纱盘金钩带，上罩白绫帐沿，用玉色宫纱，掐三牙宽镶滚边，当中是五官亲手自画的《玉堂春富贵图》。榻上铺着龙须草斜纹软席，杭州十锦灌香凉枕，叠着两床薄薄的纱被，一红一绿，帐内又挂着麈尾、拂尘等类。床头前一张檀木半桌，摆了一盆素馨、两盆建兰。走入屋内，幽香扑鼻，习习风生，顿忘溽暑。靠着后院，一带碧纱，中嵌玻璃短窗，窗外芭蕉、垂柳、梧桐、文竹等树横窗弄影，虽近午时候，也透不下日光来。窗前安了一张小小大理石心方桌，上面图书罗列，笔砚精良，真个野马飞尘，一丝不到。看至下首，一顺板壁上悬着一幅横披，即是梅仙所说的画儿。

众人走近细看，果然画着十个美人，或坐或立，或临风弄带，或倚竹无言，各臻其妙；而且十个美人姿态不同，手内皆执着物件，衣、发等处极其工细；旁边又补着草木树石、栏杆庭院诸景，无不点缀得安详周密。众人赞不绝口，道："果真好画！不负小瘿称赞，连我们见了都爱不忍释。"王兰道："我不要你画两轴美人送我了，即烦你照这样画一幅罢。"五官摇首，道："只好碰我高兴，却不敢一定允你。你说着轻巧，不知我费了多少事呢！"又去将小童叫醒，送上茶来，大家随意坐下吃茶闲话。

二郎道："这窗外最妙是几株芭蕉映在这碧纱上，分外好看。所谓'窗

第五十八回　丛桂庄披图评十美　红香院添颊仿三毫

外芭蕉窗里人'也。"众人听说,都笑了起来。小儒道:"五官平空画十个美人在上,又各人手内皆执着物件,必然都画着一桩故事。我想了半日,没有解得。五官何妨说与我们听听?"五官道:"也没有甚么故事。我想,画别的故事,至多三五个人,又不能全是女子,只有金陵十二钗,人数最多,无如落于通套,使人一见,即知为十二钗。又不过那几张稿子,翻不出甚么新样儿来。偶阅闲书,有唐六如为江右宁藩画的《十美图》,却没见人画过。苦于寻不出稿本,便将各画稿上美人凑成十个,又略加改易。我生恐另出新意,画的不合位置,所以不敢取出来给人看,只好挂在房内,供自己玩视。谁知被你们见了,反以为佳妙。我到底不信,只怕是你们有意笑话我的,故意称扬,其实是鄙贬。不怪别人,只怪小癉多嘴,去告诉你们,引出你们这些话来。"小儒道:"人家倒是真心夸赞,你画的工妙入神,委系你画得真好,并非我们谬奖,你反疑心我们笑话你,从此我们就说你画的不好,何如?"五官笑道:"如今你们说我不好,我也不信了。"

王兰道:"原来五官仿的是唐六如进呈(朱)宸濠的《十美图》,我明白了。"便起身,扯着小儒重至画前,指与众人看道:"这两个坐在亭子内对面拈毫作想的,一是广陵两君汤之遏,善画;一是嘉禾文孺朱家淑,善画;那草地上舞剑的是江陵小冯熊御。这边院落内同坐在一块石凳上音乐迭奏的三个美人,鼓瑟的是钱塘絮才柳春阳,弹筝的是荆溪芳洲杜若,吹笙的乃洛阳朱芳花萼。那边竹林里品箫的是公安端清薛幼端,拍手低唱的是金陵凤生钱韶,盘膝坐在桐阴下独自抚琴的是姑苏文舟木桂。左首一带梅林外,有个美人身穿缟素,持着一幅画图,在那里含愁谛视的,即是十美中第一出色的南昌素琼崔莹。看的画图是轴小像,乃吴县张梦晋。此两人异地慕名,彼此誓不嫁娶。后来崔为画师季生窃其容貌,绘图呈之宸濠,遂为掠去;张抑郁瘵死。崔闻之,亦寻卒。唐六如为其合葬玄墓山下,墓上又栽梅花万本。"说罢,回头向五官道:"我说的可是不是?"

五官道:"一丝不错。你说的怎么会错呢?"王兰又笑道:"你说用各画本凑成此图画的,这崔素琼立在梅花林外,可是用的'月明林下美人来'的稿本? 其余如弹琴的,是仿'停琴伫凉月';吹箫的、唱歌的,是摹'小红低唱我吹箫',不过吹箫的换个女人就是了。"众人听了,齐声说是。又起身同至外间来坐。五官叫人切出两盘瓜藕,与众人解暑,又寻出些画稿,给王兰等人看。

伯青忽然说道:"我闻得小癙说,你会写真,前日还代他画了一个。何妨把我们人众都画了,即将园子里景致补一二处上去。古人有《竹林七贤图》,我们就题曰《绘芳八逸图》,连五官都画上,可不是八人么?"王兰不待伯青说完,先拍手叫妙道:"我真正忘了!还亏伯青提起。事不宜迟,今日又凉爽,先把我们众人的脸画起,其余补景,再慢慢的斟酌如何补法。"五官见众人说出口,又晓得代梅仙画过的,料想推辞不得,笑着道:"画倒容易,若画出来不像,你们却别要怨我。"伯青道:"如果不像,断不怨你,只怪我们脸生得不好,带累你画的不像。可使得?"众人引的都笑了起来。

伯青又道:"此处地方窄小,展转不过,又这么些人挤在这里,怕的太热。不如到我红香院去,我也要办几样好好的精致、凉爽、适口的肴馔奉请五官,聊作润笔。"众人听说,一齐起身,不由五官分说,即帮他将写真的笔砚物件拿了,邀着五官同行。来至红香院内,伯青即盼咐连儿:"叫厨房预备晚间酒饭,午饭也开在这里,随便添一二样罢。"伯青又找出一张上等丈二的贡笺。五官即展开来,先指点何处写人,何处补景,何处点缀花木亭台。相定地位,将纸折成了界限,只留下众人画脸的方寸。伯青道:"午饭快有了,爽性吃过午饭开笔,好一气呵成,省得丢头落尾的。"遂盼咐人去催饭。

少停摆了上来,众人随意入座。吃毕,家人们收过碗箸,连儿送上茶来,大众漱了口,即议论画脸。五官道:"那位先画,请过来对面坐。"王兰道:"就是我先画罢。"便在五官对面,朝外坐下。伯青又叫人在五官背后轻轻摇扇。连儿早煎了几盏冰糖绿豆汤、蜜渍西瓜水,用水晶小碗,外用井水冰着,送了上来。

五官将烧朽柳条取出一小根,扎在木笔上,把座位向旁边挪了一挪,侧着身子,细细将王兰面目端详了半响。虽然这人倒是日日会面的,究竟只得其粗,未得其细,所有脸上各处细微末节,未曾领略得到。王兰被五官看了,忍不住大笑起来。五官道:"脸既不可太板,亦不可过于大笑,只要微带笑容,画出来必然神采飞扬,蔼然可观。"王兰听说,方住了笑。

五官看毕,提起笔来,先由鼻目等处画起,若有少许讹错,即用帚子扫去朽痕。如是者四五次,大概规模已成。便递与众人看道:"你们看看,可像？待到用起色来,即不能改正了。"小儒伸手接过一看,即叫好道:"真像！真像！宛然者香无二!"伯青、二郎等人亦齐说:"像极!"

王兰也起身看了一看,又取过一面镜子,对镜自认本来面目,一点无讹。笑道:"真个相像。我最恨那等写真的人,本事既不佳,却一口的大话！人只道他善于写真的,去请教他,谁知画出来天地悬远。若说不似,又有几分意思,或眉目或耳鼻等处而已;若说相似,又苦于人皆不识,要说出是某人的面庞,方可恍然明白了。那怕是终日相见、至好的朋友,竟有睹面不相认之雅。古时有个人,请了一个俗手写真,画起来全不相像。这人气极了,拈起笔来在上面题了一绝,道:'是我原非我,疑他不是他。妻孥若相见,反问是谁何?'画者见了,惭沮而去。近来行道的,这等人正不少,何能有五官这般笔墨？我这个脸此时尚未设色,已有十分相像;若再设了色,更外得神了。不意五官有如此手段,拜服！拜服！足见聪明人,无往而不得。你这写真并未有传授,我恐有传授的还不得你这么出神入化!"

五官道:"不劳你夸奖,只求诸位脸画成了,能于不大过离,其余补景等事我就不愁了。"仍叫王兰对面坐下,对着设了面色。王兰是张白里泛红的皮色,只用了淡赭水扫了一层,真乃眉间气溢,眼角波生,不语凝眸,笑含两靥,宛如在王兰脸上剥下一副面孔来,只欠口能言语。众人同声赞好。

五官又转过一面来,道:"请那位来画了?"二郎道:"我来画罢。"二郎只在王兰位置坐下。五官亦如代王兰画法,先细细凝视了一会,用朽笔朽成底子,俟众人看过,毫无批评,然后设色。少顷,日色平西,前后共画了王兰、二郎、梅仙三人。五官道:"明日清早,你们就到红香院来画,拼着一日工夫,五个脸都可告竣了。有了脸,补景就不难了。"众人各自散去。王兰将画的脸取去,与静仪、洛珠看,亦说像得很。一宵无语。

次早,小儒等人果然约齐了,来至红香院。见伯青才起身,趿着鞋子,在院落内看花。抬头见众人进内,笑道:"好早呀！五官还未来呢。"王兰道:"太阳下地几尺了,那里还早？这会见五官尚未起身,可算得个懒孩子！你们在这里,待我闹他去。"说着,转身出外。不到半刻,与五官一路吱吱咯咯的说笑进来。大众问了好,家人们送上茶点。吃毕,五官即拂拭笔砚，代众人画脸。至下昼时分，都已画了。早间，小儒也将云从龙请来，补画上去。五官又对着镜子画了自己的脸，共成八人之数。众人细细把玩，真个个酷肖，没一丝破绽，内中惟王兰、梅仙、小儒三人的脸分外画得神致欲活。

　　王兰道："我们的脸画得神肖，倒也没甚稀罕，不过是他的本领好；惟有他自家的脸，对镜描摹下来，也是一般无二！有多少写真的人，能画别人的脸，却不能画自己的脸，据说画下来是个反的。怎么五官不怕画反了呢？"五官笑道："反照正写，何难之有？那是他等故作疑难。实在我看，只当他镜子里是个人，对着了他，真毫无难处。"众人点头称善。

　　里面方夫人等亦见五官画得好，也高兴起来，与众夫人商议，同画一图，连众位姨娘、使婢人等都画上去。五官本不愿意，因方夫人等说了，不好推却，只得勉强答应下来。好在众位夫人五官皆是见过的，可以不避讳。俟来日请了五官入内，由方夫人画起，直画了五六日之久，众位夫人及使婢等的脸多画齐全，共有二十余人。小儒也立了个名目，题曰《春园集艳图》，亦将园景补一二处上去。

　　五官道："这两张图补完了，至速要两月多工夫才画得成功呢。"小儒道："随你慢慢的画。若急急的赶，非独现在热天，有伤身体；再则其中未免即有草率之处。在我的意见，大约以四个月为度，也好完全了。"小儒又开了单子，叫人去补置不全的颜色、需用各物，来交代五官。从此五官一日倒有半日在丛桂山庄，足不出户，一则避暑，免在日头下走出走进的，恐受了暑气；二则借此补写图景，正好操演画笔，可以日渐纯熟。虽然他们说以四月为度，究竟早点完成，也省却一件心事。小儒等人不时即到丛桂山庄去看五官作画，又大众商议那不到之处，指点他，随时或增或减。

　　光阴迅速，转眼新秋，《八逸图》景已补成了。上面补的是览余阁、红香院、半村亭、丛桂山庄等四处园景，将伯青、王兰画在竹林下棋；汉槎背着手在一旁观阵；竹林中，一个垂发小童蹲在炉铛旁煎茶，上面一双白鹤回翔折翅，欲下不下，似若避烟之状；小儒、从龙在草地上闲步论心，后面随着一名奚奴，手内取着巾帕、盂盒之类；二郎、梅仙坐在梧桐下一方石头上，二郎俯首观书，梅仙在旁笑吟吟的指手画脚议论；只有五官将自己一人画在池畔，凭着亚字栏杆，看那水面戏水鸳鸯，背后立着小童，手抱凤尾

第五十八回　丛桂庄披图评十美　红香院添颊仿三毫

短琴。五官上身穿的浅蓝大衫,脚登芒鞋布袜,上面科头,手内执着短棕细叶麈扇,真乃山林中神逸之品;其余众人皆是科头单衫,画的初夏时候。花木等类,无非荼蘼、石榴、萱草、马缨各本,或疏或密,或整或欹,亭台或隐或显,以及点缀的山石水草与人的衣衫冠履,尽工致刻画,精细异常。又题了五个八分隶字,是"绘芳八逸图",下款是"某年月日,柳下钓客写,并补图景"。原来五官自从善画,即起了外号,曰"柳下钓客",暗藏他的本姓在内。

小儒即令人去装潢好了,挂在绿野堂东首一所小书斋内。是人见了,莫不啧啧称羡。由此这柳下钓客的声名大震,向日认识的,固然都来求画;即是那不认识的,慕五官之名,转中转、托中托的来求书求画,陆续不绝。五官亦乐此不疲,应了张家,又允了李姓,忙得终日不闲。一应题句,都是王兰代笔,故而五官的才名尤噪,甚至有人来求他题图作序,五官分外忙得得意非凡。方夫人又不时打发丫头出来,催他画《集艳图》。众夫人公送了他几色精巧针线,以为润笔。闲话休提。

此时已是七月中旬,方夫人早接了婉容、小凤过来,商议到甘家下聘。甘老在扬州,亦遣人到南京陈府来纳采。陈、甘二家现在都是堂堂望族,一切聘礼自然格外丰厚。小儒又备了数席酒,开场演戏,延宾酬客,忙乱了好几日才罢。

当陈、甘两家纳聘之时,众人忙忙碌碌,五官也不能不废两日工夫出来张罗,所以《集艳图》直至八月初旬方算完成。园景补的是夺艳楼、留春馆、两翻轩等处。将方夫人画在夺艳楼下,倚栏兀坐,身后立着红雯丫头;栏外是沈兰姑,怀内抱着宝森,赛珍小姐立在一旁,背持着纨扇,微微含笑,似作欲言之状;方夫人手中执了一支大红牡丹花,逗着宝森玩耍;宝森隔着栏杆,笑嘻嘻的探身,双手来接这支牡丹花——此是五官颂扬方夫人的意思,暗寓方夫人为花中之王,又代三公子宝森发了吉兆。其余众位夫人,或三个一丛,或五个一堆,有带着侍儿穿花拂柳闲行的,有聚在一处猜花斗草,有独坐观书,有临流垂钓,各各不一。皆是淡妆素服,家常装束,愈显得天然体态,顾盼风流,庭院生辉,花柳减色。上面亦用小八分写着"春园集艳图"五个隶书,只注了年月,不用下款。小儒等人见了,称谢不尽。五官笑道:"何谢之有?只恐画得不好,不合大太太的意,却要请老爷包荒,说得好听些,须说他本是学手初画,不能画大件的,众位太太、姨太太、小姐们,亦望众位老爷解说。"小儒笑道:"你们听听!我们不过说了一个谢字,就引出他这些唠唠叨叨的话来!"即回头吩咐跟来的家丁:"即去裱糊装潢,送与大太太收了。"众人又说了半晌闲话,方各自散去。

转瞬中秋,一切俗景常情,不须细赘。是日,小儒备了两席酒,并邀了从龙过来,与众人赏月。里面方夫人也请了婉容、小凤来,与众位夫人庆赏团圆佳节。次日,从龙亦遣人邀请小儒等人到衙署内吃酒赏桂,无非你招我请,往来宴会,行乐而已。就是这秋节,直闹到下旬方止。

一日,小儒早起闲步,至丛桂山庄去看五官。走过留春馆,即由半村亭后一路走去。一则此路稍近,二则虽系深秋,天气尚热,走这条路去,桑槐夹道,榆柳成行,没有日色蒸透下来,似觉凉爽。正走到半村亭东边一带假山石后,忽听得山石那边喊喊喳喳,有人说话。小儒止住脚步,倚着山石侧耳细听。是两个人口气,因说得太低,听不出是谁人声音;随后几句话说得高些,听出是自己房内大丫头红雯口气;那一个只唯唯应答,分别不出。只听得红雯叹了声道:"我们这一干姊妹们多是修来的,到他们家伺候,主人的脾气又好,又没得过重的差使。我到这门里将近七八年,太太连大气多没有呵着一口,还要怎么呢?就是你众位姊妹们,也算好的。我看各家太太、小姐,多是和声悦色的,待下人从没有使着主人性子,比待自家儿女也差不多。你们没有见过难说话的主人,轻则骂,重则打,呼来喝去,还算是平常;待雇工们略略好些,因他们来去自便,待他狠了,他会走的;惟有我们买来的丫头,是卖断在人家的。就是打死了,也只好白丢了命,那个同他去理论呢?我虽没有见过,耳朵里听得不少。你们不见人家动不动丫头逃走了?那是为着甚么呢?不过是主人待他太狠了,他实在盼不到出头日子,朝朝挨打,暮暮挨骂,也还罢了;不知主人既待他狠,即不能体贴他们了,纵然挨到二十多岁,发出来配人,亦是将高就低,随便老的少的,胡乱配上一个,不管人家一世的终身。俗说:'女子配人,如重投娘胎一般。'所以他前思后虑,只有逃走为是。有父母的,仍归父母;无父母兄弟的,倒好说一句不顾廉耻的话,意中拣一个中意的人,跟他逃走。足见这些事并不是我辈丫头们好意做的,多是主人逼迫至此。我看世间最苦命的,莫过是我们做丫头的了,若说我们现在这一干姊妹,真

第五十八回　丛桂庄披图评十美　红香院添颊仿三毫

是前世修来的,比那小户人家姑娘还要快活些呢!还是那一等绫罗没有穿过?那一种珍馐美味没有尝过?"

小儒听罢,暗暗点首道:"可见人家待下人是最难的,一经暴虐,即生异心,仍落得他们背后讥诽。他们说主人待他狠了,只好拣个人跟他逃走。这些事,就是主人家待他宽厚,过了摽梅之年,他们亦要生心。孟子云:'女子生而愿为之有家。'这一句书专指这班怨女旷夫而言。改日我倒要与夫人商议,将一干大丫头们发出去配人,另挑小丫头服役才是。他们纵不生心想逃,也恐做出别的不尴不尬的事来,那时悔之晚矣。"又听得那个丫头答道:"红姐姐的话真一丝不错!我们家姨奶奶待人也与众位夫人一样宽厚,是没有说的。在我看,众人中,惟我们家大太太苛刻一点,专喜人家奉承他,又欢喜省个把小钱儿。若说打骂、使性子,也是没得的。这么说起来,我们姊妹中,单有春梅妹妹遇着这位主人,可不比我们略略差误些!"

小儒听了,方知是洛珠房里的玉鸾丫头。又点点首道:"人待人好,人也知道的,背后人亦不肯埋没。众人中,果然者香的大夫人是比我们家的觉得苛刻些。可见他们眼力不错,颇能识人。"再要往下细听他们说些甚么,只听红雯道:"哎哼!我们只顾说话,太太还待我送桂花去插瓶呢!我们去折去罢,现在丛桂山庄偏生柳五爷与众人住在里面,叫我们不顺便;不然,我们园子里一日还要多来几遍。"说着,两人嘻嘻哈哈,奔丛桂山庄去了。

小儒怕他们看见,知道背地里听他们说话,不大雅相,反退了一步,侧身闪在山石后,让他们走远,转过弯去,方一步步走出,亦向丛桂山庄走来。将至圆门前,抬头见红雯折了四五尺长一枝丹桂,玉鸾亦折了几枝小枝儿,笑盈盈的出来。见了小儒,站在一旁侍立。小儒道:"折这些桂花,可是太太要插瓶么?"红雯应了声,小儒即跨步进门。红雯、玉鸾一同去了。

小儒走进圆门,只觉阵阵幽香扑鼻沁心,抬头见数十株桂花开得如灿金一般。停止脚步,细细赏玩。服侍五官的小童早看见小儒,忙入内通报。五官掀帘迎了出来,彼此问了好,五官即邀小儒到里间入座。小儒见桌上放着几柄折扇,拿起来看,多是一色真洒金便面,皆画的是花卉翎毛,有的尚未设色。小儒看了,赞不住口,道:"五官愈画愈精,再过两年,真正要求不到了!"五官笑了笑,正欲答言,只听院外一阵笑声,王兰等人多掀帘进来。小儒、五官忙起身,邀众人入座。众人争着看五官画的扇子,你夸我赞。王兰一时高兴,磨浓了墨,将五官画成的几柄扇子取过,提起笔来,一挥而就,真个书画双佳,分外出色。众人传玩了一回,方各自散去。

小儒晚间回上房内,即将日间在园子里听得红雯的话细说一遍。方夫人道:"我久想将红雯配人,又不能草草的胡乱了事。难得丫头在我跟前七八年,各事伶俐,讨人喜欢。意在拣选一个好好人家,将他嫁去,庶几才对得过这丫头。明日待我与各家太太们商议,大家留心访拣,一得了好人家,即将这一班大丫头发出配人。还要吩咐牙子家,挑那头脸平正、手脚伶俐的小女孩子,多挑几个来选择,以便补他们的缺分。不早早的预备着,待他们走了再挑小的,一时换易生手,摸不清头脑的。必得他们领带两个月方好。我想先挑选小的,然后再开发大的。可是不是呢?"小儒点首,连连称善。

次日,方夫人果然与众夫人说了,众夫人亦甚以为然。隔了一日,即吩咐牙子家,挑上几十名小丫头来。众夫人各拣了几名,兑了身价,又多起了名字,其余的发回,叫这一干大丫头领着他们各习执事。闲话休提。

一日,小儒坐在上房内,和方夫人、兰姑说笑,忽见双福进来,回道:"大少爷、二少爷多回来了,并与扬州甘少爷一同来的。"小儒闻说甘露来了,忙叫双福请甘少爷在前厅相见。自己换了衣冠,也迎了出来。

未知甘露到此何故,且听下回分解。

第 五 十 九 回

江汉槎满丧朝北阙　　陈宝焜初任治南昌

　　话说陈小儒闻得宝徵、宝焜两兄弟回家。又闻女婿甘露也同了来此，心内欢喜。因甘露是个娇客，又是初次上门，何能怠慢？忙穿了衣冠，出来相见。方夫人听说，亦知甘露是要进来的，也更换了大衣，在中堂等候。

　　小儒到了前厅，早见宝徵兄弟邀着甘露由外走入。他三人皆穿着公服，一般的少年英俊，绝世丰神，分不出谁优谁劣，真不愧佳儿快婿！不禁喜形于色。甘露见小儒迎出，忙抢步近前，先请了安，随即拜了下去。小儒一手挽住，答了半礼。甘露起身，又代祖父、父亲问安。小儒亦转问了安好。宝徵、宝焜俟甘露见礼毕，方一齐上前，见父亲请安。小儒点了点头，即回身邀甘露入座。宝徵、宝焜才退了下来，到后堂见母亲去了。小儒细问京中一切与来往途间情形，又问甘誓近来精神尚健。甘露一一答过，即立起身，请王兰等各位伯叔拜见。小儒笑道："他们皆在园子里呢，改日再见罢。"即叫家人："持甘少爷的名帖，去请诸位大人的安。"甘露又请至后堂谒见方夫人。小儒谦逊了几句，甘露再三不肯。小儒先命家人进去通报，便起身邀了甘露入内。

　　单说宝徵、宝焜一径到了后堂见母亲，请过安，又问了姨娘好。赛珍小姐也上前见了兄弟。此时合府男女仆妇人等都上来叩见二位少爷。宝徵兄弟又拜众位夫人。方夫人见两个儿子比在家丰富了些，又见他们皆是衣冠齐楚，愈显得如一双玉人相似，把方夫人只喜得眼睛多笑合了缝，道："你们沿路辛苦了，坐下歇歇罢，不用东拜西拜的了，就是缺点礼数，众位伯母、婶娘也不怪你们的。"正说着，只见家人上来说："老爷同甘少爷进来了。"慌得赛珍小姐、沈兰姑与各位夫人都一齐避进房内。

　　宝徵兄弟早迎下阶来。甘露抬头，见方夫人立在中堂等候，即上前叩首请安，代母亲问了安。方夫人命宝徵挽住。方夫人是初次见女婿的面，细细打量，见甘露一表非凡，人才出众，与自己两个儿子不相伯仲，心内更外喜悦。即叫红雯取过两分从重的见面礼，给了甘露，无非荷包、扇套、金银笔锭、方胜等件。甘露谢了赏,方退了出来。小儒叫宝徵、宝焜陪着甘露到前面歇息,自己即不出来了,免得甘露各事拘束。又吩咐厨房预备盛席款待。宝徵兄弟同甘露到了前厅,即一齐宽了公服,随便散坐用茶。少停,摆上酒席。小儒出来谦让了一巡酒,复回后去,仍着宝徵、宝焜相陪。酒散,又邀了甘露到园中闲玩,遂在留春馆内设了卧具。晚间仍是盛席相待。

次日,甘露坐轿至王、江、祝、冯及云从龙衙门各处拜谒。各家皆分日摆酒,邀请甘露。住了半月有余,方告辞回扬。临行,小儒复摆酒饯行,又赠了一分厚礼,转呈他祖父甘誓。王兰等人各有所赠。宝徵兄弟直送至码头方回。这里王兰等人又公请宝徵、宝焜,代他兄弟二人贺喜接风。闲话休提。过了重阳,小儒即叫他兄弟收拾行装,又带了数十名家丁,回杭祭祖。克定日期,十月可以出来,料理完姻。

不言宝徵、宝焜前往杭州,单说九月初旬,已届江汉槎除服之期。若论汉槎的意见,不愿为官,情甘终老山林,侍奉北堂。无如江老夫人逼着他起服进京赴选,又勉励他:"世受国恩,此身既属在朝廷,尽忠即难尽孝。况你已有一子,我正可含饴弄孙以娱暮景。我年虽衰,精力尚健,切不可因我误了你后路远大前程。"小儒等人亦劝他进京选职的为是,汉槎无奈只得依允。即在从龙处呈了禀词,托他代奏。隔了一日,旨下:着江汉槎来京陛见,听候选授。汉槎见奉了明文,不容迟缓,即叩别母亲,又去辞了小儒等人,自然有一番祖饯俗情,毋须细赘。起身前一日,江老夫人在中堂摆了酒,代儿子饯行。汉槎跪进了一杯酒,道:"儿子此去,若得了实授地方,即差人迎接母亲赴任。母亲在家,各事多祈保重,儿子远离,才可放心。"江老夫人点头,吃酒,又谆嘱汉槎一路舟车小心。更鼓席散,汉槎亲送江老夫人回房安寝,方到自己房内。早见琼珍与小怜也备了一席等候。大家恭敬了三杯,不过说些沿途留心、努力加餐的话。汉槎亦嘱咐他们善侍衰姑,照持家事。直饮到三更方散。是夜,汉槎在小怜房内歇下。次早黎明,又去拜辞了江相灵前,带着家丁出城登舟。在路行走,非止一日,毋须细表。

这日早抵京都,觅定寓所,安置行李。前一日,先在宫门外挂号请安,预备来日陛见。次早,蒙恩召见时,追念江相在日勤劳王事,温谕频颁,

第五十九回　江汉槎满丧朝北阙　陈宝焜初任治南昌

"着伊子江汉槎免补道员,以按察司遇缺简放。"汉槎谢恩下来,即去拜见各同年世谊。所有部属各官,均是江相当日为堂官时一班属员,又深感江相之情,不用汉槎去嘱托,无不留心。

一日,恰好江西臬司出缺,督抚奏请上来,吏部得信,即题请以江汉槎补授。汉槎因江西在云从龙辖下,甚为欣喜,忙着谢恩请训,又去部属里小为料理,即择日出京赴任。一路毫无耽搁,行了几时,这日已至南京。见过江老夫人,合家喜悦非常。汉槎乘机禀请江老夫人至任所奉养。江老夫人本想不去,怕的儿子是个明大义的人,见母亲不去,即不肯带妻妾同行,只得答应前去。汉槎见母亲依允,好生欢喜,便吩咐家中早为收拾,免得临行匆促。次日,备了手版去谒见从龙,下来又拜见小儒诸人。小儒闻得汉槎放了江西臬司,便重托宝焜到江西候补,请汉槎照看。"须同自家子侄一般,如有不法,即行参办,切勿徇我的情面。"接着小儒等人为汉槎贺喜饯行,无非戏酒而已。热闹了十数日,汉槎即迎请着母亲,带着家人,到江西赴任去了。暂且搁过一边。

且说宝徵、宝焜弟兄两人回到杭州,祭过祖,拜过合族,又去见了朱蓬耕夫妇。蓬耕与张氏见女婿点了词林,甚为喜慰。此时冷桓已推升到杭嘉湖道,宝徵遂将父亲的信当面投递。冷桓见信中说到宝徵的亲事,请他转致蓬耕,约于十月半前后送朱小姐至南京完姻。冷桓答应了。宝徵又同了宝焜将先远的祖墓修葺。各事完毕,方择日动身,去辞别了朱、冷两家。冷桓写了回书,交给宝徵。

蓬耕见宝徵兄弟去后,即赶着置办嫁妆一切。朱家虽是寒素出身,所幸蓬耕作了一任县令,稍有积蓄;膝前又无三男两女,只有这位姑兰小姐,平日又爱如珍宝;再则陈府现在富贵兼全,是杭城数一数二的人家,故而尽其宦囊所有,备了妆奁。到了十月初旬,诸事齐全,雇了几号大船,蓬耕夫妇亲送女儿往南京来。

再说宝徵兄弟回至南京,见过了父母,将冷桓的回书呈上。小儒看毕,搁在一旁,即与方夫人商议:"不如俟朱亲翁送女来此,就凑着这个时候,也代焜儿完娶,再送赛珍到扬州出嫁。岂不儿女终身大事一齐都完结了么?"方夫人连连称善。即烦王兰、二郎修书到扬州,通知甘家。两边一嫁一娶,皆为的是儿女姻亲大事,忙着请媒邀宾,闹个不了。

这日，双福来回:"朱老爷、朱太太送亲的船已抵码头。"小儒、方夫人听说，忙叫双福带几名家丁，内里派了数名仆妇、丫头，打发三顶官轿去接朱府眷属。小儒前两日早在左近赁了一所公馆下来，预备朱府人等居住，又拨了厨子与粗使丫头、小使过去伺候。双福到了船中，见朱蓬耕请过安，面回小儒、方夫人的来意，即同着朱府家丁收拾箱笼一切，抬的抬，挑的挑，直奔新宅子里。随后朱蓬耕夫妇及姞兰小姐坐了大轿，也进城来。先到公馆内看了住落，朱蓬耕便过这边来拜见小儒人等，谈了半晌，方告辞回去。接着小儒人等亲来答拜，又送了酒席过来洗尘——因姞兰小姐尚未过门，方夫人不便邀请之故。那边朱府也将杭州带来的土宜分送各府，各府亦接二连三的送酒送席。

小儒早择定十月二十四日，天喜黄道良辰，代宝徵完姻。十一月初一日，甘家送嫁到南京。初十日，小儒、方夫人亲送赛珍到扬州去。这半月之中三件喜事，忙的各府家丁没有片刻空暇；况方夫人最爱赛珍小姐，一应妆奁格外从丰；又晓得甘家不甚饶裕，陪了一顷田地、黄金三百两、白银五千两过去。至于甘家陪来的嫁赀，当日结亲时，即议定各事从俭，所有不足，均是陈府代办——此亦是小儒体贴甘老之处。

闲事休叙，早到二十四日，朱、陈两府张灯结彩。伯青、二郎是两位原媒，皆穿了公服，领轿前往朱府。一路排开执事，纷纷约有数百名行人，十分热闹。头一起是小儒的执事，"前任两江总督部堂吏部尚书"等牌扇。第二起"江苏学政全省提督军门詹事府正詹事"，是陈仁寿的执事——原来仁寿在学台任上已升了正詹，今年正值任满之期，前月新学台已接了印，仁寿即要入京复命供职，所以宝徵等完姻，不能前来。适值玉梅新产一女，未便同往，仍留小儒处居住，倒遂了玉梅的私愿。第三起是宝徵本身执事，"某科举人，某科进士，钦点翰林院庶常吉士"等牌扇。观看的如人山人海一般。

朱府请的是洪静仪、林小黛二位夫人，代姞兰小姐梳妆；陈府请的是程婉容、江素馨两位全福夫人插戴。宝徵今日穿着簇新朝服，顶簪两朵销金宫花，身披丈二猩血红罗，坐着八人绿呢大轿，随着新人彩舆，到朱府来奠雁。行过大礼，即作辞回去。待到吉时，彩舆进门，参拜天地、合卺、撒帐等事，种种琐碎情节，不须细说。两位新人，郎才女貌，彼此恩爱非常。

第五十九回　江汉槎满丧朝北阙　陈宝焜初任治南昌

　　三朝庙见已毕，甘家送亲的人亦至，洁玉小姐过了门，与宝焜两相敬爱。接连又是宝徵夫妇回门。方夫人见两个儿媳皆是端庄秀曼，甚为喜悦。小儒留下朱蓬耕夫妇，过了残冬再回杭州。张氏夫人亦因不放心姑兰小姐，难得亲家相留，便撺掇丈夫开春回去。甘家的人过了三朝即回转扬州——因不日陈府要送亲过去，不能久留。待至初六日，小儒、方夫人即收拾送赛珍小姐起程。到了扬州，自然又有一番礼节。中旬后，小儒、方夫人始返南京，又夹着回门、对月等事，忙忙碌碌，直至岁底，才算清楚。接着又届新年，陈府今年添了两位新人，分外热闹。书不赘叙。

　　单说二月初间，宝徵函约甘露结伴入京，宝焜亦要前往江西，各家纷纷饯送。小儒发了数封信，与宝徵、甘露带往都中，分投诸同年世好，不过托他们照应，恐儿婿年幼，不谙事务；又发信寄与汉槎，请他照看宝焜。临行，兄弟两人叩拜父母登程。宝徵是单身入都，舟过扬州，邀甘露偕行。宝焜却带着洁玉小姐同赴江西。

　　小儒派了几房老实仆妇伺候，又着双福一同随了宝焜前去。因双福乃多年的家人，亲见宝徵兄弟长大的，遇事可以阻谏。小儒又切实吩咐了双福一番："倘小主人有不合礼的事，你劝挡不下，即写信告诉我；若你也一道儿，瞒神弄鬼，我知道了，定不依你！"双福听说，摘了帽子，在地上碰首，道："家人沐主人如此另眼看视，真粉骨碎身，难报万一。家人若有事欺了主人，即天地鬼神也不能相容！"小儒点点首："原因你各事谨慎可靠，才将小主人交代与你，谅你心地明白，断不会误事的。"内里方夫人亦重托了双福，又吩咐众家人、妇婢："小心伺候，日后我都有重赏。"又去嘱咐洁玉小姐："各事留心，夫妇第一要和睦，你敬我爱，不可反目。"宝焜夫妇唯唯应命。洁玉又去辞别各位夫人。前两日，甘霖从扬州亲来送妹丈、妹子起身的，这日直送至城外码头，珍重了几声方回。小儒留住甘霖，盘桓了数日，才回扬州。

　　宝徵同甘露由王家营起旱，在路走了旬日有余，早至都城，共觅下一所住宅同居。连带来的家丁，约有数十人，公寓中倒不寂寞。直待到朝考过后，宝徵受职编修，甘露签分礼部学习。今上又知道陈宝徵乃陈眉寿的长子，爱他年幼学优，又念小儒日前供职忠公，殊恩特沛，钦派宝徵充实录馆纂修差使。

不提他郎舅两人在京供职,再说宝焜一路风帆,直抵江西省城。双福先上岸,赁定了公馆,随后宝焜夫妇坐轿入城进宅,带来行装一切,整整安置了数日方才粗定。宝焜即备了手本、履历,去谒藩司及本省制、抚军。下来又去谒见汉槎,递了小儒的信。汉槎细问在路行了多时,又问现在居住何处。宝焜一一答过,方告辞出来。

次日,即去禀见首府与同寅各官。适值南昌府知府是新到任的,宝焜见面时即吃了一惊。看官,你道是谁?那知即是鲁鹍!他何以得到此间来做首府的呢?因在扬州甘泉县任上告病回京,见了鲁道同,捏成一片诳词,说他吃了小儒、云从龙的苦。鲁道同因上次王兰的事很不快活小儒,此时见儿子丢官回去,又听了鲁鹍一面之词,火上添油,大骂道:"陈眉寿、云从龙这两个该死杀才!各事与我鲁家做对,是何道理?我鲁家从未得罪过你们!上次鹏儿是云从龙叫他丈人参的,今次鹍儿又是他自家勒令告病。你们欺我两个儿子,即如欺我一般!若论陈眉寿,尤其可恶!上回为王兰的事,我很不耐烦;此时你又寻事到我头上,叫人怎么咽得下去?罢了!慢慢的打听他们罢!倘有一半件差误,跌在我手里,那时再说!"

鲁道同前思后想,愈想愈气,又切实抱怨了儿子一阵。恰好见春间放了榜,宝焜以知县分发江西,一时触起机变,计上心来,没奈何,将自己历年聚蓄的若干私财取出来,代鲁鹍报捐开复,又加捐了知府,在部候选。鲁道同既在阁内办事,前次又做过吏部堂官,那个不去奉承他?鲁道同即授意部属各官,专俟江西省知府出缺,再行题请。偏偏事有凑巧,未及数月,江西南昌府首府病故,督抚奏放新员赴任。部里得了信,即以鲁鹍题请上去,遂蒙简放南昌。鲁鹍亦甚为欢喜,在部里领了凭,辞别父亲,带了家小,星夜赴江西新任去了。临行,鲁道同又暗暗嘱咐了一番。自古小人心肠大概相同,鲁道同不言,鲁鹍亦能领会及此。鲁道同见大儿有了官去,爽性代次子鲁鹏捐免了处分,指捐内阁中书。因鲁鹏是个一榜,倒也合例。单说鲁鹍到了江西,自接印之后,一味贪缘,买上司的欢心。惟有汉槎,深知他前番行为,大为不快。见他各事谨慎,无隙可乘,也只得暂为隐忍。

今日宝焜谒见首府下来,甚为诧异,暗忖道:"怎么这个冤家也到江西来?莫非因我而至,想报复前仇么?"想到此处,不禁焦躁起来。再退后一

第五十九回　江汉槎满丧朝北阙　陈宝焜初任治南昌

想,自己啐了一口,道:"呸!陈宝焜,你怎么这么畏刀避剑?还算是个丈夫么?只要我有了缺,立心不苟,诸事秉公,就是鲁鹍现为本省督抚,也奈何我不得!何况他也不过是此间一郡之守,我亦一邑之侯,相去只一间耳。我惟知做官的分中之事,上答国恩,下恤民生即是了,此外又何足虑焉!"前后这么一想,反坦然自如。每逢衙参之日,宝焜也随着各同僚去见首府。

谁知鲁鹍见了手本,即忙请见,很为深谈畅叙,竟似合契得非凡;若值单见时,必留茶留饭,殷勤备至,将宝焜请入内厅,终日盘桓。又说:"当日在扬州,我是初膺民社,各事不免尚于血气,胸中又无见识,是以闹出那些事来。后来深蒙令尊老大人与云大府训诲,虽然彼时难为人情,而今细细回想,没有日前一番挫折,也没有今日,倒是成全小弟。不则一味任意,恐受祸更深。尝闻古君子造作人才,不避嫌怨,尊老大人与云大府即此意也。小弟实系铭泐五中,从天良内激发出来的话,并非巧言取悦之词。"宝焜听了,甚为纳罕,暗道:"这个人与从前竟成天渊之别,我亦不可存心绝人太甚。"也谦谢了几句。

由此宝焜倒将鲁鹍认作知己。鲁鹍又极力在上司前称扬宝焜年富才明,大有作为,非百里之才。双福冷眼从旁看出动静,便中劝谏了数次,叫宝焜不要去亲近鲁鹍,怕的与自己有碍。无奈宝焜惑于鲁鹍一派巧言,反以为双福多事,双福的话如耳边风一般,说烦了的时候却不便呵斥,惟有随口答他两声。

看官,可知道何以鲁鹍不记旧恨,反同宝焜亲厚?因内中有几个人指使鲁鹍做的。这些人是谁?说出来,又是看官们会过的熟人,乃是许春舫、朱丕、贾子诚等三人。他们因何又聚在一处的呢?只因许春舫前在扬州为章如金的案件去了官职,即辞了府幕,回转江西——好在他家中甚为富足。因打听得鲁鹍到了南昌府任,即去拜见。

鲁鹍上次得过他的财帛,又知他是江西省中的富户,乐得与他去交接,留他做一名耳目,便具帖延请许春舫入署。过了两日,朱丕与贾子诚也由浙江到南昌来投鲁鹍。朱丕又改名"世功",捐了一名从九品,分发江西,遂托鲁鹍禀请,留于南昌府属差委。鲁鹍亦乐于收他为爪牙,又将贾子诚请至幕中。他们本是旧交,今日复聚在一处,便任性狼狈为奸,无恶不作，无利不趋。有受过他们害的，即送了一个绰号，称之曰"南昌四兽"——言其如虎狼一般，可以食人。初次宝焜见过鲁鹍，回至后堂，即与三人计较，要结实的收拾宝焜一场，以报他老子前番之恨。

贾子诚笑道："云翁不必性急，此事极易处置。云翁却不可露出半点怀恨之意，须要格外与他亲近。不妨将日前的话引咎归己，使他不疑。你云翁有报复他的意见，那时再出其不意，下一毒手，犹如迅雷不及掩耳，纵然他有通天手段，也措备不及了。"说着，又走近一步，附着鲁鹍耳畔低低的说了几句。喜的鲁鹍手舞足蹈起来，道："子诚先生真今世之张子房也！拜服！拜服！"又将子诚定的计策告诉朱、许两人，亦同声说好。朱丕道："非如此不可，必须先将他安置在肘腋之下，方可不时稽察他的过失，又可辖制到他。若在邻邑，究竟隔手隔脚的，其权柄不在我手内。真正算计得点水不漏，不怕他不堕入术中！而况小陈是个初出书馆的孩子，能有多大见识？更易上这圈套！"

不言鲁鹍等人暗中算计，这日恰好南昌知县调了他缺，鲁鹍乘机禀请宝焜署理此缺。虽然宝焜是初到人员，首邑首县，不甚合例，若说署理一层，尚可破格。藩司亦见宝焜少年有干，便准了鲁鹍禀请。一面转详抚院，一面札饬宝焜署理南昌县事。

宝焜初任即得了首邑，喜出望外，忙择日接篆，派双福总司门政，又聘请了几位老手幕友，司理刑、钱各事。次日，即去面谢鲁鹍。见了面，鲁鹍先给他道喜，又道："我常想，兄弟们能在一处就好了。那知天从人愿，如了我的私衷。并非我之力量，乃老兄洪福，亦是南昌众子民之幸，得此贤父母，来治理此邑。再则我们今日说开了，以后切勿拘于名分，一有公事，大家同心合力的商酌办理才是。"宝焜起身，诺诺逊谢不已。又闲谈了半响，方作辞回衙。

自是宝焜诸凡百事，禀到府里，无不允从；鲁鹍有了疑难案卷，反请宝焜去计议。宝焜心内深为感激，道："既蒙他在上游前保举，又蒙他抬爱，我须要实事求是的做一番大大事件，方不负鲁太守拳拳之意。"遂暗中盼咐双福与数名心腹家丁，在外密访当地土豪、恶棍及一切关乎民瘼之事，又不辞劳苦的梳理公卷，夜巡闾阎，除莠安良，捕缉盗贼。

一日，宝焜正坐在衙内，与几位幕友谈心，只见双福上来回道："家人

第五十九回　江汉槎满丧朝北阙　陈宝焜初任治南昌

昨日访闻城东有一件奇冤,迄今数载,没有昭雪。这一起人都视官府如儿戏,任性妄作妄为,毫无忌惮。历任各官,多恐搜寻出根来,激出意外变乱,是以多含糊下去。家人既访得了实信,却不能不回。"宝焜听了,很吃一惊,忙立起问道:"甚么缘故?你且细细说与我听。"

未知双福说出些甚么来,且看下回分解。

第 六 十 回

惩教匪德庇间阎　纵罪囚贿通狱吏

　　话说陈宝焜闻双福说城东有一件奇冤至今未雪,忙问道:"你这话可的确么?"双福道:"家人若不打听真切,何敢虚报?"宝焜道:"你且将这案情由说与我听。"双福道:"说也话长。东边离城十里有座万家村,这村中的烟户约有数百余家,倒有一大半姓万的,俱以耕读为生,安分守己,从不干预外事。村南有个秀才,名叫万坤,祖父遗下有百亩良田,家中甚为过活得去,万坤又在家训了一堂蒙童。妻子熊氏,亦是旧家女儿。夫妇年过四十,尚未有子女。一日,万坤傍晚解了学,在门前柳树下散步闲眺,见一起有五六人走进村来,均是邻邑楚南北的人氏,因路过此地,天色昏黑,意在庄中借宿一宵,明早好去赶路。万坤是个长厚人,怜他们出门之苦,即将前进打扫出来,让他们居住。这一干人夜间并不困睡,多一个个盘坐地上,口内喃喃的似作诵经之状。万坤见了,甚是诧异,忍不住跨进房内,询问原委。

　　"众人见万坤进来,也不慌忙,徐徐立起,邀万坤坐下。为首之人说道:'我等行为既被先生看破,谅不能相瞒,亦是先生有福,才得此机遇。我等幼年探木入山,见一道士,庞眉皓首,坐于石上,喊我等近前,道:"与尔等有缘,授尔等神书一卷,出以济世,他日功成,即可飞升仙阙。"遂在怀内取出一卷书来,交与我等,升空而去。上面无非积功累仁、广行善事,又有些纳气运功之说。现在我等立其教曰"广仁大教",同事为首者,共有数百余人。我等得书时即望空设誓,立心愿济尽天下,同登正路。到处又寻访福厚之辈,延入我教,不过多一人即多一人传授。我等素知先生为人谨慤,故特来相访。这一村之中,以先生为表率,即请先生为我教在此作一领袖,人必信从。先生目下正乏鸾凤,若济得多人,包管先生熊罴叶梦、芝兰盈庭之庆。'若论别的话,万坤毫不介意;一说到子息上,正碰入万坤心坎,笑嘻嘻的起身,道:'果然有验,天赐我一子,接续香烟,我情愿入教,倡首奉行。不知列位这广仁教怎么行法?'

　　"众人看他入港,好生欢喜,即将神书取出,与万坤观看。其教一府一

第六十回　惩教匪德庇闾阎　纵罪囚贿通狱吏

县一村一堡一里等地方，每处立一教堂，选一年高信实之人为首，名曰大祭长；再选一人协教，曰亚祭长；其余百人之长曰总司户，五十人之长曰次司户，十人之长曰大司户，五人之长曰小司户；又每教堂派一往来传信集众之人，名曰走堂。一逢三、七日期，在教之人齐集于教堂，听大祭长登坛演说。教中言语，无非为臣要忠，为子要孝；天下有寒者，我教当以衣衣之；天下有饥者，我教当以食食之。再于每日朔望之日，悬挂广仁大师影像，在教者悉排班行礼参拜，各陈所求，默祷于坛下，必有灵验。这广仁大师即是西方我佛如来化身。佛以慈悲度世，恐人不信佛教，视为具文，故具大法力，另开生面，俾世之沉迷者共登彼岸。倘在教者犯了教规，重则处死，轻则捆打。五人有犯，咎在小司户；十人有犯，咎在大司户；由此以推，各有约束，不得紊乱。

"万坤听了，信以为实，兴冲冲的回后，与熊氏商议。熊氏亦因求子正殷，力为撺掇丈夫倡行此事。万坤遂将前两进房屋搬空，让他们一干人安身；复将东首三间静室打扫出来，供奉广仁教主影像。次日即邀齐在村之人，备说此教许多好处。村中人等见万坤都敬信如神，又知道他是个明理读书的长者，从不趋信异端，谅必这广仁教没有说的，便一传十、十传百的传说开去，人人皆争相入教，共推万坤为万家村这教之大祭长。一切教中礼节、规模，是这几人教导，万坤效行。

"那知未及半年，一方数十里之内的各村、各庄都来入教。眼见这广仁教日渐兴旺，先后入教者共有千数百人。纠合万坤倡行的那五六人，一名张高、一名强德、一名袁自通、一名贾有仁、一名何坚、一名束成，皆分派了头等执事；甚至相离太远的地方，即自立一教，总推万家村之教为首。

"说也奇怪，到了一年之后，熊氏竟怀起六甲来。万坤喜出望外，无论是男是女，到底有了后嗣，更崇信广仁大师灵验非常。又首先解囊，助田数亩，充教堂经费。其外量诸家之有无相派，共得了数百亩膏腴之产，归入教堂，以为额款。又派了二三老练诚笃之人，经理春种秋收诸务。这广仁教自有了额费，分外井井有条。

"转眼熊氏身孕已届八月，万坤忙着雇乳娘、裁剪小儿褟裸等物，甚为高兴。一日，邻邑教堂来请万坤去说教。万坤因妻子有孕，不放心他出，意在托故推却。被贾有仁再三劝道：'邻堂要请你去演说教旨，是看得起你,知你道行高深,可启发他们之未悟。你若推诿不去,一则辜负来人之意;二则显见同教不义,未免与这广仁二字即自蹈背谬。还是去的为是。'万坤无奈,只得允应,收拾前去。此去至速也要一半月耽延,嘱咐熊氏:'小心门户,自己诸事要加倍留意,不可伤力劳心。'次日大早,万坤带了两名雇工,又邀了本堂数人前往。

"谁料万坤去了未经数日,他家中闹出一件天大事来。一日,贾有仁与强德来见熊氏,说他们要请位朋友,'堂内不便起坐,意欲借尊府这里。不知大嫂可肯曲从么?'熊氏因平日丈夫在家,这些人常来常往,熊氏亦不避躲;'况他们借我家内请客,也是小事,就是丈夫在家,也没有不允的。'遂答应了。次早,贾、强二人果然请了一位朋友来。熊氏早将外面书房打扫洁净,又叫雇工们好生伺候。

"贾、强二人欢喜非凡,晚间送进几色佳肴、一大壶美酒来。熊氏见他们来意谆切,不便推却,只说了声'多谢',即收下了。叫丫头们点上灯,将菜蔬取过,尝了尝,倒还可口,便命把酒烫暖,在房内独酌。熊氏本来量窄,今日因这酒色味俱佳,一时高兴,多贪饮了数杯。觉得身子昏荡起来,坐立不住,即起身转步,欲到床上小躺。忽然一阵头晕,跟跟跄跄,勉力挨到床前,倒身睡下,即不省人事。丫头们进来,见熊氏睡熟,知道他酒醉,也不去唤他,收拾了桌上残肴,带好房门,各自去睡。

"及至次早,人众醒时,见熊氏房门大开,只当熊氏已经起身,忙走进房中一看,只吓得众丫头叫苦不迭。原来熊氏被人杀倒地上,由胸剖至脐下,血淋淋的五脏堆满一地。可怜众丫头连爬带跌的走出,喊告四邻。众邻舍来看了,也不解其意,道:'昨晚你家还有人请客的,我们听得猜拳行令的,直到四更半天才散,怎么闹出这件事来?'内中有几个老成的人,一面知照地方前来看视情形,好打呈报;一面专人去叫万坤。

"隔了一日,万坤回家,抱尸痛哭,忙去报案。县里下来相验过了,即饬捕分头缉获凶身。后来人说到当晚有人请客的话,万坤追究起来,细细访问,稍有风声。每次见了贾、强二人,多有忸怩之色。一日,同伴中拌嘴,说出这件事,被万坤亲耳听得,方知是贾、强二人将他妻子杀死。原来他们以传教为名,暗中专取人家孕妇胎元,合成迷药,到外乡外村去拐骗儿女,可获重利。万坤那里晓得?误入其中。此时访问明白,直吓出一身

第六十回　惩教匪德庇闾阎　纵罪囚贿通狱吏

冷汗，又痛熊氏无故被害甚惨，也顾不得自己罪名，一口气跑至县前击鼓鸣冤。县里因人命关天，不敢怠慢，即出签提人。

"有一个差人，名叫李德，也在教内，得了信，飞风去通知众人，早为打点。又悄悄来至后堂，面见本官，说：'教中人众，怕激成变乱；况且万坤所诉亦没有实据，不过据同伴口内之言，安知非仇隙诬栽？'县官听了李德之言，未为无理，即止住签差，俟访查清楚再议。却好贾、强等人的贿赂已至，内外关节皆通，县官乐得含糊过去。万坤虽然逢期投词，连连催促，无奈县官拿定主意不办此案，总以未见实据为辞；十分催急了，再加上两名差人缉访，甚至将原差虚应故事的坐堂比较一番，停几日，仍是松懈下去。

"万坤又到府里去告过一次。俗说：'有钱到处通神。'府里依然的批发到县里来追捕。贾、强等人又嘱出旁人来向万坤陈说利害：'纵然追到水落石出，你妻子指定是何人所害，你是这一教的教首，亦有应得之咎。'万坤被众人你一言、我一语的说了，害怕起来，也不十分的追案了。及至后任县官来，见前任尚然不办，他又何苦强作恶人？到了任，不过换签加差，若作振作；一俟被告的关节到了，即放宽过去。所以这件血海冤枉的大案，竟这么将将就就的拖沓过去。"

双福把前后的情节甫经禀完，早将宝焜气得直跳起来，只见双眉剔竖，两眼圆睁，拍桌大呼道："该死！该死！民间有如此奇冤，居民上者竟置之膜外，岂不愧杀！非独尸位素餐，竟成罪不容赦！我不知道则已，既知此事，随他有千百万虎狼之党，我也要访拿罄尽，为民伸冤！兼之地方上久久容留这干人滋事，日后将有不测之祸，岂非民之父母养痈成患，去害百姓么？"双福忙谏道："这件事固然要办，亦不可造次。必须想个万全万美之策，方才妥善，使他们自投罗网，靡有孑遗。倘走露风声，他们有了准备，拿不住，还是其次；若再激出别样的事故来，那就不妙了！家人的愚见如此，尚望少老爷斟酌。"宝焜听罢，点点首道："你也虑的甚是。你且出去，待我细心筹画，若何办法，再和你计议。"双福应了声退下。

宝焜初时一闻双福之言，恨不能即时飞拿人众。此刻被双福道破，"果然这件事有些棘手，一经不慎，定有祸乱，那不是为民除害，反速民受害了。倒不如不办的为上。"前思后想，没处下手。"再者还有一层，如果易办，前任许多官，岂无一二稍具天良、以民事为重者？愈见此事不易着手。"宝焜背着手,在内堂踱来走去的筹画。猛然眉头一皱,计上心来,笑道:"……如此行去,定可成功。"忙叫双福复又进来,起身附着双福耳畔说了一遍。双福点首,答应退下,自去料理。宝焜又一面亲自坐轿到武营里,会统领官商议,请他拨派数百名兵丁,到县里来随时调用。领兵官见是地方上公事,况捕缉亦是武职内的责任,遂满口应允。当即派了一名千总、四名百总,又拨了五百名精壮兵丁,赴县听调。宝焜见有这一枝兵,分外胆壮,专待双福回来,是何动静,即好相机而发。

话分两头,单说双福到了自己房内,改换了一名村人打扮,也不带从人,单身奔万家村来。打听得贾、强等人的住落,托言远客迷道,借宿他家,又改为刘姓。晚间无事,说到广仁教的好,啧啧称羡不已。强德见双福语言入港,又见双福相貌伶俐,可以有用,遂接口道:"刘客人不是我们此地人,怎么知道我们这广仁教的好处呢?"双福微笑道:"刻下四方慕名的甚众,各处皆知,也非独我一人知道。不瞒列位说,小弟在家也薄薄有点名声,也曾立了个名目,号召多人。因为敝地人心不齐,故而弃了他们,来投奔列位的。若见疑小弟,即不必言了。"贾、强等人闻得来客亦是个教中朋友,非生手可比,忙笑道:"我等教名广仁,原取推广仁众之意,恨不能天下人皆来附合。怎么兄台远路来投,我们倒见疑起来?这是兄台自己疑心。"一面款待双福,一面约齐各处为首人众,次日来与双福会晤。双福又取出私囊数百金,为入教进见之礼。人众更外欢喜,即推他为协理各教堂的副手,名曰亚祭长。双福见人众并不疑心,许他入门,好生喜悦,外面诸事,与他们格外出力,暗地却将他们恶迹细访。贾、强等人见他实心入教,也不瞒他。双福又留心打探万坤家故事,又将为首的几名要犯住落访问明白。不觉在教一月有余,大小各事访得清清楚楚。

这日托言进城探亲,回到县内,把前后情形细禀与宝焜知道。宝焜听罢大喜,痛赞双福很有干办,"你仍须快快出城,安住众人,不可使他们生疑。我这里顷刻派人,帮同你擒捉众犯。此举算你首功,你却要辛苦点儿。"双福应声退下,连忙又出城去了。宝焜随即升坐大堂,将请来的五位营官邀入衙内,命各带着一百名兵丁,分头兜拿;又签差捕役数十名,将双福开来的清单交给他们,随同作眼,"第一须要机密,切勿使若辈闻风脱逃,要紧!"宝焜俟众人去后,静坐后堂,专守好音。此时心内反七上八落

第六十回　惩教匪德庇闾阎　纵罪囚贿通狱吏

起来,"不知可能成功?若此行不济,岂非枉费了数月心血?日后更难拿捉。"暂且不提。

单说众营官领着兵丁、捕役出城,将及万家村,见双福迎了上来,道:"众位大老爷来的真正凑巧,今日是他们说教之期,又说是教主升天的日子,各处大小头目多到万家聚齐,该应他们恶贯满盈,合当尽绝,平时多没有这么齐整。现在万坤因为屡次控告他们,怕他们暗害,反躲到别处去了。今日去擒捉,可以一鼓而获。"众营官听说甚喜,忙聚齐兵丁,一拥而进,将万家团团围住,发声喊,打将进去,见人捉人。

贾、强等人正在那里念经献供,忽然打进多少人来,尽是弓上弦、刀出鞘,长绳大索,逢人便捆。欲要动手拒敌,无如措手不及,竟未走脱一人。众营官仍恐复有羽党藏匿在内,又四处搜寻了一回,方押解众犯回城,都用绳索捆作一团,叫众兵丁扛抬。可怜万家庄中众百姓,正看他们说教热闹,忽然从天上来了这一干人,又满眼明晃晃的刀矛、满耳咕咚咚的枪炮,不知是兵是盗,吓得携儿抱女,犬走鸡飞,没命的逃生;跑不及的,只好把门户撑闩起来,坐在家中乱抖。那一片呼号乱喊声直闻数里,连邻村多惊慌不定。众营官恐有意外之变,忙一面传令众兵丁不许啰唣,一面出示安民。原来前在县衙商议时,也曾与宝焜算计及此。宝焜当即叫书吏写了十数道安民告示,交给众营官带在身边,以备不虞。此时一齐贴起。又令营兵四面敲锣,招抚良民,勿得惊惧。众村民中有几个大胆的,听兵丁口内说出原由,方慢慢的聚拢来询问,始知专拿的是广仁教一班为首之犯,与大众无涉。各家方才心安,仍然搬回居住。

早有前站飞风报进衙门,说:"教匪一齐拿住,不曾走脱一个。"宝焜喜出望外,吩咐:"传万坤对质!"随即亲身来迎接众营官,邀入衙内,再三称谢。又重赏出力众兵丁,"俟通详时,定将诸位大名列入,候上宪叙功酌奖。"众营官亦起身称谢,带了众兵丁自回营伍。见统领,缴了令,遣兵归队。不提。

这里宝焜见原差来回:"万坤业已带到。"忙升坐大堂,将贾有仁、强德、张高、袁自通、何坚、束成六个大头目及一起十数个小头目押在堂下。一边先将万坤唤上,细问教中情形。万坤见人犯尽获,妻冤已泄,喜的在堂上叩首不迭,遂把如何来诱他入伙、如何在万家村设立广仁教名目、后来如何分设各处、又如何迷拐人家子女、如何杀害熊氏妻房盗取胎孕,由头至尾,细回一遍。

宝焜命跪在一旁,即将贾有仁等人唤上诘问。贾、强等人此时方明白姓刘的是县中差来密访他们恶迹的,并非甚么远客姓刘;又闻万坤将他们隐情全行说出,料想抵赖无益,徒受刑法。大众叹了一口气,道:"不意我们立教数十年,各省几遍,未曾败露,今日反破于此处——也是天意,合该如此!"遂异口同声,招认不讳。宝焜命众犯亲画了供,当堂上了刑具,发狱收管。一面通详各大宪,候示定罪。

详文到了首府,把个鲁鹍很很吃了一惊,忖道:"不料陈宝焜这小畜生倒颇有才干!此宗案卷,历任多未敢办,何以他莅任未久即拿获了?这一来,定蒙上司保荐,我更难扳摇了!我将他请署南昌,原是安置在肘畔,好摆布他;这么一看,我倒反暗中成就了他了!"想至此处,不禁焦躁起来,忙请了许、贾、朱三人过来商议——现在朱丕经鲁鹍代他上下谋为,派他署理南昌县典史。此亦是鲁鹍一举两得之意:一则成全了朱丕,二则使朱丕与宝焜近在肘腋,便于稽察他的短处。

朱丕听了,笑道:"这又何难?他既详了上来,乃是公事,万不能不代他转详出去;料想正是通详,纵不代他详,也是没用。何妨格外加几句好勘语,乐得个顺水人情。若说要扳跌他,只要存心算计他,任他升到督抚,也不怕他飞上天去!我却想了个好计策在此,说不得要先拼去了我这微官,方可有济——未免我有些不值得。"

鲁鹍不待朱丕说完,忙道:"只要扳倒了陈宝焜那小畜生,我即丢官,也甘心无怨!别说你这蕞尔一官,有何惜处?你若为我报仇丢去了官,我定捐个知县还你,不强你这芝麻典史么?"贾、许二人亦同声称是。朱丕笑道:"果真代我报捐知县,我决不惜这小官,包管你大事成功!——却不可事过之后谎我。"鲁鹍遂起身,走下台阶,对天日设誓自矢。朱丕始不慌不忙,说出一条计策来:"如此如此,这般做去,可不是去掉了我,他也为我拖掉了么?"鲁鹍等人听说,拍手称善。又闲话了一回,朱丕告辞出来。临行,鲁鹍又切实嘱托了一番:"事成,我定不食言!你只管放心去做。"朱丕回至本衙,专守机会,好发作此举。

汉槎自接到宝焜详文,甚为欢喜,道:"果然宝焜这孩子大有才干!我也可

第六十回　惩教匪德庇闾阎　纵罪囚贿通狱吏

以放心。"督抚各宪见了详文,亦痛赞不已,即联衔序功入奏。不日奉到上谕:

> 南昌县知县陈宝焜年富才敏,遇事认真,以同知直隶州升用,并查遇有何项缺出,即行题补。外千总、百总等弁,均按品升赏,众兵皆有赏赉。广仁教为首各匪,着于犯事地方正法枭示;其余从首者,各分别刺配边远充军。

督抚转行下来,宝焜一一发落已毕,次日来见首府。鲁鹗见了面便对他道喜,又极力褒奖了一回。闲话休提。

单说朱丕受了鲁鹗的重托,日夜筹画,要害宝焜。这日恰好有一起大盗获住,发下狱来,晚间朱丕亲去查监。因是一班飞檐走壁的巨盗,嘱咐狱卒,夜间防守须严。狱卒中有一名禁子,名叫窦泗,为人心细如发,办事玲珑。朱丕很欢喜他,窦泗也极意巴结狱官。朱丕查过了监,到狱神堂少歇,喝退随众来人,单唤窦泗进来,即将鲁鹗的意思对他说明:"我想就在这一起大盗身上寻出条计策,才扳得倒他。"窦泗道:"好是好极了,岂不与太爷有碍么?"朱丕附着窦泗耳畔说了几句。窦泗笑道:"既这么着,小的自会去办,不要太爷多嘱。"朱丕道:"事成,我包你有大大一宗赏赐,鲁大人不是忘情的人!"说毕,朱丕起身去了。窦泗送过朱丕,回到狱中,仍将各犯大刑松下。原来狱中各犯不过上个镣铐而已,其余大刑,多俟查监的下来,上这么片刻,遮掩耳目。

窦泗备了一壶酒,将内中一名盗首名毛三拐子的邀入自己房内对饮,着实称赞毛三盖世英雄、绿林豪杰,欲与他结拜兄弟。又允他觑便设谋,开活罪名。毛三是久惯江湖上的人,人一开口,他即猜得三四分。今日见窦泗这般殷勤,明知有事要和他商量,乐得不即说明,先吃他娘一顿再议。饮过数杯,窦泗起身,亲代毛三拐子斟了一杯酒,道:"三哥,请干这一杯。小弟有句话,要与三哥斟酌,千万不可推却。"毛三仰起脖子,一吸而尽。放下杯子,哈哈大笑道:"窦班长,你把我毛三当着甚么人看待?你起先请我吃酒,我即知道你断非无故而设。不怕你班长见气的话,你们不讨我们浮油吃,就算佛心慈悲了!俗话说:'手执无情棒,怀揣滴泪钱。'那里还有闲饭闲酒来请我们呢?甚么话,请说罢!"

窦泗脸一红,道:"哎哟!三哥,你不免太轻量小弟了!你在监中也有一月多了,见我可是那般龌龊人?你果然这么疑心,我也不敢相烦,别说要得着你三哥,才肯请你。"毛三忙赔笑道:"和你说笑话的,怎么就发起急来呢?说说说,再迟我就不听了!"窦泗也笑了笑,便将朱丕之意与毛三说明:"朱太爷情愿丢官身担处分,放你逃生。你第一须知会同伴,不可说我放你,要一口说你自家越狱的;其次,你要远走他方,切勿再被别人获住。当知朱太爷一团好意,放你逃生。囚犯越狱,疏于防范,是款公罪。若私纵囚犯,即难担承了。不能他出好心,你没有好报他。"

毛三听说要放他,好生欢喜,忙立起,谢了又谢,口内假说:"怎生对得过朱太爷呢?"窦泗摇头道:"罢哟!你还不想走吗?只要你依我的话,即是报效了朱太爷了。"两人重又饮了一回,毛三自回众内。是夜,即与同伙诸盗说知,同伙亦乐得毛三逃走——因为毛三是名首犯,一日擒不住他,其余即不好拟罪。

次日,窦泗悄悄至捕厅衙内回了朱丕的信,即托故告假回去——日间早将毛三镣铐扭开,只虚虚的扣在上面,临时一挣即断;又将近号的各处锁钥中三簧用线扎住,皆告诉了毛三,方才回家。一至初更时分,俟查监的下来过了,众禁卒因今夜窦泗不在狱中,没人拘束,即大众三个一堆,五个一丛,吃酒的,耍钱的,自去方便。毛三先将刑具脱下,辞别了众人,悄悄的将内号门撬下,从里间天井内纵身一跃,上了狱墙,用脚踢折三角尖钉数支,立住了脚,一步一步踅到屋上,始越房过屋的去了。

这里众禁卒闹到半夜,有几个细心的偷空进来瞧瞧,见内号门开着,先自吃了一惊,忙跑入内间,点了灯火,进号来查数。东边查到西边,南号点到北号,甚至连尿桶、毛厕里面无不寻遍,单单不见了首犯毛三一人。众人吓得冷汗直淋,急问众犯道:"毛三到那里去了?"众犯道:"毛三到号外小解去的,进来不进来,我们就不知道了。那里派我们看住他么?问的可不好笑!"众人听说,只急得干哭。又向别号内查了一回,皆不少数。此时满狱中大灯大火点得如白昼,众禁卒都来了,一个个搔耳挠腮,毫无一策,只得分头去禀报狱官,到窦泗家送信。窦泗得了信,假作惊惶,连称:"怎生是好?"也飞风似的跑入狱中,道:"怎么我去了一天,就闹下这般乱子来?你们多分又是赌钱去的!好在我是申明告假的人,与我不甚相干。"众人被窦泗一句话问到心坎儿上,无言可答,惟有互相埋怨而已。

朱丕在衙里闻报,心内暗暗欢喜。先密遣心腹去告诉鲁鹗,一面不及

第六十回　惩教匪德庇阍阁　纵罪囚贿通狱吏

坐轿，步行到狱，一叠声传唤窦泗进来，道："你怎么了？首犯脱逃，是件甚么事？怎么你这么不小心？你的脑袋子还有吗？不是连我多被你坑煞了！我也不管，你自去见陈大老爷去讲！"说着，跺足瞎声，连叫："怎好？"窦泗不慌不忙，跪下禀道："狱犯脱逃，小的原罪不容赦；无如小的早间曾向太爷请假两天，小的今夜不在狱中。太爷的明见，要问这一干人才知道呢。"朱丕听了，沉吟半晌道："不错，你是今早告假的；虽然如此说，你终不能无咎。你们窝子里去辩去罢！"说毕，喝令从人带住窦泗，来见县里。

陈宝焜早得了消息，正在疑信不定、揣摹之际。朱丕上前请了安，侍立一旁，便将毛三越狱情形说了一遍，道："堂翁示下，若何办理？"

未知宝焜怎生回答朱丕，且看下回分解。

第 六 十 一 回

左袒刘江臬司密访　善说项陈县令诉冤

话说陈宝焜在衙中，早得了盗首毛三越狱的信息。正然惊疑，闻说朱典史到了，忙请入内堂相见。朱丕遂将毛三夜来如何扭开镣铐跳屋逃走的话回了一遍："再则狱中各节情形卑职多亲身踏勘过了，与禁卒所报相符。现在将禁头窦泗带到，候堂翁作何发落。"说罢，侍立一旁，用眼偷觑宝焜面色，看他若何光景。宝焜听罢，也不回言，也不邀朱丕入座，自己站在堂口，呆呆的仰面看天。好半晌工夫，方冷笑了声道："这件事真蹊跷！想来狱中情形老兄是踏勘过的，也无须我去。偏生昨夜窦泗告假，毛三单单走脱，分明好似窦泗预知毛三要逃走，特特的托故走开一般。这件事彻底根追，还要在窦泗身上，一定无疑。老兄先行回衙，吩咐狱中各役晚间务要加倍小心，不可再走脱一个，那就分外不便了。窦泗暂行管押，待我慢慢审问，自有着落。"朱丕听了宝焜的几句讽刺话，不由脸上红晕起来，答应了一声，即忙告退下来。晚间亲往狱中巡查，俗说"贼去关门"，不得不虚应故事，掩人耳目。这里宝焜与众幕友商议，先行通详，再作定夺。

次日，鲁鹍接到详文，满心欢喜，一面转详出去，一面坐轿来见抚军。原来这抚军是新简放来的，与鲁鹍有点瓜葛。鲁鹍请过安，归了座，即将南昌县如何忽略，致巨盗脱逃，"现在风闻该令惧罪，欲诿过于管狱官及禁卒身上。虽然典史等人难辞其咎，究竟该令系有狱之官，先事果能慎重，何致狱囚脱逃？况该令是卑府属下，又近在肘腋，深知其平日遇事疏忽，妄自尊大，所恃者，伊父曾任封疆，又擢升卿贰大员，故旧盈朝，有所倚赖，全不把地方公事放在心上。卑府每欲详参，因他是新进少年，不谙时事有之，或者日久，可以练达出来。此亦卑府顾恤他十年寒窗，好容易博得一第之故。即如前次广仁教之举，该令多半因人成事，并非他一人的功绩。无奈前任抚宪与彼有旧，大众只得隐忍下去。"鲁鹍一席谗言方才说完，早把新任抚军气得连称"该死"，道："这种糊涂东西，还能为官么？贵府也太懦弱了！那怕他是王亲国戚，既在我僚属，清廉者则赏，贪庸者则黜。何况

第六十一回　左祖刘江臬司密访　善说项陈县令诉冤

冒功归己,尤不可恕!贵府且自回衙,详参上来,我自有道理,断不使这样的守令为民父母,实以害民!"鲁鹍见抚台信了他的话,暗暗欢喜。忙起身告退回衙,连夜做了详文,及南昌县详府的文书,一齐申送上去。暂且不提。

单说宝焜连日甚为焦躁,虽说通详文书中备陈曲折,自己总不能居于无过之地。"况且这桩疑案分明似有人从中算计于我,只要将窦泗切实拷讯,即有端倪。"想定主见,忙传话外面伺候,既不冠带,亦不坐大堂,只唤了几名吏役进来,将窦泗带入内堂,细细盘诘。窦泗一口咬定不知,全推在那一班散役身上。宝焜问了几遍,见他不肯招认,不禁勃然怒起。命取非刑过来,道:"审不出你的虚实,毛三多没有着落,本县的前程亦有未便。不若将你打死,横竖本县不要这功名了!我看你还是铜筋、还是铁骨!你拼得挨受大刑,本县也拼得过不要你招认,自己抵挡这件事去!"说罢,一一叠声的连叫"敲打",又不住的把惊堂乱拍。

旁边走过双福,单膝跪下道:"要求老爷息怒,家人看窦泗不是个糊涂人,一时信了人的蛊惑,心内转不过来,纵然打死,他亦无悔。不如将窦泗交代家人带回,让他自己商量商量,果然窦泗仍属拗强,那时他死于杖下,不能怨人。"宝焜本无心要打窦泗,不过恐吓他吐认实情。今见双福上来代他求免,正中心怀,即喝起窦泗,道:"暂且饶你一顿刑法,你自家须要明白,不要替别人担重,苦着自己身子!"又吩咐双福道:"窦泗交与你去,好歹明朝即要带他来回话!"说罢,起身回后,人众皆散。

双福领了窦泗回家,摆出酒肴,先代窦泗压惊,然后缓缓再三劝导他,不可执迷不悟:"料想你不招认,本官也不肯干休。而且这件事明明白白,千人共见,其中显有情弊。你徒然吃了苦头、挨了拷打,日久仍要招承,却又何苦来呢?"一番话说得窦泗顿口无言,低下头来,口问心道:"窦泗,你果然真正糊涂!鲁大老爷、朱太爷与本官有隙,我与本官毫无芥蒂,何必为人的事,我自家受苦?纵然抵死不认,事过后,鲁、朱二人亦未见得十分看顾于我。不如我从实招承,好卸脱我的身子,随他们去各显手段,我只将是我纵放的一节隐过就是了。"想罢,对双福道:"蒙你二爷抬举,又再四的开导我,岂不知好歹?明早你二爷可带我去回本官,我自有话说,断不辜负你二爷一番美意。"双福见窦泗已认,又吐出实在情由,十分欢喜,痛赞窦泗是个爽直汉子。两人复又添怀换酒,畅饮至二更以后方才安睡。

次日清早,双福同了窦泗同至县衙。双福先入内,回明原委,宝焜即传窦泗进来。窦泗将前后细情从直说了一遍,宝焜方悟鲁、朱二人合手算计,不禁大骂。命窦泗落了供,仍交外面管押。心内愈想愈恼,赌气也不去见鲁鹂,意欲次日往谒汉槎,诉说委屈。

再表日前通详时,汉槎见了文书,很吃一惊,回想:"宝焜这孩子虽然年轻,颇有才干,即如剿灭广仁教一事,甚是有胆有识,心细如发。何致分中之事疏忽若是,俾首犯脱逃?其中显有情节,况他详文内禀称'为首禁卒窦泗一名,恰恰于是日告假等云,刻下未辨有无通同,俟研鞠得实,再行禀报'。这其中即是脱节破绽之处。莫非这孩子受了人家算计?再则鲁守昨日又有详参文书上来,叙说他遇事疏忽,妄作妄为,日前广仁教一案,多半贪冒功绩。这件事我是深知其故,委系宝焜之功。只恐新来抚军不明底细,误信鲁守之言,那便如何是好?我又知鲁氏与陈氏本有前隙,分明鲁守趁新抚军初到,不深悉各情,好倾跌宝焜一番,以泄夙恨。前次小儒曾将宝焜重托于我,我岂可不问?就是小儒不来托我,此等有功于民的僚属,也不能不代他昭雪。我本当传宝焜来见,说明于他。怕的旁人议论我有偏袒。待我暗暗访察出一点消息,再作区处。不是我说句夸口的话,既有我在此,亦不怕有人暗算宝焜!假如抚军信了鲁守逸言,要难为宝焜,我乃司道大员,也可担得住一二分责任。"想定主见,即唤了一名得力家丁进来,叫他去逐一密访此事原由,不可迟缓。

谁知大凡天下欺人的事,只可欺得一时,日久多要败露,旁观的公论最是确切。差去的家丁一连访了数日,虽未十分了然,那鲁、朱合谋的大概情由早已知道。即忙回衙,禀明汉槎。

汉槎听了,大为怒恼。正在寻思要代宝焜辨明此事,看鲁、朱怎样得过身去,不意抚军的撤札已下——因抚军惑于鲁鹂逸言,一接到南昌府详参文书,一面商议具折入奏,一面即先行撤宝焜的南昌县印,来辕候质,另派了署理下来接手。汉槎闻知,甚为骇然,明知这事鲁鹂做了手脚,惑动抚军参勘宝焜。试问本省抚台参一县令,易如反掌;况有"贪功冒绩,疏玩公事"等大款名目,纵宝焜有通天手段,也难翻转过来。即令家丁传话外面,着南昌县来见,好与他计较若何办理。

第六十一回　左祖刘江臬司密访　善说项陈县令诉冤

忽见家丁执帖，上来回道："南昌县在外禀见。"原来宝焜亦奉到撤札，只气得有冤没处叫屈，又忆这事甚为棘手，"既抚台与我作对，犹有那巨盗脱逃的实在罪名，虽然我审出窦泗的实情，恐不容我分剖。至于我这微官末秩，得失原不足重轻，只怕回去难见父母。莫若去谒见江家叔父，求他代我设策，如何弥缝。"忙坐轿来至臬署，着人投帖进回，一面下轿入内。

汉槎见了手本，即命："请陈大老爷内堂相见。"宝焜走入，向汉槎请了安，一旁侍坐，即将如何拷问窦泗，"已得实情，乃全是鲁太守、朱典史两人串成的圈套。卑职正待通详，忽奉到抚宪撤札，并云日前广仁教一案系贪冒别人的功绩据为已有。这句话卑职怎样当受得起？况此案中外皆知，不容贪冒，真正卑职有屈难伸；且抚宪既行下撤札，必然随后具折参劾，卑职纵然通详，亦属无益。是以特来谒见大人，多要求大人做主，曲为矜全。"说罢，又起身请了安。

汉槎忙起身，一把拖住，道："贤侄台不须害怕，何况既经审明窦泗实情，更不怕他们了。足见鲁守一言虚诬，言言相诬。我亦因见着抚军撤札，恐你措手不及，欲遣人请你过来商议。我看这件事不能将就敷衍，爽性搅他一场，终有个水落石出。不瞒你贤侄说，我早已着人访问清白，你实系无枉之灾。你可速速回去，连夜做好通详文书，只顾详禀上来，我自有处置。二则新县令到彼，你不可交印，将印信及此案的卷宗亲带到省中，面见制军，备陈冤抑，在田伯父定见要代你设法的。你不如此做去，你丢了官、损了名，还有后灾。拼着自己干这么一干，纵然你有咎难辞，他等亦罪不容掩。"一席话提醒宝焜，忙立起，再三称谢。汉槎又催他不可怠缓，"若待抚台发了手，虽有在田伯父，亦难于为力。"宝焜连连应诺。

告退下来，回到自己衙门，将双福唤上，盼咐他："连夜封好船只，明早往省，要不分昼夜趱赶，早到有赏。"说罢，转身回后。甘洁玉亦因这件事愁得坐立不安，见宝焜走进，忙迎上询问。宝焜遂将汉槎设策，叫他上省哭诉制军，庶可挽回。洁玉小姐听了，才放下心来，便亲身领着众使婢、仆妇收拾宝焜行装。夫妻谈谈说说，直至天明。宝焜随身带了印信并双福等数名贴身心腹家丁，辞别了洁玉，出城落船，即扬帆开行。恰好天从人愿，一路顺风，不到数日，已抵南京，连自己私第都不及回去，只叫双福去请问父母的安，即坐轿飞奔督署而来。

投进手本，从龙传话："内堂相见。"宝焜请过安，坐下。从龙先问了问任上光景。宝焜一一应答，随后将鲁、朱谋害各事细细诉说。从龙诧异道："何以抚军如此不谅人情，只凭一面之词即上弹章？未免过于冒失！你今番来，我即有些疑惑，又没有大事，何故亲身赴省？不料出此意外之虞！你且放心回府，稍住两日，将印信权交我处。当日鲁鹗一到南昌府任，我即思发其前愆，因大众劝我：'人有自新之路，何妨观其后效？'我才放他过身。谁知他自家脚步尚未立牢，又思害人，真可杀不可赦之辈！好在抚台参劾的奏折都要来与我会衔，那时我自有调停。"宝焜起身谢了又谢，方告退下来，到了自己私第。

　　此时小儒已知其细，心内虽怒恼鲁、朱等人，外面却不露声色，反把宝焜痛训一场，说他少年心性，居官不慎，致招谤尤。宝焜垂手，唯唯听训。待小儒没有话说，方退入内堂。倒是方夫人甚为宝焜抱屈，见了面，即再三安慰："我早与你父亲商议过了，明日去重托云家伯父，你多不致吃亏。"又问："洁玉媳妇近来可好？"宝焜逐一回明。方夫人叫他至内书房宽衣歇息。

　　单说从龙见宝焜去后，心内寻思："这事如何办法？"却好此日抚军的咨文已到，从龙为人向来骨鲠，也不问抚军是否，一面回咨抚军，不能会衔，"因南昌县面诉如是，未分曲直，何可含糊入奏？况鲁守、朱尉素不安分……"即将前事略叙一二。又一面行文到南昌，立传南昌知府、南昌县典史与狱卒窦泗一齐赴省，听候质讯。嘱抚军另放人员去暂理篆务等云。次日，小儒亦来拜见从龙。从龙将如何回咨抚军，如何"调取鲁、朱等人到省，与令郎对质"，告知小儒。小儒称谢不尽。回府说与方夫人等知道，众人方放下心来。

　　隔了一日，行文已到南昌。抚军因署南昌县的委员申禀来前，说："陈宝焜私带印信赴省，未知何意？"抚军正在发恼，忽接到制台来文云云，不禁又羞又恨：羞的是身为封圻大员，连一县令多不服管辖；恨的是自己怎样这般孟浪，也不查这么一查，只凭了鲁守之言，信以为真。"而今制台要调取人员到省对质，倘或鲁、朱两人之说非是，岂不连我多不好看相？若硬起头皮不放他们去，也不同云制军列衔，径行单奏，好原是好，可不是要我与姓云的结仇么？况云制台久邀圣眷，奏无不准。鲁、朱等又有前次的破败，定然是我之情曲，他之理直。那么一来，我更失了便宜。不如随他

第六十一回　左祖刘江臬司密访　善说项陈县令诉冤

们去罢。"前思后虑，毫无主见，只得札饬新任接署南昌府、南昌县典史两处印信，又一面备文，送鲁、朱等至省候质。

这个消息早传到鲁、朱耳里，直吓得鲁鹍魂飞天外。一时没了主意，惟有埋怨朱、贾等设策不善，"如今闹出大事体来了，怎样了结？我们只计及害他，却未曾计及他有个制台靠山，岂非油蒙了心，被鬼迷住了么？你们倒还罢了，我花了偌大一宗捐贷，又好容易得了这个美缺，一旦过去，可惜不可惜？就是回了京，老人家也要埋怨得甚么儿似的呢！"朱、贾等此时皆默默无言，各自相视。

停了半晌，还是贾子诚道："云翁也难怪我等，我们纵设策不善，害不着别人，也犯不着来害自己，亦是定数如此。云翁即抱怨煞我等，终是无济。到了这地步，怕也没用，不如大着胆去见制台，爽性胡扳混咬的闹他一场，胜负尚未可定。"鲁鹍全没主意，只得仍信了他们之言，预备上省，好歹去碰他娘一头再议。刚好新任已到，鲁、朱等交代过印信，又接着抚军催行文书赴省，不敢少懈，忙收拾动身。贾子诚、许春舫也暗中跟了他们一同上省，打听信息，好互相计较。

这日已抵南京，从龙即委了十府道勘问此案。十府道将人证传齐，先唤上窦泗询问。窦泗又从头细说一遍。道台命他落了供，跪过一边，即传南昌县上堂。宝焜走上，行过庭参礼，将品级垫铺下，向外而跪。道台问道："南昌府鲁守详参你'遇事疏懈，纵囚脱逃'，又说剿办广仁教系贪冒他人之功。种种不法，均在罪无可赦之条。虽然窦泗供出系鲁、朱两人指示，窃恐窦泗是受你嘱托的。你可将各节从实说来。"宝焜道："大人的明见：据鲁府宪详参卑职各款，是非曲直，自有公论，既不能凭鲁府宪一面之词，亦非卑职所可狡赖得过。若依原参之说，竟是指奸为奸、指盗为盗，平空陷人入罪。所参卑职'纵囚脱逃'一款，卑职是有狱官，朱典史乃管狱官，禁卒窦泗终年难见卑职一面，日日是与朱典史会面的，贿嘱一节不待明言。无论窦泗已招认实情，即毛三越狱这一夜，却好窦泗告假，此其弊一也；再则毛三一案，同时被获者有五六人之众，毛三既然起意越狱，必与众犯计较，纵临时仓猝，不及全逃，也该走脱数人，何只有毛三一犯越狱？次日审问众犯，有云不知者，有云知而不及从行者，供词狡闪，其中显有情节，此其弊二也；来日清早，卑职亲往狱中踏勘情形，见毛三遗下镣铐等件,皆系脱落,并无损断,当该犯越狱之际,事在急迫,那有刑具仍然未损之理？此其弊三也；现已差众海行搜捕,谅毛三难逃法网,有日该犯捉获到案,即知底细。至于冒功一节,更系诬扳。彼时卑职访得广仁教多行不法,又适值有熊氏身死一案,万坤在前历任已经控过数次,既是卑职境内的事,何能不问？况这广仁教业经蔓延数府之大,若不亟除,竟有不知伊于胡底之势,尤不容缓。卑职当经禀请营官,下乡捕捉。嗣蒙各大宪推叙微劳,卑职得邀奖赏；而下乡各营官皆有保奏,从去各兵丁亦均有赏赍。卑职若诳禀如何身先士卒,如何督率兵弁前往兜获,方为冒功。卑职身未离署,久已申明在先；即鲁府宪处,亦有详文申禀上去,可以核对的。总要求大人详察,代卑职昭雪冤枉。"

宝焜一番话,把那十府道听得不住点首。又将窦泗唤上,细问一遍。窦泗执定前供,半字不改。道台始传唤鲁、朱二人上堂。

此时鲁鹍、朱丕在丹墀下一句句听的明明白白,直急得浑身冷汗,浇淋心头,有几十个吊桶打水相似。鲁鹍惟瞪着一双白眼,恶狠狠看定朱丕,恨不能一口把朱丕吞下肚去："原来你用的好人！你说窦泗是你贴己心腹,断然无碍；如今反帮着宝焜,全行招认。这不是我们怕没有冤家作对,特为寻出个窦泗来抵自己的嘴么？"

朱丕此时也急得死活不能,只有低头叹气,自恨眼瞎,认不得人,错把丧门当做天喜,"若说窦泗,也替我干过几件机密事,很有心孔,很靠得住；不知今番怎样忽然变了,竟顺着陈宝焜起来？不是我们该倒灶？"心内又气又怕,又对不住鲁鹍。忽闻上面传唤二人,只得硬了头皮勉强上堂,行过礼,俯伏一旁。

道台微笑了一声,道："陈令所供各词,你们该听见了,还有何话说,不妨在本道堂上诉说明白,好待本道转详督宪。"鲁鹍来时原与贾、许两人商议停当,到了南京,爽性混扳胡搅,大大的闹他一顿,前后不过丢官；倘或托天侥幸,反负为胜,竟扳倒了个把,也未可料；现在听了宝焜、窦泗等一片供词,又见道台句句问到他心坎儿上,弄得一句话多没的说了,惟有自称该死,"误听旁人煽惑,害了自家。总求大人矜怜,格外恩施。"

朱丕见鲁鹍不能抵辩,料想自己亦是单丝不成线了,跪在堂阶,不出一言。道台即问他道："你怎么说？"一连问了几声,朱丕只得回了一句：

第六十一回　左祖刘江臬司密访　善说项陈县令诉冤

"听凭大人处治，一切多是卑职糊涂，情甘领罪，与鲁大老爷无涉。"道台笑道："很好，你很有胆量！到这时候你还顾念朋友，愿甘一人任咎；无奈只怪你作事不密，反害了朋友，此时要代他分罪，分不来了！"又回头对鲁鹍道："朱尉的话，你也听见了，并非本道偏袒。"说罢，命各人当堂皆押了供单。

宝焜复又禀道："卑职仍有下情，禀告大人做主。卑职到任数日，即闻南昌有'四兽'之名，是鲁府宪与朱典史，还有府署幕中贾子诚、许春舫等四人。可知鲁、朱之恶，半系贾、许匡助而成。卑职原不应此时诉说，分明是有意报复；但纵然获咎，卑职也是甘心的。卑职为地方上起见，死而无怨，却不忍江西的百姓受他们无数涂炭，不得伸雪。"

道台闻说，忙问鲁鹍道："那贾子诚、许春舫是何等样人？在你署中作何执事？"鲁鹍正在痛恨贾、许二人代他谋为不周，"我待他等十分情挚，他们丧尽天良，为我做得好事！"并不抵赖，遂回道："卑府署中实有此两人。贾子诚系扬州生员，许春舫系本省富绅。卑府因误信荐者之言，收在署内；并且今番跟同卑府来省，现在寓中。至于他们的恶迹，卑府实在不知，请大人提他们到案讯问是否就是了。"道台听说，即当堂标签，差提贾子诚、许春舫二人赴案，立等讯鞫。不多片刻，双双带至。

原来贾、许二人正在寓中候信，商酌这宗案卷如何了结。又遣了一名心腹能干家丁，杂在听审人众中，听鲁、朱二人若何回答，道台怎生询问，陈、窦等又怎生扳驳指实，打听清楚，速来回话。那知差去的家丁尚未回来，忽然来了几名道差，不用费事，扑个正着。一面将堂签取出与他们观看，一面不由分说，扯了就走。把他两人弄得昏天黑地，摸头摸尾不着，也不知犯下怎么弥天大罪，才如此密访急拿。沿路要问公差们个底细，他们亦含糊答应。

到了堂上，原差缴过朱签，他两人只得跪在一旁。只听得道台上面问道："你两人叫贾子诚、许春舫么？你们可是鲁守的幕友么？"二人又只得同声应道："职员等正是。"道台复冷笑喝道："很好！你们干得好事！可知罪么？我只问你们是个甚么恶兽？怎生残害当地百姓？可从直供来，本道开豁你等；若有半字支吾，休怨本道无情！"说着，把惊堂一拍，两旁差役喝声威武，早将贾、许二人魂灵直吓得飞出脑门，竟不知从那一句回起，"这些隐情道台怎么又晓得这般清彻？"

还是贾子诚是个老手讼师,有点儿见识,爬上一步道:"大人问职员们知罪么,职员们竟不知犯了何罪?而且大人问是个怎么恶兽,又怎样伤人,职员们分外不解。尚求大人指示,不能不教而诛。"道台笑道:"贾子诚,你不要在本道面前故作糊涂,本道也久仰你是个老奸巨猾。你要本道指示,只要问那南昌府众百姓就是了!本道也没有多大工夫和你们扳驳,你们静候总督大人究办罢。要辩白,到那里辩白去。"回头喝令原差:"将贾、许二人好生管押,分于两处,不许他们串供!"吩咐已毕,即起身退堂。众人各散。

贾、许犹欲呼冤,见道台已进了暖阁,只得随了原差下来,到了班房,细问原差,又许了多少好处,才知道是陈宝焜供出他们恶迹,鲁鹍又将他们指交出来的。此刻两人又怕又恨,痛骂鲁鹍:"不识好歹!我们为你耗尽心血,只怪你信了朱丕的话,说窦泗是他心腹,我们都没有带累着你。宝焜扳我们倒也罢了,你怎么反将我们交案?你既无情,我也无义!你的劣迹,只有比我们多的,爽性明日到了总督亲提复讯之时,也代你和盘托出,是水是火,大家一道儿下坑去的。想交出我们,好自家轻松身子,岂非是做梦么?只问你外边'四兽'的混名,难不成只我们两人?也有你二人在内呢!"那边鲁、朱回到私寓,亦有一番互相抱怨。

宝焜到了府中,将堂上各情细禀小儒等人。王兰在旁点首笑道:"虽然你理正词直,亦亏在田一力维持,授意于十府道,所以一至堂上,即指定他们虚诬。又将贾、许等人罗致案中,一齐详办。否则,也要细问问你的口供,纵然你句句是实,多不得如此豪爽,一堂清结。遥想详了上去,在田亦是照详究办。只怕鲁、朱等人此番除丢官而外,犹有后灾——也是他们自作自受,何尤于人?只问你在堂上乘势供出贾、许恶迹,道台即签提他们到案,不容分剖,竟定了罪,管押下来。即此一端,可知从中有人力的好处。若在他人,纵贾、许难逃其咎,亦要问你个借私报公,意存攻讦。"

小儒听了,接口道:"可不是呢!他们小孩子家,多不省人事。初膺民社,全不想报国安民,一味要好,强自出头。这是有在田暗中为力,算得占了上风。尝见人家十分千真万确的事,到了临时,尚有变动,不问你理正词直,谁有力谁强,那不是白白丢了面孔、损了名声?小孩子家,作事多宜依规蹈矩,尺步绳趋,别以为得了甜头,下次任性妄为,必至破败蹶劣而后已。"小儒话未说完,王兰双手齐摇,道:"罢,罢,罢!我不愿听你的这些腐

第六十一回　左袒刘江枭司密访　善说项陈县令诉冤

话！你如今年将强仕,而且功成名就,归老林泉,自然安性乐道,立命保身。不知焜儿们当年富力强时,正好建功树业。我却赏识他很有胆量,敢于不避嫌怨,不顾身家,即是个好孩子。你不褒奖他也罢了,反将些迂腐的话叫小孩子家缩头退后,可谓老不达时务了！你说他不想报国安民,更为荒谬！他到任以后,访出广仁教滋害地方；况且历任多未敢深究,怕闹出意外之变,焜儿竟禀请营官捕捉。不然,这广仁教若不亟除,甚至将来越聚越众,酿成叛乱大患,亦未可知。这不是报国么？再则将鲁鹍、朱丕两个害民恶吏除去,一方百姓受惠无穷。虽说是他们寻事,焜儿有这个胆气,把自己的功名、性命视若鸿毛；又顺水推舟,扳倒贾子诚、许春舫两个助纣为虐的东西,一除几害,皆以百姓为重,不以同僚私情为重。去了鲁、朱、贾、许,即代南昌千万家黎庶扬眉吐气,屈愤顿伸,这不是安民么？又闻他凡与百姓有碍者,无不力为芟除；与百姓有益者,无不力为兴复。这多是小孩子家不耽安逸,敢作敢为。从前你初任江都时,曾与胡武彤、毛知府等人作对,而今焜儿也与鲁、朱作对,正所谓克绍箕裘,能承父志。你倒说他粗率,不循规矩,难不成要他只以身家为重,遇事模糊,与鲁、朱等同党为恶么？我真不解你是何居心！"又回头对宝焜道:"好孩子,你不可听你父亲的话,现在你父亲老颓了,连说话都颠颠倒倒。不日你仍是要回南昌县任的,你只拣你该做的事做去,尽管大着胆干,包你不错,自然循声卓著,为一方之贤父母。"

小儒指着王兰笑道:"你们听听,者香可不是疯了？我不过怕孩子们胆大妄为,叫他各事三思而行。俗说:'得意不可再往。'我何能叫他党恶鲁、朱等人呢？而且他是我的儿子,纵干下如天功业,我只得勉益加勉,岂能称赞他、颂扬他？那可不是成了绝大笑话么？我不过说了几句,倒引出一篇议论,连我多教训下去,你非疯而何呢？"

二郎、伯青等人同声笑说道:"也难怪者香为焜儿抱此不平,本来焜儿这几件事做得令人钦佩。你虽不能赞扬他,也不可过于屈抑了他,叫小儿子家没了兴头,下次干事,即没有这般踊跃了。"小儒笑着起身,走了开去,道:"罢哟！你们人多口众,我也难于争辩。焜儿好,焜儿好,算我不好,何如？"王兰亦笑道:"自然是你不好。你知道认错,还算你是好的,没的倒是我说错了不成？"宝焜也随着众人笑了一笑,退入后堂,宽换衣服,见方夫人去了。一切闲文,暂且不提。

　　单说十府道退了堂,将众人口供叙入详文,当日即申禀总督衙门,听候制台若何办理。那边云从龙接到详文,看毕甚为怒恼,道:"鲁鸥这厮,几次三番,幸而漏网,全不思改过迁善,仍是怙恶不悛,罪无可赦!该应贾、许两人也撞在网罗,这不是天意么?可见他们连天都不容!我若不切实参办,我也不容于天下。"想定主见,袖了详文,径至幕友房中,商议如何科定众人罪名,好出折具奏。

　　未知鲁、朱等人应得何罪,云从龙怎生出奏,且看下回分解。

第 六 十 二 回

飞弹章贤制军奏事　得私书新御史劾奸

　　话说云从龙将十府道的详文与幕中各友观看，商酌如何办理。内中有一位司奏折的幕友，是江西人。深知鲁鹍等之恶，分外比大众动怒，忙越众上前道："此事甚为容易。明日东翁须要亲提人证，审问一堂，然后据实参奏。东翁所虑者，鲁道同的面子。然而属在东翁管下，不容不问。就是鲁老，也难怪我们，只好怨他的儿子不争气。"从龙听了，即道："老兄所议是极，奉请大笔代叙一稿，俟明日复审下来，以便出奏。"那位幕友又道："东翁出奏，倒要与江西抚军联衔会劾。不然，使抚台置身何地？此番虽是抚台孟浪，亦是惑于人言，东翁也犯不着得罪同僚。"从龙点首称是。遂传话房吏，札饬十府道："明日一早，将此案卷宗、人证都备送本衙门，听候复讯。不得有误！"一宵无语。

　　次早，道里送到文卷各件，即悬牌早堂候审。宝琨也得了信，亦来听讯。从龙升坐二堂，唤上人众，逐一细问，皆与十府道送来原供相符。又命他们加了画押，复将人众仍交十府道看管。一面出奏，一面行咨江西抚台，备说参办人众及会衔情由。

　　抚台见了咨文，知道云从龙是立他的脚步，甚为感悦，又怕鲁道同异日怪他不照看鲁鹍，"殊不知是姓云的同你家儿子作对，我亦无可如何。况我到江西抚台的任全赖鲁老之力，现在又有密事相求于他，我必得抄在云制台之先，发一私函入京，鲁老方不怪我。"隔了一日，写就私书一封，历叙"此事并非我坐观不问，无奈连我皆有了处分；况且姓云的为人万分固执，一意与令郎为难，即如我和他争抗，徒然无益，甚至为令郎加罪"等语。函后又写了数行彼此相托的机密事务，当下差了一名得力家丁连夜进京投递。随后又具了一函，到南京相谢从龙关顾一切。这边抚台的话搁过不提。

　　且说鲁鹍复讯下来，晓得此案"从龙必严加参办，非独自己不得过身，连抚台多要被我拖累。若论许、贾等人，死不足惜；其奈痛痒相关，唇亡则齿寒。前日一时之怒，将他们扳出，不知把我的罪情都带重了"。此时懊悔无及，不得已写就家书，打发家丁飞送京中，见他父亲，设法弥缝。又另寄了一函，与他胞弟鲁鹏，恐父亲恼他迭次胡闹，不管这件事，叫他兄弟暗中恳求父亲为力；又叫鲁鹏四处拜托当道诸位，"怕的父亲因是自家儿子，为亲者讳，不便出头"云云。两处的私书均是星夜趱赶，也不为慢。那知云从龙的奏章更外飞速。从龙早料定他们多要到京中求救，"若被鲁道同预为之计，做下手脚，岂不又便宜了鲁鹏那厮？"所以限定时刻，八百里加急入京的，却比他们的私书早到一日。

鲁道同处虽然见着副本，何敢捺搁？且又不知此事究竟若何重大，只得呈奏上去。天颜甚怒，即朱批："悉如该督奏请办理。"发了下来。又知鲁鹏是鲁道同的长子，鲁道同很受了几句申斥。吓得鲁老益发不敢闻问，心内却胡猜乱想，竟不知儿子何由获咎？"虽然云从龙奏章上说的清清白白，未卜是真是假，怎么预先没有书札到我？是何意见？岂非这畜生糊涂到底，情甘束手待毙么？兼之云从龙此次的参奏十分利害，其势竟难挽回。"

原来从龙的折中将鲁鹏等人诬害原由细细入奏，又备说鲁鹏许多恶迹，怎生与朱世功、贾子诚、许春舫等朋比为奸，以致有"南昌四兽"之称；其所恃者，父兄威焰，故旧盈朝，倚一官为护身符，视百姓如儿戏，任意酷虐，目无法纪。即议定"鲁鹏发遣新疆效力，不准收赎。朱世功、贾子诚、许春舫等各革去职衔，杖一百，徒二年半。禁卒窦泗虽犯事在前，因其知罪自首，情尚可容，杖六十，枷号三月，省释。陈宝焜本无过失，着仍回南昌县任。饬令依限捕获脱犯毛三"等云。

鲁道同见折内多有伤动他的言语，又惧又恨：恨的儿子屡次闹出大事，带累着他，"前在甘泉任上，即因朱、贾、许等人弄的丢官破钞，落人笑话，此番又同这班人搅在一堆，闹出事来。难不成离了这班人，你就不能做官了么？真正不是冤家不聚头！"俗语："虎毒不食儿。"亲莫亲如父子，鲁道同欲待不问，又不能眼睁睁看着儿子犯罪不去挽救；欲要去问，又惧牵连着自己。

左思右想，正在踌躇不决之际，却好鲁鹏的私书已到。鲁道同看了，方才彻底明白。又怨鲁鹏作事因循，"既想求我代你出脱，怎么不赶紧发

第六十二回　飞弹章贤制军奏事　得私书新御史劾奸

信来京？如今被姓云的先发制人，上谕已下，从那里措手？这不是已成了死症么？"心内好生烦恼，叫了鲁鹏回来，与他商议。鲁鹏亦因接到哥哥书信，十分着急。父子两人计较了半夜，竟寻不出一条善策来，也不想代鲁鹍全行解脱无事，只求得从末减。无如这件事业已定案，复又畏首畏尾，难以着力。

不表他父子在私第寻思，该应事有凑巧，也是鲁道同父子的恶运已终，又闹出一桩旁支的事来。今上见宝徵年少有干，且有学问渊源，在实录馆当差一年，毫无舛误。天恩浩荡，亲点宝徵为江南道监察御史，兼巡视南城。宝徵自得了御史，格外感仰殊恩，夙夜从公，慎益求慎。

今日正在南城巡察，忽见一人满身灰尘，飞奔入城，而且形色仓惶，东瞻西盼。宝徵见了好生疑惑，忙喝令左右即将此人带住。那人见有个官儿喊叫拿他，越发着急，高声道："我是有要紧公文，专赶入京的，并未犯法，何以拿我？若耽误了我的公事，我却不管！难道走路也犯了法么？"宝徵也不理他，即在城边坐下，将来人推到面前，问道："你叫甚么名字？从那里来的？既有公文在身，可取上来我看，果然不错，即行释放。"那人听说要看他公事，忙道："我是机密重件，何能乱与人看？到了我应投递的地方，自会取出来。你们不信，跟了我去。实告诉你们罢，我叫牛大保，由江西来的，到鲁中堂府内去的。中堂的公事你们多要看起来，有多大的胆子么？"

宝徵闻得那人说由江西而来，又是往鲁道同府里去的，心内早有两分清白，呼呼冷笑道："甚么公文？又不知是那一案的买嘱来了！无论皇亲国戚的公事，既走我地方经过，我皆看得！"即命众随役："在他身畔搜检，有何物件，取上来我看！"众役一声答应，就来翻他衣服、包裹，齐说道："朋友，有甚么取出来罢！还要我们费事吗？"那人犹想拗强，当不起一班随役如狼似虎，早在他包裹内搜出一封私书，呈上。宝徵接过，看函面上写着"江西抚署封发"，下面又写"火速"二字，一连圈了几圈，背后重重粘裹。知道是封机密私书。拆开内函，从头至尾看了一遍，大笑道："有趣！有趣！鲁老头儿今番难逃我掌中了！好容易才寻出你这点破绽。"

那人见搜出他身畔私函，直吓得面如土色，不住磕头道："小人是奉命差遣，身不由己，并与小人无干，要求大老爷施恩。"宝徵笑道："你不须怕，你没有半点事，此时却不能放你，要借重你的口，到刑部堂上说声呢。"说罢起身，叫带了牛大保回寓，吩咐："小心看守，不可大意，也不可难为他。"遂在灯下连夜修成奏章，将这封私书粘贴在后，好一齐呈了上去，使他抵赖不得。次早，先将奏草送与叔父陈仁寿批改。

仁寿现已升到兵部右侍郎之职，看了来稿，连称："使得！我每见鲁老头儿多少不公不法之事，即思参劾；无奈那老东西奸刁巨猾，各事谨慎异常，不容易寻他的实据；若没有一定把柄，又恐扳他不倒，徒多此一举，使他提防着我们。难得你得着他如此大凭大据，不趁此时狠狠参他一本，岂不坐失机会？昨日阅得邸抄，见云在田参劾他儿子鲁鹍的奏章，因鲁鹍诬详焜儿纵囚冒功，各款起见。多亏在田识破机关，又得了他许多劣迹，把鲁鹍那畜生照例反坐，发遣新疆。若非你在田伯父审清此案，焜儿岂不要受他的冤枉么？足见天道循环，丝毫不爽。日前他儿子害你兄弟，今日他的把柄即落在你手内，可不是暗中鬼使神差，叫你替焜儿报仇么？

"其实我陈家并与他鲁家无甚重隙，不过因你父亲上年在两江任上参他次子鲁鹏的一点仇恨，殊不知那是公事，不能怨人，只好怨山阳县的百姓去。孰料小人心肠，另有见解，以为你父亲不顾同朝交情，所以今番焜儿放了南昌，恰恰鲁鹍做了顶门针的上司，才闹出这件事来；加以前次甘又盘先生的原由，焜儿乃甘家女婿，恨上添恨。我久经虑到此处，果不出我所料。然而坏人是做不得的，他儿子鲁鹍陷害焜儿，全属虚诳，终有个水落石出，立分泾渭，是害人不着，倒害了自己。此时你所得他的把柄，乃系凿凿有据，不怕鲁老具有通天的手段，也难翻出你的手掌。你只管放大了胆去上此奏章，不要害怕，不愁不将他父子一箍脑儿齐齐扳倒。朝中去了这个蠹国老贼，方得清楚。第一他专于收纳各省外官贿赂，买通线索，必致外官刻削百姓脂膏来供献他，也不知败坏多少国纪，残虐多少编氓。目下他家父子的恶焰不减似当年刘先达家父子，只有过头，没有不及。我尝叹恶人何以偏偏多出在一门呢！"

宝徵笑道："侄儿何怕之有？没有得着他的把柄时候，侄儿也同叔父的意见相同，日日多想和老鲁拼这么一拼，实在他的那些不公不法行为令人见了发指！何况现在有了实据，更好着力，还虑唱不出戏来么？侄儿如果害怕，倒不来同叔父商量了。"仁寿点首道："很好，我耳听你好消息罢。"

第六十二回　飞弹章贤制军奏事　得私书新御史劾奸

叔侄两人又说了一回话，宝徵告辞出来。回转自己公所，又将他父子如何同朝党恶叙说入内，誊了清，即呈送进去，专候上谕发落。

鲁道同连日愁烦得寝食俱废，因想不出代鲁鹗出脱的法则，那里知道自家的把柄已入人手，他真正做梦也虑不及此。这日忽闻内廷有旨传唤，立刻就去，不知何故，忙穿换公服，来至内廷。见上面一顺儿坐着几位军机处王公大臣，两边排列着许多小京员等人，好似要勘问甚么事的光景。急抢步上来，欲待与诸人行礼。早听上面说道："皇上有旨，传问鲁道同事件。"鲁道同一吓，连忙整衣，向北行了朝参大礼，跪下。又听上面问道："御史陈宝徵所参鲁道同各款，内有'交通外官，私函往来'，并'纳取贿赂'一款，情节较大。着该王大臣等传问，鲁道同明白自陈。"鲁道同跪在下面侧耳静听，方知是陈宝徵奏参的。

暗暗摇首，道："这小畜生好大胆子，居然敢在老虎头上扑起苍蝇来！不是我夸张大口，这些捉风捕影的参款，就罗列一千件放在奏折上亦是徒然。我久已防备，也不止一年了，多少风峻严厉的老辈都奈何我不得，又何惧你这新进小子，胎毛、乳牙尚未全退呢！然而这些没据的空言，只派着我明白回奏，何至传唤内廷？如此机密，好似犯了甚么重大的情形一般。初闻令人可怕，此刻倒觉可笑！多是这班军机里的人没有见识，小题大做罢了。待此事过后，我也慢慢来摆布陈宝徵那小畜生一场，只怕我一发手，小畜生即难招架了！你家老子的仇恨，我刻刻在心，久欲拿你出气，因为事件太多，未曾理料到你。这是从那里说起，反被他先踹我一脚去！虽然无损于我，究属可恶。"

正待分辩，复闻上面道："今有陈御史原参奏折一道，老中堂可先看了，好逐一承认，有无其事？"说着，掷下原折。鲁道同接在手内，暗笑道："不用细看，无非水上一棒的话。大凡这起疯狗子咬人，不过风闻据闻而已，如隔靴搔痒，不着痒处，那些道行浅薄的人才得吃你苦头呢。我也要虚应故事，看这么一看，方好扳驳。"遂展开观看。所有以上各款，鲁道同毫不介意。

忽见中间一款参他"交通外官，败坏国政，有江西巡抚亲笔私书一封，粘呈为据"。不禁吃了一惊，急翻转奏章，果见原函粘在折后。从头细看，恰恰是因鲁鹗的那件公案，始末根由，写得明明白白；书后又写着彼此关节的话。不须认罪画供，这就是如山铁案了。此时鲁道同好像被半空中打了一个绝大的霹雳，震得目定口呆，浑身发抖，额头上汗珠有黄豆般大，滚滚的淌了下来。自知不妙，忙摘了朝帽，在地上碰头。

上面又问道："陈御史所奏孰虚孰实？老中堂可明白说来，以便本大臣等复奏。"鲁道同现在有一百张嘴都分剖不得，惟有匍匐在地，自称万死。众王公大臣齐笑道："谅来陈御史所奏各款不虚，老中堂可一齐招认了罢。"不怕鲁道同千刁万恶，到了这个时候，吓得神昏智乱，只得答应了声"是"。众大臣道："老中堂既已全认，可请先回私第，待本大臣等复奏上去，听候天恩发落便了。"又命众京员落了鲁道同传问口供下来，好进呈御览。鲁道同仍向北谢了恩，戴上朝帽退出。

可怜鲁道同年过花甲的人，平日多做的心高畅兴的事，全以盛气凌人，那里受过这等风波？直气得面无人色，如死灰相似，贴身衬衫尽行汗透，喘吁吁的站在朝房门首，一手扶住廊柱，略为歇息。见内里各官交头接耳，喊喊喳喳的议论。明知说的是自己，此际也无暇过问，慢腾腾走出午门。早有随来的家丁上前搀扶，打过车辆伺候。恰好鲁鹏亦至，因闻内廷有旨传唤，不知何故？不放心，特地赶来。见他父亲如此形色，很吓了一跳，忙迎上几步，欲待询问。鲁道同望他头一摇，丢了个眼色，即跨步上车。鲁鹏知道此事机密，不便多问，也急急的跟了回来。

到了府中，鲁道同才走上外厅，即将朝帽除下，使劲的在桌上一摔，道："罢了！罢了！今番是丢定了！还不知这几根老骨头可能好好的死在家内呢？我算走了一世的长江大浪，安然无恙，而今在小夹沟里失风，岂不被天下人笑煞了么！"吓得鲁鹏立在一旁，反不敢问长问短。过了半晌，方低低问道："父亲，究竟何事，如此动怒？内廷是何密事传问？"

鲁道同听闻，双眼一睁，把桌子一拍，道："甚么事呢？老脸孔多削尽了！"遂将陈宝徵怎生参奏，怎生拿住私书把柄，内廷又怎生传问，又恨"宝徵这小畜生甚是辣毒，参我倒罢了，我死也得着了，不过拼这条老命给他弄去；他连你兄弟们皆参了上去，说我家父子同朝，如何党恶，直头要一网打尽，他心里才快活！我不知鲁家究竟与陈家前世种下甚么冤恨，一结一结，解不开去。我久经要摆布宝徵，离我眼前，报复他老子当日参你之仇。我只说这件事算得甚么，随便甚么时候，遇着空儿，将他拈掉就是了。

第六十二回　飞弹章贤制军奏事　得私书新御史劾奸

谁知他反弄我一下,又中在我要害之处,如今懊悔不及。怪我做事因循,可谓养痈成患!"

鲁鹏听说,也急出一身冷汗,忙问道:"父亲在内廷全认没有?"鲁道同将头一扭,道:"糊涂东西!若是据闻参奏,我还不会分辩么?无奈有这封私书质住,如何抵赖得过?也不容我不认。"鲁鹏此时亦顾不得父亲坐在上面,不禁双脚齐跺道:"你老人家这一认是小,一窝儿都下火坑,别想一个活的爬得上来了!"

此时鲁道同被鲁鹏说破,好生追悔,道:"我认私书往来也罢了,怎样连两个儿子罪名我多代认下来?可不是老背晦么!"愈想愈急,惟有痛骂江西巡抚误事不浅:"你不能代我儿子出脱,我不怪你,谁要你这封书子到我跟前讨好?既有书信,怎么又做事不慎,差这么一个没用东西进京,将把柄落于人手?偏偏又落在我鲁家对头手内,我们全家性命都断送在你一人身上!试问你写这封没打紧的书子到我,有何益处?办到底,你也不得脱钩!既害了人,又害自己,何苦来呢?"鲁道同气一阵,骂一阵,甚至大哭一阵,闹个不清。鲁鹏在旁,也只落得长吁短叹而已。

厅堂上闹得沸反盈天,早惊动上房鲁老夫人与鲁鹏的妻子,忙出来询问。鲁道同又由头至尾备说一番。鲁老夫人也十分着急:"自己招认私书往来,是有凭有据,无法狡赖,大不该连儿子们的罪名全行认下!你的年纪高大,不做官也不稀罕,还留儿子们在朝,巴结出头,将来亦可守候机会,报复陈家。这么一来,不是斩草除根么?"

鲁老夫人心内一团的委屈,因见鲁老气恼太甚,怕的急出别样事端,不忍再抱怨他,反忍气吞声,用言宽解他父子,命使婢扶了鲁道同回后堂少歇,"此刻急也没用,好在圣旨还没有下来,且从长计较,设法为要,不能束手待毙。所幸鹍儿等参款尚无实迹,庶几可以挽转得过。"鲁道同也自觉得身子困乏,遂扶了使婢到上房,宽去外面大衣,躺在床上辗转寻思,要想代鹍儿等豁罪,心内好似辘轳一般,滚上滚下的,无片刻之停,将他本身过失反抛在脑后去了。鲁老夫人又重新安慰鲁鹏:"不须过急,且去寻条门路弥缝此事;再则不过丢官,只求没有后灾,即算万幸。"一句话提醒鲁鹏,忙唤套车,到各同年世谊前告诉,恳求他等代为划策。

不提他父子忙的昼夜不安。单说陈宝徵奏折一上,中外皆知,无人不痛赞他有肝胆。恰恰又得着这般实在凭据，也是鲁老头儿该数倒运。凡有这班御史，多是通消息的，平日风闻得一件半件事情，即争先奏劾，好在所参不实，没有处分。一遇关系重大的事，便你推我诿，怕先出头；若有一人出了头，这些御史打弱的本领要算一绝。此时见宝徵参倒了鲁道同，又闻内廷传问，如此利害，眼见鲁老是爬不起了，生恐被宝徵一人得了美名，即彼此不约而同，一窝风的弹章交上。有的参"广纳苞苴"，有的参"私鬻官爵"，有的参"把持国政"，有的参"败乱朝纲"，众口纷纷，所参不一。末了几位没有参款的名目，甚至把鲁道同父子如何"广蓄姬妾，用度奢华，纵容仆从"的话都参了上去。却好奉旨传问的诸王大臣，又复奏"鲁道同于原参各款尽行招认，请旨核夺"。

众折一上，天威甚为赫怒，当下朱笔亲批："鲁道同世受国恩，不知图报，所犯各节，罪不容诛。姑念年迈昏聩，着加恩革职，永不起用；其家赀、私第，即着该承审王大臣前往抄封入官，不准徇隐。伊次子鲁鹏，亦着革去中书，发刑部杖一百，刺配边远地方，不准收赎。长子鲁鹗，既经两江总督云从龙参办在案，着毋庸议。牛大保着交刑部细勘有无别情，再行定罪。江西巡抚即行锁提来京，严加惩办！"

此道上谕一出，在京各官莫不吐舌摇头，道："此次办的利害，平时鲁老那般作威作福的气焰行不起来了。"又有许多受过鲁道同父子残害的，得着这个消息，人人抚膺称快，唾骂奸臣应得这种恶报。众王大臣奉了圣旨，点齐了数十名锦衣军，直奔鲁道同私第。

且说鲁鹏前往各父执前诉说此事，要想求他们设法。众人听了无不摇头，晓得这件事情重大，又闻天威盛怒之际，那敢出头去撞入网罗？又不好当面回绝，多用婉言宽慰道："我等大家须要商议个妥善章程，好代尊老大人分剖保奏。此事非同小可，若草率而行，一则怕的反与老大人有碍；二则我等妄自出头，亦有未便。世兄且请回府，代我等先请问老大人安好，但祈放心，我等明日写一传单，约齐人众，斟酌条万全万美的法则，再来报命。"

鲁鹏听说，明知他们畏惧，故作推诿："生恐人说他们与我家同党，却也难怪。他们当此风火雷霆之下，谁人不怕牵连？只得将计就计的先行道谢，或者他们寻着机遇，代我家分忧，亦未可定。"临行又再三谆托了人

第六十二回　飞弹章贤制军奏事　得私书新御史劾奸

众一番，直至薄暮，方回转府中，将众人所说的话禀明他父亲。鲁老夫人终是女流见解，信以为真，喜得举手过顶，谢天谢地道："难得他们好心，尚念平日交情，不以我家势败置之不问。果然我家平安无事，就供他们的长生禄位，我也甘心。"

鲁道同睡在床上，一声儿都不言语，待他们母子说完，翻转身叹气道："鹏儿也痴了，何必又空往一场，听他们两句不痛着痒的鬼话？还有你娘，当真相信，目下谁人敢出头代奏？他不怕说是一觉么？若是我家做件占上风的事，叫他们衬这么一衬里子，那可一呼百诺，无庸费事，甚至有人挨的来卖情讨好。亦是人情大抵如此，不足为怪。你忙了半日，也该乏了，吃点晚饭，去睡着歇息罢。待我静静的想他一夜，有法出脱更妙，否则只好听天由命！"鲁鹏答应退出。

这里众使婢摆上晚膳，鲁道同那里还吃得下去？摇摇头，命一齐撤过，即叫放下帐帏，让他安睡片刻。可怜鲁老夫人，既舍不得丈夫愁苦，又舍不得儿子获罪，先听鲁鹏的话，倒觉欢喜；此时重又愁烦起来，迢迢一夜，何曾合眼？坐在帐外防鲁道同要茶要水，命众婢轮班去睡，替换着上来伺候。只听得外边已交四鼓，鲁道同在床上犹自翻来覆去，唉声不绝。

天色才明，鲁老即披衣起身，胡乱着净了面，漱了口，略进了点饮食。正待亲去见一班共过心腹的老同年——皆系当时当道的人，平时又圣眷优隆——与他们商议商议："我想是凶是吉，竟自复奏一本，爽性自己直认不讳，随便或杀或剐，我都情愿。只要代鹏儿辩白清楚就好了。"

忽见一个家丁匆匆的上来回道："军机内的各位王爷大人多到了厅上，口称奉命而来，请快去接旨；并带着若干锦衣军，把守前后府门，连家人们多不许出外，不知何故。"鲁老夫人闻说，吓得直跳了起来，道："他们来这许多人做甚么？可曾问问底止么？"家丁回道："家人也曾问锦衣军内的人，他们皆不肯说。"

鲁道同在旁，听家丁说完，即长长的出了一口气，道："催命的符敕到了！"立起身，止住鲁老夫人，道："你问也无益，还呆甚么？难不成他们带了锦衣军来，你还想不出么？我去接了旨，你自然晓得。倘有变动，你同媳妇暂避一避，不要受人家啰唣。"遂叫家丁："速到前厅，摆香案预备。"又叫取衣冠过来，忙忙的穿换齐全，大踏步出外去了。鲁老夫人甚不放心，亲自扶了使婢,至穿堂窃听。

鲁道同到了外厅,见仍是昨日传问一班王大臣,厅口站了多少锦衣军,一个个撩衣卷袖,尽望着上面。鲁道同走至香案前,朝北行了廷参大礼,跪着。读了廷寄,不禁面容失色,忙摘去朝冠,摆在案上,又向北谢了恩,起身对众王大臣行礼,双泪交流道:"革员蒙天恩浩荡,不加斧钺,已属万幸。况陈御史所参各款,革员在内廷亲口承认,夫复何言?但与江西巡抚往来私书一节,其中仍有下情。该巡抚与革员原有瓜葛,他做京官多年,不谙外事,自到了江西巡抚任上,凡有重大不决之事,多写信来问革员。后来他又写信入京,就闻得云从龙因疾奏请开缺,若此事已定,他想谋两江之缺。诸位王爷大人明见,人心不足,自古皆然。当他做穷京官的时候,求一外任而不可得;及至简放江西,身为封圻大员,也算荣宠无比,他复贪心不足,谋求两江,可谓得陇望蜀。前番书来,革员即时回答,又狠狠申斥了他一顿,说他太不知足;且督、抚不过一间分别,同是封疆,又何荣于彼而辱于此?再则此等书函倘被别人看见,不知我与他怎生交通卖法。

"适值革员长子在南昌府任被参,他又写信到我跟前讨好,书后复申前说,大约因革员申斥过他,所以他多写隐语在上。此乃掩耳盗铃,更生情弊。却又被陈御史所得,即参了革员。此事也说不得了,多怪革员居官不慎,人家既有私书相托,亦系咎有应得。故而革员不敢剖白,万死何辞!惟有革员次子名鹏者,前在山阳县,蒙恩革职来京,随后代他收赎了处分,援例捐纳中书。此亦革员一时动了舐犊之情,一则使他等小人儿们有个巴结。二则捐了京官,可以常在革员身边,时加训诲,不致再有妄为。

"若说次子从山阳被劾以后,深为痛改前非,自补缺中书,虽是闲曹,从不敢偶一放纵,兢兢业业,常恐有失。革员又时将前愆诉说,使他作鉴。不意陈御史亦列在参款,说次子与革员同朝党恶。该御史其中未免有所挟隙,俾次子屈抑莫明。革员敢求诸位王爷、大人俯念无辜,代为复奏,革员父子即杀身难酬大德。革员又欲冒死上一辩本,分剖此事,未知可否使得?"说着,便抢步近前,意在屈膝。

众王大臣忙一把拉住,齐齐微笑道:"老中堂,贤乔梓被屈各情,小弟等亦略有所闻。皆因贤郎等太觉慷慨,不拘小节,致招物议。谅陈御史断

第六十二回　飞弹章贤制军奏事　得私书新御史劾奸

不敢事出无因。然而老中堂亦不致过失如此之多。此皆我等持平而论，祈恕直言。至见委一节，但放宽心，小弟们遇有可言之处，即当代贤乔梓剖白，决不安于缄默，袖手旁观。再者，此时正值天威一怒之下，暂屈贤乔梓目下受点委屈。事后或特沛温纶，仍旧起用，亦翘企可待之事。老中堂不须过虑，有伤贵体。至于辩本一层，小弟们识见甚浅，揣摹不到，不敢妄参末议。老中堂看可行则行，不行则止。若以小弟们管见，老中堂当此获咎之际，又系代令郎分辩，更有嫌疑，倒是停一步为是。还祈大人度量其间。"

说毕，鲁道同尚未答言，众王大臣见天色不早，即翻转面皮，吩咐厅口众军士道："你们人齐了么？可将前后门用心看守，不许私放一人出外。到内堂各处细细查抄，若有半点徇隐，你们小心脑袋！"众军轰雷般一声答应，即分头到后进搜检。把个鲁老夫人吓得魂飞天外，哭多哭不出来，索索的一阵抖，瘫倒地下。还亏鲁道同先嘱咐过他们，鲁鹏的妻子与几个大力丫鬟把鲁老夫人平抬到里间空房内放下，将门关好，大众躲在里面，窃听外间消息，只说："怎么是好？"

单说众军蜂拥入内，打开箱笼，倒翻衣箧，不问粗细衣服、物件，一桩桩搜出，到前厅报数。众王大臣命随来各员一一登簿核对，连仆妇、使婢们的内房多搜了出来。平日好一座赫赫威严的相府，此时闹得内外哭声不绝，哀号动天，连众王大臣多颦眉摇头，不忍听闻。少时抄毕，众王大臣又亲自带着军士们往各处复查一遍，防军士们徇私隐匿，"日后查出，我们要担处分。"又吩咐将鲁鹏上了刑具，送交刑部发落。

众官重到厅前，看了看清单上惟私财最多，竟有百万有余。暗暗点首，道："这老头儿可称一把巨手！十数年被他积聚下如此之多，可叹一朝化为乌有，还落得万人唾骂，可不是风昔枉耗尽心血，不得安享了！"随即将各物点清，上了封皮，又发下封锁前后门的条谕。

众官起身，对鲁道同道："奉屈老中堂同宝眷至他处暂住几时，尊府已经封锁入官，难以栖止。此乃上命差遣，非是小弟们不情逼迫，尚祈原宥。"即叫众军士："各处搜寻，不准容留一人在内！"说罢，众官各坐轿回朝复命。众军士把男女仆众一齐驱逐出外。鲁道同到了此际，惟有一包眼泪、几声怨气而已，带着老妻、媳妇等人，也只得出来。众军见内里无人，将前后门用铁链封锁,上面贴了条谕,方散。

可怜鲁道同夫妻皆是一品的身份,素昔高堂大厦,犹为未足。现在亲丁数口,弄得没地栖身,立在街市。鲁老夫人等从来未见过生人之面,连三尺之童多难入中堂,此刻更形羞缩。回首当年,岂非天渊之隔?仆妇人等,有良心的,还恋着不走。那没良心的,见自家东西多一并抄完,尽归咎到主人身上,口内夹七夹八的连说带骂一场,另寻门路去了。只剩贴身男女数人。内中有个年老家丁,赶着雇了两乘小轿,请鲁老夫人与鲁鹏妻子乘坐,又走向鲁道同面前,低低回道:"老爷且请到前面莲花庵内少住两日,再作计较。多不能立在街心里,也不成体统。"鲁道同点点首,众男仆扶着鲁老,女仆跟着小轿,直奔莲花庵来。这座庵是鲁府香火,所以老家丁不必去说,竟领着大众前往。

此时街坊上看的人上千上万,挨挨挤挤,无不拍手称快,甚至有高兴痛骂的,有大笑叫好的。还有一等轻薄子弟,偷看鲁鹏妻子,口内兼嘲带谑。鲁道同目下无力无势,只有听之而已,惟叫家人们速走,"难道听他们骂得快活么?"连众家丁多不敢奈何他们。也只好吞声忍气——若在平日,早经不肯干休。可知这班闲人,在鲁府兴旺之时,亦不敢如此放肆。此名为墙倒众力推,乐得醒醒脾,出出素日耐下去的郁气。足见人生在世,多要做个好人。譬如鲁道同是个好官,而今受了无妄之灾,旁观即有叹息呼冤的人,必至痛詈陈宝徵了。现在人骂的是鲁道同,赞的是陈宝徵。古语云:"人言可畏,旁论最公。"真正不错。

街市上闲文不必赘述,且言鲁道同等人到了莲花庵中,不知如何着落,且看下回分解。

第 六 十 三 回

黜奸相朝野同欢　放外官叔侄返里

话说鲁道同夫妻领着媳妇及男女仆从等人，急急的连跑带奔，转过两条胡同，已至莲花庵门首。鲁道同因何这般忙乱？他因见街市上人百般笑骂，晓得平昔与他们结怨太深，怕的白白吃了亏苦，没处叫屈，"当这势败如山之时，只求人不找我，我还敢寻人去么？"现在到了庵前，心才放下。老家丁上前叩门，里面道婆开门出来，询问明白，入内通报。

不多时，当家老姑子领着几个徒弟接出，请众人到内禅堂坐下。道婆送了茶，老姑子道："小尼适才到东府里去收月米，方知道相爷遭此大故。小尼十分惊恐，正欲亲往府内探听，却好相爷同太太、少奶奶们光降。阿弥陀佛！天是没眼睛的，相爷、太太平日真正宽厚慈祥，也不晓得许多人感仰，单是我等佛门中的人尤为受福。怎么这位陈御史老爷乱说乱讲的上起奏折来？非是小尼说句不怕死的话，万岁爷怎生也相信了？岂不要冤屈煞人！阿弥陀佛！相爷、太太不要见恼，这也是年灾月晦，数当如是。过个三月两月，灾退时临，仍当重见天日的。我只怕陈老爷妄害好人，不当人子的，是要下拔舌地狱的呢。"

鲁道同叹口气道："老师父，你们是知道的，我家大小人等，从不敢做一件非礼的事。连这班家丁们，我常恐狐假虎威，在外胡闹滋事，都不时的查问，一有不妥，即行革除。那怕他是多年有功的老家丁，皆不容情。惟有两位少爷，后生家脾气，未免口没遮拦，随心所欲，得罪人是有的。我若知道，非打即骂。他们也不过少年心性，各事争强，至于越礼非分那些无法无天的事，他亦不敢做，我亦不容他们到这地步。而今少爷们年纪也大了，多做了官了，自己皆识得轻重，更外谨慎。不比从前，我们恐他们日久下来，旧态复发，仍刻刻防闲。二少爷在我身边，无须交代，就是大少爷在江西，我一个月多有三四封信去。我也算怕人议论，饶不着还碰着这位陈御史，参我一本。现在我既不怨天，又不怨人，只要我居心无愧，皇天知道就罢了。"

老姑子听了,暗暗好笑道:"我不过替他宽解,故意说这些好话,他倒当真说他是个好人。罢!罢!像你这样好人,只求天老爷少生几位,世上有许多人受罪呢!"外面仍满面堆欢,道:"相爷真乃大度包容,俗说'宰相肚里撑得船',竟一丝不错!到了这个时候,相爷多不怪人,还是怨命。若是小尼们,没说受这般天大委屈,稍为受了人家点子气,明里不能奈何他,背地里烧香点烛,骂多要骂得他七颠八倒的呢!"说罢,又咯咯的笑了,道:"我都糊涂了!我是个甚么人,怎敢妄比相爷起来?真正萤火虫儿,想同十五的月亮比光大光小呢!瞎谈了半日,多分相爷、太太们还光光的饿着,我只顾说话了,真个该死该打!"遂一叠声的叫道婆:"快快预备素斋,要比往常加倍洁净精致!"老姑子一篇鬼话,连鲁老夫人等多引得破涕为笑,忙道:"素斋可以不必,随便甚么现成食物,取些来充充饥。你费了事,我们不安,也吃不了多少。"老姑子笑道:"阿弥陀佛!小尼近来穷得几乎没有饭吃,那里还有上好的东西?不过粗斋而已。外面说着甚么洁净、甚么精致,还要加倍的好,那多是充大架子罢咧。太太别信以为真,从来尼姑子的嘴皆是这般。"说罢,又笑着。此时连鲁道同多笑将起来。

　　少停摆上素斋,虽然是几色蔬菜,却还精美适口。老姑子陪着鲁鹏妻子,另外一席。又叫道婆邀众仆妇去吃饭。大众吃毕,漱了口,老姑子领着鲁老夫人婆媳到他卧房内净面、洗手等事。鲁老夫人趁闲即对他说明:"要在宝庵打扰两日,自当重谢。"老姑子笑道:"我的老太太,你怎么说同我借住起来?可不要折煞小尼么?平日间请都请不到,难得太太、少奶奶们光临,也算小尼一点虔心。只要太太们肯赏脸,不嫌荒庵简慢、房屋狭窄,多住几时,即是万幸。太太若说要谢,小尼少倒不敢领,太太就赏了一万八千,好俟小尼跳出穷坑,翻一翻身。"说完,笑个不止。又陪着鲁老夫人们说了半日话,无非张长李短,一派闲文。少顷天暮,老姑子一面叫备晚饭,一面叫人收拾自己禅房,搬出来,让他婆媳居住。外边客堂安了鲁老的卧具。男女仆妇,亦预备群房,他们住下。

　　晚饭后,鲁老夫人与鲁老商议:"须要探听鹏儿何时起解,好措备点盘费,打发他动身。再则我们在此的用度,及明日回山西的川资,多不能不要的。如今抄完了,一时那里去办?"鲁道同听了,半响方说道:"不用你多虑,我久经想下了,不过拼我这副老脸,同人家设法去罢咧。"坐了半会,各

第六十三回　黜奸相朝野同欢　放外官叔侄返里

自回房安歇。

次早，鲁道同坐了一顶小轿，往几家至亲与一班老同年好友处诉说，并挪借少许，又与他们计较，要冒死上一辩本的话。众人听了，多摇首道："非是我等阻挠，目下贤乔梓身负重罪，又系父为子辩，似觉诸多未便。只有待天心回转，那时还要旁人代奏，庶乎有济。此时纵然上头准了你辩本，那些捧屁股、打顺风旗的一班御史也不相容，以及原参的陈宝徵，更不放你过身。你的辩本无非伸诉冤屈；你若果真冤屈，陈宝徵不是诬么？从来御史参错了人原无大碍，其奈这件事情重大，关系多人，非同寻常风闻可比。你若辩明了，虽不伤他，他已有了处分。这个时候成败攸关，谁肯让谁？况且他才参你，你即辩白，分明有意文过饰非，上头该准也是不准的；二来所参不止陈宝徵一人，显而易见，有众寡不敌之势。依我等愚见，暂停一步，相机而动的为妥。"鲁道同听他们说得近理，不能勉强，只落得一骂道："我与陈家本有旧隙，陈宝徵参我也罢了，这班人平时和我莫往莫来，毫无芥蒂，何苦夹在其中，打我痛腿？他们只图伏陈家的上水，捧臀献媚的帮助陈宝徵，齐心参奏，试问把我鲁道同父子拖下了马，与他们有何益处？真所谓'安一经，损一脏'，我鲁道同就这么老死故乡，算他们造化。倘或万一生机，蒙恩开复，有了出头之日，再来此地，除却他死我亡，我多要拼这条老命，将这班小杂种一个个斫下头颅来观看观看，方泄我胸中之恨！"咬牙切齿的恶骂了一顿，只好权为忍耐这口气，另图机会。

又往各家走了一遭，仍回转庵内。各家早打发人过来问候，又送了若干物件，有送银两的，有外送男女衣服的，纷纷不等，皆视交谊之厚薄、戚好之亲疏，送银物之多寡。鲁道同到了此际也不作客套，一一收下，开发了来人回去，然后尽交与鲁老夫人收起。鲁老夫人当下封出二十两银子给老姑子，先作大众食用。老姑子推辞了一回，方肯收去。

鲁道同又遣人到刑部监中探听鲁鹏消息，并送了些银两与他使用。去的人回来道："二少爷在监中倒也没甚苦处，所有刑部各位老爷，多瞧着老主人面子，也不十分难为，请老主人不必挂念。刻下专守江西巡抚提到，审问一堂，即可了结、起解。"鲁老夫人等听了，稍觉放心。又隔了半月有余，这日闻得江西巡抚已提解来京，讯明实在亲供，又对了私书笔迹及牛大保的供词，皆复奏上去。旨下："江西巡抚着革职发军台效力。牛大保杖一百,枷号通衢示众。"鲁道同得了信,忙去刑部衙门料理,俟鲁鹏起解时,到庵中一走。此乃瞒上不瞒下的事,差人得了他的贿赂,乐得做分人情。

一日,堂上提出鲁鹏,照数杖责,准例发遣云南。又当堂点了两名长解,给了行批,限克日起身,不准停留。长解扶了鲁鹏下来,即往莲花庵来。可怜鲁鹏从小娇养,何曾挨过这般刑法?打得皮开肉绽,一步一跛。鲁老夫人见儿子这般形容,肝肠寸断,上前一把抱住,放声大哭。鲁鹏的妻子分外伤心,因见婆婆抱住丈夫痛哭,公公又在面前,不便上来,一阵心酸,头昏眼黑,顿时晕倒。慌得众使婢七手八脚的把他抬到后面,灌了半日,方苏醒转来。

鲁鹏见母亲如此恸苦,再见父母双双站在面前,皆是苍苍白发,"所生我兄弟两人,尽获罪远出,使父母终日挂念,暮年的人,受不得过于悲苦,倘然一半年中有了参差,我兄弟一时不能回来,既不克养生,又不得送死,岂非罪可弥天?"大凡极恶之人,一时多有良心发现。鲁鹏现在良心毕露,悔恨不及,惟有一头滚入鲁老夫人怀内一哭而已。庵中众姑子无不堕泪,齐走上来,再三劝解方止。

鲁道同忙命家丁们:"好生款待来差酒饭,不可怠慢了他们。"鲁老夫人虽止住哭声,一把抓住鲁鹏的手问长问短。又见他两腿打得这等狼狈,万分不忍,那眼泪如断线珍珠,扑扑簌簌直下不止。鲁道同也立在一旁,不住的拭泪。鲁鹏跪在地下,道:"儿子不肖,累及爷娘,罪应万死!儿子又要远别膝下,惟望爷娘保重身体,不可为儿子悲伤,儿子的罪名尚可减去几分。"鲁老夫人哽咽着道:"乖儿子,此刻也不必说你累拖了我、我拖累了你的话,只怨大家的命不好罢。我只愁你迢迢万里,孤身远去,叫我怎生放心得下呢?"母子二人絮絮叨叨,说个不住。

鲁道同道:"你也不用啰唆了,让他到媳妇房里去分别分别。你该把他应用的衣物检点出来,好交代他带去穿换。他回家来是个私意,不能久耽搁的。"鲁老夫人闻说,才松了手,道:"适才媳妇见你回来,忽然晕倒。唉!他也是个苦命,弄得少年夫妻生离远别,叫他怎不伤心?你到后面看看他去,安慰他几句好话。我代你收拾些衣物,带在路上,可以换换。"

鲁鹏答应,来至后进房内。他妻子睡在床上,两泪交流。见了鲁鹏走

第六十三回　黜奸相朝野同欢　放外官叔侄返里

进,坐起身,一把拉住衣袖,抽抽咽咽的,好半晌道:"我以前百般样劝你不可大意,你只当耳边的风。如今闹得家破人亡,妻离子散,丢下我这苦命的人,又没有一男半女,将来倚靠着谁? 再则公婆六旬以外之人,自遭了这风波,日夜悲愁,形容憔悴不堪,你才也该见过了,直同风烛草霜,朝暮可虑。你既远出,大伯又犯罪新疆,大姆姆未知可肯回来? 叫我这么一个年轻堂客怎样去支持?"说罢,又哭了。鲁鹏叹了声道:"你也不必抱怨我了,我此番悔之莫及! 只要你侍奉爷娘,不时宽慰,以代我之职。我若有日归来,断不忘你好处! 倘竟从此永别,我做鬼亦感激着你! 一切多因我拖累你受苦,你往常是个大贤大德的人,谅也不来怨我。"夫妻两口唧哝了一回,又彼此对哭了一回,直闹了半日。鲁鹏怕的解差不肯久待,忙止住眼泪,复又叮嘱了他妻子几声,即往外面来。

鲁老夫人早将各家送来的衣服拣出几套鲁鹏合身的,打了一个大大包裹。鲁道同封了五百两银子,给他沿途使用;另取了二十两,送与两名解差,托他们一路照应。外有书函一封,是给云贵总督的,交与鲁鹏贴身收好。原来云贵制台是鲁老的心腹门生,他这个缺也是鲁老代他谋干的,所以寄书与他,叫他念师生情谊,照看世弟,可以鹏儿到了那里不致受苦;又托他"遇有机缘,千万代你世弟谋为赎罪"等语。

解差见天色不早,上来催促。鲁鹏亦自知难以久留,即叩别父母登程。鲁老夫人复又拖住,一声儿、一声肉哭叫起来。还是鲁道同怕的耽误限期,诸多不便,硬着头皮将鲁老夫人拆开,叫老姑子们拉到后面去了。便切实嘱咐了鲁鹏一番:"沿路小心,冷暖保重。到了云贵,见了你世兄,自有安置你的处所。第一早写封平安家书回来,让你母亲放心。大约我与你母亲、妻子在这几日内亦要打点回转山西,好在故乡尚有薄田,可以糊口。不然,久住此间,那里来的日用? 不知你罪满回家,我与你母亲可能看见你么? 你好生去罢!"鲁道同说到此处,也滴下泪来。

鲁鹏此时如万箭攒心,泪如雨下,跪倒在地,道:"儿子此去,有父亲书札,世兄必然另眼看待。父亲但请宽心,惟求父亲自己调养暮年,母亲如过于悲苦,还望父亲开导。"鲁道同点点首,扶起鲁鹏,道:"天将晚了,你们还要赶出城去住宿呢。家中自有我主张,不须你愁烦。"

两名解差见他父子依依不舍,未知迁延到甚么时候,"城里又不便过夜,若被本衙门知道,我们吃罪不起。"遂上来带说带劝道:"鲁少爷上路罢,哭到明日,多要分手的。你少爷只顾自己说话,全不体贴我们。就是你老人家回来一趟,我即担着千斤的重担子呢!一经衙门里晓得,你少爷既不好看,我们是罪上加罪。"说毕,不由鲁鹏做主,硬行搀了起身,往外就走。鲁道同赶着招呼道:"一路拜烦二位照应,回来我多多酬谢,决不食言!"解差们一边走,一边应道:"我们理会得,老大人只管放心。"便脚也不停,一溜烟扶着鲁鹏如飞去了。不敢走官街大路,怕的有人撞见,由小巷穿出城门,寻了所寓处歇下,预备来日大早按站起程。不提。

且说鲁道同见鲁鹏已去,也觉伤心。即回身来到后面,见鲁老夫人犹自哭得泪人一般。鲁鹏的妻子也挣扎着出来伺候婆婆,陪着在一旁哭泣。正所谓:"世上两般悲苦事,无非死别与生离。"虽是俗滥不堪之语,此番鲁道同家父子、夫妻分别的百般惨境,这两句倒还贴切。鲁道同又劝说了一顿,方才止住。

使婢们服侍鲁老夫人重新匀面、掠鬓。早摆上晚膳来。现在大家多觉凄惶,不过胡乱吃了两口,便命撤去,各闷闷无言,回房安息。惟有鲁鹏妻子,夫妇向来恩爱,又同在少年,分外较人悲苦一层。睡在枕上,何曾合眼?整整吞声暗泣了一夜。次日,即头昏腰痛,病倒在床。慌得鲁老夫妇延医调治,鲁老夫人又时时到他房内婉言劝说。过了几日,始渐渐痊愈。鲁道同见媳妇病退,即思量起身,亲往各家走辞亲友等人,又告借了若干回来。叫家丁们雇定长路骡车两乘,一乘自己坐,一乘叫老夫人与媳妇合坐。其余愿跟回山西的男女仆妇,多雇了几乘小号车辆;不愿去的,即时遣散。又酬谢了莲花庵当家老姑子数十两银子,道婆等人皆有赏给。老姑子即忙着整备素斋送行。鲁府一班至亲亦担了酒席过来饯别。鲁道同择定来日登程。此次不过随身衣物行囊,其外俱无。早一日,聊为收拾。

次日清晨,车辆已齐,鲁老夫妇早备下香烛纸马、清斋果品,在大殿上供佛——因耽搁了多日,不无作践佛地。道婆忙去撞钟敲磬。拜罢起身,又与老姑子师徒等人作辞。老姑子说了多少"简亵、怠慢"、千恩万谢的话。鲁道同见日色已出,即催促动身。众人皆上了骡车。老姑子犹欲送出城外,被鲁老夫人再三挡住。老姑子对着车前稽首道:"太太、少奶奶们前途保重,恕小尼不远送了。"即回身带着众徒弟仍转回庵堂。

第六十三回　黜奸相朝野同欢　放外官叔侄返里

看官们，试问鲁道同身居相位，极品尊荣，此时若功成退隐，致仕还乡，车辆马匹固多十倍；就是同朝的大小各官，十停亦要来八停相送。遥想一路上执手临歧，殷殷祖饯，何等热闹！谁知今日乃获罪被黜，家财尽行抄没，两个儿子又皆充发，虽有几家至亲好友，多不敢公然来送，日前到庵里饯别的时候即预先说明。刻下仅有数乘车辆、几口亲丁、七八名男乡仆从而已；加以行李萧条，不堪入目。

鲁道同前次在街市上受过一场羞辱，是个惊弓之鸟，又怕有人啰唣，悄悄吩咐众家丁："保护车辆，飞速出城，愈快愈妙！"家丁们领会得主人意思，叫众车夫把骡马加上一鞭，飞也似一口气赶出城外。到了一块空阔所在，车辆停住，将车工物件略为整理，众人又饱餐了一顿，架上骡马，直向山西大道进发。

走了数日，鲁鹏的妻子复病倒下来，一因思念丈夫，日夜愁苦；二因病体新痊，受不起风霜劳顿。鲁道同见媳妇有病，只好沿途耽搁，寻觅名医诊视。所经过的地方无非乡村镇市，那有好手医家？况且今日这个郎中，明日那个大夫，各有各的见解，各用各的药品，反医得病人一日重似一日，势渐垂危。鲁老夫妇十分着急。所幸已入山西地界，离家不远，便命旦夕趱赶。

到了家，不数日工夫，鲁鹏的妻子即殁了。鲁老夫人思儿恸媳，分外伤悲。相巧鲁鹍的妻子赶了回来。因鲁鹍发遣新疆，不便带家小同往，差了两名诚实家丁送他妻子进京。走到中途，闻得鲁道同亦被参革职、鲁鹏充配云南。"既然公公、小叔多不在京，没了投奔，进止两难。"还是鲁鹍的妻子有点见识，知道家财抄没，二叔又远配他方，公婆京中难以存身，必回山西无疑。即吩咐改道向山西而去。到了家中，婆媳相见，说不尽多年离别，叙不尽目下颠沛，末了只落得抱头一哭罢休。

鲁老夫人见大媳妇回家，又带着两个孙子同回，二三年不曾见面，多长成了，不免一悲一喜，减去几分悲恸。鲁鹍的妻子又从旁极力解劝，渐渐才将想念二媳妇的心肠撇在一边。又与鲁老商议："媳妇的母家甚远，他丈夫又没有见面，这点小小年纪，一命夭亡；兼之平日甚为孝敬你我，媳妇身后，该要大大热闹一番，方对得过他。不然，他在阴司都要怨你我寡情。好在此时已回了乡井，还怕甚么人议论我家？难不成再在京中参我家一本么?"鲁道同也说:"应该如此,你做主就是了。"

　　鲁老夫人随即发出银两,叫家丁们分头延请高僧、高道,七七追荐。本地绅士、亲友多来吊祭。后来直待到鲁鹏遇赦归家,始择期入葬祖茔。惟有鲁鹍死在新疆,因道路甚远,又没有亲丁同在那边,跟去的家丁买了棺木装殓,择地安葬。鲁老夫妇得了信,又不免痛哭一场。即命媳妇、孙儿挂孝开丧,招魂致祭。从此鲁道同埋首乡间,领带两个孙子读书上进,下文即没有他家交代。这种作恶之家,天不绝其后嗣,就算是他祖宗尚有余德,一败之后,焉能再振?料想子孙也没得发迹的了。

　　单说陈宝徵自参倒了鲁道同,声名大震,人人皆赞他风峻。朝内自去了这个奸相,纪纲一整,内外肃清。有多少屈抑沉埋的此时尽吐气扬眉,重睹天日,无不推功到宝徵身上。群颂他有胆有识,乃少年中之拔萃。适值吏部申奏江苏苏松太兵备道缺出,御笔亲点着陈宝徵补授。又简放陈仁寿巡抚江西。一日之中,叔侄皆沐殊恩。同朝人人欣羡,又齐称他叔侄有此除恶大功,得之何愧?原来陈仁寿力赞宝徵上那奏折一事,目下各官俱知其细。

　　仁寿、宝徵得了信,也欢喜异常,即预备召见、请训、出京等事。一时间两边公馆内车马盈门,过来道喜的络绎不绝。甘露亦知道此事,忙赶来给他叔侄贺喜。并有家书,托宝徵顺寄扬州。现今甘露亦由主事转升到兵部郎中,记名以道府并用。过了一日,仁寿叔侄内庭召见,奏对时,申明请假一月,便道南京省视父兄,接取眷属。下来,又往各同年、世谊处谢步辞别。众官皆请宴饯行。他叔侄该去的、该辞的不须细说。到了起程这一日,众官俱来走别,叔侄力辞方止。惟有甘露,直送到十里以外方回。他叔侄们一路晓行夜宿,往南京而来,暂且不表。

　　再说云从龙奉到批折,即将鲁鹍、朱丕、贾、许四人照例发遣,又札饬陈宝焜迅速回任。各事发落已毕,即闻得陈仁寿放了江西巡抚,宝徵得了苏松太道,忙命备轿,至小儒处道贺。小儒这边亦早得了驿报,方夫人等欣喜非常。接着,众亲友闻风多来贺喜。

　　正忙着迎送,从龙亦至,众亲友连忙回避辞去,小儒同众人迎接入内。彼此见了礼,各述了几句套话,从龙即笑对小儒道:"二郎甫经回任,令弟与大郎又荣放出京,不知你这老封翁怎生快乐,倒要请教一二。"小儒笑着

第六十三回　黜奸相朝野同欢　放外官叔侄返里

欠身,道:"舍弟、小儿们侥幸,皆上荷国恩隆重,下赖诸位伯父、叔父们的福庇。"

王兰便接口道:"若说介臣巡抚江西、徵儿荣放外任,皆系意中之期许;其所奇者,焜儿在外扳倒小鲁,徵儿在内扳翻老鲁。去小鲁易,去老鲁难。何也?小鲁不过一守牧,又有前愆可稽,复加以在田之力,试想小鲁纵有三头六臂之神通,亦难逃法网。若老鲁则树大根深,难以斫伐;且又爪牙、耳目甚多,棋布星罗,布满中外。在朝多少前辈各官,有骨气、胆量者亦不乏其人,均扳他不倒。老鲁之不容易去,可想而知。徵儿虽然得着那封私书把柄,究竟一系新进,一系久踞,若临时稍为气馁,顾及身家,即难以举行。他居然明目张胆,不避嫌怨,参他一本!尤奇者,连鲁鹏都罗致在内。所谓不入虎穴,焉得虎子?真做得直捷痛快,骇人听闻!不意这么一件朝野共服的大事,出在一个新列言官、年少的儒生手内,叫人怎不钦佩!小儒还说托赖我等伯叔们福庇,其实我等忝居伯叔,自愧难步后尘,真要羞煞若干老辈中人!明儿徵儿回家,我倒要细问问他,怎么动了参鲁老的意见?怎么不待商量,竟鼓勇而行?我却不知他有多大胆量,大约他胆子比身子还大呢!子龙一身都是胆,此语大可借赠。"

小儒笑道:"者香未免过于谬奖了!小孩子家,那里称得胆量?不过仗着血气之勇,不计可否,竟冒险而行。该应鲁老头儿倒运,成就了他的声名。此乃侥幸成功,何足为法?若以者香之赞,直称赞得他世上寡二无双的。"王兰听了,正色道:"小儒此言,大错,大错!我与你交情胜似手足,所差者,不过你我异姓,你的儿子即是我之子侄。本来徵儿这件事实在令人拜服,我岂能学而今时俗,虚褒妄奖?难道我和你还用浮言客套么?"

小儒未及答言,伯青在旁笑说道:"你们不必争论,听我分解。小儒虽错,尚有可原:宝徵是他儿子,者香赞他儿子好,他不能也随声附和的说好,必得要谦辞两句。不知我等一人之交,无须谦让,此乃小儒之错。若论者香之称赞,虽出于本衷,未免亦有太过之处。其中我与楚卿等人生平毫无建树,甘拜下风。想者香与在田却非我等可比,在田有平粤寇之功,者香有靖海贼之绩,你两人皇皇伟业,中外皆知,与徵儿之参倒老鲁,可谓工力悉敌。"说着,回头对小儒笑道:"至于你这位令尊老封翁,虽做过历任封圻、大廷卿贰,若与令郎比较起来,小儒,休怪我直言,尊翁竟要退避令郎三舍,令郎却还胜尊翁不止十倍!在诸位品评,我这议论可平允否?"

伯青说罢,引得从龙等人拍手大笑道:"伯青之说,公平确当,两造皆可无词。未免使老封翁有些难处——好在是自家儿子跨灶,犹可解慰。"小儒笑道:"罢!罢!罢!我从此真要钳口结舌,永远不敢同你们说话。一经开口,我即有了不是先在身上,尤其者香,更外难缠!说起来都是长篇大套的一阵训责。"王兰亦笑道:"你不用放刁,本怪你谦非所宜,以致责由自取。难不成伯青也帮着我硬派你不是么?"众人又说笑了一回,从龙便作辞回署。

晚间,方夫人待小儒回后,即说到预备戏酒,请众亲友们过来热闹两日。小儒道:"爽性俟他叔侄们回来,再请客不迟。"方夫人道:"他们回来,不能久住,又要忙着料理媳妇们动身,那里还有闲工夫请酒呢?不如趁着这几天消消闲闲的,请两日酒,唱数本戏,好得多呢。你请过了,我还要接着请我体己的客。"小儒点首道:"既这么着,明日就叫外面定席、传唤班子,一准后日请客。大约四五日,也可请遍了。"一宵无话。

次早,小儒叫了听差家人上来,吩咐办酒、定戏。又分头去邀请亲友,无非伯青等陪客。外边绿野堂以及园中各处皆张灯结彩,大开筵宴。小儒请过男客,方夫人又请众家内眷,忙得内外家丁们人人无暇。约有半月之久,才算清楚。这日,小儒正坐在书房内查点请过的亲友,怕有遗漏,招人愆尤。忽见家丁进来,回道:"二老爷同大少爷坐船已抵码头,少顷就回府了。行李等件均已先到,请示在那里安置?"

未知陈仁寿叔侄回家有何话说,且看下回分解。

第 六 十 四 回

唱骊歌绘芳园饯别　催羯鼓留春馆猜花

话说陈小儒闻说他叔侄已回，即命："将行李等物权且安置外书房，然后再细为检点，发入里面去。"家丁答应退下。小儒起身走到厅口，看他们一担一担的向内搬运，又见他叔侄一同走进。仁寿抬头见小儒立在阶上，忙抢步至面前，向兄长请安。宝徵上来叩见父亲。园中王兰等人亦得了信，皆赶过来相见，彼此各道契阔。

仁寿又同了宝徵来至后堂，方夫人早在堂中等候。叔侄前后行了礼。仁寿站着说了几句，即先自出外。随后宝徵方请了众位夫人出来叩见。方夫人见宝徵较初入京时白胖了好些，身材也觉得比先魁梧，心内十分欢喜。姞兰小姐此时也随着婆婆出来，立在背后。偷眼见丈夫穿戴着正四品冠带，气概沉肃居然一位大员，自己回想也是一位恭人了，虽不便喜形于色，心内却万般快乐。方夫人便问："何日由京中起身？你妹婿可好？怎么他还不得外缺？"宝徵一一回答，又代甘露请了安，道："妹夫去冬就以道府记名外用了，因他记挂祖父年老，不肯远选，要待相离江苏省邻近的地方有了遗缺，他才肯来呢。若不因这个情由，别说一个缺，十个缺多选着了。大约至迟不过秋冬之间，多要得外缺的。"

洛珠笑嘻嘻的一旁插嘴道："几年不见大少爷，格外的威仪好了，真合着一位司道大员！前日二少爷回来，也比从前稳重得多呢，全没有小孩儿家气了。甚么话，而今你兄弟多做了一方万民父母，竟是来到甚么地步，即是甚么气象。"又转身扯扯姞兰道："不说别的，连这一位簇新鲜的道台夫人，多分外端庄了！"姞兰小姐满脸绯红，撒脱了手道："姨娘何苦拿住我们开心儿呢！"即回后去了。小黛笑道："你这促狭鬼！是话到你口里，多要另生枝叶，专会打趣人。你打趣徵少爷也罢了，朱小姐也没有开口，你又将他拉上来说笑一番，嘲得人家站不住，跑去了。你说他兄弟脱了小孩子气，你还不知道扳倒鲁家父子一节！据说你家王大人拜服他兄弟甚么儿似的呢！却不像你，见面即打趣他。"说得众位夫人多笑将起来。宝徵也笑了笑,退出。

到了厅前,见仁寿早宽去公服,坐着闲话。小儒亦命宝徵换了大衣。王兰即扯了宝徵,到一旁坐下,细问奏参鲁道同的事。宝徵由头至尾,说一句,王兰点一点头,赞一声好;宝徵已说完了,王兰犹自点头叫好不绝。二郎忙送了一盏茶过去,道:"者香,好可叫完了么?我看你听的还比宝徵说话的吃力,头要不住的点,好又要不住口的喊。我特地送盏茶,你润润喉咙,爽性多叫他几百几千声的好。何故呢?预备明儿宝徵到了任,若再做下一两件有功于民的德政,配得上你叫好,你不妨先行叫下了罢,省得日后累赘。"说得厅上众人皆鼓掌大笑。宝徵也一笑走开。

小儒即命摆酒,代他叔侄洗尘。席间无非议论些京中的各务,更残酒罢,各回房安歇。仁寿回至玉梅房内,奶娘抱过小姐来见父亲。仁寿抚弄了一回,仍命抱去。他夫妻此夕谈不尽别后衷怀,直至四鼓,方吹灯睡下。宝徵回到朱小姐房中,少年夫妇,久别初逢,分外恩爱。

次日清晨起身,仁寿吩咐备轿,到总督衙门。宝徵却不便同去——因仁寿与从龙敌体,宝徵要分尊卑,只得备下手本,来日一人单去谒见。

仁寿到了督署,投进名帖,顿时两边吹打放炮开门。从龙直接到堂口,携手入内,见礼分宾就座,各叙别后寒温。仁寿即说道:"宝焜在南昌,例应回避,本该小弟做主,因属在叔侄,此事惟有请单奏。"从龙道:"自闻你放了江西,我即思量到此处。相巧昨日接到安徽巡抚咨文,知安庆府属怀宁出缺。怀宁亦是皖省首邑,以首邑调首邑于例甚合。只有引见一事,须与安徽抚台商量会衔保奏,俟到任后,再行给咨送部引见。若调缺,又要入京引见,岂不多出一层事来?倒是南昌百姓平空的去了一位仁爱的父母,怀宁不意得这一位好父母来抚治他们。可见是各处的造化不同。"

仁寿道:"二舍侄诸承关顾,家兄及弟等迄今犹感不去心。一切多仗大力,悉凭尊见调赴何处、何缺就是了。若将怀宁给他,更外好的了。将来大舍侄亦属在下僚,尚望栽培。"从龙笑道:"我与令兄情同手足,即系分内之事,介臣何得出此套言,见外于我?"

彼此又说了一回话,茶罢,陈仁寿便起身作辞。出了督署,又往祝府等处走了一趟方回,将从龙代宝焜调缺怀宁的话说知。小儒众人亦甚以为是。

第六十四回　唱骊歌绘芳园饯别　催羯鼓留春馆猜花

次早，宝徵来谒从龙。行过礼，稍谈数句，即邀宝徵入内书房，宽去外服，各叙私见之情。从龙即说道："宝焜调缺怀宁，你父亲等人以为可否？好在皖省民情较江西易治；再则你到上海的任，等你一月假满，我即给札你去。江苏省各司道的缺分，要推上海为首，俗说有'金上海'之称，既是美缺，又是个升缺，你初任得此，倒不容易的。"宝徵答应了声"是"，道："小侄得上海道这个缺，乃上荷君恩深重，又赖伯父的福庇。小侄倒不喜这美缺、升缺，所喜在伯父管下。小侄是初任，恐有不到之处，可以得伯父指教。至于舍弟的事，昨日二叔回去说了，家父深为感激，命小侄先行叩谢，改日家父还要亲自过来。"从龙道："此乃公事，何谢之有？你父亲也太觉多情了！"又问到参鲁道同的一节，及京中一班旧交。宝徵一一答过，方作辞回来。

早有众家亲友闻得他叔侄已回，多来邀请他们叔侄。仁寿一概辞谢，只有几家至戚，谊不容却，去走了一遭。又专差至扬州，将甘露的家书送去。

连日里面程婉容、小凤等人皆住下，没有转去。小凤因玉梅起身在即，不忍分离，恨不能日夜一处的行坐，还讲说不尽，所以婉容也不好先自回去，即计议到代玉梅、姞兰送行。"一则他们远别，理当祖饯；二则今年春秋过去了，大半为着七七八八的事情纠缠，都未曾赏玩园子，岂不有负春光？自琼珍同小怜去后，即冷清了许多，现今玉梅他们亦要远行，将来分外人少，没了兴头，不若趁此热闹他两日。"方夫人等听说，齐齐称好。即约定："来日在夺艳楼吃一日酒，带赏牡丹；再叫班小戏子来，在楼底下弹弹唱唱，并不用演扮，只要下地串着清唱，似觉雅趣些，比那锣鼓喧闹，吵得人慌慌的好多着呢。"众夫人议定，便传话外面预备。外边王兰等人也择定是日在绿野堂摆酒，代仁寿、宝徵饯行。惟有梅仙、五官不肯附分，他们要合着单请一天。仁寿推辞不脱，只得依了他们。

次日，方夫人等梳洗已毕，早傍午时候，齐往园内。见夺艳楼上摆的齐齐整整，一班小戏子们早在楼下伺候。众夫人序齿就坐，分着两席：东边是玉梅首席，方夫人、洪静仪、程婉容、蒋小凤、江素馨作陪。西边是姞兰小姐首席——姞兰本不敢坐，被洛珠强拖硬拽的推了上去，隔席方夫人见他们谦让不休，便叫姞兰"向众人告个罪，权且坐一坐罢"。朱小姐闻婆婆吩咐,方肯入座。陪客是聂洛珠、林小黛、沈兰姑、巴月娥等四人。楼口又安了一席,是巴老太、伍氏、穆氏、王氏、宋二娘、锦筝等人。方夫人又赏了一桌酒与红雯等一干大丫头,叫他们在楼后退间里坐,轮班上来督率着小丫头们服侍席面。红雯诸人也乐得借此代玉梅、姞兰房内的丫头送行。众夫人坐定,酒过三巡,下面即叮叮当当吹唱起来。

此时绿野堂上也摆了两桌:这边仁寿首坐,小儒、王兰、云从龙、祝伯青一席;那边众人亦硬行扯了宝徵首座,冯二郎、金梅仙、柳五官一席。他们也叫了说平词的、耍戏法的,来阶下伺候。少停,爱文文雅雅听说书的、热热闹闹变玩意儿的,各随其便。园内是红飞绿舞,厅上是醉月飞觞,连内外的男女仆妇多忙得如穿梭相似。酒席上无非海味山珍,说不尽繁华富贵。

晚间,方夫人又叫在"香城绮国"前,高低远近点了无数五色玻璃、羊角等灯,照耀得一簇牡丹花分外鲜妍,大有临风欲舞之态。复又添杯洗盏,换酒增肴,将前面窗槅全行下落,酒席挪到栏前,一顺儿摆开,人皆对花而坐,真乃花容人面,夺艳争妍。直畅饮到三鼓以后方散。来日乃梅仙、五官的东道,晓得方夫人等今日没有酒席,也摆到夺艳楼去,好赏花饮酒。

过了这两日,仁寿、宝徵即打点动身。里边玉梅、姞兰也忙着收拾。假期将满,仁寿同了宝徵又往各家告辞。在码头上封了十数号官船,仁寿自坐一只,玉梅同奶娘、贴身丫鬟另外一只,其余尽是幕友、家丁们乘坐。宝徵也雇了几号大船,选定黄道良辰,一同开行。

到了临期,仁寿、宝徵换了公服,先叩别家祠神龛,然后拜辞小儒、方夫人等,在堂口坐轿起身。除了小儒不送,王兰等人皆送到城外。合城大小官员及亲友等多来送行,待他叔侄落了船,方才回城。玉梅、姞兰带着人众,亦纷纷各自下船。两边鸣锣张帆,分道而行。仁寿如今是一省封疆,好不威武,才出了境,即有江西大小印官赶上来迎接;一路经过地方,纷纷迎送不绝。到了省城,择吉接篆,所有到任例行各事以及专折谢恩、甄别在省人员等情,无须赘叙。从龙见仁寿起了身,即出奏宝焜回避调任一节,俟奉到上谕,便札调宝焜赴怀宁新任。再说宝徵的船抵了上海境界,早有各府州县前来远接,到任烦文亦不须交代。

第六十四回　唱骊歌绘芳园饯别　催羯鼓留春馆猜花

蒋小凤自玉梅动身以后，时时悲感。方夫人也觉得媳妇远离，又因姑兰身怀六甲，未知一路平安，甚不放心，多亏程婉容等众位夫人百般的从中调笑分忧。适值赛珍小姐从扬州回来，方夫人因女儿许久不归，见了面才算欢喜。小凤也被众人劝说，始渐渐放下思念玉梅的一片心事。

此时正交四月中旬天气，留春馆前芍药大开。婉容便鼓兴要赏芍药，自己先备下东道，请来日看花饮酒。众夫人难却他的美意，只得允了，便叫小丫头们早一日去留春馆打扫。婉容清晨即起身，梳洗完毕，过来催着众位夫人收拾，叫人开了耳门，来到留春馆中。见一字摆了三席——因婉容也约下巴老太等同乐一天。今日是家常便宴，不用逊让，各挨次归座。

使婢们斟上酒，饮过一巡，婉容道："我们也得要热热闹闹，难不成他们去了几个，就振作不来么？况且这哑酒亦漠然无趣。我想行令、分题费人思索，搳拳猜枚又太嫌过俗，不若折芍药花来打鼓传花，花到谁人手里鼓止了，即是谁人饮一杯酒。这令又公道又爽快，只要人多，就好行的。我们今日的人也不为少了，你们看着可好不好？"方夫人道："我们就行这传花令，很好，得叫我家红雯丫头到帘子外打鼓去。"又亲到花田里折了一枝连蒂夹叶的顶大深红重台芍药来，放在席上。小丫头子早将一面铜钉密布的花腔皮鼓取到，又在帘外安了一张小座头，让红雯好坐着打鼓。

洪静仪道："大姐姐单单要他家红雯司鼓，其中难保无关顾；而且红雯这小蹄子很会弄鬼，别要我们着了他主仆的当儿，吃了酒，还要惹他们笑话呢。"方夫人笑道："可不是你瞎子见了鬼么！这个有甚么关顾？你相信那个，即叫那个去打鼓，并不一定非红雯不可。别要少停你多吃了酒，说着了我家主仆作弄。"洪静仪道："换倒不用换他，只不许他看着我们，要远远的坐了去打，我才放心。"红雯听说，笑了笑，将座头挪到花田边墙脚下去了。

婉容道："你们不要闹旁支儿了，听我交代行令规矩。就从我行起，做令官的，要吃一大门面杯，再传花；到何人手内鼓声住了，此人吃一杯酒，随口念一句古诗，要中间有一花字，数去花字临着谁人，即是谁为令官，由他传起；若花到令官手内鼓止，令官只念一句诗，免吃罚酒——不是偏护令官，他既吃过门面杯，不能再吃罚酒。不然，做令官的毫无好处，还要多吃一杯，未免有苦乐不均。"众夫人皆点首，道："此令倒还公道有味，我们好行了。"便吩咐红雯起鼓。

红雯将鼓架在面前安好,高高揎起衣袖,又将手镯压紧,露出两弯雪白膀臂,拿着一对鼓槌,先在木边上打了两下,随后紧慢自如,次第敲去。那鼓声打到紧时,如滚珠撒豆一般,甚为可听。婉容闻鼓声已起,便吃了一大杯酒。干杯,照了席,见芍药花递在肩下的人手内,一个个挨次传递。恰恰一转过来,花到方夫人手中,忽然鼓声停住不打。洪静仪大笑道:"有趣,有趣!古语'作法自毙',真正不错,偏生头一次即轮到你停鼓,若有暗使之者。"方夫人亦笑道:"你以为笑我受罚,不知我巴不得罚这一遭儿呢!足见叫红雯打鼓并非有意,亦可见我之心迹至公无私。"洛珠笑着摇头道:"罢哟!快说花字流觞过令罢,这件小玩意儿还说甚么公呢、私呢?别要笑坏我的肚肠!"方夫人把门面杯吃完,即念道:"日高花影重。"顺着数去,该小黛行令。

小黛接过花,也干了一大杯。那阶下鼓声复作,众人又传了半晌,花到静仪手内鼓住了。方夫人笑念句佛道:"幸而此刻轮着了你,没有话说;若头一遭儿轮着,又说吃了我主仆的捉弄,纵生出一百张嘴,也分剖不清。"静仪并不回答,举起酒盅,一口吃尽,念了一句:"行到中庭数花朵。"众夫人称赞道:"这句诗倒甚贴切,不比随口过令,只要中有花字。真难为你想得到!"数去该洛珠的令官,亦照样而行。

传了半日,有轮着一次的,有两次的,尚有轮不着的。婉容即命停了此令,又取了个两截细雕水磨大方竹筒来,下一层叫小丫头们在园内采了数十种花来放下。行此令者,随手在下层花朵中拣一枝,放在上层盖好,使同席众人去猜。猜着的,令官吃一杯;猜不着的,本人吃两杯。每人挨行一次,交了头止令。所以行传花的令总名曰"传花猜朵",必须此令收场。众夫人见天色不早,随意进了点饮食,散坐盘桓。那边席上,巴老太等人散了席,即大家到园里闲逛去了。

小凤又说道:"玉梅现在江西,只剩得一人,较之我们,犹觉冷清,遇着花朝月夕,也不过他夫妻对酌,以应故事而已。大约我们在这里念他,他亦在江西念着我们呢,好说:'我起身的时候赏的牡丹,而今又该赏芍药了,不知怎的热闹呢!'"说着,小凤的眼眶儿不禁红了起来。

素馨见小凤又感动了思念玉梅之意,忙用话岔开,道:"大凡人的生命

第六十四回　唱骊歌绘芳园饯别　催羯鼓留春馆猜花

是最难料的，即以玉梅妹子而论，当日跟随小凤妹妹，乃一侍儿，纵然日后收场大好，也不过配一经纪买卖人家，即算是出污泥而登霄汉。不意云大人存此一番美意，提拔于他。又有个陈大人附会，玉成其事，真正玉梅万想不到。今日为八座夫人，固然是他的造化，亦是云、陈二位的好事。俗说女子命如柳絮，随风飘扬，能高能下；现今他这柳絮，真乃高接青天了！还有秋霞、锦筝两个丫头，虽不比玉梅妹子富贵极顶，亦可为青衣中之特出。秋霞嫁了王喜，官职虽小，也是一位太太；锦筝配与五官，均是郎才女貌。而且五官本系好人家子弟，如今又捐纳了前程，不为辱没了锦筝。不知现在这一班丫头中，可有几个像他们的了？我看惟有大姐姐房内红雯丫头，品貌又好，人又伶俐，将来可以有点福气。依我的愚见，不如大姐姐代陈大人收在房内，免得发出去配人，未知是好是歹；况且大姐姐身边实在少不了他——因主人还没有开口，他即先意承志的做去，也怪不得你大姐姐疼爱。果然收了房，仍旧如贴身一般，照常伺候做事。否则，至迟二年，万不能再留住他，不配给人了。今年红雯可是十九岁了么？"

洛珠一旁插嘴道："可不是呢！真个你我两人一样的心思，日前我们闲话，也说过的。陈太太说：'好是好极了，无如红雯过于尖刁，又生得有几分姿色，凡事心高志大，喜事争先。怕的是日后房帏不和，由此多了是非。'我听他说到此处，就不便再说了。其实与我们毫无干涉，我因红雯这丫头若配个小子及平等户人家，不免可惜，譬如一朵姣花，落在粪土里去了。"

方夫人笑道："你们不过为红雯生得好，劝我替我家老爷收房。我也知去了红雯，好似少了一条膀臂；若收在房内，明虽作妾，即如在我身边伺候一样。殊不知我的心事却另有想头：因为红雯生得嘴强舌快，凡事不肯让人，在我跟前，料想他也不敢十分放肆；怕的沈姨娘为人忠厚温和，背了我，受他牵制。还有我家老爷生性拘谨，连日前沈姨娘来此，他尚执意不行，恐人议论，目下又有了这等年纪，若再叫他收纳红雯，不言可知，他定见是不依的。如没有这两层关碍，还待到今日你们来劝我？我久经做下了！"

洛珠听了，对着素馨点首道："这句话倒有点意思，陈大人是最古板的。"婉容正在里间看壁上字画，忙走至外间，笑嘻嘻向素馨、洛珠道："你们快别要信他鬼话！还亏你们说他说的不错，其实他是吃杨梅的心重，怎好对你们直说？只得借这一篇大道理掩人耳目。你们想一想，就是红雯收了房，要欺沈姨娘，有他这位正室夫人压住了头，当真红雯是三头六臂么？"

方夫人正要回答，抬头见巴氏等人多走了进来，道："太太们今日这般高兴，还在这里说话，天好将晚了。"说着，丫头们早点了手灯，上来伺候。方夫人等即起身，仍由耳门回转上房。众使婢将留春馆内收拾清楚，关锁了耳门，各回后进，预备众位夫人晚饭。少顷，小儒回后，与方夫人说了一回闲话，即往兰姑房中安歇。

兰姑俟小儒睡下，吩咐媚奴："在房内伺候老爷叫唤，我到太太那边去去即来。"便悄悄的走过，见方夫人独坐在灯下出神，忙送了一盏茶，笑盈盈的低声说道："日间祝太太与聂姨奶奶说的话，太太以为如何？"方夫人笑道："我已经说明不能的情节，你此时来问做甚么？"兰姑道："太太的意见我也仰体得出，既恐老爷不行，又恐红雯背地里欺负我。这是太太恩典，顾惜我的处在。不然，即是云太太所说，有太太压服住他，还怕红雯做甚么？太太所虑的是他暗中挑拨，不及防闲，生出是非来。"方夫人笑着点点首，道："你既能领略这情理，还来问甚么呢？"

兰姑又走近一步，笑说道："非是我琐碎，来问太太，我看红雯不是个心地不明白的人，太太既抬举他，给老爷收房，是何等体面！他也知道感激的。而且太太又这般圣明，他敢使心眼儿么？不过想欺负着我，一来有太太压制住他，二来老爷也不是那样听背后言语的人。我因为太太各事红雯倒分去了一半，我虽来了多年，万不及他明白。红雯开发出去，难道仍要太太自己操心么？我们看着也不安。若要学他，实在又学不上。还有一件事，这是太太的明见，我方敢斗胆说一声儿：自从添了森儿，不无多出些针线，如把红雯收房，他即可伺候老爷、太太身上的事，我即一心一意的照顾森儿，岂不一举两便？若恐老爷执性不允，有太太硬做了主，老爷也没有说的话。"

方夫人听说，沉吟了半晌，道："你可是真愿意的么？还是假话？不要收了红雯，日后你追悔不及，再到我面前诉苦，我那时可不管的呢！你倒仔细的心里思量思量，不要图此时说得爽利大方。"兰姑笑道："太太说的甚么话！我怎敢用假话来骗太太？这件事我久已有心，不是祝太太们今日说起，我也不好说及。后日就是红雯真个欺了我，我也没得怨的。太太只管放心。"方夫人道："夜已深了，你去睡罢，且待明日，我自有处置。"

兰姑应了声出来，仍回自己房内。小儒尚未睡熟，便问道："你在太太那边好半会，做甚么？想又议论到甚么好事儿了？"兰姑也不答言，即叫媚奴与小丫头们退出，推上房门，走到镜台前卸了残妆，转身坐在床沿上，一面换着睡鞋，一面即将方夫人所说的话细讲了一遍。

小儒听了，双手齐摇，道："罢了！罢了！我只当你们说的甚么好话儿，原来议论的这些没要紧的事件，也亏你们好意思说得出口！倘被人家听得，岂不是大笑话么！太太断不会说这句话，他深知我的心性。这都是你的主见，多分你服侍的我厌烦了，要个人来替替你的手儿。可是不是呢？"兰姑闻说，便站起身，摆下脸来道："好扯淡！这是太太一个人的意见，与祝太太们商量的，与我甚么相干？方才太太说与我听，你问我，我好意告诉你，反说我厌烦服侍你！我若怕服侍人，当初也不到你家来了。难不成过了几年，又懊悔了么？真正是笑话！"

小儒见兰姑认真，自知失言，忙赔笑道："我不过同你说笑罢了，看你怎么样的，你倒发急，当起真来！你听听，好交三鼓了，今夜睡迟，明早又要嚷眼睛痛。"说罢，便翻身朝里睡去。兰姑唧哝着道："不说你的话呕人，还说我好认真发急！"也宽衣睡下。

次日，小儒起来，洗了面，正欲出外，见小丫头进来道："太太请老爷说话呢。"小儒听了，即往方夫人房中走过。

未知方夫人来请小儒，他夫妻有何计较，且看下回分解。

第六十五回

抱衾裯俏婢擅专房　论家事私心先固宠

　　话说陈小儒闻方夫人相请，即走了过来。见方夫人梳洗已完，坐在房内，同赛珍小姐吃早点心。小儒道："你们今日起身得好早，多应有件事呢？"赛珍忙起身让座。小儒道："我也随便吃些罢，省得到外面吃去。"小丫头即移过座位，送茶设箸，夫妻对面坐下同食。

　　吃毕，漱了口，小儒便问道："你叫小丫头请我，有何话说？"方夫人即叫红雯等退出，笑吟吟的道："请你大人过来，并无别故，因系大人的大喜，一则道贺，二则特地奉告。"小儒笑道："你说的话令人不懂，好端端，我有何喜事可贺？纵有喜事，何以又要你告诉？究竟甚么事，何妨请教请教？"方夫人道："你先慢问是何大喜，且问你，告诉过了你，可行不行？"小儒大笑道："你的话说得益发糊涂！我有喜事，怎么你又虑到我不行？真正牛头马嘴，不知是那一搭儿！"方夫人道："然则我说出来，你可是必行的，一言既出，驷马难追。不可我说了，你又改变。"小儒听了，猛然省悟，道："我明白了，你说的莫非即是昨晚沈姨所说的话么？"方夫人道："沈姨娘真是个嘴快，已经告诉过你了！你既早已知道，何以犹假作不解？你看这件事可不是你的大喜！"小儒正色道："你别要闹笑话了！昨晚沈姨告诉我，只当你们一时的戏言，那知你果然真有此说。你设身处地代我试想，我如无子，即讨个十房八房，没人物议。现在儿媳成双作对，侍立跟前，转眼大媳妇生下或男或女，你我即是抱孙子的境界来了，还做这些不尴不尬的事，真要笑煞了人！若说少人服侍，有了沈姨，况且沈姨又生了儿子，更外不合做这件事。虽然多承你的美意，我只好心领罢了。"说毕站起身，向外就走。

　　方夫人忙止住，道："行与不行，且待我的话说完，何必急急要去？难不成坐在这里，就硬降住你要行么？"小儒无奈，复又坐下，道："非是我一定要走，实因你们无故的寻出些事来胡闹，叫人听了烦恼。"方夫人笑道："我们说的话均是不经之言，难入尊耳，姑且置之勿论。我却有一言，要动

第六十五回　抱衾裯俏婢擅专房　论家事私心先固宠

问你大人个详细。你平时常自负一生由读书以至出仕，又由县令擢升封疆大吏，无他长处，只有上不欺君父，下能体贴人情。所有你上不欺君父，我深为佩服，实系不虚；至于下能体贴人情这一层，窃恐未必。"

小儒笑道："真正今日被你缠的不得清白，忽然又发起大议论来，叫人万难揣摩。即如尊言，倒要说明我何以不能体贴人情？"方夫人道："大凡能体贴人情者，必当无微不至，甚至出以处世，入以处家，下而至于舆台仆隶、妇人女子，当无所不用其体贴。若时时和我坐起，较他人尤为亲昵者，更宜体贴得加倍入情方是。我将才劝你收纳红雯，亦为体贴人情上起见。沈姨娘到我家数年，毫无过失，人所共知，并非我私心谬赞。如今又生了森儿，更非新来的时候可比；而且沈姨家世本属清白，书香后裔，不过他父亲不能读书，做了买卖，也不是那低三下四人家。沈姨因感你究办祝道生，代他彰雪名节，又救脱了他父亲的无辜讼累，他即立志不嫁他人，甘心来给你做妾，报答你的大恩。论他家的门楣，虽不能仰攀富贵大族，也可配个好好读书之家子弟，何至到我家来低头作妾，伺候我们？你每叹许他立心高尚，人品端方，叫我们不可轻视他，这却是你体贴他的好处。殊不知是人谁不望上？他到我家来做个偏房，乃出于他的诚心。而今既生了森儿，他亦想做人了，惟有望你抬举他。好在定例：妾生有子，准其封赠。你果真体贴他，代他请下从五品诰封，从此即可扬眉吐气，不枉他来报恩一场。你虽说抬举了他，他乃明道理的人。见你跟前并无三姬四妾，必至仍照常的要伺候着你；若叫丫头们替他，小的不谙事件，大的又不便当，外人看起来，犹是姬妾一般。就是这班丫头们，也看他不起。所以我劝你收了红雯，沈姨这一番责任即可交卸于他。你若如此做法，方为真心体贴。"赛珍小姐也笑着在旁接口，道："娘的说话丝毫不错，并不是为的红雯，全为的是姨娘。况姨娘来了数年，上下人等无不称赞贤淑，目下又添了兄弟，即那初来的时候，待女儿们亦复周到。父亲就代姨娘请了诰封，免了伺候，也是应该的，并不过分。"

小儒听了他母女的话，便立起身，在房外踱来踱去，徘徊了半响，道："你们的话，未尝无理，我总觉不可，无奈旁人不知就里。若以外面而观，多要物议，我又何苦来呢？至于代沈姨请封，我亦久存此意。明儿就去与在田说知，给他做下了，也算体贴他来此数年辛苦。你们若虑我没人服侍,由今日起,我决不要人伺候。何如呢?"说罢,便匆匆出去。

赛珍道:"父亲连年还是这般执一的性格,他说不行,随便怎么,总是咬定牙根不改口的。"方夫人摇手笑道:"你别认错了。初时那正言厉色的形容倒是不行的,以后听我说出沈姨娘一节苦情,他沉吟了半会,即是他意中可以通融,口内一时转不过来。不好说才不肯行,忽然就肯行了。此乃他生平的行为,我屡试屡验的。不信,你看我明日叫人打扫屋子,选择吉日,代红雯收房,他再不似今日这般绝决的了。"母女两人正在讲论,恰好兰姑也走进来,讨问这件事的消息。方夫人对他说明,兰姑亦甚为欢喜,道:"昨晚我试探着老爷的口气,他那般咬钉嚼铁的不行,还说我怕服侍他,是我冲挺了他两句。今早太太说了,他一般也行了。少停倒要问他,难道单对我洗清的么?其实我劝他收了红雯,难不成还妒忌他么?老爷真看错了人!"赛珍小姐笑道:"姨娘别要欢喜太过,以为有了替身。将来父亲宠爱红雯,不理姨娘,姨娘好准备肚皮着气罢!"兰姑亦笑道:"我来了这么多年,姑娘还不知道我的心?纵然老爷不理我,也犯不着气,只要太太顾计着我就是了。总不致太太也不理我。而且还有姑娘呢,亦可替我说句公道话的。"说得方夫人也笑将起来。三人又闲话了一会,兰姑即回房去。

顷刻,众夫人皆知,多到方夫人房内问长问短:"新屋派在那里?吉期选定何日?再办甚么筵席?甚么玩意儿请我们?"方夫人笑道:"你们不要着忙,到了那日,自有安排。若说热闹,却断断不可的!我家古怪的老爷,现在怕人议论,还是我一篇大题目,说得他无言可推,才勉强答应的。他尚肯张大其事,叫旁人通晓得么?不如待事过之后,随意怎么摆酒唱戏,大张旗鼓的热闹两日,那时生米炊成熟饭,他也无可如何,只好任我们闹去。"婉容先拍手叫好,众人亦甚以为然。

方夫人又道:"诸位太太犹要叮嘱诸位老爷,不可同他说笑,只当没有这件事。并非我收名丫头给老爷作妾,如此鬼头鬼脑,岂不惹人生疑?既非来历不明,又不强占硬买,何用怕人呢?不知其中有段原由。你们说我离不了红雯,也是有的;然而其情尚小,拼着我在众丫头中拣出一名尖儿,再操心领带一年半载,即可作副手了。我实因沈姨娘为人甚好,你们是深知的,若收了红雯,他便可由此出头。在别人收名丫头为妾,毫不稀罕的

第六十五回　抱衾裯俏婢擅专房　论家事私心先固宠

事；若论我家老爷，专在这些声名情理上考较。好容易被我说行了，只要这两日有人取笑了他，他回想过来，竟可又不行的。所以我临时不肯张扬，亦有所为。"众夫人听说，都齐声称是。

方夫人待人众散后，即叫上红雯告诉他适才的话，又切实的盼咐了一遍："各事要谦和退后，为人宜温厚和平，敬上恤下，都是要的，方不负我这一番提拔。"红雯听了，顿时满面通红，低下头微微的应了一声，心内却无限快活，暗自喜道："我就怕的发出去配个小子，要笑倒锦筝、秋霞等一干小蹄子呢！如今太太把我收在老爷房内，我也是一位姨娘了，老爷年纪既不甚大，又是皇皇的一品大员，我虽做他的姨娘，也对得过他们了。"便含羞上前，给方夫人叩了头，回身到套房里面去躲着，怕同伙们嘲笑。

连日方夫人也不叫他来伺候，即命粗使丫头将套间搬空，打扫洁净，又上下裱糊得簇然一新，所有房内应用家伙物件，均照兰姑房内的陈设。在方夫人意见，是彼此没有轻重。又传话外面，悄悄的唤了几名成衣来，赶紧做就十数套衣裙。自己穿不着的衣服，拣了若干出来，一齐给了红雯。又代红雯添置了几件首饰。将房内一个半大的丫头，名叫双喜的给红雯使唤。各事齐备，便择定四月念六日天喜良辰，代红雯收房。是日，虽不惊动外客，住在一处的众位夫人及外面王兰等人皆备下酒席，内外家丁、仆妇们俱各有赏给。闲文不提。

直待到念五日晚间，方夫人方对小儒说了，即扯他至新房来看各物。原来是一顺三间套房，两明一暗，院落内也种了些花竹等类。对面又有小小一间，一条夹道，另有门从方夫人正房窗下出进，即不由正房内的门出入，以备早晚便当。方夫人笑对小儒说道："你细过一过目，可薄待你新姨娘没有？我自信这起差事办得调停，你是那里来的造化？竟没费一点心儿！你怎么谢我呢？"

小儒亦笑道："我倒好被你坑死了！捉弄得我不能见人，者香等人知道，必然百般打趣我。不怪你尽够了，还要谢你，可是没有的事！你只好叫沈姨谢你，你体贴他，却是不错的。"方夫人笑道："呸！我怎生坑了你？替你讨小老婆，并非代你干下无法无天的事，你怎么不好见人？你见人家钻墙打洞的要讨个妾，正室各种吵闹不行，是有的。没见我这个烂好人，挼着代你讨妾，还要被你说这也不好，那也不好，不是我害了失心疯了么？

你真个不要，我明儿随便送那个去，有我家红雯这般人材，还愁没人讨么？他们尚巴不到手呢！别要过了明日，仍说不好，那可是挽回不来的！趁今儿说明白了。"小儒笑道："罢！罢！罢！又引出你的唠叨来！"说着，甩脱衣袖，大踏步出房去了。

这里方夫人俟人静以后，又叫出红雯，重训诲了一顿，道："从此你有了归着，不比当丫头的时候。凡事宜守着规矩，不可妄行一步、妄言一句，第一要与我争口气。日后你生下男女，我也抬举你出头。况老爷为人，你是知道的，待上极宽而有恩，只要人勤慎，老爷多是喜欢的。你不要倚着宠爱，无事生非，即负了我同沈姨娘一番美意。再则老爷本不肯收你，我和沈姨娘从中再四怂恿，方才应允。沈姨娘生性忠厚，你凡事要敬重他，学着他做人。每见人家姨娘听得老爷又要讨妾，深恐人来分宠夺爱，就是嫡室与他多没生过，还要设法阻挠，何况他已经有子！谁知他并不妒忌，比我劝老爷尤其恳切，甚至为你多碰过老爷钉子了。也不过因你是我贴身得用之人，是仰体我的意思。可见他的居心是人多不可及。你别要存心与他一般高下，想欺负他，那我可是不依的！你也不是个糊涂人，无须我深说，自然明白。"红雯道："太太但请放心，丫头蒙太太提拔，恩同父母。太太即不吩咐丫头，亦不敢负太太的盛意。"方夫人点首道："若果如此，我自当另眼看待。你去睡罢，我这里不用你伺候。"

红雯答应退出，回到自己房中，宽衣睡下。在被内寻思道："太太待我原没有说的，我是自幼服侍他的人，今儿又蒙他抬举，我能不敬重他吗？况且太太本是老爷的元配，诰命夫人，我怎敢比得上他？惟有沈家里，他无非早来了几年，终究是个姨娘，现今不过养了儿子，也没有别的甚么稀奇。可笑太太叫我凡事要敬重他，仍要叫我跟他学做人。适才太太嘱咐我，不好不应他一声，其实我心里气不过！我未曾收房，我是太太贴身丫头，他是老爷的偏房，即没有高下了；我今日也做了老爷偏房，倒比他低下了一层么？太太说他也苦劝老爷收我，这句话太太这么说罢咧，我死也不相信！非是我说句自负的话，我的容貌儿、心眼儿，那件不如他？他靠着在太太面前百般的要好，狗颠屁股献殷勤儿，讨太太的喜欢。这也不是甚么难事，我也会做的。只要我肚皮争气，一半年也养个儿子，即堵住太太的嘴了。从今日起，他不理会我，我亦不理会他；他若要欺压着我，那就怪

第六十五回　抱衾裯俏婢擅专房　论家事私心先固宠

不得我了！到那个时候，纵有太太撑着他腰肋，我也不怕！我还有一句不害羞的话：讨太太喜欢，都是假的；要讨老爷喜欢，才有用呢。待我慢慢用着心计将老爷笼络住了，不去招睬他，那时才知道我的手段！甚么叫做笼络？我也不好说的，不过那件事儿罢了。"红雯想定了主意，方合眼睡去。一宵无语。

次日，方夫人早抽身起来，至套间看着小丫头们代红雯穿戴齐全，更觉得人材比往常出众。打扮才完，早有众夫人多笑了进来。方夫人忙起身让座。红雯也上前给众夫人请了安。洛珠先一把拉住红雯的手，上下细看了一回，笑道："果然方太太真有眼力，能识得这个宝贝！今儿打扮起来，比那画上美人竟不差甚。不知老爷见着怎么疼爱，又怎么当心坎儿上的肉看待呢！"说得红雯耳红面赤，被洛珠紧紧拉住，走又走不开，惟有把头掉了过去，挣着身子要走。

婉容忙走过来，推开洛珠道："随便甚么人，你多要啰啰嗦嗦的取笑一阵，不见人家脸多臊红了！今日他又是个新娘，不比往时，可以答你一言半句，你何苦同哑巴子开心呢？"婉容说着，在头上拔下一支双凤叠丝浑金打就的长钗，将来插在红雯后髻上，即笑对方夫人道："些许小意思，给你家红姨娘添补妆奁，却不要笑话，强如空着两手。"方夫人道："怎么要云太太赏起物件来？可不要折坏了他！古语：'长者赐，不敢辞。'只得权领了。"即命红雯上前叩谢。随后众家夫人皆有所赠，无非簪珥、钗环之类。红雯一一谢过。方夫人便邀着众夫人到自己房内坐着闲话。

外边厅上，王兰等人昨晚也多知道了，早起皆着了衣冠，过来向小儒道喜。王兰道："小儒这么一件大喜事，却思量瞒住我们，是何道理？必当公议他条罚款，我方肯干休。要今日先送我三千支棒香，小为赎罪。不然，我定见不依！我也没有别法，少停晚间，我高卧新房，看小儒这楚襄王今夜那里阳台寻梦去！"说得众人皆鼓掌大笑。二郎忙走近，在王兰肩头拍了一下，道："者香，要原谅人情，遥想昨夕，尊夫人该有所嘱的。"王兰亦笑道："你别要嚷，不要你管，随他们怎么嘱咐过的，我今日都罚定小儒了！拼着他不过那句话儿，他果真割舍不要，我倒可以赏收，断不至今夕使新姨失所。想我这副面目也可配得上小儒；若换了你，我就不敢毛遂自荐了，你本有美二郎之称，我焉能及得上你？"二郎笑道："者香又发疯狂了！

我好意提你,怎生歪缠到我身上来?"

此时小儒被王兰取笑得坐立不安,便深深一揖,道:"万般多望者香原谅,其中我尚有曲情,改一日容为细述。别说你要三千支棒香,就是三万支,也不为多。我顷刻打发人办去,求你不要闹罢。"伯青道:"这么就是了,我们每人三千支棒香,过了今日,再罚他备酒唱戏,补请我们。"王兰听了,方没有话说。又背地叫人送信与从龙。

少停,只听得外面鸣锣喝道,家丁上厅来回道:"云大人过来了。"小儒跺足道:"又是谁送信与在田去的?这一来,多要闹的各处皆知才罢!我想没有别人,多是者香促狭鬼做的事。"王兰笑道:"人家来不来,与我甚么相干?我又没有叫他去,又何以见得他是来贺喜的呢?平日在田也常来的人,不该他今日高兴来瞧瞧你么?真正好笑,又怪起我来!我此时屈着众人情面不同你闹,即是十分人情,你别要再引我了!"二郎笑道:"者香不要同小儒胡缠了,小儒快点接客去罢,在田倒好下轿多时。"

小儒无奈,只得接到阶下。早见从龙大踏步走进,见了面即笑道:"恕我来迟,勿罪,勿罪!我实在将才得信的。"便上厅与众人行了礼,坐下道:"我要怪者香、楚卿,你们是早经知道的了,怎么至今儿才给信与我?一时竟办不及贺礼,只好后补。幸而小儒这边,若是外人,岂不遭怪么?"王兰道:"你不要乱冤屈了人!我们也是今早才得信的,亦未曾办着贺礼呢。你若要怪人,只有怪尊夫人不肯早早给你的信。"从龙道:"何以单怪内子不曾给信?我倒不明白。"王兰道:"过后你自会明白,此时却没有那么大工夫告诉你。"即将众人如何议罚小儒的话说了一遍。从龙笑道:"我也仿你们的例,三千支棒香,改日吃酒听戏,我亦没的说了。"

小儒请众人宽了大衣,即命摆上酒席,入座谈谈说说,直至下昼时分。里面方夫人早叫人请小儒入内,说吉时已至。今日方夫人这一进屋子里亦张灯结彩,几上点了一对百年富贵通宵绛蜡,当中设着两副大红绣金披垫座位,地上满铺猩红氍毹。方夫人也穿了公服,在堂前相待。见小儒进来,便叫双喜扶出红雯,先拜了天地、祖先,然后请小儒夫妻入座受礼。小儒、方夫人各立一边,红雯向上深深四拜,他夫妻各回了半礼。又请出众位夫人拜见,众夫人再三止住,只行了一礼。方夫人又命红雯与兰姑见礼。红雯好生不悦,只得忍气拜了下去。兰姑忙顶礼相还,口内犹连称

第六十五回　抱衾裯俏婢擅专房　论家事私心先固宠

"不敢"。众人见礼已毕，府中男女家丁多一齐上来，分班叩见。随后众位夫人贴身的丫鬟，各奉主人之命，上来叩见。方夫人即叫红雯平拜，又吩咐众人改日有赏。

红雯此刻分外满肚皮没好气，想道："我如今是位姨娘了，这些丫头虽不是我家的人，受他们一礼，也不为过。若说我不能受他们的礼，何以起先又叫我叩沈家里头呢？当着这么许多人，先给我个没脸！"越想越气，又不好形于颜色，惟有心内暗骂道："你们这一干骚货！今日讨了我便宜去，改一日多要你们加十倍的还我才罢！"

小儒见诸事已毕，仍至前厅。方夫人复叫仆妇到外边道："新姨娘要出厅，请诸位大人的安。"王兰等人齐称"不敢"，立意的止住。方夫人便命摆酒，邀众夫人入座，叫红雯合席递了酒，又赏了他个座头，在末席坐着。前厅众人亦入了席，小儒主位相陪。内外直饮至二鼓以后方散。

家丁们掌着一对手灯，送小儒来至新房。红雯见了，起身接入，亲手送上茶，一旁低头侍立。双喜即退出来，自去睡了。小儒在烛光之下细看红雯，果然姣美，此时又带着几分羞态，分外怜人。两道细细的蛾眉，一双盈盈的凤眼，眉梢眼角又略略吊起分许，竟是宜笑宜嗔，面若带红的菡萏，口如半熟的樱桃，腮边两个微涡，虽不笑而亦生；柳腰瘦小若临风，莲瓣轻盈以贴地，纵非倾国倾城色，也算多娇多媚人。红雯俟小儒吃了茶，接过茶盅，便伺候小儒宽了袍带睡下，自己方对镜除卸簪珥，脱去外盖大衣，换了睡鞋，同入罗帏。此夕小儒与红雯备尽绸缪，说不尽的恩爱。

次日清晨起身，红雯又服侍小儒净面漱口，穿上外服。小儒见方夫人房门未开，便一径到前厅去了。红雯始唤进双喜，伺候他梳洗。方夫人房门丫头也开门出来，唤取茶水。红雯即入内请问早安，又到众夫人房中去走了一趟。

这日，众夫人即过来问方夫人怎样补请大众。方夫人笑道："诸位太太竟着急得很，多分昨夜睡都没有睡稳，深恐我哄骗你们，过了吉期，即不打算请你们了，不知我早定下主意。我想曩日请人，不过盛席唱戏，最为闹热，一则忙人，二则看惯了戏，也没有意味。不如目下鲥鱼正在上市，昨日云大人又荐了一名厨子来，是苏州人，极善烹调，他的熏炙鲥鱼脍尤其精美。明儿吩咐他买几尾顶大的鲥鱼，配上数样清淡的菜，将那上陈的女儿酒预备两坛,仍在留春馆内起坐;再叫两名女说书的来对面弹唱,我们或斗牌,或着棋,各听自便,似觉清雅些儿。横竖我备着酒戏的使用,决不讨点便宜,可以多玩这么几日。你们的意见以为何如?"

众夫人未及答言,洛珠先极口叫好道:"有趣!有趣!就么着,谁人不依,即罚谁的东道!"众夫人听了,亦同声称善。婉容笑道:"柔云何以见得我们不依?这般喉急做甚么?"方夫人即叫小丫头传话厨房整备。

来日,众夫人齐至留春馆中,女说书的上来请了安,一旁坐着弹唱。众人各随意取乐。午饭时,摆上一大盘鲫鱼脍,果然比旧制新鲜适口。晚间直到更鼓方散。如是一连聚饮了四五日。前厅王兰等人亦闹着小儒补请了他们几日,每日都请了从龙过来。席间小儒即重托从龙代兰姑请封,又交千金与从龙,作部里的料理使费。

隔了半月有余,早奉到部文,恰好这日是红雯的满月,方夫人复又摆酒,请众位夫人与各家亲友内眷——若论红雯满月,断不如此热闹。方夫人因兰姑请了诰封,乃是他平生第一件大喜事,须要热闹一场,使人众皆知。兰姑今日穿着五品命妇服式,愈显得沉静整肃。先拜了神祖,然后拜见方夫人等。方夫人即叫红雯向兰姑叩头。反是兰姑一把拉住,道:"好妹妹,不要闹我了,我们本是姊妹,有何分别?"遂彼此对福了两福。

众男女仆妇亦上阶行礼,各有赏给。方夫人便吩咐人众道:"你们嗣后一体改称'奶奶',有不遵我说话的,当时撵逐!再则从此府中一切大小事务,我多委了奶奶办理,你们有甚么事,只要去回奶奶就是了。若有藐视不服的,亦立刻处治你们!大众可听清了?"众仆妇齐声答应,退下。

方夫人又请了伍氏过来,一同起坐。伍氏谢了又谢,道:"我女儿蒙太太高厚深恩,怎生图报?即是我夫妻,也感激不尽。"方夫人笑道:"伍老太,你别这么说。你家姑娘为人贤淑,人所共知,这几年实在又屈抑了他,不过借此聊以酬答,也不算甚么。"伍氏忙道:"哎哟哟!我的老太太!就是你这句话,不独我女儿,即愚夫妻亦当受不起!"对面谦逊了一会,即邀请人众赴席,又留着众家内眷用了晚酒,方各自回去。方夫人即将各处钥匙以及内外应用的帐目全行检点出来,交与兰姑。嗣后府中各项事务,均归兰姑一人管理。此等闲文,不须细说。

单说红雯回到自己房内,直气得柳眉倒剔,杏眼圆睁,连声唉叹,道:

第六十五回　抱衾裯俏婢擅专房　论家事私心先固宠

"真正我万分背晦,连鬼都不如了!好笑太太,竟抬举得沈家里的甚重,叫老爷代他请封,又叫家人称呼他奶奶。若有不遵的,还要撑逐。又把府中各事交代他执掌。到底沈家里的有甚么大功劳,还叫我叩他的头?何以又看得我甚轻呢?这口气使我怎生捺得下去?罢了!我若不将沈家里的摆布出个样子来,除非我死了,才得罢休!"

此时虽是五月天气,因节令早行,十分炎热。红雯在席上多吃了几杯闷酒,复狠狠的受了一顿气,觉得香汗直淋,一时难止。便叫双喜去提了水来,服侍他洗澡。又将竹榻安放在院落当中,打开头发,临风通头。双喜侍立一旁打扇。

小儒俟前厅散了酒,亦回后进,在方夫人处稍坐了片刻,即向红雯房内来。小儒自收了红雯,这一个月中多在红雯处歇宿,未曾到兰姑房中去过。兰姑生来天性好静,当未收红雯以前,本应该他服侍小儒,以尽姬妾的职分,而今有了红雯,正好推托;又因现在请了诰封,复接领了方夫人向来管理府中的一切重任,倍宜端重,每次小儒要在他房内住下,兰姑必婉言回却。至于方夫人处,起初兰姑进门,方夫人即不容小儒在房里歇。日前又讨了红雯,更无须交代了。小儒亦乐于在红雯处歇宿。红雯为人柔媚,他又居心要笼络小儒,床笫间百般恩爱,枕席上万种绸缪,把个小儒逗引得荡魄销魂,以为汉武帝之温柔乡,不过如是尔尔。

大凡人生,谁不贪色欲?小儒惟有不去钻穴逾墙,若是自己妻妾,焉有不喜爱的?他又非王兰、二郎等人可比,他们是久惯风情,视为平常;小儒虽然有妻有妾,皆是名门世族之女,尽其夫妇之情而已。若红雯曲意承顺,闺房之乐,无微不至。红雯又是个解得风趣的丫头,仗着几分姿色,加倍的修饰动人,甚至眉目之中多能顾盼通情。别说小儒身所未经、目所未睹,好似耳朵里平日多未闻人道过。今一旦领此滋味,觉天下之大,莫有过于红雯了。所以小儒竟视红雯如性命一般,恨不能终日行止坐卧,一刻不离。红雯见小儒已入迷圈,全副心肝多被他笼络得牢牢切切,不至走脱,反各事恃宠骄傲,或喜或嗔,或亲或远,好叫小儒把握不定。始则小儒不肯拂他的意见,继则又不忍违他的情性;心内有了那不肯不忍的两层念头,以致小儒每事倒将就红雯起来。

小儒进了房,见红雯在院落内纳凉梳头,便挨近身坐下,笑道:"你洗过澡了么？"红雯的头发已经梳通，即叫双喜代他盘起，又舀了热水来擦洗了手，将双喜手中的扇子取过，亲自与小儒扇着，道："我洗过多时了，你可洗过没有？我叫双喜兜盆水来服侍你洗澡罢。你如果嫌费事，即浇抹着身子也好。"小儒道："今日天气不甚过热，不要洗罢。倒是静坐着趁着风凉最好的。"双喜闻小儒不要洗澡，便送上两盏茶，放在竹榻旁一张小几上，即回到自己房内，关了门洗澡去。

现在虽然没有月色，却喜回廊上挂了四盏水玻璃灯，一齐点着，照映得院落内如白昼相似。小儒见红雯头上随意盘了个松松的髻子，插着几朵素心兰花，上身穿件白蝉翼纱湖色镶云对襟汗衫，内衬大红宫纱绣金抹胸，下着水绿一色宽镶暗花实底纱底衣，束着一绺鹅黄丝绦，脚下穿着淡红练罗平底凤头便鞋，愈显得肌理玉映，袅娜出尘。把小儒直从心眼儿里爱将出来，笑眯眯的，目不转睛望着红雯。好半晌，红雯抿着嘴笑道："你不认得我么？好端端的，为何只管看着我？看的人怪不好意思的。"小儒笑道："我看你是爱你，这一身打扮，再配上你这般人材，真是无处不宜，无处不好！"

红雯笑着将头扭过，道："我不信你这些假话，你别要哄我！你既说我好看，我与奶奶比较起来，谁好呢？"小儒道："你与他各有好处不同。他好在端庄，你好在流丽。"红雯点点头，道："我与太太比较呢？"小儒道："那可差得多了。太太乃大家女子，专在沉静娴雅上取法，又非在'美'字'好'字上着重了。"红雯笑道："然则太太、奶奶还是比我好了？"小儒道："并非比你好。你们三个人皆有一般的好处，其间各有所取，不能一律而言。说出来你急切不得明白。"

红雯道："我怎么不明白呢？太太的好处，我也自知不及，他是世代官宦家小姐，而今又是一品诰命夫人；我原是个丫头出身，纵有万般的好处，怎生比得上太太脚跟？我不过故意问着你玩罢了。若论奶奶为人，你说他好在端庄，我也相信得过的。不是我说句罪过的话，可惜被太太弄坏了他，未免美中不足。"小儒笑道："怎么太太弄坏了他？我倒不解你这句说话。"红雯道："说也无益，若被太太听见，还只当我妒忌他呢。"小儒道："出自你口，入于我耳，又没第三个人听见，太太怎生晓得呢？难道我把你的话告诉太太去么？可不是你多虑了！"

第六十五回　抱衾裯俏婢擅专房　论家事私心先固宠

红雯道："其实告诉了你也是没用,你又做不得主。既然一定问我,告诉了你,可不许对人讲呢。"遂挪一挪身子,挨近小儒耳畔,说道："将才太太当着众人交代奶奶一切家务,你是着眼见的。太太当了数十年家,上下人等毫无怨言,别说太太委系公正无私,即太太有所偏袒,这一班内外家丁也是敢怒而不敢言,此乃人之恒情。现在临到奶奶主持家务,虽有太太吩咐过了,这班人皆是口头答应,未必心里肯服。奶奶若办的好,毫无话说;如稍有偏枯不均,你听着罢,人的嘴多要说歪了呢!并非奶奶有意做错,古语:'君子尚有三差。'奶奶又是初次当家,遇事都有些羞手缩脚,人不原谅奶奶是无心之错;要说奶奶才得了志,即有意克削我们,又不是除了太太就非奶奶不可。我说句自负的话,我自幼跟随太太,眼睛里见的、耳朵里听的,不比奶奶好些,每有件小事务,太太即叫我去办。譬如今儿太太把家务交给于我,我都不敢接手,何况奶奶犹不如我呢?

"还有一说,我在太太身边多年,人知道那些不能行的事,即不来瞎碰钉子了;现今换了奶奶,又知他是生手,好歹多要来回这么一声,看奶奶如何发落,就如考试着奶奶才情一般。奶奶来了这几年,人多称赞他贤德,待下有恩——因他不是当家人,各事多不去预闻,只有遇见疑难的事,还要原谅一句,所以人家即见得他好了。此时接了这当家差使,不要三月五月,包管他即有了怨声——饶不着太太那样圣明人,犹有背后议论。俗语说得好:'世上三般最难事,教书管狱与当家。'我说太太弄坏了他,并非别事,可惜他数年的美名,要因这当家上开除去了!"

小儒闻说,不住的点头,道："你所虑甚是。不如待我明早同太太说声,保举你做名帮办,若遇有棘手事件,你也好暗中指使,免得奶奶做错了,被人家怨恨事小,人要说太太委人不得当呢。"红雯听了,双手齐摇,道："好祖宗!你饶了我罢!若是太太当着人众委我接手,那是没法的事;好好的委了奶奶,还没见他做错了一件半件,倘或他有过人的才情,比太太还办得井井有条,岂不是好?明儿你平空叫我去帮办,分明是今晚挑拨你的了,要想分奶奶的权柄。一来招奶奶妒忌;二来我何苦闲着不受用去,寻着事件操心劳神的呢?我原说告诉你不得,你一定谆谆的问我,又不好不告诉你;可是你才听了,即要生枝生叶的去闹。好祖宗!你千万不要说罢!"

小儒沉吟了半晌,道:"那也不难,你不过怕奶奶说想分他权柄,我明儿着我的意思去与太太商量,若派你帮办更好;否则,太太另委别人,同他合办,多随太太的定见。也不说你说的,可不是没有你的事了!"红雯犹自摇首道:"在我看,还是不说的为是。你若执意要与太太计较,我也不便阻拦,如今我是你家的人,也巴不得府中各事严整的,规规矩矩——难不成只顾我的私情,废府里的公事么?我是怕遭人的忌。你若要说出是我的主见,那可要与你没开交的!"说着,听墙外早交三鼓。小儒道:"再坐片刻,即有露水了,我们去睡罢。"红雯叫进双喜,收拾了院落内竹榻等物,回房安歇。

　　次日清早,小儒已醒,翻身坐起,见红雯犹自脸向外沉沉的酣睡,身拥着桃红罗夹被,上身露出雪白似的两弯膀臂,一手托腮而卧,一手搭在簟上,胸前的抹胸,因夜来睡热,褪下了半边,恰好露出一对粉光玉滑、细软香温的腻乳,只好容握,如那带雨海棠、笼烟芍药。又想到红雯昨夜所说之事,"四面安详周到,全没一毫为着自己私意,他的一颗心何以这般玲珑剔透?怪不得太太喜欢,叫我收他作妾!这样人,我怎么能不疼惜?"小儒痴痴的想了半会,又不忍去惊醒了他,轻轻的穿齐衣履下床,走向窗前,隔纱见双喜业已起身,坐在门槛上,斜披着小衣,在那里缠脚。小儒不便出去,咳嗽了一声。双喜知小儒起来,忙一阵的将脚带胡乱缠好,扣了小衫,开门出外。少顷,提了茶水进来伺候。小儒洗了面,听得那边正房门亦开,小儒便由耳门走入方夫人房内。

　　方夫人也在那里梳洗,见小儒进来,笑问道:"今日好早呀!"小儒道:"昨晚忽然想起一件事来,踌躇了我半夜多没得好睡,特地过来与你商议。"便走近窗前坐下,将"兰姑初次,不谙当家,恐被人议论的话"说了一遍,只没有说出是红雯的意见。方夫人点首道:"你竟虑得周到,我倒一时失于检点。昨日才将家事交代兰姑,何能今日即另行换人?而且也没有别人可以配得上替我的手——有了!我想红雯跟我多年,各事还懂得几分,不如叫他帮着兰姑,一举两便。你道可好不好?"小儒闻得方夫人派红雯帮理,正中心怀,暗暗欢喜,便道:"我也这么想,除了红雯,竟无别的人好帮他呢。"方夫人即叫丫头出去,"叫总管梁明进来,我有话吩咐他。"

　　原来这梁明亦是小儒家乡带出来的人,今年有五十多岁,为人老成朴

第六十五回　抱衾裯俏婢擅专房　论家事私心先固宠

实，做事可靠。小儒本使他在浙江照应田地，因双福随了宝焜前往江西，即叫梁明到南京，派他为外总管，督率一班执外事的家丁。梁明上来，见小儒、方夫人请安，垂手站立一旁。方夫人道："昨日已吩咐过你们，以后府中各事，均去回明奶奶办理。设或奶奶有别的事绊住了，你们又要回话，又不能缓的事，岂不耽误了么？现在叫新姨娘帮着奶奶，你们有事，或去回明奶奶，或回明新姨娘，似觉顺便。一切专主，仍是奶奶。你下去可知照他们一声。"梁明答应退出。

小儒即起身，来至兰姑房内，说明方夫人派了红雯帮理家务等事。兰姑正在筹画着自己是生手，怕的做错了，被家丁们笑话；今闻方夫人派红雯帮他，反欢喜异常。兰姑那里晓得是红雯暗中的指使？便道："真正太太体谅我到万分！我正愁这重担子挑不起，难得有妹妹替我分担了去，好得很！妹妹又是熟手，更外合宜。我昨日就想同太太说，怕太太说才抬举我，即偷起懒来；恰好太太派了妹妹来帮我，我真要轻松了一半身子！"小儒见兰姑信以为真，毫不生疑，也笑了笑，便向前厅去了。

梁明到了门房，聚齐众家丁，嘱咐他们适才方夫人所说的话。内中有个家丁道："梁伯伯，如今府中的事难办了！昨日太太委了奶奶接管，我们倒喜欢的奶奶待人甚好，又能体恤下情。今日忽然又派了新姨娘帮理我们，到底回那一头话是好？平时太太当家，他即做副手，不知太太好招架，反是他难招架，各种挑剔搜寻，又会多心，我们一有了事失错，去回了太太，不先到他面前挂号，他就挑拨得六国不安。偏生太太那般圣明，要信他的话！现在奶奶又比太太矮下一层，明说是他帮理，其实即是他独办了。奶奶本来忠厚，还肯占他面子么？太太又吩咐仍归奶奶专主，我们究竟先回奶奶去，还是先回他去呢？不是难住我们了么？"

众家丁正在议论，又闻内里传说："奶奶叫梁明上去呢。"梁明应声即往后进来。不知兰姑唤梁明又有何说，且看下回分解。

第 六 十 六 回

争鼠牙雀角起微嫌　解鹤绶貂蝉归故里

话说梁明来至兰姑房外，站在帘前，听里面吩咐。兰姑道："将才上海来信，大少奶奶于本月中旬生了一位小少爷，老爷、太太十分欢喜。又不放心大少奶奶身体可否健旺，欲打发个的实人到上海走遭。太太说即叫你去，所有外间各事，叫别人暂行代着罢。这里十两银子，给你做路费，还有书函、礼物等件，俟晚间预备齐了，你再来领去，好明儿一早动身。限你来去十五个日子。老爷还吩咐，你的侄儿阿瑶人还老实，将他提进来管理那边园子。每月月费，照内执事的家丁一样开发。叫他今夜就将铺盖搬到园子里上宿去。这是老爷的恩典，调剂他当此内差，比他在外边跟你吃碗闲饭好多着呢！只要各事谨慎，老爷仍可提拔他。最要紧是众位太太家的丫头每早到园内摘花，却不许他与那些丫头们饶嘴饶舌的。若犯了这个因由，不独立时撵逐，还要送官重处，那时连你多不好看。你下去须切实的知照他一番。"梁明连声应答，见兰姑没有话说，方退了下来。便将阿瑶叫至，告诉他上头派了园子里执事。原来这阿瑶是梁明的胞侄，幼无父母，跟着梁明过活。梁明在浙江管田，即叫他下乡催取租子。后来梁明调到府中为外总管，也将他带来，求了小儒，暂叫他随着梁明习学，如果勤谨，再派他差使。阿瑶今年十八岁，虽是乡间人，却长得姣好，如女儿相似。且又天性伶俐，见景生情。小儒倒很欢喜他，有心要提拔他当名内差，生恐他外貌虽佳，心内糊涂，所以叫他跟着梁明习学规矩，已有了半年有余。小儒见他各事没声没气的做活，每日不过打扫前厅及园子里览余阁等处地方，或有时上来伺候着送茶送水，从未见他和人高呼大叫一声。因晚间小儒与方夫人商议，叫梁明到宝徵任上去，即想到阿瑶身上，又值管园的家丁患病出去，不如提上他补这一缺。便说知兰姑，在内执事众家丁内添上阿瑶名字。

梁明回到外面，收拾预备起身，即刻唤进阿瑶来，告诉他："蒙老爷恩典，派你管理园子。从今你有了执事，又有了月费，须要各事当心，不可偷懒,辜负老爷的提拔。"又将兰姑吩咐的话一一嘱咐了阿瑶。阿瑶听说,也喜欢非常,即去检点行李物件,好晚间搬到园子里值宿。早有众家丁得了信,忙过来与阿瑶道喜。又闻梁明出差上海,便大众公分备了一席,请他叔侄。不提。

兰姑打发了梁明动身,即往方夫人房内来闲话了一回,仍转自己房中,将内外应支应放的款目以及众仆妇、丫头的月费,每人所执的差使,逐件看了一遍,该紧该缓的,各分了次序。看毕,收过一旁,便叫媚奴道:"如今太太派我当家,即添了许多事件。你也要当心些,不比平时,吃饱了饭,就引着哥儿到各处玩耍。以前太太经理,是新姨娘做副手;现在你也可以替我分分劳。再则太太又派了新姨娘帮我,怕我诸事不谙,我倒巴不得有这么个人帮衬,我亦可少烦些心呢。你们切不可存了意见,与他房内双喜争高争下的,要知同是办的府中的事,有甚么彼此可分?大凡人家主子们不和,多因下人各分疆界的缘故。那怕外面回事的人多去回他,不来理我,可知他也要来与我商量的,他都不能独断独行。我今儿预先的对你说明白了,别要将来闹出些不打紧的闲情,一则惹人笑话,二则太太面上也不好看。同是太太委派的人,能说谁好谁不好呢?倒叫太太心内作气,说我们不识抬举,'好意将家事交给你们,你们反争竞起来,塞我的嘴!'嗣后你只要当心做我体己的事,一概闲是闲非你都不要去管;好在有我调排,好歹多不干你的事。"

媚奴听了,口虽答应,心里很为不服,道:"可笑老爷、太太既委了我家奶奶当家,又委红雯帮理做甚么?若说怕奶奶不谙,好些大不了的事,不过每月给发应用的款目与我们同伙的月费。这多是些呆事,我一个人也会做的。最气不过是红雯那骚货,自从老爷收了房,他即大模大样,装出主子的面孔,我们去叫他,只鼻子里哼这么一下。别见他娘的鬼罢!两个月头里,也与我们一般的人,现今太太抬举他,给老爷收了房,亦不是做了甚么皇封诰命!我家奶奶虽也是位姨娘,却非他可比,原是好好书香人家的姑娘,底子既不低,目下又生了哥儿,请了诰封,太太以下即要推我家奶奶了。奶奶向来谦和,不肯得罪人,叫他声妹妹,是瞧着老爷、太太的面子,可恶他也一时半刻的叫奶奶声姐姐。他是甚么人,竟敢放肆,同奶奶并肩称呼?我若是奶奶,久经给他个没脸了!奶奶今儿吩咐我,不许和他房内双喜争论高下；别的事我都听着奶奶，惟有这一节，我却难遵命。红雯那骚货如好好的尊敬奶奶，遇事多来商议，自然他是太太派来帮理家务的，一切应当顾问，我也不去计较；他若自命熟手，各事擅自办理，把我家奶奶不放在眼里，那我可要不依的！不过即时撵逐出去，也没甚稀罕，我都要将那骚货恶恶的羞辱一场！至于双喜，更不必交代，我比他早来这府中多着呢！初来的时候，太太还叫我们替他梳头缠脚，双喜赶着我们叫姨娘，犹不理他呢！此刻才派在红雯房里，当大丫头的。他如果也狗仗人势的要占我们的强，那可怪不着我，一刻都不能容耐他的，先打了他，随后再回太太，拼着不吃这府内的饭，他也不能安身！只要他们别碰到我手里，是他们的造化！"

不说媚奴暗地想定主意，转眼已六月中旬。梁明早由上海回来，见小儒销差，又代宝徵、姞兰请了安，在怀内取出宝徵的禀启呈上。恰好兰姑等人均在堂前。小儒接过，高声念着与众人听。函内无非请问父母的安好，叙说自己任所的政事民情。随后又说到姞兰身体甚健，新生之子乳名取做沪生，言其在沪渎所生。函尾又代姞兰请众位夫人的安。并知小儒新纳了红雯，亦问了好，又送红雯两色针线，以作贺礼。

红雯在旁闻说，喜形于色，暗自想道："若少奶奶这样做人，方算周到。本来他待人甚好，从不托大。"便上前笑向方夫人道："怎么，少奶奶赏起我针线来？我又没有东西去孝敬他！信后还问着我，叫我怎生当受得起呢？"赛珍见红雯扬扬得意，不由肚皮里好笑，便笑道："大嫂子也晓得姨娘是父亲的红人，寄这两色针线来，亦是趋奉姨娘的意思。所谓'未去朝天子，先来谒相公'。"红雯听了，红着脸道："姑娘又来给人开心了！我算甚么，也配得上趋奉么？"说罢，拿着针线转身回房。

赛珍原是取笑的话，见红雯讪讪而去，好生没趣，待要借话发作他两句，想了想，又恐有伤老父之心，只得忍了下去，赌气到洛珠那边闲话去了。方夫人见红雯如此奚落女儿，心内大不受用。小儒虽然目击情形，竟难以插口，既不便吆喝宠妾，又不便说女儿不好，执着书信，呆呆的出神。

兰姑见方夫人脸上现出不悦之色，忙用话岔开道："梁明这么大热天在路上行走，也很辛苦了。求老爷、太太赏他十日八日的假，让他歇息着，再仍旧当差。"小儒道："使得！爽性给他半月假期，接着秋凉，再上来当差

第六十六回　争鼠牙雀角起微嫌　解鹤绶貂蝉归故里

罢。"梁明上来叩谢了小儒等人，方侧身退下。小儒袖了书函，亦向前厅而去。方夫人对兰姑道："你到聂姨奶奶那边去问声，上年他家哥儿戴的九狮戏球的帽子倒别致得有趣，去问他怎生做着的，你暇时做一顶，寄与沪生儿戴去。"兰姑答应了，即到洛珠房内。

赛珍见兰姑进来，便一把扯他坐下，细说将才的缘故，道："你看可气不可气！而今这贱人很有身份了！我若不是耐事的，与他一般见识，恨不得要给他两个巴掌！"兰姑笑道："罢哟！那样人，还计较他甚么？不是我说，姑娘何等身份！他也配得上说话么？故而折得他七颠八倒的起来。"兰姑几句话，连洛珠都被他引笑起来，道："你没有来，我即劝姑娘好半会了，他究竟出身微贱，好容易爬到高枝儿上去，不知怎么才好呢。我看他断不敢有意挺撞姑娘，后来想起，赔礼还来不及呢！"兰姑笑道："你别刍断了肠子罢！一阵鬼话，把我正经事多闹忘了。太太爱你家哥儿上年戴的那九狮戏球的帽子，要与你剪纸样去，偷闲做一顶给沪生去戴。"洛珠道："我因人家多戴着狮儿帽子，便翻改出个九狮戏球，是随手剪做的，那里来的样子？你现在派了当家差使，怎有闲工夫去做那个玩意儿？俟天气凉爽，我也要做顶给蕙贞去戴。你去对太太道，不嫌我手脚慢，明儿顺手给沪生做一顶罢，强如你巴巴的做这一顶帽子。"兰姑即向洛珠深深万福道："你若肯代我做，真正好的很了。改日我备样时新佳肴请你，又算代你浇手。"三人正在说笑，方夫人打发小丫头来请他们，说："太太在冯太太房内，因外面送进来的上好孝陵卫瓜，请小姐、奶奶同去吃呢。"赛珍闻说，即与兰姑往小黛后进来。

且说红雯回到房内，将针线在桌上一摔，道："我也不稀罕这两件东西，反引得人家讥笑！我难不成就不配大少奶奶送我针线么？而今多力霸为王了，是人是鬼，都要学着刻薄人！"双喜笑着道："非是我丫头乱说，奶奶也太好多心了！纵然小姐说错，还要瞧着太太面子。"红雯睁着两眼道："太太便怎么？俗说：'重孙有理告太公！'他女儿当着人众讥笑我，给我没趣，我亦会当着人给他钉子吃！若畏首畏尾的，我尚忍不了许多！这边怕人说，那边怕人怪，将来我还想在这府里出头么？"

双喜正待再说，忽见外面的家丁执着一张单子进来。双喜忙迎出房外，道："你来做甚么？"家丁道："我适才回奶奶的话去，媚奴姑娘说奶奶到王太太那边去了。偏生这一宗支款外面立等着开发,特地来请姨奶奶的示,请你姑娘将这单子送上去,姨奶奶瞧着就知道了。"双喜接过单子,转身入内,送与红雯。红雯在房里早听得明白,取过单子看了看,是请支本月的月费——陈府的规矩,向例多在月半前后支放。末了又开着一款,众男女雇工夏季的犒劳。原来府中除却外面执事家丁及太太们贴身大小丫鬟,尚有十数名雇工,外边男的专于搬抬打扫,内里女的专于浆洗、缝缀与粗重事件。这些雇工多雇的是附近乡间的人,一交夏季,即要告假回家,做农工生活。府中夏季分外事多,又不能没人,即定下例:愿去者,听其自便;不愿去者,乡间要另雇别人代做生活,这一分工价府中酌给若干,赏与本人。此乃陈府中格外体恤人情的意思。到了六月中旬,那去不去的已有定见,便可发给这项款目。

　　红雯看毕,冷笑道:"幸而那边奶奶不在屋里,我也拾得一件事来办。你们不见我屋门外青草都生了么?可见你们多是惯伏上水,最势利的人!双喜去对他说,叫他将单子存下,待我核算,停刻来领这一宗银子。"双喜掀帘走出,对来人说明。那家丁亦听见红雯在内发话,应了声"是",把舌头一伸,脖子一缩,掉转身一溜烟飞跑去了。

　　红雯即叫双喜将算盘取过,核对了两遍,珠数相符,共该一百有零银两。吩咐双喜道:"你到奶奶那边兑一百二十两银子来。若问你甚么用处,你说:'姨奶奶知照来兑的,少停送帐过来。'奶奶不在屋里,即叫媚奴兑给你再说,立等要用的,不可迟误。你若改了我半个字去说,我知道了,仔细你的皮肉!"双喜咕哝着摔开帘子,走出道:"我改你的话做甚么?你若叫我杀人,我也杀去,好在有你抵挡呢!"说着,便一径来至兰姑房内。

　　相巧兰姑犹未回来,媚奴在窗前坐着整理针线匣子。见双喜走进,忙起身让座。双喜哭丧着喉咙道:"你快兑一百二十两银子与我,不要迟误了,带累我的皮肉吃苦!"媚奴听了,全然摸不着头绪,不禁扑嗤的笑了一声,道:"你这蹄子,多分疯了!无故的同我要起银子来怎么?我不兑银子,你的皮肉又要吃苦,我竟不懂,你说的那一搭儿的话?"双喜仰着脸喊道:"我和你要银子做甚么?我真正疯了?是姨奶奶叫我来要的。他这么吩咐我,我即这么告诉你,我知道他要做甚么呢?你除非去问他,才得明白。"

第六十六回 争鼠牙雀角起微嫌 解鹤绶貂蝉归故里

媚奴听说,方知是红雯叫他来的,断非无因而至;又听他说的不清不白,便沉下脸道:"你还是和我说笑,还是当真你家主子叫你这般来说?若是和我说笑,你又十分着急。若是姨奶奶叫你来说的,别说奶奶不在屋里,我不能专主;即是奶奶在屋里,也没见不说出款目来,单要银子!怎么好上帐呢?可不是笑话么!你说叫我去问他,才得明白;倒是烦你问明白了他,再来兑银子。"说罢,仍坐下理那未完的针线,不去招睬他。

双喜被媚奴抢白得红透耳根,回身即说道:"你不发银子,干我甚事?何苦给嘴脸我瞧?我就问明了再来,看你可发不发?"便回到红雯房内,将媚奴的话逐细说了。红雯不由的大怒,骂道:"媚奴小娼妇!他也瞧不起我么?以为他家奶奶当了家,连他都长了身份!我要银子自有我的用处,难道要报细数给他听么?好大面孔的小娼妇!我倒要亲自问他去!"双喜道:"姨奶奶别要去罢,媚奴那张嘴比刀犹快,我们当丫头的,被他数说几句不值甚么;若姨奶奶去,也被他数说了,那才犯不着呢!"

红雯被双喜两句话挑得满腔火发,站起身,望着双喜啐了一口,道:"呸!没中用的该死东西!我怕那小娼妇么?这屋子里一只狗走出去给人打了,我都没脸,还亏你阻拦我不要去!他大不了是我府中的丫头,就是太太说出这些话来,我尚要去请问声呢!"便喝令双喜跟着,急急的来至兰姑房内。媚奴抬头见红雯气生生的走进,明知双喜回去说了甚么,他来淘气的,便仍然坐着不动,且看红雯怎生开口。

红雯见媚奴并不起身,气上加气,指着媚奴的脸问道:"你既在府中多年,可知道主子、下人的尊卑么?我叫双喜来取银子,你不发与他,还要说他,是何情理?我要银子,自然有款目去用,你要问长问短的,不成我落己么?即是我落己,只要开得出帐去,干你的屁事?也轮不上你来盘查我!究竟是太太叫你不发,还是你家奶奶叫你不发的?爽性明儿回了太太,就派你当家,岂不省便!"

媚奴听了,立起身,冷笑一声,道:"姨奶奶这话是同我说的么?你问你家双喜去!他来也不说长短,即要银子,我知道要甚么银子呢?况且奶奶又不在屋里,叫他去问个明白来,这也不为数说。他若早说出是公款用的,我早赶着送过来了。你问他牙缝里多没有进出半个字来!姨奶奶若说到落己不落己的话,更外扯淡!银子是府中的,真如姨奶奶说的,干大家的屁事！这些话，别说回太太，就是回老太太去，也不至杀下头、问充军。我也没有说我是当家的，又没去钻谋这个差使，不过奶奶叫我帮着记记数、写写帐，亦未曾有碍人家的眼目、吞吃人家的口粮，还遭人家妒忌么？至于主子、下人的尊卑，我怎么不晓得？我是当丫头的出身，不明尊卑，还是个人吗？若一定要分甚么主子，甚么下人，主子也是下人做的，下人也可做到主子，甚么稀罕的事！若是老爷同太太他们，才是生来做主子的呢！不叫人敬重，人都不敢不敬重他们。其余的，柳木桌子柳木凳，一般的高下罢了！"

　　红雯闻媚奴句句含讥带刺，说着自己痛处，直气得面如紫涨，使劲把桌子一拍道："你这娼妇，有多大身份，竟敢挺撞我起来？我倒要问你主子去，是谁仗你的腰窝儿！"媚奴听红雯破言骂他，也将针线匣子往床上一摔，道："姨奶奶，你的口内要干净些！你见着谁是娼妇？没有养着汉子，没有和男主子睡在一处，都不怕人议论！我若是娼妇人家，你也不见得不是娼妇！同是一般的人、一样的出身，别要装出主子的体面来恐吓我！这些旁枝儿的主子，我眼睛里还没有见着呢！"说着便哭了，嘴里也夹七夹八的乱骂。气得红雯直跳了起来，奔上去要打媚奴。被双喜夹腰抱住。红雯回手即乱打双喜，喝骂他松手。双喜忍痛，死也不放。媚奴亦要近上来打红雯的嘴，问他："那'娼妇'二字怎生讲说？"对面几乎交手揪扭。早惊动兰姑房内两名雇工女人，赶进来，在当中横着身子左拉右劝。红雯、媚奴又欲同去回明太太。

　　正闹的没开交处，早有小丫头们见他们闹得大了，飞风去报信上头。方夫人忙带着兰姑前来，喝住两人。方夫人道："好！好！你们竟要造反了！我这地方还配不上你们大呼小叫！究竟因甚么事情！"媚奴一面哭着，一面将前后情由回明。红雯也抢上来说了一遍。

　　方夫人听说，脸多气白了，也不问他们曲直，先喝叫双喜跪下，道："你这小贱人！到底怎么两边撩拨的，须从直说来，若有半字虚浮，先揭你的皮！"吓得双喜跪在地上道："太太的恩典，这不干丫头的事，丫头并没添说甚么鬼话，不过照直的两边说了，却是我的口快。"方夫人道："我不问别的，只问姨奶奶可是叫你这么去说的？还是媚奴造言生事？"双喜道："太太明见，这些话多是有因的，来者不善，答的有意。若问丫头细情，姨奶奶

第六十六回　争鼠牙雀角起微嫌　解鹤绶貂蝉归故里

同媚奴姐姐话也多的很，丫头一时记不清白。太太即将我活活处死，我亦只有这两句话。丫头何敢捕风捉影的乱嚼？"

方夫人听了，早已明白，红雯系有意去寻事媚奴，并非媚奴撒谎。又问道："姨奶奶话是有的？媚奴回你的话也是有的了？"双喜点点头应道："也是有的。"方夫人便指着双喜道："你这小贱人，很不安分！即着姨奶奶心内有气，叫你去取银子，不许说是甚么款目上用的，你就该背着对媚奴说明，乃众雇工夏季的月支贴费。媚奴见是公款，也不至不肯兑与你；纵然你不敢违拗姨奶奶，媚奴叫你问明白了再来，又说'奶奶不在屋里，不能专主'，他亦是正理，并不曾歪派了你。你回房，即说媚奴不好擅兑银子，待奶奶转来回明了，立刻送来。可不是两边皆没的说了？你倒好，两边的话一字不漏！虽说不是你添造鬼话，却是你搬弄是非，始末原由皆因你而起！本当重重处治你一顿，姑念一经问你，尚未抵赖，今日这责罚权寄在你身上；下次若再说话没有轻重，不问好歹，信口的乱喷，被我晓得了，两罪俱发，决不饶恕！你可从此要小心些！"双喜应了声，爬将起来，撅着嘴站在一旁。

红雯见方夫人喝骂双喜，句句皆是暗说的他。又见方夫人并未说着媚奴不好，心内大为不服，便说道："太太别要冤屈了双喜，委系我叫他去这么说的。我想同是一家的人，还怕脱空了银子么？随后再开明款目、给他登帐不迟。以前我给太太照料各事，亦有做过了才回太太的。媚奴若果是晓事的，即该同双喜过来问个明白，也不见得我不告诉他。谁知他骂着双喜回来！俗语：'打狗要看主面的。'我纵有不是，亦不应他借着双喜发挥我。媚奴未免眼睛里太没有了尊卑！不知我是太太派着帮理家务的，他瞧不起我，即是瞧不起上头的主子！我也自知心直口快，遭人家的忌；其实府中亦没有多少事，有了奶奶一人经管，又有媚奴做着副手，也很够了。趁今儿当面回明太太，从今我不问这府中的事了。我何苦强捱在里头，有碍人家眼目？今日是小为发作，不过挨一场骂；将来怨结深了，还要被人家算计，都是难说的事！"说着，又回身指着双喜，咬牙骂道："多是你这下流该死的东西，带累我受人家欺负！我叫你去讨银子，你自然背了我到这里浪充甚么当家副手的摆场，人家才不能容你的！"

红雯尚未说完，早把方夫人气的坐在椅上乱抖，一声断喝道："你在这里支派着谁？还是说奶奶仗着媚奴欺你，还是说我责罚双喜不公？你说媚奴眼睛里没得尊卑，怎么赶得上你很懂尊卑的人？我在这里说话，那里派你指鸡说犬的骂人？无论是与不是，都不容你插嘴！你跟我十数年，该深晓得我的性格，从不喜欢人挑三拨四的暗箭伤人。我岂不明白，你有心寻事媚奴？到底你如今是老爷的人，所以单责罚双喜，存留你的脸面；你倒在我面前放肆，打骂丫头，下发别人！我只问你：叫双喜去向媚奴兑取银子，又吩咐他不许说出甚么，媚奴自然不肯发给，他仍推到奶奶不在屋里不便专主，他也算情理兼到的了。你反横着心肠，前去与他吵闹揪打，自家先失了主子体统，还争竞人家甚么呢？你说媚奴瞧不起你，此时你又瞧得起我么？我知道你现今做了姨娘，不比在我身边，很长了身份！你去问问人家姨娘，可似你这般没有规矩？若说你不愿帮着奶奶当家，难道府内的事非你不可？我给你体面，才派你帮着奶奶照料一切。从此就开除了你，也没甚稀罕！近来你各事很不安分，渐次就要爬到我头顶上来了。想必因老爷宠爱着你，叫你这么的！我倒要去请问老爷一声，趁着此时，你还未生下男女，不如开发你出去，你也称心，我亦耳朵里清净！"方夫人便喝叫小丫头子："到前厅请了老爷进来！"

兰姑见方夫人十分动怒，忙走上来，笑着推红雯出外，道："好妹妹，你回房去罢，我家媚奴不好，少停我责罚他，再到妹妹那边来谢罪。你说不愿帮我当家，哎哟！好妹妹，我不曾得罪你呀！怎么你为了媚奴，连我都恼了？府中许多事务，叫我一人怎生开发得下？再则妹妹你是明理的人，这么大热天，引着太太生气，你心里也不安！"便连推带拉，将红雯送出房外，又使眼色叫双喜一同出来。

红雯见方夫人动了真气，要请小儒进来，他也惧怕方夫人当真要撵他出去；又知道方夫人脾气向来执一，说行必行；小儒各事又顺着方夫人性子，不敢违拗。便借着兰姑推他出来，跑回房中，坐着生气。自己原想捉弄他们的，反被方夫人这一顿羞辱，将来何以见人？直气的哭了，使劲把桌上的陈设一阵乱抛乱摜，又将双喜恶骂了一顿，闹了半晌，和衣倒在床上暗泣。晚间连饭都不曾吃。

兰姑推出了红雯，又转身进来，笑对方夫人道："太太何必动此大气，有伤身体？他向来心地糊涂，随口瞎说，不知轻重。少顷我过去开导他，

第六十六回　争鼠牙雀角起微嫌　解鹤绶貂蝉归故里

叫他到太太面前来叩头。太太若此时请了老爷进来，反将这点小事闹得大了，太太也犯不着又使老爷生气。"

方夫人叹了声道："并非我好自生气，你亲眼见着的，这般狂妄，令人难受！对我尚且如此放诞无礼，可知别的人更不在他眼里！你来了多年，可有半句闲话么？现在出了他这么一个出色人员，将来府中内外人等纷纷效尤，何能处治？近日我冷眼看着他，益发狂的不成人样了！睡至午正，还没起身；不高兴，头也不梳，大衣也不穿；这几日，连我的早安都不来问。只有老爷进了他房内，随即浓妆艳抹，有说有笑；夜间关上房门，喊喊喳喳的，不知说些甚么；甚至四更以后，听得他那边房里犹有声息。那种下贱的行为及那浪样子，实在难以入目！

"这也不必说了，早间你见赛珍和他不过取笑话，可该他那般回答赛珍么？他发作姑娘，即是发作的我！此刻又和媚奴闹了起来，这件事本不怪媚奴，虽说是自家人，媚奴有经手之责，焉能不问个明白，乱兑银子？正是媚奴心细的处在。他即说瞧他不起，又与媚奴要交手揪打，被别人家听得，成何体面？人还要说我没有家法呢！

"我目下悔之不及，大不应劝老爷收他做妾。早知道，发出去配人，倒还干净！我只说他是我身边长大的，比新买回来的人多要循规矩些；又因收了他，可替你服侍老爷这一番职任。谁知老爷都被他引诱坏了！依我的意思，即时叫他家亲丁来领回，另行配人；否则，发交官牙子，卖缴原价。那不过做的刻毒些，也不怕老爷不行。惟恐知道情由的，深晓他十分不妥，万难存留。犹有那不知道的，即要议论我不能容物，多分是正室怕偏房夺宠，故意借着这段题目打发出来的，将我提拔他那一场美意，不要活活的埋没煞了么！况我们这般门第人家的姨娘，发出去另行配人，亦不大雅相。而今受这些无妄之气，不是我自家害了自家么？且又是我的丫头，分外打住了我的嘴，难以启齿。

"我若早知他这贱人不成器，牙缝里出蛆，也不劝老爷收他做偏房了。我说这句话，人岂不要扳驳我，他自幼在我跟前，不知他性格么？我因他不过生得伶俐、说话尖刻些，这也算甚么坏处？那知他目下大为改变，将来尚不知闹出甚么新闻来才罢！"兰姑又极力从旁劝说，方夫人始渐渐气平下来，扶着小丫头回去。

兰姑俟方夫人去后,便将夏季的月费、犒赏银两发出,叫新挑上来的飞香唤那家丁进来,照数领去——因媚奴现在做了副手,一切伺候等事均派了飞香承管。兰姑又叫上媚奴,切实的数说了一顿,道:"前日我怎么嘱咐你?叫你切不可同他一般见识,累我被人议论;纵然他各事占强,我既肯甘心忍受,你也落得不问。怎么才两三日工夫,言犹在耳,你即闹出事来?又惊天动地的,使太太知道。幸而太太圣明,深知他有心欺负我这边;倘或太太信他一面之词,责罚了你,叫我置身何地?还要被他背后笑破了口呢!我因你尚明白懂事,才叫你帮我料理,我即可偷空到众位太太处说说话儿消遣,又千叮咛万嘱咐的比譬你听,恐你一时心内不平,生出争论。饶不着你还同他闹了,叫我怎么放心走开?你倒不是替我的手,更添我一层记挂了!今日闹已闹过,已往不究,嗣后你若再闹出闲言闲话,那可不怪我要回明太太,给你没脸的!"

　　媚奴被兰姑说得哑口无言,红着脸,低头拈弄衣角,半晌答道:"奶奶说我,我不敢强。起先他来的时候,我也好好分剖他听,多怪双喜说的不明白,亦不曾得罪他;后来他破口骂我娼妇,我方同他口角。奶奶明见,当丫头的虽然微贱,这句话却当受不起。"

　　兰姑道:"他破口骂你,原是他无理,好在太太已呼叱过他,算代你争回面孔。太太又吩咐他,以后不许过问各事,设或他竟老着面皮,偏要夹在里面问张问李的,不论甚么事,你下次多不要问,尽管发给他去即是;不应发的,你发了,自有我承认,太太也不能说你,我都不抱怨你就是了。"

　　且说方夫人回转自己房内,十分不快,即将套房门关闭,不准红雯由他正房经过,"我见了这贱人分外生气,可笑他而今连我都不服了!"晚间小儒进来,方夫人将日间的事细说,又问着小儒怎生处置,"因他现在是你的人了,不得不先问你一声,别说我有心容不下他!"

　　小儒听了,一言不发,起身到红雯房内,埋怨他太为过分,"怎么太太你都冲撞起来?你不见奶奶来了这几年,又生了森哥儿,还不敢违逆太太呢!若是太太真动了气,要撵你出去,我可是阻挡不下的。你和别人争竞,情犹可原;怎么同太太使性子?我劝你老虎顶上别要捉苍蝇去罢!"

　　红雯一肚皮没好气,又闻小儒说到方夫人若要撵逐即难挽回,仔细一想,果然不错;又见方夫人将耳门关起,"分明是气我不过,立誓不准我见

第六十六回　争鼠牙雀角起微嫌　解鹤绶貂蝉归故里

面了。适才老爷说的话，必是太太同他说的。太太竟是明日翻过脸来，叫我出去，怎生是好？"此时红雯心内反害怕，后悔过来，欲要去赔方夫人的小心，"又没有人来劝我，面光光的，怎么好自家走去呢？面上又不好现出悔惧的形色，岂不被老爷看轻了去？"反夹耳连腮，数说了小儒一番，道："我受了众人的气，又被太太一场羞辱，正无处叫屈，你也不问个谁是谁非，顺着人家的话来抱怨我！我亦知道在这府中难以出头，不如死了，让人一窝儿承受，倒还干净！"说着，又撒娇撒泼的捶床拍枕痛哭。急得小儒连忙走过，按住红雯口，道："我不过这么说罢，亦是好意劝你，听不听事小，也犯不着又生气。若被太太房里听见，明早更有话说。"即叫双喜上来，"服侍姨奶奶安睡。"自己也宽衣睡下。复又婉言安慰了红雯一番。

次早，小儒起来，到兰姑房内，央他在太太前代红雯介绍，过去叩头赔礼，免得彼此不好见面。兰姑笑道："叫我去做和事老儿倒使得，你却要说明了，还是怪太太不好？还是怪红夫人不好呢？"小儒笑道："人家正正经经的来央及你，你倒取笑人！我看都没有不好，只有怪你不好，昨日不能从中解劝。"

兰姑道："呸！好没良心！这些话该你说么？你去问问，昨日不是我劝着太太，只怕你那心爱的如夫人还要多挨些没趣呢！不然，我也不至于从中苦劝，还碰了太太许多瞎钉子！一因是我房里媚奴引出来的事；二因我们现在是姊妹，那怕人家待我不好，我总要顾起面孔来；三因妹妹是你得意的红人，过于受了委屈，你口里说不出，我知你心里怪痛的呢！我乃体贴人的心意，又瞧着你的大面子，不能不劝一声。昨儿你没有说着，我即思量到今儿去劝妹妹往太太那边赔礼。谁知你走过来反怪我，倒是我白操心了！爽性做个坏人，不去劝他们和事，仍要挑着太太搜寻他的短处，不过前后领你怪罢咧！你又能奈何我的么？"

小儒笑道："你是好人，你是真正好人，再没有别的说话，可以奉屈去劝一声儿了。没见你，事尚没得做成，倒先居功自恃。倘然你说不和好，才与你算帐呢！"说罢，一路笑着去了。

兰姑梳洗完毕，来至红雯房内，先代媚奴告了不是，然后劝他到方夫人那边谢罪。红雯明知兰姑是小儒央来的，犹自假意不行。被兰姑再三劝说，始将计就计的应允，同着兰姑至方夫人房内。

方夫人才起身净面,红雯上前叩了头,自己认了不是。兰姑又代红雯说了多少悔过的话。方夫人见红雯亲来认罪,究竟是多年主婢,情同母女,气早消了一半。只说道:"你昨日那般目中无人的行为,仔细去想,可应该么?尤其你更外不合!今儿你既知道自悔,我也没有甚么的,只要你从此改过,不再犯昨日的狂病就是了。"兰姑见方夫人颜色和霁,便硬自做主,将通套房的耳门开了,又搜寻出若干的话来凑趣说笑。红雯亦殷勤小心的伺候梳头换衣。方夫人又叫他们一同吃了早饭。兰姑见方夫人谈笑如常,方同红雯退出,各回房去。

少顷,媚奴被兰姑逼着到方夫人与红雯房内来请罪。若论方夫人处,媚奴来与不来原没打紧;兰姑因红雯既叩过方夫人的头,也叫媚奴到他房内走遭,使红雯面子过得去——此乃兰姑肯各事曲全、让人的处在。红雯无奈,亦随后至兰姑房内谢了。虽然彼此说明没事,各人都怀恨在心。连方夫人由此看待红雯多不同往日,遇事即与他一是一二的,不肯稍假颜色,生恐红雯旧态复作,更难约束。

晚间,小儒回房后,见众人和了事,甚为欢喜,忙至兰姑处,深躬大喏的称谢不尽,又痛赞兰姑善于调停。兰姑笑道:"我也当不起你谢,只求别怪我,即是万幸。"小儒笑了笑,仍回红雯房里来睡。

次早起身,正欲去园子里赏那露水荷花,见家丁进来回道:"云大人打发人来请过两次,说立等诸位老爷一同过去,有要事商量。"小儒闻说,便出外邀了王兰等人,更衣坐轿,来至督署。从龙迎接入内,见礼坐下。从龙道:"奉请诸位过来,有一篇好文字,请教一阅。"便在靴掖内取出,递与众人。

王兰道:"在田既自称为好,想必是篇非常文字,我等倒要瞻仰。"即抢着接过展开。小儒等人也立起身聚拢来同看。原来是纸奏草,折中从龙声叙离乡有年,祖茔祭田多半荒废,急欲回籍,一为修葺;又恳恳切切的请假一年等语。末后奉到谕旨,恩准给假一年,再行来京供职。前番从龙迭次请假回籍,均未蒙准,所以此回俟准了他告假,才说与小儒等知道。

众人看了,皆向从龙称贺道:"从来孝可格天,今上仁慈恤下,凡有孝思,无不俯如所请。在田今番锦衣归里,乃是一件极大喜事。未知择定何日荣行?我们当来走送。而且又有一年之久的阔别,须要早为之计,大大

第六十六回　争鼠牙雀角起微嫌　解鹤绶貂蝉归故里

热闹几日。"从龙笑道："请诸位过来,正为此事。别要你们烦神,我久经有了定见,须要待新任来接了手方可起身,至速也有一两月耽搁。我们即算一月的期限,由明日起,奉屈你们暂住荒署,每日我作东道,更翻花样的取乐,以半月为率;那半个月,我即就教到园子里,是你们公作东道。有此一月的畅聚,也可补那一年久别的不足。内子及尊夫人等亦仿着我们的章程而行。诸位高见,以为何如？"

王兰听了,先拍手称快道："在田所议甚是,我们明日即搬了行李来到你署内,终日大吃大嚼,有何不乐？改日你到我们园内,我们又是公分请你,每人只好派着一两个日子,即此一层,我们便先占了便宜。"伯青笑道："你们听者香的话,这么小器！是有便宜的事,他都争先叫好！"引的众人多大笑起来。又计议了一回用甚么酒席、预备甚么玩意,众人方辞别回来。即说与众夫人知道,众夫人闻说,亦甚为欣然。

次早,从龙又遣人持帖过来邀请;婉容、小凤亦着了绮红、文琴来迎请方夫人等。所去的是方夫人、洪静仪、林小黛、聂洛珠、江素馨五位夫人;沈兰姑因府内无人,不便同去。巴氏等人,婉容也着红绮请了声,他皆辞谢了。众夫人俱带着两名丫头,过去伺候。方夫人却留下他房内补红雯缺的大丫头绿莺看管屋子,又嘱咐兰姑各事当心,"若红雯趁我不在家,有甚么寻闹的处在,你都要耐着,待我回来再议。我亦知照过绿莺,不许和他们斗口。"

恰好此日赛珍回转扬州。因甘露恩放山东遗缺知府,到省即顶补了东昌,写就禀启,差两名得力家丁回来迎接祖父、妻小同赴任所。甘誓闻次孙放了外任,大为欢悦,便鼓兴要往山东一行。甘露的生父及甘霖人等也只得陪着前去,遂写信来通知媳妇。赛珍得了信即要回去。方夫人因女婿得了外任,不便留女儿久住,清早先打发赛珍起程。众夫人亦送至厅前,母女洒泪而别。俟赛珍去后,众夫人方次第坐轿,向督署而来。婉容、小凤闻报,同接出二堂,邀请入内。外面小儒等人早到了半晌。少停,内外皆摆下盛席,宾主莫不欢呼畅饮。夜来小儒等宿在外书房,方夫人等即在婉容、小凤两边上房里剪烛谈心,无非叙说的别离景况,都要至四鼓以后方睡。带去的众丫头,早有绮红、文琴接待。

不提众人在督署内住下。且说府中那一班没有带去的各家大小丫头，因主人不在屋内，都放纵了。园子里现在又无人居住，他们即三个一群、四个一党，每日到园里去闲逛。过了两日，又生出许多枝叶，不是你和我夹口，即是他与他争吵。虽有兰姑在家弹压，只有府内的丫头尚惧他三分。其余众夫人房内的人，兰姑也不便去问，他们亦不服兰姑的约束。惟有双喜不得出来，因方夫人临行时吩咐红雯，不可容丫头们搬弄是非。

红雯见方夫人单单嘱咐他管着丫头，分明是仍为前事，心里好生不悦，便赌气终日坐在房内，连双喜都不许离他一步，"这半月中若再闹出闲话，即不干我房内的事，那时我才慢慢取笑呢。"红雯平日是散漫惯的，或到众夫人房内闲谈，或邀洛珠、赛珍来抹牌着棋，晚间又有小儒在房里说笑。此时忽然只剩得一人，又终日不出房门，闷恹恹的，甚无情趣。双喜见同伙一干姊妹们闹哄哄，成群结队、东跑西走的玩耍，双喜今年才十五岁，想是小孩子家性情，分外眼热。若是红雯出去走走，他也抽空去寻这一干丫头谈笑，无奈红雯由早至晚杜门不出，把个双喜闷的火星从顶门里直冒，这两日工夫犹如两年相似，比红雯更加倍的烦恼。这日吃过午饭，红雯在窗下抹了一会牙牌，又叫双喜破了一个西瓜，取水来吃着解暑，余下的即叫双喜去吃。自己无精没神的，斜躺在一张螺甸穿藤大睡椅上纳凉。半晌，又长长的倒抽了一口气。双喜正立在桌畔吃瓜，听得红雯叹气，便乘间说道："姨奶奶，这么大热天，常时睡着，又不大适意，恐要生病呢。偏生大小姐回了扬州，聂姨奶奶又同太太们到云大人衙门里去了。这两日我见姨奶奶益发寂寞，倒不如园子里逛逛去，散散闷。延羲亭面前那池子里荷花开的真正好看，据说比往年又大又多。连日祝老爷、金大爷、柳五爷多不在园内，正好去看花，强如在这屋子里整日的吃饱饭纳闷好的多呢！别说姨奶奶近日不快活，连我被这两天多闷慌了！"

红雯听双喜一番话说得十分高兴，笑道："你这鬼丫头，要到园子里去罢咧！我知道，见一班同伙们没了管束，每日约齐了四处玩耍，你的心被他们引得神翻鬼跳起来。又因我在屋里，你不便走开，却用这些鬼话来撺掇着我！我若不去，你岂不要怨恨么？好说张三不行，拖了李四的腿了。说不得我陪你姑娘走一趟，倒别要把你闷出病来！"双喜亦笑道："你老人家别折杀我罢！怎么说陪起我们丫头来？可不是天地翻覆了！"说着，便开了镜奁，让红雯匀面掠发，又取过衣裙，服侍红雯穿好。双喜也换了衣

第六十六回　争鼠牙雀角起微嫌　解鹤绶貂蝉归故里

裙,随红雯开了留春馆旁耳门,向园子里来。只因红雯信了双喜的话,一时高兴,到园内闲逛,那知引出一件大是非来,几乎性命不保!

要知若何,且看下回分解。

第六十七回

俏细君遇旧说风情　痴丫头有心窥露破

话说前回书中，陈小儒派阿瑶管理绘芳园，阿瑶一味巴结要好，分外勤谨。数日后，各处亭台轩馆比往常净洁生光。小儒甚是欢喜，即存心仍要提拔他当名上差。因没有空缺，暂且搁下。况管理园子亦是件轻松执事，清早督率着一班粗使雇工往各处打扫拂拭，及一切帘幔、陈设、古玩等件，该添该换的随时整理，到兰姑那边请领呈缴。若逢宴会日期，上头择定何处，即叫人安排铺垫各物伺候，又监着花儿匠修托盆景、花草。每天午后，叫雇工们挑了水，至各院落内浇灌一番，回来即算一日的交代已毕。下昼时分，阿瑶便至前边来寻连儿、三桂儿等人说笑，倒也十分快活。现在连儿、三桂儿皆随了小儒等往总督衙门，连日阿瑶没去处，只得在园中各处走走。见一班丫头们进来玩耍，阿瑶虽不敢入他们的群队，有时遇见，也搭着话儿说笑两句。众丫头因阿瑶生得俊俏，说话又和气，亦乐于同他亲近。只是阿瑶为日前梁明曾嘱咐过他，怕的冤家路狭，被人撞着，传说到上头知道，与自己不便，见他们闹狠了，即借故远远的走开，以避嫌疑。这日午饭后，觉得身子困倦，便摘数片大芭蕉叶，到延羲亭上睡着纳凉。四面窗棂挂起，有微微的风透进，又送着荷花的香气，扑鼻沁心，令人神致顿然清爽异常，阿瑶便朦胧的睡熟。

相巧红雯此时带了双喜也往延羲亭来。红雯一路看着荷花，口内与双喜说着话，由池边信脚走至亭前。正待跨步上阶，双喜眼快，早见亭内有人，仔细一看，认得是阿瑶睡在里面，暗想道："这厮很会寻受用！亭内本来风凉，他还用蕉叶垫着睡觉，岂不分外爽快！"便止住红雯不前，道："姨奶奶，别要去罢，阿瑶睡在亭内呢。"红雯闻说，停住脚步，抬眼果见阿瑶睡在亭内，上身赤膊，露出一身白雪般的皮肉。红雯心内不由怦怦的跳了几跳，顿时两腮赤晕，如新放桃花一般。原来红雯当丫头的时候即与阿瑶熟识。又不时到外面传示方夫人的说话，见了阿瑶，多要搭白两句。阿瑶本是个风流种子，情窦早开，凭甚么诀窍也都体会得，见红雯与他亲热，

第六十七回　俏细君遇旧说风情　痴丫头有心窥露破

那眉梢眼角不无偶涉盼送。

阿瑶亦爱红雯苗条可人，乐得凑着趣说几句话儿。后来因小儒收了红雯作妾，有了主仆名分，阿瑶即不敢同红雯说笑。有时碰见，不过请叫声，低头垂手，侍立一旁，让红雯过去。此乃阿瑶伶俐的处在。他因红雯以前和他笑惯的，倘然此时无意说错了话，一则怕红雯而今做了姨娘，竟翻过脸，说他戏弄主子。二则恐被别人见着，"说到老爷、太太耳里，我有几颗脑袋，敢去捋这虎尾？"反把从前思慕红雯的一片私心全行撇去。不意红雯仍是前番性格，见了阿瑶，多要寻出些话来同他兜搭。今儿适值阿瑶睡在延羲亭内，身畔又只有双喜一人，便笑对双喜道："巴巴的到了此地，正好歇息着，再去逛逛各处，可厌阿瑶他偏睡在里头。你去唤他醒来，往别处睡去。"

双喜即走入亭内，用脚踢着阿瑶的腿，道："醒醒罢，别要睡了，仔细风吹出病来！这里也很凉爽的，你尚要垫芭蕉叶子，不如爬到池子里去睡，还快活呢！"阿瑶被双喜踢醒，看了看，复又翻身向内，合上眼道："好姐姐，你不要和我闹了，好容易偷着这半刻工夫来睡着歇一会儿。我适才见你姊妹们在红香院那边斗草呢，你快寻他们入伙去。这里冷清清的，有甚么好玩儿！"双喜笑道："别要见你娘的鬼！谁和你闹的？你睡在这里，干我甚么事？我也没有那么大脸面请得起你，你倒看看亭子外是那个来了？可配得上请你起来让他？"阿瑶闻说，即欠起身一看，见是红雯站在亭外，忙一骨碌爬起，披上小衫，将地上蕉叶连抓带踢的撩过一边，笑道："你这鬼丫头，何苦来捉弄人！就说是姨奶奶要到亭子里来，我久经起身了。偏生窝子疙瘩的，同我闹这无因的闲话。停刻再和你算帐！"

红雯见阿瑶已起，遂徐徐的走进亭中坐下。阿瑶请了安，退立一旁。红雯便向双喜道："在日头地下走到这里，实在热得人慌，你去就近那里取碗茶来解渴，要快去快来！"双喜答应，走出自去取茶。阿瑶亦要跟着双喜走出，红雯即问道："你今日园子里没有事么？"阿瑶见红雯有话问他，便停住脚步，回道："园子里每天午后浇灌过花草，即没有事了。"

红雯四顾无人，便眯斜着双眼笑道："阿瑶，可知道你这差使亏的谁人？又是中等执事，又没有粗重生活，别人求还求不到手，你那里初次当差，即有这个美缺？自从以前那管园的告了病出去，我即思量到你，可以顶这执事。恰好老爷、太太那日闲谈，说园里没人管理，花草多枯坏好几种了。即叫奶奶查一查有甚么妥当人，补一名去。我就趁机保举了你。老爷恰好也说你勤谨可靠，才叫奶奶补上你的名字。我只恐你直至今日，犹认做是老爷的提拔呢！若非我从中保荐，你梦想也巴不到这个执事！虽说没甚么好处，将来由此可望调充上差。你应该谢谢我才是情理。"

阿瑶听了红雯一番说话，又偷眼见他笑嘻嘻的低言俏语相问，心内岂不明白？一时间也由不的乱了方寸，将梁明嘱咐的话与那平日怕人传说的心肠一齐抛向九霄云外去了。亦笑着道："哎哟！我今儿才明白，这个差使是姨奶奶的恩典保荐，真正我尚在梦里呢！我也说老爷平空的派我这件轻松执事，其中多有缘故。若早知是你老人家的提拔，岂独叩谢了事？犹要孝敬姨奶奶，心里才过得去！"说着，走近一步，爬在红雯面前，连连叩头道："今儿多叩几个头，权且谢谢罢，改日再补孝敬。"叩下去的时候，阿瑶的脑袋相离红雯一对小脚只有寸许。一气叩了十数叩，在有意无意之间，头皮早碰着红雯脚尖一下。红雯笑道："滚起去罢！我也不要你叩头谢我，不过说明白了，使你知道，并非他人之力。"也用脚尖在阿瑶脑上挑了一下。

阿瑶此时更外心神缭乱，爬起身，正要再说，见双喜已送进茶来，阿瑶仍退在原处站定。其实阿瑶走近叩头，红雯用脚挑他，双喜早看得真切，佯作不知，递上茶，笑对红雯道："我去园里寻了半响，多寻不出一盏茶来，还是到屋子里取来的；又怕姨奶奶等着发急，取了茶，忙忙的跑来，跑的一身大汗。好笑这两步路，脚多跑痛了，头多跑晕了。"双喜说到脚痛，即望了红雯一眼；说到头晕，又瞟了阿瑶一眼。红雯、阿瑶不由的两人不约而同红了脸，低了头。红雯即笑骂道："你这小东西，很会放刁！怕我说你来慢了，反先说脚呀头的，又怎么痛呀晕的。你不必啰嗦，你的心事我明白。"双喜笑道："只要姨奶奶明白我的心事，丫头还有甚么话说？"说着，回头问阿瑶道："你尚在这里么？早知你站在这里闲话，叫你代我取茶去，可不省得脚痛头晕的了？"阿瑶亦无话可答，惟有红着脸一笑而已。

双喜又道："姨奶奶稍坐一会儿，我出去即来。"红雯道："你又往那里去寻魂？别要走开，我也要回去了。"双喜笑道："真正你老人家不体恤人情！我自然有要去的事件，难不成当着阿瑶明说出来么？你老人家也该

第六十七回　俏细君遇旧说风情　痴丫头有心窥露破

明白了。"说罢，头也不回，竟自下亭而去。

阿瑶道："这位双姑娘，亦习学出来了。曾记初来的前两年，高声也没有一句；现在口齿便利，很会说几句调皮话儿！"红雯笑道："但凡丫头家，到这样大的年纪即思作怪。他知道甚么？不过信口乱喷乱嚼罢了！"又问阿瑶道："你补园里的执事好有两月了，怎么不见你到上头去领银子、缴换的物件呢？"阿瑶道："我已领缴过数次，俱是在奶奶那边回话的。"红雯道："可见你们多是没良心的人！如今只认得新当家的奶奶，前去奉承巴结，也不见得替你们说一句好话儿，调剂你们调个上差。尤其你是我特保荐的人，难道也去伏上水么？即着你以前不晓得是我保荐，一切回话又不便到我那边，也不怪你；可知太太派了我帮着当家，或者奶奶没得空闲，你们也要来就教我的；况且你由园子里到奶奶那边，都要走我院门外经过，何妨顺便或早或晚，进来问个安，也见得你们的人心，把我这不逢时的半边主子尚放在眼里。不然，你们就拿稳了，没有事用着我么？我说你们没有良心，可是不错的！"

阿瑶笑着，假作发急道："姨奶奶真正要冤屈杀人！你老人家背后去问着双喜姑娘，我每天逢朔望日期，到上头去请安，确实因天气暑热，恐姨奶奶们乘凉，起居不便是有的。若说我瞧不起姨奶奶，当时即雷劈了脑子去！同是一样的主子，家人们敢分彼此么？别说姨奶奶是上头主子，就是这府中多年的老管家，现在退了执事，我也不敢存瞧他不起的心。姨奶奶如不相信，随便叫我立个甚么毒誓，我都可以的。"红雯笑道："谁要你发誓？这一来，我岂非白怪了你么？将来只有留心着，那里空了上差执事，可以说话的处在，再代你为力罢。"阿瑶听了，即打了一千儿，道："家人先谢了姨奶奶的提拔。"

红雯笑了笑，叫阿瑶起来，犹要同他说几句体己的话，究竟不放心亭外有人无人，便立起，走至栏杆边眺望。不料阿瑶垫身的蕉叶踏在脚下，猛然一滑，几乎跌倒。慌的阿瑶抢步走过，扶住红雯。因匆忙之际，恰恰阿瑶的手捺在红雯乳上。目下所穿，不过两件纱衣，宛如捺在皮肉上一般，直觉得软而无骨，滑不留手，把个阿瑶身子多酥麻了半边。正欲就势轻薄，红雯将身子往后一缩，飞了阿瑶一眼，道："你真该作死了！"

话未说完，忽听得双喜在亭外高高的声音说道："绿莺姐姐、飞香妹妹,你们快来看,这池子里有朵并头荷花,实在爱人呢!"红雯听了,忙回身来看。阿瑶亦吓的倒退至亭口站下。果见绿莺、飞香由石桥那边携手联翩而来。红雯急中有智,忙望阿瑶使个眼角,即说道:"你这小子,好不懂规矩!有甚么话,到上头回去,这里是回话的所在么?而且还有奶奶在家,有甚么事,理应请他示下,我是不管这府中的事了。"阿瑶会意,口内答应着,早走出亭外。恰好绿莺、飞香已过石桥,迎面走至。阿瑶故意咕哝着道:"甚么大不了的事,也配得上发话!我只说抄点近路,免得这么大热天跑来跑去的,谁知反多出事来,可不是我晦气么!"绿莺接口道:"阿瑶哥,你不能算晦气,我猜你还是运气呢!"阿瑶也不答言,大踏步过桥而去。

原来绿莺、飞香两人在石桥那边即看见红雯与阿瑶在亭子里说话,并阿瑶前去扶住红雯,又听得双喜招呼他二人,分明使亭子里知道,更外心内明白。绿莺到了亭口,见红雯脸上一红一白的,便笑道:"姨奶奶,也在这里纳凉么?可笑阿瑶到亭子里回姨奶奶的话,碰了姨奶奶的钉子,他还咕哝着说是晦气,白绕了道儿。是我说他会抄近路,到这里来回话,不算是晦气,直头是运气呢!"红雯听绿莺句句话皆讥刺着他,好似适才的景况已被他见着,不便答言,怕惹出别的话来,即唤双喜道:"你随我回去罢,我们屋子里也多分没有日影了。"

绿莺见红雯不来理他,亦不进亭子,回身迎着双喜道:"妹妹,你叫我来看并头莲,其实我在桥外就看见了。我一生最喜的是甚么并头莲、双蒂花,见着了,即要折回去插瓶儿玩。仔细想起来,岂不是这一朵好好的并头莲,遇见我这不知趣的人,生生的把他拆散了?"双喜亦知绿莺话中有刺,不好回他,惟有付之一笑,道:"我此刻不陪姐姐了,要跟姨奶奶回去。少停洗了澡,到我那边乘凉说话儿罢。"便走至亭前,随着红雯匆匆去了。

绿莺、飞香见他们已去,也随后回来。绿莺对飞香道:"你可见这骚货与阿瑶那般光景么?我就知道老爷、太太不在家,他们都要闹出笑话的,果不出我所料!这两日,我早晚在园里,一半也是防着他们。不意他们竟敢于人众往来之地做那个勾当,试问有多大胆子!他们今儿是被我们冲散,大失所望,未必就这么死心塌地的罢休,大约让过风头,仍然要另寻机会。你回去千万不要在奶奶面前说甚么,连媚奴前都不用提起。由明日起,我与你要加倍防范,冷眼瞧着他,切不可露脸。若看出一半点破绽,那

第六十七回　俏细君遇旧说风情　痴丫头有心窥露破

时他的把柄得在我们手内,说不得爽性翻出来,大家看看,好羞死那骚货,代媚奴报泄前恨!若露了脸,或回了奶奶,一时传扬开去,他没有把柄落下,也不怕我们,倒教他提防着我们了。"

飞香点头,连称"晓得",即骂道:"也亏红雯那骚货,不识羞耻,不顾天理,老爷、太太都待他甚好,他还要干这些暗昧不明的事,那淫妇岂不丧尽良心么?不独姐姐要替媚奴姐姐报复,即是我,至今也觉耿耿不服的呢!"说话间早出了耳门,绿莺又叮嘱了飞香一番,方各自散去。

且说红雯回到自己房内,心里又恨又愧:恨的好事将成,被绿莺、飞香两个贱人撞破;愧的"绿莺说的话,好似看见我与阿瑶甚么了,倘然传扬开去,即是是非,叫我怎生对人?"落后一想,又自己啐着自己道:"见甚么鬼!我也未曾被他们拿着甚么把柄,就是说我和男家人说话,亦没甚么干系。从此我拼着不进园去,他们也没的说了。"便起身脱了衣裙,到院落内乘凉。双喜心里亦在那里暗想:"不意姨奶奶也欢喜阿瑶,果真阿瑶这小东西令人可爱。今儿姨奶奶既当着我露了马脚,我也乐得去结识阿瑶,不怕姨奶奶怎么了。他自己不正,焉能正人?况且我终久要发出去的,若嫁了阿瑶,也算心满意足。不如趁着这个机会,与阿瑶定了实在;不然发出去的时候,那里单单配与阿瑶?还不知阿瑶心内如何?姨奶奶纵然同阿瑶有了扯搭,也不过有一日算一日,不能老爷收过房的人,还好再给小子么?明儿待我先去勾引阿瑶,入了圈套,随后再慢慢求着姨奶奶,把我许配了他。或叫阿瑶上去求讨,才能十拿九稳——也不怕姨奶奶不依着我行,他的把柄儿落在我手内呢!"双喜自从派了伺候红雯,凡小儒进房,都是他上来服侍。红雯又与小儒十分亲密,甚至双喜在面前他也不避,竟自谑浪笑说的去媚小儒。双喜渐渐长成,有了情窦,逐日的看去,亦解得此中勾当。此时独自寻思,打算到情浓之处,不禁脸泛桃花,遍身火热。勉强伺候了红雯晚饭,即推病去睡。

红雯心里亦有心事,要想再去园里走遭,怕的绿莺等防察,一露机关,许多不便。若要不去,又抛不下阿瑶,"我本来存心已久,好容易盼到这机会,偏生中多阻隔。"辗转筹思,早早的睡了,一夜多没有合眼。次日清早,红雯方才睡熟,双喜忙忙的起来,也不梳洗,进房看了看红雯,一时不得醒来,便大着胆走至后进,开了耳门,直向园中来寻找阿瑶。

恰好阿瑶亦因昨日与红雯正到好处，可恨为绿莺等冲散，回到房内吃了饭，即倒身睡下，翻来覆去，一夜无眠。又想到日间捺着红雯胸膛，那般的酥软可爱，倘侥幸能同他贴皮靠肉一刻儿，不知怎么受用呢！眼睁睁看着天明，起身穿了衣服，要想借着件事儿到红雯那边回话，探探他的动静。正走至两翻轩外，迎面撞见双喜穿花拂柳而来。阿瑶喜从天降，忙叫道："双喜妹妹，那里去？今日好早呀！"双喜抬头见是阿瑶，忙摇手道："不要高声，我正有句话，特来寻你告诉的。"说着，便先自跨进两翻轩内。阿瑶也跟着进来，顺手翻上了院门，四顾无人，又因天色尚早，料定同伙们都未起身，不由得欲心顿炽，无暇问双喜来寻他说甚么话的，即大着胆，双手把双喜搂住，叫了声："好妹妹，难得你我有缘，此时又没有人来，正好先做夫妻，了了我昨日的愿心！"又一把将双喜抱起，走进明间，在当中一张杨妃榻上按倒。双喜到了此际，又惊又喜，假作挣扎道："你活的不耐烦了！我好意来告诉你话的，竟敢调戏我！快快放手！我若喊叫起来，或去回了姨奶奶，定要活活将你处死的！"阿瑶见双喜口内虽说硬话，并不十分撑拒，知他早已心肯，也不答他，便用手解双喜的裙带底衣。

　　看官们，要知男女私情，胆有天大，任他刀山油鼎在前，百般的利害，这一刻总付之度外。若要问他们怎生苟合，我亦难于形容，秽亵笔墨，总之，一个是未破瓜的女鬟，一个是乍得趣的小子，又是两意相投，彼此爱慕已久，一旦遂心，更觉得分外绸缪，孜孜不舍。一会儿，双喜系上裙裤，一手理着头发，斜睨着阿瑶道："我今儿被你欺负足了！说不得，事已如此，将来我这身子配与谁呢？"阿瑶道："好妹妹，你放心，我都要设法求了上头，讨你回去，做个天长地久夫妻，断不能抛撇下你来。我若有半字谎言，叫我异日不逢好死！"双喜忙按住阿瑶的嘴道："清早起，谁要你赌咒？我知道你的心了。"阿瑶道："言归正传，你来寻我，说甚么话的？"双喜道："我家姨奶奶久已有了你的心，只是不好出口，又怕人多眼众，昨日和你在亭子上那般形色，你也该明白。可怜昨晚一夜儿都没有合眼。我们要想个法儿，弄他和你好了，我们方可望常常在一堆儿呢。"阿瑶道："你不说，我也这么想着，然则今儿你是特特的来寻我的了？我亦算得识趣的人，不使你空往这一场。"双喜脸一红，跳下地来道："呸！没良心的东西，嚼舌根的贼胚，讨了我的便宜，还说冷落人的话！下次呢，永不上你的当了！"说罢，

第六十七回　俏细君遇旧说风情　痴丫头有心窥露破

转身就走。

阿瑶忙走上，一把拖住，赔笑道："好妹妹，我和你说笑玩儿的，怎么你认了真？"又随手将双喜袖内一条汗巾扯过，藏在自己袖里，道："好妹妹，这块汗巾赏了我罢。我见汗巾，即如见着妹妹一般。"又千妹妹、万妹妹的叫了多声。双喜忍不住扑嗤一笑，将手撒脱，道："别要缠人了，恐怕有人来见着，许多不美。有空儿我们仍在这里相会。"阿瑶连声答应，遂让双喜先出院门，自己方慢腾腾的走出。

刚刚两人先后出了院门，一抬头，见绿莺、飞香相离面前不远。阿瑶、双喜两人不由的吃了一惊，顿时面红耳赤。阿瑶即缩身，从院门口一株垂柳外，转过绀雪斋那条路上，飞也似去了。双喜无奈迎上来，问道："姐姐，妹妹，好早！我昨日一方汗巾丢在园子里，怕有人捡了去说闲话儿。今儿来寻了半会，又没寻得着。姐姐们若是捡到了，我即放心，不去寻了。"

绿莺微笑道："你说我们早，你更比我们早呢！原来你来寻汗巾的，我说你怎么头不梳、脸不洗的跑进园来！你不讲明，只道你为着一件甚么切己的大事呢。我与飞香都没有见着你的汗巾，果真捡得，自然还你。我们不爱那物事儿，别说我们没有捡得，就是捡得了，你也尽可放心。你我是同伙一般的人，单怕不是我辈们捡了去。将才你后面不是阿瑶么？他明明的跟着你走，因何见了我们，鬼鬼祟祟的分路去了？别要被他捡得了，背后说是你送他的表记。尤可恶他清早起四处乱跑，将来园子里我们是要常到的，怎容他夹在我们队里鬼混？说出去，叫人听着不像句说话。少停倒要去回奶奶，处治他一顿！"

双喜闻说，直羞得满面通红，开口不得。见绿莺要去回兰姑，心内更急更怕，"又不便拦他，必要去回；若拦了他，分明我与阿瑶有了甚么私情。"只得勉强答道："可不是呢！昨日我同姨奶奶在延羲亭里坐着，他竟挺上来回话。姨奶奶给他钉子吃了，他才走出。今早我来寻汗巾，他又问长问短的，讨厌！我也想去回姨奶奶，给他个没趣，他方知道利害呢。"说着，故作惊讶道："不好了！我来了半晌，姨奶奶要起身了。别唤不着我，又要生气。"便头也不回，飞风而去。

绿莺笑对飞香道："今儿是人赃现获了！可惜迟来一步，早来片刻，还有好笑话儿呢！"飞香笑道："罢哟！果真见着，叫人怪臊的！就这么着，看他们怎生抵赖得去？我是要回明奶奶的，正好借着双喜这浪蹄子，堵红雯那贱人的嘴，又可代媚奴姐姐出口气！"

绿莺方欲答言，猛回头，见那边路上有一件红通通的东西。忙走去拾起，认得是双喜的汗巾，与阿瑶平时用的一方半旧白洒花细帕缠在一堆。想系阿瑶匆忙走避，落于地上。绿莺大笑道："这才是真赃呢！有了这个实在把柄，看他们飞上天去！停刻我去回奶奶，你休要开口，我自有道理。"飞香点头答应。两人拿了那汗巾、手帕，兴匆匆的直向兰姑房里来。

兰姑正在窗前梳头，绿莺上前请了早安，即将如何见双喜与阿瑶在两翻轩中走出，阿瑶见了我们怎生躲避、双喜同我们说话怎生支吾；又拾得双喜用的汗巾，与阿瑶用的手帕团在一处；并将昨日红雯在延羲亭内和阿瑶调笑、双喜在亭外做眼目的话由头至尾，细说一遍。兰姑听了，甚为诧异，忙问道："这话可是真么？"绿莺道："怎么不真？并有飞香同我看见。我们今儿先回奶奶声，请奶奶做个指证，待太太来家，我亦要回明的。"

兰姑见绿莺说得确切，料非假话，急起身，梳了头发，将绿莺叫入套间内，道："你且坐下，我有句话要劝你，切不可不信。适才的事你亲眼见着，断非无因。但是你告诉我则可，万万不能去回太太！一则红雯是太太的丫头，又是太太一力撺掇老爷收房的。目下红雯虽未做出那不长进的勾当，他房内双喜已有实据在你手内，又有延羲亭内一段情由。太太正因日前的事气他不过，这回太太知道了，脸上分外过不去，势必告诉老爷，撵出双喜，将红雯关锁，阿瑶送官重处。试问谁人不要面孔？他们既破了脸，又败了名声，恐有性命之虞。你何苦暗丧阴骘，又使太太作气？你不过因他主仆们大模大样的擅作威福，令人可厌，难得有这个把柄落在你手内，正好发泄。殊不知今儿是双喜做的事，红雯并未与阿瑶有甚么苟且，徒然结下仇恨；况且人急悬梁，狗急跳墙，不说他无颜对人短见的话，倘若他到了急处含血喷人，反咬你们一口，你们清清白白的身子，何苦受他蹧蹋呢？"

绿莺道："那倒不怕他，昨日延羲亭内，他同阿瑶做的那些丑态，不是我一人看见，还有飞香见着的。请太太重处阿瑶、双喜两个人，追究这段情由，自有水落石出。真的真，假的假，任他怎么抵赖不去的。果真我们栽害了他，情甘反坐！非是我们一定要与他们作对，实因他欺人太甚！前

第六十七回　俏细君遇旧说风情　痴丫头有心窥露破

日他与媚奴那般鏖闹，还伤着奶奶，甚至连太太吆喝都不怕，我们不必说，更不放在他眼内了。趁此打他下马来，使他晓得我们利害，才不敢放肆呢！奶奶不要管，我比不得奶奶那般宽洪大量，可以容得他。"

兰姑见绿莺执意要回方夫人，又极力带说带劝的道："我犹有个两全其美调停法子在此：隔一日，我悄悄去对红雯说明，晓得是你们放他过去，存他体面，不揭破这件事，叫他和双喜背地里来招呼你一声，下次再不敢同你们作对了。至于你代媚奴抱着不平，我知道你是好心，总叫媚奴感激你就是了。好孩子，你信我的话，包你不错。你别要疑我护庇红雯那骚货，其实我亦恨他呢！无如中间夹着太太，太太待你我是没有说的，他的面皮多要顾着，才合情理。"

绿莺闻兰姑的话甚为近理，想了想，方才应允。又道："奶奶代他讨下人情，真便宜他们了！千万奶奶要给他们个信儿，别要我们饶了他，还落他笑话，说我们不敢去惹他。"兰姑满口应承道："你放心，总叫他们过来招呼声。若是心高气硬，不肯伏头，你尽管去回太太，那时我再不拦你，可好么？"绿莺笑道："奶奶真正是个好人！也算他们运气，碰见奶奶这样菩萨心肠！"又说了一回闲话，方回房去。

单说双喜进了耳门，一面走，一面跺脚道："倒运！倒运！偏生不早不迟，撞见他两个！若说到太太耳朵里，便怎么好？打骂我都不怕，三不知再撵我出府，海也干了！只愁说明了这件事，叫我怎生见人？羞也该羞死了！罢了，事到临头，懊悔何济？亦是数该如此。不如老着面皮，去回明了姨奶奶，求他替我设个法儿，俗说：'宁撞金钟一响，不擂破鼓千通。'料定他不能不答应的。他也怕闹开了牵累着他；再则事从根上起，他同阿瑶在亭子里的情由亦掩藏不来了。"

心内想着，不觉到了房内，见红雯早坐在窗前梳头。见了双喜，便骂道："你这小贱人！清早往那里去的？我起来唤了半晌，没有人答应，叫我心里反害怕起来。你纵然有事去，也该待我起身说明了。看你忙的蓬头垢面的，这般鬼样，到底有甚么大不了的事？"双喜因红雯再三追问，又见房内无人，便跪下道："丫头要求姨奶奶救命！你老人家若不开恩，丫头横竖都是死！不如求姨奶奶打死丫头，倒还干净。"说着，不禁滴下泪来，在地上连连叩首。红雯见双喜突然如此情形，很吓了一跳，不知何故，忙道：

"你不是疯了么？甚么事件要我救命？你且说与我听。"双喜听问，顿时满面绯红，无奈将他到园子里去会阿瑶的话细细说明，又将自己心内的私情亦直说出来。

　　双喜话方说完，早把红雯气得软瘫在椅上，手内执的一柄牙梳不知不觉跌落地下，分为两截。颤抖抖的指定双喜，骂道："你……你这下流不堪的东西！这还了得么！我只问你，十五六岁的黄花女子，怎么知道干这些无法无天的事？可不是反了么！还有一说，既要偷汉子，又弄得不尴不尬，被人看见——偏偏又被那两个贱人见着，定然要闹得合府皆知。你将甚么面目对人？还要带累我不干净呢！怎么你犹有这副老脸前来求我？还要说死说活的挟制我？你如果要死，当时被他们撞破，就该去寻死！"

　　双喜到了此时反横了心肠，拼着去干，便直起腰来，回道："姨奶奶别说骂我，就是打死丫头，也心愿情服的！我此刻悔之已晚，譬如强盗，已经打劫了人家，纵然洗手，也来不及了。丫头还有句不顾羞耻的话，斗胆回姨奶奶：也要怪阿瑶平时兜兜搭搭的来撩拨人，丫头一时糊涂，才上了他的当。即如府中同伙的姊妹们，欢喜和阿瑶兜搭的亦不止丫头一个，不过丫头做的不机密些。我此时也没甚别的想头，惟有求姨奶奶念主仆之情，能于成全了丫头，杀身难报大德；不然，丫头横竖皆是一死，既已错了一次，若叫我再错第二次，丫头情愿待太太回来，拼死去回一声！设或太太的恩典，将我撵出去，嫁了阿瑶，那是天大的造化；否则，同阿瑶一堆儿处死，丫头并不懊悔！"红雯听双喜所说的话，皆是挟制他昨日园子里的事，不由得又急又气，顺手拿起一根门闩，咬着牙齿，狠命的劈头劈脑乱打。双喜目下连死都不怕，别说是打了，反直挺挺的跪着，咬牙忍受，听凭红雯来打，既不躲闪，又不啼哭。

　　正闹的没开交处，兰姑掀帘早进来，见红雯乱打双喜，明知为的是将才的缘故，忙上前把红雯挡住，夺下门闩，抛过一旁，笑道："甚么事情，清早起闹得这般形像？多分是主子的下床气，拿着丫头发泄呢！说出来，我评评看，该打不该打。"又将双喜拖了起来，叫他出去。

　　红雯即起身，让兰姑坐下，气吁吁的道："姐姐，你不要问，我被这小妖精要好气死了！我有多少的话，也没嘴说他，只问着他自己所行所为，非独该打，即是千刀万剐，还轻待了他呢！"兰姑笑道："究竟因甚么事，你生

第六十七回　俏细君遇旧说风情　痴丫头有心窥露破

此大气，又说得如此利害？丫头们犯的法，不过懒惰、不听呼唤，甚至偷窃物件、搬弄是非，即是极重的事了。照你这般说法，难不成犯了那话儿的毛病么？那是没有的事。双喜这孩子，年纪既轻，人又老实，又没人引诱他，断乎不致如此，倒叫我难以猜度！好妹妹，你明说了罢，也使我放心。"

红雯听兰姑问到这里，顿时脸上一红一白起来，便猜到绿莺、飞香回去，定要先告诉他，多分他已尽知这事情由，佯作不知，来问我的。即长长的叹了一声，道："叫我有口难言，怎生对人讲说？好在停几日，你都要知道的。我亦自知约束不严，难逃其责，总被这小妖精坑死了！无奈此时却不便告诉姐姐。大约你也晓得一二，不必假装不知，来哄我了。"

兰姑见红雯满面羞惭，不好再往下追问，便将座位挪了挪，相近红雯身边，附着他耳畔低低说道："妹妹，你毋庸藏头露尾的瞒我。你说我晓得一二，这句话倒被你猜着。双喜所犯的事，我虽未尽知，大概情形不过如此。我是专为这件事过来排解的。"遂将绿莺、飞香如何看见双喜和阿瑶在两翻轩内出来，又如何捡得他两人的汗巾、手帕，缠在一堆；绿莺怎生要去回明太太，"我怎生劝阻下来，怕的说出来，与你妹妹不便，因是你房里的丫头。却要你耐着性子，将绿莺叫来，用好言抚慰他一番，方保得平安无事。不然，恐绿莺明虽应允，一俟太太回府，他竟说了出来，便怎么呢？有你妹妹当面嘱托过了，他即不好反齿。至于飞香，你尽可放心，我可包管他不敢多话。此乃我的一片好心，既顾了双喜体面，又省了你一场气恼，却不要疑惑我的指使，那才是俗语说得好：'送丧的反葬入土里去。'你妹妹再斟酌斟酌，这么样做去可稳妥不稳妥？"兰姑并把延羲亭内的话隐过不提，恐红雯难以为情；又恐红雯因绿莺等人没有说出延羲亭的事，只当他们不知，即不代双喜去安慰他们。想了想，便隐隐约约的说了两句，使红雯心内明白。

红雯闻兰姑说到他心病，直羞得满面紫涨，粉汗交流，哽咽着不能出声。好半会方答道："承蒙姐姐盛情，周全我的声名，心感不尽。若论双喜这小贱人，如此胆大妄为，我拼着担个不是，甚至再说我纵婢为非，看他将甚么面孔对人！好在我没甚么实在把柄在他们手内，那些石上栽桑的话，也不好一定作准。现在你姐姐倒肯成全双喜，我还有甚么说呢？各事都遵姐姐吩咐，事过之后，我再领着那小贱人到姐姐那边来叩谢罢。"说着，自己先起身福了两福。兰姑忙一把扯住,推红雯坐下,道:"你我自家人,你的丫头即是我的丫头一般,闹出闲话,彼此多不好看相。但是事不宜迟,今晚明早就要去安排绿莺一声,怕的太太在日内回来,即不便说话了。"红雯点首,连称"晓得"。

正欲唤双喜进来叩谢兰姑,忽见飞香忙忙的走入,道:"太太同各家太太都回来了,已下轿到了中进,请奶奶们快去迎接。"红雯闻说,这一惊不小,急立起拉着兰姑央告道:"好姐姐,你爽性要成全我的,偏生太太此刻不先不后的回来,叫我顾及那一边呢?仍要恳求你,暗暗向那人说声,安慰住他,我偷个空儿,即去会他就是了。"兰姑道:"不要你叮嘱,我自会安慰他。"便转身出房,径至中进来迎接方夫人等。飞香对着红雯笑了笑,也跟了兰姑出外。红雯此时满肚愁烦,亦慌忙换了几件衣裳,向中进而来。

未识方夫人回府,绿莺可说出这件事情?要知端的,且看下回分解。

第 六 十 八 回

戒春怀小施夏楚　惊秋令大放冬华

　　话说方夫人与众位夫人在督署整整宴会了半月。外面陈小儒等人和云从龙亦是朝欢暮乐。恰好到了十三四日，新任制台已到，从龙更欢喜非常，交了督篆，即收拾行囊，同了程婉容、蒋小凤一妻一妾，搬向绘芳园来，消闲自在的践赴这半月之约。次日清晨，从龙先命众家丁押运行李各物出衙，随后与小儒诸人坐轿往园里来。内堂方夫人等亦邀了婉容、小凤，带着仆妇、丫鬟同回府中。

　　直至绿野堂前下轿，转过屏风，早见兰姑、红雯接出，先与众位夫人问了安好，便一齐来至中进。婉容将带来的辎重安顿在他平昔的一进住宅内，所有不用的物件即不去动他，盼咐堆在一旁，以便半月后仍要起行。众夫人亦各回自己屋子里宽换衣裙。

　　单说方夫人回至房内，绿莺上来服侍着，除卸簪珥，换了大衣。小丫头送上茶来，方夫人接过，回头问绿莺道："我去了半月，府中没出甚么事么？"绿莺道："大事倒没有，却有点子小事。此时人多，不便回明太太，少停再说罢。"说毕，嘻嘻的笑个不停。方夫人闻绿莺所说甚是蹊跷，忙问道："甚么事不便此时回我，说得这么鬼鬼祟祟的？我最可恶这般吞吐不明的话，令人闷昏。你别要笑了，快说出来，不说我可是不依的！"

　　其时兰姑亦跟进房来，忙上前笑说道："太太休信绿莺的鬼话，若有大事，我多知道的。他说的事，不过同伙们闲着斗口儿罢咧。前日即对我说过，要等太太回来禀明，大家评一评曲直。在我看，太太先要打绿莺一顿，都是他引着他们跳神跳鬼的，此时又到太太面前学嘴学舌。太太别要理他。"方夫人听了也笑起来，道："我当甚么事，原来还是他们吵闹儿，也值得说的这么稀罕？"

　　绿莺见兰姑用话岔开，明知此时不容他说，便冷笑了声，退出房来。兰姑遂将这十数日内拣那可说的事说了几件。又问方夫人在督署内如何排场，闲话了半回，才起身退出。见绿莺斜倚在栏杆上出神，兰姑走近，笑道："你呆甚么？我同你说话。"便扯了他到没人的处在，抱怨着道："你这孩子，太不信人话了！我怎么对你说的？又允你叫他们来给你认错，也算很过得去。适才你还要想回太太，若非我在面前，竟可说了。早间我已经答应了他们，红雯又情愿过来陪你不是。你若说了，叫我怎生对得住他们呢？好孩子，千万代我装个体面，我总叫他们感激你，下次永远不敢和你拗强。你若不听我的说话，我可是要同你变脸的！"绿莺笑道："奶奶吩咐，我不说就是了。"说罢，转身仍进房内。兰姑犹恐绿莺不依他说话，又叫了方夫人房里的一个小丫头过来，先给了他几百钱，叫他暗中监察着绿莺，"如果绿莺背着人对太太咕哝，你不问他说甚么，飞风来告诉我，我再给你一吊钱买果子吃。最是夜间和清早，没人在太太旁边，你格外要留心些。"小丫头见兰姑给他的钱，又许他送信后仍给一吊，喜得眉开眼笑，连连应答道："奶奶只管放心，我拼着不去玩耍，一日到晚的防备着他，好不好呢？"兰姑笑着拍了小丫头一下，道："乖孩子，很好，很有心孔，待到年终，太太赏你们衣服穿，我请太太拣那顶好的、颜色鲜明的多给你几件，明儿好留着做嫁衣罢。"小丫头脸一红，笑嘻嘻的跑开道："奶奶又同我们开心了！"兰姑即回房料理来日众夫人宴会的各事，又发了银子与外厨房，也要预备前厅小儒等人的酒席。

　　正在安排，见方夫人房里小丫头来说："太太立等奶奶说话呢。"兰姑忙起身前来，见众位夫人都在房内。洛珠先笑说道："来得好！专待你这当家人来，好定章程。"兰姑笑道："我这耳朵里足足清静了半月，现在又好听你的聒噪了。你还要取笑我当家，我为这当家，都受尽讥诽，没处诉苦。"洛珠笑道："谁敢讥诽你？可告诉我，待我明儿打这些人去，替你出气！"兰姑道："好，好！有你这么个狠帮手，我也不怕人了！今儿就回明太太，请你管理，不要到那个时候，你亦学着乖巧，缩了头，不肯得罪人。"洛珠拍手笑道："原来你此时是缩头的人，我白替你抱着不平！"静仪笑道："你们整日的见着，皆是斗口儿玩耍，别要有一日说翻了脸，吵起窝子来，那才惹人笑话呢！"兰姑笑道："王太太，我决不敢同你家姨奶奶翻脸的，他既能替我打着别人，我岂不怕他打我么？"说得众位夫人都笑了。

　　江素馨道："别闹笑话罢，原是找你来商议正经的。明日我们的酒席怎样调排？你该早有了定见，说出来，大家听听。"兰姑道："也没有甚么调

第六十八回　戒春怀小施夏楚　惊秋令大放冬华

排,酒席多照着云太太那边的样式。午饭摆在延羲亭,因池子里荷花尚没开完,大可赏玩,那里也比别处凉爽些。只要唤两名女说书的来伺候,弹弹唱唱,倒还清雅。晚酒即摆在留春馆,我已吩咐他们去张挂灯彩,又叫了一起灯下扇戏,在院外变着戏法儿下酒。午后随意起坐的地方亦在留春馆内,所有纸牌、牙骰、围棋、双陆、行令的各色签筹,我皆预备齐了。逐日的用度,我叫媚奴记着数目,俟半月后开出清单,众位太太再照股分派。"众位夫人听说,同声赞好。

洛珠道:"我说交代他去办,多不会错事的。很好,偏劳了你。罢,罢!你辛苦十数天,明儿算下帐来,你应出的一股儿,我们代你公摊了,算一分酬劳罢。"兰姑摇头笑道:"不劳你费心,诸位太太公摊下来,我还要沿门去道谢,那倒不值得。我听你赞好,只当你一人代我会钞的呢!"洛珠笑道:"你也太小量了人!你那一分儿,就派我代你出,可好?"方夫人道:"外边老爷们的酒席呢?"兰姑道:"也照内里的酒席一样,午饭在览余阁,晚酒在丛桂山庄,起坐在红香院;也唤了一班清唱与两个说平话的伺候。"方夫人点头道:"就这么着,不要再累赘了,你可安排去罢。内外伺候酒席的亦要派定,他们方没处偷懒。"兰姑答应出来。众夫人坐了片刻,亦各散去。

晚间,方夫人陪着婉容闲谈,到二鼓以后,方回房中。除卸残妆,叫小丫头们各自去睡,只有绿莺一人侍立在旁。方夫人猛想起日间的话,即细问绿莺原委。绿莺低头想了想:"若直说出来,怕的兰姑见怪;欲待不说,太太既问我,叫我怎生对答?"又不服气,放红雯、双喜两个骚货过去。落后一转想道:"啐!我也顾不了许多,放着这个机会,得着他们这般大把柄,不趁此时扳倒他们,徒然将这空头人情送与奶奶,倘事过之后,他们仍旧装模作样起来,那时再说,没了把柄。况且日期又长远下来,纵然太太相信我的话,也不好奈何他们。横竖他两人是恨极了我的,即如不说,他们亦不见得说我声好。真正看着现的不取,倒取赊的去?再则我放他们过身,是容易的,设若他们记着我的仇恨,慢慢的暗中摆布我,岂非我反失了便宜?就是奶奶明日怪我,亦可推到太太身上。一定追问着,不容我不回,也就没的说了。"

方夫人见绿莺沉吟不语,发急道:"怎么了?现在你也变的这般怪怪腻腻的?日间你要说,奶奶又在里面混岔,令人可疑。想必这件事与你有碍,你才不肯直说。明儿我若访出了实在根底,再揭你的皮!滚出去罢!我最不愿看你这可恶的形像!"绿莺见方夫人发急,又听说与己有碍,不由得脸上一红,气上心来,即走近方夫人身畔,悄悄的说道:"丫头敢瞒着太太?因为这件事回明了,有关人家的性命,丫头怕说出大是非来。太太既说与我有碍,丫头却当不起。"遂将红雯、阿瑶调情的话与双喜和阿瑶清早在两翻轩中一同走出,又怎生捡得他们的汗巾、手帕,并有飞香同我看见,从头至尾,半字不漏的回了一遍。方夫人闻说,惊的直跳了起来,连骂"该死",道:"这还了得么?我不过出去半月有余,又没过了三年两载,府中即闹出这般大事来!就此一端,可见平日我不能知道的事多呢!这件事,奶奶可晓得么?"绿莺见方夫人十分着急,反懊悔不迭,"到底不该冲口说出。只说可以扳倒红雯,代大家出气。如今听太太口气,是要怪到奶奶身上,这便怎处?"既已说出,又难缩回,即答道:"我告诉过奶奶的,奶奶叫我别急急的回太太,恐太太听了生气,又恐他们有性命相关,等他访明情由,再设法婉转来回太太。"

方夫人顿脚道:"甚么糊涂话?很承他的体贴,怕我生气,殊不知这是甚么大事!有关府中的声名,有碍老爷的脸面!奶奶只顾他惯做好人,一味的替人遮盖,不明白而今是当家的人,迥非从前可比,将来再闹出天大的事来,他也别想压服得下了!我临去之时怎么吩咐他的?叫他各事当心,第一是这些丫头们,各家的主子不在屋里,他们就要自大称尊的。府内的丫头不必交代,本自派他拘管;即是各位太太家的丫头,你也可以管得。今日偏偏是自家丫头闹出笑话,问他怎么对得住我?你去请了奶奶来,我问他。"绿莺听得要请兰姑来,知方夫人必要发作他的,分外心慌,连忙跪下道:"太太的恩典,要成全丫头的!太太若抱怨了奶奶,使丫头怎生见奶奶呢?奶奶早间叮咛嘱咐的,叫丫头别说,少停一二日,自然来回明太太。并非奶奶有心欺瞒太太,这亦是奶奶一片好心。总怪丫头嘴快,请太太责罚丫头一顿,丫头情甘领受。"说着,那喉间声音颤微微的,几乎急出泪来。

方夫人见绿莺如此情形,亦明知"兰姑非好意欺我,他本来生性慈厚,耳活心软,搁不得人家一句好话儿。多分红雯、双喜两个孽障亦晓得绿莺要回明了我,自知不得过去,先去央求了他,托他遮盖的"。便喝起绿莺道:"你知道甚么?快去请了奶奶来,我自有道理!"绿莺不敢再说,只得爬

第六十八回　戒春怀小施夏楚　惊秋令大放冬华

起身,慢腾腾的,一步三挪,来至兰姑房内。

时兰姑亦未安睡,坐在灯下誊写帐目。抬头见绿莺立在面前,即放下笔,笑道:"你又来讨信的罢？不要性急,我总叫他们到你那里去。难道我还帮着他们,使你落空么？"绿莺撅着嘴道:"还说这些话做甚么！将才太太再三追问我日间的话,我没得对答,只好推到奶奶身上。太太叫我来请奶奶过去呢。"

兰姑听说,吃了一惊,忙问道:"究竟你说了没有？"绿莺道:"我怎么说好呢？所以才说你老人家晓得的。"兰姑信以为实,念声:"阿弥陀佛！"道:"好,好,你不说明甚好。我就去见太太,自有我的说法。"便立起,叫飞香执了烛台在前引路,带着绿莺向方夫人房中来。绿莺跟在后面,又是作急,又是好笑。待兰姑将至房前,即退了下来,一溜烟跑到自己房内,闩上门,吹灭了火,上床和衣睡倒,倾耳静听外面的消息——因绿莺的房只与方夫人隔了一板,凡说话皆听得清的。

兰姑进了房门,见方夫人气生生的坐在桌畔,即走近,笑问道:"太太没睡么？叫绿莺来唤我,有甚么事？"方夫人也不叫兰姑坐下,便长叹了声道:"我的奶奶！我到云太太那边去,怎生重托你料理府中各事？要格外当心,因你是初次当家,恐人众不受你压服,不要我不在家闹出笑话。此时偏偏闹下大是非来！虽说是丫头们,可以撵逐,到底与府里的声名不甚好听。及至绿莺要回明我,你又拦在头里,不叫我知道。我真不解,你是何用意？终不成双喜这种该死不堪的丫头,还不赶早打发他出去,耳目清净,还要留他在府里装幌子么？阿瑶亦当立刻撵逐,我不告诉老爷送官究治,即是天大的恩典了！若被老爷知道,发作出来,你我皆担着不是。红雯那东西,我自有法处置他去。请你来,不为别的,既然绿莺告诉你,你不肯使我知道,是何缘故？"

兰姑听了,方恍然明白:"绿莺已回明了方夫人,在我面前假称未说,是哄我来的。又恐我当面抱怨他,我岂不是倒被他诳骗了么？幸而我没有冒失,代他们辩白。不然,太太还要疑我受了他们买嘱。好在是绿莺说的,并非我不代他们弥缝,他们也怨我不着。"兰姑只得照着绿莺的话回了一遍,末后又分剖自己:"不是有心来欺太太。即如我不当家,知道小使、丫头们犯了这个病,是片刻不能容的。何况我现在管理府中事务,又值太太不在屋里,皆是我的责任。我实因传说开来,怕的他们无颜见人,恐有性命之忧。意在先安慰住他们,然后再缓缓的回明太太,借个名目开除他们。这是我的愚见,其中并无别情。"

方夫人闻说,点头道:"我也知物极必反。而且他们业已走错了路,挽回不转的了。你平时亦晓得我并非那般性急的人,凡事不由人计较。你该暗中先告诉声,大家商量个法儿处置他们。你大不应瞒着我。倘若老爷得了风闻,来问着我,我尚不知道呢,岂非笑话!再则也叫红雯看轻了我,以为我可欺瞒,下次更外妄行无忌了。你回去切不可走漏消息,待我明早叫了他们来,自有我的办法。"

兰姑见方夫人肯成全他们,甚为欢喜,忙应道:"那我晓得,就是太太不知会我,我亦不敢多口的。"即转身带了飞香退出,仍回房内,将适才方夫人的话说与媚奴知晓。媚奴笑道:"这是太太、奶奶积了大功德,却便宜了红雯、双喜、阿瑶三个人了!"兰姑道:"罢哟!人都不可做尽了的。就是这么,他们也无地自容。我若是他们,久经寻死了!难道你还不称心么?"媚奴道:"奶奶说的话好笑!我有甚么不称心?若是量小的人,绿莺先来告诉我,我即过去羞辱他们一场,也出出日前的闷气!我反叫绿莺来回奶奶,听奶奶示下,如何办理的。"兰姑道:"你们听着罢,明日太太叫了他们上去,我倒很替他们愁着,怎么回得出口?你们也去睡罢,明早我还要早起,安排太太们的酒席呢。"飞香即赶着过来服侍兰姑安寝,方同媚奴退出。

次日黎明,方夫人即起身,先叫小丫头去打听,众夫人仍未梳洗,一时尚不得过来。又问明小儒已由红雯房里出厅去了,便吩咐绿莺:"去叫了双喜来。你不可对他说甚么。"绿莺答应出外。少顷,带着双喜入内。方夫人举目,见双喜头尚未梳,脸上一红一白的,甚是惊惧。正待开口,红雯亦赶着过来,问了早安。方夫人明知"他不放心我叫双喜来问话,我正要叫他来听着呢",便命红雯一旁坐下。

方夫人顿时沉下脸来,厉声问双喜道:"你由七岁进府,现在已有了七八个年头,也该知道府里的规矩:向来男女家丁有事传话,不许私自交谈。无论在府里多年勤劳的家丁,一犯此病,即时撵逐。你日前做的事很好,以为我在云太太那边,即不知府里的事么?岂知我人在那里,心在府中,最不放心是你们一干人。今儿你好好从直招认,我都可开豁,成全你的脸

第六十八回　戒春怀小施夏楚　惊秋令大放冬华

面,决不叫老爷知道;若有半字含糊,冀图混赖,我即刻将你处死!"

双喜在方夫人叫他的时候,心内早怀着鬼胎,怕的是绿莺说了甚么,那件事发作起来。此时听方夫人兜头即问到这里,好似半空中打了个霹雳;又见绿莺等一班丫头多笑眯眯的立在方夫人背后,望着他抹脸刮鼻的做样。双喜直臊得满面紫涨,恨不能一头钻入泥土里去,才掩得起今朝的羞耻。

红雯听得方夫人叫双喜去问话,大大吃了一惊,即猜到八九分,是园中的事发作;又转想到兰姑曾经允过他安慰绿莺,纵然别的丫头说了是非,都不比绿莺是亲眼所见,太太亦未必晓得透切。是以急急的跟了过来,好见景生情的代双喜分剖。不意方夫人早已尽知,竟不容双喜辩说。"料想我的事太太也知道了。"红雯这一急,更比双喜难以为情,不禁面如死灰,遍身发抖,痛自懊悔,不该冒昧跟来,分明是自投罗网,走开不能,在这里又不便,真如坐在针毡上一般。

方夫人回头见红雯这般形容,便冷笑了声,喝问双喜道:"你到底怎么?难道还想打点出个主意强词辩理?再不然,还是狡赖到别人身上去?"双喜此际真急得上天无路,入地无门,惟有爬在地上道:"丫头该死,一时糊涂。只求太太恩典,立刻打死丫头,丫头毫无怨恨。太太若一定追问甚么情由,太太想已尽知,丫头都是有的,丝毫与旁人无涉。"说罢,伏在地下嚎啕大哭。

方夫人见了,倒反不忍起来,暗想:"兰姑不独忠厚,而且颇有见识,果然追急了他们,定有性命相关。二则追究到水落石出,双喜必当将红雯的隐情和盘托出,岂不与老爷面目有碍?我亦担着失察的不是。不如将计就计的训饬他们一顿,把双喜竟赏了阿瑶,也算一件阴骘。"

想定主见,恶狠狠的回头瞅了红雯一眼,道:"你亲耳听见的,不是我信了旁人挑唆,冤屈你房里双喜。别以为你做的事我不知道,我比甚么人还清楚呢!从今你要加倍谨慎,力洗前愆,方可为人!你尚在这里干甚么?难不成要双喜说出了,你才走开么?"红雯听方夫人说到他身上,羞的无地自容;又听方夫人叫他回房,真同遇赦相似,霍地站起身,飞奔出外,一路哭回房中去了。方夫人即将绿莺叫过,附耳说了几句。绿莺点头,亦随着红雯走出。原来方夫人见红雯羞惭已极,恐他没脸见人,自寻短见,遂暗暗吩咐绿莺:"在他房外瞧着,停刻我打发人来看守着他。"

方夫人又命小丫头去园中叫阿瑶来。阿瑶不知何故,一路走着,即盘问小丫头原由。小丫头便对他说了,把个阿瑶吓得魂销魄散,欲待不去,偏偏已走到后进。硬着头皮来至房外,便摘去帽子跪倒,连连叩头,碰的地上乱响。方夫人亦不便再问,叫唤了梁明进内,将大概情形略说一遍,又狠狠骂了梁明几句。当下吩咐梁明,即在院落内将阿瑶重打四十大板。

可怜梁明气得塞住咽喉,几乎晕倒,自己先向方夫人叩头认罪,回身在明巷内,叫进四名值班传话的小厮,将阿瑶拖倒,拽至院落中,按翻在地,梁明自己动手,取过一根极阔的竹板,用尽平生之力打了四十,恨不得一板将阿瑶打死,方才快活。四十板打完,梁明眼睛都气红了,还要再打,反是方夫人喝住。阿瑶早打的皮开肉绽,两腿鲜血浸出裤外,伏在院落内畏缩不动,一时不得起来。

方夫人又命小丫头取过戒尺,将双喜两手扯出,每手打了二十。打的双喜腰肢乱扭,哀哀乞饶。然后叫梁明:"将双喜领回,即配你侄儿罢。并施恩不要你缴赔双喜的身价。我既责罚过他们,却不许你再磨蝎他两人;老爷面前不用提起,只说我的主意,把双喜赏给阿瑶为妻。限你立刻领他们出府,不准停留!"梁明听方夫人说完,爬在阶下叩了几个头,道:"真正是太太天高地厚之恩,连小的都碎身难报!"此时阿瑶、双喜亦听得明明白白。真乃悲极生乐,虽受了羞辱,倒完成彼此心愿。两人心内亦着实的感激。阿瑶挣扎着爬上几步,同双喜一齐叩头,谢了方夫人,随着梁明出外。梁明又将阿瑶痛骂一场,便雇了顶小轿,送双喜同阿瑶回去。阿瑶自知南京难以存身,待伤痕全好,带了双喜回转杭州,另寻生计。

方夫人发落了阿瑶、双喜,即请过兰姑,叫他除去了两人名字,园里另派妥当家丁去接管。"老爷问起来,即说我的主意。"又叫兰姑在众仆妇中选一个年老可靠的,与自己房内一名最小的丫头,拨去伺候红雯。"须嘱咐他们寸步不离。果真勤谨,每月我另有赏给。"兰姑见方夫人处置得当,甚为佩服。正说着,众夫人已约齐过来。此刻内里众人多知道了,无不称赞方夫人宽厚待下,又成全了他们的面目。

直待事过之后,方夫人始缓缓的告诉了小儒这段情由。小儒亦气了个半死,由此即不喜红雯,深鄙他为人轻薄,每月倒在兰姑房内住的日多,

第六十八回　戒春怀小施夏楚　惊秋令大放冬华

甚至兰姑逼急了他,才到红雯房内去歇一宿,仍是懒懒的,不大愿意,与从前那等密爱柔情迥然各别。红雯也自悔错了念头,又想:"双喜虽说挨了一场打骂,倒遂了心愿,他两个又离了这府中。不比我,活活在这里被人背后说笑。即如老爷,以前待我何等宠爱!现在待我何等冷落!我再要扬眉吐气,只怕今生都不能了。"想到恨处,惟有付之一哭。屡次欲寻个死路,无奈仆妇和小丫头日夜防守,又有兰姑常过来再三劝慰。红雯不由良心发现,深感兰姑。自此把那要争强固宠的心念一概收起,便兢兢业业的学做起人来。此乃后文,无须赘叙。

且说众夫人约了方夫人到延羲亭内抹牌着棋,各随所好。前厅小儒亦约齐从龙等人到览余阁里面,皆是兰姑一人照料两处的酒席茶水。晚间,留春馆、丛桂山庄的灯烛等件井井有条,毫不紊乱。红雯推说有病,不好出外。众夫人亦不去邀他。

光阴迅速,早已过了半月。小儒又与方夫人商议,单备下几席,代从龙、婉容、小凤饯行。王兰诸人亦要仿例而行。倒是云从龙立意辞说:"趁此秋凉天气正好登程,恐交了深秋,风雨缠绵,道路不便。"即择定黄道良辰起行。是日,小儒等人直送至河干,再三珍重而别。方夫人与众位夫人亦送婉容、小凤登舟,无限叮咛,洒泪分手。

云从龙携着一妻一妾,并数十名男女家丁专程进发。此次衣锦还乡,非比前番出来投亲的境况,真个归心似箭,一路滔滔,并无羁绊。到了河南交界,早有本省官员前来趋迎候送。多知从龙是圣恩隆重之臣,将来是要大用的,谁不想过来讨个好儿,作后日相见地步?从龙因到了父母之邦,分外谦逊,无论一官一吏,皆亲自接见,称谢不遑。光州知州得了消息,早饬令固始县,将从龙故宅改砌府第,修理得焕然一新;又在府旁造了十数进房屋、一所花园,为从龙游憩之地。从龙抵家后,即先祭祖茔,坟前两行华表,夹道松楸,甚为壮丽。随后往拜亲族朋友,皆量其家之有无,分别等第馈赠。亲族人等欢声不绝。这些闲文暂且搁过。

单说小儒等人自送从龙起身,大家依然朝夕取乐。此时正交八月天气,园中丹桂齐开。小儒早命人打扫丛桂山庄,意在约王兰等赏桂吟诗,便至外书房与王兰、伯青二人商议。忽见连儿忙忙的进来,回伯青道:"今早聂大姑娘坟上看管的人进城来禀报一件奇事,说坟茔前梅花,因前日下了一天雨，一夜工夫，满树多有了花朵，三五日间，竟开的十分齐整。人人都称怪异，那有八月初开梅花的道理？又有一班读书人，说甚么'十月先开岭上梅'，是有的；如今是八月，还欠两个月呢。又有说是花妖，又有说是花瑞。目下轰动城内城外的人，尽去赏玩，由早至晚，纷纷不绝。所以管坟的人特地来禀报声，并请老爷下乡，也看看奇事。盼咐个日子，他好去预备着。"

伯青闻说，大为诧异道："天下那有这般奇闻？冬令梅花，移到秋令来开放！纵然天气不正，时寒时暖，只好参差半月十日之间，容或有之，未闻相殊六七十日之多。"王兰不待伯青说完，即跳起来道："有趣！有趣！真算一桩奇事！畹秀生前本是一个奇人，连殁后他的坟茔上梅花都开得奇怪，方不愧有生至死这一个'奇'字。连儿，你去对管坟的说，叫他家里预备着，我们明早都来看花呢。"连儿答应，退出。

伯青闻王兰说到慧珠身上，不禁触起情怀，盈盈欲泪，勉强笑道："者香向来听不得一句话的，我看你比别人分外忙些，分外豪兴些。我尚不解这梅花因何当秋而放？究竟是妖是瑞，令人莫测。"小儒点头叹道："伯青不必猜疑，此梅不关妖、瑞上起见。想畹秀在生，其胸襟、气量迥不犹人，故而嘱咐殁后坟上多种梅花，已显出他品格超凡，如寒梅之玉臂冰肌，不同凡艳；而况他生有自来，虽然物化，岂如那草木共朽之辈？我意其幽魄贞魂定相依于梅树，历久不没，卒之天地山川之秀，钟灵于物，一旦暴露，不必择时而出，是以这梅花当秋开放。又可见畹秀一生为人不拘格局，随在皆可显发其英华。我们明日去看梅花，倒要备几样祭品，前往祭奠才是。"王兰拍桌称是，道："小儒之论，深合我心。那说妖、瑞的定是妄人，不足与言。何乃伯青亦疑似于妖、瑞之间？畹卿有灵，必以伯青为非知己！"

伯青见小儒、王兰两人说的凿凿有据，不觉手舞足蹈，狂喜起来："若依他们说，岂非畹秀虽死犹生？明日我到坟上，须默默通诚，诉说相思之意。他竟可仿汉武重见李夫人故事，通诸梦寐——本来他殁的时候，也曾托梦与我的。"复转念至慧珠生前何等恩爱！"而今直落得一抔黄土，纵然有梦，亦不过昙花泡影，一现而已，焉能如在世握手论心、并肩密语那般可亲可近之况？"又不禁转喜为悲，欷歔不已，恨不得立刻飞到坟茔，见了梅花，如见慧珠一般。一时二郎众人皆得了消息，走过来询问，齐齐称异。

第六十八回　戒春怀小施夏楚　惊秋令大放冬华

内里众夫人亦知道了，都觉得此事甚奇。首先洛珠听说，悲喜交集，定要到姐姐坟上去走一遭。又去告知王氏，一同前往。大家即约定："明日待小儒等看了回来，果然是真，我们后日也去走走。"

次早，小儒命备了数骑牲口，与伯青、王兰、二郎、五官、梅仙等五人，又带了几名家丁，挑着祭礼，直向慧珠坟茔而来。一出了城，即见来往车马纷纷不断，三五成群，多谈论的是梅花奇事。众人即加上一鞭，不多片刻，早至坟前，相离不远便觉得梅香扑鼻。林外下骑，众人再举目观看，但见百余株梅树开得如灿雪一般，尤奇是枝叶尚未全凋，一丛密萼夹着几片半绿半黄的叶儿，分外好看，令人乍见多不疑是梅花。

众家丁赶去闲人，在石凳上摆开祭礼。小儒等先上前作了揖，随后伯青方走上，恭恭敬敬，立在中央拜石上深深四拜，心内默默暗祝来意。拜罢，不由一阵伤心，止不住滔滔泪下，低低叫了一声："畹卿，你既有灵，凭附梅花之中，当见我此时亲来祭奠。何以数年之久，连一个梦儿多不曾给我相见？莫非你仍是在生心性，不肯体察我的衷肠，依旧和我决绝么？"祝毕，又叫了数声。此际伯青如醉如痴，好似自家叫着，有人在那里应着，呆呆的侧耳凝神静听。小儒忙走过来，将他扯过，道："我们到后身倚圹上去看，比在这平地上清楚。"即命连儿焚了纸帛，奠了酒浆，邀着众人来至后圹。见百余株梅树，皆有碗口粗细，枝干屈挐，层层叠叠，每枝上竟有开数百朵花的，前后左右，结成一片花山，真乃绣团锦簇。众人又下来，周围赏玩了一回，莫不啧啧称妙。惟有伯青不发一言，点头嗟叹而已。王兰便来逗着伯青说笑道："昨日小儒说，畹秀之灵附于梅花；古人有梅妻鹤子之喻，这一来，伯青岂不做了半个林和靖么？我劝伯青今夕即在坟前设下纸帐，邀梅花入梦罢！"众人听说，都笑了起来。伯青亦禁不住破涕为笑。王兰又叫家丁拣那梅花密处，折了一枝下来，带回去插瓶。伯青嘱咐管坟的："要当心看守，不许来看的人胡乱攀折。待花谢之后，你进城来领赏。"管坟的连连答应，即请众人至他家内。小儒等略坐了片刻，吃了一盏茶，便起身上骑。惟有伯青，犹一步一回头的依依不舍。被小儒等再三催促，始纵辔回城。

方夫人等闻得众人已返，赶着请小儒诸人回后细问。又要折来的梅花赏玩，莫不称奇叹异，觉得比冬令开的加倍花繁蕊密，香擅色姣。众夫人即约定次日出城。直至下昼时分,方各各回来。连日府中内外谈不了,说不尽,多是开梅花的故事。还有那班不及随去的男女家丁,深以不见为恨。男家丁尚可偷空到坟前一观;未去的丫头们只好以耳代目,听去过的人讲论。

说也奇怪,自从伯青等与内眷们去看过以后,管坟的又进城来报说:"忽然一夜大风,吹得满树梅花一朵皆无,尤怪是坟前偌大地方,连落下的花瓣,不知被风吹到何处去了。"伯青闻说,益信小儒之言不谬,"足见这开的梅花竟是畹秀芳魂所附,给我们看过,即一夜收去。"便想作篇序文,叙说梅花奇异,再作上几首诗词,表明畹秀一生贞洁,将来好留作佳话。遂兴冲冲来寻王兰、小儒等人商议。

未知作出些甚么诗词来,且看下回分解。

第 六 十 九 回

对月伤怀无心诉苦　因人成事有意联欢

话说祝伯青因陈小儒、王兰说到慧珠坟上梅花交秋开放,是慧珠贞魂凭附。又因管坟的来报,一夜工夫谢落罄尽,益信而不疑。便至外书房,与小儒、王兰计议,欲作篇序文,表明这段奇闻,再遍请当道名流题上诗词,即成千古佳话。小儒点头道:"此举甚善!但是这篇序文须作得诙诡离奇,方可压得住卷首。我意将此事开明节略寄往山东,托甘又盘一叙,必得他那斫轮老手,始作得出好文字来。将来我们胡乱作几首诗,写上去罢。"王兰拍手道:"我几乎忘了,定见托甘老去做!这么偌大的一件奇闻奇事,没有一大篇绝顶序文,岂不反将这件事弄得雪淡?伯青,你可写起一函,明日即专人前去,在那里坐待,使甘老头儿无从推托。"伯青忙叫人取过笔砚,先逐细将原委叙明,后又恳恳切切书就一封托函,递与小儒、王兰看了,方才封好。小儒也写了一封通候书函,附寄甘誓,又询问甘露近来东昌的政事。两封书函叠在一起。伯青即叫进一名得力家丁来,吩咐道:"这两封书子送到东昌甘老太爷那里去的。你明早即要动身,不可迟误,要守取回书到手,方许转来。"家丁接过了书函退下,自去收拾起程。王兰又向伯青道:"你将叙的节略多誊正出几张来,明日即分头送与各处,请人题咏。一俟甘老儿序文寄到,便可开雕。好在题诗填词,只要知道原委、看了节略,就可作了。"伯青闻说,甚以为然。叫请了梅仙、五官过来,托他两人用雪浪百番鱼子笺写成数十张节略,拣那在城知名之士,送去请他题咏,随意一诗一词,不拘体格。

隔了数日,早有人纷纷送到。因这件事合城的人大半皆知,还有目睹过慧珠其人、后来又深知他守志不嫁的情由。今见祝伯青如此郑重其事,又声明汇齐刊刻,好留为美谈,无人不乐于附和。伯青送与小儒、王兰评定甲乙,分了次第,抄合在一处,专守到东昌的人回来,再议若何发刻。暂且搁过不提。

单说红雯自遭方夫人申斥之后,又将贴身服侍惯的双喜开除出去,益发懊恼。虽然有名小丫头——叫做六儿——今年才得十二岁，那里知眉目高低？一味的偷懒好睡。又不能过于呼喝他——因六儿是方夫人拨来的丫头。至于雇工的一名老仆妇，分外不能使唤。方夫人叫他来看守红雯的各事，红雯尚要依着他去行。不然，即至方夫人前搬嘴搬舌。而今红雯是失势的人，非比当日，每月小儒或来一次，至多不过两次；纵来，亦系兰姑多方劝说来的。红雯见了小儒，自恨自愧尚且不及，那里还敢去争宠献媚、蛊惑小儒么？

红雯本是个风月中人，又自负容貌过人。日前小儒常宿在他房内，相偎相傍，朝暮欢娱，是亲热惯的，倒不觉怎么；一旦忽然夜夜空床孤枕，朝朝被冷衾寒，愈显得凄凉景况，一时儿都难挨受。所有日间过来闲话的，只有洛珠、兰姑二人。洛珠平日还与他相好，兰姑是可怜他失势，故约了洛珠来和他谈谈说说，开他怀抱，生恐红雯自寻短见。此乃他二人的好意。其外并无一人偶尔过来问寒问暖。丫头们更不必交代，素昔皆恼他大模大样，擅作威福，难得今日干错了事，不来讥笑红雯，即是十二分的情面，谁肯再来同他亲近？红雯亦怕他们口舌快利，倘然说出甚么话来，又不能同他们认真，爽性见了他们，反远远的走开，以免烦恼。实在闷极了，仍是到园中就近处在散步一回。好在此时管园的尽派了老年家丁，红雯又预为在兰姑前声明。

这日恰好是中秋佳节，府里前两日即忙着收拾出丛桂山庄，预备众位夫人晚间赏月饮酒。是夕，红雯亦勉强随着人众至丛桂山庄虚应故事，坐了一会，托言酒醉，便起身作辞，带了六儿回房。外边小儒诸人皆在览余阁内饮酒，所以红雯从红香院前取路回来，绕半村亭对岸树木丛中穿出，走两翻轩角门，进了留春馆。此刻月正中天，明如白昼。留春馆外芍药田一片空地，越显得月色比别处皎洁。红雯贪着月色，不忍便回，即倚在右首红栏杆上，仰着脖子，不转睛看那中天一轮皓魄。真乃万里无云，宛似一圆冰镜悬在空中，光华四射。旁边有两三点疏星，半明半灭。

红雯站了半晌，觉得身上微凉，便叫六儿回房，取件薄棉披风来。六儿亦觉凉气侵人，巴不得去取衣服，答应声，即一溜烟跑去。红雯又挪了张杌子，至檐口坐下，对着月色，不禁长叹一声，满腹愁烦，一时又堆上心来。回忆："自幼卖入府中，太太十分看顾，如自生儿女一般，梳头、缠脚，

第六十九回　对月伤怀无心诉苦　因人成事有意联欢

皆是太太自己料理。偶尔做错了一半件事体,至重不过呵斥几句,从未指甲在我身上弹这么一下儿。后来各家太太多住在一处,又砌了这座园子,府中的事,出入日渐繁多,皆是太太一人管理,犹要带管各家事务。彼时未曾交代奶奶,是派的我帮理。明说太太当家,其实我就要做得八九分主。府里内外人等,没一个不惧我、不来奉承我;连各家的仆婢,都不能占我的头步,只有来拉拢我的,遇事讨我个好儿。自问在这府里,福也享尽了,威风也摆尽了,太太面前百说百依,同伙们中一呼十应,虽小家子姑娘、小官儿家小姐,多不得我这般快活。今春太太将我收在老爷房内,正合我的心境。太太亦因我从小穿惯吃惯,心是高的,眼眶儿是大的,倘然发出去配名小子,或嫁经纪人家,纵说是平头夫妻,那般日月,叫我一天也过不去。收了房,老爷待我亦好,要算千依百顺,从没有拗过我一件事儿。只当今生今世,一线到头的,这么受用无穷。可惜我自己少了主意,自作自受的闹出这件事来。而今弄得合府皆知,人人笑话;老爷、太太又冷落不堪。目下我竟死不得、活不得,进退两难。我今年才二十岁的人,一世光阴,方过下一小半来,叫我那后来的岁月怎生挨得过去?倒不如早早死了,落得干净!"

　　红雯想至此处,不由伤心,望着天,纷纷泪下不止。又猛听得览余阁那边顺风吹过一阵阵笛韵悠扬,歌声溜亮,酸心刺耳。遥知小儒等人在那里赏月,多应是五官、梅仙两人吹唱。红雯不觉又想到小儒从前恩爱,"今夕若是好的时候,他断不肯如此夜深,还在园内同众人取乐;定然早经回到我的房内,重整酒果,对面赏月。曾记端阳,在厅上吃了几巡酒,便托故回房,与我赏午。那知前一日就暗中知照厨房备下果碟,又叫双喜唤了几个小丫头来,满院落内放黄烟花炮玩笑。那是何等亲密!目下是何等冷淡!当时我也不觉得甚么,真正人到失宠的时候,方知得宠的滋味。"红雯愈想愈苦,止不住呜呜咽咽,暗泣起来。大凡人到更深夜静之时心生悲感,分外凄凉;何况一座偌大花园,此时只有红雯一人,坐在月光之下暗泣,愈觉酸风飒飒,透骨生寒。那枝上的宿鸟又一阵一阵飞鸣起来,红雯不禁心内有些害怕。

　　恰值小儒前面散席,回到上房,见方夫人等尚未回来,趁着酒兴,叫小丫头掌着手灯,向丛桂山庄一路而来。听得有人哭泣,十分诧异,即止住脚步,探头向外一望,见红雯一人坐在留春馆栏杆前对月悲伤。红雯月中又低低泣泣,诉出自己一腔心事。小儒听了,亦觉凄然。虽说现在小儒与他冷淡,究竟从前那般恩爱。俗说:"灯前和月下,最好看佳人。"又听他一人诉苦,全诉的从前得意之事,现在自知做错,反落于人后。不禁触起小儒怜爱之心。即止住小丫头,在耳门内等候,自己举步走近红雯背后,用手在他肩头上一拍,道:"一个人在此,又发甚么呆了?六儿呢?"红雯此时心内又怕又苦,忽然有人在他背后一拍,狠狠的吓了一跳,惊出一身冷汗,几乎喊了出来。急回头,见是小儒,方才放心。即用手帕拭了眼泪,笑道:"你从那里来?猛不知,把我吓这一跳,此刻犹觉心跳到口、口跳到心的。怎么你来,我不知道,也没有人代你掌灯么?"小儒笑吟吟的挨身坐下,道:"我来半晌了。你何苦一人坐在这冷淡地方伤心?自家身子现在不好,快回房去罢。六儿到那里去了?"红雯道:"我陪太太在丛桂山庄赏月,坐了一会,觉得身子不爽,才回来的。走到此地,爱这月色皎洁,坐半刻儿醒醒酒。身上有点凉,叫六儿去取件衣服来。不知这小蹄子去了半晌,还不见来。"正说着,六儿已将衣服取到,服侍红雯穿上。小儒在月光之下细看,红雯消瘦了好些,两眼又哭得红红的,愈显得姣媚可怜。即用手拉住他的手,道:"我送你回去罢。呀哟!手尖子都冷了!还要坐在这里?"红雯见小儒与他亲热,心中又悲又喜,又不忍拒绝小儒,又恐方夫人等园中席散,走此经过,"那平时不睦的人,见我同老爷在此,又要添油加醋,说出多少话来。"即起身,笑了笑道:"倒累你的步送我了!"六儿与小丫头赶着过来掌灯照路。

　　回到房内,小儒又切实安慰红雯一番。红雯本是个风月中人,见小儒与他和好,自己亦没的说了。小儒道:"你早些睡罢,我到前边房内看太太可曾回来。"忽听得外房一阵笑声,已知方夫人回来。小儒忙着起身,到了正房,与方夫人谈说了半会。今夜睡在红雯房中,歇下,不免重整鸾凤,深情密爱。红雯亦曲意先志,百般承顺。那知早已二五氤氲,花开结实。此乃后话,暂且不提。

　　次早,小儒抽身来至外边,见家丁匆匆上来回道:"适才打听得祝府那边有人去道喜,知道祝老爷与冯老爷皆奉特旨起用,是李文俊李大人保奏的。"小儒闻说,欢喜非常,忙着入内,换了衣冠,先到园中,与二郎道贺。

第六十九回　对月伤怀无心诉苦　因人成事有意联欢

此时二郎亦得了信,内里众夫人亦忙着与小黛贺喜。小儒随即坐轿,向祝府而来。与伯青道了喜,又请祝老相见。

一时王兰等人均至,彼此见礼入座。细问起用原由,伯青将邸抄查出,与众人观看。原来李文俊亲在内廷面奏,称太常寺卿祝登云、候补知府冯宝,均系有用之才,未便听其湮没。批折"着如所请,即饬该省督抚,迅速催令二人来京供职"等因。

王兰先拍手笑道:"我辈数人皆算出过仕了,惟伯青平时抱负经纶,尚未施展一番;楚卿虽出守淮安,又系半途而止。今日李公之举,真深合人心!"伯青欠身笑说道:"小弟自知愚庸,又性成疏懒,与其临事而偾,莫若退而藏拙的好。今承李世兄谆谆奏保,又蒙圣恩浩荡,不弃衡茅,诸兄以为弟喜,弟反觉自惧。惟楚卿前次出守淮安,循声卓著,表率有方,今番起用,真可一倾抱负。弟甘避三舍。"

二郎笑道:"好呀!你说不过者香,倒将我取笑起来!纵蒙李公青眼,不过一个知府,值得甚么?伯青此番起用,将来专阃、封圻,均未可定。"小儒笑道:"你们不用谦逊,在我看,各有各的经济,上至督抚,下至杂职,官虽有大小,均是朝廷一命,各有专司之责。我们当洗耳以听你们的循声美政罢!"众人听了,皆一笑而已。伯青又留住众人吃了午饭,方散。

伯青回来,祝公又再四的训饬了一番:"这次承你世兄美意,或在京或外放,皆要恪供厥职,不可大意,以负圣恩。"伯青唯唯承受。回到自己房中,素馨小姐早迎上来道喜。至是,祝、冯二处皆忙忙的料理起程。

转眼九月初旬,祝、冯两家择定三日后良辰起身。小儒等人自有一番饯别。到了本日,两府家丁早将行李等物发到河干,上了船。小儒人众直送至船边,叮咛而别。祝、冯两人是入京起用,不便携带家眷同行,俟有了地方,或在京供职,再接家小。在路行未数日,已抵清江码头。叫人上岸,到王营雇定车辆,一路无话。

九月下旬,已到京中。二郎自然跟着伯青同住。伯青到了京,要去参见座师、拜谒同年。两人又同去谢了李文俊。李公即留住他两人在府中住下,免在外面封备公馆。各事清楚,即赶着赴部挂号,预备引见。一日,引见下来,伯青补授了太常寺少卿;二郎仍以知府,在部候选。伯青有了缺,自然另住。现交冬令,专待来春接取家眷。

二郎仍住在李相府,有李公代他各处知照,谁人敢不尽心?过了一月有余,早选了浙江湖州府知府。二郎喜悦万分,忙着来与伯青商量,"年内不及动身,各事总在年内办清罢。"伯青亦以为然。又写就家书,并致小儒等人的书函,托他顺带。转瞬年终,一切俗例毋庸交代。过了五马日,二郎先差人到南京搬取家小,自己亦赶着登程。

　　暂且不提二郎在路行走,单说伯青过了年,正待接取家眷、迎请父母来京奉养,恰好今岁逢朝考之期,伯青考得甚优,又值浙江学政任满,即钦点了伯青为浙江全省学政。学政是钦差官儿,又不便接家眷了,只得暂停,即忙着谢恩请训,收拾出京。谁知二郎早抵了南京,小儒等人见了面,自然又有一番道贺。适值伯青放学差的信亦到,二郎分外欢喜:"难得我到浙江,伯青亦到浙江。"随与众人同往祝府道喜。此时合城的官员均在祝府,门前车马络绎不绝,把个祝老夫妇与素馨小姐笑的嘴都合不拢来。祝公忙着款待各家亲友。二郎因钦命在身,不便久留,赶着收拾,预备赴任。

　　前一日,内外设酒饯行,方夫人笑吟吟的起身,敬了小黛一盅酒,道:"愿贤妹此去,舟车无恙,一路顺风,指日冯老爷高升极品,你太太就是一品夫人了!"小黛连忙起身接过酒,一吸而尽,笑道:"多谢大姐姐金言。"方夫人又道:"想我们一班姊妹,最难得陆续都到南京,又砌成这座花园,正可朝夕团聚。不意云太太与蒋姨奶奶回了河南,祝家妹妹与赵姨娘及我们二奶奶多随任江西,我们花朝月夕即冷淡了多少,现在贤妹你又要到浙江,眼见得我们这班人越去越少,只剩得我同王太太们几家人了。"说着,眼圈儿不禁红了,忙着背过身子去,借着叫换酒,偷拭眼泪。小黛见这般光景,亦觉凄然欲泪。

　　反是素馨笑了笑,道:"大姐姐又发呆了!这两年,我们亦聚会得甚多。俗说人生在世,有合有离,何况翠翚妹妹随任,是件极喜庆的事,将来不过几个年头,他们都仍要回来的,那时还不是住在一起?"众夫人点首称是。方夫人笑着打了素馨一下,道:"你是个天生刻薄鬼,最不好相与的。我明白了,现在祝老爷放了学差,不好携带家眷,指日学差任满,另放他处,你也要随去的。晓得你巴不得离了我们才快活呢!明儿你要动身,我送你都不送,可好么?"素馨笑着拍手道:"你们看,大姐姐今日疯了!我

第六十九回　对月伤怀无心诉苦　因人成事有意联欢

好意劝他,他反怪起我来,又说这些没答撒的话来葬送我!"便推着小黛道:"大姐姐欢喜你呢,一刻总舍不得你远去!我看你可以掐断苦肠,不同冯老爷去罢,还在这里陪伴大姐姐罢!"引得众夫人齐声大笑。小黛脸一红,也随着笑了一声。

少顷席终,各自回房。小黛今夜是不能睡的了,同二郎各事料理齐全,早已天明。外面众家丁排齐轿马,伺候起程。二郎穿了吉服,向众人辞行。小黛、穆氏亦与众位夫人作别。众夫人直送至绿野堂前,等小黛上了轿,方才回后。小儒人等亦待二郎起身方回。二郎人众下了船,即刻扬帆开行。在路非止一日,早抵浙江地界。

自从二郎去后,未及数日,祝伯青到了南京。先奔自己府中,见父母请安。祝老夫妇见儿子此次回来又是一番气度,分外欢喜。伯青略回了几句话,即转身回到房中,见素馨小姐挽着梦庚公子在房门前迎接。伯青进房,宽了大衣,夫妻谈谈路上光景。伯青又将梦庚抱在膝上摩抚了一回。晚膳后,早早安歇。

次早,乘轿去拜小儒等人。接着众人无非洗尘、饯行等事,不须赘说。惟有梅仙、五官两人分外依依。梅仙是承当祝府内外各务,难以走开;五官恨不能随了伯青同行。反是伯青再三安慰,又请他"帮着梅仙照应,我格外放心。若侥幸得了外任,自然请你前去。"五官也只好罢了。

伯青因钦限在身,不敢多留,择定次日起身。来日穿换吉服,叩别神堂、祖祠,又叩辞父母。祝公不过叫他"到了浙江,秉公取士,无负圣恩"而已。到了船中,随即开行。沿途自有一番迎送。交了浙省地方,迎送的官员分外多了。先向省城住下,即忙着专折谢恩,及奏报接印日期。旋即择日出示,先考省城,然后挨次下去。

一日,考到湖州府属,二郎远远的出城迎接。原来二郎接了湖州府事,已一月有余。衙中都延请的是幕中老手,虽说一个月工夫,合府黎民无不感颂。二郎接过了学院,没有他的执事,仍然回衙办公。

单说伯青自开考以来,一秉至公,认真衡拔。署内虽有几位阅文幕友,伯青从不假手,皆要自己过目。又严饬家丁人等不许在外招摇。真乃冰清玉洁,点弊全无。饶不着伯青如此严密关防,在湖州府属尚闹出一件天大事来。目下连儿是派的总局稽查,伯青因他自幼跟随的家丁,才派他这个职事。连儿亦起早睡晚的,不辞劳苦,用心稽查。

伯青早牌示于某日开考,这两日却是闲期。连儿饭罢无事,在头门外闲步。站了一会,毫无趣味,见斜对过有一家半边茶舍、半边酒馆的铺面,现交考期,生意加倍闹热。连儿信步走了进来。柜上认得是学院大人的心腹家丁,敢不巴结? 忙立起身,笑嘻嘻的道:"二太爷,请里面坐罢。这时候儿,多分是用茶的了,里面雅座人又少,地方又洁净。"

连儿原欲走过来看看热闹,并不吃茶;今见店主人十分殷勤,若不进去,叫人家难过。亦笑着点点头道:"很好!"即走了进来。店主人犹恐店中人认不得连儿,急慢了他,赶着跟了进内,安插连儿坐下,又招呼堂倌用心伺候。连儿入座,吃了一口茶,其味甚好。四面望望,店中甚为鲜亮。此间是三间亭子,飞檐转角,三面尽是天然飞来椅,前面挂着一色八张名公巧手制就的珠灯,背后板壁上皆悬挂的名人字画。虽然是座茶馆,倒一点俗气全无。

连儿意在吃一回茶,起身即行。恰好在连儿对面,早坐下一人。此人约在三十以内年纪,生得气概轩昂,衣履华灿,是个贵介的模样。连儿看了一眼,也不放在心内。那人见店东如此巴结连儿,即叫过一名堂倌来询问。堂倌低低回了他几句。但见那人眉开眼笑,忙忙的走过,与连儿拱手道:"兄台久违了! 还认得小弟吗? 我恐兄台而今是时上的朋友,多分认不清我了。"连儿忽见那人近前与他施礼,又说得亲热,仔细将那人一看,又实在不认识,又像有点面熟,反弄得面涨通红,不好意思起来。亦抬身回了礼,笑道:"呀哟! 小弟生来眼生得很,只要极熟的朋友,相隔一年半载不见面儿,就有些模糊了。可不该打么! 兄台请坐了,好说话儿。"那人也不谦让,就在连儿桌子对面坐下,笑着拍手道:"我说兄台认不清小弟了,老哥可是祝大人家贺二哥么?"

连儿见说出他的名字,"足见来人是个熟识的朋友,怎么我一毫记不起呢?"分外着急难过,忙赔笑道:"我已奉申在前,实在隔的日久,记不清白。请问老哥尊姓大名?"说着,又深深的一揖,自己先认了不是。那人遂笑着答礼道:"老哥真是时上的人! 俗语'贵人多忘事',小弟姓华名荣,北直顺天人,向在东府里当差有年。你二哥随着祝大人在京时候,我们常见面的。可记得上年柳五官为贵居停赎身出来,王爷怕他性情骄傲惯的,得

第六十九回　对月伤怀无心诉苦　因人成事有意联欢

罪你们主人，曾着小弟到你们公馆里代王爷致意，你二哥还陪着小弟坐了半会儿，可是不是呢？这么一说，你二哥该明白了。"

连儿听得来人说得如此原原本本，料想不错，以前的事也隐约着记忆不清，便顺着华荣的话说道："原来是华二哥！真正不错。小弟该打，竟忘记了！所以我屡次得罪朋友，总因眼拙起见。请问你二哥怎么到这地方来的？"华荣道："说也话长。"遂回头叫堂倌："拣那上等可口的点心取些来，我们饿的受不得了。"堂倌应答，忙到前进安排。

华荣又道："我在东府多年，蒙王爷恩典，颇抬举着我。上年陈大人有个王喜，荐在东府，后来谋干得了官，赴漕标当差。王爷恐他年轻，不谙漕务，叫我随他出外，也不算家丁，也不能算朋友，只算暗中各事照料着他。彼时我并不愿意出京，无如王爷再四切嘱，义不容辞，只得勉强随了王千总出京。你老哥想想，我们在东府内何等快活！何等势焰！随了个把千总官儿出来，有何情趣？无奈碍着王爷面子，原想在外一年半载，仍回京中；不料王千总得了扬州卫守备，苦苦的留我，甚么话多说过，'要说回京，万万不能。一则离不了你，二则要遭王爷见恼，说我荐人与你，何等体面，你多容不得他，那可不是砌到夹壁里去了么？'我见王千总诚心相留，只好住下。自任事以后，在王千总的意思，竟要以幕席相待；反是我不肯，怕的人背后讥诽。

"谁知前任遗交下一个朋友，叫甚么贾子诚，那个东西鸡肚猴肠，令人讨厌。王千总被他骗得十分相信。我是一片好心，暗地里很劝过数次。那知传说到姓贾的耳内，恨我入骨，逐日里搬弄是非，踹我的过儿。起先王千总却不信他，争奈逐日的说去，究竟王千总也不是甚么好出身，不过是个我辈中人，那是为官的材料？该应讨了王爷喜欢，提拔了他，亦是他的造化，竟相信了姓贾的话，与我冷淡了下来。

"不怕你二哥笑，我们在东府里的时候，谁敢给我气受？只有我们吃喝着人的处在，又不稀罕你这芝麻大的官儿衙门中办事，便别着一口气，搬了出来。落后一想，甚为懊悔。该同他要封书子，回京见王爷销差；不然，王爷还要疑我闹脾气出来的呢，再将这些闲言搬到王爷面前，那才分别不清白了。除却灵山自有庙，何愁到处没香焚？况这浙省是我旧游之地，遂买舟南下。

"到了此地,承相好一班朋友情分,留住我盘桓些时,再图事干。不瞒你老哥说,连年我也积聚点儿,就是闲个三五年,也还浇裹得起。我到了此地将近有三四个月的日子,今儿幸会老哥,亦算天缘凑合。你二哥近年光景自然是好的了,现在祝大人又放此间学院,你二哥心腹多年,想必派的上等差使。倒要请教一二。"连儿听华荣一派鬼话,信以为真;又见说得枝节不脱,分外不疑,也将自己近年景况说知华荣。

未知连儿说出甚么来,且听下回分解。

第 七 十 回

巧华荣移花接木　小书痴入泮采芹

话说连儿听华荣叙说一遍,信以为实。又听华荣问到自己身上,也将历年情况细说。两人又闲话了半会,堂倌早送上点心。吃毕,连儿起身作辞道:"今儿不陪你老哥了,恐衙门内有事呼唤,明日再会罢。"说着,即叫堂倌来算茶帐。华荣忙出了座头,止住道:"你二哥别要叫人笑话罢!今日难得幸会,请都请不到你二哥,这些许茶赏,还要你破钞么?如不见弃小弟,明日午后,我们仍在此间会齐。你预先请半天假,我们好喝着酒儿说说话儿,倒很有趣。"连儿见他来意甚诚,不便多让,便笑吟吟的道了"多扰",方出店来。店主人亦起身相送。华荣直送出店外,犹再四叮咛:"来日之约,千万勿忘!"遂彼此一拱而别。

连儿回到衙前,早有他贴身的三儿上来道:"老爷问过爷两次了,快上去罢!"连儿急忙入内,在伯青身旁站立。伯青道:"后日要开考了,此番你须要格外小心稽查。我访得此地人文虽好,枪替甚多。你是我自幼放得心人,才交代你如此重任,切不可大意!"连儿应了几声"是",见伯青没有话说,方转身退出。

回到自己房内,细想:"日间会的那姓华的人倒很体面调干,是个办大事的。但是我怎么一丝儿多记不得?实在我的记性是万分要不的了!"想着,又懊恨道:"人家同我这般亲厚,我怎么没有问他的住处?明早我应该回看他去,方是正理。"落后一想道:"好在明儿要见面的,谅他也不怪我。"一宵无话。

次早午后,连儿果然上去请假半日,"要去会个朋友,就在对门茶店内。"伯青点点头道:"早去早回,今夜有事呢。"连儿应答下来,即忙走到对门。早见店东笑脸相迎道:"贺二太爷,怎么这时候才来?华二爷都等得不耐烦了,连晚间的酒他也定下。"连儿正欲回话,见华荣从店内拍手打掌,笑出来道:"好信人呀!累我守候到这会儿!"连儿亦笑道:"实在对不住你老哥!因为衙门里有点小事,耽搁住了。今日罚我!"说着,两人同步进内,仍是昨日的雅座内。华荣让连儿上坐。堂倌送上新泡芽茶,又摆下多少细巧点心,听凭食用。两人谈谈说说,分外投机。

少顷傍晚,亭中点齐灯火,早摆上席来,堂倌一旁斟酒上肴。今日亭子内只有他们一桌。原来华荣来的时候即包了这座亭子,不卖外人的茶酒。彼此欢呼畅饮。将近初更,连儿已有了几分醉意。华荣在无意之间问及祝府中上下多少人口,又问到本衙中有多少幕友家丁。连儿见华荣举止通脱,言语风趣,竟把他当成一个知己,又有了几杯酒下肚,那里还思前虑后?便将祝府中及衙门内细情均说了出来。华荣暗暗记在心头。可知一个无意,一个有心。

现在外面已交二鼓,连儿因明日考期,半夜里即有考童入场点名等事,遂起身叫酒保算帐。堂倌笑道:"不须爷费心,华二太爷来时,即将一切费用算的清清楚楚,交代柜上了。爷改一天再请他老人家罢。"连儿着急道:"华老哥,怎么今儿的东道又是你算?昨日怎么说的?"华荣大笑道:"你二哥未免过于俗气!今天我是专诚奉请,下次我就扰你,再不同你谦,可好?我知道你有事,请回衙罢。"又叫堂倌掌灯相送。连儿见事已如此,只得罢了。道了谢,又问明华荣住落,即匆匆回转衙门,办理各事。

再说华荣亦与店家讨了一盏手灯,回自己寓所。何以华荣与连儿这般亲热?又百般巴结?那知华荣有件诓骗买卖,算已到手,怕的来人不信,难得碰见连儿,问明祝府情节及本衙门底止,便益发胆大了。此刻出得店门,那里是回寓?赶忙到这买卖人家来。

这家是谁?亦是世代书香。此人姓陈名凤岐,原籍杭州。他祖父手内才迁至湖州,推源宗派,乃是陈小儒的五服堂弟。上次小儒回乡祭祖,曾交出一宗巨款,周恤远近族人。后来陈仁寿回里,亦周济了若干。凤岐两次所得,颇为不少。他的父母早经去世,只有一个胞兄,名唤凤鸣,读书不成,改了生计。自他祖父以来,皆系读书成名,凤鸣虽然自己改业,尚喜有弟,可以绍继书香。凤鸣为人颇善营生,自得小儒等两次赀助,连年做些买卖,很有利息,虽未大富,亦可称中等温饱人家,所以一心一意的督责胞弟读书。

那知陈凤岐为人倒肯好学,生性却鲁钝非凡。今年已二十四岁,由十七岁出来应考,于今六七年来,刻苦用功,日夜不辍。无奈文章一道终成隔膜,任他百般苦志,造诣总不精美。凤岐心内亦气恨不过。想到"小儒兄弟少年科甲,位极人臣,现在合族中无不沾他恩惠。我若再不博得一

第七十回　巧华荣移花接木　小书痴入泮采芹

衿,未免要愧死了!"

大凡人有了忧虑,都要会自己排解,若一味呆想,不是成病,即入了魔道。而今凤岐终日里多是"功名"二字横在心头,颠来倒去的胡思乱想。那里知想到极顶处在,不归正道,走入旁门去了。恰好此次伯青放了学差,陈凤岐得了信,忽然一喜。他亦知道祝、陈二府交情甚厚,又有年谊,"而今听说又砌了一座甚么花园在南京城中,各家宅眷住在一处,朝夕相见,分外亲密。难得这姓祝的放了本省学政,我不如去求小儒、介臣二位兄长给书一封,交与姓祝的,我岂非稳稳一名文生么?"

随后一想,又意兴索然:"他们居官的人,何能为我的事败国家法度?而且闻得这位祝大人公正不阿,我家二位兄长既与他相契,岂不知性情?我纵然去求书函,也未见得有济。求得到手,固属是件妙事;倘或不行,反惹二位兄长看不起我,好说人生天地间,不能立志巴干功名,倒来奴颜婢膝的求人。竟可当面申饬一顿,那才没面目见人呢!若说错过这个机会,我自知笔底欠佳,前后考过五六次,没有一次中用,连那小体面都没有得过,还挨了两次大大没趣。那却怪我不好,未将题目审清,率尔操觚,被学院大人叫上去一顿教训,又发学申饬。目下湖州人提及此事,无有不笑话我。自家胞兄,更无须交代。直至今日,还抱怨不了——亦不能怪他,我历年读书之赀与逢考费用,实在用的不少。他又是个起家的人,原是指望我巴得一步功名,接续书香,才肯忍痛使用。见我连次不济,自然怨恨。"

陈凤岐连日心中百孔千丝,昼夜不安,饮食也减了好些。今日实在烦闷不过,步上街市,看看热闹,解解闷儿。不觉走到学院衙门,望着衙前,叹了一口气道:"不日学差到此,我又要来挣命,真正我都怕进这一道鬼门关了!"信步走入对门茶舍坐下,一面吃茶,一面又想起心事,不禁有时点头,有时砸嘴。邻座的人莫不笑他是个疯子。

偏生华荣也在此间吃茶,守个朋友,见陈凤岐如此形状,亦觉发笑。再见他衣履洁净,是个富户人家打扮,忍不住走过来与他答话。通了姓名,又问他有何心事。陈凤岐刻下已入了魔,见有人问,他也不隐藏,便将细情从头叙说,又说到自己与陈小儒是族中兄弟。华荣不禁心里一动,想陈凤岐是个书痴,何妨欺他一欺,倘或堕入术中,倒是一宗好好财气。遂仰面笑道:"足下不要见气,也太没心计了。既有陈大人这般好靠背,为甚么不早点预备？或请陈大人发封书子，或祝大人到南京时候，请陈大人当面嘱托，岂非十拿九稳的么？而今事到临头，指日学院将要按临，还有用吗？"陈凤岐跺足道："我久经想到此间，在祝大人未出京时即有此意。无奈家兄等甚为固执，又闻得祝大人亦十分风峻，怕的是画虎不成反类其犬。故而因循至今。"

华荣又点头道："你的话亦虑得不错。纵然陈大人肯给书子，即当面嘱托，亦不中用，一府地方多少文童，那里认得明白？再则学院大人若干事件，临期忘却，也在所难免。情分固要，最妙是内里有人点拨着，才可成功。"说着，又对凤岐叹了声道："我实在可怜你是个老实人！"遂起身，扯了凤岐到旁厢僻静的座头上坐定，低声道："你可知我是甚么人？实不相瞒，我乃祝大人贴身一名心腹。大人现在已按临省城，不日即至此地。因风闻湖州文风太劣，枪替甚多，着我先来密访。我见你委系可怜，说不得卖点法成全你罢。非是我夸口，就是我们主儿那样圣明，个把秀才，我们还可做得半边主人呢。但是须要谨慎，切不可稍露风声，有碍大事。"

陈凤岐听说，直喜得手舞足蹈起来，遂出位，连连作揖道："倘蒙你阁下如此成全，真是我陈凤岐再生父母！容我回去与家兄商量，再来复命。未知尊寓何所？"华荣听他尚有哥子，不由怔了一怔，忙道："阁下理当回去与令兄商量。我住的所在却不便说出，你亦不便前去。待学院到的时节前两日，我来会你。"陈凤岐连声应答，忙会了茶钱，彼此作别而去。

凤岐一路回家，扬扬得意。走进门，恰好凤鸣在家。凤岐将他扯到后面，由头至尾说了一遍，"既有这般机会，千万不可错过。"凤鸣听说，连连摇头道："我劝你安稳些罢！又呆头呆脑，受人家骗了！人家见你有些傻气，故意同你说笑，你即信以为真，回来乱说。这种事，只有人去寻他，没见他来寻你。倘若你不愿意，倒不是落个把柄与你么？再则，要我一口气拿出若干银两，与你去买关节，我是舍不得，日后还要被人家笑话呢！就进了学回来，也见不了人的。"

凤岐起先一团高兴，见凤鸣冰冷的回绝了，他顿时又愁上眉尖，叹了声道："不是小弟舍得用钱破钞去做这勾当，因为我除了读书，毫无别业。前次蒙哥哥教训，说若不进学，可惜书香即由你我这一代断绝了。小弟未尝不自愤自恨，无奈笔底工夫大哥是晓得的，任我铁砚磨穿，仍然无用。

第七十回　巧华荣移花接木　小书痴入泮采芹

非是我说句自颓的话，若靠我的造诣，只怕今世今生总难；二则亦对不过小儒、介臣两位兄长一番作成美意。必须进一名学回来，也好稍挣一二分体面。还有一说：此人又未言着钱钞，口口声声说可怜我、成全我的。譬如他就索谢，亦是理应；况小弟年纪尚轻，大约总有十次八次考呢，不如把这十次八次的考费并拢来今番使用，又得了功名，还不值得么？那华荣曾说，待学院来时，他来会我。大哥怕我受骗，同我会他谈谈，看他真假若何，再作计较。"凤鸣听了凤岐的一番话，仔细一想，倒也不错。遂改口道："且待他来寻你，我见过面，方可定行止。"

凤岐闻说，又重新喜欢起来，逐日不敢出门，生恐华荣前来会他。这日闻得学院已至，分外着急；后又得知牌示有期，就在明日开考，可怜把个陈凤岐急得团团乱转，佛也不知念了几千百遍。天色已晚，人家多收拾入场，眼见那姓华的是句虚话了，"不知他有意要想骗我么？亦未知祝大人关防严密，他见事不成，没有面目前来会我？"前后一想，格外没了主意。反是凤鸣逼着他料理考具，好送他入场。

凤岐无精没神的正在书房收拾，忽见家丁上来道："外面有位姓华的，说有要话面见二爷。"陈凤岐闻得华荣来了，好似半天得月，忙一迭声的叫"请"，又叫人快到后面去请凤鸣。早见华荣大踏步进来。凤岐迎入书房坐定，凤鸣亦到。华荣便叫凤岐遣开家丁，书房只剩他三人。华荣将座头挪了一步，先叹了声，道："我为阁下尊事实在用尽心机，方才合拍，特地过来先行道喜。还有几句话儿，要与昆仲商议。"凤岐听说其事已成，早喜得眉开眼笑，不住口的道谢。

华荣又道："我们家主儿面前有一亲信家丁贺二爷，比我身份更重，那才是百说百依呢。不瞒你二位说，日前虽允定阁下，竟拿不稳贺二爷行止，所以我叫你别要到我寓所去，正是此意。果然贺家执意不行，好容易被我说方说圆，又提及陈大人是二位一族，明年再考此地，他们竟求得陈大人的书子来，你我倒一场扫兴；况且也算成全人的功名，岂非一举两便？而今贺家行是行了，包你进场，稳稳一名秀才夹在便袋内。但是有句话甚觉碍口，我又不得不说。贺家说：'那姓陈的虽与主儿有世交，与我们并无关涉。若这么白白的代他为力，却怪犯不着，须要大大的酬谢我们一宗。'故而此时特地叫我来讨个实信。倘或你们不行，我来这么一趟，也不致误你们的事——可知今夜二鼓后就要进场了。"凤岐听了默默无言，一句话多说不出口。

凤鸣冷冷的答道："承你阁下美意，愚兄弟心感不尽，酬谢一节也是理当。但不知还是事成之后，抑或先付呢？再则还有一句冒昧的话，要求宽恕：贺二爷与阁下均是初交，若就这么草率的去做，窃恐三岁孩童，亦有扭难。到底贺二爷与阁下有甚么凭据与我们呢？"

华荣不等凤鸣说完，便插口道："千人一见，多是如此问法。我在衙门也与贺二爷说明，谢仪以作四股，今日先兑一股，事成再如数全兑。但须贤昆仲的亲笔为凭，否则明日事成，没有处在兑银子去的。若说我们的凭据，不怕你大先生见怪，却是没有。题目在我们主儿肚内，我们怎么知道？若说连主儿买通，不要笑话罢，你们也没得这么大的家业！而且我们主儿性格你们该亦有风闻，就是沈万山全数让了他，他也没有那一只眼儿瞧得见。不过你令弟卷子缴进去，我们从旁点掇；又有贺二爷一力承当，总要变着方法将事弄成了，才好收你们这一股的银子。写张收条与你，万一不成，准其事后讨退。还有一说：你们恐怕我姓华的冒名撞骗，好在陈大人是你一家，我将南京那几家来往亲热的，无非江、祝、王、陈各府，我说给你们听着。"华荣便一口气先将祝府上下人等住居何处，次又说到陈、王诸家，随后又将本衙门人数全行报出，丝毫不错。话毕，起身道："天色不早了，我还有正经事务，行止，我再来讨回音罢。"

凤鸣虽然有点见识，起先原不甚相信；经不起华荣口若悬河，毫无破绽，又说的尽情尽理；及至说到南京在城诸家，倒有大半是凤鸣知道的。此时见他咬钉嚼铁的要行，不由方寸一乱，竟相信不疑了。旁边凤岐见华荣要走，愈加着急，又不好拦阻，又不知哥哥行与不行，只落得两眼呆瞪瞪的望着凤鸣发怔。

凤鸣忙起身，赔笑道："你阁下且请坐了，容再细商。"便唤过凤岐，在书房门首喊喊喳喳的说了半晌，复又进来。华荣道："行止请早罢，我既耽搁不得，你们分外不能耽延，好大一件事，如此费周章！"凤鸣道："此事既重托阁下，必须一线到头。但不知要费用若干？请吩咐下罢，让我们好早为预备。"华荣一笑道："你既老实，我也无须啰嗦。别人必须六千，你们出三千罢。再少却不能！"凤鸣吐舌道："不瞒你说，我就全将产业卖了，也没

第七十回　巧华荣移花接木　小书痴入泮采芹

有这宗巨款！"好容易再四婉商，直出到二千数目，华荣方肯答应。

凤岐见事已说成，欢喜异常，即催促凤鸣立兑了五百纹银，又亲笔写了一张期券。荣华也写了一纸收条，将银子收起，遂提灯欲行，道："你们快去罢，我在头门口相待。"说着，匆匆而去。凤岐现在得意非凡，赶着收拾了考具等件。平时恨不能把书铺子抬了进去，今日有所恃而不恐，只带了几件要物。凤鸣提了手灯，兄弟二人欢天喜地，直奔学院衙前。

再说华荣骗脱了五百银子到手，犹舍不得那一纸期券，须要叫他兄弟死心塌地的相信，倘若碰名秀才出来，就抵赖不去。想定主见，先到衙前，见管头门执事的正在那里照料，便上前拱拱手道："有件事拜烦二哥：署内有位贺二爷，与我至交。我叫华荣，今早我们还在一处的。现在有个姓陈的朋友，和我两人约他说话，仍在对门茶店内会，千万不可忘却。"那人见华荣衣服轩昂，又来找贺二爷的，不敢怠慢，忙应道："少停我代二哥说罢。"华荣正待转身，恰好陈凤鸣兄弟已到。华荣故意高声，又说道："拜烦二哥转致贺二爷，切切不可忘却，姓陈的是我同来的。"说罢，与凤鸣兄弟打了个照面，一径向东而去。凤鸣兄弟亲耳听华荣所说，益发不疑。到了头门口，凤岐背了书箱等件跨步而入。凤鸣自回家歇息，专待好音。

凤岐进得场来，见各棚内灯火辉煌，人数已到齐八九。少顷，堂上发了三梆，学院大人早已升坐大堂，点过名，即行给卷。堂上又牌示了题目，诸文童各各认明坐号。时已东方日出，诸人莫不抖擞精神，用心作文。凤岐见了题目，加倍喜欢。原来两题皆是凤岐平日窗前作过的文字，又送与人众改削了一番，虽非是精粹的造诣，却也大致明顺，毫无瑕疵——此乃凤岐的命运已通，又该数他功名发现。便喜扬扬的，提起笔来，一抄而就。早早的缴过文卷出来。

回到家中，说知凤鸣场中光景，又有华荣之力，竟拿稳是一名秀才了！隔了一日，发出大榜，凤岐高高的进了第五名文生。报到陈家，把个陈凤岐乐得心内受用无穷。凤鸣亦得意非常，忙着叩谢家神、祖先，早有远近亲友前来道喜。次日，即逢复试之期，凤岐亦系早早的出来。大凡人在得意之际，心畅神怡，虽然是个小功名，无如凤岐思想已久，一旦到手，较之人家发了科甲还欢喜十倍，所以今番复试之文倒还作的无甚背谬。连日凤鸣兄弟皆忙的是邀请亲友，分送报单，未暇计及到华荣身上。

这日晚间,兄弟两人正在书房内检点请过的亲友,恐有遗漏。忽见家丁来回道:"那位华二爷又来了。"凤鸣听说,吃了一惊,忙向凤岐道:"我日内皆料理你的事务,尚未将那项预备。他今晚前来,怎生回答?"凤岐是个诚实人,觉得今晚不齐,明日何妨?便道:"大哥,这也无碍,华荣亦知道我家是大哥做主。你且到后面暂避,待我请他进来,回他明日来兑。"凤鸣点头称善,急起身回后去了。凤岐吩咐家丁:"去请华二爷里面坐罢。"

　　未知华荣来意如何,且听下回分解。

第 七 十 一 回

闹新闻兼理旧案　宽重法姑置轻刑

话说华荣自骗了陈凤鸣兄弟五百银子到手,欢喜非凡,道:"今番这场买卖倒还顺利——也是我的运气,若不遇见贺家,问明细底,亦是枉然;但可惜那一千五百两是不得到手了!"这两日皆在城外船上,未敢进城。打听得学院复过了试,并没有动静,心内很为惦记。趁着晚间混进了城,遮遮掩掩来至学院衙前。见照墙上高高贴着簇新的榜示,看到第五名文生,正是陈凤岐名字。华荣好生喜悦,暗忖道:"该应是我的财交!若就这么开船去了,岂非便宜了他兄弟?"此时毫不怕人,遂理正气旺的来寻凤岐,兑那未付的银两。到了书房,先向凤岐道贺。凤岐亦再三称谢不尽。华荣即问到凤鸣何处去了。凤岐道:"家兄正因阁下之事,晚间去会个朋友,尚未回来。日前承蒙雅爱,又蒙贺二爷从中照应,理当早早如数措齐,待阁下来取。实不相瞒,寒舍那里有一项巨款放在家内?昨日同个至好朋友相商,约定今晚说话,所以家兄忙着去寻他,大约总要二更以后方可回来。请你阁下且先回衙门,明日一准午后,愚兄弟在家奉待,断然如数兑交,决无他说。但请放心,并望代为致意贺二爷一声。"

在凤岐,这番话亦系尽情尽理,人总可行。无如华荣自知这件事是个撞骗买卖,刻不容缓。又疑到凤鸣兄弟莫非有了凤闻,故意和他为难?不如爽性再诈他一诈,看是何光景。便撂下脸来,冷笑了声道:"好大事件,还要左一趟儿右一趟儿前来请安么?你兄弟买了便宜不觉得,若是别人,在前五名内,尚要加倍呢!原是成全你的,这几个钱儿还不够我与贺二爷零用!你如不愿意,爽性说一声儿,我就走开,断不致黏半句牙儿,讨你的笑话。"说着,又在桌上使劲拍了一下,道:"我们抬举人的,别要认错了!既有手段成全人,亦有手段弄人的巧儿,不要糊涂罢!在阎王老子面前,尚欠得下鬼债么?"华荣一面发作,一面即口中夹七夹八的乱骂。可怜凤岐被他骂的满面通红,惟有一旁连连施礼道:"阁下休得如此,愚兄弟住居在此数十年,难不成为这一件事今夜逃走么?实因一时措备不及,有累阁下。再待一夜工夫,明日定然奉上。若说我们生心图赖,更无此理!青天在上,若存此心者,即非人类!"

彼此正在书房计较,恰好走进两个人来——也是华荣数该晦气,碰见这两个对头星君。来者是谁?却是陈凤岐同榜新进的好友。正走到门前,听得有人在内拌嘴,急忙进来。见一个不相识的人在那里拍桌敲台的叫骂,凤岐又赔礼不迭。未知何故。同声问道:"凤兄,为甚么事件?说出来大家排解排解。"凤岐抬头,见是同榜的朋友,益发难过,不免脸上一红一白,满口支吾,恨不得推了他们出去,生恐华荣说出真情,惹人轻薄。他二人素昔知道凤岐口钝,也不介意,即走过来询问华荣。

忽见陈家的家丁上来道:"请两位爷这里来说话。"原来凤鸣躲在书房旁厢,听他们动静,又见华荣发作,凤岐拙口钝腮的对答不上,甚为懊悔,道:"我不该避他,反讨他没趣。若是我在外边,不致如此。此时反进退两难。"又见他两人去问华荣,忙着叫家丁请他们到后面。坐定,将细情由头至尾说了一遍。他两人方才明白,便齐声道:"这却何妨!待我们开发那姓华的去。"一齐仍到书房,向华荣道:"适才之事,我等尽知。此事虽蒙阁下与贺二爷盛情,亦要陈凤兄的文章合了学院大人的格式,方有指望。相巧今番题目皆是凤兄以前作过之文,凭公而论,文居一半,力居一半。不怕老兄见怪,谢赏也只好一半了。就是闹到学院大人面前,他抄的窗课并非陈文,亦没有罪过。在我们愚见,老兄不如留点交情,好待日后相见罢!"

华荣见他两人语言锋利,亦想借此收场,"即如一半,还派我五百呢。但是一时怎生掉转口来?"便硬着头皮道:"你们是甚么人,硬来做主?想必是陈家兄弟居心图赖,先请了你们来帮衬说话的。好在我先已说明,只要他兄弟说声不给就算了,再累他的步同我到衙门一走,当面回声我们的贺二爷。不然,姓贺的还要疑我欺了他呢!"那两人未待华荣说完,即连声说好,道:"凤兄,就陪他到衙门里去,我们也一同随往,倒要见姓贺的是甚么三头六臂的不成!学院大人叫他出来受贿么?"说着,即一迭声的叫:"走!"不由华荣做主,扯了往外即行。凤岐亦只得跟了出来。

华荣此时欲罢不能,心内却十分着急。明知闹出来于自家有碍,外面却不便形于颜色,"那么一来,他们分外不放我走了。"亦起身,故作咆哮

第七十一回　闹新闻兼理旧案　宽重法姑置轻刑

道："反了！反了！天下那里有这般不讲情理的人？要走就走，你们若不面见学院，也不成汉子！"遂一齐直奔门前。

凤鸣起先原欲请这两人做个排解，忽然他们又闹了起来，更加着急，跺足道："该死！该死！不善于调停就罢了，怎么夹在内里来闹岔头？"急急随后赶出，高声道："诸位请回，从长计较，不可为我家的事，反伤了你们和气。"华荣听得有人招呼，意在借此下台，停住脚步。凤鸣赶到，再四劝说。

众人正在大门前喧嚷，适值连儿同一个家丁走过。连儿见一家门内多少人拌嘴，举灯一照，见是华荣，便道："华二哥，因何在此淘气？为甚么呢？"华荣见是连儿，不由心慌，顺口答道："贺二哥，你不知道，他们要同我去寻你们衙门里贺二爷去呢。"连儿听了失笑道："怎么说？见了我，寻我做甚么？"众人闻说，方知来的即是贺姓。凤鸣越众上前，扯住连儿道："尊驾是贺二爷么？请进来好说话。"连儿尚未答言，那同来的家丁仔细将华荣一认，不禁怒从心起，不分皂白，将华荣一把抓住，大骂道："你这混帐的忘八龟子！我只当你远走高飞，再不见人了，不意天网恢恢，犹在这里碰见了你！你骗姓刘的银两也罢了，累得我们挨足了骂，还要送官处治，至今提起，犹觉寒心！"

华荣被那人骂的目瞪口呆，一言不发，惟挣着要走。连儿忙走过来道："怎么王二哥与华二哥为难？真令人不解！"那家丁道："贺二太爷，你知道他是谁？他是严嗣陵呀！在南京城里假充顺天府尹严大人的公子，骗了我们旧主儿刘蕴六七千两银子去。彼时小弟正在刘府，因他这件事，我们同伙八九个人，几乎没得过身！你想可恨不恨么？他而今竟敢公然在这地方出头露面，又不知想骗谁了！亦是我们旧主儿做鬼有灵，遭他碰见我的。"连儿听说，恍然大悟。即转身问凤鸣道："你家因甚么事呢？"此时凤鸣人众都听呆了，见连儿问他，忙将前后各情细说出来。把连儿直气的跳了起来，道："还了得么！他骗陈家银两，又拖累我在里面，这个风声传说到我们主儿耳内，那才是生一百张嘴，别想分辩得清！真正我做梦也料不到，原来他和我百般亲热，是想要我命的！"又对人众道："你们在此的人，却一个多不能走开，我去回明学院，大伙儿总不受累。你们放他走脱，就同你们要人！"说着，匆匆而去。此时人众尽皆彻底了然；又问了那家丁的原由,无不唾骂华荣。忽见连儿带着数名戈什哈进来。连儿指着华荣道:"他是要犯,其余均是见证。总带了去,候大人发落。"戈什哈齐声应答,即将华荣锁起,带着人众一齐回学院衙门。

连儿先到里面回明,伯青道:"可取我的名帖,并一干人证,送到府里去,请冯大人从重根究,切勿稍宽!——你也是案中人数,要在那里伺候的。"连儿应了声,退下,遂持着伯青名帖,仍叫戈什哈带着人众,直奔府前。府里见是学院大人处发来的人犯,不敢稍缓,急忙进内禀报。二郎正坐在内签押房检点日间公事,忽闻伯青打发连儿亲来,还有一干人证,知道出了大事,叫:"先唤贺二爷入内。"连儿上前请了安,一旁站立,将前后细情一一禀明。二郎点头道:"你在外边伺候着罢。"即命传话,升坐晚堂。

少顷,二堂上灯烛点齐,全班书役俱到。二郎升了公座,先吩咐:"带祝大人家丁贺连升。"连儿上堂跪下,仍照适才的情节回了一遍。二郎命跪在一旁。叫带陈凤鸣兄弟与那两人上来,一一问过。又带上那家丁细问,那家丁道:"小的名叫王贵,数年前曾在南京刘府服役,即来了这严嗣陵……"如何诓骗,如何脱逃。"后来刘蕴得了疯病,小的才到杭州来的。因冷桓冷大人是小的旧主,特来投奔。目下家主升了臬司,差小的到湖州来见学院大人,投递书函。今晚与他家贺二爷出去吃酒,路遇严嗣陵在陈家吵闹,又改名叫做甚么华荣。小的一时想起旧主刘蕴受他坑害送命,才上前抓他。要求大人做主,替旧主雪恨。"

二郎听毕,亦点点头道:"你倒很有良心,还记得旧时主人。"吩咐暂退。即叫带华荣上堂。二郎笑问道:"如今不做顺天府尹公子,又来充学院大人的亲随,你倒很会变着法儿骗人!你究竟姓甚么?叫甚么名字?从直说来,免得吃苦!"

华荣见前后事情均皆败露,又有这一干人质住了,他料难抵赖,便叹了口气,道:"不劳大人用刑,小的直供就是了。小的本姓严,叫做严华荣,河南人。自幼父母双亡,流落京中,投身在东府里,一年有余。丢去'严'字,单叫华荣。蒙王爷恩典,颇为调剂。手内有了钱钞,不无三朋四友,终日游荡。结识了个姓温的,是山西省人,惯来烧炼假银,遍游天下。他因头脸太熟,深恐被人识破,即将此法传授小的。不合一时糊涂,信他愚惑,即辞了东府差使,一伙儿有十余人,来到南京,装着顺天府尹严大人的少

第七十一回　闹新闻兼理旧案　宽重法姑置轻刑

爷。恰好碰见刘蕴，也是他命该晦气，骗了他五千多两银子。后来陆续又往江西、湖广等处骗得若干。今番来到此地，并不敢冒充学院大人的家丁。因陈凤岐在茶舍内说出心事，小的见他有些傻气，故意欺他是实。他兄弟即相信不疑，先兑了五百银子交与小的，面允事成全数兑清。不意他竟进了出来，据说他是抄的陈文。大人明见，人心是不足的。今晚小的到他家内，想诈那一千五百银子是有的。若说贺二爷，小的本不认识。日前在茶舍内会过二次，并未同谋。要求大人格外施恩，姑念小的只骗了他五百银子，亦是他心服情愿。"

二郎听完，摇头道："你这奴才，还了得么！省城之中，居然任意诓骗，毫无忌惮！你那些同伙的人呢？"华荣道："总在城外船上住着。他们一总都没有进过城，此事皆是小的一人的勾当。"二郎吩咐画了供，又将陈凤岐叫上，细问他如何抄录陈文。凤岐道："文生所抄并非陈文，实是从前作过的窗课。大人若不相信，请大人调取文生的原本阅看。"二郎道："你们总静候学院大人发落，碰你们的造化。"遂命原差将一干人证管押，吩咐连儿与冷府来的王贵均回衙门。

次早，二郎坐轿来见学院。伯青在衙内早经得信；又有连儿回来，禀明审问原由，今闻二郎前来，即忙请见。二郎见面请了安，一旁坐定。伯青道："可不是笑话？外面闹出这么大的新闻，我尚不知。怎么又有连儿夹在里面？这奴才而今非比以前，竟万不能交代他重任了！也不知封锁衙门，关系不小，他总司稽查，尤非小故。竟敢和人家杯酒往还，以致华荣冒充我处家丁舞弊卖法。推原其故，总是连儿不好。再则陈凤岐不思以自己学问求取功名，反勾结华荣行险侥幸，亦是个素不安分的人。前日我看他所作文字尚然通顺，既有如此笔下，何以又求别人的路径？我恐其中尚有枪替等情，要烦贵府切实根究，务要水落石出。我这里一面行文学官，将凤岐即行斥革。连儿亦有应得之咎。总望从公办理，专候贵府详上来，好归奏案。这宗案情与我关防大有干碍，只好自行检举，请旨发落。"

二郎听伯青说完，起身复又请安，道："此事尚求大人成全，卑府犹有下情细禀，请大人借一步说话。"伯青亦起身道："甚好，我们正要商量着如何办法。"便邀着二郎来至内书房坐下。家人献了茶，一概退出。二郎道："伯青，你可知陈凤岐与小儒是一族么？"伯青道："我怎么知道呢？楚卿何以晓得？"二郎遂将前后细情一一说明，又说道："凤岐是碰见窗课，并非抄袭陈文，情尚可原；二则如斥革了他，未免使小儒等人难过。我们不知细底就罢了，但将华荣从重究办。他在堂上供有同谋多人，我总没有查办。这件事若认真办起来，连你亦有处分。不若就这么汤卷饼的最好，交代我去办，包你不错。连儿这孩子，亦由心地老实，才受了华荣的欺骗，实在没有别的心肠。你不要过于委屈他，不过办事粗心些儿，警戒他下次就是了。"

伯青闻说，半晌无言，方道："陈凤岐未免便宜他了！烦你就这么办罢，切切要办得妥当为上！"即当着二郎，将连儿叫上，痛骂了一顿。连儿自知不是，跪在地下，惟有碰头，口称"该死"而已。二郎又劝解了半回，伯青方喝退连儿。即留住二郎，吃了午饭。

二郎方回衙门，随即升堂，将凤鸣兄弟切实申饬了一番——此时凤岐已知学院大人要斥革他的功名，幸赖府尊再四求情方免，心内着实感激二郎不尽。所有一干人证概行释放。华荣所供同伙多人，施恩一概免究。只将华荣当堂重责四十大板，发县永远囚禁。二郎发落已毕，即备文申详上来。伯青见了，亦无话说。过了数日，湖州府属考毕，即起马接考绍、宁等处。

单说华荣的一班同伙，即有温家在内，在城外得了消息，闻华荣被府里拿去，审出实供，必然要报累到他们身上，急将船上余赘及细软等物众人瓜分，各逃生命。遥想这干人天地亦不能容，无非迟早些儿，总要报应。

再说华荣在府堂上打得皮开肉绽，寸步难行，又上了全身刑具，永远囚禁。到了县里，身畔分文俱无，那里来得使用？终日半饥半饱，棒疮又十分沉重，不上一月工夫，早鸣呼哀哉，死于禁所。管禁的忙禀知县官，下来相验过了，即拖出掩埋。此乃骗人的收梢结局，亦是他自作自受。想上年在南京拐骗了刘蕴，将一座堂堂的刘相府弄得瓦散冰消，疯的疯了，走的走了。后来刘蕴成了饿莩，还亏小儒垂念旧情，备棺埋葬。虽说是刘蕴的报应，亦由华荣所害，故而今番华荣亦死于官法。足见报应昭彰，丝毫不爽。

二郎自办过此案，想到："陈凤岐是小儒一家，我代他百般周旋，小儒那里知道？再则上年南京城内无人不知严嗣陵骗了刘蕴银两，提起来皆要唾骂。真正顺天府尹严有壬那老头儿是那里来的晦气？平空的弄出一

第七十一回　闹新闻兼理旧案　宽重法姑置轻刑

个冒名儿子,惹得人人骂他教子不严。我不如写封书函寄与小儒,既可表明我代凤岐一番美意,又可代严老头儿分辩清白。"想定主见,即回后堂,说知小黛。恰值小黛前月得了一子,取名冯增。叫进一名家丁来,吩咐他:"明日即动身,到南京陈大人处投递。须要守候回书,再回来销差。"又赏了路费。家丁接了书函等件下来,自去料理,来日一早起行。

未知陈小儒等人接到二郎来函,有何事故,且看下回分解。

第 七 十 二 回

俏细君深幸产麟儿　薄命妾增光空凤诰

却说陈小儒自伯青、二郎动身去后，惟日与王兰、梅仙、五官等人盘桓。梅仙又有祝府内的事务在身，到忙的时节，每月倒有半月在祝府居住。小儒只有暇时和王兰清谈，或到丛桂山庄看五官作画。晚间回后，多在方夫人房内闲话半回。

方夫人见红雯如今各事谦和，究竟是多年主婢，早将前情丢开。兰姑见方夫人如此，分外无话，凡小儒到他房内，他总再三劝小儒到红雯房中去。小儒自去岁在留春馆前窃听红雯对月诉苦后，又重新怜惜他起来。现在红雯已有了七个月身孕，渐渐疏懒怕动。兰姑回明了方夫人，吩咐外面传进成衣，缝做小儿各式衣物。方夫人又亲至红雯房中来过几次，叫他"早晚不要出来请安，均宜保养胎气要紧。只要生下一男半女，你就终身有靠"。兰姑、洛珠更不必说，替换着在他房内和他说笑解闷。

光阴迅速，早已新秋，天气尚热。一夕，小儒与红雯在院落内乘凉，偶然说到双喜的话，红雯不禁触起旧情，止不住伤心泪下。小儒忙用手帕代他拭泪，道："你又发痴了！双喜此刻嫁了阿瑶，他们一夫一妇，很快活呢，那里还记得起你这主儿？你又何苦来，因他伤心！上年那四盏玻璃灯，点起来又明亮又无蚊虫。今年没见你叫点过，明儿取出来点着，倒很有趣。"小儒又挨近身边道："此时带有露水，别要今夜多坐一刻，早间又叫浑身痛了，进房去罢。"不意红雯益发呜呜咽咽起来，道："你不要和我七搭八搭的歪缠，想我自幼服侍太太，蒙太太十分优待。后来收了房，又蒙你格外体恤。我自问犹有甚么不足的处在么？我大不该要想在这府中出人头地，施展手段。又被双喜那浪货闹出事来，累得我几次三番受太太训斥，合府人等没一个不笑话我。而今双喜倒嫁了阿瑶，既遂了他们心愿，又离了这府内，随人怎么说笑，也传不到他们耳朵内。惟有我这苦命，除死方休。现在饶不着还有人背地里论长道短，你当我不知道么？

"最伤心是双喜去后，换了六儿同这个老妈妈来，一切呼应不灵。他

第七十二回　俏细君深幸产麟儿　薄命妾增光空凤诰

们欺我失势,也还罢了;你这位爷,也同我冷落下来。人见你冷落,格外欺我。你也是颗人心,总要自家想想,人到失势的时候,不是好意的,无非走错了一步路,自家心中未尝不自怨自悔。譬如一件东西,既爬到高枝上,又跌了下来,可好受么? 若果真是我的知己,就该体贴出失势的人的衷曲,须当变着方法儿替他慰解。那失势的人不知怎生感激呢!

"太太教训我,是不敢恨的——原是我做错了,又惹太太生气。可知起先太太最疼我的,就是亲生女儿,有了过犯,父母也要教训。我把太太当着亲生父母,心内也没有事了。可恨你平空的和我别气,连我这房里多懒得来了。我只问你一句话:我可曾做出些甚么来? 不过没有防范着双喜,这是我的错处。你没见人家,三房五房小婆子,终日养着汉子,正主儿一丝儿总不晓得,还将他们当宝贝似的看待呢,那里知道,绝大的一顶绿头巾早经带上了! 我没有负累了你,饶不着你尚同我生气。倘然做出一半点干系事来,还想在这府里为人么? 久经就要问成剐罪了!

"这府里上下人等,只有聂姨奶奶是个好人。他最知人的甘苦,一天倒有大半天在我房里,又背后劝我多少,说:'人在世上,走错不得路,明明错了一半步儿,人家就说离开十丈了。你切不可过于伤悲,日久总要见人心的。即如我到京里去,若不是我主意拿得定,竟被他们踹下头去,还能过日子么? 再不然,有点甚么错事,益发要受他们作践了!'我听了他这番话,才心内好受了些。我难道不如聂姨奶奶么? 不过自家不大谨慎,因双喜的这件事带累下来。你今日还要提甚么双喜单喜? 我从今也知道爷的心是铁的,爷的耳朵是棉花做的! 我若不因肚内有个冤家——犹痴心妄想,生下个男孩子来,日后好代苦命的生母挣口气——我久已不在世间了!"说着,便掩面悲啼,泪如泉涌。

小儒被红雯一番话说的满面绯红,再见他哭得泪人一般,好似带雨海棠,临风欲折。便赔着笑道:"我原是同你闲谈的,怎么倒引起你的愁烦? 我从此再不提双喜两个字,也没的说了。若说我同你别气,不来睬你,真正冤屈! 彼时太太正在盛怒之际,连奶奶从旁劝说,总要碰下钉子来,可想我更不能代你分剖。若是常到你房里去,太太必然又有话说,那倒不是来替你宽慰,倒是代你加紧箍儿了! 太太平日为人,你该尽知,没有气的时节,甚么都好说,一生了气,饶你说破舌头,他总不信。再要逆了他,可以一世解不开呢！而今太太待你又好了，我亦未尝和你不好。你今儿这些话也怪不得你说，未免其中有些过于冤枉我的所在。也不须说了，总是我不好，不该心是铁的，耳朵是棉花的。从此棉花做心，铁做耳朵，可好不好？"说着立起，深深打了一躬，又认了无数不是。

红雯方慢慢止住悲声，掉转身，望着小儒狠狠的瞅了一眼，又长长的倒抽了一口气，推开小儒道："你不用和我假意虚情的了，没见我身上小衫总汗湿了半边？此刻心内怪热的，受不得！"小儒忙道："叫六儿取盆水来你浇抹着罢！好凉一会儿睡去。"红雯点点头。六儿早取了水来，服侍红雯，将上身衣服解开，抹了一番，又替他通了头，挽起云鬓。六儿复转身取柄蕉扇，立在红雯身后轻轻的扇了几下。红雯便吩咐六儿去睡，自己亦起身进房。小儒待他睡下，方才安息。

将至四更天气，红雯一觉睡醒，不惊失声叫痛。惊醒小儒，忙坐起身询问。红雯道："我此时腹中犹如刀绞一般，多分冤家要离身了。你可叫六儿起来。"小儒赶着披衣下床，开了门，先将六儿叫起，进房来伺候；随即匆匆的开了耳门，到方夫人这边说知此事。方夫人闻说，亦急急的起身，道："你别要在这里发呆，快到外边吩咐唤稳婆去！"一语提醒小儒，也不要人跟随，自己取了手灯，飞风出外。此时合府内外人皆得了信。小儒叫过一名家丁，预备小轿，去接稳婆；又吩咐各处神前点齐香烛。众家丁答应，分头去了。内里静仪、洛珠以及巴氏人等俱走了过来，乌压压的挤满一地。

少顷，稳婆已到，服侍红雯上盆。未交半个时辰，小儿落地。稳婆道："恭喜太太，姨奶奶添的是位公子！"房内人众均上来给方夫人道喜。

此时天色已明，外边王兰等人亦赶着小儒道贺。小儒欢喜异常。内里方夫人邀请静仪等人到自己房内坐下。单有洛珠一人在房，低低的笑道："恭喜你！添了少爷，将来后福无穷，从今可有了指望了！"红雯微微睁开双眼，笑了声道："多谢姨奶奶金言，一点点血泡，算得甚么？不知将来是何结局，那里就有指望？不过在这门里生下个儿子，可以稍望出头。我这两年罪也受尽，若是有血气的人，久经死了！其所以留恋者，不过指望生下或男或女，即可死心。"说到此间，不由得眼圈儿一红，掉下泪来。洛珠忙道："这又何苦来呢？今日是你的喜事，切莫伤心。我也去了，你养息

第七十二回　俏细君深幸产麟儿　薄命妾增光空凤诰

着罢,产后最忌的劳神生气。"红雯道:"承你关切,待我满了月,亲来叩谢。"洛珠连称"岂敢",遂起身出外。

随后兰姑也来坐了半会。红雯提起前情,复又悲伤。兰姑着实安慰了一番,方回方夫人房中。见左右无人,便道:"我看红雯妹妹产后甚为虚弱,明日须要叫老爷请个医家来看看才是。还有件事,要求太太恩典:妹妹为人,太太也深知的,一味好强争胜,不肯让人。上次因双喜的事,他背后甚为懊悔不及;无如木已成舟,万难挽回。那一股闷气郁在心头,怎生消散?有时提起来,还咬牙切齿的痛恨。这是太太明见,生来好强的人,平空跌了下来,他素昔又口角尖利,人总不喜欢他,难得有个把柄,纵不好当面嘲笑,那里背后没有一言半语?别说他自己听见,就是我们听得,也觉惭愧。所以他逐日的闲气受在肚内,早已成了病症;又怕人笑他,遇事总强打精神的去干,未免一日累似一日。我久经知道,没有敢在太太跟前说。太太不信,问聂姨奶奶就明白了。如今又在产后,血气衰弱,再加的气苦,那可不是耍的!适才我在他房内,见他很有两分病。与他说说,好解着闷儿,他又寻出多少伤心的话来说,不过总为的前次根由。虽说太太而今待他照常一样,总怕人家看不上他。我倒想了个万全的法则在此,须要太太做主,老爷自然行的。前年我有了森哥儿,蒙老爷、太太恩典,代我请下诰封,那时妹妹就羡慕的了不得。现今他已生下哥儿,太太也照例请分诰封与他,可以一喜欢,病就好了。太太纵不可怜妹妹,太太还看哥儿面上。"

方夫人听说,点头道:"你的心事我已尽知,不须细说。红雯我若不喜欢他,也不劝老爷收房。无奈他太闹的不成话说,连我总不放在眼里,我才申饬他的。目下我看他甚为愧悔,又生了哥儿,我亦没有两样心看待。少停我同老爷说,叫他赶着去办,大约他满月的时候,都可到了。"说着,便起身,同了兰姑亲自来看红雯。见红雯倚在床上,面如白纸一般,那额头上的汗津津欲滴。

原来红雯夜间与小儒在院落内谈心,受了点风;又有平时的气苦郁结在心,适值产后身虚,即添了病症。起先倒不觉得,与洛珠、兰姑两人多说了几句话,又不免伤悲。现在只觉一阵阵头晕,两眼昏黑,心内说不出那般难过。方夫人见红雯如此形容,亦吃了一惊,忙问道:"你此刻觉得怎样？"

红雯听得方夫人说话，勉强睁眼，气短声微的道："又累太太来看我，此时心内实在难受，头昏眼花，好似驾云一般。只怕我是不能好的了。"说着，那床内新生的哥儿"哇——"的哭了一声。红雯用手指着床内道："这是老爷的一点骨血，要求太太抚养成人，我即死也瞑目！"红雯说到此处，早哽咽不能出声，那额上的汗益发多了。

方夫人听说，亦甚酸心，忙忍住泪痕，反笑道："好好的人，因何说出这些话来？一点点年纪，倒思前虑后的乱想，将来过到七八十岁，又怎么呢？快别要呆气，自己保重要紧！我已请老爷代你请下诰封，大约不日就到，从今你就是一位太太了！将来哥儿长大，再代你请一重封诰，你的后福长多着呢！不要胡思瞎想，把条小命儿送掉，那可犯不着！你静养片时，自然就爽快了。"红雯道："蒙太太万分恩典，至死不忘！我倘然好了，多叩几个头罢。"现在兰姑与房内的众丫头听红雯说得伤心，无不涕泪交流。红雯又道："太太请回房罢，别在这里受这些污秽气味，叫我分外不安。"方夫人亦恐红雯过于劳神，遂道："我少停再来看你。好孩子，你信着我的话，包你不错。"便同兰姑回转自己房内。

恰好小儒回后，方夫人说知适才的光景。小儒忙到红雯床前问长问短，吩咐今夜多派几名年老仆妇进来上宿；又从方夫人处拨过两名大丫头来伺候。此夜小儒即在兰姑房中歇下。次日一早起身，将梁明唤进，叫他多带银两，赶着进京，去代红雯请封，"须要早去早回，不可耽搁。"梁明应了下来，自去收拾起程。小儒又叫人去请了几位有名医家过来看视，均说："产后身弱血少，兼之平昔郁气伤肝，恐难调治。刻下无碍，在弥月前后，大要留神。"小儒听了分外愁烦，惟有多请名医、遍求良方而已。方夫人闻众医所说，亦甚惊心。

静仪等人也过来询问。总说红雯的病十分危险，恰恰又在产后，恐难保命。洛珠道："我看红姨娘为人过于精明，各事不肯退后；依着他的性格儿，就要说到人前，做到人前，一点儿没有隔碍，他才称心呢。天下那里有十足的事？大不过在人家做个偏房罢咧！头一着，即输与人了。我每次劝他，口里虽答应着我，心里总不肯服输。倘然有个长短，亦是他命中注定——这也是做偏房的榜样，叫人看着伤心。"洛珠说到这里，不禁眼眶儿

第七十二回　俏细君深幸产麟儿　薄命妾增光空凤诰

一红。大众听了,皆默然无语,不便答话。

兰姑笑着走过来,与他打诳道:"你说红妹妹过于精明,恐没有大寿,我看你也算是精明呢! 你却无灾无难,猫狗儿似的!"洛珠不待兰姑说完,便笑着啐了一口,道:"你好呀! 枉口白舌的咒我,当着你家太太在此,是个见证,我若有点参差,你别想活着罢!"兰姑把舌头一伸,道:"我久仰姨太太的手段,敢在太岁头上挖土么?"便一径去了。引得房内人众都大笑起来,各自起身回后。

到了三朝,小儒替哥儿取名宝书,又雇了一名奶娘下来,勉强又请了几天客。自此,小儒每日请了医家来代红雯诊治,恨不能一药即愈。无如服下药去,如石投水,有时好几日,有时歹几日,闹得合府人等日夜不安;甚至小儒到各处许愿酬神,如染魔一般。王兰等人怕小儒急成病症,百般的替他宽解。

恰值今日相离红雯满月只有三天,梁明已从京中回来,援例请下五品封典。相巧日内红雯的病减去几分,日间亦可支撑着下床,略为梳洗,和人说说话儿。人众见了,稍为放心。梁明见了小儒,请过安,将公件送上。小儒道:"你很辛苦了,下去歇息着罢。"梁明又问了红雯的病,方才退下。

小儒喜滋滋的捧了诰封如飞的回后,先说知方夫人,随即来至红雯房内。见他正靠着妆台,叫一个大丫头通头,六儿在旁逗着奶娘手内哥儿扑笑。红雯那一种消瘦形容令人可怜,那里还似以前的百媚千娇? 只落了一张黄皮包着几根瘦骨。小儒走近前,笑道:"恭喜你! 请的诰封已回来了,我特地送来你看,你可别焦心罢! 日前做的那些衣服,叫六儿检点出来,后天满月,是要穿的。再有王太太送你那串碧霞犀朝珠倒很好的,就用他罢。"

红雯听说诰封已回,不由心内一喜,两颊微动,喘吁吁的道:"很费了你的心了,改日再谢。我今日也算这府中一个正经人了,纵然暂时即死,亦可无恨!"又回头望了哥儿一眼,道:"不意我生下你来,倒沾了你的光辉! 若不是你,可别想今生抬得起头!"说着,又不禁心酸泪下。小儒本意来讨他个欢喜,不料红雯反说出这番话来,心内又急又苦,呆瞪瞪的望着红雯,一言不发。正在没开交处,见方夫人与静仪人众均进房来。小儒趁势退出,一面走,一面叹气道:"我看这个人是难得好起来了,随便甚么东西,到了面前,他总有一场气苦。平时他最忌讳的,而今'死'字总不离口,所说的话皆是少年人不宜之语。倘有长短,却如何是好?"想着,不禁掉下泪来。

信步乱走,忽然对面来了一人,彼此一撞,把小儒很吓了一跳。抬头见是五官,忙笑道:"没有撞痛你罢?你怎么也走到这里来?"五官笑道:"你倒问得我奇怪!没说你走的急促,撞了我,反问我走到这里来?难道这个地方只派你走么?"小儒定睛一看,已至览余阁前,便笑了一笑。五官又觑到小儒脸上细望,小儒道:"你不认识我么?"五官笑道:"我看你眼睛红红的,没是被太太打了出来的?"小儒笑道:"放屁!多分你日日挨打,才知道人家甘苦!"五官却明知红雯病重,小儒又在那里伤心,故意逗着他说笑的。又道:"我正来寻你同者香两人,今早画了一幅山水,甚为得意,请你们品评去,看有甚么毛病。"说着,扯了小儒,往丛桂山庄去了。里面方夫人等在红雯房内闲话了半晌,亦各散去。

过了一日,正是红雯弥月之期。先一天,内外即定下戏酒,遍请亲友。是日张灯结彩,甚为热闹。红雯亦早早起身,梳洗已毕,按品的穿戴起来。先向家神祖堂前行了礼,然后请静仪人众过来叩谢,又与方夫人行礼。忙了半会,早喘做一堆。洛珠即推他坐下,道:"姨太太,歇息罢!可知你的病才好,就是礼数欠缺些,我们也不好怪你。"静仪接口道:"可不是呢!昨晚我即同大姐姐说明,今日可别要姨奶奶劳动,我们改一天再见礼罢。偏生他又东拜西拜的,这多是大姐姐不体恤他!"方夫人笑道:"我怎能叫他不行礼呢?你可错怪了我!"众人再看红雯,虽然瘦弱得可怜,今日穿戴起来,倒也稳称一位宜人身份。

此时红雯喘已稍定,即道:"我病了将近一月,累得太太们逐日到我那里看视,今儿难得好了,理当叩谢。怎生怕我劳动起来?"又见奶娘抱着哥儿出外,给人众行礼。众夫人均各有所赠。见哥儿打扮得粉团花簇似的,无不喜爱,争着抱了玩耍。红雯道:"奶娘可带了哥儿去,别要撒下尿来,污了太太们衣服。"奶娘答应,过来抱着哥儿回后。

早有家丁们上来伺候摆席。又吩咐开锣演戏。方夫人向红雯道:"这里有奶奶代你陪客,你别要听着锣鼓,闹得心内怪烦的。"兰姑道:"好妹妹,你回房去罢,外边总有我呢。你劳碌了一早,快去躺会儿歇息着。"红

第七十二回　俏细君深幸产麟儿　薄命妾增光空凤诰

雯亦不能久坐,起身与人众告罪,又重托了兰姑照应,方才回房。内外直闹到更鼓方散。

小儒回到红雯房中,见他早经卸了装束,斜倚在床上。小儒挨身坐下,问道:"你今儿觉得怎么?连我好好的人,闹了一天,头目都有些涔涔的。"红雯道:"我此时胸前微微疼痛,想是晚饭多吃了一口。今儿蒙太太的情,早间叫我回房来了,随后我也没有出去;若支撑到这时候,还了得么?你也该乏了,早些去睡罢。明日早些过来,我有话和你说。"小儒又坐了半会,即仍回兰姑房中歇息。

次早,尚未起身,见六儿忙忙的走入道:"老爷快点起来,姨奶奶不好得很!太太早已过去,叫我来请老爷,再吩咐外边的人请医生去呢!"小儒听说,吓得一翻身坐起,胡乱扣了衣服,匆匆向外。兰姑亦忙忙赶来,进了房,见众人都站在红雯床前问视。静仪等人见小儒进来,全行退出。惟有洛珠,被红雯一手死紧攥住不放,却喘作一团,不能言语。好在洛珠昔日与小儒常见面的,纵不回避无碍。

小儒忙问是何原由。方夫人道:"他下半夜忽然遍身发烧,汗流不止;天明,竟晕了过去。六儿赶紧来通知,我们来的时候才苏醒过来,又喘的不能说话。你要快催他们去请医生来,究竟有碍无碍?我看这光景是不大很好呢!"小儒闻说,又见红雯如此形容,不禁滔滔泪下,急转身出去。少顷,陪了医生进来。方夫人连忙退出。洛珠也要想走,低低的道:"外面医生来了,我不便在此。少顷我当再来,知道你和我有话说呢!"红雯点点头,放松了手。洛珠只好避入床后。

早见小儒与医家入内。诊了脉,小儒仍陪了出去。洛珠复到床前,问道:"你有何话说呢?"此时方夫人等又进房来,见红雯喘已稍定,未曾开口,先哽咽了一回;又叫奶娘将哥儿抱到面前,道:"聂姨奶奶,我是不能好的了,只可怜宝书甫经弥月,即要离娘!我没有别的牵挂,只有哥儿这一条肠子抛撇不下。要望姨奶奶,念平昔待我甚好,我虽死后,总感激你。今儿当着太太在此,将哥儿过继了聂姨奶奶,你只当多养了一个儿子,姑念他襁褓无娘,没有收成的孩子。我也不怕太太和奶奶见怪的话,才满月的孩子,怎么累起太太来?奶奶有了森哥儿,又有府中事务,恐怕照应不到,所以才重托聂姨奶奶。"说着,即在枕上点了两点头,似作叩首之状。

洛珠听了，早经泪如雨下，颤微微的答道："你只管放心，哥儿交代我就是了。现在满房的人都是见证，我若将你的哥儿与我的儿子有两样看待，日后即不逢好死！你快放开心，自家保养，那里就会死呢？"方夫人与兰姑亦齐声道："我们总好好的看顾书哥儿，你尽管放心。前日那般病势，吃两帖药，也就好了，你可别要愁烦。"红雯摇头道："此次非前番可比，纵有神仙妙药，也难医我这不治病症！蒙老爷、太太恩典，代我请下诰封，哥儿又好好的，我死也值得！"

　　正说着，小儒又进房来，对方夫人道："适才众医家说：'今儿来势危险，大要仔细。总因身体太弱，气血素亏，成了血晕。怕的日内总有变动，服药无功。'叫我将那件东西——"小儒说到此处，掉头望了红雯一眼，不由伤心泪落，不忍再往下说。红雯即将重托洛珠照看哥儿的话说知小儒，道："尚要请老爷念他无娘孩子，善为抚养成人，我在泉下多要保佑你们的。"小儒此刻满腔的话不知从那里说起。却好洛珠见红雯同别人说话，悄悄的走开。小儒走近榻前，握住红雯双手，惟有一哭而已。但见红雯长长的叹了一声，两眼望上一翻，又晕了过去。吓得小儒连声叫唤，方夫人与兰姑也围拢来看视。

　　未知红雯性命如何，且看下回分解。

第 七 十 三 回

红雯示梦托孤儿　洛珠婉言求幼女

却说红雯二次又昏晕过去。慌得小儒与方夫人等皆围在床前,低声叫唤,有半个时辰,方才醒转来。六儿早取了一碗开水过来,小儒亲手捧到红雯口边,红雯摇头不饮。此番虽然醒转,人问他的话,只有点头,不能言语。可怜小儒捧着一碗水,扑簌簌的泪下不止。

方夫人忙将小儒扯过一旁,道:"我看他今晚总难得过去,你别要尽管伤心,快去叫人端整他的后事要紧,不要临时慌手慌脚。"小儒点头,随即放下水碗,转身向外,叫过几名家丁分头办理,又重托五官照料一切。少停,众家丁陆续回来,各事办得齐全。此时内外早点了灯火。

小儒又赶忙进来,将走到红雯房前,只听得内里一片哭声。小儒早吓得魂飞天外,匆匆走入。见方夫人、兰姑皆在那里掩面哭泣,地下众丫头、仆妇俱静悄悄的,站满一房。小儒分开人众,到了床前,见红雯早已穿齐衣服,直挺挺的睡在床上,口中只有一息呼吸而已。小儒一见,如万箭攒心,抱住红雯放声大哭。红雯忽然睁开二目,望了小儒一眼,双眼一翻,顿时气绝。把个小儒直哭得气咽喉干,捶胸跺足。方夫人等亦啼哭不已,又恐小儒过于悲伤,反止住泪痕,和兰姑一齐上来解劝。外面房内静仪等人得了信,莫不惨伤红雯小小年纪,短寿而死。方夫人又忙叫奶娘抱着哥儿跪在地下,送他生母归西。说也奇怪,哥儿才喂过乳的,亦"哇哇"的哭个不止,又将满房的人引的伤起心来。

洛珠因闹了一天,身子有些困倦,即回到自己房内歇息。正欲朦胧睡着,见红雯衣服齐楚的走进房来,对着洛珠福了一福,道:"早间拜托之事,千万不要忘却!我与你从今诀别过了!"说罢,转身即去。洛珠忙起身前来拉他,不意脚下一绊,猛然惊醒,却是一梦。一翻身,怔怔坐了起来。只见玉莺忙忙的进来道:"陈府里红姨奶奶将才没了。太太早到了那边,奶奶也好过去了。"洛珠听说红雯已殁,不禁酸心泪下,赶紧来到红雯房中。恰好小儒已被王兰劝了出去。洛珠走近床前,不免一场痛哭,又暗暗的说道:"你适才阴灵到我房中作别,无非不放心哥儿。况且你家太太、奶奶亦不是无情的人,又有我一力承当,包管用心抚养你哥儿成人长大,替你争气。你可放心去罢!"早有兰姑上来劝住洛珠。

今夜府中人众是不能睡了,择定次早入殓,所有一切丧中仪制,均按照五品宜人资格。早将红雯对过下房打通开来,停放棺柩。殓后,小儒又不免抚棺一番恸哭。幸有王兰、梅仙、五官三个人轮流的百般劝慰,又催着他通知宝徵兄弟。起先红雯生了宝书,小儒即发了信去。此时将红雯已故的话亦写下两封书函,专人送往上海、安徽两处——现今宝焜已升署凤阳知府。

单说洛珠回到自己卧房,痴痴的坐着思想:"红雯如此年轻,竟成短命!虽然生下个儿子,亦是空欢喜一场。他将哥儿不托自家的人,反来交代与我,亦因我平素待他好,又知道我生性爽直,倒亏他有此眼力!但是陈家的儿子,又有嫡母在堂,我怎好夹在里面去照应?不是多事么?若说不问,又负了红雯一番嘱托。"思前想后,不禁焦躁起来。

忽见静仪挽了蕙贞进来,洛珠忙起身让座,又抱了蕙贞坐在膝上玩笑了半会。见政清同着奶娘走进房来,猛然得计,即叫奶娘:"带着姐儿和哥儿好好的去玩耍,我同太太说话呢。"遂将座头挪近了一步,笑向静仪道:"我有件事,要与太太相商,太太却不要恼我。红雯将他的哥儿重托与我,太太也在那里听见的。彼时我怎么好不应许他?此刻细想,诸多不便。既有陈太太是个嫡母,又有沈姨奶奶,我这外姓人,夹七夹八的在内里,领带他家哥儿,可不是笑话么?纵然陈太太们不怪我,也不像句说话。若置之不问,俗语:'只可允人,不可允神。'神与鬼总是一般。既允许了他,怎么好后悔呢?"又将红雯临死的时候阴灵前来作辞的话细说一遍,道:"我却想了个尽善尽美的情节在此,要太太允许了,我方才可行。"静仪笑道:"你应许了死鬼,不得过身,又想推到我身上来!难不成叫我领他那血泡孩子去么?可知你不能,我也不能,我和你总是外姓人呢!而且蕙贞有奶娘带着,间或闹了起来,我尚没法。领孩子的本事,我真正没有。除了这句话,我都可应许你。"

洛珠亦笑道:"太太说的甚么话?与其请太太领他,倒不如我领带了。太太既说过应许了我,却不能改口。我想蕙贞今年三岁,长他家宝书不过

第七十三回　红雯示梦托孤儿　洛珠婉言求幼女

两年,不如将蕙贞许配宝书,况且老爷与陈大人是极相契的,再结了儿女姻亲,更外合宜。我想老爷是没有不应承的,只要太太做主,从此宝书做了我家女婿,我们因他无娘,前去领带即是正理。还有一说,太太只当政清是自己生的,将蕙贞给了我罢。此事总要太太成全,想红雯在暗中亦感激不尽。"又起身对着静仪福了一福,道:"太太若不应许,我惟有跪求了!"说着,即欲下拜。静仪忙一把扯住,道:"快别要如此!总可商量。"心内却甚不愿意——因宝书既是庶出,又是个才满月的孩子,尚未卜如何。"若论陈、王两姓联姻,门楣正合,陈太太为人又宽厚和平,蕙贞做了他家媳妇,倒没有苦吃。"

洛珠见静仪沉吟不语,脸上有不悦之色,便又道:"太太的心事我亦可猜着一二。想因宝书甫经弥月,又没了生母,不知将来可能成人?我看红雯为人亦无甚大过,在生不过口角锋利,好占人先。他已将自家寿数折尽,成了夭亡。他生的这孩子却是陈大人的骨血,现在徽少爷、焜少爷总发了科甲,森哥儿又极聪敏,不能宝书偏偏不中用么?况蕙贞自幼品貌安舒,不是个没福的孩子。只要他福分深厚,宝书将来自会成人,胜似父兄,亦未可定。再则蕙贞虽然是太太生的,总是自家人,我也不肯将他终身大事当作儿戏。太太只管放心,不须疑虑。"静仪听洛珠一番话倒也近理,又转念一想道:"我既有心成全他家孩子,天总要保佑他易长易大。何况女儿家雪花般命,随夫贵贱,只要门户相当,其余亦可不必深谋远虑。"遂改了笑容道:"好在你说过,将政清同我换了蕙贞,他既是你的女儿,随你怎么去做——须要你先去知照沈姨奶奶一声,必得他家前来求亲才是。"

洛珠见静仪已允,好生欢喜,忙道:"自然要他家先来求亲,难不成我家女儿掴与他家么?"说着,只见政清和蕙贞手挽手儿进来。洛珠便一把抱过蕙贞,道:"太太说把你给我养了,从此你就在我这边罢,我也不疼你兄弟!"政清本来生得乖巧,见洛珠抱了蕙贞,他即笑嘻嘻的一头滚入静仪怀内,道:"娘既说不疼我,又有了姐姐,我有太太疼呢!我今儿就跟了太太回去。"把个静仪喜得眉开眼笑,搂住政清道:"好乖儿子!你娘本说同我换的,我明儿把姐姐穿的吃的总给了你罢。"两人同一双儿女玩笑了半回,时已二鼓,静仪即叫奶娘各带了姐儿哥儿去睡,自己亦起身回房。

次早洛珠梳洗已毕,便来寻兰姑,细说此事。兰姑闻知,亦甚欣然,道："你既如此存心看顾他的哥儿，想红雯妹妹在阴司里亦可放心。若两府联姻，我可保一说必行！王太太既肯将蕙贞许给宝书，难不成我们的太太倒不愿意？少停我去回明太太，再来复命。"洛珠先行回去。

兰姑随即到方夫人房中，将洛珠的话回了一遍。方夫人听说，亦欢喜非常，道："承王太太与聂姨奶奶一番好意，真正难得！"遂叫请了巴氏过来，托他为媒。巴氏到了静仪这边，一说便允。晚间，小儒、王兰回房，得知此事，更没有话说。两家择定三日后先行下聘。洛珠即于次日过来，与方夫人说明，将宝书连奶娘一并搬到他套房里去，以便早晚照应。又亲自带了蕙贞，到红雯灵前拜祷道："我已将蕙贞许配你的儿子，你想该早经知道；从此宝书即是我家女婿，我理当抚养。所幸未曾负你之托，你可安心在泉下罢！"

晚来方夫人与兰姑亲送宝书到洛珠房内，又请了静仪过来，当面拜托一番。兰姑笑着拍了洛珠一下，道："前日说我有心咒你，倘有参差，我就别想活着。可知我最胆小的，由那一天即愁到今儿了。如今我和太太将宝书交给与你，虽说是你家女婿，亦是我家儿子。你须格外用心抚养，若哥儿每日多哭这一声，我可是也不依的呢！"洛珠亦笑着啐了一口，道："你别害臊罢！你有森哥儿呢。这句话知你说不起，我前日倒饶了你过去，今儿还来编派我！好歹总由口里说，待我拧破了你的嘴皮，才没有事！"便起身来拧沈兰姑的嘴。兰姑抱着头，一溜烟笑着去了。方夫人亦笑了笑，起身作辞回房。

自此洛珠逐日关心贴己的抚养宝书，以重红雯之托。又派了一名年老诚实的仆妇帮同奶娘领带。兰姑早将哥儿的月费及奶娘等人一切用度按月支送过来。起先静仪原不肯收，反是洛珠止住道："太太若不收他家的，倒觉生疏了。别要陈太太疑心我们，后悔起来。"静仪见洛珠执意要收，也只得罢了。

单说小儒自红雯死后，日间虽有王兰等人陪着他说笑，晚间回后，灯前月下，不免触景伤情。又想起去岁红雯那番光景，"虽然是他自家不好，究竟他也没有做出甚么不尴不尬的事来，我大不该和他冷落。他的病根即由此起。"想到此间，分外对他不过，只有遍请僧道设醮讽经，多方超度。江素馨得了信，亦亲自前来祭奠。到了百日以后，即在慧珠坟畔买了一块

第七十三回　红雯示梦托孤儿　洛珠婉言求幼女

地,暂行厝放,待日后回里,再议盘归祖茔安葬。

这日,正坐在那里出神,见家丁取了两封书函进来。小儒接过,见是伯青、二郎从浙江寄来的。忙拆开伯青的书函来看,无非叙说别后多日,及考试浙省一切风俗情形;外有单致五官一函,重重封固。又看到二郎书中说到凤鸣兄弟一节,小儒笑道:"楚卿还要我见他一分人情——凤岐的功名却也亏他成全!倒是严华荣这畜生无端的撞入罗网,天假楚卿,代刘蕴报仇,可见天理循环,并无漏网!"内有小黛的一函,是致方夫人的;外有土宜各物。小儒叫家丁:"照数查收,好生款待来人。"即袖了小黛并五官的两函先行回后。见方夫人正同兰姑闲话,小儒将小黛来函交与方夫人。兰姑也走过来观看。方夫人见冯太太添了公子,却也欢喜。又见送了许多物件,笑道:"承他美意,还记挂着我们。"回头向兰姑道:"你明儿亦要配几件礼物,回送他家哥儿。"小儒道:"等你们想定送甚么物件,我再写回书。"便转身向园内来寻五官。

刚走到红香院前,见满院芙蓉开得十分姣艳。不由的感动前情,即信口念道:"芙蓉如面柳如眉,对此如何不泪垂!"念完一阵心酸,凄然欲泪,便呆瞪瞪的立在芙蓉花前,不住长吁短叹。见王兰从花外一步步走来,道:"小儒,清早即在这里赏玩带露芙蓉,倒也雅致!你手内是甚么书函?是那里寄来的?"小儒道:"是楚卿、伯青由浙江寄来。书中尚有附致你的一函,不过些通套话儿,少顷取来你看。这是寄与五官的,你看层层封裹,不知其中有些甚么要紧的话,是怕我们偷看,所以我亲自送与五官,偏要看看说的甚么!"王兰道:"我也随你去。"两人便一齐到了丛桂山庄。

跨进院门,但见五官撩衣卷袖,一手持着个金丝罩儿,在院落内和跟他的两个小童在满草内掏蟋蟀。王兰笑着跺足道:"这么大的孩子,尚要淘气!不用忙蟋蟀了,伯青有信来了,快来看罢!"五官抬头,见是小儒、王兰两人,笑着将罩儿交与小童,放下衣袖,邀他两人入内。见小儒手中有封书函,果是伯青寄与他的,即拆开,从头细看。小儒道:"书中有甚么事故?可说给我与耆香听着?"

五官看过,搁在桌上,道:"甚么事故呢?也值得如此千包万裹的!你们要看,自家看去,我也懒得说。"王兰忙取过,与小儒同看。上面写着他在浙江情形,又叫五官各事总要保重身体,不可大意。说了又说,谆谆嘱咐。王兰笑道:"伯青向来即有些鬼婆子气,难道五官是个十岁八岁的孩子,不知颠倒么?我们日日相见,倒不会照应他,偏要他在千里以外巴巴的寄这封书来!"小儒道:"你倒不要埋没了伯青好意,遥想他的府报内尚没有这般写的细致。你别要只顾数说伯青,也不怕五官多心么?"五官脸一红,笑道:"你们数说他,与我甚么干涉?小儒而今亦学着会刻薄人!"

　　王兰又起身走近桌前,观看五官近日所画的物件。又见窗畔一顺儿摆了无数的蟋蟀盆子。王兰意在用手揭起一盆来观看。五官忙走过来,双手按住道:"你别要乱动!昨日才捉了一个大头蟹青,十分锋利,将来好同人去斗彩呢!你把他惊走了,我可是不依的!"小儒笑道:"五官真有些孩子气!一个蟋蟀儿,也值得如此郑重!"

　　众人正在说笑,忽见有人上来回道:"外面来了个姓宝的,叫做宝琴官,一个叫徐龄官,还同了甚么兰官、春官、松儿、玉儿一干人,说由京中到此,特地来寻五爷。"五官闻说,忙请他们进来。原来这宝琴官等六人均是当日在福庆班与五官同伙的人。自从傅阿三回家之后,即将他们过于别家班内。又唱了两年戏,他们多长成了,在京中颇有声名,手内亦积聚了若干。因受不惯人家的约束,便各出少许赀财,合伙领班,取名"六艳堂"——因他们是六个人为首。近日傅阿三打听得鲁道同父子业已罢黜回家,京中没有对头,又领了一班人复至京都,开设戏馆,取名"小福庆"。内中有个唱小生的,名唤桂仙,是梅仙同时的人,却比梅仙小了几岁。当梅仙出京的时候,隔了一年,桂仙亦被个京中官儿赎了身去。后来这个主儿死了,桂仙复又出来唱戏,却值傅阿三进京,即邀了他去。大凡人是喜新鲜的居多,觉得桂仙的色技竟驾于六人之上。他们遂别了一口气出京,想起五官现在南京,不如投奔他,觅个安身之所。

　　此时小儒、王兰俱问明五官情由,亦久闻他六人的声名。早见有人领了他们进来,果然一个个如花似玉,总在五官肩随上下的人品。五官见他们已到,迎下阶来,彼此执手问好。五官又说知小儒、王兰在内,琴官领头,一齐上前请安。小儒笑吟吟的欠身道:"你们沿途辛苦了,坐下来好说话。"王兰亦道:"我们这里可别要拘形迹,你们不见五官么?还有一个你们前辈金小癯,也在这里,我们总是彼此以字相称,毫无拘束。今儿却不在园内,往祝府去了。"琴官等人见小儒、王兰语言和蔼,"可见金、柳两人

第七十三回　红雯示梦托孤儿　洛珠婉言求幼女

依栖得所,也不枉我们今番到此一场。"遂一齐告坐。小童早送上茶来。小儒、王兰复细看人众,果然名不虚称。

未知琴官等六人前来作何安置,且看下回分解。

第 七 十 四 回

小琴官独占花魁　美玉儿细谈根底

话说宝琴官等六人由京中来投五官,却好小儒、王兰亦在丛桂山庄。见琴官面若朝花,身如弱柳,觉眉宇间有一股秀色包含在内;徐龄官年齿与琴官仿佛,真是眼凝秋水,眉蹙春山,腮边两个微涡,不言自笑,生成的柔情媚态,令人相对心荡神驰。再见兰官、春官、松儿等三人,各有姣妙,不分轩轾。六人中惟玉儿年纪最小,另具一种憨稚之气,使人可爱可怜。小儒、王兰两人不约而同,一齐暗暗叫好道:"他们真不愧'六艳'之称！难得天生尤物,聚在一起！"

五官即问琴官道:"你们好好的在京中领班,也很下得去,因何约齐了,到南京来做甚么呢？"玉儿便插口道:"柳哥哥,你不知道我们那个怪物师傅进了京么？他来的时候,又想我们到他的班子里去,是我执意不行。谁知道他们记了仇恨,又团了一班人,叫做甚么'小福庆'。我最恨京里那些人,没有开过眼儿,说甚么'小福庆而今要压倒六艳堂了'。我听得怪怄气的,便撺掇着琴官等人前来投你柳哥哥。我想到处总可安身,难不成离了京中,我们就没有饭吃么？我最性急的,你柳哥哥可肯收留我们么？你道一句儿,我听着好散心。"大众见玉儿说得爽快有趣,不禁都笑了起来。

琴官忙止住玉儿道:"随便甚么话你总要插嘴,只图你说得快活,可知柳哥哥还没有懂呢！"遂将始末根由及他们出京的来意细细对五官道了一遍。玉儿又在旁拍手道:"可不是呢！我也这么说呀,不过你说的婉转些,也没有甚么别的话儿。"五官听琴官说完,沉吟了半晌,遂笑对小儒道:"我们这园子里空屋甚多,不如将他们留下,再团几个人,做个内班。嗣后各府里有了喜庆事,就可不到外边叫班子去。你看可使得么？"

王兰不待小儒开口,即先自叫好道:"很使得！你没有说着,我就想到这里,连他们的住处我多想下了,最好在夺艳楼,那里地方又宽大,又离着你与小癯的住处相近。班子里该添置甚么行头、甚么脚色,你与小癯做主就是了。况且那'夺艳楼'三字正合'六艳堂'的名目,以寓他们初到南京,

第七十四回　小琴官独占花魁　美玉儿细谈根底

这'六艳'即为我辈所'夺'。"

小儒听说,亦点首道:"他们由远路而来投奔五官,焉有不留之理? 至于配搭脚色,须要斟酌。若似外面班子里,不论老少,只图人多,倒反没趣。不如每行只要两人,预备唱戏的时候替换着演扮,不吃力罢咧。虽说配搭的脚色赶不上他们六人,亦要不差甚么。好在我们留着自家唱的,也不到外边去,就是缺一两行脚色,配搭不上,亦不妨的。"王兰道:"小儒却想得到。总之,交代五官同小癙去办,他们看得上的人,都可配搭。"

龄官听了,忙道:"我们来的不止六个人呢,一共约有二十余人,和我们总差不多的年岁。出京之时本约定,到了南京,如可安身,仍在一起,否则他们亦有去处的。要说脚色,有了他们,也不少甚么了。"王兰道:"既是你们同来有这许多人,分外好了。我叫人打扫夺艳楼上下房屋去,你们今儿即可搬了过来。"玉儿听得此地肯留下他们,又打扫园子里,让他们居住,先喜的手舞足蹈起来,回身笑向龄官道:"起先我进来,就爱这园子里的房屋,怪曲折的,即想到,我们住在这里就好了! 偏生留下我们来,这么一座园子,也很够我们逛了!"龄官亦笑道:"你别要兴头过分了,又要惹琴官说你好多话。况且园子里太太们时常要下来的,那里容得你我乱走?"玉儿听了脸一红,道:"你说的甚么话? 难道有了琴官儿,不许我开口么?"小儒笑道:"玉儿不须性急,明天我吩咐他们,不到园子里来,让你多逛这么几日,可好?"又叫摆了酒饭,款待琴官等人。小儒、王兰也在这里吃了。

饭罢,琴官等起身作辞。小儒即派了几名家丁,同琴官等人到船上去发行李、箱笼各物。即便匆匆的回后,说与方夫人等知道。内里众人闻得自家园里有了班子,莫不喜欢。到了傍晚,琴官等已至,又领着那二十多个孩子过来,见小儒、王兰请安。小儒细看人众,皆是妖冶动怜,甚为喜悦。即叫五官同了他们到夺艳楼去安置。琴官等六人在楼上居住,其余孩子们多居于楼下。小儒又拨了两名家丁过来领班,"如有需用甚么物件,你们到上头领价下来添置。每月班子里的月费,亦照数去领。我知照奶奶那边,添上这一款儿就是了。"

安排已定,回到后面。兰姑正陪着方夫人在房内闲话,见了小儒进来,即问道:"闻得班子的人总来了? 我们过一天须要唱回戏,看看到底快慢怎么好法。据你所说,较之平时传进来的班子高着多呢!"小儒笑道:

"你们忙甚么？既留下他们来，原是唱戏的。这几日他们初来，多少物件尚未安置得定。我已想到出月初旬叫他们来唱一回戏，我做东道，请你和太太，可好么？你们早早的备下赏钱罢。"

小儒又问道："二郎那边送些甚么物件，你们查点出来，我好打发来人回去。"兰姑道："昨儿我和太太已预备了礼物，无非是送他家哥儿的东西。"遂吩咐媚奴将开的礼单取来，送与小儒过目。小儒接过来看了一遍，自去写就书函，一致伯青，一致二郎。又重赏了来人的路费，打发他次日一早动身。

过了一日，梅仙从祝府回来，赶着过去与琴官人等相见。即说到桂仙身上。梅仙道："他也算个人么？我们在京的时候，同伙中也没有人理他，因他相与的总是一班没行止的人。后来不知那里冒出一个瞎乌珠的部曹官儿，代他赎了身去。据闻闹的丑声远近皆知。如今他也浪充起正经人来，可别叫我笑话罢！"玉儿听说，鼓掌大笑道："我的哥，偏生今儿才会见你！我若早知道那小忘八的底细，还容他在京中立脚么？虽然，我今儿听见你说了，也觉得心内快活些。"梅仙又问京中近日的光景。从此梅仙、五官两人早晚总在这边，帮同琴官等人安排一切。

隔了数日，小儒即叫进他们来唱了两天戏。谁知这六艳堂声名播传出去，本地绅缙人等皆备帖过来相借。小儒回不过的处在，只得叫他们去敷衍一番。人人称赞，处处叫好，多说诸人中惟琴官为最。琴官本来为人和平，虽不愿意的所在，他总可勉强酬应。其次即推龄官圆融。只有玉儿，见他生性骄傲，稍有不合，当面就叫人过去。人又恨他又爱他，纵然玉儿在喜悦之时，人总不敢去和他十分亲近，是以愈显得琴官好了；加以色、技双佳，人竟以"小花魁"呼之。外面一传十、十传百的，甚至"宝琴官"三字无人知晓，提及"小花魁"，没有人不知道的。后来借班子的人家愈借愈多，小儒厌烦起来，爽性一家不借，推道他们有病，不好出外唱戏。人家见小儒不肯，也就罢了。暇时，小儒和王兰来到夺艳楼上，或央琴官清弹，或叫龄官演唱，渐渐将思念红雯的心肠冷淡下来。

光阴迅速，转瞬腊尽春回，正是二月春和时节。一日，小儒饭罢，信步往夺艳楼来寻琴官闲话。走进院门，见那班孩子们在台基上踢球。见了小儒进来，一齐走过请安，又争着入内报信。小儒忙止住道："你们只顾踢

第七十四回　小琴官独占花魁　美玉儿细谈根底

球玩耍,我到楼上看琴官儿去。"有个孩子道:"琴官、龄官、玉儿多在楼上,王大人也在里面呢。"

小儒点点头,举步进内。只见王兰和春官在明间里对坐下棋,兰官、松儿均伏在桌上观阵。松儿指着一块道:"这块棋腹背受敌,怕的不能活呢!王大人要仔细。"小儒笑着走近道:"你们倒好乐呀!"兰官回头见是小儒,忙同松儿站过一旁。春官亦立起身来。小儒道:"你们不要动,我上楼去一走,少停也来和你们著一盘儿。"又对王兰道:"我在各处寻你不着,那知你躲在这里!"王兰正拈着棋子在手沉吟,便道:"你先上楼去,我就来。今儿我也没有见过琴官的面,据他们说,在上面有事呢,不许人去瞧他,因此我才没有上去的。"小儒听说,转身上了扶梯。

到得楼中,静悄悄的,一点声息俱无。琴官的房门掩着。小儒只道他午睡,方欲举手推门,忽见窗棂内凑出一缕烟,并非兰麝,却是旃檀香气。小儒甚为诧异,即蹑着脚轻轻走到窗外,隔着碧纱向内一望,见琴官端然拱立在桌前,桌上明晃晃的点了一对绛蜡,炉内焚着檀香,当中供了一件东西——是红纸叠成的,上面隐隐有字迹;又见他倒身下拜,口内低低的祷告。小儒将耳朵贴在窗上,也听不明白。暗忖道:"这孩子做些甚么鬼鬼祟祟的事?看他这般恭敬模样,又不是件儿戏的事故。"琴官拜祷已毕,起身在旁边取出一包纸钱,在地下焚了;又长长叹了一声,纷纷泪下。

小儒看到此处,分外不解,忍不住咳嗽了一声,推门而进。琴官正站在桌前伤心,猛听得有人进来,很吓了一跳,急忙将供在桌上的东西收起,揣入怀内。正待发作来人,抬头见是小儒,不禁脸一红,将点的蜡烛吹熄,又将香炉推过一旁,勉强笑着向前,意在请安。被小儒一把挽住,道:"日前已经说明,我们天天要见面的,切勿拘于形迹,反教我们不好常到你这边来。"说着,便拉着琴官坐下,道:"我来了好半会儿,见你焚香点烛的在桌前拜祷,未便惊动。究竟你做甚么?"琴官道:"我日前许下一愿,趁今儿无事,还了愿心,免得记挂着。"小儒笑道:"你不要骗我!那见酬愿心的焚化纸钱?多分你在这里祭祀。为人在世,慎终追远,却是正务,何须瞒人呢?"琴官听说,方知适才的行为全被小儒看见,料想隐藏不过,未曾开口,先叹了口气,道:"我也是好人家子弟,那里好意做这唱戏的买卖?亦系出于无奈。人家子孙替祖争荣,想父母在泉下何等风光!我们而今干了这下贱事业，可知祖宗不是下贱的，怎好忘了父母生身养育之恩？不过凭着这一点诚心，聊申孝意。"琴官说到此处，不由得又流下泪来，道："我提起来，即要伤心，别要说罢。我的心事惟有龄官与玉儿他两人知道。龄官今日身子有些不爽，还睡着呢。你停一日问他们去就明白了。"

小儒见琴官颜色惨伤，不便再问，难得有龄官等可询，终久总要知道的，何必惹他悲苦？便用别话岔开。又坐了会，见他终觉懒懒的，遂起身道："龄官既然身体不爽，也该请个医家来诊治。我看看他去。"琴官送到门外，被小儒再三止住，方回房去。小儒即向后楼来看龄官。

刚走到明间里，听得房内有人说话。探身一望，见龄官倚在床上，下身搭着一条大红锦被。玉儿光着头，坐在床沿上，代龄官拍打着两腿，上身穿了银红薄棉短袄，下罩水绿底衣，却散着裤脚儿，足下趿着一双鹅黄三镶满堆云履，越觉得眉目如画，令人可爱。口内喊喊喳喳的，与龄官说话。

龄官面朝外睡，见房外人影一晃，即推玉儿说："你看谁来了？多分又是松儿，想吓着你玩呢！"玉儿忙跳下床沿，走出来，见是小儒，笑道："陈大人来了。因何轻悄悄的走来，听我们说话？幸而没有说出你们甚么来。"小儒笑着走进，道："我因玉儿素来嘴坏，怕的背后议论我们长短，特地来听着的；偏生又被你看见了！"龄官亦一翻身坐起，意在下床。小儒急上前按住，道："闻得你身子不爽，别要起来凉着，倒是睡着说话很好的。"龄官笑着告了罪，仍然躺下。小儒亲自代他盖上了被，即一蹲身在玉儿的地方坐下。早有跟龄官的人送上茶来。

小儒即问龄官有何不爽。龄官道："昨晚脱去大衣，在楼口与玉儿多站了一刻，似觉得身上寒噤起来。今早两腿酸痛，四肢无力。想是受了点风。适才有累玉儿代我拍打了一回，觉得松快了些。"小儒道："现在天气虽日渐温和，究竟是春初的时候，或寒或暖，最宜保重；何况你们身体生来柔弱，又初到南方，水土向没有服得惯，更易生病。你可要医家来诊看？我吩咐人请去。"龄官忙摇手道："我最怕吃那苦水儿，准备多饿这么两顿，明天自会好的。"小儒又笑向玉儿道："你不要光着头闹玩意儿，若凉了脑袋，停刻就要嚷头痛了。"玉儿笑道："我倒不妨，不比龄官儿，粉嫩似的身子，风儿雨儿多受不起半点儿。我在北边，成日的冻着，也不觉得。"

第七十四回　小琴官独占花魁　美玉儿细谈根底

　　小儒与龄官闲话了半回,即问起琴官将才的事故:"他说问你和玉儿,总知道的。他有甚么心愿,如此瞒人?"玉儿听了,说道:"说也话长。他这桩心愿从未给人说过,蒙他看得起我与龄官,将前后隐情曾对我们细说。琴官自幼即没了父母,只有兄嫂与他生母马氏在堂。他父亲在世,亦是读书未成,在本地一个大家训蒙过活。马氏本是大家使婢出身,因他父母彼时尚未有子,与他作妾。谁知进了门,他嫡母即生了他哥子。后来生下琴官,才及周岁,老夫妇相继而亡。不料狠心哥子妒忌他的生母,在家终朝打骂。马氏吃苦不过,在他父亲灵前大哭一场,抛了琴官,另行改嫁。琴官还亏他嫂嫂抚养到十岁,哥子即将他卖入班子里。日久,闻得他生母已故,只有当日他父亲讨马氏回来时,有封庚帖尚在琴官身边,紧紧收着。每每的背着人取出哭拜一番,如见他生母一般。逢到时节,他即早一日斋戒沐浴,焚香点烛的祭奠,连我们都不去看他。这件事他最秘密的,今儿相巧被你瞧见,不能隐瞒,才肯叫问我们的。"

　　小儒听说,连连点头道:"这么说起来,琴官尚是个孝子,却也可敬!何妨立个木主,与这封庚帖供奉在一处,亦可早晚点一炷香儿,倒不好么?"玉儿又道:"他在班子里唱戏,今东明西,那有定所?立了木主,反觉得累赘。不如一封庚帖,便于取藏。而今到了园子里,又是人家的房屋,更不便立木主了。"小儒道:"那倒无碍。明儿你对他说,叫他请个木主,就供在楼上,我最不忌讳这些事。况且他既有如此孝心,益发要成全他的才是。"

　　龄官在床上亦点首道:"玉儿,你将陈大人这番美意告诉了他,让琴官好欢喜着,免得逢时过节的一回哭,一回笑。"玉儿即跳起身道:"我就告诉他去!"龄官道:"你忙甚么?我要茶吃,好兄弟,给一盏儿与我罢!"玉儿也不给龄官,竟匆匆的向前楼去了。龄官恨道:"这孩子没良心!他有了病,我日夜的服侍他,不离床前半步。今儿他连茶都不肯给我吃!"说着,即便掀开被,欲自己起来。小儒道:"你睡着罢。"便在桌上倒了一盏茶,送到床前。龄官忙欠身接过,笑着瞅了小儒一眼,道:"别要把我折煞了!现在我病病痛痛的。"

　　小儒笑道:"这又算甚么呢?"将茶杯接过,仍放在桌上。转身见龄官上身只穿着薄棉鹦哥绿紧身小袄,外罩珍珠皮玄色比甲,腰内束了一条淡红色绦儿,下穿月白底衣;脸上略略黄瘦了一层,加以眉黛微颦,眼波斜溜,分外姣楚可人。小儒看到情浓,不觉神驰道:"你身上薄薄的两件衣裳,又不盖被,若再凉着,更外难受。"便代龄官将被往上提了一提,又握住他双手道:"你手尖儿多冻冰了,还要挣扎着起来!晚间须要多盖着一层,出身汗就好了。"龄官见小儒握住他双手,又低声悄语的和他说话,不禁脸晕红潮,回眸一笑,忙撒脱了小儒的手,便道:"若被玉儿那促狭小蹄子看见,又要说多少话儿。"小儒听说,反不好意思起来,亦随着龄官笑了一笑。

正欲起身,早见王兰和琴官等人都走了进来。琴官即至小儒面前道:"将才闻玉儿所说,心感不尽,只好容图后报罢。"说着,眼圈儿一红,意在下拜。小儒忙双手挽住道:"你休得如此,使人不安。难得你一片孝思,诚为可敬。明儿你即立起木主,好待早晚侍奉,以尽你报答之心。"王兰听了茫然不解,便拉住玉儿追问原由。玉儿细说了一遍。此时连兰官等人都知道了。王兰亦点头称赞不已,又问了龄官的身体。

大众正欲坐下,见家丁上楼来回道:"适才打听得云大人奉了恩旨起用,前赴浙江沿海一带察看塘工,不日即至南京。"小儒听了,笑向王兰道:"在田今番来得甚巧,又有一场团聚,也好教他瞻仰瞻仰我们六艳堂的人。"王兰闻说,亦欣喜异常,便拉了小儒匆匆的下楼,去寻五官、梅仙两人说知此事。

未知云从龙此番重到南京有何事故,且看下回分解。

第 七 十 五 回

云制军奉命再巡工　冯太守贪功重黜职

却说云从龙自请假回了河南,早届一年期满。在从龙的意见,仍欲续假一年,携眷到南京来,与小儒等人畅聚一番。谁料浙省沿海一带塘工,当春潮之时,甚为吃紧。本地督、抚连忙飞章入奏,请旨兴修,以防秋汛,恐临时更难措手。李文俊闻知此事,即奏请"起用云从龙,前赴浙省一带巡看塘工,便宜行事。况上次漕河溃涨,自云从龙督工修理之后,至今永庆安澜,毫无水患。不如仍派该督前往浙江督办沿海塘工,俟告竣后再行来京。"内廷见了此折,甚以为然。恰值从龙假期已满,即降恩旨:"着云从龙速赴浙省办理。"一日,从龙奉到廷寄,不敢急缓,即忙收拾行装,带了婉容、小凤等人先向南京,将家小安顿,再往浙江。

此时云从龙是奉命巡工大员,沿途各地方官迎送不绝,所以南京久经得了消息。在路非止一天,今日已抵南京。合城文武诸官皆出郭十里,远远迎接。座船泊了码头,从龙即与婉容、小凤坐轿直奔新宅子里来。随后众家丁等人亦押着行装进城。到了园门,小儒等接进从龙,彼此见面,各道契阔。王兰即赶着将琴官等人来此的话说了一遍。从龙听说,亦甚欣然。早有五官带着琴官等六人与二十多个孩子,前来与从龙请安。从龙见了,赞不绝口,笑向众人道:"我离此一年有余,你们园子里如此兴旺,真使满园的花柳增妍。可恨我今番不能过于耽延,即要赴浙,未免令人惆怅!事毕,又要入都陛见,不知可能再到南京?尚幸在此犹有数日羁绊,我竟要狠狠的乐这么两日,何可使你们独占群芳,令春光笑我?"王兰听了,拍掌大笑道:"在田真是解人!明日我即备东道,先行请你。"小儒笑道:"者香又忙起来了!明日在田还要答拜合城各官,没有空儿。不如后日为始,我们轮流代他洗尘,以十日为度。料想也不致误了他的行期。"从龙点头称善。

里面方夫人等亦接进婉容、小凤,见礼入座,细谈别后情形。说到红雯身故,婉容、小凤亦大为伤感。洛珠即叫奶娘带了宝书前来拜见。小凤忙用手接抱过来,摩抚了一回道:"哥儿生得品相清奇,将来必成大器。红姨娘有子如此,可以瞑目无憾。"即在身畔取出两件小小金锭,做哥儿见面礼。婉容亦有所赠。方夫人笑着欠身道了谢,又吩咐将后进打扫出来,让婉容等安置行李、箱笼物件。内外忙忙碌碌,整闹了一日才算停当。绮红、文琴,早有绿莺等一干大丫头约了去说笑。

次日,从龙答拜文武各官,又亲到祝府谒见祝公。程婉容亦同了小凤到江素馨那边去了一趟。随后祝老夫人带着素馨同孙儿祝梦庚亲自过来答拜。方夫人即留下素馨盘桓数日。现在婉容所生之子取名云鹤,与各家一班小公子们差不多的年岁,皆个个生得英奇韶秀。

晚间小儒回后,与方夫人商量:"仍在留春馆前搭设戏台,中间用一重绣幔隔开,以便东边款待从龙,西边众位夫人——因班子里人少,分不开两处来唱。我们已约定十日内轮流作东,你们最好也备下公分,请了云太太罢。虽然云太太常住在这里,你们总要请他的。若另起炉灶,又费一番周折。"方夫人听了,亦甚以为是。即叫绿莺去请了兰姑过来,说知此事,"两边的酒席须要格外丰盛,再吩咐厨房里,十日后,统共拢儿上来领价。"兰姑答应,自去料理。陈府众家丁得了信,即忙着连夜将留春馆收拾停当,又去通知了领班的家丁。

来日早间,小儒即约了从龙过来。内里方夫人等亦邀着婉容、小凤到留春馆内。家丁们早摆开酒筵,东边一席是从龙首座,小儒、王兰、梅仙、五官相陪;西边两席是程婉容首席,方夫人、洪静仪、江素馨、沈兰姑相陪;次席是小凤首座,洛珠、巴氏、锦筝相陪。早见琴官、龄官上来给人众请安。先到了从龙面前,呈上戏目。从龙谦让了一回,点了一出;西边是玉儿在帘外请了安,将戏目呈进。

方夫人笑向婉容道:"玉儿这孩子今年才十四岁,戏唱的甚好。我们将他叫进来,问他爱唱的那两出戏,就点他去唱,倒不好么?"婉容听说,即吩咐叫玉儿进来。丫头们忙将帘子打起,玉儿抢步上前,又给众夫人请了安,垂手站立一旁。婉容看着玉儿,笑道:"这孩子却生得讨人喜欢,怪道陈太太夸奖他!你平时拿手的是甚么戏就唱甚么,我们不点了。"玉儿连连应答,侧身退出。

一时台上开了锣。今日琴官等人俱抖擞精神,各献所长,真乃响遏行

第七十五回　云制军奉命再巡工　冯太守贪功重黜职

云,香生舞袖。从龙等人见了无不喝彩。两边席上一齐放下赏来。琴官等赶忙上来谢了,复又接唱。晚来,两边正席上只点了数支绛蜡,却在左右十间内以及戏台口,全用白玻璃灯点起。那灯影回光照到席前,益发明如白昼。直至更鼓后方散,一连四五日。

这日,从龙道:"我们天天唱戏,甚属无趣。今儿叫他们在席前坐着弹唱,岂不另有风味?"小儒等亦称有理。即叫琴官、龄官、春官同一班大孩子们在东边,兰官、松儿、玉儿和一起小些的孩子们在西边,不用锣鼓,只用笙笛,一顺儿在席前坐下,众人吃着酒,听着他们弹唱。又赏下几桌酒来,就叫琴官等在外间内聚饮。

到了第十天,从龙强着复了一日东道。酒至半酣,将琴官等人叫上,每人赏了若干物件。席终,即吩咐随行众家丁各各料理,明日一早起身。小儒等亦因从龙钦限在身,不便深留。从龙回到后面,与婉容说知,明早登程。小凤已将应用各物检点齐全,方各自安睡。次日黎明,从龙即起身,与众人作辞,带着众家丁直至码头。早有在城诸官前来候送。从龙一一辞谢,上了船,即吩咐扬帆南下。

走了八九日工夫,这日已至浙省地界。此时冯二郎已由湖州调署杭州府知府——因他在湖州府任上声名甚好,适值杭府出缺,冷桓即详请二郎署理。闻得从龙已至,二郎也随着各官出城迎接。祝伯青亦考到杭州府属。从龙登岸,先去答拜抚军,然后即来相会。伯青、二郎晓得从龙总要来的,却早早在学院衙门等候。

彼此见了面,略叙寒暄,遂宽去大衣,邀入内宅,细谈别后衷曲。从龙即说到南京琴官等人。伯青道:"我前月接到者香来函,说及此事,他书中甚为夸赞。在田今番是目睹过了,究竟如何好法,不妨说给我与楚卿听着。"从龙笑道:"不愧者香来函称赞,那为首的琴官等六人果然无匹;即其余的一班孩子们,也各有好处。总之,琴官等六人,与小癯、五官两人比较起来,觉他两人不能专美于前,那六人亦不肯甘让于后。"

二郎不待从龙说完,即跺足道:"偏偏我与伯青才离了南京,他们即有此乐处,真令人可羡!可恨!伯青三年任满,回都复命,即可便道南京,一睹其盛。我在这浙省,不知那一年才能回去呢!"伯青笑道:"楚卿不用着急,我倒有个尽善的方法。闻得实任杭府不日可至,你仍要回湖州本任的。相巧在田奉命巡察塘工,你且暂缓回任,就托他奏请你随工效力。事毕,你总有升赏,那时趁便告他一年半载的假,回到南京,任凭你怎么乐去。"

二郎听了,喜欢异常,即起身对着伯青深深一揖,道:"多蒙指教,我那里还想甚么升赏?只要有个巧宗儿,让我回南京一趟就好了。"又回身,向从龙施礼道:"一切仰赖在田成全我,总感激着你们。"从龙笑着摇手道:"且缓,且缓。你虽说不求升赏,既然随了我去,俟工程告竣以后,总有一个大大的保举,何能独把你丢了?这么一来,你岂非公私两益?这般好事由儿却不能便宜了你,当着伯青说明,楚卿怎生谢我?"二郎即笑着立起来道:"卑府既蒙大人肯于提携,只求大人明示,卑府无不遵命。"从龙道:"伯青,你听听这样尖刁话儿,甚觉可恶!"伯青笑道:"本来在田不好,堂堂一位钦差大臣,怎么索起谢来?你既先开贿赂,即难怪楚卿和你尖刁。"三人说笑了一回,从龙便起身作辞。二郎亦回自己衙门。

次日,从龙去与抚军商量,拣选了几名熟习塘工的人员——即有二郎在内——连衔奏请随工差遣。又一面飞咨浙、闽督臣前来会办。恰好实任杭府到了,二郎忙着交代已毕,即另备公馆,安顿家眷。自己亦赶着料理行装,好随从龙赴工。不数日,奉到批折:"着如所请。"从龙遂会同抚军,择吉起程。带了随行各员,先由就近沿海一带塘工次第巡去。又派了各员分头察看,何处宜修,何处宜堵,俟禀复上来,再行核办。隔了一日,各员纷纷进呈条语,又绘了各要害地方的图本前来。此时督、抚诸臣均在工次,大家商议定了章程,即连衔具奏,并申报开工日期,及动拨各库帑银应用;又逐段派员雇募民夫,督工兴修。从龙亦往来工次,巡察诸人勤惰。

话分两头,单道二郎自派了工段,便开工办理。又审度地势高下修筑。每日不下上千名的民夫,各执所事,按部就班的去做。且沿海塘堤多半石工,又要传集工匠人等;况这么一场大工,随来各员无人不思从中捞摸,总设法的宽展时日。雇来的民夫,以少报多的开支上去,在所不免。

惟有二郎一人,恨不得立刻告成,既不负从龙重托,又可遂了自家的私愿。见同工各官如此懈玩,不禁焦躁起来,暗忖道:"他们的居心,惟愿办个三年五载,才遂他们的贪欲。我怎生忍耐得下去?不若我赶着办理,不由得他们也要随着我振作。"想定主见,便吩咐管工的多雇民夫,重加工

第七十五回　云制军奉命再巡工　冯太守贪功重黜职

价赏号，须要不分昼夜的趱赶。又自己冒着风雨，终日在工次巡察，见有怠缓的，即刻究责。真乃赏罚严明，丝毫不苟。

谁知小人们另具一副肝肠，他却不想，虽然日夜趱赶，较别段的工价双倍有余，而且又有赏号，只记恨着二郎，不容他们偷懒，即三三两两的在背后怨声不绝。又不敢不遵驱遣，惟有一味的只求速成，全不审地势松紧及工料坚固。管工的亦因二郎催的急促，也只好将就了事。二郎又于水利一事不甚了然。况此时存了个欲速的念头，见他们齐心追赶，指日工夫十成八九，心内好生欢喜。

这日，二郎早起，带了两名贴身家丁赴工巡视。到了傍午时候，忽然西北上远远起了一片乌云，转瞬漫延到面前，布散开来，隐住日色。旋又风声大作，天色分外昏黑，竟有欲雨之势。家丁上来，请回工所，以避风雨。二郎怒道："我若走开，这些民夫必然也去避雨，今日开工未完的地方被雨一淋，定见倒塌。你快去知照他们，在未雨之先，速速抢成，只要封了头，就不怕雨了。格外多加赏号！"

家丁见二郎发怒，不敢再回，即忙着去取雨具过来伺候。先吩咐管工的晓谕各夫知道。顷刻那风声愈急，雨亦随至，竟如瓢泼盆倾。可怜那些民夫人等，见二郎尚站在堤上，如何敢去避雨？只得直挺挺的在雨里挑筑。费了无限气力，挖起一方土来，未到堤前，早经淋尽。就是那新砌的石工，被这急雨一冲，亦东倒西歪。不禁人人齐声叫起苦来。二郎纵有雨具遮盖着，无如雨势甚猛，遍身皆湿。现在虽说是初夏天气，风雨沾身，十分寒冷，亦觉支持不住，再见堤下工匠人等被雨淋得如鬼魅相似，心内着实不忍。便叫家丁传话人众："暂且躲避片刻，一俟雨止，即行前来补做，不得误事！"说罢，带着两名家丁转身下堤去了。工匠等人听说，好似遇赦一般，齐齐胡哨了声，一哄而散。

二郎回了工所，换了衣服，进点饮食，早已黄昏时分。少停饭毕，张了灯，外边风雨越发狂大。二郎坐在窗前，呆呆的出神，听那空林怒吼，檐溜奔腾，竟有些害怕起来。又记挂着未完的工程，眼见得这一夜过来前功尽弃，尚不知这般大风大雨下到何时方止，引起满肚愁烦。又勉强坐了半刻，正欲去睡，陡然听得外边如天崩地塌的一声响亮。二郎很吃了一吓，霎时又听得四面人声鼎沸，情知工上出了事故。正待唤人出外探听，忽见管工的匆匆进来,回道:"夜来北风催着潮水,陡添四五尺高,将今日未完的工段冲开有十数丈宽,连邻段都震动得甚属可危。现在潮水多灌进堤内,附近居民纷纷逃避。各段大老爷们均到了工上,在那里督率民夫多方抢护。特来请示,如何办理?"二郎听完,直吓出一身冷汗,连连跺足道:"这却怎么了?偏偏此刻风雨大作下来,若再挨这么一会儿工夫,即可保住。这不是天老爷与我作对么!"外面早将报事的快马备了几匹伺候。二郎急带着众家丁,飞身上骑,直奔工次。

远远见堤上灯火密如星斗,抢护的工匠人等一片声呐喊。再听那水声潺湲,宛若江翻海沸,四野居民呼儿哭女,悲号甚惨。二郎在马上跺了一脚,自恨道:"多是我办理不妥,累了这些百姓,受此无辜之灾!又怎么对得起在田委任的一番美意?"即加上一鞭,到了堤前,慌忙下骑。早有毗连邻段的各员围拢上来,与二郎相见。有的和他商议,如何赶紧抢护;也有埋怨他不该贪功求速,致有今夜意外之变;又有妒忌他的,正遂了他们的心愿,却从旁冷一句热一句的,半讥半笑。

二郎此时亦无暇与众人分辩,忙走近冲开的地方一看,果然有十数丈宽阔,那堤外的水如滚银泻玉的一般,直流入堤内;又值长潮之际,水势分外凶猛。二郎见了,束手无策,叹了声道:"纵能抢筑起来,亦有应得之咎;何况这般滔滔水势,从那里下手?不如去与在田商酌,看他有何计较?不过拼着我这知府丢掉了罢,天就塌下半边来,也没有事!"遂叫家丁,仍带过坐马,亦不与众人说知,上了骑,即向从龙行辕而来。

此时天色已明,从龙在行辕久经闻报,很吃了一惊。闻二郎前来,即请入内里相见。会了面,便问:"现在情形若何?"二郎细细回了一遍。从龙听了,半响无言,道:"此番将你奏请随工效力,倒反负累你了!连我都有了处分,你的处分不问可知。所幸本省督、抚均因开工兴修告成尚需时日,俱各回衙门去了,我犹可代你弥缝一二。总之,碰你的运气罢!"二郎笑道:"在田直至今日,尚非真知我者!我前在淮安,即不以功名为念,难道目下我又换了个冯楚卿么?你切不可顾念私情,须凭公办理,不要惹外人说你与我旧交,袒护着我,背地计议出甚么长短来,那倒不是你累了我,却是我累你了!"从龙点头称是。即传话:"外面伺候。"赴工看视。二郎亦随着同行。

第七十五回　云制军奉命再巡工　冯太守贪功重黜职

　　不多一会到了工次,各员早来迎接。从龙下了轿,亲到堤上,见水势已平。一则因风雨皆住,二则潮信已退,不过暂时之水,非秋汛可比。从龙稍为放心,便吩咐:"各段夫匠且停挑筑,均来抢修这冲开的堤口。若待潮信重来,将下面脚根刷松,那就难于收拾。"自己亦坐在堤前监工。人众见从龙在此,无不踊跃争先,约有两个时辰,早将堤口堵闭,即是夜潮再至,亦可无碍。从龙复切实叮嘱一番,方回行辕。又将被水居民着地方官查明,妥为抚恤;此处工段,另派了随员前来接办;即将二郎撤去差委,然后行咨督、抚会衔参奏。

　　次日,二郎过来作辞,先回杭州,听候发落。隔了数日,从龙奉到谕旨:"据该督等奏参,本任湖州府知府冯宝贪功偾事,咎有应得,着即革职。姑念前在任所尚知操守,所以靡费堤工银两,加恩免其赔缴。至该督等自请议处一节,着毋庸议。"从龙即函知二郎。二郎得了信,即进来说知小黛,打点择日起身。小黛平时亦是心胸旷达的人,又闻得要回南京,仍与众夫人合住,也倒欢喜,忙着与穆氏料理行装一切,准备登程。此刻杭、湖两府的百姓闻知二郎罢官而去,莫不叹息。几个有头脸的绅耆,多约齐了前来相送。到了二郎临行这一日,俱齐集河干恭候。二郎与众人谦逊了一回,方登舟扬帆而去。

　　单说云从龙自参去了二郎,恐怕各员内再有疏虞,担当不起,遂派了两名诚实可靠的随员往来稽查,又亲自不时的赴工梭巡。各员皆知二郎与从龙至好,尚且执法参奏;又深悉从龙为人鲠介,毫不徇情,众人俱兢兢业业的小心办理。直至七月中旬,所有浙省沿海塘工全行告竣,陆续禀报上来。从龙均一秉至公,亲收工程;一面出奏普庆安澜;又将各员分别保奖;并所动用各项,造具清册,咨部查核。办理已毕,便起身到杭州来候旨。却好途次与伯青相遇。

　　伯青早知二郎误工被参的情由,笑向从龙道:"楚卿本意,原欲工成回南京一行,而今却遂了他的心愿。只未免罢官而回,令人难处;幸而他素昔名心尚淡,遥想倒没有甚么过不去的。"从龙亦笑道:"据你这么一说,我倒不是参了他,倒是成全了他!楚卿岂不要感激我么?窃恐他此时背后恨得我甚么儿似的呢!"两人谈说了一回,因均在途次,不便久停,彼此分别而去。从龙到了杭州,适值奏折已回,"保奖各员,悉如所请;本省督、抚诸臣俱各加三级，交部从优议叙。云从龙着来京陛见，另有恩旨。"从龙见了，即赶着收拾北上。暂且不提。

再表二郎一日已到南京，即叫众家丁仍押着行李等件直向绘芳园来，自己与小黛随后亦至。小儒、王兰早得了信，齐来迎接。里面方夫人等亦接进小黛，仍将旧住的一进宅子打扫出来，与小黛安顿。二郎与众人见过了礼，小儒等人先为抱屈，又安慰了一番。反是二郎谈笑自若，道："当日到淮安府任，即属意外之事。后来因事降改，我即想终身不出山了。谁知前日蒙李相荐举，又荷圣恩浩荡，不弃菲材，命守湖州。原欲在这数年中解组归田，恰值在田来办海堤工程，又是我情愿随他前往的，我就想由此乞退。那知一夜风雨，塘工崩裂，这是我自贻伊戚，与人何尤？况在田奏参，分所当然，安能以私废公？从此我抛去这微名，竟成闲云野鹤，任我邀游，又何必整日的在那名利场中混来混去，引人入俗？而且你们在南京朝欢暮乐，令人羡慕不已。我初闻在田所说，即想暂时归来，才遂心愿，而今竟如我所欲。不过弃去的是身外浮名，与我毫无损益，我冯楚卿仍是冯楚卿的本来面目。你们别以为我怨恨在田，我实在要感激在田呢！"王兰听了，先拍案叫好道："楚卿虽在名利场中走了一番，却未沾染着半点习气，真不愧我辈中人！"

二郎即扯了五官起身道："我们到夺艳楼去。我已闻名日久，今日既回了南京，倒要看看琴官们是何等样人，我才放心。"小儒、王兰亦同了前来。方走过红香院前，即顺风听得那一派笛韵悠扬，歌声溜亮，使人心醉。进了门，见一班孩子们都坐在阶上温习平时所唱的曲子，见人众走入，即忙起身迎出。五官便指着二郎道："这一位冯大老爷，就是我们常说那绰号美二郎的。"众孩子们闻说，都笑了笑，一齐过来向二郎请安。二郎一面拉住众人，又回头笑骂五官道："你这促狭鬼，时常的要打趣人！我这诨名还怕他们不晓得么？偏要你提盆点注的说出来！明日我也替你编个诨名儿叫叫，才快活呢！"五官笑道："你尽管编去，我决不像你多心怪意的！"彼此说笑着已至楼下。琴官等人亦得了信，赶着同下楼来，与二郎相见。二郎看着人众，惟有点头称赞而已。王兰道："明儿我做东道，请你看戏。你此时见了他们就赞好不绝，再见他们做戏，你还要赞不绝口呢！"原来日前小儒和王兰商议，就在楼下假山前面砌造了一座戏台，以便平时宴会；如

第七十五回　云制军奉命再巡工　冯太守贪功重黜职

有喜庆等事，或女眷们要唱戏，再向里边搭台。

次日，王兰即吩咐摆了酒席，代二郎洗尘。众人均坐在楼口，正对戏台，果然看得十分明白。少顷，开了锣，每逢一人登台，二郎即叫好一次，又将浙省带来的绸缎分赏琴官等人。直至更鼓方散。接着小儒、梅仙、五官轮流请了二郎。内里众夫人亦备了戏酒，替小黛接风。忙忙碌碌，早至中秋节下，琐碎烦文，毋庸细述。

这日，二郎早起，信步来寻五官闲话；又欲折几枝丹桂回去插瓶赏玩。到了丛桂山庄，见跟五官的小童上来道："五爷同金大爷到琴官儿那里去了。"二郎即掉转身向夺艳楼来。走进院门，只见玉儿和一班孩子们在院落内捉迷藏玩耍。恰值玉儿当场，见他用一方大红汗巾扎在脸上，东西两边乱摸。那些孩子们或前或后的藏躲。猛抬头，见二郎走进，人众正欲上前招呼，二郎忙摇手止住，看玉儿这般形像，不觉好笑。玉儿听得身旁有人笑着，即顺手一把扯住，除下汗巾，见是二郎，不禁笑了起来，道："怎么你也到这里来？今儿我真晦气，倒当了好几次场了！难得将你抓住，谁叫你来的？你替我当场罢！"遂不由二郎分说，将汗巾代二郎把双眼扎好，在背后推了一下，道："你好好的摸去，别要碰到柱子上，砸起老大疙瘩来，我却不管！"说着，自己亦躲了开去。那些孩子们见二郎当场，都笑个不了。二郎站在院落中，笑道："这个买卖倒有二十年不干了，今儿待我试试看！"又叫着玉儿问道："你可在场么？别要你躲开了，使我摸不着！"玉儿道："我怎么不在场？你摸就是了！"二郎听得玉儿在一旁说话，即抢步上前来抓他，慌得玉儿跳了开去。那些孩子们为忙着躲避不迭，分外笑声不止。此时梅仙、五官同着琴官等人亦伏在楼口观看，见二郎在院中乱跑乱摸，均大笑起来。

正喧闹之际，小儒、王兰亦走了进来。小儒笑道："楚卿，你怎么好同一班小孩子们在这里混闹？可不是笑话么？"二郎趁势两手将小儒、王兰抓住道："摸着两个了！"即用手解下汗巾，撂与玉儿道："随便你叫他们那个当场去，我也不管了。"便一径走入楼下，坐着喘息。小儒、王兰同那些孩子们也笑着入内。梅仙等人亦下楼来。五官笑向二郎道："我却不知道，你还有这般好手段！停刻我同小癯和你三个人捉迷藏去。"二郎摇头道："饶了我罢！我不过摸了两转，你听着我倒喘不了，若再去摸一会儿，可不要躺下来摸么?"引得小儒等人复又大笑。

　　只见家丁取着一封书子进来,回道:"江西二老爷那里有人来了。"说着,将封函呈上。小儒接过,见是仁寿的笔迹,连忙拆开观看。

　　未知陈仁寿来书有何话说,且看下回分解。

第 七 十 六 回

祝伯青典试赴洪都　江子骞陈情归白下

却说陈小儒正和王兰等人在夺艳楼下谈笑。见家丁送进一封书子,说是陈仁寿寄来的。忙拆开细看,前面叙说在江西巡抚任上的情由,并月前玉梅生了一子,取名宝文。后面又说到祝伯青现在放了江西正考官,江汉槎业经告了终养,已蒙恩准。本意前月就要回来,因伯青亦欲于场后请假回籍省亲,所以约了汉槎,等他结伴同行。小儒见仁寿得子,甚为喜欢。又见伯青、汉槎不日都要回转南京,便笑嘻嘻的将来函递与王兰等人观看。惟有五官分外得意,即笑向琴官道:"祝大人也要回来了。每次对你们说,我生平知己,只有伯青一人。妙在他处处能体贴出人家的甘苦。别说我过于谬赞了他,待你们见了面,那时就知道了。"琴官等人不独屡屡听得五官称说伯青,他们也晓得梅仙、五官两人皆多亏伯青提拔出了火坑,亦恨不得暂时一见,"可想那姓祝的不知怎么一个温存性儿,能使五官念念不忘。"听得他们指日即可回来,众人亦觉欣然。小儒即袖了仁寿来函,匆匆向后说知方夫人等。晚来,众位夫人亦得了消息,都欢喜非常。暂且不提南京的话。

单说祝伯青浙省学差三年任满,等新任到了,交代已毕,便打点入京复命。正逢今秋宾兴之年,即放了江西正考官,并着毋庸来京,即由浙省驰赴江西,又加恩转升了大理寺正卿。伯青忙着专折谢恩,遂赶紧起程。到半路上,待京中副考官到了,一同前往。

适值江汉槎在臬司任上已托了陈仁寿,代他奏请开缺回籍养亲。因江老夫人年高衰迈,又不服江西的水土,不时要生病。汉槎甚为忧心,遂决意请告终养。起先江老夫人并不准汉槎开缺,经汉槎再三婉禀道:"当日儿子在山东任上回来,即不思再出,惟愿奉侍二亲,承欢朝夕,稍尽了为子之职。后来父亲去世,母亲又切实训勉,当以致身于君为重,亦因母亲肯随任奉养。现在身体又时常不适,使为子之心如何能安?恐顾此失彼,反负圣恩。总要求母亲成全。"琼珍小姐亦从旁竭力劝谏,江老夫人方才答应。汉槎见老母允许,喜悦非常,即忙着来见仁寿,请他赶紧派员接署,好让他早为回籍。仁寿一面出折奏请简放实缺,一面派员前来署理。

汉槎交卸了臬篆,正欲料理行装登程,相巧伯青已至,闻得汉槎告了终养,不免打动了自己思亲之念:"虽然父母在堂,康强无恙,究竟膝下只生我一人,终觉甘旨有缺。不如待秋闱考毕,趁此机会请假一年,回籍省亲。"便来与汉槎商量,又约他一同起身。汉槎不便推却,只得另赁了公馆住下,又将此事禀明了母亲。江老夫人亦叫汉槎等待伯青同行的为是。所有闱中应办事情,不须细赘。

伯青出了场,即专折入京。又搬了过去,与汉槎居住。一日,奉到谕旨,恩准给假一年,回籍省亲,俟期满再行来京供职。伯青见了,遂与汉槎商议,择期起身。陈仁寿即请了他们过去,摆酒钱行,又留着盘桓了几日。汉槎叫人去雇下两号大船,一只是江老夫人与琼珍小姐乘坐,一只是自己与伯青乘坐,其余十数只小船安顿随行家丁、仆妇及箱笼物件。这日早间,仁寿亲自前来走送。大小文武闻得抚军出外,多赶着过来伺候。伯青、汉槎再三辞止。待仁寿回了城,始扬帆开行。

此番是衣锦荣归,在路毫无耽搁。将到南京,汉槎便差了一名家丁先行回去打扫住宅。今日已抵码头,汉槎即迎请江老夫人并家小人等进城。伯青亦回自己府第。祝安忙率领府内众家丁在大门外迎接。伯青下了轿,直向上房来见父母请安。祝公因伯青远路回来,略问了几句,便命他回房歇息。素馨小姐早在堂前相待。梦庚今年已八岁了,六岁上祝公即请了一位西席,在府内教读。梦庚读书甚为聪敏,祝公爱惜孙儿如同至宝。此时在书馆内,得知父亲回来,赶着进内,上来见伯青请安。伯青见梦庚业已长成,又彬彬知礼,回忆临行之时甫离怀抱。即将梦庚叫到面前,问他近来所读之书,梦庚朗朗的回答,伯青心内甚为欢喜。便起身换了便衣,夫妻细谈别后各事。用过晚膳,早为安息。

次早,即去见小儒等人。随后汉槎亦到,彼此相见,各叙离衷。二郎道:"我料定你们也该回来了。久在外面做官,有甚么好处?我们旧日的一班人,而今聚在一起,真乃难得之事!只少在田一人,想他此番陛见之后仍要出来,惟恐他放得别的省份去,急切就难聚会。里面诸位太太们倒是一人不少,较之当日,只可惜畹——"二郎说到此处,自知失言,连忙

第七十六回　祝伯青典试赴洪都　江子骞陈情归白下

住口。

伯青早已听得，"分明二郎说的是只可惜畹秀没了，他怕我伤心，故而不说。"不禁触起前情，眼眶儿一红，回头向王兰道："前年我在浙江，蒙你寄到甘老代畹秀作的序文与一班名下诸君的题咏，我当即刊刻，分送各处。又在浙江、江西两处托人题了若干诗词，共续成四卷，取名《阐贞集》，不知这名目可还用得？在我的愚见，诸人所咏，无非表述畹秀生前及死后的奇异，故以'阐贞'二字包括；况又盘先生的序文后面曾有'阐幽贞于地下，香到梅花'这么一句。"小儒、王兰一齐点首称善。五官在旁忙问道："我做的那两首诗，都刻上去没有？"伯青笑道："别人的都刻上，偏生将你的丢下，是甚么意思？而且你那两首诗做的很好。"小儒笑拍着五官的肩头道："从此你这诗翁的名声，连江、浙两省地方多晓得了，必然有人不远千里而来，和你求诗求画呢。"五官笑了笑，即起身到夺艳楼，将琴官等人领着，来见江、祝两人请安。伯青见了，大为痛赞。惟于琴官、玉儿格外赏识。小儒又留住他两人，吃了午饭，方各回府第。次日，小儒等人自然备下戏酒，代伯青、汉槎接风。众位夫人亦请了琼珍小姐过来，宴会了数日。

一日，汉槎来寻小儒等人闲话，即说到自己的府第，"房主要来收赎，欲想买他的，他又所求甚奢。我倒想搬过来，与你们同住，家母却执意不行。日内已叫人四处寻觅房屋，总不甚合式。"梅仙听了，即接口道："我们这园子后身倒有两个宅子，一共有二十多进，就是那王义的。因近年失修，坏败不堪，他又无力修理。前日我闻得人说，他急于求售，又没有那么个大主儿来受。不如你同伯青商议，合买下来居住，再开个耳门，通到这边园子里，即可朝夕相聚。岂不好么？"汉槎闻说，连连称好道："我同伯青商酌去，他若不愿意合买，我定见是要的！"便起身作辞，一径来会伯青。

说知此事，伯青亦甚愿意，即扯了汉槎去见祝公，禀明原委。祝公也到过绘芳园两次，大为夸奖园子里的景致幽雅，此刻听说可以与绘芳园通连，颇为高兴，道："横竖这边住着与那边住着同是一般的，这所房屋亦可与人家，还怕抵不上那边的价目么？而且又与子骞合住，倒也相宜，他们暮年姑嫂，亦可常时相会。子骞回去，请问令堂的行止，我这里没有不行的。"伯青见父母允许，欢喜非凡，也同了汉槎至江老夫人前说了一遍。江老夫人闻得与祝府同居，甚为欣然，道："你兄弟们做主就是了。须要屋宇宽敞曲折,若是本来的低小,即重行砌造,不可惜费银钱。那般碍眉碰鼻的屋子,我却不愿购。"汉槎连声答应,遂邀了伯青出外,吩咐人去请梅仙过来,托他与房主说明原价,即可开工兴造。又叫他同五官两人监工,"应用的款项,到我和伯青那边去领。"伯青亦重托了梅仙办理。来日梅仙与王义一说便行,当即兑付房价。收过房屋,唤了瓦木匠头前来,看何处宜修,何处宜造;又绘了图式,送与伯青、汉槎观看,便择吉开工。

到了开工这一日,伯青、汉槎俱吉服到此,破土行香,即看定地势,先在红香院东首开了一道耳门相通,以便梅仙、五官早晚监察工匠等人。小儒、王兰亦不时过来指点。好在是现成的房屋,不过修理改造,约有两月工夫,早已焕然一新。仍分作两个宅子,外面新砌成两座八字门墙,前后共五进正宅,内里总有门可通,直至后面;亦造了小小一座花园,当中用红竹夹成隔离,两边一排儿尽是垂杨。竹篱中间有一重六角门,上面题着"绿杨宜作两家春"。又在篱前铺成白矾石马脊甬道,即通着这耳门出入。两边园内均有亭有台,地方虽然狭小,倒还幽致。小儒亦在这园子里耳门前盖了一所屋宇,拨两名家丁在内,专司这耳门启闭之责。江、祝两府皆择定三日后迁移。小儒等人早送过戏酒,预备本日应用。

这日清晨,江老夫人、祝公夫妇带着合府内外人等吉时进宅。先一日,即将各色物件全行发过。此刻两处府内皆张灯结彩,十分热闹。小儒、王兰、二郎均过来道喜。合城官绅等人得了信,亦要前来。各处照料,仍是梅仙、五官两人。小儒又在外面传了一起班子来,在六艳堂内,好两边府内一齐开锣演唱。众位夫人亦早早的过来。内外直至三更始散。次日,又补请亲友,均是小儒等人相陪。一连三日,方才清楚。方夫人又请过江、祝二位老夫人来,逛了一天园子。由此各家不过隔一道耳门,朝夕往来,甚为亲密。

这日小儒早起,意在到伯青那边去。方走过红香院前,见龄官坐在一丛芙蓉花前石凳上痴痴出神。小儒走近道:"你清早在这露地上坐着,想甚么呢?"龄官抬头见是小儒,便笑吟吟将身子向旁边挪了一挪,道:"你坐下来,我正有件事和你商量。"小儒亦笑着坐下。龄官道:"适才我与玉儿一同来看这芙蓉花的,他到祝大人那边去了,我懒得过去,在此坐一会儿。正欲寻你去说话,恰好你又来了,可不是怪巧的!前日五官代我画了一个

第七十六回　祝伯青典试赴洪都　江子骞陈情归白下

小照,琴官儿他们见了,总说很相像的。他们也高兴,请他画了。又说甚么'我们六个人,皆画在一块纸上'。我也没有理他们,特地来问你声,还是单画的好?还是画在一起的好?别要将我画成的脸糟掉了。"小儒见龄官语言宛转,眉目含情,不由得心内又动了一动,笑道:"自然是合画的好。一则人多,画上去倒不热闹些?再则也见得你们义气。如果你定要单画一轴儿,也使得,就是一个人,没甚情趣;将我画在一旁陪伴着你,免得你寂寞。可好么?"龄官抿着嘴笑道:"你说的可稀奇!我要你陪伴甚么呢?你同你们太太、姨太太画在一起才合宜呢。"小儒摇头道:"我最怕画在一起。上年画了一轴,至今我总没有叫挂着。"又挨近身,低低的笑道:"我想和你画在一起,不是一般的么?"龄官听说,脸一红,斜溜了小儒一眼,双手推开小儒,故作怒容道:"别叫我清早的时候啐着你罢!人家好意请问着你,却惹出你这些混话来!下次你再和我说这些混话,可是不依的!"说着,便在小儒腿上使劲的拧了一把,又"扑嗤"的一声笑了起来。

小儒自前番去看龄官的病以后,却深爱他姣媚可人,在六人之中另眼相待;龄官亦知小儒待他甚厚,即有心日后依栖小儒,可以得所,今日故意的生气,试探小儒性格。此时小儒不觉心荡神驰,携住龄官的手笑道:"你好意思认真啐我么?我这个腿上被你拧了这一下儿,现在尚怪痛的。我恨不得也要拧你一把,不过你同我生气罢咧!"便伸手故意来拧他的腿。龄官见小儒全不介意,仍是低言悄语的和他说话,即趁势反闪躲小儒怀内,笑道:"我最怕痒的,你若碰我一下儿,那我可真要和你翻脸的!"小儒亦顺手将他搂住。

正欲再同他戏谑,闻得花外一群人说笑而来,急忙松手,起身走开。早见琴官、春官、兰官、松儿等人走到面前。松儿笑向龄官道:"我那一处没有寻过你?昨儿我们商议着小照画在一起,你没回答我们,到底你行与止呢?别要因你一人不行,耽误了我们的正经。谁知你却在这里和陈大人说话儿。早知你们在这里,我们也不来了,没的讨你们厌呀!"龄官见众人前来,生恐将才与小儒的情形被他们见着,忽听得松儿取笑,不禁满脸绯红,立起身来,赶着松儿打道:"你这小鬼头,也学着说尖巧话儿!我同玉儿到祝大人那里去的,因陈大人问我的话,玉儿先去了,你即胡言乱语的起来。我定见撕你的嘴!问你可敢打趣我了?"松儿忙躲到小儒身后,道："龄官儿要打我呢，你可要拦着他，惟有他最相信你的说话！"小儒即走过拦住龄官，回身笑指松儿道："怪不得龄官儿打你，饶不着要我劝解，还说这些歪厮缠的话！你怎么知道他相信我的话呢？我也恨不能帮着龄官儿打你一顿！"松儿笑瞅着小儒道："你也要打我么？别叫我说出不好听的话来，你们倒没好意思！"说着，一溜烟跑进后耳门内，寻玉儿去了。

　　龄官又笑又恨道："停刻再和他算帐！除非他今儿别见我的面，我要饶了他，也不是人！"小儒笑道："你们一班的人，只有松儿、玉儿这两个小油嘴讨人厌的，任凭甚么话，到了他们口内，总要说的有形有影。"琴官亦笑道："你们别淘气罢，究竟龄官和我们的小照合画呢单画呢？"龄官道："正因这件事，来与陈大人商议的。我想昨儿已经单画了起来，不若再和你们合画一轴，岂非两便？"小儒道："倒也使得。不过叫五官多画一个脸儿，他也不好推却。我们此时就寻他去，多分也在伯青那边。"便与龄官等人走进耳门。

　　过了甬道，见迎面三间屋子，四面栽的是翠竹、青蕉，十分幽密，上面题着"听雨轩"三字，是伯青平时憩息的所在。上了台基，果见伯青、五官、松儿、玉儿四人在内。龄官让众人进内，用手扠住门道："松儿，你怎么说？横竖在这三间屋子里，看你又躲到那里去？"松儿笑着道："好哥哥，饶了我罢，下次再不敢乱说了！若再放肆，随你怎么打我；倘然你定见要和我过不去，少停背着人，我替你下跪赔礼儿。"龄官道："你们听听，到这时候儿他还要占人的便宜，我真不能饶他！"说着，便抢步进来。小儒又拦住道："松儿还是个小孩子家，他知道甚么？不过信口的乱说。你爽性看我的面子，饶恕他罢。"龄官发急道："当真我相信你的话么？我此刻饶了他，倒不稀罕，还要被他笑我无能呢！"便夺过小儒的手，仍要来打松儿。

　　伯青笑道："你们闹的甚么原由？说与我听着，替你们评评谁是谁非。"龄官遂从头至尾细说一番。伯青道："这却是松儿没理。你看他此时这般可怜儿的模样，听见你要打他，脸都吓黄了。我叫他给你赔礼，你可饶过他罢。"龄官听了，方才没事。松儿即走过来，笑向龄官作揖道："好哥哥，总是我的不是，你要恕我年轻，别要记憎着我。"又转身向伯青道："不是看你的金面，龄官儿断不肯和我干休的！容我明儿虔诚恭敬叩头奉谢。"

第七十六回　祝伯青典试赴洪都　江子骞陈情归白下

小儒笑道："松儿未免过于欺我,两次替你劝解,你总不该谢我一声么?"松儿道："别引我笑话罢!只道龄官儿真相信你的话,我才托你劝解的;那知连你都讨了没趣,倒叫我怪臊的!"小儒道："松儿你好,有下次呢!明儿龄官再和你过不去,你跪着求我,总不替你劝解了。"

松儿笑道："不用你多虑,我家龄哥哥向来同我最好的。今日本是我不好,当着人和他说笑,他才生气的。不信,你问着他,多分他现在心里懊悔甚么儿似的,好说:'我家松儿兄弟平时怪好的人,又与我情投意合的,怎么今儿在众人面前要打他,给他没脸?不要惹他怪我么?'我起先说,背着人替他下跪赔礼,是骗你们的;少停他倒要背着人给我磕头,还要自认多少不是呢!"松儿说毕,引得众人都大笑起来。龄官亦笑道："你这小鬼头,结实可恶!我此刻也没有气力和你斗口,回到楼上去再同你说话!"

兰官道："你们是来请五官画脸的,被龄官与松儿闹了这大半日。现在你们既和了事,我们也好画脸了。"便将人众要画在一起的话对五官说了。五官道："叫我画却容易,但是画成了,你们将甚么谢我?"玉儿忙道："我谢!我谢!随你柳哥哥怎么盼咐,我总怎么依着。只求你将我的脸画好,别要画出怪样儿,叫人见着笑话。"琴官道："玉儿又来混闹了!好好的人,怎样画出怪样儿来?你纵然要画成怪样儿,五官还不肯丢这个声名呢!"

玉儿听了,也不去理会。琴官便扯了春官儿,将一张螺钿小方几抬到窗前,随手将朝南窗子吊起两扇,又将伯青案上笔砚等物一齐搬过,又挪了两张座头,在小儿前安放,自己即先在对面坐下,道："柳哥哥,请你先给我画罢。"五官道："你们看,玉儿这样性急,好像我不肯代画的一般。"亦笑着坐下,先将纸上约了方寸,然后折起六个人的面目地步,方拈起笔来,细细揣摹玉儿的神致。琴官等人多围拢来观看。伯青道："玉儿生成这淘气样儿,五官须要格外将他画得淘气些,才有趣呢。"五官笑道："我心内久已有了成见,包管画出来你们总要叫好的。"

众人正在说笑,见二郎也走了进来,笑向五官道："我各处寻你们不着,原来你的买卖上门了!后来到夺艳楼去,才知道你们在这里画脸呢。不知你们怎么代五官润笔?"玉儿扭过脖子道："不劳你费心,替柳哥哥愁着没有润笔。我早经想下了,我们六个人公送他一件好东西,都值得上这润笔的费资。此时却不告诉你。"五官一面提笔画着,道:"玉儿,你可别啰嗦罢,正在用神的时候,偏生你要和楚卿去说话!倘或画走了规模,那时又好说我有意同你闹玩意儿。你再伸腰扭项的,我可不画了!"玉儿听说,忙又端端正正的坐好。

二郎拍手道:"玉儿今日也被人挟制住了!你只好同你七搭八搭的手段,你是好些的儿,同五官拗强去,偏不要他画,我才真佩服你是个玉儿呢!"五官道:"楚卿,你可别同他闹罢,你看,玉儿嘴呷呷的,又要说话了,设若走了手,他定然要我重画的,那可不又费一番周折?你这不是与我闹么!"二郎笑了笑,方走了开去,道:"子骞、小癉到那里去了?一早起总没有见着他们。"伯青道:"小癉往我们田上去了,子骞听说身子有些不爽适。停刻我还要看他去。"

二郎又向小儒道:"将才我见外面送进一封书函,说是在田从京中寄来的,现在已送到内里去了。我想在田在京多时,也该有了消息。他的家书,总该有致我们的书函在内。小儒何妨去问声,免得我又走一趟儿。"小儒笑道:"你懒得去,偏生我愿意去么?"说着便立起身,兴匆匆的出耳门而去。

这里五官早将玉儿的脸画成,递与伯青、二郎观看。人众见了,无不喝彩道:"真正画的酷肖!连玉儿满脸顽皮的形容也画了出来,拜服!拜服!"五官道:"你们称好是没用的,须要本人中意呢。"便随手在画架上取了一面手镜,递与玉儿,道:"你仔细认认你的本来面目。"玉儿接过手镜,歪着头看了半晌,笑道:"真个与我一般无二,惟恐一胎儿双生的兄弟尚不得这么相像呢!"

二郎道:"好了,俗说'中了本人意,即是好东西。'五官的润笔可以拿稳了。"玉儿笑道:"柳哥哥有无润笔,与你甚么相干?偏是你不放心!难不成你还想同他分肥么?"便丢下手镜道:"柳哥哥,你不要理他们,请你接着代龄官儿画罢,我要他在一起儿的。"五官道:"你们六人内,惟有龄官画了两个,你要记着,若是送我东西,他可是要两分的。"龄官笑道:"那个自然,不用你交代,就是全数派我一个人独出,我也没得推诿。"即在玉儿的座头上坐下。

五官正欲举笔,见小儒笑嘻嘻的拿着一封书子进来,道:"在田已复任两江,不日就要到了。你们可知道那送书的人是谁?说起来却也奇怪。"

第七十六回　祝伯青典试赴洪都　江子骞陈情归白下

伯青闻说，即忙在小儒手内接过来函，与二郎同看。五官亦搁下笔，走了过来。

不知云从龙怎生又至两江，那送书来的人有何奇怪，且看下回分解。

第七十七回

云在田复任两江　徐龄官标名六艳

话说云从龙自由浙江奉命入都,在路行了一月有余,早抵京中。先入城赁定了公馆,即赴宫门请安。次早,内廷召见,细问浙省海塘工程情形,从龙一一奏对。天颜甚悦,温谕频颁,加恩内用吏部尚书,兼协办内阁事务。从龙谢过恩下来,便择吉任事。

又来拜见李文俊并在京诸同寅世好。文俊本系昔年旧雨,又深知从龙做事有胆有识,难得此时同在阁中,凡一切大小事务,多与从龙和衷办理。两人分外投机。从龙即与文俊商议,欲差人到南京去接取家眷来京居住。文俊道:"此举在田可以暂缓。我昨在内廷,见令岳又上告病的奏折。你在浙江时,令岳已告过两次,皆未准行,他因久在粤地,染受山岚瘴气,两腿疲痿,行动维艰。昨日所上的奏章,说到初时不过偶尔一发,旋发旋愈,近来不时举发,实难支持。大约此番必蒙恩准,所有粤督一缺,拟着两江调补,所遗两江之缺,未得其人。后来即议到你在彼处有年,甚合其宜。我看不久你仍要外放的,何须急急去接尊眷?待到两江或另放了他人,你再接家眷不迟。"从龙听文俊所说,必有来因,心内甚喜。

果然隔了一日,奉到特旨,两江总督仍着云从龙去。从龙即赶着谢恩请训。内廷又召他陛见,谕以"现在仕途流品日杂,到任之后,亟须切实整顿,毋负委任。"从龙退了出来,早有文俊那边打发人来,请从龙过去,又摆酒与他饯行。

席间说到整顿仕途一事,文俊即命众家丁退出,向从龙道:"内廷此谕亦有所指。日前曹大生在漕河任上修理河工,因你重用郑林、王起荣两人,又不肯使他女婿鲁鸥随工效力,他虽无可如何,却怀恨在心。随后因兰仪等处水患,调他赴东河办理,彼时匆匆前去,即将此事隐忍于心。我们深知,南河的工程全赖你与洪老之方,他是得现成的劳绩。料定他到东河,总要办的一团糟相似,不意东河工程亦办的十分妥善。这也是他的运气,内里即甚为器重,说他老成练达,办事颇有见识。谁知他老奸巨猾,趁

第七十七回　云在田复任两江　徐龄官标名六艳

此机会密奏了一折,道:'目下仕途良贱不分,只要有势有力,皆可为官,况朝廷名器,岂容若辈侥幸以得?'在田,你是晓得的,郑林本系武功世家,曹大生虽心内含恨,却奈何他不得。若论王起荣,他深知是陈小儒的家丁,因东府里的情面,才得了这个守备名目,他即搜根彻底的奏明。幸而曹老头儿亦知小儒京中有人,又碍着东府里的势力,虽将王起荣根底陈明,却未敢直指出是小儒的家丁、东府里的嘱托,是以此事尚属在风闻,即着漕臣何炳确切查明复奏。何老又系小儒老师,焉有不关顾之理?便含糊了事的复奏上来。不然,此案当时即要发作,尚能待到今日,又着你整顿么?我看此案,你赴任之后倒要切实查办一番,不可因王起荣是你保荐的人员,稍存袒护。可知王起荣非郑林可比,倘或日后竟认真查办起来,却与小儒有碍。而且王起荣由家丁出身,得到这般地步,又在扬州稳稳做了将近三年的卫官,遥想腰缠亦颇饶裕——在他也算非常之富贵。自古知足不辱,若在此际抽身告退,倒是有始有终。我已想下了两全其美的法则在此:最好你日内写就书函,差名心腹家丁,悄悄先向南京通知小儒这番情节,嘱他知照王起荣早为告退,免得你到了任,业经查办,他再告退,显系畏过规避。在田,你将我的话细为斟酌,可还使得?"从龙听了,忙谢道:"多蒙指教,心感之至,我明儿即差人前去,并将你的盛情亦当说与小儒知道。"文俊道:"小儒既与你至好,与我亦有交情,我不知则已;既知,那有不关切的道理?何况此事并不专为小儒,亦顾着东府里的面子与你到任的事情。"说罢,宾主又畅饮了一回,从龙方起身作辞。

回到寓所,即在灯下写成家书,寄与自己妻妾,无非说在京一切平安,不日即可到南京来。函内又附寄小儒等人的书子。写毕,封好缄口,暗忖道:"当差何人前去?我身边的家丁虽多,皆非心腹,倘若走漏风声,大为不便!"想了半会,竟无可使之人,便回后安息。明朝去与文俊商议,着他府内得力的家丁一行,倒还妥当。

次日,正欲去会文俊,见家丁上来回道:"外面来了一人,名叫梁贵,自称在我们府内有年。闻得老爷不久出京,特地过来请安,并有要话面禀。"又将手本呈上。从龙见写着"沐恩家丁梁贵",便沉吟了半晌,道:"我府内并无甚么梁贵,他既自称沐恩,断非新进来的,怎么我又不知道他这名字?你可领他来见我。"家丁答应退出。

少顷，带着一人上来，年纪约在二十以外，生得相貌俊俏，举止安详。抢步至从龙面前叩头，起身请了安，垂手一旁侍立。无如从龙见了面仍然不识，心内甚为诧异。遂诘问道："你叫梁贵么？你说在我府中有年，怎么我不认识你呢？"

那人见问，脸一红，又请了个安，道："小的犹有下情面禀，要沐大人恩典成全。小的本姓梁，乳名阿瑶。向在南京陈大人府内，那管外事的梁明即是小的胞叔。自幼跟随胞叔，在府中当差。后来旧主派了小的管理园子里执事，小的一时该死糊涂，与新姨娘房内大丫头双喜犯了府中的规矩。蒙旧主恩典，即将双喜赏与小的为妻，一同撵逐出来。胞叔叫小的夫妻回到浙江种田，亲族等人无不嘲笑。便赌气带着妻子来到京中，投靠在柏大人门下，才改名梁贵的。这数年内，小的和妻子省吃俭用，倒还过得去。常时与妻子谈论，惟有旧主恩情刻刻不忘。前日闻得大人荣任南京，小的一则过来贺喜，二则恳求大人能于施恩，着小的夫妻跟随回转南京。因恐旧主尚恼着小的，不容见面，若随着大人前去，得到旧主面前，死而无怨！即是小的妻子，深感新姨娘厚恩，亦想去叩见一回。适才说是曾伺候过大人，怕的外面不认识小的，不肯上来回明，并非小的敢于瞒昧大人。"

从龙听阿瑶说出自己乳名，恍然明白，点首道："你以前虽然失足，却是自己不好。而今仍知念旧主恩德，你这孩子尚有良心。可惜新姨娘于去岁没了，你不知道么？"阿瑶听说红雯已死，很吃了一惊，旋又泪下道："小的妻子无日不思到新姨娘面前，那怕再服侍十天半月，借此聊尽当年主仆一场情分。不料新姨娘已故，真正叫人意料不到！"

从龙道："去岁新姨娘遗留下一位少爷，将来你们夫妻用心伺候着小主人，也算报答新姨娘了。你们夫妻既如此存心，我焉有不成全之理？但是此次我没带着家眷，你的妻子同行，甚为不便。相巧我正要差人送信到陈大人那边去，你不如和你妻子先行，你们旧主见了此书，必肯收留。"遂又另写下一封书子，细说阿瑶先后情节，与昨夜写成的书函一齐交给阿瑶，道："此系紧要书札，沿途小心，不可耽延误事！你明天清早就起身去罢。"

阿瑶见从龙一口允许，毫无推却，又叫他送书到南京旧主府中，甚为欢喜。忙接过书函收好，上来复又叩谢。从龙又切实叮嘱了一番，阿瑶方

第七十七回　云在田复任两江　徐龄官标名六艳

才退出。回到家中,说与双喜知道。双喜闻说红雯身故,回忆当年主仆,亦着实伤感。连夜将行囊物件收拾停当。次日五鼓,阿瑶又到从龙寓所叩辞过了,即带着妻子赶奔南京。

从龙打发了阿瑶去后,自己亦预备料理出京。接着在京诸官纷纷馈饯。从龙叫人雇下十数辆车子,择定来日黎明登程。所有一班至好,仍要前来候送。从龙辞别了众人,即吩咐开行。在路行走非止一日。

单说阿瑶在从龙以前动身,又系沿途趱赶,分外迅速,今日已至南京。唤了一肩小轿,那双喜乘坐,亲自押着行李,直向绘芳园来。到了府前,阿瑶先行入内。早有旧日各府同伙的家丁齐过来询问。阿瑶与人众见了礼,恰好梁明亦在外面,忙进前叩见,细说来意。梁明见阿瑶在外多年,甚为得手,又有云大人的书子叫他到此,倒也欢喜。双喜亦下轿,进内拜见。

梁明道:"既有云府里的家书,我先领你们到内里叩见太太们去。"便带着他夫妻两人来至上房,叫阿瑶在门外伺候,单领了双喜来到阶下。绿莺正掀着暖帘出来,梁明即迎上来,说明原委。绿莺见是双喜,忙笑道:"那里来的一阵风,将你这么个新鲜人儿刮来?怪不得昨晚灯花报喜、今早喜鹊儿又对着人喳喳的叫呢!好呀!如今益发比先长得跳脱多了!梁伯伯是甚么福气,讨得这般好侄儿媳妇!"双喜赶着过来,与绿莺叙礼。梁明亦笑道:"绿莺姐姐这张嘴,我们一百个也抵不上,别说比刀子快,我看刀子那里有这么快呢!好姐姐,拜烦代你妹妹回一声儿。"绿莺笑着转身进去。

少停,出外招手道:"你进来罢。"双喜连忙随着绿莺入内,见婉容等人都在里面,即上前一一叩见。方夫人心内想道:"双喜现在很苗条了,当日出去的时候,还有些小孩气,几年不见,出落的这般好人材出来,倒便宜着阿瑶那小子了!"便笑问道:"闻得你夫妻在京中甚好,又下来做甚么呢?"双喜即将数年情由并此番来意细细的回明。方夫人点头道:"倒难为你们,还记挂着府里。明儿却派你在聂姨奶奶那边,和奶娘服侍着哥儿,日后哥儿长大成人,你就是旧人了。"双喜见方夫人肯收留他们,又叫他去伺候红雯所生的哥儿,正合心意。

方夫人又吩咐:"着阿瑶进来。"阿瑶即到帘外向内叩头,取出从龙的家书呈上。婉容忙拆开细看,知从龙仍放了两江,又知父亲业已告了病假,想他随后亦要到南京来的,欣喜非常。随手递与小凤,又将附致各家的来函交与众人。

方夫人正欲问阿瑶的话,恰值小儒回后,众位夫人起身避入房内。阿瑶、双喜忙叩见了小儒。阿瑶即将从龙给他的书子送上。小儒看了,方才明白。方夫人亦将双喜派在洛珠那边的话说了。小儒遂叫过梁明,道:"你把阿瑶仍带在身边学习,他果真老成了,不似从前的脾气,看有甚么差使空着,你就做主派他充当,再开名字到奶奶那边去领工价,不用上来回了。"梁明闻说,忙同阿瑶一齐叩谢,退了下来。双喜又央绿莺领他到红雯灵前,痛哭了一番。即料理带来的行李物件,安顿在洛珠那边,自然和奶娘一房居住。方夫人又叫兰姑添上双喜的月费。

小儒即袖了从龙来书,忙忙的到了伯青这边,将书子递与众人观看。适值王兰也赶来看五官画脸,闻得从龙有书寄来,忙取过看了,笑向二郎道:"日前你说,我们众人中只少了在田一人,不意他既经内用,复又放了外任,却是想不到的事。"二郎道:"我们大伙儿总回来了,单是在田不来,未免缺憾!偏生他又放到此间,这也算天从人愿!"小儒即与众人计议到王喜的事。王兰道:"小儒不必狐疑,在田所嘱甚为安详。最妙着人去知照王喜,叫他赶紧告退,四面俱无干碍。如果他名心尚浓,舍不得这守备官儿,停几个年头,待这件公案疲玩下去,亦可重新出来的。此时若再恋栈,窃恐丢了官,犹有后灾呢!你既要知照他,事不宜迟,在田不过朝暮也要来了。"小儒连连称善,便向伯青索了纸笔,一挥而就,函内即将从龙来意说明。当下又叫了梁明进来,着他"明早即往扬州一行,不可迟误!"梁明接过书函退下,自去收拾,来日起身。

且表王喜自重到扬州卫官的任,各事谨慎从公。又值连年丰收,征收的国课十分充足。这日正坐在上房与秋霞闲谈,见家丁来回道:"南京陈府里打发梁总管亲自前来,有要话面说。"王喜听了,便立起身来说道:"请他在内书房坐罢。"自己急忙出外。梁明见了王喜,意在上前请安。王喜一把扯住,先站着问了旧主的安,方彼此见礼入座。家丁送过茶,遂一齐退出——晓得陈府来的人,本官总以客礼相待,犹恐有甚么机密的话,不便在此碍眼。

王喜笑问道:"梁老伯一向多好?有甚么大事,尚烦你老伯亲身到

第七十七回　云在田复任两江　徐龄官标名六艳

此?"梁明亦笑着欠身,连称不敢道:"我们主儿有封书子在此,王老爷见着就明白了。"说着,将小儒的来书送过。王喜接过,看毕,道:"我到这扬州卫官的任,本蒙王爷与主人恩典,破格成全。别说还做了两年,如没得这个前程,仍在主人前当差,还不过?我久经思退,又恐辜负了日前云大人一番作成的美意。目下既蒙云大人关切,分外感激。梁老伯,你是深知的,我可是那般不知足的人么?累你耽搁一日,待我修成禀启,先请你回去销差。我这里即详请上宪,另委人来接手,容我随后到南京来叩谢云大人与主人罢。"遂又摆酒款待梁明。

席终回后,说知秋霞,并议到"卸事以后,不若搬到南京去住,你亦可时常到江府去走走。"秋霞听说回转南京,倒也愿意。次早,王喜将致小儒的禀启交与梁明,又从丰送了路费。待梁明去后,即备文申详漕宪,禀请开缺回籍修墓。隔了旬日有余,已批准下来。接着新任已至,王喜交代完毕,即带着家眷向南京来。先入城赁定住宅,搬了过去,便来谒见小儒。秋霞也到江府去了一趟。

恰好王喜到了南京,从龙业已先到了两日。从龙此次是圣恩隆重,内用大员今又外放出来,众人格外趋承不迭,一至本省地界,到处各官远远迎送。又因家眷先在南京,无须另备公馆,抵了岸,即搬向园子里来。小儒等人见着,彼此越发欣慰。旧任制军因赴粤行期在即,便来催促任事。从龙忙择吉接了印,一切应用各事不须细赘。又将婉容等人接进衙门,遂商议专函至粤,迎请程公到南京来居住。

这边王兰早与小儒说明,来日预备请从龙来畅饮一日,"难得我辈又聚在一处,再则我们亦当代在田洗尘。酒席即摆在夺艳楼上,也好就着那里唱一天戏。"小儒即叫人打扫楼上,悬挂灯彩,又去知照领班家丁,一面众人备了名帖,差人去请从龙。

次日傍午,俱在览余阁相待。早听得外面鸣锣喝道而来,众人接进从龙。一巡茶罢,俱起身至夺艳楼上。当中摆着两席,一席从龙、小儒、汉槎、梅仙四人,一席是伯青、王兰、二郎、五官等人。众人坐定,龄官即上楼来请过安,呈上戏目,每人点了一出。少顷,便开锣演唱。今日点的戏,惟龄官最多。龄官加倍卖弄精神,唱到《乔醋》这一出,他将那假作酸风醋意的神致演得入情入化,楼上众人同声叫好不绝,便一齐放下赏来。二郎隔座笑问从龙道:"外面呼琴官为小花魁,在此班中目为第一。然而外面的推称固属不谬,我素服你平时的眼色最高,何妨再一品评,究竟以何人为最?"说着,用手指了台上龄官儿一指,又把嘴向小儒一努。小儒早已看见,故作不知,即掉转身去与梅仙说话。从龙见二郎这般举动,早经明白,况龄官虽在台上演戏,那双俊眼却不住的对着小儒留情。

　　从龙笑了一笑,道:"楚卿既叫我评论,我或有偏见,你须要直说的。秀曼风流,当推琴官、玉儿两人;妖冶可人,却要数龄官独步。其余若春官、兰官、松儿他三人,各有妩媚之处,均非寻常尤物可比。在我的意见,秀曼风流,必须有眼力的人方赏识得出;至有妖冶之姿,乃贤愚共赏之品,贤者固怜其柔媚,愚者亦爱其丰神。我看六人中当推龄官为首,其次则琴官、玉儿,春官等三人又其次也。"二郎拍手笑道:"龄官得在田这番品评,恐从此声价更增十倍!我与者香、伯青日前私自品论,亦是这般意见。真乃知音所见,大略相同。我们固然佩服,惟有小儒心内更外的要感激你呢!"小儒笑道:"楚卿的话令人难解。你与在田品论龄官儿,我感激甚么呢?"从龙道:"小儒不必瞒人,我虽非周郎,久经闻弦歌而知雅意,而且天生尤物,原供人赏识。龄官本非凡品,又得你今番顾盼,亦龄官之幸,况我辈之赏识,亦是名士风流,难不成还同外边那般淫乱的赏识么?你若巧为粉饰,反使我们倒难料其中之情节了。"

　　众人听说,俱各鼓掌大笑道:"在田一席议论,如老吏断狱,字字的确,定使小儒中心悦服。由此小儒可以把那假道学的排场收掉了罢!"小儒笑道:"我向来拙口钝腮,敌不过你们;何况此时众口难敌,随你们怎样编派我。"王兰亦笑道:"在田不须多说,你可听着遁辞,便知其所穷了。饶他百口分解,我们已定下千秋铁案,万无更移!"从龙待龄官一出唱完,又将他叫到身旁细为赏鉴,果然柔情媚态,种种生怜。便另外又赏了许多物件。

　　到了下昼时分,人众散坐盘桓。少停张了灯火,复又入席畅饮,直至三更始散。随后从龙复请小儒等人,亦叫了琴官等过去。从龙仍盛赞龄官,重加赏赠。从此这龄官的声名到处皆知。起先人惟知"小花魁"琴官的美号,此时因从龙夸奖龄官,再将龄官的色艺、行为细与琴官比较,似觉龄官胜似琴官——多因琴官与人虽然无争无竞,各事随和;无如他却天生好静,骨眼里偏具一种高傲的性情,外面却不肯露出圭角,同人计较。人

第七十七回　云在田复任两江　徐龄官标名六艳

或与他偶尔说笑，总付之一笑而已；若到十分戏谑，他口中虽不言语，心内着实恼怒，道："我做这唱戏的买卖，亦系无可如何，技艺虽然卑贱，我的品格倒不屑自甘卑贱。你既轻薄得我，不怪我轻薄你了！"即冷冷的走了开去。那对面的人见他如此形容，好生难过，欲待发作他，又没有挺撞着我，亦只得讪讪的走开。

　　至于龄官的为人，他另有一般见解，以为"人生在世，不过你哄着我、我骗着你；尤其我辈中人，更宜如此。你待我恭敬，我即待你恭敬；你和我戏谑，我亦可和你戏谑。只要我立定脚跟，不为你摇惑就罢了。若遇着我的知己，将来可以终身依靠着他，那时我才倾心吐胆，真与他好呢！"因此是人和他往来，总一般看待，随方就圆，从没叫人扫兴。现在又有从龙这番赏识，世上的人多半是伏上水的，堂堂本省制军都称扬着他，何况龄官平时为人本好，人人总随声附和的称扬起来。本地绅宦人家宴客，凡是有从龙在座，皆去借六艳堂的班子过来。甚至花朝月夕，不便去借全班，总要设法将龄官邀了出来，觉得满座非他不欢。

　　小儒见龄官声名大噪，足见自己的赏识不虚，非常得意。凡有人家来邀龄官，他俱一口应许，毫无推却。故而龄官终日应接不暇，琴官等人倒多清闲下来。谁知琴官不独不妒忌龄官，心内反暗暗欢喜："难得外人不来纠缠，我正好消闲自在。"或闻玉儿等人不服，在背后议论，琴官却从中竭力劝慰。又悄悄的告诉了龄官，叫他"凡到分身不开的时候，何妨轮班，将他们荐引过去，亦是同班一场的情分。"龄官点头称是。从此有那不耐烦的去处，皆荐引玉儿等人。他即来与小儒闲谈，或到从龙衙门里去。

　　一日，程尚已由广东到了南京。从龙即托龄官先来和伯青商量，将旧居的府第暂赁与程府居住。伯青笑道："我那边的屋子至今空着，久没有人居住。程府如合式，尽管住去。在田还同我用世故么，说甚么暂住常住？他既托你来说，你须对在田讲明，程府既是他的来手，我即认他说话，倘有欠缺我的房价，是要在田包圆的。他能和我说的截钉削铁，即难怪我同他锱铢必较了。"龄官亦笑道："只怕你不肯赁与程府居住，既议到房价，那就好商量了。"即去回复了从龙。程公择定日期，便一径搬入祝府的旧宅。程公亲丁不过三四人，其余有数十名男女家丁，祝府的房屋甚多，搬过去大为宽敞。

程尚在广东的时节，因膝下无儿，购了一妾。母家姓苏，乳名筠娘，本系松江人氏，流寓粤地有年。筠娘幼失父母，只有一个胞兄，名唤苏灿，在广东舌耕度日。不料迭遭两个荒年，难以支撑，即将妹子卖与程尚作妾。得了这宗身价，便娶了一房妻子，好接续苏门香烟。程尚辞官之时，原约他同往，却是苏灿不肯，惟恐随了妹子前来，惹了耻笑。程尚见他执意，亦不勉强，又赠了他两百银子，让他在广东过活。筠娘见苏灿不愿同行，分手时不免痛哭一场。又将贴己的物件私送了若干与哥嫂使用。自是，苏灿倒安安顿顿的成了一分人家。筠娘为人素来贤淑，到程府不上两年，即生了一子，取名程继敏，如今已有三岁，程公夫妇爱如珍宝。程婉容因父母俱到南京，又添了兄弟，程门不致乏嗣，十分欢喜，不时接了程老夫人到衙门住着，叙说母女多年离别之情。从龙亦有时请了程公过去盘桓。

　　程尚自离却广东，腿疾日愈，一到南京，即遍访名医调治，倒渐渐好将起来。每说自己"由县令擢至封圻，近来复得一子，还有甚么不足的处？在目下年过花甲，亦可随心所欲，以乐暮年。难得女儿、女婿均在面前，又有祝公等一班老友，可以时常杯酒往还，陶情适性，前在任上也积聚得些许私财，不如在南京置下数亩薄田，将来留为儿子读书的资本。我也不回故乡，惟愿终老此间，得正首丘，即算我程尚一生无憾了。"

　　又深劝从龙，亦宜趁机早退，"并非我叫你只顾私情，不报君恩，不知禄位愈高，责任尤重。三省地方幅员辽阔，数百万苍生性命尽在你一人掌握之中。何况人生百岁，光阴能有几何？而生平最得力者，不过壮岁一二十年，所以古人有重晚节之说。凡人一至暮年，精力衰惫，不无各事稍涉大意，或意见偶偏，或视听不到，即贻误匪浅。莫妙于当此之际急流勇退，亦系明哲保身之道。"从龙听说，亦甚以为然。无如初莅此任，何能一时即退？只好稍待两年，俟有机会，再作抽身之计。又将前奉内廷面谕整顿仕途的事查办一番。此时因王喜已去，无所干碍，便行文调取各处的人员到省，察看之后，乃会同三省巡抚，一齐复奏上去。

　　时光迅速，早届新春，各府中无非春酒往来，宴会而已。王兰早于年内与小儒等人商议，在江南一带雇了多少名工巧手的匠人，到园子里扎成各式异样花灯，以备元宵庆赏。又去早早的约定从龙。

　　未知到了元宵，闹出些甚么花灯故事，且看下回分解。

第 七 十 八 回

两翻轩一座听清歌　　半村亭诸伶求妙句

话说王兰因历年花灯佳节均未曾大大的热闹着,不免有负这元宵的时令。难得今年旧日一班的好友俱齐集南京,又添来琴官等人,即想在元宵这夜大放花灯,是以年内便来与小儒等人商议。惟有二郎、五官两人听了更加高兴,先叫好不迭。五官道:"闻说苏、常一路扎灯的匠人比各处总分外精工巧妙,若用那些寻常的灯张挂,甚属无趣,须要扎做出奇形异样的灯来,使人家见着,皆赞一声好。罢,罢!我们热闹这么一场,亦当夺个趣儿!"二郎点头道:"五官却想的周到。明儿者香即派人赴苏、常各处,雇访绝顶的巧手匠人来此,不过多给些工价,甚么事儿都做得到的。"小儒听说,亦鼓兴起来。各人晚间回后,说与众夫人知道,喜悦非常,总撺掇着年内速办,怕的过于迟了,限于时日,来不及扎做。尚要到江南去觅雇,不是在本城,可以朝呼夕至的。

小儒次早吩咐了两名平时干办的家丁,"多带银两,往苏、常各等处雇数十名好手灯匠,须早去早回,不可耽误。"又与王兰、伯青等人斟酌了些新奇式样名目出来。过了数日,去的两名家丁已将灯匠雇到,即在留春馆内做了作场,需用各物,叫灯匠开了清单,着人分头买办。又在本城雇了多少匠人,以便帮同扎做。王兰终日在留春馆监工,并指点他们不到之处。

到了正月初句,各种花灯均已齐备,果然巧妙。在工价之外重赏了灯匠等人,又留住他们过了元宵——恐临时一有损坏,本城的匠人难以收拾。众灯匠因得了赏赐,人人喜欢,亦乐于在这里过了元宵再回家乡。试灯前两日,即满园内张挂起来。又将各府的家丁多派在园子里照察,各司其事,不许错乱。小儒于十四日便去邀请了从龙,来日元宵,当作彻夜之饮。所有酒席即摆在两翻轩,众位夫人仍在留春馆内饮酒。方夫人请了婉容、小凤,又去邀着筠娘一同过来。

是夕,琴官等六人亦赏了他们一桌酒,在两翻轩里间起坐。那一班孩子们皆派在园子里各处,上面搭一座小小花棚,内设几张座头,也摆了酒果,给他们吃着,叫他们或敲锣鼓,或品弹丝竹。不然,各处虽有灯火,冷清清的,亦没意趣。又吩咐将园门大开,任游人赏玩。即在览余阁东西竹林外面新设两排木栅,阻挡游人,不能混入里面——好在览余阁前满园子里的景致可以一览而尽。木栅外多派家丁看守,并在从龙衙门内要了两位旗牌、数十名兵丁弹压,提防闲人滋事。安排已定,一宵无话。

次日下昼,从龙早已过来,见各处设的人物、花鸟等灯甚为工巧,微风摆着,如活的一般。便道:"晚来点上灯火,分外好看。却费了你们一番心思,不知用去多少使费。我也得出一分儿。"二郎道:"年内我们即议定是公分,目下却是小儒、者香他两人垫用的。爽性待赏玩过了,将一切照股摊派上去,方知每人应出若干。横竖你总要出一分儿的,忙甚么呢?"

人众闲谈着,已至黄昏时分,家丁们将酒席摆开。当中一席,程公、祝公、云从龙、陈小儒四人。上首一席是祝伯青、王兰、江汉槎、冯二郎。下首一席,金梅仙、柳五官、王喜——日间小儒着人邀了王喜夫妇过来看灯,此时王喜忙上来辞让,不敢入座,经小儒等再三说,他方才在梅仙的桌上末位坐下。里面一席,即是琴官、龄官、春官、兰官、松儿、玉儿等六人。

内里方夫人俟婉容等人到了,即邀着众位夫人至留春馆。中间程老夫人、江老夫人、祝老夫人与方夫人、程婉容五人一席。上首是洪静仪、江素馨、祝琼珍、林小黛四人。下首席是聂洛珠、蒋小凤、赵小怜、苏筠娘、沈兰姑等五人。左首边间内是秋霞、锦筝、巴氏母女四人一席。右首边间内是伍氏、穆氏、王氏、宋二娘,亦是四人一席。内外人众入席坐定,一霎时满园中点齐灯火,明如白昼,到处笙歌聒耳。两翻轩内传觞递盏,畅饮欢呼;留春馆中绿舞红飞,莺啼燕语。说不尽人间富贵,看不了今夕繁华。

谁知这个风闻传说开去,引得合城的人都来赏玩。览余阁前尚有二三亩大的一块地方,游人多塞满了,拥挤不开。从龙饮至半酣,见外面月色甚好,真乃灯月交辉,琉璃世界,即停杯向小儒等道:"我们何妨到院子里游玩一番,看何处花灯为最?"小儒连声称好。程、祝二公不便同行,遂起身各回府第。

众人出了两翻轩,先向留春馆来。因内里有众位夫人饮酒,即在外面观看。见屋内挂着各色花卉的灯,万紫千红,鲜艳夺目。芍药田中搭了一

第七十八回　两翻轩一座听清歌　半村亭诸伶求妙句

座丈许的鳌山,绝顶一尾金鳌,摇头摆尾,上面站着蟾宫折桂的状元郎,四面无非连中三元、五子夺魁、张仙送子、魁星踢斗等吉兆故典。各式人物,皆有三岁的孩子般高大,内藏着牵线,一经点了火,手足身首处处摇动,宛如活人相似。鳌山前设了座五彩花棚,亦悬了几碗灯球,中间坐着七八个孩子,在那里弹唱。各府中丫鬟、仆妇们三个一群,五个一队,在鳌山前后指手画脚的嬉笑玩耍。众人赏玩了一回,又往前行,穿过"另有洞天"。早到延羲亭,内里也挂了数十盏灯,全用一色白玻璃的,遥映水中,光华更外皎洁。亭前石桥当中一架灯牌楼,上面装着几出戏文,亦有暗线牵动。河内皆是虫介鱼虾各灯,先用木瓢锯成两半,每一张灯下有一个半边木瓢托着,又用铁丝拴着石子,系住木瓢,放在水底,只许各灯在水面微动,却不能流了开去。旁边配着荇藻芦蓼等花草。从龙叫人到河内取上一盏灯来,细看了一遍,笑道:"倒难为他们想得到!岸上看着好似活的,在水上游动一般。"

众人走下石桥,来至览余阁前。只听得外面人声喧嚷,乌压压的由园外直至木栅前,均是游人行动。从龙道:"这木栅设得甚好,若不挡住闲人,容他们混入园内,才难处置呢!"即顺着木栅走入阁内。见中间设座灯假山,共有五层:山顶上一只五色凤凰,头尾活动,作临风欲起之势,凤背上端坐一位云袂霞裳、珠冠玉珮的瑶池王母;二层上排列着十二名仙女,手内各执羽扇、如意等物;其余三层,有坐有立,有骑着走兽飞禽,有踏着祥云瑞雾,俱是八洞神仙及十洲三岛的仙客。周围柱子上有一朵云头,上立一个仙人,高高下下,倒也好看,用的是"群仙庆寿"的故事。阁前一架大红花棚,内里也坐了许多孩子,敲着锣鼓,吹吹擂擂,分外热闹。再看篱边竹林前,有数百盏各色玻璃灯,一路接着三间过街小屋。园门内挂了十二张红纱宫灯,门外高搭一座圈门,两旁用五彩杂绢攒就各种花鸟等物,堆拱在外,里面可点灯火,圈门上做成栲栳大"共庆升平"四个红字。从龙道:"这览余阁是园子里头一处地方,用此等吉祥的花灯,甚为合宜。"

人众下了览余阁,转弯抹角到了栖鹤岭前。岭上梅树枝头挂着灯球,现在梅花大放,香风灯影,另有可观。来鹤亭中,一班孩子们低吹缓唱,由高至下,越觉声音清脆可听。众人到了绀雪斋,早有家丁们送上茶来。众人亦欲在此少歇,见屋内摆着许多花灯盆景,各色俱全。茶罢,又起身来至丛桂山庄。见大院落内亦有一座灯假山,是唐明皇游月宫的故事,正合在此地。从龙点首叫好。

　　走出曲径,已至红香院,那些粉壁上砌就各样方圆长短的格式中,皆依着形势安放博古诸灯,连那边耳门前一顺小屋外都挂着灯。众人出了院门,即由河边到了夺艳楼。见楼上的灯直接到楼下,如山灯相似。假山石上,层层灯火辉煌,上面做成一座水晶宫殿,内有四海龙神,其余虾兵蟹将、水怪夜叉,一个个古怪狰狞,奇形怪状,手中各执兵器,做出那操演水阵的模样。最可笑内中有个绝大的乌龟,头戴相冠,手内执着朝笏,拱立于龙君之前。对面戏台上也挂着灯,一班孩子们在上面吹打。

　　众人看了一回,似觉稍乏,恰好水手们摇过灯船,人众上了船,吩咐缓缓的开去。见两边岸上的树木均密密的悬挂着灯,真乃光通霄汉,不夜城开。不多半会,船已停泊,众人上岸,即从夹道内穿过,由暗门仍至两翻轩中,复又入席,再整杯盘。见轩外山石上各式鸟雀的灯,飞的、鸣的、亮翅的、啄食的,种种不一。

　　从龙笑道:"我看满园里的灯,当以览余阁、夺艳楼、两翻轩为最;再则灯之工巧,亦不过如斯。你们听,那些游人中有几个年纪大的,口口声声说,有生以来,尚没有见过这般好灯。"二郎道:"今夜的游人就有三四千呢!犹有远处未曾知道,大约明晚还要多出两倍不止。倒是吩咐看守木栅的人,须当格外小心,事后重赏他们就是了。"众人齐声称是。

　　此时已将交三鼓,众人皆有醉意。从龙起身,亲斟了一杯酒,送至五官面前,慌得五官、梅仙、王喜都站了起来。五官笑道:"平空的送起酒来,是甚么意思?"从龙道:"你先吃了此杯,我有事奉烦你,却不可推托。"五官道:"我定吃这杯酒,你先说出罢,别要怪怪腻腻的,叫人摸不着头尾——料想你也没有好事由儿找我。"从龙大笑道:"五官可谓聪明绝世!真被你猜着了,这件事却不是好事由儿。我自从回到河南,至今已三载有余,久不闻五官的妙音。今夕难得众人聚在一处,又值此元宵佳节,月白清明,我等公请你随意唱这么一支,大众愿洗耳以听。"五官笑道:"我当甚么事呢!也值得说的如此千难万难?"便仰着脖子一口将酒吸尽,回头向梅仙道:"就烦小瘇吹笛,我与龄官儿合唱一出现在新谱出来的《歌宴》罢。"从龙闻说,又忙着亲送一杯酒与梅仙,道:"有劳!有劳!"梅仙笑着连称"不

第七十八回　两翻轩一座听清歌　半村亭诸伶求妙句

敢",也将酒饮了。小儒又叫人将琴官等人的席移到外边来。

五官把龄官拉到自己身旁坐下,笑道:"我唱《歌宴》上的程音,只好有屈你做魏氏大娘。你可知我平日的家法最严,做了我的妻子,稍有不妥,就要责罚的!"龄官笑着啐了五官一口,道:"别见鬼罢! 我好意同你合唱曲子,你反讨起便宜来! 你这些言语恐吓我是没用的,到后面说给柳五嫂子听去!"二郎忙道:"五官说话须要留神,紧防座中有人不快活你呢!"五官笑道:"我错! 我错! 只图说的口溜,却没有提防着旁边有人! 幸亏楚卿指拨着我,不然还要多说两句。"笑着抓住龄官的手,道:"好兄弟,人家不快活,我也只得随他了,究竟你心内怎样呢?"小儒听二郎、五官的话分明打趣着自家与龄官,便假作观看壁上的灯,掉过头去,不理他们。

龄官不禁满面通红,立起身来,冷笑了声,道:"五官今日疯了,嘴里不知混说甚么! 你和我玩笑,还是见着甚么呢?"说着,便使劲夺开五官的手,向外就走。小儒见龄官发急,从容不迫的回转身来,笑道:"龄官儿好没有容量! 难不成人说甚么,你就是甚么? 好在五官和你说笑,并没有旁人不快活着,可见他们是信口乱说的。最好付之不答,何苦着急到这般地步,有伤平时的和气?"

二郎、五官见龄官生气要走,自知说笑太过,好生懊悔,欲待上来拦阻,又怕讨他的没趣;忽闻小儒从旁劝解,二郎即趁势出席,抢走一步,将龄官拉住,道:"你好意思认真和我们生气么? 你走了不妨,五官恰好借此不唱,岂非有负在田三四年的心愿? 待你与五官唱过了,任凭怎么生气去,我再不来劝你。"

五官亦忙着赶上来,扯住龄官的衣袖,笑道:"你仍是这般面皮急急的性子,我们自幼儿的弟兄,甚么话儿都说笑惯了的,怎生今日脸儿高高的生了气? 倒叫我没意思! 连陈小儒总知道劝你别伤和气,你当真就恼了我么? 我偏不恼你,看你怎么!"说毕,便一径的拉他重到席前。

龄官见他们如此,也笑了起来,道:"不怪我好生气,本来你们说的太难为情,叫旁人听着,不知其中有甚么尴尬呢!"从龙等人亦说道:"别要耽误我们听曲子的兴头罢。少停罚楚卿、五官给你赔礼,你再没的说了!"小儒道:"原是龄官儿不好,谁不同谁说笑? 他偏易于生气!"

伯青忙走过来,推着梅仙道:"小瓤拿着笛子只管发呆做甚么呢? 俗说一吹一唱,唱的倒没有事了,你这吹的难道还有事么?"小儒听说,望着伯青点点头,笑了一笑。梅仙亦笑着将笛子吹起,五官便顿开歌喉,缓缓的唱了一回。龄官接着也唱了下去。真乃音协宫商,韵穿金石,一出《歌宴》唱完,众人同声喝彩不已。从龙叫合席都斟了酒,自己先举杯一饮而尽,道:"我们当干一杯,以贺此曲。"王兰道:"一杯尚觉辜负,必须三杯方可。"遂自己一连吃了三杯。众人亦随着吃了。五官、龄官忙笑着欠身道谢。

从龙道:"《歌宴》上第二支与第八支的曲词我听着甚好,却没有听得十分清切。何妨再请你们重唱一遍,使我们好细为领略那曲中的词采!"五官点了点头,先唱着那《歌宴》上的第二支道:

【玉芙蓉】(小生)小春回,小院幽,漏泄东墙柳;爱梢头,叶底燕语莺歌,花香槛外浓于酒,草色阶前碧似油。闲消受,愿年年依旧,笑吾侪功名身世等浮鸥。

五官唱毕,龄官也唱着那第八支道:

【锦缠道】(小旦)漫增忧,恁闲情,君心可休?你不要负却此春游。问春宵千金一刻,能留看蜂蜂蝶蝶相逐?(叶平声)见莺莺燕燕成俦,杯酒藉浇愁,对此景,当开笑口,堪羡你年少风流,却十万腰缠偏富!你与我,喜烟花三月在扬州。

众人听了,俱击节称赞道:"曲词既佳,又出自妙口,分外可听!"

又饮了两巡酒,外面已交四鼓。各人进了饮食,撤去残肴,散坐闲谈。汉槎道:"我们将才由夺艳楼前下船,经过半村亭,见灯火稠密,却未看的明白。此时我觉酒兴犹浓,若这般清淡闲坐,等到天明,尚有个许时辰,甚无情趣。不如叫人在半村亭安排几碟果品好酒,我们再去赏玩一番,以尽今夕彻夜之乐。未知你们的意见以为何如?"众人未及回答,王兰先连声叫好道:"子骞所议甚是!"即吩咐伺候的家丁们到那里去预备,便一齐起身,向半村亭来。

走过竹桥,早见亭外空地上设着数座灯假山,系做就的乡村十景,如"春雨披蓑""秋风刈稻""瓜棚避暑""草舍围炉"等类,亭前全挂着各色蔬菜、果品的灯。从龙道:"此间灯火正合着这半村亭的名目。"

走入亭内,见当中一顺儿摆了三张桌子,上设着十余个果碟。众人随

第七十八回　两翻轩一座听清歌　半村亭诸伶求妙句

意坐定,家丁们送上酒来。琴官等人亦在下首同坐,只有王喜早作辞回去。从龙道:"亭中陈设件件古朴,惟壁间字画尚未切题。五官暇时,何妨将乡村的景致画成数轴,在此间张挂,岂不更妙?"小儒道:"我久经想下了,足见在田与我同心。待下月天气稍暖,定烦五官画这么几轴的。"

玉儿正在一旁与龄官说话,听得从龙与小儒评论,要请五官作画,便拍手道:"你们说到字画,倒提起我一件事来。日前烦劳柳哥哥代我们画的小照,我于年内已经裱好,意在请你们题这么一题。此时恰好多在这里,让我去取了来,随便请那一个题上罢!"说着,匆匆出席而去。少顷,笑嘻嘻捧了一轴画来,连龄官单画的那幅小照多一并取到,与龄官对面放开。众人见是一轴横披,上面画着他们六人的小照,其余不过补了几堆山石的景与一排草地,倒也别致。上边却留了大大的一方题处。

王兰见了,诗兴勃发,笑对众人道:"我代他们题了,倘有不妥之处,再请你们斟酌。"从龙道:"者香不须谦让,他们的小照,却要你这风流倜傥的笔墨题上去,方才峭劲。"便叫人在窗前长几上点了一支绛蜡。玉儿即忙着磨墨吮笔,又与龄官两旁执定画轴,让王兰好题。众人均出席来看。王兰也不假思索,提起笔来,见为首画的是琴官,手内执着一枝红梅花立在草地上,暗合他美名"小花魁"的意思。便题道:

　　　　风流姣俏总天生,一串歌喉唱晓莺。
　　　　最爱逢人呼小字,百花头上独称名。

众人见了,痛赞不已道:"这一首绝句妙在却合琴官的身份!"

再见其次画的是龄官、玉儿两人坐在石凳上谈心,龄官别着脸,似带含嗔之意。玉儿笑吟吟,一手指着外面,一手伏在龄官的肩上逗他说话。王兰笑了笑,略一沉吟,题道:

　　　　雪似肌肤玉似姿,任他笑谑总如痴。
　　　　多情惟恐旁人觉,故作矜严两不知。

题毕,又在玉儿的上面题了一绝道:

　　　　玉儿生小惯无猜,四座春生笑靥开。
　　　　底事干卿偏耳语,一腔心绪费调排。

玉儿现在也随着五官东涂西抹的学画,又叫五官选了几篇唐人的诗句讲与他听,教给他念,所以诗中的意思他亦解得。少许,见王兰代他题成,便笑道："连我们说话的神情总描摹出来,别人的题句尚是浑写,偏生我这首题句,当头即将我名字写出,令人一见便知——幸而没有怕人的事件,不然,题出来才是笑话呢!"

琴官正伏几前看题成的诗句,闻得玉儿又信口说笑,忙抬起头来瞅了玉儿一眼。玉儿脸一红,即用别话岔开,笑向王兰道:"我斟杯酒来,润润诗肠再题,可好么?"王兰点头道:"好。"玉儿便取一只极大的绿瓷花斗,满斟了一斗酒,送至王兰面前。王兰搁下笔,举起斗来一口吸尽。玉儿又拈了数粒杏仁,与王兰过口。

王兰放下酒斗,见玉儿之下画着松儿,半倚半坐在一块山石上,穿件淡绿衫子,高高揎起衣袖,一手托腮,星眼斜睇,若作朦胧之状。春官、兰官两人在下首草地上联袂同行,兰官外穿五色排鬚比甲,内着浅红衬衫,手拈并蒂莲花给春官儿看;春官笑眯眯用手来接,又一手指着自己的心头,腕上却套着一串香珠,似乎说着"我心里解得出这并头花的用意"。王兰笑道:"五官将他们六人写的丝毫不易,颇见心思。"复提笔先题松儿的上面,道:

嫌他舞袖太郎当,窄窄衣裳淡淡妆。
非比昔时巫峡女,如何有梦尽高唐?

又接着代兰官、春官题道:

内家装束动人怜,愁极翻憎并蒂莲。
可惜两情惟扑朔,坚持好结再生缘。

绝胜当年美子都,风情妖冶世间无。
慧心头转谁堪拟?一串牟尼百八珠。

题完,王兰又落了年月日款,便放下笔,向众人道:"我已胡乱题成,请你们细加斟酌一番。"从龙道:"者香不必过谦,我已说过,此等题句,却非你跳脱的手笔不可。惟有伯青尚可及得上你,倘我与小儒题了,必致呆板。试问,这般题句一流于呆板,有何风趣?"

二郎笑道:"在田不要信者香的鬼话,他那里是和我们谦虚?分明是自负他题得好,耻笑我们不如他。若果然怕有不妥,真心请我们斟酌,就该先写下来给大家看看。他倒题了上去,即如我们批评出不好来,难道涂

第七十八回　两翻轩一座听清歌　半村亭诸伶求妙句

抹了么？还是再请五官画一轴来重题呢？"从龙等人听说，都大笑起来。王兰笑道："而今楚卿也很会说促狭话了！你们果能指出那处不好，我情愿央求五官再画一轴！不过我失于检点，未曾另写下来给你们看，请你们斟酌，一时高兴题了上去，就引出你这些话来！"

龄官在旁道："王大人只顾和他们扳驳，倒忘记代我将那幅小照题了。爽性今儿题上罢，免得明日又费一番笔墨。"王兰道："我真忘却，你还有轴单画的小照呢！"便转身重到几前，将龄官的小照展开。见坐在一方石头上，单衫芒屦，独坐科头；上面画了十数竿凤尾文竹，是初夏的光景。遂举笔一挥而就道：

科头兀坐，丰度翩翩，神如秋水，望之若仙。

下书"某年　月　日，白下王者香为龄卿题照"。

众人见了，大为赞赏道："这十六字，宛如一篇《洛神赋》，龄官何幸得此？窃恐从此要增百倍声价！"龄官闻说，收过小照，欣然向王兰再三称谢。

忽闻亭前树上宿鸟吱吱喳喳乱噪起来。从龙向窗外一望，见月色西沉，东方已白，便作辞回衙。小儒等人送从龙上了轿，转身叫家丁们四处吹灭灯火，亦各自回后歇息。里面方夫人却留下婉容、小凤，过了灯节。次日无事。

到了十八日晚间，又请了从龙过来。待月色未上，在览余阁前甬道上放了十数架烟火。内里众位夫人仍在留春馆内观灯饮酒。外面的酒席摆在红香院内。今儿用的是围桌，连琴官等人总团团的坐在一起。王兰道："这哑酒却吃得没趣。我想行令太觉冷淡，不如搳拳倒爽快些，谁输了，谁吃三杯。"众人称好，便推王兰为首。王兰先吃了令杯，就与在座人众搳起拳来，吆五喝六，甚为热闹。惟有龄官输的次数最多。这一转，又该二郎与龄官对搳。偏是龄官输了三拳，只吃了一杯酒，那二杯酒不肯就吃，意欲叫小儒代饮，又不好开口，只笑嘻嘻的望着小儒。恰好小儒的座位相隔龄官一座，便伸手来取这两杯酒，道："龄官今儿吃得太多，不要醉泥了，惹人笑话。我代你吃这两杯罢。"二郎忙起身，挡住小儒的手，道："不劳你代吃，别人代他犹可，你若吃了，我是不算的。在座的人也多呢，偏是你要想讨好儿！"龄官见二郎不许小儒代酒，又说他讨好儿，不禁满脸绯红。此时已有几分醉意,便倚着酒兴道:"冯老爷说的甚么话?陈大人不过怕我吃醉,好意代我吃这两杯,我又没有请他去代,你就说他想讨好儿。我偏要他吃这两杯,也叫陈大人讨得成好!"便将两杯酒一齐送到小儒面前。

谁知二郎亦有醉意,见龄官出口挺撞着他,也变了脸,冷笑道:"那怕你叫小儒代吃十杯,是你们的交情,我也不管,我只是不算,你也没有法子。你说不曾请他代酒,其实比请着他还很,能瞒谁呢?"伯青见二郎与龄官两边都认了真,又见小儒坐在席前,低着头一声儿总不言语,现出那局促不安的形相,遂笑道:"从来代酒是有的,楚卿也太执意。既然你不许小儒代吃,我与子骞各代一杯,讨龄官儿个好,楚卿却要成全我们。何况你有言在先,别人代酒皆可,只不准小儒代就是了。"说着,自己先在小儒面前取过一杯酒饮完,汉槎亦笑着将那一杯酒吃了,皆举杯向二郎道:"请验干。"二郎因伯青、汉槎已代吃了,不好再说,只得说了声:"有累!"心内却十分不悦。

龄官见二郎怒容满面,亦自知适才的话太过拂了二郎的面子,恐借别的事故发泄他,倒讨没趣。忙笑着起身,斟了两杯酒,道:"怎好累祝大人、江大人代我吃酒?虽说是赏我的脸,究竟不合情理。我敢挠冯老爷的令么?既然应分的门杯儿有人代了,亦该罚我两杯才是。"便一口气将两杯酒吃完,又出席,亲捧着酒壶走至二郎面前,做出那柔情媚态,软语轻言道:"冯老爷胜了我三拳,难道不该吃杯得彩儿的酒么?"即在二郎杯中斟满,又道:"冯老爷不吃了,我也没有面子。惟有求着你老人家赏脸。"说着,意在下跪。二郎见龄官醉眼眯斜,红生两颊,动人怜爱,气已消去一半,又偷眼见小儒默默无言的坐着,脸上一红一白,忖道:"你若再要执意,岂非伤了朋友的情分?再则不过因吃酒,和一个戏子闹起来,也没意思。况且龄官儿也醉了,他既来赔罪,我亦乐得就此收场。"便回嗔作喜,一把扯住龄官道:"甚么大事情,也值得小脸儿都吓红了?我吃!我吃!当真能扫你的面子么?同你闹玩笑的!"吃毕,放下酒杯,笑向小儒说道:"我们吃的这些酒,多因你而起,不罚你一杯,也不甘心。"推着龄官道:"你去罚小儒一杯酒,须要斟得满,不可徇私。他若不吃,你来告诉我,不依他!"龄官又趁势到小儒席前斟了酒。小儒见二郎没事,也笑着吃了。

从龙大笑道:"这场酒官司打得有趣,我们亦应该公饮一杯。令即由

第七十八回　两翻轩一座听清歌　半村亭诸伶求妙句

我起,我再和龄官搳三拳,试试谁的手段好,拼着灌醉了他,叫人抬他回去。"龄官忙斟下三杯酒,即与从龙对搳。那边二郎与琴官,汉槎和玉儿,王兰、小儒与松儿、兰官,春官和了梅仙,均对搳起来,只听得一片声喊叫。

伯青见他们甚为热闹,亦欲与五官捁战,回头却不见五官在座,想是出去了。亦起身来至院外,果见五官伏在西边回廊栏杆上,仰头望着新上的明月。伯青走近道:"我正寻你搳拳,你倒躲在这里。想来因他们酒官司打得利害,生恐黏连你身上,才躲了出来的?你听他们这般热闹,我们也要去搳这么几拳。"

五官摇手道:"饶着我罢,再不敢和他们搳拳了!那里是闹酒官司,倒是要打真官司的样儿!"又叹口气道:"现在这一班人,叫我怎么睁眼儿看他们?伯青,你是晓得的,我们也常时闹酒说笑,纵然有几句无心的话,不过付之一笑,毫无介意。没似他们,半句话儿多着不得,又爱说笑,又会存心,只要谁说错了一言半语,就引出一大堆儿的啰嗦来。好笑小儒本是个极诚笃的人,目下被龄官儿所惑,他也夹在里面,明挑暗拨的。前日我与楚卿和龄官儿说笑,未免说得太显露些是有的,你看龄官儿,顿时撂下脸来要走,叫我们怎么不得去?不是我与楚卿忍着气去俯就他,再让他走了,又要惹小儒心里不快活,那才更难为情呢!仔细想起来,怪不值得的。原是打伙在一堆说笑取乐,反要去看嘴脸,还要赔小心去俯就他们,可不是该倒运么?我已发誓,永不和他们说笑!从今即丁是丁、卯是卯的,他们问我一句,我答他一句。难不成歇着嘴儿不说,尚来歪派我的不是么?"

伯青笑道:"罢哟!你与龄官儿们是自幼的兄弟,犹有甚么说不来么?况他们此次出京是来投靠着你的,不是你从中说着,小儒、者香也不肯就收留他们。如今你倒先同他们参商起来,岂不惹人议论?好说你情性不长,亦有伤你们平时的和气。"

五官听说,别过脸去,鼻孔哼了一声,道:"伯青,你也这么说么?谁和他们是兄弟?又不是同胞共母,不过以前在一起班子里唱戏,我出京的时候,他们尚在里面学习呢!前年来投奔我,即撺掇小儒、者香留下他们来,就是念往日同班的一场情分,而且在这里也没有亏负了他们。若说兄弟的义气,我与小癙在前并没见过,只彼此闻名,后来到了南京,才认为兄弟,我们犹如同胞一般,从未红过脸儿。至于他们,随便哥儿弟儿称呼着罢咧,谁与他们拜盟结义过的？真正扯淡！今番我并非不理他们，只不和他们说笑，这也算有伤和气么？不是我说句自负的话，我与小癯亦是唱戏出身，自脱下苦海，恨不能洗尽从前的瘢疤，方遂心愿。他们却以唱戏为荣，生平的伎俩，不过变着脸儿、使着性儿、卖着娇儿、撒着泼儿的胡闹。内中琴官儿尚有几分骨气，玉儿是小孩子家，不和他计较，如龄官等人，全习的一派下流行为，叫我怎么看得起他们？适才楚卿不许小儒代龄官吃酒，亦是寻常的事。他偏放下脸，说出多少话来。及至楚卿生气，他又装出那些狐狸妖精的样子，去赔楚卿的礼。我在旁边总看得无味。若是我，既要恼人，爽性就恼他到底，那怕刀架在颈子上，都不改口，那才算个人呢！"

伯青听了，点头称是。见梅仙亦走了出来，笑道："你们说些甚么，这等津津有味的？快点到席上，吃些饮食散了罢。难道今儿还闹一夜么？"便拉了他两人重到席前。早已摆上饭来，众人吃毕，又坐谈了一会方散。

过了一日，小儒即打发了灯匠，将园子里的一应灯球全行收去，拆去木栅，又重赏了各府的家丁。婉容、小凤也收拾回去。从此无非花晨月夕，聚饮生欢。日复一日，年复一年，不须重赘。

从龙在任三年有余，察吏安民，远近咸仰。屡思告退，未得其便。一日，接到河南来文，连年水患频仍，万民失所，到处米珠薪桂，庚癸惨呼，又有一种强悍贫民借此作乱。本省大吏设法安抚，又一面飞章上奏，并咨请到省，帮同料理。从龙见了，即慨然首捐万金，奏请设赈。请了小儒等人过来商议。众人亦各愿助若干，同襄善举。从龙便趁机请假回籍，省视祖墓，兼办理赈务。奉到谕旨，大为奖赐，准其给假一年。从龙甚为欣喜，待新任到了，交过印信，仍将婉容、小凤搬向园子里去住，自己即轻装减从，带着银两，赶奔河南办理赈济。事非一日，暂且搁过。

单说小儒等人自从龙去后，仍然如前朝夕取乐。春去秋来，流光迅改。这日，小儒由夺艳楼回后，正和方夫人在上房闲谈，忽见兰姑房内的小丫头忙忙的走来，道："奶奶又在那里发怒，打森哥儿呢！今儿打得十分利害，哥儿的手也打破了！又不准我们来说，我是偷着来的。老爷、太太可去劝解一声儿罢。"小儒与方夫人闻说，均吓了一跳，即起身，带着小丫头同到兰姑这边来。

未知兰姑何故痛打宝森，且看下回分解。

第 七 十 九 回

沈兰姑训子成名　　陈宝书童年登第

　　话说沈兰姑因何今日怒打自己的儿子森哥儿呢？内中原有个缘故。自从红雯死后，他益发看破世情，不与人争竞。以为红雯在生好强夺胜，处处要占人先，只落得短命而亡，好似做了一场春梦。幸而遗留下一个儿子，代他请了诰封，将来宝书读书上进了，尚有指望。他亦不能亲眼见着，仍是虚浮的风光。因想到自己也是一个儿子，所以望森哥儿成人的心尤切。时时督责，不容他一刻儿宽松。今年宝书已长成九岁，森哥已有了十一岁，他兄弟两人均在留春馆与各家的公子从甘霖读书。

　　因甘露在东昌一任知府，颇著循声，本省抚军举了他卓异，坐升道员，当入都引见。因祖父年纪高大，即叫哥嫂与赛珍小姐随着祖父仍回扬州，俟自己出京，再计议接取家小。甘誓目下已八十以外的人，犹自精神矍铄，步履康强。回到故乡，那一班老友大半死亡，不无顿增感叹。恰值方夫人闻得女儿回来，差人来接，甘霖即怂恿着甘誓到南京去走一趟，借此可免愁烦。甘誓亦因久不见小儒等人，甚为挂念，便欣然同往。故而甘霖也随了过来。小儒仍将绀雪斋打扫出来，让甘誓祖孙居住。隔了数月，甘露放了山东济东道，即发函来接赛珍赴任。甘誓此番虽不同行，亦要打发赛珍等人赴任，便与小儒等作辞，回转扬州。

　　小儒却素仰甘霖品学兼优，渊源家学，又立心恬淡，刚正不阿，颇有乃祖之风。甘霖在山东时，也曾前后回来乡试过两次，皆以额满见遗。他即誓志不再求科名。小儒与王兰等人商议，留下甘霖，教读各家子弟。

　　适值从龙办完赈务，即再三呈请，开了两江实缺，不愿复出。回至南京，在绘芳园左近砌造了一所房屋，安顿家眷，以便常时往来欢聚。闻得小儒请了甘霖教读，亦将云鹤送过来附学。各家公子个个聪敏非凡，竟不劳甘霖十分费心。内中惟宝书年纪最小，天资较他人分外颖悟。甘霖愈加欢喜，每向小儒夸奖此子，将来必成大器，未可逆料。小儒听了，亦欣悦非常。

宝书到了九岁上，已能下笔成文。甘霖即对小儒道："明年浙省应有秋闱，春间又有学院的考试，宝书明春大可回去应考。他平时既有如此造诣，春秋连捷，均属意中之事。若要耽误了他，未免可惜。童年得此，甚不容易。惟有宝森，人亦聪明，却一味的不肯读书，其资质并不在宝书之下，无奈性耽嬉戏。我也曾切实的训责过几次，他总置若罔闻，不以为耻。此时若不申明，恐日后要归咎到我训诲不力呢。"

　　晚间，小儒即将甘霖的话对方夫人与兰姑说了。兰姑闻知，恨恨不已。反是方夫人劝着兰姑道："我看森哥儿不是个没出息的孩子，今年不过才十一岁，何能就脱却嬉戏？没见人家二十多岁，尚带孩子家的气息？那是没收成的人，我也不将来比他。想甘先生说的也太过些，他是怕担日后的干系。即是宝书，那里明年就能去应考？你倒不可因别人的言语，在背地里瞎气着。"却值宝森下学回来，方夫人即切实数说了一顿，又叫他在兰姑前认了罪才罢。

　　兰姑见方夫人劝他，亦不便开口，心内却闷闷不乐。回到自己房内，气的晚饭总没有吃着。宝森生性倒还乖巧，见母亲生气，即躲向别处去了。兰姑闷坐了半会，想起宝书，即命小丫头掌着手灯，到洛珠这边来。

　　原来洛珠自受了红雯临死的嘱托，即带了宝书过来，用心抚养，又有兰姑不时帮同照察。况且双喜此次来报红雯的恩，既红雯已死，得有位小主人，他更外贴心服侍。每日除却去读书，是回到后面，双喜即问寒问暖，寸步不离，比乳宝书的奶娘还要慎重十倍。宝书到了六岁上，即知自己的生母已故，全亏洛珠将蕙贞许配了他，因做了王家的女婿，便带过来抚养。是以宝书每逢下学回来，先到方夫人、兰姑两处请了安，再到静仪那边去过，遂不离洛珠的左右，百般孝顺，又称洛珠、兰姑等人为娘。因此洛珠分外疼爱，竟同亲生的儿子看待。今日甘霖的话早有人传说到洛珠耳内，洛珠格外欢喜。俟宝书回来，很赞了他一回。又借此勉励了政清一番，即摆上晚饭，与他两人同吃。忽见兰姑走入，便起身让座。宝书即忙着亲自送了一盏茶至兰姑面前，又问："哥哥因何不随着娘来？"兰姑见宝书举止甚谙规矩，又口口声声的叫娘，十分亲热，遂想起日间甘霖夸奖他的话，"偏是红雯生出这般好儿子，虽然短命，他在泉下谅已安心。眼见我的儿子不如他多多。"想到此处，不觉扑簌簌泪下。

第七十九回　沈兰姑训子成名　陈宝书童年登第

洛珠见了,甚为诧异,道:"好端端为何伤心起来?又是谁给你气受的?"兰姑长长的倒叹了一口气,道:"再不要提了!"即将始末根由细说一遍。洛珠道:"你家太太劝你的话是正理。森哥儿如今尚小,慢慢的自会成人。就是他父亲与一班伯叔们,均在弱冠以外才发达的。将来宝森像着他们,也就罢了。不能随你的志愿,恨不得宝森即时发了科甲,你方称心!"又回头问小丫头道:"你家奶奶可吃过晚饭么?"小丫头道:"我家奶奶气的受不得,那里还有心情去吃晚饭?就叫我随着到奶奶这边来。别说我们家奶奶饿着,连我还饿着呢!"洛珠笑道:"这却何苦来呢?别要气着、饿着,明儿又教那里不爽快了。胡乱在我这里吃一碗罢。"又叫小丫头:"到外面房里,同我家丫头们吃去。"

宝书听说,即在洛珠对面安放下碗筷,摆了座头,回身笑着来拉兰姑道:"娘,不要听甘先生的说话,他不过激着哥哥用心罢咧,那里哥哥就这么不好?今日我尚同他说的,明年父亲若许我去考,我和哥哥一道儿去。倘能侥幸,我们兄弟一齐进了学,也使父亲同太太们欢喜。哥哥还答应着我同去,他既有心同去,难道不晓得用功么?娘不要伤心,包管哥哥明年进名学、中名举回来。我怎能及得上哥哥?"

兰姑见宝书语言婉转,也笑了起来,一把搂住他道:"好乖儿子!能于应着你的话,岂不好么?我并非妒忌你比森儿好,巴不得你强宗胜祖,也不枉你的亡过母亲生你一场辛苦!我们受他的一番嘱托,亦可无愧。我是恨森儿不肯学好,将来难有收成。"说到这里,眼圈儿又红了。洛珠笑道:"好在他们总是你的儿子,宝书成人,你也欢喜,何况宝森并非不会成人。"便近前,同着宝书拉了兰姑入座,又切实的劝了一番。

饭毕,兰姑作辞,洛珠又与政清、宝书亲送他回房。此时森哥儿早随着奶娘睡了。洛珠闲话了半会,方带着他兄弟回来。次早,宝森清晨即躲入书房,至薄暮始回——因恐兰姑责罚着他。一连数日,均是如此。兰姑亦暗中欢喜:"果能知道畏惧,从此用心精进,虽然赶不上宝书,亦有可望。"外面却不露声色,也不去理他。

一日,甘霖为友人邀去夜宴,午后即早早的放他们下学。各家公子先自回去。宝森、宝书随后捧着书包,也同出了角门。迎面碰见伺候书房的小厮,在明巷里手内拿着一只小鹩儿,逗着他接食衔花的玩耍。宝森便停住脚步观看，问道："你这只鸟儿何处买来的？倒好耍子，送了我罢，我给你钱。"小厮摇手道："一只鸟儿，能值几何？哥儿爱他，只管拿了去，还要给钱么？我理当送与哥儿。无如上面晓得了，要说哥儿好好的读书，你们将这些鸟儿引诱着哥儿分心，岂不累我挨打么？现在外面多得很呢，哥儿叫值日的买去，那怕买一百只回来，也不干我的事。我这一只却不敢给哥儿。"

宝森听小厮说得有理，又爱这小鹩儿好玩，明知新买回来的没有他这鸟儿教的驯熟，不禁旧性复发，冷不防的将鹩儿在小厮手内夺过，道："既说送我，就多谢你。若怕上面晓得，说我亲自买回来的，也就没有你的事了。"说罢，转身一溜烟的跑去。慌得那小厮也随后赶来，道："哥儿慢跑，这一来定要坑累我了！我怕赶到老爷、太太面前，我总要讨回这只鸟儿的！"

宝书见小厮着急，亦抢行几步，扯住宝森衣袖道："哥哥，这是甚么样子？少停娘见了，又要生气。再则小厮们所养的东西，拿他的不合情理。瞧我的面子，还了他罢。明儿到外面多买几只回来，也是一般好玩。"

宝森抢得这鹩儿到手，正在一团高兴，见宝书赶来拦他，便沉下脸来道："你管我甚么？你说拿小厮的东西不合理，我生性最爱抢他们的物事。上面晓得，打着我，并不打你。我自有亲生的娘，自有娘来管我，干你的屁事！"说罢，甩脱了衣袖，一径扬长而去。

宝书闻宝森所说，分明说他是没娘的孩子，几乎气下泪来，亦冷笑道："你还他也好，不还他也好，真正不干我事，也犯不着说出这些话来！"便回头向小厮道："他既已抢去，你赶也没用。你买着几个钱儿，我明儿给你罢。"小厮见宝森去远，无可如何，只得撅着嘴咕咕哝哝的走去。

宝书亦转身回后，仍先到方夫人、兰姑两边去过，即回至洛珠房内，坐在一旁流泪。洛珠不知情由，忙走过来询问。宝书不发一言，反嚎啕大哭起来。倒把洛珠吓了一跳。双喜和奶娘也一齐近前，问长问短。宝书更外哭个不止。洛珠道："这孩子，平时从没有这般形像，今儿别是受了先生的委屈？双喜，你可到外边问小厮们声，就明白了。"双喜闻说，连忙来至留春馆，寻得那个小厮细问根由。小厮料瞒藏不过，便从头说了。

双喜回到房内，回明洛珠适才的事。洛珠道："森儿还是这般无赖的

第七十九回　沈兰姑训子成名　陈宝书童年登第

脾气，怪不得他娘生气！宝书劝他亦是好意，他反出口伤人，也不知话的轻重！好儿子，你不要理他。"即将宝书拉到膝前，再三的抚慰了一番。双喜早舀了水来，替他重新洗过头脸，宝书方慢慢的停住哭声。洛珠又叫双喜哄着他到外面去玩耍。

再说宝森喜滋滋的将小鹧儿藏在袖中回后，见兰姑不在房内，便取出来交与小丫头庆儿，道："代我收在你房里，不要给奶奶见着。我到太太那边去，回来叫鸟儿变着戏法你看。"庆儿接过来，拴在房里窗棂上，先将些食来逗着那鸟儿衔取。

谁知兰姑平日养的一只白狮猫儿在地下走入，见窗上拴有只鸟儿，便虎也似的扑将上来，一口将鸟儿咬住。庆儿慌忙来打那猫儿，早已连跑带跳出外去了。吓得庆儿似雷打一般，呆呆的望着外面，好半晌，"哇——"的一声哭了起来。恰好媚奴在正房前经过，听得小丫头的哭声，忙进来，问明原由，道："奶奶这几日才有点欢喜，他又弄这些东西到里面来淘气了。你不要害怕，少时哥儿问起这鸟，你就说我恐奶奶见了生气，将鸟儿放了。"庆儿见媚奴认了过去，方才不哭，道："好姐姐，你是知道哥儿性格的，他不敢和你们怎么，我们若有半点错误，他骂着不算，背地里也不知被他打了多少！好姐姐，停歇哥儿问起来，你千万不要改口！"媚奴笑道："难不成我还骗你么？天大的事，总有我去承当。你随我到奶奶房里，将地下扫一扫儿去。"

现在府里的一班大丫头，如媚奴、绿莺等人，久经发出配了家丁。因他们自幼在府中伺候，各事熟习，给他们配了人，仍然到里面当差，领带这一起新挑上来的小丫头们，每月的工价即照仆妇们开发。又因媚奴是见着宝森生长的，兰姑即叫他管着哥儿，免得自己时刻操心，所以媚奴才叫庆儿推说是他将鸟儿放去。

适值媚奴带了庆儿去扫地，宝森已由上面下来。进了房，不见鹧儿，只见拴鸟儿的一根线尚挂在窗前。急急出寻庆儿，追问那鸟儿的去处。却另有一个新进来的丫头，名叫五福，坐在外面看屋子，望着宝森冷笑。宝森忙问道："你可曾见着我的鸟儿？"五福偏与庆儿不睦，便细细说明，又道："我劝哥儿就这么歇了罢，既有媚奴姐姐承认过去，哥儿倒不要问出晦气来。"

宝森被五福激了几句，顿时眼圆眉竖，早将惧怕兰姑的心抛于脑后，遂大声道："这是怎么话？明儿这屋子里杀了人，只要媚奴承认过去，即没有事了？不过因他见着我们生长的，是个旧人，凡事尊重他些，他而今倒想挟制我了！他既承认过去，我就和他要这鸟儿，还要打着庆儿，叫他说出实在话来才罢！"五福见宝森发急，怕的连累到自己身上，忙躲了开去。

媚奴在房内早听得宝森喊叫，即走出来道："哥儿，别要着急，鸟儿是我放去的。我明日叫人买两只来赔你。"宝森不由媚奴分说，仰着脸喊道："而今这屋子里乱霸为王了！任他甚么事，只要有个尖儿出来遮盖，还分甚么主子、下人？犹当我不知道么？我只打着庆儿要这只鸟儿，天下人赔我的多不算，必得这屋子里的正经主儿说了，我方罢休！那些自命半边主儿的，我还没有眼看呢！要想挟制着我，除非去做梦！"媚奴听了宝森的一番话，早气的哭了，道："谁是半边主儿？你才是这屋子里小主儿呢！我们一千岁，也是个奴才，尚敢去挟制小主儿么？"又推着庆儿道："你送给哥儿打去，看他怎么打死了你！就是打死你，这只鸟儿也没得活！"宝森果真寻了一根门闩来，要打庆儿。吓得庆儿抵死的抱住媚奴不放，又哭了起来。

正闹得没开交处，兰姑早走进屋内。见众人闹作一团，即忙喝住，细问情由。媚奴遂从头至末告诉了一番，又给兰姑磕头，道："媚奴蒙奶奶恩典，叫照察着哥儿，谁知哥儿倒说出这番话来！媚奴却当受不起，从今再不敢管哥儿了，今儿先给奶奶告罪。"

兰姑听完，直气得周身发抖，道："你这下流不堪的畜生！前日甘先生那般说你，我即要打你一顿。因太太说了，才放你过身——只当你由此悔过，用心读书，力改前非。那知你还是这般下流，为了一只鸟儿，闹得惊天动地！与其你日后落在人后，不给我挣脸，不如今儿打死了你，倒还干净！"便回身取了戒尺，拖过宝森的手来就打。

宝森被打得急了，便道："娘打我是应该的，无如此时是为的得罪了媚奴，娘才打我，须知媚奴不是我的娘呢！"兰姑道："媚奴是我叫他管着你的，他既奉母命，可知即同你的娘一般。你看不起他，即是看不起我！现在一点点年纪，倒眼儿内没有了我，你长大成人，还了得么！"说着，那戒尺打下去分外力重。

媚奴见打得宝森利害，反自悔不该冒失的回了兰姑，有累哥儿挨打。

第七十九回　沈兰姑训子成名　陈宝书童年登第

遂双手托住戒尺，道："奶奶请息怒，今日若因媚奴打了哥儿，反使我过意不去。且饶过这回，下次哥儿再要淘气，任凭奶奶怎么打着，我不敢插半句口儿。"

兰姑见媚奴前来劝他，便用力推开媚奴，道："你以前管着他，倒是正经，我却感激你；此时你又来劝我，分明你有心作酿他不得成人了！你在我身边多年，该深知我的性格，不要引得我给你没脸！"又对众小丫头道："你们听着，如有人多事，到太太那里去报信，我知道了，定然打个半死！"媚奴见兰姑动了真气，不便再劝，反退后一步，使个眼色与小丫头们。内中有个丫头略会其意，缓缓的退到门外，掉转身，飞风往方夫人这边来报信。恰值小儒也在上房，即同了方夫人前来。

到了兰姑屋内，见兰姑脸都气青了，喘吁吁的，不住手举起戒尺往下乱打。宝森打得蹲在地上高声叫哭。方夫人忙上前止住兰姑，道："好好的，为甚么打着森儿？自己又何苦气得这般的形相？"兰姑见了方夫人进来，即抛下戒尺，立起身，叹口气道："太太，再不要提起，今儿我定见要打死这畜生，方泄我胸中气忿！"便将宝森如何为鸟儿淘气的话说了。

方夫人道："若因这只鸟儿的缘故打他几下儿，警戒下次，也犯不着要打死了他，自家动这样的真气。"兰姑摇头道："太太不知这其中的细情。"又将媚奴如何管他的事说明。小儒在旁听了，道："岂有此理！我只当单因这只鸟儿起见，原来还挺撞他母亲，好挟制媚奴，下次不敢说他。何能容他到这般地步？"

小儒的话尚未说完，早被方夫人一口气将小儒推出门外，笑道："原是同了你来劝着人家的，没有叫你来挑祸！你快到外边歇着去罢。"引得房内一班丫头们都笑了起来。小儒亦笑着走去。方夫人又转来劝兰姑道："儿子虽要管教，也不可过于任性。究竟他是个小孩子家，心内急切转不过机来，纵然打死了，亦是徒然。须要细为数说，使他心地明白不该如此，那就好了。"遂将宝森叫至面前，正色言道："你今年已长成十一岁，也不算着小孩子了。难道平日念过的诗书你偏忘却？生身之母都可挺撞起来，尚成个人么？你去心里仔细想想，可该是不该？即如媚奴管你，亦是你母亲之命，你依着媚奴的话，犹如孝顺你母亲无异；或者媚奴是个小丫头们，犹和你一般见识，可知他比你大着双倍有余的年岁呢！"

正说着，洛珠同宝书亦走了进来。洛珠见方夫人在此，便笑道："我早知大太太在这里，也不急急的跑了过来。既有大太太这位救命星在此，森哥儿亦不致吃苦了。"方夫人笑道："没说你这做调停的人来得迟，倒反取笑我起来！"洛珠笑着坐下，道："森哥儿不要骂我的话，却怪不得你娘生气，时常的打你，实在你亦算会淘气的！"便将宝书下学的时分，如何与宝森斗口，宝书又如何气得哭的话说了一遍。

兰姑听了，道："宝书比你小了两岁，偏能分着上下，劝你将鸟儿还了他们，生恐你拿了他们的东西，小厮看不起你，可知亦是好意。你反出口伤他。就此一件，你这畜生即不明好歹！"又向方夫人道："太太还劝我不要只管打他，看他这般行为，叫我怎生忍耐得下去？"

宝书在先随着洛珠进来，听洛珠说到日间的事，他即思上来拦阻；又因均是尊长，不好插嘴，只得垂手站在一旁静听。此际见兰姑又要责罚宝森，便不慌不忙的走至兰姑面前，双膝跪下，回身指着洛珠道："娘只知今日哥哥与我斗口，不知哥哥往日待我好处。诸位叔叔家的哥哥们，或有时在馆内欺负着我，哥哥不知则已，他若见着，恨不得和人家拼命，多是让着自己的兄弟。今儿哥哥既抢得鸟儿到手，正在高兴，我即去拦阻，他自然生气；我若缓缓的去劝说，哥哥必然听信。想起来总因我冒失，累了哥哥。"即弯腰在地下拾起戒尺，递与兰姑道："娘如要打哥哥，请先打我，情愿替哥哥受责。别说此事因我而起，即因别的事故，自家兄弟，亦当代替哥哥。"说罢，一头滚到兰姑膝前，先自哭了。

屋内的众人听宝书一番话说完，无不点头叹息。兰姑已不禁泪如雨下，一把挽起宝书，搂在怀内，指着宝森道："畜生！你可见着么？他小小年纪，即晓得这些礼数。你虽出口伤他，他偏不记恨着你，此时犹欲代你受责。你枉长了十一岁，就应该羞死！愧死！"

宝森起先被方夫人教训，业已懊悔万分，不应为了媚奴，有伤母亲之心。现在又见宝书跪在兰姑面前，愿代他受责，不由得良心发现，忙走上来，亦跪下道："娘不要生气，总是我不好，一时糊涂，不明道理。从此当痛改前非，用心读书，替娘争气。若再犯前情，任凭娘怎么处治，虽死而无怨。"说着，亦哭了。

兰姑道："你尚知道自己的错处么？以后果能立志上进，才算个人！

第七十九回　沈兰姑训子成名　陈宝书童年登第

不要口是心非的哄着我。今日当着太太和聂姨奶奶在此,你若再学下流,我也不来管你,只不认你是我的儿子,你也不用将我作亲娘看待。其余我也没的说了。"

方夫人笑道:"好了,娘儿们和事了。森儿既知悔过,必然学好。今儿总看宝书的分上。媚奴可服侍你们奶奶梳洗,我带了森儿到我房里吃饭去。"便起身挽起宝森,代他拭了眼泪,又邀着洛珠同行。洛珠亦笑着携了宝书一齐出来。这里媚奴早取了水来,与兰姑重新匀面拢头,又摆下晚饭,伺候兰姑吃毕。方夫人将宝森带回自己房内,又切实教训了一番。洛珠亦在旁劝说。宝森此时早经输心贴服,惟有唯唯应答,毫无违拗。方夫人又留着洛珠、宝书,同吃了饭,即亲送宝森回来。兰姑道:"为了这畜生,倒有累太太走来走去的,我甚觉不安。"方夫人道:"只要他们学好,我也欢喜。这却算甚么呢!"又坐了半会,方去。兰姑复在灯下恳恳切切的数说了宝森一场,始各自安睡。

次日黎明,宝森便起身,催着奶娘代他梳洗,即往留春馆去。晚间回来,直读到三更以后,尚不肯去歇息。逐日如是,决无间断。兰姑亦暗自称奇。见他每夜读得辛苦,倒不忍起来,交过三更,即催他安歇,反要兰姑催过数次,宝森方随了奶娘去睡。一连数月工夫,学问大进,虽未及得上宝书,较之以前,竟有霄壤之别。

甘霖亦欢喜非常,又请了小儒过来,道:"宝森近日大改行为,非复从前可比,加以学业腾腾上进,真乃府上德泽所致。明岁春间,竟可同宝书一起回去应考了。"小儒回后,将甘霖的话说知,众人无不欣然,惟有兰姑格外喜悦。小儒便择定二月初旬起程。又与方夫人商议,亲送宝森、宝书两人回去赴考,借此好盘扶红雯棺木入祖茔安葬。方夫人因他兄弟们年幼,初次出门,即派了奶娘同往。又派着阿瑶、双喜与媚奴夫妻两对成房男女家丁,以便沿途服侍。

到了起身前两日,小儒亲赴乡间,将红雯棺木请起,另雇了一只大船安放。方夫人又摆下酒席,代宝森、宝书饯行。兰姑和洛珠两人心内又喜又愁:喜的是他兄弟们居然能回去应考;愁的是年纪尚幼,迢迢远出,虽有小儒同行,究竟平日一刻也没有离过身旁。便在席上千叮咛万嘱咐的,叫他兄弟们沿途保重。又重托媚奴、双喜与奶娘等人。

是日清晨，宝森、宝书更了衣冠，先到家神祖堂前叩头，然后即与方夫人等辞别。小儒又领着他兄弟至外面，与从龙等人作辞。方夫人、兰姑、洛珠直送至厅前，见他们上了轿，方才回后。小儒又派梁明带了十数名粗细家丁相随，到了城外下船，即吩咐开行。一路风帆，毫无耽搁。这日已抵杭城，小儒先着梁明上去打扫屋宇，随后带着宝森兄弟登岸。进了住宅，小儒即在中一进住下，后面叫奶娘们与两个哥儿同住。次日，便去拜见冷桓、朱彭庚并各处亲族。

目下冷桓已升任浙江藩司，闻得小儒回来，即忙着与彭庚一齐前来答拜，又请了小儒父子过去盘桓。冷桓深爱宝森，在席间即托朱彭庚为媒，将所生一女——名唤冷艳芳，今年十二岁——欲许配宝森为妻。小儒亦素重冷桓为人，况彼此门楣又甚相当，便一口允许。先择吉纳聘，俟回至南京，再行大礼。

过了一日，小儒将红雯灵柩入了祖茔，又多请僧道追荐。忙忙碌碌，县试早有了日期，小儒即代他兄弟报名赴考。县、府双试，宝森、宝书俱名列前茅。接着学院按临，宝森高高进了第一名文生，宝书进在第十名上。把小儒直喜得眉开眼笑，十分高兴。冷桓夫妇亦欢喜异常。众亲友闻知，都过来道贺。小儒不免酬宾宴客，料理他兄弟们前去迎学，又差了一名家丁回南京去报信。各事已毕，早是五月下旬，天气渐渐炎热，小儒亦懒于出门，终日惟督率着他兄弟两人用功，以备秋风一战。到了录遗日期，宝森、宝书俱有了名字。

转瞬八月初八日头场，小儒亲送他兄弟们进场。一连三场考毕，小儒看了他兄弟的文字，大为赞赏。冷桓、朱彭庚也过来要他兄弟文字观看，同声道："当时名宿老手所作之文亦不过如是，真正家学渊源，令人佩服！"小儒笑道："那里能如此的好法？二位未免过于谬赞了！所幸文字还作的不错，碰他们的造化罢！"

交到放榜之期，报子报到，陈府宝书高中了第八十名举人。乐得小儒心痒难挠，比自己少年得科名的时候尚加倍喜悦。重赏了报子等人。宝森却没有中，因见宝书中了举，分外羞奋。反是小儒极力安慰道："今科不中，非你文字之咎，况你年纪甚轻，再加磨砺之功，下科可期其必成。"冷、朱两府得了信，早过来道贺。随后合城文武、乡宦均来贺喜。多因宝书不

第七十九回　沈兰姑训子成名　陈宝书童年登第

过十龄幼童，竟能早捷，莫不羡慕称扬。

小儒又带了宝书到红雯坟前祭扫，暗暗通诚道："宝书中举，你在九泉早经知晓，也不枉你在生一场，留下这一点骨血，替你挣了脸面。你尚须保佑他春闱连第，好代你重请诰封，以光泉壤。"祝罢，触起前情，纷纷泪落。宝书早已哭倒墓前，哀哀不止。被双喜和奶娘从旁劝住。

小儒即去与冷、朱两府作辞，预备起程。众人自然又有一番饯送。隔了数日，已到南京。小儒父子一同上岸，到了府前下轿，早见从龙等人接至厅前。先向小儒道贺，又拉着宝书夸奖不已。小儒再三谦让。回至后面，见方夫人等齐在中堂相待。他兄弟两人忙上前给众人请安。

兰姑见宝森未中，心内虽觉得懊恼，因他业经进学，又有小儒前月的信回来，说他文字甚好，惜乎以额满见遗，下科是定然有望，况宝书已中，自己也觉欢喜，便与众人多围着宝书问长问短。方夫人即叫他兄弟回后，换了衣服歇息。

小儒又说到冷家结亲的话，并冷艳芳如何有才有貌。方夫人笑道："饶他女儿怎么千娇百媚，腹中渊博非凡，我家哥儿也不弱似他，倒被他拣得个现成的好女婿了。幸亏他家只生了一个女儿，我家宝书已做了王府女婿。不然，两个多要被他拣去呢！"说得一堂的人皆大笑起来。

次日，本城官绅以及各家亲友均前来道贺。小儒即忙着开筵请客。直闹了半月有余，方才清闲。便来和从龙等商量，来春不欲令宝书北上。一则年力甚幼，恐受不惯沿途的辛苦；二则宝森若侥幸下科有分，让他兄弟们同往，有个伙伴。从龙等人齐声称善。宝森此番回来益发昼夜攻苦。暇时小儒又写就两封书函，意在差人前赴宝徵、宝焜两处投递。恰好他兄弟们多先后有禀启回来，各人总请了三个月假，即并带着家小一起同回，大约在月中旬，俱可以到南京——因来年二月方夫人四十整寿，又因父母同庚双寿，所以预先请假回来。从龙等人亦商议着在小儒夫妇双寿之期，必须大力热闹一番。

未知小儒与方夫人四十双寿若何热闹，且看下回分解。

第 八 十 回

演梨园绣阁庆生辰　开家宴留春献祥瑞

却说二月初五日乃方夫人四十整寿。又与小儒同庚，小儒的生辰却在秋间。云从龙即与王兰等人商议，不若将小儒的生日并拢来，和方夫人合作双寿。又议定本日总有外客亲友，即让小儒做了东道，"随后我们轮流的补做，日子又宽展，人又消闲。"众人齐声称是。

适值宝徽与朱姞兰、宝焜同着甘洁玉均请了假期，于正月中旬先后赶到南京，来与父母祝寿。前数日，甘露和赛珍小姐亦从山东回来。原来甘露去岁秋间护理本省臬篆，年内即卸了事，因方夫人寿期，且不即回任，也请了假前来。方夫人见了甚为欢喜，难得儿媳双双、女儿女婿俱一齐回来。况且儿、媳均有多年不见，今番姞兰又带着沪生同回，系初次见面，沪生又长得英奇韶秀，方夫人疼爱异常。宝徽、宝焜亦初见宝书，因他童年发达，莫不夸羡。宝森、宝书亦与两位兄长怡怡敬爱。

方夫人回想少年时候即受丈夫封诰，直至一品夫人。如今儿、婿皆已出仕，连两个幼子也非白衣，又有长孙沪生，自己不过才四十岁的人，眼见富贵一门，儿孙成立，将来曾、玄绕膝，可以预卜，不觉喜形于色。即叫人将自己住屋后两进打扫出来，安顿儿媳居住。陈仁寿也由江西差人回来，代兄嫂庆祝。冷、朱两处亦有人来。现在府里顿添了上下数十余人，更加热闹。

半月之前，两边收拾的十分整齐，园子里到处俱挂灯结彩。仍将留春馆前搭了戏台，预备女客们起坐。正宅内由大门直至后进，均用五色彩篷遮盖，下面全用一色大红猩猩毡铺地，绿野堂上做了寿堂。这边男客们是请的王兰、祝伯青、江汉槎、冯二郎四人接待。园子里请的江素馨、洪静仪、程婉容、祝琼珍接待众女客们。两边照应各务，仍系梅仙、五官两人。小儒早约定云从龙和琴官、龄官在红香院小饮，里面方夫人是聂洛珠等人陪着，在正宅后一进内，亦叫了几个小戏子去吹唱。内外布置已定，早有各处纷纷前来送寿礼，远路的甚至年内即送了过来。

第八十回　演梨园绣闼庆生辰　开家宴留春献祥瑞

到了初四日晚间,宝徽兄弟们在寿堂摆下酒筵,为父母预祝,儿媳更班进酒。随后甘露与赛珍也上来进了酒,分着两旁侍坐。一堂骨肉,分外增欢,直饮至三鼓方止。次早,合城文武各官,由制台、将军以下,皆亲来祝寿。王兰等人分头迎送不绝。内里程婉容们亦在留春馆款待着众位夫人。少停,两边开锣演戏。午筵散后,男女宾客始纷纷作辞。所有几家世交至好,仍留着用了晚宴。忙至初更以后,人方才散尽。

王兰等四人换了便衣,即齐到红香院来。小儒尚在那里传杯痛饮,见王兰等进来,便起身让座。王兰道:"你们好乐呀!这里又清闲又自在,我们忙了一日,腿肚子总好挺直的了。小儒今儿是生日,也还罢了,在田也躲在此间,未免可恶!"从龙笑道:"我有苦衷,不能与你们分劳。合城的官,除却制台、将军,其余皆是我的旧属,我若在外面,他们如何便于起坐?不然,我亦理应在外陪客。今日却偏劳你四人,我这里亲送一盅,代诸君浇乏。"遂出席,各人敬了一杯。小儒也笑着与他四人把盏。二郎即在小儒对面坐下,道:"我要弯弯腿儿,别的我倒不怎么,就是这一日的衣冠将我束缚够了。"王兰、伯青、汉槎亦挨次坐下。又饮了两巡酒,进点饮食,各自回后歇息。

来日,又补请了一天客,即是从龙等人轮班代小儒做寿。里面程婉容为首,与众位夫人请着方夫人在留春馆饮酒听戏。接着,巴氏等人也公请了一天。内外整整宴会十余天。宝徽们因假期将满,即料理起身。众人又代他们送行。小儒待儿、媳们已去,即检点所来的亲友,恐有未到之处,遭人见怪。

一日,与王兰、二郎正在厅旁小书斋内查看往来的号册,见琴官等六人穿得衣冠齐楚的进来,向小儒们请安。小儒不解何事,忙笑问道:"无故的忽然行起礼来,是甚么原由?"琴官道:"我们自从由京中下来,蒙恩收留在府里数年,甚为感戴!理应终身伺候,还报答不尽,无奈这唱戏的生计终非长策。年内我们即商量着,大伙儿凑得若干货本,去做小买卖。再能娶房家小,立下门户,总算为人在世一场,也有个收梢。结果去冬即买下几名孩子们,在班子里以补我们之数。内中惟有龄官儿,他愿意在陈大人府里当差。玉儿日前已求过祝大人,在那边府里帮着小癯照料外务。我与兰官、春官、松儿皆情愿出去。望众位大人们格外成全,受恩之处,容来生犬马，再行报答。"说着，又欲请安。

　　小儒忙拉住，道："你们既有志自立，我们岂有不成全之理？别说你们还买下几名孩子补数，只要他们能唱戏，不是一样的么？即是你们去了，唱不成戏，也无大不了的事。但你们自幼即卖入班子里，现在去做甚么买卖，是你们按行的生业？怕的弄到后来赀本折完了，倒进退两难，而且各立门户，又要讨房家小，谈何容易？我想你们这几年积蓄纵有无多，别要上了马儿，不得下骑呢！既然龄官、玉儿愿在我与伯青这里，他们两人不须交代，却代你等四人通盘打算下章程在此。我们府里的闲事不少，应办的事件又多，那里就安插不下你们？再将各府里的大丫头发出几名来，给你等为妻，可知这么一来，你们既可节省，又有安身之处，强似在外面另开生面。不过在府里，委屈你们些儿，不比出去散乐。你们自家想去，看可使得？"王兰、二郎两人亦痛赞琴官们很有见识、志气，又道："小儒想的章程甚善，你们就这么好，休要三心两意的，错定了主见。"

　　琴官等人闻小儒仍肯收留他们在府内当差，又给丫头们与他为妻，就是出去，多不得这般顺便。而且他们亦深知小儒们待下宽厚，也舍不得离这府中。起先恐小儒们不行，所以约齐了上来告辞，试问口气如何，再作商量。今见众人都肯收留，岂不欢喜？忙一齐近前拜谢，又回身领了那几名新孩子进来叩见。小儒见这几个孩子却也生得俊俏，便与王兰、二郎计议，将班子里仍选出六人为首，即不用改这"六艳堂"的名目。二郎道："何妨把班内的孩子全数叫来，我们当面挑过呢？"琴官听了，遂去将一班孩子们叫至，总齐集厅前。小儒着人请了从龙、伯青、汉槎过来，说知此事。无不称好。便大家公议，挑选出内中大如意子、小如意子两人——姓石，本是同胞兄弟；又挑出新来的方汝官、杜四官，与旧日的金铃、玉宝等六人为班中领袖。先将琴官等四人移到半村亭内暂住。

　　安排已定，琴官即带着一班孩子退出，自去料理。玉儿便搬向祝府中去了。小儒又叫人将龄官的物件搬到正厅旁厢一间屋内住下，即派他稽查府中杂务，并一切往来的档册。过了一日，自然分派了琴官等四人的执事。又在众位夫人房内挑了几名大丫头出来，与他们为妻。亦照府里成双的仆妇月费支发。从此琴官们有了安身之地，不须细说。

　　惟有龄官，自派了稽查责任，他寸步都不离府中。小儒更加喜爱。此

第八十回　演梨园绣闼庆生辰　开家宴留春献祥瑞

时已交四月，天气渐暖。这日小儒早起，信步走从龄官房门外经过。听里面寂静无声，探身见龄官伏在桌上写着甚么，便不禁走了进来。龄官见是小儒，忙搁下笔，起身垂手，退在一旁。小儒笑吟吟的走近桌前，见龄官临的一部《玉烟堂法帖》，笔画甚为端正。笑道："你倒有心用功学字，又写的颇好，可羡！可羡！我见你逐日总坐在这间屋里，足不出户，别要闷出病来！闲着大可到园子里逛逛去。可惜你而今在我府内反不如以前，我们见了面倒可谈谈笑笑。你也过于拘谨。没见小癞、五官两人，我们见着了，皆随便说话的？"说着，即在龄官的座位上坐了，又四顾无人，叫龄官也坐下，好说话。龄官儿道："你现在是我的主儿了，那见有主儿坐在这里，我们不在旁侍立的？人家见了，也不成样儿！"小儒便抬身，扯了龄官在身旁一同坐下，道："你是愿意在我府里的，没有人勉强着你，我又没有摆出主人身份，你如今反和我生疏了，是何情理？"

龄官原因小儒待他与众不同，才情愿在小儒府里，又恐小儒要循现在主仆的名分，故而各事总依着规矩而行，以观小儒的态度。今番见小儒仍是待他往日的情形，好生欢喜，便笑溜了小儒一眼，道："谁与你生疏？谁说你摆出主儿架子与我瞧的？到底你是主儿，我是下人，名分总不错的。今儿虽蒙你给我体面，还同平日一般看待，我却不敢放肆，别要闹大意了，你一时翻转脸来，装腔作势的，放下主儿面孔，我倒没意思。还是自己谨慎点儿好。"

小儒笑着恨道："你实情可恶！横竖说起来，总是你有理！我也懒得和你去斗口，你可以不要同我闹这些过节儿罢，今日特地来与你商议正经的。"说罢，便挪近一步，携着龄官儿的手道："我前日与伯青相商，红香院后，通着他园子里那道耳门外左边本有屋子，给看园的家丁们居住。右边犹有地空着，意在把那些树木伐去，尚可砌这么十数间屋子，即将琴官们搬了进去，让他们安顿家小，自由自便的。玉儿因与祝府相隔不远，他也愿意搬过去，同琴官们合住。你早晚亦有了家小，还是去与他们同住，还是在我这边呢？因你有些黏牙，我不好专主，所以今日悄悄的过来问你一声儿。"

龄官道："我若肯和他们在一起儿，要在你府里做甚么呢？此时是留下他们在园子里住着，若前日搬了出去，难不成我也出去和他们同住么？"

小儒点首道："你既不愿过去，我即叫人将厅后西首五间大楼上下收拾出来，与你住罢。那里本系堆置灯彩物件的，明儿叫他们搬到后一进楼上去。你不过一房家小，再添两名佣人，有这十数间房子，也很够你居住了；又相离外面甚近，便于稽查。"

龄官道："随你怎么调排——其实要这许多屋子何用？有那楼下五间就是了，何须将楼上物件搬来搬去？倒是的，有用不着的家伙器皿，借与我使着，待我随后添置齐全，再来还你。余外，我总可将就得去，别要又惹你说我黏牙了。"

小儒道："那也使得，我就叫人将楼下收拾着，你拣个日子，好搬了过去。至于一切应用物件，还要你置办么？我久经代你安排停当，算我送你的一分贺礼罢。你的新洞房，我总吩咐裱糊得格外华美，可好么？昨儿已与沈姨奶奶商议定了，即将他房内大丫头五福许配了你。五福那孩子很为苗条，就是爱说几句尖话儿。好在你的口头子也还敌得住他，却是天生就的一对好夫妻儿。"

龄官笑了笑，正欲再说，忽闻房外有脚步声音，忙起身走开。小儒亦站了起来，迎至外面。原来是管园子的家丁，见小儒在此，便上前回道："留春馆前芍药花儿全开齐了，内中有几朵开的甚大，颜色又不同。今早柳五爷见着，即叫请了云大人们过来赏玩。现今云大人们总在那里，说是甚么吉兆，千载难逢的。又说此花叫甚么名字，小的却未听得明白。又叫来请爷赶快过去，还要到上头回明太太们去呢。"

小儒道："那芍药花每年总要开一次，不过今年开得长大些，有甚么稀奇？他们也值得如此大惊小怪的！"龄官道："若是比往年开的大些，亦系寻常之事，他们也不致说得这般郑重。大约其中总有个缘故，我们去见着，就知道了。"小儒连称有理，即着家丁先往上房禀报，便带了龄官，由耳门走到留春馆内。早见从龙等人多伏在栏杆上，指手画脚的在那里议论，连琴官们都来了。

小儒也走近栏前，果见芍药田中一丛开了四朵，比别的花枝高出尺许，方圆有冰盘般大，其色鲜红欲滴，映着那日色，尤觉可爱；花心竟开得堆翻出来，每片瓣上有一抹嫩黄凑成，好似一道金圈围于花上——却原来开的是四朵大红金带围芍药花。小儒见了，亦自称奇："此花轻易难得，真

第八十回　演梨园绣闼庆生辰　开家宴留春献祥瑞

乃非常的吉兆！昔时扬州开了四朵大红金带围，即出了四位宰相。今日我们园内亦开着四朵，却应在何人身上？"

从龙等人见小儒前来，即一齐举手称贺。小儒笑道："这座园子非是我一人的，既有吉兆，人人皆有，何以独向我称贺？而且我们不止四人，花即开了四朵，尚未卜此兆应于何人？"王兰道："小儒直至今日，仍是拘泥不通！我也晓得园子是大家的，尚待你此时来说么？须知我们久经乞退之人，已属置身世外，难道此花还应在我辈身上么？乃是他等一班小子的预兆。若开得一朵两朵，犹难猜度。偏生不多不少的四朵，你又有四子，分明应在宝徵们兄弟四人身上，不问可知。"小儒听说，口内虽自谦逊，心里却暗暗欢喜："果然我有四子，此花开了四朵，者香之说并非无理。这么看起来，宝徵们将来总要显达的了！"从龙道："有者香这番解说，小儒可以了然明白。既然这四朵金带围应着四位郎君，小儒当如何设宴庆贺，方不负此花献瑞一场，又可请着我们赏玩？若系别样祥瑞，我们理宜先代你贺喜，无奈是郎君们的吉兆，未免使我们又羡又妒，必得你先请我们，才合情理。"二郎点头道："在田所说，甚为公允。在我的意见，这么异常的祥瑞，只有一宴而已，尚觉便宜了他。"

小儒笑道："你们不过变着方法儿叫我请你们吃酒赏花罢咧！若说这番祥瑞即应在徵儿们身上，我却不敢自居。派我做个东道，倒不妨事。楚卿反说便宜了我，请问我讨的甚么便宜呢？"伯青即忙插嘴道："并非我帮着楚卿说话，实在是你讨了便宜！这种天大的祥瑞，人家求之不得，我们若有四个儿子，也不用人说，早经预备酒席，请人庆赏，还要唱戏酬神呢！在田不过叫你明儿请着我们，似这般便宜，那里去买？你犹要扭难推诿，连我也说你太吝啬了！"汉槎亦笑说道："你们不必争论，任凭小儒怎么推诿，他都请定了我们，谁叫他生了四个儿子？无论便宜不便宜，只好委曲他吃些亏苦罢。"说得众人都笑了起来，均说："子骞这番话说的直捷痛快，想小儒也没有得辩白了。"

众人正说笑着，见方夫人房内两名丫头出外——因方夫人已得了信，知道小儒等人必在外面，先着丫头们出来说声。小儒等遂起身避开。方夫人即邀着众位夫人至留春馆赏玩。见了此花，莫不啧啧称赞，多说是宝徵兄弟们的吉兆，齐向方夫人作贺。方夫人亦欣喜非凡。晚间小儒回后，便商议着备酒请从龙等人。次日即是方夫人相请众位夫人,均在留春馆内。

谁知这新闻早传说出去,那些平时有往来的,便借着过来道贺,兼代赏玩。即从来一面不识的,也假名托故的跟了过来。小儒反忙着迎送不迭,又要赔茶贴酒。过了两日,合城皆知,甚至有人虽知金带围的名目,生平却未见过此花,竟争着前来观看。小儒懒于接待,又因是件祥瑞的事,不好阻挡,爽性将园门大开,任人游赏,惟多派家丁们在园中照料。直至芍药花事已了,方才清闲。小儒又央了五官绘出金带围的图本,各处请人题咏,又写书通知宝徵、宝焜两处。

看官们可知这金带围的吉兆所应何事?恰恰应在陈小儒的四子身上。后来宝徵、宝焜两人皆位立三台;宝森于下科亦中了乡榜举人,便与宝书同赴春闱,兄弟双双均登词馆,亦先后做到各省封圻大吏。小儒与方夫人俱年过耄耋以外,夫妻偕老,五世同堂。沈兰姑亦享遐龄。云、江、祝、王、冯、程六家的公子皆英年发达,又彼此互结婚姻。从龙等人各臻上寿。梅仙、五官与琴官们一干人生了后代,小儒即设法替他们立下籍贯,教子读书成名,重光门户。陈小儒等各家均世代科第不绝。真乃善有善报,恶有恶报。若刘先达、尤鼐、祝道生等人,死的死,灭的灭,甚至玷辱门庭,万人唾骂。不比小儒们居官清廉,立心宽厚,后人又能法守绳循,不堕祖德,所以簪缨累世,富贵一门。诚所谓:

　　我今寄语世间人,富贵功名漫认真。
　　金玉传家终可尽,祖宗遗德始能循。
　　风前桃李虽多致,雪后梅花别有神。
　　莫道彼苍疏鉴察,善荣恶堕岂无因!

附 录

《红闺春梦》考

赵苕狂

一 偶然发现的一部杰作

我在十二三岁的时候就喜欢看闲书,家中人都戏呼我为"小说迷"。成年以后,此癖依然未改,且有与时俱进之势。一到最近几年,更是妙了,竟至什么事都搁在一旁,只是孜孜矻矻的干着那整理旧小说的工作。一半虽也是职业所关,但在我自己,确也有点"乐在其中"的样子。这一来,这一种迷——也可说是这一种癖,当然更比前加深了。

可是,癖一深却不好,同时自己的眼界也会跟着高了起来。凡是二三流的小说,到了我的面前,总是一个看不入眼;而从另一方面说,这些个小说的本身也确是太坏了一点,那里可感起人们的兴趣?当然不能使我看了过瘾的了。然而,称得第一流的小说也只是很有限的几部,虽说是可以百读不厌,但在翻读几遍之后,自然也就不愿再去翻它。在这里可使我感得,在我们中国的说苑中,杰作太缺乏了!

为欲继续满足我这种爱看小说的欲望,一壁并不相信杰作竟是如此的缺乏,便又努力的搜寻着,要沙里淘金似的在这烟波浩渺的小说海中觅得一些个较可满意的作品来。

我所相与的一班人们是知道我这种情形的,便有王均卿前辈对我说:"你不是要在无名的作品中搜寻杰作么?我最近却看到了一部,据我的眼光,直可媲美《红楼》。不知道你要看不要看?"我听了非常高兴,忙问他的书名。他道:"书名是《红闺春梦》,这比之《红楼梦》,只是中间换上了二个字,最是容易叫人家记得的。"不道我看小说,却比人家还多上一个怪脾气,最不爱看的就是那些个"戤牌头"的小说。什么叫做"戤牌头"的小说?譬如《红楼梦》之后,又有什么《红楼后梦》《红楼重梦》等等,乌烟瘴气的闹了一大堆。《儿女英雄传》之后,又有什么《续儿女英雄传》。《金瓶梅》之后,又有甚么《续金瓶梅》——这无非靠了人家已打成的天下,自己也来上一脚,任他的本身是怎样的好,也总是有限的了。如今人家已有了《红楼梦》,他又来上一个《红闺春梦》,不也是一种"戤牌头"的玩意儿么?因此,我对于这部书就不显得怎样的注意,当均卿先生把书送了来给我看,我只约略的一看回目,并没有细看其内容,即又还了他了——此事说来还在距今二年以前。

今年春天,同事胡君对我说:"你不是在搜寻较可一看的小说么?我在民国二年曾瞧到一部《绘芳园》,觉得很是不错。你不妨到各个旧书铺中去搜寻一下看。"我听了,当然是非常高兴的。未几,果然给我找到了。比及打了开来一看,不免又叫了一声:"咦!"原来这所谓《绘芳园》也者,竟就是二年前均卿先生给我看的那一种《红闺春梦》,因为那时虽没有细看内容,回目是很有些记得的,并记清楚全书共是八十回。有此二点作根据,这还会错到那里去呢!——只是同为一种书,为什么在这里要叫做《红闺春梦》,在那里又要叫做《绘芳园》?却是查考不出这缘故了。

同是一种书,既有二人向我介绍得,又都有着很好的批评,这当然不会错到了那里去。因此,我也就除去了我的那种成见,虽此书有点近于"戤牌头"的性质,我也要细心的一阅读它了。阅读的结果,却使我非常满意,觉得比之《红楼梦》虽相差尚远,然在二流小说中,总要让它独出一头的了。因此,便把它细为校订,又加以标点,印行出来。

在这里,我得向胡君很诚意的致上一声感谢!同时,可又起了黄垆之痛,因为均卿先生已于今夏谢世了!而就为了这个缘故,前次借给我的那部《红闺春梦》,更无法再向他借来一看的了。

二 对于作者身世的一番推测

如今,我们要查考本书的作者是如何的一个人物了。在本书的前面,有着作者的一篇《自序》,在序末是这们的写着:"时在光绪戊寅嘉平月中旬,始宁竹秋氏自志于邗上梅妍轩寓楼之南轩。"关于作者方面的材料,我们所能得到的,只此一些而已。但这材料虽是少了一点,总比毫无什么的好了些,我们正不妨像当侦探的,去细加推测,细加查考,研究出一些结果来。

作者的姓,我们是不能知道的了,"竹秋"当然是他的一个号。始宁就是上虞,我们便可知道他是浙江上虞人了。再由"自志于邗上梅研轩寓楼之南轩"这句看来,可知他著书之时正侨寓在扬州,并没有回到故乡去。以上几条,都是确有根据的。

此外,我们要在幻想方面着手,来上一些个推测了:

(一)作者是上虞人,上虞是在旧绍兴府属范围之内的。在前清,绍兴府属的读书人大半是以游幕为生的,作者大概也是此中人物。再看序中"年十七,逢粤寇之乱,即废读,就食四方"这几句,更可证实了这节事。

(二)书中的甘誓,大概就是作者自况。当在第十三回中出场时,一则曰:"见他(甘誓)庞眉皓首,道貌岸然,音若洪钟,目如朗曜,皆肃然起敬。"再则曰:"席间无非讲究些古今考据,甘誓口若悬河,滔滔雄辩。"你瞧,他是何等的出力一写!这不是为自己写照而何?及叙到写程制军寿序一节,他把寿序写成以后,一时一班新贵,如王者香、祝伯青等,皆敛手拜服,齐声痛赞道:"言言珠玉,咳唾九天,我辈敢不五体投地?拜服!拜服!"便是甘誓自己,也捻须大笑道:"非是小弟放肆,既诸位阅过,无大瑕疵,想程公生日,各府下僚寿幛必多,此作纵不敢直居于前,却也不至落于人后。"王兰更道:"近代笔墨,于酬应之作,不过描头画角,敷衍成文。如老先生切实铨发,实不可得。"这在众人是何等的推崇!在甘老头子又是何等的自负!作者在这一节中能写得如此的酣畅淋漓,难道还可说这甘老头子不就是他自己的影子么?此外,更有一事可以断言的:这作寿序一节,在作者个人的历史中也是实有其事,这篇寿文却是现现成成的,一待写起这部小说来,便把它放在中间了,也是自炫其才、自炫其学的一点意思,并不是为了要写这部小说,方才写起这篇寿文来的——这在其他小说作者,也常有这类似的事情。

至于写甘誓有两个孙子克继家声,大概也是实事。因为倘是出自作者的虚拟,只是他自己的一种希望,何不把两个孙子都写得如何的飞黄腾达?却怎么只写甘露已是登科出仕,甘霖仍是苦守青毡、未能显达呢?——不过照年龄推算,他不该应有这样大的两个孙子,在实际上或者是两个儿子,但为了书中写甘誓年事已是很高,不得不说是孙子了。

倘欲据序中"近岁贫居无聊,思欲作小说,以自述生平抑郁之志"这几句话,证明他写小说时的境遇并不怎样的佳,这是上了作者的一个当了。要知道,从来中国的文人,无论他是怎样的得意,总也是喜讲穷愁潦倒这一类的话头的。而且,我们在这里倒更可以得到了一个反证:从前的人之著书、写小说,和今人之目的不同,并没有什么稿费可以到手的。如今,他能安然在写一部小说,并还继续至十年之久,这可见他的处境是何等的安舒了——至少是衣食可以无愁。否则,倘真是今日愁米、明日愁柴、困苦不堪的话,他也不是什么骏子,怎么肯去写这换不出钱来的小说?就是写,也决不能如此的得心应手呢。由此说来,作者后来的处境是很为不错的,拟以书中的甘誓,除了年事不相类以外,恰恰颇相吻合,遥想其当年坐在梅研轩之南轩,梅影横窗,挥笔疾写,正不知如何的得意呢!

我写完了这一段短文,给一位同事瞧到了,笑道:"你能如此凭空的作上一点儿推测,倒也很是有趣。只是关于两个孙子一层,我却另有一点意见:你何不说作者确是有二个孙子,但当写这部小说时,年纪却还很小,作者颇希望一个能发科出仕,一个能继守他的故业,并希望自己长寿,得以眼见这一切。如此的一个推测,不是更直捷了当么?"我因他这番话很有理,并记于此。

然而,不论怎样,这总只是很虚空的一种推测,算不得什么数的。所可惜的,这书付印得太匆促些,来不及再去搜罗什么材料。我现在已写信给上虞、江都两地的文友,托他们向县志中去搜寻一下,倘能搜寻有得,容再版时补入罢。

三 一个粉饰太平的时代

作者把这部书写成是在光绪戊寅年——便是光绪四年——这是他自序中写得明明白白的;又说"越十稔而始成",可知他的写起不是在同治戊辰(同治七年),定是在己巳(同治八年)了。而他这部小说,是于儿女柔情之外,还兼写一点社会的情形的,当然有着一个时代的背景。讲到这时代的背景,自然不消说得,一定不事外求,和他著书的这个时期远不到那里去的。

然则这是怎样的一个时代呢?不妨让我来讲讲:在同治三年,太平天国已是覆亡了,洪秀全自杀于金陵;六年,东捻平;越年,西捻也平;十一年,贵州苗乱平;十二年,云南回乱平;到了光绪四年,便是本书写成的这一年,左宗棠更平定了新疆。而在外交方面,同治八年,日本尚来遣使求好,中间其他各国也纷纷定约通商。从前天朝上国的那一点尊严虽在暗中已渐渐的有些保不牢,然这纸糊老虎尚没有给人戳穿。如此的内乱已全肃清,外侮尚未开始,在有清一代的历史上说来,也可算得是一个小康之局了。

但就为了时局太是太平了,一班大小官员不免有点文恬武嬉的样子。只要不贪赃、不枉法,便算是一员好官,有干才没有干才是不大注意的。至于退食自公,略略娱情声色,可称一种风雅的行为,更是无忝官箴,算不得什么了。于是在各行省,固然是秦楼楚馆随处皆是,足供一般人们的流连。而在京师,像姑之风更盛,就是王公贵人,也乐与若辈周旋,即在大庭广众之间,也公然不知避忌的,这把莺莺燕燕之流反打下面去了——这可说是一个粉饰太平的时代。

因此,在本书中写得最多的,也就是优伶与娼妓这二类人,舍此之外,却写不出什么来了。这也是为时代所限的一种缘故。然而,纵只是这二类人,已大足供他挥写,关于材料方面,大有取之无尽、用之不竭的样子。至于他写得如何的有声有色,只算是余事,我们也不必去细说它。

所以,要知道太平天国已是覆亡、各处内乱渐次削平以后,列强的势力尚未侵入以前,我们中国朝野上下究竟是如何的一个情形的,正不妨一细读本书。而于清朝之所以覆亡、中国国势之所以一日衰弱似一日,或者也可于此中探讨出一点消息来。

四 泛论本书

本书之所以不能列入第一流小说,就因它不能自辟蹊径,有点依傍性质的缘故。它所依傍的共是三部书:一是《花月痕》,一是《品花宝鉴》,一是《红楼梦》。

《花月痕》中把妓女写得很高,而且都颇风雅,能够懂得些儿诗词。关于儿女之情,也写得非常真挚,更是不必说了。在本书中,如写聂氏双珠及小凤、小怜所谓"金陵四美"也者,也就是这个样子。

《品花宝鉴》是专为优伶张目的,把这班人真是捧得高极了;但美中不足的,有时写得太过火,未免涉于秽亵的路上去。本书虽也同样的捧优伶,深是怜惜这班优伶,但把他们的人格都写得非常的高尚。只有写到龄官儿,说他是怎样狐媚的样子,未免稍涉微词,然而秽亵的意思却是一点儿也没有的。这是它高出于《品花宝鉴》的地方。

至若《红楼梦》中有大观园,它这书中便有绘芳园;《红楼梦》中有游园显匾额一节事,它这书中也有之:显然是有点隐射的了。而它的所以终不能及《红楼梦》者,则《红楼梦》以悲剧完场,在中国说部中开了一个新纪元,它却仅于聂慧珠一人的结局写得带点悲酸的意味,令人不期然而然的想到了《红楼梦》中的那个苦绛珠。其余诸人,都是富贵寿考,脱不了"大团圆"的那种老套儿。要知"大团圆"虽合一般大众的口味,然在文字的趣味上说来,总觉有点欠缺的了。

至于书中种种情节,以及作者写来的姿势,何者应褒,何者应贬,让读者们自己细细的领略和品评罢,我可不赘述了。

二四、一二、一八(民国二十四年十二月十八日,
即 1925 年 12 月 18 日),苕狂于海上